CW01522513

Romans Cinéma Théâtre

Un parcours 1943-1993

Marguerite Duras

Romans Cinéma Théâtre

Un parcours 1943-1993

Quarto Gallimard

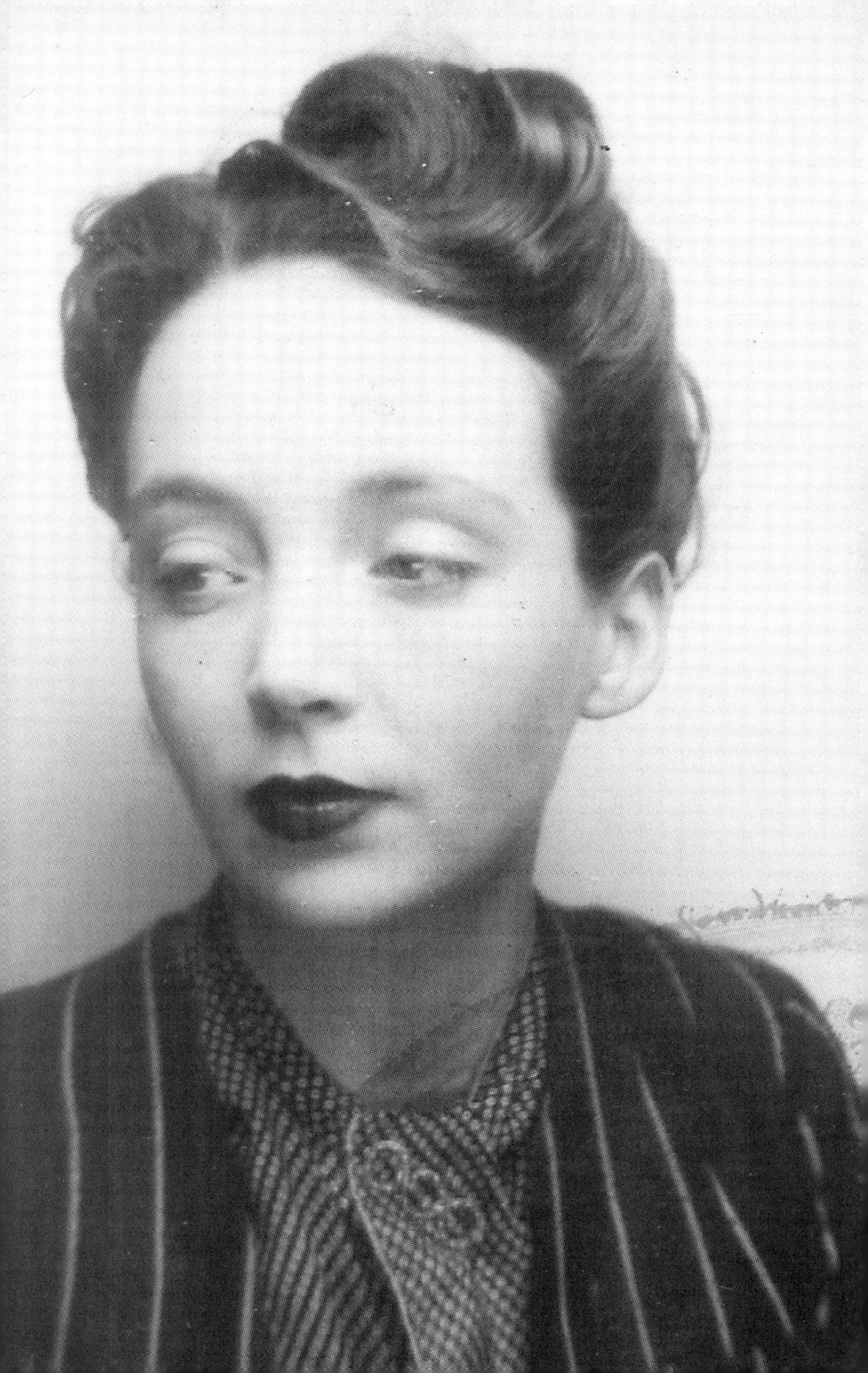

*Maud ouvrit la fenêtre
et la rumeur de
la vallée emplit la
chambre. Le soleil se
couchait. Il laissait à sa
suite de gros nuages
qui s'aggloméraient et
se précipitaient comme
aveuglés vers un
gouffre de clarté.
Le «septième» où ils
logeaient semblait
être à une hauteur
vertigineuse. On y
découvrait un paysage
sonore et profond qui
se prolongeait jusqu'à
la traînée sombre des
collines de Sèvres.
Entre cet horizon
lointain, bourré
d'usines, de faubourgs
et l'appartement ouvert
en plein ciel, l'air
chargé d'une fine
brume ressemblait,
glauque et dense,
à de l'eau.*

Les Impudents, *1943.*

RETOUR D'INDOCHINE
EN 1932,
MARGUERITE DURAS
HABITE QUELQUE TEMPS
AVEC SA FAMILLE
16 AVENUE VICTOR-HUGO,
À VANVES.
C'EST SUR CE PAYSAGE
DE BANLIEUE PARISIENNE
QUE S'OUVRIRA
SON PREMIER ROMAN,
LES IMPUDENTS.
SELON LES VŒUX
DE SA MÈRE — LE PÈRE
ÉTAIT PROFESSEUR DE
MATHÉMATIQUES —,
ELLE S'INSCRIT D'ABORD
À LA FACULTÉ DES
SCIENCES.

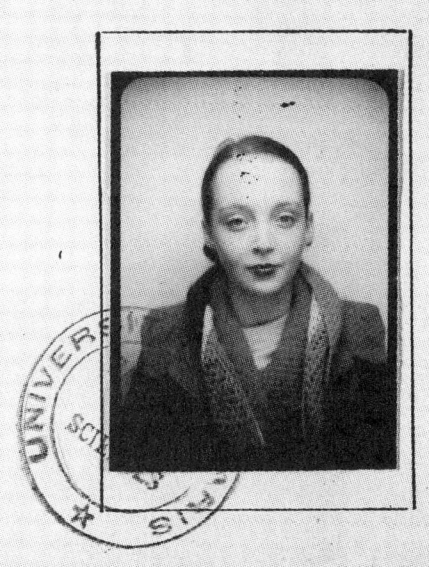

Signature du Titulaire :

C'EST À LA FACULTÉ DE DROIT QUE MARGUERITE DONNADIEU RENCONTRE ROBERT ANTELME (À DROITE), SON CADET DE TROIS ANS. MARGUERITE SE LIE AUSSI D'AMITIÉ AVEC LA SŒUR DE ROBERT, MARIE-LOUISE (À GAUCHE) QUI, DÉPORTÉE AU CAMP DE RAVENSBRÜCK, MOURRA AU DANEMARK, OÙ ELLE AVAIT ÉTÉ TRANSFÉRÉE PAR AVION SANITAIRE LORS DE LA LIBÉRATION. MARGUERITE ET ROBERT SE MARIENT EN HÂTE AU MOMENT DE LA DÉCLARATION DE GUERRE, LE 23 SEPTEMBRE 1939.

PROBLÈMES ET DOCUMENTS

PHILIPPE ROQUES
ET MARGUERITE DONNADIEU

L'EMPIRE
FRANÇAIS

nrf

nrf

mai
1940

Ce 26 février.

Monsieur.

Mon nom n'est peut-être pas tout à fait inconnu de vous, car j'ai contresigné le livre sur "l'Empire français" qui a paru chez vous, l'année dernière.

Mais le manuscrit que je vous soumets aujourd'hui : — La famille Taneray — n'a aucun rapport avec ce premier livre, qui n'était pour moi qu'un ouvrage de circonstance. Je désire débuter maintenant dans le roman.

Le manuscrit que je vous adresse a été lu par M.M. Henri Clouard, André Thérive et Pierre Lafue ; auxquels il a beaucoup plu et qui m'ont fort engagé à le faire publier. J'ai confiance en leur jugement. J'espère qu'il correspondra au vôtre.

Je vous serais obligée en tout cas de bien vouloir me donner une réponse sans trop tarder et je vous prie d'agréer l'expression de mes sentiments les meilleurs.

Marguerite Donnadieu
chez M. Antelme
2, rue Dupin - (Paris. (6e).

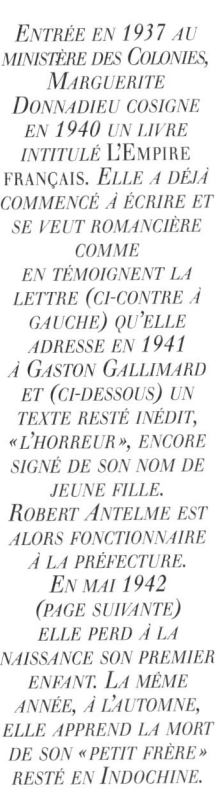

*ENTRÉE EN 1937 AU
MINISTÈRE DES COLONIES,
MARGUERITE
DONNADIEU COSIGNE
EN 1940 UN LIVRE
INTITULÉ L'EMPIRE
FRANÇAIS. ELLE A DÉJÀ
COMMENCÉ À ÉCRIRE ET
SE VEUT ROMANCIÈRE
COMME
EN TÉMOIGNENT LA
LETTRE (CI-CONTRE À
GAUCHE) QU'ELLE
ADRESSE EN 1941
À GASTON GALLIMARD
ET (CI-DESSOUS) UN
TEXTE RESTÉ INÉDIT,
« L'HORREUR », ENCORE
SIGNÉ DE SON NOM DE
JEUNE FILLE.
ROBERT ANTELME EST
ALORS FONCTIONNAIRE
À LA PRÉFECTURE.
EN MAI 1942
(PAGE SUIVANTE)
ELLE PERD À LA
NAISSANCE SON PREMIER
ENFANT. LA MÊME
ANNÉE, À L'AUTOMNE,
ELLE APPREND LA MORT
DE SON « PETIT FRÈRE »
RESTÉ EN INDOCHINE.*

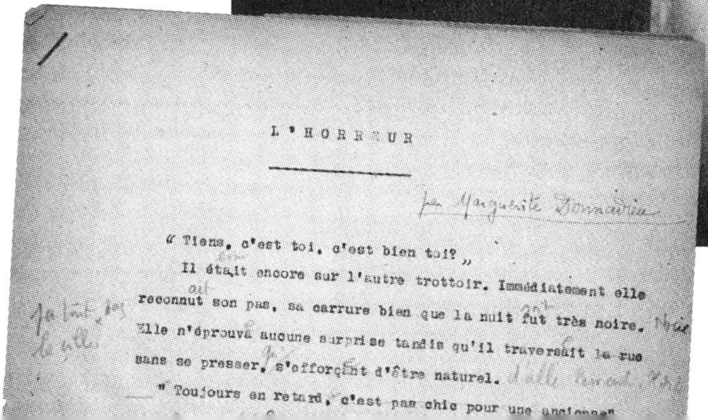

L'HORREUR

par Marguerite Donnadieu

« Tiens, c'est toi, c'est bien toi? »

Il était encore sur l'autre trottoir. Immédiatement elle reconnut son pas, sa carrure bien que la nuit fût très noire. Elle n'éprouva aucune surprise tandis qu'il traversait la rue sans se presser, s'efforçant d'être naturel.

« Toujours en retard, c'est pas chic pour une ancienne »

On m'a dit: «Votre enfant est mort.» C'était une heure après l'accouchement. La sœur supérieure est allée tirer les rideaux, le jour de mai est entré dans la chambre. J'avais aperçu l'enfant quand il était passé devant moi, tenu par l'infirmière. Je ne l'avais pas vu. Le lendemain, j'ai demandé: «Comment était-il?» On m'a dit: «Il est blond, un peu roux, il a de hauts sourcils comme vous, il vous ressemble.» «Il est encore là?» «Oui, il est là jusqu'à demain.» «Est-il froid?» R. m'a répondu: «Je ne l'ai pas touché mais il doit l'être. Il est très pâle.» Puis il a hésité et il a dit: «Il est beau, ça doit être aussi à cause de la mort.» J'ai demandé à le voir. R. m'a dit non. J'ai demandé à la mère supérieure, elle m'a dit non, que ce n'était pas la peine. On m'avait expliqué où il était, à gauche de la salle de travail. Je ne pouvais pas bouger. J'avais le cœur très fatigué, j'étais couchée sur le dos. Je ne bougeais pas. [...] Un soir, sœur Marguerite était de garde. Je lui ai demandé: «Que va-t-on en faire?» Elle m'a dit: «Je ne demande pas mieux que de rester auprès de vous mais il faut dormir, tout le monde dort.» «Vous êtes plus gentille que votre supérieure. Vous allez aller me chercher mon enfant. Vous me le laisserez un moment.» Elle crie: «Vous n'y pensez pas sérieusement?» «Si. Je voudrais l'avoir près de moi une heure. Il est à moi.» «C'est impossible, il est mort, je ne peux pas vous donner votre enfant mort.» «Je voudrais le voir et le toucher. Dix minutes.» «Il n'y a rien à faire, je n'irai pas.» «Pourquoi?» «Ça vous ferait pleurer, vous seriez malade, il vaut mieux ne pas les voir dans ce cas, j'ai l'habitude.» C'est le lendemain, à force, on m'a dit pour me faire taire: on les brûlait. C'était entre le 15 et le 31 mai 1942. J'ai dit à R.: «Je ne veux plus de visites, rien que toi.» Allongée toujours sur le dos, face aux acacias. La peau de mon ventre me collait au dos tellement j'étais vide. L'enfant était sorti, nous n'étions plus ensemble. Il était mort d'une mort séparée. Il y avait une heure, un jour, huit jours; mort à part, mort à une vie que nous avions vécue neuf mois ensemble et qu'il venait de quitter séparément. Mon ventre était retombé lourdement sur lui-même, un chiffon usé, une loque, un drap mortuaire, une dalle, une porte, un néant que ce ventre. Il avait porté cet enfant pourtant, et c'était dans la chaleur glaireuse et veloutée de sa chair que ce fruit marin avait poussé. Le jour l'avait tué. Il avait été frappé à mort par sa solitude dans l'espace. Les gens disaient: «Ce n'était pas si terrible à la naissance, il vaut mieux ça.» Était-ce terrible? Je le crois. Précisément, ça: cette coïncidence entre sa venue au monde et sa mort. Rien, il ne me restait rien. Ce vide était terrible. Je n'avais pas eu d'enfant, même pendant une heure. Obligée de tout imaginer. [...]

«L'horreur d'un pareil amour», texte sans doute écrit pendant la guerre et publié dans Sorcières, 1976, repris dans Outside, 1984.

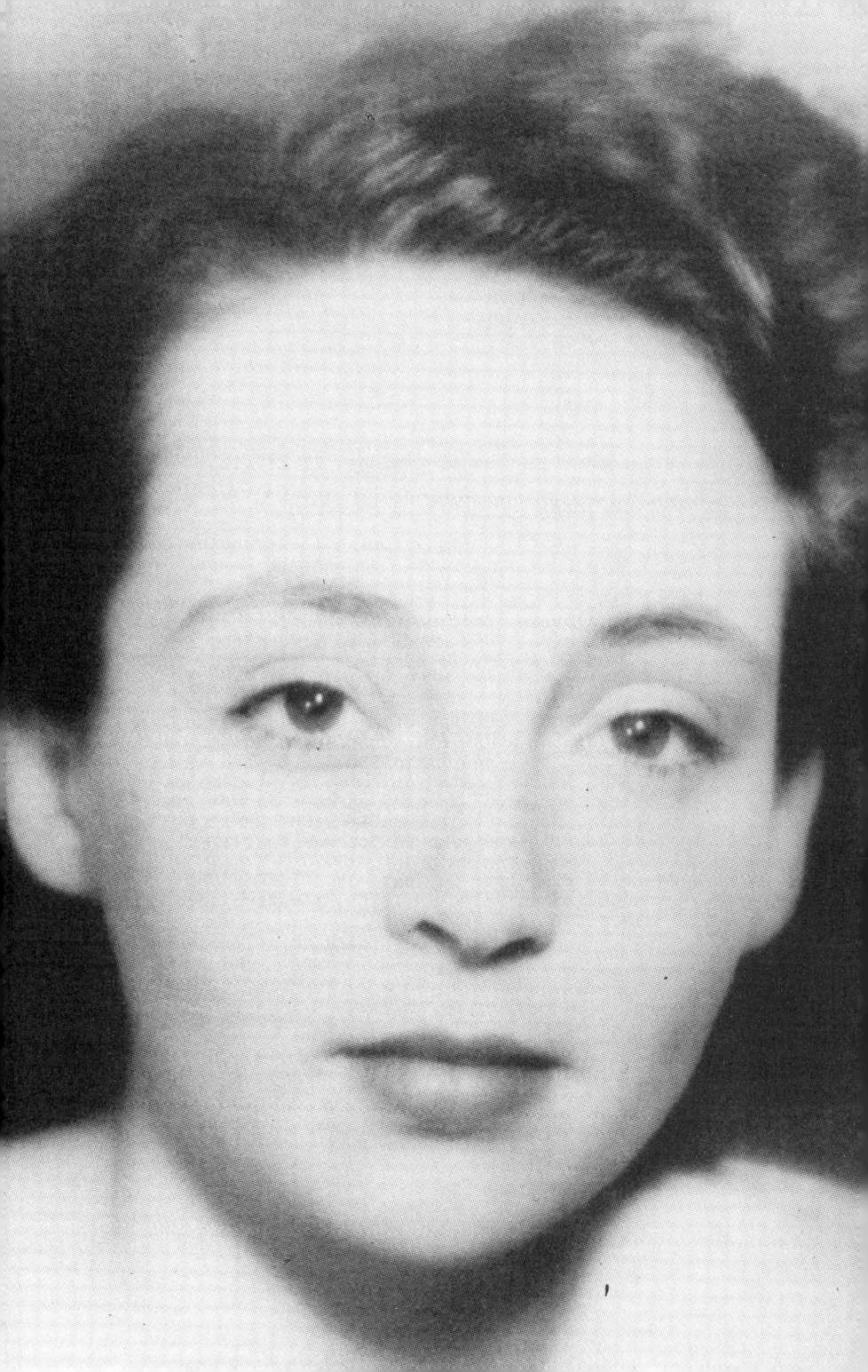

Paris le 30 Août 1943

Madame ANTELME
Commission de Contrôle
117 Brd St Germain
PARIS VIè

Chère Amie,

Je vous fais part de quelques modifications dont je vous ai parlées. Il s'agit :

1°- Michaux: " AU PAYS DE LA MAGIE" a été autorisé (N° 20456) sur la liste revenue pendant votre absence. Nous utiliserons ce numéro pour réimprimer "UN BARBARE EN ASIE" du même auteur, au lieu de "AU PAYS DE LA MAGIE". (Je vous signale qu'en votre absence j'avais opéré ce même transfert au profit de "LA NUIT REMUE", au lieu d'"UN BARBARE EN ASIE". Je compte sur vous pour rectifier.

2°- Aymé :Vous vous souvenez qu'une double autorisation avait été accordée au docteur Jeannel pour son livre " LES FOSSILES VIVANTS DES CAVERNES" à l'aide du N9 d'autorisation 18 351 accordé au mois de Mai, je crois. Nous réimprimons "LE PASSE-MURAILLE" de Marcel Aymé pour un tonnage équivalent.

3°-Enfin Blanchot: Le texte de "DIGRESSIONS" autorisé en Mai (N° 18159) paraîtra sous le titre de " FAUX-PAS"

Bien amicalement

D. MASCOLO

ᴛ ꟼ ∀ ꟼ

DEPUIS SEPTEMBRE 1940, MARGUERITE ANTELME EST FONCTIONNAIRE À LA «COMMISSION DE CONTRÔLE DU PAPIER D'ÉDITION» DU CERCLE DE LA LIBRAIRIE, CHARGÉE D'ATTRIBUER LE PAPIER AUX ÉDITEURS (LETTRE CI-CONTRE). C'EST AINSI QU'ELLE ENTRE EN RAPPORT AVEC DE NOMBREUX ÉCRIVAINS, CERTAINS, COMME CLAUDE ROY, DEVENANT DES PROCHES. L'ÉTÉ 1942, ELLE RENCONTRE DIONYS MASCOLO (CI-CONTRE À GAUCHE), RÉCEMMENT ENTRÉ COMME LECTEUR AUX ÉDITIONS GALLIMARD. BIENTÔT, ELLE LE PRÉSENTE À ROBERT ANTELME. ENTRE LES DEUX HOMMES SE NOUE UNE AMITIÉ «TRÈS FERVENTE».

LA VIE TRANQUILLE

roman 1944

Le premier roman de Marguerite Duras, *La Famille Taneran,* lu avec intérêt par Raymond Queneau en février 1941, avait été refusé par les éditions Gallimard mais publié par Plon en 1943 sous le titre *Les Impudents.* En février-mars 1944, la jeune romancière soumet à Queneau le manuscrit d'un nouveau livre qui, comme le précédent, a pour cadre la région du Périgord dont était originaire son père, ce pays de Duras auquel elle emprunte son pseudonyme. Le manuscrit de *La Vie tranquille* sera immédiatement accepté.

«Nous savions déjà que Marguerite Duras était un écrivain», écrit Queneau qui – dans un article des *Cahiers Renaud-Barrault,* n° 52, décembre 1965 – note la référence à *L'Étranger* de Camus, paru en 1942, et «l'usage systématique du passé indéfini, tic de cette époque dont d'ailleurs l'auteur n'abusait pas». Le livre paraîtra en 1944 sous la couverture blanche de la NRF. Le roman a été repris en janvier 1982, sans modification, dans la collection «Folio».

Certains écrivains sont épouvantés. Ils ont peur d'écrire. Ce qui a joué dans mon cas, c'est peut-être que je n'ai jamais eu peur de cette peur-là. J'ai fait des livres incompréhensibles et ils ont été lus. Il y en a un que j'ai lu récemment, que je n'avais pas relu depuis trente ans, et que je trouve magnifique. Il a pour titre : La Vie tranquille. *De celui-là j'avais tout oublié sauf la dernière phrase : «Personne n'avait vu l'homme se noyer que moi.» C'est un livre fait d'une traite, dans la logique banale et très sombre d'un meurtre. Dans ce livre-là on peut aller plus loin que le livre lui-même, que le meurtre du livre. On va on ne sait pas où, vers l'adoration de la sœur sans doute, l'histoire d'amour de la sœur et du frère, encore, oui, celle pour l'éternité d'un amour éblouissant, inconsidéré, puni.*

Écrire, *1993*.

à ma mère

PREMIÈRE PARTIE

Jérôme est reparti cassé en deux vers les Bugues. J'ai rejoint Nicolas qui, tout de suite après la bataille, s'était affalé sur le talus du chemin de fer. Je me suis assise à côté de lui, mais je crois qu'il ne s'en est même pas aperçu. Il a suivi Jérôme des yeux jusqu'au point où le chemin est caché par les bois. À ce moment-là Nicolas s'est levé précipitamment et nous avons couru pour rattraper notre oncle. Dès que nous l'avons revu, nous avons ralenti notre allure. Nous marchions à une vingtaine de mètres derrière lui à la même lenteur que lui.

Nicolas était tout en sueur. Ses cheveux étaient collés et tombaient en mèches sur son visage ; sa poitrine marquée de taches rouges et violettes haletait. De ses aisselles coulait la sueur, en gouttes, le long de ses bras. Il ne cessait d'examiner Jérôme avec une attention extraordinaire. Au-delà du dos fermé de mon oncle, Nicolas a sûrement entrevu à ce moment-là tout ce qui suivrait.

Le chemin monte fort jusqu'aux Bugues. Jérôme, de temps en temps, s'adossait au talus, replié sur lui-même, les deux mains pressées sur son flanc.

À un moment donné, il nous a vus derrière lui mais il n'a pas eu l'air de nous reconnaître. Apparemment, il souffrait beaucoup.

Nicolas, près de moi, le regardait toujours. Il devait s'être déclenché en lui toute une série d'images qui se déroulaient, se déroulaient, toujours les mêmes, et il ne parvenait pas à se dégager de sa surprise devant elles. Parfois, il croyait sans doute pouvoir encore défaire ce qu'il avait fait et ses mains rouges et suantes se serraient.

De vingt en vingt mètres, Jérôme s'adossait au talus. Maintenant peu lui importait que Nicolas l'ait frappé. Nicolas ou n'importe qui. Son visage n'exprimait plus ni la hargne ni la contrariété de tout à l'heure lorsque Nicolas était allé le sortir de son lit. Il s'était avalé, aurait-on dit, et se regardait lui-même, de l'intérieur, ébloui par sa souffrance. Elle devait être terrible. Il avait l'air de la trouver impossible, de ne pouvoir arriver à y croire.

De temps en temps, il tentait de se relever et des «han» de stupeur s'échappaient de sa poitrine. En même temps que ces gémissements, une chose écumeuse lui sortait de la bouche. Il claquait des dents. Il nous avait tout à fait oubliés. Il ne comptait plus sur nous pour l'aider. C'est Tiène qui m'a donné ces détails lorsque, par la suite, Nicolas lui a raconté cette histoire. Moi, je regardais mon frère.

Pour la première fois, je trouvais de la grandeur à mon frère Nicolas. Sa chaleur sortait en vapeur de son corps et je sentais l'odeur de sa sueur. Elle était la nouvelle odeur de Nicolas. Il ne regardait que Jérôme. Il ne me voyait pas. J'avais envie de le prendre dans mes bras, de connaître de plus près l'odeur de sa force. Moi seule pouvais l'aimer à ce moment-là, l'enlacer, embrasser sa bouche, lui dire : «Nicolas, mon petit frère, mon petit frère.»

Il y avait vingt ans qu'il voulait se battre avec Jérôme. Il venait enfin de le faire alors que la veille encore il était honteux de ne pouvoir s'y décider.

Une nouvelle fois, Jérôme s'est relevé. Il criait maintenant en toute liberté et sans arrêt. Sûrement cela le soulageait. Il avançait par zigzags, comme un ivrogne. Et nous, nous le suivions. Lentement, patiemment, nous le conduisions vers la chambre dont il ne sortirait plus jamais. De crainte que ce Jérôme nouveau ne s'égare, nous avons surveillé ses derniers pas.

Lorsque nous sommes arrivés sur le plateau, un peu avant la cour, nous avons cru qu'il ne pourrait pas atteindre le portail, qu'il n'aurait plus assez de volonté pour franchir les quelques mètres qui le séparaient de son lit. Il nous avait légèrement distancés. Le vent soufflait là-haut et le coupait de nous. Nous n'entendions plus aussi distinctement ses plaintes. Il s'est arrêté et s'est mis à secouer sa tête avec violence. Puis, il l'a levée vers le ciel en poussant de vrais hurlements, tout en essayant de se redresser. J'ai regardé machinalement ce ciel qu'il voyait sans doute pour la dernière fois. Il était bleu. Le soleil s'était levé. C'était maintenant le matin.

Enfin, Jérôme est reparti. De ce moment, j'ai été bien certaine qu'il ne s'arrêterait que dans son lit. Il a franchi le portail et nous l'avons accompagné dans la cour des Bugues. Tiène et père y attelaient la charrette pour aller chercher du bois. Jérôme ne les a pas vus. Ils se sont arrêtés de travailler et l'ont suivi des yeux, jusqu'au moment où il est entré dans la maison.

Papa a considéré avec attention Nicolas arrêté au milieu de la cour, puis il s'est remis au travail. Tiène est venu me demander ce qui s'était passé. Je lui ai dit que Nicolas et Jérôme s'étaient battus à cause de Clémence. «Il a l'air abîmé», a dit Tiène. Je lui ai dit que cela me semblait grave en effet et que Jérôme ne s'en tirerait peut-être pas.

Tiène est allé chercher Nicolas. Il lui a demandé de l'aider à atteler Mâ qui, certains matins d'été, se montre rétive. Puis, les hommes sont partis aux champs.

Une fois au lit, Jérôme a repris des forces pour crier. Maman a délaissé son travail pour rester auprès de lui. Il y avait longtemps que je n'avais pas pensé à Jérôme comme au frère de maman. J'ai dit à maman que Nicolas s'était battu avec Jérôme, à cause de Clémence, et aussi à cause de tout ce qui couve entre nous depuis toujours. Je n'ai rien aggravé, Jérôme a dépensé toute notre fortune. Il est cause que Nicolas n'a jamais pu faire d'études, ni moi non plus. Nous n'avons jamais eu assez d'argent pour quitter les Bugues. C'est aussi pourquoi je ne suis pas encore mariée. Nicolas s'est marié avec Clémence. Elle est ma sœur de lait, mais tout de même, elle est notre servante, et elle est laide et bête. Il y aura deux ans aux vendanges, il l'a mise enceinte et il a bien été obligé de l'épouser. Si Nicolas avait pu connaître d'autres filles, il n'aurait pas fait cette sottise. Il y est arrivé après des années de solitude. On ne peut pas dire qu'il était fautif. Il aurait d'ailleurs très bien pu ne pas épouser Clémence. Maman devait bien s'en souvenir: c'était Jérôme qui l'avait poussé. Nous, nous n'étions pas de cet avis. Clémence était partie chez sa sœur à Périgueux. C'est Jérôme qui était allé la rechercher. On les avait mariés la semaine d'après aux Ziès. Nous avions trouvé plus simple d'en finir ainsi. Trouvait-elle que nous avions bien agi?

J'ai tout rappelé à maman. Elle oublie facilement. Je lui ai dit que c'était moi qui avais dit à Nicolas que Jérôme montait dans la chambre de Clémence, chaque soir, depuis trois mois. Il est vrai que Nicolas la délaissait et qu'elle couchait seule. Mais Clémence connaissait Nicolas depuis toujours et elle aurait dû savoir ce qui l'attendait; Clémence n'aurait pas dû se faire épouser. N'avais-je pas raison?

Maman a pris mes mains dans les siennes, elle tremblait: «Et Noël?» J'ai ri et j'ai dit: «Il est de Nicolas.» Elle m'a demandé comment je pou-

vais en être sûre. Je l'ai entraînée dans la cour et nous avons regardé
Noël qui jouait dans son parc.

Noël a des cheveux raides et roux, des yeux violets sur lesquels battent
des paupières transparentes toutes cillées, au bord, de soies rousses. Ses
chaussons étaient enlevés et il n'était vêtu que d'une petite culotte qui
tombait. Il a commencé par considérer maman. Et comme elle ne disait
rien, au bout d'un instant, il s'est remis à jouer un jeu secret qui l'absorbait. Il frappait son parc de toutes ses forces et retombait chaque fois
sur son derrière, sans rire ni se mettre en colère. En plein soleil, son
petit thorax était d'un rose brun et on aurait cru voir battre son sang par
transparence.

Maman paraissait émue. Au bout d'un moment, elle m'a dit : « Tu as raison. » Elle est allée chercher le chapeau de Noël, elle le lui a enfoncé sur
la tête, puis elle est revenue auprès de Jérôme.

Je n'ai rien dit de plus à maman. Mais Jérôme devait disparaître des
Bugues. Pour que Nicolas commence à vivre. Il fallait bien que cela
cesse un jour. C'était arrivé.

Vers le soir, Jérôme s'est mis à hurler et j'ai dû surveiller le chemin, de
la Grande Terrasse, pour voir si personne ne montait chez nous. C'est
beau de là, les Bugues. Nos prés sont beaux. Nos bois aussi qui forment
tout autour des volumes énormes d'ombres. On voit très bien jusqu'à
l'horizon, de la terrasse. De loin en loin, dans la vallée de la Rissole, il
y a des petites fermes entourées de champs, de bois et de coteaux
blancs. Je ne sais ce que nous aurions pu faire si un visiteur était monté.
Cependant, j'ai bien surveillé le chemin, je me disais qu'il me viendrait
sûrement une idée au dernier moment si quelqu'un était apparu. Au
fond, je me sentais tranquille. Le soleil a baissé et les ombres se sont éti-
rées longuement sur les flancs des collines. À côté de la terrasse, il y a
deux magnolias. À un moment donné, une fleur est tombée sur le
rebord du parapet sur lequel je m'accoudais. Elle sentait la fleur tombée, une odeur, presque une saveur, très douce et déjà un peu pourrie.
C'était bien août. Clément, de l'autre côté du chemin, à l'ombre de la
colline des Zies, allait bientôt parquer ses brebis pour la nuit. Je suis
rentrée. Depuis trois heures, je faisais le guet. J'étais sûre que personne
ne s'aventurerait plus sur nos chemins aussi tard.

À la porte de la chambre de Jérôme, j'ai écouté, l'oreille contre le bois.
Clémence est venue me rejoindre. Jérôme criait toujours, il réclamait le

médecin des Ziès. Maman lui répondait toujours la même chose d'une voix distraite, rêveuse, comme à un enfant qui questionne, que la jument était aux champs et qu'on ne pouvait raisonnablement songer à arrêter le travail pour aller aux Ziès. Aussitôt que maman avait répondu, Jérôme recommençait à la harceler, à lui refaire exactement la même demande. Ses sursauts d'impatience faisaient grincer le lit. Parfois, il insultait maman mais elle restait toujours aussi catégorique que devant un caprice de Noël et toujours avec la même douceur dans le refus. J'ai eu une envie de l'insulter moi aussi, de la voir gifler à cause de ce refus. Pourtant, elle faisait exactement ce qu'il fallait faire. Mais tout de même, ces supplications de Jérôme en pleine figure qui ne la faisaient pas broncher! Elle répondait : «Mais non, ce n'est qu'un mauvais coup, ce n'est rien.» Jérôme menaçait, il a dit que si on n'appelait pas le médecin, il enfourcherait Mâ, lui, il irait, lui. Puis, il devenait tendre : «Dis à Françou d'y aller, Anna, je t'en supplie ; je me sens très mal, fais ça pour ton frère, Anna...» Françou, un nom qu'il me donnait lorsque j'étais enfant. Voilà bien comme il est, Jérôme, lorsqu'il a besoin de vous. Maman répondait toujours : «Non, Jérôme, non.» Elle devait bien se rappeler, maman, tout ce que je lui avais dit le matin.

Je suis entrée dans la chambre. Clémence a disparu dans le vestibule comme une bête qui habite le noir.

Jérôme était couché tout habillé. Ses lèvres étaient bleues, sa peau jaunâtre, d'un jaune uni. Maman, assise à côté de lui, lisait. La chambre sentait l'iode et, malgré les volets à moitié ouverts, on imaginait mal l'été qui sévissait dehors. Jérôme donnait froid à voir. Je me souviens que j'ai voulu m'en aller. Jérôme se plaignait de toutes ses forces. Ses cris montaient, touffus au début, on aurait dit qu'il allait se vomir tout entier dans une lave épaisse, puis, de cette bouillie, se dégageait à la fin le vrai cri, pur, nu comme celui d'un enfant. Entre deux plaintes, le battement de la pendule se frayait un passage. Jérôme fixait la suspension au plafond et les formes de son corps d'une épaisseur précise étaient en pleine lumière. Peut-être n'avais-je pas été tout à fait sûre jusque-là que Jérôme était en train de mourir. Dans de grandes secousses régulières, ses jambes et ses bras se raidissaient ; son lugubre appel fusait à travers les chambres, le parc et la cour carrée, parcourait le champ entre le chemin et la forêt et allait se tapir dans les buissons pleins d'oiseaux et de soleil. C'était une bête qu'on aurait voulu retenir mais qui réussissait toujours à s'enfuir de la maison et qui, une fois dehors, devenait dangereuse pour nous. Jérôme ne désespérait pas encore tout à fait qu'on arrive à le secourir du dehors. Tout en sachant qu'il était seul aux Bugues avec nous qui le dérobions à tous les regards. Cependant, nous lui parlions avec de la douceur et s'il avait vu nos yeux, certainement il y aurait découvert une commisération pour son corps à la fois si grand et qui avait si mal. Je me souviens bien que j'ai voulu m'en aller. Mais je me suis appliquée à considérer Jérôme, à me faire à ses cris, à ses supplications si tendres parfois, à son visage intolérable. Cela, jusqu'à l'ennui.

Quand les hommes sont rentrés, je suis allée à leur rencontre. Nicolas avait l'air harassé. Il m'a dit: «Il crie toujours? Si j'avais su…» C'est la seule parole que mon frère m'ait dite durant cette période et il aurait pu tout aussi bien la dire à n'importe qui. Il aurait pu ne rien demander du tout, puisqu'il entendait Jérôme crier. Je me suis senti un peu de colère et un peu de mépris pour Nicolas et c'était pénible en plein dans la joie que j'avais maintenant à le voir. S'il avait «su», qu'aurait-il fait? J'aurais été curieuse de le savoir. Lorsque je le lui ai demandé, avec un peu d'impatience, il ne m'a pas répondu. Il est parti. Nous l'avons vu qui s'était étendu au bas du parapet, sur le pré. Il paraissait nous en vouloir à tous et à moi en particulier. En même temps, il m'a paru manquer de naturel. De nous savoir suspendus à son silence, au moindre de ses gestes, à la première parole qu'il ne prononçait pas mais que nous attendions, cela le troublait sûrement. Lorsqu'il m'a posé cette question j'ai bien vu à ses yeux qu'il ne pensait à rien de précis. Jérôme ne mourait pas assez vite. Et nous, que faisions-nous là à l'épier? Mais surtout, Nicolas était triste de la tristesse «sans raison» comme on l'est les lendemains de noce ou de rentrée du blé. Lorsque la chose est faite et qu'elle n'est plus à faire, on regarde ses mains et on est triste.

Il pouvait être sûr qu'avec nous rien ne se saurait jamais des vraies raisons de leur bataille. Il n'éprouvait donc aucune inquiétude. Il lui suffisait de se rappeler que Jérôme et Clémence couchaient ensemble pour se prouver qu'il avait bien fait de tuer Jérôme. Si les raisons de la haine qu'il portait à Jérôme étaient vagues, ce fait-là était précis. Il pouvait se le rappeler constamment, s'y cogner l'esprit dans les moments de doute. Il avait le droit absolu de faire ce qu'il avait fait. Mais en le protégeant contre la justice, nous nous conduisions comme si c'était nous qui lui donnions ce droit. Nous en gâtions la pureté et du même coup tout le plaisir de Nicolas. Pour lui plaire, il aurait fallu être imprudents.

À un certain moment, Clémence a crié d'une voix assourdie «Luce Barragues!» Je ne l'ai pas cru, je suis allée à la porte de la cour m'en assurer. En effet, Luce Barragues montait à cheval le chemin des Bugues.

J'ai couru auprès de Jérôme. Sa tête ruisselait de sueur. Il n'espérait plus rien, il ne demandait plus rien, il gémissait toujours. J'ai tamponné son front, je lui ai dit de ne plus se plaindre : Mâ était rentrée des champs, j'irai aux Ziès chercher un médecin à condition qu'il ne crie plus. Jérôme s'est tu. De temps en temps, il ouvrait la bouche, je lui rappelais sa promesse, il restait silencieux.

À un moment donné j'ai effleuré de mon doigt son front qui était moite et froid. Il se mourait sous ma main. C'était une chose qu'on ne sauve plus, abandonnée.

Luce est partie. Les trois hommes se sont mis à table pour dîner. Clémence servait et desservait en silence. Malgré les cris de Jérôme, les hommes ont mangé. Ils se ressemblaient à ce moment-là, sourds aux plaintes de Jérôme. Ils avaient faim. Nicolas aussi a mangé. Au-dessus de leurs têtes, la lampe se balançait et l'ombre ramassée de leurs dos dansait sur les murs nus. Papa m'a dit : « Tu vas aller chercher le médecin, Françou. » Lui n'avait pas cru cela grave le matin, mais maintenant il en était sûr. Comment ne pas en être sûr. Il est allé voir Jérôme et il est revenu avec un air rêveur. C'est à ce moment-là, en se mettant à table, qu'il m'a dit d'aller chercher le médecin. Je me suis souvenue d'une chose en le voyant : il y a dix ans lorsque Jérôme est revenu de Paris après six mois d'absence. Son affaire n'avait pas marché et il rentrait bredouille, tout ce qui nous restait d'argent, dépensé. Le lendemain, il avait repris toute son assurance et se montrait aussi fier, aussi insolent avec papa qu'auparavant. Et alors, papa n'avait paru rien remarquer, n'avait rien dit.

Je suis donc allée aux Ziès. Il faisait nuit et j'y voyais à peine. Quatre kilomètres le long de la Rissole. Mâ a rechigné à les faire après sa journée de travail. Mais elle est forte et ne résiste pas au plaisir de trotter avec moi sur son dos. Depuis cinq ans que je la monte, on se connaît, elle et moi. Il faisait chaud. Il n'y avait pas de lune, mais au bout d'un moment j'ai vu très bien la route droite et blanche devant moi. Des fossés à sec montaient des cris de grenouilles. Les petites fermes de la vallée étaient éclairées et on pouvait compter leurs lumières.

À mi-route, j'ai arrêté Mâ un instant. Elle s'est mise à brouter l'herbe au bord de la route. Sous ma robe que j'avais relevée, contre mes cuisses nues, je sentais ses flancs moites et musclés qui haletaient. Qu'allais-je dire au médecin ? J'étais certaine qu'au dernier moment je trouverais quelque explication, tout naturellement. C'était une chose passée, Jérôme.

Je me serais bien attardée là, dans l'ombre. Mâ, sinueuse et déhanchée, broutait au-dessous de moi. La paresse m'a gagnée et je me suis couchée sur son col, la tête de biais. Comme la campagne était tranquille. J'ai revu Tiène à table, calme, beau. Personne ne m'avait adressé la parole pendant le dîner, sauf papa pour me dire d'aller chercher le médecin. Ni Tiène ni Nicolas ne m'avaient regardée. Je me suis dit que j'irais tout à l'heure retrouver Tiène dans sa chambre. Ce soir surtout, personne n'y ferait attention. J'ai revu les hommes des Bugues qui attendaient le médecin sans se l'avouer. Il le leur fallait pour couper leur attente. C'était un vin trop fort pour eux.

Mâ s'est remise à trotter de son pas utile et clair. Dans la nuit, dans les fermes, les gens devaient se dire : « C'est au moins la fille Veyrenattes », et se rendormir sur le pas de Mâ, ce pas qui frôle à peine la route et danse sur le silex en y faisant éclore des fleurs de feu. Ce soir, tout à l'heure, Tiène. Je me souviens bien des flancs de Mâ contre ma peau et de cette pensée de Tiène en même temps qui lui ressemblait, chaude. Je n'ai croisé personne sur la route. Je suis restée couchée sur Mâ qui a fait son trot plus doux devinant que je l'oubliais.

Le médecin était tout jeune. Le vieux était mort l'année dernière. Celui-là nous ne le connaissions pas encore. Il m'a proposé de me ramener en auto. Je lui ai dit que j'avais mon cheval et que je le précéderais. Il m'a demandé : « Qu'est-ce qu'il lui est arrivé à votre oncle ? C'est pour savoir ce que je dois emporter. » J'ai raconté qu'il avait reçu un mauvais coup de pied de la jument, dans le foie. Quand était-ce arrivé. Je lui ai dit : « Ce matin. » Il avait l'air intéressé à l'idée de venir chez nous. Il bavardait. Il connaissait les Veyrenattes, vous pensez bien. Les Bugues aussi. C'est très beau de la route, les deux pignons de la vieille maison. Il me parlait de sa salle de consultation à côté de la salle à manger où j'étais entrée et sa voix résonnait, claire. Il finissait de dîner lorsque j'étais arrivée ; sur la table pas encore desservie, traînait un livre ouvert. Cette pièce avait été remise à neuf, elle était nette et blanche. À côté, dans la cuisine, on entendait la bonne qui rangeait. Tout à coup, pendant qu'il préparait sa trousse, j'ai senti combien j'étais fatiguée. Je me suis laissée tomber sur une chaise le long du mur, ma tête s'est appuyée sur le buffet. C'est à ce moment-là que j'ai été frappée par la certitude venue je ne sais d'où que ce qui nous arrivait n'avait pas d'importance.

Nous l'avions attendu si longtemps ; j'en rêvais la nuit. Je rêvais qu'il était arrivé ce qui devait nous rendre libres. Il n'est pas possible que les autres n'en aient pas rêvé aussi. Depuis ce matin, j'y croyais. Je croyais que c'était arrivé. J'étais bien. Et tout à coup, il me semblait une fois encore que je n'avais fait qu'en rêver. Qu'est-ce que c'était que la mort de Jérôme ? Jérôme qui criait là-haut, comme notre commencement de liberté, ce n'était pas beaucoup.

J'ai fermé les yeux de lassitude soudaine. Le médecin s'est trouvé tout à coup devant moi. «Ça ne va pas, mademoiselle Veyrenattes ?» Il avait des lunettes de fer, des boutons autour de la bouche, des cheveux blonds bien coiffés, luisants. J'ai dit que Jérôme n'allait pas bien du tout, que d'après moi il était perdu. Il a réfléchi et il m'a posé quelques questions au sujet du coup de pied de Mâ. Puis il est allé reprendre de la morphine. «Ce qui est à craindre, c'est un éclatement du foie. Il buvait votre oncle ?» Son ton avait changé ; il était indifférent. J'ai dit qu'il buvait, j'ai ajouté qu'il devait le savoir, que dans la région on le savait bien, tout le monde, tous ceux...

Nous sommes sortis. J'ai filé au grand galop. Je lui avais dit de m'attendre à la hauteur des Bugues, qu'il ne trouverait pas le chemin au carrefour, qu'il y en avait dix à cet endroit qui partaient dans les bois. En réalité, je ne voulais pas qu'il soit avant moi dans la chambre de Jérôme et qu'il l'entende lui raconter sa querelle. Jérôme ne s'en serait pas vanté, je le savais, mais aussi j'avais des craintes.

Mâ n'était pas contente. Elle est arrivée toute écumante près de l'auto. Le médecin m'attendait. J'ai laissé la jument rentrer toute seule et nous sommes montés ensemble. Dès le plateau, on a commencé à entendre Jérôme. Il me semblait avoir laissé un enfant ; je ne reconnaissais plus sa voix. Ses plaintes avaient grandi. Elles n'étaient plus criées, mais râlées, raclées du fond du ventre, dépouillées d'une dernière pudeur, à vif ; on croyait percevoir le froissement de l'air du plateau lorsqu'elles le traversaient. On en était gêné. Le médecin s'est arrêté net. Il m'a saisi le bras et nous avons écouté. Il faisait nuit noire, mais je voyais ses lunettes rondes et métalliques qui brillaient. Il m'a dit brutalement : «Mais il râle ! ce sont des râles. Pourquoi ne pas m'avoir appelé plus tôt ?» Je lui ai demandé de ne pas effrayer Jérôme qui était très impressionnable. Maintenant, il fallait éviter le pire. Jérôme ne dirait quelque chose que dans l'épouvante.

Dans la salle à manger, il n'y avait que Tiène qui nous attendait. Il s'est levé. Il a mis les mains dans ses poches et il est sorti sans saluer le médecin. J'ai compris qu'il était exaspéré. Je l'avais laissé là, dans ces cris. Quand il est sorti, j'ai eu l'impression qu'il m'abandonnait.

Papa et maman se tenaient dans la chambre de Jérôme. Ils lui faisaient des compresses et lui tamponnaient le front. Le médecin les a salués, puis il a commencé à examiner Jérôme. Celui-ci était d'une couleur bizarre, jaune verdâtre. On ne distinguait plus ses lèvres du reste de son visage. Elles étaient boursouflées comme ses paupières. Son oreiller était trempé de sueur. Il claquait des dents. Le médecin m'a redemandé : « Il y a combien de temps ? » J'ai dit la vérité : « Ce matin. » Jérôme suivait l'homme des yeux. « Je souffre docteur, c'est abominable, là. » Il a montré son flanc. Le médecin a soulevé la chemise. La place du foie était bleu sombre et très gonflée. Quand le médecin l'a palpé, Jérôme a hurlé plus fort. Il a rabaissé la chemise. D'un geste lent, il a pris dans sa trousse une ampoule et il a piqué Jérôme. Il s'est passé cinq minutes pendant lesquelles Jérôme et le médecin se sont regardés. Mes parents étaient sortis. Le médecin souriait et jouait avec le poignet de mon oncle. Sur son visage, on lisait la satisfaction de la certitude. Jérôme a commencé à battre les paupières, puis ses cris se sont espacés de moments de silence pendant lesquels il se léchait les lèvres. Ses cris peu à peu sont remontés à la surface de ceux des vivants. Le médecin m'a soufflé : « C'est la morphine. » Jérôme a gémi de plus en plus doucement puis, comme délicieusement, ses cris se sont étirés dans la nuit. Enfin, ils ont cessé. Il s'était endormi. J'ai remonté les couvertures sur lui. Nous l'avons laissé et nous sommes allés dans la salle à manger. Le médecin s'est tourné vers moi : « Je peux vous parler ? Oui ? Vos parents ? ça ne fait rien ? Votre oncle est perdu, vous pouvez toujours le transporter à Périgueux, mais c'est inutile. » Nous avons bavardé un moment. J'avais sommeil. C'était bien inutile de parler. Je ne savais que faire de ce médecin. Il s'est étonné de ne voir personne. J'ai trouvé aussi que papa et maman auraient dû être là. Je lui ai dit qu'ils étaient vieux et fatigués. Il m'a donné plusieurs ampoules de morphine et une seringue en m'expliquant comment on faisait. Il n'y avait rien d'autre à faire ? Rien. Je l'ai remercié. Il est parti.

J'ai fermé les portes de la maison. J'ai éteint. Personne n'a paru. Avant de monter, je suis passée chez mes parents. Ils étaient déjà couchés dans leur grand lit planté tout au milieu de la pièce. Ils dormaient en se

tournant le dos. Je suis restée un moment auprès d'eux endormis.
Maman m'a eue à la quarantaine. Papa avait près de cinquante ans. Ce
sont de vieux parents. Maman a toujours dans les cheveux son odeur de
vanille. Papa, lui, dort comme il existe. Son sommeil lui-même est aussi
discret et insaisissable que celui d'un insecte. La fenêtre était ouverte
sur la cour noire. Il était très tard.

Dans la nuit, Jérôme a recommencé à crier.

Toutes les nuits, jusqu'à sa mort, lorsque la piqûre que je lui faisais le
soir cessait de faire son effet, il recommençait à souffrir et il criait. Il
réveillait tout le monde, mais personne ne songeait à s'en plaindre.
Personne ne se levait, que moi. Je descendais, je le trouvais chaque fois
glacé, trempé de sueur. Réveillé dans le noir, il avait peur de mourir. À
ce moment-là, entre deux râles, les plus doux noms lui sortaient de la
bouche. Il me disait que j'étais sa petite Françou, la seule qui l'ait jamais
compris. Je lui faisais une piqûre et j'attendais un moment près de lui.
Lorsque la piqûre commençait à faire son effet, parfois, il me souriait
timidement, pour que je lui sourie à mon tour, pour qu'il n'ait plus peur.
Il ne mangeait rien et il maigrissait. Je crois que les derniers jours, la
souffrance elle-même, il n'avait plus la force de la ressentir. C'était
l'épouvante qui le faisait crier pour que je descende auprès de lui, pour
ne pas rester seul.

Un soir, en s'endormant, il a cherché ma main et il m'a demandé de
faire venir le notaire. J'ai dit : «Pourquoi le notaire?» Il n'avait pas un
sou à lui. Il n'a pas insisté. Le lendemain, il a recommencé à me demander de le faire venir, tout en sachant que c'était inutile. Mais sans doute
aimait-il me l'entendre répéter. Il pouvait encore vaguement espérer
que je trouvais que c'était inutile parce qu'il n'allait pas mourir.

Nous avons rappelé le docteur une autre fois. Les gens croyaient que
Jérôme avait reçu un coup de pied de Mâ; ils venaient aux nouvelles.

Les jours s'écoulaient, égaux en apparence. Cependant, la mort de
Jérôme ne pouvait plus tarder. Nous la percevions qui se faisait chaque
jour plus imminente. Depuis longtemps nous attendions. Je me souviens de cette obstination, de cette délicatesse que nous mettions tous à
ne pas en parler. Comme si chacun s'était méfié des autres. Et au
contraire nous étions ensemble comme jamais.

Les hommes ont rentré les blés. Puis, ils ont coupé du bois dans la forêt.
Il fallait penser à l'hiver. C'était déjà la fin d'août.

Je ne montais jamais chez Tiène et lui ne cherchait pas à me voir. Nicolas ne parlait qu'à Tiène et à Clémence. On le voyait aux repas ; le reste du temps, il travaillait comme d'habitude. Nous ne l'exaspérions plus autant que les premiers jours. Ce répit étalait son acte. Cela lui permettait de s'y faire et de l'approuver. Peut-être que si Jérôme était mort tout de suite, la brutalité de la chose l'aurait rendu plus accessible au remords. Tandis que là, il pouvait s'imaginer par moments que Jérôme n'en mourrait pas. Il devait alors en éprouver un regret si intense qu'il était bien forcé de s'apercevoir que s'il n'avait pas tué Jérôme, Jérôme serait à tuer.

Cela a fait exactement neuf jours depuis la bataille. Jérôme est mort dans la nuit du dixième jour. Il ne m'avait pas appelée de la nuit. Lorsque j'ai vu en m'éveillant le petit jour aux vitres de ma chambre, j'ai compris qu'il devait être mort. Je suis allée appeler Tiène et nous sommes descendus. Jérôme était mort. Sa bouche était ouverte et ses mains traînaient, oubliées de chaque côté de lui, minces. Il ne transpirait plus. Sa figure n'était plus enflée comme lorsqu'il criait, sa tête reposait lourde, sur son cou. Le lit était en désordre immobile, figé dans l'état où l'avaient mis les derniers mouvements de Jérôme. La chambre respirait maintenant un grand calme. Cette mort m'a paru aussi loin de ma propre mort que de celle de Tiène, que de la mort elle-même telle qu'on l'imagine toujours. Elle avait dû se produire au début de la nuit et maintenant Jérôme n'était plus effrayant, il était mort, c'est-à-dire une chose éternellement à l'abri de la mort. Jérôme avait réussi à nous quitter, à se hisser jusque-là tout seul, par ses propres forces. Il ne m'avait pas appelée, je ne saurais jamais s'il était mort bêtement, en dormant, ou s'il n'avait pas repris connaissance avant et ne s'était pas refusé à m'appeler. Mais à cause de ce dédain que je lui ai soupçonné d'avoir eu finalement à notre égard, j'ai cessé tout à fait, à la minute, de lui en vouloir.

Nous avons remonté ses draps et nous avons ramené ses mains le long de son corps bien dans le milieu du lit. Aidée de Tiène, j'ai fermé sa bouche avec un mouchoir que j'ai noué autour de sa tête. C'était lourd, la tête surtout, devenue comme les pieds et les genoux, du poids seulement.

J'ai ouvert les rideaux de la fenêtre. Tiène m'a dit que ce n'était pas la peine. Mais il m'a laissée faire. Son silence, je l'ai remarqué, ne ressemblait pas à celui qu'il observait d'habitude. Il n'avait vraiment rien à me dire. Il s'est approché de moi à la fenêtre. C'était à peine l'aube. Personne encore n'était levé. Tiène regardait comme moi le parc sauvage où nous n'allions jamais. De la brume bleue reposait entre les arbres. Devant nous, le long de l'allée, de petites roses rouges nées de la nuit attendaient le soleil. On entendait déjà quelques oiseaux. Nous ne songions pas à appeler les autres. J'ai vu le visage de Tiène tout près du mien. Une tache de jour blanc l'éclairait. Je l'ai bien regardé, de tout près, pendant qu'il regardait au loin. Sa bouche était relâchée, presque entrouverte. Entre ses lèvres, son souffle passait et repassait; je le voyais légèrement embuer l'air. Ses cheveux sentaient l'aurore, comme s'il avait dormi dehors.

Je l'ai emmené à la cuisine pour lui faire boire du café. Personne n'était encore réveillé. Aucun bruit. Nous nous sommes sentis extrêmement seuls tout à coup. Il est venu brusquement mettre sa main sur ma hanche et il m'a serrée contre lui. Il a fait cela, à ce moment-là, pour ensuite me laisser de longs jours sans même m'adresser la parole. Il m'a demandé si je n'avais pas froid. Pendant quelques secondes, je n'ai pensé à rien. Des choses étranges sont passées devant mes yeux. La petite ville de R..., en Belgique, des villes silencieuses, des places désertes, la mer. Puis nous avons bu le café en silence.

Noël a crié. On a entendu marcher dans la maison. J'ai dit à Tiène qu'il pourrait peut-être aller aux Ziès chercher le médecin pour le constat et toutes les formalités de l'enterrement. «C'est vrai, a-t-il répondu. Je n'y pensais pas.» Clémence est arrivée avec Noël dans les bras, Noël souriait. Clémence sortait de son lit; ses cheveux raides traînaient sur ses épaules. Elle m'a demandé: «Alors?» comme chaque matin. J'ai dit que Jérôme était mort. Elle a déposé Noël sur une chaise et elle est repartie très vite. Noël souriait toujours et il s'est mis à jouer avec les franges de la nappe.

Papa et maman se tenaient dans le salon, assis côte à côte. Ils répondaient à peine aux condoléances. Ils essayaient toujours d'encourager à parler d'autre chose. À la fin de la journée, maman disait: «Il y a untel qui n'est pas encore venu, untel et untel.» Alors le lendemain, dès le matin, elle se rasseyait avec papa dans le salon et ils recevaient les voisins.

Ce salon, nous nous y tenions rarement. Il me rappelait toujours la petite ville de R... en Belgique où papa avait été bourgmestre. Sur ce même fauteuil aux bras de chêne noir, après cette fameuse réception, il y a dix-neuf ans de cela, papa m'avait prise sur ses genoux et, en me caressant les cheveux: «Nous allons partir pour la France, ma petite Françou.»

À part les fonctionnaires de la ville, personne n'était venu à la réception de maman.

Dans un coin du grand salon, un orchestre de trois violons jouait des polkas. Papa avait ouvert le bal avec la femme du premier conseiller municipal. Personne ne l'avait imité et pendant un quart d'heure papa avait dansé seul avec elle. Je revois le visage de cette femme. Dans les bras de papa, elle se laissait aller un peu ivre, mais de dégoût. Les fonctionnaires étaient partis aussitôt après la première danse, après avoir trempé leurs lèvres dans les coupes de champagne. En partant, ils entouraient la femme du conseiller municipal qui avait dansé avec papa et qui portait maintenant un masque héroïque. L'orchestre s'était partagé le lunch.

Nous étions restés seuls dans le grand salon, tous les quatre. Puis, je ne sais plus, parce que nous nous sommes endormis, Nicolas et moi, sur des fauteuils. C'est au matin que nous avons retrouvé papa et maman dans la même position que la veille. Ils causaient à voix basse, la tête immobile, et sans les quelques mots qui sortaient de leurs bouches, on aurait pu les croire endormis, les yeux ouverts, dans leurs vêtements de fête. De temps en temps l'un des deux faisait de sa voix douce une remarque sur la soirée de la veille. Leurs paroles ne contenaient aucune rancune contre les fonctionnaires. Maman disait: «C'est impossible, impossible...» et papa répondait: «C'est vrai.» Maman reprenait: «Et je n'ai pas compté les boucles d'oreilles de tante Nano.» Et papa: «Cela fait beaucoup plus qu'on ne le pensait.» Je me souviens qu'à un certain moment il a dit: «Je ne veux pas qu'on nous voie dans la ville. Tu prendras le train de nuit.»

Je fermais les yeux à moitié, je n'osais pas leur montrer que j'étais réveillée. Les lampes électriques étaient restées allumées dans le matin d'automne qui se montrait déjà aux fenêtres. Aucun domestique ne paraissait et toute la maison était encore silencieuse. Derrière les plantes vertes, on voyait les chaises des musiciens et la table du lunch, pas desservie, brillante, ravagée de lumière. Père disait: «Tu diras à Jérôme de t'accompagner.»

J'ai su depuis qu'un mois auparavant Jérôme avait entraîné papa dans des opérations de Bourse et que papa, dans l'obligation de rembourser ses dettes, avait pris de l'argent dans la caisse de bienfaisance de la mairie. Cela s'était su dans la ville. Papa n'avait pas eu le temps de remplacer l'argent avant l'inspection du préfet de la région. «On ne peut pas dire qu'il soit coupable», disait maman, de Jérôme. Papa répondait que non, qu'il ne l'était pas, puisque c'était lui qui avait pris l'argent, lui le bourgmestre, pour le lui donner. Jérôme n'aurait pas pu le faire, il ne l'aurait pas fait. C'était bien lui qui avait demandé de le faire. Mais ç'avait été sous le coup de l'affolement. Et il n'y avait qu'à refuser. «Pour le déménagement, il t'aidera bien, disait Papa. — J'irai à Anvers dès demain. Pour le moment les boucles de Nano suffiront», disait maman. Il y avait dix ans que papa était bourgmestre à R... Mais qu'étaient ces dix ans à côté de l'avenir qui se levait devant eux, pour lequel aucune mesure n'était encore inventée? J'étais encore toute petite. Mais je me suis aperçue très vite, peut-être dès ce matin-là, qu'ils ne tiraient aucune vanité de leur malheur. Ils l'acceptaient jusqu'à ne plus en souffrir. Ils cherchaient à guérir, à réparer les choses, simplement.

À la fin, j'ai fait voir que j'étais éveillée. Je suis allée vers papa. Je me suis arrêtée devant lui. Il m'a regardée longuement sans faire un seul geste. Maman non plus ne parlait ni ne bougeait même un doigt. Le soleil s'était levé et jouait avec les poussières sur le tapis. Papa me regardait avec curiosité. Ses yeux passaient alternativement de mon visage à mes mollets nus, à ma poitrine plate enfermée dans ma robe de bal. Il était devenu en une soirée un bourgmestre déchu, plus que déshonoré, qui ne ferait plus de discours dans le salon de la mairie, qui ne porterait plus l'écharpe de sa ville, qui ne serait plus salué dans les rues. Un homme bon à partir ailleurs. Cette petite fille lui restait encore comme lui restaient ses bras, des années à vivre. Mais ses fonctions de bourgmestre l'avaient sans doute empêché de bien la voir jusque-là et il a dû s'en souvenir tout à coup. C'est à ce moment-là que les mains de papa se sont dénouées du fauteuil qu'elles serraient depuis la veille et qu'il m'a prise sur ses genoux.

Il y a dix-neuf ans de cela. Depuis, nous n'avons plus bougé des Bugues. Maintenant, j'approche de mes vingt-six ans. Les jours m'ont paru longs après la mort de Jérôme et j'ai repensé à ma jeunesse et à cette scène plusieurs fois, parce que je n'avais rien à faire, qu'à regarder les gens monter lentement à travers les arbres pour venir aux condoléances. Papa et maman se tenaient toujours au salon côte à côte, silencieux. On les voyait à peine lorsqu'on arrivait du dehors tant l'ombre y était épaisse. Ils parlaient peu et les gens devaient trouver ce silence décent. Ils ressortaient du salon l'air un peu égaré, ils me serraient rapidement la main en passant et s'en allaient.

Le deuxième jour, des hommes sont venus des Ziès apporter le cercueil de Jérôme. C'était aux environs de quatre heures. Il n'y avait pas eu de visiteurs. Il a fallu appeler tout le monde pour la mise en bière. Mais il n'y avait que papa, maman et moi aux Bugues. Tiène et Nicolas étaient sortis. Non pour travailler, mais pour prendre l'air, avaient-ils dit. Clémence, dans sa chambre, pleurait sans doute. Il y avait treize jours qu'elle pleurait sans discontinuer en attendant que quelqu'un veuille bien se souvenir d'elle.

Nous avons conduit les hommes porteurs de la bière dans la chambre de Jérôme. Il y faisait chaud à cause des persiennes fermées. Le cercueil sentait le bois ciré. Il était de forme évasée aux épaules et se resserrait en pointe jusqu'aux pieds. Les hommes ont découvert mon oncle et l'ont porté dans le cercueil. Il se tenait tout droit, il avait l'air de se raidir. L'un des hommes a posé sur la table de nuit une petite soucoupe d'eau bénite et une branche de buis. Il ne restait plus qu'à fermer le cercueil. L'homme a pris un air solennel et il a dit : «La famille? C'est pour le bénir.» Puis ils ont attendu que nous bénissions Jérôme, chacun à notre tour. Papa et maman paraissaient gênés, ils ne savaient quelle contenance prendre. Ils courbaient les épaules et avaient l'air vieux et enfantin. Ils n'y avaient pas pensé. Je sentais qu'ils ne pourraient pas bénir Jérôme. Et ils ne pouvaient pas non plus décider de ne pas le faire. Ils avaient honte devant les hommes de ne pouvoir s'y résoudre. Mais leur honte, s'ils y avaient consenti, aurait été bien plus grande encore. · Ensuite, j'ai repensé à leurs hésitations. Ils auraient bien pu prendre le buis et faire sur Jérôme le signe de croix, comme ils avaient pu recevoir nos voisins et accepter leurs condoléances. Cependant, leurs mains restaient nouées. Les deux hommes auraient pu attendre jusqu'au soir, ils n'auraient pas fait ce geste. Peut-être étaient-ils hypocrites à leur manière. Mais personne n'aurait pu les forcer à prononcer des paroles de regrets. Ils pouvaient se dire qu'ils n'avaient menti à personne dans la mesure où la mort de Jérôme nous forçait à une attitude vis-à-vis des étrangers. Ils se le disaient sans doute, et qu'ainsi ils resteraient en paix avec eux-mêmes. Bénir notre oncle, ç'aurait été trop déguiser l'indifférence avec laquelle ils le voyaient mourir. C'était, à soixante ans passés, consentir au mensonge, même le plus naturel. S'ils l'avaient fait, ils n'auraient sûrement pas pu vivre ensuite avec la même tranquillité. Ils le savaient. C'était cela qui les figeait sur place. Moi aussi. Je savais qu'ils ne le feraient pas. Et puis il y avait ce signe à faire, d'une religion dont ils se passaient depuis trop longtemps, qui n'avait plus de sens. Pour en finir, j'ai dit aux hommes qu'ils pouvaient faire ce qu'ils avaient à faire. Alors, ils ont refermé le cercueil et ils ont scellé le couvercle. La chambre sentait le chêne verni. On entendait les petits cris des vis en cuivre dans le bois lisse. Les hommes ne peinaient pas et ils travaillaient avec soin.

Puis, ils ont déposé la bière refermée sur des escabeaux très hauts qu'ils avaient apportés avec eux.

Je ne me suis pas rendu compte de ce qu'on venait de faire. Les hommes ont dit : « Voilà, c'est fait. » Ils ont soulevé leurs casquettes et ils sont partis. Nous avons entendu s'éloigner leur camionnette. J'ai compris que je ne verrai plus jamais Jérôme. Je me souviens qu'une fois les hommes sortis, nous sommes restés plantés là tous les trois, gênés à cause de la même chose. Nous n'avions pas regardé Jérôme une dernière fois. Je trouvais tout à coup révoltant que nous soyons coupés de lui à jamais sans avoir été avertis plus solennellement qu'on allait l'enfermer. On nous avait surpris. Je me suis dit que si je l'avais revu une seule fois, j'aurais sûrement appris quelque chose de définitif sur ce qu'avait été Jérôme pour nous. J'avais dans les oreilles le grincement des vis de plus en plus désagréable au souvenir et ne pouvais pas me décider à m'en aller. Puis, à la fin, je me suis dit que si je l'avais vu, j'aurais voulu le revoir toujours une dernière fois et qu'il n'y avait pas de dernière fois. Je m'y suis faite et je suis sortie. C'est le seul regret que j'ai emporté de Jérôme, de ne pas l'avoir regardé exprès avant de ne plus le revoir. Mais ce regret, j'aurais pu l'avoir de n'importe qui, de n'importe quel mort.

Des vieilles sont venues dire les prières autour de la boîte en bois, durant deux nuits. Elles ne parlaient à personne. Des vieilles qui partaient avec le jour, après avoir bu la tasse de café que nous leur versions, Clémence et moi. Désintéressées, elles veillaient tous les morts de la plaine de la Rissole. Elles venaient deux par deux, trois par trois, toujours nouvelles, car chacune voulait son tour. Le matin, elles repartaient, décharnées, très légères dans leurs jupes noires.

La veille de l'enterrement, vers quatre heures du matin, Clémence est venue dans la chambre et m'a réveillée. Elle était tout habillée. D'une main, elle tenait une valise et de l'autre elle portait Noël. Elle m'a appelée doucement par mon nom : « Tu le comprends, Francine, que je ne peux plus rester ici. Je m'en vais chez ma sœur, celle de Périgueux. » Je lui ai demandé ce qu'elle comptait faire de Noël. Elle m'a dit que c'était cela le terrible, mais qu'elle ne savait pas. De grosses larmes tombaient de ses yeux sur son corsage. Elle s'était ennuyée tellement qu'elle en avait un peu perdu la tête. Si elle s'était crue fautive, le châtiment qu'elle avait attendu lui manquait sans doute. Elle avait bien deviné qu'elle pourrait continuer à vivre aux Bugues à la condition de n'attendre de nous aucune marque d'affection, d'y vivre seule avec son enfant. Elle préférait s'enfuir.

Je ne m'étais jamais imaginé comment Jérôme et Clémence s'étaient plu. Ils s'aimaient dans le noir du grenier, ils se cachaient de nous. Clémence devait avoir un ventre doux, des seins laiteux et bas, une force molle vite enfoncée. Jérôme, dans ses vieux jours, avait dû lui trouver de la bonté. J'avais servi à défaire cette chose morne sans doute, mais qui leur avait permis de supporter l'existence aux Bugues. Je me suis demandé pourquoi. Peut-être pour ne plus les savoir en haut qui se cachaient. Sans doute n'avais-je pas voulu que Nicolas tue Jérôme, mais que Jérôme soit chassé. Mais je ne savais plus au juste ce que j'avais voulu. J'avais sommeil. Pourquoi les avais-je dénoncés? Un jour, j'en étais sûre, je le saurais clairement. Pour le moment j'avais sommeil, je n'avais pas envie d'y réfléchir.

Je n'ai pas retenu Clémence. Je lui ai donné un peu d'argent et je lui ai dit de laisser Noël: Nicolas était malheureux et il devait avoir son fils avec lui. Clémence m'a regardée sans avoir l'air de comprendre. Puis son visage s'est élargi tout à coup comme par un coup de pierre dans l'eau. Brusquement, elle m'a tendu Noël et elle est partie en courant. Je l'ai entendue descendre l'escalier à petits pas rapides, traverser la cour, et c'est tout. Je lui avais enlevé Jérôme, je ne l'avais pas retenue auprès de Nicolas et cependant elle me donnait son fils, bêtement, sans même essayer de me convaincre que c'était elle qui aurait dû le garder. Je l'ai imaginée un moment, courant pendant quatre kilomètres jusqu'aux Ziès dans la nuit, toute seule. Mais je n'ai pas pu y penser longtemps. Ce n'était pas la peine de me forcer à avoir pitié d'elle, je n'y étais jamais arrivée, je n'y arriverais pas ce soir. De même, je ne lui en voudrais jamais même après ce qu'elle avait fait. Et tout le monde ici était comme moi. Le mieux, en effet, c'était de la laisser partir chez sa sœur.

J'ai tenu Noël dans mes bras pendant un instant: l'enfant de Clémence et de Nicolas. Je ne savais pas quoi faire, où le coucher jusqu'au matin. J'étais fatiguée, j'avais envie d'apporter son fils à Nicolas, mais je savais que, ennuyé d'être réveillé en pleine nuit, il m'aurait reproché d'avoir laissé partir Clémence. Le lendemain, au contraire, il m'approuverait; il se sentirait délivré. Pour le moment, il me fallait garder Noël. Il criait, il pleurait. Il n'était que quatre heures du matin. Qu'en faire, mais qu'en faire? Je l'ai posé sur mon lit, j'ai appuyé ma tête contre le mur pour ne plus le voir, j'ai bouché mes oreilles pour ne plus l'entendre. La vie n'était décidément que désordre et la colère me gagnait.

Désordre, ennui, désordre. Cela avait commencé lorsque Nicolas, un soir de vendanges, l'avait mise enceinte. Et peu à peu, le désordre s'était enchaîné au désordre et les gens s'étaient laissés faire. Bien sûr, ils étaient effrayés, ennuyés à l'avance à l'idée de tout changement, Nicolas, les parents, tous. Brusquement, je me suis aperçue de ma colère et que le désordre m'habitait aussi. Il surgissait soudain de mon corps; l'ennui qui le cernait était noir, une nuit qui ne devait jamais finir. J'ai pensé à mon âge, à celui de tous ceux qui dormaient dans cette maison, et j'ai entendu le temps nous ronger tous comme une armée de rats. Nous étions du bon grain. Il y avait vingt-quatre ans qu'on se laissait vivre. On avait compté sur le temps pour mettre de l'ordre dans les affaires de la maison. Du temps avait passé. Le désordre avait gagné d'autant. C'était maintenant un désordre des âmes, du sang. Nous ne pourrions plus guérir, nous ne voulions plus. Nous ne savions plus vouloir être libres, nous étions des rêveurs, des vicieux, des gens qui rêvent du bonheur et qu'un vrai bonheur accablerait plus que tout. Jérôme mort, il restait Clémence. Clémence partie, il restait Noël. Et notre pauvreté. Et notre nonchalance, vieille de vingt-quatre ans. Il restait que nous nous plaisions à nous-mêmes et que nous ne désirions rien d'autre au fond que de continuer à nous croire faits pour une vie impossible.

Les autres dormaient. Comme d'habitude, évidemment. Chacun dans son lit dormait son sommeil. Moi, je veillais. Toujours la même chose. J'avais Noël, Noël, né du désordre lui-même et de l'ennui. Lorsque j'y songe maintenant que tout est passé, je me souviens que bientôt je n'ai plus été en colère que contre moi et principalement parce que ces idées m'étaient venues et que je n'arrivais pas à les chasser.

J'ai décidé de monter Noël à Tiène. Ce petit, on se le passait et on se le repassait, ce petit que je venais de découvrir le produit vivant du désordre et de l'ennui. Je l'ai monté à Tiène; il hurlait dans mes bras, durci par la colère, redoutable. Tiène avait dû être réveillé par ses cris. Allongé, les mains sous la tête, il fumait. «Qu'est-ce qui se passe?»

Je lui ai dit que Clémence était partie et que je lui avais dit de laisser le petit. Je lui ai demandé aussi ce que nous allions en faire. Tout en parlant, je voyais Tiène à moitié relevé dans son lit, la forme de son corps. Pourquoi est-il si beau qu'on ne peut s'empêcher de le regarder même dans la colère? Pourquoi est-il si désirable, si déroutant, tellement empli de silence que toute parole prononcée en sa présence est mensonge ? Il me souriait, son visage vieillissait et rajeunissait sans arrêt et dans moi le jour succédait à l'ombre, le frais au chaud.

Comment Tiène peut-il m'aimer ? Je me suis sentie âgée de cent ans, je suis née en des jours malheureux et je n'ai pas la force et je n'aurai jamais l'idée d'espérer quoi que ce soit pour moi seule. Un jour, il est arrivé ici et il s'est arrêté. Il n'a donné que de mauvaises raisons à ce séjour, je le sais bien. Pourquoi Tiène a-t-il quitté une famille excellente pour celle-ci, si ennuyeuse ? Comment Tiène peut-il me désirer de son visage que l'on hume comme un bois frais du matin ? Moi, qui suis laide, pourquoi veut-il me forcer à sourire ?

Noël devait avoir faim disait-il parce qu'on l'avait fait lever en pleine nuit. Il a enfilé sa veste. Il m'a demandé d'aller me coucher. Il descendrait Noël à la cuisine et lui ferait boire un peu de lait. Ensuite, il le prendrait dans son lit jusqu'à demain.

Je les ai laissés et je suis allée me recoucher. Je n'ai pas pu me rendormir. Mon corps était engourdi. Je le sentais bien calme, suspendu à ma tête, bien décidé à être sourd, à ne pas m'écouter. Mais ma tête, de son côté, s'enfuyait toute libre dans un délire d'éveil.

Le ciel est devenu blanc au-dessus des sapins du parc et les cloches ont sonné. Il y a des moments où j'oublie Tiène et où je ne peux plus du tout m'en souvenir. Il devient d'une telle insignifiance que je ne retrouve plus ni ses traits ni sa voix. Bien qu'il soit tout près de moi, là-haut dans une chambre du second étage.

Voici l'aurore, la nuit craque de tous les côtés. On la croyait éternelle. On aurait dû dormir. Puisque voici un nouveau, un immense jour jusqu'à ce soir. Tout est déjà passé. Tout est déjà passé de l'autre côté, déversé dans le gouffre où les jours s'entassent lorsqu'ils ont été vidés, et la mort de Jérôme, et ma vie qui traîne le long des années et de mon âge sans y entrer jamais. C'est le matin de l'enterrement. Quand le monde cessera-t-il ? Quand les gens cesseront-ils d'enterrer leurs morts avec un soin si parfait ? Quand après l'aurore n'aimerai-je plus Tiène ?

Beaucoup de gens sont venus à l'enterrement. Il y en avait que nous connaissions à peine. On n'en avait jamais tant vu aux Bugues.

On a sorti le cercueil et on l'a posé sur une camionnette noire. Celle-là était pour Jérôme seul. Il y en avait deux autres pour les vivants. Ils y sont tous allés, Tiène et Nicolas aussi.

Je suis restée seule aux Bugues avec Noël qu'il fallait garder. Il faisait beau. Noël dormait encore. J'ai été traire nos deux vaches, sortir Mâ, donner à manger aux poules et aux lapins. Sur le haut des Ziès, Clément gardait les brebis ; son chien jappait et courait sur la colline. J'ai pensé que bientôt viendrait le temps de tondre les brebis, bientôt aussi celui d'arracher les pommes de terre, de couper les tabacs, de faire des manoques, à la veillée, sur la grande table du grenier. Le blé était rentré, il faudrait aller le vendre à Périgueux. On avait perdu du temps depuis une dizaine de jours, il fallait le rattraper. Clémence, partie, il allait peut-être falloir prendre quelqu'un pour la remplacer. Avec deux personnes en moins à table, nous y arriverions peut-être.

Je suis rentrée dans la maison. L'air sentait les fleurs, les tables avaient été poussées contre les murs, les portes étaient ouvertes. Je suis allée dans la chambre de Jérôme ; j'ai fermé la porte à clef et j'ai mis la clef dans la poche de mon tablier. Puis, je suis allée prendre Noël dans la chambre de Tiène ; réveillé, il racontait de nombreuses choses inarticulées et bienveillantes. Le soleil emplissait la chambre et se reflétait sur sa bouche humide et transparente, sur ses joues où se jouaient des ombres roses. Dans ses prunelles, la lumière s'irisait et découvrait des cristaux verts et violets comme ceux des bas-fonds de la Rissole par les jours de plein été.

Il fallait le changer, lui faire sa bouillie. Hier au soir, j'avais été irritée contre lui. Il m'a tendu les bras et je l'ai porté. Sur sa figure, j'ai senti la tiédeur de sa joue et sa respiration légère. Cela a une odeur de foin chaud, cela s'appelle Noël Veyrenattes, cela a éclos et pris sa place il y a vingt mois dans le ventre d'une femme, d'une très pauvre femme. Je ne sais pas bien ce que j'ai éprouvé. J'ai serré Noël très fort dans mes bras tout en m'empêchant de le serrer davantage. J'aurais voulu me réconcilier avec lui, en confondant sa faiblesse si fraîche, avec ma force déjà vieille.

Je l'ai habillé et je l'ai fait déjeuner. Puis, il a fallu ranger les chaises et les tables, donner à la maison un air de calme et d'ordre. Il était bien midi lorsque je suis sortie avec Noël. Ils ne reviendraient pas avant trois bonnes heures. Ils déjeunaient aux Ziès. Le temps de revenir à pied, il fallait bien compter trois heures.

La clef de Jérôme dans ma poche – il fallait le faire comme le dernier point d'un ouvrage – je suis allée au puits, j'en ai soulevé la table et j'ai jeté la clef. Il ne fallait pas que ce soir, maman ou Nicolas puissent aller fouiller dans les affaires de Jérôme. On aurait dit que la clef descendait dans mon corps, gelée et dure. J'ai entendu le bruit qu'elle a fait en arrivant au fond. Jérôme ne se présenterait plus, bel homme dépoitraillé, au seuil de la maison. Jérôme, ç'avait été simplement cette arrogance attablée à côté de nous et qui ne laisserait pas de souvenirs. C'était fini.

Je suis allée avec Noël dans le petit bois à clairières qui est derrière la grange et nous avons attendu le retour des autres.

Noël s'est endormi dans le creux de mon bras. À un moment, il a eu faim et il a cherché, de sa main, à découvrir mon sein. Il s'en amusait en dormant. Il se réveillait et nous riions ensemble. Puis il s'endormait encore et recommençait à téter mon sein que j'avais sorti de ma robe. Ensuite, dans le sommeil, sa bouche oubliait et s'entrouvrait, mouillée. Le bruit de succion qu'il faisait en tétant, si léger, me faisait découvrir que j'avais un corps resté tout jeune encore à travers d'épaisses et anciennes fatigues. Je le sentais parcouru maintenant d'un jeu de frémissements si neufs, si matinaux, que je riais toute seule.

Nous étions bien là tous les deux. On voyait le ciel bleu au-dessus de nous, et à nos pieds, allongées sur les flancs des collines, nos forêts serrées et sombres. À un certain moment, j'ai vu que Clément rentrait ses brebis. Son chien a jappé et les bêtes sont parties dans un bruit doux et mou de froissement de prairies. Je ne sais pas si je me suis endormie tout à fait. J'ai rêvé d'un paysage léger qui me rappelait celui des Bugues qu'il me semblait avoir quitté depuis longtemps.

Au moment où j'ai rouvert les yeux, des gens montaient le chemin. Ils marchaient les uns derrière les autres, curieusement, parfois ils se groupaient et parfois ils se séparaient. Dans le soir qui venait, leur groupe faisait une tache d'ombre mouvante et de forme incertaine.

Ils sont rentrés des Ziès avec Luce Barragues. Nicolas avait appris par moi que Clémence s'en était allée ; il le lui avait dit et c'est pourquoi sans doute Luce était venue aux Bugues.

Depuis deux ans, elle n'était jamais revenue à la maison, depuis le mariage de Nicolas. De loin en loin, elle passait mais elle ne descendait pas de son cheval et s'en allait au bout d'un instant. Le temps de se montrer à Nicolas et elle repartait. Nicolas n'avais jamais tenté de la retenir. Lorsqu'elle s'éloignait, il s'accoudait à la terrasse et la suivait des yeux. Quelquefois, elle se retournait : ils se regardaient de loin pendant quelques secondes et elle fouettait son cheval. Nicolas revenait de la terrasse, pâle, harassé d'impatience. Il se mettait alors à chercher Clémence dans toute la maison. Dans ces cas-là, Clémence se cachait. Il allait la sortir du vestibule sombre et l'amenait dans la lumière de la salle à manger. Il ne lui disait rien et, déjà, elle tremblait. Là devant elle, Nicolas devait vivre l'instant où, un soir, il retiendrait Luce de force et devant tout le monde. Il se laissait tomber dans un fauteuil et fermait les yeux, la tête baissée sur la poitrine. Clémence était devant lui, les bras ballants. Elle le voyait relever un visage aux yeux brillants, aux traits tendus. Ses lèvres humides étaient gonflées; on se souvenait alors des lèvres de Luce. Clémence se mettait à pleurer et lui demandait ce qu'il voulait. Il commençait par lui dire qu'il ne voulait rien, puis il lui demandait des nouvelles de Noël ou de lui dire comme elle se trouvait dans la maison. Il semblait oublier qu'il y avait un an qu'il était marié. Dans ces moment-là, il éprouvait sûrement pour elle une espèce de surprise peut-être un peu attendrie. Il devait convenir à part lui qu'elle endurait la vie des Bugues et qu'elle restait. Cela lui donnait un peu d'existence réelle dont il était surpris et curieux. Mais Clémence se sauvait. Réfugiée dans la cuisine, seule, elle l'injuriait à voix basse en sanglotant.

Pendant deux ans, Luce était restée inapprochable, terriblement exacte dans l'absence. Elle s'était toujours montrée suffisamment pour empêcher Nicolas de l'oublier.

Je n'ai jamais su ce qu'ils s'étaient dit pour que Luce soit revenue le soir même de l'enterrement de Jérôme, dès le lendemain du départ de Clémence.

Nicolas lui avait probablement confié que Jérôme n'avait jamais reçu de coup de pied de Mâ et que c'était lui qui l'avait frappé. Mais je n'en suis pas sûre.

Elle bondissait là, tout de suite, sans honte. Elle venait dans un élan si fougueux qu'elle forçait la honte, à peine née, à se terrer, honteuse d'elle-même. Elle voulait Nicolas sans attendre, tout frais encore du meurtre de Jérôme, tout maladroit de la liberté du départ de Clémence. Tout le monde avait très faim et nous avons commencé à dîner presque en plein jour. Nicolas avait ajouté à l'ampoule du plafond une vieille lampe à pied dont nous ne nous étions plus servis depuis la Belgique. En l'honneur de Luce.

Nous avons tué deux belles poules. L'odeur nous en arrivait dorée, joyeuse. On avait cette faim d'après les journées de plein air et l'on éprouvait le besoin de fuir l'horizon fumeux des champs où l'œil ne trouve jamais à se poser, de se sentir cernés entre quatre murs à portée de la main. «Ça va être prêt, disait Luce Barragues, un peu de patience, les garçons.» Et elle riait. Son manteau noir enlevé, elle est apparue dans une robe d'été. Pas très grande, mince, des épaules rondes, douces, ensoleillées. Elle avait des cheveux noirs qui caressaient son cou et qui remuaient, remuaient sans cesse, des yeux bleus, un visage très beau, très précis qui se défaisait continuellement dans un rire silencieux. On croyait la connaître. Sa mère morte, elle vivait seule avec le père Barragues et deux jeunes frères. Riche, et des domestiques. Des mains seulement durcies par les rênes de la jument. Quelquefois, tôt, en été, je la rencontrais du côté des Ziès et nous faisions la course sur nos chevaux. Je me souvenais d'un visage blanc et de lèvres mauves du froid du matin sous des yeux bleus. Mais je ne l'avais jamais vue rire à la lumière, les bras nus, la gorge nue, entre deux hommes. Elle marchait là dans la pièce comme encore à cheval. Ses gestes les plus doux faisaient du vent, dégageaient une odeur de vent. Elle était partout autour de nous. Nous en étions étourdis, interdits. Ce soir d'enterrement, nous ne savions plus quelle était l'allure vraie des choses. Chacun sentait l'autre arrivé au bout de notre vieille lenteur à tous, au bord de l'impatience, de l'exubérance peut-être. À table, elle nous montrait comment il fallait rire. Tranquillement, en mangeant, elle riait dans la figure de Nicolas. Lui se forçait à être sérieux et cependant on devinait qu'il aurait ri de tout au moindre prétexte. Ce n'était plus le même frère. Je le gênais vaguement. Il ne savait plus que regarder, que dire, comment se servir de ses mains pour boire et manger. Une joie dangereuse l'étouffait; elle giclait parfois de lui dans un mot, dans un rire, dans un geste qu'il n'avait pas su retenir. J'avais l'impression qu'il pouvait en mourir. Il cherchait à se lancer une fois pour toutes dans un flot de rire naturel où l'importance et l'orgueil qui l'étouffaient depuis l'affaire de Jérôme seraient emportés. Il regardait de tous les côtés, il se retournait même et ses mains tremblaient de la même recherche que ses yeux. Luce était en face de lui. Il la cherchait encore. Il n'y croyait pas. Il ne la voyait pas. Il aurait voulu avoir encore à lui apprendre que c'était lui qui avait tué Jérôme. De temps en temps son regard revenait précipitamment vers elle. Puis, il regardait encore la cour, la recherchait encore. Il essayait de l'apercevoir entre les arbres, sur son cheval.

Le repas avançait. Parfois en parlant, elle prenait la main de Nicolas dans la sienne mais il ne la laissait pas faire et la retirait vivement. Luce riat de plus belle. Elle disait qu'elle le savait depuis longtemps que Nicolas était bizarre, mais pas au point de s'empêcher d'être joyeux alors qu'il en avait envie. Elle n'aurait pas dû dire cela. J'ai eu peur que Nicolas ne se ressaisisse, mais il n'a pas fait attention. Les autres non plus n'ont paru rien remarquer. Tout le monde écoutait Luce avec un mélange de ferveur et de distraction, comme une musique.

Il y avait des années que Luce et Nicolas voulaient connaître le goût de leurs bouches. Il existait entre eux depuis le mariage de Nicolas une vieille querelle muette jamais vidée. Et Nicolas était un peu brusque avec Luce parce qu'il ne voulait pas résoudre encore cette querelle. Il ne voulait pas être heureux aussi vite, il n'entendait pas savoir qu'il était déjà heureux. Il aurait eu du remords à quitter tout de suite sa vieille tristesse.

Lorsque Luce disait qu'il était bizarre, cela n'avait pas de sens mais je ne pouvais pas m'empêcher de retrouver mon ancien petit frère. «Bizarre.» Nicolas dansait dans ma tête au-dessus de ce mot, âgé de tous les âges qu'il avait eus successivement, tournait autour, s'en échappait et y rentrait sans cesse, tantôt tout petit comme Noël, tantôt suant et tremblant de sa bataille avec Jérôme. Tel que je le voyais là ce soir, il se tenait sur la crête de ce mot vague, mince, rêveur, comme un danseur. D'une minute à l'autre, il allait sombrer dans le bonheur. J'aurais voulu qu'il se souvienne un peu de moi, qu'il me regarde. Simplement prendre ma main et l'embrasser, se rappeler par exemple que j'étais là lorsqu'il avait tué Jérôme. Que nous parlions ensemble une dernière fois de ce matin-là comme d'une chose de notre amour qui était à nous deux seuls. Mais, justement, il évitait de me regarder. De cela, il ne parlerait plus désormais qu'à Luce. Et c'est pourquoi, très loin, au-delà de ma joie, je me sentais un corps triste, sans frère.

Nous parlions surtout de Nicolas. D'un Nicolas d'avant son mariage, de son enfance, et il arrivait que je sois mêlée aux récits que l'on en faisait. Luce nous a rappelé nos rencontres sur les berges de la Rissole pendant les premiers étés que nous passions aux Bugues.

Tiène se levait souvent pour aller chercher de nouvelles bouteilles de vin. Tout le monde avait soif. C'était sans doute parce que Tiène lui-même était un peu gris qu'il avait l'air de se rappeler lui aussi comment Luce et moi avions failli étouffer Nicolas en lui apprenant à siffler dans une tige de sureau; et de notre épouvante, et de notre acharnement ensuite à continuer ce jeu terrible malgré la peur que nous avions eue. Papa et maman m'encadraient à table. Ils parlaient peu. Ils nous écoutaient, ils répondaient aux questions que nous leur posions. Ils n'avaient guère de souvenirs de notre enfance aux Bugues parce qu'à ce moment-là ils avaient dû beaucoup travailler et ne s'étaient pas beaucoup occupés de nous. Je me souvenais mieux qu'eux des histoires de Nicolas, je me souvenais mieux que quiconque de notre passé. C'est pourquoi je parlais tellement. Tiène se mêlait à notre conversation. Il riait avec nous. Nous avions presque oublié qu'il n'avait pas grandi aux Bugues. Sans doute riait-il de ses souvenirs à lui. Mais il n'en disait rien, par discrétion, pour qu'il ne soit question ce soir-là que de mon frère.

Tout en parlant, je voyais Nicolas qui m'écoutait avidement par une sorte d'inattention supérieure. Il était assis auprès de Luce. Par sa chemise entrouverte, je voyais sa poitrine lisse et dorée à la lumière. Ses bras ne se retiraient plus aussi brusquement quand ils touchaient ceux de Luce. En les regardant, on ne pouvait s'empêcher de penser aux corps qu'ils auraient, nus. À côté de la chevelure si noire de Luce, celle de Nicolas paraissait châtain clair, striée de mèches presque blondes, décolorées par le soleil. Sans doute avaient-ils eux aussi bu trop de vin. À la fin du repas, leurs têtes parfois se rapprochaient et se frôlaient. Ils ressemblaient à deux jeunes bêtes qui jouent. Lorsqu'ils riaient, leurs lèvres et leurs dents luisaient sous leurs rires, comme des choses ensoleillées.

Nicolas parlait quelquefois mais seulement pour rappeler que Luce avait joué avec nous, qu'elle avait été là, à telle ou telle occasion.

De temps en temps, je regardais dehors. La forêt était déjà toute bleue. Il devait être tard. Au ras du parapet, s'alignaient les sommets triangulaires des sapins noirs.

À un certain moment Clément a traversé la cour pour s'en retourner chez lui, sur la colline des Ziès où il habite. Il portait un seau de lait de brebis. En passant, il a regardé notre table tout illuminée au milieu de nous six qui étions joyeux. Il a détourné la tête, il nous a salués de son chapeau et il s'en est allé. À part moi, personne ne l'avait vu passer. Je n'osais pas regarder trop longtemps dehors de crainte de leur montrer qu'en réalité je ne me trouvais pas en ce moment auprès d'eux mais par là, auprès de Clément, sur les chemins déjà sombres dont je me souvenais comme de lieux très lointains. C'était la première fois qu'on rappelait autant le passé dans la famille. En en parlant si longuement à Luce, pour Luce, je l'ai senti qui gisait dans ma mémoire, désolé. Pour eux deux, au contraire, le même passé se trouvait en pleine lumière, tout en fleurs. Jusque dans nos souvenirs,

Nicolas m'avait oubliée. J'aurais bien voulu être seule, cesser de parler avec eux pour pouvoir y penser à mon aise.

À la fin du repas, j'ai vu que Tiène avait fini par se distraire. Il regardait la cour, lui aussi. Il a dit qu'il devait être tard et que jamais avant ce soir il n'avait senti aussi profondément combien on se sentait loin de tout aux Bugues.

Papa et maman paraissaient fatigués. Ils n'écoutaient plus. Papa s'endormait. Il nous a dit en souriant qu'il se faisait vieux et qu'il n'était plus assez jeune pour veiller.

Nous sommes sortis de table.

Nicolas, Tiène et Luce sont passés dans l'atelier. Je suis restée seule avec maman. Elle m'a complimentée et m'a dit que j'avais bien rangé la maison. Elle m'a demandé si je m'étais occupée de la chambre de Jérôme. Je l'ai tranquillisée : la chambre était rangée ; il n'y avait rien là-dedans qui pouvait encore nous intéresser, on l'ouvrirait plus tard, au moment du nettoyage d'hiver. J'avais la clef. Plus tard on verrait. Maman n'a pas insisté. Elle paraissait fatiguée, mais elle n'avait pas l'air de vouloir encore aller se coucher.

— Assieds-toi un peu près de moi, une minute seulement.

Nous nous sommes assises l'une près de l'autre, le long du mur de la salle à manger.

— Tu ne m'as rien dit depuis quinze jours, Françou. On n'a pas eu le temps de se parler. Où est Clémence ?

Je lui ai raconté en quelques mots le départ de Clémence. Je m'étais occupée de Noël. En ce moment il dormait en haut. Je l'avais fait manger avant le dîner. Il ne fallait pas qu'elle s'inquiète de l'avenir. Je m'occuperai toujours de Noël. Il valait mieux que Clémence soit repartie à Périgueux.

— Et Nicolas ? Que va faire Nicolas ? Et toi, Françou ? C'est que notre vie va changer.

Elle parlait vite. Soudain elle se rappelait que je n'étais pas mariée. Je savais que c'était chez maman le souci le plus constant mais elle n'en parlait jamais directement à personne. De la mort de Jérôme, elle augurait sans doute une ère de changements de toutes sortes dans notre existence. Jérôme était mort, rien n'était donc tout à fait impossible, après tout je pourrais réussir à me marier.

Elle a mis ses mains dans les miennes et presque aussitôt, comme d'habitude, elle a commencé à oublier ce qu'elle venait de dire. Je lui tenais les mains très fermement et elle se rassurait peu à peu.

Elle a maigri en vieillissant et ce soir-là, dans sa robe de taffetas noire, c'était plus visible que les autres jours. Je sentais ses doigts entre les miens, durs et noueux comme des racines. De dessous sa jupe, ses pieds sortaient, ficelés dans de très petites bottines vernies.

Je lui ai demandé si elle était triste à cause de la mort de Jérôme. Elle m'a dit que oui, naturellement. Je me suis aperçue tout d'un coup qu'elle était vieille. Mais il est vrai que toujours elle m'avait paru vieille, la plus vieille de toutes les femmes. Je crois que c'est le souvenir de la ville de R... en Belgique qui l'avait rendue indifférente à tout ce qui se passait depuis vingt ans autour d'elle. Elle s'était mise à y penser après son départ, à repenser sans cesse à sa jeunesse qui s'y était écoulée sans qu'elle s'en aperçoive. Souvent, dans la nuit, je savais qu'ils en reparlaient avec papa, parfois longuement. À part ces souvenirs, rien ne préoccupait vraiment maman depuis qu'elle était aux Bugues. Quelquefois, elle pensait à son mariage, mais c'était avec plus de curiosité que d'inquiétude. Je crois que depuis longtemps déjà maman avait en secret, dans son cœur, abandonné ses enfants. Elle l'avait fait à sa manière qui était pleine de grâce parce qu'elle ne devait pouvoir se supporter que dans le dénuement, mais le plus innocent. Je l'avais toujours connue fascinée par le miroitement des jours qui passent ; quels qu'ils aient été, sombres ou gais, elle n'avait jamais songé à s'en attrister ou à s'en réjouir. Elle n'était ni heureuse ni malheureuse, elle ne se trouvait pas avec nous ; elle était avec le temps qui passe, d'accord avec lui.

Lorsque par hasard je tenais maman à ma disposition je m'émerveillais toujours de sa grâce si grande. Ce soir, j'en ai oublié les autres qui m'attendaient à côté. Je ne voyais pas ses yeux qui étaient baissés. Sur son visage fermé, des rides couraient, rondes, douces, qui indiquaient qu'elle était âgée et que sa vie se terminerait bientôt. Elle n'y pensait pas. Ce n'était plus maman qui était sur cette chaise mais déjà son image. J'ai pensé à sa mort par un matin de plein été. C'était une chose presque bonne à penser à force d'être simple et naturelle. Nous ne l'enterrerions pas aux Ziès comme Jérôme, mais ici même, face à la belle vallée de la Rissole.

Elle m'a demandé si je me marierais avec Tiène. On ignorait qui il était, Tiène, au fond, disait-elle ; on ne connaissait pas sa famille. Elle aurait bien voulu la voir au moins une fois afin de me marier convenablement. Je l'ai embrassée et je lui ai dit qu'elle était surtout curieuse de savoir où nous en étions. Elle n'a pas insisté et elle a aussitôt parlé d'autre chose. Elle m'a dit, ce que je savais déjà, que Luce était revenue des Ziès avec eux et qu'elle avait trouvé que Nicolas en avait paru heureux. J'ai bien compris qu'elle aurait aimé que je lui donne mon avis sur le départ de Clémence et le retour de Luce aux Bugues. Mais je ne pouvais rien lui répondre et elle est restée silencieuse elle aussi. Elle devait être du même avis que moi, qu'il était impossible d'en parler. Maintenant que Nicolas était libre après avoir attendu si longtemps de le devenir, nous nous sentions très étrangers à lui. J'avais l'impression que Jérôme, plus que nous-mêmes, l'avait retenu aux Bugues. Maman devait l'avoir senti aussi bien que moi. En supprimant Jérôme, Nicolas avait perdu son ancienne patience et sa raison d'attendre. Et Luce était apparue au moment précis où Nicolas cherchait un prétexte à sa nouvelle liberté. Nous ne pouvions savoir jusqu'où elle l'entraînerait, avant qu'il s'aperçoive que c'était bien autre chose que Luce qu'il avait attendu des années. Bien autre chose, qui ne peut s'atteindre ni par la folie ni par la raison. Non, nous ne pouvions plus savoir ce que deviendrait Nicolas. Il était décourageant à l'avance de tenter de l'entrevoir. C'est pourquoi maman ne m'a plus questionnée et, bientôt elle a désiré retourner vers papa. Et lui-même l'appelait, impatient de ne pas la voir venir. Déjà, elle devait s'ennuyer de penser à Nicolas, s'en vouloir d'avoir songé même pendant un moment à le retenir auprès d'elle. Je l'ai embrassée dans ses petites rides, sur ses paupières fanées et le long de son front, au bord de ses cheveux, là où elle ne sait pas qu'existe l'odeur d'une fleur.

Elle s'est éloignée, puis j'ai entendu qu'elle parlait à papa de la bonne soirée qu'ils avaient passée.

J'ai pensé que nous avions des parents pour nous permettre seulement de pouvoir les embrasser et sentir leur odeur, pour le plaisir.

Je suis allée retrouver les autres dans l'atelier.

Luce et Nicolas étaient assis l'un près de l'autre sur le divan. Luce avait la tête appuyée contre le mur, le cou dégagé de ses cheveux. Ses yeux étaient fermés mais on aurait dit qu'elle continuait à regarder quelque chose à travers ses paupières. Son visage immobile exprimait maintenant comme une profonde fatigue malgré le sourire oblique oublié sur sa bouche. Elle ne l'écoutait pas lui parler à l'oreille. Elle avait l'air de penser à une chose inactuelle. Qu'un jour elle laisserait Nicolas après l'avoir tant attendu, elle devait déjà le savoir et s'en désespérer à l'avance. Elle le savait depuis toujours, tout en se le cachant, naturellement, mais ce soir qu'elle l'avait enfin tout à elle, elle ne pouvait sans doute plus se le cacher.

Lui était penché sur sa gorge, les bras durement tendus le long du corps. Ses mains, à plat sur le divan, frôlaient celles de Luce sans penser à les saisir. Il paraissait distrait d'elle à force d'épier son visage. D'une voix étouffée, il la questionnait sans répit : « Pourquoi à cheval ? si tard ? Le soir, toujours le soir ? »

Il avait bu, mais pas assez pour abandonner son air un peu coléreux ni pour oser la prendre dans ses bras. Il voyait qu'elle paraissait déjà excédée d'attendre de s'en aller avec lui. Je me suis demandé s'il ne vivait pas une espèce de cauchemar. Elle répétait : « Je n'ai pas mon cheval, tu vas me raccompagner. »

Elle connaissait trop Nicolas pour s'amuser à l'intriguer. Ce qu'elle ignorait seulement c'était le corps de ce garçon qui avait grandi à côté d'elle et dont elle était restée depuis toujours proche et séparée par une sorte de pudeur fraternelle. Il la devinait impatiente de s'en aller avec lui. C'est pourquoi sans doute il lui parlait autant, pour la retenir, pour qu'elle lui laisse du répit avant de s'avancer avec elle dans le chemin. Sa hâte ne le trompait pas et l'angoissait.

Quand j'y songe maintenant, je crois que le désir de Luce était différent de celui de Nicolas. C'était un désir de toujours qu'elle avait eu très tard le courage de s'avouer. C'était elle qui lui avait appris qu'ils se désiraient et qu'ils pouvaient avoir raison de leur éloignement de frère à sœur.

Maintenant, en essayant de le retarder, Nicolas lui gâchait son plaisir qu'elle aurait sûrement voulu sans délai, peut-être aussi sans lendemain. À bout de patience, c'est elle qui l'a entraîné dehors.

Ils ne nous ont pas dit au revoir. Ils sont partis ensemble dans la nuit chaude d'août.

Je suis restée seule dans l'atelier avec Tiène. Assis au piano, il chantonnait en s'accompagnant légèrement d'un doigt. Il a entendu Luce et Nicolas s'en aller, il a cru que j'étais partie aussi.

Il s'est cru seul. Il a fredonné plus fort. Je n'osais pas bouger et je me tenais debout au milieu de l'atelier sans faire de bruit. Je ne voyais que son dos au fond de la pièce mal éclairée, son dos et son cou sur lequel les cheveux naissaient en petites paillettes cuivrées.

Depuis quinze jours, il ne me parlait plus. Il paraissait ne plus s'intéresser à moi. Je ne connaissais pas ce qu'il chantait. À l'entendre, c'était comme si la vie se dépouillait tout à coup des événements comme d'une écorce inutile pour apparaître dessous, paisible et forte. Je ne l'avais jamais surpris tout seul. Il paraissait heureux.

Nous ne connaissions pas Tiène. Je ne le connaissais pas non plus. Je me suis dit que bientôt peut-être il partirait des Bugues. Son départ, pas plus que son arrivée, ne m'apprendrait rien sur lui. Il se désintéressait profondément de toutes nos histoires. Il n'était là que pour son plaisir, un plaisir que nous ne pourrions jamais comprendre, celui de vivre avec nous. Je ne devais pas plus compter à ses yeux que Nicolas ou Luce. À y réfléchir, c'était comme s'il m'avait forcée à ne jamais l'aimer, à ne lui plaire qu'en restant pareille toujours, à n'être personne. Bientôt il me laisserait aux Bugues avec eux, avec rien.

Je me suis demandé tout à coup si son départ avait une grande importance, si au fond je ne désirais pas qu'il parte tout de suite. Je crois que, sans me l'avouer, j'ai eu envie de le chasser, à l'instant même, des Bugues. Nous étions seuls tous les deux. Maintenant, la nuit était noire aux fenêtres. Il entrait dans la chambre l'odeur douce et épaisse des magnolias. Le vent ne soufflait pas. On aurait pu entendre entre des pans de silence total les fleurs des magnolias se détacher de l'arbre et tomber dans le noir.

Je suis partie en laissant Tiène au piano. Il ne s'est aperçu de rien. Je n'aurais pas pu aller le rejoindre comme j'en avais l'intention. Chaque soir j'avais cette intention, chaque jour pour le lendemain, sans oser jamais le faire. Je me suis dit que j'irai dormir sur la colline des Ziès dans la hutte de Clément. Clément l'a construite pour les jours de pluie. Elle se trouve au sommet de la colline et de là, le matin, on découvre toute la plaine de la Rissole jusqu'aux Ziès.

En traversant la cour j'ai encore entendu Tiène. Le chant m'a poursuivie pendant un moment ; après la cour, il a encore tenté de marcher à mes côtés, puis, non. Après le portail, à l'orée du chemin : l'août tout seul.

Août fleurit après tous les arbres, une fois que tous ont leurs fleurs, en une nuit. Comment se tenir au faîte de ce mois, connaître durant une seconde ce vertige d'août avant septembre ? Bois, plaines mûres, falaises chauffées, se tenaient immobiles dans une stupeur surnaturelle au sein de laquelle s'élaboraient le septembre et l'octobre. L'odeur des fossés des Bugues était celle d'une pourriture, celle d'août qui, en elle, porte toutes les odeurs des mois.

Je n'étais personne, je n'avais ni nom ni visage. En traversant l'août, j'étais : rien. Mes pas ne faisaient aucun bruit, rien n'entendait que j'étais là, je ne dérangeais rien. Au bas des ravines coassaient les grenouilles vivantes, instruites des choses d'août, des choses de mort.

Nous ne connaissions pas Tiène. Il y a quatre mois, un matin, il est arrivé ici et il a demandé à voir Nicolas. C'était un matin d'avril. J'étais en train de couper les bourgeons des tabacs. Il s'est arrêté dans le chemin : «Nicolas Veyrenattes, c'est ici?» Il m'a paru grand et il avait un visage et une voix parfaitement inconnus. Il semblait ne pas avoir froid malgré le vent. On aurait dit qu'il avait dormi dans la forêt et qu'il venait à peine d'en sortir. Il portait un costume bien fait; je ne l'avais pas vu arriver; ses mains étaient vides.

C'était la première fois que quelqu'un d'étranger venait aux Bugues. À part les trois familles qui nous entourent et qui s'arrêtent en passant, de temps en temps, personne ne vient jamais nous voir.

J'ai regardé mes mains toutes noircies par le tabac, j'avais sur moi un vieux pantalon de papa que je mets pour ce travail-là. J'ai eu un peu honte. Je me suis approchée de lui. Le vent dérangeait mes cheveux et m'empêchait de bien le voir. Il soufflait une bise fraîche dans le soleil blanc. Il avait probablement oublié sa question. C'est moi qui la lui ai rappelée : «Pourquoi Nicolas Veyrenattes? C'est ici, mais pourquoi voulez-vous le voir?» Il ne m'a pas répondu et m'a demandé si j'en avais pour longtemps à couper du tabac. «Pour toute la matinée, ai-je dit, et peut-être pour le début de l'après-midi.» «Et que fait Nicolas Veyrenattes pendant ce temps-là?» Je lui ai dit qu'il labourait avec son père. Il m'a encore demandé si je coupais du tabac très souvent, si j'aimais ce travail. J'ai répondu à chacune de ses questions sans méfiance. Cette conversation n'en était pas une en réalité. Elle roulait sur des choses ordinaires et précises qui semblaient ne pas avoir d'importance. Il paraissait distrait et moi aussi je lui répondais distraitement; ses questions étaient si simples qu'elles ne me demandaient aucune réflexion pour y répondre et ainsi je pouvais l'examiner à mon aise pendant que nous parlions.

«Je vais vous mener vers Nicolas.» «Bon, c'est ça», a-t-il dit. Et sans hâte, il a marché à côté de moi. Dans les bois où nous sommes descendus, la bise soufflait plus fort. Nous ne disions rien et le seul bruit de nos pas défonçait le silence du matin. De temps en temps, il me regardait et il réfléchissait, la tête baissée. De profil, il était si beau que ses traits semblaient s'arracher de vous dans la douleur. J'ai vu qu'il était encore très jeune. Penché ainsi sa figure se crispait et se détendait successivement. «Vous êtes Francine Veyrenattes? Je suis venu pour habiter près de Nicolas et de vous. Je cherche une pension par ici.» Je lui ai demandé pourquoi. «J'ai rencontré votre frère à Périgueux. Nous avons bavardé un moment. Il m'a parlé de lui, de la sœur qu'il avait. C'était l'année dernière, depuis j'ai fait un voyage, je n'ai pas pu venir tout de suite. Mais maintenant, je ne partirai plus d'ici longtemps.» Il était évident qu'il ne me disait pas la vérité. Nicolas m'aurait sûrement parlé de cette rencontre. S'il me l'avait cachée c'était pour des raisons qu'il me jugeait incapable de comprendre. En quelques secondes, j'ai pensé qu'il était venu se cacher, à un crime, à cent choses. Mais aucune supposition ne s'accordait avec l'allure si étrange de ce jeune homme. Je l'ai prévenu que nous allions déboucher sur le champ où travaillait Nicolas. Avant, il fallait qu'il me dise pourquoi il était là plutôt qu'ailleurs. «J'avais envie de vous connaître.» Nous nous sommes arrêtés l'un en face de l'autre à un pas. Le silence de la forêt sifflait dans nos oreilles. Je l'ai averti : c'était une drôle d'idée, ici ce serait toujours comme s'il n'y avait personne auprès de lui. Il m'a répondu que non, que c'était faux et que d'ailleurs, même si c'était vrai, il avait envie de rester auprès de nous. «Il y a le dimanche après-midi pendant lequel il n'y a rien à faire. Il y a chaque soir et c'est long, l'hiver, et pas de café alentour, pas de voisins.» Il souriait. Ce que je lui disais paraissait l'amuser. «Et vous autres? m'a-t-il dit. Et vous?» Nous, nous avions l'habitude. Pour nous, la question de l'ennui ne se posait pas, même le dimanche. Quant à moi, c'était différent. Je n'avais pas choisi de rester là, je n'avais pas choisi d'en partir non plus. Il m'a dit: «Comment ça?» Je ne pouvais pas bien lui expliquer, je n'avais jamais encore pensé que j'aurais pu ne pas vivre aux Bugues. C'est pourquoi je ne m'y ennuyais pas.

Au carrefour de la route des Ziès, je lui ai indiqué le champ où travaillait Nicolas. Le soir même, il s'est entendu avec maman pour un prix de pension. Il est reparti chercher ses affaires à Périgueux et il est revenu le lendemain. Il y a de cela huit mois. J'ai demandé à Nicolas comment il se faisait qu'il ne m'ait jamais parlé de Tiène. Il ne l'avait pas oublié mais n'avait pas voulu me dire que nous allions recevoir son ami avant d'avoir la certitude qu'il viendrait, parce qu'il craignait que je sois déçue.

De temps en temps, je monte chez Tiène. J'oublie durant des semaines pourquoi il est venu vivre aux Bugues, puis l'impatience me reprend. Je voudrais en savoir davantage sur lui, tout savoir. Je ne peux pas m'en empêcher. Savoir pourquoi il est ici. Il est venu passer quelques mois avec nous, mais il aurait pu les passer ailleurs. Il ne me répond jamais d'une façon convaincante, il répète que rien d'autre ne l'a poussé à venir ici sauf ce que Nicolas lui a raconté des Bugues, de moi. Simplement ce qu'il lui a raconté et non pas un événement de sa vie heureux ou malheureux, ni même l'ennui. Je sais pourtant qu'il existe une raison autre que moi qui l'a poussé à venir aux Bugues mener une existence difficile. Un soir, je le lui ai dit : « Si vous partiez sans me le dire, je pourrais en mourir. » Et je le crois quelquefois. Il a ri et d'un seul coup il est devenu comme un enfant contre lequel on ne peut rien. Il a prétendu qu'il en faudrait bien davantage pour me faire mourir. Je lui ai demandé s'il me trouvait belle. S'il m'avait trouvée belle, j'aurais pu croire qu'il restait parce que j'étais une fille désirable. Mais à cela non plus il ne m'a pas répondu. Il ne pourrait pas me dire que je suis belle évidemment, mais me dire que je lui plais. Si j'avais cette petite certitude, il me semble que je pourrais mieux connaître Tiène, l'inventer à partir de mon visage. Mais il ne me l'a jamais dit, ni qu'il m'aime non plus. Il me prend dans ses bras et nous restons enlacés sur son lit. À ce moment-là je ne demande plus rien. Nous ne pouvons plus parler. L'ignorance entre nous se transforme lentement. Nous l'écoutons se défaire et se changer en une entente qui nous cloue sur place. Je sens bien qu'il a raison de me faire taire. Je ne sais plus pourquoi je l'ai questionné.

Quelques jours après l'enterrement de Jérôme, j'ai pu monter chez lui après le dîner. Il m'a demandé ce que j'avais fait de toute la journée. Je n'avais rien fait de particulier, je m'étais occupée de Noël. Lui aussi désirait toujours en savoir davantage sur mon compte. Il m'a tout de suite questionnée : « Jérôme est mort, c'est vous qui avez dit à Nicolas qu'il était l'amant de Clémence ? » Oui. Il le savait, mais voulait sans doute me l'entendre dire. N'avais-je pas prévu que Nicolas le tuerait ? Non, tout en espérant beaucoup de cette bataille, je ne l'avais pas prévu. Mais que Jérôme ensuite disparaîtrait ? J'y avais pensé, mais de quelle façon, je l'ignorais, je n'y avais pas réfléchi.

«Depuis vingt ans qu'il vivait ici, vous pouviez penser qu'il partirait de lui-même? Il ne possédait rien et personne d'autre que vous ne l'aurait reçu. Et lui-même, vous le savez bien, ne s'y serait jamais décidé.» Oui, sans doute, mais je n'y avais pas songé. Et que Jérôme eût pu tuer Nicolas? Non, je savais bien que non, lorsqu'il arrivait à Jérôme de travailler avec nous, j'avais bien mesuré leurs forces à tous les deux. Est-ce que j'aurais encore pu les empêcher de se battre, le matin même? Est-ce que je n'aurais pas pu les séparer sur la voie du chemin de fer? Et pourquoi y étais-je allée? Sinon pour essayer d'arranger les choses? Il me surprenait par ses questions, je lui ai dit que je n'avais pas pensé qu'il me les poserait un jour. J'ai voulu rentrer chez moi. Il m'a retenue comme jamais il ne l'avait fait encore en s'agrippant à mes épaules et en me forçant à m'asseoir. Il avait perdu son calme habituel. Son visage exprimait une curiosité intense et un peu de colère. Je me suis sentie heureuse tout à coup. C'était la première fois que les mains de Tiène me touchaient avec cette liberté et cette force. Je ne pouvais réfléchir à ce qu'il venait de me dire, je ne pensais qu'à ces mains-là.

Mais il a continué: il me fallait lui parler sincèrement et non pas lui fournir une explication de mes actes susceptibles de lui convenir, car, ajoutait-il, il ne souhaitait aucune explication particulière à la mort de Jérôme. Je lui ai bien répondu que la vérité était difficile à dégager dans cette affaire. Mais, peut-être, s'il m'aidait et m'en proposait une version qu'il estimait probable, j'aurais un terme de comparaison; je pourrais mieux voir en moi-même; tous mes mensonges, même involontaires, tomberaient d'eux-mêmes; il me serait bien plus facile alors de trouver pourquoi j'avais livré Jérôme à Nicolas.

«Vous saviez qu'ils allaient se battre puisque vous avez encouragé Nicolas à provoquer Jérôme. Vous saviez très bien pourquoi vous l'avez voulu au moment où vous avez dénoncé Jérôme et Clémence. Je voudrais savoir si cette intention est restée claire en vous tout le temps qui a suivi le moment où vous avez décidé de jeter Nicolas et Jérôme l'un contre l'autre.»

À ce moment-là, comme lorsque je lui avais porté Noël dans la nuit du départ de Clémence, j'ai cru que Tiène m'aimait. Je ne pouvais m'expliquer autrement la curiosité qu'il avait de moi. Je me suis dit que son indifférence n'était peut-être qu'une feinte, que s'il me posait ces questions, c'est qu'il avait essayé vainement d'y répondre lui-même depuis la bataille. Il pensait à moi, il s'intéressait à moi. Peut-être n'était-ce que moi qui le retenais aux Bugues. J'aurais voulu qu'il parle, qu'il me parle toute la nuit de moi sans me forcer à lui répondre.

J'ai répondu que je ne savais pas. Je n'avais eu aucune intention précise sauf celle de voir Nicolas en avoir assez. C'était tout.

Il a presque crié : c'était inadmissible et il fallait me forcer à réfléchir. Je ne voyais pas ce qu'il voulait de moi. Je n'arrivais pas à penser à ce que je lui répondrais. Cependant, je n'avais plus peur de lui déplaire. Ce n'était pas possible, je ne pouvais pas lui déplaire, mais au contraire lui plaire toujours davantage. J'ai eu le sentiment qu'il ne me questionnait que pour savoir à quel point précisément je pourrais lui plaire. Et cela, en même temps, le rendait furieux contre lui-même.

«Évidemment, vous, vous ne haïssiez pas Jérôme ?» Non, je ne pouvais pas le prendre au sérieux, je ne pouvais le haïr. Moi, par exemple, je n'aurais pas pu le tuer. Et cela bien qu'il nous eût fait beaucoup de tort et de mal. Si nous étions terrés depuis vingt ans, c'était à cause de lui ; si nous vivions dans la gêne, c'était à cause de lui. Mais je lui ai avoué que ces raisons mêmes ne me semblaient pas décisives. Aucune existence ne me semblait enviable et celle-ci que nous menions me convenait sans doute autant que bien d'autres. Moi, je n'aurais donc jamais tué Jérôme. Mais, par contre, je savais que Nicolas, lui, pouvait le faire. Donc je n'avais pas fait faire par mon frère ce que j'aurais pu faire moi-même ? Non, cela non, je l'affirmais. «Et vous pensiez que Nicolas devait en arriver là ?» Bien sûr, Tiène le savait, Nicolas n'aurait jamais pu vivre sans que Jérôme disparaisse et que ce soit son œuvre à lui. Il en était aussi persuadé que moi, Jérôme et Clémence devaient disparaître de la vie de Nicolas.

Est-ce que je savais que Luce Barragues et Nicolas… ? Oui, je le savais, je me doutais bien que tôt ou tard Luce reviendrait aux Bugues après le départ de Clémence. Luce Barragues renfermait exactement la vie de Nicolas. Quand je le lui ai dit, Tiène s'est distrait comme si tout à coup il se lassait. Son ton s'est fait plus calme. «Y a-t-il quelqu'un dans votre vie qui pourrait se comparer à Luce ?» Ce n'était pas la peine de lui mentir, il l'aurait deviné, il devinait toutes mes réponses à l'avance mieux que moi-même. J'ai regardé ses mains qui étaient à la hauteur de mon visage, il m'a semblé qu'elles me tenaient tout entière, à ce moment-là, entre leurs doigts serrés. Je lui ai dit la vérité, que quelquefois je le croyais de lui, Tiène, mais que lui-même ne le croyait pas tout à fait ; que si j'en avais quelquefois l'impression comme en ce moment, je m'apercevais vite que ce n'était pas vrai.

Tiène s'est tu un instant. Il n'a pas insisté. Ensuite il a continué à me poser des questions.

Avais-je fait cela pour le seul amour de Nicolas, l'aimais-je assez pour cela ?

Certes, je l'aimais comme il était. J'étais la seule personne capable de lui faire du bien. Lui l'ignorait et l'ignorerait toujours. Il se croyait redoutable et sauvage, mais je savais qu'il n'aurait jamais eu le courage de tuer Jérôme si je ne l'avais pas assuré qu'il en avait le devoir. Précisément, j'en étais assez persuadée pour lui laisser cette illusion. Tiène ne savait pas à quel point j'aimais Nicolas.

« Nicolas va bientôt avoir des remords, les remords existent, m'a dit Tiène, et personne ne peut y échapper. Même les gens forts, les gens comme vous. » Je me suis aperçue que Tiène souriait. Il se moquait.

Je lui ai répondu que je m'étonnais de le voir si peu perspicace. Le remords me semblait une vanité facile à combattre, une espèce d'importance que l'on se portait encore. On pouvait s'empêcher d'en avoir, je n'aurais pas de remords, j'en étais sûre. Quant à Nicolas, j'y veillerai. Je ne lui avouerai jamais quel avait été mon rôle dans cette affaire. Il avait trop besoin de l'impression d'une grande responsabilité. C'était seulement en s'attribuant une autorité de ce genre, incontestable, qu'il pourrait être heureux tout à fait avec Luce Barragues. Je ne pensais pas que cela durerait avec elle au-delà de l'automne. Sauf peut-être si elle attendait un enfant de Nicolas. Dans ce cas, la solution se trouverait d'elle-même. Dans le cas contraire, ce serait mieux pour Nicolas qui pourrait alors quitter enfin les Bugues.

Tiène a ri, il m'a dit que j'étais une petite fille ; il m'a prise contre lui sur son lit et a commencé à me caresser les cheveux.

« Il faut chercher plus loin que l'intérêt de Nicolas pour comprendre. » Sans doute. Peut-être était-ce simplement une envie de changer d'existence qui m'avait poussée à dénoncer Jérôme. Mais je ne pouvais pas avoir de certitude.

« Quand cette idée vous est-elle venue ? » Je lui ai raconté : c'était il y avait environ un mois, une nuit. Je ne pouvais pas dormir et j'entendais Jérôme et Clémence dans la chambre à côté de la mienne. Tout à coup, j'ai été dégoûtée, j'ai trouvé qu'on les avait trop supportés.

Tiène a souri : « Ils vous empêchaient donc de dormir ? » Je lui ai avoué que certaines nuits j'attendais qu'il vienne me retrouver dans ma chambre et que je ne pouvais pas m'endormir. J'écoutais les moindres bruits de la maison, c'est pourquoi j'arrivais à entendre Jérôme et

Clémence qui en faisaient pourtant le moins possible. Je savais qu'ils couchaient ensemble depuis plusieurs mois, mais c'était seulement en attendant Tiène pendant de longues heures, la nuit, que j'avais été forcée d'y penser et que j'avais trouvé cette situation insupportable.

Tiène m'a dit que la question du mensonge ne se posait pas pour moi, que je représentais une certaine vérité, que celle-ci pouvait paraître feinte, mais que lui savait qu'elle était pure et cohérente. Il a parlé d'un ton rêveur. Je n'ai pas très bien saisi ce qu'il a voulu dire. Il a ajouté que je n'étais pas menteuse, que si je disais des choses inexactes, c'était que j'étais encore en train de chercher la vérité.

Peut-être avait-il raison, mais cela m'était parfaitement égal tout à coup. Je n'avais jamais supposé qu'il pouvait se tromper. Peut-être avait-il eu raison aussi de ne pas descendre chez moi pendant plusieurs mois. Je venais d'oublier pendant un long moment que ce soir encore, c'était moi qui étais venue le retrouver. Il avait beau en savoir sur mon compte, en ce moment, il ignorait ce que je pensais. Après l'avoir attendu pendant des nuits et des nuits, je m'étais décidée à venir le trouver. Tout ce qu'il venait de découvrir sur moi et qui le faisait sourire du plaisir d'avoir réussi à le connaître, m'intéressait moins, moi, que de constater que j'avais réussi à être auprès de lui une partie de la nuit. En ce moment, il me caressait doucement la figure, je sentais la paume chaude de ses mains sur mes joues et sur mon front. Lui ne savait pas que ce n'était possible que parce que je l'avais voulu. Il devait penser en ce moment qu'il n'était pas complètement étranger à la mort de Jérôme et s'étonner de me voir si habile à ne pas me l'avouer. Moi aussi je venais de découvrir que je n'avais été dégoûtée de Jérôme et de Clémence que parce que moi j'étais seule pendant qu'ils étaient ensemble. Mais je me disais que j'y penserais plus tard. Pour le moment, c'était une chose insignifiante à côté de la vraie main de Tiène qui courait distraitement sur mon visage.

Nous avons encore bavardé un moment. Il m'a demandé si je n'avais pas trouvé que Jérôme avait été long à mourir. Non, je n'avais pas trouvé. Au contraire, son agonie avait juste duré assez pour que nous ayons le temps de nous habituer à l'idée que c'était fait, et fait par Nicolas. Il était bien de mon avis.

Il voulait savoir si j'étais fatiguée, si je ne voulais pas dormir à côté de lui dans le lit. Il m'a paru que c'était lui qui était fatigué. Il m'a serrée contre lui. Il était tout à fait calme. Sa main s'est arrêtée dans mes cheveux et nous sommes restés immobiles. Il m'a demandé d'oublier toutes ses questions. Pourquoi m'avait-il questionnée? «J'ai besoin de tout savoir de toi. Il le fallait. Maintenant c'est très bien.» Nous sommes restés encore un long moment sans rien dire l'un contre l'autre, les yeux fermés, à savoir que nous étions ensemble. Puis, Tiène a cherché ma bouche, il m'a couchée contre lui, ses jambes ont enlacé les miennes et les ont enfermées.

Septembre est venu, les jours se faisaient et se défaisaient longs, courts. J'étais très fatiguée : tout le travail, celui de Clémence et le mien, Noël dont il fallait s'occuper. Les jours de septembre sont venus qui s'arrondissaient bien aux angles noirs du soir. Quand l'ombre venait, plus rien à faire aux champs et on rentrait... Toujours plus tôt, et l'on savait que ce serait toujours plus tôt jusqu'à la Noël. Trois mois.

Tiène était là, à mes côtés, aux champs ; à mes côtés, à table. Nicolas ne s'apercevait pas que ce n'était plus l'été. Septembre jaunissant est arrivé avec son odeur de feu éteint. Il le traversait en grandes cavalcades, sur Mà, près de Luce. Nicolas travaillait très peu avec nous. Parfois aux champs on les voyait passer par les chemins sur leurs chevaux. Il a fait encore très chaud. Elle était en robe de soie, lui avait les bras nus, la poitrine découverte. Ils bavardaient, ils riaient et ils fouettaient leurs chevaux. On les apercevait aussi sur les flancs des collines, sur les routes, sur les berges de la Rissole. La nuit, ils garaient leurs chevaux et ils dormaient ensemble dans la forêt. Quelquefois, Nicolas la rentrait aux Bugues dans sa chambre. Rarement.

Il s'est passé ainsi trois semaines. Puis Nicolas s'est remis à travailler. Il a fait encore chaud. Les hommes sont restés dans la cour à réparer les outils, à couper le bois. Ils ont réparé les pans de mur qui étaient en mauvais état, ils ont remis des dalles dans la salle à manger.

Nicolas avait beaucoup de projets. Avec l'aide de Tiène, ils ont nettoyé une des pièces des dépendances, ils l'ont bien cimentée et blanchie. Nicolas voulait en faire une laiterie. D'après ce qu'il disait, cela nous rapporterait de l'argent. Il nous fallait de l'argent et on pouvait en avoir. On en aurait. Avec les prés que nous avions, nous pouvions avoir plus de vaches, faire du beurre, le vendre à Périgueux, acheter une carriole, engraisser des veaux. Je crois que Tiène lui a prêté une forte somme d'argent. Nicolas est allé à Périgueux acheter une écrémeuse et une baratte. Au retour, il m'a dit que je m'en occuperai tout de suite pour apprendre, afin de savoir plus tard commander les domestiques lorsque nous en aurions, ce qui ne saurait tarder. Il lui fallait de l'argent, disait-il. J'ai pensé qu'il comptait se remarier avec Luce Barragues. Je n'ai rien dit à Nicolas, je n'ai rien à lui opposer. Mais je devinais que cette idée n'était venue qu'à lui. Elle, n'y pensait sûrement pas. J'ai fait le beurre durant quelques semaines, toute seule dans la laiterie. Chaque mardi on venait nous le prendre de Périgueux et en effet, avec nos deux vaches, cela faisait pas mal d'argent chaque fois.

Tiène travaillait avec Nicolas, il écoutait ses projets avec un certain intérêt ; il lui avait prêté de l'argent sans se soucier de savoir s'il serait un jour remboursé. Il se levait plus tard que d'habitude. Dans sa chambre, je trouvais beaucoup de livres épars et ouverts sur son lit parmi lesquels il s'était endormi. Pendant toute cette période-là, il a dû s'ennuyer aux Bugues, mais il ne parlait pas encore d'en partir.

Il est allé plusieurs fois à Périgueux. Il n'emportait rien de ses affaires et il revenait le lendemain régulièrement.

Lorsqu'ils ont cessé de se promener tout le jour, Luce Barragues est venue chaque soir dîner à la maison. Nicolas repartait avec elle, il ne rentrait plus coucher aux Bugues. Il revenait le matin et se mettait à travailler toute la journée avec acharnement. Elle arrivait vers sept heures sur son cheval. Elle portait des robes toujours nouvelles. Ses cheveux étaient dénoués sur ses épaules. Elle me paraissait belle, toujours plus belle. Chaque soir était une fête grâce à sa visite.

Dès qu'elle arrivait, Nicolas allait la chercher et l'aidait à descendre de cheval. Il ne la quittait plus d'un pas. Il la suivait jusque dans la cuisine lorsqu'elle m'aidait à préparer le dîner. Une fois je les ai surpris dans le vestibule. Nicolas, accroupi, lui mordait les jambes. Elle a soulevé sa robe de soie brusquement et Nicolas lui a embrassé les cuisses, les a caressées de son visage et de ses cheveux. Elle était appuyée au mur, les yeux fermés, le corps raidi. Sa figure était grave et tirée.

Nous avions beau faire de très bons plats en l'honneur de Luce Barragues, Nicolas ne s'apercevait même pas que la cuisine avait changé. Il faisait toujours parler Luce et il l'écoutait dans la même espèce de délire d'attention que les premiers jours. Elle parlait avec aisance, je trouvais tout ce qu'elle disait passionnant. Elle racontait sa vie avec ses petits frères et son père. À chaque occasion, elle disait combien elle aimait son père. Pendant toute sa jeunesse elle était restée pensionnaire à Périgueux. Cela lui avait été très dur. Deux fois elle avait réussi à s'échapper. Finalement on avait été obligé de la renvoyer. La mort de sa mère, elle la racontait aussi, du même ton tranquille. De temps en temps, elle s'apercevait que Nicolas la regardait et elle lui caressait le bras doucement. Il lui prenait alors la main ; il ne devait pas toujours mesurer la force qu'il mettait dans ce geste. Luce à ce moment-là faisait une grimace irritée et parfois aussi elle riait. Chaque soir, nous l'amenions à parler d'elle, à nous raconter les mêmes choses ; elle y revenait sans cesse. Nous n'en finissions pas de nous y intéresser. À part Nicolas, on s'ennuyait aux Bugues à ce moment-là.

Il m'a semblé que Tiène ne prenait pas autant d'intérêt que nous aux récits de Luce. Parfois cela m'agaçait un peu. Je disais : « Tiène ? Tiène ne t'écoute pas, Luce. » Je ne sais pourquoi je désirais mettre Tiène dans son tort. Luce se taisait tout net. Tiène souriait avec gentillesse et il s'excusait. Mais Luce ne riait plus aussi naturellement.

Bientôt, peut-être au bout de trois semaines, je me suis aperçue que tout en feignant de ne pas s'intéresser à Tiène, Luce ne parlait volontiers que lorsqu'il était là. Puis, j'ai remarqué qu'elle partait à regret avec Nicolas le soir. Elle attendait toujours la dernière minute pour se décider à rentrer. Nos parents allaient se coucher, moi-même je montais dans ma chambre. Tiène, Nicolas et Luce restaient très tard dans l'atelier. Ce n'était que lorsque Tiène montait chez lui que j'entendais les autres traverser la cour. Nicolas avait l'air de ne s'apercevoir de rien, ni qu'elle évitait de regarder Tiène à table, ni qu'il la fatiguait par son attention égale, pesante. Il est vrai que son ennui au début était à peine visible. Moi-même, j'ai cru que je l'inventais. Mais une fois, Tiène est allé passer quelques jours à Périgueux. Luce est venue comme d'habitude. Lorsque, à l'heure du dîner, elle ne l'a pas vu rentrer, elle n'a pas pu dissimuler sa nervosité. Mais elle l'a cru en retard. Quand elle a remarqué que je ne mettais pas son couvert à table, elle a dû avoir peur. Pas de regret, mais une vraie peur qu'il soit parti tout à fait avant qu'elle ait même pu savoir si elle lui plaisait. Habilement, elle a amené la conversation sur Tiène. Elle m'a demandé comment il se faisait qu'il ait pris pension chez nous, pourquoi il était là, ce qu'il faisait et où, d'habitude, il habitait. Je lui ai dit la vérité, que je n'en savais pas plus qu'elle et qu'il partirait sans doute comme il était venu, sans raison. Que c'était un ami de Nicolas, qu'il avait sûrement commencé par se plaire aux Bugues mais que je m'étais aperçue que depuis quelque temps il s'y ennuyait. J'ai pu sans le vouloir vraiment entretenir le souci de Luce jusqu'à l'amener à l'angoisse. Je désirais savoir si elle s'était avoué qu'elle aimait Tiène et aussi à quel point elle me tenait pour négligeable pour m'en parler de la sorte, sans précaution. Puis, j'ai dit je ne sais plus à quel propos que Tiène revenait le surlendemain. Luce est redevenue très gaie. Je crois que jusqu'à ce soir-là elle-même ne savait pas très clairement ce qu'elle attendait de Tiène. Elle ne s'est pas aperçue que je l'avais deviné dès avant elle.

C'est à l'occasion d'une sortie organisée par Nicolas au commencement de septembre que tout s'est dévoilé.

«On ira se baigner à deux kilomètres de là», avait décidé Nicolas. J'emmènerais Noël, papa et maman viendraient eux aussi. On goûterait après le bain.

Une pareille sortie, pour nous, était rare. Nous y avons pensé plusieurs jours à l'avance.

Aidée de Luce, j'ai préparé le goûter dès la veille. Je me souviens très bien de cet après-midi. Les hommes travaillaient dans la cour à couper du bois. Le bruit des haches nous arrivait dans la cuisine régulier et monotone. On aurait pu croire qu'on était heureux, qu'une paix s'installait peu à peu dans la maison. Ce n'était plus la paix inquiétante qui avait suivi la mort de Jérôme ; celle-ci nous laissait l'esprit libre et nous permettait de travailler avec un plaisir si léger que c'était à peine si on pouvait le ressentir.

Mais Luce, elle, ne pouvait pas s'empêcher de paraître trop gaie. Elle pensait au goûter du lendemain, elle n'oubliait pas que Tiène était dans la cour et qu'il pouvait venir à tout moment nous demander à boire. Parfois elle me prenait par la taille pour jouer, mais cela me gênait un peu. J'étais sûre qu'elle le faisait pour voir si mon corps était beau, si j'étais aussi mince et aussi ferme qu'elle. Elle m'a dit : «Tu es grande, Françou, presque autant que Tiène, mais tu as travaillé trop dur aux champs, tu es forte comme un homme.»

Je me laissais faire, je l'aimais bien. Parce qu'elle était l'orgueil, l'orgueil parfait. Celui dont je savais bien que je serais incapable toujours.

Je crois qu'elle tenait encore à Nicolas à ce moment-là. Mais elle ne pouvait supporter l'indifférence de quiconque l'approchait. Certainement, elle doutait de l'amour de Tiène pour moi. Je comprenais bien qu'elle devait penser que personne, à part mon frère, ne m'aimerait jamais. Et cela me rapprochait assez bizarrement d'elle. Car tout en lui en voulant un peu de le croire, je ne pouvais pas me nier que je le croyais aussi. Du jour où elle a cru la chose possible, elle a commencé à m'épier. Elle a dû me soupçonner d'avoir une certaine importance, je ne sais de quelle espèce, que je dissimulais aux yeux de tous sauf devant Tiène.

Nous ne savions pas trop comment nous amuser, Nicolas et moi ; nous nous étions toujours baignés tout seuls et nous nous sentions gênés. Mais Luce a eu vite fait d'entraîner mon frère et Tiène. Ils sont partis à la nage tous les trois pendant que je m'occupais d'installer Noël sur une couverture auprès des parents. Lorsque je ne les ai plus vus, je suis rentrée dans l'eau à mon tour. Je pensais remonter la Rissole jusqu'au moment où je les retrouverais.

Mais une fois que j'ai été dans l'eau, j'ai préféré descendre la rivière plutôt que d'aller les rejoindre. Je ne savais pas très bien nager et je trouvais qu'il était plus facile de descendre le courant que de le remonter. L'eau était fraîche. Je me suis sentie bientôt aussi fraîche, aussi vive qu'elle. Je me suis mise à nager avec une aisance inconnue. Sans le savoir j'avais sans doute attendu depuis longtemps de descendre ainsi le cours de la Rissole par un bel après-midi.

Tiène n'était pas là, il était de l'autre côté, mais c'était comme si je nageais vers lui. Pourtant, je savais qu'il ne pouvait se trouver dans cette direction. J'allais l'apercevoir sur la berge ; il me dirait : « Comme tu es belle lorsque tu nages. » Au bout d'un moment, je ne sais si j'ai rêvé, j'étais comme endormie par ma nage régulière ; je n'osais plus regarder au-dessus de l'eau comme si de vouloir le surprendre en train de me regarder allait le chasser à coup sûr. Le courant était assez rapide et il me dépassait. Je n'avais aucune peine à nager. Le soleil était haut et la surface de la rivière éclatait en miroirs jaune et bleu à fleur de mes yeux. Sans vouloir les regarder, je voyais à travers les osiers de la berge la silhouette immobile des vaches qui paissaient lentement dans la vallée. J'ai dépassé deux petits enfants qui pêchaient. C'était moi sans doute qui tiédissais l'eau ; elle devenait de plus en plus molle à enfoncer, de plus en plus familière.

À la fin, j'ai commencé à respirer mal et j'ai eu envie de cesser de nager. Je suis sortie de l'eau. Je n'ai plus attendu Tiène. J'ai bien vu que j'étais seule. Ils étaient derrière un petit bois qui les masquait. Je ne voyais même plus papa et maman.

Je me suis couchée dans l'herbe au soleil. J'étais fatiguée. J'avais presque oublié la petite fête de Nicolas. J'avais bien le temps d'y penser. L'après-midi était long après tout, et ils pouvaient commencer à goûter sans moi. Je m'étais levée à cinq heures du matin pour faire le beurre afin de pouvoir venir avec eux. Je sentais que je m'endormais peu à peu. Ma fatigue était bien à moi, à moi seule, je ne pouvais la partager avec personne, je ne désirais personne à côté de moi. Je l'avais ramenée tout contre mon corps en nageant et maintenant elle m'enveloppait aussi sûre, aussi confondue avec moi qu'un sommeil. Elle n'était pas trompeuse, elle, et ressemblait au soleil qui était au-dessus de ma tête, plein et rond. Je n'avais plus envie de bouger du tout et cependant, en même temps, j'ai eu envie de m'en aller ou de ne plus les retrouver jamais. Non pas parce qu'ils m'avaient laissée toute seule ou par ennui, mais j'aurais voulu avoir la preuve que j'étais capable de le faire, le souvenir que j'avais été capable de le faire. C'est parce que mon corps était tellement lourd de fatigue que ma pensée s'en est allée si librement, si légère.

J'ai pensé à la mer que je ne connaissais pas. Mes yeux étaient fermés, mais je ne dormais pas. Je savais bien que je ne dormais pas encore. Je me suis imaginé la mer, les diverses façons dont on m'avait dit qu'elle ne finissait pas. J'aurais bien aimé à ce moment-là regarder une chose qui, comme ma fatigue, aurait été égale et sans fin. Je me suis endormie.

Nous étions montés Tiène et moi sur deux Mâ noires, qui galopaient dans un vide bleu au-dessus de l'eau. Cela, à vrai dire, ne finissait ni ne commençait. Tout commencement et toute fin se perdaient tout autour de nous. Partout la mer se vidait, fuyait dans les fentes du ciel. Les Mâ galopaient hardiment et pour rien. Je disais : « Enfin, ça y est ; on est à la mer. » Le vent sifflait. Tiène était joyeux. D'ailleurs il n'était pas là. Il n'était que son rire à mes côtés.

Ils m'ont appelée et je me suis réveillée. Il y avait à peine quelques minutes que je m'étais endormie. J'ai vite traversé la rivière et j'ai couru jusqu'à eux. Ils ne m'ont pas demandé d'où je venais. C'était ainsi depuis la mort de Jérôme, chacun feignait d'ignorer mon existence. Nicolas me parlait à peine et chacun l'imitait. On aurait dit que je leur rappelais quelque chose de désagréable qu'ils oubliaient dès que je n'étais pas là. Je crois qu'ils acceptaient volontiers l'idée que Nicolas ait tué Jérôme puisqu'ils savaient que c'était moi qui l'y avais poussé. De cette façon, Nicolas pouvait ne pas avoir de remords, c'était moi qui aurais dû en avoir. S'ils se sentaient libres et heureux depuis, il n'en était pas moins vrai que j'aurais dû en avoir tout de même. Cet après-midi, je me suis aperçue clairement que je me trouvais avec eux comme quelqu'un qui a à se faire pardonner d'oser être là, simplement.

Nous avons étalé une nappe aux pieds de papa et de maman et nous avons commencé à défaire les paquets. Tout d'abord nous ne savions trop quoi nous dire. Depuis la mort de Jérôme, nous ne nous étions trouvés ensemble que forcés, par exemple, aux repas ou aux champs. Tiène était assis à côté de papa. Tout en fumant, il l'entretenait des travaux entrepris à la maison, du travail. Il lui disait : «Pour les briques, nous pourrions les faire venir de Périgueux par le camionneur des Ziès.» J'ai compris qu'il était gêné parce qu'il parlait hâtivement de choses dont il aurait pu parler à un autre moment. Mais papa et maman étaient si à l'aise, que peu à peu, rien qu'à les regarder, nous nous sommes sentis à l'aise nous aussi. Nous n'avons plus essayé de parler de n'importe quoi pour paraître naturels. Une tranquillité d'esprit s'est installée entre nous tous. Nous avons commencé à goûter.

Luce m'a aidée à déplier les paquets. Lorsque nous avons eu fini, elle s'est relevée brusquement, elle a demandé à Nicolas de s'étendre et s'est étalée la tête sur sa poitrine. Puis elle m'a interpellée d'une voix câline : «Tu veux bien nous donner à manger, Françou ? Nous avons nagé, nagé. Tu veux bien, Françou ?»

Elle portait un maillot blanc et ses jambes en sortaient un peu écartées, longues, lisses, encore humides. Elle paraissait lasse et comme incapable de faire un seul geste. Ses jambes et ses bras nus gisaient autour d'elle, abandonnés. Sa figure dorée brillait, séchée par le soleil, luisante. Elle avait les yeux clos mais entre ses cils elle regardait Tiène. Elle s'était mise face à lui pour qu'il soit forcé de la voir et pour que Nicolas ne puisse pas s'apercevoir qu'elle le regardait. En posant sa tête sur la poitrine de Nicolas, elle pouvait être tranquille, en effet, il ne devinerait rien de son manège. Nicolas ne regardait qu'elle, il jouait avec ses cheveux mouillés, il passait doucement la main sur sa gorge, entre son petit maillot, sur son ventre nu. Elle voulait que Tiène sache bien combien Nicolas l'adorait. Elle paraissait plus qu'heureuse, paralysée par la perspective des yeux de Tiène sur son corps. Sur son visage qui souriait, le désir de retenir l'attention de Tiène se criait. Elle avait abandonné toute pudeur, elle paraissait avoir oublié que nous étions là. Il n'y avait que Nicolas pour ne pas s'en apercevoir. Papa et maman eux-mêmes la regardaient sans comprendre, un peu surpris.

J'ai coupé les gâteaux et je suis allée en porter à Luce et à Nicolas. Nicolas m'a dit: «Merci, ma petite Françou.» C'était la première fois depuis la mort de Jérôme qu'il m'appelait ainsi. Il m'a dit aussi que les gâteaux étaient très bons. C'est à ces quelques paroles que j'ai compris qu'il était parfaitement heureux puisqu'il lui en coûtait si peu de revenir à moi aussi aisément devant tout le monde.

Comme d'habitude lorsque Luce est avec nous, le goûter a été très gai. Je me souviens que maman a dit tout à coup qu'il ne fallait pas trop manger si nous devions encore nous baigner. Maman est toujours très silencieuse et de temps en temps, pour avoir l'air de s'intéresser à la conversation, elle prononce des phrases semblables sans y penser. «Nous avons bien le temps de manger et de nous baigner», a dit Luce. Elle a ajouté que Mme Veyrenattes ne croyait pas qu'on pouvait mourir de congestion. J'ai été un peu ennuyée pour maman. On a ri, sans se moquer vraiment d'elle, mais de s'apercevoir que malgré tous les changements qui s'étaient produits aux Bugues ces temps derniers, maman était restée toute pareille, toujours distraite et toujours aussi soucieuse de ne pas le paraître. Papa riait très fort avec des larmes dans les yeux. Apparemment ce qu'avait dit maman n'était pas très risible, mais cela nous avait fait brusquement nous souvenir d'elle. Nous riions de plaisir et de surprise de l'avoir toujours avec nous. Elle était habillée comme le jour de l'enterrement, de la même robe de taffetas noire. Mais elle m'a paru plus jeune que ce soir-là. Elle a été un peu gênée par notre gaieté, puis elle s'est mise à rire, elle aussi, comme si elle était obligée elle-même de reconnaître qu'elle était charmante. Papa aussi paraissait plus jeune que d'habitude. Papa est petit, il a un teint rouge et des yeux bleus. Ses cheveux drus sont blancs et plantés à la façon de ceux de Noël, en tous sens. Ce jour-là il portait un costume blanc.

Quand nous avons eu fini de goûter j'ai fait goûter Noël. Depuis que Clémence était partie, je m'en occupais exclusivement. Nicolas était tellement accaparé par Luce, qu'il ne prêtait plus la moindre attention à son fils. Malgré ses quelques dents, il a été très long à manger son gâteau. Il s'amusait à recracher les bouchées dans sa main, puis il éclatait de rire si fort qu'il en perdait la respiration.

Je me tenais un peu à l'écart des autres. À ma gauche, papa et maman s'étaient remis à causer à voix basse. La ville de R... n'était pas loin de ce côté. Les autres bavardaient à quelques mètres de là; je leur tournais le dos et je n'entendais pas distinctement leur conversation. Noël m'agaçait à rire, il prenait tout le temps de jouer et moi, je n'avais que ça à faire, l'amuser. Il jouait toujours, il avait toute sa vie pour jouer. J'ai pensé que Clémence reviendrait bientôt et que, peut-être, nous ferions mieux de lui rendre cet enfant. Mais pour le moment, il fallait le faire goûter. Et le temps passait, je ne sais quel temps qu'il m'était insupportable de sentir passer.

— C'est ici Nicolas Veyrenattes ?

Tiène était près de moi. Je ne l'avais pas entendu venir.

J'ai lâché Noël et je me suis allongée aux pieds de Tiène. Je riais en silence et lui aussi, il riait. Il m'a dit aussi :

— Vous aimez couper le tabac ? Et que fait Nicolas Veyrenattes pendant ce temps-là ?

Je lui répondais :

— Il laboure avec son père.

Il m'a prise sous les bras et m'a soulevée. Nous nous sommes trouvés debout l'un près de l'autre. Comme Tiène était beau ! Je l'avais mal vu tout à l'heure. Il était éblouissant. Il me regardait sous ses cheveux et il ne regardait que moi. Son corps était étonnant de beauté. Ses pieds, ses mains, son visage, n'étaient plus ceux que je connaissais depuis qu'il était nu. Il ne se séparait plus de son corps blond, agile, qu'on aurait dit lissé par l'eau des rivières, le vent. Il ne réclamait aucun vêtement. Il était habillé de soleil. Je me suis alors demandé s'il était possible d'aimer Tiène. Comment avais-je pu lui trouver un commencement de ressemblance avec moi ? Que faisait Tiène ici, aux Bugues ? Que me voulait-il ? Que faisait-il là à être vivant ? Comment se pouvait-il qu'il soit vivant ? Je l'ai regardé sans le reconnaître tout à coup, sans amour, dans son inabordable solitude.

Mais tout de suite, sans me prévenir, il m'a prise par la main et m'a entraînée. Nous avons couru le long de la rivière, lentement, puis très vite, nous nous sommes éloignés des autres. Au moment où nous les avons quittés, Nicolas et Luce se sont relevés, ils n'ont même pas eu le temps de songer à nous suivre. Nicolas a souri, un peu surpris, Luce a commencé par ne pas comprendre ce qui se passait. Puis elle a crié : «Tiène, que faites-vous ? Venez nous chercher, Tiène ! Tiène... Françou... » Sa voix était aiguë, méchante. Nous étions déjà loin. Je me suis retournée et je l'ai vue, les bras le long du corps, la figure défaite, méconnaissable. Mais Tiène n'a pas voulu revenir. Nous avons plongé dans la rivière et nous avons nagé ensemble côte à côte. Lorsque nous nous sommes arrêtés, nous avions perdu les autres de vue. J'ai dit à Tiène que nous aurions dû les attendre. Luce ferait sûrement une scène à Nicolas et, ce soir, il ne pouvait pas ne pas s'apercevoir de quelque chose. J'ai ajouté qu'il serait sans doute obligé de quitter les Bugues parce que cette situation ne pouvait plus durer. Il ne m'écoutait pas, il souriait toujours, attentif seulement à mes lèvres lorsque je parlais, à mon corps nu près du sien nu. Ce que je disais devenait de plus en plus inintelligible au fur et à mesure que se prolongeait son silence.

Tiène s'est allongé près de moi. Son corps touchait le mien dans toute sa longueur. Il m'a dit : « Tais-toi. »

Il s'est passé un long moment. Les autres devaient être rentrés. Maintenant, Nicolas savait. C'était chose faite, je me sentais tranquille.

Le soleil s'est fait moins chaud et parfois, lorsque je rouvrais les yeux, je voyais s'allonger dans la vallée l'ombre bleue de la colline des Ziès. Le visage de Tiène était triste, ombré de méplats creux, de paupières violettes à demi fermées. Il ne savait pas que je le regardais. Son torse dur et doré ressemblait à un tronc d'arbre. Jusque dans ses doigts et ses pieds, une force faisait son chemin. À un moment donné, il a pris ma main : « Tu sais sans doute que je partirai bientôt ? » J'ai dit que oui, je le savais. Alors il a rejeté ma main dans la colère.

C'est à ce moment-là que j'ai commencé à vouloir Tiène en pensée, à désirer sentir sa chaleur nue contre la mienne, contre le mien, son visage décomposé de désir. Je sais que, lui aussi, c'est de ce jour-là qu'il s'est retenu de descendre dans ma chambre en sachant cependant que je l'y attendais.

Il n'est venu que trois jours après le goûter de Nicolas.

Luce Barragues est revenue dîner à la maison comme d'habitude. Elle essayait d'être aimable et de ne pas nous montrer qu'elle ne venait que pour voir Tiène. Mais je ne sais pas ce qui s'était passé après notre sortie pour que Nicolas lui-même ne puisse plus s'y tromper.

À partir de ce moment-là, il a commencé à parler de Jérôme. Il insistait surtout sur les bons côtés de Jérôme comme s'il avait voulu faire naître autour de lui une indignation de ce qu'il avait fait. Il nous rappelait un Jérôme jeune et sympathique, celui qui était venu à R... en Belgique et nous avait promenés dans la ville quand nous étions petits. Il disait que la vie de Jérôme lui paraissait plus triste que toute autre parce qu'il la connaissait bien. Il a même demandé la clef de la chambre de notre oncle pour fouiller dans ses papiers. Mais malgré tout le mal qu'il se donnait, personne n'a cru vraiment qu'il était tourmenté à cause de ce qu'il avait fait.

Il ne travaillait plus du tout avec nous. Il attendait Luce toute la journée en flânant et lorsqu'elle était là, il s'efforçait de paraître à l'aise, parlait à tort et à travers, saisissant les occasions de prononcer le nom de Jérôme.

Un soir, elle n'est pas venue dîner. Nicolas ne s'est pas mis à table. Il a enfourché Mâ et il est allé chez elle. Le lendemain, elle est revenue. Mais, les jours suivants, elle a recommencé à se faire attendre, le soir, sans prévenir. Nicolas partait et ne revenait que le matin. Nous, nous savions qu'il était désormais inutile d'essayer de la retenir.

Elle n'est plus venue du tout. Nicolas passait des nuits entières autour de chez elle. Sans doute ne voulait-elle plus le voir. Il ne revenait que le matin et restait allongé toute la journée. Lorsque je lui apportais quelque chose à manger, il n'avait même plus l'air de comprendre ce que je lui voulais. Les derniers jours, il me demandait de lui dire si je pensais qu'elle reviendrait. Je lui disais qu'elle ne reviendrait plus. Il ne le croyait pas. Il ne voulait plus voir Tiène et cependant cet ami devait lui manquer. Il n'était pas sûr que c'était à cause de Tiène que Luce ne l'aimait plus. D'ailleurs peu lui importait, il n'avait plus de honte. Le soir, il se levait, il s'habillait, il enfourchait Mâ et repartait devant nous tous qui n'osions même plus le regarder.

Je ne me souviens pas d'avoir réfléchi à quoi que ce soit pendant cette période-là. Je travaillais toute la journée. Le soir Tiène descendait chez moi.

Une nuit, Clémence a frappé à la fenêtre de ma chambre. Je l'ai fait rentrer. Elle avait la même robe et portait la même valise que le soir de son départ. Sa figure était toute blanche, trouée seulement de ses petits yeux marron que les larmes rendaient brillants. Elle venait de faire le trajet des Ziès aux Bugues à pied dans la nuit. Éblouie par la lumière, elle n'a pas eu l'air de remarquer que Tiène était là.

— Noël, où est Noël ?

Je suis allée le chercher dans la chambre de Tiène où on le couchait depuis le départ de sa mère. J'ai compté qu'il y avait deux mois que Clémence était partie. Je l'ai enroulé endormi dans sa couverture et je le lui ai apporté sur mon lit. En le voyant, elle s'est mise à trembler légèrement, puis elle s'est agenouillée devant lui, sans pleurer, sans rien dire et elle l'a examiné attentivement. J'ai vu que Tiène était un peu pâle et qu'il regardait par la fenêtre. Noël s'est réveillé, il a un peu pleuré. Elle a attendu qu'il se rendorme et elle a défait ses couvertures pour le voir nu, elle a dit : « Il s'est allongé. » Elle a tourné vers nous son visage tordu et tout craquelé d'un sourire. Elle m'a demandé si c'était moi qui m'en occupais et s'il était sage. J'ai dit oui à toutes ses questions. Je me tenais debout derrière elle, à côté de Tiène. Elle m'a remerciée de m'occuper de Noël : « Merci pour tout ce que tu fais pour moi. »

Nous ne lui disions rien et le temps passait. Elle a continué à contempler son fils silencieusement pendant un long moment puis, brusquement, elle n'a plus craint de l'éveiller. Elle lui mordait les pieds et les mains ; aussitôt après, elle l'embrassait avec précaution. Une fois elle s'est retournée :

— Je vous dérange. Je vous demande pardon.

Comme nous ne lui répondions, elle a cru sans doute que nous étions impatients de la voir s'en aller. Alors, elle a commencé à sangloter. Elle a sorti Noël de sa couverture et l'a écrasé contre sa poitrine. On aurait dit qu'elle avait faim de lui et qu'elle gémissait de rage de ne pouvoir s'en rassasier. Noël a fait une grimace et a recommencé à pleurnicher. Elle criait qu'elle aurait voulu mourir avec lui et qu'elle l'emmènerait loin des autres, de nous. Sa figure était révulsée et rouge, ses lèvres mouillées de baisers.

— Au fond, si je le voulais je le prendrais. Ce n'est pas vous autres qui m'en empêcheriez.

Elle nous oubliait, elle collait ses lèvres contre la joue de Noël et tout doucement, les yeux fermés, elle lui disait dans l'oreille qu'il était son petit Noël, son petit garçon, tout ce qu'elle avait sur la terre. Puis elle s'en prenait à nous, de nouveau : « Je ne savais pas ce que je faisais, on n'avait pas le droit de me séparer de lui. J'ai enduré un martyre à Périgueux, pour rien. À n'importe qui on aurait pardonné, moi, il ne fallait pas que je reste, je ne plaisais pas ici et voilà pourquoi on m'a chassée. »

Elle disait qu'on l'avait endurée alors qu'elle était encore servante mais du moment qu'elle se mariait à Nicolas on ne l'avait plus supportée. Depuis toujours elle l'avait compris, ajoutait-elle. Nous étions des gens terribles, personne ne savait à quel point on l'avait fait souffrir, des gens mauvais qui cachions notre jeu...

Elle s'était levée, Noël dans les bras. Elle marchait dans la pièce. Elle avait une voix que je ne lui connaissais pas, assurée et vulgaire. Elle paraissait plus grande et plus large comme si enfin elle occupait sa place d'air. Machinalement, elle berçait Noël. De temps en temps en se cachant contre le mur, elle s'arrêtait tout net et lui parlait à voix basse. Déjà, je savais où elle en viendrait parce que chaque fois qu'elle passait devant moi, elle courbait l'échine et évitait de lever les yeux pour ne pas me voir et garder tout son courage.

Brusquement elle s'est arrêtée, et, sifflante, les épaules rentrées :

— Et tout ça, c'est toi qui l'as fait, toi, toi toute seule.

Puis elle est restée plantée là, faible, gémissante, portant Noël au bout de ses bras. Elle voulait maintenant le lâcher. Je n'ai pas su quoi lui répondre et elle s'est effrayée. Elle a posé Noël sur le lit, elle a pris sa valise et, d'une voix douce :

— J'étais venue pour rester, mais après ce que je t'ai dit, c'est impossible.

Je lui ai dit qu'elle pouvait rester aux Bugues si elle le voulait. Elle s'est jetée sur moi et elle a ri nerveusement. Sa figure était redevenue imbécile.

— C'est maintenant que tu me le dis !

Elle m'a serrée dans ses bras.

— Oh, ce n'est pas vrai, ce n'est pas possible.

Elle pouvait aller se coucher. Il était tard, elle pouvait remonter dans sa chambre avec Noël.

— Oh ! oui, tout de suite, mais donne-moi le temps de m'y faire.

Et Nicolas ? Nicolas lui avait-il pardonné ?

C'est que maintenant elle serait parfaite, en deux mois elle avait eu le temps de bien réfléchir et elle connaissait mieux Nicolas. Je lui ai dit de ne pas attendre Nicolas, qu'il était rarement à la maison. J'ignorais si demain il ne la chasserait pas, mais pour le moment elle n'avait qu'à monter dans sa chambre avec Noël. Pendant quelques jours, il lui faudrait peut-être ne pas se montrer à Nicolas. Il me fallait le temps de lui apprendre qu'elle était revenue. Au cas où Nicolas ne voudrait pas d'elle, elle pourrait emmener Noël à Périgueux.

Elle est devenue tremblante : « Qu'est-ce qui se passe ? »

— Rien, sauf que je ne pensais pas que Nicolas veuille la revoir.

Elle n'a pas insisté. Elle est montée avec Noël dans ses bras.

Clémence est restée. J'ai parlé d'elle à Nicolas le lendemain matin. Il m'a dit qu'il valait mieux qu'elle reste à cause de Noël. Il ne lui en voulait pas du tout. Il ne lui en avait jamais voulu.

Pendant trois jours, après le retour de Clémence, nous ne l'avons pas vu aux Bugues. Nous pensions qu'il était chez Luce, et personne ne s'est inquiété de ne pas le voir. Luce a dit ensuite à Tiène qu'elle ne l'avait pas aperçu durant ces trois jours.

Ce n'est que le matin du troisième jour que Clémence a trouvé le corps écrasé de Nicolas sur les rails du chemin de fer. Il avait les bras allongés en avant, les pieds écartés. Il ressemblait à un oiseau mort.

DEUXIÈME PARTIE

Il passe chaque soir aux Ziès un train qui va à T..., une plage de l'Atlantique. On a souvent parlé d'y faire un séjour chez les Veyrenattes. Régulièrement, certaines soirées d'hiver, la conversation s'engageait là-dessus. Mais l'argent a toujours manqué – ou une vraie volonté de le faire. C'était hier après le déjeuner. Nous nous étions accoudés à la terrasse Tiène et moi et je lui ai dit que j'aimerais être allée à T... une fois dans ma vie. Je n'y avais pas pensé précisément, mais Tiène m'a dit qu'il fallait y aller et vite, avant que la saison ne soit terminée, dès le lendemain. Il me donnerait de l'argent.

Je me suis levée tôt. Le train est à 8 h 25, il s'arrête une minute aux Ziès. Avec tous ces deuils on ne voit plus clairement ce qu'on veut et ce qu'on ne veut pas. Sans compter les scrupules de laisser Tiène seul avec les parents. Je ne savais pas au juste que je voulais y aller. Maintenant, je m'entends marcher d'un pas décidé sur la route. Je trouve que c'est une bonne idée de Tiène. Certainement, jamais plus je n'aurais eu l'occasion de faire ce voyage. On ne fait rien aux Bugues depuis la mort de Nicolas. Pour la première fois, on trouve que le travail peut attendre encore quelque temps. À part Clément, tout le monde flâne. D'ailleurs il y a peu à faire en septembre. On attend les métayers, ils viendront dans quinze jours. Jusque-là j'ai le temps d'aller à T... La mer. On veut toujours la connaître. Tiène la connaît. Nicolas ne l'aura pas vue.

Le train s'arrête à toutes les stations, se vide et se remplit régulièrement. Parfois, entre deux gares, il roule un peu plus vite.

Les gens montent et descendent et prennent place sur les banquettes. Ils sont sûrs d'arriver, sûrs de vouloir partir. Je ne peux pas m'empêcher de les regarder.

Aucun ne va à T... Ce sont pour la plupart des paysans qui se rendent d'un village à l'autre. Une femme d'une quarantaine d'années s'est assise près de moi. Elle est tout en noir. Ses mains, usées par les lessives, reposent sur ses genoux. Son regard est distrait. Une petite broche d'ivoire retient autour de son cou une écharpe aux plis voyants. Elle sent la laiterie et l'agneau. Sans doute il y a derrière elle un tas de choses en ordre : la maison propre du samedi, le bois dans le hangar, les petits lavés, habillés, le coin de cimetière ratissé. Devant elle : les moissons, les saisons, fauchées à l'avance, l'ordre.

De chaque côté du train tombent des kilomètres d'arbres, de champs, de demeures. Les gens regardent ces choses qui tombent avec une stupeur tranquille.

La fin de l'été. On en parle dans le compartiment. On dit que c'est le premier vrai dimanche d'automne.

Après une attente de trois heures au changement, j'ai pris l'autre train. Je suis arrivée à T... à la tombée de la nuit. On m'a indiqué une pension de famille honnête, pas chère, qui donne sur la mer.

Il fait frais, la nuit est noire. Des bandes de jeunes gens passent en rafales rieuses dans les rues. J'entends la mer. Je l'ai déjà entendu quelque part, ce bruit, il me rappelle un bruit connu. C'est en cherchant où je l'ai entendu et à quoi il ressemble que je me suis aperçue que j'étais bien arrivée à T... Les pieds devant moi, sous moi, derrière moi, ce sont les miens, les mains à mes côtés qui sortent de l'ombre et y retournent suivant la succession des réverbères, je souris... Comment ne pas sourire ? Je suis en vacances, je suis venue voir la mer. Dans les rues, c'est bien moi, je me sens très nettement enfermée dans mon ombre que je vois s'allonger, basculer, revenir autour de moi. Je me sens de la tendresse et de la reconnaissance pour moi qui viens de me faire aller à la mer. Je ne l'ai pas encore aperçue à cause des maisons, la mer. Demain j'aurai le temps. J'ai faim. Voici la pension que l'on m'a indiquée.

«C'est bien tard pour une jeune fille», me dit la directrice. Elle est seule derrière sa caisse ; grosse, la figure tirée par la fatigue. Elle me demande si c'est pour longtemps que je veux rester à T... Je pense tout à coup aux vieux Veyrenattes qui sont devenus comme des bébés et restent couchés toute la journée. (Mais il faut que je fasse un effort pour m'en souvenir. Comme pour les cris de Jérôme lorsque je suis allée chercher le médecin il y a un mois.) Tiène en aura vite assez de les garder. Quinze jours, je dis quinze jours, pas plus.

La salle est grande. Il y fait une lumière très vive. La plupart des tables sont disposées contre les murs. Au milieu, il y en a deux petites toutes servies qui attendent des clients ou des pensionnaires en retard.

C'est sans doute à l'une d'elles que je vais m'asseoir pour dîner. Voilà. Tout de même j'avais faim. Les deux grandes baies qui sont fermées doivent donner sur la mer. La rumeur qui parcourait la ville tout à l'heure est ici plus précise. Le bar est vide. La porte est fermée. Il doit être tard. On m'a fait rentrer par-derrière tout à l'heure ; dans la cuisine, deux bonnes étaient en train de dîner. Celle qui me sert revient vers moi en finissant de mâcher. Quelques pensionnaires jouent aux cartes, les autres bavardent. Ils paraissent très jeunes ceux-là. Les femmes disent à tout propos : « Je vais aller me coucher ! » Les hommes protestent gentiment, les prennent par le bras, les forcent à se rasseoir. D'ailleurs, elles y consentent volontiers.

L'air sent le fard et la peau brûlée de soleil. Sur la banquette il y a des beaux bras nus, des seins tendus sous des écharpes rouges, jaunes, blanches. Ils rient. Ils rient de tout. Ils essaient chaque fois de rire davantage de tout. Derrière leurs rires inégaux on entend le bruit bleu et râpeux de la mer.

J'ai fini de dîner. On est bien. Il s'est déjà passé une heure. Ils s'amusent plus mollement. Ils bâillent, ils s'étirent sur la banquette. Ils sont fatigués, ils ont nagé sans doute, ils ont ri, ils ont couru sur la plage et maintenant ils ont sommeil. Je ne suis pas fatiguée, je n'ai pas sommeil. Ils ne devraient pas monter se coucher encore, ils devraient rester autour de moi pour que je les regarde. Je les trouve très beaux. Ils sont en belle santé. Ils entrouvrent les lèvres et de leurs bouches sortent toutes seules des bêtises dorées. Sur tous leurs visages c'est le même rire. Ils se ressemblent. Ils sont nombreux et on les distingue mal les uns des autres. Je suis bien aise d'être là, enfermée avec eux. Ce n'est pour moi ni l'heure de dormir ni le moment de bouger. Ils ne devraient pas bouger non plus. Si un seul se dirige vers la porte, un seul, le premier, je vais souffrir. Pour le moment, je suis bien. On est bien. C'est le moment de la fin d'un jour. S'ils s'en vont, ce sera le commencement de quelque chose d'autre, de je ne sais quoi, d'une nuit sans doute. On est bien. Mais s'ils s'en vont, je ne sais pas ce que je vais devenir. J'ai peur d'attendre encore le prochain jour, peur de passer toute seule ce cap lugubre qui sépare les jours les uns des autres.

Mais heureusement, ils ne songent pas encore à s'en aller. Ils jouent aux cartes, ils continuent à parler. Je garde l'espoir qu'ils sont en train d'oublier d'aller se coucher.

À un moment donné, l'un d'entre eux, noir de cheveux et d'yeux, s'est détaché de leur groupe et il est venu vers moi ; il m'a dit quelques paroles de bienvenue. Il m'a offert une cigarette en me proposant de venir m'asseoir à leur table. Les autres attendaient ma réponse, un peu impatients de me voir venir à eux. Je regarde l'homme : il a l'air aimable et désireux de bavarder. Mais je n'ai pas pu accepter sa cigarette, j'ai dit combien je regrettais de ne pouvoir m'attarder avec eux, que j'étais fatiguée par le voyage que je venais de faire, très fatiguée ; je venais de loin.

Je suis montée me coucher. C'est ainsi. Je n'ai rien eu à leur donner ni à leur dire. Vraiment, ils n'auraient pas dû m'offrir une cigarette. C'était m'inviter à les amuser et je ne sais pas, ce n'est pas vrai, je ne peux pas. Je ne sais pas pourquoi tout à coup je me serais fait tuer plutôt que de lever la main vers cette cigarette. Pourtant, il était aimable et je lui étais reconnaissante de se soucier de moi.

Là, dans ma chambre, c'est moi. On croirait qu'elle ne sait plus que c'est d'elle qu'il s'agit. Elle se voit dans l'armoire à glace ; c'est une grande fille qui a des cheveux blonds, jaunis par le soleil, une figure brune. Dans la chambre, elle tient une place encombrante. De la très petite valise ouverte, elle tire trois chemises pour avoir l'air naturel devant celle qui la regarde. Tout en évitant de se voir, elle se voit faire dans l'armoire à glace.

La chambre est très petite, la table, nue. Les cloisons sont très frêles. Quelqu'un de fort les ferait valser en se jetant dessus. Sur les murs de papier jaune tombe une grosse pluie verticale de raies noires, parallèles. Le lit est bien fait, recouvert d'une couverture blanche. Devant la table, une chaise. Elle s'assied. Que faire ? Dix-sept jours aujourd'hui que Nicolas est mort. C'est vrai. Du temps déjà et ça continue toujours.

Je crois que c'est le deuxième soir que c'est arrivé. Je n'y avais pas pris garde la veille. Je n'avais pas remarqué que lorsque la porte de l'armoire à glace était entrebâillée, le lit s'y reflétait tout entier. J'étais couchée lorsque je me suis aperçue couchée dans l'armoire à glace ; je me suis regardée. Le visage que je voyais souriait d'une façon à la fois engageante et timide. Dans ses yeux, deux flaques d'ombre dansaient et sa bouche était durement fermée. Je ne me suis pas reconnue. Je me suis levée et j'ai été rabattre la porte de l'armoire à glace. Ensuite, bien que fermée, j'ai eu l'impression que la glace contenait toujours dans son épaisseur je ne sais quel personnage, à la fois fraternel et haineux, qui contestait en silence mon identité. Je n'ai plus su ce qui se rapportait le plus à moi, ce personnage ou bien mon corps couché, là, bien connu. Qui étais-je, qui avais-je pris pour moi jusque-là ? Mon nom même ne me rassurait pas. Je n'arrivais pas à me loger dans l'image que je venais de surprendre. Je flottais autour d'elle, très près, mais il existait entre nous comme une impossibilité de nous rassembler. Je me trouvais rattachée à elle par un souvenir ténu, un fil qui pouvait se briser d'une seconde à l'autre et alors j'allais me précipiter dans la folie.

Bien plus, celle du miroir une fois disparue à mes yeux, toute la chambre m'a semblé peuplée d'un cercle sans nombre de compagnes semblables à elle. Je les devinais qui me sollicitaient de tous côtés. Autour de moi c'était une fantasmagorie silencieuse qui s'était déchaînée. Avec une rapidité folle, – je n'osais pas regarder, mais je les devinais – une foule de formes devaient apparaître, s'essayer à moi, disparaître aussitôt, comme anéanties de ne pas m'aller. Il fallait que j'arrive à me saisir d'une, pas n'importe laquelle, une seule, de celle dont j'avais l'habitude à ce point que c'était ses bras qui m'avaient jusque-là servi à manger, ses jambes, à marcher, le bas de sa face, à sourire. Mais celle-ci aussi était mêlée aux autres. Elle disparaissait, réapparaissait, se jouait de moi. Moi cependant, j'existais toujours quelque part. Mais il m'était impossible de faire l'effort nécessaire pour me retrouver. J'avais beau me remémorer les derniers événements des Bugues, c'était une autre qui les avait vécus, une qui m'avait remplacée toujours, en attendant ce soir. Et sous peine de devenir folle il fallait que je la retrouve, elle, qui les avait vécus, ma sœur, et que je m'enlace à elle. Les Bugues se déformaient dans des sursauts d'images successives, froides, étrangères. Je ne les reconnaissais plus. Je ne m'en souvenais plus. Moi, ce soir-là, réduite à moi seule, j'avais d'autres souvenirs. Et pourtant ceux-là mêmes, tassés dans le noir, ne faisaient qu'essayer de ramper jusqu'à ma mémoire, de se faire voir, de venir respirer un coup. Des souvenirs d'avant moi, d'avant mes souvenirs.

Je vois que c'est par hasard que je me suis aperçue dans la glace, sans le vouloir. Je ne suis pas allée au-devant de l'image que je connaissais de moi. J'avais perdu le souvenir de mon visage. Je l'ai vu là pour la première fois. J'ai su en même temps que j'existais.

J'existe depuis vingt-cinq années. J'ai été toute petite, puis j'ai grandi et j'ai atteint ma taille, celle-ci que j'ai maintenant et que j'ai pour toujours.

J'aurais pu mourir d'une des mille façons dont on meurt et pourtant j'ai réussi à parcourir vingt-cinq années de vie, je suis encore vivante, pas encore morte. Je respire. De mes narines, sort une haleine vraie, moite et tiède. J'ai réussi sans le vouloir à ne mourir de rien. Cela avance avec entêtement, ce qui semble arrêté, en ce moment, ma vie. J'entends les battements de mon cœur et les paumes de mes mains se sentent l'une l'autre m'appartenir : à moi, à ceci qui supporte ma découverte de ce moment. En ce moment même où je dévale avec les armées des choses – hommes, femmes, bêtes, blés, mois...

Ma vie : un fruit dont j'aurai mangé une partie sans le goûter, sans m'en apercevoir, distraitement. Je ne suis pas responsable de cet âge ni de cette image. On la reconnaît. Ce serait la mienne. Je le veux bien. Je ne peux pas faire autrement. Je suis celle-ci, là, une fois pour toutes et pour jamais. J'ai commencé de l'être il y a vingt-cinq ans. Je ne peux même pas me saisir entre mes bras. Je suis rivée à cette taille que je ne peux pas entourer. Ma bouche, et le son de mon rire, toujours je les ignorerai. Je voudrais pourtant pouvoir embrasser celle que je suis et l'aimer. Je ressemble aux autres femmes. Je suis une femme d'aspect assez quelconque, je le sais. Mon âge est un âge moyen. On peut dire qu'il est encore jeune. Mon passé, les autres seuls pourraient me dire s'il est intéressant. Moi je ne sais pas. Il est fait de jours et de choses dont je n'arrive pas à croire qu'ils me sont arrivés vraiment. C'est mon passé, c'est mon histoire. Je n'arrive pas à m'y intéresser parce qu'il s'agit de la mienne. Il me semble que mon passé c'est demain qui commencera vraiment à le contenir. À partir de demain soir, le temps comptera. Pour le moment, tout autre passé que le mien m'appartient davantage. Celui de Tiène ou de Nicolas par exemple. C'est parce que l'on ne m'a pas prévenue que je vivrai. Si j'avais su que j'aurais un jour une histoire, je l'aurais choisie, j'aurais vécu avec plus de soin pour la faire belle et vraie en vue de me plaire. Maintenant, c'est trop tard. Cette histoire a commencé, elle me mène vers où elle veut, je ne sais pas où et je n'ai rien à y voir. Bien que j'essaye de la repousser, elle me suit, tout y prend rang, tout s'y décompose en mémoire et rien ne peut plus s'inventer.

Je pourrais être mille fois différente de ce que je suis et, en même temps, être à moi seule ces mille différences. Cependant, je ne suis que celle-ci qui se regarde en ce moment et rien au-delà. Et je dispose peut-être encore d'une trentaine d'années pour vivre, de trente octobres, de trente août pour passer de ce moment-ci à la fin de ma vie. Je suis à jamais prise au piège de cette histoire-ci, de ce visage-là, de ce corps-là, de cette tête-là.

Il y a trois jours que je suis ici et rien ne se passe. Je n'ai rien à faire. Tiène est loin. Maintenant, j'entrevois ce qu'aimer voulait dire, et souffrir et aussi s'intéresser à l'histoire des autres. Ce n'était pas sérieux. Seulement, je l'ignorais. Maintenant, je sais bien qu'il est plus sérieux de ne rien faire du tout et de laisser les autres se débrouiller.
C'est calme ici. Aux Bugues j'ai été bien agitée, pendant des années. Il fallait toujours penser à ne pas dépenser trop, aux grêles, à l'avenir de Nicolas. Comme s'il ne s'était pas passé de moi pour mourir comme il l'entendait. Je ne fais rien et je ne parle à personne. C'est curieux, je ne m'ennuie pas. Je ne pense pas à m'ennuyer. L'ennui est loin, vague. Je sais déjà qu'il arrivera. Mais avant, il faut qu'on lui creuse sa place.
Il y a près de la mer des oiseaux que je ne connais pas. Ils passent très haut dans le ciel. Parfois ils descendent sur les rochers. Ils sont blancs comme le sel. On les aperçoit aussi qui se reposent sur leur ventre à la crête des vagues. Jamais on ne les voit de près. Ce sont des oiseaux de mer. Leurs cris sont plaintifs et lisses. La nuit, quand je ne dors pas, je crois les entendre, mais c'est le vent que j'entends. Il arrive tout d'une pièce de la haute mer et il se fend contre les choses fermes de la terre. C'est une même chose que le bruit du vent et les cris des oiseaux pour l'oreille qui écoute la nuit. On ne peut pas s'empêcher d'y penser, de penser à leurs couvées neigeuses dans le creux des rochers que bat la mer.
La nuit, quand je ne dors pas, je pense que Nicolas est mort, qu'il est en ce moment dans le petit cimetière des Ziès, pour toujours. Que moi je suis couchée dans ce lit, encore vivante pour un temps indéterminé. Mais ces pensées-là sont toujours les mêmes et l'on s'en distrait facilement. On croit continuer à penser à la même chose et l'on s'aperçoit qu'on pense à autre chose. Mais c'est comme si c'était encore la même chose. C'est toujours pareil. Je commence à penser à Nicolas, et je finis toujours par penser à ces oiseaux qui dorment dans le passage du vent, dans les trous des rochers que bat la mer.

Quelquefois je pense à Tiène. Lorsque les hommes passent devant moi sur la plage, à moitié nus, je pense au corps de Tiène. Alors je pense que je suis une femme. Que je suis vivante en femme, pas en n'importe quoi, en femme seulement. Je n'oserai pas affirmer que jusqu'ici je n'espérais pas être également vivante en d'autres espèces. Courir un jour sur la colline comme la chienne de Clément. Étendre un jour mes branches comme le magnolia de la cour. Je ne m'avouais pas qu'il me paraissait impossible d'être une chienne déguisée, un arbre déguisé. Maintenant, je me formule cette évidence qu'il en est tout autrement.

De quelle hypocrisie je suis ! On ne voit rien du gouffre qui est là, entre mes jambes. Celui qui le découvrirait croirait qu'il vient de s'ouvrir sous lui, par lui. Il est perfidie et innocence. Il est une chose qui toujours attendait celui qui vient, qui n'est rien qu'un aboutissement pour autre chose. Or, le fond de ce gouffre est en même temps le refuge, le seul refuge contre le ciel et l'une des murailles les plus dernières du monde. Je n'y peux rien. Je ne suis rien auprès de cela. Mais cela est en moi, accroché à moi, se devine dès ma figure.

Je l'oublie facilement, mais il reste lié à la pensée de Tiène. Tiène est l'homme que j'aime. Il sera peut-être le seul durant ma vie à qui je pourrai tendre ce puits de fraîcheur. Pourtant, il existe tous les autres que je connaîtrai jamais. Mais c'est l'idée de Tiène qui m'a fait découvrir qu'il m'appartient, qu'il peut appartenir, à moi, à Tiène. Avant de le connaître, je le sentais vaguement au fond de moi comme quelque chose de vide ou, si on veut, de plein, plein d'une ignorance totale. Il en sortait un cri vide qui n'appelait personne. Depuis une force y a grandi, contre laquelle je ne puis rien, une pensée s'est installée là, dans moi, contre moi, autour d'une forme, toujours la même, celle de la forme de Tiène.

Pourtant il y a tous les autres. Ils existent. Avec leur sourire. Je ne les verrai pas me chercher. Je ne les regarderai pas me découvrir. Je ne les écouterai pas s'aplatir sur moi dans toute leur confiance et se relever confusément, à la façon de ces oiseaux qui se relèvent sur la grève où le vent les a jetés.

Je suis la femme d'un seul homme. Tiène est seul irremplaçable puisque tous les autres, même nombreux, ne me consoleraient pas de Tiène, ne feraient que me le faire rechercher toujours davantage.

J'aime Tiène. Ce n'est plus une chose qui peut encore arriver. Elle est déjà arrivée. C'est fait. J'aime. J'aime Tiène. Même de loin, je sens très bien que je ne veux plus d'un autre que lui. Ce que je croyais qui me tenait le plus à cœur jusqu'ici s'est évanoui. Mais il me reste toujours cette envie de Tiène. C'est là, endiguée entre mes hanches, une espèce de sagesse plus sage que moi et qui sait mieux que moi ce que je veux.

Le soleil a bientôt fini sa course. La mer est encore uniformément verte et l'horizon est net. Pourtant on ne peut s'y tromper. La brise se lève et la mer se dépêche de monter.

Du plus loin que je me souvienne, j'ai toujours travaillé ferme aux côtés de papa et de maman. Il fallait ne rien faire. Et toujours j'ai dû dormir ferme, même les nuits de vent et d'orage en pensant au soleil du lendemain. Il fallait veiller avec le vent, qui réclame d'être écouté. Toujours été raisonnable, sage, vierge jusqu'à vingt-cinq ans. Il fallait accueillir les hommes qui venaient avec leur sourire qui insiste ou simplement leurs beaux bras. Et les autres, mes parents, ne pas les aimer au point d'attendre d'eux seuls un ordre, un plaisir, un chagrin. Puisque eux n'attendaient que du dehors quelque changement et qu'ils m'ont abandonnée pour n'importe quoi, je ne sais pas. Pour la mort, la folie, le voyage. J'en serais au même point bien sûr pour le moment. Le temps est vieux et il le serait également, mais, alors, il était radieux et je l'ai ignoré. J'étais une fille avare de mon corps, de ma vie. Et maintenant le temps est vieux. Une fois qu'on a perdu la faculté d'oubli, on manque définitivement d'une certaine vie. C'est cela sans doute sortir de l'enfance.

Elle, je l'ai vécue dans Nicolas. À ma place il a vécu mon enfance. J'étais de cinq ans son aînée et toute petite je me suis toujours émerveillée de le voir plus petit que moi, plus faible et plus croyant au jeu. Un jour, je l'ai trouvé endormi au bord d'un champ, fourbu de joie. Je l'ai gardé jusqu'au coucher du soleil contre les abeilles, les serpents, le crépuscule. Il dormait tout seul contre le champ qui surplombe la grande vallée de la Rissole. Il avait six ans. Sous sa respiration, les plus proches tiges des herbes où s'enfonçait sa tête s'inclinaient un peu, à peine, régulièrement. Je l'ai ramené dans mes bras.

Je m'en occupais très peu. La plupart du temps, il était tout seul à courir les champs. Il était sale et toujours mal habillé. Ce que j'aimais, c'était de le découvrir abandonné au fond de son enfance, tout d'un coup.

Maintenant, il est mort. Il s'est couché sur la voie ferrée, contre les rails. Sa tête brûlante d'un amour qui n'était pas pour moi contre la fraîcheur des rails. Il a regardé arriver la locomotive et peut-être a-t-il oublié en la voyant qu'il s'était couché là pour mourir. Moi, à ce moment-là, je dormais avec Tiène, dans le même lit, nue contre lui. Déjà, déjà, il m'importait peu de savoir s'il vivrait autant que moi, lui, Nicolas.

Sa mort, plus facile et pire que la perspective de sa mort. Elle ne peut plus arriver. C'est une grande différence que je porte sur moi. J'ai perdu moi-même une épaisseur, perdu le hasard qui m'entourait comme un vêtement. Je suis nue.

Le soleil s'est couché. Pendant quelques minutes il a illuminé la mer qui est devenue toute safranée en surface, et plus verte et plus froide que jamais sous cette croûte de lumière. Comme elle est partout maintenant que le soleil est couché.

J'ai regardé ma robe jetée sur le lit de la chambre. Mes seins lui ont fait deux seins, mes bras, deux bras, au coude pointu, à l'emmanchure béante. Je n'avais jamais remarqué que j'usais mes affaires. Je les.use. La robe luit au bas du dos, à la taille. Sous les aisselles, elle est déteinte par la sueur. J'ai eu envie de m'en aller, de laisser cette robe à ma place. Disparaître, m'enlever.

(Elle a eu très chaud à la figure, elle a mis sa tête dans l'oreiller, elle a voulu mourir tout de suite.)

Les premiers soirs je m'intimidais. Je rencontrais' mes mains partout, ma figure dans les glaces, mon corps sur mon chemin. Je ne reconnaissais pas très bien ce qui m'appartenait, c'est pourquoi je repensais sans cesse à Nicolas pour me rappeler qui j'étais en fin de compte et rassembler mes morceaux qui traînaient dans la chambre.

Sur la plage, seule, sous le soleil c'est bien différent. On sent battre son cœur jusqu'au bout de ses doigts, s'emplir et se désemplir cette épaisseur entre les côtes, enfermée. Ma jambe nue, allongée sur le sable, je ne la reconnais pas, mais je reconnais mon cœur qui bat.

Il est deux heures de l'après-midi. On ne peut pas s'imaginer la longueur, la lenteur d'un jour qui s'inscrit dans le ciel. Je suis là pour toute la journée. Comme hier. Mais non...

On ne peut pas dire que je m'ennuie de Tiène. Je ne pense pas à lui, à le retrouver. Pourtant, cette odeur de la mer qui m'arrive en ce moment sur la plage dans un souffle âcre et frais, je la reconnais. C'est une odeur d'ailleurs. C'est l'odeur d'une privation, de la privation de Tiène qui dort et rêve et ne fait pas attention à moi. Le vent qui vient du fond de l'horizon vient de la poitrine de Tiène, plus vent qu'avant, qui a touché quelque chose comme son sang. Je reconnais ce bruit sauvage, le goût de sel et d'acier, l'odeur de guerre.

Tiène dormait. Je l'écoutais respirer. Je songeais aux voyages. À ceux

que Tiène avait faits. À ceux que je n'avais pas faits. À ceux que je ne
ferai jamais, avec ou sans Tiène. Le vent qui sortait de ses narines était
mouillé de l'embrun qui embue les départs. Tiène m'avait quittée, rêvait
de me quitter. C'était un homme endormi le long d'une femme. Une
espèce de victime qui ne pouvait se décider à la quitter. Je le plaignais.
Mais je me penchais sur ses cheveux et je sentais leur odeur d'herbe
séchée qui était celle de tout le lit. L'odeur d'un : maintenant. Celle-là me
prouvait que Tiène était bien là, blotti tout au fond de l'oubli, mais là
tout de même. Ce maintenant, c'était son corps que je pouvais caresser.
Son cou nu sur lequel on avait envie de fermer ses mains sans serrer.
Ses yeux que j'aurais pu, d'un cri, faire remonter à la surface de l'éveil.
Ses deux rides qui encerclaient sa bouche entrouverte et qui me le rendaient plus vrai que sa voix. Il n'y avait rien à faire, rien à dire et pourtant mon cœur était plein de cris de pitié et de cris de victoire.

Quelquefois vers le milieu de l'après-midi, le vent se lève. La mer blan-
chit. Il arrive que le soleil se voile. Il n'y a plus d'ombres tout à coup. Et
tout devient blême comme frappé de frayeur.

Après deux heures d'immobilité sous le soleil, à ne rien faire, que regarder la mer toujours la même : alors ma tête ne sait plus rien faire, elle
ne sait plus préférer une pensée à une autre et la retenir. Toutes celles
qui lui arrivent flottent au même niveau. Elles apparaissent et disparaissent : des épaves sur la mer. Elles ont perdu l'aspect et le sens qu'on
leur reconnaissait d'habitude, tout en gardant leurs formes d'une façon
à la fois absurde et inoubliable.
La pensée de ma personne de même est froide et lointaine. Elle est
quelque part hors de moi, paisible et engourdie comme l'une d'entre
toutes ces choses qui sont sous le soleil. Je suis une certaine forme dans
laquelle on a coulé une certaine histoire qui n'est pas à moi. Je mets à
la porter, ce sérieux et cette indifférence avec lesquels on se charge de
ce qui ne vous appartient pas. Je pense bien cependant qu'il pourrait
exister un événement qui serait le mien tellement que je l'habiterais
tout entier. Alors, je me réclamerais de mes défaites, de mon insignifiance et même de cet instant. Mais avant, inutile d'essayer.

La petite caisse qui est arrivée l'autre jour sur la plage ne tenait que par
quelques clous dont certains dépassaient, rouillés et tordus. Sur l'une

des planches on devinait les mots : « oranges » et « Californ ». Elle avait
dû être ouverte par l'équipage d'un cargo, vidée de ses oranges et jetée
à la mer. Elle était là, débarrassée de ce qu'elle avait servi à contenir. Et
cependant elle durait toujours, plus inutile que jamais et plus que
jamais caisse-à-contenir-des-oranges. La marée descendante l'a rem-
portée. Elle est repartie à la crête des vagues toute vivante et délirante.
Entre ses quatre planches tenait la place d'une véritable histoire, d'un
véritable manque d'histoire qui se criait à la face du ciel.

On regarde l'oiseau, toujours le même, qui raye le ciel de cercles doux
et blancs. Un nuage passe sur la mer et y fait une tache de soir qui s'efface aussi vite. À mon doigt, j'ai la bague de jade venue de la grand-
mère Veyrenattes qui fut à Bornéo et de qui la mort après vingt ans n'a
peut-être été rappelée que trois fois ici-bas – et encore –, la dernière à
l'instant.

Pourquoi Tiène ? Pourquoi lui et non pas les mille autres pareils ? On
préfère en ce moment tout ce qui n'était pas préféré pendant qu'on préférait Tiène. On peut se passer de le toucher, de l'attendre, de se demander s'il pense à vous à l'heure qu'il est. C'est ainsi sous le soleil.

Rien ne vous retient en arrière, rien ne vous pousse en avant, même faiblement. Pas même le regret de ne plus sentir dans son ventre le sillage
glacé de la pensée de Nicolas.

C'est toujours des yeux de Nicolas dont je me souviens lorsque je me
souviens qu'il est mort. Pas très grands, violets au soleil ; des particules
d'or y nageaient plus ou moins visibles suivant l'intensité de la lumière.
Au centre, la pupille noire, l'entrée d'une grotte où toujours il faisait
sombre. Des cils en pinceaux les entouraient et les protégeaient soigneusement contre les poussières, le soleil trop vif. Et ces yeux-là servaient à Nicolas pour voir. Le soir, il les fermait pour dormir. Puis, il les
rouvrait le matin et il s'en servait toute la journée. Une douce humidité
baignait leur surface et les paupières y glissaient si naturellement que
jamais Nicolas ne soupçonnait qu'il aurait pu les sentir. Du haut de la
terrasse, Nicolas pouvait voir toute la vallée de la Rissole avec ces yeux-
là et, en même temps, le ciel qui la recouvrait. Et, de même, il a pu voir
les yeux de Luce et son immense bouche s'approcher de la sienne.
Jusqu'à la dernière minute ses yeux ont vu. La dernière fois, ce sont
deux rails brillants qui se sont inscrits dans la grotte sombre.
Maintenant, ils sont dans le cercueil avec tout le reste, avec les pieds, les

cheveux. Nicolas les a tués. Par eux le jour inondait Nicolas, la joie, l'amour aussi. Ils étaient plus que Nicolas. Peut-être n'aurait-on pas dû lui donner des yeux pareils à lui, à lui qui les a tués.

Ce qui est passé et ce qui arrivera est enfoui dans la mer qui danse, danse, en ce moment, au-delà de tout passé, de tout avenir. Certains matins en longeant la mer, je sens que moi aussi en marchant, je danse. Des jours de soleil léger, de sable humide, d'écume à odeur de poisson. Au soleil. Mes cuisses dans mes mains. Je les caresse. La paume chaude de ces mains rencontre la fraîcheur de ces cuisses qui sont heureuses. De mes aisselles entrouvertes monte cette odeur d'humus frais qui est la mienne. À l'ombre de ma peau, ma chair travaille, dévore les jours les uns après les autres avec une avidité toujours égale. En elle s'est englouti tout ce qui m'est arrivé, peu de chose à vrai dire, mais ce qui m'est arrivé en propre, par exemple, toutes les images que mes yeux ont vues depuis ma naissance, toutes, toutes. Car mes yeux sont reliés à mon corps par mon cou et, il n'y a rien à faire, ils n'auraient pas pu voir à la place de ceux de Nicolas par exemple. Je n'ai que l'existence de ce corps pour y loger la mienne et me prouver que j'ai seulement commencé d'exister. Il a travaillé, travaillé, pleuré de la mort de Nicolas, essayé de mourir sous Tiène. Il vieillit. Au fond, cela me plaît. Il n'y a pas d'oubli. On ne l'a pas oublié. Il y a une fierté à le penser et on finit par avoir de la considération pour ceci qui subit le sort commun si honnêtement. C'est beau ce corps de vingt-cinq ans que j'ai. Ces pieds sont durs, achevés, des pieds qui ont marché. C'est là dans ce petit champ de chair que tout s'est passé et que tout se passera. Qu'un jour ma mort mordra et s'accrochera par la gueule jusqu'à ce que nous fassions ensemble un groupe de pierre.

Pour le moment, ma mort, c'est une petite bête qui m'habite et avec laquelle je vis en bonne entente. Elle ne se montre pas. C'est quand j'y pense seulement que je la sens nichée tout au fond de mon ventre. Quand elle se montrera, je la reconnaîtrai bien. Il y a le premier jour de chaleur d'avril. Celui où Tiène vous embrasse pour la première fois. D'autres, et celui-là. On sait tout à l'avance. Elle aura le museau glacé des jeunes chats, une respiration brûlante. On se regardera enfin de tout près.

Il peut arriver sans doute qu'on meure plus ou moins vite, mais on doit toujours avoir le temps de bien se retrouver.

Ma mort à moi ; il ne faut pas boucher ce trou par lequel la tête se soulage de tout ce qui l'occupe, jusqu'à sa lie. À la sortie, un vent violent souffle et vous emporte toute. À condition de se laisser fuir tout entière avec bonne volonté sans être avare du plus petit détail, on se retrouve vite bien plus loin, distraite, refaite, sauvée et l'on regarde : «Il y a là du monde qui se baigne, plus loin une fille qui regarde la mer, plus loin, un phare.» Mais à ce moment-là on doit remuer une jambe ou simplement un doigt. (Et c'est celle-là qui doit mourir.)

Il y avait autrefois une famille qui vivait à l'écart du monde dans un lieu que je connais bien. Ils habitaient une grande maison qui les contenait justement. Ils étaient pauvres. Ils travaillaient. Si pauvres qu'ils étaient obligés de ne pas se quitter et de manger à la même table tous les jours de l'année. Il y avait côte à côte ceux qui travaillaient le plus et ceux qui ne faisaient pas grand-chose. Les vieux qui ne réfléchissaient pas avant de parler. Les jeunes qui ne parlaient pas assez volontiers. Et à la fin, ils avaient fini par croire qu'il y en avait qui se détestaient.

L'été, ces gens-là crevaient les murailles de leur demeure et s'en allaient chacun de leur côté sur les chemins de juin. Ils s'en revenaient tard et bien las, ce qui leur permettait de ne s'apercevoir qu'à peine, de dormir pesamment, de rêver quelquefois.

L'hiver, on aurait pu les voir à travers les vitres (mais, en fait, jamais personne ne les a vus) avec des visages tirés de distraction, groupés autour du même feu. Ils travaillaient toujours les mêmes champs, aux mêmes jours. Les saisons passaient. Ils ne changeaient pas d'existence et semblaient ne devoir jamais en changer. Cependant, dans cette maison habitait le songe patient. Ils rêvaient de trouver le moyen de se quitter pour toujours. Ils ne s'aimaient pas autant qu'ils le croyaient ni ne se détestaient non plus autant. Mais ils se trouvaient unis par leur pauvreté, par le mariage, par ceci qu'aucune raison précise de se quitter ne se présentait, sauf, celle de leur désir qu'ils avaient à vouloir. Mais, au fur et à mesure que le temps passait, ce désir a pris prétexte de tout pour ne pas se vouloir. Comme cela se passe quand on a trop laissé grossir l'attente pour qu'elle puisse jamais trouver de prétexte à sa taille.

J'ai vécu de leurs attentes tellement, que c'est moi qui ai fini par essayer de crever de l'ongle la peau de cette outre à songes.

J'attendais ce qui suivrait : le moment où ces songes surgiraient de la nuit, celui où ces gens s'empoigneraient vraiment, pour embrasser la bouche du plus vaillant d'entre eux. Mais leurs rêves les avaient portés dans une ombre si ancienne qu'ils ont titubé dans la lumière. Un matin le soleil s'est levé mais sur leurs cadavres, et il n'y a rien eu à voir. La maison s'est refermée. On ne verra plus leurs regards assemblés autour des mêmes feux. C'est tout.

Il n'y a que moi qui existe toujours pour le savoir encore.

Qu'en est-il de savoir ou d'ignorer quelque chose ? Quelle est la leçon de ce savoir-là pour démêler ce qui m'arrive face à face avec ce vide qui se lève devant mes yeux en vagues de plus en plus immenses, d'une clarté de plus en plus dévorante ?

Sur la mer, partout à la fois, éclatent des fleurs dont je crois entendre la poussée des tiges à mille mètres de profondeur. L'Océan crache sa sève dans ces éclosions d'écume. J'ai fait des séjours dans les vestibules chauds et boueux de la terre qui m'a crachée de sa profondeur. Et me voilà arrivée. On vient à la surface. Il y a de la place assez pour que tout l'Océan vienne crever au soleil, que chaque partie d'eau épouse la forme de l'air et mûrisse à son contour. Il y a la mienne qui les regarde. Je suis fleur. Toutes les parties de mon corps ont éclaté sous la force du jour, mes doigts qui éclatent de la paume de ma main, mes jambes, de mon ventre, et jusqu'au bout de mes cheveux, ma tête. J'éprouve la lassitude fière d'être née, d'être arrivée à bout de cette naissance. Avant moi, il n'y avait rien à ma place. Maintenant, il y a moi à la place de rien. C'est une succession difficile. De là sans doute le sentiment d'être une voleuse d'air. Maintenant on le sait et on veut bien être venue au monde. Je la vole ma place à l'air, mais je suis contente. Voilà. Me voilà là. Je m'étire. Il fait beau. Je suis une farine au soleil.

Un soir, j'ai été près de la mer. J'ai voulu qu'elle me touche de son écume. Je me suis étendue à quelques pas. Elle n'est pas arrivée tout de suite. C'était l'heure de la marée. Tout d'abord, elle n'a pas pris garde à ce qui se tenait couché là, sur la plage. Puis je l'ai vue, ingénument, s'en étonner, jusqu'à me renifler. Enfin, elle a glissé son doigt froid entre mes cheveux.

Je suis entrée dans la mer jusqu'à l'endroit où la vague éclate. Il fallait traverser ce mur courbé comme une mâchoire lisse, un palais que laisse voir une gueule en train de happer, pas encore refermée. La vague a une taille à peine moins haute que celle d'un homme. Mais celle-ci ne se départage pas; il faut se battre avec cette taille qui se bat sans tête et sans doigts. Elle va vous prendre par-dessous et vous traîner par le fond à trente kilomètres de là, vous retourner et vous avaler. Le moment où l'on traverse: on surgit dans une peur nue, l'univers de la peur. La crête de la vague vous gifle, les yeux sont deux trous brûlants, les pieds et les mains sont fondus dans l'eau, impossible de les soulever, ils sont liés à l'eau avec des nœuds, perdus, et pourtant voulant se retrouver comme ceux de l'innocence même (eux qui vous ont servi à faire vos pas, vos fuites, vos larcins, ils crient: je n'ai rien fait, je n'ai rien fait...). Il fait très noir, on ne voit plus rien que du calme dans des lueurs. On est les yeux dans les yeux pour la première fois avec la mer. On sait avec les yeux d'un seul regard. Elle vous veut tout de suite, rugissante de désir. Elle est votre mort à vous, votre vieille gardienne. C'est donc elle qui depuis votre naissance vous suit, vous épie, dort sournoisement à vos côtés et qui maintenant se montre avec cette impudeur, avec ces hurlements?

Il faut avancer avec la dernière force, celle qui vous reste une fois que la respiration elle-même vous a fuie; avec une force de pensée.

Après la vague c'est calme, c'est là où la mer paraît ignorer encore qu'elle s'arrête. Face au ciel, on retrouve l'air, son poids. On est bête paisible aux poumons respirants, aux yeux glissants qui lissent le ciel d'un horizon à l'autre sans même le regarder. Trente mètres d'eau vous séparent de tout: d'hier et de demain, des autres et de ce soi-même qu'on va retrouver dans la chambre tout à l'heure. On est seulement bête vivante aux poumons respirants. Peu à peu ça qui pense se mouille, s'imbibe d'opaque, d'un opaque toujours plus mouillé, plus calme et plus dansant. On est eau de la mer.

Mais très vite, et subitement, la pensée. Elle revient, étouffe de peur, cogne à la tête, devenue tellement grande (tellement grande que la mer y aurait tenu); elle a peur tout d'un coup de se trouver dans un crâne mort. Alors on bouge ses pieds et ses mains de nouveau amis. On glisse intelligemment avec la mer jusqu'à être versée sur la plage.

Lorsque je rentre à l'hôtel, je la regarde de ma fenêtre, elle, la mer, elle, la mort. C'est elle, alors, qui est en cage. Je lui souris. J'étais une petite fille. Depuis tout à l'heure, je suis devenue grande.

Il y a neuf jours que je suis à T... J'ai encore de l'argent que Tiène m'a donné. Je suis allongée sur la plage comme chaque jour, à me dire que j'ai encore du temps devant moi. L'homme noir à la cigarette, je l'ai vu arriver de loin, il s'est approché. J'ai accepté qu'il me «tienne compagnie». Je lui ai demandé de s'asseoir auprès de moi. Il l'a fait immédiatement. Je me suis assise à mon tour. Il a trente ans, une mauvaise mine. Le col des gens des villes a marqué son cou, ses mains sont maigres et ses yeux, fatigués par le grand soleil. Je plais à cet homme. Pendant que je le regardais attentivement, il paraissait moins sûr de lui. Il m'a offert une cigarette. Je lui ait dit que je ne fumais pas. Sans doute se rappelait-il que je lui avais plu; pour le moment, il en doutait. Il n'a pas su quoi me dire ensuite. Il a détourné la tête vers la mer et il a déclaré qu'il faisait bien beau pour un début d'octobre. Puis il m'a demandé si je resterais encore à T... longtemps. À vrai dire, je l'ignorais. «Fin septembre c'est fini, ici.» Cette pensée ne l'attristait pas. Il continuait à regarder la mer tout en pensant sans doute à ce qu'il aurait bien pu me dire d'autre. Qu'entendait-il par: fini? Il m'a dit que fin octobre, et même avant, il faisait trop froid pour se baigner, que les gens s'en allaient, que les trains eux-mêmes se faisaient plus rares, que les hôtels fermaient. Et la pluie. La mer bouchée de brume, les plages vides, le vent. Dans quinze jours, trois semaines au plus tard. Il regardait le soleil, les baigneurs, la mer verte, avec l'air de quelqu'un qui est revenu de bien des étés et qui sait ce qu'il en est. «Il y en a jusqu'à l'année prochaine maintenant, les vacances passent vite.» Seul l'été prochain possédait des vertus que celui-ci, qu'aucun autre plus ancien, ne possédaient. Ses mains croisées sur ses genoux jouaient ensemble distraitement. Ses lèvres sèches coupaient sa figure d'une trace triste.

Je lui ai demandé de m'expliquer comment la fin s'annonçait. Si déjà il apercevait sur l'eau et dans le ciel quelque signe de fin de saison, lui qui s'y connaissait.

«Sauf les matins et les soirs qui sont plus frais, on pourrait oublier que l'on n'est plus en août.» Ce qui ne voulait pas dire que le temps continuerait à être aussi beau; il se gâterait sûrement tout d'un coup, ajoutait-il.

Il regardait toujours la mer du même œil distrait; j'aurais désiré le voir de face pour voir s'il parlait faux.

«Ainsi, moi qui n'ai que vingt et un jours de vacances par an puisque j'en prends huit à Pâques, je trouve osé de les prendre en septembre. Des circonstances de famille m'ont empêché de les prendre plus tôt, mais je ne déteste pas quand il y a moins de monde. On s'occupe mieux de vous dans les hôtels et dans un sens c'est plus reposant.»

Ensuite il a jeté sur moi un œil timide, tout à coup rapetissé. Il a dit que lui «aussi» il aimait bien la solitude, que les gens sont mauvais, si égoïstes. À l'hôtel, il le sentait clairement, on essayait de retenir les derniers clients de septembre, tandis qu'en août! étais-je venue en août? non? alors à ce moment-là la patronne, elle se souciait bien des clients! les plats arrivaient froids, le service se faisait mal. Enfin dans un sens il ne regrettait pas d'être venu si tard. (Encore un coup d'œil sur ma personne.) J'aurais voulu qu'il parte mais en même temps je continuais à le questionner, à l'écouter.

Je lui ai demandé pourquoi il revenait à T... puisque cette pension ne lui convenait pas. Il a dit: «Qu'est-ce que vous voulez, on a l'habitude et ailleurs c'est la même chose, allez.» Son œil s'est fait plus rond. J'ai pensé à son œil, comme il lui était utile, il lui servait pour ne pas trébucher le soir et ne pas casser sa jambe, sa précieuse jambe et pour couper son bifteck à lui de la façon spéciale qu'il aimait, et pour... et pour... Je me suis fait la remarque que chaque homme de la ville et des villes est pourvu d'un œil semblable, pour la commodité de la circulation. Si j'avais eu un petit canif, du courage et de la force assez, j'aurais voulu lui extirper son œil pour le voir tituber sur la plage, pour qu'il se souvienne toujours du ciel qui était à ce moment-là au-dessus de nous, bleu, bleu, bleu. Quelques nuages le contournaient très loin, à faible allure.

Qu'en pensait-il en fin de compte? Ce que je voulais, c'était son opinion, la saison finirait-elle bientôt? Il a regardé la mer, l'horizon, lui qui sait, a roulé des épaules par petits bonds: «Croyez-moi si vous voulez, remarquez que je peux me tromper, mais je crois bien que ce beau temps ne finira pas de sitôt.»

Je n'écoutais pas. Un rire est monté de mes reins jusque sur mon visage. S'étendre, ne plus pouvoir rester assise de plaisir. Je venais d'assister à une seconde de la bacchanale funèbre qui éclatait dans les cymbales du vent: les maisons se fermaient, les marins se perdaient, les trains vides brinquebalaient et moi, étrangère, chassée par le fouet du vent, je...

C'était refermé. La mer mate dansait encore comme une jeune vierge aux membres gonflés.

L'homme paraissait encouragé par toutes ces questions. Il se rappelait tout à fait que je lui plaisais maintenant. Il travaillait dans une maison de confiserie en gros. Tout en allumant sa cigarette, il a commencé à raconter sa vie. Bien des malheurs, il avait eus. C'est lui qui passait les commandes avec les détaillants, mais ce poste important il n'avait réussi à l'occuper qu'après des années de lutte avec le directeur commercial qui était un personnage redoutable.

Je me suis aperçue que le soir allait venir. Je lui ai demandé de m'excuser, de me laisser. Il a voulu savoir s'il pouvait me revoir le lendemain. Je lui ai avoué que demain j'aurais bien aimé être seule. «Je vous ai ennuyée avec toutes ces histoires, je m'en excuse, on se laisse aller à parler.» Il s'est relevé. J'ai évité de lui répondre. «Je sais bien que j'ai été ennuyeux, mais ça fait du bien de parler à quelqu'un qui comprend.» Étais-je là chaque soir? Il viendrait s'y baigner. Je l'ai prévenu, le coin était dangereux. Il a retrouvé une arrogance: «Raison de plus, on n'a pas peur, on viendra s'y baigner. Au revoir, mademoiselle.» Il s'en est allé en sifflotant, le costume ouvert. Mais il sentait que je le regardais, son pas était gauche et quelquefois ses pieds manquaient buter l'un contre l'autre.

Les jours suivants, il est passé souvent devant moi qui faisais semblant de dormir, mais sans s'arrêter, sans oser non plus se baigner.

Nous suivions Jérôme. Nicolas était tout en sueur et dans sa figure mouillée, ses yeux luisaient. Il était encore très tôt. Une aube d'été s'allongeait, fauve, sombre, aux bords de la vallée de la Rissole. Jérôme a été si long à remonter que lorsque nous sommes arrivés sur le plateau le soleil s'était levé. Je sens encore l'odeur de sueur de Nicolas qui se mêlait à celle de la forêt endormie. J'ai encore envie de sa bouche fumante, tellement ignorante, tellement incapable de dire ce qui venait de se passer. Nicolas, Nicolas. Maintenant, ils sont ensemble, dans le petit cimetière des Ziès comme des enfants punis. Et c'est moi qui suis hors du jeu. Il fallait bien pourtant qu'éclate un jour cette immobilité des Bugues qui nous était plus sensible, plus dure à supporter dans l'août qu'en d'autres temps. À part Noël qui grandissait visiblement, les gens des Bugues ne pouvaient que s'y deviner vieillir et se recouvrir d'une peau de silence de jour en jour plus épaisse. Ils le pouvaient puisque chacun attendait d'être séparé des autres pour toujours et de s'en aller. Durant des années, ils ont attendu, puis, quoi? Or, je m'aperçois que pour ma part je n'attendais rien d'autre que ce qu'ils attendaient, sans savoir quoi. Ce n'était pas la même chose que pour Nicolas. Lorsque je l'effleurais des yeux, son songe à lui m'emplissait tout entière. C'est d'avoir été trop regardée par l'absence violette du regard de Nicolas que j'ai fini par chercher quoi faire et le dresser contre

Jérôme. Nul n'aurait pu le faire mieux que moi puisque chacun n'avait que des raisons à lui de le souhaiter et que chacun était jaloux de ses raisons, ne désirait les partager avec personne. Il fallait en arriver là. Car Jérôme aurait pu en faire dix fois plus, Nicolas n'aurait pas pu s'en indigner. Invoquer un nouveau grief contre Jérôme le répugnait en ceci qu'il n'intéressait qu'un des aspects de Jérôme. Il a bien fallu en arriver là. Se rappeler qu'on ne peut pas souffrir et haïr jamais au point de se croire le droit de tuer à cause de ce qui vous a été fait. Se dire qu'il était impossible de trouver un moyen de punir Jérôme qui nous aurait satisfaits. Et qu'il fallait ne pas être hypocrites en se le cachant. Je n'en voulais à Jérôme qu'à cause de Nicolas, mais enfin il ne pouvait pas mourir tout seul, je savais qu'il n'existait que cette façon de nous en séparer. Le voir mourir ou risquer de mourir, qu'il ait peur. Sans doute ai-je menti à Tiène lorsqu'il m'en a parlé ou peut-être que je ne m'aperçois qu'à présent que je le savais.

Aussitôt après sa mort, Nicolas a rejoint Luce. Il fallait s'y attendre. Laisser partir Clémence, c'était donner Luce à Nicolas. Et ça me plaisait bien. Pour commencer. Après, on l'aurait fait partir des Bugues, après qu'il s'en serait dégoûté. Mais finalement, sans le vouloir, tout ce que je suis arrivée à faire, c'est à lâcher un oiseau dans le vent. Il était un oiseau véritable et à cause de moi il le restera éternellement.

Ce n'est là un événement heureux ni malheureux, c'est quelque chose qui est arrivé. La mort de Nicolas est arrivée. Elle est entrée dans la maison avec Luce au retour de l'enterrement de Jérôme. Dès ce soir-là, Nicolas ne nous a plus appartenu, ni à Luce ni à moi. Je ne savais déjà plus les mots pour lui dire de vivre, je ne possédais plus la force pour l'empêcher de mourir. À partir de ce moment-là, je me suis désintéressée de Nicolas.

L'ennui est plus creux qu'autrefois, plus lisse, sans une ombre.

Nicolas devait mourir d'aimer. Sa vraie vaillance n'était pas de tuer Jérôme, mais d'aimer. Je sais que c'est juste, juste. C'est juste comme un vêtement qui vous va bien, comme est juste l'aurore, comme est juste le soir.

Alors je joue à regarder marcher les petits crabes qui se pelotonnent dans le sable et deviennent ainsi des parfaits cailloux. Je suis calme et quelquefois j'ai du plaisir de les voir faire, comme des enfants.

Mais peut-on jamais être sûre ?

Je me souviens très bien de la nuit pendant laquelle j'ai décidé de les dénoncer. Je ne dormais pas. J'attendais Tiène. J'écoutais. Il me semblait que c'était justement le chuchotement qui venait de la chambre à côté qui m'empêchait d'entendre les craquements des marches de l'escalier sous les pas de Tiène. À force d'entendre, la colère m'a gagnée. Je m'en voulais de l'attendre chaque nuit, d'y user toute ma tête, tout mon temps. Je croyais que j'étais en train de vivre les moments les plus honteux de mon existence. Mais en même temps, je ne pouvais pas faire autrement.

La nuit est devenue claire, puis le ciel a blanchi au bas du parc. Les arbres ont commencé à secouer doucement leurs grandes ramures bleues. Contre le mur, une brise s'est mise à glisser, à caresser comme une bête qui cherche et qui sent. C'était l'aurore.

Debout contre les barreaux de la fenêtre, je me suis aperçue que, une fois de plus, toute la nuit, j'avais attendu Tiène. Eux-mêmes, à côté, s'étaient endormis depuis longtemps. Pendant un court moment je n'ai pas su ce qu'il fallait faire : cogner ma tête contre les barreaux de la fenêtre pour qu'elle éclate, pour la vider de la honte de mes pensées, ou rire de tant de folie, de tant de folie sérieuse. Mais à peine y avais-je pensé que je n'avais plus envie ni d'en rire ni d'en désespérer. Je me pardonnais tout. J'émergeais peu à peu dans un espace de joie violente, sans raison. Le jour se levait. Je me souviens bien : la brume du parc a été traversée tout d'un coup de longues coulées neigeuses. Presque en même temps les coqs de la basse-cour ont chanté et, de la route des Ziès, est arrivé le crissement des roues d'une charrette. Lorsque je me suis retournée vers la chambre, j'ai vu que tout y avait repris forme et couleur, mon lit pas défait et, sur moi, ma robe de cretonne rouge à fleurs grises, celle qu'aime Tiène. La nuit était bien finie maintenant. Je me suis dit que j'irais me promener avant de déjeuner. J'étais heureuse. Je n'en voulais plus à personne, à Tiène non plus. J'ai entrevu la figure de Tiène qui dormait encore là-haut, fermée sur une bouche serrée, close sur son plaisir de dormir. Il m'a plu que Tiène soit un homme indifférent, si libre, si sage, sans désir.

Il ne le savait pas encore. J'étais seule à le savoir. Qu'un jour je serais avec lui, que même son départ des Bugues n'empêcherait rien. Il ne savait rien. Qu'il ne pouvait pas tarder à descendre. Que je ne lui déplaisais pas et que même je lui plaisais jusqu'à lui donner quelquefois envie de m'aimer. Seulement, quelque chose l'empêchait de s'avouer qu'il devait descendre chez moi. Lui cachait à ses propres yeux que je lui plaisais. C'était cela même qui nous empêchait tous aux Bugues d'aller jusqu'au bout de nos pensées. Qui nous empêchait de tenter de sortir de notre paresse par un geste devenu, pour nous, plus dur à accomplir que celui de la pire des impudeurs. C'est ce matin-là que j'ai pu penser à le faire. Que j'ai pu cerner cette chose, la retenir entre mes doigts, précise et nue.

Les Bugues allaient enfin s'ouvrir. On entendrait bientôt le rire de Nicolas dans le grand vestibule. Autour des feux, il y aurait une bonne chaleur. Bientôt, cet hiver-ci.

Et puis ensuite, le printemps. Puis d'autres, d'autres saisons viendraient, les plus brûlantes, les plus fleurissantes. Ah ! et Tiène lui-même allait descendre jusqu'à ma chambre en ne se cachant de moi que pour mieux me surprendre. Il allait me prendre la taille dans ses mains dures ; sur son visage il y aurait un rire enfin éclaté qui éclabousserait mes yeux et mes lèvres de sa lumière.

Mais je ne suis sûre de rien au fond.

Le temps a passé. C'était entendu, demain je parlerais à Nicolas. La situation finirait bien par s'éclaircir.

Mais une fois que j'ai trouvé que Nicolas devait avoir une explication avec Jérôme, je me souviens, je suis devenue triste à l'idée que cela allait se faire, peut-être le lendemain.

Peu importait les raisons que j'avais de le vouloir. J'en ai même oublié Tiène. Dès que j'ai cru avoir trouvé comment éliminer Jérôme, j'ai regretté qu'il soit si simple de trouver et de choisir des solutions à des états de choses qui sont sans solution, sans solution si l'on ne veut pas être menteur, ni vulgaire ou niais.

Avant le matin j'étais déjà déconfite par cette commodité honteuse qu'on peut trouver dans presque toutes les circonstances de la vie.

J'aime me baigner le soir et aux endroits un peu dangereux. On est sûre au moins de la partie qui se joue. Et la nuit, on dort en paix, réconciliée avec ce corps qui a été malin et courageux.

Des journées, des journées entières, du soir au matin, combien il a fallu en user pour arriver à cet après-midi. On n'a rien à faire. On n'a rien sous la main. Que la mer toujours pareille. On croit toujours que c'est aujourd'hui qu'on est le plus seule. Mais ce n'est pas vrai, on l'est tous les jours davantage. On se dit chaque matin qu'on ne pourra pas faire un pas de plus sur ce terrain-là et le soir on s'aperçoit qu'on a encore parcouru un espace vierge de solitude. On ne pense à rien d'important, à rien d'autre que ce à quoi l'on pensait aux Bugues, mais même ces pensées-là deviennent des fantômes, elles ne sont plus bonnes qu'à être pensées par la tête pendant qu'elle ne pense à rien.

On s'ennuie de Tiène, on voudrait bien voir sourire les parents, ou écouter une bonne fois l'histoire que Jérôme racontait si souvent, celle qu'on n'a jamais pu écouter. Mais petit à petit on se passe d'eux et si bien que c'est à l'idée de les revoir qu'on en arrive à s'effrayer. L'idée de retrouver Tiène vivant devant vous, par exemple, vous fait pâlir. On voudrait ne plus jamais avoir affaire à eux que comme souvenirs. On se sent d'une trop grande paresse à la pensée de les retrouver vivants. À l'hôtel, je fais exprès de rentrer tard pour ne pas voir les pensionnaires. Lorsqu'il en passe près de moi sur la plage, je voudrais qu'ils ne me reconnaissent pas, qu'ils ne fassent pas un signe qui marque qu'ils m'aient jamais connue. Le bruit de leur voix est une douleur.

On voudrait toujours s'enfoncer davantage, se cacher, se surprendre soi seule, sournoisement, et se voir seule à seule dans un silence de plus en plus grand. Ils sont insupportables. Ils vous rappellent que vous aussi vous avez ri, parlé, avec cette aisance, ce bruyant, ce contentement répugnant. Mais tout est bien. À la fin de la nuit saignée, quand on a fini de danser et que l'aurore est là et bientôt le jour, on se met à penser. Il a fallu danser pour pouvoir ne plus danser, pour que la danse soit devenue la chose la plus impossible. Il a fallu la tête déchirée par les cuivres et les lumières pour que la tête sache vouloir se retrouver dans le silence frais du matin. Après chaque bal, on ne dansera plus jamais.

Après des journées de solitude on finit par se plaire dans son ignorance, par prendre avec elle d'un seul élan, comme un bon feu. Alors il ne faut plus troubler ces lentes flammes droites, il ne faut pas dire un mot qui voudrait dire qu'on a le moindre avis sur quoi que ce soit. Il faut se remettre à neuf dans l'ignorance.

On regarde la mer. À force de ne voir qu'elle on s'use contre elle, on use tout à fait ses quatre souvenirs. On ne sait quel délire d'ignorance va vous emporter. Je suis sûre qu'on pourrait en devenir folle. Mais on reste toujours entre ces quatre membres, ces bras, ces jambes si pleins de timidité, toujours. Et pourtant à force de ne voir qu'elle, elle vous invite de plus en plus clairement dans son langage de sourde-muette à faire quelque chose de définitif. Peut-être à jeter toute votre pudeur, toute votre dignité en l'air comme une robe sale. Il faudrait oser se regarder soi-même jusqu'à danser une danse pour soi seule, me quitter moi-même jusqu'à me danser, danser devant moi le triomphe de mon ignorance absolue de moi et de mon ignorance de tout.

On est triste ou gaie à volonté. Je me suis bien reposée durant toute la journée et le soir dans ma chambre, quelquefois, je laisse entrer le cortège de mes pensées. Toujours les mêmes. On se laisse faire. La fenêtre est ouverte sur la mer. À peine voit-on le ciel. Tout est noir.

Je compte les années qui me restent à vivre dans l'aile gauche de la maison des Bugues : dix, vingt, quarante ans. Rien ne les marquera, rien ne peut m'arriver. Je ne désire plus que rien m'arrive. À l'abri des murs solides des Bugues : je regarderai la terre se recouvrir tantôt de neige, tantôt de fruits, tantôt de boue, tantôt de blanches fiançailles, de lait, de catastrophes, de larmes.

Mes pensées. Plus je les laisse à l'écart, plus assourdissantes que jamais elles reviennent, comme des bavardes. Bientôt elles sont là, bientôt toutes en place, il n'en manque plus une. Je les connais. Des saletés, et s'il en manquait une, j'aurais de la peine.

Un jour je n'aimerai plus Tiène. À bien réfléchir, est-ce que je l'aime encore ? Un jour, je vivrai sans le souvenir de Tiène – toute une journée sans que son nom me mouille les lèvres. Un jour, je mourrai.

Je pense à ce jeune homme au bal des Ziès, j'avais dix-sept ans, qui m'avait invitée à danser. J'ai senti contre moi, toute une soirée, son corps essoufflé et durci par l'attention extrêmement naïve qu'il mettait à bien danser. C'était le premier jeune homme depuis que j'étais une fille bonne à danser qui me prêtait une attention. Je l'ai oublié.

Un jour, Nicolas est mort. Un jour, je me suis réveillée dans une matinée de septembre, alors que Nicolas était enterré, enterré complètement, dans un trou refermé, complètement refermé.

Un jour : je sais que ce moment-ci est inoubliable et je l'oublierai. Je sais que je l'oublierai.

Il faut bien dormir. Ici le café au lait est bon. Il est tout prêt lorsqu'on descend dans la salle. Ce n'est pas comme aux Bugues où il faut le préparer pour tout le monde. Dès le matin, en sortant, le vent de la mer vous surprend par sa gifle, si sévère, si douce.

Il a fallu forcer Tiène à me remarquer, forcer la porte de sa chambre. Si je ne l'avais pas fait, il ne serait jamais venu. Il a fallu faire tuer Jérôme. Pour forcer sa curiosité. M'étendre près de lui toute nue sur la berge de la Rissole. Pour le forcer à me voir. Ensuite, ce qu'on dit à n'importe laquelle, il ne me l'a jamais dit, qu'il me trouvait belle. Maman, que j'ai questionnée à ce sujet, prétend que je ne suis pas laide, que ma figure est régulière, que mes cheveux sont drus et que je ressemble à sa jeune sœur qui était jolie et aimée. Mais elle ne m'a pas dit non plus que j'étais belle. Ce que tout le monde a le droit d'entendre, parce que c'est vrai pour tous les cas d'un certain point de vue au moins, je ne l'ai jamais entendu.

Il m'arrive de me regarder et de ne pas être de l'avis général. La nuit, à condition qu'aucun signe n'arrive des autres chambres et ne me rappelle l'indifférence du monde, il m'arrive de me trouver belle. Je me sens émue devant la régularité de mon corps. Ce corps est vrai, il est vrai. Je suis une personne véritable, je peux servir à un homme pour être sa femme. Je peux porter des enfants et les mettre au monde, car dans mon ventre il y a aussi cette place faite exprès pour les faire. Je suis forte, grande et lourde. Sous mon corps couché, le lit s'affaisse aussi, comme sous celui de Luce, de Tiène, de Nicolas. Ma chaleur m'entoure et se mêle à l'odeur de mes cheveux. Je n'en reviens pas de ma peau nue, fraîche, bonne à toucher, de cette préparation parfaite faite pour accueillir les richesses ordinaires. Je me plais. Je m'étonne de ne pas plaire aux autres autant que je me plais. Il me semble que cette grâce que je me trouve est d'une espèce qu'on ne peut pas aussi bien voir, qu'on n'entend pas aussi facilement. Parce qu'on est habitué à l'autre, à celle qui se montre tout de suite, qui est arrivée à crever au moindre prétexte dans la voix, dans les mains, dans le sourire. La mienne n'a jamais servi à plaire. Mais elle existe. C'est impossible, je ne peux pas me tromper. Quand je regarde mes seins tellement pleins, tellement existants, non, je ne peux pas me tromper. À l'ombre de mes robes, ils continuent d'attendre, eux. D'attendre d'être des seins auxquels s'accrochent des enfants, des regards. Ils comptent sur moi. Mais moi, on dirait que je ne sais pas m'en servir.

Pourtant, il y a Tiène. Mais je ne peux pas me tromper non plus. C'est Tiène qui se trompait. Il a aimé une fille que j'ai inventée à force, à force de vouloir lui plaire.

Ce matin il m'est arrivé une lettre de Tiène.

«J'ai fait pour le mieux. Il a été difficile de trouver un bon métayer, mais en fin de compte je suis tombé sur de braves gens : le père, la mère, trois gosses. Ils arriveront la semaine prochaine. Il est entendu que tu gardes l'aile droite de la maison. Ils habiteront le premier étage et le rez-de-chaussée, côté gauche. Tu auras ton entrée du côté de l'esplanade entre les dépendances et le bois.

«Quant à tes parents, j'ai pensé qu'ils pourraient rester dans leur chambre et disposer de la salle à manger.

«Ton père a recommencé à sortir, mais il va invariablement du côté de la vallée où Nicolas a été retrouvé. Ta mère ne se lève toujours pas. Lorsqu'ils sont ensemble, couchés, il est évident qu'ils sont heureux. Ils bavardent comme autrefois, de la vie à R... Il ne faudrait pas les séparer, mais peut-être les éloigner des Bugues, peut-être les envoyer à l'hospice de Périgueux. Il est à craindre que ton père se relève trop vite et laisse ta mère toute seule. Ils parlent quelquefois de toi, mais rien ne compte vraiment maintenant pour eux depuis Nicolas.

«Clément a cru que tu ne reviendrais plus. Je l'ai rassuré et j'ai réussi à l'empêcher de partir. Clémence, elle, s'en est allée il y a huit jours avec Noël habiter Périgueux. Tu auras sans doute du mal à reprendre Noël ; à moins qu'elle manque d'argent, elle ne le lâchera pas.

«Reviens quand tu veux. Pour l'installation des métayers, j'ai le temps de m'en occuper. Voici la fin de septembre et la pluie. C'est très beau. La pluie dure peu et lorsque le soleil reparaît, l'odeur des sous-bois arrive jusqu'ici. Tu sais, il est maintenant quatre heures de l'après-midi. De la terrasse d'où je t'écris, accoudé au parapet, je vois la Rissole sur un parcours plus long depuis que les arbres ont moins de feuilles. Je ne savais pas qu'elle virait tant de fois avant d'arriver aux Ziès. Elle luit et elle est grosse, presque à fleur des champs. Après la pluie de ce matin, le soleil est jaune comme un fruit d'eau et il a une odeur de cheveux d'enfant. On se sent fort à être dans la lumière et à respirer l'air mouillé. L'horizon est d'un bleu dur, vous aurez un hiver froid.

«Le soir je joue du piano. Au bout d'un moment, je sais que tes parents sont derrière moi. Ta mère elle-même consent à se lever. Tous deux assis sur le divan, ils sourient. Parfois ta mère me parle et me dit ce qu'elle aimerait que je joue.»

Tiène : le poids du ciel ensoleillé qui vous laisse écrabouillée par le songe. Une envie, une seule, toujours la même. Je voudrais encore tout recommencer, laisser derrière moi un sillage exemplaire, le faire vite, vite, avant la vieillesse, avant que je n'en aie plus envie. Mais en même temps, je sais que je n'en ai déjà plus envie, que je n'en ai peut-être jamais eu envie. C'est terrible. Il y a une consolation à ne pas pouvoir atteindre l'impossible. Il n'y en a pas à ne pas le vouloir. L'impossible même, à l'avance, m'ennuie. Je ne peux pas me le cacher.

Tiène. Je voudrais dormir là, contre lui, ne rien voir au-delà de ses cheveux, de ses paupières mauves. Toute ma colère, la masser entre nos deux ventres unis qui travailleraient à nous entourer d'une épaisseur de silence, d'un calme. Mais Tiène est loin. Alors, à ce moment-là, j'ai envie de me recroqueviller, fermer les yeux, mourir pauvrement d'une mort de petit chien.

Peut-être faudrait-il forcer Tiène à m'épouser, ne pas le laisser repartir cet hiver, faire de Tiène un être de chance et de malchance, le faire choisir entre tous les mariages notre mariage, entre tous les empires celui perdu d'avance, chaque fois perdu d'avance, celui nommé le bonheur ?

La fenêtre est fermée. Je suis montée me coucher tôt et je n'ai pas sommeil.

Il y a dix jours que je n'ai parlé à personne, sauf une fois à l'homme à la cigarette. Le soir est extrêmement silencieux. Partout, tout autour de la chambre, le vent, la rumeur de la mer, des pas dans le couloir, des aboiements de chiens, en bas. Dans la chambre, un silence très épais et au milieu mon cœur qui bat. Il me reste mon cœur qui bat toujours, toujours. Près de la mer, en plein jour, c'est autre chose. On est dans la main de la mer. On est ce plaisir de la respirer. Dans un ordre qui ne sent pas, on est ce rien de désordre qui sent. Une chose à constater la mer. On goûte alors comme une gourmande le bruit de son cœur qui bat. Alors qu'il pourrait ne pas... Qui bat pour rien. Ou pour une raison qu'aujourd'hui ne contient pas. Qui bat pour rien. Car, chaque fois, aujourd'hui est un jour pour rien, qui n'aura pas son pareil. On est en vacances de soi-même qui ne sert à rien en attendant. Alors on existe pour le plaisir ; on est présente à ce présent ; les jambes n'y tiennent plus, elles veulent bouger et sont pleines de rires à secouer.

Dans la chambre, lorsque la fenêtre est fermée, autour de moi quatre murs m'entourent comme quatre questions, toujours les mêmes : Nicolas est mort et Tiène partira, les parents sont vieux. Et alors moi ? moi ?

Je me rappelle. Et évidemment, je suis atterrée. Comme si trois jours plus tôt... Alors, c'est chaque fois la même chose, laborieusement je me construis ma solitude, le plus grand palais de solitude qu'on ait vu, le plus impressionnant. Et je m'en effraie et m'en émerveille à la fois.

Des volets claquent. Le chien aboie parce qu'on joue avec lui. Les gens rient dans des oh! des ah! Je me dis: c'est vrai, je n'ai pas été conviée à rire. Je me le dis, bien que d'habitude je ne rie pas si facilement. Je pense aux morts qui autrefois étaient vivants. Pourtant si Nicolas vivait, s'il entrait dans la chambre en ce moment, il me gênerait. Mais je voudrais bien qu'il revienne puisque je sais que c'est impossible.

Il est bien trop tard pour commencer à vivre ou bien mourir, ou bien épouser Tiène. On est plus que vieille, plus que morte. C'est bien trop tard. Du moment qu'on sait maintenant que c'est vrai. Qu'on existe pour de bon. Que la mort au fond n'est pas aussi terrible que le manque à mourir. Qu'aimer Tiène est un commencement de pauvre solution à ce malheur qu'on aurait voulu au moins exemplaire. Qu'on a raté le plus beau ratage, la plus belle réussite.

Il reste l'ennui. Rien ne peut plus surprendre que l'ennui. On croit chaque fois en avoir atteint le fond. Mais ce n'est pas vrai. Tout au fond de l'ennui, il y a une source d'un ennui toujours nouveau. On peut vivre d'ennui. Il m'arrive de m'éveiller à l'aurore, d'apercevoir la nuit en fuite désormais impuissante devant les blancheurs trop corrosives du jour qui vient. Avant le cri des oiseaux entre dans la chambre une fraîcheur humide, irradiée par la mer, presque étouffante à force de pureté. Là, on ne peut pas dire. Là, c'est la découverte d'un ennui nouveau. On le découvre venu de plus loin que la veille. Creusé d'un jour.

Je m'enfermerai dans mon palais de solitude avec l'ennui pour me tenir compagnie. Derrière des vitres glacées, ma vie s'écoulera goutte à goutte et je la conserverai longtemps, longtemps. Je dis: demain parce que c'est toujours demain seulement que j'entrerai dans les Ordres de la Solitude, que j'aurai l'air et les manières de circonstances. Pour le moment, je ne fais qu'en rêver avec la naïveté des jeunes filles.

Chaque jour, je pourrais mourir mais jamais je ne meurs. Chaque jour, je crois en savoir davantage qu'hier, juste de quoi mourir. J'oublie qu'hier c'était la même chose. Jamais je ne meurs.

Et pourtant, je sais bien maintenant: comment les temps s'annoncent, approchent, arrivent et nous enveloppent un moment dans leurs tourbillons, comment ils s'écroulent ensuite à peine les a-t-on lâchés pour l'autre temps qui vient. Cathédrales de vent. Ce monument du mois d'août, dont je croyais n'avoir pas trop de ma vie pour en faire le tour, n'est déjà plus qu'un des cailloux de cette pierraille de souvenirs que ma tête retient. Cathédrales de vent.

Sur toute ma surface je suis usée d'une usure pour rien, celle du temps qui a passé. Depuis vingt-cinq ans, le temps m'a dévidée comme un moulin. Et voilà que j'ai vingt-cinq ans. Et ce qui a été commencé une fois ne peut plus se recommencer. Je voudrais pourtant connaître encore ces premières promenades sur Mâ dans l'aurore, mais celles-là, les premières, pas d'autres ; appartenir à Tiène une nouvelle première fois, pas d'autre, dans cette chambre ouverte sur l'août alors que Nicolas vivait les dernières heures de ses derniers jours. Mais non. Je ne peux même pas m'éviter. Il m'arrive de me rencontrer, mais il n'y a plus de surprise possible. Même en usant à mon égard d'indifférence ou de grossièreté, je me reviens toujours, toujours plus fidèlement.

Je m'aperçois que je ne suis morte de rien. C'est pourquoi sans doute ma vie est ce marécage où je ne me souviens pas, en m'agitant, d'avoir produit autre chose que toujours le même clapotement d'ennui. Nicolas, même si j'exagère ma douleur de l'avoir perdu, je le sais bien que Tiène l'avait déjà remplacé. J'ai toujours trouvé le moyen de tout remplacer. Je me suis toujours tirée d'affaire juste à temps. Et pourtant, je savais ce qui m'attendait. Je ne le faisais pas exprès.

Phare blanc de ma mort, je vous reconnais, vous étiez l'espoir. Votre lumière est bonne à mon cœur, fraîche à ma tête. Vous êtes mon enfance. Je comprenais bien ce que vous vouliez dire, mais je ne me suis jamais incendiée à votre lumière parce que j'ai raté toutes les occasions de m'y précipiter. Je vous ai donné mon petit frère, cette torche de mon petit frère, et lui, vous l'avez entièrement consumé. Tandis que moi, je suis toujours là saine et sauve dans mes marécages d'ennui. Et il n'y avait pas, il n'y a pas d'autre route que celle que vous éclairez.

Parfois, il me semble que je voudrais presque apprendre la mort de Tiène. Je l'imagine : un matin on me le déposerait sur le seuil des Bugues. Il serait mort dans la nuit comme Nicolas. Ses joues seraient roses de froid, ses cheveux, dans le vent, bougeraient. Peut-être, pour commencer encore, je le croirais vivant, simplement endormi au-dehors parce qu'on est au printemps. Je me vois approcher, je souris de la même façon que la veille : des idées à lui de passer la nuit dehors. Je m'approche encore et je vois que ses lèvres sont vertes et qu'à travers ses paupières filtre un regard qui ne regarde rien. Je prends sa main, elle se désintéresse de ma main, elle veut qu'on la laisse tranquille.

Alors, je cesse de pouvoir y penser. J'entends ce cri que je pousserais. Je serais jeune. Alors, il m'aurait servi de vivre pour nourrir de toute ma force ce cri-là. Je serais cri. Mon âge volerait en poussières et le monde, et le Bon et l'Infâme, et toute définition. Ah ! Je pourrais enfin mourir en un cri. Sans pensée, sans sagesse, je ne serais que ce cri de joie d'avoir trouvé à mourir en un cri.

Au loin, étincellerait l'avenir noir. Tiène serait éternellement mort, la mort de Tiène éternellement en fleurs sur les cendres du monde.

L'homme passe et repasse souvent devant moi sur la plage. Il porte le même costume de ville trop large et n'a pas de cravate. Les bords de son col sont sales et ses cheveux n'ont pas été coupés depuis longtemps. Son visage têtu est fermé sur sa bouche gonflée de silence. Ce visage est noir et souvent mal rasé.

Il est arrivé tout à l'heure devant moi et il m'a regardée de côté en marchant vite.

Il m'a dépassée et il est allé se cacher derrière un rocher un peu plus loin. Un moment est passé pendant lequel j'attendais patiemment qu'il sorte de sa cachette. Il en est sorti dans un maillot noir. Son corps, trop blanc et velu, il était évident qu'il en avait honte. Il n'y avait cependant personne sur la plage que moi, assez loin de lui. Il fallait bien qu'il traverse l'espace qui le séparait de la mer. Il m'avait dit qu'il le ferait. Il a couru très vite, tout seul sur la plage nue. Sur la plage lisse et ensoleillée où pas une ombre ne passait sauf la sienne, très longue et mince. Il courait par petits coups, puis marchait maladroitement sans se retourner, les yeux fixés vers la mer. Enfin, il y est arrivé et s'y est caché.

Je n'aurais pas cru qu'un tel homme puisse nager avec son corps lourd et honteux. Mais il est parti très à l'aise à la surface de l'eau. Après une courbe il est passé devant moi. Il m'a regardée et il a ri. Entre deux brasses il riait et son visage ressortait de l'eau, couché sur l'eau et démasqué par le rire. Plus de honte dans son corps agile et sa bouche s'était ouverte. Il était fier de bien nager, tellement, qu'il est parti très loin de la plage. Je me suis demandé pourquoi il riait en me regardant, il avait l'air de se moquer de lui. Peut-être était-ce parce qu'il avait trop de plaisir à nager.

La mer était assez forte et bientôt je n'ai plus vu de l'homme, ni son crâne noir ni ses pieds. J'ai pu le suivre des yeux un petit moment pendant qu'il avançait courageusement vers la haute mer. Puis, plus rien. Il faisait assez chaud pour rester tranquille sous le soleil. Je m'étais allongée de biais face à la mer, la tête appuyée sur mon coude. Lorsque je n'ai plus vu l'homme, j'ai laissé tomber ma tête. Comme cela je voyais mieux la mer. Elle paraissait plus verte. Je ne savais que faire et j'ai appuyé mon oreille bien à plat sur le sable pour écouter quelque chose. On n'entend rien contre le sable, on se cogne à un silence bouché. Contre la terre on doit entendre grignoter les bêtes et crever les racines. Contre le sable, rien.

Les vagues arrivaient toujours par rangées régulières à fleur de mes yeux. Sempiternellement, elles arrivaient. Je ne voyais qu'elles, les vagues. Bientôt elles étaient ma respiration, les battements de mon sang. Elles visitaient ma poitrine et me laissaient, en se retirant, creuse et sonore comme une crique. Le petit phare éteint, sur la gauche, je ne le voyais plus, ni les rochers ni les maisons. Je n'avais plus de parents ni d'endroit où revenir, je n'attendais plus rien. Pour la première fois je ne pensais plus à Nicolas. J'étais bien.

Il n'y avait personne sur la plage. Personne n'avait vu l'homme se noyer que moi.

Il faisait sur la mer une lumière très douce. La mer montait. Le soleil n'était plus aussi chaud maintenant. Le soir allait arriver comme un événement et je l'attendais. Il allait arriver avec son cortège d'étoiles et de lunes en une chevauchée immobile au-dessus de la mer.

Lorsqu'il a fait sombre, j'ai cru revoir le souvenir de la petite trace noire du rire de l'homme près de moi. Je l'imaginais : il était descendu dans la mer très lentement, tout droit et déployé avec la somptuosité immobile de l'algue. Il était passé en quelques minutes de l'extrême hâte à l'extrême lenteur.

Il y a eu un moment de grande obscurité. La mer était d'encre et il a fait froid.

Je suis rentrée à l'hôtel.

Elle est bien arrivée la mort de Jérôme, mais Nicolas aussi est mort. Clémence est partie, Noël est abandonné. Les parents sont devenus quasiment déments, finis.

Il aurait pu m'arriver bien davantage, par exemple de mourir ou de

perdre Tiène (ce qui revient au même). Évidemment on peut dire que
c'est de ma faute. Mais quoi ? Dans tous ces événements, je reconnais
mal quelle a été ma part. Impossible non seulement de retrouver la
trace d'un remords mais de reconnaître dans ce qui est arrivé ce que j'ai
voulu, ce que je n'ai pas voulu, ce à quoi je m'attendais, ce à quoi je ne
m'attendais pas.

Nicolas sur les rails de chemin de fer : les gens n'ont pas osé nous l'apporter. J'y suis descendue avec Tiène dans l'aube de septembre. Ces
trois morceaux d'homme, ç'avait été mon frère Nicolas. Difficile d'imaginer maintenant que je ne savais pas depuis toujours qu'il mourrait
ainsi. Comment savoir ? Est-ce bien moi qui ai hurlé et couru stupide-
ment pendant des heures aux alentours du corps de Nicolas ? Est-ce que
vraiment j'avais oublié à ce point qu'il allait mourir ?

Il n'y a qu'à cette minute présente que je peux me considérer sans sourire. Hier encore, j'étais la plus naïve. Et le suis encore autant aujour-
d'hui, quoique différemment, de croire l'être moins. On laisse celle-là
pour prendre celle-ci. Dans l'hiver, la naïveté de l'été ; dans l'été, la naïveté de l'hiver.

Dans deux jours je partirai d'ici. Je me suis levée tard et suis allée jusqu'au bout de la jetée, du côté du phare. La mer est houleuse. Le soleil
est bon. On n'a pas froid. Sans être fatiguée, je n'ai pas envie de marcher.
Je me suis couchée sur le sable sec contre la dune et je suis immobile.
Difficile de trouver une position de son corps et de sa tête. L'idée arrive,
divagante comme une ivrogne, elle vous roule sous elle, des idées de
Nicolas et de Tiène.

Je sais comment leur échapper. Je regarde mes genoux ou mes seins
qui soulèvent ma robe et immédiatement ma pensée s'incurve et rentre
en moi, sagement. Je pense à moi. Mes genoux, de vrais genoux, mes
seins, de vrais seins. Voilà une constatation qui compte.

Aussi je suis venue ici pour contempler inlassablement ma personne.
Entre mille autres c'est moi qui ai poussé dans le corps de ma mère et
qui ai pris cette place qu'une autre aurait pu occuper. Je suis à la fois
chacune de ces mille autres et ces mille autres en une personne.
Puisque autant qu'on peut imaginer chacune d'elles, on peut imaginer
que c'est justement moi. C'est comme indéfiniment remplaçable que je
sais que je ne le suis pas. Puisque c'est toujours à partir de moi que
j'imagine celles qui auraient pu être à ma place. Voilà ma définition la

plus minuscule et la plus rassurante. Je suis réduite à l'impossibilité même que j'éprouve à penser ceci : qu'une autre pourrait être en ce moment étendue à ma place, au bord de la mer, et que ce serait la même chose.

Je vois le petit phare à un mille de là... Le soir, il éclaire la mer. Je connais à l'avance le gardien, sa femme, l'enfant qu'ils ont. Le mari est à la table d'écoute au sommet de la tour. La femme tricote un bas. L'enfant dort. J'aurais pu être l'un d'eux. J'ai un vrai goût pour leur existence. De même pour celle de la serveuse de la pension, celle de Dora, la folle des Ziès, celle du cordonnier des Ziès qui tout le long de l'année, dans son échoppe, fait des souliers pour marcher dans les plaines de la Rissole.

Évidemment, j'attends quelque événement depuis que je suis à T..., sans doute le calme qui se fera lorsque je saurai qu'il ne faut rien attendre. Bien que je fasse ici chaque jour la même chose (invariablement, je vais de la mer à l'hôtel et de ma chambre à la mer), je suis tantôt joyeuse sans raison, tantôt, dès le matin, sans raison non plus flambée à une tristesse noire. C'est alors que je suis obligée d'écouter tous les beuglements de mes désirs.

Je voudrais que l'été soit en moi aussi parfait que dehors, réussir à oublier d'attendre toujours. Mais il n'y a pas d'été de l'âme. On regarde celui qui passe tandis qu'on reste dans son hiver. Il faudrait sortir de cette saison d'impatience. Se vieillir au soleil de ses désirs. Puisqu'il est vain d'attendre. Du moment qu'on attend toujours bien au-delà de ce qu'on espère. Devenir distraite, joyeuse, lisse et belle à regarder. Plaire à Tiène comme une autre, toujours une nouvelle autre. Puisque je ne serais personne.

Si je pouvais m'ouvrir et me nettoyer d'amer, du vent, de mer.

Mais ma peau est scellée comme un sac, ma tête dure, pleine à craquer de cervelle et de sang.

.

C'est le lendemain matin qu'un pêcheur a retrouvé ses vêtements et les a portés à la gendarmerie. On a su tout de suite où habitait cet homme parce que toutes les fiches des hôteliers sont déposées à la gendarmerie. On est venu réveiller la patronne de l'hôtel de bonne heure.

Quand je suis descendue, tout le monde en parlait. Il pleuvait et les gens n'avaient rien d'autre à faire. Sans rien savoir de sa vie, chacun avait beaucoup à dire sur cet homme. Il y avait quinze jours qu'il était arrivé.

C'était la seconde fois qu'il était descendu ici. Les bonnes s'en souve-
naient bien. Elles disaient que c'était un homme charmant, toujours
content et tranquille. Moi je ne m'en souvenais pas comme d'un homme
charmant, son visage était dur, il disait peu de choses et la plupart du
temps, d'entre ses camarades, c'était le plus silencieux. Il est vrai qu'on
peut paraître charmant à un hôtelier pour ces seules raisons.

L'année dernière il était venu vingt et un jours. Les bonnes comptaient :
cette fois-ci cela en faisait quinze, quinze à peine puisqu'il était mort
dans la nuit. C'était tout à fait extraordinaire qu'hier soir personne ne se
soit aperçu qu'il n'était pas rentré. Quel coup cela avait fait à la patronne
lorsque au matin on avait rapporté les vêtements de son client ! Tous ses
autres clients se pressaient autour d'elle. Pas mal de gens s'étaient
noyés par là. Elle les racontait tous, depuis les plus anciens jusqu'à ceux
de l'année dernière, dans le détail de leurs vies et de leurs noyades. Il y
avait ceux qu'on avait retrouvés, ceux qu'on n'avait jamais retrouvés,
ceux qui étaient tout seuls, les vieux, les jeunes, surtout les jeunes pour
lesquels c'est si dommage. Les clients, eux aussi, avaient vu se perdre
des gens sur toutes les plages de France. Ainsi, en l'espace d'une demi-
heure, on a passé en revue une bonne vingtaine de noyés. Puis, la
conversation s'est épuisée d'elle-même et les gens ont commencé à
regarder par les fenêtres le temps mauvais.

J'ai bien attendu vingt minutes que la bonne m'apporte mon petit déjeuner. J'étais dans mon coin toujours à la même place. La mer était basse
et grise. Dans la brume, une petite barque est passée et a disparu.

Je pensais que j'irais sur la plage de bonne heure malgré la pluie.
Depuis quinze jours je ne faisais que ça, aller sur la plage, revenir à
l'hôtel, ensuite y retourner.

Quelques clients sont venus auprès de moi. Ils me connaissaient un peu
pour me voir là. Tous les matins ils me demandaient des nouvelles de
ma santé. Je leur disais que j'allais bien. Mais ils recommençaient
chaque jour. À me voir seule, ils croyaient peut-être que j'étais là parce
que j'étais malade ou encore pour me consoler de quelque malheur.

L'un d'eux m'a parlé du noyé avec une discrétion un peu attristée, une
voix douce ; c'était un très jeune homme qui avait une chemisette rouge,
un air poli. « Justement vous savez, il m'a demandé où vous vous baigniez.
Je vous avais vue partir sur la gauche comme d'habitude, du côté du
phare, je le lui ai dit. Je ne le connaissais pas, mais il semblait timide et
vous-même vous ne disiez rien... Je l'ai vu partir de ce côté, il n'a pas dû
vous trouver... »

Ce jeune homme était avec une jeune femme blonde qui a hoché la tête d'un air de dire : « Oui, oui, c'est ainsi, la vie est ainsi, toute bête, c'est comme ce jeune homme vous le dit si bien... »

Sur la table à côté, les vêtements de l'homme avaient été jetés pêle-mêle, des vêtements gris à raies noires, aux doublures salies de pluie et de crasse ; leurs formes mollement gonflées rappelaient des mouvements perdus. Tout avait été sorti des poches, le portefeuille et les papiers épaissis et boursouflés d'eau sur lesquels s'étalait l'encre. L'homme s'appelait Henri Calot, il était représentant en confiserie, c'était vrai ; il avait été marié deux fois et il avait deux enfants, Jeanine et Albert. Ces papiers avaient l'odeur du hasard, ils sentaient le papier mouillé jeté dans les ruisseaux, ils avaient l'aspect du hasard ; chacun les contemplait avec stupeur, tant cela était simple. Ces gens ne désiraient pas que ce soit si simple, si évidemment simple. Ils entouraient les restes de l'homme, fumant de passion, humant de toutes leurs narines ce que cette mort pouvait déceler d'épouvantable et de rassurant.

Les lettres et les photos furent enfermées avec précaution par la patronne de l'hôtel dans une enveloppe toute neuve. Elle faisait ça comme quelqu'un d'expérience qui sait hautement pourquoi. Il n'est plus resté sur la table que la carte d'identité gonflée de cette pluie douceâtre et légère qui depuis hier tombait, dont le carrelage était trempé et qui ankylosait ces hommes de pensées et de paresse.

« Voyez-vous, vous ne l'aurez pas vu... » a répété le jeune homme. J'ai dit que oui, je l'avais bien vu. Tout le monde est venu m'entourer parce que j'étais la dernière personne au monde qui avait vu cet ancien vivant.

« Vous l'avez vu se baigner ? » J'ai dit que oui, ma foi sans y penser beaucoup, qu'il était parti devant moi.

Alors on m'a regardée. Ma robe à manches longues, salie, mes cheveux mal coiffés, mes mains abîmées, j'ai vu, on a regardé. Ces détails expliquaient sans doute beaucoup de choses. Autour de moi, il s'est trouvé une dizaine de visage immobilisés par la curiosité. Je me suis aperçue que les gens attendaient que je parle et j'ai compris qu'ils ne me saisissaient pas très bien : si je n'avais rien dit, je me réservais sans doute, mais maintenant je parlerais pour mieux les étonner, voilà ce qu'ils croyaient. J'aurais dû me taire, je ne trouvais rien à dire et je me sentais rougir. À mesure que je me taisais s'étalait sur leurs visages en une tache de plus en plus visible une même expression qui les faisait se ressembler.

J'aurais dû me taire.

«Vous n'avez pas vu qu'il se noyait? a dit la patronne, vous n'avez pas compris?...»

La mer était là, derrière les carreaux. J'aurais voulu y disparaître tout à fait. Si j'étais partie ces gens m'auraient retenue.

J'ai dit que je ne savais pas, qu'en réalité je n'avais pas vu cet homme se noyer précisément; à un certain moment je ne l'avais plus vu il est vrai, mais sait-on jamais, sait-on qu'un homme se noie pour la seule raison qu'on ne le voit plus? Peut-être avait-il changé de direction, peut-être nageait-il si bien qu'il était allé très loin et que je ne pouvais plus le voir. Je n'avais pas cherché à le voir, c'était bien ça, je ne l'avais pas suivi des yeux et ainsi le moment où il avait disparu m'avait échappé.

«Mais pourquoi ne pas avoir appelé? Pourquoi?» J'ai répété que c'était inutile parce que lorsque je m'en étais aperçue, on ne le voyait plus, que c'était inutile et que, d'ailleurs, il n'y avait personne sur la plage que moi qui ne savais pas très bien nager.

«Pourquoi n'avoir rien dit? rien fait? pas crié?» J'ai répété les mêmes choses, que c'était complètement inutile, qu'au moment où j'avais vu cet homme pour la dernière fois, il était bien tranquillement en train de nager et que je l'aurais dérangé en envoyant quelqu'un le chercher. Visiblement, c'était un très bon nageur et comme il voulait le paraître à mes yeux (d'après ce que disait le jeune homme), je l'aurais froissé en lui envoyant du secours. Peut-être à ce moment-là aurait-il moins bien nagé et se serait-il noyé d'une façon bien plus terrible, dans le désespoir de me déplaire. Je me rendais compte que tout ceci ne tenait peut-être pas debout, mais je le répétais, c'était inutile d'appeler, il n'y avait personne, absolument personne sur la plage que moi qui ne savais pas très bien nager.

Ces gens n'étaient pas satisfaits de mes explications. C'était comme si je n'avais rien dit, il fallait toujours répéter les mêmes choses. Ils continuaient à me questionner sans m'écouter et je sentais qu'aucune réponse n'aurait pu les satisfaire.

Je n'ai plus répondu. Ces gens-là, je ne les connaissais pas. Or, je me sentais rouge comme s'ils m'intimidaient. Je me suis efforcée d'être calme, de chasser ce sang, cette honte de ma figure. Je suis sortie.

Je me suis promenée une dernière fois le long de la mer. Aussi loin que l'on pouvait voir, il n'y avait personne sur la plage du côté du phare. Il tombait une pluie fine et giclante, celle qui gerce les lèvres, brouille la vue. Le vent la rassemblait par paquets et me la jetait à la figure, m'empêchant de marcher, de respirer. Ceci n'était pas fait pour nous, cette pluie et ce vent complices, cette mer dévergondée. L'air était brutal et soufflait dans tous les sens, on ne pouvait pas se mettre dans le berceau de vent et marcher avec lui ou même le respirer. Il vous manquait tout à coup, sous le nez. C'était pire que la colère. Une fête à laquelle vous n'étiez pas conviée.

Je me suis abritée contre un rocher en retrait et je me suis assise. J'ai été ailleurs tout à coup, loin. J'ai été mieux. Mes joues étaient froides maintenant lorsque je les touchais. Des paquets de pluie emportés par le vent passaient au-dessus du rocher mais sans m'atteindre. Mes mains sur ma figure avaient l'odeur du froid, je ne les reconnaissais plus. Je crois que j'étais triste. J'ai pleuré. J'aurais voulu ne plus jamais repartir de cet endroit, plus jamais de ma vie. J'ai pleuré parce qu'il me fallait repartir.

Il devait m'arriver quelque chose. J'attendais que surgisse un matin quelque événement qui me guérisse définitivement de l'attente ridicule qu'était devenue ma vie depuis que j'étais à T... Mais il y a quinze jours que j'y suis et rien n'est arrivé.

La patronne m'a dit tout à l'heure qu'elle ne pouvait plus me garder après l'«incident d'hier».

TROISIÈME PARTIE

Neuf heures du soir à la gare des Ziès sans avoir prévenu Tiène. Il pleut et la nuit est bien noire. En route pour les Bugues (je compte) : dix-sept et quinze, trente-deux jours depuis la mort de Nicolas. Quinze depuis mon départ pour T... Les gens ont bien fait de me mettre à la porte de la pension. Depuis hier, il pleut sur la mer, ici aussi une bruine fine a arrêté le vent et tombe patiemment, sans bruit. L'octobre est en train de brasser la pâte de l'hiver. Il y en a pour toute la durée de la nouvelle lune ; justement celle-ci vient d'apparaître entre d'épais branchages de nuages qui s'écartent avec lenteur. On n'a pas voulu de moi à T... à cause de ce noyé. Il y en a tous les jours des dizaines mais il a fallu que je sois là pour le voir. C'est vieux déjà, bien que d'hier. La patronne de la pension avait un air méprisant. Un air de devoir. J'ai eu peur. Qu'on me devine. D'en avoir trop fait et qu'on découvre qui je suis. Qu'on puisse savoir qui je suis, le dire. J'ai pensé aux malheureux assassins qui en apprennent tant sur eux-mêmes, tant, à se dégoûter tout à fait. Elle avait une lourde poitrine, trop serrée dans un soutien-gorge qui l'étouffait. Le commencement de ses seins remontait en deux croissants renflés. Une rougeur sur sa gorge et ses yeux fuyaient : « Après ce qui s'est passé, je ne peux pas vous garder. » Parce que je n'ai pas appelé : on doit appeler dans certains cas même quand c'est inutile. Non pas que je n'en aie pas eu l'envie pendant une seconde ou deux. Mais c'était calme, calme. Dans mon ventre aussi et dans ma tête, sous ce soleil, rien n'entendait bouger. Pas comme en ce moment-ci. Marcher me fait penser, et j'ai l'idée que ce froid dans le dos, c'est de la fièvre. Quand Jérôme avait de la fièvre, il me demandait le notaire. Moi aussi, un jour. Cet homme se noyait. Je l'ai vu, comment se noie un homme, j'ai vu. C'était calme, il est parti sur la mer. La mer, dans ses bras, dans ses jambes, ramassée : bien que je lui aie dit que c'était dangereux. Il se noyait, mais de si loin, dans une petite image, dans un coin de mes yeux qui restait encore éclairé par ce grand soleil où tout le reste clignotait dans l'ombre. «Tu n'as pas l'air de le voir, tu le vois, il est en train d'étouffer contre l'eau qui lui visse la poitrine et peut-être il te regarde.» Bah, ça a duré rien, trois minutes. Je l'ai vu, et je ne l'ai plus vu. «Il est noyé, ça y est.» Je n'ai pas menti aux clients de l'hôtel. Ça y était. Rien à ajouter. C'est mieux que dans son lit. D'en finir au moment où l'on nage contre le vent, à la crête des vagues. Je sais bien ce qu'il a dû penser: «Je n'ai pas le temps de mourir. Bien sûr, je reconnais qu'il le faut. Mais laissez-moi encore quelques minutes pour que je prenne le temps de bien mourir.» Dans le bruit, un bruit de tous les côtés, dans l'eau, l'eau dans les oreilles, le vent, l'eau, le bruit, le désordre insensé, le désordre mêlé au désordre. «Laissez-moi une minute sortir mon thorax de l'eau. Après, je voudrais, après, oui mais avant, respirer une longue, interminable lampée d'air bleu. Laissez-moi mourir à force de respirer. Après, après oui, mais avant je supplie les hommes, le ciel! De grâce, une bouffée d'air, j'ai le droit, le droit de respirer encore une fois!» Je reconnais que tout ceci se passait quelque part, près de moi. Il faisait beau. Pas comme maintenant La pluie ne finira jamais. Lorsque le mauvais temps débute en septembre, il dure. Pas de lune, du moins on la devine mais derrière le ciel épais. Elle aussi manque d'air, mais de l'autre côté de la pluie, en hauteur, le calme. Les avions peuvent y passer. C'est ainsi qu'ils évitent la pluie. C'est Jérôme qui me l'a dit. Je me souviens de Jérôme. Il se levait, il s'étirait et faisait des mouvements de gymnastique dans la cour. Le matin aux Bugues. L'hiver. Il faisait beau. On venait de prendre un café qu'on sentait chaud dans l'estomac lorsqu'on sortait dans le froid. «Dire qu'il y a des gens dans des bureaux qui grattent le papier et qui ignorent un jour comme celui-ci», disait Jérôme. Il faisait de l'exercice pour ne pas vieillir; c'était bien la peine pour mourir d'un coup de poing. Mais ensuite, il n'allait pas travailler et rentrait se chauffer. C'est ainsi que j'ai appris qu'il existait des menteurs, des gens qui mettent le nez dehors et se contentent de faire de belles phrases. Parlent du jour si beau pour ensuite s'enfermer et se chauffer. Il mentait, mentait toujours. Lorsque je le voyais, le jour se vidait; alors je me rappelais qu'il déclinerait et que le soir ne manquerait pas de venir comme hier. Je me rappelais tout. J'évitais de passer par la cour et contournais les dépendances, mais de penser à l'éviter m'éreintait tout autant que de le voir. Mais Nicolas, lui, quand je l'apercevais, c'était bien différent. Ses cheveux, ses yeux, ses dents, brillaient dur dans le matin. Il s'approchait de moi et souriait, disait qu'il allait labourer en bas: «T'as froid, Françou?» À côté de lui, Mâ traînait la charrue vide. Tant de joie, *tant, à le revoir. Avec cette figure-là qu'on ne reconnaissait jamais tout à fait. On n'a jamais parlé ensemble. On a toujours attendu le moment où on se parlerait tous les deux. Où on se le dirait qu'on s'aimait, qu'on se plaisait. Mais maintenant seulement j'aurais pu lui dire, maintenant qu'il est mort et que ça ne sert plus à rien de le pouvoir. Avant, j'aurais jamais osé. Il était droit Nicolas, sa poitrine était lisse et bombée dans le vent. Le soir seulement il songeait à Luce et devenait triste. C'était mon frère. On n'en a jamais qu'un. Maintenant, il est mort, tranquille. La terre est chaude pendant l'hiver. Nicolas doit être au chaud. Il doit lui rester ses dents. Ses yeux ont crevé. Quand j'y pense, quand j'y pense que ses yeux ont crevé, ses yeux violets comme le secret, mouillés, cillés, ses yeux qui voyaient, ses yeux parfaits. Quand j'y pense, ah! un grand coup dans le fond du fond de mon ventre, pas une minute de plus je ne vais pouvoir vivre sans Nicolas. Mais c'est rare, je n'y pense jamais tout à fait comme je viens de le faire. Même c'est une honte. Mais il n'y a pas de honte. Tout est bien, ceci qui arrive, même de penser à une chose ou à une autre. Il ne faut pas avoir peur de ses pensées, de rien. Du moment qu'il est mort lui, Nicolas, on peut être tranquille. Il ne faut plus avoir ni peur ni honte. Maintenant, il est au chaud dans la terre chaude. C'est Jérôme qui expliquait que la terre est chaude. Il savait beaucoup de choses. Décidément, je lui dois beaucoup de connaissances. On aurait pu le prendre autrement. Écouter ce qu'il disait. Jamais on ne l'a écouté. On aurait dû. Ce qu'il disait me semble juste maintenant, tout aussi bien, chacun aurait pu le dire. Ce qu'il voulait, c'était d'être écouté. Et tout le monde le méprisait. Lorsque à table il disait quelque chose, chacun faisait mine de manger avec appétit. Même quand il n'y avait que des choux que personne n'aimait. Il faisait exprès de se taire longuement pour qu'on soit pris de court par sa voix et qu'on l'écoute. Et il disait les choses d'une façon qu'il aurait voulue amusante, étonnante. Sous forme de questions : «Sais-tu, Nicolas, comment j'ai gagné mon premier galon à la guerre?» Ce qu'il voulait, c'était nous plaire, plaire qu'à nous. Les autres ne l'intéressaient pas. La haine, c'était bien ça. Impossible de trouver, d'écouter, de loger un des ses mots dans notre tête. Surtout à table lorsque Jérôme mangeait, on le haïssait. Je suis dégoûtée qu'on ne l'ait pas écouté davantage. Parce qu'il ne travaillait pas et qu'il mangeait avec appétit la nourriture que nous lui donnions. C'est un sale voleur, pensait-on, et content de lui encore. Je crois qu'il ne le savait pas, il était un voleur sans le savoir. S'il était là, je lui dirais un mot gentil. J'expliquerais à Nicolas. J'aurais dû lui dire. Qu'il n'y a pas de haine qui tienne. Qu'on doit les écouter, tous, les menteurs* aussi. Maintenant, il ne bavarde plus, il ne bavardera plus, ne bavardera plus jamais. Qu'au moins une fois on l'ait écouté. Mais non, jamais une seule fois. Clémence l'aura fait, je suppose. Tant mieux, d'y penser me fait plaisir. Encore trois kilomètres à marcher. C'est long. On est maintenant en octobre. Il y a eu le dernier octobre. Un soir, nous étions dans la cour, mère avait dit : « Les jours commencent à se faire bien courts, il fait froid. Déjà. » Et Nicolas avait proposé de rentrer et de faire du feu. Le premier feu de l'hiver. Jérôme était là et Clémence dans un coin berçait Noël pour la première fois dans l'octobre. Il y aura le prochain octobre, et d'autres. Toujours d'autres. Encore ces trois kilomètres à faire. Si je rencontrais le médecin des Ziès je lui ferais signe, il s'arrêterait, je monterais dans sa voiture ; il y ferait chaud à cause de la chaleur du moteur, tout à coup. Je voudrais y rester longtemps. Qu'il aille lentement et que ces trois kilomètres soient lentement accomplis. Ainsi ces frissons dans le dos passeraient. Peut-être que je vais être malade une bonne fois. Deux mois de lit. Je serais faible. Tiène me soignerait. Dans ce cas, je prendrais la chambre sur le parc, on ferait du feu dans la cheminée, je mettrais ma plus belle chemise de nuit. Le docteur. On ne sait pas ce qu'il pense de nous, ni les fermiers d'alentour. Depuis la mort de Nicolas et de Jérôme, le départ de Clémence et celui de Noël et la folie des parents. Ils le savent, sans être venus aux Bugues. Tout se sait. Ce qu'ils ne savent pas c'est à quel point je me fiche d'eux. Je voudrais être bien tranquille dans un endroit chaud et ne plus bouger. Par exemple, près du feu dans l'atelier, ou nue contre Tiène, sans bouger, dans mon lit. Mais demain je ne serai plus fatiguée, j'aurai oublié, faudra s'occuper des métayers. Cette idée que de nouvelles personnes sont aux Bugues, que ça va recommencer... Je m'ennuie. Il faudra bien que je les commande. Je n'ai jamais su. Ce doit être plus fatigant que de travailler. Demain, après-demain, recommencer à travailler, toujours la même chose. Il y a des gens riches et d'autres pauvres. Je serai toujours pauvre. J'ai un corps fait pour le travail, bien constitué, bien portant. Il faut bien qu'il y en ait en ce moment : des gens qui marchent sous la pluie avec une valise à la main, des cheveux dans la figure, de vieux souliers éculés et, dans le corps, un ennui. Mais aussi une aise dans l'ennui, dans la pluie. Travailler aux tabacs, à cinq heures du matin, dans la gelée, alors que les doigts sont verts et craquants. Au fond, il ne me déplaira pas de recommencer, on n'est pas fatigué. C'est bien le contraire. En bas, la Rissole coule et il y a un petit soleil mousseux et blanc qui va se lever. Au fond, il y en a de bons jours. Vite, vite qu'ils poussent les bourgeons, qu'on aille les couper dans l'avril. Mais non, non, il n'y aura plus *de bons jours, je ne sais pas pourquoi. Tout de même, ce que je voudrais ne plus avoir de frissons le long du dos. Voilà que je recommence à y faire attention, on n'en sort pas. Quand je me remets à penser à quelque chose, je pense aussi que je recommence à y penser. Si je trouvais un trou dans la falaise à l'abri de la pluie, je m'y mettrais ; il y en a un, un peu plus loin avant le tournant. Mais si je m'arrête, j'aurais froid tout à fait. Il vaut mieux arriver aux Bugues. Je ne sens plus que je marche, c'est comme la respiration à la fin. Préférable d'arriver aux Bugues pour ce qui est d'avoir froid. Pour le reste, je ne serai jamais plus à mon aise nulle part, jamais plus bien, jamais à mon travail. Je le crois en cette minute même, il n'y aura plus de beaux jours. Mais ce n'est pas vrai. Comme si je ne le savais pas que c'est faux. Demain j'aurai oublié. Dommage d'oublier tout et tant mieux. Dommage et tant mieux, voilà exactement, je ne sais plus comment on pense. Je ne sais pas pourquoi, dommage et tant mieux : c'est la dernière de mes pensées. Le vent l'a emportée, elle lui appartient comme la dernière plume d'un oiseau mort. Plus rien à penser maintenant. Rien. Ma tête est fraîche, vide tout à coup. Dans ma cervelle, on dirait que la pluie coule. Que le vent l'emporte cette dernière pensée, sur un chemin. Demain quelqu'un l'écrasera, au matin, d'un pied léger. Il n'y a plus de place dans ma tête que pour le bruit de mon pas. Je l'entends bien dans l'immense souterrain de ma tête comme de tous les côtés, d'une ferme et d'ici aussi, paf, pas, mon pas. C'est mon pas à moi, je l'entends bien. Je vais bien l'écouter, je vais y penser pour arriver plus vite à la maison. Pjrr... pjrr... pjrr... Deux par deux, ou trois par trois, ou quatre par quatre. On ne sait pas quel est le pied qui suit l'autre. Suivant que je pense au gauche ou au droit, c'est le gauche ou le droit. Il aurait fallu savoir par quel pied j'ai commencé à marcher étant bébé. Que ce moyen-là de savoir, sans ça on triche, forcément. On fixe un pied, puis l'autre pied fait un pas, mais celui qui s'est fixé a fait aussi un pas. On finit par faire du chemin. Têtues, les jambes. Bien fait, c'est comme les bras, les miens sont forts, quelquefois je labourais. Dommage qu'il y ait des métayers, on ne va plus pouvoir faire ce qu'on voulait. Au fond Tiène en essayant de tout arranger, il n'a réussi qu'à m'empoisonner la vie avec ses métayers. Plus moyen de labourer ou de jouer avec Clément à abattre un arbre. Mais ce sont des idées, on peut toujours. Suffit de savoir s'y prendre. La valise est lourde. Elle me tire le bras gauche. Tout ça c'est de la faute aux parents qui se sont installés ici. On a perdu sa vie à faire ce trajet, Nicolas et moi, pour un paquet de café ou une livre de sel. Une fois par semaine on y allait pour le marché mais c'était trop pour ce qu'on avait à y acheter.*

Maintenant, il y a le cimetière, faudra porter des fleurs aux Jérôme et Nicolas. Deux morts d'un coup, tout de même c'est beaucoup. C'est rare. Je n'irai pas souvent leur porter des fleurs c'est trop loin, jamais je n'aurai le courage. Restent les parents à soigner, à essayer de conserver. Tout de même maman était bonne à embrasser. Papa, c'est injuste. Je voudrais encore le garder pour le gâter et qu'il me lise le soir L'Homme à l'oreille cassée, comme quand j'avais la scarlatine. Personne ne sait comme il est bon. Avant qu'ils ne meurent, je voudrais pouvoir leur donner un peu de bonheur, leur faire du bon café et des galettes; avec un peu d'argent, je leur achèterais une auto, on les ferait se promener tout le temps; ils sont si curieux de regarder, ils ne penseraient plus à Nicolas. C'est vrai que Tiène leur fait de la musique. Mais le soir seulement, alors toute la journée ils attendent dans leur lit que le soir vienne. En ce moment il doit jouer du piano, je ne veux pas penser à lui. Tiène. Dans quelques heures il sera dans mon lit, frais et lisse. Tout à l'heure, mais c'est si loin, jamais je n'arriverai aux Bugues. Ce qui fait ma peine fait son bonheur, d'être vivant. Il s'est bien arrangé pour vivre commodément. Avec des idées de ses livres et de sa tête, il s'est arrangé pour trouver de bonnes raisons d'être heureux. Il a songé à tout, au pire même qui est d'avoir à sa disposition une petite année de vie. Il sait qu'il est jeune. Et aussi qu'il est vieux. Il sait qu'il est Tiène. Et aussi ressemblant aux autres créatures. Il sait qu'il doit mourir. Et entoure amoureusement sa mort, de ses deux bras vivants. À l'intérieur de ses bras, ah! je pourrais dormir comme dans un puits d'été, à force de bonne volonté de mourir. De là, on écoute passer les nuages, dans la mousse, si douce, dans le nid de ses bras. Il a essayé en vain de croire dans tous les dieux. Alors, il était triste (sans doute c'est ce qui a dû arriver mais je ne sais pas au juste, je sais seulement qu'il y en a qui ne peuvent s'en passer et Tiène était de ceux-là). Puis, il ne s'est décidé pour aucun et il est devenu joyeux. C'est quand il est joyeux précisément qu'on comprend qu'il a été triste autrefois et soucieux des dieux. Car ne devient pas innocent qui veut, ne rit pas qui veut, indistinctement, de ce qui est sérieux et de ce qui ne l'est pas. Quand il dort, je sais. Ses paupières sont violettes et sa bouche est tirée; à ce moment-là, il se souvient. De ses vieilles défaites. De son enfance déjà défaite. Il est beau. Mais aussi il est très bon et son intelligence est grande, vous êtes dedans: une petite paille sur un fleuve. De quelque côté qu'on le prenne, il est le mieux de tout ce qu'on a vu. Il vous glisse des doigts comme un poisson. Comme un poisson. Il veut toujours partir pour les voyages. S'il me disait où, je serais bien déçue. Qu'il parte, qu'il parte, partira, partira. Jamais je ne me déci-

derai moi, pour les voyages, pour les livres. Ce serait dommage de beaux voyages pour moi toute seule. Mes pieds sont chauds et gonflés dans mes souliers mouillés ; j'ai déjà des ampoules au talon mais je ne les sens pas, demain, je les sentirai quand elles seront crevées. Mes mains : deux lourds paquets au bout de mes bras. Je suis lourde. Tout ce que je pense reste, trépigne, se mélange. Pas une idée ne chasse l'autre. Le désordre. L'ordre aussi, elles viennent chacune à leur tour, on ne peut pas dire le contraire, par exemple : j'ai choisi de rester aux Bugues pour toujours. Aussitôt après, il n'y a pas un coin du monde où je ne voudrais pas ne pas aller. La paresse. Je me dis que ce n'est pas la peine. Que d'autres que moi sont mieux indiquées pour s'en aller. Aussitôt après, je sais que non. Que personne n'est mieux faite que moi pour s'en aller. Une fois pour toutes je voudrais me décider. Je voudrais choisir de me dégoûter. Et pouvoir sourire. Je voudrais choisir de m'aimer. Et pouvoir sourire. Pourtant elle existe. Elle existe celle que j'aime et qui me plaît. Pour laquelle j'ai cette tendresse que j'ai pour tout le monde, le premier venu. Je voudrais la mettre à l'abri de ma tête. La trouver, l'apprivoiser, la donner à Tiène. Lui donner de beaux enfants qui lui téteraient les seins. Elle serait assise sur le printemps. Ah ! je voudrais qu'elle rie, rie, assise sur le printemps. Il faudrait la surveiller contre ma sacrée tête, vieille vicieuse de tête, vieille, vieille. Celle que j'aime se défend. Elle est restée timide comme les demoiselles qui n'ont pas encore servi. Peut-être qu'on ne la sortira jamais dans le printemps. Jamais. On la couchera alors, on la rangera auprès des morts tranquilles, bien au chaud. S'il y avait quelqu'un à côté de moi, je lui raconterais tout. Pour voir s'il y en a d'autres. S'il y en a beaucoup d'autres comme moi ou une seule. Qu'il parte, Tiène. Je n'en aurais plus de peine. Plus rien ne me fera de la peine, une fois qu'il sera parti, je pourrais être tranquille. Je ne me demanderais plus s'il va partir ou non. Bien au chaud dans l'atelier. Je voudrais être déjà arrivée aux Bugues pour commencer tout de suite, tout de suite, pour la vie. M'asseoir près du feu pour la vie. J'y resterais, je n'oublierais jamais ce soir-ci. Tout de même parfois je mourrais volontiers. C'est comme si je découvrais que je suis jeune, encore. Les morts, il y en a partout allongés dans de frais et chauds cimetières. Moi aussi un jour. Allongée avec ma raie sur le côté dans mes cheveux et ma cicatrice sur ma main gauche. Celle que je me suis faite en voulant tailler un sifflet à Nicolas dans une tige de sureau. Il y a longtemps. Mais elle ne passera pas. Sur ma main morte, elle restera. Désormais cachée. Personne ne le saura. Je voudrais m'arrêter de penser. Cette route est longue. Pourquoi les Bugues ? Je voudrais en même temps les quitter pour toujours et y rester. Oublier la disposition des casseroles de cuivre dans la cuisine, oublier de les faire reluire le samedi après-midi. Parce que je voudrais ne plus rien avoir qui me fasse encore plaisir. Je voudrais être la plus seule. Je suis la plus abandonnée. La plus lourde, avec mes pensées. Bien qu'elles soient en désordre, je m'en arrange. J'y suis habituée. Déjà je les reconnais à chaque fois, chacune avec son petit visage de souris. Il n'y en aura plus de nouvelles. On l'aura la vie tranquille. J'ai fait le tour de ma tête. C'est la plus lourde. Personne ne le sait. Je suis la plus à plaindre, pareille à tous, la plus à plaindre. On s'en fiche d'être la plus à plaindre, la moins à plaindre. On l'aura la vie tranquille, on l'aura. J'aime la pluie. Il suffit de bien lui tendre la figure et d'ouvrir la bouche. J'aime bien que les gens soient morts, j'aime bien ces frissons dans le dos. Mes ampoules au talon, je les aime. Toutes mes histoires. On l'aura la vie tranquille. Ah! voilà le cimetière des Ziès. Y dorment le petit Nicolas et le vieux Jérôme. Je n'ai pas assez aimé Nicolas, jamais assez. J'aurais dû mieux le garder, le soigner. Il y a un siècle qu'il est retourné à la mort. Je voudrais bien embrasser la place vide de ses yeux. Les humer, ses yeux cre-vés, jusqu'à reconnaître l'odeur de mon frère. Ça me ferait du bien, me réchaufferait, me donnerait une jeunesse. Hélas, le cimetière passé, Nicolas devient de plus en plus petit à penser et la route est longue après le cime-tière. Tout de même, ses yeux chauds. Le vent est froid et, sans mon frère, je redeviens une vieille roulure dans le vent, lui-même, vieille roulure. Nicolas encore. Toujours je repense à Nicolas. Quelquefois j'ai envie de jurer tout haut mais ça ne servirait à rien, toujours j'y repenserai, encore et encore. Il est mort. Il y a de cela trente-deux jours et maintenant il n'a plus à mourir, tout est silencieux. Plus jamais il ne mourra encore. C'est fait. – Et moi, de marcher, d'ajouter les jours aux jours depuis sa mort, sans le vouloir, sans pouvoir faire autrement. Parce que j'ai pas envie de mourir. Déjà trente-deux jours passés qu'il n'aura pas vus, l'automne si roux, si moelleux de pluie, de boue. Et moi je marche, je ne sais pas pourquoi, ce qu'on veut encore de moi. Ce qu'on veut que je fasse encore demain. Non rien n'est bou-ché tout à fait à ce qui n'est pas encore mort. Dans demain j'aurai ma place aussi. Que je le veuille ou non. Et jusqu'où on me mènera à travers les jours et les jours, je l'ignore. Je pourrais essayer de m'arrêter là sous la pluie et refuser d'avancer mais ça ne servirait à rien. Ce serait toujours une place pour moi, une façon de place. Si Nicolas avait pensé à ça, il n'aurait pas pris la peine de souffrir pour Luce et pas pris la peine de se tuer. C'était un petit sot. Mais je voudrais bien l'embrasser. Ah! le tenir serré une bonne fois. Je suis vieille. Du moment que je ne pourrai plus jamais l'embrasser, je suis vieille de toutes mes années futures. Depuis ce séjour à T... j'en suis sûre. Tous ces drames et puis celui-là, ce noyé. Je me suis surchargée de drames, partout ils ont éclaté, de tous les côtés. Et j'en suis responsable. Du moins on pourrait le croire, mais moi, je sais que ça m'est égal. Il n'y a rien à faire contre l'ennui, je m'ennuie, mais un jour je ne m'ennuierai plus. Bientôt. Je saurai que ce n'est même pas la peine. On l'aura la vie tranquille.

Je croyais revenir des Ziès comme d'habitude après y avoir fait quelques courses. Sauf que maintenant j'allais retrouver Tiène et connaître les nouveaux métayers. Bien que ma valise soit légère, j'étais fatiguée, j'avais faim en approchant des Bugues. Mais si la route avait été plus longue, j'aurais pu continuer à marcher toute la nuit durant, je l'aurais pu, à condition d'avoir faim et chaud toujours également, d'écouter toujours également le même crissement mou de mes souliers mouillés sur la route.

C'est après le carrefour, vers le milieu du chemin, que j'ai entendu le piano. C'est vrai, à cette heure-ci, Tiène est en train de jouer dans l'atelier. Il doit y faire chaud et une vive lumière.

Je vois à l'avance le dos de Tiène, son cou, puis son profil qu'il tournera vers moi lorsque j'entrerai. Il se lèvera mais ne viendra pas à ma rencontre. Ses mains quitteront le piano et tomberont le long de son corps levé et immobile. Peut-être a-t-il changé d'avis. Qui sait? Il s'est peut-être décidé à vouloir ceci qui est rester plutôt que cela qui était partir. Avec ce même entêtement incompréhensible. Qui sait?

Je me suis assise sur le talus. La musique m'arrivait en même temps que le vent, là sur les épaules.

J'étais à l'aise dans mes vêtements mouillés et chauds.

La pluie n'a plus d'importance. Tout près, elle est ce grésillement précis, au loin elle est ce piétinement énorme.

Ça m'ennuie d'arriver tout de suite, maintenant qu'on y est.

On n'échappe pas à Tiène, je sais bien. Je serai celle qu'il voudra, la plus terrible, la meilleure. Je serai belle s'il le veut. Je me coifferai. Je mettrai la robe rouge à fleurs grises. Moi, je veux bien. Le dimanche on ira porter des fleurs à Nicolas. C'est vrai, Nicolas... Mais après tout? On mettra

notre petit garçon dans la chambre de Nicolas. Mais il faudra la faire
repeindre en blanc. Ce sera à Tiène de décider. Moi, je veux bien.
Quelqu'un s'avance sur le chemin. Je le reconnais, c'est Clément avec sa
lanterne.

Il s'est arrêté et s'est assis sur le talus à côté de moi : « Mademoiselle est
de retour? » Je lui ai demandé ce qu'il y avait de neuf. Il m'a dit que
M. Tiène jouait du piano comme chaque soir devant M. et
Mme Veyrenattes et Mlle Barragues. Depuis quand était-elle revenue?
Depuis dix jours. « Elle est venue chercher quelque chose qu'elle avait
laissé du temps de M. Nicolas, depuis elle revient chaque soir. »

Clément sait les choses du moment qu'elles sont arrivées, les hivers, les
pluies, les gelées, les enfants, les morts. Il ne préfère rien à personne, personne à rien. Il se garde bien d'avoir un avis, on le dit vieux, on le dit sot,
il ne fait ni bien ni mal. Du haut de sa colline, il assiste à tout : tel jour il
quitte sa pelisse d'hiver, tel jour, il la remet. Je me suis toujours demandé
à quoi il songeait des mois durant en gardant ses moutons. Je crois qu'il
ne sent pas qu'il est en train de parcourir, de sa vie, une vie d'homme ; sa
pensée s'éveille avec le jour et décline avec le soir, elle suit ses brebis, elle
s'accroche à ses mains qui traient leurs pis, elle surveille son feu.

Nous sommes restés un long moment sans parler. Vraiment on n'a rien à
dire à Clément. Puis, comment étaient les nouveaux métayers? D'après
M. Tiène, c'étaient les gens qu'il fallait. Il ne s'était rien passé, les agneaux
étaient vendus, la laine aussi, pas de maladies, il faudrait bientôt parquer
les bêtes pour l'hiver. Et les parents étaient-ils toujours déraisonnables
depuis la mort de Nicolas? Clément ne s'en était pas aperçu. La folie
pareille à la raison, la raison, pareille à la folie. Il n'y a qu'à épier la folie
sans esprit de raison et alors elle s'explique d'elle-même, se fait comprendre. Non, il ne s'était aperçu de rien. L'autre matin, il avait vu papa qui
lui avait paru être comme d'habitude. Où et que lui avait-il dit? Eh bien,
c'était sur le talus du chemin de fer, près de la Rissole, très tôt. Ils avaient
bavardé un moment. M. Veyrenattes lui avait fait remarquer que c'était un
bien beau temps pour un mois d'octobre et qu'il faisait bon d'assister au
lever du soleil. Clément ne se rappelait pas lui avoir entendu dire quelque
chose de déraisonnable. Quant à Mme Veyrenattes, on ne la voyait plus
dans la cour des Bugues. Clément n'avait pas demandé de ses nouvelles à
M. Veyrenattes parce qu'il comprenait qu'elle devait être souffrante depuis
la mort de Nicolas. (Là-dessus, il s'arrête de me parler. Il le sait : il faut que
douleur de mort d'enfant se passe, comme douleur de mettre enfant au
monde, le temps juste n'est pas encore passé.)

En passant par la cour, il l'avait cependant aperçue par la fenêtre, couchée dans son lit. Elle lui avait fait un signe de la main.

Je la vois : elle est en voyage, elle vogue sur une mer de douleur. Elle ne peut pas s'arrêter encore et de la main elle fait un signe gentil pour signifier aux autres qu'elle ne les oublie pas, cependant qu'elle est si loin qu'ils pourraient croire qu'elle ne s'aperçoit pas qu'ils passent dans la cour. On la laisse tranquille et elle en est reconnaissante et se sent pleine d'amitié pour eux. Elle s'excuse sûrement de ne pas être là à vaquer dans la cour, mais elle ne peut pas faire autrement, elle a à réfléchir : ce Nicolas qui ne rentre plus et dont elle aurait bien envie de caresser les cheveux.

Clément ne dit plus rien. À la lueur de la lanterne je vois sa veste d'été recouverte d'un fin plumage de pluie. Ses yeux sont baissés et, à l'ombre de sa casquette, il ne ressort de son visage ni les traits ni une ressemblance avec lui-même, mais seulement quelques rides luisantes qui donnent l'impression d'une vieillesse arrêtée, interminable. Il ne se ridera pas plus avant, il ne parlera jamais davantage. Dans Clément, c'est le Temps qui est auprès de moi.

Je lui ai dit que je le suivais dans sa cabane et que j'y dormirai.

Nous sommes montés sur la colline des Ziès. Il m'a offert sa paillasse, il a fait du feu et nous avons mangé ensemble un bout de pain et de fromage. À un certain moment nous avons entendu le trot du cheval de Luce Barragues. Je suis sortie sur le pas de la porte. Les fenêtres des Bugues étaient éclairées du côté de la cour.

Le lendemain et les deux jours suivants, je reste chez Clément. Je suis un peu malade, ayant attrapé froid lors de mon retour des Ziès.

Clément me fait du feu, il me prépare à manger et il part garder ses brebis. Il va chaque soir aux Bugues, il en revient tard, je ne lui demande pas ce qui s'y passe et lui-même ne me dit rien.

Je ne désire aucunement sortir de ma cachette, sans me préciser pourquoi. J'ai de la fièvre et je dors presque tout le temps. Lorsque j'ouvre les yeux, je vois mon corps enroulé dans la couverture brune de Clément et, par la porte ouverte, la vallée de la Rissole, morne, sous un ciel de fumée. La pluie tombe à intervalles irréguliers et emplit l'espace compris entre le ciel et la vallée, d'une vapeur brillante. Le feu brûle plus ou moins fort suivant les moments de la journée. Le matin il est rouge, le soir il est rose sous la cendre blanche. La cabane n'a qu'une fenêtre qui donne sur la forêt. Rien au mur qu'un fusil. Une odeur sure de lait de brebis caillé, mêlée à celle suintante des bûches humides qui sont entassées de chaque côté de la cheminée. Après l'ondée, l'odeur de la pluie entre et lèche les murs de la cabane, s'irise dans celle du lait et du feu. Cette troisième odeur est celle de ma meilleure solitude. Je le sais sans y réfléchir. Je la hume jusqu'à son fond le plus ancien de chose ouverte et dispersée qui est maintenant refermée. On n'entend rien que le grignotement du feu. Mes yeux fixent la Rissole et se ferment.

Clément entre. Il ressemble à un arbre d'entre les arbres d'avant l'automne. Il fait le feu, il prend une pipe et s'assied un moment sur la paillasse qui est en face de la mienne. Et il repart. Il ne m'a rien dit, même pas regardée. Pourtant il sait que je suis couchée là, dans ce lit.

Au moment où les premières lampes s'allument, j'entends régulièrement les pas de la jument de Luce Barragues. Elle monte lentement. C'est vrai que la côte est dure. Je la vois : enchâssée sous un grand capuchon de pluie, toujours plus belle, qui vient chercher Tiène. Tiène malgré la pluie, le vent, la honte. Ce qu'elle doit avoir honte. Mille montagnes ne l'arrêteraient pas. Y crèverait sa jument, y vieillirait-elle, ne vieillirait-elle que pour y arriver, rien ne l'arrêterait sauf moi. Au pas balancé de sa jument, je me rendors.

Je suis trop occupée à sentir ma fatigue. Je commence par avoir trop chaud. Puis une sueur sort de toute ma peau et me laisse rafraîchie, ankylosée de fraîcheur. Cette fièvre est douce, douce. Elle ressemble à la douce pluie qui toujours se refait et toujours se défait en cette saison. Le prochain hiver va bientôt commencer.

Je dors. Quels qu'ils soient, les événements prochains ne me feront ni joie ni peine. Je me coulerai au travers, j'ai choisi ma place, elle est là où il n'y a rien à faire qu'à regarder.

Si seulement je me montrais. Luce s'enfuirait, Tiène risquerait de se tromper sur mon retour. Je ne pourrai jamais plus supporter qu'à cause de moi les gens se découvrent honteux. Et leur expliquer, non ; leur expliquer ma honte plus grande que la leur, celle de provoquer la leur, non. Je veux bien, moi, que la jument de Luce s'avance, portant une fille aussi belle. Que la lumière s'allume, que Tiène se mette au piano et qu'un moment après papa et maman viennent écouter la musique.

Luce. Ce qu'elle doit être effrayée par l'idée de mon retour. Ce qu'elle doit être devenue timide tout à coup devant elle-même qui se voit revenir aux Bugues et s'asseoir dans l'atelier avec les parents de Nicolas. Il me plaît que le désir de Luce aille si loin qu'il ait raison de son courage. Qu'elle avance vers les Bugues avec la seule arme de ce désir, abandonnée par son lâche courage, ses lâches remords. Il me plaît bien que l'on ait ce désir de Tiène, que Tiène soit d'objet d'un tel désir. Le monde me plaît dans lequel peuvent se loger de tels paroxysmes d'oubli. Luce est revenue. Les parents, dont la discrétion pourrait paraître coupable, je sais qu'ils sont toujours polis avec Luce. Oh ! comme il me plaît aussi, papa, qui s'en voudrait d'en vouloir à Luce, qui peut encore être malheureux à l'idée qu'elle pourrait le croire. Parce que, après cette mort de Nicolas, du moment qu'il peut se supporter, il doit supporter Luce et la pensée que Luce y ait été pour quelque chose.

Vers dix heures du soir, Clément revient. Nous mangeons ensemble gaiement, sans rien nous dire. Nous sommes seulement gourmands de fromage de brebis, de soupe au lait. Après le dîner, l'odeur glacée des étoiles entre dans la cabane. On est bien chez Clément.

Le premier jour de soleil je dois redescendre aux Bugues. On sort lorsqu'il fait beau. Ce que j'ai empêché d'arriver je ne l'empêcherai plus car Tiène ne doit pas ignorer ma présence chez Clément. Lorsque le soleil se lèvera, Tiène ira à la terrasse et se sentira joyeux. À ce moment-là sa première pensée sera pour celle-ci ou pour celle-là ou encore pour s'en aller dans l'hiver. Et il ne changera plus d'avis. Je ne l'ai jamais gêné ni empêché de faire ce qu'il désire. Il fera ce qu'il voudra.

Il s'est passé trois jours, trois nuits. Clément n'a pas parlé d'appeler un docteur. Il disait toujours qu'il fallait avoir chaud et dormir.
Le premier jour de soleil est arrivé après une ondée de nuit. Clément a ouvert la fenêtre sur le bois et la porte, toutes grandes. Je me suis sentie guérie. Il ne faut pas essayer de rester ici. Je me suis levée. Clément m'a prêté sa pèlerine et je suis descendue vers les Bugues.
Le chemin était boueux, déjà celui de l'hiver, roux de feuilles. Du bois, le vent arrivait sous des angles nets, jeunes. Vraiment, j'étais tout à fait guérie.
En montant, j'ai aperçu Tiène dans la cour. Il parlait aux métayers et vraisemblablement leur donnait des ordres. Il était vêtu d'un costume sombre et paraissait plus petit que lorsque je l'avais quitté. Le voir m'a fait me souvenir. C'est vrai que nous nous aimons. À partir de ce moment j'ai recommencé à désirer Tiène. Depuis quinze jours que

j'étais à T... je n'y avais pas pensé, mais à ce moment-là, je l'ai suivi des yeux et chacun de ses gestes me rappelait, par son indifférence même, ceux plus secrets que je connaissais.

Je me suis demandé pourquoi il donnait des ordres aux métayers. Il les avait choisis et installés alors que c'était moi qui aurais dû le faire puisque j'étais la seule maîtresse des Bugues. Mais avec Tiène, on ne sait pas.

Lorsque je suis arrivée, il était dans le salon. Il m'avait vue arriver sans doute. Il ne faisait rien. Il fumait et, la main sous le menton, il regardait par la fenêtre. Il a à peine détourné la tête, je ne voyais que son profil. «Je sais qu'il y a trois jours que tu es chez Clément.» Comment le savait-il? Le docteur des Ziès était passé voir le fils du métayer et il m'avait aperçue lorsque je descendais du train et que je traversais le village. Comment savait-il que j'étais chez Clément? Il l'avait deviné. En effet, où aurais-je pu être ailleurs que là, chez ce vieux fou?

Je ne sais pas pourquoi j'ai eu envie de rire mais j'ai eu peur de le fâcher. Je lui ai dit que j'allais déjeuner et me préparer et qu'ensuite, s'il le voulait bien, nous irions voir les métayers. Je n'avais jamais vu Tiène en colère, saisi par une vraie colère d'enfant. Je me suis imaginé comment il y était arrivé, d'abord lentement, puis tout d'un coup, de toutes ses forces, sans attendre. C'était sans doute ce qui me donnait envie de rire.

Je sais qu'il reste maintenant. À regret, à regret, sans doute. Mais il reste. Je l'ai eu sans vouloir le garder. Je l'ai Tiène, c'était donc cet homme qui, finalement, resterait.

Il y avait beaucoup à faire à la maison. J'ai préparé le déjeuner et je suis allée me rendre compte aux dépendances du travail qui s'était fait.

C'est à la fin de la matinée que je suis allée voir les parents. Ils étaient encore couchés. En m'apercevant, ils ont souri et ont dit qu'ils devenaient bien paresseux. Maman a déclaré qu'elle était tourmentée à cause de Nicolas et de Noël et qu'elle aurait bien voulu les voir revenir. Papa, lui, a dit qu'il reprendrait le travail dès demain et qu'on ne pouvait pas toujours se reposer.

Je suis restée un moment auprès d'eux. Papa paraissait réfléchir. Peut-être se demandait-il d'où je venais. Les yeux de maman passaient alternativement de la cour à ma personne, de ses mains à la cour. Son regard est devenu indiscret, il se pose sur vous et vous fixe avec une intensité vide. On n'a pa dû très bien s'occuper d'eux pendant mon absence. Leurs vêtements de nuit sont gris, leurs draps aussi. À cause de la fenêtre ouverte, on y voit encore assez dans la chambre. Pêle-mêle dans le lit traînent leurs grosses mains, leurs bras nus jusqu'aux coudes, leurs cheveux emmêlés, leurs formes absentes. Ils ont perdu jusqu'à leur odeur de parents. Ça ne se console plus, il n'y a plus assez de chair à embrasser. On ne peut plus les embrasser. Papa s'est habillé. Nous avons sorti maman sur le devant de la porte et nous l'avons installée dans un fauteuil au soleil. Je lui ai dit à l'oreille que Tiène et moi allions nous marier et que bientôt elle aurait des petits-enfants. Elle a levé les mains plusieurs fois et les a laissé retomber sur ses genoux. «Elle se marie, Louis; ils se marient!» Et papa a paru joyeux. Ils m'ont demandé de leur raconter comment cela s'était fait. Je leur ai dit que ç'avait été décidé depuis longtemps mais que nous leur avions caché pour leur en faire la surprise.

Je n'ai revu Tiène qu'à la fin de l'après-midi. Jusque-là je suis restée dans l'atelier auprès du feu. Vers le soir, j'ai fait rentrer maman; elle a bien voulu faire quelques pas dans la maison et même elle est allée se faire du café à la cuisine, pour la première fois depuis plus d'un mois. Elle a rencontré Tiène qui était allé chercher du bois et je l'ai entendue qui lui demandait pour quand était notre mariage.
Tiène est revenu dans l'atelier. Il m'a demandé ce que j'avais dit à maman et je le lui ai répété. Il s'est retourné à demi, éclairé par la lueur du feu. C'est vrai, c'est il y a sept mois, en regardant Tiène qui ne parlait pas, que j'ai soupçonné l'ordre silencieux et inabordable du monde. Il m'a dit que j'étais pâle et amaigrie. Et aussi: «On se mariera vite, parce qu'il faut que je reparte avant l'hiver.»
Tiène m'a fait faire le tour de l'aile gauche des Bugues. Il m'a prise par la taille dans le coin du grand salon. Il m'a dit: «Il faudra aussi que tu deviennes gentille et belle.» Et il a souri lui aussi, avec moi. Nous, nous savions bien pourquoi.
Nous avons entendu le cheval de Luce qui montait, aussi précis que l'heure elle-même. Il était dix heures. Il le fallait bien: Tiène m'a demandé de l'attendre et il est allé à sa rencontre lui annoncer notre mariage.
Lorsqu'il est revenu, je lui ai demandé d'arrêter là notre visite. J'étais fatiguée. Je voulais dîner et que nous montions ensemble dans ma chambre. Je voulais dormir avec lui. Il est venu auprès de moi et il a pris ma tête contre son cou, il l'a serrée très fort, il m'a fait mal. Je ne lui ai rien demandé. Il m'a dit qu'il n'avait même pas pu toucher Luce Barragues parce que c'était de moi qu'il avait envie.
Il faisait noir, une nuit d'octobre, fraîche d'orage.

EN SEPTEMBRE 1943, MARGUERITE DURAS, ROBERT ANTELME ET DIONYS MASCOLO ÉTAIENT ENTRÉS, «TARDIVEMENT» COMME LE DÉCLARE DIONYS MASCOLO LUI-MÊME, DANS LA RÉSISTANCE, UN AMI COMMUN, GEORGES BEAUCHAMP, AYANT PROPOSÉ À ROBERT ANTELME (CI-CONTRE EN HAUT) DE REJOINDRE LE MOUVEMENT DE FRANÇOIS MITTERRAND. À SON RETOUR DE LONDRES, EN FÉVRIER 1944, MITTERRAND FAIT LA CONNAISSANCE DU GROUPE D'AMIS DE LA RUE SAINT-BENOÎT. ROBERT L'ORIENTE ALORS VERS SA SŒUR, MARIE-LOUISE (CI-CONTRE EN BAS), QUI, LE SOIR MÊME, LUI OFFRE LA CHAMBRE DONT IL A BESOIN. LE 1ER JUIN 1944, À LA SUITE D'UNE DÉNONCIATION, ROBERT ANTELME EST ARRÊTÉ AVEC MARIE-LOUISE ET D'AUTRES CAMARADES DANS CETTE MÊME PLANQUE 5, RUE DUPIN. SUIVENT ALORS D'INSOUTENABLES MOIS D'ATTENTE. MARGUERITE ANTELME – QUI COLLABORE ACTIVEMENT AU SERVICE DE RECHERCHES DU JOURNAL LIBRES, ORGANE DU MNPGD, DIRIGÉ PAR MITTERRAND (VOIR CI-DESSUS) – LES RELATE DANS DES CAHIERS QU'ELLE UTILISERA, PRÈS DE QUARANTE ANS PLUS TARD, POUR ÉCRIRE LA DOULEUR (VOIR P. 1415) JUSQU'AU JOUR OÙ ELLE APPREND QU'ANTELME EST VIVANT, À DACHAU.

Pages suivantes : feuillet manuscrit d'un des deux cahiers retrouvés dans «les armoires bleues de Neauphle-le-Château». Ce cahier d'écolier de 96 pages contient 30 pages manuscrites de son journal du printemps 1945.

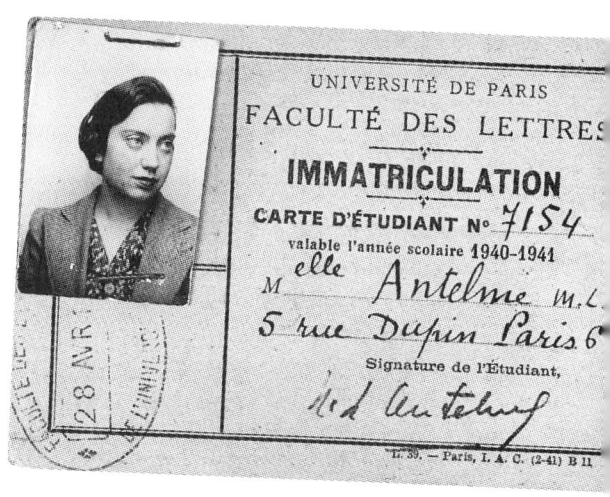

UNIVERSITÉ DE PARIS
FACULTÉ DES LETTRES

IMMATRICULATION

CARTE D'ÉTUDIANT N° 7154

valable l'année scolaire 1940-1941

Melle Antelme M. L.

5 rue Dupin Paris 6

Signature de l'Étudiant,

L. 39. — Paris, I. A. C. (2-41) B 11

avril 1945

Dimanche 22. — Dionys a dormi au salon. Je me réveille. On a pas encore téléphoné : cette nuit. Il faut que j'aille voir Mme Bordes. Je ne fais ... café ... je prends un cachet de cryogène. La tête me tourne et j'ai ... de vomir. Ça va ... mieux. Le matin, après le café et le cryogène, ça se passe. Je vais au salon. C'est Dimanche il n'y a pas de ... D. me demande où je vais. Je vais voir Mme Bordes. Je lui fais un café, je le lui porte au lit. Il me regarde et j'ai un ... ma petite Yvasuite. Je dis non ... : allez ... — Je dis "non". Mon nom me fait ... Après le cryogène j'ai transpiré très fort et ma fièvre tombe. Je descends. J'achète le journal. — Aujourd'hui je ne vais pas à l'imprimerie. Une ... une photo de Berlin : une forme très longue dans laquelle sont alignés des corps très maigres. Le cœur de Berlin, à ... Kolomiki : le mangé ... sont de sa habituelle destruction. Mr Pleven annonce : la mise en ordre des salaires, la revalorisation des produits agricoles ... Churchill dit : Nous n'avons plus longtemps à attendre. La jonction est peut être pour aujourd'hui. Detti Bidel s'insurge contre les élections qui ont eu lieu sans les députés et les ... On ... page de FN on annonce que 1000 députés ont été ... dans une ... le 13 avril au matin, on ... de Magdebourg. Say il est et le Frédéric Noël dit : Ceux qui s'imaginent que la révolution est... résulte de la guerre, en réalité les guerres agissent ... d'autres ... ... fait 2 ... prisonniers. Mr ... a rencontré Eisenhower brûle : ... dit voir de son poste de commandement un ... meilleur spectacle ... Au cours des derniers 24 heures ... alertes.

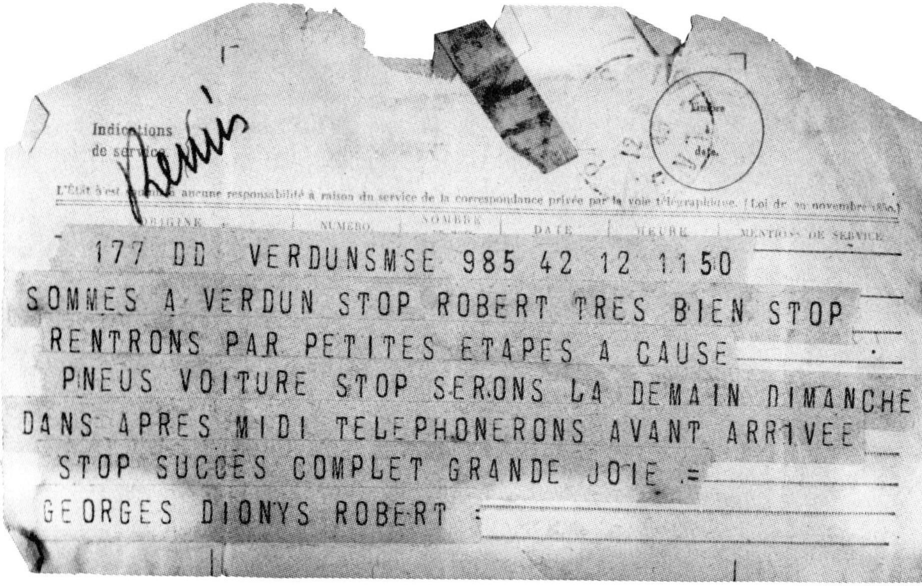

Indications de service

L'État n'est [illegible] aucune responsabilité à raison du service de la correspondance privée par la voie télégraphique. (Loi du 29 novembre 1850)

ORIGINE — NUMÉRO — NOMBRE DE MOTS — DATE — HEURE — MENTIONS DE SERVICE

177 DD VERDUNSMSE 985 42 12 1150
SOMMES A VERDUN STOP ROBERT TRES BIEN STOP
RENTRONS PAR PETITES ETAPES A CAUSE
PNEUS VOITURE STOP SERONS LA DEMAIN DIMANCHE
DANS APRES MIDI TELEPHONERONS AVANT ARRIVEE
STOP SUCCES COMPLET GRANDE JOIE =
GEORGES DIONYS ROBERT

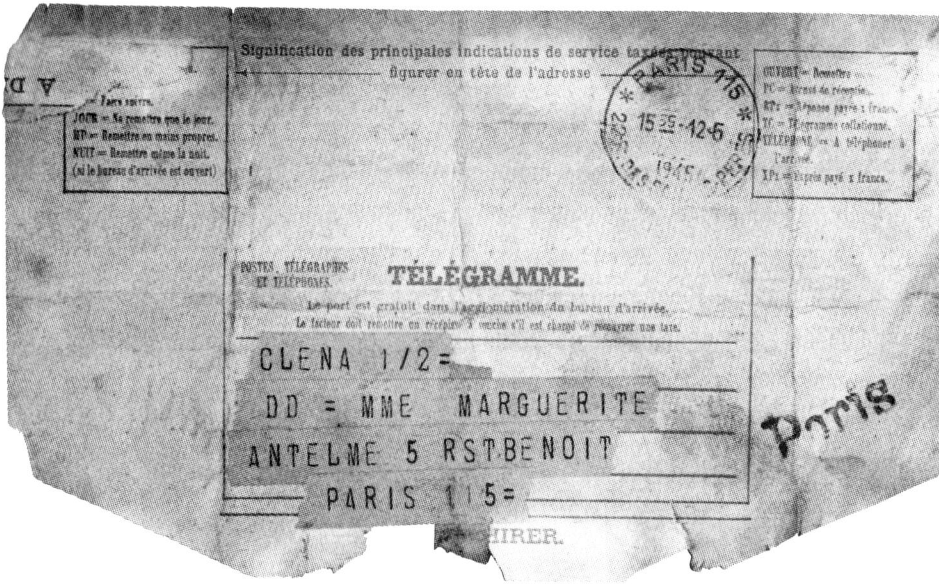

Signification des principales indications de service taxées pouvant figurer en tête de l'adresse

… = Faire suivre.
JOUR = Ne remettre que le jour.
MP = Remettre en mains propres.
NUIT = Remettre même la nuit (si le bureau d'arrivée est ouvert)

OUVERT = Remettre ouvert.
PC = Accusé de réception.
RPx = Réponse payée x francs.
TC = Télégramme collationné.
TÉLÉPHONE = A téléphoner à l'arrivée.
XPx = Exprès payé x francs.

PARIS 115 — 15 35 — 12-6 — 1945

POSTES, TÉLÉGRAPHES ET TÉLÉPHONES.

TÉLÉGRAMME.

Le port est gratuit dans l'agglomération du bureau d'arrivée.
Le facteur doit remettre un récépissé à souche s'il est chargé de percevoir une taxe.

CLENA 1/2=
DD = MME MARGUERITE
ANTELME 5 RSTBENOIT
PARIS 115=

Paris

…HIRER.

François Mitterrand :
Le général de Gaulle m'a fait demander d'accompagner le général Lewis, pour participer au nom de la France à l'ouverture de quelques camps. C'est ainsi que nous sommes allés à Landsberg, où il n'y avait aucun survivant. Ensuite Dachau... J'étais là, avec un des camarades de mon mouvement que j'avais emmené avec moi, Pierre Bugeaud. On circulait dans ce camp immense [...]. Enjambant, dans une sorte de champ, de terrain vague, à l'intérieur du camp, des corps, beaucoup de morts et ceux qui mouraient qui étaient jetés là... [...]. On a entendu une voix, quelqu'un qui a dit : «François». Pierre Bugeaud s'est penché, je me suis penché à mon tour. Je ne savais pas qui avait appelé. On a fini par repérer celui qui avait appelé, mais nous ne l'avons pas reconnu. C'était Robert Antelme. Extraordinaire circuit !... Nous nous étions quittés en juin 1944 et c'est Bugeaud et moi qui le retrouvions. [...]

Dionys Mascolo :
Mitterrand nous apprend que Robert est vivant, à Dachau, mais qu'il est impossible de l'en délivrer. Le camp est en quarantaine, Robert Antelme a le typhus. Mitterrand dit que si nous respectons les délais d'attente prévus, il

n'y avait aucune chance qu'il survive. C'est alors que Georges Beauchamp, qui a été un ami de lycée de Robert, et qui a aussi été mon principal camarade pendant la libération de Paris, a remis en état sa propre voiture. Quelques jours plus tard, grâce à Mitterrand, nous étions munis de papiers du Service des renseignements de l'époque. Je ne sais plus comment cela s'appelle. Nous étions censés être des agents de renseignements français, portant l'uniforme, et nous nous sommes rendus en voiture à Dachau, d'où nous avons difficilement fait s'évader Robert. [...] Nous sommes rentrés en deux jours à Paris. [...] Il n'a pas cessé, tout au long, de parler, raconter, raconter... Il se sentait menacé de mort, et il voulait peut-être en dire le plus possible avant de mourir. [...]

Georges Beauchamp :
Il avait en effet envie, besoin de parler. Il était fatigué, épuisé, mais il avait besoin de parler. Il nous a dit : «Chaque fois qu'on me parlera de charité chrétienne, je répondrai Dachau.» Il avait, à l'évidence, une espèce de recul, par rapport à la foi, à la religion. Il avait vécu quelque chose hors du commun, donc sa réflexion portait plus sur l'explication. C'étaient les prémisses de L'Espèce humaine.

TEXTE CI-CONTRE : TÉMOIGNAGES RECUEILLIS DANS LE FILM DE JEAN MASCOLO ET JEAN-MARC TURINE «AUTOUR DE ROBERT ANTELME», 1992.

PAGE DE GAUCHE : TÉLÉGRAMME ENVOYÉ PAR G. BEAUCHAMP, D. MASCOLO ET R. ANTELME POUR ANNONCER LEUR RETOUR D'ALLEMAGNE.

CI-DESSUS : DE SON EXPÉRIENCE DU CAMP, ROBERT ANTELME TIRERA UN LIVRE, L'ESPÈCE HUMAINE, PUBLIÉ EN 1947 PAR LA CITÉ UNIVERSELLE, MAISON D'ÉDITION ÉMANANT DU GROUPE DE LA RUE SAINT-BENOÎT OÙ SONT ÉGALEMENT PUBLIÉS L'AN ZÉRO DE L'ALLEMAGNE D'EDGAR MORIN ET LES ŒUVRES DE SAINT-JUST PRÉSENTÉES PAR DIONYS MASCOLO (JEAN GRATIEN).

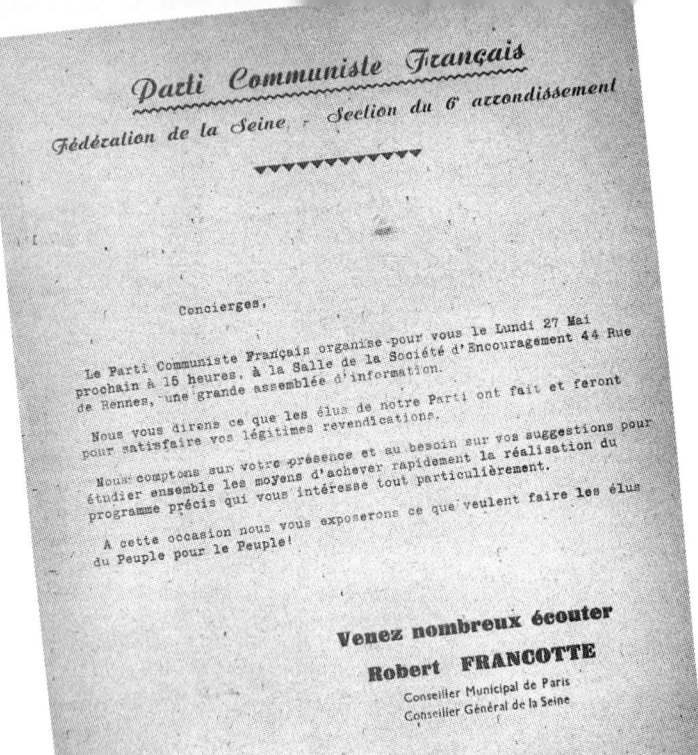

Parti Communiste Français
Fédération de la Seine - Section du 6ᵉ arrondissement

Concierges,

Le Parti Communiste Français organise pour vous le Lundi 27 Mai prochain à 15 heures, à la Salle de la Société d'Encouragement 44 Rue de Rennes, une grande assemblée d'information.

Nous vous dirons ce que les élus de notre Parti ont fait et feront pour satisfaire vos légitimes revendications.

Nous comptons sur votre présence et au besoin sur vos suggestions pour étudier ensemble les moyens d'achever rapidement la réalisation du programme précis qui vous intéresse tout particulièrement.

A cette occasion nous vous exposerons ce que veulent faire les élus du Peuple pour le Peuple!

Venez nombreux écouter
Robert FRANCOTTE
Conseiller Municipal de Paris
Conseiller Général de la Seine

MARGUERITE DURAS REVÊTUE DE SA TENUE DE MILITANTE, «LA VESTE DE LA TCHEKA», COMME L'APPELAIT SON AMI AUDIBERTI. INSCRITE AU PARTI COMMUNISTE À L'AUTOMNE 1944, ELLE EN SERA EXCLUE EN MARS 1950.

IRONIQUEMENT, C'EST AU VERSO DE TRACTS DU PCF DESTINÉS AUX CONCIERGES DU 6ᵉ ARRONDISSEMENT QU'ELLE DACTYLOGRAPHIE UN RÉCIT INTITULÉ «LA BIBLE», QU'ELLE NE PUBLIERA PAS.

Le prmier soir, i
coucha avec elle et il lui
vait lue, elle dit qu'el
avait apporté une Bible
du fond du Relais. Il l'
oreilles, d'une voix pas
l'avait gênée et elle s'
suite il lui demanda ce
écouté ~~parceequ'elle étai~~

La Bible

ui avait parlé de l'Islam. Le lendemain il

fila de la Bible, il lui demanda si elle l'

ne l'avait pas lue, et Le surlendemain il

il lui avait lu l'Ecclésiaste dans la sall

it lu à haute voix, les deux mains sur les

nnée et suivant un rythme liturgique, ça

it demandé s'il n'était pas un peu fou. En

elle en pensait. Elle n'avait pas tres bie

parce qu'il n'était de l'entendre,

quand il lisait, elle dit que cela lu

LE 30 JUIN 1947, AYANT DIVORCÉ DE ROBERT ANTELME, MARGUERITE DURAS DONNE NAISSANCE À SON FILS, JEAN MASCOLO (ICI AVEC SON PÈRE, DIONYS).

CETTE ANNÉE-LÀ, APRÈS AVOIR ABANDONNÉ LA RÉDACTION D'UN AUTRE ROMAN «INACHEVÉ, INACHEVABLE», «THÉODORA», DONT SEULES QUELQUES PAGES SERONT PUBLIÉES EN 1979 DANS LES NOUVELLES LITTÉRAIRES, ELLE S'ATTELLE À L'ÉCRITURE DU ROMAN QUI DEVIENDRA UN BARRAGE CONTRE LE PACIFIQUE.

[...] C'était en Europe un hôtel des Alpes centrales situé dans une vallée fermée, très calme. Il avait été occupé par les troupes allemandes. Puis il avait été repris. Puis ensuite il avait été affecté aux déportés convalescents. Et puis ensuite, depuis deux ans, les propriétaires l'avaient repris, on y venait en vacances. T. entendait son souffle dans le silence du couloir devant l'alignement des portes des chambres. Ça allait mieux. Peut-être survivrait-il à cet amour.

Elle était rentrée. Elle était étendue nue sur le lit. C'est ainsi lorsque Théodora est triste, elle se déshabille, elle ne peut plus rien supporter sur elle, et elle s'allonge. Toute nue, allongée, sous la lumière mauvaise, de la chambre d'hôtel.

— On a bien fait de ne pas sortir, maintenant tout est clair, dit Théodora. Debout, cela est moins visible peut-être, mais lorsque Théodora est couchée, la beauté règne sur le corps de Théodora.

— J'ai chaud, dit doucement Théodora. Elle ajoute : On s'ennuie dans cet hôtel. T. s'assied sur le bord du lit et regarde Théodora. Il se met à caresser sa jambe. Théodora le remplit d'un rêve puissant et informe. Depuis deux ans, cette fin, cette agonie, ce calme sur le monde.

— Peut-être que je vais vivre, dit T.

— Ça ne fait rien, dit Théodora. Elle ajoute : Je suis habituée à toi. Théodora commence à fermer les yeux sous les caresses que lui prodigue T. Ce sont des caresses progressivement licencieuses. T. reste ainsi assis près de l'étendue du corps de Théodora. Il le regarde. Et le touche. Et le caresse.

« J'ai caressé le corps nu de Théodora, écrit T., je lui parlais et elle ne me répondait plus. Elle paraissait sommeiller.

— Il y a des fois, je pense encore à la guerre, dit Théodora. Je suis habituée à toi. J'ai envie de rester ici avec toi, dans cet hôtel. Il y a des fois je pense à ma vie, à rien d'autre. J'ai continué à caresser le corps nu de Théodora. J'ai dit :

— Il faut qu'on change, qu'on se quitte, qu'on aille vers un autre amour.

— Ne commence pas, a dit Théodora. Théodora a fermé les yeux sous les caresses que je lui prodiguais. C'étaient des caresses encore progressivement licencieuses. Je voyais que la tristesse de Théodora se muait insensiblement sous ma main en un ensommeillement de sa pensée. Sans doute cette tristesse devenait de plus en plus irrémédiable, de plus en plus immobile. Dans quoi tout son corps était immergé.

— Je suis bien, a dit Théodora. Je me suis déshabillé à mon tour, doucement, sans réveiller Théodora. Je me suis couché le long d'elle. J'ai pris sa tête contre ma poitrine. Quelqu'un est passé dans le couloir devant la chambre. Théodora parlait dans son sommeil, à phrases hachées dans un langage inconnu.

« Théodora », Les Nouvelles littéraires, 1979, pages reprises dans Outside, 1984.

UN BARRAGE
CONTRE
LE PACIFIQUE

roman 1950

C'est Raymond Queneau, encore, qui fut le premier lecteur (près de six ans après *La Vie tranquille*, en décembre 1949) d'*Un barrage contre le Pacifique* : « Il n'y avait plus de doute (pour moi il n'y en avait jamais eu) : Marguerite Duras s'affirmait comme "une des meilleures romancières de sa génération".» Le roman est publié par les éditions Gallimard en 1950 et échoue de peu au Goncourt. En 1955, Alain Trutat, qui fréquente la rue Saint-Benoît, réalise une adaptation radiophonique du livre. En 1958, le livre est porté au cinéma par René Clément, sous le titre *Barrage contre le Pacifique* : une « superproduction à l'américaine », avec Silvana Mangano et Anthony Perkins dans les principaux rôles. En janvier 1960, Geneviève Serreau donne une adaptation théâtrale du *Barrage* au Studio des Champs-Élysées. Le texte en est publié la même année dans *L'Avant-Scène théâtre*, n° 212. En 1977, Marguerite Duras donne à son tour sa propre adaptation théâtrale du *Barrage* sous le titre d'*Éden-Cinéma*, publiée aux éditions Gallimard.

La première a lieu au théâtre d'Orsay le 25 octobre avec Madeleine Renaud dans le rôle de la mère. Enfin le thème de l'adolescence indochinoise de l'auteur sera repris une nouvelle fois dans le roman *L'Amant*, qui paraît aux éditions de Minuit en 1984 et reçoit cette fois le prix Goncourt. Après avoir travaillé à un script pour l'adaptation cinématographique de son livre par Jean-Jacques Annaud, Marguerite Duras décide de revenir sur l'histoire du Chinois et de l'enfant dans un second roman, *L'Amant de la Chine du Nord*, qu'elle publie aux éditions Gallimard en 1991, et que l'on peut lire ici p. 1557.

Lorsque je me suis trouvée devant ma mère, devant le problème qui consistait à faire entrer ma mère dans un livre, je m'y suis reprise à plusieurs fois et, oui, j'ai cru que j'allais abandonner le livre et, souvent, la littérature même. Et puis, et puis, oui, c'est à cause d'elle que je me suis mis dans la tête de faire de la littérature, qu'il m'aurait été pénible de faire autrement. Je ne pouvais la résoudre qu'ainsi. C'est à partir de la passion que j'ai éprouvée à tenter de la résoudre que je me suis rabattue sur la littérature. C'est sans doute là ce que j'ai dit de plus vrai sur le goût que j'ai d'en passer par les romans pour m'éclaircir les idées. [...]

La difficulté consistait à faire de cette colère de ma mère contre le gouvernement, qui l'avait roulée, les choses, le monde, nous, ses enfants, une seule colère qui ne rende qu'un seul son. Et que ce son soit reconnu par tout le monde comme le son que rend l'âme – puisque ce mot existe – quand elle a été frappée dans sa faculté essentielle, celle de l'espoir. On m'a beaucoup reproché son comportement avec ses enfants, sa morale de filouterie conditionnée par l'épouvante. Pourtant, je ne pouvais pas, sans mentir davantage encore, faire de ma mère une sainte. Je remercie beaucoup Clément qui l'a lâchée comme une bête dans son film et qui l'a laissée obéir à sa seule loi, celle de tous ceux qui sont dans son cas: la loi de la jungle.

«La Littéralité des faits», France-Observateur, *8 juin 1958, article paru à l'occasion de la sortie du film de René Clément.*

à Robert

PREMIÈRE PARTIE

Il leur avait semblé à tous les trois que c'était une bonne idée d'acheter ce cheval. Même si ça ne devait servir qu'à payer les cigarettes de Joseph. D'abord, c'était une idée, ça prouvait qu'ils pouvaient encore avoir des idées. Puis ils se sentaient moins seuls, reliés par ce cheval au monde extérieur, tout de même capables d'en extraire quelque chose, de ce monde, même si ce n'était pas grand-chose, même si c'était misérable, d'en extraire quelque chose qui n'avait pas été à eux jusque-là, et de l'amener jusqu'à leur coin de plaine saturé de sel, jusqu'à eux trois saturés d'ennui et d'amertume. C'était ça les transports : même d'un désert, où rien ne pousse, on pouvait encore faire sortir quelque chose, en le faisant traverser à ceux qui vivent ailleurs, à ceux qui sont du monde.

Cela dura huit jours. Le cheval était trop vieux, bien plus vieux que la mère pour un cheval, un vieillard centenaire. Il essaya honnêtement de faire le travail qu'on lui demandait et qui était bien au-dessus de ses forces depuis longtemps, puis il creva.

Ils en furent dégoûtés, si dégoûtés, en se retrouvant sans cheval sur leur coin de plaine, dans la solitude et la stérilité de toujours, qu'ils décidèrent le soir même qu'ils iraient tous les trois le lendemain à Ram, pour essayer de se consoler en voyant du monde.

Et c'est le lendemain à Ram qu'ils devaient faire la rencontre qui allait changer leur vie à tous.

Comme quoi une idée est toujours une bonne idée, du moment qu'elle fait faire quelque chose, même si tout est entrepris de travers, par exemple avec des chevaux moribonds. Comme quoi une idée de ce genre est toujours une bonne idée, même si tout échoue lamentablement, parce qu'alors il arrive au moins qu'on finisse par devenir impatient, comme on ne le serait jamais devenu si on avait commencé par penser que les idées qu'on avait étaient de mauvaises idées.

Ce fut donc pour la dernière fois, ce soir-là, que vers cinq heures de l'après-midi, le bruit rêche de la carriole de Joseph se fit entendre au loin sur la piste, du côté de Ram.

La mère hocha la tête.

— C'est tôt, il n'a pas dû avoir beaucoup de monde.

Bientôt on entendit des claquements de fouet et les cris de Joseph, et la carriole apparut sur la piste. Joseph était à l'avant. Sur le siège arrière il y avait deux Malaises. Le cheval allait très lentement, il raclait la piste de ses pattes plutôt qu'il ne marchait. Joseph le fouettait mais il aurait pu aussi bien fouetter la piste, elle n'aurait pas été plus insensible. Joseph s'arrêta à la hauteur du bungalow. Les femmes descendirent et continuèrent leur chemin à pied vers Kam. Joseph sauta de la carriole, prit le cheval par la bride, quitta la piste et tourna dans le petit chemin qui menait au bungalow. La mère l'attendait sur le terre-plein, devant la véranda.

— Il n'avance plus du tout, dit Joseph.

Suzanne était assise sous le bungalow, le dos contre un pilotis. Elle se leva et s'approcha du terre-plein, sans toutefois sortir de l'ombre. Joseph commença à dételer le cheval. Il avait très chaud et des gouttes de sueur descendaient de dessous son casque sur ses joues. Une fois qu'il eut dételé, il s'écarta un peu du cheval et se mit à l'examiner. C'était la semaine précédente qu'il avait eu l'idée de ce service de transport pour essayer de gagner un peu d'argent. Il avait acheté le tout, cheval, carriole et harnachement, pour deux cents francs. Mais le cheval était bien plus vieux qu'on n'aurait cru. Dès le premier jour, une fois dételé, il était allé se planter sur le talus du semis en face du bungalow et il était resté là, des heures, la tête pendante. Il broutait bien de temps en temps, mais distraitement, comme s'il s'était juré en réalité de ne plus jamais brouter, et qu'il l'oubliait seulement par instants. On ne savait pas, sa vieillesse mise à part, ce qu'il pouvait bien avoir. La veille, Joseph lui avait apporté du pain de riz et quelques morceaux de sucre pour essayer de lui ouvrir l'appétit, mais après les avoir flairés il était retourné à la contemplation extatique des jeunes semis de riz. Sans doute, de toute son existence passée à traîner des billes de loupe de la forêt jusqu'à la plaine, n'avait-il jamais mangé autre chose que l'herbe desséchée et jaunie des terrains défrichés et, au point où il en était, n'avait-il plus le goût d'autre nourriture.

Joseph allait vers lui et lui caressait le col.

— Mange, gueulait Joseph, mange.

Le cheval ne mangeait pas. Joseph avait commencé à dire qu'il était peut-être tuberculeux. La mère disait que non, qu'il était comme elle, qu'il en avait assez de vivre et qu'il préférait se laisser crever. Pourtant, jusqu'à ce jour-là, non seulement il avait pu faire l'aller et retour entre Banté et le bungalow, mais, le soir, dételé, il s'était dirigé seul vers le talus du semis, tant bien que mal, mais seul. Aujourd'hui, non, il restait là, sur le terre-plein, devant Joseph. De temps en temps il vacillait légèrement.

— Merde, dit Joseph, il ne veut même plus y aller.

La mère à son tour s'approcha. Elle était pieds nus et portait un grand chapeau de paille qui lui arrivait à hauteur des sourcils. Une mince natte de cheveux gris retenus par une rondelle de chambre à air lui pendait dans le dos. Sa robe grenat, taillée dans un pagne indigène, était large, sans manches et usée à l'endroit des seins qui étaient bas mais encore charnus, et visiblement libres sous la robe.

— Je t'avais dit de ne pas l'acheter. Deux cents francs pour ce cheval à moitié crevé et cette carriole qui ne tient pas debout.

— Si tu ne la fermes pas je fous le camp, dit Joseph.

Suzanne sortit de dessous le bungalow et s'approcha à son tour du cheval. Elle aussi portait un chapeau de paille d'où sortaient quelques mèches d'un châtain roux. Elle était pieds nus, comme Joseph et la mère, avec un pantalon noir qui lui arrivait au-dessous du genou et une blouse bleue sans manches.

— Si tu fous le camp, t'auras raison, dit Suzanne.

— Je ne te demande pas ton avis, dit Joseph.

— Moi je te le donne.

La mère s'élança vers sa fille et essaya de la gifler. Suzanne l'esquiva et retourna se réfugier dans l'ombre, sous le bungalow. La mère se mit à geindre. Le cheval semblait maintenant avoir les pattes de derrière à demi paralysées. Il n'avançait pas. Joseph lâcha le licol avec lequel il essayait de l'entraîner et le poussa par le train arrière. Le cheval avança par secousses, toujours vacillant, jusqu'au talus. Une fois là, il s'arrêta et enfouit ses naseaux dans le vert tendre du semis. Joseph, la mère et Suzanne s'immobilisèrent, tournés vers lui, pleins d'espoir. Mais non. Il se caressa les naseaux au semis, une fois, encore une fois, il releva un peu la tête, puis la laissa pendre, immobile, pesante, au bout de son long cou, ses grosses lèvres au ras des pointes d'herbe.

Joseph hésita, pivota sur lui-même, alluma une cigarette et revint vers la carriole. Il mit les harnais en tas, sur la banquette avant, et la tira jusque sous le bungalow.

D'habitude il la laissait près de l'escalier, mais, ce soir-là, il la remisa bien au fond, entre les pilotis centraux.

Après quoi il parut réfléchir à ce qu'il allait pouvoir faire. Il se retourna encore une fois vers le cheval, puis se dirigea vers la remise. Il eut l'air d'apercevoir alors sa sœur qui était revenue s'asseoir contre son pilotis.

— Qu'est-ce que tu fous là ?

— Il fait chaud, dit Suzanne.

— Il fait chaud pour tout le monde.

Il pénétra dans la remise, sortit le sac de carbure et en versa dans une boîte de fer-blanc. Puis il alla remettre le sac dans la remise, revint à la boîte et se mit à écraser le carbure entre ses doigts. Il huma l'air et dit :

— C'est les biches qui puent, faudra les balancer, je ne comprends pas comment tu peux rester là.

— Ça pue moins que ton carbure.

Il se releva, se dirigea encore une fois vers la remise, la boîte de carbure à la main. Puis il changea d'avis, revint vers la carriole et lui assena un coup de pied dans les roues. Après quoi il remonta, d'un pas décidé, l'escalier du bungalow.

La mère avait repris son sarclage. C'était la troisième fois qu'elle plantait des cannas rouges sur le talus qui bordait le terre-plein. La sécheresse les faisait régulièrement crever mais elle s'obstinait. Devant elle le caporal binait le talus après l'avoir arrosé. Il devenait de plus en plus sourd et elle était obligée de hurler de plus en plus fort pour lui donner ses ordres. Peu avant le pont, vers la piste, la femme du caporal et sa fille pêchaient dans un marigot. Il y avait bien une heure qu'elles étaient accroupies dans la boue en train de pêcher. Il y avait bien trois ans qu'on mangeait du poisson, toujours le même, celui qu'elles pêchaient chaque soir dans la même mare avant le pont.

Sous le bungalow on était relativement tranquille. Joseph avait laissé la remise ouverte et un air frais en arrivait tout empreint de l'odeur des biches. Il y en avait quatre et un cerf. Joseph avait tué le cerf et l'une des biches l'avant-veille et les deux autres il y avait trois jours, et celles-là ne saignaient plus. Les autres perdaient encore leur sang goutte à goutte par leurs mâchoires ouvertes. Joseph chassait souvent, parfois une nuit sur deux. La mère l'engueulait parce qu'il gâchait des balles à tuer des biches qu'on jetait dans le rac au bout de trois jours. Mais Joseph ne pouvait pas se résigner à revenir bredouille de la forêt. Et on faisait toujours comme si on mangeait les biches, on les accrochait toujours sous le bungalow et on attendait qu'elles pourrissent avant de les jeter dans le rac. Tout le monde était dégoûté d'en manger. Depuis quelque temps on mangeait plus volontiers des échassiers à chair noire que Joseph tuait à l'embouchure du rac, dans les grands marécages salés qui bordaient la concession du côté de la mer.

Suzanne attendait que Joseph vienne la chercher pour aller se baigner. Elle ne voulait pas sortir la première de dessous le bungalow. Il valait mieux l'attendre. Quand elle était avec lui, la mère criait moins. Joseph descendit.

— Viens en vitesse. J'attends pas.

Suzanne monta en courant passer son maillot. Elle n'avait pas fini que la mère qui l'avait vue monter criait déjà. Elle ne criait pas pour mieux faire entendre des choses qu'elle aurait voulu qu'on comprenne. Elle gueulait à la cantonade n'importe quoi, des choses sans rapport avec ce qui se passait dans le même moment. Quand Suzanne redescendit du bungalow elle trouva Joseph, indifférent aux cris de la mère, à nouveau aux prises avec le cheval. De toutes ses forces il lui appuyait sur le crâne, essayant de lui enfouir les naseaux dans le semis. Le cheval se laissait faire mais ne touchait pas au semis. Suzanne rejoignit Joseph.

— Allez, viens.

— Je crois que c'est fini, dit tristement Joseph, il va crever.

Il le quitta à regret et ils s'en allèrent ensemble vers le pont de bois, à l'endroit le plus profond de la rivière.

Dès qu'ils le voyaient se diriger vers la rivière, les enfants quittaient la piste où ils jouaient, sautaient dans l'eau derrière lui. Les premiers arrivés plongeaient comme lui, les autres se laissaient dégringoler en grappes dans l'écume grise. Joseph avait l'habitude de jouer avec eux. Il les juchait sur ses épaules, leur faisait faire des cabrioles, et parfois en laissait un s'accrocher à son cou et lui faisait descendre ainsi, extasié, le fil de l'eau, jusqu'aux abords du village, au-delà du pont. Mais aujourd'hui il n'avait pas envie de jouer. Dans l'espace profond et étroit il tournait et retournait sur lui-même, comme un poisson dans un bocal. Dominant l'eau, de la berge, le cheval n'avait pas fait le plus léger mouvement. Sur le sol pierreux, sous le soleil, il avait l'apparence fermée d'une chose.

— Je ne sais pas ce qu'il a, dit Joseph, mais il va crever, c'est sûr.

Il replongeait, suivi par les enfants. Suzanne ne nageait pas aussi bien que lui. De temps en temps elle sortait de l'eau, s'asseyait sur la berge et regardait la piste qui donnait d'un côté vers Ram, de l'autre vers Kam et, beaucoup plus loin, vers la ville, la plus grande ville de la colonie, la capitale, qui se trouvait à huit cents kilomètres de là. Le jour viendrait où une automobile s'arrêterait enfin devant le bungalow. Un homme ou une femme en descendrait pour demander un renseignement ou une aide quelconque, à Joseph ou à elle. Elle ne voyait pas très bien quel genre de renseignements on pourrait leur demander : il n'y avait dans la plaine qu'une seule piste qui allait de Ram à la ville en passant par Kam. On ne pouvait donc pas se tromper de chemin. Quand même, on ne pouvait pas tout prévoir et Suzanne espérait. Un jour un homme s'arrêterait, peut-être, pourquoi pas ? parce qu'il l'aurait aperçue près du pont. Il se pourrait qu'elle lui plaise et qu'il lui propose de l'emmener à la ville. Mais, à part le car, il passait peu d'autos sur la piste, pas plus de deux ou trois dans la journée. C'était toujours les mêmes autos de chasseurs qui allaient jusqu'à Ram, à soixante kilomètres de là, et qu'on voyait quelques jours après repasser en sens inverse. Elles passaient à toute vitesse en klaxonnant sans arrêt pour chasser les enfants de la piste. Longtemps avant de les voir surgir dans un nuage de poussière, on entendait leurs klaxons sourds et puissants dans la forêt. Joseph aussi attendait une auto qui s'arrêterait devant le bungalow. Celle-là serait conduite par une femme blond platine qui fumerait des 555 et qui serait fardée. Elle, par exemple, elle pourrait commencer à lui demander de l'aider à réparer son pneu.

Toutes les dix minutes à peu près, la mère levait la tête au-dessus des cannas, gesticulait dans leur direction, et criait.

Tant qu'ils étaient ensemble, elle ne s'approchait pas. Elle se contentait de gueuler. Depuis l'écroulement des barrages, elle ne pouvait presque rien essayer de dire sans se mettre à gueuler, à propos de n'importe quoi. Autrefois, ses enfants ne s'inquiétaient pas de ses colères. Mais depuis les barrages, elle était malade et même en danger de mort, d'après le docteur. Elle avait déjà eu trois crises, et toutes trois, d'après le docteur, auraient pu être mortelles. On pouvait la laisser crier un moment, mais pas trop longtemps. La colère pouvait lui donner une crise.

Le docteur faisait remonter l'origine de ses crises à l'écroulement des barrages. Peut-être se trompait-il. Tant de ressentiment n'avait pu s'accumuler que très lentement, année par année, jour par jour. Il n'avait pas qu'une seule cause. Il en avait mille, y compris l'écroulement des barrages, l'injustice du monde, le spectacle de ses enfants qui se baignaient dans la rivière...

La mère avait eu pourtant des débuts qui ne la prédestinaient en rien à prendre vers la fin de sa vie une telle importance dans l'infortune, qu'un médecin pouvait parler maintenant de la voir mourir de cela, mourir de malheur.

Fille de paysans, elle avait été si bonne écolière que ses parents l'avaient laissée aller jusqu'au brevet supérieur. Après quoi, elle avait été pendant deux ans institutrice dans un village du nord de la France. On était alors en 1899. Certains dimanches, à la mairie, elle rêvait devant les affiches de propagande coloniale. «Engagez-vous dans l'armée coloniale», «Jeunes, allez aux colonies, la fortune vous y attend.» À l'ombre d'un bananier croulant sous les fruits, le couple colonial, tout de blanc vêtu, se balançait dans des rocking-chairs tandis que des indigènes s'affairaient en souriant autour d'eux. Elle se maria avec un instituteur qui, comme elle, se mourait d'impatience dans un village du Nord, victime comme elle des ténébreuses lectures de Pierre Loti. Peu après leur mariage, ils firent ensemble leur demande d'admission dans les cadres de l'enseignement colonial et ils furent nommés dans cette grande colonie que l'on appelait alors l'Indochine française.

Suzanne et Joseph étaient nés dans les deux premières années de leur arrivée à la colonie. Après la naissance de Suzanne, la mère abandonna l'enseignement d'État. Elle ne donna plus que des leçons particulières de français. Son mari avait été nommé directeur d'une école indigène et, disait-elle, ils avaient vécu très largement malgré la charge de leurs enfants. Ces années-là furent sans conteste les meilleures de sa vie, des années de bonheur. Du moins c'était ce qu'elle disait. Elle s'en souvenait comme d'une terre lointaine et rêvée, d'une île. Elle en parlait de moins en moins à mesure qu'elle vieillissait, mais quand elle en parlait c'était toujours avec le même acharnement. Alors, à chaque fois, elle découvrait pour eux de nouvelles perfections à cette perfection, une nouvelle qualité à son mari, un nouvel aspect de l'aisance qu'ils connaissaient alors, et qui tendait à devenir une opulence dont Joseph et Suzanne doutaient un peu.

Lorsque son mari mourut, Suzanne et Joseph étaient encore très jeunes. De la période qui avait suivi, elle ne parlait jamais volontiers. Elle disait que ç'avait été difficile, qu'elle se demandait encore comment elle avait pu en sortir. Pendant deux ans, elle avait continué à donner des leçons de français. Puis, comme c'était insuffisant, des leçons de français et des leçons de piano. Puis, comme c'était encore insuffisant, à mesure que grandissaient ses enfants, elle s'était engagée à l'Éden-Cinéma comme pianiste. Elle y était restée dix ans. Au bout de dix ans, elle avait pu faire des économies suffisantes pour adresser une demande d'achat de concession à la Direction générale du cadastre de la colonie.

Son veuvage, son ancienne appartenance au corps enseignant et la charge de ses deux enfants lui donnaient un droit prioritaire sur une telle concession. Elle avait pourtant dû attendre deux ans avant de l'obtenir.

Il y avait maintenant six ans qu'elle était arrivée dans la plaine, accompagnée de Joseph et de Suzanne, dans cette Citroën B 12 qu'ils avaient toujours.

Dès la première année elle mit en culture la moitié de la concession. Elle espérait que cette première récolte suffirait à la dédommager en grande partie des frais de construction du bungalow. Mais la marée de juillet monta à l'assaut de la plaine et noya la récolte. Croyant qu'elle n'avait été victime que d'une marée particulièrement forte, et malgré les gens de la plaine qui tentaient de l'en dissuader, l'année d'après la mère recommença. La mer monta encore. Alors elle dut se rendre à la réalité : sa concession était incultivable. Elle était annuellement envahie par la mer. Il est vrai que la mer ne montait pas à la même hauteur chaque année. Mais elle montait toujours suffisamment pour brûler tout, directement ou par infiltration. Exception faite des cinq hectares qui donnaient sur la piste, et au milieu desquels elle avait fait bâtir son bungalow, elle avait jeté ses économies de dix ans dans les vagues du Pacifique.

Le malheur venait de son incroyable naïveté. En la préservant des nouveaux coups du sort et des hommes, les dix ans qu'elle avait passés dans une complète abnégation, au piano de l'Éden-Cinéma, moyennant un très maigre salaire, l'avaient soustraite à la lutte et aux expériences fécondes de l'injustice. Elle était sortie de ce tunnel de dix ans, comme elle y était entrée, intacte, solitaire, vierge de toute familiarité avec les puissances du mal, désespérément ignorante du grand vampirisme colonial qui n'avait pas cessé de l'entourer. Les concessions cultivables n'étaient accordées, en général, que moyennant le double de leur valeur. La moitié de la somme allait clandestinement aux fonctionnaires du cadastre chargés de répartir les lotissements entre les demandeurs. Ces fonctionnaires tenaient réellement entre leurs mains le marché des concessions tout entier et ils étaient devenus de plus en plus exigeants. Si exigeants que la mère, faute de pouvoir satisfaire leur appétit dévorant, que jamais ne tempérait la considération d'aucun cas particulier, même si elle avait été prévenue et si elle avait voulu éviter de se faire donner une concession incultivable, aurait été obligée de renoncer à l'achat de quelque concession que ce soit.

Lorsque la mère avait compris tout cela, un peu tard, elle était allée trouver les agents du cadastre de Kam dont dépendaient les lotissements de la plaine. Elle était restée assez naïve pour les insulter et les menacer d'une plainte en haut lieu. Ils n'étaient pour rien dans cette erreur, lui dirent-ils. Sans doute, le responsable en était-il leur prédécesseur, reparti depuis pour la Métropole. Mais la mère était revenue à la charge avec une telle persévérance qu'ils s'étaient vus obligés, pour s'en débarrasser, de la menacer. Si elle continuait, ils lui reprendraient sa concession avant le délai prévu. C'était l'argument le plus efficace dont ils disposaient pour faire taire leurs victimes. Car toujours, naturellement, celles-ci préféraient avoir une concession même illusoire que de ne plus rien avoir du tout. Les concessions n'étaient jamais accordées que conditionnellement. Si, après un délai donné, la totalité n'en était pas mise en culture, le cadastre pouvait les reprendre. Aucune des concessions de la plaine n'avait donc été accordée à titre définitif. C'était justement ces concessions-là qui donnaient au cadastre la facilité de tirer des autres, des vraies concessions, cultivables, elles, un profit considérable. Le choix des attributions leur étant laissé, les fonctionnaires du cadastre se réservaient de répartir, au mieux de leurs intérêts, d'immenses réserves de lotissements incultivables qui, régulièrement repris, constituaient en quelque sorte leur fonds régulateur.

Sur la quinzaine de concessions de la plaine de Kam, ils avaient installé, ruiné, chassé, réinstallé, et de nouveau ruiné et de nouveau chassé, peut-être une centaine de familles. Les seuls concessionnaires qui étaient restés dans la plaine y vivaient du trafic du pernod ou de celui de l'opium, et devaient acheter leur complicité en leur versant une quote-part de leurs ressources irrégulières, «illégales», disaient les agents du cadastre.

La juste colère de la mère ne lui épargna pas, deux ans après son arrivée, la première inspection cadastrale. Ces inspections toutes formelles se réduisaient à une visite au concessionnaire auquel on venait rafraîchir la mémoire. On lui rappelait que le premier délai était passé.

— Personne au monde, suppliait ce dernier, ne serait capable de faire pousser quoi que ce soit sur cette concession...

— Il serait étonnant, rétorquait l'agent, que notre gouvernement général ait mis en lotissement un terrain impropre à la culture.

La mère, qui commençait à mieux y voir dans les mystères de la concussion, fit valoir l'existence de son bungalow. Celui-ci n'était pas achevé mais représentait quand même, incontestablement, un commencement de mise en valeur qui devait lui valoir un délai plus long. Les agents cadastraux s'inclinèrent. Elle avait un an de plus devant elle. Cette année-là, la troisième depuis son arrivée, elle ne jugea pas utile de renouveler son expérience et laissa au Pacifique toute liberté. D'ailleurs, l'eût-elle voulu qu'elle n'en aurait plus trouvé les moyens. Déjà, pour terminer son bungalow, elle avait fait une ou deux demandes de crédit aux banques de la colonie. Mais les banques n'agissaient qu'après avoir consulté le cadastre. Et si la mère put en obtenir quelque crédit ce ne fut qu'en hypothéquant le bungalow inachevé et pour l'achèvement duquel précisément elle empruntait. Car pour le bungalow, il lui appartenait, lui, en toute propriété et elle se félicitait chaque jour de l'avoir fait construire. Toujours, à mesure que s'accrut son dénuement, le bungalow grandit au contraire à ses yeux en valeur et en solidité.

Après la première inspection, il y en eut une autre. Elle eut lieu cette année-là, dans la semaine qui suivit l'écroulement des barrages. Mais Joseph était enfin en âge de s'en mêler. Le maniement du fusil lui était devenu familier. Il le sortit sous le nez de l'agent du cadastre qui n'insista pas et s'en retourna dans la petite auto qui servait à ses tournées. Depuis, de ce côté-là, la mère était relativement tranquille.

Forte du délai que lui avait valu son bungalow, la mère mit les agents de Kam au courant de ses nouveaux projets. Ceux-ci consistaient à demander aux paysans qui vivaient misérablement sur les terres limitrophes de la concession de construire, en commun avec elle, des barrages contre la mer. Ils seraient profitables à tous. Ils longeraient le Pacifique et remonteraient le rac jusqu'à la limite des marées de juillet. Les agents, surpris, trouvèrent ce projet un peu utopique, mais ne s'y opposèrent pas. Elle pouvait toujours le rédiger et le leur envoyer. En principe, prétendaient-ils, l'assèchement de la plaine ne pouvait faire l'objet que d'un plan gouvernemental, mais aucun règlement, à leur connaissance, n'interdisait à un concessionnaire de faire des barrages sur sa propre concession. À condition toutefois de les en prévenir et d'avoir l'autorisation des services locaux du cadastre. La mère envoya son projet après avoir passé des nuits à le rédiger, puis elle attendit cette autorisation. Elle attendit très longtemps, sans se décourager, parce que, déjà, elle avait pris l'habitude de ces sortes d'attentes. Elles étaient, et elles seules, les liens obscurs qui la reliaient aux puissances du monde dont elle dépendait corps et biens, le cadastre, la banque. Après avoir attendu des semaines, elle se décida à aller à Kam. Les agents cadastraux avaient bien reçu son projet. S'ils ne lui avaient pas répondu c'était parce que, décidément, l'assèchement de la concession ne les intéressait pas. Néanmoins, ils lui donnaient l'autorisation tacite de faire ses barrages. La mère repartit, fière de ce résultat.

Il fallait étayer les barrages avec des rondins de palétuviers. De ces frais-là, naturellement, elle devait se charger seule. Elle venait alors d'hypothéquer le bungalow qui n'était pas terminé. Elle dépensa tout l'argent de l'hypothèque à l'achat des rondins et le bungalow ne fut jamais terminé.

Le docteur n'avait pas tellement tort. On pouvait croire que c'était à partir de là que tout avait vraiment commencé. Et qui n'aurait été sensible, saisi d'une grande détresse et d'une grande colère, en effet, à l'image de ces barrages amoureusement édifiés par des centaines de paysans de la plaine enfin réveillés de leur torpeur millénaire par une espérance soudaine et folle et qui, en une nuit, s'étaient écroulés comme un château de cartes, spectaculairement, en une seule nuit, sous l'assaut élémentaire et implacable des vagues du Pacifique? Et qui, négligeant d'étudier la genèse d'une si folle espérance, n'aurait été tenté de tout expliquer, depuis la misère toujours égale de la plaine jusqu'aux crises de la mère, par l'événement de cette nuit fatale et de s'en tenir à l'explication sommaire mais séduisante du cataclysme naturel?

Joseph forçait toujours Suzanne à rentrer dans l'eau. Il aurait voulu qu'elle sache bien nager pour se baigner avec lui dans la mer, à Ram. Mais Suzanne était réticente. Quelquefois, surtout à la saison des pluies, lorsqu'en une nuit la forêt était inondée, un écureuil, ou un rat musqué, ou un jeune paon descendaient, noyés, au fil de l'eau, et ces rencontres la dégoûtaient.

Comme la mère ne cessait de geindre, Joseph se décida à sortir de la rivière. Suzanne abandonna le guet des autos et le suivit.

— Merde, dit Joseph, demain on ira à Ram.

Il leva la tête dans la direction de la mère.

— On vient, cria-t-il, gueule pas comme ça.

Il cessait de penser à son cheval parce qu'il pensait à la mère. Il se dépêchait d'arriver auprès d'elle. Elle était rouge et larmoyante, comme toujours depuis qu'elle était tombée malade. Elle continuait à se lamenter.

— Tu ferais mieux de prendre tes pilules, dit Suzanne, au lieu de gueuler.

— Qu'est-ce que j'ai fait au ciel, gueulait la mère, pour avoir des saletés d'enfants comme j'ai là.

Joseph passa devant elle, monta dans le bungalow et redescendit avec un verre d'eau et les pilules. Comme toujours, la mère commença par les refuser. Comme toujours, elle finit par les prendre. Chaque soir après s'être baignés, il fallait qu'ils lui administrent une pilule pour la calmer. Car ce qu'elle ne pouvait plus supporter au fond c'était de les voir se distraire de l'existence qu'ils menaient dans la plaine. «Elle est devenue vicieuse», disait Suzanne. Joseph ne pouvait pas dire le contraire.

Suzanne alla se rincer dans la cabine de bains avec l'eau décantée des jarres et elle se rhabilla. Joseph, lui, ne se rinçait pas, il restait en maillot jusqu'au lendemain matin. Quand Suzanne sortit de la cabine, le phonographe marchait déjà dans la véranda, où Joseph, allongé sur une chaise longue, ne pensait plus à la mère, mais de nouveau à son cheval, qu'il regardait avec dégoût.

— C'est pas de chance, dit Joseph.

— Si tu vends le phono, tu pourras en racheter un beau et faire le voyage trois fois au lieu d'une.

— Si je vends le phono, je fous le camp et en vitesse.

Le phonographe tenait une grande place dans la vie de Joseph. Il avait cinq disques et les passait chaque soir, régulièrement, après le bain. Quelquefois, quand il en avait bien marre, il les remettait les uns après les autres, sans arrêt, toute une partie de la nuit jusqu'à ce que la mère se soit levée deux ou trois fois pour venir le menacer de jeter le phonographe à la rivière. Suzanne prit un fauteuil et vint s'asseoir auprès de son frère.

— Si tu vends le phono et que tu achètes un cheval, dans quinze jours tu pourras racheter un phono neuf.

— Quinze jours sans phono et je fous le camp d'ici.

Suzanne abandonna.

La mère préparait le dîner dans la salle à manger. Elle avait déjà allumé la lampe à acétylène.

Le soir tombait vraiment très vite dans ce pays. Dès que le soleil disparaissait derrière la montagne, les paysans allumaient des feux de bois vert pour se protéger des fauves et les enfants rentraient dans les cases en piaillant. Dès qu'ils étaient en âge de comprendre, on apprenait aux enfants à se méfier de la terrible nuit paludéenne et des fauves. Pourtant les tigres avaient bien moins faim que les enfants et ils en mangeaient très peu. En effet ce dont mouraient les enfants dans la plaine marécageuse de Kam, cernée d'un côté par la mer de Chine – que la mère d'ailleurs s'obstinait à nommer Pacifique, «mer de Chine» ayant à ses yeux quelque chose de provincial, et parce que jeune, c'était à l'océan Pacifique qu'elle avait rapporté ses rêves, et non à aucune des petites mers qui compliquent inutilement les choses – et murée vers l'est par la très longue chaîne qui longeait la côte depuis très haut dans le continent asiatique, suivant une courbe descendante jusqu'au golfe de Siam où elle se noyait et réapparaissait encore en une multitude d'îles de plus en plus petites, mais toutes pareillement gonflées de la même sombre forêt tropicale, ce dont ils mouraient, ce n'était pas des tigres, c'était de la faim, des maladies de la faim et des aventures de la faim. La piste traversait l'étroite plaine dans toute sa longueur. Elle avait été faite en principe pour drainer les richesses futures de la plaine jusqu'à Ram, mais la plaine était tellement misérable qu'elle n'avait guère d'autres richesses que ses enfants aux bouches roses toujours ouvertes sur leur faim. Alors la piste ne servait en fait qu'aux chasseurs, qui ne faisaient qu'y passer, et aux enfants, qui s'y rassemblaient en meutes affamées et joueuses : la faim n'empêche pas les enfants de jouer.

— J'y vais cette nuit, déclara tout à coup Joseph.

La mère cessa de s'agiter auprès du réchaud et vint se planter devant lui.

— Tu n'iras pas, je te le dis moi que tu n'iras pas.

— J'y vais, dit Joseph, il y a rien à faire, j'y vais.

Quand Joseph restait trop longtemps sur la véranda, face à la forêt, il ne pouvait pas résister à l'envie de chasser.

— Emmène-moi, dit Suzanne, emmène-moi Joseph.

La mère gueulait.

— J'emmène pas de femme dans une chasse de nuit et toi, si tu gueules, j'y vais tout de suite.

Il alla s'enfermer dans sa chambre pour préparer son mauser et ses cartouches. La mère, tout en geignant, retourna dans la salle à manger et continua à préparer le repas. Suzanne n'avait pas bougé de la véranda. Les soirs où Joseph chassait, elles se couchaient tard. La mère en profitait pour «faire ses comptes», comme elle disait. On se demandait quels comptes, d'ailleurs. Pendant ces nuits-là, en tout cas, elle ne dormait pas. Elle quittait de temps en temps ses comptes, allait sur la véranda écouter les bruits de la forêt, essayait d'apercevoir le halo de la lampe de Joseph. Puis elle allait se remettre à ses comptes, «ses comptes de cinglée», comme disait Joseph.

— À table, dit la mère.

Il y avait encore de l'échassier et du riz. La femme du caporal monta quelques poissons grillés.

— Encore une nuit sans dormir, dit la mère.

Elle paraissait plus pâle à la lueur phosphorescente de la lampe. Les pilules commençaient à faire leur effet. Elle bâilla.

— T'en fais pas maman, je rentrerai tôt, dit gentiment Joseph.

— C'est pour vous que j'ai peur, quand j'ai peur d'avoir une crise.

Elle se leva, alla prendre dans le buffet une boîte de beurre salé et une boîte de lait condensé qu'elle posa devant ses enfants. Suzanne mit sur son riz une grande rasade de lait condensé. La mère se fit quelques tartines de beurre et les trempa dans un bol de café noir. Joseph mangeait de l'échassier. C'était une belle chair sombre et saignante.

— Ça pue le poisson, dit Joseph, mais c'est nourrissant.

— C'est ce qu'il faut, dit la mère. Tu seras prudent, Joseph.

Quand il s'agissait de les gaver, elle était toujours douce avec eux.

— T'en fais pas, je serai prudent.

— C'est pas ce soir qu'on ira à Ram, dit Suzanne.

— On ira demain, dit Joseph, et c'est pas à Ram que tu trouveras, ils sont tous mariés, il y a qu'Agosti.

— Jamais je ne la donnerai à Agosti, dit la mère, quand bien même il me supplierait.

— Il ne te demande rien, dit Suzanne. En attendant c'est pas ici qu'on trouvera.

— Il ne demanderait pas mieux, dit la mère, je sais ce que je dis, mais il peut toujours courir.

— Il ne pense même pas à elle, dit Joseph. Ce sera difficile. Il y en a qui se marient sans argent, mais il faut qu'elles soient très jolies, et encore, c'est rare.

— En attendant, dit Suzanne, ce que je dis pour Ram, c'est pas seulement pour ça, il y a du mouvement à Ram le jour du courrier, il y a l'électricité et un phono formidable à la cantine.

— Nous emmerde plus avec Ram, dit Joseph.

La mère mit devant eux le pain de riz qu'apportait le car tous les trois jours, de Kam. Puis elle se mit à défaire sa natte. Entre ses doigts abîmés, ses cheveux crissaient comme de l'herbe sèche. Elle avait fini de manger et regardait ses enfants. Quand ils mangeaient, elle s'asseyait en face d'eux et suivait tous leurs gestes. Elle aurait voulu que Suzanne grandisse encore et Joseph aussi. Elle croyait que c'était encore possible. Pourtant Joseph avait vingt ans et il était déjà bien plus grand qu'elle.

— Prends de l'échassier, dit-elle à Suzanne, ce lait condensé, ça ne te nourrit pas.

— Puis ça pourrit les dents, dit Joseph, moi, ça m'a pourri toutes mes dents du fond. Même que ça doit continuer en douce.

— Quand on aura de l'argent, on te fera remettre d'autres dents, dit la mère. Prends de l'échassier, Suzanne.

Suzanne prit un petit morceau d'échassier. Ça l'écœurait et elle mangeait par petites bouchées.

Joseph avait fini et déjà il chargeait sa lampe de chasse. Tout en continuant à se natter les cheveux, la mère lui faisait chauffer une tasse de café. Une fois sa lampe remplie, Joseph l'alluma et l'ajusta sur son casque dont il se coiffa. Après quoi, il sortit sur la véranda pour vérifier son angle de visibilité. Pour la première fois de la soirée, il devait avoir oublié son cheval. Mais c'est à ce moment qu'il l'aperçut de nouveau, dans le champ de la lampe à acétylène.

— Merde, cria Joseph, ce coup-ci, il est crevé.

La mère et Suzanne accoururent près de Joseph. En plein dans le champ lumineux de la lampe elles virent elles aussi le cheval. Il s'était enfin couché de tout son long. Sa tête passait par-dessus le talus et ses naseaux, enfouis dans les jeunes semis, effleuraient l'eau grise.

— C'est terrible, dit la mère.

Elle porta la main à son front dans un geste d'accablement et elle resta immobile près de Joseph.

— Tu devrais aller voir de près, dit-elle enfin, s'il est vraiment mort.

Joseph descendit lentement l'escalier et se dirigea vers le talus précédé par le feu de la lampe qu'il avait toujours sur le front. Avant qu'il n'eût atteint le cheval, Suzanne rentra dans le bungalow, reprit sa place à table et essaya de finir son morceau d'échassier. Mais le peu d'appétit qu'elle avait s'en était allé. Elle renonça à manger et retourna au salon. Là, elle se recroquevilla dans un fauteuil de rotin et tourna le dos à la direction du cheval.

— Pauvre bête, geignait la mère, et dire qu'il a encore fait le chemin depuis Banté aujourd'hui même.

Suzanne l'entendait geindre sans la voir. Elle devait être sur la véranda et suivre Joseph des yeux. La semaine précédente un enfant était mort dans le hameau qui se trouvait derrière le bungalow. La mère l'avait veillé toute la nuit et lorsqu'il était mort, au matin, elle avait geint de la même façon.

— Quel malheur! cria la mère. Alors, Joseph?

— Il respire encore.

La mère revint dans la salle à manger.

— Qu'est-ce qu'on pourrait faire? Suzanne, va prendre la vieille couverture à carreaux dans l'auto.

Suzanne descendit sous le bungalow en évitant de regarder dans la direction du cheval. Elle prit la couverture sur le siège arrière de la B 12, remonta et la tendit à la mère. Celle-ci descendit rejoindre Joseph et quelques minutes après elle remonta avec lui.

— C'est terrible, dit-elle, il nous a regardés.

— Assez avec ce cheval, dit Suzanne, demain on va à Ram.

— Quoi? dit la mère.

— C'est Joseph qui l'a dit, dit Suzanne.

Joseph enfilait ses sandales de tennis. Il partit, l'air hargneux. La mère commença à desservir puis elle se mit à ses comptes. «Ses comptes de cinglée», comme disait Joseph.

Quand ils allaient à Ram, la mère relevait sa natte et se chaussait. Mais elle gardait sa robe de cotonnade grenat, qu'elle ne quittait d'ailleurs jamais que pour dormir. Quand elle venait de la laver, elle se couchait et dormait pendant que la robe séchait. Suzanne aussi se chaussait, de la seule paire de souliers qu'elle eût, des souliers de bal en satin noir qu'elles avaient trouvés en solde à la ville. Mais elle changeait de vêtements pour l'occasion, quittait son pantalon malais et passait une robe. Joseph, lui, restait comme d'habitude. Le plus souvent, il ne se chaussait même pas. Cependant, quand c'était le jour du courrier du Siam, il enfilait ses sandales de tennis pour pouvoir danser avec les passagères.

En arrivant à la cantine de Ram, ils virent, stationnée dans la cour, une magnifique limousine à sept places, de couleur noire. À l'intérieur, en livrée, un chauffeur attendait patiemment. Aucun d'eux ne l'avait encore vue. Ce ne pouvait être une auto de chasseur. Les chasseurs n'avaient pas de limousine mais des torpédos décapotables. Joseph bondit de la B 12. Il s'approcha et, lentement, fit deux fois le tour de l'auto. Puis il se posta devant le moteur et l'examina longuement sous l'œil étonné du chauffeur. « Talbot ou Léon Bollée », dit Joseph. N'ayant pas pu décider de la marque, il se résolut à monter dans le bar de la cantine avec Suzanne et la mère.

Il y avait là les trois fonctionnaires du poste, quelques officiers de marine attablés avec des passagères, le fils Agosti qui jamais ne ratait un courrier et enfin, seul à sa table, jeune, inespéré, le propriétaire présumé de la limousine.

Le père Bart se leva, se déplaça lentement de sa caisse et vint vers la mère. Il y avait vingt ans qu'il était titulaire de la cantine de Ram. Il ne l'avait jamais quittée. Il y avait vieilli et grossi. C'était maintenant un homme d'une cinquantaine d'années, apoplectique et obèse, imbibé de pernod. Quelques années plus tôt, le père Bart avait adopté un enfant de la plaine qui le déchargeait de tout le service de la cantine et qui, à ses moments perdus, l'éventait derrière le comptoir, où il se retirait pour cuver son pernod dans une immobilité bouddhique. À quelque heure qu'on le vît, le père Bart était en nage, un pernod en train, non loin de lui. Il ne se déplaçait que pour accueillir ses clients. Il ne faisait rien d'autre. Il allait vers eux avec une lenteur de monstre marin sorti de son élément, sans presque soulever ses pieds du sol tant le gênait son ventre inoubliable, véritable barrique d'absinthe. Il ne faisait pas que la boire. Il vivait d'en faire la contrebande, et en était riche. On venait lui en chercher de très loin, depuis les plantations du Nord. Il était sans enfants, sans famille, et pourtant tenait tellement à son argent qu'il n'avait jamais accepté d'en prêter, ou à des taux si élevés que personne de la plaine n'avait eu la folie, ou l'astuce, d'accepter. C'était ce qu'il souhaitait, persuadé que l'argent prêté dans la plaine était de l'argent perdu. Il était pourtant le seul Blanc dans la plaine dont on pût dire qu'il aimait la plaine. Il est vrai qu'il y avait trouvé un moyen d'en vivre en même temps qu'une raison de vivre : le pernod. On le disait bon parce qu'il avait adopté un enfant. Et si l'enfant l'éventait on se disait qu'après tout, l'enfant était mieux là à l'éventer qu'à garder les buffles sous le soleil de la plaine. Cette action généreuse, et la réputation qu'elle lui valait, l'assuraient d'une parfaite tranquillité dans son activité de contrebande. Elles étaient sans doute pour beaucoup dans l'attribution que lui avait faite le gouvernement général de la colonie, de la Légion d'honneur, pour avoir tenu, vingt ans, dans le souci constant du prestige français, la cantine de Ram, « poste éloigné ».

— Comment vont les affaires ? demanda le père Bart à la mère en lui serrant la main.

— Ça va, ça va, dit la mère sans insister.

— Vous avez de chics clients, dit Joseph, merde, cette limousine...

— C'est à un type des caoutchoucs du Nord, c'est autrement riche que par ici.

— C'est pas vous qui avez à vous plaindre, dit la mère, trois courriers par semaine, c'est beau. Et il y a le pernod.

— Il y a des risques, chaque semaine maintenant ils rappliquent, il y a des risques, c'est la corrida chaque semaine.

— Montrez-nous ce planteur du Nord, dit la mère.

— C'est le type près d'Agosti, dans le coin. Il revient de Paris.

Ils l'avaient déjà vu à côté d'Agosti. Il était seul à sa table. C'était un jeune homme qui paraissait avoir vingt-cinq ans, habillé d'un costume de tussor grège. Sur la table il avait posé un feutre du même grège. Quand il but une gorgée de pernod ils virent à son doigt un magnifique diamant, que la mère se mit à regarder en silence, interdite.

— Merde, quelle bagnole, dit Joseph. Il ajouta : Pour le reste, c'est un singe.

Le diamant était énorme, le costume en tussor, très bien coupé. Jamais Joseph n'avait porté de tussor. Le chapeau mou sortait d'un film : un chapeau qu'on se posait négligemment sur la tête avant de monter dans sa quarante chevaux et d'aller à Longchamp jouer la moitié de sa fortune parce qu'on a le cafard à cause d'une femme. C'était vrai, la figure n'était pas belle. Les épaules étaient étroites, les bras courts, il devait avoir une taille au-dessous de la moyenne. Les mains petites étaient soignées, plutôt maigres, assez belles. Et la présence du diamant leur conférait une valeur royale, un peu déliquescente. Il était seul, planteur, et jeune. Il regardait Suzanne. La mère vit qu'il la regardait. La mère à son tour regarda sa fille. À la lumière électrique ses taches de rousseur se voyaient moins qu'au grand jour. C'était sûrement une belle fille, elle avait des yeux luisants, arrogants, elle était jeune, à la pointe de l'adolescence, et pas timide.

— Pourquoi tu fais une tête d'enterrement ? dit la mère. Tu ne peux pas avoir une fois l'air aimable ?

Suzanne sourit au planteur du Nord. Deux longs disques passèrent, foxtrot, tango. Au troisième, fox-trot, le planteur du Nord se leva pour inviter Suzanne. Debout il était nettement mal foutu. Pendant qu'il avançait vers Suzanne, tous regardaient son diamant : le père Bart, Agosti, la mère, Suzanne. Pas les passagers, ils en avaient vu d'autres, ni Joseph parce que Joseph ne regardait que les autos. Mais tous ceux de la plaine regardaient. Il faut dire que ce diamant-là, oublié sur son doigt par son propriétaire ignorant, valait à lui seul à peu près autant que toutes les concessions de la plaine réunies.

— Vous permettez, madame ? demanda le planteur du Nord en s'inclinant devant la mère.

La mère dit mais comment donc je vous en prie et rougit. Déjà, sur la piste, des officiers dansaient avec des passagères. Le fils Agosti, avec la femme du douanier.

Le planteur du Nord ne dansait pas mal. Il dansait lentement, avec une certaine application académique, soucieux peut-être de manifester ainsi à Suzanne, son tact, sa classe, et sa considération.

— Est-ce que je pourrai être présenté à madame votre mère?

— Bien sûr, dit Suzanne.

— Vous habitez la région?

— Oui, on est d'ici. C'est à vous l'auto qui est en bas?

— Vous me présenterez sous le nom de M. Jo.

— Elle vient d'où? elle est formidable.

— Vous aimez les autos tellement que ça? demanda M. Jo en souriant.

Sa voix ne ressemblait pas à celle des planteurs ou des chasseurs. Elle venait d'ailleurs, elle était douce et distinguée.

— Beaucoup, dit Suzanne. Ici, il n'y en a pas ou bien c'est des torpédos.

— Une belle fille comme vous doit s'ennuyer dans la plaine... dit doucement M. Jo non loin de l'oreille de Suzanne.

Un soir, il y avait deux mois, le fils Agosti l'avait entraînée hors de la cantine où le pick-up jouait *Ramona*, et, sur le port, il lui avait dit qu'elle était une belle fille, puis il l'avait embrassée. Une autre fois, un mois plus tard, un officier du courrier lui avait proposé de lui faire visiter son bateau, et dès le début de la visite l'avait entraînée dans une cabine de première classe où il lui avait dit qu'elle était une belle fille puis il l'avait embrassée. Elle s'était seulement laissé embrasser. C'était donc la troisième fois qu'on le lui disait.

— Quelle marque c'est? demanda Suzanne.

— C'est une Maurice Léon Bollée. C'est ma marque préférée. Si ça vous amuse on pourra faire un tour avec. N'oubliez pas de me présenter à madame votre mère.

— Ça fait combien de chevaux?

— Je crois, vingt-quatre, dit M. Jo.

— Combien ça coûte une Maurice Léon Bollée?

— C'est un modèle spécial, commandé spécialement à Paris. Celle-ci m'a coûté cinquante mille francs.

La B 12 avait coûté dans les quatre mille francs et la mère avait mis quatre ans à la payer.

— C'est formidable ce que c'est cher, dit Suzanne.

M. Jo regardait de plus en plus près les cheveux de Suzanne, et de temps en temps ses yeux baissés, et sous ses yeux, sa bouche.

— Si on avait une auto comme ça, on viendrait tous les soirs à Ram, ça nous changerait. À Ram, et partout ailleurs.

— La richesse ne fait pas le bonheur, dit nostalgiquement M. Jo, comme vous avez l'air de le croire.

La mère proclamait : « Il n'y a que la richesse pour faire le bonheur. Il n'y a que des imbéciles qu'elle ne fasse pas le bonheur. » Elle ajoutait : « Il faut, évidemment, essayer de rester intelligent quand on est riche. » Encore plus péremptoire qu'elle, Joseph affirmait que la richesse faisait le bonheur, il n'y avait pas de question. La limousine de M. Jo à elle seule aurait fait le bonheur de Joseph.

— Je ne sais pas, dit Suzanne. Nous j'ai l'impression qu'on se débrouillerait pour que ça nous le fasse, le bonheur.

— Vous êtes si jeune, dit-il d'une voix susurrée. Ah, vous ne pouvez pas savoir.

— C'est pas parce que je suis jeune, dit Suzanne. C'est vous qui êtes trop riche.

M. Jo la serrait maintenant très fort contre lui. Lorsque le fox-trot fut terminé il le regretta.

— J'aurais bien continué cette danse...

Il suivit Suzanne jusqu'à leur table.

— Je te présente M. Jo, dit Suzanne à la mère.

La mère se leva pour dire bonjour à M. Jo et lui sourit. En conséquence, Joseph ne se leva pas et ne sourit pas.

— Asseyez-vous à notre table, dit la mère, prenez quelque chose avec nous.

Il s'assit à côté de Joseph.

— C'est moi qui invite, dit-il. Il se tourna vers le père Bart :

— Du champagne bien frappé, demanda-t-il. Depuis mon retour de Paris je n'ai pas réussi à en boire du bon.

— Il y en a chaque soir de courrier, dit le père Bart, vous m'en direz des nouvelles.

M. Jo souriait de toutes ses dents qui étaient belles. Joseph les remarqua et, de M. Jo tout entier, ne regarda que ces dents. Il avait l'air un peu dépité : les siennes étaient abîmées et il ne pouvait pas les faire arranger. Il y avait, avant ses dents, tellement de choses à arranger, que parfois il doutait qu'ils y arriveraient un jour.

— Vous revenez de Paris ? demanda la mère.

— Je débarque. Je suis à Ram pour trois jours. Je suis venu surveiller un embarquement de latex.

La mère, rougissante, souriante, buvait les paroles de M. Jo. Celui-ci s'en apercevait et il avait l'air d'en être très satisfait. Ça devait être assez rare qu'on l'écoute dans l'émerveillement. Il soignait la mère du regard et il évitait encore de prêter une trop grande attention à ce qui l'intéressait :

Suzanne. Il n'avait pas encore pris garde au frère, pas encore. Il remarquait seulement que Suzanne, elle, n'avait d'yeux que pour ce frère qui se contentait de fixer soit ses dents, soit la piste d'un air morne et furieux.

— Son auto, dit Suzanne, c'est une Maurice Léon Bollée.

Elle se sentait très près de Joseph, toujours, devant un tiers, et surtout quand il était aussi visiblement emmerdé que ce soir. Joseph parut se réveiller. Il demanda d'un ton maussade :

— Ça fait combien de chevaux une bagnole comme ça ?

— Vingt-quatre, dit négligemment M. Jo.

— Merde, vingt-quatre chevaux... Quatre vitesses sans doute ?

— Oui, quatre.

— On démarre en seconde comme on veut, non ?

— Oui, si on veut, mais ça esquinte le changement de vitesse.

— Ça tient la route ?

— À quatre-vingts dans un fauteuil. Mais celle-là, je ne l'aime pas, j'ai un roadster deux places et avec ça j'arrive à cent sans aucun mal.

— Combien de litres au cent ?

— Quinze sur route. Dix-huit en ville. Vous avez quelle marque vous autres ?

Joseph regarda Suzanne l'air ahuri et, tout à coup, il rit.

— C'est pas la peine d'en parler...

— C'est une Citroën, dit la mère. Une bonne vieille Citroën qui nous a rendu bien des services. Pour la piste, elle est bien suffisante.

— On voit que tu la conduis pas souvent, dit Joseph.

La musique avait recommencé. M. Jo battait discrètement la mesure en tapotant la table de son doigt endiamanté. Ses réponses étaient suivies de longs et puissants silences de la part de Joseph. Mais sans doute M. Jo n'osait-il pas changer de sujet de conversation. Tout en répondant à Joseph, il ne quittait plus Suzanne des yeux. Il le pouvait en toute tranquillité. Suzanne était si attentive aux réactions de Joseph qu'elle ne regardait plus que lui.

— Et le roadster ? demanda Joseph.

— Comment ?

— Combien au cent, le roadster ?

— Plus, dit M. Jo. Dix-huit sur route. Ça fait trente chevaux.

— Merde, dit Joseph.

— Les Citroën consomment moins, non ?

Joseph rit très fort. Il termina sa coupe de champagne et s'en versa une autre. Il avait tout à coup l'air décidé à se marrer.

— Vingt-quatre, dit-il.

— Psstt! fit M. Jo.

— Mais ça s'explique, dit Joseph.

— C'est beaucoup.

— Au lieu de douze, dit Joseph, mais ça s'explique... Le carburateur, c'est plus un carburateur, c'est une passoire.

Le fou rire de Joseph était contagieux. C'était un rire étouffant, encore enfantin, qui sortait avec une fougue irrésistible. La mère devint rouge, essaya de se retenir mais sans y arriver.

— S'il n'y avait que ça, dit Joseph, ce serait rien.

La mère rit de toute sa gorge.

— C'est vrai, dit-elle, s'il n'y avait que le carburateur...

Suzanne rit aussi. Elle n'avait pas le même rire que Joseph, le sien était un peu sifflant, plus aigu. C'était arrivé en quelques secondes. M. Jo paraissait décontenancé. Il devait se demander si son succès ne se trouvait pas un peu compromis et comment parer à ce risque.

— Et le radiateur! dit Suzanne.

— Un record, dit Joseph, vous n'avez jamais vu ça.

— Dis combien, Joseph, dis-le...

— Il a fait, avant que je le répare un peu, jusqu'à cinquante litres au cent.

— Ah! s'esclaffa la mère, c'est rare, ça, cinquante litres au cent.

— Et encore, dit Joseph, s'il n'y avait que ça, le carburateur et le radiateur...

— C'est vrai, dit la mère, s'il n'y avait que ça... ce ne serait rien.

M. Jo essaya de rire. Il se forçait un tout petit peu. Peut-être qu'ils allaient l'oublier. Ils avaient l'air un peu sonnés.

— Et nos pneus! dit Joseph, nos pneus... Ils...

Joseph riait tellement qu'il ne pouvait plus former ses mots. Le même rire invincible et mystérieux secouait la mère et Suzanne.

— Devinez avec quoi on roule dans nos pneus, dit Joseph, devinez...

— Allez-y, dit Suzanne, devinez...

— Il peut toujours courir, dit Joseph, pour trouver.

L'enfant adoptif avait apporté une deuxième bouteille de champagne sur la demande de M. Jo. Agosti les écoutait et riait ferme. Les officiers et les passagères qui n'y comprenaient pourtant rien s'étaient mis à rire à leur tour, mais doucement.

— Cherchez, dit Suzanne, allez-y. Remarquez, c'est pas toujours, heureusement...

— Je ne sais pas moi, avec des chambres à air de moto, dit M. Jo de l'air de celui qui a trouvé comment on danse sur cet air-là.

— Pas du tout, vous n'y êtes pas du tout, dit Suzanne.

— Des feuilles de bananier, dit Joseph, on les bourre...

M. Jo rit franchement pour la première fois. Mais pas si fort qu'eux, c'était sans doute une question de tempérament. Joseph avait atteint un tel degré d'hilarité qu'il en perdait la respiration et que son rire, silencieux, le mettait au point mort du paroxysme. M. Jo avait renoncé à inviter Suzanne. Il attendait patiemment que ça se passe.

— C'est original, c'est marrant, comme on dit à Paris.

Ils ne l'écoutaient pas.

— Nous, quand on part en voyage... dit Joseph, on attache le caporal sur le garde-boue avec un arrosoir à côté de lui...

Il hoquetait entre chaque mot.

— À la place du phare... il sert aussi de phare... le caporal c'est notre radiateur et c'est notre phare, dit Suzanne.

— Ah! j'étouffe... tais-toi... tais-toi... dit la mère.

— Et les portières, dit Joseph, les portières, elles tiennent au fil de fer...

— Je ne me rappelle plus, dit la mère, je ne me rappelle même plus comment elles pouvaient être les poignées de nos portières...

— Avec nous, dit Joseph, pas besoin de poignées, on saute dedans, hop! à condition de s'y prendre du côté où il y a un marchepied. Suffit d'avoir l'habitude.

— Mais ça, on l'a, l'habitude, dit Suzanne.

— Tais-toi, dit la mère, je vais avoir une crise.

Elle était très rouge. Elle était vieille, elle avait eu tant de malheurs, et si peu l'occasion d'en rire, que le rire en effet, s'emparant d'elle, l'ébranlait dangereusement. La force de son rire ne semblait pas venir d'elle et gênait, faisait douter de sa raison.

— Nous, pas besoin de phares... dit Joseph. Une lampe de chasse, c'est aussi bien.

M. Jo les regardait avec l'air de quelqu'un qui se demande si ça va finir un jour. Mais il écoutait patiemment.

— C'est agréable de tomber sur des gens comme vous, aussi gais que vous, dit-il, essayant sans doute de les détacher de l'inépuisable B 12 et de sortir de ce labyrinthe.

— Aussi gais que nous?... dit la mère interloquée.

— Qu'est-ce qu'il dit, qu'on est gais?... reprit Suzanne.

— Ah! s'il savait, merde, s'il savait... dit Joseph.

Mais lui, Joseph, en voulait, décidément.

— Et encore, dit-il, s'il n'y avait que ça, le réservoir, les phares,... s'il n'y avait que ça...

La mère et Suzanne le regardaient intensément. Quel rebondissement avait encore trouvé Joseph ? Elles ne devinaient pas encore, mais le rire qui avait commencé à faiblir recommença à les secouer.

— Les fils de fer, continua Joseph, les feuilles de bananier, s'il n'y avait que ça...

— C'est vrai, s'il n'y avait que ça..., dit Suzanne d'un air interrogateur.

— S'il n'y avait que l'auto, dit Joseph.

— Ce ne serait rien, dit la mère, rien du tout...

Impatient, en avance sur le leur, le rire de Joseph les gagnait.

— Il n'y a pas que l'auto. On avait des barrages... des barrages...

La mère et Suzanne poussèrent un cri aigu d'intense satisfaction. À son tour Agosti pouffa de rire. Et le sourd glouglou qui s'élevait du côté de la caisse signifiait que le père Bart lui aussi s'en mêlait.

— Ah ! les crabes... les crabes..., s'exclama la mère.

— Les crabes nous les ont bouffés, dit Joseph.

— Même les crabes..., dit Suzanne, qui s'y sont mis.

— C'est vrai... même les crabes, dit la mère, ils sont contre nous...

Certains clients avaient recommencé à danser. Agosti continua à se marrer parce qu'il connaissait bien leur histoire, aussi bien que la sienne. Ç'aurait pu être la sienne, celle de chacun des concessionnaires de la plaine. Les barrages de la mère dans la plaine, c'était le grand malheur et la grande rigolade à la fois, ça dépendait des jours. C'était la grande rigolade du grand malheur. C'était terrible et c'était marrant. Ça dépendait de quel côté on se plaçait, du côté de la mer qui les avait fichus en l'air, ces barrages, d'un seul coup d'un seul, du côté des crabes qui en avaient fait des passoires, ou au contraire, du côté de ceux qui avaient mis six mois à les construire dans l'oubli total des méfaits pourtant certains de la mer et des crabes. Ce qui était étonnant c'était qu'ils avaient été deux cents à oublier ça en se mettant au travail.

Tous les hommes des villages voisins de la concession auprès desquels la mère avait délégué le caporal étaient venus. Et après les avoir rassemblés aux abords du bungalow, la mère leur avait expliqué ce qu'elle voulait d'eux.

— Si vous le voulez, nous pouvons gagner des centaines d'hectares de rizières et cela sans aucune aide des chiens du cadastre. Nous allons faire des barrages. Deux sortes de barrages : les uns parallèles à la mer, les autres, etc.

Les paysans s'étaient un peu étonnés. D'abord parce que depuis des millénaires que la mer envahissait la plaine ils s'y étaient à ce point habitués qu'ils n'auraient jamais imaginé qu'on pût l'empêcher de le faire. Ensuite parce que leur misère leur avait donné l'habitude d'une passivité qui était leur seule défense devant leurs enfants morts de faim ou leurs récoltes brûlées par le sel. Ils étaient revenus pourtant trois jours de suite et toujours en plus grand nombre. La mère leur avait expliqué comment elle envisageait de construire ces barrages. Ce qu'il fallait d'après elle c'était les étayer avec des troncs de palétuviers. Elle savait où s'en procurer. Il y en avait des stocks aux abords de Kam qui, une fois la piste terminée, étaient restés sans emploi. Des entrepreneurs lui avaient offert de les lui céder au rabais. Elle seule d'ailleurs prendrait ces frais-là à sa charge.

Il s'en était trouvé une centaine qui avaient accepté dès le début. Mais ensuite, quand les premiers avaient commencé à descendre dans les barques qui partaient du pont vers les emplacements désignés pour la construction, d'autres s'étaient joints à eux en grand nombre. Au bout d'une semaine tous à peu près s'étaient mis à la construction des barrages. Un rien avait suffi à les faire sortir de leur passivité. Une vieille femme sans moyens qui leur disait qu'elle avait décidé de lutter les déterminait à lutter comme s'ils n'avaient attendu que cela depuis le commencement des temps.

Et pourtant la mère n'avait consulté aucun technicien pour savoir si la construction des barrages serait efficace. Elle le croyait. Elle en était sûre. Elle agissait toujours ainsi, obéissant à des évidences et à une logique dont elle ne laissait rien partager à personne. Le fait que les paysans aient cru ce qu'elle leur disait l'affermit encore dans la certitude qu'elle avait trouvé exactement ce qu'il fallait faire pour changer la vie de la plaine. Des centaines d'hectares de rizières seraient soustraits aux marées. Tous seraient riches, ou presque. Les enfants ne mourraient plus. On aurait des médecins. On construirait une longue route qui longerait les barrages et desservirait les terres libérées.

Une fois les rondins achetés il se passa trois mois pendant lesquels il fallut attendre que la mer fût complètement retirée, et la terre assez sèche pour commencer les travaux de terrassement.

C'est pendant cette période d'attente que la mère avait vécu l'espoir de sa vie. Toutes ses nuits elle les passa alors à rédiger et à améliorer la rédaction des conditions de la future participation des paysans à l'exploitation des cinq cents hectares prochainement cultivables. Mais son impatience était telle qu'il ne lui suffit pas de faire ainsi des plans en attendant que vienne le moment. Avec ce qui lui restait d'argent, une fois les rondins payés, sans attendre, elle fit bâtir trois cases qu'elle baptisa village de guet à l'embouchure du rac. Les paysans avaient cru si nombreux à sa réussite qu'elle y croyait désormais sans une ombre. Pas un instant elle ne soupçonna que peut-être ils l'avaient crue parce qu'elle se montrait si sûre d'elle. Et pourtant elle leur avait parlé avec tant de certitude qu'un agent cadastral lui-même aurait pu se laisser convaincre. Une fois son village construit, la mère y installa trois familles, leur donna du riz, des barques et de quoi vivre jusqu'à la récolte des terres libérées.

Le moment propice à la construction des barrages arriva.

Les hommes avaient charrié les rondins depuis la piste jusqu'à la mer et ils s'étaient mis au travail. La mère descendait avec eux à l'aube et revenait le soir en même temps qu'eux. Suzanne et Joseph avaient beaucoup chassé pendant ce temps-là. Ç'avait été pour eux aussi une période d'espoir. Ils croyaient à ce qu'entreprenait leur mère : dès que la récolte serait terminée, ils pourraient faire un long voyage à la ville et d'ici trois ans quitter définitivement la plaine.

Le soir, parfois, la mère faisait distribuer de la quinine et du tabac aux paysans et à cette occasion elle leur parlait des changements prochains de leur existence. Ils riaient avec elle, à l'avance, de la tête que feraient les agents cadastraux devant les récoltes fabuleuses qu'ils auraient bientôt. Point par point elle leur racontait son histoire et leur parlait longuement de l'organisation du marché des concessions. Pour mieux encore soutenir leur élan, elle leur expliquait aussi comment les expropriations, dont beaucoup avaient été victimes au profit des poivriers chinois, étaient elles aussi explicables par l'ignominie des agents de Kam. Elle leur parlait dans l'enthousiasme, ne pouvant résister à la tentation de leur faire partager sa récente initiation et sa compréhension maintenant parfaite de la technique concussionnaire des agents de Kam. Elle se libérait enfin de tout un passé d'illusions et d'ignorance et c'était comme si elle avait découvert un nouveau langage, une nouvelle culture, elle ne pouvait se rassasier d'en parler. Des chiens, disait-elle, ce sont des chiens. Et les barrages, c'était la revanche. Les paysans riaient de plaisir.

Pendant la construction des barrages aucun agent n'était passé. Elle en était quelquefois un peu surprise. Ils ne pouvaient pas ignorer l'importance des barrages et ne pas s'en inquiéter. Cependant, elle-même n'avait pas osé leur écrire, de crainte de les alerter et de se voir interdire la poursuite d'une initiative malgré tout encore officieuse. Elle n'osa le faire qu'une fois les barrages terminés. Elle leur annonça qu'un immense quadrilatère de cinq cents hectares qui englobait la totalité de la concession allait être mis en culture. Le cadastre n'avait pas répondu. La saison des pluies était arrivée. La mère avait fait de très grands semis près du bungalow. Les mêmes hommes qui avaient construit les barrages étaient venus faire le repiquage du paddy dans le grand quadrilatère fermé par les branches des barrages.

Deux mois avaient passé. La mère descendait souvent pour voir verdir les jeunes plants. Ça commençait toujours par pousser jusqu'à la grande marée de juillet.

Puis, en juillet, la mer était montée comme d'habitude à l'assaut de la plaine. Les barrages n'étaient pas assez puissants. Ils avaient été rongés par les crabes nains des rizières. En une nuit, ils s'effondrèrent.

Les familles que la mère avait installées dans son village de guet étaient parties avec les jonques, les vivres, vers une autre partie de la côte. Les paysans des villages limitrophes de la concession étaient retournés à leurs villages. Les enfants avaient continué de mourir de faim. Personne n'en avait voulu à la mère.

L'année suivante, la petite partie des barrages qui avait tenu s'était à son tour écroulée.

— L'histoire de nos barrages, c'est à se taper le cul par terre, dit Joseph. Et, en faisant marcher ses deux doigts, il imita, sur la table, la marche du crabe, la marche d'un crabe vers leurs barrages, dans la direction de M. Jo. Toujours aussi patient, M. Jo se désintéressait de la marche du crabe et dévisageait Suzanne qui, la tête levée, les yeux pleins de larmes, riait.

— Vous êtes drôles, dit M. Jo, vous êtes formidables.

Il battait la mesure du fox que l'on jouait, peut-être pour inciter Suzanne à danser.

— Il n'y en a pas deux, d'histoire comme celle de nos barrages, dit Joseph. On avait pensé à tout mais pas à ces crabes...

— On leur a coupé la route, dit Suzanne.

— ... Mais ça les a pas gênés, reprit Joseph, ils nous attendaient au tournant, de deux coups de pince, vlan! les barrages en l'air.

— Des petits crabes couleur de boue, dit Suzanne, inventés pour nous...

— Il aurait fallu, dit la mère, du ciment armé... Mais où le trouver?

Joseph lui coupa la parole. Le rire se calmait.

— Il faut vous dire, dit Suzanne, que c'est pas de la terre, ce qu'on a acheté...

— C'est de la flotte, dit Joseph.

— C'est de la mer, le Pacifique, dit Suzanne.

— C'est de la merde, dit Joseph.

— Une idée qui ne serait venue à personne..., dit Suzanne.

La mère cessa de rire et redevint tout à coup très sérieuse.

— Tais-toi, dit-elle à Suzanne, ou je te fous une gifle.

M. Jo sursauta mais il fut le seul.

— C'est de la merde, parfaitement, dit Joseph, de la merde ou de la flotte, c'est comme vous voudrez. Et nous on est là à attendre comme des cons que la merde se retire.

— Ça arrivera certainement un jour, dit Suzanne.

— Dans cinq cents ans, dit Joseph, mais nous on a le temps...

— Si c'était de la merde, dit Agosti, dans le fond du bar, ce serait mieux...

— Du riz de merde, dit Joseph en riant de nouveau, ce serait mieux que pas de riz du tout...

Il alluma une cigarette. M. Jo sortit un paquet de 555 de sa poche et en offrit à Suzanne et à la mère. La mère, sans rire, écoutait passionnément Joseph.

— Quand on l'a acheté, on a cru qu'on serait millionnaires dans l'année, continua Joseph. On a fait le bungalow et on a attendu que ça pousse.

— Ça commence toujours par pousser, dit Suzanne.

— Puis la merde est montée, dit Joseph. Alors on a fait ces barrages... Voilà. On est là à attendre comme des cons, on ne sait même plus quoi...

— On attend dans notre maison, cette maison... continua Suzanne.

— Cette maison qui n'est même pas finie, dit Joseph.

La mère essaya de parler.

— Ne les écoutez pas, c'est une bonne maison, solide. Si je la vendais, j'en tirerais un bon prix... Trente mille francs...

— Tu peux toujours courir, dit Joseph, qui achèterait ça ? À moins d'un coup de veine, à moins de tomber sur des cinglés comme nous.

Il se tut tout à coup. Il y eut un bref silence.

— C'est vrai qu'on doit être un peu fous... dit Suzanne rêveusement.

Joseph sourit doucement à Suzanne.

— Complètement fous..., dit-il.

Et puis la conversation s'arrêta toute seule.

Suzanne suivait des yeux les danseurs. Joseph se leva, il alla inviter la femme du douanier. Il avait couché avec elle pendant des mois mais maintenant il en était dégoûté. C'était une petite femme brune, maigre. Depuis, elle couchait avec Agosti. M. Jo invita Suzanne, à chaque disque. La mère était seule à sa table. Elle bâillait. Puis les officiers du courrier et les passagères donnèrent le signal du départ. M. Jo fit encore une danse avec Suzanne.

— Vous ne voulez pas essayer mon auto? Je pourrais vous raccompagner chez vous et revenir à Ram. Ça me ferait plaisir.

Il la serrait étroitement contre lui. C'était un homme propre et soigné. S'il était laid, son auto, elle, était admirable.

— Peut-être que Joseph pourrait la conduire?

— C'est délicat, dit M. Jo, hésitant.

— Joseph peut conduire toutes les autos, dit Suzanne.

— Si vous le permettez, une autre fois, dit M. Jo, très poliment.

— On va demander à ma mère, dit Suzanne. Joseph partirait devant et on partirait après lui.

— Vous... Vous voulez que madame votre mère nous accompagne?

Suzanne s'écarta de M. Jo et le regarda. Il était déçu et ça ne l'avantageait pas. La mère, seule à sa table, n'arrêtait pas de bâiller. Elle était très fatiguée parce qu'elle avait eu beaucoup de malheurs et qu'elle était vieille et qu'elle n'avait plus l'habitude de rire, c'est ce rire qui l'avait fatiguée.

— Je voudrais, dit Suzanne, que ma mère essaye votre auto.

— Je pourrais vous revoir?

— Quand vous voudrez, dit Suzanne.

— Merci.

Il serra Suzanne encore plus fort.

Il était vraiment très poli. Elle le regarda avec une certaine compassion. Peut-être que Joseph ne pourrait pas le supporter s'il venait souvent au bungalow.

Quand la danse fut finie, la mère était debout, prête à partir. La proposition de M. Jo de reconduire la mère et Suzanne convint à tout le monde. M. Jo paya le père Bart et ils descendirent tous ensemble dans la cour de la cantine. Tandis que le chauffeur de M. Jo descendait et écartait la portière, Joseph s'engouffra dans la Léon Bollée, mit le moteur en marche et pendant cinq minutes, il essaya les vitesses. Puis il sortit en jurant et, sans dire au revoir à M. Jo, il se fixa la lampe de chasse autour de la tête, mit la B 12 en marche à la manivelle et partit seul en avant. La mère et Suzanne le regardèrent partir le cœur serré. M. Jo semblait s'être déjà accoutumé à ses manières et ne s'étonna pas.

La mère et Suzanne montèrent à l'arrière de la limousine et M. Jo, à côté de son chauffeur. Ils eurent vite fait de rattraper Joseph. Suzanne n'aurait pas voulu qu'on le dépasse mais elle n'en dit rien à M. Jo parce qu'il n'aurait sans doute pas compris. À la lueur des phares puissants de la Léon Bollée ils le virent comme en plein jour : il avait baissé ce qu'il restait du pare-brise et faisait rendre à la B 12 tout ce qu'elle pouvait donner. Il avait l'air de plus sale humeur encore qu'au départ et ne jeta pas un seul regard à la Léon Bollée lorsqu'elle le dépassa.

Un peu avant d'arriver au bungalow la mère s'endormit. Pendant toute une partie du trajet, complètement indifférente à la marche de l'auto, elle avait dû penser à cette aubaine, à M. Jo. Mais même cette aubaine n'avait pas eu raison de sa fatigue et elle s'était endormie. Elle s'endormait partout, même dans le car, même dans la B 12 qui était découverte, sans pare-brise ni capote.

Une fois arrivés au bungalow, M. Jo réitéra sa demande. Pouvait-il revenir voir ces gens avec lesquels il avait passé une si délicieuse soirée ? La mère à moitié réveillée dit cérémonieusement à M. Jo que sa maison lui était ouverte et qu'il pouvait revenir quand il le voudrait. Peu après que M. Jo fut parti, Joseph s'amena. Il claqua la porte du salon et ne desserra pas les dents. Il s'enferma dans sa chambre et comme chaque fois qu'il en avait marre il démonta tous les fusils et les graissa jusque tard dans la nuit.

Voilà donc quelle avait été leur rencontre.

M. Jo était le fils unique d'un très riche spéculateur dont la fortune était un modèle de fortune coloniale. Il avait commencé par spéculer sur les terrains limitrophes de la plus grande ville de la colonie. L'extension de la ville avait été si rapide qu'en cinq ans il avait réalisé des bénéfices suffisants pour investir à nouveau ses gains. Au lieu de spéculer sur ses nouveaux terrains, il les avait fait bâtir. Il avait fait construire des maisons de location à bon marché dites « compartiments pour indigènes » qui avaient été les premières du genre dans la colonie. Ces compartiments étaient mitoyens et donnaient tous, d'une part sur de petites cours également mitoyennes et, d'autre part, sur la rue. Ils étaient peu coûteux à construire et ils répondaient alors aux besoins de toute une classe de petits commerçants indigènes. Ils connurent une grande vogue. Au bout de dix ans, la colonie pullula de compartiments de ce genre. L'expérience démontra d'ailleurs qu'ils se prêtaient très bien à la propagation de la peste et du choléra. Mais comme il n'y avait que les propriétaires pour avoir été avertis du résultat des études que les dirigeants de la colonie avaient fait entreprendre, il y eut des locataires de compartiments en toujours plus grand nombre.

Le père de M. Jo s'intéressa ensuite aux planteurs de caoutchouc du Nord. L'essor du caoutchouc était tel que beaucoup s'étaient improvisés planteurs, du jour au lendemain, sans compétence. Leurs plantations périclitèrent. Le père de M. Jo veillait sur elles. Il les rachetait. Comme elles étaient en mauvais état, il les payait très peu de chose. Puis il les mettait en gérance, les remontait. Le caoutchouc faisait gagner beaucoup, mais trop peu à son gré. Un ou deux ans plus tard, il les revendait à prix d'or à de nouveaux venus, choisis de préférence parmi les plus inexpérimentés. Dans la plupart des cas, il put les racheter dans les deux ans.

M. Jo était l'enfant dérisoirement malhabile de cet homme inventif. Sa très grosse fortune n'avait qu'un héritier, et cet héritier n'avait pas une ombre d'imagination. C'était là le point faible de cette vie, le seul définitif : on ne spécule pas sur son enfant. On croit couver un petit aigle et il vous sort de dessous le bureau un serin. Et qu'y faire ? Quel recours a-t-on contre ce sort injuste ?

Il l'avait envoyé en Europe faire des études auxquelles il n'était pas destiné. La bêtise a sa clairvoyance : il se garda de les poursuivre. Lorsqu'il l'apprit, son père le fit revenir et tenta de l'intéresser à quelques-unes de ses affaires. M. Jo essayait honnêtement de réparer l'injustice dont son père était victime. Mais il arrive qu'on ne soit destiné à rien de précis, même pas à cette oisiveté à peine déguisée. Pourtant il s'y efforçait honnêtement. Car, honnête, il l'était, de la bonne volonté, il en avait. Mais là n'était pas la question. Et peut-être ne serait-il pas devenu aussi bête que son père même se résignait à le croire s'il n'avait pas été élevé à contresens. Seul, sans père, sans le handicap de cette étouffante fortune, peut-être aurait-il remédié avec plus de succès à sa nature. Mais son père n'avait jamais pensé que M. Jo pouvait être victime d'une injustice. Il n'avait jamais vu d'injustice que celle qui l'avait frappé, lui, en son fils. Et cette fatalité étant organique, irrémédiable, il ne pouvait que s'en attrister. Il n'avait jamais découvert la cause de l'autre injustice dont son fils était victime. Et à celle-là, pourtant, il aurait pu sans doute remédier. Il aurait suffi peut-être de déshériter M. Jo ; et M. Jo échappait à cette hérédité trop lourde qu'était pour lui l'héritage. Mais il n'y avait pas pensé. Pourtant, il était intelligent. Mais l'intelligence a ses habitudes de pensée, qui l'empêchent d'apercevoir ses propres conditions.

Ce fut là l'amoureux qui échut à Suzanne, un soir à Ram. On peut dire qu'il échut tout aussi bien à Joseph et à la mère.

La rencontre de M. Jo fut d'une importance déterminante pour chacun d'eux. Chacun mit à sa façon son espoir en M. Jo. Dès les premiers jours, dès qu'il fut évident qu'il reviendrait régulièrement au bungalow, la mère lui fit entendre qu'elle attendait sa demande en mariage. M. Jo ne déclina pas l'invite pressante de la mère. Il la tint en haleine par des promesses et surtout par divers cadeaux qu'il fit à Suzanne tout en essayant de profiter de ce répit, à la faveur du rôle avantageux qu'il pensait jouer ainsi à leurs yeux.

La première chose d'importance qu'il lui donna, un mois après leur rencontre, fut un phonographe. En apparence il le donna avec facilité comme l'on fait d'une cigarette, mais il ne négligea pas d'en tirer quelque faveur auprès de Suzanne. C'est lorsqu'il fut certain que Suzanne ne s'intéresserait jamais à sa seule personne qu'il essaya de jouer de sa fortune et des facilités qu'elle lui donnait, la première de ces facilités étant évidemment, pour lui, d'ouvrir dans leur monde prisonnier la brèche sonore, libératrice, d'un phonographe neuf. Ce jour-là M. Jo fit son deuil de l'amour de Suzanne. Et, à part le choix qu'il fit plus tard, du diamant, ce fut là le seul éclair de lucidité qui traversa sa pâle figure durant le temps qu'il la connut.

Ce n'était pas elle qui avait parlé du phonographe ni même qui y avait pensé. C'était lui, M. Jo.

Ils étaient seuls dans le bungalow, comme d'habitude, lorsqu'il lui en parla. Leur tête-à-tête durait trois heures chaque jour, temps que Joseph et la mère passaient à s'occuper de choses et d'autres dehors, en attendant l'heure d'aller à Ram dans la Léon Bollée. M. Jo arrivait après la sieste ; il enlevait son chapeau, s'asseyait nonchalamment dans un fauteuil et, trois heures durant, il attendait et attendait de Suzanne un quelconque signe d'espoir, un encouragement si mince fût-il, qui lui eût donné à croire qu'il avait effectué un progrès sur la veille. Ces tête-à-tête enchantaient la mère. Plus ils duraient et plus elle espérait. Et si elle exigeait qu'ils laissent la porte du bungalow ouverte, c'était pour ne laisser à M. Jo aucune autre issue que le mariage à l'envie très forte qu'il avait de coucher avec sa fille. C'était là-dessus que cette porte restait grande ouverte. Toujours affublée de son chapeau de paille et suivie de son caporal armé d'une binette, elle passait et repassait devant le bungalow entre les rangs des bananiers qui bordaient la piste. De temps en temps elle regardait la porte du salon d'un air satisfait : le travail qui se faisait derrière cette porte était autrement efficace que celui qu'elle se donnait l'air de faire auprès des bananiers. Joseph, lui, ne montait jamais au bungalow tant que M. Jo y était. Depuis que son cheval était mort, il s'affairait interminablement auprès de la B 12. Quand celle-ci n'avait aucun mal et ne nécessitait aucune réparation, il la lavait. Lui ne regardait jamais le bungalow. Quand il se lassait de la B 12, il s'en allait dans la campagne pour chercher un autre cheval, disait-il. Quand il ne cherchait pas un autre cheval, il allait à Ram pour rien, pour mieux fuir le bungalow.

Ainsi, Suzanne et M. Jo étaient-ils seuls toute une partie de l'après-midi, jusqu'à l'heure d'aller à Ram. De temps en temps, fidèle aux leçons de la mère et pour l'entretenir sans trop de conviction dans d'honnêtes dispositions à son égard, Suzanne demandait à M. Jo quelque précision supplémentaire sur leur mariage. C'était tout ce qu'on pouvait demander à M. Jo. Lui ne demandait rien. Il se contentait de regarder Suzanne avec des yeux troublés, de la regarder encore, d'accroître son regard d'une vue supplémentaire, comme d'habitude on fait lorsque la passion vous étouffe. Et quand il arrivait à Suzanne de s'assoupir de fatigue et d'ennui à force d'être regardée ainsi, elle le retrouvait à son réveil, la regardant encore avec des yeux encore plus débordants. Et cela n'en finissait vraiment pas. Et si au début de leurs relations il n'avait pas déplu à Suzanne d'éveiller en M. Jo de tels sentiments, elle en avait fait depuis, hélas, plusieurs fois le tour.

Pourtant ce n'était pas elle qui avait parlé du phonographe. Si inattendu que cela fût, ç'avait été lui, M. Jo, qui en avait parlé. Ce jour-là d'ailleurs il était arrivé avec un drôle d'air et dans ses yeux il y avait une mobilité inhabituelle, une lueur significative qui pouvait faire croire que, une fois n'est pas coutume, M. Jo avait peut-être une idée en tête.

— Qu'est-ce que c'est que ce phono-là ? demanda-t-il en désignant le vieux phono de Joseph.

— Vous voyez bien, dit Suzanne, c'est un phono. C'est à Joseph.

Suzanne et Joseph l'avaient toujours connu. Il avait été acheté par leur père un an avant sa mort et la mère ne s'en était jamais séparée. Avant de partir pour la concession elle avait vendu ses vieux disques et avait chargé Joseph d'en acheter de nouveaux. De ceux-là, il n'en restait que cinq que Joseph gardait jalousement dans sa chambre. Il se réservait l'usage du phono pour lui tout seul et personne d'autre que lui n'avait le droit de le faire marcher ni même de toucher à ses disques. Suzanne n'aurait d'ailleurs jamais fait ce coup-là à Joseph, mais quand même il était méfiant et chaque soir, après s'en être servi il emportait les disques dans sa chambre et les rangeait.

— C'est drôle qu'il aime tellement ce phono, disait la mère. Quelquefois elle regrettait de l'avoir emmené à la concession parce que la musique surtout donnait à Joseph l'envie de tout plaquer. Suzanne ne partageait pas ce point de vue, elle ne croyait pas que ce phono était mauvais pour Joseph. Et lorsqu'il avait fait jouer tous ses disques et qu'il déclarait invariablement : « Je me demande ce qu'on fout dans ce bled », elle l'approuvait pleinement, même si la mère gueulait. Avec *Ramona*, c'était inévitable, l'espoir que les autos qui devaient les emmener loin, ne tarderaient plus à s'arrêter, devenait plus vivace. Et, disait Joseph de ce phono, « quand on n'a pas de femmes, pas de cinéma, quand on n'a rien du tout, on s'emmerde un peu moins avec un phono ». La mère disait qu'il mentait. Il avait en effet couché avec toutes les femmes blanches de Ram en âge de coucher. Avec toutes les plus belles indigènes de la plaine de Ram à Kam. Quelquefois, quand il faisait son service de transport, il couchait avec ses clientes dans la carriole. « Je peux pas m'empêcher, s'excusait Joseph, je crois que je pourrais coucher avec toutes les femmes du monde. » Mais quand même, ce n'étaient pas ces femmes de la plaine, si belles qu'elles aient été, qui auraient pu le faire se passer de phono.

— Il est vieux, dit M. Jo, c'est un très vieux modèle. Je m'y connais en phono. Chez moi j'ai un phono électrique que j'ai rapporté de Paris. Vous ne le savez peut-être pas mais j'adore la musique.

— Nous aussi. Mais votre phono électrique c'est bon quand on a l'électricité et comme nous on l'a pas je m'en fiche qu'il en existe.

— Il n'y a pas que les phonos électriques, dit M. Jo d'un air plein de sous-entendus, il y en a d'autres qui ne sont pas électriques mais qui sont aussi bons.

Il avait l'air ravi. Il avait déjà donné à Suzanne une robe, un poudrier, du vernis à ongles, du rouge à lèvres, du savon fin et de la crème de beauté. Mais d'habitude il lui apportait les choses, spontanément sans les annoncer à l'avance. Il s'amenait, sortait un petit paquet de sa poche et le tendait à Suzanne : « Devinez ce que je vous apporte », disait-il avec malice. Suzanne prenait, ouvrait : « C'est une drôle d'idée », disait-elle. Voilà, en général, comment ça se passait. Mais ce jour-là, non. Il y avait du nouveau ce jour-là.

Du nouveau, il y en eut en effet. Après leur entretien sur les phonographes et leurs différents mérites, M. Jo demanda à Suzanne de lui ouvrir la porte de la cabine de bains afin qu'il puisse la voir toute nue, moyennant quoi il lui promit le dernier modèle de La Voix de son Maître et des disques en plus, les dernières-nouveautés-de-Paris. En effet, tandis que Suzanne se douchait comme chaque soir avant d'aller à Ram, il frappa discrètement à la cabine de bains.

— Ouvrez-moi, dit M. Jo, très doucement. Je ne vous toucherai pas, je ne ferai pas un pas, simplement je vous regarderai, ouvrez-moi.

Suzanne s'immobilisa et fixa la porte de la cabine obscure derrière laquelle se tenait M. Jo. Aucun homme ne l'avait vue vraiment nue, sauf Joseph qui montait quelquefois se laver les pieds au moment où elle prenait son bain. Mais comme ça n'avait jamais cessé de se produire depuis qu'ils étaient tout petits, ça ne pouvait pas compter. Suzanne se regarda bien, des pieds à la tête, regarda longuement ce que M. Jo lui demandait de regarder à son tour. Surprise, elle se mit à sourire sans répondre.

— Rien que le temps de vous voir, soupira M. Jo, Joseph et votre mère sont de l'autre côté. Je vous en supplie.

— Je ne veux pas, dit faiblement Suzanne.

— Pourquoi ? Pourquoi ma petite Suzanne ? J'ai tellement envie de vous voir à force de rester près de vous toute la journée. Rien qu'une seconde.

Immobile, Suzanne attendait toujours de savoir s'il le fallait. Le refus était sorti d'elle machinalement. Ç'avait été non. D'abord, non, impérieusement. Mais M. Jo suppliait encore tandis que ce non lentement s'inversait et que Suzanne, inerte, emmurée, se laissait faire. Il avait très envie de la voir. Quand même c'était là l'envie d'un homme. Elle, elle était là aussi, bonne à être vue, il n'y avait que la porte à ouvrir. Et aucun homme au monde n'avait encore vu celle qui se tenait là derrière cette porte. Ce n'était pas fait pour être caché mais au contraire pour être vu et faire son chemin de par le monde, le monde auquel appartenait quand même celui-là, ce M. Jo. Mais c'est lorsqu'elle fut sur le point d'ouvrir la porte de la cabine obscure pour que pénètre le regard de

M. Jo et que la lumière se fasse enfin sur ce mystère, que M. Jo parla du phonographe.

— Demain vous aurez votre phonographe, dit M. Jo. Dès demain. Un magnifique VOIX DE SON MAÎTRE. Ma petite Suzanne chérie, ouvrez une seconde et vous aurez votre phono.

C'est ainsi qu'au moment où elle allait ouvrir et se donner à voir au monde, le monde la prostitua. La main sur le loquet de la porte elle arrêta son geste.

— Vous êtes une ordure, dit-elle faiblement. Joseph a raison, une ordure.

Je vais lui cracher à la figure. Elle ouvrit et le crachat lui resta dans la bouche. Ce n'était pas la peine. C'était la déveine, ce M. Jo, la déveine, comme les barrages, le cheval qui crevait, ce n'était personne, seulement la déveine.

— Voilà, dit-elle, et je vous emmerde avec mon corps nu.

Joseph disait : « Et je l'emmerde avec ma B 12 » et chaque fois qu'il passait près de la Léon Bollée il lui foutait des coups de pied dans les pneus. M. Jo, accroché au chambranle de la porte, la regardait. Il était rouge et respirait mal comme s'il venait d'être frappé et qu'il allait tomber. Suzanne referma la porte. Il resta à la même place pendant un petit moment, devant la porte fermée, silencieux, puis elle l'entendit s'en retourner au salon. Elle se rhabilla très vite comme elle devait le faire chaque fois, par la suite, après s'être donnée à voir inutilement à M. Jo qui n'avait pas le regard qui convenait.

Le lendemain, avec cette ponctualité que M. Jo prenait pour une des formes les plus sûres de la dignité : « Quand je dis quelque chose, je le fais », il lui apporta le phonographe.

Elle le vit arriver ou plutôt elle vit arriver, calé sous son bras, un énorme paquet de carton. Elle, elle savait que c'était le phonographe. Elle resta sur son fauteuil, clouée par le plaisir quasi divin et clandestin de celui qui voit l'événement par lui suscité se produire et provoquer l'étonnement. Car elle n'était pas seule à l'avoir vu. La mère et Joseph aussi l'avaient vu. Et pendant qu'il passait dans le chemin, porté par M. Jo, ils l'avaient regardé fixement et ils continuaient à fixer la porte par laquelle il venait d'entrer comme s'ils en attendaient quelque signe qui leur permettrait d'en déceler le contenu. Mais Suzanne savait que ni l'un ni l'autre, surtout Joseph, ne se dérangeraient pour savoir ce que c'était, eût-il été de la grosseur d'une automobile. Montrer la moindre curiosité à propos d'une chose donnée ou apportée ou simplement montrée par M. Jo, non, aucun des deux ne s'y serait laissé aller. Jusqu'ici, il est vrai, les paquets que M. Jo apportait à Suzanne étaient plutôt petits et tenaient dans sa poche ou dans sa main, mais de celui-ci, Joseph devait logiquement se dire que, vu ses dimensions, il contenait sans doute un objet d'un intérêt plus général que les précédents. Aucun d'eux ne se souvenait d'en avoir vu un de cette taille et destiné à eux, arriver par quelque moyen que ce fût jusqu'au bungalow. À part les rondins de palétuviers, les rares lettres du cadastre ou de la banque, la visite du fils Agosti, personne ni rien de nouveau ni de neuf n'était arrivé jusque-là depuis six ans. Que cela ait été amené par M. Jo n'empêchait pas que cela vînt de bien plus loin que lui, d'une ville, d'un magasin, et que cela était neuf et n'allait servir qu'à eux seuls. Cependant, ni Joseph ni la mère ne daignaient monter. Et le comportement inhabituel de M. Jo qui leur avait crié bonjour d'une voix assurée et qui était passé nu-tête dans le chemin, sans crainte d'attraper une insolation, ne leur avait pas suffi pour qu'ils s'écartent à leur tour de leur habituelle réserve.

M. Jo arriva haletant près de Suzanne. Il posa le paquet sur la table du salon et poussa un soupir de soulagement. Ça devait être lourd. Suzanne ne bougea pas et considéra le paquet et seulement lui, ne pouvant se rassasier du mystère qu'il était encore pour eux deux là-bas, qui regardaient.

— C'est lourd, dit M. Jo. C'est le phono. Je suis comme ça, je fais ce que je dis. J'espère que vous apprendrez à me connaître, ajouta-t-il pour asseoir sa victoire, et au cas où Suzanne ne se serait pas fait cette réflexion à elle-même.

D'une part, il y avait ce phono, sur la table. Dans le bungalow. Et d'autre part, il y avait dans le cadre de la porte ouverte, la mère et Joseph, aussi assoiffés de voir que des prisonniers derrière une grille. C'était grâce à elle qu'il était maintenant là, sur la table. Elle avait ouvert la porte de la cabine de bains, le temps de laisser le regard malsain et laid de M. Jo pénétrer jusqu'à elle et maintenant le phonographe reposait là, sur la table. Et lui il était parfaitement sain et parfaitement beau. Et elle trouvait qu'elle méritait ce phonographe. Qu'elle méritait de le donner à Joseph. Car c'était naturellement à Joseph que revenaient les objets du genre du phonographe. Pour elle, il lui suffisait de l'avoir, par ses seuls moyens, extrait de M. Jo.

Frémissant, triomphant, M. Jo se dirigea vers le paquet. D'un bond,

Suzanne fut près de lui et lui interdit d'approcher. Interloqué, il laissa tomber ses bras et la regarda sans comprendre.

— Il faut les attendre, dit Suzanne.

On ne pouvait ouvrir le paquet que devant Joseph. Le phonographe ne pouvait apparaître, sortir de l'inconnu qu'en présence de Joseph. Mais c'était aussi impossible de l'expliquer à M. Jo que de lui expliquer qui était Joseph.

M. Jo se rassit et réfléchit puissamment. Son front se rida sous l'effort de sa pensée, ses yeux s'agrandirent et il fit claquer sa langue.

— J'ai pas de veine, déclara-t-il.

M. Jo se décourageait vite.

— C'est comme si j'avais craché dans l'eau, reprit-il. Rien ne vous touche, même pas mes intentions les plus délicates. Ce que vous aimez c'est les types du genre de...

Ah! cette tête que va faire Joseph devant le phono. Maintenant, ils ne pouvaient plus tarder à monter. M. Jo était venu plus tard que d'habitude sans doute à cause du phonographe et maintenant l'heure approchait où ils ne pourraient plus ne pas savoir. Quant à M. Jo, du moment qu'il avait donné le phonographe, il inexistait d'autant. Et, délesté de son auto, de son costume de tussor, de son chauffeur, peut-être serait-il devenu d'une transparence de vitrine vide, parfaite.

— Du genre de qui?

— Du genre d'Agosti et... de Joseph, dit timidement M. Jo.

Suzanne sourit très largement à M. Jo et celui-ci, pour une fois, le coup du phono aidant, soutint ce sourire.

— Eh! oui, dit-il courageusement, je dis bien, du type de Joseph.

— Vous pourriez m'en donner dix, de phonos, ce sera toujours comme ça.

M. Jo baissa la tête, effondré.

— J'ai pas de veine, voilà qu'à cause de ce phono vous me dites des méchancetés.

Sur le chemin Joseph et la mère revenaient. M. Jo qui observait le silence de la dignité offensée ne les vit pas arriver.

— Les voilà, dit Suzanne.

Elle se leva et s'approcha de M. Jo.

— Faites pas cette gueule-là.

Il en fallait peu à M. Jo pour reprendre courage. Il se leva, attira Suzanne contre lui et l'enlaça vivement.

— Je suis fou de vous, déclara-t-il sombrement. Je ne sais vraiment pas ce qui m'arrive, j'ai jamais éprouvé ça pour personne.

— Faudra rien leur dire, dit Suzanne.

Elle se dégagea machinalement de l'étreinte de M. Jo mais sans cesser de sourire à Joseph, à l'avenir qui approchait.

— De vous avoir vue toute nue hier soir j'ai pas fermé l'œil de la nuit.

— Quand ils demanderont ce que c'est, c'est moi qui leur dirai.

— Je suis moins que rien pour vous, dit M. Jo, de nouveau découragé, je le sens chaque jour davantage.

Joseph et la mère montèrent l'escalier du bungalow, Joseph en avant, et firent irruption dans le salon. Ils étaient poussiéreux et suants, leurs pieds étaient couverts de boue séchée.

— Bonjour, dit la mère, vous allez bien ?

— Bonjour madame, fit M. Jo, je vous remercie. Et vous-même ?

Se lever, s'incliner devant la mère qu'il détestait, ça M. Jo savait le faire et très bien encore.

— Nous, il faut bien que ça aille, maintenant que je me suis mis en tête cette plantation de bananiers, ça me fait durer un peu plus.

Une fois de plus M. Jo fit deux pas dans la direction de Joseph et abandonna la partie. Joseph ne disait jamais bonjour à M. Jo, c'était inutile d'insister.

Ils ne pouvaient pas ne pas avoir vu le paquet sur la table. C'était impossible. Cependant, rien ne pouvait révéler qu'ils l'avaient vu sauf l'air qu'ils avaient d'éviter de le voir, de contourner la table de loin afin de ne pas avoir à le faire de trop près, comme s'ils ne voyaient rien. Sauf aussi une espèce de sourire contenu sur le visage de la mère qui ce soir ne gueulait pas, ne se plaignait pas de sa fatigue et la supportait allégrement. Joseph traversa la salle à manger pour aller vers la cabine de bains. La mère alluma la lampe à alcool et appela le caporal. Elle hurlait pour l'appeler alors que c'était parfaitement inutile, elle le savait bien, et que c'était sa femme qu'elle aurait dû appeler pour qu'elle le prévienne. D'où qu'elle se trouvât, celle-ci courait alors à bride abattue vers son mari et lui donnait une claque dans le dos. À cette heure-là, accroupi sur le terre-plein, le caporal jouissait du répit que lui laissait enfin la mère et attendait religieusement le deuxième passage du car. Il surveillait la piste pendant tout le temps dont il disposait, parfois pendant une heure, lorsqu'ils allaient à Ram, jusqu'à ce qu'il le voie surgir de la forêt, silencieux, à la vitesse de soixante à l'heure.

— Il est de plus en plus sourd, dit la mère, il devient de plus en plus sourd.

Elle alla à la réserve, et revint dans la salle à manger, les yeux toujours baissés. Pourtant le paquet était plus visible à lui seul que tout le reste du bungalow.

— Je me suis toujours étonné que vous ayez pris un sourd, dit M. Jo, du ton ordinaire de la conversation, ça ne manque pas les domestiques dans la plaine.

D'habitude quand ils décidaient de ne pas aller à Ram, il partait quelques minutes après le retour de Joseph et de la mère. Mais ce soir, debout, adossé à la porte du salon, il attendait manifestement son heure, celle du phonographe.

— C'est vrai que ça ne manque pas, dit la mère. Mais celui-là, il a reçu tellement de coups que quand je vois ses jambes je me dis que je l'aurai sur le dos tout le reste de ma vie...

Si on ne leur disait pas assez vite le contenu du paquet ça allait peut-être mal finir. Joseph, excédé par sa curiosité, était capable de fiche un coup de pied dans la table de rotin et de s'en aller à Ram tout seul, dans la B 12. Mais Suzanne qui avait pourtant une certaine habitude des débordements de Joseph, se taisait toujours, rivée à son fauteuil. Le caporal monta, vit le paquet, le regarda longuement, puis posa le riz sur la table et commença à mettre le couvert. Quand il eut fini, la mère regarda M. Jo avec l'air de se dire qu'est-ce-qu'il-fout-là-celui-là-à-cette-heure-ci. L'heure d'aller à Ram était passée et il n'avait pas l'air de s'en douter.

— Vous pouvez rester dîner, si vous voulez, dit-elle à son adresse. Elle n'avait pas l'habitude d'être aussi aimable avec lui. Son invitation cachait sans doute l'intention sourde de faire durer le supplice de Joseph et de Suzanne. Il y avait ainsi chez elle des foyers mal éteints de jeunesse, des sursauts d'une humeur encore joueuse.

— Je vous remercie, dit M. Jo, je ne demande pas mieux.

— Il n'y a rien à bouffer, dit Suzanne, je vous préviens, toujours cette saloperie d'échassier.

— Vous ne me connaissez pas, dit M. Jo, non sans malice cette fois, j'ai des goûts simples.

Joseph revint de la cabine de bains et regarda M. Jo avec l'air de se dire qu'est-ce-qu'il-fout-là-celui-là-à-cette-heure-ci. Puis, voyant qu'il y avait quatre assiettes sur la table et qu'il fallait en passer par là, il s'assit, décidé à se nourrir coûte que coûte. Le caporal monta une seconde fois et alluma la lampe à acétylène. Dès lors, ils furent environnés par la nuit et enfermés dans le bungalow avec le paquet.

— Merde, j'ai faim, déclara Joseph. Toujours cette saloperie d'échassier ?

— Asseyez-vous, dit la mère à M. Jo.

Joseph était déjà assis, seul à table. M. Jo fumait avidement sa cigarette comme il faisait toujours en présence de Joseph. Il en avait une peur irraisonnée. Il s'assit instinctivement du côté de la table opposé au sien. La mère lui donna un morceau d'échassier et dit gentiment à Joseph, sans doute pour l'amadouer :

— Je me demande ce qu'on mangerait si tu n'étais pas là pour en tuer. Ça sent un peu le poisson mais c'est bon et c'est nourrissant, ajouta-t-elle à l'adresse de M. Jo.

— C'est peut-être nourrissant, dit Suzanne, mais c'est de la saloperie.

Les moments où ses enfants se nourrissaient trouvaient toujours la mère indulgente et patiente.

— C'est tous les soirs la même histoire, ils ne sont jamais contents.

Ils parlaient d'échassier et c'était comme si ces oiseaux avaient un rapport secret, jusque-là ignoré, avec le paquet qui reposait toujours, énorme, vierge autant qu'une bombe pas encore éclatée, sur la table de rotin. Joseph qui mangeait à toute vitesse et à pleines dents, encore plus grossièrement que d'habitude, ravalait en fait sa colère.

— C'est tous les soirs la même chose, continua Suzanne, parce que c'est tous les soirs qu'on mange de l'échassier. Y a jamais rien d'autre.

Et voilà que ce fut la mère qui trouva l'issue vers l'avenir.

Dans un sourire adorable de malice contenue, elle dit :

— C'est rare, il est vrai, qu'il y ait du nouveau dans la plaine, à tous les points de vue.

Suzanne sourit. Joseph ne consentit pas encore à avoir entendu.

— Quelquefois ça arrive, dit Suzanne.

Ravi d'avoir compris, M. Jo se mit à manger son échassier à pleines dents, contrairement à la façon très parisienne qu'il avait, au début du repas, de goûter à ce mets nouveau pour lui.

— C'est un phonographe, dit Suzanne.

Joseph s'arrêta net de manger. Sous ses paupières à demi levées, ses yeux apparurent, éclatants. Chacun le regardait, même M. Jo.

— On en a déjà un, dit Joseph, de phono.

— Je crois, dit M. Jo, que celui-ci est, comment dire ? plus moderne.

Suzanne quitta la table, alla vers le paquet. Elle déchira les bandes de papier collant et ouvrit la boîte de carton. Puis elle prit le phonographe avec précaution et le déposa sur la table de la salle à manger. Il était noir, en peau granitée avec une poignée chromée. Joseph avait cessé de manger. Il fumait et la regardait faire, fasciné. La mère était un peu déçue : le phono, comme la chasse, c'était une calamité imposée par Joseph. Suzanne souleva le couvercle et l'intérieur du phonographe apparut : un disque de drap vert, un bras en métal chromé, éblouissant. Sur la face interne du couvercle, il y avait une petite plaque de cuivre sur laquelle un petit fox-terrier était représenté assis devant un pavillon trois fois gros comme lui. Au-dessous de la plaque il y avait écrit : LA VOIX DE SON MAÎTRE. Joseph leva les yeux, regarda la petite plaque d'un air faussement connaisseur et essaya de manœuvrer le bras chromé. Puis, l'ayant regardé, ayant touché le phono avec ses mains, il oublia complètement et Suzanne, et M. Jo, et que le phono venait de M. Jo, et qu'ils étaient tous là en train de jouir de son bonheur, et les promesses qu'il avait dû se faire de n'en montrer aucune surprise, de ce phono. Il le remonta comme un somnambule, vissa une aiguille sur le bras chromé, le mit en marche, l'arrêta, le remit en marche. Suzanne retourna vers le paquet, sortit une enveloppe de disques et la lui apporta. Ils étaient tous anglais sauf un intitulé : *Un soir à Singapour*. Joseph les regarda les uns après les autres.

— C'est des conneries, déclara-t-il à voix basse, mais ça fait rien.

— J'ai choisi les nouveautés de Paris, dit timidement M. Jo un peu décontenancé devant ce déchaînement de Joseph et l'indifférence totale dans laquelle on le reléguait. Mais Joseph n'insista pas. Il s'empara du phono, le posa sur la table du salon et s'assit auprès de lui. Il prit ensuite un disque, le mit sur le plateau recouvert de drap vert et posa l'aiguille sur le disque. Une voix s'éleva, d'abord insolite, indiscrète, presque impudique au milieu de la réserve silencieuse de tous.

> *Un soir, à Singapour,*
> *Un soir,*
> *d'amour.*
> *Un soir, sous les palmiers,*
> *Un soir,*
> *d'été.*

À la fin du disque la glace était fondue. Joseph se marrait. Suzanne se marrait. Et même la mère : « C'est beau », dit-elle. M. Jo éclatait de l'envie de voir son cas reconsidéré. Il allait de l'un à l'autre, cherchant à être enfin admis comme le bienfaiteur de la famille. Mais en vain. Pour personne autour de lui il n'y avait de relation entre le phonographe et son donateur. Après *Un soir à Singapour*, Joseph fit passer les autres disques neufs, les uns après les autres, indifféremment, pour la bonne raison qu'il ne comprenait pas l'anglais. D'ailleurs ce soir on ne pouvait pas savoir s'il était sensible à la musique ou seulement au maniement du phonographe et à sa marche mécaniquement idéale.

M. Jo finit par s'en aller. Une fois qu'il fut parti, la mère demanda à Suzanne si elle savait le prix du phonographe. Suzanne avait oublié de le demander à M. Jo. La mère un peu déçue demanda machinalement à Joseph de cesser de jouer. Mais ce soir, autant lui demander de cesser de respirer. La mère sans trop insister s'enferma dans sa chambre. Une fois qu'elle fut sortie, Joseph dit : « On va jouer *Ramona*. » Il alla chercher ses vieux disques dont *Ramona* était le plus précieux.

> *Ramona, j'ai fait un rêve merveilleux.*
> *Ramona, nous étions partis tous les deux.*
> *Nous allions,*
> *Lentement*
> *Loin de tous les regards jaloux*
> *Et jamais deux amants*
> *N'avaient connu de soirs plus doux...*

Jamais Joseph ni Suzanne n'en chantaient les paroles. Ils en fredonnaient l'air. Pour eux c'était ce qu'ils avaient entendu de plus beau, de plus éloquent. L'air coulait, doux comme du miel. M. Jo prétendait que *Ramona* ne se chantait plus à Paris depuis des années déjà, mais peu leur importait. Lorsque Joseph le faisait jouer, tout devenait plus clair, plus vrai ; la mère qui n'aimait pas ce disque paraissait plus vieille et eux ils entendaient leur jeunesse frapper à leurs tempes comme un oiseau enfermé. Parfois, lorsque la mère ne gueulait pas trop et qu'ils pouvaient revenir du bain sans trop se presser, Joseph le sifflait. Lorsqu'ils partiraient ce serait cet air-là, pensait Suzanne, qu'ils siffleraient. C'était l'hymne de l'avenir, des départs, du terme de l'impatience. Ce qu'ils attendaient c'était de rejoindre cet air né du vertige des villes pour lequel il était fait, où il se chantait, des villes croulantes, fabuleuses, pleines d'amour. Il donnait à Joseph l'envie d'une femme de la ville si radicalement différente de celles de la plaine qu'elle pouvait à peine s'imaginer. À Ram, le père Bart avait aussi *Ramona* parmi ses

disques et il était moins usé que celui de Joseph. C'était après avoir
dansé avec elle sur cet air-là qu'un soir Agosti l'avait entraînée brusquement hors de la cantine jusqu'au port. Il lui avait dit qu'elle était
devenue une belle fille et il l'avait embrassée. «Je sais pas pourquoi, tout
d'un coup, j'ai eu envie de t'embrasser.» Ils étaient revenus ensemble au
bungalow. Joseph avait regardé Suzanne d'un drôle d'air et puis il lui
avait souri avec tristesse et compréhension. Depuis, le fils Agosti avait
sans doute oublié et Suzanne n'y pensait guère mais il n'en restait pas
moins que la chose était liée à l'air de *Ramona*. Et chaque fois que
Joseph le jouait, le souvenir du baiser de Jean Agosti était dans l'air.
Quand le disque fut fini, Suzanne demanda :
— Comment tu le trouves ce phono ?
— Il est formidable, puis il y a presque pas à le remonter.
Et au bout d'un moment :
— Tu lui avais demandé ?
— J'ai rien demandé du tout.
— Il te l'a donné... comme ça ?
Suzanne hésita à peine :
— Il me l'a donné comme ça.
Joseph rit silencieusement et il déclara :
— C'est un con. Mais le phono, il est formidable.

C'est peu après que M. Jo leur eut donné le phonographe qu'un soir, à Ram, Joseph prit le parti de lui parler.

M. Jo avait décidé de prolonger son séjour dans la plaine sous prétexte qu'il avait à surveiller des chargements de poivre et de latex. Il avait pris une chambre à la cantine de Ram et une autre chambre à Kam, couchant tantôt dans l'une tantôt dans l'autre afin sans doute de déjouer la surveillance de son père. Quelquefois il allait à la ville passer un jour ou deux, mais revenait, et chaque après-midi passait faire un tour à la concession. Après avoir beaucoup espéré de l'effet que ferait sa fortune sur Suzanne, il commençait à en désespérer et peut-être, cette déception aidant, commença-t-il à s'en éprendre sincèrement. La vigilance de la mère et de Joseph ne fit sans doute qu'exaspérer encore ce qu'il pensa bientôt être un grand sentiment.

Au début, le motif un peu simpliste de ses visites était de les emmener danser et s'amuser un peu à Ram.

— Je vous emmène prendre l'air, annonçait-il, sportif.

— L'air, c'est pas ça qui manque, disait Joseph, c'est comme la flotte.

Mais bientôt, cette habitude de se faire trimbaler à Ram chaque fin d'après-midi, parut leur devenir si naturelle que M. Jo négligea de les y inviter. C'était d'ailleurs Suzanne qui, en général, annonçait l'heure d'aller à Ram. Joseph y allait avec eux, malgré sa répugnance. D'abord parce qu'on y allait en une demi-heure en Léon Bollée au lieu d'une heure en B 12 et que cette performance à elle seule aurait pu le décider, ensuite parce que ça ne lui déplaisait pas de boire et même quelquefois de dîner aux frais de M. Jo. C'est alors que Joseph découvrit qu'on peut aimer boire.

Cependant il n'échappait à personne que ces sorties n'étaient proposées par M. Jo que pour éluder chaque fois, au même titre que les cadeaux, ce qu'on attendait de lui. Elles s'accomplirent d'ailleurs très rapidement dans une atmosphère de dégoût et de colère que n'arriva plus à éclaircir l'amabilité et la générosité de M. Jo. Les choses ne devenaient supportables que lorsqu'ils avaient suffisamment bu, surtout Joseph, pour négliger M. Jo jusqu'à ne plus l'apercevoir. Comme aucun des trois n'avait, et pour cause, l'habitude du champagne, l'effet désiré ne se faisait pas attendre. Même la mère qui n'aimait pas précisément boire, buvait. Elle buvait, prétendait-elle, «pour noyer sa honte».

— Après deux coupes de champagne, j'oublie pourquoi je suis venue à Ram et il me semble que c'est moi qui le roule plutôt que lui.

M. Jo, lui, buvait peu. Il avait beaucoup bu, disait-il, et l'alcool ne lui faisait presque plus d'effet. Sauf celui cependant de le rendre vis-à-vis de Suzanne d'une ferveur encore plus mélancolique. Il la regardait en dansant de façon si languissante que parfois, lorsque la cantine n'offrait pas d'autres distractions, Joseph le suivait des yeux avec intérêt.

— Il fait son Rudolph Valentino, disait-il, mais ce qui est triste c'est qu'il a une tête plutôt dans le genre tête de veau.

Cette expression ravissait la mère et elle riait. Suzanne, tout en dansant, se doutait bien de ce qui les faisait rire, mais M. Jo, non, ou plutôt, renonçait-il prudemment à chercher les causes de leurs accès de gaieté.

— C'est beau, un veau, reprenait la mère sur le ton encourageant.

Les comparaisons de Joseph étaient sans doute ces soirs-là d'un goût douteux mais cela importait peu à la mère. Elle, elle les trouvait parfaites. Au comble du dégoût, affranchie, elle prenait son verre et le levait.

— En attendant..., disait-elle.

— Tu parles, approuvait Joseph en s'esclaffant.

— Ils boivent à notre santé, disait de loin Suzanne à M. Jo, tout en dansant.

— Ça m'étonnerait, répondait M. Jo. Ils ne le font jamais quand on y est...

— C'est la timidité, disait Suzanne en souriant.

— Vous avez un sourire affolant... disait tout bas M. Jo.

— En attendant, reprenait la mère, j'ai jamais autant bu de champagne.

Joseph aimait voir la mère dans cet état d'hilarité vulgaire et assouvissante qu'il était seul à pouvoir provoquer chez elle. Parfois, quand il s'ennuyait trop, il faisait durer la plaisanterie toute la soirée et, de façon moins directe, même en présence de M. Jo. Par exemple, lorsque celui-ci ne dansait pas et qu'il chantonnait à voix basse, tout en regardant Suzanne, des chansons qu'il trouvait d'une équivoque appropriée : *Paris je t'aime, je t'aime, je t'aime...* Joseph reprenait la chanson : *Je t'aîme, je t'aîmme...* à la manière qu'il pensait être celle d'un veau. Ce qui faisait rire tout le monde, mais seulement sourire, et combien péniblement, M. Jo.

Cependant, la plupart du temps, Joseph dansait, buvait, et ne s'occupait guère de M. Jo. Quelquefois il allait bavarder avec Agosti, ou sur le port regarder charger le courrier, ou encore il allait se baigner sur la plage. Dans ce cas il l'annonçait à Suzanne et à la mère qui le suivaient, elles-mêmes suivies, mais à distance, par M. Jo. Quand il avait un peu trop bu, Joseph prétendait vouloir nager jusqu'à l'île la plus proche de la côte, à trois kilomètres de là. C'était un projet dont il ne parlait jamais à jeun mais ces soirs-là il se croyait de taille à l'accomplir. En réalité il aurait coulé bien avant d'arriver à l'île. Mais la mère se mettait à gueuler. Elle ordonnait à M. Jo de mettre la Léon Bollée en marche. Seul le ronronnement du moteur pouvait faire oublier son projet à Joseph. M. Jo, qui n'était pas sans trouver intéressant le projet de son bourreau, obéissait manifestement à regret.

Ce fut au cours d'une des soirées passées ainsi à la cantine de Ram que Joseph parla à M. Jo de Suzanne et qu'il lui exprima une fois pour toutes son point de vue. Après quoi il ne lui adressa plus la parole, sauf bien plus tard, et il le tint dans un royal dédain.

Suzanne dansait avec M. Jo comme d'habitude. Et la mère les regardait tristement. Parfois, surtout lorsqu'elle n'en buvait pas suffisamment, le champagne la faisait s'attrister davantage à la vue de M. Jo. Bien qu'il y eût du monde à la cantine ce soir-là et en particulier des passagères, Joseph ne dansait pas. Peut-être en avait-il assez de danser tous les soirs ou peut-être sa décision de parler à M. Jo lui en enlevait-elle le désir. Il le regardait qui dansait avec Suzanne de façon plus libre que d'habitude.

— C'est ce qu'on appelle un raté, commença-t-il tout à coup.

La mère n'en était pas sûre.

— Ça ne veut rien dire. Moi aussi je suis ce qu'il y a de plus raté.

Elle s'assombrit encore.

— La preuve en est que la seule solution pour moi est de marier ma fille à ce raté-là.

— Ce n'est pas la même chose, dit Joseph, tu n'as pas eu de veine. Puis au fond tu as raison, ça ne veut rien dire. Ce qui compte c'est qu'il se décide. On en a marre d'attendre.

— J'ai trop attendu, geignit la mère. Pour la concession, pour les barrages. Et rien que pour cette hypothèque des cinq hectares, ça fait deux ans que j'attends.

Joseph la regarda, comme illuminé.

— On fait que ça, attendre, mais il suffit de décider qu'on ne veut plus attendre. Je vais lui parler.

M. Jo revint de danser avec Suzanne. Pendant qu'il traversait la piste, la mère dit :

— Quelquefois, quand je le regarde c'est comme si je regardais ma vie et c'est pas beau à voir.

Dès que M. Jo se fut assis, Joseph commença.

— On s'emmerde, déclara-t-il.

M. Jo avait pris l'habitude du langage de Joseph.

— Je m'excuse, dit-il. On va commander une autre bouteille de champagne.

— C'est pas ça, dit Joseph, c'est à cause de vous qu'on s'emmerde.

M. Jo rougit jusqu'aux yeux.

— On parlait de vous, dit la mère, et on a trouvé qu'on s'ennuyait. Il y a déjà trop longtemps que ça dure et on voit très bien où vous voulez en venir. Vous avez beau nous trimbaler tous les soirs à Ram, ça ne trompe personne.

— On se disait aussi que ce n'était pas sain d'avoir envie de coucher comme ça avec ma sœur depuis plus d'un mois. Moi je pourrais jamais le supporter.

M. Jo baissa les yeux. Suzanne se dit que peut-être il allait se lever et partir. Mais sans doute avait-il si peu d'imagination qu'il n'y pensa pas. Joseph n'avait pas tellement bu, il parlait sous le coup d'une tristesse et d'un dégoût, jusque-là tellement retenus qu'on ne pouvait éviter d'être soulagé de les lui entendre enfin exprimer.

— Je ne cache pas, dit M. Jo d'une voix très basse, que j'éprouve pour votre sœur un sentiment profond.

Il parlait tous les jours à Suzanne des sentiments qu'il éprouvait pour elle. Moi si je l'épouse, ce sera sans avoir aucun sentiment pour lui. Moi je me passe de sentiments. Elle se sentait du côté de Joseph plus fortement que jamais.

— À d'autres, dit la mère, grossière tout à coup et pour tenter de prendre le ton de Joseph.

— C'est possible, dit Joseph, mais ça n'a rien à voir. Tout ce qui compte c'est que vous l'épousiez.

Il désigna la mère.

— Pour elle. Moi je crois que plus je vous connais, moins ça me plaît.

M. Jo s'était un peu repris. Il baissait les yeux obstinément. Tous regardaient cette tête close, ce personnage aussi aveugle que le cadastre, la banque, le Pacifique et contre les millions de laquelle ils pouvaient aussi peu que contre ces forces-là. Si M. Jo savait peu de choses il savait qu'il ne pouvait pas épouser Suzanne.

— On ne se décide pas, dit-il d'une voix timide, à épouser quelqu'un en quinze jours.

Joseph sourit. C'était vrai en général.

— Dans certains cas particuliers, dit-il, on peut se décider en quinze jours. C'est le cas.

M. Jo leva les yeux une seconde. Il ne comprenait pas. Joseph aurait dû essayer de s'expliquer mais c'était difficile, il n'y parvint pas.

— Si on était riches, dit la mère, ce serait différent. Chez les gens riches on peut attendre deux ans.

— Tant pis si vous ne comprenez pas, dit Joseph, c'est ça ou rien.

Il attendit un peu et dit d'une voix lente et ponctuée.

— C'est pas qu'on l'empêche de coucher avec qui elle veut, mais vous, si vous voulez coucher avec elle, faut que vous l'épousiez. C'est notre façon à nous de vous dire merde.

M. Jo leva la tête une seconde fois. Sa stupéfaction devant tant de scandaleuse franchise était telle qu'il en oubliait de s'en formaliser. D'ailleurs ce langage le concernait d'assez loin. On aurait pu se demander si Joseph n'avait pas seulement parlé pour lui seul, pour s'entendre dire ce qu'il venait de découvrir : le mot de la fin en matière des monsieurs Jo.

— Il y a longtemps que je voulais vous le dire, ajouta Joseph.

— Vous êtes durs, dit M. Jo. Je n'aurais pas cru le premier soir...

Il mentait. Il y avait bien une semaine que chacun s'y attendait.

— On ne vous force pas à l'épouser, dit la mère sur un ton de conciliation. Simplement on vous prévient.

M. Jo encaissait. La simplicité de M. Jo aurait sans doute touché bien des gens.

— Puis, dit Joseph en riant tout à coup, même si on accepte tout, les phonos, le champagne, ça ne vous avancera pas.

La mère eut un regard de vague pitié vers M. Jo.

— Nous sommes des gens très malheureux, dit-elle, sur le ton de l'explication.

M. Jo leva enfin les yeux vers la mère et trouva qu'il méritait, vu le sort injuste qu'on lui faisait, une explication.

— Je n'ai jamais été heureux moi non plus, dit-il, on m'a toujours forcé à faire des choses que je ne voulais pas faire. Depuis quinze jours je faisais un peu ce que j'aime faire et voilà que...

Joseph ne prenait plus garde à lui.

— Avant de partir, j'ai envie de faire une danse avec toi, dit-il à Suzanne. Il demanda au père Bart de mettre *Ramona*. Ils s'en allèrent tous les deux danser. Joseph ne dit pas un mot à Suzanne de la conversation avec M. Jo. Il lui parla de *Ramona*.

— Quand j'aurai un peu plus d'argent, j'achèterai un nouveau disque de *Ramona*.

La mère, de la table, les regardait danser. M. Jo, assis en face d'elle, jouait à retirer et à remettre son diamant.

— S'il est grossier quelquefois, ce n'est pas de sa faute, dit la mère, il n'a reçu aucune éducation.

— Elle se fiche de moi, dit M. Jo à voix basse, elle n'a pas dit un mot.

— Du moment que vous êtes si riche..., dit-elle.

— Ça n'a rien à voir, au contraire.

Peut-être était-il un peu moins sot qu'il n'en avait l'air.

— Faut que je me défende, déclara-t-il.

La mère regarda ce dont il lui fallait se défendre. Ils valsaient sur l'air de *Ramona*. C'était de beaux enfants. Tout compte fait, elle avait quand même fait de beaux enfants. Ils avaient l'air heureux de danser ensemble. Elle trouva qu'ils se ressemblaient. Ils avaient les mêmes épaules, ses épaules à elle, le même teint, les mêmes cheveux un peu roux, les siens aussi, et dans les yeux, la même insolence heureuse. Suzanne ressemblait de plus en plus à Joseph. Elle croyait mieux connaître Suzanne que Joseph.

— Elle est jeune, dit M. Jo d'un ton accablé.

— Pas tellement, dit la mère en souriant. Moi, à votre place, je l'épouserais.

La danse prit fin. Joseph ne daigna pas s'asseoir.

— On fout le camp, dit-il.

De ce jour, il n'adressa plus la parole à M. Jo.

Leurs rapports furent de plus en plus distants. Et réellement, ils usèrent vis-à-vis de lui d'une liberté de paroles et de manières encore plus grande qu'avant.

Toujours dans le salon et toujours couvé du regard par la mère, M. Jo apprenait à Suzanne l'art de se vernir les ongles. Suzanne était assise en face de lui. Elle portait une belle robe de soie bleue qu'il lui avait apportée, parmi d'autres choses, depuis le phonographe. Sur la table, étaient disposés trois flacons de vernis à ongles de couleur différente, un pot de crème et un flacon de parfum.

— Quand vous m'avez enlevé les peaux, ça me pique, grogna Suzanne.

M. Jo n'était pas tellement pressé d'en finir afin sans doute de garder le plus longtemps possible la main de Suzanne dans la sienne. Il avait déjà fait trois essais.

— C'est celui-ci qui vous va le mieux, dit-il enfin, contemplant son œuvre en connaisseur.

Suzanne leva sa main pour mieux la voir. Le vernis choisi par M. Jo était d'un rouge un peu orangé, qui faisait paraître sa peau plus brune. Elle n'avait pas d'avis très défini sur la question. Elle donna son autre main à vernir à M. Jo qui la prit et en embrassa l'intérieur.

— Faut se dépêcher, dit Suzanne, si on va à Ram, il y a encore l'autre main.

Dans le champ de la porte ouverte ils voyaient Joseph qui, aidé du caporal, essayait de remettre d'aplomb le petit pont de bois du chemin. Il faisait un soleil torride. De temps en temps, Joseph lançait des injures manifestement destinées à M. Jo mais que celui-ci, déjà fait sans doute à ce genre de traitement, n'avait pas l'air de prendre pour lui.

— Enfant de salaud, avec sa vingt-quatre chevaux, je l'emmerde.

— C'est vrai, disait Suzanne, c'est vous qui avez esquinté le pont, faut laisser votre auto sur la piste.

Après les ongles des mains, M. Jo lui vernit les ongles des pieds. Il avait presque fini. Elle avait posé un pied sur la table pour que le vernis sèche et il lui faisait sur l'autre les derniers « raccords ».

— Ça suffit comme ça, dit Suzanne, oubliant qu'il n'était pas du pouvoir de M. Jo, quelque envie qu'il en ait eue, de lui en vernir davantage.

M. Jo soupira, abandonna le pied de Suzanne et s'adossa au fauteuil. Il avait terminé. Il transpirait légèrement.

— Si on dansait un peu au lieu d'aller à Ram? demanda M. Jo, si on dansait avec le nouveau phono?

— Joseph ne veut pas qu'on y touche, dit Suzanne. Puis j'en ai marre de danser.

M. Jo soupira encore et prit un air suppliant.

— Ce n'est pas de ma faute si j'ai envie de vous serrer dans mes bras…

Suzanne regarda ses pieds et ses mains avec satisfaction.

— Moi j'ai envie d'être dans les bras de personne.

M. Jo baissa la tête.

— Vous me faites beaucoup souffrir, dit-il d'un ton accablé.

— Je vais m'habiller pour aller à Ram. Restez là. Si elle vous voit pas c'est moi qu'elle engueulera.

— N'ayez crainte, dit M. Jo en souriant très tristement.

Suzanne alla sur la véranda et appela.

— Joseph, on va à Ram.

— On ira si je veux, gueula la mère, c'est si je le veux seulement qu'on ira! Suzanne se retourna vers M. Jo.

— Elle dit ça mais elle ne demande pas mieux.

M. Jo se désintéressait du débat. Il regardait les jambes de Suzanne qui se dessinaient par transparence dans sa robe de soie.

— Vous êtes encore toute nue sous votre robe, dit-il, et moi j'ai jamais droit à rien.

Il paraissait parfaitement découragé et il alluma une cigarette.

— Je ne sais plus ce qu'il faut faire pour que vous m'aimiez, poursuivit-il. Je crois que si on se mariait je serais horriblement malheureux.

Au lieu d'aller s'habiller, Suzanne s'assit devant lui et le regarda avec une certaine curiosité. Mais elle se mit à se distraire de lui presque aussitôt, tout en continuant à le regarder sans le voir, comme s'il eût été transparent, et qu'il lui fallait passer par ce visage pour entrevoir les promesses vertigineuses de l'argent.

— Si on se mariait, je vous enfermerais, conclut M. Jo avec résignation.

— Quelle auto j'aurai, si on se marie?

C'était la trentième fois peut-être qu'elle posait la question. Mais de ce genre de questions elle ne se lassait jamais. M. Jo prit un air faussement indifférent.

— Celle que vous voudrez, je vous l'ai déjà dit.

— Et Joseph ?

— Je ne sais pas si je donnerai une auto à Joseph, dit précipitamment M. Jo, ça je ne peux pas vous le promettre. Je vous l'ai déjà dit.

Le regard de Suzanne cessa d'explorer les régions fabuleuses de la fortune pour revenir vers cet obstacle qui l'empêchait de s'y perdre. Son sourire s'effaça. Son visage changea tellement que M. Jo reprit presque aussitôt :

— Ça dépend de vous, vous le savez bien, de votre attitude à mon égard.

— Vous pourriez lui offrir une auto à elle, dit Suzanne avec une douceur persuasive, ce serait pareil.

— Il n'a jamais été question d'offrir une auto à votre mère, dit M. Jo d'un air désespéré, je ne suis pas aussi riche que vous le croyez.

— Pour elle ça irait encore mais si Joseph n'a pas d'auto, vous pouvez garder toutes vos autos, la mienne y compris et puis épouser qui vous voudrez.

M. Jo s'empara de la main de Suzanne pour la retenir de glisser dans la cruauté. Il avait une expression suppliante, comme près des larmes.

— Vous savez bien que Joseph aura son auto, vous me faites devenir méchant.

Suzanne se retourna vers Joseph qui avait fini de réparer le petit pont de bois. Maintenant il consolidait les piliers avec des pierres qu'il allait chercher sur la piste. Il râlait toujours.

— On leur fera réparer la prochaine fois, à ces salauds, et s'ils recommencent, on leur foutra du sable dans leur carburateur, ça manque pas ici, le sable.

Depuis quelque temps, chaque fois que Suzanne pensait à Joseph, elle avait le cœur serré, sans doute parce que Joseph n'avait encore personne et qu'elle, elle avait quand même M. Jo.

— Rien que de tenir votre main, dit celui-ci, d'une voix altérée, ça me fait un effet formidable.

Elle lui avait laissé sa main. Quelquefois elle lui laissait sa main un petit moment. Par exemple lorsqu'il était question de l'auto qu'il donnerait à Joseph s'ils se mariaient.

Il la regardait, il la respirait, il l'embrassait et en général, ça l'entretenait dans d'excellentes dispositions.

— Même si j'étais pas sa sœur ça me ferait un plaisir formidable de donner une auto à Joseph.

— Ma petite chérie, ça me fait plaisir, soyez-en sûre.

— Je crois qu'il deviendra fou si on lui donne une auto, dit Suzanne.

— Il l'aura ma petite Suzanne, il l'aura, mon petit trésor.

Suzanne souriait. J'amènerais l'auto sous le bungalow, la nuit, pendant qu'il chasserait et sur le volant je pendrais un petit carton sur lequel j'écrirais : Pour Joseph.

M. Jo serait venu jusqu'à promettre une auto au caporal pour mieux profiter de la distraction radieuse de Suzanne. Il en était vers l'avant-bras, un peu plus haut que le coude. Suzanne s'en rendit compte tout à coup.

— Je vais m'habiller, dit-elle en retirant son bras.

Elle se leva et alla s'enfermer dans la cabine de bains. Un moment après M. Jo frappa à la porte. Depuis le phonographe, il en avait pris l'habitude et elle aussi. C'était comme ça tous les soirs.

— Ouvrez-moi, Suzanne, ouvrez-moi.

— Je voudrais bien qu'elle monte en ce moment, ça ce que je le voudrais...

— Une seconde, le temps de vous voir...

— Elle ou Joseph. Il est fort Joseph. D'un coup de pied il envoie les gens dans la rivière.

M. Jo n'écoutait pas.

— Simplement un petit peu, une petite seconde.

M. Jo n'ignorait pas ce qu'il risquait. Mais il entendait le bruit de l'eau qui tombait sur Suzanne et sa terreur de Joseph elle-même n'y résistait pas. De toutes ses forces il appuyait sur la porte.

— Dire que vous êtes toute nue, dire que vous êtes toute nue, répétait-il d'une voix sans timbre.

— Vous parlez d'une affaire, dit Suzanne. Si vous étiez à ma place j'aurais pas envie de vous voir.

Quand elle évoquait M. Jo, sans son diamant, son chapeau, sa limousine, en train par exemple de se balader en maillot sur la plage de Ram, la colère de Suzanne grandissait d'autant.

— Pourquoi vous ne vous baignez pas à Ram ?

M. Jo reprit un peu de son sang-froid et appuya moins fort.

— Les bains de mer me sont interdits, dit-il avec toute la fermeté qu'il pouvait.

Heureuse, Suzanne se savonnait. Il lui avait acheté du savon parfumé à la lavande et depuis, elle se baignait deux à trois fois par jour pour avoir l'occasion de se parfumer. L'odeur de la lavande arrivait jusqu'à M. Jo et en lui permettant de mieux suivre les étapes du bain de Suzanne rendait son supplice encore plus subtil.

R O M A N   1 9 5 0

— Pourquoi les bains vous sont-ils interdits ?

— Parce que je suis de faible constitution et que les bains de mer me fatiguent. Ouvrez, ma petite Suzanne... une seconde...

— C'est pas vrai, c'est parce que vous êtes mal foutu.

Elle le devinait, collé contre la porte, encaissant tout ce qu'elle lui disait parce qu'il était sûr de gagner.

— Une seconde, rien qu'une seconde...

Elle se souvint de ce que lui avait dit Joseph à Ram. « C'est pas que je l'empêche de coucher avec qui elle veut mais vous, si vous voulez coucher avec elle, faut l'épouser. C'est notre façon à nous de vous dire merde. »

— Joseph a raison quand il dit...

M. Jo poussait sur la porte de tout son poids.

— Je me fous de ce que dit Joseph.

— C'est pas vrai, vous avez peur de Joseph, et même une trouille pas banale.

Il se tut à nouveau et il se décolla légèrement de la porte.

— Je crois, dit-il à voix basse, que je n'ai jamais vu quelqu'un d'aussi méchant que vous.

Suzanne s'arrêta de se rincer. La mère le disait aussi. Était-ce vrai ? Elle se regarda dans la glace et chercha sans le trouver un signe quelconque qui l'eût éclairée. Joseph, lui, disait que non, qu'elle n'était pas méchante mais dure et orgueilleuse, il rassurait la mère. Mais de se l'entendre dire, et même d'entendre M. Jo le dire, lui donnait une sorte d'effroi. Quand M. Jo le lui disait, elle lui ouvrait la porte. Aussi le lui disait-il de plus en plus souvent.

— Allez voir s'ils sont toujours de l'autre côté.

Elle l'entendit bondir dans le salon. Il alla se camper sur la porte d'entrée et alluma une cigarette. Il s'efforçait d'être calme mais ses mains tremblaient. Joseph et le caporal n'avaient pas fini de consoler les piliers du pont. Ils n'avaient pas l'air de vouloir rentrer tout de suite. La mère était venue se joindre à eux et paraissait très absorbée comme chaque fois qu'elle suivait un travail fait par Joseph. M. Jo revint vers la cabine de bains.

— Ils sont toujours là-bas, vite Suzanne !

Suzanne entrouvrit la porte. M. Jo fit un bond vers elle. Suzanne ferma la porte brutalement. M. Jo resta derrière.

— Maintenant allez dans le salon, dit Suzanne.

Elle commença de se rhabiller. Elle faisait vite sans se regarder. La

210

veille, il lui avait dit que si elle consentait à faire un petit voyage à la ville avec lui, il lui donnerait une bague avec un diamant. Elle lui avait demandé le prix du diamant, il ne le lui avait pas précisé mais il lui avait dit qu'il valait bien le bungalow. Elle n'en avait pas parlé à Joseph. Il lui avait dit que ce diamant était déjà chez lui, qu'il attendait qu'elle se décide pour le lui donner. Suzanne enfila sa robe. Ce n'était plus suffisant qu'elle lui ouvre la cabine de bains. Ç'avait été suffisant pour le phonographe mais ce n'était pas suffisant pour le diamant. Le diamant valait dix, vingt phonographes. Trois jours à la ville, je ne vous toucherai pas, on irait au cinéma. Il ne lui en avait parlé qu'une seule fois, la veille au soir, en dansant à Ram, tout bas. Un diamant qui valait à lui seul le bungalow.

Suzanne ouvrit la porte et alla se farder à la lumière, sur la véranda. Ensuite elle alla retrouver M. Jo au salon. C'était la seule minute de la journée où elle se demandait confusément s'il ne méritait pas tout de même quelque sympathie : après la scène de la cabine de bains on l'aurait dit écrasé, absolument accablé d'avoir à supporter, de toute sa faiblesse, un tel poids, un tel ouragan de désir. Qu'il eût été désigné pour subir une telle épreuve, cela lui rendait quelque chose d'humain. Mais Suzanne avait beau chercher, elle ne trouvait pas comment le lui dire d'une façon qui ne l'eût pas trompé. Elle l'abandonnait donc. C'était d'ailleurs à cette heure-là que la promenade à Ram, chaque soir, se décidait et ça devenait vite plus important que tout le reste. Joseph avait fini de réparer le pont mais la mère lui parlait toujours d'elle ne savait quoi.

— Vous êtes belle, dit M. Jo sans relever la tête.

Déjà on entendait les cris des enfants qui jouaient dans le rac. La mère ne se souciait pas d'aller à Ram. Elle était vieille, elle. Elle était cinglée et méchante. Il y avait des hommes qui venaient à Ram, des chasseurs, des planteurs, mais elle, qu'en aurait-elle fait ? Un jour Suzanne quitterait la plaine et la mère en même temps. Elle regarda M. Jo. Peut-être que ce serait quand même avec celui-là, parce qu'elle était si pauvre et que la plaine était si loin de toutes les villes où se trouvaient les hommes.

— Vous êtes belle et désirable, dit M. Jo.

Suzanne sourit à M. Jo.

— Je n'ai que dix-sept ans, je deviendrai encore plus belle.

M. Jo releva la tête.

— Quand je vous aurai sortie d'ici, vous me quitterez, j'en suis sûr.

La mère et Joseph remontaient l'escalier. Ils avaient très chaud. Joseph s'essuyait le front avec un mouchoir. La mère avait enlevé son chapeau de paille et une marque rouge barrait ses tempes.

— Te voilà bien, dit Joseph à Suzanne, tu sais pas te farder, on dirait une vraie putain.

— Elle ressemble à ce qu'elle est, dit la mère. Quel besoin de lui apporter tout ça ?

Elle s'affala dans un fauteuil pendant que Joseph, dégoûté, allait dans sa chambre.

— On va à Ram ? demanda Suzanne.

— Qu'est-ce que vous avez foutu tous les deux ? demanda la mère à M. Jo.

— Madame, je respecte trop votre fille...

— Si jamais je m'aperçois de quelque chose je vous force à l'épouser dans les huit jours.

M. Jo se leva et s'adossa à la porte. Comme toujours en présence de la mère ou de Joseph, il fumait sans arrêt et ne restait jamais assis.

— On n'a rien fait, dit Suzanne, on s'est même pas touché, t'en fais pas, je suis pas assez bête, je sais bien...

— Tais-toi. T'as rien compris du tout.

M. Jo sortit sur la véranda. Suzanne ne se demanda plus s'ils iraient à Ram. Avec la mère on ne pouvait pas savoir. Il ne fallait pas compter sur Joseph qui éprouvait à l'égard de M. Jo une telle répugnance qu'il ne parlerait pas de Ram malgré son envie quotidienne d'y aller. La mère attira à elle un fauteuil et allongea ses jambes. On voyait le dessous de ses pieds qui rappelaient un peu ceux du caporal, la peau en était dure et rongée par les cailloux du terre-plein. De temps en temps elle soupirait fortement et elle s'épongeait le front. Elle était rouge et congestionnée.

— Donne-moi du café.

Suzanne se leva et alla prendre le litre de café froid sur le buffet. Elle en versa dans une tasse et le lui porta. La mère geignit doucement en prenant la tasse des mains de Suzanne.

— Je n'en peux plus, donne-moi mes pilules.

Suzanne alla chercher les pilules et les lui rapporta. Elle obéissait en silence. Le mieux c'était ça, obéir en silence : la colère de la mère fondait toute seule. M. Jo était toujours sur la véranda. Joseph prenait sa douche : on entendait le bruit de la boîte qui cognait la jarre dans la cabine de bains. Le soleil était presque couché. Les enfants sortaient du rac et couraient déjà vers les cases.

— Donne-moi mes lunettes.

Suzanne alla chercher les lunettes dans la chambre et les lui ramena. Elle pouvait lui demander encore bien des choses, son livre de comptes, son sac. Il fallait lui obéir. C'était son plaisir d'éprouver la patience de ses enfants, c'était sa douceur. Quand elle eut ses lunettes, elle les mit et commença à examiner Suzanne à la dérobée, avec beaucoup d'attention. Suzanne, assise face à la porte, savait qu'elle la regardait. Elle savait aussi ce qui s'ensuivrait et elle essayait d'éviter son regard. Elle ne pensait plus à Ram.

— Est-ce que tu lui as parlé ? demanda-t-elle enfin.

— Je lui en parle tout le temps. Je crois que c'est à cause de son père qu'il ne se décide pas.

— Faudra que tu lui demandes une bonne fois. S'il est pas décidé d'ici trois jours je lui parlerai et je lui donnerai une semaine pour se décider.

— C'est pas qu'il veuille pas mais c'est son père. Son père voudrait qu'il se marie avec une fille riche.

— Il peut courir, tout riche qu'il est, une fille riche, qui a le choix, ne voudra pas de lui. Faut être dans notre situation pour qu'une mère donne sa fille à un homme pareil.

— Je lui parlerai, t'en fais pas.

La mère se tut. Elle continuait à regarder Suzanne.

— T'as rien fait avec lui, c'est vrai ?

— Rien. D'abord, j'en ai pas envie.

La mère soupira, puis, timidement, à voix basse :

— Comment feras-tu s'il marche ?

Suzanne se retourna et la regarda en souriant. Mais la mère ne souriait pas et les coins de sa bouche tremblaient. Peut-être qu'elle allait encore chialer.

— Je me débrouillerai bien, dit Suzanne, tu parles comme je me débrouillerai...

— Si c'est plus fort que toi, je préfère que tu restes ici. Tout ça c'est de ma faute...

— Tais-toi, dit Suzanne, dis pas de bêtises, c'est la faute de personne.

— C'est vrai, c'est pourtant vrai.

— Tais-toi, supplia Suzanne, tais-toi. Allons à Ram.

— Oui, allons-y, c'est toujours ça de pris, si ça vous fait tant plaisir.

La mère changea d'avis : elle décida qu'ils ne devaient plus rester seuls à l'intérieur du bungalow, même avec la porte ouverte. Sans doute trouvait-elle que ce n'était plus suffisant pour exaspérer l'impatience de M. Jo. Du moment que celui-ci attendait toujours on ne savait quoi, disait-elle, alors qu'elle le savait fort bien, pour faire sa demande en mariage, ce n'était plus suffisant.

C'était donc sur les talus qui bordaient le rac, à l'ombre du pont, que Suzanne recevait M. Jo. Tous attendaient qu'il se décide. La mère lui avait parlé et lui avait donné huit jours pour le faire. M. Jo avait accepté le délai. Il avoua à la mère que son père avait pour lui d'autres projets et que bien qu'il y eût peu de jeunes filles, dans cette colonie, de fortune digne de la sienne, il y en avait quand même suffisamment pour qu'il lui soit très difficile de faire fléchir son père. Il lui promit cependant d'employer toutes ses forces pour y arriver. Mais tandis que les jours passaient pendant lesquels il disait tout tenter auprès de son père, il parlait de plus en plus, mais à Suzanne seule, du diamant. Il valait à lui seul tout le bungalow. Il le lui donnerait si elle consentait à faire avec lui un petit voyage de trois jours à la ville.

Suzanne le recevait à l'endroit où, quelques semaines plus tôt, elle guettait les autos des chasseurs.

— J'ai jamais été traité comme ça, dit M. Jo.

Suzanne rit. Elle aussi elle préférait recevoir M. Jo là, elle était d'accord avec la mère. Puis maintenant elle prenait son bain en toute tranquillité pendant que M. Jo l'attendait sous le pont. Il devenait ainsi un personnage d'un ridicule presque irrésistible, et elle le supportait mieux.

— Si je disais ça à mes amis, on ne me croirait pas, poursuivit M. Jo.

L'après-midi était encore brûlant et le soleil était haut dans le ciel. Les plus petits enfants faisaient encore la sieste à l'ombre des manguiers.

Les plus grands surveillaient les buffles, les uns perchés sur leur dos, les autres tout en pêchant dans les marigots. Tous chantaient. Leurs petites voix s'élevaient, perçantes, dans l'air calme et brûlant.

La mère taillait ses bananiers. Le caporal les butait et les arrosait derrière elle.

— Il y a déjà trop de bananiers dans la plaine, dit ironiquement M. Jo, ici, on les donne aux cochons.

— Faut la laisser faire, dit Suzanne.

La mère feignait de croire que ses bananiers, exceptionnellement soignés, donneraient des fruits exceptionnellement beaux et qu'elle pourrait les vendre. Mais surtout elle aimait planter, n'importe quoi et jusqu'à des bananiers dont la plaine regorgeait. Même depuis l'échec des barrages, il ne se passait pas de jour sans qu'elle plante quelque chose, n'importe quoi qui pousse et qui donne du bois ou des fruits ou des feuilles, ou rien, qui pousse simplement. Il y avait quelques mois elle avait planté un guau. Les guaus mettent cent ans à devenir des arbres et servent alors à l'ébénisterie. Elle l'avait planté un jour de tristesse où sans doute elle désespérait tout à fait de l'avenir et où elle se trouvait à court d'idées. Une fois qu'elle l'eut planté elle considéra le guau en pleurant et en se lamentant de ne pouvoir laisser de traces plus utiles de son passage sur la terre qu'un guau dont elle ne verrait même pas les premières fleurs. Le lendemain elle chercha la place du guau mais en vain : Joseph l'avait arraché et jeté à la rivière. La mère se mit en colère. «Les trucs qui mettent cent ans à pousser, expliqua Joseph, moi ça me fait chier de les voir tout le temps.» La mère s'était inclinée et depuis elle se rabattait sur les plantes à croissance rapide. «T'as assez de raisons de chialer, lui avait dit Joseph, sans en chercher d'autres. T'as qu'à planter des bananiers.» C'était ce qu'elle avait fait, elle s'était rabattue en particulier sur les bananiers.

Quand ce n'était pas aux plantes, c'était aux enfants que la mère s'intéressait.

Il y avait beaucoup d'enfants dans la plaine. C'était une sorte de calamité. Il y en avait partout, perchés sur les arbres, sur les barrières, sur les buffles, qui rêvaient, ou accroupis au bord des marigots, qui pêchaient, ou vautrés dans la vase à la recherche des crabes nains des rizières. Dans la rivière aussi on en trouvait qui pataugeaient, jouaient ou nageaient. Et à la pointe des jonques qui descendaient vers la grande mer, vers les îles vertes du Pacifique, il y en avait aussi qui souriaient, ravis, enfermés jusqu'au cou dans de grands paniers d'osier, qui souriaient mieux que personne n'a jamais souri au monde. Et toujours avant d'atteindre les villages du flanc de la montagne, avant même d'avoir aperçu les premiers manguiers, on rencontrait les premiers enfants des villages de forêt, tout enduits de safran contre les moustiques et suivis de leurs bandes de chiens errants. Car partout où ils allaient, les enfants traînaient derrière eux leurs compagnons, les chiens errants, efflanqués, galeux, voleurs de basses-cours, que les Malais chassaient à coups de pierre et qu'ils ne consentaient à manger qu'en période de grande famine, tant ils étaient maigres et coriaces. Seuls les enfants s'accommodaient de leur compagnie. Et eux n'auraient sans doute eu qu'à mourir s'ils n'avaient pas suivi ces enfants, dont les excréments étaient leur principale nourriture.

Dès le coucher du soleil les enfants disparaissaient à l'intérieur des paillotes où ils s'endormaient sur les planchers de lattes de bambous, après avoir mangé leur bol de riz. Et dès le jour ils envahissaient de nouveau la plaine, toujours suivis par les chiens errants qui les attendaient toute la nuit, blottis entre les pilotis des cases, dans la boue chaude et pestilentielle de la plaine.

Il en était de ces enfants comme des pluies, des fruits, des inondations. Ils arrivaient chaque année, par marée régulière, ou si l'on veut, par récolte ou par floraison. Chaque femme de la plaine, tant qu'elle était assez jeune pour être désirée par son mari, avait son enfant chaque année. À la saison sèche, lorsque les travaux des rizières se relâchaient, les hommes pensaient davantage à l'amour et les femmes étaient prises naturellement à cette saison-là. Et dans les mois suivants les ventres grossissaient. Ainsi, outre ceux qui en étaient déjà sortis il y avait ceux qui étaient encore dans les ventres des femmes. Cela continuait régulièrement, à un rythme végétal, comme si d'une longue et profonde respiration, chaque année, le ventre de chaque femme se gonflait d'un enfant, le rejetait, pour ensuite reprendre souffle d'un autre.

Jusqu'à un an environ, les enfants vivaient accrochés à leur mère, dans un sac de coton ceint au ventre et aux épaules. On leur rasait la tête jusqu'à l'âge de douze ans, jusqu'à ce qu'ils soient assez grands pour s'épouiller tout seuls et ils étaient nus à peu près jusqu'à cet âge aussi. Ensuite ils se couvraient d'un pagne de cotonnade. À un an la mère les lâchait loin d'elle et les confiait à des enfants plus grands, ne les reprenant que pour les nourrir, leur donner, de bouche à bouche, le riz préalablement mâché par elle. Lorsqu'elle le faisait par hasard devant un Blanc, le Blanc détournait la tête de dégoût. Les mères en riaient. Qu'est-ce que ces dégoûts-là pouvaient bien représenter dans la plaine ? Il y avait mille ans que c'était comme ça qu'on faisait pour nourrir les enfants. Pour essayer plutôt d'en sauver quelques-uns de la mort. Car il en mourait tellement que la boue de la plaine contenait bien plus d'enfants morts qu'il n'y en avait eu qui avaient eu le temps de chanter sur les buffles. Il en mourait tellement qu'on ne les pleurait plus et que depuis longtemps déjà on ne leur faisait pas de sépulture. Simplement, en rentrant du travail, le père creusait un petit trou devant la case et il y couchait son enfant mort. Les enfants retournaient simplement à la terre comme les mangues sauvages des hauteurs, comme les petits singes de l'embouchure du rac. Ils mouraient surtout du choléra que donne la mangue verte, mais personne dans la plaine ne semblait le savoir. Chaque année, à la saison des mangues, on en voyait, perchés sur les branches, ou sous l'arbre, qui attendaient, affamés, et les jours qui suivaient, il en mourait en plus grand nombre. Et d'autres, l'année d'après, prenaient la place de ceux-ci, sur ces mêmes manguiers et ils mouraient à leur tour car l'impatience des enfants affamés devant les mangues vertes est éternelle. D'autres se noyaient dans le rac. D'autres encore mouraient d'insolation ou devenaient aveugles. D'autres s'emplissaient des mêmes vers que les chiens errants et mouraient étouffés.

Et il fallait bien qu'il en meure. La plaine était étroite et la mer ne reculerait pas avant des siècles, contrairement à ce qu'espérait toujours la mère. Chaque année, la marée qui montait plus ou moins loin, brûlait en tout cas une partie des récoltes et, son mal fait, se retirait. Mais qu'elle montât plus ou moins loin, les enfants, eux, naissaient toujours avec acharnement. Il fallait bien qu'il en meure. Car si pendant quelques années seulement, les enfants de la plaine avaient cessé de mourir, la plaine en eût été à ce point infestée que sans doute, faute de pouvoir les nourrir, on les aurait donnés aux chiens, ou peut-être les aurait-on exposés aux abords de la forêt, mais même alors, qui sait, les tigres eux-mêmes auraient peut-être fini par ne plus en vouloir. Il en mourait donc et de toutes les façons, et il en naissait toujours. Mais la plaine ne donnait toujours que ce qu'elle pouvait de riz, de poisson, de mangues, et la forêt, ce qu'elle pouvait aussi de maïs, de sangliers, de poivre. Et les bouches roses des enfants étaient toujours des bouches en plus, ouvertes sur leur faim.

La mère en avait toujours eu un ou deux chez elle pendant les premières années de son séjour dans la plaine. Mais maintenant elle en était un peu dégoûtée. Car avec les enfants non plus elle n'avait pas eu de chance. Le dernier dont elle s'était occupée était une petite fille d'un an qu'elle avait achetée à une femme qui passait sur la piste. La femme qui avait un pied malade avait mis huit jours pour venir de Ram ; tout le long de la route elle avait essayé de donner son enfant. Dans les villages où elle s'était arrêtée on lui avait dit : « Allez jusqu'à Banté, il y a là une femme blanche qui s'intéresse aux enfants. » La femme avait réussi à arriver jusqu'à la concession. Elle expliqua à la mère que son enfant la gênait pour retourner dans le Nord et qu'elle ne pourrait jamais la porter jusque-là. Une plaie terrible lui avait dévoré le pied à partir du talon. Elle disait qu'elle aimait tellement son enfant qu'elle avait fait trente-cinq kilomètres en marchant sur la pointe du pied malade pour venir la lui apporter. Mais elle n'en voulait plus. Elle voulait essayer de trouver une place sur le toit d'un car et rentrer chez elle dans le Nord. Elle venait de Ram où elle avait fait du portage pendant un an. La mère avait gardé la femme pendant quelques jours et essayé de lui soigner le pied. Pendant trois jours la femme avait dormi sur une natte à l'ombre du bungalow, ne se levant que pour manger et se rendormant aussitôt après, sans demander des nouvelles de son enfant. Puis elle avait fait ses adieux à la mère. Celle-ci lui avait donné un peu d'argent pour prendre le car une partie du chemin vers le Nord. Elle avait voulu lui rendre son enfant, mais la femme était encore jeune et belle et voulait vivre. Elle avait refusé avec obstination. La mère avait gardé l'enfant. C'était une petite fille d'un an à laquelle on aurait donné trois mois. La mère, qui s'y connaissait, avait vu dès le premier jour qu'elle ne pourrait pas vivre longtemps. Cependant on ne sait pourquoi il lui avait pris la fantaisie de lui faire construire un petit berceau qu'elle avait placé dans sa chambre et elle lui avait fait des vêtements.

La petite fille vécut trois mois. Puis un matin en effet, tandis qu'elle la déshabillait pour la laver, la mère s'aperçut que ses petits pieds étaient enflés. La mère ne la lava pas ce jour-là, elle la recoucha et l'embrassa longuement : « C'est la fin, dit-elle, demain ça sera ses jambes et après ça sera son cœur. » Elle la veilla pendant les deux jours et la nuit qui précédèrent sa mort. L'enfant étouffait et rendait des vers qu'elle lui retirait de la gorge en les enroulant autour de son doigt. Joseph l'avait enterrée dans une clairière de la montagne, dans son petit lit. Suzanne avait refusé de la voir. Ç'avait été bien pire que pour le cheval, pire que tout, pire que les barrages, que M. Jo, que la déveine. La mère, qui pourtant s'y attendait, avait pleuré des jours et des jours, elle s'était mise en colère, elle avait juré de ne plus s'occuper d'enfants, « ni de près ni de loin ».

Puis, comme pour le reste, elle avait recommencé. Maintenant, pourtant, elle n'en prenait plus chez elle.

— Faut la laisser faire, dit Suzanne, personne peut l'empêcher de faire ce qu'elle veut.

En attendant, elle les forçait à rester dehors.

— Non, vraiment, j'ai jamais été traité comme ça, répéta M. Jo.

Et il lorgna la mère d'un regard plein de haine. Maintenant, chaque jour il risquait sa peau à cause d'elle. Il n'y avait pas toujours de l'ombre sous le pont et il se sentait guetté par les insolations. Lorsqu'il le lui avait fait entendre, la mère lui avait répondu : «Raison de plus pour vous dépêcher de l'épouser.»

— En ce moment, dit-il, les programmes de cinéma sont très bons.

Suzanne, pieds nus, jouait à attraper des brins d'herbe entre ses orteils. Sur le talus, en face d'elle, un buffle paissait lentement et sur son échine il y avait un merle qui se délectait de ses poux. C'était là tout le cinéma qu'il y avait dans la plaine. Ça et puis les rizières et encore les rizières qui s'étalaient et s'étalaient toutes pareilles depuis Ram jusqu'à Kam, sous un ciel gris fer.

— Elle voudra jamais, dit Suzanne.

M. Jo ricana. Dans son milieu à lui, M. Jo, il était entendu que les filles se gardaient vierges jusqu'au mariage. Mais il savait bien qu'ailleurs, dans d'autres milieux, ce n'était pas le cas. Il trouvait que ceux-là, étant donné le leur, de milieu, manquaient pour le moins de naturel.

— C'est pas une jeunesse que vous avez, dit-il, elle a oublié la sienne, elle, c'est pas possible.

Il est vrai qu'elle en avait assez de la plaine, de ces enfants qui mouraient toujours, de cet éternel soleil-roi, de ces espaces liquides et sans fin.

— C'est pas la question, elle veut pas que je couche avec vous.

Il ne répondit pas. Suzanne attendit un moment :

— On irait tous les soirs au cinéma ?

— Tous les soirs, confirma M. Jo.

Il avait mis un journal sous lui pour ne pas se salir. Il transpirait beaucoup mais peut-être n'était-ce pas tant à cause de la chaleur qu'à force de regarder la nuque de Suzanne qui lentement naissait sous ses cheveux. Jamais il ne l'avait touchée. Les autres veillaient férocement.

— Tous les soirs au cinéma ?

— Tous les soirs, répéta M. Jo.

Pour Suzanne comme pour Joseph, aller chaque soir au cinéma, c'était, avec la circulation en automobile, une des formes que pouvait prendre le bonheur humain. En somme, tout ce qui portait, tout ce qui vous portait, soit l'âme, soit le corps, que ce soit par les routes ou dans les rêves de l'écran plus vrais que la vie, tout ce qui pouvait donner l'espoir de vivre en vitesse la lente révolution d'adolescence, c'était le bonheur. Les deux ou trois fois qu'ils étaient allés à la ville ils avaient passé leurs journées presque entières au cinéma et ils parlaient encore des films qu'ils avaient vus avec autant de précision que s'il se fût agi de souvenirs de choses réelles qu'ils auraient vécues ensemble.

— Et après le cinéma?

— On irait danser, tout le monde vous regarderait. Vous seriez la plus belle de toutes.

— C'est pas forcé. Et après?

Jamais la mère n'accepterait. Et même si elle acceptait, Joseph, lui, n'accepterait jamais.

— On irait se coucher, dit M. Jo, je ne vous toucherais pas.

— C'est pas vrai.

Elle ne croyait plus à ce voyage. D'ailleurs, elle pensait avoir épuisé toutes les surprises que pouvait réserver M. Jo et ça lui était devenu égal. Depuis quelques jours elle en était revenue machinalement à guetter les autos des chasseurs en même temps qu'elle parlait avec lui de la ville, de cinémas, de mariage.

— Quand est-ce qu'on se marie? demanda-t-elle, non moins machinalement, il vous reste pas beaucoup de jours.

— Je vous le répète, dit M. Jo avec lenteur, quand vous m'aurez donné une preuve de votre amour. Si vous acceptez de faire ce voyage, au retour je ferai ma demande à votre mère.

Suzanne rit encore et se tourna vers lui. Il baissa les yeux.

— C'est pas vrai, dit-elle.

M. Jo rougit.

— Il n'est pas encore temps d'en parler, reprit-il, ce serait inutile.

— Votre père vous déshériterait, dites pas le contraire.

La mère lui avait répété la conversation qu'elle avait eue avec lui.

— Votre père c'est un con fini, comme dit Joseph, lui il le dit de vous.

M. Jo ne répondit pas. Il alluma une cigarette, il avait l'air d'attendre que ça se passe. Suzanne bâilla. C'était la mère qui lui demandait de lui poser tous les jours la question. Elle était très pressée. Une fois Suzanne mariée, M. Jo lui donnerait de quoi reconstruire ses barrages (qu'elle prévoyait deux fois plus importants que les autres et étayés par des poutres de ciment), terminer le bungalow, changer la toiture, acheter une autre auto, faire arranger les dents de Joseph. Maintenant elle trouvait que Suzanne était responsable du retard apporté à ses projets. Ce mariage était nécessaire, disait-elle. Il était même leur seule chance de sortir de la plaine. S'il ne se faisait pas, ce serait un échec de plus, au même titre que les barrages. Joseph, lui, la laissait dire puis concluait : «Il marchera jamais et c'est tant mieux pour elle.» Suzanne savait que ce mariage ne se ferait jamais. Elle n'avait plus rien à dire à M. Jo. Cent fois il lui avait décrit sa fortune et les autos qu'elle aurait une fois qu'ils seraient mariés. Maintenant c'était inutile qu'ils en parlent. Comme du reste d'ailleurs, comme de ce petit voyage et de ce diamant.

Elle s'ennuya tout à coup davantage. Elle aurait voulu que M. Jo s'en aille et que Joseph revienne pour se baigner avec lui dans le rac. Depuis que M. Jo venait, elle ne voyait presque plus son frère, d'abord parce qu'il disait ne pas «pouvoir respirer» auprès de M. Jo, ensuite parce qu'il était dans le plan de la mère de les laisser seuls, elle et M. Jo, le plus longtemps possible chaque jour. Suzanne ne voyait Joseph qu'à la cantine de Ram où quelquefois il l'invitait à danser et où il leur arrivait de se baigner dans la mer. Mais comme M. Jo ne se baignait pas, la mère trouvait maladroit de le forcer à s'isoler. Elle craignait que ça ne le rende méchant. Et en effet quand ils se baignaient à Ram, M. Jo regardait Joseph avec un regard d'assassin. Mais d'un coup de poing Joseph aurait fracassé M. Jo. C'était tellement évident lorsqu'on les voyait l'un près de l'autre que M. Jo lui-même devait se rassurer : il était trop faible, trop léger pour Joseph, et il pouvait le détester en toute tranquillité.

— Je les ai apportés, dit M. Jo avec calme.

Suzanne sursauta.

— Quoi ? les diamants ?

— Les diamants. Vous pouvez choisir, vous pouvez toujours choisir, on ne sait jamais.

Elle le regarda, sceptique. Mais déjà il avait sorti de sa poche un petit paquet entouré de papier de soie et il le dépliait lentement. Trois papiers de soie tombèrent à terre. Trois bagues s'étalèrent dans le creux de sa main. Suzanne n'avait jamais vu de diamants que sur les doigts des autres et encore, de tous les gens qu'elle avait vus en porter, elle n'avait approché que M. Jo. Les bagues étaient là, avec leurs anneaux vides dans la main tendue de M. Jo.

— Ça vient de ma mère, dit M. Jo, avec sentiment, elle les aimait à la folie.

Que ça vienne d'où que ça veuille. Ses doigts à elle étaient vides de bagues. Elle approcha sa main, prit la bague dont la pierre était la plus grosse, la leva en l'air et la regarda longuement avec gravité. Elle baissa sa main, l'étala devant elle et enfila la bague dans son annulaire. Ses yeux ne quittaient pas le diamant. Elle lui souriait. Lorsqu'elle était une petite fille et que son père vivait encore elle avait eu deux bagues d'enfant, l'une ornée d'un petit saphir, l'autre d'une perle fine. Elles avaient été vendues par la mère.

— Combien elle vaut?

M. Jo sourit comme quelqu'un qui s'y attendait.

— Je ne sais pas, peut-être vingt mille francs.

Instinctivement Suzanne regarda la chevalière de M. Jo : le diamant était trois fois plus gros que celui-ci. Mais alors l'imagination se perdait... C'était une chose d'une réalité à part, le diamant ; son importance n'était ni dans son éclat ni dans sa beauté mais dans son prix, dans ses possibilités, inimaginables jusque-là pour elle, d'échange. C'était un objet, un intermédiaire entre le passé et l'avenir. C'était une clef qui ouvrait l'avenir et scellait définitivement le passé. À travers l'eau pure du diamant l'avenir s'étalait en effet, étincelant. On y entrait, un peu aveuglé, étourdi. La mère devait quinze mille francs à la banque. Avant d'acheter la concession elle avait donné des leçons à quinze francs l'heure, elle avait travaillé à l'Éden chaque soir pendant dix ans à raison de quarante francs par soirée. Au bout de dix ans, avec ses économies faites chaque jour sur ces quarante francs, elle avait réussi à acheter la concession. Suzanne connaissait tous ces chiffres : le montant des dettes à la banque, le prix de l'essence, le prix d'un mètre carré de barrage, celui d'une leçon de piano, d'une paire de souliers. Ce qu'elle ne savait pas jusque-là c'était le prix du diamant. Il lui avait dit, avant de le lui montrer, qu'il valait à lui seul le bungalow entier. Mais cette comparaison ne lui avait pas été aussi sensible qu'en ce moment où elle venait de l'enfiler, minuscule, à l'un de ses doigts. Elle pensa à tous les prix qu'elle connaissait en comparaison de celui-ci et tout à coup, elle fut découragée. Elle se renversa sur le talus et ferma les yeux sur ce qu'elle venait d'apprendre. M. Jo s'étonna. Mais il devait commencer à en avoir l'habitude, de s'étonner, car il ne lui dit rien.

— C'est celle-là qui vous plairait le plus? demanda-t-il doucement au bout d'un moment.

— Je ne sais pas, c'est la plus chère que je voudrais, dit Suzanne.

— Vous ne pensez qu'à ça, dit M. Jo.

Et ce disant, il rit un peu cyniquement.

— C'est la plus chère, répéta Suzanne avec sérieux.

M. Jo se dépita.

— Si vous m'aimiez...

— Même si je vous aimais. C'est impossible, si jamais vous me la donniez on la vendrait.

Au loin sur la piste, Joseph arrivait. Il était décidé à trouver un autre cheval et il courait de village en village depuis huit jours. Dès qu'elle l'aperçut, Suzanne se dressa. Elle eut un rire joyeux, strident. Elle l'appela et alla vers lui.

— Joseph, viens voir!

Joseph vint à sa rencontre sans se presser. Il portait une chemise kaki et un short de même couleur. Son casque était posé tout en arrière de sa tête. Il était pieds nus comme toujours. Depuis qu'elle connaissait M. Jo, Suzanne le trouvait beaucoup plus beau qu'autrefois. Quand Joseph fut tout près, Suzanne tendit la main et au-dessus des doigts tendus, Joseph vit le diamant. Il ne marqua aucune surprise. C'était trop petit peut-être un diamant. Une auto l'aurait sûrement impressionné mais un diamant ne l'impressionnait pas. Joseph ne savait rien encore de ces choses sur les diamants. Suzanne le regretta. Il allait les apprendre à son tour.

Après avoir regardé distraitement la bague, Joseph lui parla de son cheval.

— Pas moyen d'en trouver un à moins de cinq cents francs. C'est pas un pays pour les chevaux, même pas pour les chevaux, ils sont tous crevés.

Suzanne, debout près de lui, lui montrait sa main tendue.

— Regarde!

Joseph regarda encore.

— C'est une bague, dit-il.

— Un diamant, dit Suzanne, ça vaut vingt mille francs.

Joseph regarda encore.

— Vingt mille francs? Merde! dit Joseph.

Il commença par sourire. Puis il réfléchit. Puis, résolu tout à coup à vaincre sa répugnance, il se dirigea vers M. Jo qui était à cinquante mètres de là, sous le pont. Suzanne le suivit. Il s'approcha très près de M. Jo, s'assit près de lui et se mit à le regarder fixement.

— Pourquoi que vous lui avez donné ça? demanda-t-il au bout d'un petit moment.

M. Jo, très pâle, regardait ses pieds. Suzanne intervint.

— Il me l'a pas donné, dit Suzanne tout en regardant à son tour M. Jo.

Joseph paraissait ne pas comprendre.

— Il me l'a prêtée, comme ça, pour me la faire essayer.

Joseph fit une moue et cracha dans le rac. Puis il fixa de nouveau M. Jo qui s'était mis à fumer et l'ayant bien regardé, il cracha de nouveau dans le rac. Cela dura. Joseph réfléchissait et ponctuait ses réflexions de crachats dans le rac.

— Si c'est pas pour lui donner, dit-il enfin, c'est pas la peine.

— Ça ne presse pas, dit M. Jo d'une voix blanche.

— Faut lui rendre, dit Joseph à Suzanne.

Puis, se tournant de nouveau vers M. Jo :

— Vous lui avez apporté comme ça, rien que pour lui montrer ?

M. Jo fit un effort mais il ne trouva sans doute pas quoi répondre. Joseph, en face de lui, avait l'air de se retenir de faire quelque chose. Sa voix était rêche, rapide, pas du tout criarde. M. Jo pâlissait de plus en plus. Suzanne se leva d'un bond, fit face à M. Jo et commença à son tour à le regarder. Si elle ne disait pas tout de suite à Joseph qui était M. Jo, jamais plus elle ne pourrait le lui dire. D'ailleurs c'était déjà à moitié fait. M. Jo ne se relèverait plus jamais de ce coup-là. Et puis elle en avait assez, il fallait bien que tout ça finisse un jour.

— Il me la donnera si je pars avec lui, dit Suzanne.

M. Jo fit un geste de la main comme pour arrêter Suzanne. Il pâlit encore davantage.

— Partir où ? demanda Joseph.

— À la ville.

— Pour toujours ?

— Pour huit jours.

M. Jo battit l'air de sa main dans un geste de dénégation. On l'aurait dit prêt à s'évanouir.

— Suzanne s'exprime mal..., dit-il d'une voix suppliante.

Joseph n'écoutait plus. Il s'était tourné vers le rac. À son air, Suzanne sut que maintenant c'était tout à fait sûr, qu'elle ne partirait plus jamais avec M. Jo, mariée ou pas.

— Si tu la rends pas tout de suite, je la fous dans la rivière, dit calmement Joseph.

Suzanne sortit la bague de son doigt et la tendit à M. Jo, derrière le dos de Joseph. Tout de même, on ne pouvait pas laisser Joseph s'emparer de la bague et la jeter dans la rivière. Sur ce point, Suzanne se sentait complice de M. Jo : il fallait sauver le diamant. M. Jo prit la bague et l'enfouit dans sa poche. Joseph se retourna et le vit. Il se leva et se dirigea vers le bungalow.

— Maintenant c'est foutu, dit M. Jo au bout d'un moment.

— C'était couru, dit Suzanne, puis, c'est toujours comme ca.

— Quel besoin de lui dire ?

— Je lui aurais dit un jour ou l'autre, j'aurais pas pu m'empêcher de lui parler du diamant.

Ils restèrent un moment sans rien se dire. La veille, ils étaient restés tard à Ram et Suzanne découvrit qu'elle avait sommeil.

M. Jo paraissait effondré. Son auto stationnait de l'autre côté du chemin, au-delà du pont. C'était vraiment une magnifique limousine. Elle allait s'en retourner dans le Nord, d'où elle était venue et M. Jo s'en irait avec elle. Peut-être n'avait-il pas compris.

— Je crois que c'est pas la peine de revenir, dit Suzanne.

— C'est terrible, affirma M. Jo. Quel besoin de lui dire ?

— J'avais jamais vu de diamant, j'ai pas pu m'empêcher, fallait pas me le montrer, vous pouvez pas comprendre.

— C'est terrible, répéta M. Jo.

Dans le ciel volaient des sarcelles et des corbeaux affamés. Parfois une sarcelle descendait et dansait sur l'eau trouble du rac. Voilà tout ce que je verrai du monde pendant des mois, des mois encore.

— Un jour je trouverai bien un chasseur de passage, dit Suzanne, ou bien un planteur de par ici, ou bien un chasseur de métier qui viendra s'installer à Ram, peut-être Agosti, s'il se décide.

— Je ne peux pas, c'est impossible, geignit M. Jo.

Il avait l'air de se débattre contre une image insupportable. Il trépignait.

— Je ne peux pas, je ne peux pas, répétait-il.

S'il foutait le camp, j'irais me baigner avec Joseph.

— Suzanne ! cria M. Jo aussi fort que si elle était déjà partie.

Il s'était levé et paraissait délivré, exultant, génial. Il avait trouvé.

— Je vous la donne tout de même ! cria-t-il, allez le dire à Joseph.

Suzanne se leva à son tour. Il avait sorti la bague et la tendait à Suzanne. Elle la regarda encore. Elle était à elle. Elle la prit, ne la passa pas à son doigt mais l'enferma dans sa main et, sans dire au revoir à M. Jo, elle courut vers le bungalow.

Suzanne était arrivée en courant au bungalow. Joseph n'y était pas. Mais elle avait trouvé la mère en train de préparer le dîner, debout près du réchaud. Elle avait brandi la bague.

— Regarde, une bague. Vingt mille francs. Et il me l'a donnée.

La mère avait regardé, d'un peu loin. Et elle n'avait rien dit. M. Jo avait attendu sous le pont que Suzanne revienne mais comme elle n'était pas revenue, il s'en était allé.

Une heure après, un peu avant qu'ils ne se mettent à table, la mère avait demandé gentiment à Suzanne de la lui confier pour qu'elle la voie mieux. Joseph qui était assis dans le salon à ce moment-là, avait pu l'entendre la lui demander.

— Donne-la-moi, avait-elle dit gentiment, je l'ai à peine regardée.

Suzanne avait tendu la bague. Elle l'avait prise et elle l'avait longuement considérée dans le creux de sa main. Puis, sans s'expliquer, elle était allée dans sa chambre et elle avait refermé la porte sur elle. À son air entre tous reconnaissable, faussement courroucé tout à coup lorsqu'elle était sortie de la salle à manger, Joseph et Suzanne avaient compris : elle était allée cacher la bague. Elle cachait tout, la quinine, les conserves, le tabac, tout ce qui pouvait se vendre ou s'acheter. Elle l'avait cachée dans la crainte superstitieuse de la voir s'échapper des mains trop jeunes de Suzanne. Maintenant la bague devait être entre deux lattes de la cloison ou dans un sac de riz, ou dans le matelas de son lit, ou bien attachée par une ficelle autour de son cou, sous sa robe.

Il n'en avait plus été question jusqu'au dîner. Suzanne et Joseph s'étaient mis à table. Mais elle, non. Elle s'était assise à l'écart de la table, le long du mur, sur un fauteuil.

— Mange, dit Joseph.

— Laisse-moi tranquille. Sa voix était mauvaise.

Elle ne mangeait pas, même pas une tartine et elle ne réclamait même pas son café habituel. Joseph la surveillait d'un regard inquiet. Elle non, elle ne regardait rien, elle fixait le plancher sans le voir, d'un air de haine. Qu'elle fût comme ça assise à l'écart, contre le mur, pendant que eux, ils mangeaient, pour quelque raison que ce fût, n'importe laquelle, Joseph ne pouvait pas le supporter.

— Pourquoi tu fais cette gueule-là ? demanda Joseph.

Elle devint toute rouge et cria :

— Ce type me dégoûte, me dégoûte et il ne la reverra pas sa bague.

— On te parle pas de ça, dit Joseph, on te demande de manger.

Elle tapa du pied et toujours en criant :

— Et d'ailleurs, qu'est-ce que c'est ? tout le monde à notre place la garderait.

Puis de nouveau elle se tut. Un moment passa. Joseph recommença :

— Faut que tu boives ton café, bois au moins ton café.

— Je ne boirai pas mon café parce que je suis vieille et que je suis fatiguée et que j'en ai marre, marre d'avoir des enfants comme j'en ai...

Elle hésita. De nouveau elle rougit très fort et ses yeux s'embuèrent.

— Une saleté de fille comme j'ai là...

Puis elle reprit sa nouvelle rengaine.

— Il n'y a rien de plus dégoûtant qu'un bijou. Ça sert à rien, à rien. Et ceux qui les portent n'en ont pas besoin, moins besoin que n'importe qui.

Elle se taisait de nouveau et si longtemps qu'on aurait pu la croire calmée si ce n'avait été cette raideur de tout son corps. Joseph n'avait plus insisté pour qu'elle mange. C'était la première fois de sa vie que la mère avait eu entre les mains une chose d'une valeur de vingt mille francs. «Donne-la-moi», avait-elle dit gentiment. Suzanne l'avait donnée. Elle l'avait regardée longuement et elle était devenue saoule. Vingt mille francs, deux fois l'hypothèque du bungalow. Joseph, pendant qu'elle regardait, avait détourné la tête. Sans dire un mot, elle était allée la cacher dans sa chambre. C'était difficile de manger.

— Un pareil dégénéré, lui donner sa bague, ce serait une honte, une honte. Après les saletés qu'il est venu faire ici.

Ni Suzanne ni Joseph n'osaient la regarder ni lui répondre. Elle était malade d'avoir pris la bague comme elle l'avait prise, et de l'avoir gardée. Car il lui était déjà impossible de la rendre, c'était sûr. Elle répétait comme une idiote les mêmes choses, les yeux au plancher, honteuse. C'était difficile de la regarder. Qu'avait donc fait Suzanne en lui montrant la bague ? Quelle jeunesse, quelle vieille ardeur refoulée, quel regain de quelle concupiscence jusque-là insoupçonnée s'étaient donc réveillés en elle à la vue de la bague ? Déjà, elle avait décidé de la garder. Ç'avait éclaté lorsque Suzanne était sortie de table. Elle s'était enfin levée. Elle s'était jetée sur elle et elle l'avait frappée avec les poings de tout ce qui lui restait de force. De toute la force de son droit, de toute celle, égale, de son doute. En la battant, elle avait parlé des barrages, de la banque, de sa maladie, de la toiture, des leçons de piano, du cadastre, de sa vieillesse, de sa fatigue, de sa mort. Joseph n'avait pas protesté et l'avait laissée battre Suzanne.

Il y avait bien deux heures que ça durait. Elle se levait, se jetait sur Suzanne et ensuite elle s'affalait dans son fauteuil, hébétée de fatigue, calmée. Puis elle se levait encore et se jetait encore sur Suzanne.

— Dis-le-moi et je te laisserai.

— J'ai pas couché avec lui, il me l'a donnée comme ça, je lui ai même pas demandé, il me l'a montrée et il me l'a donnée comme ça, pour rien. Elle frappait encore, comme sous la poussée d'une nécessité qui ne la lâchait pas. Suzanne à ses pieds, à demi nue dans sa robe déchirée, pleurait. Lorsqu'elle tentait de se lever, la mère la renversait du pied et elle criait :

— Mais dis-le-moi donc, bon Dieu, et je te laisserai.

Ce qu'elle ne pouvait pas supporter, semblait-il, c'était de la voir se relever. Dès que Suzanne faisait un geste, elle frappait. Alors, la tête enfouie dans ses bras, Suzanne ne faisait plus que se protéger patiemment. Elle en oubliait que cette force venait de sa mère et la subissait comme elle aurait subi celle du vent, des vagues, une force impersonnelle. C'était lorsque la mère retombait dans son fauteuil qu'elle lui faisait peur à nouveau, à cause de son visage hébété par l'effort.

— Dis-le-moi, répétait-elle, et quelquefois d'une voix presque tranquille. Suzanne ne répondait plus. La mère se lassait, oubliait. Parfois elle bâillait et d'un seul coup ses paupières se fermaient, sa tête chavirait. Mais au moindre mouvement de Suzanne ou simplement lorsqu'elle ouvrait les yeux, réveillée par le chavirement de sa tête, et qu'elle l'apercevait à ses pieds, elle se levait et frappait encore. Joseph feuilletait *Hollywood-Cinéma*, le seul livre, vieux de six ans, qu'il y ait eu dans la famille et dont il ne s'était jamais lassé. Quand la mère frappait, il s'arrêtait de feuilleter l'album. À un moment donné, tout d'un coup, il dit :

— Merde, tu le sais bien qu'elle a pas couché avec lui, je comprends pas pourquoi tu insistes.

— Et si je veux la tuer ? si ça me plaît de la tuer ?

Joseph restait parce qu'il ne voulait pas la laisser seule avec la mère dans cet état, c'était sûr. Peut-être même n'était-il pas tout à fait rassuré. Après qu'il eut crié, elle avait encore frappé mais moins fort et chaque fois moins longtemps. Alors Joseph, chaque fois, avait recommencé à l'engueuler.

— Et puis même si elle a couché avec lui, tu t'en fous pas complètement ?

Oui, elle frappait avec moins d'assurance. Il y avait bien deux ans qu'elle ne frappait plus Joseph. Dans le temps elle l'avait beaucoup frappé lui aussi, jusqu'au jour où il l'avait prise par le bras et l'avait doucement immobilisée. D'abord stupéfaite, elle avait fini par se marrer avec lui, heureuse au fond de le voir devenu si fort. Depuis elle ne l'avait plus frappé, non sans doute parce qu'elle le craignait mais aussi parce que Joseph lui avait dit qu'il ne le supporterait plus. Joseph trouvait qu'il fallait battre les enfants, surtout les filles, mais sans exagération et seulement en dernier recours. Mais depuis l'écroulement des barrages et depuis qu'elle ne battait plus Joseph, la mère battait Suzanne bien plus souvent qu'autrefois : « Quand elle aura plus personne à qui foutre des gnons, disait Joseph, elle s'en foutra sur sa gueule à elle. » Joseph resterait tant que la mère ne se serait pas couchée, c'était sûr. Suzanne était tranquille.

— Et même si elle avait couché avec lui pour la bague, dit-il, tu parles d'une affaire !

Très profondément satisfaite et tranquille. La mère avait beau faire. La bague était là, dans la maison. Il y avait vingt mille francs dans la maison. C'était ce qui comptait. Elle devait déjà savoir ce qu'elle allait en faire. Ce n'était pas possible de le lui demander ce soir mais dès demain ils pourraient sans doute en parler librement. La rendre était déjà impossible. D'habitude Suzanne supportait mal qu'elle la batte, mais ce soir, elle trouvait que c'était mieux que si la mère, après avoir pris la bague, s'était mise à table tranquillement, comme d'habitude.

— Une bague, qu'est-ce que c'est au fond ? On a le devoir de garder une bague dans certains cas.

— Et comment qu'on l'a ! dit Joseph.

Qui aurait pu être de l'avis contraire ? Peut-être qu'ils allaient pouvoir acheter une nouvelle auto et recommencer une partie des barrages. Et peut-être qu'à partir de cette bague, ils deviendraient riches d'une richesse qui n'aurait rien à voir avec celle de M. Jo. Elle avait beau gueuler.

Ce soir était un grand soir. De M. Jo, on avait pu soutirer cette bague et maintenant elle était là, quelque part dans la maison et aucune force au monde ne pouvait déjà plus l'en faire sortir. Ce soir-là avait tardé à venir mais ça y était, il était arrivé. Depuis des années que les projets échouaient les uns après les autres ce n'était pas trop tôt. Leur première réussite. Non pas une chance mais une réussite. Car depuis des années qu'ils attendaient, ils avaient bien gagné, rien qu'à attendre, cette bague-là. Ç'avait été long mais ça y était, elle était de leur côté ; de ce côté-ci du monde. On la tenait. Ç'avait été pour pouvoir l'approcher, simplement l'approcher encore à l'ombre du pont, que l'autre l'avait lâchée. Mais cette victoire-là, qui résistait à tous les coups, elle ne pouvait la partager avec personne, même pas avec Joseph.

— Une bague, c'est rien. La refuser dans mon cas serait un crime. Qui aurait pu être de l'avis contraire ? Qui, au monde, aurait pu être de l'avis contraire ? N'en pas vouloir alors qu'elle vous était offerte était simplement inimaginable. Il y en avait assez qui reposaient stériles dans de beaux coffrets, de ces pierres, alors que le monde en avait tant besoin. Celle qu'ils tenaient commençait son chemin, délivrée, féconde désormais. Et, pour la première fois depuis que les mains ensanglantées d'un Noir l'avaient extraite du lit pierreux d'une de ces rivières de cauchemar du Katanga, elle s'élançait, enfin délivrée, hors des mains concupiscentes et inhumaines de ses geôliers.

Elle avait cessé de frapper. Distraite, toute à ses pensées, elle réfléchissait sans doute à ce qu'elle allait en faire.

— Peut-être qu'on pourra changer l'auto, dit doucement Suzanne. Joseph abandonna *Hollywood-Cinéma* et le posa sur la table. Lui aussi réfléchissait. Mais la mère jeta un coup d'œil à sa fille et recommença à gueuler.

— On ne changera pas l'auto, on paiera la banque, le Crédit Foncier, et peut-être on changera la toiture. On fera ce que je voudrai.

Ce n'était donc pas fini comme on aurait pu le croire. Il fallait attendre encore.

— On paiera le Crédit Foncier, dit Suzanne, et on fera remettre une toiture.

Pourquoi, de la voir sourire fit qu'elle recommença à frapper ? Elle se leva, se jeta sur elle et la renversa.

— Je n'en peux plus, je devrais être au lit...

Suzanne releva la tête et la regarda.

— J'ai couché avec lui, dit-elle, et il me l'a donnée.

La mère s'affala dans son fauteuil. «Elle va me tuer, pensa Suzanne, et même Joseph pourra pas l'empêcher.» Mais la mère fixa Suzanne, les deux bras levés, comme prête à bondir, puis, elle laissa retomber ses bras et calmement, elle dit :

— C'est pas vrai. Tu es une menteuse.

Joseph s'était levé et s'était approché de la mère.

— Si tu y touches encore, lui dit-il doucement, une seule fois encore, je fous le camp avec elle à Ram. Tu es une vieille cinglée. Maintenant, j'en suis tout à fait sûr.

La mère regarda Joseph. Peut-être que s'il avait ri elle aurait ri avec lui. Mais il ne riait pas. Alors, elle resta dans son fauteuil, hébétée, méconnaissable de tristesse. Suzanne, allongée de tout son long à côté du fauteuil de Joseph, pleurait. Pourquoi avait-elle recommencé? Peut-être qu'elle était folle. La vie était terrible et la mère était aussi terrible que la vie. Joseph s'était rassis et c'était elle, Suzanne, qu'il regardait maintenant. La seule douceur de la vie c'était lui, Joseph. Ayant découvert cette douceur-là, si réservée, enfouie sous tant de dureté, Suzanne découvrit du même coup tout ce qu'il avait fallu de coups et de patience, tout ce qu'il en faudrait encore sans doute pour la forcer à se montrer. Et alors elle pleura.

Bientôt la mère s'endormit tout à fait. Et tout d'un coup, la tête ballante, la bouche entrouverte, complètement en allée dans le lait du sommeil, elle flotta, légère, dans la pleine innocence. On ne pouvait plus lui en vouloir. Elle avait aimé démesurément la vie et c'était son espérance infatigable, incurable, qui en avait fait ce qu'elle était devenue, une désespérée de l'espoir même. Cet espoir l'avait usée, détruite, nudifiée à ce point, que son sommeil qui l'en reposait, même la mort, semblait-il, ne pouvait plus le dépasser.

Suzanne rampa jusqu'à la porte de la chambre de Joseph et elle attendit de voir ce qu'il allait faire.

Il resta un long moment à regarder la mère endormie, les mains crispées sur les bras de son fauteuil, les sourcils froncés. Puis il se leva et alla vers elle.

— Va te coucher, tu seras mieux dans ton lit.

La mère se réveilla en sursaut et chercha dans la pièce.

— Où est-elle?

— Va te coucher... Elle a pas couché avec lui.

Il l'embrassa sur le front. Suzanne ne l'avait vu l'embrasser que lorsqu'elle était dans le coma qui suivait ses crises et qu'il croyait qu'elle allait mourir.

— Hélas! dit la mère en pleurant, hélas! je le sais bien.

— Faut plus t'en faire pour la bague, on va la vendre.

La tête dans ses mains, elle pleurait.

— Hélas! je suis une vieille cinglée...

Joseph la souleva et la conduisit dans sa chambre. Puis Suzanne ne vit plus rien. Elle alla s'asseoir sur le lit de Joseph. Sans doute l'aidait-il à se coucher. Au bout d'un moment il revint dans la salle à manger, prit la lampe et rejoignit sa sœur. Il posa la lampe sur le plancher et s'assit sur un sac de riz, au pied de son lit.

— Elle est couchée, dit-il, vas-y aussi.

Suzanne préférait attendre. Elle allait rarement dans la chambre de Joseph. C'était la pièce la moins meublée du bungalow. Il n'y avait aucun meuble à part le lit de Joseph. Par contre les cloisons étaient tapissées de fusils et de peaux qu'il tannait lui-même et qui pourrissaient lentement en dégageant une odeur fade et écœurante. Dans le fond, du côté du rac, donnait la réserve que la mère avait fait aménager en cloisonnant la véranda. Depuis six ans, elle y empilait les conserves, le lait condensé, le vin, la quinine, le tabac et elle en portait la clef sur elle, nuit et jour, attachée à son cou par une ficelle. Peut-être la bague y était-elle déjà, à l'ombre d'une boîte de lait condensé.

Suzanne ne pleurait plus. Elle pensait à Joseph. Il était assis sur un sac de riz, au milieu de ces choses auxquelles il tenait encore plus qu'à tout: ses fusils et ses peaux. C'était un chasseur, Joseph, et rien d'autre. Il faisait encore plus de fautes d'orthographe qu'elle. La mère avait toujours dit qu'il n'était pas fait pour les études, qu'il n'avait l'intelligence que de la mécanique, des autos, de la chasse. C'était possible qu'elle eût raison. Mais peut-être le disait-elle seulement pour se justifier de ne pas lui avoir fait poursuivre ses études. Depuis qu'ils étaient arrivés à la plaine, Joseph chassait. À quatorze ans, il avait commencé à chasser de nuit, il se construisait des miradors et partait sans un seul pisteur, pieds nus, en cachette de la mère. Il n'y avait rien au monde qu'il aimait tant qu'attendre le tigre noir à l'embouchure du rac. Il pouvait l'attendre des nuits, des jours, tout seul, par n'importe quel temps, à plat ventre dans la vase. Une fois il avait attendu trois jours et deux nuits et il était revenu avec une panthère noire de deux ans. Il l'avait mise en proue à la pointe de sa barque et tous les paysans s'étaient assemblés sur les berges du rac pour le voir arriver.

Quand il réfléchissait comme ce soir, avec difficulté et avec dégoût, on ne pouvait pas s'empêcher de le trouver très beau et de l'aimer très fort.

— Vas-y, répéta Joseph, t'en fais pas...

Il avait l'air fatigué, il lui disait de s'en aller et tout de suite après il oubliait visiblement qu'elle était là.

— T'en as marre ? demanda Suzanne.

Il leva les yeux et la découvrit, assise sur le bord de son lit, dans sa robe déchirée.

— C'est rien. Elle t'a fait mal ?

— C'est pas ça...

— T'en as marre, toi ?

— Je ne sais pas.

— De quoi que t'as marre ?

— De tout, dit Suzanne, comme toi. Je ne sais pas.

— Merde, dit Joseph, faut penser à elle aussi, elle est vieille, on se rend pas compte, puis elle en a marre plus que nous. Puis pour elle c'est fini...

— Fini quoi ?

— De rigoler. Elle a jamais beaucoup rigolé, elle rigolera plus jamais, trop vieille pour ça, elle n'a plus de temps... Allez, va te coucher, je veux me coucher.

Suzanne se leva. Alors qu'elle sortait, Joseph lui demanda :

— T'as couché avec lui ou t'as pas couché avec lui ?

— Non, j'ai pas couché avec lui.

— Je te crois. C'est pas pour ce qui est de coucher mais faut pas que ce soit avec lui, c'est un salaud. Faudra que tu lui dises demain de plus jamais revenir.

— Plus jamais ?

— Plus jamais.

— Et alors ?

— Je sais pas, dit Joseph, on verra.

Le lendemain M. Jo revint comme d'habitude. Suzanne l'attendait à la hauteur du pont. Dès qu'elle entendit le klaxon de la Léon Bollée, la mère s'arrêta de travailler à ses bananiers et regarda la piste. Elle avait encore l'espoir que tout s'arrangerait. Joseph qui, de l'autre côté du pont, lavait l'auto au bord d'un marigot, se releva et, le dos tourné à la piste, fixa la mère pour l'empêcher de bouger, d'aller vers M. Jo.

Suzanne, pieds nus, portait une de ses anciennes robes en cotonnade bleue, faite dans une vieille robe de la mère. Elle avait caché celle que lui avait donnée M. Jo. Il n'y avait guère que ses pieds et ses mains aux ongles rouges qui portaient encore la trace de leur rencontre.

C'est au déjeuner de midi que Joseph avait annoncé sa décision d'en finir avec M. Jo et ses visites à Suzanne.

— Plus la peine qu'il vienne, avait dit Joseph, faut que Suzanne lui dise une bonne fois.

Ç'avait été difficile. Dès son réveil, la mère était frémissante de projets. C'était elle, prétendait-elle, qui avait décidé d'aller à la ville pour vendre la bague. Ça, Joseph l'avait accepté volontiers. Il n'avait pas parlé dès le matin de la rupture avec M. Jo et, seule à seule avec Suzanne, peu après s'être levée la mère avait redemandé le prix de la bague. Vingt mille francs, avait répondu Suzanne. Puis elle en était venue à lui demander si elle croyait que M. Jo en avait beaucoup d'autres dont il pouvait disposer aussi facilement. Suzanne lui avait raconté qu'il lui avait donné à choisir entre trois bagues aussi belles bien que moins importantes que celle-là, mais qu'il ne lui avait pas fait entendre qu'il pourrait donner les deux autres. Il lui avait toujours parlé d'une seule.

— Avec ces trois bagues, on serait sauvés, si tu lui expliques bien, il comprendrait et on serait sauvés.

— Il s'en fout, qu'on soit sauvés.

Elle ne pouvait pas arriver à le croire.

— Si tu lui expliques bien, avec des chiffres, c'est impossible qu'il ne comprenne pas. Pour lui, qu'est-ce que c'est ? il ne peut tout de même pas les porter toutes à la fois, et nous on serait sauvés.

Suzanne avait prévenu Joseph mais il avait persisté dans sa décision de rompre avec M. Jo. C'était au déjeuner qu'il l'avait annoncé.

— Fini ? avait demandé la mère, de quoi te mêles-tu ?

Joseph avait répondu calmement :

— Fini. Si c'est pas elle qui lui dit, c'est moi qui lui dirai.

Elle avait rougi très fort, elle était sortie de table. Elle avait interrogé Suzanne du regard. Sans doute aurait-elle voulu qu'elle lui dise quelque chose. Mais Suzanne, les yeux baissés, mangeait. Alors elle avait deviné leur complicité et s'était désespérée. Debout entre eux deux, défaite d'un seul coup, elle avait gueulé mais moins violemment que d'habitude, avec timidité.

— Et alors ? qu'est-ce qu'on va devenir ?

— Faudra voir, avait dit Joseph avec douceur. Lorsque les chasseurs débarquent ils sont sans femmes. Sur les plateaux c'est plein de chasseurs, dans le Nord aussi. Faudra voir, peut-être y aller. En tout cas c'est fini avec M. Jo.

Elle avait résisté. Bien qu'au ton de Joseph il fût clair que c'était inutile.

— Les chasseurs crèvent de faim, avec lui j'aurais été plus tranquille.

Joseph lui avait fait face, toujours avec douceur. Il s'était levé et s'était approché d'elle. Suzanne, les yeux baissés, n'osait pas les regarder.

— Écoute, tu l'as jamais regardé ce type ? Ma sœur couchera pas avec lui. Même si elle a rien, je veux pas que ce soit avec lui qu'elle couche.

Elle s'était rassise. Elle avait essayé de tricher.

— Moi je ne crois pas que ce soit tout de suite qu'elle doit rompre. Faudrait attendre un peu. Qu'est-ce que tu en penses, Suzanne ?

Joseph s'était fait plus dur, mais toujours sans parler de la bague.

— Ce sera tout de suite. Ne lui demande pas ce qu'elle pense, elle n'a jamais couché avec personne, elle peut pas savoir ce que ce serait.

— Faut qu'elle donne son avis.

— J'aime mieux un chasseur, dit Suzanne.

— Toujours vos chasseurs de misère. On n'en sortira jamais.

Personne n'avait répondu. Puis on n'en avait plus parlé.

Et à l'heure habituelle, M. Jo déboucha du pont, assis à l'arrière de sa magnifique limousine. Il avait plu dans la nuit et l'auto était toute crot-

tée. Mais M. Jo faisait par tous les temps une cinquantaine de kilomètres par jour pour aller voir Suzanne. Dès qu'il l'aperçut, il fit stop-
per sa voiture près du pont. Suzanne s'avança jusqu'à la portière et
M. Jo descendit aussitôt, vêtu de son costume de tussor. Jamais Joseph
n'avait eu de costume de tussor. Tous les costumes de M. Jo étaient en
tussor. Lorsqu'ils étaient un peu défraîchis, M. Jo les donnait à son
chauffeur. Il disait que le tussor était plus frais que le coton et qu'il ne
pouvait supporter rien d'autre parce qu'il avait la peau fragile. Il y avait
vraiment de grandes différences entre eux et M. Jo.

— Vous m'attendiez? dit M. Jo, c'est gentil...

Suzanne se tenait debout près de lui. Il lui prit la main et l'embrassa. Il
n'avait pas encore vu la mère et Joseph qui, immobiles, attendaient.
D'habitude, quand ils le voyaient arriver ils travaillaient avec plus d'ardeur pour ne pas avoir à répondre à son salut. Suzanne retira sa main
de celle de M. Jo et resta debout.

— Je suis venue vous dire de ne plus venir me voir.

M. Jo changea d'air. Il souleva son feutre puis il le remit tout en fixant
Suzanne d'un air égaré.

— Qu'est-ce que vous racontez?

Sa voix s'était assourdie tout à coup. Il s'assit sur le talus, sans crainte
de se salir, sans sortir son journal de sa poche pour l'étendre par terre
comme il faisait d'habitude. Suzanne, toujours debout près de lui, attendait qu'il comprenne. De loin, la mère et Joseph attendaient aussi. M. Jo
avait fini par les apercevoir. La mère espérait sans doute encore que tout
s'arrangerait et que M. Jo, cette menace aidant, reviendrait encore, mais
les poches pleines de diamants pour mieux s'amender. Joseph, à cause
de la mère, espérait que M. Jo comprendrait très vite.

— Faut plus venir, dit Suzanne, faut plus venir du tout.

Il paraissait mal entendre. Il s'était mis à transpirer et continuait à enlever et à remettre son feutre comme si désormais, il n'avait plus su faire
d'autre geste que celui-là. Son regard passait de Suzanne à la mère, de
la mère à Joseph, de Suzanne à Joseph, sans s'arrêter. Égaré dans des
hypothèses, il cherchait à comprendre. On lui annonçait qu'il ne pourrait plus revenir, le lendemain du jour où il leur avait donné le diamant.
Alors il continuait à enlever et remettre son feutre et il était clair qu'il
ne s'arrêterait de le faire que lorsqu'il aurait compris.

— Qui a décidé ça? demanda-t-il d'une voix raffermie.

— C'est elle, dit Suzanne.

— Votre mère? demanda encore M. Jo, tout à coup sceptique.

— C'est elle. Joseph est d'accord.

M. Jo jeta un nouveau coup d'œil vers la mère. Elle le regardait toujours avec les yeux de l'amour. Ce ne pouvait pas être elle.

— Qu'est-ce qui est arrivé ?

S'il foutait le camp, j'irais rejoindre Joseph. Il était aujourd'hui comme son auto et son auto était comme lui, ils se valaient. Hier encore cette auto n'était pas indifférente du moment qu'il n'était pas tout à fait impossible qu'on l'ait un jour. Mais aujourd'hui elle se trouvait par rapport à Suzanne dans un grand éloignement. Aucun fil, si mince fût-il, ne la rattachait plus à cette auto. Et l'auto en devenait encombrante, laide.

— Vous leur plaisez pas. Et aussi à cause de la bague.

M. Jo enleva son feutre. Il réfléchit encore.

— Puisque je vous l'avais donnée, comme ça, pour rien…

— C'est difficile à expliquer.

M. Jo remit son feutre, sans résultat. Il ne saisissait pas. Il n'avait pas l'air décidé à partir, il attendait qu'on lui explique. Il avait le temps. Tandis qu'elle, non : à voir se prolonger l'entretien, l'espoir de la mère devait se raffermir de minute en minute.

— C'est terrible, dit M. Jo, c'est injuste.

Il avait l'air de beaucoup souffrir. Mais il en était de sa souffrance comme de son auto, elle était plus encombrante et plus laide que d'habitude et aucun fil, si mince fût-il, ne pouvait vous retenir à elle.

— Faut que vous partiez, dit Suzanne.

Tout à coup, cynique, il se mit à rire d'un rire forcé.

— Et la bague ?

Suzanne à son tour se mit à rire. S'il s'avisait de vouloir reprendre la bague ça risquait d'être plutôt marrant. M. Jo était un innocent. Tout riche qu'il était, à côté d'eux, un petit innocent. Il croyait qu'ils étaient capables de rendre cette bague. Suzanne rit avec fraîcheur et naturel.

— C'est moi, c'est moi qui l'ai, dit Suzanne.

— Et alors, dites voir un peu, dit M. Jo dont le cynisme s'accrut d'une certaine malice, dites voir un peu ce que vous comptez en faire ?

Suzanne rit encore. Les millions de M. Jo n'altéraient en rien sa native innocence. Car cette bague, elle était autant à eux maintenant et aussi difficile à reprendre que s'ils l'avaient mangée, digérée, et que si elle était déjà diluée dans leur propre chair.

— Demain on va à la ville pour la vendre.

M. Jo fit « tiens, tiens, tiens » sans discontinuer, comme si tout s'éclairait et dans un ricanement peut-être, qui sait ? significatif. Puis il ajouta :

— Et si je la reprenais ?

— Vous pourriez pas. Maintenant faut que vous partiez.

Il cessa de rire. Il la regarda longuement et rougit fortement. Il n'avait rien compris. Il enleva son feutre et, d'une voix changée, triste.

— Vous ne m'aimiez pas. Ce que vous vouliez c'était la bague.

— Je voulais pas la bague spécialement, j'y avais jamais pensé, c'est vous qui en avez parlé. Je voulais beaucoup plus que ça. Mais maintenant qu'on l'a, plutôt que de vous la rendre, je crois que j'aimerais mieux la jeter dans le rac.

Il ne pouvait se résoudre à partir. Il réfléchit encore et si longuement, que Suzanne lui rappela :

— Faut que vous partiez.

— Vous êtes profondément immoraux, dit M. Jo d'un ton de conviction profonde.

— On est comme ça. Faut que vous partiez.

Il se leva péniblement. Il mit la main sur la poignée de l'auto, attendit un moment et déclara, menaçant.

— Ça ne finira pas comme ça, demain je serai aussi à la ville.

— C'est pas la peine, ça servirait à rien.

Il monta enfin dans l'auto et dit quelque chose à son chauffeur. Celui-ci commença à faire tourner l'auto sur place. La piste était étroite et c'était long et difficile. D'habitude l'auto tournait en deux temps, en empruntant le chemin qui menait au bungalow. Aujourd'hui elle évitait dignement le chemin. Quand même, du bord de la mare, Joseph surveillait la manœuvre. La mère, toujours immobile, crucifiée, regardait s'accomplir le départ irrémédiable de M. Jo. Avant que son auto ait complètement tourné, elle rentra précipitamment dans le bungalow. Suzanne partit dans la direction de Joseph. Au moment où l'auto la croisait, elle aperçut fugitivement M. Jo qui, à travers la vitre, lui jeta un regard suppliant. Elle obliqua par la rizière pour arriver plus vite auprès de Joseph.

Il avait terminé le lavage de l'auto. Maintenant il regonflait un pneu.

— Ça y est, dit Suzanne.

— C'est pas trop tôt...

Le pneu que réparait Joseph était troué en trois endroits. La chambre à air était encore bonne et Joseph avait mis des morceaux de vieux pneus entre la chambre à air et le pneu pour le renforcer. Il gonflait à plein pour que les pièces ne glissent pas. Suzanne s'assit sur le bord de la mare et le regarda gonfler le pneu.

— T'en as pour longtemps? demanda Suzanne.

— Pour une demi-heure. Pourquoi?

— Pour rien.

Il faisait très chaud. Suzanne cessa de suivre le travail de Joseph, elle pivota sur elle-même, releva sa robe et se trempa les jambes dans la mare. Puis, avec les mains elle s'aspergea les jambes jusqu'aux cuisses. C'était délicieux. Il y avait un mois, lui apparut-il tout à coup, qu'elle attendait de pouvoir impunément relever sa robe et se tremper les jambes dans la mare. Son geste rida toute la surface de l'eau et effaroucha les poissons. Elle avait une vague envie d'aller chercher une ligne dans le bungalow mais elle n'osait pas y retourner sans Joseph. Une fois le premier pneu terminé, Joseph s'attaqua au pneu de secours qui était crevé. Il dégageait la chambre à air du pneu. On ne pouvait jamais aider Joseph quand il s'occupait de la B 12. De temps en temps, il jurait.

— Saloperie de saloperie, putain de bagnole!

Dans la mare, la montagne se dessinait, ondulante, sur un ciel gris-blanc. Il allait encore pleuvoir dans la nuit. Du côté de la mer montaient de gros nuages violets. Demain il ferait frais après l'orage de nuit. On arriverait à la ville tard dans la soirée à condition de ne pas trop crever en route. Ils vendraient la bague le lendemain matin. Ce serait la première chose qu'ils feraient. La ville était pleine d'hommes. «Quelle est donc cette belle fille-là? Elle vient du Sud, personne ne la connaît.» La mère avait beau dire, il se trouvait sûrement un homme pour elle, Suzanne, dans la ville. Peut-être un chasseur, peut-être un planteur, mais il y en avait sûrement bien un pour elle.

Joseph avait fini de remonter le pneu.

— On va à la montagne? On va chercher des poulets pour bouffer en route?

Suzanne se releva et rit à Joseph.

— Allons-y, allons-y tout de suite, Joseph.

— Je mets la bagnole sous le bungalow et on y va.

Il y avait aussi très longtemps que Joseph n'était pas allé à la ville et il était content.

Joseph gara l'auto sous le bungalow mais évita de monter. C'était sans doute encore trop tôt après le départ de M. Jo. D'habitude il n'allait jamais dans la forêt sans son fusil.

Ils traversèrent la partie de la plaine qui séparait le bungalow de la piste et de la montagne. Le terrain commença à monter en pente douce et les rizières disparurent, faisant place à un chaume dur et très haut, dit «herbe à tigre», à travers lequel les fauves descendaient le soir. Il fallait un quart d'heure de marche pour arriver à la forêt.

— Qu'est-ce qu'il t'a dit? demanda Joseph.

— Il m'a dit qu'il allait à la ville lui aussi.

Joseph se mit à rire. On le sentait heureux.

Le chemin se rétrécit, la pente du terrain se fit plus raide et la forêt s'annonça par une clairière où paissaient des chèvres et des porcs. Ils traversèrent un village très misérable composé de quelques cases. Et après, la forêt commença, suivant la ligne parfaitement nette du défrichement. Les habitants de la plaine n'avaient jamais défriché au-delà de cette ligne, c'était inutile: les terrains propices aux poivrières se trouvaient beaucoup plus haut dans la montagne et ils n'avaient pas tellement besoin de prairies pour les quelques chèvres qu'ils possédaient.

— Et pour la bague? demanda encore Joseph.

Suzanne hésita une seconde.

— Il m'a rien dit.

Dès qu'ils pénétrèrent dans la forêt le chemin devint un sentier étroit de la largeur d'une poitrine d'homme et pareil à un tunnel au-dessus duquel la forêt se refermait, dense, sombre.

— C'est un con, dit Joseph. Pas méchant, mais vraiment trop con.

Les lianes et les orchidées, en un envahissement monstrueux, surnaturel, enserraient toute la forêt et en faisaient une masse compacte aussi inviolable et étouffante qu'une profondeur marine. Des lianes de plusieurs centaines de mètres de long amarraient les arbres entre eux, et à leurs cimes, dans l'épanouissement le plus libre qui se puisse imaginer, d'immenses «bassins» d'orchidées, face au ciel, éjectaient de somptueuses floraisons dont on n'apercevait que les bords parfois. La forêt reposait sous une vaste ramification de bassins d'orchidées pleins de pluie et dans lesquels on trouvait ces mêmes poissons des marigots de la plaine.

— Il m'a dit qu'on était immoraux, dit Suzanne.

Joseph rit encore une fois.

— Oh, c'est sûr qu'on l'est.

De toute la forêt montait l'énorme bruissement des moustiques mêlé au pépiement incessant, aigu des oiseaux. Joseph marchait en avant et Suzanne le suivait à deux pas. À mi-chemin entre la plaine et le village des bûcherons, Joseph ralentit le pas. Quelques mois plus tôt, à cet endroit, il avait tué une panthère mâle. C'était une petite clairière où les fauves laissaient se faisander leurs proies au grand soleil. Des nuages de mouches dansaient sur l'herbe jaune de la clairière au milieu d'amoncellements de plumes séchées et puantes.

— Peut-être que j'aurais dû lui expliquer moi-même, dit Joseph. Il doit rien y comprendre du tout.

— Expliquer quoi?

— Pourquoi on ne voulait pas que tu couches avec lui. C'est difficile à comprendre quand on est plein de fric comme lui.

Peu après le rac qui traversait la clairière, ils commencèrent à sentir l'odeur résineuse des manguiers et à entendre les cris des enfants. Il n'y avait plus de soleil dans cette partie de la montagne. Et déjà le parfum du monde sortait de la terre, de toutes les fleurs, de toutes les espèces, des tigres assassins et de leurs proies innocentes aux chairs mûries par le soleil, unis dans une indifférenciation de commencement de monde.

On leur donna quelques mangues. Ils aidèrent les enfants à attraper les poulets et, tandis que les femmes les égorgeaient, Joseph demanda aux hommes si la chasse était bonne en ce moment. Tout le monde était content de leur visite. Les hommes connaissaient bien Joseph pour avoir souvent chassé avec lui. Ils leur demandèrent des nouvelles de la mère. C'était les hommes de ce village qui leur avaient procuré le bois du bungalow. Ils étaient tous bûcherons. Ils avaient fui la plaine pour venir s'installer dans cette partie de la forêt non encore cadastrée par les Blancs, afin de ne pas payer d'impôts et de ne pas risquer l'expropriation.

Les enfants accompagnèrent Suzanne et Joseph jusqu'au rac. Complètement nus et enduits de safran des pieds à la tête, ils avaient la couleur et la lisseur des jeunes mangues. Peu avant le rac, Joseph frappa dans ses mains pour les faire se sauver et ils étaient si sauvages qu'ils s'enfuirent en poussant des cris stridents qui rappelaient les cris de certains oiseaux dans les champs de riz. Il en mourait tellement dans ces villages infestés de paludisme que la mère avait renoncé à y aller, depuis déjà deux ans. Et ceux-là mouraient le plus souvent sans connaître les joies de la piste, avant d'avoir la force de traverser sans aide les deux kilomètres de forêt qui les en séparaient.

La mère, assise dans la salle à manger, n'avait pas encore allumé la lampe à acétylène. Elle se tenait dans l'ombre, près du réchaud sur lequel mijotait un ragoût d'échassier. Sans doute les avait-elle vus partir pour la montagne et avait-elle remarqué que Joseph n'avait pas son fusil. Depuis une heure elle devait guetter leur retour. Et si elle n'avait pas allumé c'était sûrement pour les voir arriver de loin sans être gênée par l'éclat de la lampe. Mais lorsque Suzanne et Joseph entrèrent, elle ne leur adressa pas la parole.

— On est allés prendre des poulets pour le voyage, dit Joseph.

Elle ne répondit pas. Joseph alluma la lampe et descendit les poulets au caporal pour qu'il les fasse cuire. Il remonta en sifflant *Ramona*. Suzanne à son tour se mit à siffler *Ramona*. La mère, éblouie par la lumière, cligna des yeux et sourit à ses enfants. Joseph lui sourit à son tour. Il était visible qu'elle n'était plus du tout en colère et qu'elle était simplement triste parce que le diamant qu'elle avait caché serait le seul de sa vie et que la source en était tarie.

— On est allés chercher des poulets pour bouffer en route, répéta Joseph.

— Tu vois où ? au village qui est après le rac, dit Suzanne, le deuxième après la clairière.

— Il y a longtemps que je n'y suis pas allée, dans ce village, dit la mère, mais je vois.

— Ils ont demandé de tes nouvelles, dit Joseph.

— Vous étiez sans fusil, reprit la mère, c'est pas prudent, ça...

— Pour y aller plus vite, dit Joseph.

Joseph alla au salon et commença à remonter le phonographe de M. Jo. Suzanne le suivit. La mère se leva et mit deux assiettes sur la table. Elle avait des gestes lents comme si sa longue attente dans le noir l'avait ankylosée jusqu'à l'âme. Elle éteignit le réchaud et posa un bol de café noir entre les deux assiettes. Suzanne et Joseph la suivaient des yeux, pleins d'espoir, comme ils avaient suivi des yeux le vieux cheval. On aurait pu croire qu'elle souriait mais c'était plutôt la lassitude qui lui adoucissait les traits, la lassitude et le renoncement.

— Venez manger, c'est prêt.

Elle posa le ragoût d'échassier sur la table et s'assit pesamment devant le bol de café. Puis elle bâilla longuement, silencieusement, comme chaque soir à ce moment-là. Joseph se servit d'échassier et ensuite Suzanne. La mère se mit à défaire ses nattes et à les refaire pour la nuit. Elle n'avait pas l'air d'avoir faim. Tout était si calme ce soir qu'on entendait les craquements sourds des planches des cloisons qui jouaient. La maison était solide, on ne pouvait pas dire, elle tenait bien debout, mais la mère avait été trop pressée de la construire et le bois avait été travaillé trop vert. Beaucoup de planches s'étaient fendues et elles s'étaient disjointes les unes des autres si bien que maintenant, de son lit, on pouvait voir le jour se lever, et que la nuit, lorsque les chasseurs revenaient de Ram, leurs phares balayaient les murs des chambres. Mais la mère était seule à se plaindre de cet inconvénient. Suzanne et Joseph préféraient qu'il en soit ainsi. Du côté de la mer le ciel s'allumait de grands éclairs rouges. Il allait pleuvoir. Joseph mangeait voracement.

— C'est fameux.

— C'est bon, dit Suzanne, c'est formidable.

La mère sourit. Quand ils mangeaient avec appétit elle était toujours heureuse.

— J'y ai mis une goutte de vin blanc, c'est pourquoi.

Elle avait fait le ragoût en attendant qu'ils reviennent de la montagne. Elle avait dû aller à la réserve, déboucher une bouteille de vin blanc et en verser religieusement dans le ragoût. Lorsqu'elle avait été trop dure avec Suzanne ou bien lorsqu'elle en avait un peu trop marre, ou bien encore lorsqu'elle était un peu trop triste, elle préparait un tapioca au lait condensé ou bien des beignets de bananes ou encore un ragoût d'échassier. Elle se gardait toujours en réserve, pour les mauvais jours, ce plaisir-là.

— Si vous l'aimez, j'en referai.

Ils reprirent chacun de l'échassier. Alors elle se détendit tout à fait.

— Qu'est-ce que tu lui as dit ?

Joseph ne broncha pas.

— Je lui ai expliqué, dit Suzanne sans lever les yeux.

— Il n'a rien dit ?

— Il a compris.

Elle réfléchit.

— Et pour la bague ?

— Il a dit qu'il la donnait. Pour lui, une bague, c'est rien du tout.

Elle attendit encore un peu.

— Qu'est-ce que tu en penses, Joseph ?

Joseph hésita puis déclara d'une voix ferme, inattendue.

— Elle peut avoir qui elle veut. Autrefois je le croyais pas mais maintenant j'en suis sûr. Faut plus t'en faire pour elle.

Suzanne considéra Joseph avec stupéfaction. On ne pouvait jamais savoir ce qu'il avait décidé. Peut-être ne parlait-il pas seulement pour rassurer la mère.

— Qu'est-ce que tu racontes ? demanda Suzanne.

Joseph ne leva pas les yeux vers sa sœur. Ce n'était pas à elle qu'il s'adressait.

— Elle sait y faire. Qui elle veut et quand elle veut.

La mère regarda Joseph avec une intensité presque douloureuse puis, brusquement elle se mit à rire.

— C'est peut-être vrai ce que tu dis là.

Suzanne s'arrêta de manger, s'adossa à son fauteuil et, à son tour, considéra son frère.

— Faut voir comme elle l'a eu, dit la mère.

— Suffit qu'elle veuille, dit Joseph.

Suzanne se releva et rit.

— Ni pour Joseph, dit-elle, faut plus que tu t'en fasses comme ça tout le temps.

La mère redevint grave et songeuse l'espace d'une minute.

— C'est vrai que je m'en fais tout le temps...

Et aussitôt après, une douce frénésie s'empara d'elle.

— Il n'y en a pas que pour les riches, cria-t-elle, heureusement. Faut pas se laisser faire par le premier riche venu.

— Merde, dit Joseph, y a pas que les riches, y a les autres, il y a nous, nous aussi on est riches...

La mère était fascinée.

— Nous riches ? Riches ?

Joseph donna un coup de poing sur la table.

— Si on veut, on est riches, affirma Joseph, si on veut on est aussi riches que les autres, merde, suffit de vouloir, puis on le devient.

Ils riaient. Joseph tapait à grands coups de poing sur la table. La mère se laissait faire.

Joseph c'était le cinéma.

— C'est peut-être vrai, dit-elle, si on veut vraiment, on sera riches.

— Merde, dit Joseph et alors, les autres, on les écrasera sur les routes, partout où on les verra on les écrasera.

Ainsi, quelquefois, Joseph passait par cet étrange état. Lorsque ça lui arrivait, rarement il est vrai, c'était peut-être encore mieux que le cinéma.

— Ah ! pour ça oui, dit la mère, on les écrasera, on leur dira ce qu'on pense et on les écrasera...

— Puis on s'en foutra de les écraser, dit Suzanne. On leur montrera tout ce qu'on a, mais nous, on leur donnera pas.

DEUXIÈME PARTIE

C'était une grande ville de cent mille habitants qui s'étendait de part et d'autre d'un large et beau fleuve.

Comme dans toutes les villes coloniales il y avait deux villes dans cette ville ; la blanche et l'autre. Et dans la ville blanche il y avait encore des différences. La périphérie du haut quartier, construite de villas, de maisons d'habitation, était la plus large, la plus aérée, mais gardait quelque chose de profane. Le centre, pressé de tous les côtés par la masse de la ville, éjectait des buildings chaque année plus hauts. Là ne se trouvaient pas les Palais des Gouverneurs, le pouvoir officiel, mais le pouvoir profond, les prêtres de cette Mecque, les financiers.

Les quartiers blancs de toutes les villes coloniales du monde étaient toujours, dans ces années-là, d'une impeccable propreté. Il n'y avait pas que les villes. Les Blancs aussi étaient très propres. Dès qu'ils arrivaient, ils apprenaient à se baigner tous les jours, comme on fait des petits enfants, et à s'habiller de l'uniforme colonial, du costume blanc, couleur d'immunité et d'innocence. Dès lors, le premier pas était fait. La distance augmentait d'autant, la différence première était multipliée, blanc sur blanc, entre eux et les autres, qui se nettoyaient avec la pluie du ciel et les eaux limoneuses des fleuves et des rivières. Le blanc est en effet extrêmement salissant.

Aussi les Blancs se découvraient-ils du jour au lendemain plus blancs que jamais, baignés, neufs, siestant à l'ombre de leurs villas, grands fauves à la robe fragile.

Dans le haut quartier n'habitaient que les Blancs qui avaient fait fortune. Pour marquer la mesure surhumaine de la démarche blanche, les rues et les trottoirs du haut quartier étaient immenses. Un espace orgiaque, inutile était offert aux pas négligents des puissants au repos. Et dans les avenues glissaient leurs autos caoutchoutées, suspendues, dans un demi-silence impressionnant.

Tout cela était asphalté, large, bordé de trottoirs plantés d'arbres rares et séparés en deux par des gazons et des parterres de fleurs le long desquels stationnaient les files rutilantes des taxis-torpédos. Arrosées plusieurs fois par jour, vertes, fleuries, ces rues étaient aussi bien entretenues que les allées d'un immense jardin zoologique où les espèces rares des Blancs veillaient sur elles-mêmes. Le centre du haut quartier était leur vrai sanctuaire. C'était au centre seulement qu'à l'ombre des tamariniers s'étalaient les immenses terrasses de leurs cafés. Là, le soir, ils se retrouvaient entre eux. Seuls les garçons de café étaient encore indigènes, mais déguisés en Blancs, ils avaient été mis dans des smokings, de même qu'auprès d'eux les palmiers des terrasses étaient en pots. Jusque tard dans la nuit, installés dans des fauteuils en rotin derrière les palmiers et les garçons en pots. et en smokings, on pouvait voir les Blancs, suçant pernods, whisky-soda, ou martell-perrier, se faire, en harmonie avec le reste, un foie bien colonial.

La luisance des autos, des vitrines, du macadam arrosé, l'éclatante blancheur des costumes, la fraîcheur ruisselante des parterres de fleurs faisaient du haut quartier un bordel magique où la race blanche pouvait se donner, dans une paix sans mélange, le spectacle sacré de sa propre présence. Les magasins de cette rue, modes, parfumeries, tabacs américains, ne vendaient rien d'utilitaire. L'argent même, ici, devait ne servir à rien. Il ne fallait pas que la richesse des Blancs leur pèse. Tout y était noblesse.

C'était la grande époque. Des centaines de milliers de travailleurs indigènes saignaient les arbres des cent mille hectares de terres rouges, se saignaient à ouvrir les arbres des cent mille hectares des terres qui par hasard s'appelaient déjà rouges avant d'être la possession des quelques centaines de planteurs blancs aux colossales fortunes. Le latex coulait. Le sang aussi. Mais le latex seul était précieux, recueilli, et, recueilli, payait. Le sang se perdait. On évitait encore d'imaginer qu'il s'en trouverait un grand nombre pour venir un jour en demander le prix.

Le circuit des tramways évitait scrupuleusement le haut quartier. Ç'aurait été inutile d'ailleurs qu'il y eût des tramways dans ce quartier-là de la ville, où chacun roulait en auto. Seuls les indigènes et la pègre blanche des bas quartiers circulaient en tramways. C'était même, en fait, les circuits de ces tramways qui délimitaient strictement l'éden du haut quartier. Ils le contournaient hygiéniquement suivant une ligne concentrique dont les stations se trouvaient toutes à deux kilomètres au moins du centre.

C'était encore à partir de ces trams bondés qui, blancs de poussière et sous un soleil vertigineux, se traînaient avec une lenteur moribonde, dans un tonnerre de ferraille, qu'on pouvait avoir une idée de l'autre ville, celle qui n'était pas blanche. Anciens hors-service de la métropole, conditionnés par conséquent pour les pays tempérés, ces trams avaient été rafistolés et remis en service par la mère patrie dans ses colonies. L'indigène qui les conduisait arborait au petit matin sa tenue de conducteur, se l'arrachait du corps vers les dix heures, la posait à côté de lui et finissait invariablement son service torse nu, ruisselant de sueur, et à raison d'un grand bol de thé vert à chaque station. Cela afin de transpirer et de se rafraîchir au courant d'air qu'il s'était assuré en brisant avec sang-froid, dès les premiers jours de sa prise de service, toutes les vitres de sa cabine. De même étaient d'ailleurs tenus de faire les voyageurs avec les vitres de leur wagon pour en sortir vivants. Ces précautions une fois prises, les trams fonctionnaient. Nombreux, toujours combles, ils étaient le symbole le plus évident de l'essor colonial. Le développement de la zone indigène, et son recul toujours croissant, expliquait l'incroyable succès de cette institution. De ce fait, aucun Blanc digne de ce nom ne se serait risqué dans un de ces trams sous peine, s'il y avait été vu, d'y perdre sa face, sa face coloniale.

C'était dans la zone située entre le haut quartier et les faubourgs indigènes que les Blancs qui n'avaient pas fait fortune, les coloniaux indignes, se trouvaient relégués. Là, les rues étaient sans arbres. Les pelouses disparaissaient. Les magasins blancs étaient remplacés par des compartiments indigènes, par ces compartiments dont le père de M. Jo avait trouvé la magique formule. Les rues n'y étaient arrosées qu'une fois par semaine. Elles étaient grouillantes d'une marmaille joueuse et piaillante et de vendeurs ambulants qui criaient à s'égosiller dans la poussière brûlée.

L'Hôtel Central où descendirent la mère, Suzanne et Joseph se trouvait dans cette zone, au premier étage d'un immeuble en demi-cercle qui donnait d'une part sur le fleuve, d'autre part sur la ligne du tramway de ceinture, et dont le rez-de-chaussée était occupé par des restaurants mixtes à prix fixes, des fumeries d'opium et des épiceries chinoises.

Cet hôtel avait un certain nombre de clients à demeure : des représentants de commerce, deux putains installées à leur compte, une couturière, et, en plus grand nombre, des employés subalternes des douanes et des postes. Les clients de passage étaient ces mêmes fonctionnaires qui se trouvaient en instance de rapatriement, des chasseurs, des planteurs, et aussi, à chaque courrier, des officiers de marine et surtout des putains de toutes nationalités qui venaient faire à l'hôtel un stage plus ou moins long avant de s'encaserner soit dans les bordels du haut quartier, soit dans les pulluleux bordels du port où se déversaient par marées régulières tous les équipages des lignes du Pacifique.

Une vieille coloniale, Mme Marthe, de soixante-cinq ans, venue en droite ligne d'un bordel du port, tenait l'Hôtel Central. Elle avait une fille, Carmen, elle n'avait jamais pu savoir de qui et, n'ayant pas voulu lui réserver un sort pareil au sien, elle avait fait pendant les vingt ans de sa carrière de putain des économies suffisantes pour acheter à la Société de l'Hôtellerie coloniale la part d'actions qui lui avait valu la gérance de l'hôtel.

Carmen avait maintenant trente-cinq ans. On l'appelait Mlle Carmen, sauf les habitués qui l'appelaient par son prénom tout court. C'était une brave et bonne fille, pleine de respect pour sa mère qu'elle déchargeait maintenant, complètement et à elle seule, de la délicate gérance de l'Hôtel Central. Carmen était assez grande, bien tenue, elle avait des yeux petits mais d'un bleu franc et limpide. Elle n'aurait pas été si mal de sa figure, si le hasard malheureux qui avait présidé à sa naissance ne l'avait dotée d'une mâchoire très proéminente, en partie rachetée d'ailleurs par une dentition large et saine, si évidente qu'elle lui donnait en fin de compte l'air de vouloir la montrer sans cesse, et lui faisait la bouche goulue, carnassière, et sympathique. Mais ce qui faisait que Carmen était Carmen, ce qui faisait sa personne irremplaçable, et irremplaçable le charme de sa gérance, c'était ses jambes. Carmen avait en effet des jambes d'une extraordinaire beauté. Et si elle avait eu le visage de ces jambes-là, comme il eût été souhaitable, il y aurait eu belle lurette qu'on eût assisté à ce délectable spectacle de la voir installée dans le haut quartier par un directeur de banque ou un riche planteur du Nord, couverte d'or, mais surtout de la gloire du scandale, qu'elle aurait très bien su porter, et en restant elle- mème. Mais non, Carmen n'avait pour elle que ses jambes, et elle assurerait probablement jusqu'à la fin de ses jours la gérance de l'Hôtel Central.

Carmen passait le plus clair de ses journées à se déplacer dans le très long couloir de l'hôtel qui donnait à une extrémité sur la salle à manger, à l'autre sur une terrasse ouverte, et de chaque côté duquel s'alignaient les chambres. Ce couloir, ce long tuyau nu éclairé seulement à ses extrémités, était naturellement destiné aux jambes nues de Carmen et ces jambes y profilaient toute la journée durant leur galbe magnifique. Ce qui faisait qu'aucun des clients de l'Hôtel Central ne pouvait les ignorer complètement, l'eût-il voulu de toutes ses forces, et qu'un certain nombre de ces clients vivaient constamment en compagnie de l'image harcelante de ces jambes. D'autant que Carmen, par esprit de revanche contre le reste de sa personne, lequel d'ailleurs n'altérait en rien la fraîcheur de son caractère, portait des robes si courtes que de ses jambes on voyait aussi le genou dans son entier. Elle l'avait parfait, lisse, d'une rondeur, d'une souplesse, d'une délicatesse de bielle. On pouvait coucher avec Carmen rien que pour ces jambes-là, pour leur beauté, leur intelligente manière de s'articuler, de se plier, de se déplier, de se poser, de fonctionner. D'ailleurs on le faisait. Et à cause d'elles et de la façon si persuasive qu'elle avait de s'en servir, Carmen avait des amants en quantité suffisante pour dédaigner d'aller en chercher dans le haut quartier. Et sa gentillesse qui n'était pas sans tenir à la satisfaction d'être pourvue de telles jambes était si réelle, si constante, que ses amants devenaient tous par la suite des clients fidèles qui, parfois après deux ans de voyage dans le Pacifique, revenaient toujours à l'Hôtel Central. L'hôtel prospérait. Carmen avait de la vie sa philosophie qui n'était pas amère, elle acceptait son sort, si l'on peut dire, d'un pied léger et elle se défendait farouchement de tout attachement qui aurait nui à son humeur. C'était une vraie fille de putain faite aux arrivées et aux départs incessants de ses compagnons, à la dureté du gain, à l'habitude d'une indépendance forcenée. Ce qui ne l'empêchait pas d'avoir ses préférences, ses amitiés et sans doute aussi ses amours, mais d'en accepter l'aléatoire avec grâce.

Carmen avait de l'amitié pour la mère et aussi du respect. À chacun de ses séjours elle lui réservait une chambre tranquille du côté du fleuve et la lui faisait payer le prix d'une chambre côté tram. Et une fois, il y avait deux ans de cela, elle lui avait dépucelé Joseph dans un noble élan sans doute pas tout à fait gratuit. Depuis d'ailleurs à chacun des passages de Joseph, elle passait avec lui plusieurs nuits d'affilée. Elle avait dans ce cas la délicatesse de ne pas lui compter le prix de sa chambre, voilant ainsi sa générosité par le plaisir qu'elle prenait avec lui.

Cette fois, Carmen fut naturellement chargée par la mère de l'aider à vendre le diamant de M. Jo. La mère alla la trouver le soir de son arrivée et lui demanda si elle croyait pouvoir le vendre à un client de l'Hôtel Central. Carmen s'étonna qu'une bague de cette valeur fût entre ses mains.

— C'est un certain M. Jo, dit fièrement la mère, qui l'a donnée à Suzanne. Il voulait l'épouser mais elle n'a pas voulu parce qu'il ne plaisait pas à Joseph.

Carmen comprit immédiatement que leur voyage à la ville n'était motivé que par la vente du diamant. Elle saisit toute l'importance de la démarche de la mère et elle l'aida. Les clients de l'hôtel dans l'ensemble ne lui semblaient pas très indiqués pour l'achat d'une bague de cette valeur, dit-elle, néanmoins elle essaierait de la leur refiler. Dès le lendemain elle en parla à quelques-uns. De plus, elle mit dans le bureau de l'hôtel, bien en vue, accrochée au-dessus de sa table, la pancarte suivante : « À vendre magnifique diamant. Occasion exceptionnelle. S'adresser au bureau de l'hôtel. » Mais pendant les jours qui suivirent personne à l'hôtel ne s'en soucia. Carmen dit qu'elle s'y attendait, qu'il n'en fallait pas moins laisser la pancarte, que les officiers de marine qui venaient en escale, eux, étaient susceptibles de faire des folies. Mais elle conseilla à la mère d'essayer de son côté de le vendre soit à un bijoutier soit à un diamantaire, de s'en charger le jour et de le lui rendre le soir pour ne pas perdre les chances qu'elles avaient de le vendre à l'hôtel.

Toute cette stratégie n'avait pourtant donné au bout de trois jours aucun résultat.

Munie de la bague enfermée dans son sac et toujours enveloppée du même papier de soie dans lequel l'avait mise M. Jo, la mère commença à parcourir la ville pour essayer de la vendre le prix que M. Jo avait dit qu'elle valait : vingt mille francs. Mais le premier diamantaire auquel elle le proposa en offrit dix mille francs. Il lui annonça que le diamant avait un défaut grave, un « crapaud », qui en diminuait considérablement la valeur. La mère tout d'abord ne crut pas au prétendu crapaud dont parlait le diamantaire. Elle en voulait vingt mille francs. Pourtant lorsqu'elle en vit un deuxième et qu'il lui reparla du crapaud, elle commença à douter. Elle n'avait jamais entendu dire qu'il pouvait y avoir des « crapauds » égarés dans les diamants, même dans les plus purs, pour la bonne raison qu'elle n'avait jamais eu de diamant avec ou sans crapaud. Mais après qu'un quatrième diamantaire lui eut encore parlé de crapaud, elle ne manqua pas de commencer à trouver une relation obscure entre ce défaut au nom si évocateur et la personne de M. Jo. Après trois jours de démarches, elle commença à la formuler, d'une façon assez vague il est vrai.

— Ça ne m'étonne pas, disait-elle, fallait s'y attendre.

Et bientôt cette relation fut si profonde que lorsqu'elle parlait de M. Jo il lui arrivait de se tromper de nom et de le confondre, dans une même appellation, avec son diamant.

— J'aurais dû m'en méfier dès le premier jour de ce crapaud, dès que je l'ai vu pour la première fois à la cantine de Ram.

Ce diamant à l'éclat trompeur, c'était bien le diamant de l'homme dont les millions pouvaient faire illusion, qu'on aurait pu prendre pour des millions qui se donneraient sans réticence. Et son dégoût était aussi fort que si M. Jo les avait volés.

— Crapaud pour crapaud, disait-elle, ils se valent. Elle les confondait décidément dans la même abomination.

Pourtant elle en voulait toujours vingt mille francs et «pas un sou de moins». Elle s'acharnait. Elle s'était toujours acharnée, d'un acharnement curieux, qui augmentait en raison directe du nombre de ses échecs. Moins on lui offrait du diamant, moins elle démordait de ce chiffre de vingt mille francs. Pendant cinq jours elle courut chez les diamantaires. D'abord chez les Blancs. Elle entrait avec l'air le plus naturel qu'elle pouvait avoir et racontait qu'elle voulait se débarrasser d'un bijou de famille désormais sans utilité pour elle. On demandait à voir, elle sortait la bague, on prenait la loupe, on examinait le diamant et on trouvait le crapaud. On lui en offrait huit mille francs. On lui en offrait onze mille francs. Puis six mille, etc. Elle remettait le diamant dans son sac, ressortait en vitesse et en général elle engueulait Suzanne qui, avec Joseph, l'attendait dans la B 12. Des trois diamants que lui avait offerts M. Jo, Suzanne avait naturellement pris le plus «mauvais» comme par un fait exprès.

Mais elle s'acharnait toujours: mauvais ou bon elle en voulait vingt mille francs.

Après avoir fait tous les diamantaires et bijoutiers blancs, elle commença à aller trouver les autres, ceux qui ne l'étaient pas, les Jaunes, les Noirs. Ceux-ci ne lui offrirent jamais plus de huit mille francs. Comme ils étaient plus nombreux que les autres, elle mit beaucoup plus de temps à les épuiser. Mais si sa déception allait croissant ainsi que sa colère et son dégoût, ils ne diminuaient en rien ses exigences. Ce qu'elle voulait coûte que coûte, c'était avoir vingt mille francs.

Une fois qu'elle eut couru chez tous le diamantaires de la ville, blancs ou non, elle se dit que peut-être sa tactique n'était pas la bonne. Alors, un soir, elle dit à Suzanne que la seule façon d'en sortir, c'était de retrouver M. Jo. Elle ne parla de ce projet qu'à Suzanne seule; Joseph, disait-elle, tout intelligent qu'il était, avait aussi sa bêtise et, comme il ne pouvait pas tout comprendre, il ne fallait pas tout lui dire. Il fallait être habile, revoir M. Jo sans lui faire soupçonner qu'on l'avait recherché, et reprendre avec lui les relations anciennes. Prendre son temps. Les renouer, ces relations, à s'y tromper et jusqu'à provoquer de nouveau en lui un désir rémunérateur. L'essentiel, c'était ça, c'était de l'affoler, d'obscurcir sa raison au point qu'il en revienne, de nouveau désespéré, à lui abandonner les deux autres diamants ou même un seul.

Suzanne lui promit de renouer avec M. Jo si jamais elle le rencontrait mais elle refusa de le rechercher. La mère se chargea de cette partie de la besogne. Mais comment retrouver M. Jo dans la ville? Il n'avait pas, et pour cause, donné son adresse. En même temps qu'elle courait chez les diamantaires qu'elle avait omis de voir, elle se mit à le rechercher. Elle l'attendit à la sortie des cinémas, elle explora les terrasses de cafés, les rues, les magasins de luxe, les hôtels, avec autant d'ardeur et de passion qu'une jeune amoureuse.

Suzanne et Joseph commencèrent par l'accompagner dans ses interminables courses chez les diamantaires. Mais leur zèle ne résista pas à l'histoire du crapaud. Au bout de deux jours, ayant décrété ces courses parfaitement inutiles, Joseph s'en alla tout seul de son côté, avec, bien sûr, la B 12. La mère fut bien obligée d'accepter. Elle savait par expérience que les regrets qu'aurait eus plus tard Joseph de ne pas avoir profité pleinement de son séjour à la ville lui auraient valu une amertume plus grande encore que celle qui lui venait lorsque seule, à pied ou en tram, elle affrontait la clairvoyance démoniaque des diamantaires. D'ailleurs, ensuite, lorsqu'elle eut décidé de rechercher M. Jo, elle transforma la défection de Joseph en une aubaine inespérée. Ce ne fut que lorsque à son tour elle abandonna M. Jo que cette absence la désespéra tout à fait et la fit se coucher et dormir toute la journée comme elle avait fait après l'écroulement des barrages.

Pendant quelques jours Joseph rentra encore chaque soir chez Carmen et chaque matin, si peu que ce soit, la mère l'apercevait encore. Mais bientôt, et ce fut là le fait le plus marquant de leur séjour à la ville, Joseph ne rentra plus du tout. Il disparut complètement avec la B 12. Il avait réussi à vendre quelques peaux fraîchement tannées à quelques clients de passage à l'hôtel et, muni de ce seul argent, il disparut. Carmen réussit à cacher la chose à la mère, du moins pendant que celle-ci était à ce point occupée par ses démarches chez les diamantaires ou ensuite sa recherche de M. Jo, qu'elle ne s'inquiétait pas autrement de ne pas voir Joseph chaque matin et qu'elle se contentait encore de croire Suzanne ou Carmen qui disaient le voir tous les après-midi pendant qu'elle était sortie.

Dès le jour où Suzanne trouva superflu de se faire engueuler à la sortie de chaque bijouterie elle fut naturellement la proie des soins de

Carmen. Lorsque celle-ci fut sûre que Joseph ne reviendrait pas de sitôt, elle prit passionnément Suzanne en charge, allant même, afin de la soustraire à l'acharnement désespérant de la mère et comme si vraiment chacun d'eux lui inspirait indifféremment un même dévouement, jusqu'à la faire coucher dans sa propre chambre. Ainsi, après avoir découvert Joseph, Carmen découvrit Suzanne, et pendant ce séjour-là ce fut surtout Suzanne qu'elle essaya, comme elle le disait, d'«éclairer». Elle lui décrivit son propre sort qu'elle jugeait très malheureux et tenta de l'en persuader avec des mots amers. Elle savait, disait-elle, que l'idée fixe de la mère était de la marier au plus vite, pour se retrouver seule et enfin libre de mourir. Ce n'était pas une solution. Ce n'en était pas une quand on était encore, comme Suzanne, au stade de l'imbécillité de l'âge. Or, disait Carmen, «on est toutes, au départ, des imbéciles». Ce ne pouvait être une solution que si Suzanne se mariait avec un homme à la fois si bête et si riche qu'il lui aurait donné les conditions matérielles de se libérer de lui. Joseph lui avait parlé de M. Jo et elle regrettait un peu que ça n'ait pas marché avec lui parce qu'il paraissait être l'idéal du genre. «Tu l'aurais trompé au bout de trois mois, puis ça aurait marché tout seul...» Mais M. Jo, ou plutôt, le père de M. Jo ne s'était pas laissé faire. Et Carmen expliqua à Suzanne la difficulté qu'il y aurait pour elle à trouver un mari, même ici, à la ville, surtout un mari du type idéal, du type de M. Jo. Les mariages d'amour, à dix-sept ans, étant exclus de toute façon. Le mariage d'amour avec le douanier du coin qui te fera tes trois gosses en trois ans... Non, Suzanne avait fait preuve jusqu'ici, avec la mère, d'une trop grande docilité.

Et c'était là la chose importante : il fallait avant tout se libérer de la mère qui ne pouvait pas comprendre que dans la vie, on pouvait gagner sa liberté, sa dignité, avec des armes différentes de celles qu'elle avait crues bonnes. Carmen connaissait bien la mère, l'histoire des barrages, l'histoire de la concession, etc. Elle la faisait penser à un monstre dévastateur. Elle avait saccagé la paix de centaines de paysans de la plaine. Elle avait voulu même venir à bout du Pacifique. Il fallait que Joseph et Suzanne fassent attention à elle. Elle avait eu tellement de malheurs que c'en était devenu un monstre au charme puissant et que ses enfants risquaient, pour la consoler de ses malheurs, de ne plus jamais la quitter, de se plier à ses volontés, de se laisser dévorer à leur tour par elle.

Il n'y avait pas deux façons, pour une fille, d'apprendre à quitter sa mère.

Si ça gênait un peu Suzanne d'entendre dire cela de la mère, c'était vrai, finalement. Depuis les barrages surtout, la mère était dangereuse. Pour le reste, ce n'était sûrement pas le douanier du coin qu'il lui fallait mais pas non plus M. Jo. Là, Carmen simplifiait. Carmen la coiffa, l'habilla, lui donna de l'argent. Elle lui conseilla de se promener dans la ville en lui recommandant toutefois de ne pas se laisser faire par le premier venu. Suzanne accepta de Carmen ses robes et son argent.

La première fois que Suzanne se promena dans le haut quartier, ce fut donc un peu sur le conseil de Carmen.

Elle n'avait pas imaginé que ce devait être un jour qui compterait dans sa vie que celui où, pour la première fois, seule, à dix-sept ans, elle irait à la découverte d'une grande ville coloniale. Elle ne savait pas qu'un ordre rigoureux y règne et que les catégories de ses habitants y sont tellement différenciées qu'on est perdu si l'on n'arrive pas à se retrouver dans l'une d'elles.

Suzanne s'appliquait à marcher avec naturel. Il était cinq heures. Il faisait encore chaud mais déjà la torpeur de l'après-midi était passée. Les rues, peu à peu, s'emplissaient de Blancs reposés par la sieste et rafraîchis par la douche du soir. On la regardait. On se retournait, on souriait. Aucune jeune fille blanche de son âge ne marchait seule dans les rues du haut quartier. Celles qu'on rencontrait passaient en bande, en robe de sport. Certaines, une raquette de tennis sous le bras. Elles se retournaient. On se retournait. En se retournant, on souriait. «D'où sort-elle cette malheureuse égarée sur nos trottoirs?» Même les femmes étaient rarement seules. Elles marchaient en groupe. Suzanne les croisait. Les groupes étaient tous environnés du parfum des cigarettes américaines, des odeurs fraîches de l'argent. Elle trouvait toutes les femmes belles, et que leur élégance estivale était une insulte à tout ce qui n'était pas elles. Surtout elles marchaient comme des reines, parlaient, riaient, faisaient des gestes en accord absolu avec le mouvement général, qui était celui d'une aisance à vivre extraordinaire. C'était venu insensiblement, depuis qu'elle s'était engagée dans l'avenue qui allait de la ligne du tram au centre du haut quartier, puis cela s'était confirmé, cela avait augmenté jusqu'à devenir, comme elle atteignait le centre du haut quartier, une impardonnable réalité: elle était ridicule et cela se voyait. Carmen avait tort. Il n'était pas donné à tout le monde de marcher dans ces rues, sur ces trottoirs, parmi ces seigneurs et ces enfants de rois. Tout le monde ne disposait pas des mêmes facultés de se mouvoir. Eux avaient l'air d'aller vers un but précis, dans un décor familier et parmi des semblables. Elle, Suzanne, n'avait aucun but, aucun semblable, et ne s'était jamais trouvée sur ce théâtre.

Elle essaya en vain de penser à autre chose.

On la remarquait toujours.

Plus on la remarquait, plus elle se persuadait qu'elle était scandaleuse, un objet de laideur et de bêtise intégrales. Il avait suffi qu'un seul commence à la remarquer, aussitôt cela s'était répandu comme la foudre. Tous ceux qu'elle croisait maintenant semblaient être avertis, la ville entière était avertie et elle n'y pouvait rien, elle ne pouvait que continuer à avancer, complètement cernée, condamnée à aller au-devant de ces regards braqués sur elle, toujours relayés par de nouveaux regards, au-devant des rires qui grandissaient, lui passaient de côté, l'éclaboussaient encore par-derrière. Elle n'en tombait pas morte mais elle marchait au bord du trottoir et aurait voulu tomber morte et couler dans le caniveau. Sa honte se dépassait toujours. Elle se haïssait, haïssait tout, se fuyait, aurait voulu fuir tout, se défaire de tout. De la robe que Carmen lui avait prêtée, où de larges fleurs bleues s'étalaient, cette robe d'Hôtel Central, trop courte, trop étroite. De ce chapeau de paille, personne n'en avait un comme ça. De ces cheveux, personne n'en portait comme ça. Mais ce n'était rien. C'était elle, elle qui était méprisable des pieds à la tête. À cause de ses yeux, où les jeter? À cause de ces bras de plomb, ces ordures, à cause de ce cœur, une bête indécente, de ces jambes incapables. Et qui trimbale un pareil sac à main, un vieux sac à elle, cette salope, ma mère, ah! qu'elle meure! Elle eut envie de le jeter dans le caniveau, pour ce qu'il y avait dedans... Mais on ne jette pas son sac à main dans le caniveau. Tout le monde serait accouru, l'aurait entourée. Mais, bien. Elle alors se serait laissée mourir doucement, allongée dans le caniveau, son sac à main près d'elle, et ils auraient bien été obligés de cesser de rire.

Joseph. À ce moment-là, il rentrait encore chaque soir à l'hôtel. Le haut quartier n'était pas si grand. Et où aurait été Joseph sinon dans le haut quartier? Suzanne se mit à le chercher dans la foule. La sueur ruisselait sur son visage. Elle enleva son chapeau et le tint à la main avec son sac. Elle ne trouva pas Joseph, mais tout à coup une entrée de cinéma, un cinéma pour s'y cacher. La séance n'était pas commencée. Joseph n'était pas au cinéma. Personne n'y était, même pas M. Jo.

Le piano commença à jouer. La lumière s'éteignit. Suzanne se sentit désormais invisible, invincible et se mit à pleurer de bonheur. C'était l'oasis, la salle noire de l'après-midi, la nuit des solitaires, la nuit artificielle et démocratique, la grande nuit égalitaire du cinéma, plus vraie que la vraie nuit, plus ravissante, plus consolante que toutes les vraies nuits, la nuit choisie, ouverte à tous, offerte à tous, plus généreuse, plus dispensatrice de bienfaits que toutes les institutions de charité et que toutes les églises, la nuit où se consolent toutes les hontes, où vont se perdre tous les désespoirs, et où se lave toute la jeunesse de l'affreuse crasse d'adolescence.

C'est une femme jeune et belle. Elle est en costume de cour. On ne saurait lui en imaginer un autre, on ne saurait rien lui imaginer d'autre que ce qu'elle a déjà, que ce qu'on voit. Les hommes se perdent pour elle, ils tombent sur son sillage comme des quilles et elle avance au milieu de ses victimes, lesquelles lui matérialisent son sillage, au premier plan, tandis qu'elle est déjà loin, libre comme un navire, et de plus en plus indifférente, et toujours plus accablée par l'appareil immaculé de sa beauté. Et voilà qu'un jour de l'amertume lui vient de n'aimer personne. Elle a naturellement beaucoup d'argent. Elle voyage. C'est au carnaval de Venise que l'amour l'attend. Il est très beau l'autre. Il a des yeux sombres, des cheveux noirs, une perruque blonde, il est très noble. Avant même qu'ils ne se soient fait quoi que ce soit on sait que ça y est, c'est lui. C'est ça qui est formidable, on le sait avant elle, on a envie de la prévenir. Il arrive tel l'orage et tout le ciel s'assombrit. Après bien des retards, entre deux colonnes de marbre, leurs ombres reflétées par le canal qu'il faut, à la lueur d'une lanterne qui a, évidemment, d'éclairer ces choses-là, une certaine habitude, ils s'enlacent. Il dit je vous aime. Elle dit je vous aime moi aussi. Le ciel sombre de l'attente s'éclaire d'un coup. Foudre d'un tel baiser. Gigantesque communion de la salle et de l'écran. On voudrait bien être à leur place. Ah! comme on le voudrait. Leurs corps s'enlacent. Leurs bouches s'approchent, avec la lenteur du cauchemar. Une fois qu'elles sont proches à se toucher, on les mutile de leurs corps. Alors, dans leurs têtes de décapités, on voit ce qu'on ne saurait voir, leurs lèvres les unes en face des autres s'entrouvrir, s'entrouvrir encore, leurs mâchoires se défaire comme dans la mort et dans un relâchement brusque et fatal des têtes, leurs lèvres se joindre comme des poulpes, s'écraser, essayer dans un délire d'affamés de manger, de se faire disparaître jusqu'à l'absorption réciproque et totale. Idéal impossible, absurde, auquel la conformation des organes ne se prête évidemment pas. Les spectateurs n'en auront vu pourtant que la tentative et l'échec leur en restera ignoré. Car l'écran s'éclaire et devient d'un blanc de linceul.

Il était tôt encore. Une fois sortie du cinéma, Suzanne remonta l'avenue principale du haut quartier. La nuit était venue pendant la séance et c'était comme si ç'avait été la nuit de la salle qui continuait, la nuit amoureuse du film. Elle se sentait calme et rassurée. Elle se remit à chercher Joseph mais pour d'autres raisons que tout à l'heure, parce qu'elle ne pouvait se résoudre à rentrer. Et aussi parce que jamais encore elle n'avait eu un tel désir de rencontrer Joseph.

Ce fut une demi-heure après sa sortie du cinéma qu'elle le rencontra. Elle aperçut la B 12 qui descendait l'avenue dans laquelle elle se trouvait et qui se dirigeait vers les quais. L'auto roulait très lentement. Suzanne se posta sur le trottoir et attendit qu'elle soit à sa hauteur pour appeler Joseph.

Entassées à côté de lui, il y avait deux femmes. Celle qui était contre lui le tenait enlacé. Joseph avait un drôle d'air. Il avait l'air saoul et heureux.

Au moment où la B 12 allait la croiser, Suzanne se précipita sur le bord du trottoir et cria : « Joseph ! » Joseph n'entendit pas. Il parlait à la femme qui l'enlaçait.

Cependant la rue était encombrée et Joseph roulait très lentement.

— Joseph ! cria de nouveau Suzanne. Plusieurs personnes s'étaient arrêtées. Suzanne courait le long du trottoir pour essayer de suivre l'auto. Mais Joseph n'entendait pas et ne la voyait pas. Alors, après l'avoir par deux fois de suite appelé, elle se mit à crier sans interruption :

— Joseph ! Joseph ! « S'il ne m'entend pas la prochaine fois, je me jette sous l'auto pour le forcer à s'arrêter. »

Joseph s'arrêta. Suzanne s'arrêta et lui sourit. Elle était aussi étonnée et heureuse de l'avoir rencontré que s'il y avait eu très longtemps qu'elle ne l'avait vu, quelque chose comme depuis leur enfance. Joseph se rangea le long du trottoir. La B 12 n'avait pas changé. Toujours les mêmes portières attachées par des fils de fer et l'armature à nu et rouillée de la capote qu'un jour, dans un accès de rage, Joseph avait arrachée.

— Qu'est-ce que tu fous là ? demanda Joseph.

— Je me promène.

— Merde, t'es drôlement fringuée.

— C'est Carmen qui m'a prêté une robe.

— Qu'est-ce que tu fous là ? redemanda Joseph.

L'une des femmes demanda quelque chose à Joseph et il dit:

— C'est ma sœur.

La deuxième femme demanda à la première:

— Qui c'est?

— C'est sa frangine, dit la première.

Elles souriaient toutes deux à Suzanne avec une complaisance un peu timide. Elles étaient très fardées et portaient des robes collantes, l'une verte et l'autre bleue. Celle qui tenait Joseph enlacé était la plus jeune. Quand elle souriait on voyait qu'il lui manquait une dent sur le côté. Elles devaient venir toutes deux d'un bordel du port et Joseph avait dû les ramasser on ne savait pas où, peut-être aux «avancées» d'un cinéma.

Joseph restait dans l'auto, l'air ennuyé. Suzanne attendait qu'il lui propose de monter. Mais Joseph, visiblement, n'en avait pas l'intention.

— Et maman? demanda-t-il encore pour demander quelque chose, pourquoi que t'es seule?

— Je ne sais pas, dit Suzanne.

— Et le diam? demanda encore Joseph mettant ainsi immédiatement en usage son nouveau vocabulaire.

— Pas vendu, comprit immédiatement Suzanne.

Elle se tenait accoudée à l'auto, à côté de Joseph. Elle n'osait pas monter. Joseph le voyait bien et il avait l'air de plus en plus embêté. Les deux femmes n'avaient pas l'air de se douter de ce qui se passait.

— Alors au revoir, dit enfin Joseph.

Suzanne retira brusquement son bras de la portière.

— Au revoir.

Joseph la regarda, embarrassé. Il hésita.

— Où c'est que tu vas comme ça?...

— Je m'en fous où je vais, dit Suzanne, je vais où je veux.

Joseph hésita encore. Suzanne s'éloigna.

— Suzanne! cria faiblement Joseph.

Suzanne ne répondit pas. Joseph démarra lentement sans l'avoir appelée une seconde fois.

Suzanne remonta l'avenue jusqu'à la place de la Cathédrale. Elle haïssait Joseph. Maintenant elle ne remarquait plus du tout les regards qu'elle soulevait sur son passage et peut-être la remarquait-on moins aussi à cause de la nuit. Si au moins la mère avait pu passer. Mais c'était inutile d'espérer. La mère ne passait jamais par là parce que c'était un lieu de promenade; elle courait la ville avec son crapaud, son diamant.

Puis elle cherchait M. Jo, elle chassait M. Jo. C'était une sorte de vieille putain qui s'ignorait, perdue dans la ville. Autrefois elle courait les banques, maintenant c'était les diamantaires. Ils la mangeront. Longtemps, à la voir rentrer tellement exténuée que la plupart du temps elle se couchait sans manger, en pleurant, on aurait pu croire qu'elle pouvait en effet mourir soit des banques soit des diamantaires. Mais quand même, elle en était toujours ressortie et toujours, elle recommençait à se livrer à son vice, quémander l'impossible, ses « droits », comme elle disait.

Suzanne s'assit sur un banc du square qui longeait la cathédrale. Elle n'avait pas envie de rentrer tout de suite. La mère gueulerait encore soit contre Joseph soit contre elle-même. Bientôt c'en serait fini de Joseph, il s'en irait. C'était un peu l'agonie de Joseph qui bientôt irait se perdre dans le commun, dans la monstrueuse vulgarité de l'amour. Plus de Joseph. Il avait beau dire, il ne se chargerait plus de la mère bien longtemps et déjà il préparait son assassinat. C'était un menteur. Il y avait beaucoup de menteurs. Dont Carmen en particulier.

C'était au cinéma que Joseph l'avait rencontrée. Elle fumait cigarette sur cigarette et comme elle n'avait pas de feu, Joseph lui en avait donné. Alors chaque fois elle avait offert une cigarette à Joseph. Lui non plus n'avait pas cessé de fumer. C'était des cigarettes très bonnes et très chères, les plus chères, sans doute les fameuses 555. Ils étaient sortis ensemble du cinéma et depuis ils ne s'étaient pas quittés. Du moins c'était la version sommaire que donnait Carmen de l'histoire de Joseph.

— Il en était à un tel point qu'il a suffi des cigarettes, ajoutait-elle.

Elle prétendait avoir rencontré Joseph dans le haut quartier et qu'il lui avait tout raconté lui-même. Mais comment savoir avec Carmen si elle disait la vérité ? Elle avait ses sources de renseignements à elle, ses filets. Elle devait même savoir où se trouvait Joseph mais elle se serait bien gardée de le dire. Et pendant huit jours et huit nuits Joseph ne reparut pas à l'Hôtel Central.

La mère en avait presque terminé avec les diamantaires et les bijoutiers. Elle ne comptait plus que sur les clients de l'hôtel, sur Carmen. De temps en temps, dans un sursaut, elle allait encore chez un diamantaire qu'elle avait négligé mais elle ne passait plus ses journées à courir par la ville. Elle ne cherchait même plus M. Jo. Elle l'avait trop cherché et elle en était dégoûtée, comme d'un amant. Elle disait que dès le retour de Joseph, elle retournerait chez le premier diamantaire qu'elle avait vu, celui qui lui avait offert onze mille francs du crapaud et qu'elle repartirait dans la plaine. Maintenant le plus clair de son temps, elle le passait à attendre le retour de Joseph. Elle avait payé sa chambre et sa pension jusqu'au jour où Joseph avait disparu. Ensuite elle avait décidé de ne plus le faire. Elle disait à Carmen qu'elle n'avait plus d'argent. Elle se doutait que Carmen savait parfaitement où se trouvait Joseph mais qu'elle ne le dirait jamais et que par conséquent elle acceptait tacitement de ne pas être payée le temps qu'il dépendait d'elle de laisser Joseph se satisfaire autant qu'il le voudrait. Cependant, elle ne prenait plus qu'un seul repas par jour, et on ne savait pas si c'était par scrupule ou pour essayer naïvement par ce chantage de fléchir Carmen. Suzanne, elle, mangeait à la table de Carmen et dormait dans sa chambre. Elle ne voyait plus la mère qu'au repas du soir. Toute la journée en effet celle-ci dormait. Elle prenait ses pilules et elle dormait. Toujours, dans les périodes difficiles de sa vie elle avait dormi comme ça. Lorsque les barrages s'étaient écroulés, il y avait deux ans, elle avait dormi quarante-huit heures d'affilée. Ses enfants s'étaient faits à ses manières et ne s'en inquiétaient pas outre mesure.

Depuis sa première tentative de promenade dans le haut quartier, Suzanne ne suivit plus aussi à la lettre les conseils de Carmen. Si elle y allait encore chaque après-midi, c'était pour se rendre directement dans un cinéma. Le matin en général elle restait au bureau de l'hôtel et quelquefois il lui arrivait de remplacer Carmen. Il y avait à l'Hôtel Central six chambres dites «réservées» et qui donnaient beaucoup de travail. Elles étaient louées à l'heure la plupart du temps par des officiers de marine et des putains nouvellement arrivées. Carmen avait obtenu une licence étendue à cet effet. C'était le plus gros rapport de sa gérance. Mais elle prétendait que ce n'était pas pour ça qu'elle l'avait demandée mais par une inclination véritable. Elle se serait ennuyée, prétendait-elle, dans un hôtel bien famé.

Quelquefois les putains restaient un mois en attendant que leur sort se décide. Elles y étaient parfaitement traitées. Il arrivait que certaines d'entre elles, les plus jeunes en général, partent avec des chasseurs ou des planteurs de rencontre, mais il était rare qu'elles se fassent à la vie des hauts plateaux ou de la brousse et, au bout de quelques mois, elles revenaient et réintégraient les bordels. Outre les nouvelles qui venaient directement de la capitale, il en arrivait d'autres de Shanghai, de Singapour, de Manille, de Hong Kong. Celles-là étaient les grandes aventureuses, les plus bourlingueuses de toutes. Elles faisaient régulièrement tous les ports du Pacifique et ne restaient jamais plus de six mois dans aucun. C'était les plus grandes fumeuses d'opium du monde, les initiatrices de tous les équipages du Pacifique.

— C'est des cloches, disait Carmen, mais c'est celles que je préfère. Elle ne s'expliquait pas longuement. Elle disait qu'elle aimait bien les putains, qu'elle-même était fille de putain mais que ce n'était pas seulement pour ça, mais parce que c'était encore ce qu'il y avait de plus honnête, de moins salaud dans ce bordel colossal qu'était la colonie.

Il va sans dire qu'à toutes celles qui venaient, Carmen conseillait de se faire offrir le diamant. Dans toutes les chambres réservées elle avait mis des doubles de la pancarte suspendue dans le bureau. Elle allait même jusqu'à leur expliquer le cas de la mère.

— Mais quoi! c'est pas à elle qu'on offre des diams, disait amèrement Carmen.

La mère partageait cette amertume. Pourtant l'hôtel restait le seul endroit où il y avait une chance de le vendre le prix que la mère en voulait. Là, pas de loupe pour déceler le crapaud, disait Carmen. Chez elle aussi la vente du diamant était devenue une préoccupation constante, moins obsédante pourtant que chez la mère. Carmen d'ailleurs ne se laissait obséder vraiment par rien. Seul l'obsédait vraiment son besoin d'hommes nouveaux qui la faisait régulièrement plaquer tout et sortir. C'était le plus souvent à l'occasion de l'arrivée d'un bateau que ça la prenait. Après le dîner elle s'habillait, se fardait et filait vers le port le long du fleuve. En rentrant, un soir, elle alla jusqu'à dire à Suzanne, dans un mouvement d'exubérance affectueuse:

— Tu verras, c'est dehors qu'ils sont bien. Il ne faut pas enfermer les hommes. C'est dans la rue qu'ils sont le mieux.

— Mais comment, dans la rue? dit Suzanne embarrassée.

Carmen riait.

Lorsqu'elle n'était pas dans le bureau de Carmen, Suzanne était dans les cinémas du haut quartier. Après le déjeuner elle quittait l'hôtel et se rendait directement dans un premier cinéma. Ensuite dans un second cinéma. Il y en avait cinq dans la ville et les programmes changeaient souvent. Carmen comprenait qu'on aime le cinéma et lui donnait de l'argent pour qu'elle y aille autant qu'il lui plairait. Il n'y avait pas tellement de différence, prétendait-elle en souriant, entre ses sorties le long du fleuve et celles de Suzanne dans les cinémas. Avant de faire l'amour vraiment, on le fait d'abord au cinéma, disait-elle. Le grand mérite du cinéma c'était d'en donner envie aux filles et aux garçons et de les rendre impatients de fuir leur famille. Et il fallait avant tout se débarrasser de sa famille quand c'était vraiment une famille. Suzanne ne comprenait évidemment pas très bien les enseignements de Carmen, mais elle était fière de la voir s'intéresser ainsi à elle.

Chaque soir en rentrant, Suzanne demandait à Carmen des nouvelles de Joseph et du diamant. Joseph ne rentrait pas. Le diamant ne se vendait pas. M. Jo ne réapparaissait pas. Mais c'était surtout Joseph qui ne rentrait pas. Plus le temps passait, plus Suzanne comprenait qu'elle comptait de moins en moins dans la vie de Joseph, pas plus peut-être à certains moments que si elle n'avait jamais existé. Il n'était pas impossible qu'il ne revienne jamais. Le sort de la mère ne posait plus de vrais problèmes, comme le disait Carmen. Si Joseph revenait, la mère vivrait, s'il ne revenait pas, elle mourrait. C'était moins important que ce qui était arrivé à Joseph, que ce qui était arrivé à Carmen il y avait longtemps déjà mais qui, semblait-il, l'avait marquée à jamais, que ce qui ne manquerait pas de lui arriver à elle un jour prochain. Déjà, ça menaçait. De chaque coin de rue, de chaque tournant de rue, de chaque heure du jour, de chaque image de chaque film, de chaque visage d'homme entrevu, elle pouvait déjà dire qu'ils la rapprochaient de Carmen et de Joseph.

La mère ne lui posait aucune question sur son emploi du temps. Il n'y avait que Carmen qui s'intéressait à elle. Souvent, elle lui demandait, à défaut d'autre chose, de lui raconter les films qu'elle avait vus. Elle lui donnait de l'argent pour le lendemain. Elle était inquiète à son propos et plus la disparition de Joseph se prolongeait, plus elle s'inquiétait. Parfois même elle s'angoissait. Qu'allait-elle devenir ? Il fallait, répétait-elle, il était indispensable que Suzanne sache quitter la mère, surtout si Joseph ne revenait plus.

— Ses malheurs, à la fin, c'est comme un charme, répétait-elle, il faudrait les oublier comme on oublie un charme. Je ne vois rien que sa mort ou un homme, qui pourrait te la faire oublier.

Suzanne trouvait Carmen un peu élémentaire dans son entêtement. Elle lui cachait qu'elle ne se promenait jamais plus dans le haut quartier. Elle ne lui avait pas raconté sa première promenade, non pas qu'elle eût décidé de la taire mais parce qu'elle n'aurait pas pensé qu'elle pût être racontée. Aucun incident ne l'avait en effet marquée et Suzanne n'imaginait pas encore que l'on pût se faire confidence d'autre chose que d'événements concrets. Le reste était honteux ou trop précieux, en tout cas, impossible à dire. Elle laissait dire Carmen qui ignorait encore, qui ignorait que la seule humanité qu'elle osait affronter était celle, mirobolante, rassurante, des écrans.

Lorsque Suzanne rentrait, Carmen l'entraînait dans sa chambre, et la questionnait. La chambre de Carmen était le point faible de son existence. Elle avait résisté à bien des choses dans la vie, mais pas au charme des divans croulant sous des coussins peints à la main, aux pierrots et arlequins, vestiges de bals anciens, accrochés au mur, aux fleurs artificielles. Suzanne y étouffait un peu. Mais il était quand même préférable d'y coucher que de coucher dans la chambre de la mère.

Suzanne savait que c'était dans cette chambre que Joseph avait couché avec Carmen. Lorsque Carmen se déshabillait devant elle, elle y pensait chaque fois. Et cela faisait chaque fois une différence de plus, non avec Carmen, mais avec Joseph. Carmen était longue, elle avait un ventre plat, des petits seins un peu bas et ses jambes étaient miraculeusement belles. Suzanne la détaillait chaque soir et chaque soir sa différence avec Joseph s'accentuait. Suzanne ne s'était déshabillée qu'une seule fois devant Carmen. Carmen l'avait enlacée. «T'es comme une amande.» Et elle avait essuyé une larme silencieusement. C'était ce même soir qu'elle lui avait demandé de lui amener le premier homme qu'elle rencontrerait. Suzanne promit tout ce qu'elle voulut. Mais plus jamais elle ne se déshabilla devant Carmen.

Lorsque l'heure du dîner arrivait, Suzanne allait chercher la mère dans sa chambre. C'était toujours la même chose. Étendue sur son lit la mère attendait Joseph. Elle était toujours dans le noir parce qu'elle n'avait même plus envie d'allumer. Sur sa table de nuit, à côté d'elle, sous un verre renversé, reposait le diamant. Lorsqu'elle se réveillait elle le regardait avec dégoût. Le crapaud, disait-elle, lui donnait envie de mourir. C'était la déveine, ajoutait-elle, mais qu'on n'aurait même pas pu inventer. Quelquefois, lorsqu'elle avait abusé de ses pilules, elle avait pissé au lit. Alors Suzanne allait à la fenêtre pour ne pas voir.

— Alors? demandait-elle.

— Je l'ai pas vu, disait Suzanne.

Elle se mettait à pleurer. Elle redemandait une pilule. Suzanne la lui donnait et retournait à la fenêtre. Elle lui répétait ce que disait Carmen.

— Ça devait arriver tôt ou tard.

Elle disait qu'elle le savait mais que c'était tout de même terrible de perdre Joseph si brusquement. Elle parlait du même ton de Joseph, du diamant et lorsqu'elle le cherchait encore, de M. Jo. Et quelquefois, lorsqu'elle disait: «Si au moins il revenait!» on ne savait pas si c'était de Joseph ou de M. Jo qu'il s'agissait.

Elle se levait, titubante sous l'effet des pilules. Il fallait attendre qu'elle soit habillée pour dîner. C'était long. Suzanne s'asseyait contre la croisée. Le bruit du tram arrivait assourdi jusque dans la chambre. Mais tout ce que Suzanne voyait de la ville, d'ici, c'était son grand fleuve à moitié recouvert par des nuées de grandes jonques qui venaient du Pacifique et par les remorqueurs du port. Carmen avait tort de s'inquiéter pour elle. Déjà, à force de voir tant de films, tant de gens s'aimer, tant de départs, tant d'enlacements, tant d'embrassements définitifs, tant de solutions, tant et tant, tant de prédestinations, tant de délaissements cruels, certes, mais inévitables, fatals, déjà ce que Suzanne aurait voulu c'était quitter la mère.

La seule rencontre que Suzanne devait faire ce fut, à l'Hôtel Central, celle du représentant en fils d'une usine de Calcutta.

Il était de passage à la colonie et embarquait dans les huit jours qui suivaient, pour les Indes. Ses tournées duraient deux ans et il ne passait qu'une fois par tournée dans la colonie en question. À chacun de ses passages, il avait cherché à se marier avec une Française, très jeune et vierge si possible, mais il n'avait jamais réussi à la trouver.

— Il y a là un type qui pourrait peut-être aller, avait dit Carmen à Suzanne. T'aurais au moins une porte de sortie si jamais Joseph ne revient pas.

Barner était un type d'une quarantaine d'années, grand, à cheveux grisonnants, aux costumes de tweed, qui parlait calmement, souriait peu et qui avait dans la vie une allure en effet très représentative. Ce n'était pas impunément que depuis quinze ans, il visitait toutes les grandes usines de tissage du monde pour y vanter la qualité de ses fils. Il avait d'ailleurs, du monde, plusieurs fois fait le tour et il en avait une vision assez particulière, celle de sa capacité d'absorption, en kilomètres, de fils de coton de l'usine G.M.B. de Calcutta.

Carmen lui parla de Suzanne et le jour même il voulut la connaître. Il était pressé. Les présentations se firent dans la chambre de Carmen, tard après que la mère fut couchée. Suzanne se prêta au désir de Carmen comme elle le faisait toujours. Après la présentation, Barner parla de son métier, du commerce des fils dans le monde et de la consommation insoupçonnable qu'on en faisait. Ce fut tout pour ce soir-là. Le lendemain, par l'intermédiaire de Carmen, il invita Suzanne à sortir avec lui, afin, dit-il, de faire plus ample connaissance. Suzanne le rejoignit après le dîner.

Ils allèrent au cinéma dans l'auto de Barner. Une drôle d'auto dont il était très fier. Une fois arrivés devant le cinéma, il se planta devant Suzanne et lui fit une démonstration détaillée de ses extraordinaires perfectionnements. C'était une auto à deux places, peinte en rouge, dont le spider avait été transformé en une espèce de grand coffre à tiroirs dans lesquels Barner mettait ses échantillons de fils. Les tiroirs étaient jaunes, bleus, verts, etc., de la couleur exacte des fils qu'ils contenaient. Il y en avait bien une trentaine qui s'ouvraient sur toute la surface arrière du coffre et qui se fermaient et s'ouvraient tous automatiquement d'un seul tour de clef donné de l'intérieur. Il n'existait pas deux autos comme celle-là dans le monde, expliqua Barner, et c'était lui et lui tout seul qui avait eu l'idée de la transformer ainsi. Il ajoutait que ce n'était pas encore aussi parfait qu'il l'aurait voulu : il arrivait que les clients, après avoir examiné les fils, se trompent de tiroir et ne les remettent pas dans ceux des couleurs correspondantes. C'était là un grave inconvénient mais il y remédierait. Il savait déjà comment : en fixant les bobines au fond même du tiroir avec une attache plate que lui seul saurait dessertir. Toujours, disait-il, il cherchait à perfectionner ses tiroirs, tout ça ne s'était pas fait d'un seul coup. Rien ne se faisait d'un seul coup, généralisait-il d'un air entendu. Une vingtaine de personnes s'étaient attroupées autour de l'auto et il parlait à voix haute afin de les faire bénéficier de ses explications.

À voir cette auto et à l'entendre en parler, il n'y avait pas de doute possible. C'était encore la déveine. Tout ce qui reste à faire c'est de lui refiler le crapaud. Elle pensait à Joseph très fort.

Après le cinéma, ils allèrent danser dans un dancing-piscine qui se trouvait en dehors de la ville. Barner y alla sans hésiter et il était clair qu'il avait dû suivre cet emploi du temps à chacun de ses séjours à la colonie avec, chaque fois, une nouvelle préposée de l'Hôtel Central. C'était un bungalow peint en vert, au milieu d'un bois. À cause des lanternes vénitiennes qui se balançaient en haut des arbres on y voyait comme en plein jour. Le long du bungalow se trouvait la fameuse piscine qui faisait à elle seule la célébrité du dancing. C'était une grande vasque de rochers alimentée par un ruisseau dont on avait capté le cours en scellant l'ouverture de la vasque. Ainsi, l'eau constamment renouvelée dans sa profondeur par un faible courant restait très pure. Trois projecteurs éclairaient verticalement la piscine dont le fond ainsi que les parois étaient restés dans leur état naturel, tapissés de longues herbes sous-marines au travers desquelles apparaissait un fond de galets orange et violet qui éclataient avec la splendeur de fleurs sous-marines. L'eau était si claire et si calme que ce fond apparaissait dans son détail précis, dans ses nuances les plus fines comme s'il eût été figé dans le cristal. Outre les projecteurs, la piscine était éclairée par les lanternes vénitiennes qui, multicolores, mouvantes, se balançaient dans le ciel vert du bois. De grandes pelouses rases l'entouraient au milieu desquelles il y avait une rangée de cabines de bains également vertes. Parfois l'une de ces cabines s'ouvrait et un corps de femme ou d'homme apparaissait, totalement nu, d'une surprenante blancheur et d'une matière si rayonnante que l'ombre lumineuse du bois en était comme ternie. Le corps nu traversait les pelouses à la course, se jetait dans la vasque, faisant jaillir autour de lui une gerbe d'eau brillante. Puis la gerbe retombait et le corps apparaissait à l'intérieur de l'eau, bleuté et d'une fluidité de lait. La musique du dancing cessait brusquement et les lumières s'éteignaient pendant le temps que le corps nageait. Parfois les plus audacieux plongeaient et circulaient à travers les longues herbes du fond, en dérangeaient la solennelle immobilité et s'y perdaient dans une nage sous-marine, convulsive et lente. Puis le corps réapparaissait à la surface dans un tourbillon glorieux de bulles lumineuses.

Accoudés aux balcons du dancing, des hommes et des femmes regardaient en silence. Bien que ces bains aient été permis peu osaient se donner ainsi en spectacle. Une fois le nageur disparu, les lumières s'allumaient et l'orchestre recommençait à jouer.

— Distraction de millionnaires, dit John Barner.

Elle s'assit en face de lui. Tout autour d'eux, attablés ou en train de danser, se trouvaient tous les grands vampires de la colonie, du riz, du caoutchouc, de la banque, de l'usure.

— Je ne prends pas d'alcool, dit Barner, mais peut-être en prendrez-vous un ?

— Je voudrais un cognac, dit Suzanne.

Elle avait envie de lui déplaire mais elle lui sourit quand même. Sans doute aurait-elle désiré être là avec quelqu'un d'autre à qui elle n'aurait pas pris la peine de sourire. Maintenant que Joseph était parti et que la mère désirait tant mourir, vraiment, chaque jour le besoin s'en faisait davantage sentir.

— Madame votre mère est souffrante ? demanda Barner pour demander quelque chose.

— Elle attend mon frère, dit Suzanne, ça la rend malade.

Suzanne avait cru Barner prévenu par Carmen.

— On sait pas où il est, il doit avoir rencontré une femme.

— Oh ! s'indigna Barner, ce n'est pas une raison. Jamais je ne laisserais ma mère. Il est vrai que ma mère, c'est une sainte.

La sainteté de sa mère faisait frémir.

— La mienne non, dit Suzanne. À la place de mon frère j'en ferais autant.

Suzanne se ressaisit : c'était le moment.

— Si vous pensez que c'est une sainte, faudrait lui prouver.

— Lui prouver ? s'étonna Barner. Je le lui prouve. Je crois pouvoir dire que je n'ai jamais manqué à ma mère.

— Faudrait lui faire un beau cadeau une fois pour toutes, après vous seriez tranquille.

— Je ne comprends pas, fit Barner, toujours également étonné. En quoi je serais plus tranquille.

— Si vous lui donnez une belle bague, après ce serait plus la peine de rien lui donner.

— Une bague ? Pourquoi une bague ?

— Je dis par exemple une bague.

— Ma mère, dit Barner, n'aime pas les bijoux, elle est très simple. Tous les ans je lui achète un petit terrain dans le Sud anglais, et c'est ce qui lui fait le plus plaisir.

— Moi je préférerais les diams, dit Suzanne. Les terrains c'est souvent de la merde.

— Oh ! fit Barner, oh ! quel est ce langage ?

— C'est du français, dit Suzanne. Je voudrais bien danser.

Barner invita Suzanne à danser. Il dansait très correctement. Suzanne était bien plus petite que lui et en dansant ses yeux lui arrivaient à hauteur de la bouche.

— Les Françaises c'est la meilleure et la pire des choses, débuta-t-il, tout en dansant.

Mais bien que sa bouche arrivât à la hauteur des yeux et des cheveux de la Française, pas une fois, de sa bouche, il ne frôla ces cheveux.

— Quand on les prend jeunes, on peut en faire les compagnes les plus dévouées, les collaboratrices les plus sûres, continua-t-il.

Il repartait dans huit jours pour deux ans et il était pressé. Ce qu'il aurait voulu précisément c'était une jeune fille de dix-huit ans, qu'aucun homme n'aurait encore approchée, non pas parce qu'il avait un préjugé quelconque à l'égard de celles qu'on avait approchées (il en fallait bien, disait-il), mais parce que son expérience lui avait appris que c'était les premières qu'on formait le mieux et le plus rapidement.

— Toute ma vie j'ai cherché cette jeune Française de dix-huit ans, cet idéal. C'est un âge merveilleux, dix-huit ans. On peut les façonner et en faire d'adorables petits bibelots.

Joseph dirait : «Des bibelots comme ça, je les ai au cul, les jeunes filles, elles m'emmerdent toutes.»

— Moi, dit Suzanne, mon genre ce serait plutôt Carmen.

— Oh! fit Barner.

Sans doute avait-il essayé de coucher avec Carmen mais de ce gibier-là Carmen ne voulait pas. Quand même, elle essayait de le lui refiler.

— Carmen, mais en mieux, dit Suzanne.

— Vous ne comprenez pas, dit Barner, on ne peut pas épouser une femme comme Carmen.

Il rit avec attendrissement de tant de naïveté.

— Ça dépend qui, dit Suzanne, tout le monde pourrait pas.

Quand ils furent dans l'auto, arrivés devant l'hôtel, Barner dit, comme il avait dû le dire déjà bien souvent à des spécimens du genre :

— Voulez-vous être cette jeune fille que je cherche depuis si longtemps ?

— Faut en parler à ma mère, dit Suzanne, mais moi je vous préviens, mon genre ça serait plutôt Carmen.

Il fut entendu néanmoins que dès le lendemain, après le dîner, il rencontrerait la mère.

— Je suis un des plus gros représentants et un des plus réputés de cette usine, dit Barner.

La mère le regarda avec une très faible curiosité.

— Vous avez de la veine d'avoir réussi, dit-elle, tout le monde ne peut pas en dire autant. Alors vous vendez du fil ?

— Ça n'a l'air de rien, dit Barner, mais c'est une industrie d'une importance considérable. Il se consomme dans le monde des longueurs inimaginables de fil et on en vend pour des sommes non moins inimaginables.

La mère restait sceptique. Elle n'avait manifestement jamais pensé que l'on pût vivre largement d'une pareille industrie. Barner lui parla de sa richesse qui commençait, prétendait-il, à être importante. Chaque année il achetait un terrain dans le Sud anglais où il comptait se retirer. La mère écoutait distraitement. Non pas qu'elle eût mis en doute les paroles de Barner mais elle ne voyait pas le sens d'un placement dans le Sud anglais. C'était trop loin. Tout de même au mot «placement» il passa dans ses yeux comme le reflet du diamant mais ce fut très fugitif et elle ne releva pas. Elle avait l'air fatiguée et rêveuse. Pourtant la chose était d'importance. Et en fin de compte c'était bien la première fois qu'on lui demandait Suzanne en mariage. Elle s'efforçait visiblement à écouter Barner mais en réalité sa pensée était lointaine, près de Joseph.

— Il y a longtemps que vous cherchez comme ça ? demanda-t-elle.

— Il y a des années, dit Barner, je vois que Carmen vous a parlé de moi. Tout vient à point à qui sait attendre, comme vous dites en français.

— Vous le parlez bien, le français, dit la mère.

Comme ça, pensa Suzanne, ça en fait deux. Deux cons. Toujours la déveine, comme pour le reste.

— Ça doit être fatigant, dit la mère rêveusement. Moi j'ai attendu pendant des années, mais ça m'a servi à rien. Puis j'attends encore, c'est jamais fini.

— J'aime pas ça, dit Suzanne, attendre. La patience, comme dit Joseph, à la fin, ça me fait chier.

Barner sursauta un rien. La mère ne releva que le nom de Joseph.

— Peut-être qu'il est mort, dit-elle à voix basse, au fond, pourquoi ne serait-il pas mort...

— À force d'attendre comme ça, dit Suzanne, vous devez être de moins en moins difficile.

— Au contraire, de plus en plus difficile, dit Barner, flatteur.

— Sous un tram, dit la mère à voix basse. Quelque chose me dit qu'il est sous un tram.

— Penses-tu, dit Suzanne, tout ce que je peux te dire c'est qu'il n'est pas sous un tram.

Barner s'arrêta un moment de parler de lui. Il ne se formalisa pas de ce manque d'intérêt. Il devinait qu'il s'agissait de Joseph et de sa fugue et son sourire indiquait qu'il avait de ce genre d'aventures une certaine expérience.

— Que non seulement il n'est pas sous un tram, dit Suzanne, mais qu'il est plus heureux que toi, t'en fais pas, mille fois plus heureux que toi.

La mère fixait la ligne concentrique du tram et l'avenue de l'Ouest, comme il lui arrivait de les regarder souvent, de la fenêtre de sa chambre, pour voir si la B 12 arrivait.

— C'est ce qu'on appelle des fugues de jeune homme, dit enfin Barner d'une voix bien ponctuée, et il ajouta avec un sourire plein de profondeur : il est bon d'en passer par là mais il est encore mieux d'en être sorti.

Il jouait avec son verre. Ses mains fluettes et soignées rappelaient celles de M. Jo. Il portait lui aussi une chevalière mais sans diamant. Ses seules initiales l'ornaient : un J amoureusement entrelacé dans un B.

— Chez Joseph ça passera jamais, affirma Suzanne.

— Pour ça, dit la mère, je crois qu'elle a raison.

— La vie se chargera de l'assagir, dit Barner non sans fierté, comme s'il savait, lui, ce que réservait la vie à des types comme Joseph.

Suzanne se souvint des mains de M. Jo qui cherchaient à toucher ses seins. Celles de Barner sur mes seins ce sera pareil. Le même genre de mains.

— La vie se chargera de rien du tout, dit Suzanne, Joseph c'est pas n'importe qui.

Barner ne paraissait pas décontenancé. Il suivait son idée.

— Ce n'est pas ce genre d'hommes qui rendent les femmes heureuses, croyez-moi.

La mère se souvint de quelque chose.

— Alors, dit la mère, vous voulez épouser ma fille?

Elle se retourna vers Suzanne et lui sourit d'une façon à la fois distraite et gentille. Barner rougit légèrement.

— C'est exact. J'en serais très heureux.

Joseph, Joseph. S'il était là il dirait elle couchera pas avec lui. Carmen m'a dit qu'il lui avait offert trente mille francs pour pouvoir m'emmener, dix mille de plus que le diam. Joseph dirait c'est pas une raison.

— Vous vendez des fils? demanda la mère.

Barner s'étonna. C'était la troisième fois qu'il le disait.

— C'est-à-dire, dit-il patiemment, que je représente une usine de filatures de Calcutta. Je prends d'énormes commandes dans le monde entier pour le compte de cette usine.

La mère réfléchit tout en ne cessant de regarder la ligne concentrique du tram.

— Je ne sais pas si je vous la donne ou non. C'est curieux, je n'ai pas d'avis.

— Drôle de métier, souffla Suzanne.

— La plupart du temps, dit Barner qui avait entendu mais qui faisait à l'«espièglerie» de Suzanne une part vraiment très large, je suis très libre. J'ai toujours affaire aux directeurs. Vous comprenez qu'à ce stade-là tout se règle sur le papier. Alors j'ai beaucoup de temps à moi.

Comme ça, se dit Suzanne, j'aurais même pas l'occasion de fiche le camp avec un autre. Fichue, la porte de sortie, comme dit Carmen.

— Vous parlez bien le français, dit encore une fois la mère d'un drôle de ton.

Barner sourit, flatté.

— Elle vous suivrait partout? poursuivit la mère.

— La G.M.B. assure le transport de ses agents accompagnés de leurs épouses... et de leurs enfants, dit Barner avec à l'appui, ce qui lui restait d'effronterie juvénile.

On ne voyait vraiment pas ce que pouvait être la compagnie de Barner. Ça devait être l'avis de la mère qui, après un silence, dit brusquement:

— Au fond je ne suis ni pour ni contre. C'est ça qui est curieux.

— C'est souvent lorsqu'on y pense le moins que les choses arrivent, dit Barner qui avait l'encouragement facile.

— C'est pas ce qu'elle veut dire, dit Suzanne.

La mère bâilla longuement sans se gêner. Elle en avait assez de concentrer une attention qui filait toujours.

— Le mieux c'est que j'y pense cette nuit, dit-elle.

Et lorsqu'elles furent seules :

— T'as un avis sur lui ? demanda la mère.

— Je préfère un chasseur, dit Suzanne.

La mère ne répondit pas.

— Je partirais pour toujours, dit Suzanne.

La mère n'avait pas pris garde à cet aspect de la question.

— Pour toujours ?

— Pour trois ans.

La mère réfléchit encore.

— Si Joseph ne revient pas, ce serait tout de même mieux. C'est un drôle de métier, mais si Joseph ne revient pas ?

Les yeux fixes, la mère regardait sans le voir le carré de ciel noir qui se détachait dans la fenêtre ouverte. Suzanne savait, c'était toujours la même chose. «Elle va encore me rester sur les bras, pensait la mère, ça finira jamais.» Ce n'était pas à la somme de trente mille francs qu'elle pensait mais à sa mort.

— Joseph reviendra, cria Suzanne, il reviendra tôt ou tard.

— C'est pas sûr, dit la mère.

— Et même... je préfère un chasseur.

La mère sourit, se détendit d'un seul coup. Elle caressa les cheveux de son enfant.

— Pourquoi veux-tu toujours un chasseur ?

— Je ne sais pas.

— T'en fais pas, quand même, un chasseur, tu pourrais l'avoir. Demain je lui parlerai. Je lui dirai que tu ne veux pas me quitter.

Et tout à coup, sur le ton de celle qui se souvient qu'elle a oublié l'essentiel :

— Et le diamant ?

— J'ai essayé, dit Suzanne, ça sert à rien d'insister avec lui.

— Tous les mêmes, conclut la mère.

Pour la première fois depuis le départ de Joseph, la mère se leva tôt. Elle se rendit dans la chambre de Barner. Suzanne ne sut jamais ce qu'elle lui dit. Elle le revit au bureau l'après-midi même, alors qu'elle remplaçait Carmen à la caisse. Il avait l'air un peu dépité et dit à Suzanne que sa mère lui avait parlé.

— J'avoue que je suis un peu découragé. Il y a dix ans que je cherche. Vous paraissiez...

— Faut rien regretter, dit Suzanne.

Elle sourit. Lui, non.

— Pour ce qui est d'être vierge, c'est fini depuis longtemps.

— Oh! fit Barner, pourquoi l'avoir caché?

— On ne va pas crier ces choses-là sur les toits.

— C'est horrible! cria Barner.

— C'est comme ça.

Dans son désespoir Barner leva les yeux au ciel et ce faisant il tomba sur la pancarte de Carmen : «À vendre magnifique diamant...»

— C'est... c'est à vous ce diamant? demanda-t-il d'une voix défaillante.

— Bien sûr, dit Suzanne.

— Oh! fit encore Barner, tous ses moyens coupés par tant d'immoralité.

— Vous, vous vendez bien du fil, dit Suzanne.

Suzanne fit cependant une deuxième rencontre, celle de M. Jo. Un après-midi, comme elle sortait de l'Hôtel Central, elle trouva sa limousine arrêtée devant l'entrée de l'hôtel. Dès qu'il aperçut Suzanne, M. Jo alla vers elle d'un pas apparemment tranquille.

— Bonjour, fit-il sur le ton triomphant, je vous ai trouvée.

Il était peut-être encore mieux fringué que d'habitude mais toujours aussi laid.

— On est venus vendre votre bague, dit Suzanne, ça sert à rien.

— Je m'en fous, dit M. Jo en se forçant à un rire sportif, je vous ai quand même retrouvée.

Il avait dû la chercher longtemps. Depuis trois jours, peut-être davantage. Ici, à la ville, loin de la surveillance de Joseph et de la mère, il avait l'air moins intimidé qu'au bungalow.

— Où allez-vous comme ça ?

— Je vais au cinéma. J'y vais tous les jours.

M. Jo la regarda, sceptique.

— Comme ça, toute seule ? fit-il. Une belle fille comme vous, comme ça, toute seule au cinéma ? ajouta-t-il avec son habituelle perspicacité.

— Belle ou pas, en tout cas, c'est comme ça.

M. Jo baissa les yeux, il resta silencieux un petit moment et déclara, avec cette fois une vraie timidité :

— Et si aujourd'hui vous y renonciez ? Pourquoi aller tellement au cinéma ? C'est malsain et ça vous donne des idées fausses sur l'existence.

Suzanne regarda la limousine parfaitement astiquée. Le chauffeur impeccable, en livrée blanche, ressemblait à une des pièces de l'auto qu'il conduisait. Parfaitement impassible, il n'était attentif qu'à paraître aussi inattentif que possible. Mais quand même il devait savoir tout ce qui s'était passé entre elle et M. Jo. Elle essaya de lui sourire mais il resta aussi impassible que si elle avait souri à l'auto elle-même.

— Pour les idées fausses, dit Suzanne, vous repasserez, comme dit Joseph. Et pour le cinéma j'ai pas envie d'y renoncer comme vous dites.

Il avait toujours son énorme diamant au doigt. Celui-là était au moins trois fois plus gros que l'autre et sans doute n'avait-il pas de crapaud. On pouvait se demander ce qu'il faisait là, sur ce doigt, comme on pouvait se demander de son propriétaire ce qu'il faisait de toute sa personne dans la ville, dans la vie.

— Nous pourrions faire une promenade, dit-il en rougissant. J'aimerais parler avec vous de notre dernière entrevue... Vous savez, j'ai terriblement souffert.

— Peut-être, dit Suzanne, mais pour le cinéma j'ai quand même envie d'y aller.

M. Jo la regardait des pieds à la tête. Pour la première fois depuis qu'il la connaissait il se trouvait avec elle sans autre témoin que son chauffeur et il avait un peu le même regard que lorsqu'elle se montrait à lui dans la cabine de bains. Il lui était déjà arrivé d'être regardée de cette façon par des hommes qu'elle croisait dans le haut quartier en allant au cinéma. Une fois ou deux, alors qu'elle rentrait à l'Hôtel Central, des soldats de la coloniale l'avaient abordée. Mais c'était sans doute à cause des robes de Carmen parce que les soldats de la coloniale n'abordaient que les putains. Elle en voyait pourtant qu'elle aurait sans doute accepté de suivre mais ceux-là ne l'abordaient pas. Au cinéma, une fois surtout, il y en avait eu un qu'elle aurait accepté de suivre. Souvent, pendant la séance, ils s'étaient regardés en silence, leurs coudes unis sur le bras du fauteuil. Il était avec un autre homme et à la sortie ils s'étaient perdus tous les deux dans la foule. Elle s'était retrouvée seule. De ce bras d'un inconnu lui était venue une sorte de chaleur consolante d'elle ne savait quelle tristesse qui lui rappela le baiser de Jean Agosti. Depuis elle était plus sûre encore que c'était dans les cinémas qu'on les rencontrait, dans l'obscurité féconde du cinéma. C'était au cinéma que Joseph l'avait rencontrée. C'était là aussi, il y avait trois ans, qu'il avait trouvé la première femme, après Carmen, avec laquelle il avait couché. C'était là seulement, devant l'écran, que ça devenait simple. D'être ensemble avec un inconnu devant une même image vous donnait l'envie de l'inconnu. L'impossible devenait à portée de la main, les empêchements s'aplanissaient et devenaient imaginaires. Là au moins on était à égalité avec la ville alors que dans les rues elle vous fuyait et on la fuyait.

— Si vous y allez, dit M. Jo, je vous accompagne.

Ils y allèrent dans la Léon Bollée. Le chauffeur les attendit devant la porte. Durant toute la séance M. Jo regarda Suzanne pendant que celle-ci regardait le film. Mais cela n'était pas plus gênant qu'à la plaine. Dans un sens c'était même mieux d'être avec M. Jo et sa limousine que seule une fois de plus. De temps en temps il lui prenait la main, la serrait, se penchait et l'embrassait. Et là, dans la nuit du cinéma c'était acceptable. Après le cinéma M. Jo lui offrit l'apéritif dans un café du haut quartier. Il avait toujours l'air aussi heureux et de mûrir des projets. Il parlait de choses et d'autres, remettant sans doute à plus tard ce qu'il aurait voulu lui dire. Ce fut Suzanne qui lui parla de la bague.

— On l'a vendue très cher, dit Suzanne, beaucoup plus cher que ce que vous croyez.

M. Jo ne releva pas. Il avait fait son deuil de toute sentimentalité attachée à la bague.

— Et Joseph? demanda-t-il.

Il y avait dix jours que Joseph avait disparu.

— Il va très bien. Il doit être au cinéma. On profite de la ville avant de partir. Jamais on n'a eu tant d'argent. Elle, elle a payé une partie de ses dettes et elle est bien contente.

Ce que M. Jo aurait voulu savoir c'était si la mère et Joseph étaient revenus sur leur décision quant à lui.

— Et même si elle voulait vous revoir, dit Suzanne, faudrait pas accepter. Elle vous dévaliserait. À la fin, ce qu'il lui faudrait c'est une bague par jour, pas moins. Maintenant qu'elle y a pris goût...

— Je sais, dit M. Jo en rougissant, mais pour vous voir qu'est-ce que je ne ferais pas...

— Une bague par jour, quand même, vous pourriez pas...

M. Jo éluda la question.

— Qu'allez-vous devenir? demanda-t-il sur un ton de profonde compassion. C'est une dure vie que celle que vous avez à la plaine.

— Vous en faites pas, ça durera pas, dit Suzanne en fixant M. Jo qui, de nouveau, se mit à rougir très fort.

— Vous avez des... des projets? demanda-t-il, au supplice.

— Peut-être, dit Suzanne en riant, que je m'installerai chez Carmen. Mais il faudra qu'on me paye très cher. Toujours à cause de Joseph.

— Si vous voulez je vous raccompagne en auto, dit M. Jo pour mettre fin à cet entretien dont il ne savait au juste que penser.

Suzanne accepta. Elle monta dans l'auto de M. Jo. On y était bien. M. Jo proposa à Suzanne de faire un tour. L'auto glissait dans la ville pleine de ses semblables, luisante. Lorsque la nuit fut venue l'auto glissait toujours dans la ville et tout d'un coup la ville s'éclaira pour devenir alors un chaos de surfaces brillantes et sombres, parmi lesquelles on s'enfonçait sans mal et le chaos chaque fois se défaisait autour de l'auto et se reformait seulement derrière elle... C'était une solution en soi que cette auto, les choses prenaient leur sens à mesure qu'elle avançait en elles, c'était aussi le cinéma. D'autant que le chauffeur roulait sans but, sans fin, comme on ne fait pas d'habitude dans la vie...

Lorsque la nuit était venue, M. Jo s'était rapproché de Suzanne et l'avait enlacée. L'auto roulait toujours dans le chaos brillant et obscur de la ville, les mains de M. Jo tremblaient. Suzanne ne voyait pas son visage. Il était arrivé insensiblement à s'accoler à elle et Suzanne le laissait faire. Elle était saoule de la ville. L'auto roulait, seule réalité, glorieuse, et dans son sillage toute la ville chutait, s'écroulait, brillante, grouillante, sans fin. Parfois les mains de M. Jo rencontraient les seins de Suzanne. Et une fois, il dit :

— Tu as de beaux seins.

La chose avait été dite tout bas. Mais elle avait été dite. Pour la première fois. Et pendant que la main était à nu sur le sein nu. Et au-dessus de la ville terrifiante, Suzanne vit ses seins, elle vit l'érection de ses seins plus haut que tout ce qui se dressait dans la ville, dont c'était eux qui auraient raison. Elle sourit. Puis, frénétiquement, comme s'il était urgent qu'elle le sache tout de suite, elle reprit les mains de M. Jo et les plaça autour de sa taille.

— Et ça ?

— Quoi ? dit M. Jo, stupéfait.

— Comment elle est ma taille ?

— Très belle.

Il la regardait de très près. Elle, en regardant la ville ne regardait qu'elle-même. Regardait solitairement son empire, où régneraient ses seins, sa taille, ses jambes.

— Je t'aime, dit tout bas M. Jo.

Dans le seul livre qu'elle eût jamais lu, comme dans les films qu'elle avait vus depuis, les mots : je t'aime n'étaient prononcés qu'une seule fois au cours de l'entretien de deux amants qui durait quelques minutes à peine mais qui liquidait des mois d'attente, une terrible séparation, des douleurs infinies. Jamais Suzanne ne les avait encore entendus prononcer qu'au cinéma. Longtemps, elle avait cru qu'il était infiniment plus grave de les dire, que de se livrer à un homme après l'avoir dit, qu'on ne pouvait les dire qu'une seule fois de toute sa vie et qu'ensuite on ne le pouvait plus jamais, sa vie durant, sous peine d'encourir un abominable déshonneur. Mais elle savait maintenant qu'elle se trompait. On pouvait les dire spontanément, dans le désir et même aux putains. C'était un besoin qu'avaient quelquefois les hommes de les prononcer, rien que pour en sentir dans le moment la force épuisante. Et de les entendre était aussi quelquefois nécessaire, pour les mêmes raisons.

— Je t'aime, répéta M. Jo.

Il se pencha un peu plus sur son visage et, tout à coup, comme une gifle, elle reçut ses lèvres sur les siennes. Elle se dégagea et cria. M. Jo voulut la retenir dans ses bras. Elle s'élança vers la portière et l'ouvrit. Alors M. Jo s'éloigna d'elle et dit à son chauffeur de rentrer à l'hôtel. Pendant le parcours ils ne se dirent pas un seul mot. Lorsqu'ils furent arrivés à l'hôtel, Suzanne descendit de l'auto sans un regard pour M. Jo.

Une fois dehors, seulement, elle lui dit :

— Je ne peux pas. C'est pas la peine, avec vous je ne pourrai jamais.

Il ne répondit pas.

C'est ainsi qu'il disparut de la vie de Suzanne. Mais personne n'en sut rien, même pas Carmen. Sauf la mère, mais beaucoup plus tard.

Un après-midi, Carmen entra précipitamment dans la chambre de la mère en lui réclamant le diamant.

— C'est Joseph, cria Carmen, c'est Joseph qui a trouvé à le vendre !

La mère se leva comme un ressort et cria qu'elle voulait voir Joseph. Carmen lui dit qu'il n'était pas venu à l'hôtel mais qu'il lui avait téléphoné de venir le rejoindre immédiatement dans un café du haut quartier. Il valait mieux qu'elle ne l'accompagne pas. Joseph pourrait croire qu'elle venait pour le presser de les ramener à la plaine. Or, d'après Carmen, il était clair que Joseph ne l'avait pas encore décidé.

La mère se résigna et donna le diamant à Carmen qui courut rejoindre Joseph en un lieu de rendez-vous inconnu.

Lorsque Suzanne revint du cinéma, le soir même, elle trouva la mère tout habillée qui faisait les cent pas dans le couloir, devant sa chambre. Elle avait dans sa main une liasse de billets de mille francs.

— C'est Joseph, annonça-t-elle triomphalement.

Et elle ajouta à voix plus basse.

— Vingt mille francs. Ce que j'en voulais.

Puis, aussitôt elle changea de ton et se plaignit. Elle dit qu'elle en avait marre de rester au lit et qu'elle aurait voulu aller tout de suite dans les banques pour payer les intérêts de ses dettes, mais qu'elle avait eu l'argent trop tard, que maintenant les banques étaient fermées et que c'était bien là sa déveine habituelle. Dès qu'elle entendit la mère parler à Suzanne, Carmen sortit de sa chambre. Elle paraissait très contente et elle embrassa Suzanne. Mais il n'y avait pas moyen de calmer la mère. Carmen lui proposa de dîner très vite et de sortir après le dîner. La mère mangea à peine. Elle parlait sans arrêt soit des mérites de Joseph, soit de ses projets. Après le dîner, elle suivit Suzanne et Carmen dans un café du haut quartier mais elle refusa d'aller au cinéma en prétextant qu'elle devait se trouver à l'ouverture des banques le lendemain matin.

Lorsqu'elles furent seules, Carmen apprit à Suzanne que c'était à la femme qu'il avait rencontrée que Joseph avait vendu le diamant. Elle l'avait vu très peu de temps. Il n'avait demandé des nouvelles ni de la mère ni d'elle, Suzanne. Il paraissait tellement heureux, qu'elle ne lui avait pas parlé de l'impatience de la mère. Elle était sûre que n'importe qui aurait agi de même. Personne n'aurait troublé le bouleversant bonheur de Joseph. Lorsqu'ils s'étaient quittés, il lui avait dit qu'il reviendrait très bientôt à l'hôtel pour les reconduire à la plaine. Il ne savait pas exactement le jour. Carmen conseilla à Suzanne de ne pas en parler à la mère. Elle disait que Joseph lui-même n'était pas sûr de revenir.

C'est ainsi que la mère eut, pendant quelques heures au moins, la somme de vingt mille francs entre les mains.

Dès le lendemain, elle courut à la banque payer une partie de ses dettes. Carmen le lui avait déconseillé mais elle ne l'avait pas écoutée. C'était, disait-elle, pour redonner confiance et pouvoir réemprunter, par la suite, les sommes nécessaires à la construction de nouveaux barrages. Une fois cela réglé, elle fit successivement deux sortes de démarches. Les premières pour obtenir un rendez-vous du directeur de la banque afin de lui demander de nouveaux crédits, les employés subalternes acceptant bien de recevoir l'argent qu'elle tenait à rembourser, mais se refusant à prendre l'initiative d'approuver sa demande d'emprunt nouveau. Les secondes pour faire avancer le rendez-vous qu'elle avait obtenu à la suite des premières, certes, mais à une échéance si lointaine que l'attente aurait suffi à absorber le maigre reliquat de la vente de la bague, une fois ses intérêts payés. Les secondes démarches furent les plus longues et d'ailleurs parfaitement inutiles. Quand la mère le comprit, elle s'adressa à une seconde banque auprès de laquelle elle fit de nouveau deux séries de démarches. Et de nouveau, celles-ci s'avérèrent parfaitement inutiles à cause de la solidarité irréductible qui régnait entre les banques coloniales.

Les intérêts étaient beaucoup plus élevés que ce que la mère croyait. Et les démarches, beaucoup plus longues aussi.

Au bout de quelques jours, il ne restait plus à la mère que très peu d'argent. Alors elle se coucha, prit des pilules et dormit tout le jour. En attendant Joseph, dit-elle. Joseph, cause de tous ses maux.

Joseph revint. Un matin, vers six heures, il frappa à la porte de Carmen et entra sans attendre.

— On fout le camp, dit-il à Suzanne. Lève-toi en vitesse.

Suzanne et Carmen, d'un bond, furent hors du lit. Suzanne s'habilla et suivit Joseph. Il entra sans frapper dans la chambre de la mère et se planta devant le lit.

— Si vous voulez partir c'est tout de suite, dit-il.

La mère se dressa sur son lit l'air égaré. Puis sans dire un mot elle commença à pleurer tout bas. Joseph ne lui jeta pas un regard. Il alla à la fenêtre, l'ouvrit, s'accouda à la croisée et commença à attendre. Comme la mère ne bougeait pas, au bout de quelques minutes il se retourna et dit :

— C'est tout de suite ou rien, faut vous grouiller.

La mère, toujours sans répondre, sortit péniblement de son lit. Elle était à demi nue dans une vieille chemise de jour qui n'était plus très propre. Elle enfila sa robe, releva ses nattes, toujours en pleurant, puis elle retira deux valises de dessous le lit.

Joseph, toujours à la fenêtre, fumait sans arrêt des cigarettes américaines. Il avait maigri. Assise sur une chaise au milieu de la chambre, Suzanne ne pouvait regarder que lui. Il n'avait sans doute pas dormi depuis plusieurs nuits et il avait un peu la même tête que lorsqu'il revenait de chasser, au petit jour. Une sourde colère le contractait tout entier et l'empêchait de s'abandonner à la fatigue. Ce n'était certainement pas lui tout seul qui avait décidé de revenir les chercher. On avait dû lui dire, lui dire quelque chose comme : «Ramène-les tout de même», ou bien : «Il faut tout de même les ramener, je sais bien que c'est dur mais tu ne peux pas les laisser tomber comme ça.»

— Aide-moi, Suzanne, demanda la mère.

— Je partirai si ça me plaît, dit Suzanne. Je me plais ici, jamais je me suis autant plu quelque part. Si je veux je reste ici.

Joseph ne se retourna pas. La mère se dressa et essaya maladroitement d'assener une gifle à Suzanne. Suzanne ne s'esquiva pas, elle attrapa sa main et l'immobilisa complètement. La mère la regarda, à peine surprise, puis elle dégagea sa main et, sans dire un mot, se remit à enfouir les affaires pêle-mêle dans les valises. Joseph n'avait rien vu, il ne regardait rien ni personne. Il continuait à fumer l'une après l'autre des cigarettes américaines. Alors, tout en faisant ses valises, la mère commença à raconter l'histoire du vendeur de Calcutta qui avait voulu, contre trente mille francs, épouser Suzanne.

— Figure-toi, dit-elle, qu'on nous l'a demandée en mariage pas plus tard qu'il y a trois jours.

Joseph n'écoutait pas.

— Si je veux, je reste. Carmen me gardera, dit Suzanne. Je n'ai pas besoin qu'on me ramène. Les gens qui se croient indispensables, je les emmerde, comme ils le disent si bien.

La mère ne réagit pas.

— Un vendeur de fil, reprit-elle. De Calcutta. Une belle situation.

— Je peux me passer de tout le monde moi aussi, dit Suzanne.

— Je n'aime pas, dit la mère, ce genre de métier-là. On est indépendant sans l'être. Et puis ça doit abrutir de vendre tout le temps et tout le temps du fil.

— Il se fout de ton histoire, dit Suzanne. Tu ferais mieux de te grouiller.

Joseph ne se retournait toujours pas. Encore une fois, la mère obliqua vers Suzanne puis changea d'avis et retourna à ses valises.

— Trente mille francs, continua-t-elle sans changer de ton. Il m'a offert trente mille francs. Qu'est-ce que c'est que trente mille francs ? La bague à elle seule en valait vingt mille. Comme si ça pouvait se comparer. Comme si on mangeait de ce pain-là.

On frappait à la porte. C'était Carmen. Elle apportait un plateau sur lequel il y avait trois tasses de café, des tartines et aussi un paquet ficelé.

— Faut boire du café avant de partir, dit Carmen. Je vous ai préparé des sandwiches.

Elle était décoiffée, en robe de chambre, elle souriait. La mère se releva de dessus ses valises et lui sourit aussi, les yeux encore pleins de larmes. Carmen se pencha, l'embrassa et sortit sans dire un mot, sur la pointe des pieds.

Joseph n'écoutait rien, paraissait ne rien voir. Suzanne prit une tasse de café et commença à manger très lentement les tartines de Carmen. La mère but la sienne d'un trait, sans manger de tartines. Quand elle eut fini, elle prit la troisième tasse et la porta à Joseph.

— Tiens, dit-elle avec douceur, ton café.

Joseph prit la tasse sans remercier, but son café avec une grimace de dégoût, comme si le café lui-même avait changé. Puis il posa la tasse vide sur la chaise et il dit:

— Quand on n'a pas le sou, faut pas s'amuser à faire le mariole à la ville. Faut pas essayer, sans ça on est foutu. Y en a qui sont bons que pour traîner des boulets à leurs pieds, toujours les mêmes boulets. Peuvent pas faire un pas sans les traîner...

Suzanne ne reconnut pas tout à fait le langage de Joseph. Autrefois il ne parlait pas avec cette profondeur et il formulait rarement des jugements d'ordre général. Il répétait certainement quelque chose qu'il avait entendu dire et qui l'avait frappé. Mais s'il était revenu c'était parce que l'argent de la vente de ses peaux était épuisé, parce qu'il n'avait plus rien en poche. Ce n'était pas parce qu'on le lui avait conseillé. Ainsi, c'était différent de ce qu'on aurait pu croire.

Joseph ne dit pas un mot pendant toute une partie du trajet. La mère, par contre, parla interminablement de ses projets. Elle dit qu'elle avait obtenu des banques des assurances sérieuses sur la possibilité d'un prochain crédit et à un taux plus bas que l'ancien.

— J'ai fait une bonne affaire, disait-elle. Au lieu de cinq j'ai obtenu du deux pour cent pour les intérêts futurs. Et tous les arriérés d'intérêts, je les ai liquidés. Comme ça ma situation est nette.

Joseph faisait rendre à la B 12 tout ce qu'elle pouvait donner. Il ressemblait à un assassin qui fuit la ville où il a commis son crime. De temps en temps, il s'arrêtait, puisait de l'eau dans une rizière avec un seau, la versait dans le radiateur, pissait, crachait de dégoût d'on ne savait quoi, sans doute de les avoir toutes les deux là, encore une fois, et remontait dans la voiture sans un regard pour elles.

— J'ai toujours aimé les situations nettes. C'est comme ça que je m'en suis toujours tirée.

— On est content de rentrer chez soi. Ce qu'il faudrait c'est que j'obtienne une bonne hypothèque. Pas sur les rizières, bien sûr, mais sur les cinq hectares du haut. Pour la maison, hélas! c'est fait depuis longtemps.

Elle parlait pour Joseph. Cependant pour la première fois de sa vie elle ne lui fit aucun reproche. Pas une fois elle ne fit une allusion aux huit jours qu'elle avait passés à l'attendre à l'hôtel. À l'entendre ses affaires marchaient comme sur des roulettes.

— De payer d'un seul coup deux ans d'arriérés d'intérêts, ça fait le meilleur effet. Après ça il me faudrait une bonne hypothèque pour me tirer d'affaire. Ils pourraient me donner les cinq hectares en concession définitive, j'y ai droit puisqu'ils sont mis en culture tous les ans. On ne peut pas demander une hypothèque sur une terre qui ne vous appartient pas, c'est bien normal.

Elle parlait d'un ton léger, presque enjoué. Elle venait, à l'entendre, de faire la meilleure opération qui soit.

— Ils le sauront bien au cadastre que tous mes intérêts sont payés. Je sais bien que ça les embête de me donner la pleine propriété de la maison et des terres du haut, de couper la concession en deux, mais que ça les embête ou non, c'est mon droit. Qu'est-ce que tu en penses Joseph ?

— Fous-lui la paix, dit Suzanne, au bout de trois cents kilomètres, c'est peut-être ton droit mais tu l'auras pas, c'est comme toujours, tu crois que t'as droit à tout et t'as droit à rien.

La mère tenta un mouvement de main vers elle mais elle se souvint. C'était désormais inutile. Elle se reprit.

— Tu ferais mieux de te taire, dit-elle, tu ne sais même pas de quoi tu parles. Si c'est un droit, je l'aurai. Ce qu'il y a de malheureux avec ces hypothèques, c'est que les gens en abusent. Plus de la moitié de la plaine est hypothéquée. Les gens ne sont pas sérieux : ils se font d'abord hypothéquer par la banque ensuite par un particulier. Alors la banque les fait vendre. C'est comme ça que ça finira pour les Agosti...

Elle parla durant toute une partie de la journée, toute seule, sans obtenir de Suzanne ni de Joseph le moindre encouragement. Ce n'est que lorsqu'ils arrivèrent au dernier poste avant la piste que Joseph dit ses premiers mots. Il descendit, vérifia le moteur, alla au puits du village et fit une réserve d'eau de cinq bidons. Puis il jaugea l'essence, en remit dans le réservoir, jaugea l'huile et en remit également. C'était nécessaire parce qu'avant d'arriver à la plaine ils ne traverseraient plus un seul village et qu'ils rouleraient en pleine forêt pendant deux cents kilomètres. Ensuite, n'ayant plus rien à faire, Joseph s'assit sur le marchepied et se passa les mains dans les cheveux, lentement, fortement, comme l'on fait quand on se réveille. Son impatience le quitta d'un seul coup et il n'avait plus l'air pressé de repartir. Suzanne et la mère le regardaient mais lui il ne les voyait pas. On le devinait dans une solitude nouvelle d'où elles avaient définitivement perdu le pouvoir de le tirer. Ou plutôt il n'était même plus solitaire. L'autre n'avait plus besoin d'être là pour qu'on sente qu'il était avec elle. Et Suzanne et sa mère n'avaient plus d'autre rôle à jouer que celui de témoins impuissants et vaguement indiscrets, de leur suffisance. Ses pensées étaient si lointaines et en même temps si particulières, si précises, que là, assis sur le marchepied de la B 12, il leur était devenu aussi absent que dans le sommeil. «C'est si je meurs seulement qu'il me regardera.» Il conduisait depuis le matin. Il était six heures du soir. Autour de ses yeux il y avait de larges cernes de poussière blanche qui le fardaient et le rendaient encore plus étranger à elles. Il paraissait exténué de fatigue mais calme, sûr, arrivé. Ce fut une fois qu'il eut passé longuement ses mains dans ses cheveux et qu'il se fut frotté les yeux, qu'il bâilla en s'étirant, toujours comme au réveil.

— J'ai faim, dit-il.

La mère déplia précipitamment le paquet de Carmen et elle en tira trois sandwiches. Elle en tendit deux à Joseph et un à Suzanne. Joseph en mangea un, remonta dans la B 12, et tout en conduisant il engloutit le second en quelques bouchées. Pendant que ses enfants mangeaient, brusquement épuisée, la mère s'assoupit. Jusque-là peut-être avait-elle douté qu'elle eût encore à le nourrir. Lorsqu'elle se réveilla, une heure après, il faisait nuit. Ses pensées avaient repris leur cours normal et ancien.

— Peut-être, dit-elle, que je n'aurais pas dû payer mes arriérés comme je l'ai fait.

Et elle ajouta à voix basse, pour elle seule :

— Ils m'ont tout ratiboisé, tout.

Elle avait été prévenue par Carmen mais n'en avait tenu aucun compte.

— C'est de l'honnêteté mal placée, Carmen avait raison. Pour eux, ce que je leur ai payé c'est une goutte d'eau dans la mer, encore moins que ça, et pour moi, pour moi... Je croyais qu'après ça ils me prêteraient une cinquantaine de mille francs, au moins.

Tout à coup, voyant qu'aucun ne répondait, elle se mit à pleurer.

— Je leur ai tout payé, tout. Vous avez raison, je suis une imbécile, une vieille cinglée.

— Ça sert à rien de le dire, dit Suzanne, t'avais qu'à y penser avant de le faire.

— Je n'en étais pas sûre, se lamenta la mère, mais maintenant j'en suis sûre, je ne suis qu'une vieille cinglée. Quand je pense que Joseph a de si mauvaises dents...

Joseph, pour la deuxième fois, ouvrit la bouche.

— T'en fais pas pour mes dents. Dors.

Une deuxième fois, elle s'assoupit.

Il devait être deux heures du matin lorsqu'elle se réveilla. Elle prit la couverture qui se trouvait sous elle, sur la banquette et l'étendit sur elle. Elle avait froid. Ils étaient en pleine forêt. La B 12 roulait régulièrement, l'accélérateur était à fond. Ils ne devaient plus être très loin de Kam. D'une voix pleurnicharde, la mère recommença.

— Au fond, si vous y tenez tant que ça, on peut tout vendre et s'en aller.

— Vendre quoi? dit Joseph. Dors, ça sert à rien.

Il se mit à fouiller dans toutes ses poches tout en conduisant, trouva ce qu'il cherchait, le prit et le tendit à la mère d'une main, tout en continuant à conduire de l'autre. À la réverbération des phares, la chose apparut d'abord imprécise, petite et étincelante, puis tout à coup, indubitable. Le diamant.

— Tiens, dit Joseph, reprends-le.

La mère poussa un cri de terreur.

— Le même! le crapaud!

Écrasée, elle regardait le diamant sans le prendre.

— Tu pourrais t'expliquer, dit Suzanne d'un ton neutre.

La main toujours en l'air avec le diamant au bout, Joseph attendait que la mère le prenne. Il ne s'impatientait pas. C'était bien le même diamant sauf qu'il n'était plus entouré de papier de soie.

— On me l'a rendu, dit-il enfin d'une voix fatiguée, après me l'avoir acheté. Cherche pas à comprendre.

La mère tendit la main, prit le diamant et le remit dans son sac. Puis, tout doucement, elle recommença à pleurer en silence.

— Pourquoi tu chiales? demanda Suzanne.

— Ça va recommencer, il va falloir tout recommencer.

— Faut pas te plaindre, dit Suzanne.

— Je me plains pas, mais j'ai plus la force de recommencer encore une fois.

La mère avait engagé le caporal dès les premiers jours de son arrivée dans la plaine. Il y avait maintenant six ans qu'il était à son service. Personne ne savait l'âge de ce vieux Malais, lui-même l'ignorait. Il croyait qu'il devait avoir entre quarante et cinquante ans, il ne savait pas au juste, parce qu'il avait passé sa vie à chercher du travail et que ça l'avait à ce point accaparé qu'il avait oublié de compter les années qui passaient. Ce qu'il savait, c'était qu'il y avait quinze ans qu'il était arrivé dans la plaine, pour la construction de la piste, et qu'il n'en était jamais sorti.

C'était un homme grand, aux jambes très maigres plantées dans d'énormes pieds en raquette qui s'étaient aplatis et évasés ainsi à force de stagner dans la boue des rizières et dont on aurait pu espérer qu'ils le porteraient un jour jusque sur les eaux mêmes, mais hélas! de cela il n'était pas question pour le caporal. Sa misère, lorsqu'un matin il était arrivé devant la mère pour lui demander l'aumône d'un bol de riz en contrepartie duquel il proposait de charger des troncs d'arbres toute la journée depuis la forêt jusqu'au bungalow, était totale, indépassable. Depuis la fin de la piste jusqu'à ce matin-là, le caporal, accompagné de sa femme et de sa belle-fille, avait passé sa vie à fouiller la plaine, les dessous des cases, les ordures des abords des villages pour essayer de trouver à manger. Pendant des années ils avaient dormi sous les cases de Banté, hameau dont dépendait la concession de la mère. Lorsqu'elle était plus jeune la femme du caporal avait fait la putain dans toute la plaine pour quelques sous ou un peu de poisson sec, à quoi le caporal n'avait jamais vu d'inconvénient. Depuis quinze ans qu'il traînait dans la plaine, il ne voyait d'ailleurs d'inconvénient qu'à très peu de choses. Sauf à une trop longue et trop ardente faim.

La grande affaire de sa vie c'était la piste. Il était arrivé pour sa construction. On lui avait dit: «Toi qui es sourd, tu devrais aller construire la piste de Ram.» Il avait été engagé dès les premiers jours. Le travail consistait à défricher, remblayer, empierrer et pilonner avec des pilons à bras le tracé de la piste. C'eût été un travail comme un autre s'il n'avait été effectué, à quatre-vingts pour cent, par des bagnards et surveillé par les milices indigènes qui en temps ordinaire étaient affectées à la surveillance des bagnes de la colonie. Ces bagnards, ces grands criminels, «découverts» par les Blancs à l'instar des champignons, étaient des condamnés à vie. Aussi les faisait-on travailler seize heures par jour, enchaînés les uns aux autres, quatre par quatre, en rangs serrés. Chaque rang était surveillé par un milicien vêtu de l'uniforme dit de la «milice indigène pour indigènes» octroyé par les Blancs. À côté des bagnards il y avait les enrôlés comme le caporal. Si au début on faisait encore une distinction entre les bagnards et les enrôlés, celle-ci finit par s'atténuer insensiblement sauf en ceci que les bagnards ne pouvaient pas être renvoyés et que les enrôlés pouvaient l'être. Que les bagnards étaient nourris et que les enrôlés ne l'étaient pas. Et qu'enfin les bagnards avaient l'avantage d'être sans femme tandis que les enrôlés avaient les leurs qui les suivaient installées en camps volants, à l'arrière des chantiers, toujours en train d'enfanter et toujours affamées. Les miliciens tenaient à avoir des enrôlés pour pouvoir avoir des femmes sous la main, même lorsqu'ils travaillaient des mois durant dans la forêt, à des kilomètres des premiers hameaux. D'ailleurs, les femmes, tout aussi bien que les hommes et les enfants, mouraient de paludisme suivant un rythme assez rapide pour permettre aux miliciens (qui, eux, avaient des distributions de quinine afin sans doute de préserver l'existence de leur autorité de jour en jour plus assurée, plus imaginative) d'en changer suffisamment souvent. Car la mort d'une femme d'enrôlé valait au mari son renvoi immédiat.

Ainsi, c'était pour beaucoup à cause de sa femme que le caporal, bien que très sourd, avait tenu le coup. Et aussi parce que, dès les premiers jours de son engagement, mû par un esprit de ruse encore intact, il avait compris qu'il allait de son intérêt de se fondre le plus possible avec les bagnards et de faire insensiblement oublier aux miliciens sa condition aléatoire d'enrôlé. Au bout de quelques mois, ceux-ci s'étaient à ce point habitués à lui qu'ils l'enchaînaient distraitement avec les autres bagnards, le battaient comme ils battaient les bagnards et qu'ils n'auraient pas plus songé à le renvoyer qu'un vrai grand criminel. Pendant ce temps comme toutes les femmes d'enrôlés, la femme du caporal enfantait sans arrêt et toujours des œuvres des seuls miliciens, seize heures de pilonnage à la trique et sous le soleil retirant aux enrôlés comme aux bagnards toute faculté d'initiative, même la plus naturelle. Un seul de ses enfants avait survécu à la famine et au paludisme, une fille, que le caporal avait gardée avec lui. Combien de fois en six ans, la femme du caporal avait-elle accouché au milieu de la forêt, dans le tonnerre des pilons et des haches, les hurlements des miliciens et le claquement de leur fouet? elle ne le savait plus très bien. Ce qu'elle savait c'est qu'elle n'avait jamais cessé d'être enceinte des miliciens et que c'était le caporal qui se levait la nuit pour creuser des petites tombes à ses enfants morts.

Le caporal disait qu'il avait été battu autant qu'un homme pouvait l'être sans mourir, mais que battu ou pas, pendant la construction de la piste, il avait mangé tous les jours. Lorsque la piste avait été finie, ç'avait été bien autre chose. Il avait fait ou essayé de faire tous les métiers : ramasseur de poivre, déchargeur au port de Ram, bûcheron, pisteur, etc. Les seuls emplois un peu durables qu'il avait trouvés avaient été, à cause de sa surdité, des emplois ordinairement réservés aux enfants. Il avait été gardien de buffles et surtout il avait fait, chaque année, à la moisson, l'épouvantail à corbeaux dans les champs de riz mûr. Les pieds dans l'eau, le torse nu, le ventre creux, sous le soleil torride, pendant des années il avait contemplé son image pitoyable qui se reflétait, entre les plants de riz, dans l'eau ternie des rizières, alors qu'il ruminait sa longue faim. À tant de misère, tant et tant, un seul des anciens désirs du caporal avait résisté, son plus grand désir, celui de devenir contrôleur sur les cars entre Ram et Kam. Mais malgré de nombreuses tentatives auprès des chauffeurs, il n'avait jamais été engagé à cause de sa surdité, incompatible avec un tel emploi. Et non seulement il n'avait jamais été engagé, même à l'essai, mais il n'était jamais monté dans un de ces cars qui, grâce à lui pourtant, roulaient sur la piste. Tout ce qu'il en savait c'était qu'ils roulaient et il les regardait passer, bringuebalants, cornants et tonitruants, dans le silence. Depuis qu'il avait été engagé par la mère, Joseph l'emmenait dans la B 12 lorsqu'il faisait des courses un peu longues afin qu'il assure la réserve d'eau du radiateur percé. Il l'attachait sur un garde-boue, lui donnait un arrosoir à tenir et le caporal devenait le plus heureux des hommes de la plaine, plus heureux que jamais il n'aurait cru pouvoir l'être ici-bas. Il ne s'attendait jamais à ces promenades qui dépendaient du bon vouloir de Joseph mais bientôt il les provoquait : lorsque Joseph sortait l'auto de dessous le bungalow, il allait chercher l'arrosoir, montait sur le garde-boue avant, à la place du phare absent et s'attachait lui-même avec une corde qu'il fixait à la poignée du capot. Lorsque l'auto roulait, il voyait, clignotant, se dérouler à soixante à l'heure, dans un émerveillement toujours égal, la piste qu'il avait mis six ans à construire.

En temps ordinaire la femme et la fille du caporal pilaient le paddy, faisaient la cuisine, pêchaient, s'occupaient de la basse-cour. Le caporal, lui, assistait la mère dans toutes ses initiatives. Outre qu'il assurait le repiquage et la récolte des cinq hectares du haut, il se prêtait à toutes les fantaisies de la mère, empierrait, plantait, transplantait, taillait, arrachait, replantait tout ce qu'elle voulait. Et la nuit, lorsqu'elle écrivait au cadastre ou à la banque ou qu'elle faisait ses comptes, elle exigeait qu'il soit encore là, assis en face d'elle à la table de la salle à manger, à l'assister de son silence toujours approbateur. Bien des fois, exaspérée par sa surdité, elle avait voulu le renvoyer mais elle ne l'avait jamais fait. Elle disait que c'était à cause de ses jambes, qu'elle ne pouvait à la fois les voir et le renvoyer. Le caporal avait été en effet tellement battu que la peau de ses jambes était bleue et mince comme de l'étamine. À cause de ses jambes, quoi qu'il ait fait, si sourd qu'il devenait chaque année, elle l'avait toujours gardé.

Le caporal était le seul domestique à demeure qui restait à la mère. À leur retour de la ville elle lui annonça qu'elle ne pourrait plus le payer mais qu'elle le nourrirait. Il décida de rester et son zèle ne s'en relâcha pas pour autant. Il était conscient de la misère de la mère mais il n'arrivait pas à trouver une commune mesure entre la sienne et celle-ci. Chez la mère on mangeait quand même chaque jour et on dormait sous un toit. Il connaissait bien son histoire et celle de la concession. Bien souvent, pendant qu'il était en train de biner les bananiers, la mère la lui avait racontée en hurlant. Mais malgré ses efforts pour lui faire trouver une relation entre son sort à lui, pauvre caporal, et la mainmise du cadastre de Ram sur la plaine, elle n'avait jamais pu le guérir de son incurable incompréhension : il était misérable, disait-il, parce qu'il était sourd et fils de sourd, et il n'en voulait à personne, sauf aux agents de Kam, mais à cause du tort qu'ils avaient fait à la mère.

Après leur retour le caporal n'eut presque plus rien à faire. La mère abandonna ses bananiers et elle ne planta plus rien. Elle dormait une grande partie de la journée. Ils étaient tous devenus très paresseux et parfois ils dormaient jusqu'à midi. Le caporal attendait patiemment qu'ils se lèvent pour leur apporter du riz et du poisson. Joseph ne chassa presque plus. Parfois cependant, il lui arrivait de tirer, de la véranda, sur un échassier qui s'était égaré jusqu'aux abords de la forêt. Alors le caporal reprenait espoir et courait le lui chercher. Mais Joseph ne chassait plus la nuit et le caporal qui ignorait que l'attente d'une femme pût vous empêcher de chasser se demandait sans doute de quelle maladie il pouvait être atteint. Pourtant, comme la mère lui avait acheté un nouveau cheval avec ce qui lui restait d'argent, l'après-midi, quelquefois, Joseph reprenait son service de transport. Il le faisait pour pouvoir s'acheter des cigarettes américaines, les plus chères, des 555. Le reste du temps il faisait marcher le phonographe de M. Jo. Il avait changé d'avis sur les disques anglais et, à part *Ramona*, il n'aimait plus que ceux-là. Il dormait beaucoup, ou bien il fumait cigarette sur cigarette, allongé sur son lit. Il attendait cette femme.

La nuit, le caporal reprenait espoir. En effet, chaque nuit, en vertu d'une longue habitude, la mère faisait des comptes et des projets. Avant même d'en demander la concession définitive, elle aurait voulu savoir si une nouvelle hypothèque de ses terres du haut lui aurait suffi pour faire de nouveaux barrages, des « petits » cette fois et qu'elle aurait été seule à tenter. Le caporal veillait avec elle. C'est-à-dire qu'elle calculait tout haut et qu'il approuvait toujours : « S'il m'écoute, disait la mère, je suis encore plus sûre qu'il n'entend rien, mais au point où j'en suis c'est encore heureux que je l'aie. » Ce fut pendant ces nuits-là qu'elle écrivit sa dernière lettre au cadastre. C'était parfaitement inutile, disait-elle, mais elle tenait à le faire une dernière fois. « Ça me calme de les insulter. » Et pour la première fois elle tint parole : cette lettre fut sa dernière lettre aux agents de Kam. La chose nouvelle, c'est qu'après l'avoir envoyée, elle décida de ne faire de semis qu'en vue du repiquage des cinq hectares du haut. Jusquelà, et malgré ses échecs annuels, elle avait toujours ensemencé la partie de la concession la plus éloignée de la mer, à titre d'essai, disait-elle. Même depuis deux ans, depuis ses barrages, elle avait continué. Ç'avait été toujours à peu près complètement vain mais elle avait persisté. Cette année-là, elle abandonna. C'était définitivement inutile, décida-t-elle. D'ailleurs elle n'avait plus du tout d'argent.

Ainsi, depuis leur séjour à la ville, ils avaient pris leur parti de devenir raisonnables et ils paraissaient déterminés à vivre leur situation dans toute sa vérité et sans l'artifice coutumier d'un espoir imbécile. L'espoir de la mère, la seule qui en eût encore un sur la concession, était devenu minuscule et à brève échéance. Il consistait à recevoir une réponse quelconque des agents du cadastre ou, à défaut, à aller à Kam pour les insulter une dernière fois.

— Si j'y allais, disait-elle, je leur en dirais tellement que je suis sûre de les convaincre au moins pour les cinq hectares.

Si elle ne leur écrivait plus, une fois sa dernière lettre envoyée, elle notait interminablement chaque nuit les arguments et les raisons qui devaient justifier sa demande si un jour elle réussissait à aller à Kam. Pendant un temps elle espéra vaguement que Joseph lui donnerait les recettes de son service de transport. Elle les lui demanda. Mais Joseph refusa en prétextant que s'il n'avait plus de quoi s'acheter des 555 il partirait beaucoup plus tôt qu'il ne pensait. Elle s'inclina. Alors, insensiblement, elle commença à guigner le phonographe de M. Jo.

— Pourquoi deux phonographes ? qu'a-t-on besoin de deux phonographes lorsqu'on est dans notre situation ?

Mais ni Suzanne ni Joseph ne lui proposèrent de se charger de vendre le phonographe. Suzanne d'ailleurs n'y serait pas arrivée. Seul Joseph le pouvait. Et il était difficile de savoir si la mère disait qu'elle voulait vendre le phonographe pour essayer une dernière fois de manifester son pouvoir sur Joseph en réussissant à le mettre en colère ou si elle avait vraiment l'intention avec l'argent d'aller à Kam pendant huit jours pour relancer pendant huit jours les agents du cadastre. Elle commença peu à peu à en parler comme si tous avaient été d'accord pour le liquider, la seule chose encore incertaine étant l'échéance qu'ils s'accordaient pour se priver du phonographe.

— On n'y avait jamais pensé, disait la mère, mais on a là deux phonographes alors que Joseph n'a même pas une seule bonne paire de sandales.

Et en trois jours elle prit l'habitude de tabler l'avenir sur la vente du phonographe comme elle l'avait fait sur l'hypothèque des cinq hectares, sur la bague de M. Jo et, plus généralement et plus durablement, sur les barrages.

— Dans notre situation, un phono c'est déjà beaucoup, mais deux phonos, alors ça, personne ne le croirait... Le plus fort c'est qu'on n'y avait jamais pensé...

Bientôt d'ailleurs elle ne dit plus précisément ce qu'elle comptait faire de l'argent que le phonographe procurerait. Au début c'était, disait-elle, pour aller à Kam « leur en dire de toutes les couleurs ». Mais très vite, cela fut dépassé. Elle dit que le phonographe était assez beau pour valoir à lui seul autant que la B 12, la moitié au moins de la toiture du bungalow, ou le prix d'un séjour de quinze jours à l'Hôtel Central. Séjour, mais elle ne le disait pas, qui lui permettrait peut-être de vendre une deuxième fois le diamant de M. Jo.

Joseph, lui, n'avait aucun avis sur la vente du phonographe ni sur quoi que ce soit qui se trouvait de ce côté-là du monde. Il n'était ni pour ni contre sa liquidation. Pourtant un jour, peut-être à force d'en entendre parler par la mère, ou plutôt parce qu'il s'ennuyait, il décida d'aller le vendre à Ram. Pendant le déjeuner, peu avant de sortir de table, il annonça :

— Je vais liquider le phono.

La mère ne lui répondit pas mais elle le regarda avec des yeux épouvantés. S'il consentait à vendre le phonographe, c'était qu'il pouvait s'en passer, que son départ approchait irrémédiablement. C'était qu'il savait la date de ce départ, qu'il la connaissait depuis son retour à l'Hôtel Central.

Joseph prit le phonographe, le mit dans un sac, mit le sac dans la carriole et s'en alla dans la direction de Ram sans avoir donné un mot d'explication sur la façon dont il pensait trouver à le vendre. Stupéfait, le caporal fut le seul qui regarda partir cet étrange instrument dont il n'avait jamais entendu le moindre son.

Ce fut ainsi que le phonographe quitta le bungalow sans soulever un mot de regret d'aucun d'eux. Joseph revint le soir avec le sac vide et au moment de se mettre à table il tendit un billet à la mère.

— Tiens, dit Joseph, je l'ai vendu à ce salaud de père Bart, il en vaut au moins le double mais j'ai pas pu faire autrement.

La mère prit le billet, s'en alla le ranger dans sa chambre et revint dans la salle à manger. Puis elle servit le dîner et tout se passa comme d'habitude sauf que la mère ne mangea rien. À la fin du repas elle déclara :

— Je n'irai pas à Kam voir ces chiens du cadastre parce que ça sera comme pour les banques, je vais les garder.

— C'est ce qu'il y a de mieux à faire, dit très doucement Joseph.

Elle faisait un effort pour parler calmement. Son front était couvert de sueur.

— Ça serait complètement inutile d'aller à Kam, reprit-elle, je vais les garder pour moi.

Et tout à coup, elle se mit à pleurer.

— Pour moi seule, pour une fois, pour moi seule.

Joseph se leva et se planta devant elle.

— Merde, tu vas encore recommencer. Sa voix était douce et basse, comme s'il eût parlé pour lui seul. Comme si la certitude irréductible de son départ, son bonheur, avaient un envers très dur, caché, et qu'elles ignoraient. Peut-être était-il à plaindre lui aussi. La mère parut surprise par le ton si doux de Joseph. Elle le regarda qui la fixait debout devant elle, avec insistance, tout à coup calmée.

— Pourquoi tu as vendu ce phonographe, Joseph ? demanda la mère.

— Pour qu'il y ait plus rien à vendre. Pour être sûr qu'il y a plus rien à vendre. Si je pouvais brûler le bungalow, merde et comment que je le brûlerais !

— Il y aura encore la B 12, dit Suzanne.

— Mais qui conduira la B 12 ? demanda la mère.

Mais Joseph ne répondit pas.

— Et il y aura toujours le crapaud à vendre, reprit brutalement Suzanne, c'est pas parce qu'on n'en parle pas, il n'y a rien à faire, il y aura toujours ça à vendre encore.

C'était la première fois depuis leur retour de la ville qu'ils abordaient le sujet du diamant. La mère cessa de pleurer et tira le diamant de son corsage. Depuis qu'elle était rentrée elle le portait passé dans la ficelle autour de son cou à côté de la clef de la réserve.

— Je ne sais pas pourquoi je le garde, dit-elle hypocritement, pour ce qu'il vaut !

— On peut te demander pourquoi tu mets une bague à ton cou ? demanda Joseph. Tu peux pas la mettre à ton doigt, comme tout le monde, non ?

— Je le verrais tout le temps, dit la mère, il me dégoûte trop.

— C'est pas vrai, dit Suzanne.

Accroupi dans un coin de la salle à manger, le caporal vit le diamant pour la première fois. Et n'y comprenant décidément rien, il bâilla longuement. Ne se doutant pas qu'avec ce diamant-là, il était désormais leur seul bien.

— J'étais allé au cinéma, dit Joseph à Suzanne. Je m'étais dit, je vais aller au cinéma pour chercher une femme. J'en avais marre de Carmen, c'était un peu comme si je couchais avec une sœur quand je couchais avec elle, surtout cette fois-ci. Depuis quelque temps, j'aimais moins le cinéma. Je m'en suis aperçu peu après notre arrivée. Quand j'y étais, j'y étais bien, mais c'était pour me décider à y aller, je n'y allais plus comme autrefois. On aurait dit que j'avais toujours quelque chose de mieux à faire. Comme si j'y avais perdu mon temps et qu'il ne fallait plus que je le perde. Mais comme je ne trouvais pas ce que c'était cette chose que j'aurais dû faire au lieu d'aller au cinéma, je finissais toujours par y aller. Ça aussi, il faudra que tu lui dises, que j'aimais moins le cinéma. Et peut-être qu'à la fin, même elle, j'aurais fini par moins l'aimer. Quand j'étais dans la salle, j'espérais toujours, jusqu'à la dernière minute, que j'allais trouver ce qu'il aurait fallu que je fasse au lieu d'être là, et que je trouverais avant que le film commence. Mais je ne trouvais pas. Et quand les lumières s'éteignaient, que l'écran s'éclairait et que tout le monde la fermait, alors j'étais comme autrefois, je n'attendais plus rien, j'étais bien. Je te dis tout ça pour que tu te souviennes bien de moi et de ce que je te disais, quand je serai parti. Même si elle meurt. Je ne peux plus faire autrement.

«Je me suis trompé. C'est au cinéma que je l'ai rencontrée. Elle est arrivée en retard, quand les lumières étaient déjà éteintes. Je voudrais ne rien oublier et tout te dire, tout, mais je ne sais pas si j'y arriverai. Je ne l'ai pas bien vue tout de suite : "Tiens, voilà une femme, à côté de moi." C'est tout ce que je me suis dit, comme d'habitude. Elle n'était pas seule. Il y avait un homme avec elle. Elle était à sa droite et moi à sa gauche. À ma gauche il n'y avait personne, j'étais au dernier fauteuil de la rangée. Maintenant je ne sais plus très bien, mais il me semble que pendant les Actualités et le début du film, pendant peut-être une demi-heure, je l'ai oubliée. J'ai oublié qu'il y avait une femme à côté de moi. Je me souviens très bien du début du film et presque pas de la seconde moitié. Quand je dis que je l'avais oubliée, ce n'est pas tout à fait vrai. Au cinéma, j'ai jamais pu oublier qu'une femme est à côté de moi. Je devrais dire qu'elle ne m'empêchait pas de voir le film. Combien de temps était-ce après que le film ait commencé? Je te dis, peut-être une demi-heure. Comme je ne savais pas ce qui m'attendait je n'ai pas fait attention à ces détails et je le regrette parce que depuis qu'on est revenus dans ce bordel, ici, j'essaie tout le temps de me les rappeler. Mais c'est inutile, je n'y arrive pas.

«Voilà comment ça a commencé. Tout d'un coup j'ai entendu une respiration bruyante et régulière, tout près. Je me suis penché et je me suis tourné vers la rangée, d'où ça venait. C'était l'homme qui était arrivé avec elle. Il dormait, la tête renversée sur le fauteuil, la bouche entrouverte. Il dormait comme quelqu'un d'éreinté. Elle a vu que je regardais et elle s'est tournée vers moi en souriant. J'ai vu son sourire à la lueur de l'écran. "C'est toujours comme ça." Elle m'a dit ça presque à haute voix, à voix assez haute pour pouvoir réveiller le type. Mais le type ne s'est pas réveillé. J'ai demandé: "Toujours comme ça?" Elle m'a répondu: "Toujours." Quand elle avait souri je l'avais trouvée jolie mais sa voix surtout était formidable. Tout de suite, quand je l'ai entendue dire "Toujours" j'ai eu envie de coucher avec elle. Elle a dit ce mot comme j'avais jamais entendu le dire, comme si j'avais jamais compris ce qu'il voulait dire avant de l'entendre prononcer par elle. C'est comme si elle m'avait dit, exactement, il n'y avait pas de différence: "Je vous attends depuis toujours." On a continué à regarder le film elle et moi. C'est moi qui ai recommencé à lui parler: "Pourquoi? — Oh, sans doute parce que ça ne l'intéresse pas." Je n'ai plus su quoi lui dire. Pendant un moment je cherchais tellement que je ne suivais plus du tout le film. Puis à la fin j'en ai eu marre de chercher et j'ai demandé ce qui m'intéressait de savoir: "Qui c'est ce type?" Alors elle a ri plus franchement, elle s'est tournée complètement vers moi, j'ai vu sa bouche, ses dents, je me suis dit que quand elle sortirait du cinéma avec le type je les suivrais. Elle réfléchit. Peut-être qu'elle n'était pas sûre qu'il fallait me répondre, puis finalement elle l'a dit: "C'est mon mari." J'ai dit: "Merde alors, c'est votre mari?" Ça me paraissait répugnant, son mari, qu'il dorme au cinéma à côté d'elle. Même elle qui est vieille et qui a tellement eu de malheurs elle ne s'endort pas au cinéma. Au lieu de me répondre, elle a tiré un paquet de cigarettes de son sac. C'était des 555. Elle m'en a offert une et elle m'a demandé du feu. Tout de suite, j'ai été sûr qu'elle m'avait demandé du feu pour mieux me voir à la lueur de l'allumette. Elle aussi, elle a eu tout de suite envie de coucher avec moi. Sans l'avoir vue, dès qu'elle m'a demandé du feu j'ai deviné qu'elle était une femme bien plus âgée que moi, une femme qui n'a pas honte d'avoir envie de coucher avec un type. Tout à coup, elle s'est mise à parler à voix basse pour ne pas réveiller le type. "Vous avez peut-être du feu?" alors qu'au début de la séance elle ne s'était pas gênée pour risquer le réveiller. J'ai allumé une allumette et je la lui ai tendue. Alors j'ai vu ses mains, ses doigts qui étaient longs et luisants et ses ongles vernis, rouges. J'ai vu aussi ses yeux : au lieu de fixer la cigarette pendant qu'elle l'allumait, elle me regardait. Sa bouche était rouge, du même rouge que ses ongles. Ça m'a fait un choc de les voir réunis si près. Comme si elle avait été blessée aux doigts et à la bouche et que c'était son sang que je voyais, un peu l'intérieur de son corps. Alors j'ai eu très envie de coucher avec elle et je me suis dit que je les suivrais à la sortie, avec la B 12, pour savoir où ils habitaient et que s'il le fallait je la guetterais et que je l'attendrais tout le reste de mon séjour à la ville. Ses yeux brillaient à la lueur de l'allumette et pendant tout le temps qu'elle a brûlé ils m'ont regardé sans aucune gêne. "Vous êtes jeune." J'ai dit mon âge, vingt ans. On s'est mis à parler à voix très basse. Elle m'a demandé ce que je faisais. J'ai expliqué qu'on était à Ram, dans la merde jusqu'au cou à cause d'une concession qu'on nous avait refilée. Son mari était allé chasser à Ram mais elle, elle ne connaissait pas. Il y avait peu de temps qu'elle était à la colonie, deux ans. J'ai posé ma main sur la sienne qui était à plat sur le bras du fauteuil. Elle s'est laissé faire. Son mari y avait fait des séjours plus longs mais elle, il n'y avait que deux ans qu'elle était venue le rejoindre. D'abord j'ai commencé par poser ma main sur la sienne. Avant de venir elle était restée deux ans dans une colonie anglaise, je ne sais plus laquelle. Puis j'ai commencé à caresser sa main qui était chaude à l'intérieur et fraîche à l'extérieur. Elle s'ennuyait dans cette colonie, beaucoup, beaucoup. Pourquoi s'ennuyait-elle? À cause de la mentalité des gens. J'ai pensé aux agents du cadastre de Kam et je lui ai dit que tous les coloniaux étaient des ordures. Elle m'a approuvé en souriant. Je ne voyais plus rien du film, tout occupé que j'étais avec sa main qui peu à peu, dans la mienne, devenait brûlante. Pourtant je me souviens qu'un homme est tombé sur l'écran, frappé au cœur par un autre qui attendait ça depuis le début du film. Il m'a semblé reconnaître ces hommes mais comme s'il y avait très longtemps que je les avais connus. Je n'avais jamais senti une telle main dans la mienne. Elle était mince, j'en faisais le tour avec deux doigts, elle était souple, souple, une nageoire. Sur l'écran une femme s'est mise à pleurer à cause de l'homme mort. Couchée sur lui, elle sanglotait. On ne pouvait plus se parler. On n'en avait plus la force. Doucement, j'absorbais sa main dans la mienne. Elle était tellement douce et soignée cette main qu'elle donnait envie de l'abîmer. Je devais lui faire mal. Quand je serrais très fort elle se défendait un peu. Le type à côté d'elle dormait toujours. Lorsque la femme a sangloté sur l'homme mort, elle m'a dit tout bas : "C'est la fin du film. — Alors ? — Vous êtes libre ce soir ?" Tu parles si je l'étais. Elle m'a dit qu'il n'y avait qu'à la laisser faire, que je n'avais qu'à les suivre. Je ne sais pas pourquoi alors je me suis dégonflé. J'ai eu peur de la lumière qui allait s'allumer, peur de la voir après lui avoir caressé la main comme je l'avais fait, dans le noir. "Je vais foutre le camp", je me suis dit. Tu ne peux pas t'imaginer ce que j'ai eu peur. C'était bien ça, la peur de la lumière, comme si elle allait nous faire cesser d'exister, ou rendre tout impossible. Je crois même que j'ai lâché sa main, j'en suis même sûr, puisqu'elle me l'a reprise : je l'avais posée sur le bras du fauteuil et la sienne, à son tour, s'est posée sur elle. Elle l'a prise, elle a essayé de la recouvrir, sans y arriver, naturellement. C'était comme un étau pourtant et je ne pouvais plus foutre le camp. Je me suis dit qu'elle devait avoir l'habitude de ramasser des types, comme ça, dans les cinémas et qu'il fallait la laisser faire. La lumière est revenue. Sa main s'est retirée. Je n'ai pas osé la regarder tout de suite. Mais elle, elle a osé, elle l'a fait, et moi, les yeux baissés, je l'ai laissée faire. Le type s'est réveillé brusquement alors qu'on était déjà debout tous les deux. Il était un peu plus âgé qu'elle, il était élégant, grand, costaud. Je l'ai trouvé assez beau. Il avait l'air indifférent et dispos, pas le moins du monde gêné d'avoir dormi. Tu sais, c'est ce genre d'hommes qu'on voit passer sur la piste, à toute allure, ils viennent dans des bagnoles formidables, ils commandent un mirador, ils y restent une nuit, juste le temps de tuer un tigre, ils ont avec eux trente pisteurs qu'on leur a commandés par téléphone au père Bart, d'un grand hôtel de la ville. Voilà, je me suis dit, le genre de type que c'est. "Pierre, a dit la femme, ce jeune homme est un chasseur de Ram. Tu connais Ram ?" Il a réfléchi : "J'ai dû y aller, il y a deux ans." Je me sentais en sécurité. "Pierre, nous pourrions passer la soirée avec lui ? — Certainement." Ils ont dû se dire autre chose mais comme on se parlait le dos tourné je n'ai pas pu entendre. Je n'avais d'ailleurs pas envie de les entendre. Nous sommes sortis lentement du cinéma, en suivant la foule. J'étais derrière elle. Elle avait un corps bien droit, costaud aussi, une taille mince. Ses cheveux étaient courts, bizarrement coupés, d'une teinte ordinaire.

«Nous nous sommes arrêtés près d'une auto magnifique, une torpédo Delage huit cylindres. Le type s'est retourné vers moi : "Vous montez ?" J'ai dit que j'avais ma voiture et que je les suivrais. Il était plutôt aimable. Il avait l'air de trouver tout naturel que je sois là. Elle, pour le moment, elle ne me prêtait pas plus d'attention que si on s'était connus depuis toujours. Elle m'a dit : "Où est votre auto ? Vous pourriez peut-être la laisser ici, on monterait tous dans la nôtre." J'ai accepté. J'ai dit que j'allais la garer place du Théâtre parce que le stationnement devant les cinémas était interdit après les séances. La B 12 était à quelques mètres de leur Delage. Quand il a vu que j'allais vers la B 12, l'homme est venu me rejoindre : "Nom de Dieu, c'est celle-là ?" Il a ajouté qu'il l'avait déjà remarquée en arrivant au cinéma et qu'il n'en avait jamais vu de pareille. Elle est venue nous rejoindre sans se presser. "Elle en a vu cette bagnole-là", a dit le type. Ils l'ont regardée tous les deux, lui, sérieusement, elle l'air rêveur. Ils auraient pu en rigoler, vraiment ils auraient pu parce que fallait voir quelle dégaine elle avait à côté de leur Delage, une vieille boîte de conserve. Mais non, ils n'ont pas rigolé. Il me semble même que le type est devenu plus gentil après qu'il l'eut vue. Je l'ai garée sur la place du Théâtre, je les ai rejoints, puis on est partis ensemble dans leur Delage.

«Ici commence la nuit la plus extraordinaire de ma vie.

«Je me suis assis à l'avant et elle a voulu venir aussi, entre nous deux. Je ne savais pas où on allait ni comment ça allait finir avec elle, du moment que lui était là. Mais j'étais assis à côté d'elle, l'auto filait, le type conduisait rudement bien. Je me suis dit qu'il fallait laisser faire. J'étais en short et en chemisette, avec mes sandales de tennis et eux ils étaient très bien habillés mais comme ils n'avaient pas l'air de le remarquer, ça ne me gênait pas. Ils avaient vu la B 12 et ça devait être suffisant pour qu'ils comprennent le reste, par exemple que je n'avais pas de costume. C'était des gens qui devaient comprendre ce genre de choses.

«C'est une fois qu'on est sortis de la ville que j'ai commencé à avoir envie d'elle. Le type avait l'air pressé d'arriver, je ne savais toujours pas où. Il conduisait plus vite. Il ne faisait pas du tout attention à nous. J'ai senti contre moi son corps à elle, tendu. Elle avait les bras en croix, l'un autour de ses épaules, l'autre autour des miennes. Le vent plaquait sa robe et j'ai deviné la forme de ses seins presque aussi bien que si elle avait été nue. Elle avait vraiment l'air costaud. Elle avait de beaux seins, larges, bien accrochés. Un peu après qu'on soit sortis des lumières de la ville, de sa main, elle a pris mon épaule et elle l'a serrée. J'ai cru alors que je le ferais déjà, que j'allais me rabattre sur elle, d'un seul coup. On allait très vite, il y avait beaucoup de vent, tout paraissait facile, un peu comme au cinéma. Elle m'a retenu le bras de toutes ses forces avec sa main et lorsqu'elle a été sûre que je ne le ferais pas, elle l'a retirée. Toute la soirée elle devait se conduire de cette façon-là.

«On s'est arrêtés dans une première boîte. "On va se taper un whisky", a dit le type. On est entrés dans un petit bar au fond d'un jardin. C'était plein. J'ai cru qu'on dînerait là. Il était dix heures. "Trois whiskys", a commandé le type. Dès qu'il a commencé à boire et à mesure qu'il buvait, il s'intéressait de moins en moins à nous. C'est quand je l'ai vu boire son whisky que j'ai commencé à comprendre. Pendant qu'on buvait les nôtres, il en a commandé deux autres pour lui tout seul. Il les a bus l'un après l'autre à la file. Nous, on n'avait pas fini le premier. Un assoiffé, un type qui n'aurait pas bu depuis trois jours. Elle a vu que j'en étais épaté et elle m'a souri. Puis tout bas : "Il ne faut pas y faire attention, c'est son plaisir à lui." Le type était sympathique, il ne se donnait même pas la peine de parler, il se foutait de tout, d'elle, de moi, de tout, et il buvait avec un plaisir formidable. Tout le monde le regardait boire, on ne pouvait pas s'en empêcher. Elle aussi on la regardait. Elle était très belle. Elle était toute dépeignée par le vent. Elle avait des yeux très clairs, peut-être gris ou bleus, je ne sais pas. On aurait dit qu'elle était aveugle ou plutôt, qu'avec des yeux comme ceux-là, elle ne voyait pas tout ce que les autres voient, mais seulement une partie des choses. Lorsque ce n'était pas moi qu'elle regardait, elle paraissait ne rien voir. Lorsque c'était moi, sa figure s'éclairait d'un seul coup, puis presque aussitôt ses paupières se baissaient un peu comme si ç'avait été trop pour ses yeux. Lorsqu'elle m'a regardé en partant du bar, j'ai compris que j'allais coucher avec elle dans la nuit, quoi qu'il arrive et qu'elle en avait envie autant que le type, de boire.

«On est repartis. On ne se disait rien sauf elle, quelquefois, à lui : "Attention à ce carrefour", ou bien lui qui râlait tout seul parce qu'il y avait trop de circulation. On a retraversé une partie de la ville et il râlait autant que s'il y avait été obligé alors que, je m'en suis rendu compte par la suite, il pouvait parfaitement éviter de le faire. On est arrivés dans un autre bar du côté du port. Il a encore pris deux whiskys et nous, cette fois, un seul. Mais quand même ça faisait le troisième que je buvais et je commençais à être un peu saoul. Elle aussi, elle devait l'être un peu. Elle buvait avec plaisir. Je me suis dit que tous les soirs elle devait le suivre comme ça dans toutes les boîtes, quelquefois avec un type qu'elle avait trouvé, et boire avec lui. En sortant du bar, elle m'a dit tout bas : "Nous, il faut qu'on s'arrête. Il n'y a qu'à le laisser faire." Elle devait avoir de plus en plus envie de coucher avec moi. Au moment où le type montait dans la bagnole avec difficulté, elle en a profité, elle s'est penchée sur moi et elle m'a embrassé sur la bouche. Alors j'ai cru que j'allais balancer le type, prendre le volant et filer avec elle. J'aurais voulu qu'on couche tout de suite ensemble. Encore une fois elle a dû le deviner, elle m'a bousculé et m'a poussé contre la portière.

« On est repartis. Le type commençait à être saoul et il devait s'en rendre compte. Déjà il conduisait moins vite, dressé contre le volant, pour mieux y voir, au lieu de s'adosser sur la banquette. Encore une fois on a retraversé la ville. J'ai eu envie de lui demander pourquoi il la traversait comme ça, sans arrêt, mais je crois qu'il ne le savait pas. Peut-être que c'était pour allonger le trajet. Peut-être qu'il ne connaissait pas les autres chemins, qu'il ne connaissait rien de la colonie que le centre de la ville et les bars qui l'entouraient. Ça commençait doucement à m'agacer surtout que maintenant il conduisait vraiment très lentement. Puis il disposait de nous, comme ça, sans nous demander si ça nous plaisait, il nous commandait des whiskys sodas, simplement, parce que lui, il aimait ça. On s'est arrêtés dans un troisième bar. Cette fois, il a commandé trois martells, encore une fois sans nous demander si c'était ça qu'on voulait boire. J'ai dit : "J'en ai marre, vous pouvez vous l'enfiler votre martell." J'avais comme une envie de rentrer dedans. Ça faisait une heure déjà qu'on avait quitté l'Éden et vraiment je ne voyais pas quand ça finirait. "Je m'excuse, a dit le type, j'aurais dû vous demander ce que vous désiriez." Il a pris mon martell et il l'a avalé. J'ai dit encore : "Et puis je me demande pourquoi vous ne les buvez pas tous au même bar." Il a dit : "Vous êtes un enfant, vous n'y connaissez rien." C'est là la dernière phrase sensée qu'il ait dite. Il a encore bu deux martells après le mien. Puis après, son dos s'est courbé et il s'est lentement affaissé sur lui-même. Assis sur son tabouret, il attendait. Il paraissait parfaitement heureux. J'ai demandé à la femme de partir avec moi et de le laisser. Elle a dit qu'elle ne pouvait pas le faire parce qu'elle ne connaissait pas assez les patrons de ce bar-là et qu'elle n'était pas sûre qu'on le ramènerait chez lui le lendemain matin. J'ai insisté. Elle a refusé. Pourtant elle avait de plus en plus envie de coucher avec moi. Maintenant c'était aussi visible que si ç'avait été écrit sur sa figure. Elle est allée à lui, elle l'a secoué gentiment et elle lui a rappelé qu'on n'avait pas encore dîné, qu'il était près de onze heures. Il a pris un billet dans sa poche, il l'a posé sur le bar et sans attendre la monnaie il s'est levé et on est sortis.

«Alors il a commencé à rouler très très lentement. Elle lui disait le chemin, où il fallait tourner, quelle route il fallait prendre. On roulait comme dans du sirop. Moi, pendant qu'elle lui disait le chemin j'ai soulevé sa robe et lentement, j'ai commencé à lui caresser tout le corps. Elle se laissait faire. Le type ne voyait rien. Il conduisait. C'était formidable, je la caressais, là, sous son nez et il ne voyait rien. Même s'il avait vu, je crois que j'aurais continué à la caresser parce que s'il avait dit quelque chose j'en aurais profité pour le balancer de la voiture. On est arrivés à une boîte de nuit, une sorte de bungalow haut sur pilotis dans lequel on dansait et on dînait. La piste des danseurs était d'un côté. De l'autre côté, il y avait des boxes pour les dîneurs. Il a garé la Delage sous le bungalow et on est montés. Elle le soutenait et elle l'aidait à monter les marches. Il était complètement saoul. À la lumière elle paraissait très défaite et épuisée. Mais moi je savais pourquoi, c'était parce qu'elle avait très envie de coucher avec moi et à cause de ce que je lui avais fait dans l'auto. Dès que j'ai vu les gens nous regarder d'un drôle d'air en paraissant se moquer de lui, mon envie de le balancer a cessé. J'étais pour lui contre tout le monde sauf elle. Et en même temps j'en avais marre, tu peux pas savoir à quel point. Elle était si douce avec lui et lui était lent, lent, il y avait bien trois quarts d'heure qu'on avait quitté le troisième bar. Et pendant tout ce temps je l'avais caressée. Ça n'en finissait pas. Elle a choisi un box qui donnait sur la piste, du côté opposé à l'entrée. Il s'est affalé sur la banquette, soulagé formidablement de ne plus avoir à conduire, de n'avoir plus rien à faire, même plus à marcher. Pendant une seconde je me suis demandé ce que je foutais là, avec ces gens-là mais déjà je n'aurais pas pu la laisser. Pourtant elle m'agaçait parce qu'elle était si douce avec lui, si patiente et lui, si lent, si lent. On avançait l'un vers l'autre comme noyés dans ce sirop, on n'en sortait pas. Depuis deux heures, depuis l'Éden, je la cherchais dans un tunnel au bout duquel elle se tenait et elle m'appelait de ses yeux, de ses seins, de sa bouche, sans que je puisse arriver à l'atteindre. On a joué *Ramona*. Alors, tout d'un coup, j'ai eu envie de bouger, de danser. Je crois que s'il n'y avait eu personne sur la piste j'aurais dansé tout seul sur *Ramona*. Jusque-là je croyais que je ne savais pas danser et tout d'un coup j'étais devenu un danseur. Peut-être que je serais arrivé à danser sur une corde raide. Il fallait que je danse ou que je balance le type. Et tu sais, *Ramona*, c'est encore bien plus beau que ce qu'on croit, dans certains cas. Je me suis levé. J'ai invité la première qui se trouvait là. Une petite, assez belle. En dansant, j'avais tellement envie de l'autre que je ne sentais pas la petite dans mes bras. Je dansais tout seul, avec, entre mes bras, une femme en plume. Quand je suis revenu dans le box j'ai compris que j'étais très saoul. Les yeux grands ouverts, brillants, elle me fixait. Plus tard elle m'a dit: "Quand je t'ai vu danser avec une autre, j'ai crié mais tu n'as pas entendu." J'ai compris qu'elle était très mal à l'aise, malheureuse peut-être, mais je ne savais pas pourquoi. Je croyais que c'était à cause de lui, que peut-être, pendant que je dansais, il lui avait dit quelque chose, il lui avait fait des reproches. Il y avait trois œufs mayonnaise sur la table. Le type en a pris un entier avec sa fourchette, il l'a mis entier dans sa bouche et il l'a mâché. L'œuf lui coulait de la bouche, en rigoles, jusqu'à son menton mais il ne le sentait pas. J'ai pris le mien, comme lui, entier, la fourchette plantée dedans et, comme lui, je l'ai mis entier dans ma bouche. Elle s'est mise à rire. Le type aussi s'est mis à rire, autant qu'il le pouvait encore, et ça a été comme si on se connaissait depuis toujours tous les trois. Le type a dit lentement, la bouche pleine d'œuf: "Il me plaît ce type-là." Et il a commandé du champagne. Depuis que j'avais dansé avec la petite, elle paraissait déterminée à quelque chose. J'ai compris ce que c'était quand le champagne est arrivé, à la façon qu'elle a eu de servir le type. Elle a rempli sa coupe à ras bord et, la bouteille à la main, elle a attendu qu'il l'ait bue. Il s'est jeté dessus. Alors elle s'est servie, elle m'a servi et l'a servi une deuxième fois. Puis, encore une fois, elle a attendu, la bouteille à la main, qu'il ait fini sa deuxième coupe. Puis elle l'a encore resservi mais cette fois, lui seul. Quatre fois de suite. Je la regardais sans pouvoir faire un geste. J'ai compris que le moment approchait où nous serions ensemble tout à fait.

«On a apporté trois soles frites avec des rondelles de citron dessus. Ça devait être, avec les œufs mayonnaise, tout ce qu'on nous servirait. Il était minuit. Les salles étaient tellement pleines qu'on ne servait plus qu'à boire. Le type a mangé la moitié de sa sole puis il s'est endormi. J'ai bu mon champagne et je lui en ai redemandé. J'ai mangé toute ma sole et puis la sienne qu'elle m'a donnée. Depuis le commencement de ma vie je n'avais jamais eu aussi faim ni aussi soif ni autant envie d'une femme.

«Tout d'un coup ses yeux se sont agrandis et ses mains se sont mises à trembler légèrement. Elle s'est relevée, elle s'est penchée par-dessus la table sur laquelle il y avait la tête du type et nous nous sommes embrassés. Quand elle s'est redressée elle avait les lèvres pâlies et dans la bouche j'avais le goût d'amandes de son rouge à lèvres. Elle tremblait toujours. Pourtant le type dormait toujours.

«Nous nous penchions et je prenais sa bouche. "On nous regarde", a-t-elle dit. Je m'en foutais.

«Le type se réveillait. On pouvait prévoir quand il allait se réveiller : il grognait et se secouait tout entier, on avait le temps de se séparer avant qu'il relève la tête. "Qu'est-ce qu'on fout ici ?" Elle a répondu très doucement : "Ne t'inquiète pas, Pierre, tu t'en fais toujours." Il a bu et il s'est rendormi. Nous nous penchions et nous nous embrassions par-dessus la table, par-dessus sa tête énorme aux yeux fermés. C'est-à-dire que tant qu'il dormait, on restait la bouche dans la bouche sans pouvoir se décrocher. Rien d'autre ne se touchait en nous que nos bouches. Et elle tremblait toujours. Même sa bouche dans la mienne, tremblait. Il se réveillait : "Si au moins on avait à boire." Il parlait d'une voix très lente, ankylosée. Elle lui versait du champagne. Il était vraiment complètement ivre et quand il dormait on aurait dit qu'il se soulageait d'une douleur formidable, d'une douleur qui s'endormait en même temps que lui et qui recommençait dès qu'il ouvrait les yeux. Je me suis demandé s'il ne se doutait pas de ce qu'on faisait. Mais je ne crois pas, je crois que ce qu'il ne pouvait pas supporter c'était de se réveiller, ce qui lui était pénible c'était de revoir les lumières, d'entendre l'orchestre et de voir les gens danser sur la piste. Il se relevait, ouvrait les yeux pendant dix secondes, engueulait faiblement on ne savait qui et retombait la tête sur la table. "Pierre, tu es bien là. Qu'est-ce que tu veux de plus ? Dors et ne t'inquiète pas." Alors peut-être il a souri : "Tu as raison Lina, tu es gentille." Elle s'appelait Lina, c'est lui qui me l'a appris. Elle lui parlait avec une douceur extraordinaire. Maintenant que je la connais je crois que ce n'était pas seulement pour qu'on soit tranquilles à s'embrasser mais parce qu'elle avait pour lui beaucoup d'amitié et peut-être même de l'amour encore. Chaque fois qu'il essayait de se réveiller, elle lui versait du champagne dans sa coupe. Il l'engouffrait. Ça pénétrait en lui comme dans du sable. Il ne buvait pas, il se versait le champagne dans le corps. Il retombait. Elle se penchait et on s'embrassait. Elle ne tremblait plus. Complètement décoiffée, les lèvres pâles, elle n'était plus belle que pour moi seul qui avais mangé son rouge et qui l'avais décoiffée. Elle était pleine d'un bonheur formidable, elle ne savait plus

quoi en faire, elle en avait l'air insolent. Le type grognait. On se séparait. Le type se relevait : "C'est du whisky que j'aurais voulu." Elle lui a
dit, je m'en souviens très bien : "Tu demandes toujours l'impossible,
Pierre. Je ne sais pas où est le garçon. Il faudrait que j'aille le chercher."
Le type a répondu : "Ne te dérange pas Lina, je suis un salaud." Les
gens nous regardaient. Je ne crois pas qu'il y en ait eu qui riaient. Ceux
de la table à côté de la nôtre où se trouvait la petite avec laquelle j'avais
dansé avaient cessé de se parler entre eux et ne faisaient plus que nous
regarder.

« Le type a eu envie de pisser. Il s'est levé péniblement. Elle l'a pris par
le bras et elle lui a fait traverser toute la salle. En traversant il a beaucoup gueulé. "Quel bordel !" tellement fort qu'on l'entendait à travers le
bruit de l'orchestre. Elle lui parlait à l'oreille. Sans doute le calmait-elle.
Pendant leur absence j'ai bu plusieurs coupes de champagne, peut-être
quatre, je ne sais plus. J'avais très soif de l'avoir tellement embrassée.
J'avais tellement envie d'elle que je brûlais.

« C'est là, tout seul, que je me suis dit que j'étais en train de changer
pour toujours. J'ai regardé mes mains et je ne les ai pas reconnues : il
m'était poussé d'autres mains, d'autres bras que ceux que j'avais jusque-
là. Vraiment je ne me reconnaissais plus. Il me semblait que j'étais
devenu intelligent en une nuit, que je comprenais enfin toutes les
choses importantes que j'avais remarquées jusque-là sans les comprendre vraiment. Bien sûr, je n'avais jamais connu de gens comme
eux, comme elle et aussi comme lui. Mais ce n'était pas tout à fait à
cause d'eux. Je savais bien que s'ils étaient aussi libres, aussi pleins de
liberté, c'était surtout parce qu'ils avaient beaucoup d'argent. Non, ce
n'était pas à cause d'eux. Je crois que c'était d'abord parce que j'avais
envie d'une femme comme jamais encore je n'avais eu envie d'une
femme, et ensuite, parce que j'avais bu et que j'étais saoul. Toute cette
intelligence que je me sentais, je devais l'avoir en moi depuis longtemps. Et c'est ce mélange de désir et d'alcool qui l'a fait sortir. C'est le
désir qui m'a fait me foutre des sentiments, même du sentiment qu'on a
pour sa mère et qui m'a fait comprendre que ce n'était plus la peine d'en
avoir peur, parce que, voilà, jusque-là, j'avais cru en réalité que j'étais
dans le sentiment jusqu'au cou et j'en avais peur. Et c'est l'alcool qui m'a
illuminé de cette évidence : j'étais un homme cruel. Depuis toujours, je
me préparais à être un homme cruel, un homme qui quitterait sa mère
un jour et qui s'en irait apprendre à vivre, loin d'elle, dans une ville.
Mais j'en avais eu honte jusque-là tandis que maintenant je comprenais

que c'était cet homme cruel qui avait raison. Je me souviens, j'ai pensé qu'en la quittant j'allais la laisser aux agents de Kam. J'ai pensé aux agents de Kam. Je me suis dit qu'un jour il me faudrait les connaître de très près. Qu'il me faudrait un jour ne plus me contenter de les connaître comme à la plaine, par leurs saloperies, mais qu'il me faudrait entrer dans leur combine, connaître cette saloperie sans en souffrir et garder toute ma méchanceté pour mieux les tuer. L'idée qu'il faudrait retourner à la plaine m'est revenue... Je me souviens, j'ai juré tout haut, pour être bien sûr que c'était bien moi qui étais là et je me suis dit que c'était fini. J'ai pensé à toi, à elle, et je me suis dit que c'était fini, de toi et d'elle. Je ne pourrai plus jamais redevenir un enfant, même si elle meurt, je me suis dit, même si elle meurt, je m'en irai.

«Ils sont revenus. Elle lui tenait le bras et lui, épuisé par l'effort qu'il avait fait pour traverser et retraverser la salle, il titubait. Si quelqu'un s'était moqué de lui ou avait dit quoi que ce soit contre lui, je lui aurais cassé la gueule. Je me sentais plus près de lui, qui était si libre tout en étant si saoul, que de tous ceux qui étaient là et qui ne s'étaient pas saoulés. Tout le monde avait l'air d'être heureux, sauf lui. Elle, elle qui l'avait saoulé pour qu'on puisse être tranquilles à s'embrasser, elle le soutenait avec autant de douceur et de compréhension que s'il avait été victime des autres, de ceux qui n'étaient pas saouls. Quand elle est revenue, elle a tout de suite vu que la bouteille était vide, elle s'est levée et elle est allée dire au garçon qui se trouvait à l'autre bout du dancing d'en apporter une autre. Le garçon a tardé à venir. Elle a recommencé à trembler. Elle avait peur qu'il ne soit dessaoulé. Je suis allé chercher le garçon. Je marchais comme dans du coton. J'ai rapporté une bouteille de moët. Maintenant je sentais que le moment approchait. Elle lui a encore redonné trois coupes de champagne. Il se rendormait et elle le réveillait pour le faire boire. Ça approchait de plus en plus. Après avoir bu, il retombait sur la table. J'ai dit: "On fout le camp. — S'il ne se réveille plus d'ici dix minutes, on va partir", a-t-elle répondu. Alors je lui ai dit: "S'il se réveille, je le fous en l'air." Mais c'était impossible qu'il se réveille encore. Je crois que s'il s'était réveillé je lui aurais sauté dessus, c'était vrai, car on était arrivés à la limite de ce qu'on pouvait faire pour lui, pour un autre que nous. Quand elle a été sûre qu'il ne se réveillerait pas elle l'a pris par les épaules et elle l'a fait glisser sur la banquette pour qu'il soit allongé. Puis elle a ouvert son veston et elle lui a pris son portefeuille. Ensuite elle s'est levée et elle a appelé le garçon. Le garçon ne venait pas. Il a fallu que j'aille le chercher encore une fois.

"Laissez-le dormir, lui a-t-elle dit, quand il se réveillera vous irez lui chercher un taxi. Voilà l'adresse que vous donnerez au chauffeur." Elle lui a tendu de l'argent et une carte de visite. Le garçon a refusé l'argent et il a dit qu'il fallait demander au maître d'hôtel, qu'il ne savait pas s'il pourrait rester là, couché sur la banquette pendant le reste de la nuit, alors que tant de clients attendaient pour avoir une table. On ne pouvait rien contre ce garçon, on ne pouvait pas le forcer à accepter. Il a encore fallu attendre qu'il aille chercher le maître d'hôtel. "C'est plein, a dit le maître d'hôtel, il ne peut pas garder cette table pour lui tout seul." J'ai cru qu'elle allait pleurer. Moi, je sentais déjà le maître d'hôtel entre mes mains, son cou, je le sentais déjà entre mes doigts. Elle a tiré beaucoup de billets de son portefeuille : "Je vous paye la table pour toute la nuit." Elle a mis plusieurs billets dans la main du maître d'hôtel. Il a accepté. Elle a jeté un dernier regard sur le type et on est descendus. Dès qu'on a été dans l'auto, sous le bungalow, je l'ai basculée sur le siège arrière et je l'ai baisée. Au-dessus de nos têtes, l'orchestre jouait toujours et on entendait le piétinement des danseurs. Après j'ai pris le volant de la Delage et on est allés dans un hôtel qu'elle m'a indiqué. On y est restés huit jours.

« Un soir elle m'a demandé de lui raconter ma vie et pourquoi nous avions quitté la plaine. Je lui ai parlé du diamant. Elle m'a dit d'aller le chercher tout de suite, qu'elle me l'achetait. Quand je suis revenu à l'Hôtel Central pour vous chercher je l'ai retrouvé dans ma poche. »

Le départ de Joseph approchait. Parfois la mère allait trouver Suzanne en pleine nuit et elle lui en parlait. À la fin, à force d'y penser, elle se demandait si ce n'était pas quand même une solution.

— Je ne vois pas comment l'en empêcher, disait la mère, je crois que je n'en ai pas le droit parce que je ne vois pas comment il en sortirait autrement.

Elle n'abordait ce sujet-là que la nuit et seulement avec Suzanne. Après des heures passées à faire ses comptes en tête à tête avec le caporal, elle trouvait le courage de parler de Joseph. Pendant le jour elle s'illusionnait peut-être encore mais au milieu de la nuit, non, elle devenait lucide et pouvait en parler calmement.

— S'il m'en veut, disait-elle, il doit avoir raison. La seule bonne chose qui pourrait vous arriver c'est que je meure. Le cadastre aurait pitié de vous. Il vous donnerait la concession définitive des cinq hectares. Vous pourriez vendre et partir.

— Partir où ? demandait Suzanne.

— À la ville. Joseph trouverait du travail. Toi tu irais chez Carmen en attendant de trouver à te marier.

Suzanne ne répondait pas. La mère s'en allait presque aussitôt après avoir lâché toujours ces mêmes paroles. Décidément ce qu'elle disait importait peu à Suzanne. Jamais encore elle ne lui avait paru aussi vieille et aussi folle. L'imminence du départ de Joseph la reléguait, avec ses inquiétudes et ses scrupules, dans un passé sans intérêt. Seul Joseph comptait. Ce qui était arrivé à Joseph. Suzanne le quittait très peu depuis leur retour à la plaine. Lorsqu'il allait à Ram en carriole, il l'emmenait avec lui la plupart du temps. Cependant, depuis qu'il lui avait raconté son histoire, c'est-à-dire depuis les premiers jours qui avaient suivi leur retour, il lui parlait très peu. Mais si peu que ce soit il lui parlait quand même plus qu'à la mère à qui, visiblement, il n'avait plus le courage d'adresser la parole. Ce qu'il disait n'appelait aucune réponse. Il parlait seulement parce qu'il ne pouvait plus résister à l'envie qu'il avait de parler de cette femme. Il n'était question que d'elle presque toujours. Jamais il n'aurait cru qu'on pouvait être heureux de la sorte avec une femme. Il disait que toutes celles qu'il avait connues avant celle-ci ne comptaient en rien. Qu'il était sûr qu'il pourrait rester des jours et des jours avec elle dans un lit. Qu'ils étaient restés trois jours entiers à faire l'amour en ne mangeant qu'à peine et qu'ils en avaient oublié tout le reste. Sauf lui, la mère. C'était ça qui l'avait fait revenir à l'Hôtel Central et non pas le manque d'argent.

Ce fut à l'occasion d'un voyage à Ram que Joseph avoua à Suzanne que la femme allait venir le chercher. C'était lui qui lui avait demandé d'attendre une quinzaine de jours avant de venir. Il n'aurait pas su dire exactement pourquoi : « Peut-être que j'avais envie de revoir ce bordel une dernière fois, pour être sûr. » Maintenant elle ne pouvait plus tarder. Il avait pensé à ce qu'elles deviendraient une fois qu'il serait parti de la plaine, il y avait longuement pensé. Pour la mère il ne voyait plus d'avenir possible en dehors de la concession. C'était un vice incurable : « Je suis sûr que toutes les nuits elle recommence ses barrages contre le Pacifique. La seule différence c'est qu'ils ont ou cent mètres de haut, ou deux mètres de haut, ça dépend si elle va bien ou non. Mais petits ou grands, elle les recommence toutes les nuits. C'était une trop belle idée. » Il ne pourrait jamais les oublier, prétendait-il. Il ne pourrait jamais l'oublier elle, ou plutôt ce qu'elle avait enduré.

— C'est comme si j'oubliais qui je suis, c'est impossible.

Il ne croyait plus qu'elle pourrait vivre encore très longtemps mais contrairement à autrefois il croyait que ça n'avait plus beaucoup d'importance. Lorsque quelqu'un avait tellement envie de mourir on ne devait pas l'en empêcher. Tant qu'il saurait la mère vivante il ne pourrait d'ailleurs rien faire de bon dans la vie, rien entreprendre. Chaque fois qu'il avait fait l'amour avec cette femme, il avait pensé à elle, il s'était souvenu qu'elle, elle n'avait jamais fait l'amour depuis que leur père était mort parce qu'elle croyait, comme une imbécile, qu'elle n'en avait pas le droit, pour qu'ils puissent eux, le faire un jour. Il lui raconta qu'elle avait été très amoureuse d'un employé de l'Éden pendant deux ans, c'était elle qui le lui avait dit, et qu'elle n'avait jamais couché avec lui une seule fois toujours à cause d'eux. Il lui parla de l'Éden. De l'horreur qu'étaient ces dix ans que la mère avait passés à tenir le piano à l'Éden. Il s'en souvenait mieux qu'elle parce qu'il était plus grand. Et elle-même lui en avait quelquefois parlé.

La mère avait dû se remettre brusquement au piano lorsque la place de pianiste à l'Éden lui avait été offerte. Elle n'avait pas joué depuis dix ans, depuis sa sortie de l'École normale. Elle lui avait dit : « Quelquefois je pleurais de voir mes mains devenues si bêtes devant les partitions, quelquefois même j'avais envie de crier, de m'en aller, de fermer le piano. » Mais peu à peu ses mains s'y étaient remises. D'autant plus que les mêmes partitions revenaient invariablement et que le directeur de l'Éden lui permettait de s'entraîner le matin. Elle vivait dans la hantise d'être remerciée. Et si elle avait pris l'habitude d'amener ses enfants avec elle, c'était moins parce qu'elle n'osait pas les laisser seuls à la maison que pour attendrir la direction sur son sort. Elle arrivait un peu avant la séance, elle disposait des couvertures sur deux fauteuils, de chaque côté du piano et elle y couchait ses enfants. Joseph s'en souvenait bien. La chose s'était sue rapidement et, pendant que la salle se remplissait, des spectateurs venaient près de la fosse regarder les deux enfants de la pianiste qui s'endormaient. C'était devenu vite une sorte d'attraction dont la direction n'était pas fâchée. La mère lui avait dit : « C'est parce que vous étiez si beaux, qu'on venait vous regarder. Parfois à côté de vous, je trouvais des jouets, des bonbons. » Elle le croyait encore. Elle croyait que c'était parce qu'ils étaient beaux qu'on leur donnait des jouets. Il n'avait jamais osé lui dire la vérité. Ils s'endormaient immédiatement après l'extinction des lumières et le commencement des Actualités. La mère jouait pendant deux heures. Il lui était impossible de suivre le film sur l'écran : le piano était non seulement sur le même plan que l'écran mais bien au-dessous du niveau de la salle.

En dix ans la mère n'avait pas pu voir un seul film. Pourtant à la fin, ses mains étaient devenues si habiles qu'elle n'avait plus à regarder le clavier. Mais elle ne voyait toujours rien du film qui passait au-dessus de sa tête. « Quelquefois il me semblait que je dormais en jouant. Quand j'essayais de regarder l'écran c'était terrible, la tête me tournait. C'était une bouillie noire et blanche qui dansait au-dessus de ma tête et qui me donnait le mal de mer. » Une fois, une seule fois, son envie de voir un film avait été tellement forte qu'elle s'était fait porter malade et qu'elle était venue en cachette au cinéma. Mais à la sortie un employé l'avait reconnue et elle n'avait jamais osé recommencer. Une seule fois en dix ans elle avait osé le faire. Pendant dix ans elle avait eu envie d'aller au cinéma et elle n'avait pu y aller qu'une seule fois en se cachant. Pendant dix ans cette envie était restée en elle aussi fraîche, tandis qu'elle, elle vieillissait. Et au bout de dix ans ç'avait été trop tard, elle était partie pour la plaine.

C'était tellement intenable de se rappeler ces choses sur elle, qu'il était préférable pour lui et pour Suzanne, que la mère meure : « Il faudra que tu te souviennes de ces histoires, de l'Éden, et que toujours tu fasses le contraire de ce qu'elle a fait. » Pourtant, il l'aimait. Il croyait même, disait-il, qu'il n'aimerait jamais aucune femme comme il l'aimait. Qu'aucune femme ne la lui ferait oublier. « Mais vivre avec elle, non, ce n'était pas possible. »

Ce qu'il regrettait, c'était de ne pas pouvoir tuer les agents de Kam avant de partir. Il avait lu la lettre que la mère leur avait adressée avant de la remettre au chauffeur du car comme elle le lui avait demandé et une fois qu'il l'avait lue, il avait décidé de ne pas la remettre et de la garder. Il avait décidé de la garder toujours. Lorsqu'il la lisait il se sentait devenir comme il aimait être, capable de tuer les agents de Kam s'il les avait rencontrés. C'était comme ça qu'il désirait rester toute sa vie, quoi qu'il lui arrive, même s'il devenait très riche. Cette lettre lui serait bien plus utile qu'elle ne le serait jamais entre les mains des agents de Kam.

Ainsi même s'ils devaient la faire souffrir, les projets de Joseph se tramaient en raison de ce qu'avait enduré la mère. S'il était devenu méchant avec elle il disait que c'était aussi nécessaire que de l'être avec les agents de Kam.

Suzanne ne saisissait pas toute la portée des paroles de Joseph mais elle les écoutait religieusement comme le chant même de la virilité et de la vérité. En y repensant, elle s'aperçut avec émotion qu'elle se sentait capable, elle-même, de conduire sa vie comme Joseph disait qu'il fallait faire. Elle vit alors que ce qu'elle admirait chez Joseph était d'elle aussi.

Pendant les huit jours qui avaient suivi leur retour Joseph était fatigué et triste. Il ne se levait que pour les repas. Il ne se lavait guère. Mais ensuite au contraire il recommença à tirer quelques échassiers de la véranda et à se laver tous les jours avec beaucoup de soin. Ses chemises étaient toujours très propres et il se rasait tous les matins. C'est pourquoi la mère sut que son départ approchait. À le voir d'ailleurs, n'importe qui l'aurait deviné et aussi que personne, rien, ne pouvait plus l'empêcher de partir. À chaque heure du jour il était prêt.

L'attente, en tout, dura un mois. La mère, et pour cause, ne reçut aucune réponse du cadastre, ni même de la banque. Mais ça lui était devenu égal. À la fin, elle ne réveillait plus Suzanne pour lui parler de Joseph. Peut-être même souhaitait-elle le voir partir au plus vite du moment qu'il partait. Elle devait vaguement penser que tant qu'il serait là, elle ne pourrait pas proposer le diamant au père Bart. Parce que depuis que le père Bart avait acheté le phonographe, elle pensait à lui. Elle en parlait, ne parlait à vrai dire que de lui, de sa fortune, des possibilités qu'il avait, des placements qu'elle aurait faits à sa place au lieu de faire le trafic du pernod, etc. Était-ce pour se ménager une fois de plus une façon d'avenir? Elle-même ne devait pas clairement le savoir. Ni savoir ce qu'elle ferait de l'argent, si jamais elle réussissait à vendre le crapaud au père Bart, une fois Joseph parti.

Un des projets les plus constants de la mère avait été de pouvoir un jour faire remplacer la toiture de chaume du bungalow par une toiture en tuiles. Non seulement elle n'avait jamais pu le faire, mais elle n'avait même pas pu, depuis six ans, faire renouveler l'ancienne toiture de chaume. Et une de ses craintes, non moins constante, avait toujours été que les vers se mettent au chaume avant qu'elle ait eu assez d'argent pour le faire remplacer. Or, quelques jours avant le départ de Joseph, ses craintes se réalisèrent et il se fit une gigantesque éclosion de vers dans le chaume pourri. Lentement, régulièrement, ils commencèrent à tomber du toit. Ils crissaient sous les pieds nus, tombaient dans les jarres, sur les meubles, dans les plats, dans les cheveux.

Cependant ni Joseph, ni Suzanne, ni même la mère n'y firent la moindre allusion. Il n'y eut que le caporal qui s'en émut. Comme l'oisiveté lui pesait, sans attendre que la mère lui en donne l'ordre, il se mit à balayer toute la journée durant les planchers du bungalow.

Quelques jours avant son départ Joseph confia à Suzanne la dernière lettre de la mère aux agents de Kam. Il tenait à ce qu'elle la lise avant qu'il s'en aille. Suzanne la lut un soir, en cachette de la mère. Cette lettre ne fit que lui confirmer les paroles de Joseph. Voici ce qu'avait écrit la mère :

« Monsieur l'Agent cadastral,

« Je m'excuse de vous écrire encore. Je sais que mes lettres vous ennuient. Comment ne le saurais-je pas ? Je n'ai pas eu de réponse de vous depuis déjà des mois. Remarquez d'ailleurs qu'il y a déjà plus d'un mois que j'ai cessé de vous écrire. Mais sans doute ne l'avez-vous même pas remarqué. Parfois je me dis que vous ne lisez même pas mes lettres et que vous les jetez au panier sans les ouvrir. Je me suis tellement mis ça en tête que voyez-vous, le seul espoir qui me reste c'est qu'une fois, une seule fois, vous réussissiez à lire une de mes lettres, rien qu'une seule. Qu'une seule fois, l'une d'entre elles attire votre attention, parce que ce jour-là, par exemple, vous n'avez rien de bien urgent à faire. Après quoi il me semble que vous lirez les autres, celles qui suivront celle-là. Parce qu'il me semble encore que ma situation, si vous la connaissiez bien, ne pourrait pas vous laisser complètement indifférent. Même s'il ne vous restait, après avoir exercé pendant des années votre horrible métier, que très peu de cœur, si peu que ce soit, vous prendriez ma situation en considération.

« Ce que je vous demande, vous le savez, c'est très peu de chose. C'est l'accord en concession définitive des cinq hectares de terre qui entourent mon bungalow. Ceux-ci sont en marge du reste de ma concession, laquelle, vous le savez bien, est parfaitement inutilisable. Accordez-moi donc ce petit avantage. Que ces cinq hectares m'appartiennent en propre, c'est maintenant tout ce que je vous demande. Ensuite je pourrai les hypothéquer et tenter une dernière fois de faire une partie de mes barrages. Je vous dirai pourquoi, par la suite, je voudrais tenter de nouveaux barrages, ces choses-là ne sont pas simples. Bien que vous répugniez à les avouer et qu'il va même de votre intérêt de ne pas les avouer, je connais toutes vos objections : les cinq hectares du haut ne forment qu'un "tout" avec les cent hectares du bas et ils sont destinés précisément à illusionner sur ces cent hectares, ils servent à faire croire qu'il en est du reste de la concession comme de ces cinq hectares-là. Et en saison sèche en effet, lorsque la mer se retire tout à fait, qui pourrait croire le contraire ? C'est grâce à ces cinq hectares que vous avez pu attribuer la concession quatre fois déjà à des concessionnaires différents, à des pauvres malheureux qui n'avaient pas les moyens de vous soudoyer. C'est bien souvent que je vous rappelle ces choses, dans chacune de mes lettres, mais que voulez-vous je ne me lasse pas de ressasser ce malheur. Je ne m'y habituerai jamais, à votre ignominie, et tant que je vivrai, jusqu'à mon dernier souffle, toujours je vous en parlerai, toujours je vous raconterai dans le détail ce que vous m'avez fait, ce que vous faites chaque jour à d'autres que moi et cela dans la tranquillité et dans l'honorabilité. Je sais bien que si on retranche ces cinq hectares du haut, des cent autres, il n'y aura plus de concession du tout. Il n'y aura même plus de quoi asseoir son malheur, de quoi faire bâtir un bungalow et même plus assez de quoi faire assez de riz pour durer toute l'année. Car, encore une fois, le reste de la concession, il n'y faut pas compter. À la grande marée de juillet, les vagues du Pacifique lèchent les cases du dernier village à partir duquel elle commence et lorsqu'elles se retirent, elles laissent derrière elles de la boue séchée sur laquelle il faudrait laisser pleuvoir plus d'un an pour la laver de son sel jusqu'à seulement dix centimètres de profondeur, longueur des racines du paddy à sa maturité. Et où, me direz-vous, s'installeront alors vos victimes ? Tout ça je le sais et je sais aussi que vous risqueriez de ne plus en avoir du tout. Mais malgré l'inconvénient que présente pour vous l'attribution en concession définitive de ces cinq hectares, il faut cependant vous incliner. Vous savez pourquoi je les veux. J'ai travaillé pendant quinze ans et pendant quinze ans j'ai sacrifié jusqu'au moindre de mes plaisirs pour acheter cette concession au gouvernement. Et contre les économies faites chaque jour pendant quinze ans de ma vie, de ma jeunesse, vous m'avez donné quoi ? Un désert de sel et d'eau. Et vous m'avez laissée vous donner mon argent. Cet argent je vous l'ai porté un matin, il y a sept ans, dans une enveloppe, je vous l'ai porté pieusement. C'était tout ce que j'avais. Je vous ai donné tout ce que j'avais ce matin-là, tout, comme si je vous apportais mon propre corps en sacrifice, comme si de mon corps sacrifié il allait fleurir tout un avenir de bonheur pour mes enfants. Et cet argent, vous l'avez pris. Vous avez pris l'enveloppe contenant toutes mes économies, tout mon espoir, ma raison de vivre, ma patience de quinze ans, toute ma jeunesse, vous l'avez prise d'un air naturel et je suis repartie, heureuse. Voyez-vous, ce moment-là a été le plus glorieux de mon existence entière. Que m'avez-vous donné en contrepartie de quinze ans de ma vie? Rien, du vent, de l'eau. Vous m'avez volée. Et si je réussissais à faire savoir ces choses au gouvernement général de la colonie, si j'avais le moyen de le faire savoir, ça ne servirait à rien. Le chœur des gros concessionnaires s'élèverait contre moi et je serais expropriée sur-le-champ. Et il est probable que ma plainte, avant d'arriver au gouvernement général, serait arrêtée par vos supérieurs hiérarchiques qui sont encore plus privilégiés que vous ne l'êtes, puisque leur rang leur vaut d'être soudoyés plus chèrement encore.

«Non, je n'ai aucun moyen, de ce côté-là, de vous atteindre, je le sais.

«Combien de fois vous ai-je demandé de renoncer en ma faveur à votre ignominie? De ne plus venir m'inspecter parce que c'est inutile, parce que personne au monde ne peut faire pousser quoi que ce soit dans la mer, dans le sel? Car non seulement (je pourrai répéter ces choses mille fois sans m'en lasser) vous me donnez un néant mais vous venez régulièrement inspecter ce néant. Vous dites: "Vous n'avez encore rien fait cette année? Vous savez le règlement, etc.?" et vous repartez en ayant fait votre travail, ce pour quoi vous recevez un salaire chaque mois. Et lorsque j'ai tenté mes barrages vous avez eu peur, peur que j'arrive à faire pousser quelque chose dans ce désert. Peut-être étiez-vous moins fier que d'habitude. À ce propos, vous souvenez-vous de la façon dont vous avez déguerpi, la trouille au cul, comme on dit, lorsque mon fils a tiré une balle de chevrotine en l'air? Nous nous en souviendrons tous comme d'un bon souvenir car de voir un homme de votre espèce avoir la trouille au cul, c'est une chose qu'entre toutes, nous, nous aimons voir. Mais rassurez-vous de ce côté-là, un barrage contre le Pacifique c'est encore plus facile à faire tenir qu'à essayer de dénoncer votre ignominie. Me demander de faire pousser quoi que ce soit sur ma concession c'est me demander de décrocher la lune et vous le savez bien, si bien que vos inspections se bornent à une visite de dix minutes pendant lesquelles vous n'arrêtez même pas le moteur de votre auto. Ah! vous êtes très pressé. Car le nombre des concessions est limité et d'autres attendent, comme j'ai attendu. Et vous, vous avez peur de perdre le bénéfice des malheurs que vous semez, vous avez peur, si je ne m'en vais pas assez vite ou si je ne crève pas assez vite, d'être obligé d'accorder une concession cultivable à des malheureux qui ne peuvent pas vous soudoyer.

«Mais à cela, je vous en prie, résignez-vous. Après moi, personne ne viendra ici. Vous feriez aussi bien de m'accorder tout de suite ce que je vous demande. Car si jamais vous réussissiez à me faire partir, lorsque vous viendriez montrer la concession au nouvel arrivant, c'est-à-dire les cinq hectares trompe-l'œil du haut, cent paysans viendraient vous entourer. "Dites à l'agent cadastral, diraient-ils au nouvel concessionnaire, de vous mener sur le reste de la concession. Une fois là vous enfoncerez votre doigt dans la boue de la rizière et vous le goûterez. Croyez-vous que le riz puisse pousser dans le sel? Vous êtes le cinquième concessionnaire. Les autres sont morts ou ruinés." Et vous, vous ne pourrez rien faire contre les paysans car si vous voulez essayer de les faire taire il vous faudra vous faire escorter par des miliciens armés. Fait-on visiter des terres dans ces conditions? Non. Alors, du moment que je vous en avertis, accordez-moi donc tout de suite ces cinq hectares du haut. Je sais votre puissance et que vous tenez la plaine entre vos mains en vertu d'un pouvoir à vous conféré par le gouvernement général de la colonie lui-même. Je sais aussi que toute la connaissance que j'ai de votre ignominie et de celle de tous vos collègues, de ceux qui vous ont précédés, de ceux qui vous suivront, de celle du gouvernement lui-même, toute cette connaissance que j'en ai (et qui à elle seule pourrait me faire mourir, pourrait faire mourir un homme rien que d'en supporter le poids) ne me servirait à rien si j'étais seule à l'avoir. Parce que la connaissance qu'a un seul homme de la faute de cent autres ne lui sert à rien. C'est une chose que j'ai mis très longtemps à apprendre mais je la sais maintenant pour toute ma vie. Alors, déjà ils sont des centaines dans la plaine à vous connaître et peut-être deux cents à vous connaître comme je vous connais, à connaître dans le détail, dans la méthode, votre manière de faire. C'est moi qui leur ai expliqué longuement et patiemment qui vous êtes et qui les entretiens avec ferveur dans la haine de votre espèce. Ainsi quand j'en rencontre un, au lieu de lui dire bonjour, en guise de salutation et pour lui marquer que j'ai de l'amitié pour lui, je lui dis : "Alors, on n'a pas vu passer cette semaine les chiens du cadastre de Kam ?" Et j'en connais qui se frottent les mains à l'avance à l'idée qu'un jour d'inspection ils pourraient peut-être vous tuer, vous autres, les trois agents de Kam. Mais rassurez-vous, je les calme encore, je leur dis : "Ça ne servirait pas à grand-chose. À quoi cela sert-il de tuer trois rats quand une armée de rats est derrière ces trois-là ? Ce n'est pas ça qu'il faut commencer par faire..." Et je leur explique que quand vous viendrez avec le nouveau concessionnaire, etc.

«Je m'aperçois que ma lettre est bien longue mais j'ai toute ma nuit pour la faire. Je ne dors plus depuis mes malheurs, les barrages écroulés. J'ai beaucoup hésité avant de vous écrire cette dernière lettre, avant de vous mettre au courant de toutes ces considérations mais il me semble maintenant que j'ai eu tort de ne pas l'avoir fait plus tôt et qu'elles seules sont susceptibles de vous faire vous intéresser à mon cas. Autrement dit, pour que vous vous intéressiez à moi il faut que je vous parle de vous. De votre ignominie peut-être, mais de vous. Et si vous lisez cette lettre, je suis sûre que vous lirez les autres pour voir quels progrès a fait en moi la connaissance de votre ignominie.

«Si ça ne leur sert encore à rien, à eux, de vous tuer un jour d'inspection, ça pourrait peut-être me servir un jour à moi. Quand je serai seule, quand mon fils sera parti, quand ma fille sera partie et que je serai seule et si découragée que plus rien ne m'importera, alors, peut-être qu'avant de mourir, j'aurai envie de voir vos trois cadavres se faire dévorer par les chiens errants de la plaine. Enfin, ils se régaleraient, ils auraient leur festin. Alors oui, au moment de mourir je pourrais dire aux paysans : "Si l'un de vous veut me faire un dernier plaisir, avant que je meure, qu'il tue les trois agents cadastraux de Kam." Mais je ne le leur dirai que lorsque le moment sera venu de le faire. Pour le moment, lorsqu'ils me demandent par exemple : "Mais d'où viennent donc ces planteurs chinois qui ont pris pour leurs poivriers le meilleur de nos terres en lisière de la forêt ?", je leur explique que c'est vous qui, profitant du fait qu'ils n'ont pas de titre de propriété, les avez vendues à ces planteurs chinois. "Qu'est-ce que c'est donc qu'un titre de propriété ?" me demandent-ils. Je leur explique : "Vous ne pouvez pas le savoir. C'est un papier qui témoigne de votre propriété. Mais pas plus que les oiseaux ou les singes de l'embouchure du rac n'ont de titre de propriété vous n'en avez. Qui donc vous les aurait donnés ? Ce sont les chiens du cadastre de Kam qui ont inventé ça pour pouvoir disposer de vos terres et les vendre."

«Voilà ce que je me contente de faire sur cette concession inutilisable. Je parle au caporal. Je parle à d'autres. J'ai parlé à tous ceux qui sont venus faire les barrages et je leur explique inlassablement qui vous êtes. Quand un petit enfant meurt, je leur dis : "Voilà qui ferait plaisir à ces chiens du cadastre de Kam. — Pourquoi cela leur ferait-il plaisir ?" demandent-ils. Et je leur dis la vérité, que plus il mourra d'enfants dans la plaine, plus la plaine se dépeuplera et plus votre mainmise sur la plaine se renforcera. Je ne leur dis, comme vous voyez, que la vérité et devant un petit enfant mort je la leur dois bien. "Pourquoi n'envoient-ils pas de quinine ? Pourquoi n'y a-t-il pas un médecin, pas un poste sanitaire ? pas d'alun pour décanter l'eau en saison sèche ? Pas une seule vaccination ?" Je leur dis pourquoi et même si cette vérité dépasse votre entendement, dépasse vos prétentions personnelles sur la plaine, cette vérité que je leur dis n'en est pas moins vraie et tous vos soins en préparent l'avènement.

«Vous ne le savez peut-être pas mais ici il meurt tellement de petits enfants qu'on les enterre à même la boue des rizières, sous les cases, et c'est le père qui, avec ses pieds, aplatit la terre à l'endroit où il a enterré son enfant. Ce qui fait que rien ne signale ici la trace d'un enfant mort et que les terres que vous convoitez et que vous leur enlevez, les seules terres douces de la plaine, sont grouillantes de cadavres d'enfants. Alors, moi, pour qu'enfin ces morts servent à quelque chose, on ne sait jamais, bien plus tard, en guise de sépulture ou si vous voulez, d'oraison, je prononce ces paroles pour moi sacrées : "Voilà qui ferait plaisir à ces chiens du cadastre de Kam." Qu'ils le sachent au moins.

«Je suis vraiment très pauvre maintenant et – mais comment le sauriez-vous ? – mon fils, dégoûté de tant de misère, va probablement me quitter pour toujours et je ne me sens plus le courage ni le droit de le retenir. Je suis tellement triste que je ne peux plus dormir. Ça commence à faire bien longtemps déjà que je passe des nuits et des nuits à ressasser ces choses. Depuis le temps que je les ressasse et que ça ne sert à rien, insensiblement je commence à espérer que le moment viendra où ces choses serviront. Et que mon fils s'en aille pour toujours, jeune comme il est et instruit comme il est de toutes ces choses sur votre ignominie, c'est déjà peut-être un commencement. C'est ce que je me dis pour me consoler.

«Voyez-vous, il faut que vous me donniez ces cinq hectares du haut qui entourent mon bungalow. Vous me diriez, s'il vous plaisait une fois de me répondre : "À quoi bon ? ces cinq hectares ne vous suffisent pas et si vous les hypothéquez pour faire de nouveaux barrages, ces barrages seront aussi mauvais que les premiers." Ah! les gens de votre espèce ne savent pas ce que c'est que l'espoir, ils ne sauraient qu'en faire d'ailleurs, ils n'ont que de l'ambition et ils ne ratent jamais leur coup. Je vous répondrais à propos de mes barrages: "Si je n'ai même pas l'espoir que mes barrages peuvent tenir cette année, alors il vaut mieux que je donne tout de suite ma fille à un bordel, que je presse mon fils de partir et que je fasse assassiner les trois agents du cadastre de Kam." Mettez-vous à ma place: si dans l'année qui vient je n'ai même pas cet espoir, même pas la perspective d'une nouvelle défaite, que me restera-t-il à faire de mieux que de vous faire assassiner?

«Où est hélas tout l'argent que j'avais gagné, que j'avais économisé sou par sou pour acheter cette concession? Où est-il maintenant cet argent? Il est dans vos poches déjà alourdies d'or. Vous êtes des voleurs. De même que les morts d'enfants ne peuvent se reprendre, mon argent, ma jeunesse, je ne les reprendrai jamais. Il faut m'accorder ces cinq hectares ou bien un jour on retrouvera vos cadavres dans les fossés qui longent la piste et dans lesquels on enterrait tout vifs les bagnards qui travaillaient à sa construction. Car, je vous le répète une dernière fois, il faut bien vivre de quelque chose et si ce n'est pas de l'espoir, même très vague, de nouveaux barrages, ce sera de cadavres, même des méprisables cadavres des trois agents cadastraux de Kam. Quand on n'a rien à se mettre sous la dent on n'est pas difficile.

«En espérant, quand même, une réponse de votre part, je vous prie d'agréer, Monsieur l'Agent cadastral, etc.»

Un long coup de klaxon se fit entendre sur la piste du côté du pont. Un très long coup de klaxon électrique. Il était huit heures du soir. Personne ne l'avait entendue arriver, même pas Joseph. Elle devait s'être arrêtée de l'autre côté du pont, c'était impossible autrement car on entendait toujours le fracas des planches déclouées par la chaleur lorsqu'une auto passait dessus. Et comme personne ne l'avait entendue arriver on pouvait supposer qu'elle était là, avant le pont, depuis un bon moment déjà. Peut-être n'avait-elle pas été sûre tout de suite que c'était lui, le bungalow dont lui avait parlé Joseph. Elle avait dû le regarder longtemps se dessiner dans la nuit, à moitié achevé, sans balustrade et, autour de la lampe à acétylène qui brillait à l'intérieur elle avait dû chercher la silhouette de Joseph. C'était bien ça, d'autant plus qu'à côté de la sienne il y en avait deux autres dont une de vieille femme. Elle avait dû encore attendre avant de klaxonner. Attendre encore, puis tout à coup, klaxonner, lancer le signal entre eux convenu. Ce n'était pas un appel timide, non, c'était un appel discret mais impératif. Depuis un mois, depuis huit cents kilomètres, elle attendait ce coup de klaxon. Et une fois devant le bungalow, elle avait pris son temps et avait attendu avant d'appuyer sur le bouton, tout en étant sûre qu'il le fallait.

Ils étaient en train de manger quand il retentit. Joseph fit un bond comme s'il venait de recevoir une décharge de balles dans le corps. Il quitta la table, repoussa sa chaise, traversa le salon et descendit les marches du bungalow en courant. La mère se leva lentement de table et, comme s'il lui fallait user désormais vis-à-vis d'elle-même d'une extrême prudence, elle s'allongea dans sa chaise longue, au salon, face à la porte d'entrée. Suzanne la suivit et s'assit à côté d'elle dans un fauteuil. C'était un peu le même soir que le soir de la mort du cheval qui recommençait.

— Ça y est, dit la mère à voix basse.

Les yeux à demi fermés, elle fixait la direction d'où était venu le coup de klaxon. Sauf qu'elle était très pâle, on aurait pu croire qu'elle somnolait. Elle ne disait rien ni ne remuait même un doigt. La piste était parfaitement noire. Ils devaient être là tous les deux, enlacés, dans le noir. Joseph resta parti un très long moment. Mais l'auto ne démarrait pas. Suzanne était sûre que Joseph allait remonter ne fût-ce que quelques minutes, pour dire quelques mots à la mère, peut-être pas à elle mais à la mère, sûrement.

Joseph revint en effet. Il s'arrêta devant la mère et la regarda. Il y avait un mois qu'il ne lui avait pas adressé la parole de lui-même, qu'il ne l'avait peut-être pas regardée vraiment. Il lui parla doucement.

— Je m'en vais pour quelques jours, je peux pas faire autrement.

Elle leva les yeux vers son fils et, pour une fois, sans geindre, sans pleurer, elle dit :

— Pars, Joseph.

Sa voix était nette mais éraillée comme si tout à coup elle s'était mise à parler faux. Après qu'elle eut parlé, Suzanne leva les yeux vers Joseph. Elle le reconnut à peine. Il regardait la mère fixement et en même temps il riait, sans manifestement pouvoir s'en empêcher alors que peut-être il n'aurait pas voulu rire. Il venait de la nuit noire mais il aurait pu revenir d'un incendie : ses yeux brillaient, son visage ruisselait de sueur et le rire sortait de lui comme s'il le brûlait.

— Bon Dieu ! je reviendrai, je le jure.

Il ne bougeait pas et attendait de la mère un signe, un signe quelconque qu'elle ne pouvait pas faire. On vit apparaître sur la piste un immense jet de lumière, à perte de vue. Les phares tranchaient la piste en deux et on aurait dit que c'était à partir d'eux qu'elle jaillissait, que de l'autre côté il n'y avait rien, rien que la touffeur irrespirable d'une nuit épaisse. Le jet de lumière obliqua par à-coups, progressivement, en balayant le bungalow, le rac, les villages endormis et au loin, le Pacifique, jusqu'à ce qu'une nouvelle piste surgisse, opposée à la première. On ne l'avait pas entendue tourner. Ça devait être une formidable bagnole que la 8 cylindres Delage. En quelques heures ils seraient à la ville. Joseph conduirait comme un fou jusqu'au premier hôtel où ils s'arrêteraient pour faire l'amour. Maintenant le faisceau des phares indiquait la direction de la ville. C'était par là que Joseph allait partir. Joseph se retourna, le faisceau passa devant lui, il se raidit, ébloui. Depuis trois ans, il attendait qu'une femme à la détermination silencieuse vienne l'enlever à la mère.

Elle était là. On se sentait désormais aussi séparé de lui que s'il avait été malade ou, sinon fou, du moins privé de la raison commune. Et vraiment, il était difficile de regarder ce Joseph qui ne les concernait plus, ce mort vivant qu'il était devenu pour elles.

Il s'était de nouveau tourné vers la mère et il restait devant elle attendant toujours ce signe de paix qu'elle ne pouvait pas lui faire. Et il riait toujours. Son visage disait un tel bonheur qu'on ne le reconnaissait plus. Jamais personne, avant, même Suzanne, n'aurait pu croire ce visage, si résolument fermé, capable de s'avouer, de se livrer avec une telle impudeur.

— Merde, répétait Joseph, je te le jure, je reviendrai, je laisse tout, même mes fusils.

— Tu n'as plus besoin de tes fusils. Pars, Joseph.

Elle avait de nouveau fermé les yeux. Joseph la prit par les épaules et se mit à la secouer.

— Puisque je te le jure, même si je voulais te laisser, je ne pourrais pas.

Elles étaient sûres qu'il partait pour toujours. Seul lui en doutait encore.

— Embrasse-moi, dit la mère. Et pars.

Elle se laissait secouer par Joseph qui s'était mis à crier.

— Dans huit jours! quand vous aurez fini de m'emmerder! Dans huit jours je serai revenu! On dirait que vous ne me connaissez pas!

Il se tourna vers Suzanne:

— Dis-lui, nom de Dieu, dis-lui!

— T'en fais pas, dit Suzanne, dans huit jours il sera là.

— Pars, Joseph, dit la mère.

Joseph se décida à aller dans sa chambre pour chercher ses affaires. L'auto attendait toujours, les phares éteints maintenant. Elle n'avait pas klaxonné une deuxième fois. Elle laissait du temps à Joseph, son temps. Elle savait que c'était difficile. Elle aurait attendu toute la nuit, c'était sûr, sans klaxonner une nouvelle fois.

Joseph revint chaussé de ses sandales de tennis. Il portait un paquet de linge qu'il avait dû préparer à l'avance. Il se précipita sur la mère, la souleva dans ses bras et l'embrassa de toutes ses forces, dans les cheveux. Il n'alla pas vers Suzanne mais il se força à la regarder et dans ses yeux il y avait de l'effroi et peut-être aussi de la honte. Puis brusquement, il passa entre elles et descendit les marches de l'escalier en courant. Les phares s'allumèrent peu après sur la piste, en direction de la ville. Puis l'auto démarra très doucement, sans qu'on l'entendît: les phares se déplacèrent, s'éloignèrent, s'éloignèrent encore, laissant derrière eux une marge toujours plus large de nuit, puis on ne vit plus rien.

La mère, les yeux fermés, était toujours dans la même position. Le bungalow était tellement silencieux que Suzanne pouvait entendre sa respiration rauque et désordonnée. Le caporal monta accompagné de sa femme. Ils avaient tout vu. Ils apportaient du riz chaud et du poisson frit. Ce fut le caporal qui, comme toujours, parla le premier. Il dit que le poisson et le riz qui étaient sur la table s'étaient refroidis et qu'il en avait apporté d'autres. Sa femme qui d'ordinaire ne restait jamais dans le bungalow s'accroupit à ses côtés dans un coin du salon. Ils avaient enfin compris ce qui se tramait depuis leur retour de la ville et déjà l'hébétement de la faim était dans leurs yeux. Ils attendaient qu'elle leur donne un espoir quelconque qu'ils mangeraient encore. Ce fut sans doute pour eux, qu'une heure après le départ de Joseph, elle consentit à parler. Elle les regarda et s'adressa à Suzanne.

— Va finir de manger.

Elle était rouge et ses yeux étaient vitreux. Suzanne lui apporta un bol de café et une pilule. Le caporal et sa femme la regardaient comme elle, un mois avant, avait regardé le cheval. Elle but le café et prit la pilule.

— Tu peux pas savoir ce que c'est, dit-elle.

— C'est moins terrible que s'il était mort.

— Je ne me plains pas. Il n'avait plus rien à faire ici, j'ai beau chercher, plus rien.

— Il reviendra quelquefois.

— Ce qui est terrible...

Sa bouche se tordait comme si elle allait vomir.

— Ce qui est terrible, répéta-t-elle, c'est qu'il n'a aucune instruction, alors je ne vois pas ce qu'il peut faire, je ne vois rien.

— Elle l'aidera.

— Il la quittera, il partira toujours de partout comme il est parti de toutes les écoles où je l'ai mis... C'est avec moi qu'il sera resté le plus.

Suzanne l'aida à se déshabiller et fit signe au caporal et à sa femme qu'ils devaient descendre. C'est seulement lorsqu'elle fut couchée que la mère commença à pleurer, comme jamais encore elle n'avait pleuré, comme si elle découvrait enfin, et pour de vrai, la douleur.

— Tu vas voir, criait-elle, tu vas voir que ce ne sera pas suffisant encore. Ce qu'il aurait fallu c'est qu'il me fiche un coup de chevrotine avant de partir, puisqu'il sait si bien le faire...

Dans la nuit la mère eut une crise dont elle faillit mourir. Mais cela non plus ne fut pas suffisant.

Suzanne pensait à Joseph. Ce n'était pas par cette femme, par son départ, qu'il était devenu tout à fait un autre homme. Elle se souvenait de ce qui s'était passé il y avait deux ans. C'était très précisément dans la semaine qui avait suivi l'écroulement des barrages.

Ce jour-là une petite auto neuve, luisante, s'arrêta devant le bungalow. Joseph sortit du salon suivi de Suzanne et, de la véranda, regarda l'auto arrêtée. Un homme de taille moyenne, brun, dont le visage abrité sous un casque colonial paraissait exigu, ordinaire, en descendit. Il portait une serviette sous le bras. D'un pas décidé il prit le chemin qui menait au bungalow. C'était la grande marée de juillet, la période de l'année où cette sorte d'hommes se montrait. Ils prenaient alors leur auto et allaient inspecter les concessions de la plaine. Pour faire ce travail ils touchaient une solde importante et on leur fournissait même une auto pour le leur faciliter. Jamais ils ne prenaient le car.

— Bonjour, fit l'homme. Est-ce que votre mère est là ? Je voudrais lui parler.

— Vous êtes l'agent cadastral ? demanda Joseph.

Il était au pied de la véranda et regardait tantôt Suzanne, tantôt Joseph, d'un air un peu surpris. Suzanne, parce que c'était la première fois qu'il la voyait et qu'il pensait peut-être qu'elle n'était pas négligeable. Et Joseph, parce que sa grossièreté était si évidente que toujours et partout, elle déroutait, s'imposait, inquiétait. Suzanne n'avait jamais rencontré quelqu'un qui fût aussi peu poli que Joseph. On ne savait jamais lorsqu'on ne le connaissait pas, sur quel ton lui parler, par quel biais le prendre et comment dissiper cette brutalité devant laquelle les plus sûrs se troublaient. Penché sur la balustrade, le menton dans la main, il regardait l'agent cadastral et celui-ci n'avait sans doute jamais été regardé avec une violence aussi sereine.

— Pourquoi vous voulez voir ma mère? demanda Joseph.

L'agent tenta de sourire presque gentiment à Joseph. Suzanne reconnut ce sourire. Elle en avait déjà vu de pareils en face de Joseph. Depuis, elle l'avait retrouvé souvent chez M. Jo. C'était là le sourire de la crainte.

— C'est l'époque des inspections, dit gentiment l'agent.

Joseph rit aussi soudainement que si on l'avait chatouillé.

— Inspecter? Vous venez inspecter? demanda Joseph. Si vous voulez inspecter, faut pas vous gêner. Merde alors, vous pouvez inspecter tout ce que vous voudrez.

L'agent baissa aussi brusquement la tête que s'il venait de recevoir un coup de matraque.

— Allez-y, reprit Joseph. Qu'est-ce que vous attendez? Vous n'avez pas besoin de ma mère pour qu'elle fasse votre boulot non?

Ce que disait Joseph faisait à Suzanne l'effet d'être très beau. Elle en avait beaucoup entendu parler de ces agents cadastraux, de leurs fabuleuses fortunes, de leur puissance discrétionnaire, quasi divine. Celui-ci, qui se tenait aux pieds de Joseph, donnait envie de rire. Il fallait se retenir d'appeler la mère pour qu'elle le voie et rie. Elle eut envie d'intervenir, de parler comme Joseph.

— Allez-y, dit Suzanne, puisqu'il vous le dit.

— Si vous voulez une barque on peut aller jusqu'à vous la prêter, dit Joseph.

L'agent releva la tête mais sans toutefois affronter le regard de Joseph. Puis il essaya d'user d'un nouveau sérieux.

— Je vous fais remarquer que je suis ici en fonction et que c'est cette année qu'expire l'avant-dernier délai accordé à votre mère pour la mise en culture du tiers de la concession.

À ce moment-là la mère était apparue, alertée sans doute par le bruit de la conversation.

— Qu'est-ce que c'est?

Mais aussitôt qu'elle le vit elle reconnut le petit homme. Il l'avait fait attendre des dizaines de fois dans l'antichambre de son bureau à Kam et elle lui avait envoyé peut-être cinquante lettres.

Joseph se tourna vers la mère, fit un geste de la main, comme s'il voulait l'arrêter et, d'une voix changée, il lui dit:

— Laisse faire.

C'était la première fois qu'il se mêlait d'une affaire concernant la concession. Et il le lui dit d'une voix aussi confidentielle que s'ils avaient décidé en commun, elle et lui, qu'il interviendrait lui-même. Elle n'avait pas senti se faire ce qui était déjà les premiers signes du printemps de Joseph, sa nouvelle importance.

L'agent cadastral n'avait pas retiré son casque devant la mère, il s'était contenté de lui faire un signe de tête et de marmonner quelque salutation. Elle avait l'air fatigué. Elle avait une de ces robes indescriptibles, informes, qu'elle commençait alors à porter, sortes de peignoirs très amples dans lesquels elle flottait comme une épave. Pour la première fois depuis l'écroulement des barrages, elle s'était coiffée et sa natte grise très serrée, ficelée à son extrémité par la rondelle de chambre à air, lui pendait dans le dos, naïvement, risiblement.

— Ah! dit la mère, je vous attendais, vous ne pouviez pas tarder à venir.

Joseph, de la main, lui fit encore une fois signe de se taire. C'était inutile qu'elle se donne la peine de répondre.

— Nos barrages ont tenu, dit Joseph. On a une récolte formidable, comme jamais vous n'en avez vu de votre vie.

La mère regarda son fils, ouvrit la bouche comme pour parler, sans toutefois prononcer un mot. Puis brusquement, son expression changea et se renversa entièrement et en quelques secondes devint celle du plaisir, du seul plaisir, toute lassitude chassée.

L'agent cadastral, interloqué, regarda la mère. Il avait sans doute attendu qu'elle vienne à son secours, qu'elle ne se laisse pas faire à son tour.

— Je ne comprends pas... On m'avait dit que vous n'aviez pas de chance...

— C'est comme ça, dit Joseph. Voyez, on a plus de chance que vous. Vous, on le voit bien, vous n'avez pas de chance.

— Oui, ça, ça se voit tout de suite, dit Suzanne.

L'agent avait la figure écarlate, il passa sa main sur sa joue pour effacer la gifle.

— Je n'ai pas trop à me plaindre, dit l'agent.

— Et nous alors!... dit Joseph.

Il riait carrément. Suzanne se souvenait parfaitement de cette minute où elle sut qu'elle ne rencontrerait peut-être jamais un homme qui lui plairait autant que Joseph. D'autres auraient pu croire qu'il était un peu fou. Lorsque par exemple il s'acharnait à enlever les pièces de la B 12, sans raison, on aurait en effet pu le croire. La mère doutait quelquefois. Mais elle, Suzanne, savait depuis toujours qu'il n'était pas fou. Et devant l'agent cadastral ah! comme il était sûr qu'il ne l'était pas! comme il avait trouvé comme il fallait être! Du haut de la balustrade, torse nu, ébloui par sa propre trouvaille et avec un plaisir presque indécent il piétinait l'autre, habillé et tout rouge, il faisait voler en éclats son pouvoir si bien assuré pourtant et jusque-là, pour tous, si terrifiant.

— Je voudrais que nous parlions sérieusement, dit l'agent cadastral. Dans votre intérêt même...

— Dans notre intérêt ? vous l'entendez ? il parle de notre intérêt ! dit la mère tournée vers eux, comme au spectacle, pour faire remarquer une réplique.

Et elle rit elle aussi. Joseph la tenait captive comme un oiseau. C'était d'elle d'ailleurs qu'il tenait le don de rire comme ça, de pouvoir tout à coup inventer de rire des raisons mêmes qui, la veille, la faisaient pleurer.

— Merde, dit Joseph, nous on parle tout ce qu'il y a de sérieusement. C'est vous qui n'êtes pas sérieux. Si vous faisiez votre boulot, vous iriez voir nos barrages. Je vais dire au caporal de préparer la barque. Il faut pas plus de six heures pour tout voir et vous allez tout voir.

L'agent souleva son casque et s'épongea le front. Il était en plein soleil, sur le terre-plein et personne ne l'invitait à monter. Il savait depuis toujours, il savait avant même qu'ils ne fussent commencés, que les barrages ne tiendraient pas, n'avaient pas tenu. Ce n'était pas ça qui le préoccupait, mais seulement d'arrêter leurs rires, d'arrêter coûte que coûte cette dégringolade inattendue de toute son autorité dans leurs rires. Ils n'allaient tout de même pas le forcer à descendre aux barrages. Il cherchait vainement à éluder la chose, il regardait de tous les côtés, cherchant une issue. Un rat. Il n'avait évidemment pas l'habitude de voir son pouvoir mis à l'épreuve. Il ne trouvait rien.

— Caporal ! cria Suzanne, prépare la barque, prépare vite la barque pour l'agent !

L'agent leva la tête et fit à Suzanne un faux sourire qui se voulait compréhensif, presque compatissant.

— Ce n'est pas la peine, dit-il, je sais que vous n'avez pas eu de chance. Les choses se savent dans la région. Je vous l'avais dit pourtant, ajouta-t-il sur un ton de doux reproche et en se tournant vers la mère.

— Mes barrages sont magnifiques, dit la mère. S'il y a un bon Dieu, c'est lui qui les a fait tenir rien que pour nous donner l'occasion de voir la gueule que vous feriez, vous autres, au cadastre... et vous, vous êtes là, vous êtes venu nous la montrer.

Suzanne et Joseph éclatèrent de rire. C'était un bonheur inexprimable d'entendre la mère parler comme ça. L'agent ne riait pas.

— Vous savez que votre sort est entre mes mains, dit-il.

Il essayait les menaces cette fois. Joseph cessa de rire et descendit quelques marches du bungalow.

— Et le vôtre, de sort, vous croyez qu'il n'est pas entre nos mains ? Si vous descendez pas tout de suite aux barrages, je vous fous de force dans la barque et vous crèverez d'insolation avant d'y arriver. Maintenant si vous préférez, vous pouvez déguerpir, mais alors, en vitesse.

L'agent fit quelques pas dans la direction du chemin, prudemment. Lorsqu'il fut sûr que Joseph ne le suivait pas, il se retourna et dit d'une voix enrouée :

— Tout cela fera l'objet d'un rapport, soyez-en sûr.

— Venez le dire ici, venez, cria Joseph en tapant du pied comme s'il allait descendre en courant, et l'autre fit quatre ou cinq pas rapides avant de comprendre que Joseph n'avait toujours pas bougé.

— Salauds ! criait la mère, chiens ! voleurs !

Épanouie de colère, libérée, rajeunie, elle se tourna vers Joseph.

— Ça fait du bien, dit-elle. C'est moins que des chiens.

Puis elle se retourna vers l'agent, elle ne pouvait pas s'arrêter.

— Voleurs ! Assassins !

L'agent ne se retournait pas. Raide, il allait d'un pas mesuré vers son auto.

— Ça fait quatre, dit la mère. On est les quatrièmes sur cette concession. Tous ruinés ou crevés. Et eux, ils s'engraissent.

— Les quatrièmes, fit Joseph, interloqué. Merde, les quatrièmes, je savais pas, tu l'avais pas dit.

— Il n'y a pas longtemps que je l'ai appris, dit la mère, j'avais oublié de te le dire.

Joseph chercha ce qu'il pourrait bien faire. Il trouva.

— Attends un peu, dit-il.

Il courut à sa chambre et reparut armé de son mauser. Il riait de nouveau. La mère et Suzanne, figées, le regardaient sans rien oser lui dire. Il allait tuer l'agent cadastral. Tout allait changer. Tout allait finir là, à la minute. Tout allait recommencer. Joseph épaula son mauser, visa l'agent cadastral, le visa bien et à la dernière seconde, il leva le canon du fusil vers le ciel et tira en l'air. Un lourd silence se fit. L'agent se mit à courir de toutes ses forces vers son auto. Joseph éclata d'un rire énorme. Puis ce furent la mère et Suzanne. L'agent devait les entendre rire, mais il n'en continuait pas moins à courir comme un dératé. Une fois arrivé à l'auto, il s'y engouffra et, sans jeter un regard vers le bungalow, il démarra à toute vitesse en direction de Ram.

Depuis, l'agent cadastral se contentait d'envoyer des «avertissements» écrits. Il n'était plus jamais revenu les inspecter. On aurait pu croire qu'il reviendrait aussitôt après le départ de Joseph. Mais sans doute ignorait-il encore ce départ. Personne donc, même pas l'agent cadastral, ne s'arrêtait devant le bungalow. Les balles de chevrotine restaient dans la cartouchière de Joseph, inutiles. Et aussi son mauser, innocent, sans maître, qui pendait bêtement au mur de sa chambre. Et aussi la B 12 – «la B 12, c'est moi», disait Joseph –, qui, lentement, se couvrait de poussière et se rouillait, remisée pour toujours entre les pilotis centraux, sous le bungalow.

Le gibier descendait vers la plaine attiré par les semis. Aussi passait-il pas mal d'autos de chasseurs à cette époque-là de l'année. Depuis quatre ans d'ailleurs, il en passait chaque année davantage parce que Ram devenait de plus en plus fameux pour ses chasses. On commençait par entendre de loin leur moteur qui chauffait sur la piste, puis le bruit grossissait, grossissait encore jusqu'à ce qu'elles arrivent devant le bungalow et là, on aurait dit qu'il emplissait toute la plaine. Elles passaient et bientôt ne parvenait plus d'elles que le long écho de leur klaxon lorsqu'elles traversaient la forêt de Ram. Parfois elles se faisaient attendre des heures durant et alors Suzanne s'allongeait à l'ombre du pont.

Le docteur était revenu voir la mère quelques jours après sa crise. Il n'avait pas eu l'air très inquiet. Il lui avait prescrit de doubler la dose de pilules, lui avait recommandé le calme mais aussi de commencer à se lever et de prendre un peu d'exercice chaque jour. Il avait dit à Suzanne que ce qu'il aurait fallu c'était que la mère pense moins à Joseph, qu'elle se fasse moins de soucis et qu'elle «reprenne un peu de goût à la vie». La mère consentait à prendre régulièrement ses pilules parce que les pilules la faisaient dormir, mais c'était tout. Elle refusait absolument de se lever. Les premiers jours, Suzanne avait insisté mais c'était inutile, la mère s'obstinait.

— Si je me lève, je vais l'attendre encore plus. Je ne veux plus l'attendre.

Elle se mit à dormir presque toute la journée.

— Il y a vingt ans, disait-elle, que j'attends de dormir comme ça.

Et elle dormait vraiment par désir de dormir, avec délices et entêtement, comme jamais encore. Il lui arrivait d'ailleurs de manifester un certain intérêt aux choses lorsqu'elle se réveillait. Mais c'était le plus souvent à propos du diamant.

— Faudra bien que je me lève un jour pour le liquider.

Elle le regardait, peut-être avec un peu moins de dégoût qu'autrefois, toujours accroché à son cou avec la clef de la réserve.

Suzanne en était vite arrivée à la laisser faire à son gré sauf pour les pilules qu'elle consentait à prendre et qu'elle lui donnait toutes les trois heures. Depuis le départ de Joseph, et pour la première fois, la mère se désintéressait enfin totalement de la concession. Elle n'attendait plus rien, ni du cadastre ni de la banque. C'était le caporal qui avait pris cette fois-ci l'initiative des semis qui devaient assurer la mise en culture des cinq hectares du haut. La mère le laissa faire. C'était d'ailleurs aussi grâce au caporal qu'à l'heure des repas, il y avait toujours sur la table du riz chaud et du poisson frit. Suzanne en apportait à la mère et souvent elle mangeait à côté d'elle, assise sur son lit.

En dehors des repas et des soirées, non seulement la mère passait des journées entières sans parler à Suzanne, mais souvent, lorsque celle-ci entrait dans sa chambre, elle négligeait de la regarder. En général elle ne lui parlait que le soir, au moment de se coucher. C'était presque invariablement pour lui dire qu'il faudrait bien qu'elle se lève un jour et qu'elle aille voir le père Bart.

— Dix mille, je me contenterai de dix mille cette fois-ci.

Suzanne, régulièrement, répondait :

— C'est pas mal. Ça ferait trente mille en tout.

Et la mère souriait d'un sourire timide, forcé.

— Tu vois bien qu'on peut se débrouiller.

— Mais c'est peut-être pas la peine de la vendre encore ? rien ne presse, disait parfois Suzanne.

Là-dessus, la mère était vague. Elle ne savait pas ce qu'elle ferait de l'argent. Ce qu'elle savait c'était qu'elle ne tenterait plus de nouveaux barrages. Peut-être qu'il servirait à partir. Ou peut-être qu'elle voulait l'avoir pour rien, pour avoir dix mille francs avec elle.

Toutes les trois heures, Suzanne montait au bungalow, lui donnait ses pilules et repartait s'asseoir près du pont. Mais aucune auto ne s'arrêtait devant le bungalow. Il arrivait à Suzanne de regretter l'auto de M. Jo, le temps où elle s'était arrêtée chaque jour devant le bungalow. C'était au moins une auto qui s'arrêtait. Même une auto vide ç'aurait été mieux que pas d'auto du tout. Maintenant c'était comme si le bungalow avait été invisible, comme si elle-même, près du pont, avait été invisible : personne ne semblait remarquer qu'il y eût là un bungalow et là, plus près encore, une fille qui attendait.

Alors, un jour, pendant que la mère dormait, Suzanne entra dans sa chambre et sortit de l'armoire le paquet des choses que lui avait données M. Jo. Elle en retira sa plus belle robe, celle qu'elle mettait lorsqu'ils allaient à la cantine de Ram, celle qu'elle avait mise quelquefois à la ville et dont Joseph disait que c'était une robe de putain. C'était une robe bleu vif qui se voyait de loin. Suzanne avait cessé de la mettre pour que Joseph ne l'engueule pas. Mais aujourd'hui que Joseph était parti, il n'y avait plus de crainte à avoir. Du moment qu'il avait choisi de partir et de la laisser, elle pouvait le faire. Et en enfilant cette robe, Suzanne comprit qu'elle faisait un acte d'une grande importance, peut-être le plus important qu'elle eût fait jusqu'ici. Ses mains tremblaient.

Mais pas plus qu'avant les autos ne s'arrêtèrent devant cette fille à robe bleue, à robe de putain. Suzanne essaya pendant trois jours puis, le soir du troisième jour, elle la jeta dans le rac.

Il se passa ainsi trois semaines pendant lesquelles rien n'arriva, ni une lettre de Joseph, ni même une lettre de la banque, ni même un avertissement du cadastre. Pendant lesquelles personne ne s'arrêta. Après cela, un matin, elle vit arriver le fils Agosti. Seul et sans auto.

Il ne se dirigea pas tout de suite vers le bungalow et il alla la trouver près du pont.

— Ta mère m'a envoyé un mot par le caporal, elle a un service à me demander.

— Elle est un peu malade, dit Suzanne, elle peut pas se faire au départ de Joseph.

Agosti avait une sœur qui était partie, il y avait deux ans de cela, avec un douanier du port de Ram. Mais elle, elle donnait de ses nouvelles.

— On fichera tous le camp, dit Agosti, c'est pas la question. Ce qui est moche c'est que Joseph n'écrive pas, ça ne lui coûterait rien. Ma mère a failli crever après le départ de ma sœur puis quand elle a écrit ça a été mieux. Maintenant ça va, elle est habituée.

Une fois, à la cantine de Ram, pendant qu'on jouait *Ramona*, ils s'étaient embrassés. Il l'avait entraînée dehors et il l'avait embrassée. Elle le regardait avec curiosité. On aurait peut-être pu dire qu'il ressemblait à Joseph.

— Qu'est-ce que tu fiches toute la journée près de ce pont?

— J'attends les autos.

— C'est idiot, dit Agosti d'un ton désapprobateur.

— Y a rien d'autre à faire, dit Suzanne.

Agosti y mit le temps mais il en convint.

— Au fond c'est peut-être vrai. Et s'il y en avait un qui te proposait de t'emmener?

— Je partirais avec lui et même maintenant qu'elle est malade, tout de suite je partirais.

— C'est con, dit Agosti d'un ton pas très convaincu.

Peut-être qu'il se souvenait de l'avoir embrassée, il la regardait lui aussi avec curiosité.

— Ma sœur aussi attendait comme ça.

— Suffit de vouloir, dit Suzanne, puis à la fin, ça arrive.

— Qu'est-ce que tu voudrais ? demanda Agosti.

— Je veux m'en aller.

— Avec n'importe qui ?

— N'importe qui, oui. Je verrai après.

Il parut réfléchir à quelque chose qu'il ne dit pas. Il monta vers le bungalow. Il avait deux ans de plus que Joseph, il était très coureur et tout le monde savait dans la plaine qu'il faisait la contrebande de l'opium et du pernod. Il était assez petit mais terriblement fort. Il avait de larges dents cerclées de nicotine, très serrées, qui se découvraient, menaçantes, dans son rire. Suzanne s'allongea sous le pont et attendit son retour. Elle pensait très violemment à lui, son arrivée l'avait vidée de toute autre pensée, remplie de la sienne. Suffisait de vouloir. C'était le seul homme de ce côté-là de la plaine. Et lui aussi il voulait s'en aller. Peut-être avait-il oublié qu'il y avait déjà un an qu'ils s'étaient embrassés sur l'air de *Ramona* et qu'elle avait un an de plus que ce soir-là. Il fallait le lui rappeler. On disait qu'il avait eu toutes les plus belles indigènes de la plaine et même les autres, celles qui l'étaient moins. Et toutes les Blanches de Ram suffisamment jeunes pour cela. Sauf elle. Suffisait de vouloir avec assez de courage.

— Elle m'a confié ça pour que j'essaie de le vendre au père Bart, dit Agosti en revenant.

Il tenait le diamant, sans précaution aucune, et il le faisait sauter dans le creux de sa main avec habileté, comme il aurait fait d'une petite balle.

— Tu devrais essayer de le vendre, ça lui ferait du bien.

Agosti réfléchit.

— D'où c'est que vous le sortez ?

Suzanne se releva et regarda Agosti en souriant.

— C'est un type qui me l'a donné.

Agosti se mit à sourire aussi.

— Le type à la Léon Bollée ?

— Bien sûr, qui d'autre aurait pu me donner un diam ?

Agosti se mit à regarder Suzanne avec beaucoup d'attention.

— J'aurais jamais cru, dit-il après un moment. Dis donc, t'es une belle putain.

— Je couchais pas avec lui, dit Suzanne. Elle riait toujours.

— À d'autres. Il regarda le diamant sans rire et ajouta : — Ça me dégoûte de le vendre, même au père Bart.

— Il croyait que je coucherais avec lui, dit Suzanne, c'est pas pareil.

— T'as rien fait avec lui ?

Suzanne sourit davantage, comme si elle se moquait.

— Quelquefois quand je me baignais je me montrais à lui. À poil. C'est tout.

Les expressions de Joseph lui remontaient à la tête, délicieusement comme dans l'ivresse et comme dans l'ivresse, elles sortaient toutes seules.

— Merde, dit Agosti, c'est vache.

Mais il la regardait vraiment avec beaucoup d'attention.

— Et rien que pour te voir...

— Je suis bien foutue, dit Suzanne.

— Tu ne te l'envoies pas dire.

— La preuve, dit Suzanne en montrant le diamant.

Il passa une seconde fois. Cette fois-là, Suzanne comprit que c'était pour elle. Il ne monta même pas au bungalow.

— Je crois que le père Bart va marcher, dit-il sur un drôle de ton, s'il n'en veut pas, ou bien je laisse tomber le pernod ou bien je le dénonce.

Et tout de suite après il lui annonça.

— Dans quelques jours je viendrai te chercher, faut que tu voies ma plantation d'ananas.

Il lui sourit et se mit à siffler l'air de *Ramona*. Puis, sans lui dire au revoir il s'en alla tout en sifflant.

Deux jours après la visite du fils Agosti, la mère reçut un mot de Joseph, un mot très court dans lequel il disait qu'il allait bien, qu'il avait trouvé un travail intéressant. Il accompagnait les riches Américains dans leurs chasses sur les hauts plateaux, il gagnait pas mal d'argent. Il disait aussi qu'il viendrait les voir et prendre ses fusils dans un mois environ. Il habitait l'Hôtel Central, du moins c'était à cette adresse qu'il demandait qu'on lui écrive. Suzanne lut la lettre à voix haute mais la mère la lui demanda pour la relire elle-même. Elle trouva que Joseph faisait beaucoup de fautes d'orthographe. Elle s'en plaignit comme s'il ne les avait faites que pour mieux l'accabler.

— J'avais oublié qu'il en faisait tant, il aurait dû la lui faire lire avant de me l'envoyer.

Mais quand même la première lettre de Joseph l'apaisa. Elle s'accrocha à la question des fautes d'orthographe et, au bout de quelques heures, elle parut y avoir trouvé un regain de vitalité. Elle commença à réclamer le fils Agosti et à harceler Suzanne pour savoir s'il était repassé. Deux fois par jour elle le réclamait. Suzanne lui répéta ce que lui avait dit Agosti, qu'il espérait que le père Bart achèterait la bague, et que pour le convaincre il l'avait même menacé de ne plus lui écouler son pernod. Suzanne ajouta qu'il lui avait dit qu'il repasserait dans quelques jours et qu'il aurait sûrement vendu la bague. S'il ne revenait pas, dit la mère, il fallait aller le chercher parce qu'elle avait besoin d'argent. Pour rejoindre Joseph. Il faisait trop de fautes d'orthographe, lui, fils d'institutrice. Il fallait qu'elle aille tout de suite à la ville pour lui apprendre au moins les règles élémentaires de la grammaire. Autrement il finirait par en avoir honte. À la ville ce n'était pas comme à la plaine. Elle était seule à pouvoir les lui apprendre. Elle avait trouvé l'emploi de son argent. Elle s'impatientait tant que Suzanne finit par le lui dire : Agosti devait venir la chercher pour qu'elle aille voir leur plantation d'ananas et il lui apporterait sûrement l'argent de la bague. La mère oublia la bague pendant quelques minutes. Pendant quelques minutes elle se tut et son impatience parut tomber d'un seul coup. Puis elle dit à Suzanne qu'elle faisait bien d'aller voir leur plantation d'ananas, que c'était une belle plantation.

— T'as pas besoin de lui dire que tu m'en as parlé, ajouta-t-elle.

Maintenant les semis étaient déjà hauts et d'un vert éclatant, prêts à être dépiqués. Déjà, de loin en loin on commençait à les arracher et à les mettre en bottes en vue du repiquage qui se ferait dans une quinzaine de jours. Le caporal demanda à Suzanne s'il fallait commencer le travail chez eux, leurs semis, dans l'ensemble, étant prêts pour le dépiquage. Suzanne en parla à la mère et celle-ci commença à lui dire que si le caporal le jugeait bon, il pouvait le faire, qu'elle n'avait pas d'avis, qu'elle s'en fichait. Mais le lendemain après y avoir repensé elle dit qu'il valait mieux les dépiquer, que c'était dommage de les laisser pourrir dans le mas.

— Quand nous serons parties, il pourra toujours vendre la récolte sur pied.

Le caporal commença donc le dépiquage avec sa femme. Une fois la mère se leva et alla les regarder travailler du haut de la véranda. Le dépiquage une fois fait, ils attendirent qu'il ait plu encore quelques jours et se mirent à repiquer les cinq hectares du haut. Ils le firent avec ardeur comme des gens à qui l'oisiveté avait pesé. Et, croyaient-ils, du moment que la mère s'était levée pour les regarder travailler, même une seule fois, c'était qu'elle allait moins mal qu'ils l'avaient pensé jusque-là.

Toutes les heures, Suzanne montait au bungalow, donnait les pilules à la mère et repartait s'asseoir près du pont. Elle ne pouvait se souffrir que là, ce pont près d'elle. Et toujours les autos passaient devant le pont et toujours les enfants continuaient à jouer près du pont. Ils se baignaient, pêchaient, ou, assis sur les balustrades du pont, les jambes ballantes, ils attendaient eux aussi que passent les autos des chasseurs et alors couraient vers elles, sur la piste. La chaleur était telle en cette saison que lorsqu'il pleuvait il y en avait encore plus : ils sortaient de partout, se rassemblaient autour du pont et jouaient sous la pluie, frénétiques et hurlants. De longues traînées grises de crasse et de poux, entraînées par l'eau, coulaient de leurs têtes et descendaient le long de leur petit cou maigre. La pluie leur était bienfaisante. La bouche ouverte, la tête levée, ils la buvaient goulûment. Les mères sortaient leurs petits, ceux qui ne savaient pas encore marcher et les mettaient tout nus sous les gouttières des paillotes. Les enfants jouaient de la pluie comme du reste, du soleil, des mangues vertes, des chiens errants. Suzanne ne s'amusait plus d'eux comme du temps de Joseph. Maintenant elle les regardait jouer, vivre, mais avec lassitude. Ils jouaient. Ils ne cessaient de jouer que pour aller mourir. De misère. Partout et de tout temps. À la lueur des feux qu'allumaient leurs mères pour réchauffer leurs membres nus, leurs yeux devenaient vitreux et leurs mains violettes. Il en mourait sans doute partout. Dans le monde entier, pareillement. Dans le Mississippi. Dans l'Amazone. Dans les villages exsangues de la Mandchourie. Dans le Soudan. Dans la plaine de Kam aussi. Et partout comme ici, de misère. Des mangues de la misère. Du riz de la misère. Du lait de la misère, du lait trop maigre de leurs misérables mères. Ils mouraient avec leurs poux dans les cheveux et dès qu'ils étaient morts le père disait, c'est bien connu, les poux quittent les enfants morts, il faut l'enterrer tout de suite sans ça on va être envahi, et la mère, attends que je le regarde, et le père, que deviendrons-nous si les poux se mettent dans la paillote de la case ? Et il prenait l'enfant mort et l'enterrait encore chaud, dans la boue, sous la case. Et bien qu'il en mourût par milliers il y en avait toujours autant sur la piste de Ram. Il y en avait trop et les mères les surveillaient mal. Les enfants apprenaient à marcher, à nager, à s'épouiller, à voler, à pêcher, sans la mère, mouraient sans la mère. Dès qu'ils étaient en âge de marcher, tout de suite, ils rejoignaient la grande ligne de ralliement des enfants de la plaine, la piste et les ponts de la piste. De partout dans la plaine, de tous les villages, les enfants montaient à l'assaut de la piste. Quand ils n'étaient pas sur les manguiers pour cueillir les mangues qui jamais ne mûrissaient, c'était là sur la piste qu'on les trouvait. Et dans toute la colonie, partout où il y avait des routes et des pistes, les enfants et les chiens errants étaient considérés comme la calamité de la circulation automobile. Mais, à cette calamité, jamais aucune contrainte, aucune police, aucune correction, n'avait pu remédier. La piste restait aux enfants. Quand un automobiliste en écrasait un il s'arrêtait parfois, payait un tribut aux parents et repartait. Le plus souvent il repartait sans rien payer, les parents étant loin. Mais quand c'était un chien ou une volaille ou même un porc les automobilistes ne s'arrêtaient pas. C'était à partir d'un enfant qu'ils perdaient un peu de temps sur leur horaire. Et les autres se reformaient en essaim dès le départ de l'automobiliste. Car le dieu des enfants c'était le car de Ram, la mécanique roulante, les klaxons électriques des chasseurs, la ferraille en marche, et ensuite les racs bouillonnants, et ensuite les mangues mortelles. Aucun autre dieu ne présidait aux destinées des enfants de la plaine. Aucun autre. Ceux qui disent le contraire mentent. Les Blancs n'étaient pas satisfaits de cet état de choses. Les enfants gênaient la circulation de leurs automobiles, détérioraient les ponts, désempierraient les routes et créaient même des problèmes de conscience. Il en meurt trop, disaient les Blancs, oui. Mais il en mourra toujours. Il y en a trop. Trop de bouches ouvertes sur leur faim, criantes, réclamantes, avides de tout. C'est ce qui les faisait mourir. Trop de soleil sur la terre. Et trop de fleurs dans les champs, et quoi ? Qu'est-ce qui n'était pas de trop ?

Les longs klaxons des chasseurs, des meurtriers, s'entendaient de loin. Ils devenaient de plus en plus précis à mesure qu'ils approchaient. Et enfin leurs autos passaient devant le bungalow dans un nuage de poussière et dans le grésillement insupportable du pont de bois. Suzanne ne les regardait plus comme elle les regardait autrefois. Cette piste n'était plus tout à fait la piste qu'elle regardait autrefois et sur laquelle un homme devait s'arrêter pour l'emmener. Depuis le temps qu'elle l'attendait ce ne pouvait plus être tout à fait la même piste. C'était plutôt celle sur laquelle était enfin parti Joseph après des années d'impatience, celle sur laquelle aussi était apparue la Léon Bollée de M. Jo aux yeux éblouis de la mère, celle sur laquelle s'était amené Jean Agosti pour lui dire qu'il viendrait la chercher dans quelques jours. Il n'y avait guère que pour le caporal que la piste restait éternellement la même, abstraite, éblouissante et vierge.

Quand il pleuvait, Suzanne rentrait, s'asseyait sous la véranda, toujours face à la piste, et elle attendait que cesse la pluie. Quand l'attente était trop longue elle prenait le vieil album *Hollywood-Cinéma* et cherchait la photo de Raquel Meller, l'artiste préférée de Joseph. Autrefois ce visage la consolait de bien des choses parce qu'elle le trouvait d'une surprenante, mystérieuse et fraternelle beauté. Mais maintenant lorsqu'elle pensait à la femme qui avait emmené Joseph, elle lui imaginait le visage de Raquel Meller. Sans doute parce que c'était le plus beau visage, disait Joseph, qu'on puisse voir, parfait, définitif, supérieurement préservé de toute atteinte. Mais il ne consolait plus Suzanne. À côté de la photo agrandie de Raquel Meller, il y en avait une autre intitulée : « La sublime interprète de la *Violetera* se promène dans les rues de Barcelone. » Sur un trottoir bondé de monde, Raquel marchait à grandes enjambées. À grandes foulées heureuses, elle traversait la vie, absorbait les obstacles,

les digérait pour ainsi dire, avec une facilité déconcertante. Mais c'était toujours à la femme de Joseph qu'elle faisait penser. Suzanne refermait le livre. Elle avait ses ennuis et Raquel Meller avait sans doute les siens, du moins, Suzanne commençait à le soupçonner. Et qu'elle les résolve avec tant de facilité, qu'elle marche de ce pas dans Barcelone, ne faisait avancer en rien l'heure de son départ de la plaine, à elle.

Jean Agosti vint chercher Suzanne dans son auto. C'était une Renault, bien moins vieille que la B 12 et plus rapide. Joseph la lui avait longtemps enviée. D'habitude, lorsque Agosti venait les voir, il venait en carriole ou bien à pied, tout en chassant le long du chemin, de crainte que Joseph, s'il venait dans sa Renault, ne la lui emprunte pour faire un tour. Il le craignait depuis le jour où, la lui ayant prêtée, il avait dû attendre son retour pendant trois heures. Joseph l'avait oublié et il était allé jusqu'à Ram. Maintenant il en parlait en se marrant.

— Il n'y avait que pour les femmes qu'il était à peu près régulier. Il devait rudement le dégoûter ton type pour qu'il ait résisté à lui emprunter sa Léon Bollée.

Ils avaient roulé lentement jusqu'à la hauteur du champ d'ananas. Puis il avait laissé la Renault sur la route, bien avant le bungalow des Agosti, derrière un bouquet d'arbres de façon que la mère Agosti qui, depuis le départ de sa fille, passait le plus clair de son temps à l'attendre ou à surveiller la piste, lorsqu'il s'absentait, ne pût pas la voir. Ils avaient marché ensuite assez longtemps dans un sentier qui longeait la colline en haut de laquelle, un peu en retrait, se trouvait leur bungalow. C'était sur le flanc de cette colline que s'étalait le champ d'ananas. Sur beaucoup de rangées ceux-ci étaient morts mais sur d'autres ils étaient florissants.

— C'est le phosphate, dit Agosti, faut être moderne, c'est un essai que j'ai fait. Encore trois ans comme ça et je fous le camp avec du fric.

Le champ s'étalait sans un arbre, torride, en lisière de la forêt tropicale. Toutes les rizières des Agosti étaient, elles aussi, envahies par les marées de juillet, mais ils s'en tiraient avec le maïs, les poivriers, les ananas qu'ils plantaient sur les flancs de cette colline. De plus, Jean Agosti faisait de la contrebande de pernod avec le père Bart. Le père

Agosti était un adjudant en retraite qui, comme ancien combattant, et faute d'avoir pu soudoyer le cadastre, avait obtenu une concession incultivable. Il y avait cinq ans qu'ils étaient installés dans la plaine. Le père Agosti s'était mis à fumer l'opium et se désintéressait totalement de la concession. De temps en temps, il disparaissait pendant deux ou trois jours et on le retrouvait régulièrement dans une fumerie de Ram. Alors Jean Agosti prévenait les chauffeurs des cars et l'un d'eux l'embarquait et le ramenait de force jusqu'à son bungalow. Il recommençait toujours. Tous les deux ou trois mois il fauchait tout l'argent de la maison pour retourner prétendument en Europe mais toujours il s'arrêtait dans cette fumerie de Ram et y oubliait son projet. Le père et le fils se battaient souvent et toujours au même endroit, au bas du champ d'ananas. La mère Agosti les suivait et dévalait sa colline pour essayer de les séparer. Ses deux grandes nattes battant son dos, elle courait en appelant la sainte Vierge à son secours tout en sautant par-dessus les rangs d'ananas. Elle se jetait sur le père et s'aplatissait sur lui. Ces scènes revenaient si souvent que la mère Agosti était restée agile et mince comme une araignée. Tous les Agosti étaient à peu près illettrés. Chaque fois qu'ils avaient une lettre à faire au cadastre ou à la banque ils venaient voir la mère pour lui demander de la leur écrire. Ainsi Suzanne connaissait leurs affaires aussi bien que celles de la maison. Elle savait que s'ils tenaient le coup c'était surtout grâce à la contrebande du pernod et de l'opium que faisait Jean Agosti par l'intermédiaire du père Bart. La contrebande lui permettait non seulement de donner de l'argent à sa mère mais d'avoir une chambre louée au mois à la cantine de Ram. C'était dans cette chambre-là qu'il amenait en général les femmes avec lesquelles il couchait. Elle, il avait préféré l'amener dans le champ d'ananas, elle ne savait pas pourquoi mais il avait sans doute ses raisons.

C'était l'heure de la sieste et de ce côté-là de la piste, du côté de la forêt, tout était désert. C'était du côté des rizières que les enfants gardaient les buffles tout en chantant.

— C'est moi que t'attendais près du pont, dit Agosti. Heureusement que je suis passé. Je savais bien que Joseph était parti et je me demandais ce que tu pouvais bien faire. Même si ta mère n'avait pas envoyé le mot je serais passé.

— J'ai jamais pensé à toi depuis qu'il est parti.

Il se mit à rire un peu sourdement comme quelquefois Joseph.

— Que tu y aies pensé ou non c'est moi que t'attendais. Je suis le seul dans le secteur.

Suzanne lui sourit. Il avait l'air de savoir où il la menait et ce qu'il fallait faire d'elle. Il paraissait si sûr de lui qu'elle se sentit très tranquille et plus certaine encore d'avoir raison de le suivre que l'autre jour lorsqu'il le lui avait demandé et qu'elle avait décidé qu'elle le suivrait. Et ce qu'il disait était vrai : c'était un homme qui ne pouvait résister à l'idée qu'à un endroit quelconque de la plaine il y avait une fille seule qui guettait les autos des chasseurs. Même si la mère ne lui avait pas demandé de venir, il se serait amené un jour ou l'autre dans sa Renault.

— Viens dans la forêt, dit Agosti.

La mère Agosti devait dormir, sans cela elle aurait déjà appelé. Et le père Agosti devait fumer à l'ombre du bungalow. Ils laissèrent le champ d'ananas et pénétrèrent dans la forêt. Il y faisait par contraste une fraîcheur si intense qu'on croyait entrer dans l'eau. La clairière où Jean Agosti s'arrêta était assez étroite, une sorte de gouffre d'une sombre verdure entouré de futaies épaisses et hautes. Suzanne s'assit contre un arbre et enleva son chapeau. Bien sûr, on se sentait là dans une sécurité plus entière que partout ailleurs entre quatre murs mais si c'était pour cela qu'il l'y avait amenée c'était bien inutile : Joseph était parti et la mère était d'accord. Elle le lui avait même permis avec plus de facilité encore qu'elle ne permettait autrefois à Joseph d'aller chercher des femmes à Ram. Et sans doute, Suzanne aurait-elle préféré la chambre que Jean Agosti avait à la cantine de Ram. Ils auraient fermé les volets et, à part les rais de soleil qui seraient entrés par les jointures des fenêtres, ç'aurait été un peu l'obscurité violente des salles de cinéma.

Agosti se laissa tomber près d'elle. Il lui caressa les pieds. Ils étaient nus et blancs de poussière comme les siens.

— Pourquoi que t'es toujours pieds nus ? Je t'ai fait beaucoup marcher.

Elle sourit, un peu contrainte.

— Ça fait rien, c'est moi qui ai voulu.

— C'est vrai que tu l'as voulu. T'aurais suivi n'importe qui ?

— N'importe qui, je crois, oui.

Il cessa de rire et dit :

— Ce qu'on peut être fauchés.

Il les avait toutes eues sauf elle. C'était une gloire qui faisait de son visage celui de la chance. Bouton par bouton, lentement, il commença à lui déboutonner sa blouse.

— J'ai pas de diam à te donner, dit-il en souriant très doucement.

— Au fond, c'est à cause du diam que je suis là.

— Je l'ai vendu à Bart. Onze mille, mille de plus que ce qu'elle en voulait, ça va ?

— Ça va.

— J'ai l'argent là, dans ma poche.

On commençait à lui voir ses seins et il écarta la blouse pour les découvrir complètement.

— C'est vrai que t'es bien foutue.

Et il ajouta sur un ton plus bas, méchant.

— C'est vrai que tu vaux bien un diam et même plus. Faut pas t'en faire.

Lorsqu'il l'eut dévêtue tout à fait et étalé ses vêtements sous elle, il la fit s'allonger doucement sur le dos. Puis, avant de la toucher, il se redressa un peu et la regarda. Elle fermait les yeux. Elle avait oublié que M. Jo l'avait vue comme ça moyennant le phonographe et le diam, elle était sûre que c'était la première fois qu'on la voyait. Avant de la toucher, il lui demanda :

— Qu'est-ce que vous allez faire maintenant que vous avez du fric ?

— Je ne sais pas. Peut-être partir.

Alors qu'il l'embrassait, l'air de *Ramona* lui revint, chanté par le pick-up du père Bart, à l'ombre des pilotis de la cantine, avec la mer à côté qui couvrait la chanson, l'éternisait. Elle fut dès lors, entre ses mains, à flot avec le monde et le laissa faire comme il voulait, comme il fallait.

C'était déjà tard dans la soirée. La lampe était allumée dans la chambre de la mère. Agosti fit demi-tour et s'arrêta en haut du chemin, près du pont. Mais Suzanne, immobile à côté de lui, paraissait ne pas être pressée de descendre.

— Ça doit pas être marrant pour toi, dit Agosti.

Sa voix aussi rappelait celle de Joseph, aux inflexions dures, sans recherche d'aucun effet. Ils avaient fait l'amour deux fois, couchés au pied de l'arbre, dans la clairière. Une première fois quand ils étaient arrivés et une deuxième fois au moment de partir. Juste au moment où ils s'étaient relevés pour partir, brusquement il l'avait redévêtue, il l'avait embrassée et ils avaient recommencé. Entre les deux fois, il lui avait parlé, il lui avait raconté qu'il voulait lui aussi quitter la plaine mais pas comme Joseph, pas avec l'aide d'une femme mais avec de l'argent qu'il aurait gagné. Ce qui était arrivé à Joseph était couru d'avance, il ne fallait pas s'en étonner. Ils s'étaient vus plusieurs fois chez le père Bart pendant le dernier mois qu'il avait passé là et il lui avait dit qu'une femme devait venir le chercher. Il connaissait mal Joseph, comme ils étaient nombreux à mal le connaître, mais il en parlait sans jalousie avec une sorte d'admiration sobre. On devinait à l'entendre, que Joseph avait toujours été un problème pour lui et des questions se posaient à son propos, auxquelles il ne pouvait pas répondre. Alors comme bien des gens il prétendait que Joseph était un peu fou et capable de faire des choses inexplicables. Ils avaient chassé ensemble et il n'avait jamais vu personne chasser avec cette intrépidité. Et un jour, disait-il, il avait été un peu jaloux de Joseph. C'était pendant une chasse de nuit, il y avait deux ans de cela. Il avait eu très peur mais Joseph, non, Joseph n'avait même pas remarqué qu'il avait eu peur. «C'est depuis ce jour, que je n'ai jamais pu être tout à fait son ami.» Ils avaient été poursuivis par une jeune panthère dont ils avaient tué le mâle. La poursuite avait duré une heure. Tout en fuyant, Joseph tirait sur la panthère. Il se cachait et de son abri, il tirait. Ses coups de fusil les signalaient chaque fois à la bête qui devenait de plus en plus furieuse. Au bout d'une heure Joseph avait réussi à l'avoir. Il ne lui restait plus que deux balles dans sa cartouchière et ils s'étaient éloignés tellement qu'ils étaient à deux kilomètres de la piste. Depuis ce jour, Agosti n'avait plus chassé que très rarement avec lui.

Il apprit à Suzanne que pendant tout un temps, des mois, Joseph avait eu envie d'en finir, n'importe comment. Il disait ne plus pouvoir supporter de vivre dans la plaine, ne plus pouvoir supporter la saloperie des agents de Kam. Un soir qu'ils revenaient de Ram où ils avaient un peu bu, il lui avait avoué que chaque fois qu'il revenait de la chasse ou de la ville ou encore de faire l'amour avec une femme, il se sentait à ce point dégoûté des choses et de lui-même, d'avoir pu oublier même pendant un moment la saloperie des agents de Kam, qu'il aurait voulu mourir. C'était l'année des barrages. Son envie de tuer les agents de Kam était alors si forte que s'il en était arrivé à se dégoûter tellement de vivre c'était parce qu'il se croyait lâche de ne pas le faire.

Suzanne n'avait pas parlé de Joseph à Jean Agosti. Elle n'aurait pu en parler à personne sauf peut-être à la mère. Mais la mère avait perdu le goût de parler de quoi que ce soit sauf des fautes d'orthographe que faisait encore son fils, et du diamant.

Non, ce qui avait compté ç'avait été ses gestes envers elle, la façon d'être de son corps envers le sien et la nouvelle envie qu'il avait eue d'elle après qu'ils eurent fait l'amour une première fois. Il avait sorti son mouchoir de la poche et il avait essuyé le sang qui avait coulé le long de ses cuisses. Ensuite, avant de partir, il avait remis un coin de ce mouchoir ensanglanté dans sa bouche, sans dégoût et avec sa salive il avait essuyé une nouvelle fois les taches de sang séché. Que dans l'amour les différences puissent s'annuler à ce point, elle ne l'oublierait plus. C'était lui qui l'avait rhabillée parce qu'il avait vu que manifestement, elle n'avait ni envie de se rhabiller ni envie de se relever pour s'en aller. Quand ils étaient partis il avait coupé un ananas pour l'apporter à la mère. D'une façon douce et fatale il avait séparé l'ananas du pied. Et ce geste lui avait rappelé ceux dont il avait usé avec elle. Ce qu'il avait dit de Joseph, à côté, n'avait pas d'importance.

Suzanne ne bougeait pas de la Renault. Il y avait bien dix minutes qu'ils étaient arrivés. Cependant, il ne s'étonnait pas de la voir aussi peu désireuse de descendre.

Il la prit dans ses bras.

— Tu préfères que ce soit arrivé ou tu préférerais pas?

— Je préfère.

— Je vais monter la voir avec toi.

Elle accepta. Il tourna dans le chemin et arrêta l'auto devant le bunga-low. Il faisait presque nuit. La mère était couchée, elle ne dormait pas. Dans un coin de la chambre il y avait le caporal qui, accroupi, attendait, comme toujours, un signe, toujours le même, qu'elle allait encore vivre, qu'il mangerait encore. Il était là de plus en plus souvent depuis que Suzanne passait ses journées près du pont et qu'il avait fini le repiquage. Le bungalow était terriblement désert.

La mère se tourna vers Agosti et lui sourit. Elle avait l'air très émue et son visage était crispé dans son sourire. Elle vit que Suzanne tenait un ananas entre ses mains.

— C'est gentil, dit-elle très vite.

Agosti était peut-être un peu gêné. Il n'y avait pas de chaise dans la chambre. Il s'assit sur le lit à ses pieds. La mère avait vraiment beau-coup maigri depuis le départ de Joseph. Ce soir elle paraissait très vieillie et exténuée.

— Vous vous en faites trop pour Joseph, dit Agosti.

Suzanne avait posé l'ananas sur le lit et la mère le caressait machinale-ment.

— Je ne m'en fais pas. C'est autre chose. Elle fit un effort et ajouta: c'est gentil d'être venu la chercher.

— Joseph se débrouillera toujours. Il est sacrément intelligent.

— Ça me fait plaisir de te voir, dit la mère. On ne dirait pas qu'on est voisins. Suzanne va aller te chercher un bol de café.

Suzanne passa dans la salle à manger en laissant la porte ouverte pour mieux y voir. Depuis le départ de Joseph on n'allumait plus qu'une seule lampe. Grâce aux soins du caporal il y avait toujours du café sur le buf-fet. Suzanne versa du café dans deux bols et elle prit les pilules.

— On s'est vus à Ram quand même, dit Agosti. Vous y étiez tout le temps avec ce type à la Léon Bollée.

La mère se tourna vers Suzanne et lui sourit doucement.

— Des fois je me demande ce qu'il a pu devenir.

— Je l'ai rencontré une fois à la ville, dit Suzanne.

La mère ne releva pas. C'était aussi loin que sa jeunesse.

— Il avait une chouette de bagnole, dit Agosti, mais pour ce qui était du type...

Il se mit à rigoler en douce, il se souvenait sans doute de ce que lui avait dit Suzanne et qu'il était seul à savoir.

— Tu parles comme Joseph, dit la mère. Il n'était pas beau le pauvre... Mais c'est pas une raison suffisante...

— Il lui en voulait pas seulement pour ça, dit Agosti, mais aussi parce qu'il comprenait rien à rien.

— On comprend ce qu'on peut, dit la mère, de ça non plus on peut pas en vouloir à quelqu'un. C'était pas un mauvais type, pas méchant.

— Quelquefois on peut pas s'empêcher d'en vouloir aux gens. Joseph était comme ça, c'était plus fort que lui.

La mère ne répondit pas. Elle regardait longuement le fils Agosti.

— J'ai vu Joseph chez le père Bart, continua-t-il, lorsqu'il lui a vendu le phono que le type vous avait donné. Il disait qu'il était content de voir ce phono sortir d'ici.

— C'est pas seulement parce qu'il venait du type, dit la mère, s'il avait pu vendre le bungalow... tu sais comment il est.

Pendant un moment ils n'eurent plus rien à se dire. La mère regardait toujours le fils Agosti avec une attention accrue, une attention de plus en plus visible. Il était certain qu'elle venait de lui découvrir un intérêt nouveau. Seule Suzanne le remarquait, lui, pas encore.

— Tu es souvent chez le père Bart, dit enfin la mère. Tu fais toujours la contrebande du pernod?

— Faut bien. Mon père a encore claqué la moitié de la récolte de poivre. Et puis ça me déplaît pas.

La mère but le café et absorba les pilules que Suzanne lui avait apportées.

— Et si tu étais pris? demanda-t-elle.

— On peut aussi les acheter, les douaniers, comme ceux du cadastre. Puis faut pas penser à ça, ou alors on est foutu.

— Il vaut mieux pas. Tu as raison.

Elle évitait de parler à Suzanne. Agosti était toujours aussi mal à l'aise que si c'était la première fois qu'il voyait la mère. Peut-être aussi était-il frappé par l'aspect du bungalow. Sa mère à lui s'était donné beaucoup de mal pour aménager le leur. Ils avaient l'électricité du réseau de Ram, une toiture et même un plafond. Leur bungalow avait été mieux fait et les planches des cloisons ne s'étaient pas disjointes. La mère Agosti pensait que pour retenir les hommes chez eux il fallait avant tout leur aménager un intérieur coquet. Pour essayer de garder son fils le plus longtemps possible, elle avait accroché des reproductions de tableaux sur toutes les cloisons, elle avait mis des nappes de couleur sur les tables et des coussins à personnages sur les sièges. C'était la première fois que Jean Agosti venait les voir le soir. La dernière fois ç'avait été un matin très tôt pour demander à Joseph si à son retour de la chasse, il n'avait pas aperçu son père qui avait encore une fois disparu.

— Suzanne m'a dit que vous avez eu des nouvelles de Joseph. J'avais raison quand je vous disais de ne pas vous en faire.

— Tu avais raison. Mais il fait tellement de fautes d'orthographe que ça me rend malade.

— J'en fais encore plus que lui, dit Agosti en riant, je crois qu'en fin de compte ça n'a pas beaucoup d'importance.

La mère tenta de sourire.

— Moi je crois que ça a de l'importance. Je me suis toujours demandé pourquoi il en faisant tant. Suzanne en fait moins que lui.

— S'il en a besoin il l'apprendra, vous vous en faites tout le temps. Moi je compte que je l'apprendrai l'orthographe, faudra bien.

Pour la première fois depuis des mois, Suzanne regardait la mère avec attention. Elle donnait l'impression de s'être enfin résignée à toutes ses défaites mais sans être tout à fait parvenue à maîtriser sa vieille violence. Cependant avec le fils Agosti elle s'efforçait d'être aimable et conciliante.

— Quelquefois, dit la mère, je me dis que même s'il le voulait, Joseph aurait beaucoup de mal à l'apprendre. Il n'est pas fait pour ce genre de choses, ça l'ennuie tellement que jamais il n'y arrivera.

— Faut que tu t'en fasses toujours pour quelque chose, dit Suzanne, maintenant c'est parce que Joseph fait des fautes d'orthographe, faut toujours que tu inventes quelque chose.

La mère hocha la tête en signe d'approbation. Même sur elle-même elle n'avait plus rien à apprendre. Elle réfléchit à ce qu'elle allait dire, indifférente tout à coup à leur présence.

— On m'aurait dit ça, dit-elle enfin, quand ils étaient petits, on m'aurait dit qu'à vingt ans ils feraient encore des fautes d'orthographe, j'aurais préféré qu'ils meurent. J'étais comme ça quand j'étais jeune, j'étais terrible.

Elle ne les regardait plus ni l'un ni l'autre.

— Puis ensuite bien sûr, j'ai changé. Puis voilà maintenant que ça me revient comme quand j'étais jeune, il me semble quelquefois que je préférerais voir Joseph mort que de le voir faire tellement de fautes d'orthographe.

— Il est intelligent, dit Suzanne, quand il le voudra il apprendra l'orthographe. Suffit qu'il veuille.

La mère fit un geste de dénégation.

— Non, maintenant il ne l'apprendra plus. Maintenant personne ne s'en chargera, faut que j'y aille. Il n'y a que moi qui puisse le faire. Tu dis qu'il est intelligent, moi je dis que je ne sais pas s'il l'est. Maintenant qu'il est parti et que je repense à ces choses, je me dis que peut-être il ne l'est pas.

La colère perçait dans ses paroles, toujours aussi forte, plus forte qu'elle. Elle paraissait épuisée et transpirait beaucoup en parlant. Elle devait lutter contre la torpeur, de toute sa colère. C'était la seule conversation qu'elle soutenait depuis qu'elle prenait la double dose de pilules.

— Y a pas que l'orthographe, dit Agosti qui peut-être se sentait visé par la mère ou peut-être cherchait à la calmer.

— Il y a quoi? Il n'y a rien de plus important, si tu ne sais pas écrire une lettre tu ne peux rien faire, c'est comme s'il te manquait, je ne sais pas moi, un bras par exemple.

— À quoi ça t'a servi d'écrire tant de lettres au cadastre? demanda Suzanne, ça t'a servi à rien du tout. Quand Joseph a tiré un coup de chevrotine en l'air, ça a fait plus d'effet au type que toutes tes lettres.

Elle n'était pas convaincue. Et plus la conversation sur l'orthographe durait, plus elle se désespérait de ne pas arriver à trouver l'argument qui pourrait les convaincre.

— Vous ne pouvez pas comprendre. Tout le monde peut tirer des coups de chevrotine en l'air, mais pour se défendre contre les salauds il faut autre chose. Quand vous l'aurez compris, ce sera trop tard. Joseph se fera rouler par tous les salauds et quand je pense à ça c'est pire que s'il était mort.

— Faut quoi pour se défendre? dit Jean Agosti, qu'est-ce qu'il faudrait faire contre les agents de Kam?

La mère frappa le lit avec ses mains qui sortaient du drap.

— Je ne le sais pas moi, mais il y a certainement quelque chose à faire et ça arrivera tôt ou tard. Ceux qui sont là, on pourrait toujours les descendre. Il n'y a que ça qui pourrait me faire du bien. Rien d'autre, peut-être même plus Joseph. Pour voir ça je pourrais me lever.

Elle attendit un peu, puis elle se dressa sur son lit, les yeux grands ouverts et brillants.

— Tu le sais, tu le sais que j'ai travaillé pendant quinze ans pour pouvoir acheter cette concession. Pendant quinze ans je n'ai pensé qu'à ça.

J'aurais pu me remarier, mais je ne l'ai pas fait pour ne pas me distraire de la concession que je leur donnerais. Et tu vois où j'en suis maintenant ? Je voudrais que tu le voies bien et que tu ne l'oublies jamais. Elle ferma les yeux et, épuisée, s'affaissa sur son oreiller. Elle portait une vieille chemise de son mari. Autour de son cou, il n'y avait plus le diamant mais seulement la clef de la remise attachée à la ficelle. Ça n'avait plus de sens parce que maintenant elle se serait laissé voler avec indifférence.

— Je crois que Joseph a eu raison, j'en suis de plus en plus sûre. Et si je reste au lit c'est pas à cause de Joseph ou parce que je suis malade, c'est autre chose.

— À cause de quoi ? demanda Suzanne, à cause de quoi ? faut le dire.

La figure de la mère se rida. Peut-être qu'elle allait se mettre à pleurer devant Agosti.

— Je ne sais pas, dit-elle d'une voix enfantine, je me trouve bien au lit.

Elle faisait un effort visible pour retenir ses larmes devant Agosti.

— Je ne vois pas ce que je pourrais faire de plus si je me levais. Moi, je peux plus rien pour personne.

Tout en parlant elle levait les mains et les laissait retomber sur le lit dans un geste d'impuissance et d'exaspération.

— Dans le haut, dit doucement Suzanne, après un moment, ils ont fait des ananas. Et ça se vend bien. Faudrait peut-être voir.

La mère renversa la tête en arrière et ses larmes commencèrent à couler malgré elle. Le fils Agosti eut un mouvement vers elle comme pour l'empêcher de tomber.

— C'est du terrain sec, chez eux, dit-elle en pleurant, ici on ne peut pas en faire.

Par quelque côté qu'on la prenne maintenant on l'atteignait toujours dans des régions vives et douloureuses. Ce n'était plus possible de lui parler de quoi que ce soit. Toutes ses défaites se tenaient en un réseau inextricable et elles dépendaient si étroitement les unes des autres qu'on ne pouvait toucher à aucune d'elles sans entraîner toutes les autres et la désespérer.

— Et puis pourquoi est-ce que je ferais des ananas ? pour qui ?

Le fils Agosti se leva, vint plus près d'elle et resta debout à la hauteur de sa tête pendant un long moment. Elle se taisait.

— Faut que je parte, dit-il. Voilà l'argent du diam.

Elle se redressa d'un seul coup et rougit violemment. Jean Agosti prit dans sa poche une liasse épinglée de billets de mille et la lui tendit. Elle les prit machinalement et les garda dans sa main entrouverte, sans les regarder, sans le remercier.

— Il faut m'excuser, dit-elle alors avec douceur. Mais tout ce qu'on me dit je le sais. J'avais pensé aux ananas, je sais que l'usine de Kam les achète très cher pour faire des jus de fruits. Tout ce qu'on peut me dire je le sais.

— Faut que je parte, répéta Agosti.

— Au revoir, dit la mère. Peut-être que tu reviendras ?

Il fit une grimace. Sans doute tout à coup, découvrait-il ce qu'on voulait peut-être de lui, ce qu'on aurait voulu qu'il dise, les assurances même très vagues qu'on attendait.

— Je ne sais pas, oui peut-être.

La mère lui tendit la main sans répondre, sans le remercier. Agosti sortit de la pièce avec Suzanne. Ils descendirent l'escalier du bungalow. Il avait l'air mal à l'aise.

— Faut pas faire attention à ce qu'elle dit, lui dit Suzanne, elle en a tellement marre.

— Viens avec moi jusqu'au bout du chemin.

Il avait toujours l'air embêté. Il marchait à côté d'elle, la tête ailleurs. Dans l'après-midi il avait été très différent, il l'avait regardée avec beaucoup d'attention : « J'aime comme t'es faite », avait-il dit. Suzanne s'arrêta au milieu du chemin.

— J'ai pas envie d'aller jusqu'au bout, je vais rentrer.

Il s'arrêta, surpris. Puis il sourit et l'enlaça. Elle se laissa faire, indifférente. La chose qu'elle devait lui dire était difficile à dire en termes précis. Elle n'avait jamais encore fait un effort de cet ordre qui mobilisait toutes ses forces et l'empêchait de sentir qu'il était en train de l'embrasser.

— T'as pas besoin d'avoir peur, dit-elle enfin.

— Qu'est-ce que tu racontes ? Il la lâcha et la tint à bout de bras, son visage face au sien.

— J'épouserai jamais un type comme toi. Je te le jure. On n'en parlera jamais et faudra plus du tout faire attention à ce qu'elle te dira, parce que je te jure, jamais je ne t'épouserai.

Il la regardait avec beaucoup de curiosité. Puis, détendu, il rit.

— Je crois que t'es aussi cinglée que Joseph. Pourquoi que tu m'épouserais pas ?

— Parce que c'est partir que je veux.

Il redevint sérieux. Peut-être même était-il un peu décontenancé.

— J'ai jamais eu l'intention de t'épouser.

— Je sais, dit Suzanne.

— Peut-être que je reviendrai jamais, dit Jean Agosti.

— Au revoir.

Il s'éloigna puis revint sur ses pas et la rattrapa.

— Même dans la forêt cet après-midi, tu n'as jamais pensé que tu pourrais vivre avec moi?

— Même dans la forêt.

— Pas une minute?

— Vivre? jamais, encore moins qu'avec M. Jo.

— Pourquoi t'as pas couché avec lui?

— Tu ne l'as pas regardé?

Il rit et elle se mit aussi à rire, pleine d'une calme sécurité.

— Tu parles! À Ram tout le monde se marrait quand il arrivait avec toi. Tu ne l'as même pas embrassé?

— Pas une fois, même Joseph ne le croirait pas.

— Quand même, c'est vache.

C'était un triomphe calme, pas une ride ne le troublait. Jean Agosti lui prit le bras gentiment.

— Ça me fait plaisir que ce soit avec moi. Mais je crois que t'es aussi cinglée que Joseph, alors vaut mieux que je ne revienne pas.

Elle s'éloigna et cette fois Agosti ne la rattrapa pas.

Suzanne rentra doucement dans la chambre de la mère. Elle ne dormait pas. Lorsqu'elle entra, la mère la regarda en silence, les yeux brillants. Dans sa main posée sur sa poitrine il y avait toujours la liasse de billets de mille francs que lui avait donnée Agosti. Sans doute ne les avait-elle même pas comptés. Elle se demandait peut-être quoi faire de tout cet argent maintenant.

— Ça va? dit Suzanne.

— Ça va, dit faiblement la mère. Au fond il n'est pas mal ce fils Agosti.

— Dors, il est comme tout le monde.

— Quand même, tu es difficile, c'est pas parce que Joseph...

— Faut pas t'en faire, dit Suzanne.

Suzanne s'éloigna et prit la lampe à acétylène.

— Où vas-tu? demanda la mère.

Suzanne se rapprocha d'elle, la lampe à la main.

— J'aime mieux dormir dans la chambre de Joseph, il y a pas de raison.

La mère baissa les yeux et encore une fois rougit violemment.

— C'est vrai, dit-elle doucement, il n'y a pas de raison, puisqu'il est parti.

Suzanne entra dans la chambre de Joseph et laissa la mère seule dans le noir, encore éveillée, et avec dans ses mains, la liasse de billets de mille francs.

Tout cet argent dont elle n'avait plus l'usage, dans ses mains inertes, imbéciles.

La chambre de Joseph était telle qu'il l'avait laissée le jour de son départ. Sur la table, près de son lit il y avait des cartouches vides qu'il avait récupérées et qu'il n'avait pas eu le temps de recharger avant de partir. Il y avait aussi un paquet de cigarettes à moitié entamé qu'il avait oublié dans la précipitation de son départ. Le lit n'était pas fait et les draps gardaient encore les traces du corps de Joseph. Aucun fusil ne manquait à son clou. Suzanne prit les draps et les secoua pour faire tomber les vers de la toiture, puis elle les remit soigneusement, se dévêtit et se coucha. Si Joseph avait été là elle lui aurait dit qu'elle avait couché avec le fils Agosti. Mais Joseph n'était pas là et il n'y avait personne à qui le dire. Plusieurs fois de suite, Suzanne récapitula les gestes de Jean Agosti, minutieusement, et chaque fois ils faisaient naître en elle un même trouble rassurant. Elle se sentait sereine, d'une intelligence nouvelle.

La mère eut sa dernière crise un après-midi, en l'absence de Suzanne. Agosti était revenu dès le lendemain de leur promenade, contrairement à ce qu'il avait décidé. «Je n'ai pas pu m'empêcher de venir.» Depuis, il revenait tous les jours dans sa Renault, à l'heure de la sieste. Il ne retourna plus voir la mère. Dès qu'il arrivait, ils partaient tous les deux à Ram et ils allaient dans sa chambre, à la cantine. La mère le savait. Sans doute pensait-elle que c'était utile à Suzanne. Elle n'avait pas tort. Ce fut pendant ces huit jours-là, entre la promenade au champ d'ananas et la mort de la mère que Suzanne désapprit enfin l'attente imbécile des autos des chasseurs, les rêves vides.

La mère lui avait dit qu'elle pouvait se passer d'elle, qu'elle prendrait ses pilules toute seule, qu'il n'y avait qu'à les laisser sur une chaise près de son lit. Peut-être ne les prit-elle pas régulièrement. Peut-être que la négligence de Suzanne fut cause que sa mort survint un peu plus tôt qu'elle n'aurait dû. C'est possible. Mais cette mort se préparait depuis de si longues années, elle en avait elle-même parlé si souvent, qu'une avance de quelques jours n'avait plus beaucoup d'importance.

En revenant de Ram, dans la soirée, ils aperçurent le caporal qui, planté sur la piste, leur faisait signe de se presser.

La grosse crise convulsive était déjà passée et la mère ne remuait plus que par à-coups. Elle avait le visage et les bras parsemés de taches violettes, elle étouffait et des cris sourds sortaient tout seuls de sa gorge, des sortes d'aboiements de colère et de haine de toute chose et d'elle-même.

À peine l'eut-il vue, Jean Agosti partit pour Ram dans sa Renault téléphoner à Joseph, à l'Hôtel Central. Suzanne resta seule auprès de la mère avec le caporal qui, cette fois, ne manifestait plus aucun espoir.

Bientôt la mère ne remua plus du tout et reposa, inerte, sans aucune connaissance. Tant qu'elle respirait encore et à mesure que se prolongeait son coma elle eut un visage de plus en plus étrange, un visage écartelé, partagé entre l'expression d'une lassitude extraordinaire, inhumaine et celle d'une jouissance non moins extraordinaire, non moins inhumaine. Pourtant, peu avant qu'elle eût cessé de respirer, les expressions de jouissance et de lassitude disparurent, son visage cessa de refléter sa propre solitude et eut l'air de s'adresser au monde. Une ironie à peine perceptible y parut. Je les ai eus. Tous. Depuis l'agent du cadastre de Kam jusqu'à celle-là qui me regarde et qui était ma fille. Peut-être c'était ça. Peut-être aussi la dérision de tout ce à quoi elle avait cru, du sérieux qu'elle avait mis à entreprendre toutes ses folies.

Elle mourut peu après le retour d'Agosti. Suzanne se blottit contre elle et, pendant des heures, elle désira aussi mourir. Elle le désira ardemment et ni Agosti ni le souvenir si proche encore du plaisir qu'elle avait pris avec lui, ne l'empêcha de retourner une dernière fois à l'intempérance désordonnée et tragique de l'enfance. Au petit matin seulement, Agosti l'avait arrachée de force au lit de la mère et l'avait portée jusque dans le lit de Joseph. Il s'était couché près d'elle. Il l'avait tenue dans ses bras jusqu'à ce qu'elle s'endorme. Pendant qu'elle s'endormait il lui avait dit que peut-être il ne la laisserait pas partir avec Joseph parce qu'il croyait qu'il s'était mis à l'aimer.

Ce fut le coup de klaxon de la 8 cylindres Delage qui réveilla Suzanne. Elle courut sur la véranda et vit descendre Joseph de la voiture. Il n'était pas seul. La femme le suivait. Joseph fit signe à Suzanne et Suzanne courut vers lui. Dès qu'il la vit mieux, il comprit que la mère était morte et qu'il était arrivé trop tard. Il écarta Suzanne et courut vers le bungalow. Suzanne le rejoignit dans la chambre. Il était affalé sur le lit, sur le corps de la mère. Elle ne l'avait jamais vu pleurer depuis qu'il était tout petit. De temps en temps il relevait la tête et regardait la mère avec une tendresse terrifiante. Il l'appelait. Il l'embrassait. Mais les yeux fermés étaient pleins d'une ombre violette, profonde comme de l'eau, la bouche fermée était fermée sur un silence qui donnait le vertige. Et plus que son visage, ses mains posées l'une sur l'autre étaient devenues des objets affreusement inutiles, qui clamaient l'inanité de l'ardeur qu'elle avait mise à vivre.

Lorsque Suzanne sortit de la chambre elle trouva Jean Agosti et la femme qui attendaient au salon. La femme avait pleuré et ses yeux étaient rouges. Quand elle vit Suzanne apparaître elle eut un mouvement de recul puis elle se rassura. Elle avait sans doute peur de revoir Joseph, peur des reproches qu'il pourrait lui faire.

Déterminé, patient, Agosti avait l'air d'attendre aussi quelque chose de son côté. Peut-être attendait-il Joseph, de parler d'elle à Joseph. C'était possible. Mais ça ne la regardait plus en rien. Même s'il lui en parlait il ne parlerait plus d'elle, il ne pouvait plus que se tromper quant à elle. Pourtant ils avaient fait l'amour ensemble tous les après-midi depuis huit jours jusqu'à hier encore. Et la mère le savait, elle les avait laissés, le lui avait donné pour qu'elle fasse l'amour avec lui. Mais elle n'était plus pour le moment de ce côté du monde où l'amour se fait. Ça reviendrait bien sûr. Mais pour l'instant elle était d'un autre côté, du côté de la mère, qui paraissait ne plus comporter d'avenir immédiat et où Jean Agosti perdait tout son sens.

Elle s'assit dans le salon, près de lui. Il lui était devenu aussi radicalement étranger que la femme.

Agosti se leva, alla vers le buffet et lui prépara un bol de lait condensé.

— Faut que tu manges, dit-il.

Elle but le lait et le trouva amer. Elle n'avait pas mangé depuis la veille mais elle était saturée d'une nourriture lourde comme du plomb et qui, semblait-il, devait lui suffire pour des jours et des jours.

Il était deux heures de l'après-midi. Tout autour du bungalow il y avait beaucoup de paysans qui étaient venus pour veiller la mère. Suzanne se rappela les avoir vus dès cette nuit, par la porte du salon restée ouverte, lorsque Jean Agosti l'avait portée dans le lit de Joseph. La femme les regardait sans bien comprendre ce qu'ils faisaient là. Avec dans les yeux, toujours la même épouvante.

— Le caporal est parti, dit Agosti. Je les ai mis au car de Ram et je leur ai donné de l'argent. Il a dit qu'il ne pouvait pas perdre un seul jour pour trouver du travail.

Tout autour des paysans, attirés par l'attroupement, des enfants jouaient tout nus dans la poussière du terre-plein. Les paysans les ignoraient autant que les mouches qui volaient autour d'eux. Eux aussi ils attendaient Joseph.

La femme, ne pouvant plus y tenir, parla.

— C'est à cause de lui, dit-elle tout bas, qu'elle est morte.

— Ce n'est à cause de personne en particulier, dit Agosti. Faut pas dire que c'est à cause de Joseph.

— Joseph va croire que c'est à cause de lui, reprit la femme, et ça sera terrible.

— Il ne le croira pas, dit Suzanne, faut pas avoir peur de ça.

La femme avait un air très humble. Elle était vraiment très belle, très élégante. Son visage sans fards, défait par la fatigue du voyage et l'inquiétude, restait très beau. Ses yeux étaient bien ceux dont avait parlé Joseph, si clairs qu'on les aurait dits aveuglés par la lumière. Elle fumait sans arrêt et fixait la porte de la chambre. Il se dégageait de son regard, d'elle tout entière, un amour désespéré pour Joseph, auquel on voyait qu'elle ne pouvait plus se soustraire.

Joseph sortit enfin de la chambre. Il les regarda tous les trois également, sans insister sur aucun d'eux, mais avec une même affreuse impuissance. Puis il s'assit à côté de Suzanne sans dire un mot. La femme tira une cigarette de son étui, l'alluma et la lui tendit. Joseph fuma avec avidité. Peu après son retour au salon il aperçut les paysans tout autour du bungalow. Il se leva et alla sur la véranda. Suzanne, Jean Agosti et la femme le suivirent.

— Si vous voulez la voir, dit Joseph, vous le pouvez. Tous, même les enfants.

— Vous allez partir? demanda un homme.

— Pour toujours.

La femme ne comprenait pas la langue indigène. Elle regardait tantôt Joseph, tantôt les paysans, désemparée, d'un autre monde.

— Ils vont reprendre la concession, dit un homme. Il faudrait que vous laissiez un fusil.

— Je vous laisse tout, dit Joseph, les fusils surtout. Si je devais rester ici je le ferais avec vous. Mais tous ceux qui peuvent s'en aller d'ici doivent s'en aller. Moi je peux et je m'en vais. Seulement si vous le faites, faites-le bien. Il faut que vous portiez leurs corps dans la forêt, bien au-dessus du dernier village, vous savez bien, dans la deuxième clairière, et dans les deux jours il n'en restera rien. Brûlez leurs vêtements dans les feux de bois vert que vous allumez le soir mais attention aux chaussures, aux boutons, enterrez les cendres après. Noyez leur auto, loin, dans le rac. Vous la ferez traîner par des buffles sur la berge, vous mettrez de grosses pierres sur les sièges, et vous la jetterez à l'endroit du rac où vous avez creusé quand on a voulu faire les barrages et dans les deux heures elle sera complètement enlisée, il n'en restera rien. Surtout ne vous faites pas prendre. Que jamais aucun de vous ne s'accuse. Ou alors que tous s'accusent. Si vous êtes mille à l'avoir fait ensemble ils ne pourront rien contre vous.

Joseph ouvrit la porte de la chambre de la mère qui donnait sur la piste et il ouvrit aussi celle qui donnait sur la cour. Les paysans entrèrent. Les enfants, heureux, jouaient à se poursuivre à travers les pièces du bungalow. Joseph revint dans le salon près de Suzanne et de la femme. Agosti s'adressa à Joseph.

— Faudrait penser au reste, dit-il.

Joseph passa ses mains dans ses cheveux. C'était vrai, il fallait y penser.

— Je vais l'emmener à Kam cette nuit, dit-il et là-bas, je la ferai enterrer. Dès demain.

Agosti dit qu'il valait mieux ensevelir la mère ici même, ce soir. La femme était aussi de cet avis.

Ils partirent tous les deux dans la voiture de la femme en direction de Ram. Joseph avait deviné le sens de la présence d'Agosti. Dès qu'il fut seul avec Suzanne il lui dit qu'il repartait pour la ville et que si elle le voulait elle pouvait venir. Il lui demanda de ne le lui dire qu'à la dernière minute, au moment où il s'en irait. Ensuite il alla dans sa chambre prendre ses cartouchières et décrocher ses fusils et il posa le tout, en vrac, sur la table du salon. Et pendant que les paysans discutaient entre eux pour savoir comment les cacher il alla s'asseoir sur le lit de la mère et la regarda tout le temps qui lui restait pour la regarder encore.

Lorsque Agosti et la femme revinrent de Ram il faisait presque nuit. Sur le toit de la voiture ils ramenaient un cercueil en bois clair de fabrication indigène. La Delage s'engagea dans le chemin et vint jusque devant le bungalow, sur le terre-plein.

Agosti emmena Suzanne près du pont. Il ne voulait pas que Suzanne reste au bungalow pendant que Joseph et les paysans ensevelissaient la mère. Une fois seul avec elle il lui dit :

— Je ne veux pas t'empêcher de partir mais si tu veux rester quelque temps avec moi, avant de les rejoindre...

Des coups sourds et réguliers s'élevèrent du bungalow. Suzanne demanda à Agosti de se taire. Encore une fois, comme la veille, elle pleura.

Elle rentra au bungalow. Assise au salon la femme pleurait en silence. Suzanne pénétra dans la chambre de la mère. Le cercueil était posé sur quatre chaises. Joseph était allongé sur le lit à la place de la mère. Il avait cessé de pleurer et il avait encore une fois une expression d'affreuse impuissance. Il ne parut pas s'apercevoir du retour de Suzanne.

Agosti prépara du café et en servit quatre tasses. Puis il appela Joseph et Suzanne. Ce fut lui aussi qui pensa à allumer une dernière fois la lampe à acétylène. Il apporta à chacun sa tasse de café. On le sentait pressé de voir Joseph s'en aller.

— Il est tard, dit lentement la femme tout bas.

Joseph se releva. Il portait un pantalon long, de beaux souliers en cuir roux et ses cheveux étaient coupés plus court. Il était soigné et élégant. Lui non plus il n'avait plus de regard pour elle et elle, au contraire, elle ne le quittait plus des yeux, pas une seconde.

— On va partir, dit Joseph.

— Ça n'a pas d'importance qu'elle soit avec moi ou un autre, pour le moment, dit brusquement Agosti.

— Je crois que ça n'a pas tellement d'importance, dit Joseph, elle n'a qu'à décider.

Agosti s'était mis à fumer, il avait un peu pâli.

— Je pars, lui dit Suzanne, je ne peux pas faire autrement.

— Je ne peux pas t'empêcher, dit enfin Agosti, à ta place, je ferais comme toi.

Joseph se leva et les autres firent de même. La femme mit la voiture en marche et tourna sur place. Agosti et Joseph chargèrent le cercueil.

La nuit était tout à fait venue. Les paysans étaient toujours là, attendant qu'ils s'en aillent pour s'en aller à leur tour. Mais les enfants étaient partis en même temps que le soleil. On entendait leurs doux piaillements sortir des cases.

M. D.: *Il y avait cette espèce de plaine qui était encore assez élevée, une sorte de plateau et au nord il y avait la chaîne de l'Éléphant, et au sud cette espèce de pays où il n'y avait plus de village, plus d'habitation, un pays d'eau, de marais. Avec en bordure de mer, les forêts de palétuviers, qui étaient seuls à émerger sur des centaines d'hectares à la saison des hautes eaux. Et c'est quand même l'enfance, enfin pour moi c'est ça, ce sont ces années passées là avec mon jeune frère, celui qui s'appelle Joseph dans le livre. J'avais deux frères. Le premier, on a été peu ensemble étant enfants: comme ma mère ne pouvait pas nous élever tous les trois après la mort de mon père, l'aîné était resté en France pour faire – je me souviens – une école d'électri-*cité. Elle avait gardé les deux petits avec elle. Vous comprenez, elle était tellement en proie au désespoir, c'était tellement abominable ce qu'elle vivait, qu'elle était occupée par ce désespoir et que nous étions d'une liberté totale, je n'ai jamais vu des enfants aussi libres que nous, que nous sur les terres du barrage, mon frère et moi. [...] J'ai vécu aussi beaucoup à Sadec et à Vinh Long.*

Michelle Porte: *Près du Mékong?*

M. D.: *Oui, sur le Mékong. C'est des postes blancs, des postes avec des rues perpendiculaires et des jardins, des grilles et puis le fleuve, le cercle français, les tennis. [...]*

Marguerite Duras,
Michelle Porte,
Les Lieux de
Marguerite Duras,
1977.

Marguerite Duras avec sa mère « sur la terrasse du premier étage » de la maison de Sadec, quelques jours avant son départ pour la France.

Silvana Mangano et Jo Van Fleet dans le film de René Clément Barrage contre le Pacifique *(1958) : ci-dessous avec Anthony Perkins, pages suivantes avec Richard Conte.*

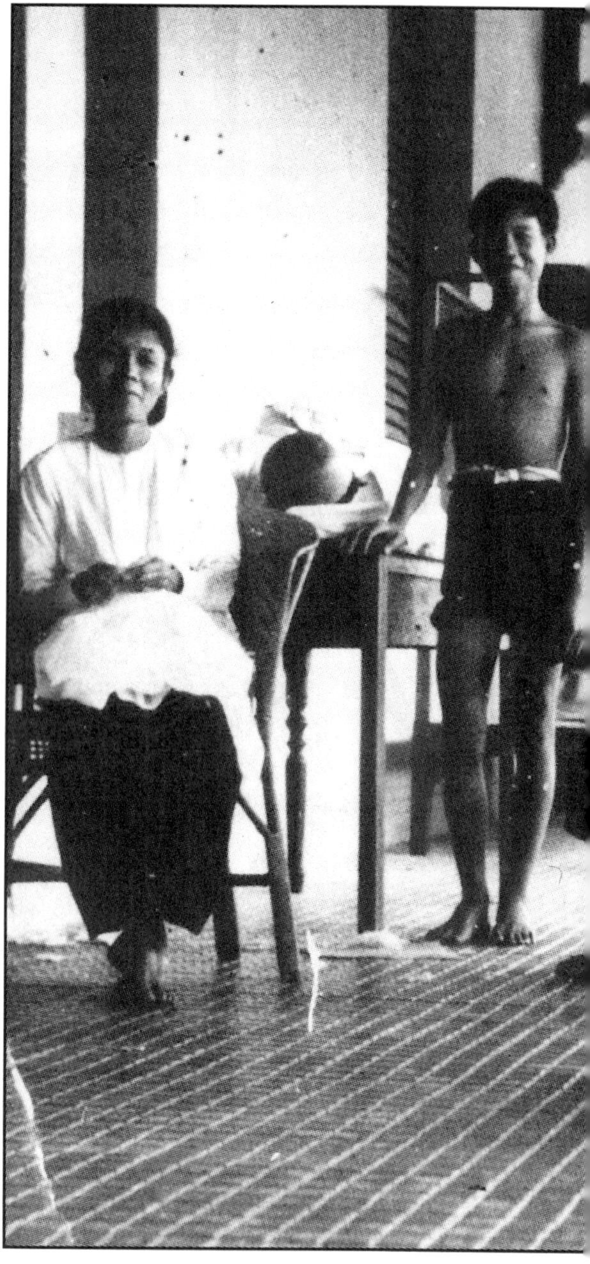

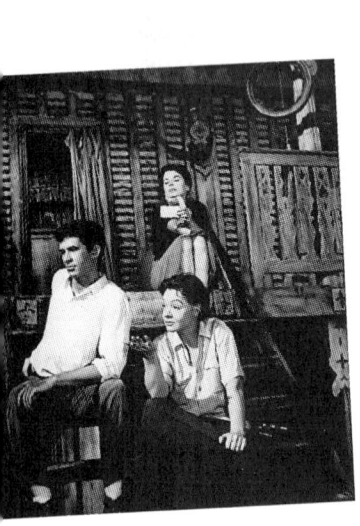

Marguerite Duras

BARRAGE
CONTRE LE PACIFIQUE

nrf

René Clément a fait son travail. Moi, je l'avais fait de mon côté. Un an pour Clément. Deux ans pour moi, de 1947 à 1949. Clément m'a dit qu'il avait souffert un double calvaire pour faire ce film. Calvaire des pourparlers avec les producteurs, calvaire de la chaleur tropicale, de la boue, de l'inconfort.
Je crois que Clément a souffert pour faire ce film.
J'ai également souffert d'une certaine façon pour faire ce livre à partir duquel j'ai fait souffrir Clément. Le temps de la chaleur tropicale, de la boue, de l'inconfort et de la misère était passé, mais je ne savais pas comment rentrer ces données dans mon roman afin qu'elles deviennent éloquentes en même temps qu'acceptables pour mes lecteurs et pour moi-même.

«La Littéralité des faits», France-Observateur, 8 juin 1958.

372

*Dans les années 50,
Marguerite Duras,
Robert Antelme,
Dionys Mascolo
viennent
régulièrement passer
leurs vacances à
Bocca di Magra, sur
la côte ligure,
auprès de leurs amis
Ginetta et Elio
Vittorini – qui
apparaît sous le nom
de Ludi dans* Les
Petits Chevaux de
Tarquinia. *On
retrouve ce paysage
italien dans deux
romans écrits ces
années-là :* Le Marin
de Gibraltar *(1952)
et* Les Petits
Chevaux de Tarquinia
(1953).

PAGE DE GAUCHE :
DIONYS MASCOLO, ELIO
VITTORINI, CLAIRE (?)
ET ROBERT ANTELME.

CI-DESSUS :
ELIO VITTORINI,
ALBERT STEINER,
MARGUERITE DURAS,
GINETTA VITTORINI.

Trente maisons au pied de cette montagne, le long du fleuve, séparées du reste du pays par un chemin de terre de sept kilomètres de long qui s'arrêtait là, au bord de la mer. Voilà ce qu'était cet endroit. Les trente maisons se remplissaient chaque année d'estivants de toutes nationalités, de gens qui avaient ceci en commun que c'était la présence de Ludi qui les attirait là et qu'ils croyaient tous aimer pareillement passer leurs vacances dans de tels endroits, si sauvages.

Les Petits Chevaux de Tarquinia, *1953.*

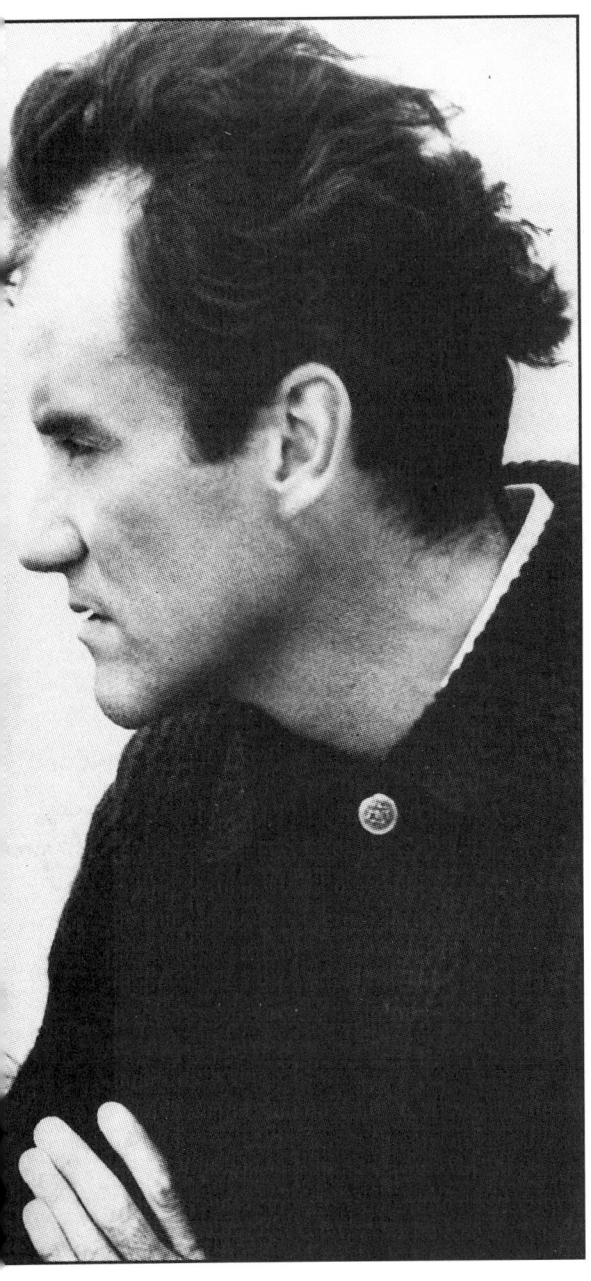

Ce ne fut que lorsque cette ligne de feu elle-même s'estompa qu'elle vint près de moi. Elle aussi, elle me regarda, mais avec une curiosité différente de celle de ses marins. On se sourit d'abord, sans rien se dire. Elle portait le même pantalon noir, le même pull-over de coton noir qu'à Rocca, mais elle avait mis un béret. Il y avait deux jours que je la connaissais. Les choses étaient allées vite. Je connaissais déjà ce que ses vêtements cachaient de son corps et j'avais eu le temps de la regarder dormir. Mais les choses étaient différentes aussi. Lorsqu'elle s'approcha de moi, je me mis à trembler, comme la première fois, au bal.

Le Marin de Gibraltar, 1952.

JEANNE MOREAU ET IANN BANNEN DANS LE MARIN DE GIBRALTAR, FILM DE TONY RICHARDSON (1967).

p mulr . le balayeur consve un
t, sponit. Xt, Yme F, me l'a avoué
sans me donner d'explications, il
unter de loin — Dés qu'il détache
étg or l'immeuble et qu'elle se
, elle le' examine, les joings sur
bvo.

DES JOURNÉES
ENTIÈRES
DANS LES ARBRES

récits 1954

En 1954 paraît aux éditions Gallimard, sous le titre *Des journées entières dans les arbres*, un recueil de quatre récits de longueur et d'inspiration en apparence très diverses. Le premier et le plus long d'entre eux, qui donne son titre à l'ouvrage, fera l'objet en 1968 d'une adaptation pour la scène qui vaudra à Marguerite Duras la rencontre de Madeleine Renaud, si marquante pour la suite de son œuvre théâtrale. Pour cette raison même et parce qu'elle est sans doute plus accomplie encore que la nouvelle, c'est cette version scénique qui est reprise dans ce volume, p. 1077. La deuxième nouvelle, «Le Boa», plus courte, n'en est pas moins capitale, l'auteur croyant pouvoir déceler dans un souvenir de son adolescence indochinoise ce qui a façonné, sans doute pour toujours, sa conception du monde et «du seul avenir possible de la vie». Dans la troisième nouvelle, «Madame Dodin», d'abord parue dans une version légèrement différente dans le n° 79 de la revue de Sartre, *Les Temps modernes* (en mai 1952), Duras, avec cet amusant portrait de la concierge de son domicile parisien et de son ami Gaston, le balayeur, nous ramène à sa réalité et à ses préoccupations politiques les plus contemporaines. Mais c'est avec la quatrième nouvelle, surtout, «Les Chantiers», simple récit de la rencontre d'un homme et d'une femme dans un hôtel préfigurant celui de *Détruire, dit-elle* (1969) que, relatant minutieusement les premiers commencements d'un amour né non de la beauté mais d'une imperfection, d'une commune reconnaissance du voisinage de la mort, elle touche à son expérience la plus profonde, dont se nourriront nombre de ses œuvres à venir. Le livre obtint cette année-là le prix Jean Cocteau.

Et je voyais se lever le monde de l'avenir de ma vie, du seul avenir possible de la vie, je le voyais s'ouvrir avec la musicalité, la pureté d'un déroulement de serpent, et il me semblait que, lorsque je le connaîtrais, ce serait de cette façon qu'il m'apparaîtrait, dans un développement d'une continuité majestueuse, où ma vie serait prise et reprise, et menée à son terme, dans des transports de terreur, de ravissement, sans repos, sans fatigue.

«Le Boa», *1954.*

Cela se passait dans une grande ville d'une colonie française, vers 1928. Le dimanche après-midi, les autres filles de la pension Barbet sortaient. Elles, elles avaient des «correspondantes» en ville. Elles revenaient le soir gorgées de cinéma, de goûters à «La Pagode», de piscine, de promenades en automobile, de parties de tennis.

Pas de correspondante pour moi. Je restais avec Mlle Barbet toute la semaine et le dimanche.

On allait au Jardin Botanique. Ça ne coûtait rien, ça permettait à la Barbet de compter à ma mère des suppléments au titre des «sorties du dimanche». On allait donc voir le boa gober son poulet du dimanche. En semaine, le boa la sautait. Il n'avait que de la viande morte, ou des poulets malades. Mais le dimanche il avait son poulet bien vivant, parce que les gens préféraient ça.

On allait aussi voir les caïmans. Un caïman, il y avait vingt ans de cela, un grand-oncle ou peut-être le père de l'un de ceux qui étaient là en 1928, avait sectionné la jambe d'un soldat de la coloniale. Il l'avait sectionnée à la hauteur de l'aine et avait ainsi brisé la carrière de ce pauvre soldat, lequel avait voulu jouer à lui chatouiller, de sa jambe, la gueule, ignorant que le crocodile, quand il joue, joue sec. Depuis ce temps-là, on avait dressé une grille autour de la mare aux caïmans et on pouvait maintenant les regarder en toute sécurité dormir les yeux mi-clos et rêver puissamment à leurs crimes anciens.

On allait aussi voir les gibbons masturbateurs, ou les panthères noires des marécages palétuviens qui se mouraient de sécheresse sur un sol de ciment et qui, à travers les grilles de fer, s'interdisant de jamais regarder le visage de l'homme qui se délecte sadiquement de son horrible souffrance, fixaient les vertes embouchures des fleuves asiatiques pullulantes de singes.

Quand on arrivait trop tard, on trouvait le boa déjà somnolant dans un lit de plumes de poulet. On restait tout de même devant sa cage un bon moment. Il n'y avait plus rien à voir, mais on savait ce qui s'était passé il y avait un instant, et chacun se tenait devant le boa, lourd de pensées. Cette paix après ce meurtre. Ce crime impeccable, consommé dans la neige tiède de ces plumes, qui ajoutaient à l'innocence du poulet une réalité fascinante. Ce crime sans tache, sans trace de sang versé, sans remords. Cet ordre après la catastrophe, la paix dans la chambre du crime.

Enroulé sur lui-même, noir, luisant d'une rosée plus pure que celle du matin sur l'aubépine, d'une forme admirable, d'une rondeur rebondie, tendre et musclée, colonne de marbre noir qui tout à coup chavirerait d'une lassitude millénaire et s'enroulerait enfin sur elle-même tout à coup dédaigneuse de cette pesante fierté, d'une lenteur ondulante, toute parcourue des frémissements de la puissance contenue, le boa s'intégrait ce poulet au cours d'une digestion d'une aisance souveraine, aussi parfaite que l'absorption de l'eau par les sables brûlants du désert, transsubstantiation accomplie dans un calme sacré. Dans ce formidable silence intérieur, le poulet devenait serpent. Avec un bonheur à vous donner le vertige, la chair du bipède se coulait dans celle du reptile, dans le long tuyau uniforme. Forme à elle seule confondante, ronde et sans prise visible sur l'extérieur, et cependant plus préhensive que nulle serre, main, griffe, corne ou croc, mais cependant encore nue comme l'eau et comme rien dans la multitude des espèces n'est nu.

La Barbet était, de par son âge et sa virginité très avancés, indifférente au boa. Personnellement il me faisait un effet considérable. C'était un spectacle qui me rendait songeuse, qui aurait pu me faire remonter, si j'avais été douée d'un esprit plus vif et plus nourri, d'une âme plus scrupuleuse, d'un cœur plus avenant et plus grand, jusqu'à la redécouverte d'un Dieu créateur et d'un partage absolu du monde entre les forces mauvaises et les bonnes puissances, toutes deux éternelles, et au conflit desquelles toute chose devait son origine ; ou, à l'inverse, jusqu'à la révolte contre le discrédit dans lequel on tient le crime et contre le crédit que l'on confère à l'innocence.

Lorsque nous rentrions à la pension, toujours trop tôt à mon gré, une tasse de thé et une banane nous attendaient dans la chambre de la Barbet. Nous mangions en silence. Je remontais ensuite dans ma chambre. Ce n'était qu'au bout d'un moment que la Barbet m'appelait. Je ne répondais pas tout de suite. Elle insistait :

— Viens voir un peu...

Je me décidais. Elle serait plutôt venue me chercher. Je retournais dans la chambre de la Barbet. Je la trouvais toujours au même endroit, devant sa fenêtre, souriante, en combinaison rose, les épaules nues. Je me postais devant elle et je la regardais comme je devais le faire, comme il était entendu que je devais le faire chaque dimanche après qu'elle avait bien voulu m'emmener voir le boa.

— Tu vois, me disait Mlle Barbet d'une voix douce, ça, c'est du beau linge...

— Je vois, disais-je, c'est bien ça, du beau linge, je vois...

— Je l'ai achetée hier. J'aime le beau linge, soupirait-elle, plus je vais, plus je l'aime...

Elle se tenait bien droite pour que je l'admire, baissant les yeux sur elle-même, amoureusement. À moitié nue. Elle ne s'était jamais montrée ainsi à personne dans sa vie, qu'à moi. C'était trop tard. À soixante-quinze ans passés elle ne se montrerait plus jamais à personne d'autre qu'à moi. Elle ne se montrait qu'à moi dans toute la maison, et toujours le dimanche après-midi, quand toutes les autres pensionnaires étaient sorties et après la visite au Zoo. Il fallait que je la regarde le temps qu'elle décidait.

— Ce que je peux aimer ça, disait-elle. J'aimerais mieux me passer de manger...

Il se dégageait du corps de Mlle Barbet une terrible odeur. On ne pouvait s'y tromper. La première fois qu'elle se montra à moi je compris enfin le secret de cette mauvaise odeur, je la reconnus, qui flottait dans la maison, odeur sous-jacente au parfum d'œillet dont elle s'inondait et qui se dégageait des armoires, qui se mêlait à la moiteur de la salle de bains, qui stagnait, lourde, vieille de vingt ans, dans les vestibules intérieurs de la pension, et, à l'heure de la sieste, se dégageait comme par vannes ouvertes du corsage de dentelle noire de Mlle Barbet, qui régulièrement s'endormait au salon après le déjeuner.

— Le beau linge, c'est important. Apprends cela. Je l'ai appris trop tard. Je comprenais dès la première fois. Toute la maison sentait la mort. La virginité séculaire de Mlle Barbet.

— À qui montrerais-je mon linge sinon à toi ? à toi qui me comprends ?

— Je comprends.

— C'est trop tard, gémissait-elle.

Je ne répondais pas. Elle attendait une minute mais à cela je ne pouvais répondre.

— J'ai perdu ma vie – elle attendait un temps et ajoutait – il n'est jamais venu...

Ce manque la dévorait, ce manque de celui qui n'était jamais venu. La combinaison rose, incrustée de dentelles «sans prix» la recouvrait comme un linceul, la gonflait comme une bouille, étranglée en son milieu par le corset. J'étais la seule à qui elle exposait ce corps consumé. Les autres l'auraient dit à leurs parents. Moi, même si je l'avais dit à ma mère, ça n'aurait eu aucune importance. Mlle Barbet m'avait acceptée par faveur dans sa maison parce que ma mère avait beaucoup insisté. Personne d'autre dans la ville n'aurait accepté de prendre chez elle la fille d'une institutrice d'école indigène, de crainte de déconsidérer sa maison. Mlle Barbet avait sa bonté. Nous en étions complices elle et moi. Je ne disais rien. Elle ne disait pas que ma mère mettait une robe deux ans, qu'elle portait des bas de coton, et que pour payer mes mensualités elle vendait ses bijoux. Ainsi, comme on ne voyait jamais ma mère et que je ne parlais pas de mon emploi du temps du dimanche – des sorties gratuites et facturées du dimanche, que je ne m'étais jamais plainte, j'étais très bien vue de Mlle Barbet.

— Heureusement que tu es là...

Je m'empêchais de respirer. Pourtant elle avait sa bonté. Et dans toute la ville sa réputation s'étalait, parfaite, aussi virginale que sa vie. Je me le disais bien, et qu'elle était vieille. Mais cela n'y faisait rien. Je m'empêchais de respirer.

— Quelle existence!... soupirait-elle.

Pour en finir je lui disais qu'elle était riche, qu'elle avait du beau linge et que le reste, ça n'avait peut-être pas l'importance qu'elle croyait désormais, qu'on ne pouvait pas vivre dans le regret... Elle ne me répondait pas, soupirait profondément et remettait son corsage de dentelle noire qui témoignait toute la semaine de son honorabilité. Ses gestes étaient lents. Lorsqu'elle boutonnait les manches de son corsage je savais que c'était fini. Que j'en avais pour une semaine de tranquillité. Je rentrais dans ma chambre. Je me mettais à la terrasse. Je respirais. J'étais dans une sorte d'enthousiasme négatif que provoquait inévitablement en moi la succession des deux spectacles, la visite au Zoo et la contemplation de Mlle Barbet.

La rue était pleine de soleil et les tamariniers aux ombres géantes jetaient dans les maisons de grandes gerbes d'odeur verte. Des soldats de la coloniale passaient. Je leur souriais dans l'espoir que l'un d'eux me ferait signe de descendre et me dirait de le suivre. Je restais là long-temps. Parfois un soldat me souriait, mais aucun ne me faisait signe. Quand le soir était venu, je rentrais dans la maison infectée de la puan-teur du regret. C'était terrible. Aucun homme ne m'avait encore fait signe. C'était terrible. J'avais treize ans, je croyais que c'était déjà tard pour ne pas encore sortir de là. Une fois dans ma chambre, je m'y enfer-mais, je retirais mon corsage et je me regardais devant la glace. Mes seins étaient propres, blancs. C'était la seule chose de mon existence qui me faisait plaisir à voir dans cette maison. En dehors de la maison, il y avait le boa, ici, il y avait mes seins. Je pleurais. Je pensais au corps de maman qui avait tellement servi, auquel avaient bu quatre enfants et qui sentait la vanille comme maman tout entière dans ses robes rapiécées. À maman qui me disait qu'elle préférait mourir plutôt que de me voir avoir une enfance aussi terrible que la sienne, que pour trouver un mari il fallait avoir fait des études, savoir le piano, une langue étrangère, savoir se tenir dans un salon, que la Barbet était mieux indiquée qu'elle pour m'apprendre ces choses. Je croyais ma mère.

Je dînais en face de la Barbet et je montais dans ma chambre rapide-ment pour ne pas assister au retour des autres pensionnaires. Je pen-sais au télégramme que j'enverrais le lendemain à maman pour lui dire que je l'aimais. Cependant je n'envoyais jamais ce télégramme.

Je restai donc chez la Barbet deux ans, moyennant le quart de solde de ma mère et la contemplation hebdomadaire de sa virginité septuagé-naire, jusqu'au jour merveilleux où, se trouvant dans l'impossibilité de continuer à faire face à ses mensualités, ma mère, désespérée, vint me chercher, certaine que du fait de mon éducation interrompue, je lui res-terais sur les bras jusqu'à la fin de sa vie.

Cela dura deux ans. Chaque dimanche. Pendant deux ans, une fois par semaine, il me fut donné d'être la spectatrice d'abord d'une dévoration violente, aux stades et aux contours éblouissants de précision, ensuite d'une autre dévoration, celle-là lente, informe, noire. Cela, de treize à quinze ans. J'étais donc tenue d'assister aux deux, sous peine de ne pas recevoir d'éducation suffisante, de «faire mon malheur et celui de ma pauvre mère», de ne pas trouver de mari, etc.

Le boa dévorait et digérait le poulet, le regret dévorait et digérait de même la Barbet, et ces deux dévorations qui se succédaient régulière-ment prenaient chacune à mes yeux une signification nouvelle, en rai-son même de leur succession constante. N'aurais-je eu en spectacle que la première seule, celle du poulet par le boa, peut-être aurais-je gardé toujours à l'égard du boa une rancune horrifiée pour les affres qu'il m'avait fait endurer, par l'imagination, en lieu et place du poulet. C'est possible. N'aurais-je, de même, vu que la Barbet seule, sans doute se serait-elle bornée à me donner, outre l'intuition des calamités qui pèsent sur l'espèce humaine, celle, aussi inéluctable, d'un déséquilibre de l'ordre social et des multiples formes de sujétion qui en découlent. Mais non, je les voyais, à de rares exceptions près, l'un après l'autre, le même jour, et toujours dans le même ordre. À cause de cette succession, la vue de Mlle Barbet me rejetait au souvenir du boa, du beau boa qui, en pleine lumière, en pleine santé, dévorait le poulet, et qui, par opposition, prenait place alors dans un ordre rayonnant de simplicité lumineuse et de grandeur native. De même que Mlle Barbet, après que j'avais vu le boa, devenait l'horreur par excellence, noire et avare, sournoise, souterraine – car on ne *voyait* pas se faire la dévoration de sa virginité, on en voyait seulement les effets, on en sentait l'odeur – l'horreur méchante, hypocrite et timide, et par-dessus tout, vaine. Comment serais-je restée indifférente à la succession de ces deux spectacles à la liaison desquels, en vertu de je ne sais quel sort, je me tenais, pantelante de désespoir de ne pouvoir fuir le monde fermé de Mlle Barbet, monstre nocturne, sans pouvoir rejoindre celui qu'obscurément, grâce au boa, monstre du jour, lui, je pressentais ? Je me l'imaginais, ce monde, s'étendre libre et dur, je me le préfigurais comme une sorte de très grand jardin botanique où, dans la fraîcheur des jets d'eau et des bassins, à l'ombre dense des tamariniers alternant avec des flaques d'intense lumière, s'accomplissaient d'innombrables échanges charnels sous la forme de dévorations, de digestions, d'accouplements à la fois orgiaques et tranquilles, de cette tranquillité des choses de dessous le soleil et de dedans la lumière, sereines et chancelantes d'une ivresse de simplicité. Et je me tenais sur mon balcon, je me tenais au confluent de ces deux morales extrêmes et je souriais à ces soldats de la coloniale qui étaient les seuls hommes qu'il y ait toujours eu autour de la cage du boa parce que ça ne leur coûtait rien à eux non plus qui n'avaient rien eux non plus. Je souriais donc, comme s'essaye à voler l'oiseau, sans savoir, croyant que c'était là la manière qu'il convenait de prendre afin de rejoindre le vert paradis du boa criminel. C'est ainsi que le boa, qui m'effrayait aussi, me rendait cependant, et lui seul, la hardiesse et l'impudeur.

Il intervenait dans ma vie avec la force d'un principe éducateur régulièrement appliqué ou, si l'on veut, avec la justesse déterminante d'un diapason de l'horreur qui fit que je n'éprouvai de véritable aversion que devant un certain genre d'horreur, que l'on pourrait qualifier de morale : idée cachée, vice caché et, de même, maladie inavouée et tout ce qui se supporte honteusement et seul, et qu'à l'inverse je n'éprouvai nullement, par exemple, l'horreur des assassins ; au contraire, je souffrais pour ceux d'entre eux que l'on enfermait dans une prison, non tout à fait pour leur personne, mais plutôt pour leur tempérament généreux et méconnu, arrêté dans sa course fatale. Comment n'attribuerais-je pas au boa cette inclination que j'avais pour reconnaître le côté fatal du tempérament, le boa en étant à mes yeux l'image parfaite ? Grâce à lui, je vouai une invincible sympathie à toutes espèces vivantes dont l'ensemble m'apparaissait comme une nécessité symphonique, c'est-à-dire telle que le manque d'une seule d'entre elles aurait suffi à mutiler l'ensemble irrémédiablement. Une méfiance me venait à l'égard des gens qui se permettaient de formuler des jugements sur les espèces dites « horribles », sur les serpents « froids et silencieux », sur les chats « hypocrites et cruels », etc. Une seule catégorie d'êtres humains me semblait appartenir vraiment à cette idée que je me faisais de l'espèce, et c'étaient bien entendu les prostituées. De même que les assassins, les prostituées (que j'imaginais à travers la jungle des grandes capitales, chassant leurs proies qu'elles consommaient avec l'impériosité et l'impudeur des tempéraments de fatalité) m'inspiraient une égale admiration et je souffrais pour elles aussi à cause de la méconnaissance dans laquelle on les tenait. Lorsque ma mère déclarait qu'elle pensait ne pas trouver à me marier, la Barbet m'apparaissait aussitôt et je me consolais en me disant qu'il me restait le bordel, que fort heureusement, en fin de compte, il resterait cela. Je me le représentais comme une sorte de temple de la défloration où, en toute pureté (je n'appris que bien plus tard le côté commercial de la prostitution), les filles jeunes, de mon état, auxquelles le mariage n'était pas réservé, allaient se faire découvrir le corps par des inconnus, des hommes de même espèce qu'elles. Sorte de temple de l'impudeur, le bordel devait être silencieux, on ne devait pas y parler, tout étant prévu pour qu'il n'y ait pas lieu d'y prononcer le moindre mot, d'un anonymat sacré. Je me figurais que les filles se mettaient un masque sur le visage pour y pénétrer. Sans doute pour y gagner l'anonymat de l'espèce, à l'imitation de l'absolu manque de « personnalité » du boa porteur idéal du masque nu, virginal. L'espèce, innocente, portant seule la responsabilité du crime, le crime ne fait plus que sortir du corps comme la fleur de la plante. Le bordel, peint en vert, de ce vert végétal qui était celui dans lequel se faisait la dévoration du boa, et aussi celui des grands tamariniers qui inondaient d'ombre mon balcon du désespoir, avec des séries de cabines rangées côte à côte dans lesquelles on se livrait aux hommes, ressemblait à une sorte de piscine et l'on y allait se faire laver, se faire nettoyer de sa virginité, s'enlever sa solitude du corps. Je dois parler ici d'un souvenir d'enfance qui ne fit que corroborer cette façon de voir. À huit ans je crois, mon frère, qui en avait dix, me demanda un jour de lui montrer «comment» c'était fait. Je refusai. Mon frère furieux me déclara alors que les filles «pouvaient mourir de ne pas s'en servir et que de le cacher étouffait, et donnait des maladies très graves». Je ne m'exécutai pas davantage, mais je vécus plusieurs années dans un doute pénible, d'autant plus que je ne le confiais à personne. Et lorsque la Barbet se montra à moi, j'y vis une confirmation de ce que m'avait dit mon frère. J'étais sûre alors que la Barbet n'était vieille que de cela seulement, de n'avoir jamais servi ni aux enfants qui s'y seraient allaités, ni à un homme, qui l'aurait découverte. C'était un rongement de la solitude qu'on évitait sans doute en se faisant découvrir le corps. Ce qui avait servi, servi à n'importe quoi, à être vu par exemple, était protégé. Du moment qu'un sein avait servi à un homme, n'eût-ce été qu'en lui permettant de le regarder, de prendre connaissance de sa forme, de sa rondeur, de son maintien, du moment que ce sein avait pu féconder un désir d'homme, il était à l'abri d'une déchéance pareille. De là, le grand espoir que je fondais sur le bordel, lieu par excellence où on se donnait-à-voir.

Le boa confirmait de façon non moins éclatante cette croyance. Certes, le boa me terrorisait, par sa dévoration, autant que m'horrifiait l'autre dévoration dont Mlle Barbet était là proie, mais le boa ne pouvait s'empêcher de manger le poulet de la sorte. De même, les prostituées ne pouvaient s'empêcher d'aller se faire découvrir le corps. La Barbet devait son malheur au fait qu'elle s'était soustraite à la loi pourtant impérieuse, et qu'elle n'avait pas su entendre, de-se-faire-découvrir-le-corps. Ainsi le monde, et donc ma vie, s'ouvrait sur une avenue double, qui formait une alternative nette. Il existait d'un côté le monde de Mlle Barbet, de l'autre, le monde de l'impérieux, le monde fatal, celui de l'espèce considérée comme fatalité, qui était le monde de l'avenir, lumineux et brûlant, chantant et criant, de beauté difficile, mais à la cruauté duquel, pour y accéder, on devait se faire, comme on devait se faire au spectacle des boas dévorateurs. Et je voyais se lever le monde de l'avenir de ma vie, du seul avenir possible de la vie, je le voyais s'ouvrir avec la musicalité, la pureté d'un déroulement de serpent, et il me semblait que, lorsque je le connaîtrais, ce serait de cette façon qu'il m'apparaîtrait, dans un développement d'une continuité majestueuse, où ma vie serait prise et reprise, et menée à son terme, dans des transports de terreur, de ravissement, sans repos, sans fatigue.

M A D A M E   D O D I N

Chaque matin, Mme Dodin, notre concierge, sort sa poubelle. Elle la traîne depuis la petite cour intérieure de l'immeuble jusque dans la rue – de toutes ses forces, sans précaution aucune – au contraire – dans l'espoir de nous faire sursauter dans notre lit, et que notre sommeil soit interrompu comme l'est le sien, chaque matin. Par la poubelle. Au moment où elle fait sauter à sa cuve les deux marches qui séparent l'entrée du trottoir, il se produit une sorte d'éclatement sur lequel elle compte pour nous réveiller. Mais nous en avons l'habitude.

Entre tous ceux que lui impose sa charge de concierge c'est en effet ce travail-là que Mme Dodin déteste le plus. Sans doute en est-il toujours ainsi. Mais je ne crois pas qu'il y ait à Paris une autre concierge qui en ait une horreur aussi constante – aussi démesurée, pourrait-on dire à la rigueur. – Rien n'a jamais pu l'atténuer, ni l'accoutumance (il y a dix ans qu'elle est concierge), ni l'expérience de la vie, ni son âge, ni même le puissant réconfort qu'elle trouve dans l'amitié qui la lie à Gaston le balayeur. Chaque jour elle y repense et son refus en reste aussi entier. Jamais ne l'a effleurée l'ombre d'une résignation. C'est entre elle et la poubelle, une question de vie et de mort. C'est de cela, de la poubelle, qu'elle vit. Mais aussi de cela qu'elle pourrait mourir. Non seulement de colère, à son propos, mais aussi pour sa suppression universelle. Si d'autres ont des occasions d'héroïsme plus spectaculaires, Mme Dodin, elle, n'a que celle-là. C'est là le principal combat où la jette la vie.

Il ne se passe pas de jour qu'elle ne donne à un quelconque locataire une nouvelle preuve de cette horreur. Elle en découvre toujours de nouvelles raisons. Celles-ci sont diverses et toutes, sans exception, procèdent, naturellement, d'une mauvaise foi criante. Et comme chaque jour elle se doit de l'entretenir – cette mauvaise foi –, chaque jour, elle se donne en pâture un locataire. N'importe lequel. Qu'il soit la gloire la plus reconnue du quartier, le plus respectable, le plus vieux, le plus consacré des locataires. C'est en général celui qui vide le dernier sa poubelle qui essuie la colère de Mme Dodin. Jusqu'au dernier elle se contient encore mais au dernier, régulièrement, elle explose. C'est là une des servitudes particulières à notre immeuble du 5 de la rue Sainte-Eulalie. On s'y fait engueuler parce qu'on a une poubelle à vider. Autrement dit parce que l'on mange, donc parce que l'on vit encore, donc que l'on n'est pas encore mort. Autant vous engueuler parce que vous ne vous abstenez pas de manger, de vivre, car tant qu'on ne le sera pas encore, mort, on n'en sort pas, on aura des poubelles et, à moins de s'en laisser submerger jusqu'à l'asphyxie, on sera bien obligé de les vider. C'est d'ailleurs là, en général, quand on l'ose, ce qu'on répond à Mme Dodin. Inutilement. Elle ne partage pas ce point de vue. Elle dit que nos raisons n'en sont pas, elle ne veut pas les entendre.

— Tous les locataires se valent rapport à leurs poubelles, dit-elle, et c'est tous des salauds rapport à leur concierge.

Si Mme Dodin partageait une seule fois notre point de vue, cela représenterait pour elle, et aussi aux yeux de son plus sûr complice, Gaston le balayeur, une compromission sans retour avec son ennemi, le locataire. Ainsi, nous, de l'immeuble du 5 de la rue Sainte-Eulalie, sommes contestés régulièrement, dans notre droit tacite mais sûr, croyions-nous, d'avoir une poubelle, je veux dire, de vivre. Certains d'entre nous, les plus naïfs, s'en indignent encore et aussi, de se voir traités avec aussi peu d'égards que leurs voisins, du sixième par exemple, dont ils auraient cru pourtant normal de se distinguer par quelque chose. Mais ceux-là, ceux qui s'indignent, sont les préférés de Mme Dodin, ceux sur lesquels elle s'acharne avec le plus de résultats et – c'est certain – le plus de plaisir.

C'est un travail pénible, dit-elle, au-dessus de son âge, et qui ne l'est tant que parce que nous ne vidons pas chaque jour nos poubelles. Si nous les vidions comme nous le devrions, explique-t-elle, c'est-à-dire chaque jour, la cuve serait moins lourde et elle la traînerait plus facilement dans la rue. Mais, répondons-nous invariablement, tout compte fait, est-ce que ça ne revient pas au même du moment que nous ne la vidons pas tous le même jour de la semaine? Ou même que si la moitié d'entre nous la vidait tous les deux jours? ou le tiers, tous les trois jours?

— Non, dit Mme Dodin, rapport à l'odeur, ça ne reviendrait pas au même. Puis, y a pas de raison, moi je la vide tous les jours, vous n'avez qu'à faire de même.

On reprend le même raisonnement. Et elle :

— Comment pourriez-vous le savoir ? J'en suis sûre comme je respire.

Certains d'entre nous ont abandonné la partie. Nous ne répondons plus. Je ne vide pas ma poubelle tous les jours. Mais je lui ai expliqué pourquoi, je lui ai dit combien c'était difficile. Quand on a trois feuilles de poireaux au fond de sa poubelle, c'est difficile de ne pas attendre le lendemain pour la descendre. Il y a aussi qu'on oublie, qu'on est lâche, qu'on préfère attendre encore un jour pour affronter sa colère.

Mme Dodin sait donc qu'il y en a qui ont le désir sincère de descendre chaque jour leur poubelle mais qui n'ont pas la constance voulue pour cela. Qu'ils en conçoivent une certaine honte, sinon du remords, mais que la nature humaine est ainsi faite... Ces locataires-là, elle aurait tendance à les excepter un peu de la communauté des locataires, tout au moins de ceux qui s'acharnent à faire valoir leur droit à vivre, à manger, à respirer, et donc, à avoir une poubelle, etc. Comme si c'était là la question.

Ses raisons, elle ne les rabâche pas comme des litanies mais les utilise au contraire avec une extraordinaire habileté. Elle sait bien la nécessité d'en changer pour maintenir auprès de nous – ses locataires – son prestige de martyre de la poubelle. Elle sait le pouvoir de son génie barbare qui désarme les plus audacieux et décourage les plus acharnés des raisonneurs.

Pourtant, elle use moins souvent de l'argument de l'odeur de la poubelle que des autres – sans doute parce que c'est celui-là qui exprime le mieux tout ce que cela signifie pour elle. Certes, il lui est insupportable d'avoir dans sa cour, près de sa loge, une cuve d'ordures vieilles de plusieurs jours, d'avoir à en supporter l'odeur et l'idée. Mais elle ne le dit pas. Elle dit :

— Quand les gens à curé bouffent du poisson le vendredi on retrouve les têtes le dimanche. Il y a pas de raison. Donc à curé ou pas à curé, les locataires, c'est tous des salauds rapport à leur concierge.

Si, de sang-froid, elle se reconnaît le droit de trouver la poubelle lourde, absolument, elle est moins sûre d'avoir le droit de trouver qu'elle sent mauvais. Aussi n'en parle-t-elle que dans la colère, toute pudeur mise à bas. Si la lourdeur est en effet un fait difficilement contestable et qui pourrait à la rigueur se mesurer, se prouver, l'odeur qu'elle dégage est toute relative – à sa sensibilité, à son odorat. Elle est, notoirement, inhérente à toute poubelle. Toutes les poubelles sentent mauvais, pourrait-on lui dire, avouez tout simplement que vous n'êtes pas faite pour ce travail. Or c'est précisément du contraire qu'elle voudrait nous convaincre, que la poubelle du 5 de la rue Sainte-Eulalie est particulière, qu'elle sent plus mauvais que les autres et qu'aucune concierge n'en pourrait supporter l'odeur. Aussi ne manie-t-elle cet argument que d'une manière détournée, perfide, afin de ne pas nous dévoiler, dans son principe même, l'horreur qu'elle a et qu'elle aurait en tout cas de ce travail, même avec des locataires très ponctuels. Elle ne veut pas se mutiler de son pouvoir sur nous, se couper de ses ennemis. Quel exutoire lui resterait-il à ses colères apocalyptiques qui durent quatre jours parfois et qui, si elles ne visent d'abord qu'un seul locataire, s'étendent vite à tous les autres, au monde des locataires en général et bientôt à toute l'humanité – exception faite de Gaston ? Aussi ne nous dit-elle pas maladroitement que la poubelle sent mauvais. Elle dit qu'à voir ces locataires-là, si bien habillés et, à en juger par le montant de leurs loyers, si riches, jamais on ne pourrait les croire assez «hypocrites» pour supporter d'avoir chez eux des ordures pourrissantes et puantes vieilles de plusieurs jours. Elle dit qu'elle, même elle, elle ne le supporterait pas. Elle, dans la vie de laquelle les poubelles jouent un rôle déterminant, elle qui est la dernière des dernières, elle ne le supporterait pas.

Peut-être faudrait-il que l'un d'entre nous écrive aux autres une lettre en faveur de Mme Dodin. J'ai quelquefois pensé que je pourrais être ce locataire. Mais c'est toujours la même histoire avec ce genre de lettreslà. On ne les fait pas tant pour les envoyer aux locataires – les locataires deviennent de fer quand on leur parle en faveur de leur concierge – que pour quoi ? pour les montrer à Mme Dodin et au balayeur. Eux seuls, se dit-on, seraient capables de me comprendre et seraient touchés par mes efforts. Mais ensuite, à quelle ponctualité serais-je tenue quant à ma poubelle personnelle ? À quelle rigueur de toute ma conduite ? Sans compter qu'au moindre de mes manques à son égard Mme Dodin dénoncerait cette lettre comme une hypocrisie supplémentaire. Sans compter aussi qu'elle ne supporte pas qu'on lui veuille trop de bien parce que cela lui confirme le mieux que rien ne pourra atténuer la véritable négation que, concierge, elle subit du locataire et que concrétise pour elle la corvée quotidienne de la poubelle.

Alors, faute de destinataire, voici, ici, les deux sortes de lettres que j'aurais aimé faire en sa faveur. Voici la première :

«Mme Dodin, notre concierge, prétend que du fait que chacun de nous ne vide pas sa poubelle chaque jour, la cuve est beaucoup plus lourde qu'elle ne le serait si, chaque jour, nous la vidions – comme ce serait d'ailleurs notre devoir envers elle de le faire. Cela ne serait fondé que si, à la suite d'une étrange coïncidence, nous en étions presque tous arrivés à vider nos poubelles le *même* jour. Comme si, autrement dit, il y avait certains jours de la semaine où nous nous sentirions d'humeur à le faire, chacun de notre côté, et dans un même mouvement, des jours propices à la poubelle. Il y a des années que cela dure, prétend Mme Dodin. Et aucun de nous n'a jamais essayé de vérifier ses dires. Et au fond, il ne serait pas exclu qu'elle ait raison. Il y a, nous le savons tous, de par le monde, des coïncidences autrement plus étranges que celle-ci et que nous ne mettons pas en doute parce qu'elles nous sont présentées sous une forme attrayante – comme des informations gratuites – et parce qu'elles ne nous concernent pas, ne nous engagent à rien. Acceptons donc les dires de Mme Dodin. Pourquoi pas ? Et essayons donc de faire cet effort minime, de vider chaque jour notre poubelle. Nous ferions ainsi à Mme Dodin le plus grand plaisir du temps qui lui reste à vivre parmi nous. La corvée de la poubelle lui deviendrait légère. Et plus encore : elle deviendrait à ses yeux et le signe de la considération que nous lui portons, et celui de sa victoire sur nous. »

Cette lettre, si j'en parle ici, ne choque personne. Mais, si je l'avais envoyée sous enveloppe, tapée à la machine, à leur nom, elle aurait indisposé tous les locataires sans exception. Ainsi sont les locataires : on ne peut leur parler de leur concierge que noir sur blanc, dans un livre, autrement ils deviennent de fer.

Voici la seconde lettre que j'aurais aimé faire. Celle-là, je n'ai jamais été assez aveugle pour envisager sérieusement de l'envoyer aux locataires. Mais sans doute est-ce surtout une lettre de ce genre que j'aurais aimé donner à lire à Mme Dodin et à Gaston.

« Avez-vous songé, aurais-je écrit, avons-nous pensé une seule fois à ce que c'est que cette poubelle dont se plaint Mme Dodin ? Ce dont nous ne voulons plus, ce que nous chassons avec dégoût de nos appartements, devient le lot de Mme Dodin, sa raison d'être, ce pour quoi on la paye, son pain quotidien. N'est-il pas normal qu'après avoir fait ce métier pendant dix ans, elle veuille nous apprendre ce qu'il en est ? Que voudrait-elle ? Elle voudrait, comprenez-vous, nous faire comprendre. Et, pour ce faire, elle nous obligerait même, si elle le pouvait, à résorber nos propres poubelles, à manger nos restes, à grignoter nos épluchures, à ronger nos os, nos vieilles boîtes de conserve, à avaler nos mégots, etc. Pour nous apprendre, comme elle dit, à vivre, ou plutôt, à savoir ce que ça veut dire, en fin de compte, vivre. Mais cette solution suffirait-elle? Sans doute, non. Car il ne s'agirait encore que de nos os personnels, des mégots de nos amis et non des os et mégots anonymes de tous les locataires réunis. Ce ne serait pas encore cette chose nouvelle, différente de ses parties, cette entité que l'on nomme poubelle, qui est à l'origine d'une obligation spéciale échue précisément à Mme Dodin, notre concierge. Car il n'en va pas différemment de nos poubelles et de nos idées, par exemple, ou même de nos philosophies, de nos opinions. Notre poubelle n'est pas la Poubelle. Et notre opinion par exemple sur Mme Dodin ne rend pas compte de Mme Dodin. Tandis que la poubelle de Mme Dodin est la Poubelle et l'opinion qu'elle a de nous rend parfaitement compte de notre situation par rapport à elle. Il nous faut l'avouer une fois pour toutes et l'accepter. Mme Dodin a, grâce à la poubelle, une faculté d'abstraction, une connaissance que nous, nous n'aurons jamais. C'est à partir de nos os de côtelettes qu'elle a trouvé cette règle fondamentale: "Les locataires, c'est toujours des salauds rapport à leur concierge. Quoi qu'ils fassent. Et même les meilleurs." Une tête de poisson pourrie dans l'une de nos poubelles empuantit toute sa nuit et nous compromet tous à ses yeux. Hélas, il en est de nos poubelles comme, je le répète, de nos idées. Comment connaître leur vrai destin une fois que nous les avons lâchées dans le monde? Mme Dodin est la réalité du monde. Notre poubelle trouve sa réalité lorsqu'elle arrive entre les mains de Mme Dodin. La réalité du monde est une dure réalité, que nous acceptons néanmoins. Acceptons Mme Dodin. Ayons pour elle sinon du respect, du moins une juste considération.»

Ah! si j'avais demandé aux locataires d'avoir une juste considération pour leur concierge, ils se seraient crus insultés. Et ils auraient vu dans cette lettre une injure autrement plus grave que la pire des injures que leur fait cette Mme Dodin que j'aurais essayé de défendre. Je serais passée à l'ennemi, j'aurais trahi le front des locataires de fer.

Mais il n'y a pas que ça. Voilà ce qu'il y a.

Une lettre, n'importe quelle lettre, faite en faveur de Mme Dodin, dans l'hypothèse bien extraordinaire où elle arriverait à rendre les locataires plus justes à son égard, lui ferait, je le crains, plus de mal que de bien. Si ses locataires devenaient irréprochables, n'aurait-elle pas de ses ennemis une douloureuse nostalgie? Quel recours lui resterait-il?

Mme Dodin a, sur la Providence, des idées bien arrêtées:

— Le bon Dieu, c'est pas grand-chose de bien reluisant, c'est moi qui vous le dis. Puis, le Fils, c'est du pareil au même que le Père.

Et sur le socialisme, des idées non moins arrêtées :

— Les communistes, c'est du pareil au même que les curés, sauf qu'ils disent qu'ils sont pour les ouvriers. Ils répètent la même chose, qu'il faut être patients, alors, il y a pas moyen de leur parler.

Néanmoins, Mme Dodin met en doute l'une des institutions les plus communément admises de la société bourgeoise, l'institution de la poubelle commune dans les immeubles des grandes villes.

— Pourquoi que chacun il la viderait pas, sa poubelle ? Pourquoi faut-il qu'il y en ait qu'une seule qui vide les chiures de cinquante autres ?

Si nous arrivions à donner à Mme Dodin des satisfactions telles qu'elle en devienne une concierge heureuse, il ne soufflerait plus au 5 de la rue Sainte-Eulalie ce vent de colère égalitaire qui régulièrement nous emporte tous, pareillement. Et ne faudrait-il pas préserver ces occasions-là, si rares, au fond, dans la vie courante ? N'est-il pas en fin de compte, souhaitable, que certains d'entre nous se voient contestés par Mme Dodin jusque dans le droit qu'ils croient avoir, le plus innocemment du monde, non pas seulement de faire maigre le vendredi, par exemple, mais surtout d'exercer si ouvertement ce droit de faire maigre, qu'il en apparaisse comme une nécessité universelle ?

Je choisis, donc, de ne pas envoyer de lettre en faveur de Mme Dodin et de la laisser continuer à assumer dans le dégoût cette obligation de la poubelle. Qu'elle reste donc tenue d'en passer par là sous peine de perdre sa place de concierge. Que nous continuions donc à essuyer ses colères, à encaisser ses malédictions. Le jeu vaut la chandelle.

Et puis, encore une fois, il n'y a pas que ça.

C'est en effet à l'occasion de ses plaintes qu'elle a découvert Gaston le balayeur, son unique et incomparable ami. Dès le début, Gaston l'a encouragée à trouver ce travail dégoûtant et au-dessus de ses forces, et depuis, il fait tout pour entretenir la détestation dans laquelle elle nous tient. Et c'est ainsi que Mme Dodin connaît avec Gaston le balayeur une intimité très particulière dont nul d'entre nous ne peut avoir la moindre idée. Et on se demande si on ne lui ferait pas plus de mal en la privant des compensations que lui donne Gaston, qu'on ne lui ferait de bien en s'efforçant d'être plus juste avec elle.

Six ans qu'elle la traîne, cette poubelle, chaque matin. Que ce soit en hiver, au printemps, en été, le dimanche, le 14 juillet, Pâques ou le jour de la Libération. Six ans qu'elle se plaint des locataires, qu'elle tente de les convaincre de sa douloureuse indignation à l'idée qu'ils la méprisent assez pour ne pas faire cet effort, pourtant minime, de vider chaque jour leur poubelle. Six ans qu'elle mange du pain de la poubelle avec ce même visage tendu par la haine et le dégoût, d'une inexpugnable dignité !

Il y a tout de même des différences avec les saisons. En été, par exemple, à six heures, il fait jour et, en attendant Gaston, Mme Dodin parle avec Mlle Mimi, tenancière de la pension de famille de l'«Oiseau Bleu». À six heures, en été, en effet, Mlle Mimi est levée. Elle se tient sur le pas de sa porte en robe de chambre et pendant un quart d'heure, quelquefois plus, languissamment, dévotement, elle bâille. Et entre chacun de ses bâillements, elle parle à Mme Dodin, ou plus exactement, elle lui répond. Chacun des locataires, de son lit, peut entendre très distinctement leurs paroles. C'est toujours Mme Dodin qui commence et toujours à propos des poubelles. Mme Dodin ne dit jamais bonjour à Mlle Mimi. Elle se plaint immédiatement soit de la lourdeur de la cuve, soit de son contenu particulier ce jour-là, soit de son odeur.

— Y a de l'abus. Même un homme il trouverait que c'est lourd. Ça pue à faire venir les rats.

Ou bien encore :

— Ceux du quatrième, y a au moins cinq jours qu'ils l'ont pas vidée. Et avec ça, ça communie tous les dimanches.

Ou bien Mlle Mimi répond qu'en effet, il y a de l'abus. Ou bien elle ne répond rien. Lorsque Mme Dodin met en cause les opinions politiques ou religieuses de ses locataires, elle ne répond pas.

Mais quand même, en été, du fait de la présence de Mlle Mimi, l'épreuve de Mme Dodin est plus supportable. À son moment le plus critique, elle en trouve un écho, timide, certes, mais sincère, chez Mlle Mimi.

Après qu'elle s'est plainte de la poubelle, la voix de Mme Dodin s'adoucit. Avec Mlle Mimi elle n'insiste pas sur la poubelle, persuadée que l'autre ne la comprend pas tout à fait. «C'est bouché à l'émeri, et pas que d'un côté seulement, dit-elle. Je me comprends.» Alors, elle se met à parler du temps qu'il va faire.

— Le ciel, il est lourd, dit-elle, va faire de l'orage.

Ou bien :

— Le ciel, il est clair, va faire beau pour les honnêtes gens.

Mlle Mimi approuve presque toujours et même, souvent, elle apporte quelque précision supplémentaire à l'avis de Mme Dodin sur le temps qu'il fera.

— Ça se lèvera vers midi.

Ou bien :

— Ça se gâtera vers le soir. Le ciel est lourd.

— Y a pas que le ciel, dit Mme Dodin, dans une dernière allusion à la poubelle, et puis, le ciel, lui, l'est au moins lourd pour tout le monde.

L'air mauvais, elle doit désigner du doigt le côté en question : un nuage gris sombre avec une lenteur moribonde monte à l'assaut du ciel matinal.

Puis, à six heures dix, fatidiquement, s'amène Gaston le balayeur.

Il n'est jamais là au moment précis où Mme Dodin sort sa cuve. Il commence à balayer le bout de la rue Sainte-Eulalie dix minutes avant qu'elle ne la sorte, et, tout en parlant à Mlle Mimi, elle l'attend. Lorsqu'il est à la hauteur du numéro 7 de la rue, c'est-à-dire lorsqu'il peut l'entendre, non moins fatidiquement, Mme Dodin déclare :

— En voilà un qui s'en fait pas.

Alors, sous son adjuration, Gaston s'arrête de balayer et se mêle à leur conversation. Dès lors celle-ci prend un tour plus général. Presque tous les matins, il est question de leurs emplois respectifs, des avantages et des désavantages qu'ils comportent.

— Ça au moins, c'est un métier, balayeur, commence Mme Dodin.

— Faut jamais, répond Gaston, parler de ce qu'on ne sait pas, sans ça on risque de déconner.

Gaston a, lui aussi, le dégoût de son métier. Mais lui, il ne s'indigne plus et il en a, plus qu'elle, l'amère philosophie. Il n'a de cesse qu'il n'ait convaincu Mme Dodin de la parfaite égalité de leur condition. Ce n'est pas très amusant non plus, lui dit-il, de balayer et de balayer, toujours les mêmes rues, de recommencer chaque matin ce qu'on a fait la veille. Il dit aussi qu'il ne connaît pas un autre métier, un seul, qui donne aussi peu de satisfaction que le sien.

— Et dites-moi un peu, répond Mme Dodin, ce qu'on recommence pas tous les jours ? À part qu'on crève, c'est-il pas tous les jours du pareil au même ?

— Bien sûr, dit Gaston. Mais quand j'ai fini une rue et que je me retourne et que je vois un toutou à sa mémère qui chie en toute tranquillité sur mon trottoir et que j'ai même pas le droit de les engueuler ?

— Faut les poisonner, déclare Mme Dodin. Ici, il y en a pas un qui oserait en amener, ils le savent bien. Le premier qui rentre ici, je le poisonne. J'ai assez d'eux sans avoir leurs cabots.

— Tout le monde n'est pas comme vous, ose timidement Mlle Mimi.

— Quand même, reprend Mme Dodin, balayeur, c'est un bon métier. Pour ce qui est des toutous, n'avez qu'à pas vous retourner.

— Et la neige? dit Gaston, vous y pensez à la neige? Quand il neige toutes les nuits, pendant quinze jours?

— C'est pas ce qu'il y a de plus dégueulasse, dit Mme Dodin, puis c'est bon pour les poumons.

Et puis il ne neige environ que quinze jours par an, dit-elle. Et en été, au printemps, il ne dira pas que ce n'est pas un beau métier que celui de balayeur. Elle, elle n'en connaît pas de meilleur. Elle dit que ce qui lui paraît surtout bien dans ce métier-là c'est qu'on peut le faire sans le faire vraiment, qu'on peut balayer sans balayer vraiment, en pensant à autre chose. Si on ne pense pas à ce que l'on fait, le métier de balayeur est unique au monde, dit-elle, on est dans la rue comme chez soi.

— N'avez qu'à penser à vos amours, rien vous empêche, dit-elle.

— Je pense à vous, dit Gaston, c'est vous mes amours.

Tout en balayant, on regarde, dit Mme Dodin. On bavarde. On apprend des choses, dit-elle, tout en balayant. Elle s'irrite parfois à cause de la placidité remarquable de Gaston et, quand elle est à bout d'arguments, elle conclut toujours que le métier de balayeur est un métier, quoi qu'il en dise, tandis que le sien n'en est pas un. Elle ne s'explique pas autrement et procède, pour le convaincre, par une double affirmation : « Quand vous avez fini de balayer, vous avez fini de balayer. » Ou bien : « Quand la rue est balayée, la rue est balayée. » Elle, par contre, elle n'en a jamais fini d'être concierge, même la nuit, le « cordon » l'empêche de rêver bien longtemps qu'elle ne l'est plus.

— D'accord, dit Gaston. Et vous encore, vous êtes vieille. Mais les jeunes mariés, ça doit leur couper le sifflet.

— Dites pas ça devant elle, dit Mme Dodin en se marrant et en désignant Mlle Mimi.

— Pardon, dit Gaston. N'empêche que c'est vrai.

— Que c'est pas un métier, reprend Mme Dodin, mais que c'est terrible surtout, encore et surtout « rapport » aux poubelles. Elle ne s'étend quand même plus trop sur ce sujet. C'est inutile. Gaston la comprend.

— Pour ce qui est des poubelles, dit-il, c'est d'accord. Vous voyez, madame Dodin, nous avons des métiers, nous autres, comme ils disent si bien, méconnus.

— Pour ça, dit Mme Dodin, c'est vrai.

— Par exemple, dit Gaston, pour ce qui est de leur boîte qu'ils appellent Sainte-Eulalie, j'arrive toujours quand ça ferme. Fini la musique, et en fait de belles filles, ceinture. Et tout ce que j'en sais, c'est que la nuit, ça pisse ferme. Témoins les murs de la boîte qui en sont noirs. C'en est même une curiosité.

— Faut bien que ça pisse, dit Mme Dodin, puisque ça boit toute la nuit.

— Ainsi, la pisse c'est tout ce qu'en voit Gaston le balayeur. Gaston est promu à la pisse de ces messieurs.

Ça y est, Gaston est lancé. Mme Dodin le regarde alors avec fierté et aussi avec amour. Gaston a du langage exact le même don que Mme Dodin. Mlle Mimi baisse les yeux. Tout ce que dit Gaston lui paraît sous-entendre des projets plus ou moins avouables et procéder d'une dangereuse mentalité. Mlle Mimi a peur de Gaston le balayeur. Qui d'ailleurs, la voyant tenir sa pension, toute seule et avec cette passion, ces scrupules, dans un contentement parfait, dans la satisfaction la plus justifiée, qui, assistant sans jamais y avoir été convié par Mlle Mimi, car on n'imagine pas qu'elle ait jamais convié quiconque à le faire, à ce bonheur tout entier édifié sur la suffisance humble, l'économie, la bonne conscience, ne peut pas, en effet, ne pas être traversé par la tentation de la voir s'écrouler. Et c'est sans doute là, la tentation quotidienne de Gaston le balayeur, le genre de tentations auxquelles le portent sa nature et l'exercice prolongé de son métier. Car si Gaston bavarde chaque jour avec Mlle Mimi, il n'a jamais vu sa pension, comme il n'a jamais vu, mise à part la loge de Mme Dodin, aucun des intérieurs devant lesquels, chaque matin, il passe en balayant. Et la seule chance qu'il aura jamais de pénétrer par exemple chez Mlle Mimi, de violer enfin ce sanctuaire de la satisfaction, c'est qu'il y ait par exemple, un jour, un drame dans la pension de Mlle Mimi. Et encore, pas n'importe quel drame, mais un grand drame, susceptible d'attirer la meute des voyeurs judiciaires, des flics, des inspecteurs, des enquêteurs et aussi, à la faveur du désordre, du manque de surveillance des premiers instants, les curieux, les voisins et aussi, pourquoi pas? les balayeurs. Mlle Mimi a sans doute percé à jour, à travers ses propos, le genre de désirs que nourrit Gaston. Aussi est-elle, depuis le début, vouée naturellement à être le jouet préféré de Mme Dodin et de Gaston le balayeur. Eux, par contre, sont dans la sienne, de vie, les seules occasions qu'elle ait de participer au spectacle de la liberté, de l'audace, de l'aventure. Elle sent bien qu'ils lui font courir des risques, les risques de l'art, ils sont pour elle le cinéma, la lecture, le théâtre, toutes choses que Mlle Mimi s'est toujours refusées. C'est sans doute pourquoi Mlle Mimi n'a jamais pu s'empêcher d'écouter les conversations de Mme Dodin et de Gaston le balayeur bien que leur insatisfaction sans bornes et l'expression qu'ils en donnent la fassent toujours trembler.

— Et si on en juge par la pisse, continue Gaston, ça doit boire ferme.

— Ça pisse, donc ça boit, dit Mme Dodin.

— Ça me rappelle, dit Gaston, quelque chose. Un philosophe a dit la même chose : « Je pense, donc je suis. »

— L'aurait mieux fait de se taire, dit Mme Dodin, s'il a rien trouvé de mieux.

— Celui qui a trouvé ça, c'est Descartes, dit le balayeur.

Mme Dodin se marre.

— Des cartes de quoi ? En fait de cartes, je connais que celles d'alimentation.

— En attendant, dit Gaston, ça nous avance pas.

— Pour ça, dit Mme Dodin, je sais vraiment pas ce qui nous avancerait. Y a un crivain au troisième et ça ne m'avance pas. C'est lui le plus sale de toute la boutique.

— Faut pas généraliser, ose Mlle Mimi.

— C'est le quartier qui veut ça, dit Gaston. C'est tous par ici plus ou moins des philosophes.

— Paraît ça, dit Mme Dodin, mais qu'est-ce ça a à voir ? On se lave pas l'cul quand on est losophe ?

— Ça a à voir, dit Gaston, mais c'est fortiche à expliquer.

— Vous exagérez, ose encore Mlle Mimi.

— Alors, si je m'le lave pas, c'est que je suis losophe moi aussi ?

— On l'est tous un peu, dit Gaston, c'est ça qui est fortiche.

— Alors, me v'là losophe, dit Mme Dodin en se marrant.

— Pourquoi ? Vous ne vous le lavez pas ? demande Gaston.

— Losophe ou pas, ça nous avance pas, reprend Mme Dodin.

— Pour ça, reprend aussi Gaston, c'est vrai.

— Avec leur intelligence, recommence Mme Dodin, feraient mieux de trouver un truc pour supprimer les poubelles. Vous me direz ce que vous voudrez, ça devrait pas exister.

— En Amérique, dit Gaston, toutes les maisons ont des poubelles individuelles. Et sauf les grosses boîtes de conserve, on peut tout y mettre. Remarquez qu'en France les nouveaux immeubles ont aussi des poubelles individuelles, et même les H.B.M.

— Je suis trop vieille, dit Mme Dodin. Dans les maisons modernes il leur faut des concierges toutes jeunes. Elles sont jeunes et elles ont rien à foutre, et moi qui suis vieille… Mais sans aller chercher en Amérique, on pourrait trouver quelque chose.

Elle explique son idée. Elle, elle voudrait que dans chaque rue il y ait des bouches d'égout spéciales dans lesquelles chacun, chaque soir, serait tenu de vider sa poubelle. «Ça leur apprendrait», ajoute-t-elle. Elle ne dit pas ce que c'est, que ça leur apprendrait, c'est inutile, Gaston la comprend. Ce qu'elle voudrait supprimer, c'est l'intermédiaire entre la poubelle et l'égout, c'est l'anonymat des poubelles qui ne deviennent insupportables que lorsqu'elles deviennent communes et mélangées et qu'elles perdent leur individualité. Le balayeur la comprend parce que son métier, comme le sien, n'existe qu'en raison des déchets que les hommes laissent dans leur sillage, partout où ils vont, sans avoir l'air de le remarquer, comme font les chiens.

— Vous demandez l'impossible, dit Gaston. Et ça supprimerait beaucoup d'employés de la Ville de Paris. Tous les gars des bennes. Sans compter les trusts de la chiffonnerie qui ne marcheraient jamais.

— Il existe, ose encore une fois Mlle Mimi, des poubelles bien plus perfectionnées que la vôtre. Des grandes poubelles à couvercle.

— C'est des poubelles allemandes, dit Gaston, tout à fait hermétiques.

— Ça serait déjà ça, dit Mme Dodin, de pas les sentir. De pas les voir quand on les traîne.

— Il existe aussi, dit Gaston, des poubelles de l'armée américaine en duralumin. Elles ont un couvercle comme les poubelles allemandes, mais elles sont beaucoup plus légères. Je crois que c'est celles-là qui sont le mieux.

— Croyez-vous, dit Mme Dodin, que ces salauds de locataires, ils me signeraient une pétition pour le proprio? Pour que j'aie au moins une poubelle à couvercle? Pensez-vous! Bien trop égoïstes pour ça! Pourtant, à chacun sa merde, à chacun ses ordures, c'est comme ça que ça devrait être.

Le grand événement dans la vie de Mme Dodin, celui qui l'assouvit le plus heureusement, ce sont les grèves des Services de la Voirie. C'est en général Gaston qui les lui annonce le premier lorsqu'il arrive le matin.

— D'ici deux ou trois jours, dit Gaston, ça y sera.

Mlle Mimi baisse la tête. Elle n'aime pas les grèves. Les grèves l'effraient comme l'effraie la mâle puissance de Gaston le balayeur.

— C'est pas trop tôt, dit Mme Dodin. V'là donc le bon vent qui s'lève.

Et elle chante:

V'là l'bon vent, v'là l'bon vent…

Et à chacun des locataires, Mme Dodin l'annonce triomphalement.

— Ça y est, c'est la grève à partir de ce soir.

— La grève de quoi? demandent innocemment les locataires qui ne sont pas encore prévenus.

— Ben de quoi voulez-vous que ce soit pour que je vous y annonce comme ça ?

Le soir de la grève, les locataires ou les bonnes des locataires descendent les uns après les autres et passent devant sa loge pour aller vider leurs poubelles dans la bouche d'égout de la rue Sainte-Eulalie. Mme Dodin, campée sur le pas de la porte, les regarde. Elle connaît un moment de bonheur. Le mot n'est pas trop fort.

— V'là la procession. C'est la Fête-Dieu. Il y en a qui en ont d'autres, de processions, mais moi j'ai celle-là.

Et lorsque Gaston arrive, elle l'attend, béate, comblée, à la vue des trottoirs vides.

— Alors, on se les roule ? salue Gaston.

— Comme vous le dites, dit Mme Dodin.

— Faut en profiter, dit Gaston, c'est comme la jeunesse. Ça ne dure pas.

Leurs voix arrivent jusqu'à nous, chargées d'une sonorité différente suivant la place qu'ils occupent dans la rue. Mme Dodin et Mlle Mimi se tiennent chacune sur leur trottoir respectif. Le balayeur, lui, reste au milieu de la rue. Les premiers passants ne les dérangent pas et leurs voix sont ponctuées par le martèlement de leurs pas. La rue Sainte-Eulalie, à ce moment-là de la journée, leur appartient. Mme Dodin se plaint de la poubelle, elle nous maudit, puis, de mauvais gré, elle finit par parler du temps qu'il fera. Le balayeur, lui, badine sur le malheur de leur condition. Matins du monde. Matins du langage. Qu'il faudrait pouvoir raconter ces choses si bien qu'on oserait sans rougir les donner à lire à Mme Dodin elle-même et à Gaston le balayeur[*] !

Quand le bavardage de Mme Dodin et de Gaston cesse, vers six heures et demie, il est relayé par le grondement de la benne à ordures qui débouche dans la rue Sainte-Eulalie. C'est chaque matin que vient cette benne, chaque matin, chaque jour de l'année. La plupart du temps on dort et on ne l'entend pas, mais lorsqu'on l'entend on sait qu'il a lieu chaque jour. On l'entend bien comme un bruit nécessaire de chaque

---

[*] *L'année dernière, dans le fond de son petit jardin, Mlle Mimi élevait un coq. Un coq que nous entendions chaque matin chanter, nostalgiquement ô combien, sans doute pour tenter de se retremper dans une identité devenue, à la longue, douteuse. Car il était le seul coq du VIe arrondissement, le seul sur trente mille habitants. Mme Dodin en disait : « L'est aussi bouché que sa patronne et je me comprends. » Ce malheureux, nous l'avons tous entendu chanter le jour naissant. Et, bien que par sa réalité, son apparente monotonie, le message de Mme Dodin puisse assez légitimement rappeler à certains un chant de coq, il serait indigne de voir en lui le même pittoresque cosmique. S'y tromper serait même donner un bon exemple de sottise poétique.*

jour, organique de chaque vie, mais qui, à cause de l'ensablement des choses dans l'habitude, le plus souvent vous échappe. Comme parfois son cœur. Et aussi, parfois, le train, à l'occasion d'un voyage, d'une promenade à la campagne. Une locomotive passe, et nous voilà soudain transportés dans l'univers des locomotives qui passent. Et on se souvient. Il en existe des milliers d'autres dans le monde, qui passent quelque part, comme ça, pour d'autres que soi. Voilà qu'on se retrouve dans le monde des locomotives du monde, dans son monde si plein de locomotives qui, dans des milliers de directions, filent en charriant des wagons pleins de contemporains qui se déplacent, voyagent. Et de même pour la benne. La benne me transporte dans le monde des poubelles de mon monde, de ces poubelles pleines d'épluchures et déchets de mes contemporains qui vivent, mangent, mangent, pour se conserver, durer, durer le plus qu'ils peuvent, et qui digèrent, assimilent, suivant un métabolisme qui nous est commun, avec une persévérance si grande, si grande vraiment, quand on y pense, qu'elle est aussi probante, plus probante, à elle seule, de notre commune espérance que les plus fameuses de nos cathédrales. Et cet énorme chant de l'humaine rumination chaque jour commencée, chaque jour repris à l'aurore, par la benne de sa rue, c'est le chant, qu'on le veuille ou non, de l'irréductible communauté organique des hommes de son temps. Ah! plus d'étranger ni d'ennemi qui tienne devant la benne! Tous pareils devant la gueule énorme et magnifique de la benne, tous estomacs devant l'éternel. Car pour la bonne grosse gueule de la benne, pas de différences. Et en fin de compte, ô locataire du quatrième qui me veut tant de mal, de même que nos poussières, un jour, se mêleront, de même l'os de ma côtelette se mêle sans façon à celui de la tienne, dans le ventre original, dans le ventre dernier de la si bonne benne.

Parfois, cela arrive, le balayeur lui aussi donne son avis sur le temps qu'il fera. Son ton est désabusé et il n'a pas la gravité sentencieuse de Mme Dodin. Bien qu'il soit jeune, le balayeur se fait, du temps qu'il fera, une fatalité d'incertitude.

— Croyez-moi, on ne peut jamais savoir, on ne peut jamais être sûr du temps. D'un seul coup, quelquefois, ça change.

Gaston est devenu un balayeur désabusé.

Il y a quatre ans de cela, il était bien différent. Sa démarche était sûre. Il se tenait bien droit et sa veste était toujours entièrement boutonnée, ajustée. Il avait l'allure noble, fière. À grands gestes réguliers, de son grand balai de bruyère, campé au milieu de la rue, il balayait. La casquette un peu penchée sur l'oreille, le journal bien en vue dépassant de sa poche (toujours au courant, il en faisait une question d'honneur, de l'actualité, dans tous ses genres), il balayait avec une désinvolture et une efficacité souveraines. Lorsqu'il avait fait ses trottoirs, jamais il ne quittait le milieu de la rue, et les gros camions eux-mêmes étaient obligés de se déranger pour le contourner. La technique de son balayage elle-même était différente : d'un seul geste, d'un seul coup de balai, large, tantôt du milieu du trottoir, tantôt du milieu de la chaussée, il rejetait dans les ruisseaux ce qu'il balayait. Il paraissait alors tellement heureux de sa condition que je demandai à Mme Dodin si son métier n'était pas pour lui une activité secondaire, si, pour être si sûr de lui, il n'était pas, par ailleurs, comme il arrive, quelqu'un d'important, de puissant même. Mais Mme Dodin me dit que non, qu'il n'était rien d'autre dans la vie que le balayeur du quartier Sainte-Eulalie.

Maintenant ce n'est plus le même homme. Mme Dodin, comme moi, comme tous ceux qui le connaissent, savons qu'il a cessé d'aimer son métier. Maintenant il ressemble à tous les balayeurs, sauf quand il a bu ses trois ou quatre « blancs », avec une tristesse en plus, qui n'est qu'à lui. Il grossit. Tous les deux ou trois mois, Mme Dodin lui déplace les boutons de son uniforme des Services de la Voirie de la Ville de Paris. Elle s'inquiète à propos de son seul ami.

— Je croyais, dit-elle, que c'était la lecture. Mais il n'y a pas que ça. C'est pas simple.

Toujours est-il que Gaston s'est mis à balayer de plus en plus lentement, de plus en plus négligemment. Vers midi, Mme Dodin le regarde qui s'amène du boulevard et elle hoche la tête en signe de réprobation. La rue reste presque aussi sale après qu'il l'a balayée qu'avant. Et lui, il est de plus en plus mal tenu. Au lieu de porter son balai, quand il a fini de balayer, il le traîne derrière lui. Mme Dodin doit savoir ce qu'il en est, quel est cet œuf que Gaston couve depuis bientôt deux ans. Son inquiétude sans cela serait inexplicable. Mais elle n'en fait part qu'à contre-cœur, elle n'aime pas à en parler.

Gaston a maintenant l'allure d'un ancien grand viveur. Il est blasé. Il a trop vécu, si on peut dire. Et je crois que c'est là son mal. Rien ne se fait, en effet, rien n'arrive, sans qu'il en soit le témoin, le spectateur anonyme, comme s'il était, à lui seul, le vrai public de tout. Il a assisté à tous les événements, publics ou privés, qui arrivent dans les rues qu'il balaie. C'est trop pour un seul homme. Aussi, maintenant, les habitants du quartier peuvent mourir ou faire leur première communion, il ne s'en émeut plus. Il ne s'intéresse plus aux événements humains. Ils l'ennuient. Il a, des agonies, des mariages, des naissances, une optique, une philosophie à lui, qui est peut-être celle du vrai balayeur. Les premières communions, les mariages, les morts, se soldent, quant à lui, invariablement, de la même façon, par des fleurs jetées au ruisseau et qu'il est chargé de guider au fil de l'eau jusqu'à leur destination finale, l'égout. Il annonce à Mme Dodin : « Au troisième du 7, le fils se marie. » Mais il n'a jamais pénétré dans aucun de ces étages, chez ces gens auxquels, chaque matin, il fait une rue propre qui leur permet de ne pas retrouver les traces qu'ils laissent derrière eux. Il ne connaît d'eux que les noms, les faits et gestes publics. Et de toutes les réjouissances ou les deuils humains il n'aperçoit que l'usure, et il n'intervient que pour en accomplir l'acte dernier, la liquidation des vestiges.

Il fut un temps où il croyait sans doute qu'il pourrait en être autrement. Où il croyait que les gens qui l'auraient vu chaque jour accomplir le même travail innocent, se seraient rapprochés de lui, auraient cherché à le mieux connaître. Peut-être espérait-il alors que son métier aurait été propre à satisfaire sa curiosité, son très grand appétit de connaître des hommes, et qu'il pouvait devenir le balayeur des âmes et des consciences de la rue Sainte-Eulalie. Et même, sans doute, s'attendait-il à recueillir des confidences qu'on n'aurait faites qu'à lui seul, lui l'innocent, l'anonyme, le très impersonnel balayeur. Hélas ! les gens n'ont pas de temps à perdre. Et on n'a pas tellement d'occasions de bavarder avec les balayeurs.

Après avoir beaucoup espéré, Gaston désespère. Maintenant, lorsqu'il demande à Mlle Mimi des nouvelles de son œil (Mlle Mimi a, depuis un an environ, un œil très mal en point) :

— Et cet œil, comment va-t-il ?

Celle-ci lui répond qu'il va le mieux possible.

— Je vous remercie, il me semble qu'il y a encore un progrès sur la semaine dernière...

Et il encaisse le mensonge. Il l'encaisse alors qu'il sait pertinemment, par Mme Dodin, que l'œil de Mlle Mimi baisse chaque jour davantage et qu'elle le lui cache parce qu'elle craint, crainte trouble et certainement consécutive à sa sorte de vie, qu'un de ces soirs, lorsque Gaston aura bu plus que de coutume, à la faveur justement de cet œil assez bas pour ne pas le reconnaître, il ne s'aventure très vilainement jusque dans sa pension, sa solitude, son bonheur en somme. Ce qui serait tout à fait contraire et à l'honneur de sa gérance et à son honneur personnel. Elle le craint et croit trouver des confirmations à ses craintes dans la moitié des paroles de Gaston, surtout lorsqu'il lui demande des nouvelles de son œil.

Ainsi, qui l'aurait cru? même de l'œil de Mlle Mimi, on ne donne pas à Gaston des nouvelles sincères. Comment, dans ces conditions, n'inclinerait-il pas à se rapprocher de Mme Dodin chaque jour davantage? Comment, naturellement, ne se donnerait-il pas d'autres plaisirs que ceux qu'il avait attendus et qu'on lui refuse? Par exemple, celui de terroriser Mlle Mimi? de la confirmer dans ses craintes? de troubler son sommeil? Et, à voir tant d'honnêteté si avare d'elle-même, si peu prompte à se livrer, comment n'aurait-il pas la secrète espérance qu'il en est autrement de la malhonnêteté?

Gaston arrive vers Mlle Mimi et, en guise de salutation, il lui déclare:

— Pierrot est mort (il s'agit de Pierrot le Fou), on va s'emmerder un peu plus.

Ou bien encore:

— Un beau crime, avec une enquête très difficile, très longue, voilà pour un balayeur ce qui peut arriver de mieux. Il ne se passe pas de crime qu'avec un peu de chance, on ne soupçonne le balayeur d'en avoir été le témoin, qu'on ne l'interroge. C'est là, pour un balayeur, la seule distraction vraie et la seule chance qu'il a d'être pris en considération. Je n'aurai jamais cette chance dans ce sale quartier où le crime est rare. Mais si cette chance m'était donnée et s'il dépendait de ma déposition de faire aboutir l'enquête, je ferais de telle sorte qu'elle dure le plus longtemps possible.

Il s'éloigne, ayant dit, sous les regards épouvantés de Mlle Mimi et les regards admiratifs de Mme Dodin.

— Depuis quelque temps, dit Mlle Mimi, je ne sais pas si vous l'avez remarqué, il change, et je dois le dire, pas à son avantage.

Quand même, Mme Dodin a assez de mépris pour Mlle Mimi pour ne pas lui faire part de ce qu'elle pense des changements de Gaston.

— Un homme pareil, dit-elle, c'est pas donné à tout le monde de le comprendre. Au début, je me disais que c'était rapport à Lucien, le gars de la benne qui lui refilait trop de livres. Mais maintenant, je crois que ça n'explique pas tout. Y a autre chose.

Ce ne sont pas les événements humains qui suscitent encore l'attention et la curiosité de Gaston. Ce sont les événements matériels. En particulier la réfection des immeubles. À part Mme Dodin qui, elle, le passionne, les individus ne l'intéressent plus. Voir des ouvriers juchés sur des passerelles ou assis sur des planches, ou accrochés par des cordes, à quinze mètres au-dessus de la rue, se passer des planches, gratter, plâtrer, sceller des pierres, tout en bavardant, voilà qui lui donne la nostalgie d'un monde viril. Arc-bouté à son balai, à son instrument vraiment trop féminin, Gaston les regarde. Parfois il leur adresse la parole. Il les questionne sur les progrès de leur travail, sur ses difficultés. La dernière réfection du quartier, celle de l'école communale, a duré assez longtemps, deux mois d'été, pour l'affecter particulièrement et d'une manière sans doute définitive. Il balayait de plus en plus lentement et la mollesse de son coup de balai en disait long sur son moral. Car en même temps qu'il le passionne, le spectacle d'une réfection d'immeuble l'abat. Il lui fait paraître son métier encore plus dérisoire. Il se contente alors de nettoyer les caniveaux et les trottoirs, les yeux en l'air. Il ne balaie plus le milieu de la rue. Et lorsque Mme Dodin, du pas de sa porte, l'interpelle :

— Faut pas avoir votre bide pour faire ce boulot-là !

Il ne lui répond même plus et se contente de lui sourire.

C'est d'ailleurs à l'occasion de la réfection de l'école communale que j'ai essayé une nouvelle fois de parler à Mme Dodin de l'état de Gaston. Un homme tel que lui, ai-je dit, intelligent, dans la force de l'âge, ne se devait-il pas de changer de métier ? Évidemment, j'étais de son avis, le métier de balayeur était un beau et bon métier. Mais quand on ne trouvait plus, à l'exercer, la moindre satisfaction, quand on en avait épuisé tous les plaisirs, ce métier si solitaire devenait sans doute plus pénible qu'un autre. Et n'était-ce pas un fait que Gaston avait cessé d'être le spectateur satisfait des choses de la rue et qu'il était devenu le plus triste des balayeurs ? Mme Dodin m'a répondu sur un ton assez froid qu'il était en effet regrettable que Gaston soit devenu si soucieux, si préoccupé, si triste même, mais que ce n'était pas une raison pour lui conseiller de changer de métier. Sans doute s'est-elle demandé de quoi je me mêlais. Il est possible qu'obscurément, elle préfère Gaston comme il est maintenant, plus semblable à elle, insatisfait. J'insistai. À mon avis, lui dis-je, Gaston avait, plus qu'elle encore, des raisons de se plaindre. Il n'avait même pas les alibis qu'elle avait, elle. Surtout en été. En été, en effet, Mme Dodin s'installe devant sa porte sur un tabouret et, interminablement, elle détricote les vieux pull-overs qu'on lui donne. C'est là pour elle une parfaite fausse occupation. On peut se demander s'il y en a de plus enviable. Détricoter se fait les yeux ailleurs. La laine se détricote toute seule avec régularité, on n'a qu'à tirer légèrement sur le fil cependant que, installée sur cette impression d'efficacité automatique, on peut se permettre de se repaître, en toute quiétude, du passionnant spectacle de sa rue. Et alors, lorsqu'on demande à Mme Dodin ce qu'elle fait là, elle peut dire :

— Vous voyez bien, je suis concierge.

On peut la voir, par les plus grosses chaleurs, détricoter de la sorte, paisiblement.

— Vous voyez bien, dit-elle, je garde l'immeuble.

Elle répugnerait à s'installer sur le pas de sa porte en ayant l'air de ne rien faire. Alors elle fait, sans le faire du tout, ce travail qui se fait tout seul. Je le lui rappelai discrètement et aussi que Gaston, lui, n'avait pas cet alibi. Quand il est dans la rue, dis-je, c'est pour la balayer. Et même s'il se permettait de faire de longues stations devant les immeubles en cours de réfection, il devait avoir mauvaise conscience (sans compter que lors de la réfection de l'école communale qui se trouve en face de notre immeuble, Mme Dodin ne cessait pas de le surveiller et de l'apostropher). Mais Mme Dodin est restée sourde à tous mes arguments, inébranlable. Elle, elle ne change pas de métier et Gaston doit faire de même. Elle le veut balayeur, même triste et mauvais balayeur, rien d'autre.

— Je vous vois venir, m'a-t-elle dit, mais moi je dis que c'est pas de la politique qu'il devrait faire, c'est du sport.

— Il ne s'agit pas de ça, dis-je, découragée, mais pourquoi du sport ?

— Parce qu'il est gras, dit-elle. C'est d'être si gras qui le rend si triste.

J'ai dit que non, que c'était d'être triste qui le rendait si gras, etc. Mais elle n'a rien voulu entendre. Je n'ai plus insisté. Mme Dodin est de mauvaise foi. Elle est sûre qu'il n'appartient qu'à elle de connaître Gaston.

Depuis quelque temps, Gaston va encore plus mal. C'est-à-dire qu'il boit un peu plus. C'est-à-dire que lorsqu'il a bu, il répète toujours cette phrase, en apparence innocente :

— Ce qu'il me faudrait, c'est vingt mille francs. Pour aller dans le Midi, prendre le soleil et peut-être, qui sait ? changer de métier...

Ce n'est que lorsqu'il a bu qu'il le dit. Et il semblerait que c'est là le gros œuf qu'il couve depuis près de deux ans, ce désir de partir pour une ville du Midi faire fondre au soleil la graisse de sa tristesse et, peut-être, changer de métier.

Tout ce que je sais de cette ville, c'est qu'elle serait petite, près de la mer, dans le Sud méditerranéen. Et aussi qu'elle serait sans arbres.

— En automne, dit Gaston, qu'est-ce qu'on déguste. C'est beau la nature, mais à condition de ne pas être son balayeur. Toutes les feuilles de tous les arbres du boulevard, toutes, sans exception, c'est pour moi, pour Gaston le balayeur. Alors, dès le printemps, c'est forcé, on y pense.

Je l'imagine, cette ville, brûlante. Il y aurait dans ses rues des odeurs d'oignons, de crottin de cheval, de poisson. La mer serait au bout des rues. Une ville sale : les villes sales sont moins humiliantes pour les balayeurs, plus accueillantes aux balayeurs. Ces villes-là, on les voit vivre au moins, on les entend respirer à travers les corridors ouverts de leurs habitations ouvrières. Il n'y a pas, dans ces villes laborieuses, de jardin public. Sur les places, simplement, des fontaines, d'où coule un filet d'eau. Elles sont sans arbres parce que les rues y sont trop mal venues et trop étroites. Il n'y a qu'un balayeur pour toute la ville : la municipalité est pauvre. Et d'ailleurs, un balayeur, c'est encore trop. À quatre heures de l'après-midi le vent de la mer se lève et ennuage toute la ville d'une fine poussière salée. Et alors le balayeur s'arrête de balayer. Il se rend à l'évidence. Il ressent délicieusement la parfaite inutilité de sa fonction. Il se sent libre. Il range son balai et s'en va par la ville. Chacun le connaît et lui serre la main. De la poussière, il y en a tant, que ça découragerait n'importe quel balayeur. Les buis du jardin du curé, les seules plantes de la ville, en sont couverts et les petits enfants en ont les pieds poudrés. Ces villes dont rêve Gaston ne sont pas faites pour plaire. Dans leurs alentours traînent des forains, des cinémas ambulants, un cirque parfois. À une extrémité, une unique usine emploie presque tous les hommes de la ville : mille ouvriers. Le soir, dans les bistrots, on parle de salaires, de boulot, de grèves. Le balayeur est admis aux discussions. Les touristes traversent ces villes sans les remarquer beaucoup. Et pourtant elles produisent quelque chose de plus que ce qu'elles produisent, elles se chargent d'avenir plus que les autres villes. Dès six heures du matin, elles sont sillonnées de trams bondés qui roulent vers l'usine. Et ensuite, pendant les heures de travail, elles sont très calmes. Des enfants à moitié nus entourent les étals de fruits. De grands stores de couleur sont abaissés au-dessus des terrasses de cafés vides. Un voyageur de commerce tonitrue sur la place la qualité de sa marchandise et les femmes averties et économes le regardent avec méfiance.

Et voilà qu'une jeune fille sort d'un corridor. Elle est brune. Elle sourit. Et le balayeur qui est dans la rue torréfiée de soleil, dans la poussière d'incendie de la ville, voit, de l'ombre, sortir la jeune fille et il lui sourit à son tour.

Mais de ces villes, du rêve de Gaston, Mme Dodin ne veut pas entendre
parler.

Pourtant elle sait qu'il y pense chaque jour davantage. Depuis quelque
temps, en effet, il boit un peu plus. Il n'est pas un ivrogne, loin de là.
Simplement, une fois par semaine, quelquefois deux, il boit jusqu'à trois
«blancs» avant de venir à son travail. Mme Dodin ne veut pas de ça.
Quand il a bu ses trois «blancs», elle le sait.

Elle le sait même dès qu'il l'aperçoit, dès qu'il débouche dans la rue
Sainte-Eulalie. Si peu qu'il ait bu, elle le sait, infailliblement. Car si peu
qu'il ait bu, Gaston siffle dès qu'il aperçoit Mme Dodin. Il siffle précisément l'air du *Petit Vin blanc*. Ou bien, quelquefois, il chante la messe.
Comme il est un enfant de l'Assistance et qu'il a été élevé chez les curés,
il connaît la messe dans tous ses détails. Il la chante à tue-tête, en latin.
En quelque sorte il prévient Mme Dodin. Il n'a jamais assez bu pour
oublier de le faire. Et il est même probable qu'il boit *aussi* pour avoir le
plaisir de la prévenir et afin d'être assez excité pour désirer provoquer
la répétition d'une scène qui leur est devenue coutumière.

Elle, elle le regarde, sur le pas de sa porte, en hochant la tête. Elle a des
cheveux gris. Elle est corpulente, d'une belle corpulence, corsetée,
ferme, agile. Et ses jambes sont encore, comme dit Gaston, «à faire
l'amour avec». Elle est vêtue d'une blouse et d'un tricot lie-de-vin que
chaque année, depuis six ans, chaque été, on lui voit détricoter et retri-
coter. De ses dents, il ne lui en reste qu'une seule, «la dent témoin», dit
Gaston. Mais ses yeux, ses petits yeux bleus, sont encore clairs, et luisants d'une malice féroce.

— Et pas un peu, qu'il a bu, dit-elle.

Et, contrairement à son habitude, après avoir traîné sa poubelle, elle
cesse de l'attendre et néglige de poursuivre la conversation avec
Mlle Mimi. Mlle Mimi n'a d'ailleurs à ses yeux aucune espèce d'intérêt,
si ce n'est celui de la poupée dans leur jeu de massacre, et bien que, j'ai
négligé de le dire, elle nourrisse Mme Dodin depuis six ans. Par quelle
admirable machination Mme Dodin est-elle arrivée à obtenir de
Mlle Mimi qu'elle la nourrisse ainsi gratuitement? Est-ce parce que,
une fois par an, Mlle Mimi va voir sa sœur à Amiens et qu'elle charge
Mme Dodin de lui prendre son courrier? Je l'ignore, nous l'ignorons
tous et je doute qu'il y ait jamais quelqu'un, parmi ceux qui la connaissent, qui arrive un jour à le savoir, à percer le secret de la puissance
qu'elle exerce sur Mlle Mimi. Il n'en est pas moins vrai que Mme Dodin
a maintenant un droit incontesté sur tous les plats, les plus délicieux et

les plus rares, que Mlle Mimi, vierge et vieille, se fricote régulièrement en se cachant de ses clients. À midi, à sept heures du soir, la bonne de Mlle Mimi traverse la rue et apporte à Mme Dodin, soigneusement enveloppée dans un linge, la part qui lui revient sur le déjeuner ou le dîner de Mlle Mimi. Et le lendemain :

— L'était bon, votre gigot, mais pas assez cuit, dit Mme Dodin.

— Ah ! s'inquiète Mlle Mimi, vraiment ?

— Puisque je vous le dis. J'ai pas, il me semble, l'habitude de parler pour ne rien dire.

C'est ainsi et, comme dirait Mme Dodin, pas autrement. Depuis six ans, Mme Dodin se fait nourrir. Et sa rébellion devant l'égoïsme humain n'en est pas adoucie pour autant. Car, mise à part peut-être la suppression de l'institution de la poubelle, rien n'entamera jamais l'insatisfaction de Mme Dodin. Elle a saisi une fois pour toutes, dans un fulgurant éclair de conscience, l'ampleur de l'injustice universelle. Depuis, aucun des cas particuliers de bonheur, de bonté qu'elle connaît ne l'ébranle, n'entame son scepticisme. Mme Dodin est parfaitement imperméable à la charité.

— Leur charité, je l'ai au cul, déclare-t-elle.

Quand les religieuses de la paroisse Sainte-Eulalie lui apportent à Noël le rituel « rôti des vieux », elle prend le rôti, bien sûr, et elle leur déclare en se marrant doucement :

— J'irai pas à la messe pour autant, je vous préviens.

Et à midi, lorsque Gaston s'amène et qu'elle le met au courant du fait, elle conclut :

— De quoi je me mêle ? Je vous le demande un peu. Faudrait leur faire des mômes à toutes ces garces-là, ça leur apprendrait à s'occuper un peu moins des autres.

Ainsi, mis à part son plus sûr ami, son seul complice, Mme Dodin se refuse à tout compromis avec l'humanité, fût-ce même par le canal des bontés de Mlle Mimi. Mlle Mimi, quoi qu'elle fasse, n'est et ne sera jamais que le témoin apeuré de leur complicité.

Et l'été, lorsque Gaston apparaît, à cinquante mètres de l'immeuble, en sifflant ou en chantant la messe, rien ne saurait retenir Mme Dodin auprès de Mlle Mimi. Elle a mieux à faire. Elle la quitte au milieu d'une phrase et elle rentre dans sa loge. Une fois là, elle décroche la plus grande de sa série de casseroles, elle va dans la cour, la remplit d'eau, revient et la pose sur la table. Ensuite, elle se met soit à éplucher ses légumes, soit à tricoter, soit à balayer sa loge. Rien ne paraît alors de ses intentions. Simplement, peut-être met-elle à son travail une célérité à peine un peu plus grande que de coutume, une sorte de fausse attention. Gaston, qui a l'habitude, à mesure qu'il approche du 5 de la rue Sainte-Eulalie, siffle ou chante, cela dépend des jours, en se marrant de plus en plus fort. Et, ses trois «blancs» aidant, pour faire durer le plaisir, il balaie vraiment très lentement, encore plus lentement que d'habitude. Les gens qui le croisent, alors qu'en général on ne le remarque guère plus que le trottoir lui-même, s'attardent à le regarder. Il balaie comme on doit balayer en rêve, en dansant et en chantant. Accroché à son balai, il donne l'impression que s'il le lâchait, il s'en irait à la dérive. Lui qui d'habitude fait si triste mine, ces jours-là, il donne l'impression de connaître, à balayer, une liesse étrange. Il est radieux. «Voilà, peuvent se dire les gens, un étrange balayeur.» Ou bien encore: «Qu'est-ce qui, dans le métier de balayeur, peut faire tant de plaisir?» Car il est clair qu'il n'est pas ivre. Le balayeur remarque qu'on le regarde, qu'on s'arrête même pour le suivre des yeux. Il s'arrête à son tour de balayer et déclare avec impertinence:

— Vous n'avez jamais vu faire ça? C'est moi Gaston qui suis promu à la merde de vos toutous. J'en suis d'ailleurs pas plus fier pour ça.

Les gens peuvent rire ou s'inquiéter selon leur tempérament. «Voilà, se disent-ils, un balayeur qui n'est pas ordinaire et qui a certainement de la lecture.» Ou bien encore: «Un balayeur qui chante en latin ne peut être qu'un élément dangereux.» Ou bien encore: «Ce sont ces gens-là, ces athées, ces soudards, qui, un jour, seront cette abomination, la populace en armes.»

Ainsi Gaston, ces jours-là, n'est pas rassurant. Il porte à réfléchir bien des gens qui le rencontrent. Il les fait s'arrêter, pensifs, et peut-être pour la première fois de leur vie, devant un balayeur de la Ville de Paris. C'est-à-dire qu'il leur fait découvrir qu'un jour, un simple balayeur pourra peut-être les concerner de près, que ça les regarde donc, comme leur vie à eux le regarde, lui. Quand Gaston les a apostrophés, très vite, les gens qui s'étaient arrêtés pour le regarder s'en vont. Et Gaston se remet invariablement soit à siffler *Le Petit Vin blanc*, soit à chanter la messe en latin. Mlle Mimi, bien que pieuse, reste devant la porte, tendue par l'effroi et l'impatience. Il n'y a pas qu'elle. Lucien, le garçon du restaurant «La Petite Sainte-Eulalie», qui lui aussi arrive très tôt à cause de l'épluchage des légumes, sort précipitamment dès qu'il entend chanter Gaston. La concierge de l'école communale, de même. Tous sortent. Mais Mme Dodin rentre. Tous rient. Mais pas Mme Dodin. Quand Gaston arrive à la hauteur du 7, elle quitte le travail qu'elle était en train de faire et elle ouvre sa fenêtre très doucement. Précaution inutile, car tous les spectateurs présents, et Gaston le premier, savent parfaitement, non seulement qu'elle est en train d'ouvrir sa fenêtre, mais ce qui va suivre. Gaston, d'ailleurs, depuis le haut de la rue Sainte-Eulalie, n'a pas quitté des yeux le porche de l'immeuble et les volets de la loge de Mme Dodin.

Après avoir ouvert sa fenêtre, Mme Dodin prend la casserole remplie d'eau, écarte la table, se poste derrière un des battants de sa fenêtre. Gaston se marre de plus en plus. Quelques passants, à le voir se marrer de la sorte, et à voir Mlle Mimi, Lucien, la concierge de l'école communale se marrer de même, s'arrêtent de nouveau. Le balayeur va atteindre le 5. Il balaie de plus en plus mal. Mme Dodin attend toujours. Une fois devant le 5, Gaston s'approche de la fenêtre. Mme Dodin attend encore. Gaston ôte sa veste, il se penche, la pose à deux mètres de lui sur le trottoir et s'immobilise à son tour, les deux mains rivées à son balai.

— Allez-y, dit alors Gaston le balayeur.

Et Mme Dodin lui envoie en pleine figure le contenu de la casserole, sans lui dire un mot.

Gaston se met alors à rire, d'un rire qui s'entend d'un bout à l'autre de la rue Sainte-Eulalie. Mme Dodin pose la casserole vide sur sa table et se décide à sortir. Indifférente à tous ceux qui regardent, elle commence toujours et avec la même attention à examiner longuement Gaston. Plié en deux, dégoulinant, celui-ci se tord. Elle le laisse rire tout son saoul. Les mains aux hanches, elle le regarde comme elle ne regarde personne d'autre, comme les mères regardent, et aussi les amantes, l'objet de leur passion et de leur inquiétude. Une fois que Gaston a repris son souffle, elle lui annonce calmement :

— Ça vous apprendra. La prochaine fois, ce sera la bassine à vaisselle.

Les spectateurs se marrent tout autant que Gaston, et Mlle Mimi elle-même, quoique avec réserve.

— Ça m'apprendra rien du tout, répond Gaston. J'aime ça.

— Je trouverai autre chose, dit Mme Dodin. Vous en faites pas, je suis capable de trouver.

Et quand même, insensiblement, l'hilarité la gagne.

— C'est ce que j'aime, dit Gaston, vous vous fatiguez jamais de trouver des trucs pour emmerder le monde.

Alors, dès qu'il a dit ça, elle rit aussi. D'entendre Gaston parler d'elle la transporte. Elle rit de son rire tendre et gras, velouté, qui ne sort jamais complètement et qui est le plus généreux que j'aie entendu.

— Tant que je vivrai, j'emmerderai le monde, dit Mme Dodin, c'est vrai que c'est mon plaisir à moi.

Là-dessus, elle rentre et s'enferme dans sa loge. Dès qu'elle est seule, elle cesse de rire et réfléchit. Il y a maintenant deux ans que le balayeur couve son œuf. Les deux maris qu'a eus Mme Dodin buvaient. Elle les a quittés tous les deux. Aussi a-t-elle de la boisson une très grande peur. Mais le balayeur, elle le dit, elle le sait, n'est pas un ivrogne. S'il boit, ce n'est pas seulement pour le plaisir de boire. D'ailleurs il ne boit pas beaucoup. Mais il y a deux ans, il est vrai, il ne buvait pas du tout. Elle devine des causes graves à ce qui est peut-être un vice naissant. Cela fait trop longtemps qu'elle le voit balayer dans l'indifférence, la veste à moitié boutonnée, la casquette trop penchée sur le côté, avec une barbe vieille quelquefois de trois jours. Et trop longtemps qu'elle l'observe lorsque, campé devant les ouvriers qui travaillent à la réfection des immeubles, à quinze mètres au-dessus du sol, il s'abandonne pendant des demi-heures à une vertigineuse distraction. Et elle se demande sans doute comment le reprendre, l'empêcher de couler chaque jour davantage et d'en arriver à une fatale détermination, son départ. Ce départ, elle est censée être la seule à le connaître, il n'en parle qu'à elle. Et encore ne lui en parle-t-il que très peu. Lorsqu'il a bu ses «blancs» et après qu'elle l'a douché, simplement, il dit cette phrase, toujours cette même phrase :

— Ce qu'il me faudrait, c'est vingt mille francs pour aller au soleil me reposer en attendant de trouver un autre travail.

— Et croyez-vous, lui répond Mme Dodin, croyez-vous que ça vous donnerait l'air aimable? Je savais pas que vous, vous pouviez vous tromper comme ça.

— Je ne suis pas de cet avis, dit Gaston. Je maigrirais au soleil, je deviendrais beau garçon, élégant, et avec toute ma lecture, comme vous dites, peut-être que je pourrais changer de métier et trouver un emploi qui me conviendrait.

— Au prix où est la vie, dit Mme Dodin, vous auriez pas le temps de maigrir beaucoup au soleil.

— Et les vôtres? demande Gaston.

— De quoi? demande Mme Dodin d'un air innocent.

— De vingt mille francs, dit Gaston.

— Y a longtemps, dit Mme Dodin, qu'ils sont partis.

— Vous êtes une belle menteuse, dit Gaston.

— C'est pour vous embêter, dit Mme Dodin. Je les ai placés.

Il y a un an, Gaston a appris que Mme Dodin avait vingt mille francs d'économies. C'est d'ailleurs elle qui le lui a dit. Elle voulait les placer, et à qui d'autre que lui aurait-elle pu demander conseil ? Il lui a dit que c'était trop peu pour qu'elle puisse en faire un placement intéressant, que le mieux c'était encore de les garder. On ne savait jamais, elle pouvait en avoir un besoin imprévu. Depuis qu'il sait qu'elle a vingt mille francs d'économies, Gaston le balayeur demande quelquefois à Mme Dodin des nouvelles de cet argent. C'est d'ailleurs aussi depuis qu'il le sait, qu'il prétend qu'il lui faudrait justement une somme équivalente pour pouvoir aller dans le Midi, changer de vie, être heureux. En somme leur jeu continue. Mais il tend à devenir un jeu supérieur, dont ils n'ont plus tout à fait le contrôle, et dont ils ignorent encore quel est au juste l'enjeu. Car il sait qu'elle ne lui donnera pas ses économies. Qu'elle ne les lâchera jamais. Non seulement parce qu'elle y tient, que ce sont là les économies de six ans (toutes ses anciennes économies, elle les a laissées à ses deux maris), mais aussi pour l'empêcher, comme elle dit, de «couler», de fuir vers le bonheur marin dont il rêve, vers la paresse, le soleil. D'instinct, Mme Dodin se méfie des gens qui parlent d'être heureux. «Est-ce que je le suis, moi, heureuse ? Des fainéants...»

Cette connaissance qu'a Gaston de l'existence des vingt mille francs de Mme Dodin et celle de Mme Dodin des projets et des besoins de Gaston n'altèrent en rien leur amitié. La façon dont se termine leur conversation à ce sujet le prouve.

— Moi, dit Gaston, si vous aviez seulement eu vingt ans de moins, comment que je vous aurais placée, mais dans mon lit.

— J'ai pas de doutes là-dessus, dit Mme Dodin, vous êtes assez cochon pour ça.

— Malheureusement, vous êtes vraiment trop vieille maintenant. Moi qui arrive toujours trop tôt, pour une fois, j'arrive trop tard.

Mme Dodin a soixante ans, Gaston en a trente. Je ne connais pas d'exemple d'une amitié comparable à la leur. Et Gaston a raison, il est sûr que si Mme Dodin avait eu seulement vingt ans de moins, ils seraient devenus des amants, et quels amants ! Elle se l'est dit. Lui aussi. Et ils se l'avouent. De cette prédestination manquée, il leur reste, l'un de l'autre, une impatience exaspérée qui, faute de disposer de l'issue de l'amour, du désir, s'assouvira ou plutôt se défera, personne ne sait encore comment. Ce qui est probable, c'est qu'elle devra quelque jour connaître un accomplissement, quel qu'il soit. Cela parce qu'il ne s'agit pas entre eux d'une amitié ordinaire, avec son échange ordinaire de bons sentiments, mais d'une vraie passion qui a tous les caractères, toutes les apparences même (certains dans le quartier ont prétendu que malgré l'âge de Mme Dodin, il était arrivé au balayeur, dans un «moment d'oubli», de coucher avec elle) de l'amour. L'extraordinaire impatience avec laquelle elle l'attend derrière sa fenêtre, sa casserole à la main, et l'impatience non moins extraordinaire avec laquelle il attend qu'elle lui en envoie le contenu à la tête (ces jours-là, il ralentit encore plus le rythme de son balayage pour faire durer le plaisir de l'attente) et la puissance du plaisir qu'ils connaissent, elle à le lui envoyer, lui à le recevoir, ne peuvent tromper personne.

Et ensuite, lorsqu'ils se marrent ensemble devant les voisins assemblés, alors qu'elle ne l'a douché au fond que pour l'empêcher de sombrer dans un lâche bonheur dont elle serait exclue, est-ce que ce dénouement inattendu où le drame se renverse dans une formidable rigolade, cet échec en somme, ne prouve pas que leur connaissance réciproque est désormais si parfaite qu'ils ne peuvent plus se surprendre mais seulement, chaque fois, comme les amants invétérés, se retrouver?

Que deviendrait-elle sans lui? Elle sait qu'il le sait. Et pourtant ils finissent par rire ensemble de leur bonheur menacé, des risques qu'ils courent. On pourrait, à partir de là, imaginer comment ils pourraient en arriver à des scènes extrêmes, au fait divers tragique, sans sortir de leur complicité plus forte que tout. Et qui ne connaîtrait pas Gaston et le verrait secoué d'un tel rire lorsque Mme Dodin le punit de vouloir échapper à son désespoir, pourrait se demander s'il n'a pas inventé de vouloir y échapper pour en être puni par elle de cette façon.

Cet amour sans issue les a rendus doublement inventifs. C'est à celui qui trouvera «un nouveau truc pour emmerder le monde». Ils ont l'imagination délirante des prisonniers. Ils sont prisonniers de leur métier qu'ils détestent et ils sont prisonniers d'une interdiction – à demi fatalité, à demi convention – qui les empêche, à cause de son âge à elle, de devenir des amants. Et c'est sur le monde, leur geôlier, qu'ils se vengent. Ils le font en se donnant pour eux seuls un interminable spectacle auquel ils se passionnent chaque jour davantage. Et si Mme Dodin s'inquiète à bien des moments à cause du projet de Gaston, ça ne tempère en rien son ardeur au jeu. Bien au contraire. Pour être digne de lui et être à la hauteur de ses propos très immoraux, comme dit Mlle Mimi, elle en arrive à jouer dangereusement. Maintenant, depuis quelque six mois, elle se livre à ce qu'il faut bien appeler, pour simplifier, la malhonnêteté. Elle vole. Son succès et la joie qu'elle en tire prouvent qu'elle avait sans doute plusieurs cordes à son arc. Elle n'a jamais eu dans son existence passée l'occasion d'exercer ses dons. Ce n'est qu'à cinquante-cinq ans qu'elle a connu Gaston le balayeur. Elle vole à la fin d'une existence vécue dans la dignité et le travail, avec un plaisir, une jeunesse extrêmes et comme très certainement peu de gens sont capables d'inventer de le faire. Et quand elle a volé :

— Alors, on fait la jeune fille ? lui dit Gaston.

Il devrait y avoir à la fin de chaque vie, une fois que les interdits qui ont étouffé votre jeunesse sont dépassés, quelques années de ce printemps gagné.

Ainsi, tout en s'angoissant de ce qu'elle dit être la lente et déplorable déchéance de Gaston, elle rivalise avec lui dans l'art de déchoir. C'est elle qui l'emporte la plupart du temps. C'est elle qui tient les discours les plus blasphématoires. C'est elle qui ose ce qu'il n'ose faire : voler. Et si c'est lui qui a inventé de lui demander des nouvelles de ses vingt mille francs d'économies, c'est elle qui a inventé de lui montrer comment on fait pour voler.

Si ces vols ne sont connus que de lui, ils font ensemble ce qu'ils peuvent pour leur donner de plus en plus de publicité. Mme Dodin les accomplit avec de moins en moins de prudence. Et elle les raconte à Gaston et même à Mlle Mimi (qui feint de ne pas les prendre au sérieux afin de pouvoir continuer à se les faire raconter sans se compromettre) avec de plus en plus de précision, à haute voix et au moment le plus propice, celui où elle sort sa poubelle, le matin, en été, lorsque tous les locataires, fenêtres ouvertes, peuvent l'entendre.

— On dit que je vole les colis des locataires, déclare-t-elle. Et moi je dis qu'à faire cette cochonnerie de métier, il ne me reste rien de mieux à faire qu'à voler les colis des locataires. S'ils sont pas contents, ils ont qu'à porter plainte.

Ce qu'aucun d'entre nous n'a jamais osé faire. Bien au contraire. Lorsqu'il est arrivé à Mme Dodin de nous voler, nous nous surprenons à être avec elle d'une politesse encore plus grande que de coutume. Prisonniers d'une gêne respectueuse qui frise la terreur, jamais nous ne sommes avec elle aussi prévenants. Elle confond alors avec aisance ceux d'entre nous qui, d'habitude, sont le plus acharnés à tenir bon sur la question de la poubelle. Même ceux pour qui l'honnêteté est la première règle de la morale, les plus rigoristes, quand elle les vole, acceptent sans broncher de se faire engueuler. Ils gardent un silence humble.

Ils capitulent devant le naturel qu'elle met à le faire et qui n'est jamais plus grand qu'alors. Et cet hommage ne prouverait-il pas combien chacun, au fond, reste sensible à l'art, même dans ses formes le plus notoirement répréhensibles ? Si différents que nous soyons, nous avons ceci de commun, qu'alors, nous nous inclinons tous devant le génie de Mme Dodin. Je suis sûre que si l'un de nous s'avisait de lui reprocher ses vols, tous les autres auraient le sentiment obscur d'une vulgarité.

L'année dernière, pendant deux mois, Mme Dodin a régulièrement volé les colis de beurre d'un locataire. Voici comment elle s'y est prise, comment sa manière a changé, de semaine en semaine, à mesure que devaient se préciser les soupçons de la locataire.

D'abord, au début, elle a défait complètement les colis de beurre de leurs enveloppes successives. Ces colis étaient enveloppés de trois papiers : d'un papier sulfurisé vert, d'un autre papier sulfurisé blanc, et d'un papier d'emballage ordinaire, marron foncé. Mme Dodin a commencé par ôter le papier d'emballage et le papier sulfurisé blanc. Une fois cela fait, elle allait proposer son beurre, et à qui ? À la locataire destinataire du colis. La locataire rachetait son beurre. Mme Dodin eut des doutes : la locataire était peut-être idiote, peut-être ne comprenait-elle pas qu'on lui revendait son propre beurre ? Sa promptitude à accepter, à payer, pouvait tromper. Mme Dodin agit donc plus hardiment. Elle n'enleva plus qu'une seule des trois enveloppes de papier, c'est-à-dire le papier d'emballage qui portait le nom et l'adresse de la locataire. Depuis des années, j'oublie de le dire, la locataire se faisait envoyer du beurre de la campagne et ce papier, comme les deux autres d'ailleurs, comme la forme des pains de beurre, leur poids, etc., n'avaient jamais changé. La locataire, grâce à ces deux papiers sulfurisés successifs laissés par Mme Dodin, ne pouvait avoir aucun doute sur l'origine du beurre qu'elle lui vendait. Et avec le même empressement, elle prit et paya son beurre. Je la rencontrai et elle me mit au courant de ses difficultés :

— Mme Dodin me vole mon beurre, me dit-elle. Tous mes colis de beurre. J'en suis sûre. Le plus fort, c'est qu'elle me le revend à moi et pas à une autre locataire.

— Que comptez-vous faire ? demandai-je.

— Je ne sais pas, dit-elle, je ne vois pas comment je pourrais commencer à lui faire comprendre que je le sais depuis le début, qu'elle me vole. Ce fut là l'un des grands triomphes de Mme Dodin. Une fois certaine que l'autre ne pouvait avoir de doute, elle se lassa de tant de facilité. Elle regretta sans doute l'argent du beurre, mais cessa de retenir les colis à l'arrivée, les remit à la locataire sous leurs trois enveloppes, avec nom et adresse, et gratuitement.

Il arrive parfois aussi qu'un locataire laisse tomber quelque chose de sa fenêtre. Le plus souvent, Mme Dodin, qui va et vient continuellement de sa loge à la cour intérieure de l'immeuble, voit tomber l'objet, le ramasse et le rentre dans sa loge. Le locataire descend à toute vitesse, cherche dans la cour, ne trouve rien, va vers la loge de Mme Dodin. Il frappe timidement :

— Qu'est-ce que c'est? demande Mme Dodin, d'un ton fatigué et mauvais, de ce même ton qu'elle réserve en général à ses plaintes sur la poubelle.

— Auriez-vous vu, demande le locataire, auriez-vous vu, madame Dodin, un lange d'enfant que je viens de laisser tomber de ma fenêtre? Auriez-vous vu une cuiller? une salade? un mouchoir? ma pelle à charbon?

Mme Dodin sort de sa loge, regarde le locataire en rigolant doucement de façon telle que celui-ci, qui d'ailleurs commence à avoir une certaine habitude, comprend immédiatement.

— J'ai rien vu du tout, dit Mme Dodin.

— C'est drôle, dit le locataire, d'une voix déjà moins assurée.

— C'est drôle. Pour l'être, ça l'est, drôle. Mais c'est comme ça.

Le locataire baisse la tête d'un air gêné.

— Excusez-moi, dit-il, madame Dodin, de vous avoir dérangée.

— Il y a pas de quoi. Je suis là pour ça, c'est comme ça toute la journée. Et si c'était que la journée! Dites donc, vos poubelles, vous pouvez pas les descendre avant minuit comme tout le monde?

Le locataire est penaud.

— Entendu, madame Dodin, j'y penserai.

Dans l'embrasure de sa porte, Mme Dodin le regarde en rigolant toujours. Parfois le locataire s'enhardit jusqu'à avancer :

— Je me demande ce qu'on peut bien faire d'un lange d'enfant quand on n'a pas d'enfant...

— Je me le demande aussi, dit Mme Dodin, mais si on essayait de tout comprendre, on n'aurait pas assez de sa vie.

— Ça c'est vrai, opine le locataire définitivement vaincu.

Après quoi, Mme Dodin guette Gaston. Et sitôt qu'elle le voit, elle l'appelle :

— Y en a qui en ont une couche... Venez dans ma loge que je vous y raconte.

Ils s'enferment. Puis au bout d'un moment, ils sortent en se marrant encore. Et une fois qu'ils sont sur le pas de la porte, de façon que les locataires (y compris et surtout le volé) puissent l'entendre, Mme Dodin déclare:

— C'est quand même malheureux d'avoir tant d'instruction pour se trouver à court comme ça.

C'est aussi son amitié avec Gaston qui l'a, sinon détachée de ses enfants, du moins éloignée d'eux. Elle ne désire pas les voir, ils l'ennuient. Elle les a très bien élevés. Son mari buvait son salaire, et pour eux elle a travaillé en usine pendant quinze ans. Le soir, l'usine n'y suffisant pas, elle faisait des lessives.

— J'en ai tellement fait pour eux, explique-t-elle, que j'en suis dégoûtée. Tout ce que je leur demande, c'est de me fiche la paix.

Sa fille est postière. Elle habite un département éloigné.

— De ce côté-là, je suis tranquille, dit-elle, elle vient pas souvent.

Mais son fils est maraîcher à Chatou. Il croit de son devoir de venir la voir au nouvel an, le 14 juillet, à Pâques, etc. Il lui demande régulièrement de venir «finir ses jours» auprès de lui. Elle ne veut pas en entendre parler.

— Je t'ai trop vu, lui dit-elle. Même que je serais chez toi comme une reine, j'en crèverais d'ennui bien avant mon heure. Je suis sûre que l'asile, c'est plus marrant.

Et avec Gaston, elle s'explique plus clairement:

— C'est pas qu'ils soient mauvais, dit-elle, mais c'est forcé, ils attendent que je crève. Alors, c'est encore à eux que j'ai le moins de choses à dire.

Elle veut oublier qu'il lui faudra mourir. De cette échéance-là, elle ne parle pas de gaieté de cœur. Elle l'envisage sans angoisse mais sans cynisme non plus, simplement avec tristesse. Toute sa vie elle a attendu ces années-là, d'être déchargée de ses enfants et d'être libre. Et elle l'est. Et quoi qu'elle dise contre les entraves que son métier met à cette liberté, elle l'est suffisamment pour regretter de mourir.

Ce qu'elle souhaite, c'est mourir en dormant, une nuit.

— Avec le matin la poubelle pleine. C'est dommage, je serai pas là pour voir la gueule que vous ferez. C'est à la poubelle que vous le saurez. «Du moment qu'à huit heures du matin, elle est pleine, et pas sortie, que vous vous direz, c'est que la pipelette, elle est crevée.»

L E S   C H A N T I E R S

Elle était passée dans l'allée, se dirigeant vers l'homme, et l'avait dépassé. Puis, revenant sur ses pas, elle était repassée près de lui, elle avait parcouru l'allée en sens inverse et elle avait pénétré dans le bois. Dans ce bois se perdait l'allée.

Il était tard, peu avant l'heure du dîner.

L'homme était lui-même allongé sur une chaise longue dans l'allée, à mi-chemin entre la grille du jardin de l'hôtel et le chantier, et il avait vu la jeune fille déboucher du bois. Machinalement il l'avait suivie des yeux. Il pensait qu'elle rentrait à l'hôtel, mais il l'avait vue s'arrêter à quelques pas de la grille qui s'ouvrait sur la route, revenir sur ses pas, et de nouveau pénétrer dans le bois d'où elle était venue.

Il se passa un moment, l'heure du dîner arriva et la cloche de l'hôtel sonna.

L'homme resta allongé sur sa chaise longue. Il se demandait ce que pouvait bien faire la jeune fille, à cette heure, dans le bois.

Lorsqu'elle était passée, puis repassée, elle n'avait pas seulement regardé l'homme. Elle paraissait d'abord pressée de rentrer à l'hôtel. Mais après s'être arrêtée devant la grille lorsqu'elle était repartie vers le bois, elle avait également paru pressée de rentrer dans le bois, qu'elle venait de quitter. Dans un sens et dans l'autre elle avait marché aussi vite, comme si quelque force inconnue l'avait encagée entre le bois et la grille de l'hôtel, et sans regarder quoi que ce fût, sans un regard pour l'homme, dont elle avait pourtant été forcée de frôler presque les jambes, puisqu'il occupait de sa chaise longue plus de la moitié de la largeur de l'allée.

L'heure du dîner était arrivée sans que l'homme la vît revenir.

Pendant un long moment il lui sembla que l'allée avait été désertée de la jeune fille aussi complètement que si le bois avait bu jusqu'à son souvenir.

Et il se fit plus tard encore. L'heure du dîner s'éloigna. L'homme attendait toujours que la jeune fille sortît du bois.

Ce n'était pas qu'elle fût remarquable ni qu'il l'eût remarquée auparavant. Mais l'allée se perdait dans le bois, elle menait à un village éloigné de plusieurs kilomètres de l'hôtel. Et elle ne pouvait être que là, et l'homme se demandait quel spectacle pouvait la retenir ou ce qu'elle pouvait trouver à faire dans ce bois au lieu de regagner l'hôtel. À mesure que l'heure avançait, que l'ombre gagnait, il se le demandait avec une curiosité grandissante et il pouvait de moins en moins se résoudre à rentrer.

Et à la fin, il se le demanda si fortement qu'il se leva et fit quelques pas dans la direction qu'elle avait prise. Il n'aurait pas été naturel qu'il se retînt de le faire après s'être tant demandé ce qu'elle était devenue. Il y avait bien une demi-heure qu'il n'avait pas pensé à autre chose.

Non, il s'en souvenait bien, elle n'était pas tellement belle. N'eût été cette conduite étrange, le fait de se trouver si tard et seule dans ce bois, et d'y être retournée sans raison apparente, d'être retournée sans raison apparente en un lieu qu'elle venait de quitter, et cela à une heure où il aurait été normal qu'elle fût ailleurs, à l'hôtel, non, sans cela, elle n'avait rien de remarquable.

Il s'engagea dans l'allée. Il approchait du chantier lorsqu'il la vit sortir du bois. Elle aussi s'engagea dans l'allée, mais s'arrêta bientôt, à hauteur du chantier.

L'homme attendit. Il n'avait sûrement pas été vu. Ils se tenaient chacun à une extrémité du chantier. Lui s'était arrêté dans sa marche, tourné vers elle. Elle s'était tournée vers le chantier et sa robe claire se détachait sur la masse sombre du bois. Il faisait presque nuit. Il n'apercevait d'elle que le profil vague de son corps arrêté face au chantier. Et alors, bien qu'il ne la connût pas plus qu'une des autres pensionnaires de l'hôtel, dès qu'il l'aperçut, apparemment fascinée par ce chantier, seule, et si tard, il comprit qu'il la surprenait, sans l'avoir voulu, dans l'un des instants les plus secrets de sa vie, et qu'il ne lui aurait peut-être même pas suffi de la connaître mieux pour le retrouver autrement. Ils se trouvaient seuls, et ensemble, lui et elle, mais séparés l'un de l'autre, devant ce chantier. Et qu'elle l'ignorât encore, qu'elle ignorât parfaitement la présence de ce voleur, de ce violeur, donna naturellement à l'homme le désir de se faire voir.

Derrière eux, sur la route nationale qui les séparait de l'hôtel, et d'une façon presque continue, les autos, tous phares allumés, passaient.

C'était entre elles, entre ce mur lumineux et sonore et ce bois sombre et silencieux que se situait leur rencontre.

L'homme attendit encore avant de se faire voir. Il se tenait immobile à la première extrémité du chantier et la regardait. Et lorsqu'il se décida à avancer, il le fit si lentement qu'elle ne s'en aperçut pas. Le bruit des autos couvrait celui de ses pas. Il prenait son temps. Elle, de son côté, laissait passer le temps. Toujours ignorant qu'elle n'était plus seule. Peut-être n'avait-elle pas entendu la cloche de l'hôtel? Peut-être venait-elle du hameau qui se trouvait de l'autre côté du bois? Elle aurait eu le temps d'y aller en marchant très vite. Il y avait presque trois quarts d'heure qu'elle était repartie vers le bois. Mais elle n'avait pas l'air de quelqu'un qui vient de se presser. Et c'était d'autant moins probable que l'allée n'y conduisait pas directement, mais seulement un sentier qu'elle ne devait pas connaître et qu'elle n'aurait pas pu découvrir ni même retrouver la nuit venue. Non, c'était le chantier qui la fascinait. Elle le regardait ou du moins regardait de son côté, tout à fait suspendue. Lorsqu'il fut tout près d'elle, il vit son visage pétrifié dans une intensité immobile, et il en fut certain, c'était bien le chantier qu'elle regardait. L'homme s'étonna. Elle ne l'avait donc pas remarqué avant ce soir? Avait-il cette chance d'être là au moment où elle le découvrait?

Le chantier s'étendait, désert, de son vide un peu spécial certes, mais enfin, il n'y avait rien entre ses murs clairs qui fût digne de remarque, rien d'inattendu en tout cas. Peut-être, après tout, ne le découvrait-elle que ce soir.

— Pardon, fit l'homme.

Elle se retourna en sursautant et le regarda. Elle avait un regard encore agrandi mais déplacé maintenant sur l'homme.

— Pardon, je suis un pensionnaire de l'hôtel.

Elle fit «Ah!» et, machinalement, tout en se mettant à rire, elle avança vers l'homme.

— Pardon, je vous ai fait peur, fit l'homme.

Il s'était mis à rire comme elle.

— Ça ne fait rien, dit-elle.

Elle ne paraissait ni effrayée ni gênée qu'il l'ait abordée de la sorte. Elle avait plutôt l'air de trouver cela naturel.

— Aviez-vous déjà remarqué ce chantier? demanda l'homme.

— C'est la première fois, dit-elle, jusqu'ici je croyais que c'était autre chose. C'est une drôle d'idée...

— Une drôle d'idée?

— C'est terrible, dit-elle, et si près de l'hôtel.

L'homme hésita.

— Je vous demande pardon, dit-il enfin, je voudrais savoir... je vous ai aperçue tout à l'heure déjà... Pourquoi êtes-vous revenue sur vos pas après être passée par ici ?

La jeune fille détourna la tête.

— Je l'avais mal vu... J'avais mal compris. C'est bête, mais je crois que je vais quitter l'hôtel.

L'homme essaya de voir son visage, mais il ne put y arriver. Elle marchait la tête tournée de l'autre côté, distraitement. Sans doute ne l'avait-elle pas regardé. Lui, riait toujours.

— Tout l'hôtel connaît ce chantier, dit l'homme.

Ils étaient arrivés à la grille. Il vit mieux son visage à la lueur du réverbère qui se trouvait sous le porche de l'hôtel.

— C'est une chose courante, dit l'homme en riant plus fort, de temps en temps il est nécessaire de les faire.

La jeune fille rit à son tour. Son rire n'exprimait ni ironie, ni confusion, ni coquetterie mais seulement une certaine incertitude qui s'attachait, mais comment savoir ? sans doute à ses dernières paroles.

C'était de cette façon que les choses avaient commencé entre eux. Il y avait de cela trois jours. Depuis il ne l'avait revue qu'aux repas, de loin. Pendant la première nuit qui suivit leur rencontre, l'homme crut qu'elle en arriverait peut-être à quitter l'hôtel à cause de sa découverte du chantier. Cette crainte était peut-être aussi, dans un certain sens, une attente. Il ne lui aurait pas déplu de la voir pousser la singularité jusqu'à quitter l'hôtel sans autre raison que la proximité de ce chantier. Cette attente était contradictoire et si elle avait été satisfaite, l'homme aurait eu peu de chances de jamais la revoir. Mais il en était encore à ce moment-là à imaginer qu'il pouvait s'accommoder à l'idée de son départ.

Dès le lendemain de leur rencontre, il avait commencé à l'attendre dans l'allée. Elle n'y parut pas. À midi il la revit à table comme d'habitude et il trouva qu'en apparence du moins, rien, aucune hâte, aucune inquiétude, sur son visage, dans ses gestes, n'indiquait chez elle l'intention de s'en aller. Il se dit que ce qui devait lui être pénible, c'était seulement de voir le chantier, et qu'après leur rencontre de la veille elle avait probablement décidé de ne pas retourner de ce côté-là de la vallée. Elle s'efforçait donc de ne pas y revenir. Puisqu'elle n'avait pas quitté l'hôtel, puisqu'elle n'avait pas l'air décidée à abréger son séjour, c'était sans doute qu'elle avait réussi à surmonter au moins la pensée de la proximité du chantier.

Cette réussite, cette petite victoire sur sa peur aurait pu la marquer d'une certaine banalité aux yeux de l'homme. Mais il n'en fut rien. S'il fut peut-être un peu déçu lorsqu'il la revit à table le lendemain de leur rencontre, cela ne dura pas. Il était peu probable, se dit-il, qu'elle n'ait pas pensé que n'importe où ailleurs, en un quelconque lieu paisible où elle pourrait se trouver, elle pourrait toujours faire la rencontre de quelque chose du même genre que le chantier. Cela, elle devait tout de même le savoir. Avoir compris une fois pour toutes que bien que ce chantier, en dépit de ce qu'il lui avait dit, ne fût pas une chose tellement courante, il existait de par le monde suffisamment de choses de même nature pour la faire fuir de partout ailleurs où elle serait allée se cacher. Et, au fond, sa réussite prouvait qu'elle le savait bien. Qu'elle avait quand même de ces choses une certaine habitude et qu'elle savait qu'il aurait été puéril et vain de les fuir, et de quitter, seulement à cause d'elles, l'hôtel où elle se trouvait maintenant. Mais est-ce que c'était du courage, une forme de constance, de lucidité ? Ce n'était rien. La banalité de tous.

Le surlendemain de leur rencontre, son désir de la revoir avait grandi. Il ne la revit pas dans l'allée où il l'attendit comme la veille mais seulement à la salle à manger, aux heures des repas. Et alors, déjà, il s'avoua que cette petite victoire sur elle-même avait du bon, que sans elle il n'aurait eu aucune occasion de la revoir. Il constata qu'il en était content. Et il en vint même à se dire que d'ailleurs si elle n'avait pas surmonté le trouble que provoquait en elle la vue des choses analogues à ce chantier, elle n'aurait probablement pas pu vivre jusqu'à leur rencontre. Il ne faisait aucun doute qu'à force de fuir toutes les choses de ce genre elle n'aurait pu trouver finalement d'autre refuge que la mort elle-même.

Non, elle avait aussi sa sagesse. Et il fallait convenir en définitive que la possibilité qu'il avait de la retrouver tenait justement à cette part d'elle-même qu'il avait d'abord jugée un peu regrettable lorsqu'il l'avait revue à table le lendemain de leur rencontre et qu'il lui avait semblé pouvoir nommer son imperfection.

Et s'il lui restait cependant quelque chose de cette première et légère déception, elle n'était pas sans avoir changé de nature. Le fait qu'elle n'était pas tout à fait celle qu'il avait souhaitée dans la première journée qui avait suivi leur rencontre, ce léger défaut, la faisait plus singulière à ses yeux, plus proche parce que sans doute plus réelle. Et au fond, son existence n'en devenait que plus étonnante. Ainsi cette rencontre, insensiblement, cessait, pour l'homme, d'être un événement de son esprit et tendait à devenir un événement de sa vie. Il avait cessé de le voir en spectateur difficile, qui exige la perfection, quand on ne peut attendre pareille perfection que de l'art.

Son désir de la connaître grandissait chaque jour, chaque demi-journée. Cela venait simplement de ce qu'il avait eu le courage d'accepter une première désillusion, comme elle-même avait eu le courage d'accepter le chantier. Mais la complicité idéale qui naissait de cette petite déchéance commune compensait largement cette déception. Ou plutôt, c'était cela, c'était cette déception même, du début, qui était devenue encourageante. C'était le fait qu'elle ait été possible.

Il eut beau en être venu assez rapidement à voir les choses ainsi, il n'en continua pas moins à faire comme s'il espérait toujours pouvoir assister à nouveau au spectacle commencé l'autre soir. Il se mit à l'attendre chaque matin et chaque après-midi, dans l'allée, face au chantier. Elle ne passait pas. Il avait eu raison, elle avait certainement décidé d'éviter la vue du chantier. Pourtant il s'obstina, allongé juste devant le chantier, comme s'il n'avait pas voulu perdre une seule chance de voir se poursuivre l'action commencée, dans le décor même où elle avait commencé. Trois jours de suite il fit ainsi et pendant ces trois jours il ne la vit qu'aux heures des repas, de loin. Jamais elle n'apparut dans l'allée.

Les tables de la salle à manger étaient disposées suivant six rangées, à raison de quatre par rangée, régulièrement, dans une vaste salle carrée qui se prolongeait par une verrière. Cette verrière était en rotonde ; là, les tables, plus petites que celles de la salle à manger, étaient réservées aux clients isolés. Elles étaient disposées suivant des cercles concentriques qui épousaient la forme de la rotonde. C'était à l'une de ces tables que se trouvait la jeune fille. Et également celle qu'occupait l'homme, mais heureusement, à l'opposé et vers l'intérieur. De sorte que la jeune fille qui se trouvait en pleine lumière contre la vitre, était naturellement portée à regarder au dehors, vers les tennis qui s'étalaient devant l'hôtel, et pouvait encore moins s'apercevoir qu'on l'observait.
À la table voisine de celle de la jeune fille se tenait une femme seule accompagnée de son petit garçon. C'était un enfant capricieux que sa mère ne cessait presque jamais d'amuser ou de réprimander, alternati-

vement, pour le faire manger. Il arrivait pourtant que l'enfant, oublieux, se mît à manger seul. La jeune fille observait alors la distraction de l'enfant avec tant d'attention que l'homme pouvait se permettre de la regarder tout à fait sans précaution. Ensuite, quand l'enfant se levait et se mettait à jouer entre les tables, la jeune fille s'en désintéressait complètement.

En dehors de ces moments-là, l'homme la regardait de telle façon qu'elle aurait pu difficilement s'en apercevoir. D'ailleurs, la situation des tables qu'ils occupaient la mettait dans le champ de son regard, et il la voyait sans tourner la tête. Il lui suffisait de lever les yeux. Elle lui apparaissait au dernier plan, de profil, entre deux pensionnaires. Ils ne le gênaient guère pour la voir. Ils faisaient face à la jeune fille. Ainsi, ils ne pouvaient remarquer le regard qui passait entre eux et ne faisaient que le protéger mieux. Il se disait bien qu'elle remarquait mal les choses que d'habitude on remarque, par exemple, son regard à lui. Car si habile et bien protégé qu'il fût, une autre l'aurait remarqué. Mais elle non. Tout de même, il prenait de grandes précautions pour qu'elle ne s'aperçût pas encore de la surveillance à laquelle il la soumettait.

Ces repas furent pour lui l'occasion d'observer bien des choses à son sujet. D'observer comme elle mangeait par exemple. Elle mangeait avec appétit, attentivement, régulièrement. Que ce fût de ce corps tranquille, régulièrement avide de nourriture qu'elle eût repoussé la vue du chantier, cela plaisait à l'homme. Que cette peur se soit justement coulée dans ce corps-là, l'alliance de cette santé et de ce refus était pour lui transportante. Chaque fois qu'il le constatait à nouveau, aux repas, il s'abandonnait un instant au même ravissement, au même rassurement. C'était une merveille qu'une sensibilité si rare eût à son service tant de force généreuse, naturelle. Ainsi sa frayeur elle-même, loin de prendre on ne sait quelle allure morbide, était comme l'extrémité la plus précieuse de cet élan de vigueur animale, de cette avidité dont elle était aussi capable de donner le spectacle.

De la même façon qu'elle mangeait, avec insistance, avec avidité, de même il lui arrivait de regarder vraiment avec les yeux du corps ce qui se passait autour d'elle dans la salle à manger. Ses yeux se posaient, puis se retiraient, puis se posaient encore et scrutaient avec une sorte de douceur qui aurait pu faire croire qu'elle était atteinte d'une légère myopie. Mais il ne s'agissait, il en était persuadé, que d'une sorte de second regard qui suivait le premier, lequel était au contraire étonnamment clair. C'était plutôt comme si elle avait régulièrement examiné, aussitôt après avoir remarqué quelque chose, l'effet intime que lui faisait ce qu'elle venait de voir. Ensuite elle tournait son regard vers le dehors, vers les terrains de tennis. Alors elle l'y laissait errer. Quelle que fût la scène ou la chose ou le visage qu'elle eût regardé, au bout d'un instant elle le lâchait et elle regardait les tennis. Il y en avait six, groupés trois par trois en un très grand quadrilatère clos par des grillages. Ces courts étaient en général occupés pendant toute la matinée et pendant l'après-midi jusque tard dans la soirée. Pourtant, parfois, même pendant le déjeuner, des amateurs continuaient à s'y entraîner. La salle à manger de l'hôtel surplombait légèrement les courts et on pouvait entendre les annonces impersonnelles et mécaniques des joueurs, atténuées par la distance, mais cependant très claires. Habillés uniformément de culottes blanches et de chemisettes également blanches, ils se distinguaient à peine les uns des autres et, à cette distance, leurs mérites respectifs s'annulaient, se confondaient dans les allées et venues constantes de leurs balles, le miroitement de leurs raquettes et leurs gesticulations apparemment gratuites. Il y avait toujours des spectateurs à la grille des tennis. Ceux-là suivaient en détail l'une ou l'autre des parties qui se jouaient. Mais, de l'hôtel, on ne pouvait être sensible qu'à l'ensemble du spectacle. Les autres jours, tout en mangeant, l'homme regardait de temps en temps les courts, comme beaucoup de clients de l'hôtel, surtout les clients isolés. Maintenant il les regardait encore. Mais tandis qu'il n'avait jusque-là été sensible qu'à l'absurdité du spectacle, maintenant, celui-ci lui faisait plaisir à voir : toujours là, à toute heure du jour, dans l'exercice d'une sorte de passion lucide, les joueurs s'installaient naturellement dans la durée interminable et exaltante de son attente.

À l'intérieur, il lui semblait que c'était surtout les hommes qu'elle regardait quand elle ne regardait pas l'enfant, surtout ceux qui avaient leur table sous la verrière. Elle ne semblait pas l'avoir encore remarqué, lui. Sa table se trouvait à l'autre extrémité de la verrière, un peu en retrait vers l'entrée de la salle à manger et bien que déjà dégagée de la pénombre intérieure, elle occupait la place la plus discrète de cette cage lumineuse. Pourtant il s'y trouvait avec elle, lui qui était celui qui l'attendait et qui lui était destiné. Elle ignorait sans doute encore qu'il l'avait remarquée, qu'il existait un homme auquel elle convenait. Lorsqu'elle regardait les autres, l'homme se réjouissait. Il savait qu'aucun de ceux-là ne pouvait lui aller tout à fait. Et à lui, il suffirait pour le lui faire comprendre, de surgir dans la verrière, de la regarder, et de lui sourire de façon qu'elle pût saisir que ce sourire était le même que celui de l'autre soir près du chantier, et qu'il ne s'était interrompu qu'en raison de sa volonté à lui de ne pas le laisser paraître, mais qu'en réalité il n'avait pas cessé de cheminer entre eux, source invisible, depuis le premier jour. Cette ignorance apparemment totale de ce qui s'était passé entre eux trois jours plus tôt au sujet du chantier, l'auréolait d'une faculté d'oubli qui lui faisait l'effet d'une naïveté adorable et qui ne pouvait être sensible qu'à lui. Il faudrait bien qu'elle sût au moins que lui seul pouvait y être sensible.

Ces observations le réconfortaient. D'ailleurs, chacune des observations qu'il put faire sur elle ces jours-là le rassura. Elles l'étonnaient aussi car elles contribuaient toutes à la rapprocher de celle qu'il avait désiré qu'elle fût dès le premier jour. Elle était bien celle-là, décidément. Elle l'était autant qu'il était possible de l'être, sans s'être enfuie de l'hôtel.

Depuis leur rencontre, l'homme n'avait plus entendu sa voix, mais les mots qu'elle avait prononcés dans l'allée, face au chantier, et dans l'ordre où elle les avait prononcés, lui revenaient souvent à la mémoire. Il ne s'attardait pas à leur trouver un sens, c'était désormais inutile, mais il essayait longuement de les retrouver imprégnés de sa voix, de son regard, de la marche de son corps à ses côtés alors qu'elle les prononçait. S'il avait eu la chance de les entendre, c'était parce qu'il s'était trouvé là, si près du chantier. Car tout autre que lui l'aurait abordée l'autre soir, il aurait été impossible à quiconque de faire autrement. Et elle-même aurait répondu à quiconque se serait trouvé là, à sa place, et qui, ce soir-là, l'aurait abordée. Mais n'importe qui n'aurait peut-être pas attendu comme il l'avait fait le premier soir et surtout comme il le faisait depuis, pour l'aborder encore. Il pensait donc qu'elle ne pouvait pas tomber mieux qu'avec lui pour avouer ce qu'elle lui avait avoué, que personne n'était mieux fait que lui pour cueillir des aveux de ce genre.

Il s'était passé cinq nuits et cinq jours depuis leur rencontre. Lorsqu'elle s'en allait après le déjeuner, il ne la suivait pas. Il ne la voyait qu'aux heures des repas. Cela faisait maintenant neuf fois qu'elle avait pris place à sa table dans la verrière et qu'il l'avait observée. Personne d'autre que lui à l'hôtel ne paraissait l'avoir encore remarquée.

Lorsqu'il arrivait à la salle à manger, elle y était déjà. Pendant cinq jours elle y fut à chaque repas et chaque fois la première. Toujours seule à sa table. Elle n'avait apparemment rien de remarquable. Elle n'était pas précisément belle. Et son comportement n'était pas celui d'une femme qui se sait belle ou qui a le désir de le paraître. Il y avait beaucoup d'autres femmes plus belles à l'hôtel et vers lesquelles les hommes allaient. Elle, elle regardait ces femmes-là, et comme tout le monde elle les trouvait belles sans doute, dans l'ignorance qu'elle était déjà plus belle pour lui que les plus belles d'entre celles qu'elle trouvait belles. Comment était-elle donc? Grande. Elle avait des cheveux noirs. Ses yeux étaient clairs, sa démarche était un peu pesante, elle avait un corps robuste, peut-être même un peu lourd. Elle s'habillait toujours de robes claires, comme les autres femmes, venues comme elle passer leurs vacances au bord de ce lac.

À vrai dire, il ne l'avait jamais très bien vue, ou jamais d'assez près, sauf la première fois, mais c'était dans l'ombre. Et tout ce qu'il aurait pu en dire de sûr c'est qu'une fois il avait vu ses yeux, ou plutôt son regard quand elle venait de le détourner du chantier. Il ne pouvait plus l'oublier. Il se disait qu'il ne se souvenait pas d'avoir vu avant elle se servir du regard avec ce naturel. Il ne croyait pas s'abuser. «Et pourquoi pas?» se disait-il. Pourquoi ne serait-ce pas la première fois?

Chaque matin, chaque après-midi, pendant plusieurs heures, il allait avec un livre suivre les progrès des travaux du chantier. Il espérait toujours qu'elle reviendrait dans l'allée, vers sa frayeur. Mais elle ne revenait pas encore.

La construction des nouveaux pans de murs avançait, mais on voyait encore très bien l'intérieur du chantier. Une partie était évidemment ancienne. On distinguait très bien, d'une part, l'ancienne enceinte, et l'espace tout occupé qu'elle avait enfermé, et, d'autre part, la nouvelle enceinte, avec son espace encore vierge que rien ne signalait comme devant être utilisé un jour, sinon le fait qu'il se trouvait de jour en jour délimité avec plus de précision par les murs nouveaux dont les ouvriers prolongeaient les anciens, et qui allaient évidemment se refermer sur lui par un quatrième mur, dont rien encore ne signalait avec certitude l'emplacement futur.

C'était un chantier comme il en existe. D'une destination particulière, il est vrai. Il illustrait à merveille le développement de la vertu de prévoyance chez l'homme, vertu qui trouvait à s'exercer là même avec une placidité tout de même assez étonnante. Les ouvriers qui y travaillaient se comportaient avec autant de naturel que s'ils avaient été occupés à n'importe quel autre travail de terrassement ou de maçonnerie que celui-là.

Même ils étaient plutôt gais et tranquilles. Parfois, l'un ou l'autre roulait une cigarette et la fumait assis sur une pierre. Avec le déjeuner de midi c'étaient leurs seuls moments de répit de la journée. Les uns charriaient du sable et des pierres du torrent asséché qui bordait l'allée, les autres coulaient du ciment. Certains d'entre eux tendaient des ficelles avec beaucoup de minutie. Ceux-là seuls semblaient animés d'une volonté mystérieuse. Ceux-là seuls savaient jusqu'où devait s'étendre la nouvelle construction, quelle devait être sa contenance. Ils tendaient des ficelles d'un point à l'autre de la prairie, hors des limites de l'ancienne construction. Puis, des ouvriers se mettaient à bêcher le long des ficelles tendues. Une partie de la prairie se trouvait déjà enfermée par l'ensemble que formaient les murs, les fossés et les ficelles. Le chantier se réduisait à la construction de ces murs qui prétendaient renfermer à jamais une partie de la prairie. La portion de prairie que l'on avait décidé d'enfermer ainsi était à peu près aussi importante que celle qu'avait jusque-là contenue l'ancienne enceinte. Le mur qui avait été abattu permettait de voir parfaitement cette ancienne partie, entièrement utilisée, et répondant dans chacun de ses mètres carrés à la même destination, remplie peu à peu selon un rythme imprévisible mais fatal. Ce que les ouvriers faisaient était depuis longtemps tout à fait clair pour l'homme et il n'éprouvait aucun malaise à les voir travailler. Tout au plus une certaine amertume se mêlait-elle à sa tranquillité lorsqu'il constatait combien il était profondément tranquille. Du fait de son âge, en raison de son expérience, il n'était déjà guère porté à se troubler pour si peu. Mais maintenant moins que jamais il n'en aurait été susceptible parce que depuis sa rencontre avec la jeune fille ce travail n'était plus pour lui ce qu'il était en réalité. Il ne lui trouvait plus de signification en dehors d'elle. Il était avant tout, le chantier qui l'avait troublée, elle. Les arpenteurs étaient ses complices. Les coups de bêche des ouvriers chantaient à ses oreilles et le mot même de la mort qu'ils évoquaient, chantait pour lui, son trouble à elle. Autrement dit, la pensée qu'elle pouvait être troublée à ce point par la vue tranquille d'une telle chose exaltait l'homme plus que ne l'incommoderait jamais lui-même désormais la vue de ce chantier. Certes, les raisons de ce trouble il aurait pu les dire, il les connaissait aussi bien qu'il se connaissait. Il aurait pu les dire longuement, car toutes ces raisons sommeillaient en lui, comme chez tout homme sans doute, dans le lent bercement des jours de sa vie. Mais qu'il existât un être frappé de l'impossibilité de supporter la vue de ce chantier le mettait à l'abri de la tentation qu'il aurait peut-être eue, si elle n'était pas survenue, d'éprouver lui-même une impossibilité de ce genre, et de s'en redire vainement les raisons. Qu'elle l'ait vu, levait pour lui l'obligation de le voir. C'était un bonheur, se disait-il, que de voir ainsi quelque chose comme la vision d'un autre. Ainsi, peu à peu, l'homme s'obscurcissait. Quittant le monde des idées claires, des significations claires, il s'enfonçait lentement, chaque jour plus avant dans les forêts rouges de l'illusion.

Délivré d'une réalité qui, si elle n'avait concerné que lui seul, l'aurait soumis à elle, l'homme avait de plus en plus tendance à ne plus voir dans les choses que des signes. Tout devenait signe d'elle ou signe pour elle. Signe d'indifférence à son égard à elle ou de son indifférence à elle à l'égard des choses. Il lui semblait qu'elle lui filtrait, pour ainsi dire, ses jours et ses nuits, lesquels ne lui arrivaient plus que transformés par la manière qu'il imaginait qu'elle avait de les vivre.

Depuis deux jours cependant, lorsqu'il entrait dans la salle à manger et qu'elle se trouvait déjà à sa place, non encore servie, il la voyait tourner machinalement la tête vers lui, toutefois sans poser nettement son regard sur lui. À l'indifférence de ce regard incertain il comprenait qu'elle ne jugeait pas utile de le reconnaître. Le reconnaissait-elle plus ou moins? Peut-être l'avait-elle mal vu dans l'allée sombre? Peut-être n'avait-elle même pas gardé le souvenir de cette rencontre? Assez bizarrement il fut presque satisfait qu'elle ne le reconnût pas. Il se dit que si elle devait le reconnaître il était peut-être préférable que ce fût en une autre occasion. Elle lui laissait ainsi l'initiative. Elle le reconnaîtrait lorsqu'il le voudrait. Et comme il était sûr qu'il fallait que tôt ou tard elle le reconnût, il se laissait aller au sentiment un peu effrayant qu'il ne dépendait absolument que de lui que fût accompli quelque chose de tout à fait nécessaire. Il perdait un peu de son habituelle paresse.
Chaque fois qu'il pénétrait dans la salle à manger, il craignait qu'elle n'eût entre-temps quitté l'hôtel. Mais chaque fois elle était là et il sup-

posait qu'elle resterait encore un certain temps, car elle n'était arrivée que quelques jours avant leur rencontre. Il était inquiet tout de même. De combien de temps disposait-il encore?

La question de ce départ toujours possible lui fut posée avec une netteté particulière une certaine nuit. Il pensa à toutes les raisons qu'elle aurait eues de partir. Il y avait la proximité du chantier, il y avait aussi l'ennui d'être seule à en supporter le malaise. L'homme se reprocha de ne pas l'avoir encore abordée, de prolonger ainsi le plaisir douteux qu'il goûtait à ne rien décider. Il n'avait pas le moindre prétexte pour retarder le moment. Simplement il était toujours possible de remettre ce moment à plus tard. Lorsqu'il y pensa cette nuit-là il eut peur. À la pensée que peut-être il ne connaîtrait jamais la jeune fille, le fantôme de sa propre forme solitaire surgit des ténèbres, et il eut peur de se haïr s'il en venait à se retrouver dans un abandon aussi total, et qu'il aurait choisi. Il aurait bien aimé que se développât et se précisât cette peur, mais elle se jouait de lui et il n'y parvint pas. Peut-être était-ce justement un retour sous d'autres apparences, de la peur que grâce à elle il n'éprouvait pas devant le chantier. Oui, cette peur nocturne pouvait bien être la même chose que la peur qu'elle, pour sa part, n'éprouvait que devant le chantier.

Il finit par se rassurer. Il se dit qu'elle ne pouvait pas partir avant qu'il ne se passât entre eux quelque chose, et que cela ne pouvait plus tarder, que la peur qu'il venait d'éprouver était précisément un des signes que ce moment approchait. Mais il mit plus de temps que d'habitude à retrouver son calme.

Ce fut le lendemain, après le repas de midi, qu'il se trouva non loin d'elle dans le fumoir. D'habitude elle ne s'attardait pas après les repas et regagnait sa chambre ou sortait aussitôt le déjeuner fini. Ce jour-là, était-ce l'ennui? elle s'y attarda un moment.

Elle lui tournait le dos. Il vit que ses cheveux noirs étaient noués négligemment dans le bas de son cou. C'était la première fois depuis leur rencontre qu'il se trouvait aussi près d'elle. La première fois qu'elle se trouvait si proche de lui qu'il lui aurait suffi d'un geste pour la toucher. Il ne songea pas sérieusement à faire ce geste. Mais il pensa qu'il aurait pu, par exemple, s'il l'avait voulu, en se levant pour sortir du fumoir, frôler son coude qui reposait sur le bras du fauteuil. Il ne fit pas ce geste. Il resta assis où il était. Il la regardait, il regardait ces cheveux négligés, qu'elle négligeait. Il ne crut pas que ces cheveux étaient particulièrement négligés ce jour-là. Il pensa au contraire qu'il devait toujours en être ainsi. Toujours ces cheveux-là devaient être prêts à se dénouer. Lorsqu'elle bougeait un peu la tête leur masse suivait le mouvement et caressait sa nuque qu'elle ne dissimulait qu'en partie.

À un moment donné elle se pencha en avant, ses cheveux se soulevèrent. Il put voir que le col de sa blouse était légèrement sali à l'intérieur par le frottement du cou.

Cela déclencha soudain en lui une émotion très grande. La vue de ce col sali et froissé par ce cou, cette nuque à moitié cachée par ces cheveux, ce linge, et ces cheveux et ce cou qui pouvaient le salir, ces choses qu'il était seul à voir, qu'elle ne savait pas qu'il voyait et qu'il voyait mieux qu'elle, lui fit revivre la situation qu'il avait connue le soir de leur rencontre, face au chantier. C'était comme s'ils avaient été deux à vivre dans ce corps qu'elle avait et qu'elle l'eût ignoré encore en ce moment. Dans la nuit qui suivit cette journée le souvenir de cette minute prit en lui l'allure du désir. Il n'y vit pas seulement le signe d'une négligence qui coïncidait avec ce qu'il avait imaginé d'elle. Ce détail lui donnait une réalité immédiate qu'elle n'avait pas eue jusque-là et à la pensée de laquelle il sut qu'il ne pourrait plus échapper. Sans doute la désirait-il depuis le premier jour, depuis le premier moment, dès qu'ils s'étaient trouvés tous les deux seuls dans l'allée, dans l'ombre. Mais ce désir maintenant fut tout de suite si vif qu'il en vint à la souhaiter plus distraite encore qu'elle ne l'était de la vie qui se vivait en elle. Ainsi, le moment venu, pourrait-il la surprendre plus entièrement encore, user plus pleinement d'elle, disposer plus totalement de ce corps jusqu'alors tenu dans la souveraine négligence où il l'avait déjà surpris.

Cette nuit-là il lui fut difficile de dormir. Il considéra son propre corps frappé par le désir. Le voir, c'était comme s'il voyait déjà le sien à elle, comme si dans ses bras s'étaient coulés les siens. Il se laissait faire. Son corps était doué de volonté et de parole, il disait avec calme qu'il la voulait. Avec beaucoup plus de calme qu'il ne l'aurait dit, lui. Alors, comme jamais encore, l'homme se sentit uni à lui-même, par l'effet d'une violence rassurée et tranquille.

Il n'était pas si aveugle qu'il ne se souvînt d'avoir déjà éprouvé ce sentiment à l'égard d'autres femmes. Toutefois il fut heureux de se trouver capable de l'éprouver encore, et cette fois avec une plénitude dont il ne retrouvait, dont il ne cherchait à retrouver aucun équivalent dans sa mémoire. Et il ne lui déplaisait pas d'être encore capable de croire qu'il n'avait jamais connu que de très pâles prémonitions de ce qu'il vivait aujourd'hui.

Cette nuit-là ne suffit pourtant pas à lui faire prendre la décision de l'aborder. Il est vrai que la vie de l'hôtel offrait peu d'occasions de le faire. Mais il ne l'avait pas décidé encore. Ce n'était pas la mollesse habituelle. C'était comme s'il avait goûté tout à coup au philtre de la patience, à la volupté de la patience.

Après le déjeuner une bonne moitié des clients de l'hôtel se réunissaient au fumoir et ils y restaient une partie de l'après-midi. Elle aussi semblait maintenant prendre l'habitude d'y passer un moment. Mais ce lieu ne paraissait pas propice à l'homme pour l'aborder d'une façon qui leur convînt à tous deux. Au risque de la perdre il n'aurait pas couru celui, presque égal lui semblait-il, de l'aborder en public et de la faire remarquer. Personne encore à l'hôtel ne paraissait avoir pris garde à cette jeune fille qui se trouvait seule parmi tous. Il est vrai que rien en elle n'était susceptible de retenir vraiment un œil désintéressé, rien, sauf peut-être la légère négligence de sa mise et de son maintien. Mais rien non plus en elle ne signifiait qu'elle était décidée à repousser tout contact. La méconnaissance assez incompréhensible dans laquelle elle était tenue le rassurait sur le caractère parfaitement secret de l'attrait qu'elle présentait pour lui et pour lui seul. Qu'elle fût si peu remarquable aux vues superficielles était loin de le faire douter d'elle. Mais aussi il y avait quelque chose d'étrange dans cette espèce d'incognito. Car non seulement les autres ignoraient son existence mais ils ignoraient aussi que lui la connaissait. De ce fait non seulement il n'osait rompre l'espèce d'enchantement qui lui permettait, comme si elle avait été douée d'invisibilité, de passer inaperçue, mais il se trouvait lié à elle par une complicité extraordinaire, si l'on considérait le peu de rapports qu'ils avaient eus.

Non, au risque de la perdre, il ne l'aurait jamais abordée en public.

De même que les lieux, rares étaient les instants que l'homme trouvait propices à cette rencontre.

Certaines heures de la nuit lui paraissaient maintenant les plus favorables. Celles où l'hôtel était entièrement silencieux, à quelques heures de l'aurore, lorsque les cris éraillés des chiens entraient par la fenêtre ouverte et faisaient la nuit plus certaine encore. Bien qu'il l'attendît toujours dans l'allée, régulièrement, une partie de la matinée et de l'après-midi, c'était maintenant ces heures tardives de la nuit, les plus désertes, qui lui semblaient le mieux convenir. À ces moments-là, tressaillant,

éveillé, l'homme se levait parfois, jeté debout par les évidences nocturnes. Et dressé dans l'ombre, à demi dévêtu, il regrettait de ne pas parvenir à trouver qu'il fût dans les choses possibles d'entrer dans sa
chambre et de lui dire : «Je vous demande pardon, je suis ce pensionnaire de l'hôtel, vous savez, qui...»

En dépit de tous les obstacles, imaginaires ou réels qui le séparaient de
cette deuxième rencontre, mais d'autant plus insurmontables qu'ils lui
paraissaient tenir peut-être uniquement aux imaginations qu'il savait
bien qu'il ne pouvait manquer de se faire, il ne désespérait pas d'y réussir. Au contraire même, s'il cessait d'y penser, de se questionner, il se
retrouvait rapidement dans la certitude absolue que chaque jour l'en
rapprochait. Il savait alors que s'il cédait à l'impatience, s'il rompait
l'enchantement, s'il obéissait aux injonctions nocturnes, il troublerait la
marche d'une nécessité autrement inéluctable, qui travaillait pour lui.
Mais il ne savait cela qu'aux moments où il avait cessé d'y penser.

Le terme de son existence, en même temps, lui semblait s'être curieusement rapproché. Pendant les dernières semaines, en y repensant, ce
terme s'était confondu avec une échéance plus lointaine et plus certaine
à la fois. Tandis que maintenant, il se confondait avec le moment où il
la connaîtrait. Ce moment était proche, mais le terme lui-même devenait en même temps improbable. Il cessait de voir ce que cela pouvait
signifier. C'était comme s'il allait, à ce moment-là, se mettre à durer tel
quel, à se survivre, relevé de tous ses devoirs, de tous ses soucis.

Son avenir s'ouvrait sur une sorte de durée océanique. Il s'y présentait
même délié de l'obligation d'espérer qui ne se défait d'ordinaire qu'au
moment de la mort. Sans doute on n'a que faire d'espérer lorsqu'on a
l'occasion de perdre sa vie dans la mort, ou dans un autre. Et l'on aurait
pu croire, de l'extérieur, qu'il s'abandonnait vraiment au désespoir, qu'il
n'avait plus en face de lui que le dernier de tous les termes, la mort. Il
ne se souffrait plus que seul, il fuyait toutes les connaissances qu'il avait
faites à l'hôtel, il mangeait comme en rêve, il restait des journées
entières dans la contemplation du chantier et sur son visage la crispa-
tion fixe des angoisses mortelles se dessinait. Ou bien était-ce parce
qu'elle se trouvait avec la mort dans une telle familiarité ? Le moment
où il l'atteindrait s'était insensiblement substitué chez lui au véritable
terme de la mort. C'est aussi pourquoi, sans doute, en retour, le moment
où il l'atteindrait ne lui semblait pas comporter d'avenir.

Il ignorait toujours si elle l'avait remarqué. Rien dans son attitude ne
pouvait le donner à penser. Cette incertitude ne le préoccupait pas vrai-

ment. Il était sûr qu'elle voudrait de lui. Qu'elle voudrait de quiconque voudrait d'elle impérieusement. Et surtout, à partir de l'horreur qu'elle avait du chantier. Là-dessus il était tranquille. Il la croyait incapable de rien faire pour attirer l'attention sur elle, mais il ne la croyait pas non plus capable de choisir. Soudaines, passives et insurmontables devaient être ses préférences, comme ses terreurs.

Lorsqu'il regagnait sa chambre, le soir, il avait maintenant derrière lui une journée féconde. Chaque soir, il ramenait quelque chose d'elle. Il restait éveillé très tard.

Chaque nuit il l'inventait à nouveau, parfois à partir des hurlements de chiens ténébreux, parfois de la montée rougissante de l'aube, ou simplement de sa main vide qui traînait à ses côtés dans le lit.

Il ne faisait rien. Il ne lisait plus. Les livres qu'il avait apportés, il ne les ouvrait plus. Il était incapable de s'attarder même un instant sur autre chose que sur cet événement en cours, de sa propre histoire. Tout autre, le plus vaste, noble et considérable, était vis-à-vis de lui d'une différence insurmontable.

S'il se sentait parfois coupable à cet égard, ce n'était pas non plus sans une certaine satisfaction. Il l'avait rencontrée par hasard, le soir d'un jour quelconque, et il avait été initié à son drame au moment où celui-ci touchait à son expression la plus forte, dans la simplicité la plus grande. Par la naïveté digne d'amour qu'il supposait, ce drame possédait non seulement une antériorité écrasante sur tous les autres, mais aussi, à ses yeux, cette primauté de la chose la moins énoncée sur la chose énoncée. Il n'y pouvait rien. D'ailleurs, le plaisir qu'il éprouvait à constater qu'il négligeait les autres drames en faveur de celui-ci était aussi un plaisir de revanche. Et il en arrivait à se dire que la complaisance avec laquelle il s'était penché jusque-là sur ceux des autres ne tenait peut-être qu'à l'absence de drame dans sa propre vie.

Ce qu'il savait d'elle, peu de chose, étonnamment peu, lui avait suffi pour la connaître. À cause de ce chantier qui était là, près de l'hôtel, ce qu'elle avait à dire, elle le lui avait dit avec la perfection des aveux simples. En vérité tout était simple. C'est pourquoi il pensait que lorsqu'ils se rencontreraient, les mots qu'ils prononceraient seraient loin de prendre l'importance qu'auraient leurs gestes ou leurs regards.

Il en fut comme il l'avait pensé.

Elle repassa dans l'allée.

Il était près de midi. Les ouvriers n'avaient pas encore quitté leur travail. Elle ouvrit la grille et s'engagea dans l'allée où l'homme l'attendait depuis dix jours, chaque matin et chaque soir. Lorsqu'elle parut, il fut certain qu'il n'avait jamais douté qu'elle reviendrait. Depuis le premier jour, il savait qu'elle ne résisterait pas au besoin de revoir le chantier si proche de l'hôtel. Et il sut enfin pourquoi, malgré les raisonnements qu'il se tenait, il avait persisté à l'attendre dans l'allée.

Pendant qu'elle avançait vers lui, il resta allongé sur sa chaise longue. Cette fois-ci, ce fut elle qui s'arrêta devant lui. Elle regarda les ouvriers et n'alla pas plus loin. Elle donnait l'impression de quelqu'un qui s'efforce de se contenir. Son regard n'était pas le même que celui du soir de leur rencontre, il était moins fixe, mais plus tendu, mieux contrôlé.

Il faisait très beau dans toute la vallée. Les ouvriers travaillaient dans le soleil. Certains avaient enlevé leur chemise et charriaient le sable, torse nu. Le travail était très avancé. Les fondations des murs avaient été faites quelques jours plus tôt, il ne s'agissait plus que de les finir, de les élever et de les consolider. Les tendeurs de ficelles n'étaient plus là.

— Ils continuent, dit la jeune fille.

Sa voix avait cette fois-ci un accent navré. L'homme ne la regardait pas. Il regardait le chantier comme elle. On ne voyait plus le morceau de prairie neuf enfermé dans les murs. C'était une chose qui se terminait, elle avait pris place dans la vallée. Du fait de l'absence des tendeurs de ficelles, elle ne se posait plus comme un problème à résoudre, comme une difficile question.

— Ils ont porté au moins une vingtaine de tombereaux de terre, dit la jeune fille.

L'homme cessa enfin de regarder le chantier et se tourna vers elle.

— Les murs sont trop hauts maintenant, dit l'homme, on ne peut plus rien voir.

La jeune fille parut essayer de se rappeler quelque chose. Il comprit qu'elle oubliait le chantier. Elle essayait de se souvenir avec précision de lui comme lui se souvenait d'elle. L'homme la regardait et souriait. Elle sourit aussi et commença à le regarder, à regarder et regarder l'homme qui se souvenait.

— C'est vrai, dit la jeune fille.

Elle continuait à le regarder avec une attention exagérée, tout en souriant. Lui aussi souriait et la regardait, mais moins directement. Ce n'était pas son rôle, et d'ailleurs il aurait été incapable de le faire. Il savait qu'elle était en train de découvrir qu'il se souvenait d'elle parfaitement. Il se dit qu'il devait être un peu pâle, qu'elle remarquait qu'il était pâle. Tout en le regardant elle paraissait faire un effort pour comprendre pourquoi il se souvenait d'elle avec tant de force.

Lorsqu'elle repartit, ce fut du côté de l'hôtel. Elle n'alla pas plus avant dans l'allée. Manifestement elle avait oublié pourquoi elle y était venue, elle avait oublié le chantier. L'homme eut envie de la rattraper et de lui crier que c'était une chance, une joie, l'existence de choses comme le chantier. Il n'en fit rien. Il ne put ni lui crier de rester ni se lever pour essayer de la rattraper. Cette impuissance aussi était étrangement satisfaisante. À chaque battement son cœur le brûlait.

À partir de ce jour ils se saluèrent.

Lorsqu'il entrait à la salle à manger, elle lui souriait en hochant légèrement la tête. Cependant elle n'allait pas à sa table et lui non plus n'allait pas jusqu'à elle.

Peut-être lui fit-elle ce signe de reconnaissance cinq fois dans les trois jours qui suivirent leur deuxième rencontre. Son sourire ne fut jamais le même. La première fois qu'il la revit, ce fut à la salle à manger, comme toujours, quelques heures après son passage dans l'allée. Elle lui sourit. Son sourire était timide. Il appelait un encouragement à sourire davantage, qui ne vint pas. Il s'éteignit donc et ne se renouvela pas ce jour-là. Il était sûr que ce premier sourire s'essayait à plaire et, en même temps, interrogeait, non sans maladresse. Elle devait être encore incertaine de ce qui avait commencé à se passer entre eux.

Et dans le sourire qu'elle lui adressa le soir même, à la porte du fumoir, l'homme remarqua que l'incertitude s'était accrue et qu'elle touchait presque au désarroi. Il fit en sorte de l'accroître encore en affectant à son égard une certaine désinvolture. Du moment qu'elle savait, car elle savait, le retard qu'il mettait à l'aborder n'était pas celui des jours derniers, il était d'une tout autre nature. C'était un retard qu'il lui accordait afin de lui permettre, à son tour, de s'impatienter et de le rejoindre par un léger effort de patience. Mais jamais elle n'aurait sa patience. Elle brusquait les choses, et il se dit que quoi qu'il fasse maintenant, leur dernière rencontre ne pouvait plus tarder.

Le lendemain de leur deuxième rencontre, elle lui sourit encore lorsqu'il entra dans la salle à manger. Aussitôt il comprit qu'elle savait clairement où ils en viendraient. Si elle était encore incertaine, ce ne devait plus être que de l'allure qu'il souhaitait lui voir prendre en face de lui.

Elle fut ce jour-là comme quelqu'un qui ne sait pas comment on danse. Elle attendait sur la piste nue du silence qu'il observait, la regardant faire, et ne consentant encore à lui donner aucune indication sur la manière.

Ce jour-là, ni le suivant, il n'essaya de l'aider. Il ne l'attendait plus dans l'allée.

Pendant les repas, elle paraissait animée, un peu inquiète. Ce dont elle ne devait pas douter, c'était de lui convenir. Elle avait l'air heureux. Une impatience féconde la soulevait, lui soulevait les yeux vers l'homme dans une spontanéité presque brutale.

Ce jour-là il put constater que les autres hommes de l'hôtel commençaient à la voir.

Le troisième jour, son sourire fut grave et un peu faux. Il aurait pu faire croire à l'homme qu'elle tentait de se faire complice de son silence parce qu'elle avait enfin compris la lente puissance de son attente et l'éclosion prochaine qu'elle contenait. Mais ce sourire se brouilla sur sa figure aussitôt qu'elle eut constaté qu'il ne faisait, en réponse, aucun signe d'approbation.

Ce fut à la fin du repas, qui aurait pu marquer pour elle une défaite, qu'il la regarda enfin d'une façon si significative, avec une insistance si sérieuse qu'elle ne put pas ne pas comprendre qu'il était dorénavant inutile de lui sourire de la sorte, que tout effort pour lui plaire était inutile, futile, que leur rencontre ne dépendait plus maintenant que d'une durée qui n'était pas encore arrivée à son terme et dont il aurait été inutile d'interrompre le cours, parce que de la rompre avant l'heure aurait pu marquer une défaite plus grave que celle à laquelle elle venait d'échapper à l'instant.

Elle ne prit plus la peine de sourire. Dès lors elle attendit. Et dès lors ils furent aussi soucieux de s'ignorer que si, dans cet hôtel de vacances, au cœur de l'été, et malgré leur pleine liberté à tous deux, l'amour était puni de mort.

Pourtant elle ne s'intéressait évidemment plus qu'à lui. Elle ne regardait plus l'enfant qui l'avait captivée. Et elle ne faisait pas d'effort pour lui cacher que personne d'autre que lui ne l'intéressait. Il n'y avait que les tennis qu'elle regardait encore, mais peut-être sans les voir.

Il sut le numéro de sa chambre à l'hôtel : elle se trouvait à l'étage au-dessous du sien, à l'opposé de sa propre chambre, de sorte qu'il ne pouvait voir sa fenêtre qu'en sortant de l'hôtel et en le contournant par derrière. Ce qu'il fit le soir même où il l'apprit. Il resta dehors jusqu'au moment où cette fenêtre devint noire et il vit qu'elle se couchait très tard. Il n'hésita pas à croire qu'elle s'impatientait, qu'elle ne pouvait s'endormir avec sa tranquillité habituelle.

Pendant ces trois journées qui suivirent leur deuxième rencontre, l'homme ne revint pas au chantier. Il n'y songea même pas. Si le chantier avait eu son temps d'utilité, il gisait maintenant dans un passé entièrement englouti. Il ne revint pas une seule fois dans l'allée, il voulut ignorer si elle n'y retournait pas pour l'y chercher. Il s'éloignait de l'hôtel lorsqu'il avait fini de déjeuner et s'en allait dans la vallée. Pendant ses promenades, il pensait à elle sans inquiétude. Ces jours-là il tomba un peu de neige sur les montagnes au-dessus du lac.

Maintenant c'était la fin, leur attente se terminait. Ils le savaient tous les deux. Ce qu'ils ignoraient seulement, c'était de quelle façon cela allait finir, comment ils en sortiraient, où et quand.

Il dormait très peu. Il avait maigri et lorsqu'il se regardait dans la glace, il se reconnaissait mal. Il se trouvait beau. Sous ses yeux, les grands cernes violets de l'attente s'étalaient.

Ce fut seulement au bout du quatrième jour qu'elle prit fin.

Il fit ce jour-là une très grande chaleur dans la vallée qui bordait le lac. La veille elle était arrivée à la salle à manger, coiffée et vêtue de façon différente. Ses cheveux étaient dénoués. Il l'imagina seule dans sa chambre, inventant de faire ce geste, au comble de l'exaspération, et sans être assurée de rien, l'inventant avant l'heure, avec une audace presque virile. Et de même, elle avait mis une robe nouvelle, de couleur rouge.

C'est ainsi qu'elle se dressa en face de lui, dans la forme et la couleur exactes de l'événement imminent. C'était leur impatience, son éclatement, leur triomphe.

Il comprit que leur attente avait pris fin.

Il était encore tôt. L'homme sortit après le dîner et se mit à marcher dans les prairies qui bordaient le lac une fois les tennis dépassés.

Il y avait du temps à vivre tout à coup, avant le lendemain. Un temps curieusement prolongé. Car c'était pour le lendemain : cette échéance engloutissait en elle toutes les autres jusqu'aux plus lointaines.

Du chemin qu'il avait pris, l'homme voyait s'étaler un vaste paysage de villages, de montagnes et de prairies. Il vit aussi, pour la dernière fois, le chantier. Les ouvriers avaient cessé leur travail. L'allée était déserte. Les quatre murs se dressaient maintenant à la même hauteur. Il ne restait plus qu'à les blanchir. Ils étaient terminés.

Toute échéance éloignée. L'homme traînait. La nuit tombait. Il avait le temps de rentrer. Il se sentait dans une disposition à vivre très longtemps en dehors de toute raison.

Une fois le déjeuner terminé, elle vint s'asseoir devant lui, au fumoir. Elle avait toujours les cheveux dénoués et portait la même robe rouge que la veille. Elle s'assit en face de lui, ils se regardèrent, et c'est elle qui lui fit la première un rire bas, prolongé, indiscret. Ce pouvait être le rire supérieur de celle qui peut enfin sans émoi longer les murs de tous les chantiers du monde. Mais il y avait surtout dans ce rire comme une bouleversante vulgarité qu'on eût essayé de contenir mais qu'emportait une audace massacrante. Les rires qu'elle avait pu faire jusque-là n'avaient rien de commun avec celui-là. Il lui répondit par un rire semblable.

Les gens de l'hôtel qui se trouvaient près d'eux remarquèrent que ces deux-là se riaient sans se connaître et que leurs façons n'étaient pas ordinaires. Il y eut un léger malaise. Ceux qui se tenaient près d'eux cessèrent de parler.

L'homme regarda par la porte du fumoir. Il tombait sur la route un soleil blanc et vertical. Il ne se demanda plus rien. Il se leva, se dirigea vers la porte et se trouva sur la route. Puis il partit. Il dépassa la kermesse qui s'était installée le matin et qui s'édifiait dans les cris des camelots et les déploiements de tentes rouges. Déjà beaucoup de stands étaient montés et, à l'ombre de la place du village, des gens dansaient sous un pick-up tonitruant. Debout devant un stand de tir, quelques jeunes gens visaient des pigeons en plâtre. Et des nuées d'enfants regardaient, pensifs, les valises pleines de berlingots qui, ouvertes, s'étalaient sur la route devant les étals qu'on montait sur des tréteaux. Ce fut après qu'il eut dépassé la kermesse, à une centaine de mètres de l'hôtel, qu'il entendit son pas. Il se retourna mais n'en continua pas moins à avancer. Il rit silencieusement : il le savait, qu'elle était capable de le suivre.

Il continua à marcher et elle à le suivre comme c'était normal.

Il la fit marcher longtemps. Il marchait vite. Sans doute avait-elle de la peine à le suivre. Parfois il entendait son pas rapide derrière lui. Il accélérait encore le sien. Au moment où il aurait pu croire qu'elle se décourageait, il se retourna sans s'arrêter. Elle était immobile sur la route et elle le regardait s'éloigner. Cela n'avait aucune importance, il savait où elle irait une fois qu'elle aurait renoncé à le suivre. Elle s'était arrêtée précisément à l'orée du chemin où il avait décidé qu'il l'amènerait. En s'arrêtant, elle lui faisait donc savoir qu'elle avait compris que c'était là qu'ils devaient se retrouver. Lorsqu'il se retourna une seconde fois, il ne la vit plus et comprit qu'elle avait tourné. Il rebroussa chemin afin de la rejoindre. Il riait.

C'était près du lac, une crique à peu près complètement cachée par des champs de roseaux. L'eau du lac sourdait du sol et il fallait se déchausser pour y avancer. Ce sol était formé de racines de roseaux enchevêtrées et sur cet humus poussaient d'autres roseaux, choses d'eau gorgées d'eau. Pour atteindre le lac, l'homme dut se frayer un passage à travers le champ, mais pour cela il n'eut qu'à suivre la trace toute fraîche d'un passage que marquaient quelques roseaux brisés et la courbure de certains autres, pas encore redressés. Lorsqu'il fut au milieu du champ, il vit parmi les roseaux qui étaient à cet endroit presque aussi hauts que lui, deux autres espèces de plantes en fleurs. Les premières arrivaient à mi-hauteur des roseaux, et le jaune de leurs fleurs donnait au violet ardent des autres toute sa plénitude. La verdeur sombre des roseaux aux fleurs d'encre rendait leur convenance éclatante. Les fleurs jaunes répandaient autour d'elles une luminescence soufrée. Elles étaient à tiges rigides et, contrairement aux autres fleurs, ne remuaient pas sous la brise du lac comme si, douées d'une inquiétante lucidité, elles étaient soucieuses de ne jamais céder à la langueur dont elles étaient menacées, de cette eau douce, de ce lac de douceur, de ce ventre d'eau d'où elles étaient nées. À côté d'elles, plus rares, souples, aux tiges veloutées et flexibles, les fleurs violettes se laissaient fléchir au moindre assaut de la brise et pliaient sous elle, femelles. Et pourtant, c'était en elles que se mourait la clarté des fleurs jaunes, dans leur splendeur extasiée, toujours prête à céder.

Cette convenance des fleurs entre elles fit monter à tous les points du corps de l'homme un flux violent de présence, de mémoire, et il eut l'impression d'être comblé de connaissance.

Il continua son chemin.

À la sortie du champ de roseaux, il la vit qui se tenait debout, de l'autre côté de la crique, et qui le regardait s'avancer vers elle.

LE SQUARE

roman 1955

Le Square, tentative pour écrire un roman entièrement dialogué, est publié par les éditions Gallimard en 1955. Queneau en fut, une fois encore, un lecteur privilégié. Il a lui-même révélé quelques lignes de ce que fut alors son rapport de lecture : « Il y a chez Marguerite Duras un souci de renouvellement, d'approfondissement de son art qui est peu commun chez les femmes écrivains. Peut-être a-t-elle été influencée ici par Compton-Burnett ; on pense aussi à certaines tendances du théâtre contemporain (Beckett, Ionesco et même Tardieu) mais ce sont moins des influences proprement dites que des prétextes à la recherche de sa propre originalité. » Le rapprochement avec les auteurs de théâtre s'imposait : l'année suivante, le metteur en scène Claude Martin, avec la collaboration de l'auteur, n'aura que quelques didascalies à ajouter et quelques coupures à effectuer pour porter le roman à la scène. Cette version du *Square* que Marguerite Duras dira par la suite « abrégée » est créée le 17 septembre 1956 au Studio des Champs-Élysées avec Ketty

Albertini et R.-J. Chauffard. La version intégrale de l'adaptation théâtrale du *Square* est représentée le 15 janvier 1965 au théâtre Daniel-Sorano dans une mise en scène d'Alain Astruc et publiée la même année par les éditions Gallimard dans le premier volume du *Théâtre* de Marguerite Duras. La pièce n'est pas très bien accueillie par la critique : « C'est l'âme des simples vue par la *NRF* », écrit Jean-Jacques Gautier dans *Le Figaro*. Mais sa diffusion radiophonique suscite l'admiration de Samuel Beckett tandis que Maurice Blanchot consacre au roman, dans le numéro XXXIX de la *Nouvelle Nouvelle Revue Française*, en mars 1956, l'une de ses « Recherches », reprise en 1958 dans *Le Livre à venir*, où il écrit notamment : « Écoutons les deux simples voix du *Square* : elles ne cherchent pas l'accord, à la manière des paroles discutantes qui vont de preuve en preuve pour se rencontrer par le simple jeu de la cohérence. Cherchent-elles même la compréhension définitive qui, par la

reconnaissance mutuelle, les apaiserait ? But trop lointain ? Peut-être ne cherchent-elles qu'à parler, usant de ce dernier pouvoir que le hasard leur donne et dont il n'est pas sûr qu'il leur appartienne toujours. C'est cette ultime ressource, faible et menacée qui, dès les premiers mots, prête au simple entretien son caractère de gravité. Nous sentons bien que, pour ces deux personnes, pour l'une surtout, ce qu'il faut d'espace, et d'air, et de possibilité pour parler, est très près d'être épuisé. Et peut-être, si c'est bien d'un dialogue qu'il s'agit, en trouvons-nous le premier trait dans l'approche de cette menace limite en deçà de laquelle le mutisme et la violence fermeront l'être. Il faut être le dos au mur pour commencer de parler *avec* quelqu'un. » Le roman est réédité, avec de très légères corrections au début de chacune de ses parties, et une quatrième de couverture rédigée par Marguerite Duras elle-même, dans la collection « Folio » en 1989.

Ce qui me passionne c'est ce que les gens pourraient dire s'ils avaient les moyens de le dire et non ce qu'ils disent quand ils en ont tous les moyens. Il ne s'agit pas d'une étude parce que je ne vois pas sur quoi elle serait fondée. Il s'agit d'un travail. Le reproche qu'on me fait d'être abstraite et de fabriquer des dialogues vient de là, précisément. Quand on me dit que la bonne à tout faire du Square *ne parle pas naturellement, bien entendu qu'elle ne parle pas naturellement puisque je la fais parler comme elle parlerait si elle pouvait le faire. Le réalisme ne m'intéresse en rien. Il a été cerné de tous les côtés. C'est terminé.*

« Tous les plaisirs du jour », entretien radiophonique, 20 février 1962.

Tranquillement, l'enfant arriva du fond du square et se planta devant la jeune fille.

— J'ai faim, dit l'enfant.

Ce fut pour l'homme l'occasion d'engager la conversation.

— C'est vrai que c'est l'heure de goûter, dit l'homme.

La jeune fille ne se formalisa pas. Au contraire, elle lui adressa un sourire de sympathie.

— Je crois, en effet, qu'il ne doit pas être loin de quatre heures et demie, l'heure de son goûter.

Dans un panier à côté d'elle, sur le banc, elle prit deux tartines recouvertes de confiture et elle les donna à l'enfant. Puis, adroitement, elle lui noua une serviette autour du cou. L'homme dit :

— Il est gentil.

La jeune fille secoua la tête en signe de dénégation.

— Ce n'est pas le mien, dit-elle.

L'enfant, pourvu de tartines, s'éloigna. Comme c'était jeudi, il y en avait beaucoup, d'enfants, dans ce square, des grands qui jouaient aux billes ou à se poursuivre, des petits qui jouaient au sable, des plus petits encore qui, patiemment, dans des landaus, attendaient que l'heure fût venue pour eux de rejoindre les autres.

— Remarquez, continua la jeune fille, qu'il pourrait être le mien, et que souvent on le prend pour le mien. Mais je dois dire que non, il n'a rien à voir avec moi.

— Je comprends, dit l'homme en souriant. Je n'en ai pas non plus.

— Quelquefois cela paraît curieux qu'il y en ait tant, et partout, et qu'on n'en ait aucun à soi, vous ne trouvez pas ?

— Sans doute, Mademoiselle, mais il y en a tellement déjà, non ?

— N'empêche, Monsieur.

— Mais quand on les aime, quand ils vous plaisent beaucoup, est-ce que cela n'a pas moins d'importance ?

— Ne pourrait-on pas dire aussi bien le contraire ?

— Sans doute, Mademoiselle, oui, cela doit dépendre de son caractère. Et il me semble que certains peuvent se contenter de ceux qui sont déjà là. Et je crois bien que je suis de ceux-là, j'en ai vu beaucoup, et je pourrais en avoir à moi aussi, mais, voyez-vous, j'arrive à me contenter de ceux-là.

— Vous en avez vu tellement, Monsieur, vraiment ?

— Oui, Mademoiselle. Je voyage.

— Je vois, dit aimablement la jeune fille.

— Sauf en ce moment où je me repose, je voyage tout le temps.

— C'est un endroit bien indiqué, les squares, pour se reposer, en effet, surtout en cette saison. J'aime bien les squares, moi aussi ; être dehors.

— Ça ne coûte rien, c'est toujours gai à cause des enfants, puis, quand on ne connaît pas grand monde, de temps en temps, on y trouve l'occasion de parler un peu.

— Oui, c'est vrai que de ce point de vue aussi c'est bien pratique. Vous vendez des choses, Monsieur, tout en voyageant ?

— Oui, c'est ça mon métier.

— Toujours les mêmes choses ?

— Non, des choses différentes, mais petites, vous savez, de ces petites choses dont on a toujours besoin et qu'on oublie si souvent d'acheter. Elles tiennent toutes dans une valise de grandeur moyenne. Je suis, si l'on veut, une sorte de voyageur de commerce, vous voyez ce que je veux dire.

— Que l'on voit sur les marchés, la valise ouverte devant vous ?

— C'est ça, oui, Mademoiselle, on me voit aux abords des marchés de plein air.

— Est-ce que je peux me permettre de vous demander si cela est d'un revenu régulier, Monsieur ?

— Je n'ai pas à me plaindre, Mademoiselle.

— Je ne le pensais pas, voyez-vous.

— Je ne dis pas que ce revenu est important, non, mais tous les jours on gagne quelque chose. C'est ça que j'appelle régulier.

— Vous mangez donc à votre faim, Monsieur, si j'ose encore me permettre ?

— Oui, Mademoiselle, je mange à peu près à ma faim. Je ne veux pas dire par là que je mange tous les jours de la même façon, non, il arrive quelquefois que c'est un peu juste, mais enfin j'arrive à manger tous les jours, oui.

— Tant mieux, Monsieur.

— Merci, Mademoiselle. Oui, j'y arrive à peu près tous les jours, voyez-vous. Je n'ai pas à me plaindre. Comme je suis seul et que je n'ai pas de domicile, je n'ai naturellement que peu de soucis. Les seuls que j'aie me concernent moi seul. Quelquefois, il me manque un tube de dentifrice, quelquefois encore je manque un peu de compagnie, mais à part ça, cela peut aller, Mademoiselle, oui, je vous remercie.

— Est-ce là un travail à la portée de tout le monde, Monsieur ? Le croyez-vous tout au moins ?

— Oui, Mademoiselle, tout à fait. C'est même le travail par excellence qui soit à la portée de tout le monde.

— Voyez-vous, je pensais qu'il fallait, pour faire ce travail-là, certaines qualités indispensables.

— À la rigueur il vaut mieux savoir lire, à cause de la lecture du journal, le soir, dans les hôtels, du nom des gares, parce que cela vous facilite la vie, mais c'est à peu près tout. C'est peu, et, voyez, on mange à peu près à sa faim, et tous les jours.

— Moi, je pensais à d'autres qualités, à des qualités d'endurance, de patience plutôt, et aussi de persévérance.

— Comme je n'ai jamais fait que ce genre de travail-là, je peux mal en juger, mais il m'a toujours paru que ces qualités que vous dites, il les fallait dans la même mesure pour n'importe quel autre travail, pas moins.

— Si j'ose me permettre encore, Monsieur, est-ce que vous pensez que cela va durer pour vous de voyager comme ça ? Croyez-vous que vous vous arrêterez un jour ?

— Je ne sais pas.

— On cause, n'est-ce pas, Monsieur. Excusez-moi encore de vous poser ces questions.

— Je vous en prie, Mademoiselle... Mais je ne sais pas si cela va durer. Vraiment je ne peux rien vous dire d'autre, je ne le sais pas. Comment savoir ?

— C'est-à-dire qu'il semblerait qu'à voyager ainsi tout le temps, on doive un jour vouloir s'arrêter, c'est dans ce sens-là que je vous le demandais.

— Il semblerait, en effet, qu'on devrait le vouloir, c'est vrai. Mais comment s'arrête-t-on de faire un métier et en choisit-on un autre ? Comment abandonne-t-on ce métier-ci pour ce métier-là, et pourquoi ?

— Si je comprends bien, de cesser de voyager ne dépend donc que de vous seul, Monsieur, et non d'autre chose ?

— C'est-à-dire que je n'ai jamais très bien su comment ces choses-là se décidaient. Je ne connais personne en particulier, je suis un peu isolé. Et, à moins qu'un jour une grande chance ne m'atteigne, je ne vois pas comment je changerais de travail. Et je ne vois pas non plus de quel côté de ma vie cette chance pourrait me venir, d'où elle pourrait arriver. Je ne veux pas dire qu'elle ne pourrait pas arriver un jour, n'est-ce pas, on ne peut jamais savoir, ni, si elle m'arrivait, que je ne l'accueillerais pas volontiers, non, loin de là, mais pour le moment, vraiment, je ne vois pas d'où elle pourrait me venir et m'aider à m'y décider.

— Mais, Monsieur, ne pourriez-vous pas, par exemple, le vouloir tout simplement ? Vouloir changer de travail ?

— Non, Mademoiselle. Je me veux tous les jours propre, nourri, et en plus je veux dormir, et en plus encore je me veux vêtu de façon décente. Alors comment aurais-je le loisir de vouloir davantage ? Et puis, je dois l'avouer, ça ne me déplaît pas de voyager.

— Excusez-moi, Monsieur, mais puis-je me permettre encore de vous demander comment cela vous est arrivé ?

— Comment vous dire ? Ces histoires-là sont longues, compliquées, et au fond je les trouve un peu hors de ma portée. Il faudrait sans doute remonter si loin que l'idée en fatigue à l'avance. Mais en gros, je crois que cela m'est arrivé comme à un autre, Mademoiselle, pas autrement. La brise s'était levée. On devinait à sa tiédeur l'approche de l'été. Elle balaya les nuages et la chaleur nouvelle se répandit sur la ville.

— Comme il fait beau, dit l'homme.

— C'est vrai, dit la jeune fille. C'est presque le commencement de la chaleur. De jour en jour il va faire plus beau.

— Vous comprenez, Mademoiselle, je n'avais de disposition particulière pour aucun métier, ni pour une existence quelconque. Au fond, je crois que cela va durer pour moi, oui, je le crois.

— Vous n'aviez que des répugnances, alors, pour toutes les existences et pour tous les métiers ?

— Pas de répugnances, non, ce serait trop dire, mais pas de goûts non plus. J'étais comme la plupart des gens, en somme. Cela m'est arrivé comme à tout le monde, vraiment.

— Mais entre ce qui vous est arrivé il y a longtemps et ce qui vous arrive maintenant, chaque jour, n'a-t-on pas le temps de changer et de prendre goût à autre chose, à quelque chose ?

— Eh bien! oui, je ne dis pas, pour beaucoup cela doit arriver, oui, mais pour certains, non. Il y en a qui doivent s'accommoder de ne jamais changer. Au fond, ce doit être mon cas. Et vraiment, je le crois, pour moi, cela va durer.

— Pour moi, Monsieur, cela ne durera pas.

— Pouvez-vous déjà le prévoir, Mademoiselle?

— Oui. Mon état n'est pas un état qui puisse durer. Il est dans sa nature de se terminer tôt ou tard. J'attends de me marier. Et dès que je le serai, c'en sera fini pour moi de cet état.

— Je comprends, Mademoiselle.

— Je veux dire qu'il laissera aussi peu de traces dans ma vie que si je ne l'avais jamais traversé.

— Mais peut-être que, pour moi aussi, on ne peut jamais tout prévoir, n'est-ce pas, un jour je changerai de travail.

— Mais moi, je le désire, Monsieur, c'est différent. Ce n'est pas un métier que le mien. On l'appelle ainsi pour simplifier mais ce n'en est pas un. C'est une sorte d'état, d'état tout entier, vous comprenez, comme par exemple d'être un enfant ou d'être malade. Alors cela doit cesser.

— Je vous comprends, Mademoiselle. Moi, voyez-vous, je viens de faire une assez longue tournée et je me repose. En général je n'aime pas beaucoup penser à l'avenir et, aujourd'hui que je me repose, moins encore; c'est pourquoi j'ai dû mal vous expliquer comment je me supportais ainsi, à ne pas changer, et même à ne pas le prévoir. Excusez-moi.

— C'est moi qui m'excuse, Monsieur.

— Mais non, Mademoiselle, on peut toujours causer.

— C'est vrai, oui, et cela ne porte pas à conséquence.

— Ainsi vous, Mademoiselle, vous attendez autre chose?

— Oui. Il n'y a aucune raison pour que je ne me marie pas un jour, moi aussi, comme les autres. C'était ce que je vous disais.

— C'est vrai. Il n'y a aucune raison pour que cela ne vous arrive pas un jour, à vous aussi.

— Naturellement, c'est un état si décrié que le mien qu'on pourrait dire le contraire, qu'il n'y a aucune raison pour que cela m'arrive un jour. Dans mon cas, pour que cela semble naturel il faut le vouloir de toutes ses forces. C'est ainsi que je le veux.

— Sans doute n'y a-t-il pas de raison dont on ne puisse venir à bout, Mademoiselle, on le dit tout au moins.

— J'ai beaucoup réfléchi. Je suis jeune, bien portante, je ne suis pas menteuse, je suis une de ces femmes comme on en voit partout et dont la plupart des hommes s'accommodent. Et cela m'étonnerait quand même qu'il ne s'en trouve pas un, un jour, qui le reconnaîtra et qui ne s'accommodera pas de moi. J'ai de l'espoir.

— Sans doute, Mademoiselle, mais moi, où mettrais-je une femme, si c'est de ce changement-là que vous voulez parler ? Je n'ai pour tout bien que cette petite valise et je suffis à peine à nourrir ma seule personne.

— Je ne veux pas dire, Monsieur, qu'à vous, il vous faille ce changement-là. Je parle de changement en général. Pour moi, ce sera de me marier. Pour vous, il s'agirait de bien autre chose peut-être.

— Mademoiselle, je ne prétends pas que vous n'avez pas raison, mais il y a des cas particuliers. Le voudrais-je de toutes mes forces que je n'arriverais pas à vouloir changer comme, vous, vous avez l'air de le vouloir, de quelque façon que ce soit.

— Parce que vous auriez à changer de moins loin, peut-être, vous, Monsieur. Moi, il me semble que j'ai à changer du plus loin qu'il est possible de changer. Je me trompe, peut-être, remarquez, mais tous les changements que je vois autour de moi, à côté de celui que je veux, me paraissent simples.

— Mais ne croyez-vous pas cependant que même dans la plus grande urgence de changer, chacun peut le vouloir différemment suivant son cas particulier ?

— Je vous demande pardon, Monsieur, mais moi, qu'il y ait des cas particuliers, je ne veux pas le savoir. Je vous le répète, j'ai de l'espoir. Et je dois dire que je fais tout ce qu'il faut pour nourrir cet espoir. Ainsi, tous les samedis, je vais au bal, très régulièrement, et je danse avec qui m'y invite. Et comme on dit que la vérité finit toujours par se reconnaître, je crois qu'on finira bien un jour par me reconnaître comme une jeune fille apte à se marier, tout comme les autres.

— Il ne suffirait pas que j'aille au bal pour ma part, vous comprenez, et même si je désirais changer, et de façon moins radicale que vous, Mademoiselle. C'est vraiment un tout petit métier que le mien, il est insignifiant, et c'est à peine un métier, en somme, à peine suffisant pour un homme, que dis-je, pour une moitié d'homme. Alors je ne peux pas même un instant envisager un changement de ma vie comme celui-là.

— Alors, Monsieur, dans votre cas, peut-être, encore une fois, vous suffirait-il de changer de métier ?

— Mais même, de ce métier, comment en sortir ? Comment sortir de ce métier qui ne me permet même pas de penser à me marier ? Ma valise m'entraîne toujours plus loin, d'un jour à l'autre, d'une nuit à l'autre, et même, oui, d'un repas à l'autre, et elle ne me laisse pas m'arrêter et prendre le temps d'y penser suffisamment. Il faudrait que le changement arrive vers moi, je n'ai pas le loisir d'aller vers lui. Et puis, oui, je l'avoue, non seulement j'ai le sentiment depuis toujours que personne n'a besoin de mes services ni de ma compagnie, mais il m'arrive même, parfois, de m'étonner de la place qui, dans la société, me revient.

— Alors, Monsieur, pour vous, le changement serait peut-être de vous faire venir des sentiments contraires à ceux-là?

— Bien sûr, mais vous savez bien comment on est : on est quand même comme on est, et soi, comment se changer à ce point? Je finis d'ailleurs par aimer mon métier, si mince qu'il soit. J'aime prendre les trains. Et dormir un peu partout ne me gêne plus beaucoup.

— Monsieur, il me semble que vous n'auriez pas dû vous laisser venir des habitudes pareilles.

— J'y étais sans doute un peu prédisposé, voyez-vous.

— Moi je n'aimerais pas de n'avoir dans la vie, pour toute compagnie, qu'une valise de marchandises. Il me semble que parfois j'aurais peur.

— Sans doute, oui, cela peut arriver, dans les premiers temps surtout, mais on peut s'habituer à ces petits inconvénients-là.

— Je crois que je préfère en être où j'en suis encore, Monsieur, et faire ce... métier que je fais là, malgré tous ses désavantages. Mais peut-être est-ce parce que je n'ai que vingt ans.

— Mais le mien n'a pas que des inconvénients, Mademoiselle. Ainsi, à force d'avoir tellement de temps à passer sur les routes, dans les trains, dans les squares, d'avoir tellement de temps pour réfléchir un peu à tout, on finit par se faire une raison de mener telle ou telle existence.

— Il me semblait avoir compris que vous n'aviez que le temps de penser à vous seul, Monsieur, à votre entretien, et non à autre chose.

— Non, Mademoiselle, celui que je n'ai pas, c'est celui pour penser à l'avenir ; mais celui pour penser à autre chose, si, je l'ai, je le prends, si vous voulez. Car si l'on peut supporter d'avoir à penser plus que d'autres à son entretien, comme vous dites, c'est à condition de ne plus y penser du tout lorsque celui-ci est assuré, lorsqu'on a mangé. Si une fois nourri l'on commençait à penser à son prochain repas, ce serait à devenir fou.

— Oui, Monsieur, sans doute, mais voyez-vous, d'aller de ville en ville, comme ça, sans autre compagnie que cette valise, moi, c'est ça qui me rendrait folle.

— On n'est pas toujours seul, je vous ferai remarquer, seul à devenir fou, non. On est sur des bateaux, dans des trains, on voit, on écoute. Et, ma foi, si l'occasion de devenir fou se présente, on peut se faire à l'éviter.

— Mais, arriver à se faire une raison de tout, à quoi cela me servirait-il, puisque ce que je veux c'est en sortir et que vous, Monsieur, cela ne vous sert qu'à toujours trouver de nouvelles raisons de ne pas en sortir ?

— Pas exactement, non, puisque, si une occasion valable de changer de métier se présentait à moi, je la saisirais aussitôt ; non, elle me sert aussi à autre chose, par exemple à me rendre compte des avantages que comporte quand même ce métier, qui sont, d'une part, de voyager tout le temps, d'autre part, d'avoir le sentiment de devenir un peu plus raisonnable qu'on ne l'était avant. Remarquez que je ne vous dis pas que j'ai raison, non, loin de là, il se peut même que je me trompe tout à fait et que je sois devenu, sans m'en apercevoir, moins raisonnable qu'autrefois, au contraire. Mais peu importe, n'est-ce pas, puisque c'est à mon insu.

— Ainsi, Monsieur, vous voyagez aussi constamment que, moi, je suis constamment sur place ?

— Oui. Et même si je reviens parfois dans les mêmes endroits, les choses sont différentes. C'est le printemps, par exemple, et il y a des cerises sur les marchés. C'est ce que je voulais dire, et non pas que j'avais raison de m'être habitué à ce travail.

— C'est vrai, oui, bientôt il y aura des cerises sur les marchés, dans deux mois. J'en suis contente pour vous, Monsieur. Et qu'y a-t-il d'autre encore, dites voir ?

— Mille choses. Parfois c'est le printemps, parfois l'hiver aussi, le soleil ou la neige. On ne reconnaît plus rien. Mais les cerises, c'est cela qui change le plus. Elles arrivent tout d'un coup, et le marché, le voilà rouge tout d'un coup. Oui, dans deux mois. C'est ce que je voulais dire, voyez-vous, et non pas du tout que ce travail me convenait tout à fait.

— Mais, en dehors des cerises sur le marché, de l'hiver, de la neige, dites voir encore.

— Parfois rien d'important, de visible même. Mais mille riens qui font que tout est changé. À croire qu'il ne s'agit que de votre humeur. On reconnaît et l'on ne reconnaît pas les lieux, les gens, et un marché que l'on ne trouvait pas accueillant, voilà qu'il le devient tout à coup.

— Mais n'arrive-t-il pas parfois que tout soit pareil ?

— Oui, parfois, tout est tellement pareil qu'on croirait avoir quitté les lieux la veille. Je n'ai jamais su à quoi cela tenait car rien ne peut rester pareil à ce point, ce n'est pas possible.

— Mais, en dehors des cerises sur le marché, de l'hiver, de la neige?

— Parfois il y a un nouvel immeuble qui vient d'être terminé alors qu'il était en construction la dernière fois. Et il est complètement habité, plein de bruits et de cris. La ville pourtant ne paraissait pas tellement surpeuplée et voilà que cet immeuble, une fois fini, paraissait tout à fait nécessaire.

— Monsieur, mais toutes ces nouveautés-là, elles sont les mêmes pour tout le monde, elles ne vous arrivent pas à vous tout seul?

— Il m'en arrive quelquefois, mais elles sont très négligeables, oui, en général, ce sont des nouveautés de temps, de choses, qui ne sont pas qu'à moi. Cependant, à force, celles-ci peuvent vous changer autant les idées que si elles vous étaient arrivées à vous, que si vous, vous faisiez les cerises.

— Je vous écoute, Monsieur, et j'essaie de me mettre à votre place, mais non, il me semble que j'aurais peur.

— Cela peut arriver, Mademoiselle, et je dois dire que cela m'arrive quelquefois, la nuit, par exemple, lorsque je me réveille. Mais il n'y a guère que la nuit que cette peur me prenne et aussi, oui, quelquefois aussi au coucher du soleil, mais alors seulement par temps de pluie ou de brouillard.

— Comme c'est curieux que, sans l'avoir jamais éprouvée, on sache un peu le genre de peur que cela doit être.

— Oui, vous voyez, pas celle que l'on éprouve lorsqu'on se dit que, quand on mourra, personne ne s'en apercevra, non, une peur plus générale, qui ne vous concerne pas vous seul.

— Comme si l'on prenait peur tout à coup d'être comme on est, d'être comme on est au lieu d'être autrement, au lieu même d'être autre chose, peut-être?

— Oui, d'être à la fois comme tous les autres, tous les autres et d'être en même temps comme on est. Oui, c'est cela même, je crois, d'être de cette espèce-là plutôt que de n'importe quelle autre, de celle-là précisément...

— Si compliquée, oui, Monsieur, je comprends.

— Parce que de l'autre peur, Mademoiselle, celle de mourir sans que personne s'en aperçoive, je trouve qu'elle peut devenir à la longue une raison de se réjouir de son sort. Lorsqu'on sait que sa mort ne fera souffrir personne, pas même un petit chien, je trouve qu'elle s'allège de beaucoup de son poids.

— J'essaie de vous comprendre, Monsieur, mais non, je le regrette, je ne le puis pas. Est-ce parce que les femmes sont différentes ? Moi, je sais que je ne pourrais pas me supporter, comme vous le faites, seule, avec cette valise. Ce n'est pas que je n'aimerais pas voyager, non, mais sans des affections quelque part dans le monde, qui m'attendraient, je ne pourrais pas le faire. Encore une fois, je crois bien que je préfère en être encore où j'en suis.

— Mais, Mademoiselle, si je peux me permettre à mon tour, en attendant ce changement que vous désirez ?

— Non, Monsieur. Vous avez l'air d'ignorer ce que c'est que de vouloir sortir de cet état. Il faut que je reste là à y penser tout le temps, de toutes mes forces, sans cela je sais que je n'y arriverais pas.

— Peut-être, en effet, que je ne sais pas.

— Vous ne pouvez pas le savoir, Monsieur, car si peu que vous soyez, vous êtes quand même à votre façon, donc vous ne pouvez pas savoir ce que c'est que de n'être rien.

— Vous non plus, Mademoiselle, si je comprends bien, personne ne vous pleurerait ?

— Personne. Et j'ai déjà vingt ans d'il y a quinze jours. Mais on me pleurera un jour. J'ai de l'espoir. Ce n'est pas possible autrement.

— C'est vrai qu'autant que ce soit vous plutôt qu'une autre, au fond, que l'on pleurera.

— N'est-ce pas ? C'est ce que je me dis.

— Oui, Mademoiselle. Et si je peux me permettre encore, et vous, Mademoiselle, vous mangez à votre faim ?

— Oui, je vous remercie, Monsieur, je mange et plus qu'à ma faim. Seule, toujours seule, mais on mange dans mon métier, on mange même beaucoup puisqu'on est là où se fait la nourriture. Et de très bonnes choses, parfois du gigot. Et non seulement j'ai à manger mais je mange, oui. Parfois même, je me force. Je voudrais quelquefois grossir encore, me fortifier encore pour que l'on me voie encore davantage. Il me semble que, grosse et forte, j'aurais encore un peu plus de chances d'arriver à ce que je veux. C'est une illusion peut-être, me direz-vous, mais je crois que si j'ai une éclatante santé on voudra de moi davantage. Ainsi, vous voyez, nous sommes très différents.

— Sans doute, Mademoiselle, mais n'empêche que, moi aussi, j'ai de la bonne volonté. J'ai dû mal m'exprimer tout à l'heure. Je vous assure que, s'il m'arrivait de désirer changer, je me laisserais faire, comme tout le monde.

— Ah! Monsieur, comme il est difficile de vous croire, excusez-moi.

— Sans doute, mais vous voyez, tout en ne trouvant aucune raison de ne pas espérer en général, c'est un fait que, pour mon compte, je n'en vois pas beaucoup. Pourtant, il suffirait de peu de choses, il me semble, pour que je commence à croire que cela m'est aussi nécessaire qu'aux autres. Une toute petite croyance me suffirait. Est-ce le temps qui me manque pour l'avoir? Qui sait? Je ne parle pas de celui que je passe dans les trains, à réfléchir à ceci ou à cela ou à bavarder avec les gens, non, mais de l'autre, de celui qu'on a devant soi, le jour même pour le lendemain. Pour commencer à y penser et essayer de découvrir que cela m'est nécessaire à moi aussi.

— Pourtant, Monsieur, je m'excuse encore, mais j'imagine bien, et vous le disiez vous-même, qu'il fut un temps où vous étiez comme tout le monde, non?

— Précisément, mais à un tel point que je ne m'en suis jamais remis. On ne peut pas tout être à la fois, ni vouloir tout à la fois, comme vous dites, mais moi, de ces impossibilités-là, je ne m'en suis jamais remis, et je n'ai jamais pu me résoudre à choisir un métier. Mais enfin, vous savez, j'ai pas mal voyagé quand même et ma petite valise m'a entraîné un peu partout, oui, et même une fois dans un grand pays étranger. Je n'y ai pas vendu grand-chose mais, quand même, je l'ai vu. Et on m'aurait dit, quelques années auparavant, que j'aurais un jour envie de le connaître que je ne l'aurais pas cru. Pourtant, voyez, un jour, en me réveillant, l'envie m'en a pris et j'y suis allé. Si peu qu'il m'arrive de choses, il m'est quand même arrivé celle-là, voyez-vous, de voir ce pays-là.

— Mais, dans ce pays, il y a des gens malheureux, non?

— C'est vrai, oui.

— Et il y a des jeunes filles comme moi qui attendent?

— Sans doute, Mademoiselle, oui.

— Alors?

— C'est vrai qu'on y meurt, qu'on y est malheureux, qu'il y en a comme vous qui attendent, pleines d'espoir. Mais pourquoi ne pas le voir, lui, plutôt que celui-ci où nous sommes, où les choses sont pareilles? Pourquoi ne pas voir aussi ce pays? le voir en plus de celui-ci, pourquoi?

— Parce que, Monsieur, j'ai peut-être tort, vous allez dire, mais cela m'est égal.

— Attendez, Mademoiselle. Ainsi, les hivers y sont moins rudes qu'ici, c'est bien simple, on le sait à peine que c'est l'hiver...

— On n'est jamais dans tout un pays à la fois, Monsieur, ce n'est pas vrai, ni même dans toute une ville à la fois, ni même dans tout un bel hiver, non, on a beau faire, on est seulement là où l'on est quand on y est, alors?

— Mais précisément, Mademoiselle, là où j'étais, la ville se termine par une place immense entourée d'escaliers qui ont l'air de n'aboutir nulle part.

— Non, Monsieur, je ne veux pas le savoir.

— Mais toute la ville est peinte à la chaux, figurez-vous de la neige au cœur de l'été. Elle se trouve au centre d'une presqu'île baignée par la mer.

— Elle est bleue, je le sais. Bleue, n'est-ce pas?

— Oui, Mademoiselle, elle est bleue.

— Eh bien, Monsieur, excusez-moi, mais les gens qui vous parlent du bleu de la mer me donnent envie de vomir.

— Mais, Mademoiselle, qu'y faire? Du jardin zoologique on la découvre tout entière autour de la ville. Et elle est bleue pour tous les yeux, je n'y peux rien.

— Non, sans ces affections, dont je parlais, elle me paraîtrait noire. Et puis, je ne voudrais pas vous déplaire, Monsieur, mais non, j'ai trop envie de changer de vie, d'en sortir, pour avoir le goût des voyages, de voir des choses nouvelles. Vous aurez beau en voir, de ces villes-là, cela ne vous avancera en rien, jamais, et lorsque vous vous arrêterez, vous en serez au même point.

— Mais, Mademoiselle, nous ne parlons pas des mêmes choses. Je ne vous parle pas de ces changements qui modifient toute l'existence, mais seulement de ceux qui font plaisir le temps de les vivre. Voyager distrait beaucoup. Les Grecs, les Phéniciens, tout le monde voyage, de mémoire d'homme il en est ainsi.

— Non, c'est vrai que nous ne parlons pas des mêmes choses, ce n'est pas ce changement que je désire, de voyager, de voir des villes au bord de la mer. Celui, pour commencer, que je désire, c'est de m'appartenir, de commencer à posséder quelque chose, des objets de peu d'importance mais qui seraient à moi, un endroit à moi, une seule pièce mais à moi. Parfois, tenez, je me prends à rêver d'un fourneau à gaz.

— Ce sera comme de voyager, Mademoiselle. Vous ne vous arrêterez plus. Vous désirerez ensuite posséder un frigidaire et, ensuite, encore autre chose. Ce sera comme de voyager, d'aller de ville en ville, vous ne vous arrêterez plus.

— Vous croyez, Monsieur, qu'il y a un inconvénient à ce que je ne m'arrête pas au frigidaire ?

— Pas du tout, Mademoiselle, non, je ne le crois pas, je parle pour moi, n'est-ce pas, et moi, il me semble que cette idée me fatiguerait plus que de voyager et de voyager, d'aller de ville en ville comme je le fais.

— Monsieur, je suis née et j'ai grandi comme tout le monde, je regarde autour de moi, je regarde beaucoup, et je trouve qu'il n'y a pas de raison vraiment pour que j'en reste là où j'en suis. Je dois commencer à prendre un peu d'importance et par tous les moyens. Et si je commence en me disant qu'un frigidaire me découragerait, alors je n'aurai même pas le fourneau à gaz. Comment le saurais-je d'ailleurs ? Si vous le dites, Monsieur, c'est que peut-être vous y avez pensé ou bien qu'un frigidaire vous a déjà fatigué ?

— Non, non seulement je n'en ai jamais eu mais je n'ai jamais eu la moindre possibilité d'en avoir un. Non, c'est une impression seulement. Si je dis ça à propos d'un frigidaire, c'est que cela paraît lourd et intransportable à un voyageur. Sans doute ne l'aurais-je pas dit d'un autre objet. Néanmoins je comprends fort bien, Mademoiselle, que vous, vous ne puissiez voyager qu'après avoir eu, par exemple, ce fourneau à gaz et même ce frigidaire. Et je dirais même que c'est moi qui ai tort de me décourager aussi facilement, rien qu'à l'idée d'un frigidaire.

— Oui, cela paraît curieux, en effet.

— Une fois, dans ma vie, un certain jour, je n'ai plus désiré vivre du tout. J'avais faim et, comme je n'avais plus rien ce jour-là, il fallait absolument, pour manger à midi, que je travaille. Comme si ce n'était pas là le sort de tout le monde et le mien tout particulièrement ! Tout comme si je n'y étais pas habitué, ce jour-là, je n'ai plus voulu vivre parce que je trouvais, eh bien, qu'il n'y avait pas de raison pour que cela continue encore pour moi comme cela continuait pour tout le monde. J'ai mis un jour entier à m'y réhabituer, puis, bien sûr, je suis allé au marché avec ma valise, et j'ai remangé. Ça a recommencé comme par le passé, avec cette différence, pourtant, que, depuis ce jour-là, les perspectives d'avenir quelconques, fût-ce même de posséder un frigidaire, me fatiguent beaucoup plus qu'avant.

— Je m'en serais doutée, voyez-vous.

— Depuis, quand je pense à moi, c'est en termes d'homme de plus ou d'homme de moins, ce qui vous explique qu'un frigidaire de plus ou de moins dans la vie m'importe moins qu'à vous.

— Ce pays, Monsieur, qui vous a fait tellement plaisir à voir, y êtes-vous allé avant ou après ce jour-là ?

— Après. Mais, quand j'y pense, cela me fait plaisir et je trouve qu'il aurait été dommage qu'un homme de plus ne le connaisse pas. Je ne crois pas, vous comprenez, être mieux fait qu'un autre pour l'apprécier, non, mais je trouve que, tant qu'à faire, puisqu'on est là, il vaut mieux voir un pays de plus que d'en voir un de moins.

— Bien que je ne puisse pas me mettre à votre place, Monsieur, je comprends ce que vous voulez dire et je trouve que c'est bien dit. C'est bien ça, n'est-ce pas, que vous voulez dire, que tant qu'à faire, puisqu'on est là, il vaut mieux voir le plus de choses possible que de ne pas les voir ? Et qu'ainsi le temps passe plus vite et de façon plus plaisante ?

— Si vous voulez, Mademoiselle, c'est un peu ça. Peut-être ne sommes-nous en désaccord que sur ce que nous avons décidé de faire ou de ne pas faire de notre temps.

— Pas seulement, Monsieur, puisque je n'ai encore pas eu l'occasion de me fatiguer de quoi que ce soit, excepté d'attendre, bien sûr. Comprenez-moi, Monsieur, je ne veux pas dire que vous êtes forcément plus heureux que moi, non, mais seulement que, si vous ne l'êtes pas, vous pouvez vous permettre d'envisager des remèdes à votre malheur, changer de ville, vendre autre chose, et même, je m'excuse, Monsieur, encore davantage. Moi, je ne peux encore commencer à penser à rien, même pas dans le détail. Rien n'est commencé pour moi, à part que je suis en vie. Et si parfois, quand il fait très beau, en été, par exemple, j'ai le sentiment que peut-être c'est fait, que peut-être la chose se commence tout en n'en ayant pas l'air, j'ai peur, oui, j'ai peur de me laisser aller au beau temps, et d'oublier, même un instant, ce que je veux, de me perdre déjà dans le détail, d'oublier l'essentiel. Si j'envisage déjà le détail, dans mon existence, je suis perdue.

— Mais, Mademoiselle, encore une fois, il m'avait semblé que vous aimiez ce petit garçon.

— Cela est égal, je ne veux pas le savoir, je ne veux pas commencer à ne pas me déplaire dans cet état, et même à le supporter un peu mieux parce qu'alors, encore une fois, je suis perdue. J'ai beaucoup de travail et je le fais. Et si bien qu'on m'en donne chaque jour un peu plus qu'on ne devrait, et je le fais. Et si naturellement qu'on finit par m'en donner de pénibles même, mais je ne dis rien et je les fais. Parce que si je ne les faisais pas, si je les refusais, cela voudrait dire que j'envisage dans les choses possibles que ma situation pourrait en être améliorée, adoucie, pourrait devenir plus supportable, et même, à la rigueur, supportable tout court.

— C'est quand même singulier, Mademoiselle, d'être en mesure de s'adoucir la vie et de le refuser.

— Oui, Monsieur, mais je ne refuse rien, je n'ai jamais rien refusé de faire de ce qu'on me demandait. Je n'ai jamais refusé, alors que cela aurait été si facile au début, et je ne refuse toujours pas alors que ce serait de plus en plus facile puisque j'ai de plus en plus de travail. Du plus loin que je me souvienne, j'ai toujours tout accepté, docilement, tout et tout afin, un jour, de ne plus pouvoir supporter rien. Vous me direz que c'est un peu simple peut-être, mais je n'ai rien trouvé d'autre pour en sortir. On se fait à tout, j'en suis sûre, et j'en vois, des gens, qui, après dix ans, en sont toujours où j'en suis. On peut se faire à toutes les existences, même à celle-là, et il faut que je fasse très attention, moi aussi, pour ne pas me faire à celle-là. Quelquefois, voyez-vous, je m'angoisse, oui, car tout en étant prévenue contre ce danger qu'il y a à se faire à toutes les existences, ce danger est si grand que, même prévenue, je pourrais quand même ne pas l'éviter. Mais, Monsieur, dites-moi encore ce qu'il y a de nouveau parfois, à part la neige, les cerises, les immeubles en construction ?

— Parfois l'hôtel a changé de propriétaire et le nouveau est avenant et il parle volontiers avec les clients, alors que l'ancien était fatigué d'avoir des amabilités et qu'il ne vous adressait pas la parole.

— Monsieur, n'est-ce pas qu'il me faut m'étonner chaque jour d'en être encore là ? Ou sans ça, je n'y arriverai pas ?

— Je crois que tout le monde s'étonne chaque jour d'en être encore là. Je crois qu'on s'étonne de ce qu'on peut, qu'on ne peut pas décider de s'étonner d'une chose plutôt que d'une autre.

— Chaque matin je m'étonne un peu plus d'en être encore là, je ne le fais pas exprès. Je me réveille et aussitôt je m'étonne. Alors je me rappelle des choses. J'étais une petite fille comme toutes les autres, rien apparemment ne me distinguait d'elles. À l'époque des cerises, ah, tenez, nous en volions ensemble dans les vergers. Jusqu'au dernier jour nous en avons volé ensemble. Car c'était à cette saison-là que l'on m'a placée. Dites voir encore, Monsieur, à part tout ce que vous m'avez dit déjà, y compris le propriétaire de l'hôtel ?

— J'en ai volé aussi, tout comme vous, et rien en apparence non plus ne me distinguait des autres, sauf peut-être que je les aimais déjà beaucoup. À part le propriétaire de l'hôtel, parfois il y a une radio nouvelle.

Cela est très important. Un café sans musique qui devient un café avec de la musique. Alors, naturellement, il y a beaucoup plus de monde et il reste plus tard. Ça fait de bonnes soirées de gagnées.

— Vous avez dit de gagnées ?

— Oui.

— Ah, il me semble parfois que si nous avions su... Ma mère est venue, elle m'a dit : « Allez, maintenant, c'est fini, viens, c'est fini. » Je me suis laissé faire, vous savez, comme les bêtes vont à l'abattoir, pareil. Ah ! si j'avais su, Monsieur, je me serais débattue, je me serais sauvée, j'aurais supplié ma mère, je l'aurais suppliée si bien, si bien !

— Mais nous ne savions pas.

— La saison des cerises a continué jusqu'à la fin comme les autres années. Les autres passaient sous mes fenêtres en chantant. J'étais derrière à les guetter et l'on me grondait pour cela.

— Moi, très tard je les ai cueillies.

— Derrière mes fenêtres, comme un grand criminel. Tenez, Monsieur, comme si mon crime était d'avoir seize ans. Mais, très tard, disiez-vous ?

— Oui. Le plus tard qu'il est possible dans une vie d'homme. Et voyez.

— Parlez-moi encore des cafés pleins de monde où l'on fait de la musique, Monsieur.

— Sans eux je ne pourrais pas vivre, Mademoiselle. Je les aime beaucoup.

— Je crois que, moi aussi, je les aimerai beaucoup. Je serai là, au comptoir, au bras de mon mari et nous écouterons la radio. On nous parlera de choses et d'autres et nous répondrons, nous y serons à la fois ensemble et avec les autres. Parfois l'envie me prend d'y faire un tour mais, seule, voyez-vous, une jeune fille de mon état ne peut pas se le permettre.

— J'oubliais : parfois quelqu'un vous regarde.

— Je vois. Et s'approche ?

— Et s'approche, oui.

— Sans raison ?

— Sans raison. Alors la conversation prend un tour moins général.

— Et alors, Monsieur, et alors ?

— Je ne reste jamais plus de deux jours dans chaque ville, Mademoiselle, trois au maximum. Les objets que je vends ne sont pas d'une telle nécessité.

— Hélas ! Monsieur.

La brise qui s'était assoupie s'éleva de nouveau, balaya de nouveau les nuages et, à la tiédeur soudaine de l'air, on devina encore une fois les promesses d'un proche été.

— Mais vraiment, comme il fait beau, aujourd'hui, répéta l'homme.

— Nous approchons de l'été.

— Peut-être, Mademoiselle, ne commence-t-on jamais, excusez-moi, et que c'est toujours pour demain.

— Ah ! Monsieur, si vous dites cela, c'est qu'aujourd'hui, pour vous, est quand même assez plein pour vous distraire de demain. Pour moi, aujourd'hui ce n'est rien, un désert.

— En somme, Mademoiselle, il ne vous arrive jamais de faire quelque chose dont vous pourrez vous dire que ce sera toujours une chose de faite ?

— Non, je ne fais rien, je travaille toute la journée mais je ne fais rien à propos de quoi je puisse me dire ce que vous dites. Je ne peux même pas me poser cette question.

— Je ne voudrais pas vous contredire, Mademoiselle, encore une fois, mais, quoi que vous fassiez, ce temps que vous vivez maintenant comptera pour vous, plus tard. Et de ce désert dont vous parlez vous vous en souviendrez et il se repeuplera de lui-même avec une précision éblouissante. Vous n'y échapperez pas. On croit que ce n'est pas commencé et c'est commencé. On croit qu'on ne fait rien et on fait quelque chose. On croit qu'on s'achemine vers une solution, on se retourne, et voilà qu'elle est derrière soi. Ainsi, cette ville, je ne l'ai pas bien appréciée sur le moment à sa juste mesure. L'hôtel n'était pas excellent, la chambre que j'avais retenue, on en avait disposé, il était tard, et j'avais faim. Rien ne m'attendait dans cette ville, que la ville elle-même, énorme, et imaginez un peu ce que peut être une énorme ville tout entière tournée vers ses occupations pour un voyageur fatigué qui la voit pour la première fois.

— Non, Monsieur, je ne l'imagine pas.

— Rien ne vous y attend qu'une mauvaise chambre qui donne sur une cour sale et bruyante. Et pourtant, à y repenser, je sais que ce voyage m'a changé, que beaucoup de ce que j'avais vu avant de le faire m'y menait et s'est éclairé. Ce n'est qu'après coup que l'on sait être allé dans telle ou telle ville, Mademoiselle, vous savez bien.

— Si c'est dans ce sens-là que vous l'entendez, alors peut-être avez-vous raison. Peut-être la chose est-elle commencée déjà et, ça, depuis qu'un certain jour j'ai voulu qu'elle commence.

— Oui, Mademoiselle, on croit que rien n'arrive et pourtant, voyez, il me semble que ce qui sera arrivé de plus important dans votre vie, c'est cette volonté que vous mettez, précisément, à ne rien vivre encore.

— Je comprends, Monsieur, oui, mais comprenez-moi jusqu'au bout, vous-même, même si de ce moment-là c'est fait, je ne peux pas encore, je n'ai pas encore eu le temps de le savoir. J'espère que je le saurai un jour comme vous, de ce voyage, et que lorsque je me retournerai tout s'éclairera-t-il, derrière moi, mais vraiment, maintenant, j'y suis trop plongée encore pour pouvoir seulement le prévoir.

— Oui, Mademoiselle, oui, et sans doute ne peut-on rien vous apprendre de ce que vous ne pouvez voir encore, mais la tentation est grande d'essayer quand même de le faire.

— Monsieur, vous êtes bien gentil, mais je n'en suis pas encore à très bien comprendre ce qu'on me dit.

— Mademoiselle, faut-il quand même, et je vous comprends, soyez-en sûre, faut-il quand même faire tout ce travail-là tout le temps qu'il faudra ? Évidemment je ne vous donne aucun conseil... Mais est-ce qu'une autre que vous, par exemple, ne pourrait pas à la rigueur faire un petit effort et espérer ensuite autant de l'avenir une fois que certaines corvées lui seraient épargnées ? Est-ce qu'une autre ne le ferait pas ? Pensez-y.

— Avez-vous peur, Monsieur, qu'un jour, si cela tardait trop pour moi, à force de ne jamais rien refuser de faire, d'en accepter chaque jour davantage sans jamais me plaindre, j'en vienne à perdre patience tout à fait ?

— Il est vrai, Mademoiselle, que cette sorte de volonté que vous avez, que rien ne peut adoucir, je la trouve un peu inquiétante, mais ce n'est pas pour ça que je vous le disais, mais parce qu'il est difficile de supporter que quelqu'un de votre âge ait choisi de vivre dans une telle rigueur.

— Monsieur, je n'ai pas d'autre solution, je vous assure que j'y ai beaucoup pensé.

— Combien de personnes, Mademoiselle, si je peux me permettre ?

— Sept.

— Et d'étages ?

— Six.

— Et de pièces ?

— Huit.

— Hélas !

— Mais non, pourquoi, Monsieur ? Ça ne se compte pas comme ça. Je dois bien mal m'expliquer, vous n'avez pas compris.

— Mademoiselle, je crois que le travail peut toujours se mesurer, toujours, dans tous les cas, que le travail est toujours le travail.

— Celui-là, non, je vous assure. De celui-là on peut dire qu'il vaut mieux en faire trop que pas assez. S'il vous laisse du temps pour vous amuser ou réfléchir en dehors de lui, on est perdu.

— Et vous avez vingt ans.

— Oui, et, comme on dit, je n'ai pas eu encore le temps de faire mal au monde. Mais ce n'est pas là la question, il me semble.

— J'aurais tendance à croire qu'elle est là, au contraire. Et ces gens devraient s'en souvenir.

— Ce n'est quand même pas de leur faute si nous acceptons tout le travail qu'ils nous donnent à faire. Moi, j'en ferais autant à leur place.

— Mademoiselle, je voudrais vous raconter comment je suis rentré dans cette ville après avoir déposé ma valise dans la chambre.

— Oui, Monsieur, mais il ne faut pas vous inquiéter pour moi. Cela m'étonnerait que je me laisse aller à perdre patience un jour. Je ne pense qu'à ça, au risque qu'il y aurait à perdre patience, alors, ça m'étonnerait quand même, comprenez-vous, Monsieur?

— Mademoiselle, ce n'est que le soir, après avoir déposé ma petite valise...

— Car on pense beaucoup, nous aussi, Monsieur, vous savez. Terrées dans notre travail il ne nous reste que ça à faire, penser, on pense, c'est fou. Mais pas sans doute comme vous à ne rien faire. Nous pensons en mal. Et tout le temps.

— C'était le soir, juste avant de dîner, après le travail.

— Nous, nous pensons toujours aux mêmes choses, aux mêmes personnes, et dans le mal. C'est pourquoi nous faisons si attention et que ce n'est pas la peine de s'inquiéter. Mais, vous voyez, vous parliez de métier, en est-ce un que celui-ci, qui vous fait imaginer toute la journée dans le mal? C'était le soir, disiez-vous, après avoir déposé votre valise?

— Oui, Mademoiselle. Ce n'est que le soir, après avoir déposé ma valise dans la chambre, juste avant le dîner, que je me suis promené dans la ville. Je cherchais un restaurant. C'est long et difficile, n'est-ce pas, de trouver ce qu'il vous faut lorsqu'on est limité par le prix. Et c'est pendant que je cherchais que je me suis un peu égaré du centre et que je suis tombé sur le jardin zoologique. La brise s'était levée. Les gens étaient sortis de la précipitation du travail et ils se promenaient dans ce jardin qui est, comme je vous l'ai dit, sur une hauteur qui domine la ville.

— Mais je suis sûre, Monsieur, que la vie est bonne. Sans ça, allez, je ne me donnerais pas tant de peine.

— Je ne sais pas ce qui s'est passé. Dès que je suis entré dans ce jardin, je suis devenu un homme comblé par la vie.

— Monsieur, je ne sais pas comment un jardin, à le voir, peut rendre un homme heureux.

— C'est pourtant une aventure très courante que je vous raconte là, Mademoiselle, et vous en entendrez bien d'autres pareilles au cours de votre vie. J'ai, comprenez-vous, une existence ainsi faite que parler, par exemple, pour moi, est une sorte d'aubaine. Eh bien, j'ai été tout à coup aussi à l'aise dans ce jardin que s'il avait été fait pour moi autant que pour les autres. Comme si, je ne saurais vous dire mieux, j'avais grandi brusquement et que je devenais enfin à la hauteur des événements de ma propre vie. Je ne pouvais pas me décider à quitter ce jardin. La brise s'était donc levée, la lumière est devenue jaune de miel, et les lions eux-mêmes, qui flambaient de tous leurs poils, bâillaient du plaisir d'être là. L'air sentait à la fois le feu et les lions et je le respirais comme l'odeur même d'une fraternité qui enfin me concernait. Tous les passants étaient attentifs les uns aux autres et se délassaient dans cette lumière de miel. Je me souviens, je trouvais qu'ils ressemblaient aux lions. J'ai été heureux brusquement.

— Mais heureux comment, comme quelqu'un qui se repose ? Comme quelqu'un qui trouve la fraîcheur après avoir eu très chaud ? Heureux comme chaque jour ils sont, les autres ?

— Plus que ça, je pense, sans doute parce que je n'en avais pas l'habitude. Une force considérable m'est montée à la tête, dont je ne savais que faire.

— Une force qui fait souffrir ?

— Peut-être oui, qui fait souffrir aussi parce que rien ne paraît en mesure de l'assouvir.

— Cela est l'espoir, je crois bien, Monsieur.

— Oui, cela est l'espoir, je le sais. Cela est quand même l'espoir. Et de quoi ? De rien. L'espoir de l'espoir.

— Monsieur, s'il n'y avait que des gens comme vous, nous n'y arriverions jamais.

— Mais, Mademoiselle, au bout de chacune des allées de ce jardin, de chacune des allées vraiment, on voyait la mer. La mer, je vous avoue, ça m'est un peu égal pour ce que j'ai à en faire d'habitude dans ma vie, mais là, il se trouvait que c'était elle que les gens regardaient, tous, même ceux qui étaient nés là et même, me semblait-il, les lions eux-mêmes, je le croyais. Alors, comment ne pas regarder ce que les gens regardent, même si c'est une chose qui vous importe peu d'habitude ?

— Elle ne devait plus être tellement bleue puisque le soleil se couchait, disiez-vous.

— Elle l'était lorsque je suis sorti de l'hôtel, oui, mais ensuite, un petit peu après que je suis arrivé dans ce jardin, elle est devenue plus sombre et de plus en plus calme.

— Non, puisque la brise s'était levée, elle ne devait pas être aussi calme que ça.

— Mais c'était une brise si légère, si vous saviez, et elle ne devait souffler que sur les hauteurs, sur la ville seulement, pas dans la plaine. Je ne sais plus très bien de quelle direction elle venait, mais sans doute pas de la haute mer.

— Et puis, Monsieur, ce soleil couchant ne devait pas éclairer tous les lions. Ou bien alors, il aurait fallu que toutes leurs cages donnent du même côté de ce jardin, dans la direction du couchant.

— Mademoiselle, je vous l'affirme, c'était le cas, elles donnaient toutes du même côté. Et le soleil couchant éclairait tous les lions sans exception.

— Le soleil, donc, s'était couché sur la mer avant.

— Oui, c'est ça exactement, vous avez bien deviné. La ville et le jardin recevaient encore le soleil alors que la mer était déjà dans l'ombre. C'était il y a trois ans. C'est pourquoi ces souvenirs sont encore si près de moi et que j'aime les raconter.

— Je comprends, Monsieur. On croit qu'on peut se passer de bavarder, puis ce n'est pas possible. De temps en temps, je cause comme ça avec des inconnus, comme nous faisons en ce moment, toujours dans ce square, oui.

— Lorsque les gens ont envie de parler cela se voit très fort et, c'est bien curieux, cela n'est pas bien vu en général. Il n'y a guère que dans les squares que cela semble naturel. Mademoiselle, vous disiez donc qu'il y avait huit pièces, n'est-ce pas ? Huit grandes pièces ?

— Je ne sais pas exactement, je ne dois pas les voir comme tout le monde. En général je les trouve grandes. Mais peut-être ne sont-elles pas aussi grandes que ça. À vrai dire, cela dépend des jours. Il y a des jours où je les trouve sans fin, d'autres où je m'y asphyxie tant elles me paraissent petites. Mais pourquoi, Monsieur, cette question ?

— Pour rien, Mademoiselle, par curiosité. Pour rien d'autre que par curiosité.

— Allez, Monsieur je sais bien, cela peut paraître un peu bête, mais je n'y peux rien.

— Si j'ai bien compris, Mademoiselle, vous seriez comme quelqu'un de très ambitieux qui voudrait tout avoir de ce qu'ont les autres et qui le voudrait de façon si courageuse qu'on pourrait s'y tromper... qu'on pourrait la croire... héroïque.

— Ce mot ne m'effraie pas, Monsieur, bien que je n'y aie jamais pensé. Voyez-vous, je suis démunie à ce point que je peux tout me permettre pour ainsi dire. Je pourrais avec autant de force vouloir mourir que vouloir vivre, alors ? Car dites-moi un peu, Monsieur, à quelle douceur déjà existante sacrifierais-je ce courage ? et qui et quoi pourraient en tempérer la rigueur ? Chacun, à ma place, ferait de même, qui, bien sûr, voudrait ce que je veux avec sérieux.

— Sans doute, oui, Mademoiselle, oui, y a-t-il des cas, chacun fait ce qu'il croit devoir faire, n'est-ce pas, y a-t-il des cas où on ne peut éviter d'être comme un héros.

— Vous comprenez, Monsieur, si je refusais une fois de faire une chose, n'importe quelle chose, je commencerais à m'organiser, à me défendre, à m'intéresser à ce que je fais. Je commencerais par une chose, je continuerais par une autre et quoi encore ? Et je finirais par m'occuper si bien de mes droits que je les prendrais au sérieux et que je croirais qu'ils existent. J'y penserais. Je ne m'ennuierais même plus. Ainsi je serais perdue.

Il y eut un silence entre eux. Le soleil, qui s'était voilé, brilla de nouveau. Puis la jeune fille recommença à parler.

— Après avoir été aussi heureux en arrivant dans ce jardin, Monsieur, l'êtes-vous resté, dites-moi ?

— Je le suis resté plusieurs jours. Cela peut arriver.

— Croyez-vous que cela arrive à tout le monde, ou non ?

— Il se peut qu'il y en ait à qui cela n'est jamais arrivé. Si insupportable que soit cette idée, il doit y en avoir.

— C'est une supposition que vous faites, Monsieur, n'est-ce pas ?

— Oui, je peux me tromper, Mademoiselle, je n'en sais rien, à vrai dire.

— Vous avez pourtant l'air averti de ces choses, Monsieur.

— Non, Mademoiselle, je ne le suis pas plus que les autres.

— Monsieur, je voulais vous demander aussi : même si le soleil s'était couché sur la mer avant, comme il va très vite à se coucher dans ces pays-là, l'ombre a dû gagner la ville très vite après, n'est-ce pas ? Dix minutes après qu'il a commencé à se coucher, ça a dû être fait ?

— Oui, Mademoiselle, mais je vous l'assure, c'est à ce moment-là que je suis arrivé, à ce moment, vous savez, de l'incendie.

— Je vous crois, Monsieur.

— On ne le dirait pas, Mademoiselle.

— Si, Monsieur, tout à fait. D'ailleurs, vous auriez pu y arriver à un tout autre moment sans que rien en ait été changé par la suite, n'est-ce pas ?

— J'aurais pu, oui, mais c'est à ce moment-là que je suis arrivé, même s'il ne dure que quelques minutes par jour.

— Mais là n'est quand même pas la question ?

— Non. Là n'est pas la question.

— Mais après, cependant ?

— Après, le jardin est resté le même, sauf qu'il y a fait nuit. La fraîcheur montait de la mer, et comme il avait fait très chaud dans la journée, on l'appréciait beaucoup.

— Mais, quand même, à la fin, il vous a bien fallu dîner, non ?

— Je n'ai plus eu très faim, tout à coup, j'ai eu soif. Ce soir-là je n'ai pas dîné. Peut-être n'y ai-je pas pensé.

— Mais n'étiez-vous pas sorti de votre hôtel pour cela : dîner ?

— Oui, mais ensuite j'ai oublié de le faire.

— Moi, voyez, Monsieur, je suis comme dans la nuit tout le jour.

— Mais c'est aussi parce que vous le voulez, Mademoiselle, non ? Vous désirez en sortir telle que vous y êtes rentrée, en somme, comme on se réveille précisément d'une longue nuit. Je sais ce qu'il en est, bien sûr, de vouloir faire la nuit autour de soi, mais, voyez-vous, il me semble qu'on a beau faire, les dangers du jour percent quand même à travers.

— Oh, ce n'est pas une nuit tellement épaisse, Monsieur, et je ne crois pas que le jour puisse tellement la menacer. J'ai vingt ans. Il ne m'est encore rien arrivé. Et je dors bien. Mais un jour, il faudra bien que je me réveille pour toujours, il le faudra.

— Ainsi, les jours s'écoulent toujours pareils pour vous, Mademoiselle, même dans leur diversité.

— Ce soir, ils reçoivent quelques amis comme tous les jeudis. Je mangerai du gigot, seule dans la cuisine, au bout du corridor.

— Et la rumeur de leur conversation vous arrivera toujours pareille, pareille à un tel point qu'on pourrait croire de loin qu'ils se disent tous les jeudis les mêmes choses ?

— Oui, et je n'y comprendrai rien, comme d'habitude.

— Et vous serez seule, là, entourée des restes du gigot, dans une sorte d'assoupissement. Et on vous appellera pour desservir les assiettes à gigot et servir la suite.

— Non, on me sonnera, mais vous vous trompez, on ne me réveillera pas, je les sers dans un demi-sommeil.

— Comme eux sont servis, dans l'ignorance totale de qui vous pouvez bien être vous aussi. Ainsi vous êtes quitte, en somme, ils ne peuvent ni vous attrister ni vous amuser, vous dormez.

— Oui. Et ensuite ils s'en vont et la maison redevient calme jusqu'au lendemain matin.

— Où vous recommencerez à les ignorer tout en les servant aussi parfaitement que possible.

— Sans doute, Monsieur, mais je dors bien, ah! C'est un vertige que mon sommeil et ils n'y peuvent rien. Mais pourquoi dites-vous ces choses?

— Peut-être pour vous les rappeler à vous-même, je ne sais pas.

— Oui, Monsieur, sans doute, mais voyez-vous, un jour, un beau jour, je pénétrerai dans le salon, à l'heure qu'il sera, dans deux heures et demie, et je parlerai.

— Il le faudra.

— Je dirai: ce soir je ne sers pas. Madame se retournera vers moi et s'étonnera. Je dirai: pourquoi servirais-je puisque à partir de ce soir... à partir de ce soir... Mais non, je ne vois pas bien comment des choses de cette importance-là se disent.

L'homme ne répondit pas et l'on aurait pu le croire attentif à la douceur de la brise qui, une nouvelle fois, s'était levée. La jeune fille n'avait l'air d'attendre aucune réponse à ce qu'elle venait de dire.

— Dans quelques jours, ce sera l'été, dit l'homme – et il ajouta dans un gémissement – ah! nous sommes vraiment les derniers des derniers.

— On dit qu'il en faut.

— On dit qu'il faut de tout, Mademoiselle.

— Pourtant, Monsieur, on se demande parfois pourquoi il en est ainsi.

— Que ce soit nous plutôt que d'autres?

— Oui, mais au point où nous en sommes, on se demande aussi si nous plutôt que d'autres ça ne revient pas au même. Quelquefois on se le demande.

— Oui, et quelquefois, dans certains cas, cela peut rassurer, en fin de compte.

— Pour ma part, non, cela ne me rassurera pas, non, non. Il faut que je me borne à savoir que c'est seulement de moi qu'il s'agit, plutôt que des autres. Sans cela je suis perdue.

— Qui sait, Mademoiselle, cela va peut-être cesser très vite pour vous, tout d'un coup, peut-être que ce sera cet été-ci, on ne sait jamais, que vous entrerez dans ce salon et que vous déclarerez que, désormais, le monde se passera de vos services.

— Qui sait en effet? Quand je parle du monde, c'est de l'orgueil, me direz-vous, mais il me semble toujours que c'est du monde entier que je parle, vous comprenez bien?

— Oui, je comprends.

— J'ouvrirai cette porte du salon, Monsieur, et voilà, ce sera fait d'un seul coup et pour toujours.

— Et vous vous souviendrez toujours de ce moment-là comme je me souviens de ce voyage. Je n'en ai jamais refait d'aussi beau depuis, ni aucun qui me rende à ce point heureux.

— Pourquoi cette tristesse tout à coup, Monsieur ? Voyez-vous une tristesse quelconque à ce qu'un jour il me faille ouvrir cette porte ? Trouvez-vous que cela n'est pas complètement désirable ?

— Non, Mademoiselle, cela me semble tout à fait désirable et même plus que ça. Si cela m'attriste un peu, il est vrai, lorsque vous parlez d'ouvrir cette porte, c'est que vous l'ouvrirez pour toujours, qu'ensuite, vous n'aurez plus à le faire jamais. Et puis cela me semble parfois si long, si long, de retourner dans un pays qui me convienne autant que celui dont je vous ai parlé, que parfois je doute, je me demande s'il ne serait pas préférable de ne pas commencer à en voir un.

— Monsieur, excusez-moi, mais je ne peux pas savoir, vous comprenez, ce qu'il en est d'avoir vu cette ville et d'espérer la revoir, et la désolation qui a l'air de vous venir à attendre ce moment-là. Et vous aurez beau me ressasser que ce n'est pas gai, aussi gentiment que vous le pourrez, je ne pourrai pas le comprendre. Je ne sais rien, je ne sais rien en dehors de ceci : c'est qu'un jour il faudra que j'ouvre cette porte et que je parle à ces gens.

— Oui, Mademoiselle, bien sûr. Ne prenez pas garde à ces réflexions. Elles me viennent à l'esprit à l'occasion de ce que vous me dites, simplement, mais je ne voudrais pas qu'elles vous découragent. Au contraire même, et, voyez-vous, j'irai même jusqu'à vous demander ceci : cette porte, Mademoiselle, quel moment privilégié attendez-vous pour l'ouvrir ? Pourquoi ne décidez-vous pas de l'ouvrir, par exemple, dès ce soir ?

— Seule, je ne le pourrais pas.

— Voulez-vous dire, Mademoiselle, que n'ayant ni argent ni instruction, vous ne pourriez que recommencer, que cela ne servirait donc à rien ?

— Je veux dire cela et aussi autre chose. Je dis que seule, je serais comme, je ne sais pas comment vous dire, comme privée de sens, oui. Seule, je ne pourrais pas changer. Je continuerai à aller à ce bal avec régularité, et un jour un homme me demandera d'être sa femme, et alors je le ferai. Avant cela, non, je ne le pourrai pas.

— Comment pouvez-vous savoir qu'il en serait comme un sort si vous n'avez jamais essayé ?

— J'ai essayé. Et depuis je le sais, je sais que seule... en dehors de cet état peut-être, toute seule dans une ville... je serais, oui, comme je vous disais, comme privée de sens, je ne saurais plus ce que je veux, je ne saurais même peut-être plus tout à fait qui je suis, je ne saurais plus vouloir changer. J'en resterai là, sans rien faire, à me dire que cela n'en vaut pas la peine.

— Je vois un peu ce que vous voulez dire, Mademoiselle, oui, je le vois même assez bien.

— Il faut qu'on me choisisse une fois. De cette façon j'aurai la force de changer. Je ne dis pas que cela vaut pour tout le monde. Je dis que cela vaut pour moi. J'ai déjà essayé et je le sais. Non pas parce que j'ai eu faim, non, mais ayant eu faim, cela ne m'importait plus. Je ne savais même plus très bien qui avait faim en moi.

— Je vous comprends, Mademoiselle, je vois ce que cela peut être... oui, je le devine, bien que je n'aie jamais désiré être choisi entre tous comme vous le voulez, vous, et que, même si cela m'est arrivé occasionnellement, je n'en aie jamais fait une question de cette importance.

— Vous comprenez, Monsieur, vous comprenez, je n'ai jamais été choisie par personne, sauf en raison de mes capacités les plus impersonnelles, et afin d'être aussi inexistante que possible, alors il faut que je sois choisie par quelqu'un, une fois, même une seule. Sans cela j'existerai si peu, même à mes propres yeux, que je ne saurai même pas vouloir choisir à mon tour. C'est pourquoi je m'acharne tant sur le mariage, vous comprenez.

— Oui, Mademoiselle, sans doute, mais j'ai beau faire, je ne vois pas très bien comment vous espérez être choisie si vous ne pouvez choisir vous-même.

— Je sais bien que cela peut paraître impossible, mais quand même il faudra que cela arrive. Car si je me laissais moi-même choisir, tous les hommes me conviendraient, tous, à condition seulement qu'ils veuillent un peu de moi. Un homme qui, seulement, me remarquerait, je le trouverais désirable de ce seul fait, alors comment saurais-je ce qui me conviendrait quand tous me conviendraient s'ils voulaient de moi ? Non, on devra deviner, pour moi, ce qui me conviendra le mieux, moi, je ne le saurai jamais toute seule.

— Même un enfant sait ce qui lui convient.

— Mais je ne suis pas une enfant, et si je me laisse aller à l'être, à ce plaisir qui court les rues, je le sais bien, allez, qui est partout à me guetter, je suivrai le premier venu, qui ne voudra de moi que pour ce même plaisir que je chercherai avec lui et je serai perdue, alors, tout à fait. Je pourrais me faire une autre vie, me direz-vous, oui, mais voilà, recommencer à l'envisager, je n'en ai déjà plus le courage.

— Mais vous n'avez pas pensé que ce choix qu'un autre fera de lui-même en votre nom pourra ne pas vous convenir et le rendre malheureux plus tard ?

— J'y ai un peu pensé, oui, mais je ne peux pas déjà, et avant de commencer quoi que ce soit, envisager le mal possible que je pourrai faire aux autres plus tard. Je me dis une seule chose : c'est que, si tout le monde fait plus ou moins de mal en vivant, en choisissant, en se trompant, si cela est inévitable, eh bien ! j'en passerai par là, moi aussi. J'en passerai par le mal s'il le faut, si tout le monde en passe par là.

— Tranquillisez-vous, Mademoiselle, il s'en trouvera bien qui devineront que vous existerez un jour, soyez-en sûre, et pour eux et pour les autres. Pourtant, voyez-vous, on peut parfois presque se faire à ce manque dont vous parlez.

— Quel manque ? De n'être jamais choisi ?

— Si vous voulez, oui. D'être choisi, quant à moi, serait une chose qui m'étonnerait tellement qu'elle me ferait rire, je crois bien, si elle m'arrivait pour de bon.

— Je ne m'en étonnerais pas du tout, moi. Je la trouverais au contraire tout à fait naturelle. C'est, au contraire, de n'avoir encore été choisie par personne qui m'étonne chaque jour davantage. Je ne peux pas arriver à le comprendre, et c'est cela, moi, à quoi je ne peux pas m'habituer.

— Cela arrivera, Mademoiselle, je vous l'assure.

— Je vous remercie, Monsieur. Mais le dites-vous pour me faire plaisir ou ces choses peuvent-elles déjà se voir, se deviner un peu, déjà, sur moi ?

— Sans doute peuvent-elles déjà se deviner, oui. À vrai dire, je vous l'ai dit sans y réfléchir beaucoup, mais non pas pour vous faire plaisir, pas du tout. Je l'ai dit d'évidence, quoi.

— Et vous, Monsieur, comment le savez-vous pour vous-même ?

— Eh bien, parce que... justement, je ne m'en étonne pas, oui, cela doit être ça... Je ne m'étonne pas du tout, alors que vous vous en étonnez tant, de ne pas être choisi entre tous les autres de la façon que vous désirez.

— À votre place, Monsieur, je me ferais venir cette envie coûte que coûte, mais je ne resterais pas ainsi.

— Mais, Mademoiselle, puisque je ne l'ai pas, cette envie, elle ne pourrait me venir que... que du dehors. Comment faire autrement ?

— Ah! Monsieur. Vous me donneriez envie de mourir.

— Moi particulièrement, ou est-ce une façon de parler?

— C'est une façon de parler, Monsieur, sans doute, et de vous, et de moi.

— Parce qu'il y a aussi que je n'aimerais pas tellement, Mademoiselle, avoir provoqué chez quelqu'un, ne serait-ce qu'une seule fois dans ma vie, une envie aussi violente de quelque chose.

— Je m'excuse, Monsieur.

— Oh! Mademoiselle, cela n'a aucune importance.

— Et je vous remercie aussi.

— Mais de quoi?

— Je ne sais pas, Monsieur, de votre amabilité.

Tranquillement, l'enfant arriva du fond du square et se planta de nouveau devant la jeune fille.

— J'ai soif, dit l'enfant.

La jeune fille sortit un thermos et une timbale de son sac.

— C'est vrai, dit l'homme, qu'après avoir mangé ses deux tartines il doit avoir soif.

La jeune fille montra le thermos et le déboucha. Du lait encore bien chaud fuma dans le soleil.

— Mais, Monsieur, dit-elle, je lui ai apporté du lait.

L'enfant but goulûment tout le contenu de la timbale puis il la rendit à la jeune fille. Il resta autour des lèvres roses un nuage de lait. La jeune fille les essuya dans un geste léger et sûr. L'homme sourit à l'enfant.

— Si je le disais, fit-il, c'était simplement pour le remarquer, pour rien d'autre que pour le remarquer.

L'enfant regarda cet homme qui lui souriait, complètement indifférent. Puis il retourna vers le sable. La jeune fille le suivit des yeux.

— Il s'appelle Jacques, dit-elle.

— Jacques, répéta l'homme.

Mais il ne pensait pas à l'enfant.

— Je ne sais pas si vous avez remarqué, continua-t-il, comme le lait leur reste autour des lèvres après qu'ils ont bu. C'est curieux. Ils ont déjà des façons, ils parlent, ils marchent, et, quand ils boivent du lait, tout à coup, on comprend...

— Celui-là ne dit pas le lait, il dit mon lait.

— Quand je vois une chose comme ça, ce lait, une confiance m'emplit soudain, sans que je puisse en dire la raison. Comme un soulagement aussi de je ne sais quel accablement. Oui, je crois bien que tous les enfants me ramènent aux lions de ce jardin. Je les vois comme des lions de petite taille, mais je les vois bien comme des lions, oui.

— Ils n'ont pas l'air cependant de vous donner le même genre de bonheur que ces lions dont les cages étaient tournées vers le soleil.

— Ils donnent un certain bonheur mais pas le même, il est vrai. Ils vous inquiètent, ils vous troublent toujours. Ce n'est pas que j'aime spécialement les lions, vous comprenez, non. Non, c'est une façon de parler.

— Peut-être accordez-vous trop d'importance à cette ville, Monsieur, et que le reste de votre existence en pâtira un peu. Ou bien, encore une fois, voulez-vous sans que je l'aie vue que je comprenne le bonheur qu'elle a pu vous donner ?

— Peut-être, oui, Mademoiselle, que c'est à une personne de votre genre que j'aimerais le mieux le décrire.

— Je vous remercie, Monsieur, vous êtes aimable, mais, voyez-vous, je n'ai pas voulu dire que j'étais spécialement malheureuse dans mon état, que je l'étais plus que d'autres dans le même état. Non, il s'agit de bien autre chose dont la vue d'aucun pays au monde, je le crains, ne pourrait me tenir lieu.

— Je m'excuse, Mademoiselle, mais, lorsque je dis que c'est à une personne comme vous que j'aimerais de bien décrire les moments que j'ai passés dans ce pays, je ne veux pas insinuer du tout que vous êtes malheureuse sans le savoir, et que d'apprendre certaines choses vous ferait du bien, non, je veux simplement dire qu'il m'avait semblé que vous étiez une personne plus indiquée qu'une autre pour comprendre ce qu'on veut dire. C'est tout, je vous assure. Mais sans doute ai-je trop insisté sur cette ville, et sans doute ne pouviez-vous que mal le prendre.

— Non, certainement pas, Monsieur, non, simplement je voulais vous prévenir, au cas où vous auriez fait une erreur de me croire malheureuse, vous dire que vous vous trompiez. Évidemment il y a des moments où je pleure, c'est vrai, mais c'est seulement d'impatience, d'irritation si vous voulez. Non, l'occasion de m'attrister enfin sérieusement sur moi-même, je l'attends encore.

— Je vois bien, Mademoiselle, oui, mais vous pourriez parfois vous y tromper, n'est-ce pas, et ne voir à cela aucun inconvénient.

— Non, je ne pourrais pas. Je serai malheureuse à la façon de tout le monde ou alors je ne le serai pas. Je veux l'être comme les autres le sont ou alors j'éviterai de l'être le plus que je pourrai. Si la vie n'est pas heureuse, j'ai envie de l'apprendre par moi-même, vous comprenez, pour mon compte, jusqu'au bout, et aussi complètement qu'il sera possible ;

et ensuite, eh bien je mourrai à cela que j'aurais voulu et on me pleurera. Je ne demande, en somme, que le sort commun. Mais, Monsieur, quand même, dites-moi un peu comment c'était.

— Je saurais très mal le faire. Vous comprenez, je ne dormais pas, et pourtant je n'étais pas fatigué.

— Et encore?

— Je ne mangeais pas, et je n'avais pas faim.

— Et encore?

— Toutes mes petites difficultés s'étaient évanouies comme si elles n'avaient existé jusque-là que dans mon imagination. Elles me revenaient à la mémoire comme d'un lointain passé et j'en souriais.

— Mais à la fin vous auriez eu faim et vous auriez été fatigué, c'est impossible autrement.

— Sans doute, oui, mais je ne suis pas resté suffisamment dans cette ville pour que la faim me revienne, et la fatigue.

— Lorsqu'elle vous est revenue, ailleurs, était-elle grande, cette fatigue?

— J'ai dormi tout un jour dans un bois au bord de la route.

— Comme ces vagabonds qui font peur?

— Oui, pareil, ma valise à côté de moi.

— Je comprends, Monsieur.

— Non, Mademoiselle, je ne crois pas que vous le puissiez encore.

— Je veux dire que j'essaie, Monsieur, mais un jour j'y arriverai, je comprendrai tout à fait ce que vous venez de me dire. Tout le monde le peut, n'est-ce pas, Monsieur?

— Oui, mais vous, il me semble que vous le comprendrez un jour tout à fait, aussi complètement que possible.

— Ah! Monsieur, vous n'imaginez pas combien c'est difficile d'arriver à cela que je vous disais, à obtenir par soi-même, et toute seule, le sort de tout le monde. Je veux dire surtout combien c'est difficile, comprenez-vous, de surmonter la lassitude qui vous vient de vous-même à vouloir pour vous-même, vous tout seul, les avantages de tout le monde.

— Sans doute est-ce cela, en effet, qui retient tant de gens d'essayer de les obtenir. Je vous admire de surmonter ces difficultés.

— Hélas! la volonté n'est pas tout. S'il s'est trouvé jusqu'ici quelques hommes à qui je plaisais, aucun ne m'a encore demandé d'être sa femme. C'est une chose bien différente d'avoir du goût pour une jeune fille et de la vouloir pour femme. Et dire qu'il faut que j'en passe par là. Impossible de faire autrement. Il faut que je sois prise au sérieux positivement une fois dans ma vie. Monsieur, je voulais vous demander ceci : lorsqu'on veut une chose tout le temps, à chaque heure du jour et de la nuit, doit-on forcément l'obtenir ?

— Je ne crois pas qu'on l'obtienne forcément, Mademoiselle, mais c'est encore la meilleure méthode pour essayer, pour avoir la plus grande chance de l'obtenir. Je n'en vois pas d'autres.

— On parle, n'est-ce pas, Monsieur, et comme on ne se connaît pas, vous pouvez me dire la vérité.

— Oui, Mademoiselle, mais encore une fois, je n'en vois pas d'autres. Mais peut-être ai-je si peu d'expérience que je ne peux pas tout à fait savoir ce qu'il en est.

— Parce que j'ai entendu dire que c'était au contraire en n'essayant pas le moins du monde d'obtenir une chose qu'on arrivait à l'obtenir.

— Mais, Mademoiselle, comment arriveriez-vous à ne pas vouloir quelque chose tout en la voulant tellement ?

— C'est ce que je me suis dit, oui, et, à vrai dire, cette manière-là je ne l'ai jamais trouvée bien sérieuse. Je pense qu'elle doit être réservée aux gens qui veulent quelque chose dans le détail, qui ont déjà quelque chose à partir de quoi ils veulent autre chose, mais non pas à ceux comme nous, pardon, Monsieur, comme moi, je veux dire, qui veulent tout avoir, non dans le détail, mais dans le... comment dit-on ?

— Dans le principe.

— Peut-être, oui. Mais j'aimerais bien que vous me reparliez des enfants. Vous les aimez, disiez-vous.

— Oui. Quelquefois, lorsque je ne trouve personne à qui parler, je leur parle. Mais vous savez bien ce qu'il en est, on ne peut pas parler beaucoup aux enfants.

— Ah ! Monsieur, vous avez raison, nous sommes les derniers des derniers.

— Mais je ne veux pas dire, à mon tour, que je suis malheureux ou triste quand je dis que parfois j'éprouve un besoin de parler si vif que je m'adresse à des enfants. Non, ce n'est pas ça puisque j'ai quand même un peu choisi la vie que j'ai là, ou alors il faudrait que je sois fou pour avoir choisi mon malheur.

— Je n'ai pas voulu dire cela et, à mon tour, je m'excuse. Non, cela m'est sorti de la bouche à la vue de ce beau temps seulement. Vous devez me comprendre et ne pas vous en formaliser. Le beau temps, parfois, me fait douter de tout mais cela ne dure que quelques secondes. Je m'excuse, Monsieur.

— Cela n'a pas d'importance, allez. Non, si je vais quelquefois dans les squares, c'est quand je suis resté quelques jours sans parler, vous voyez, sans bavarder, quoi, quand je n'ai pas eu d'autre occasion de le faire qu'avec des gens qui achètent ma marchandise, et que ces gens sont pressés ou tellement méfiants que je ne peux arriver à leur dire un mot en dehors de ceux pour vanter mes cotons. Alors, dans ces conditions, au bout de quelques jours, on s'en ressent, naturellement. On s'ennuie si fort de bavarder avec quelqu'un et que quelqu'un vous écoute que ça peut vous rendre même un peu malade, vous donner comme un peu de fièvre.

— Oui, je sais, il semble alors qu'on pourrait se passer de tout, de manger, de dormir, plutôt que de bavarder. Mais dans cette ville, Monsieur, vous avez pu vous passer de la compagnie des enfants, n'est-ce pas ?

— Dans cette ville, oui, Mademoiselle. Ce n'était pas avec des enfants que j'étais.

— Je l'avais bien compris ainsi.

— Je les voyais de loin. Il y en a beaucoup dans les faubourgs et ils sont très libres, et dès l'âge de celui que vous gardez, dès cinq ans, ils traversent toute la ville pour aller au zoo. Ils mangent n'importe quand et ils dorment l'après-midi à l'ombre des cages des lions. Je les voyais de loin, oui, dormir à l'ombre de ces cages.

— C'est vrai, que les enfants ont tout leur temps, qu'ils parlent avec qui leur parle, et qu'ils sont toujours prêts à vous écouter, mais on n'a pas beaucoup à leur dire.

— C'est là l'ennui, oui, ils n'ont aucun préjugé contre les gens solitaires, ils ne se méfient de personne mais, comme vous le disiez, on n'a pas beaucoup à leur dire.

— Mais encore, Monsieur ?

— Oh ! nous nous valons tous à leurs yeux si nous leur parlons des avions et des locomotives. C'est de ça qu'on peut leur parler, toujours des mêmes choses. Ça ne change pas beaucoup, mais enfin.

— Ils ne peuvent comprendre le reste, le malheur par exemple, et leur parler ne doit pas faire grand bien.

— Si vous leur parlez d'autre chose, ils n'écoutent plus, ils s'en vont.

— Moi, quelquefois, je parle toute seule.

— Cela m'est arrivé, à moi aussi.

— Je ne me parle pas, non. Je parle à quelqu'un de totalement imaginaire et qui pourtant n'est pas n'importe qui, mais mon ennemi personnel. Ainsi, voyez, je n'ai pas encore d'amis et je m'invente des ennemis.

— À votre tour, que lui dites-vous, Mademoiselle ?

— Je l'insulte, et sans jamais lui donner la moindre explication. Pourquoi, dites-moi, Monsieur ?

— Qui sait ? Sans doute parce qu'un ennemi ne peut pas vous comprendre et que vous supporteriez mal la douceur d'être comprise, le soulagement que cela procure.

— Et puis c'est encore dire quelque chose, n'est-ce pas, et qui n'est pas un mot de mon travail.

— Oui, Mademoiselle, et puisque personne ne vous entend et que cela vous fait plaisir, il vaut mieux ne pas vous en empêcher.

— Quand je parlais du malheur que les enfants ne peuvent pas comprendre, je parlais du malheur en général, Monsieur, celui de tout le monde, mais d'aucun en particulier.

— Je l'ai bien compris ainsi, Mademoiselle. On ne supporterait d'ailleurs pas que les enfants comprennent le malheur. Sans doute sont-ils les seuls êtres que l'on ne supporte pas malheureux.

— Il n'y en a pas beaucoup, n'est-ce pas, des gens heureux ?

— Je ne crois pas, non. Il y en a qui croient important de l'être, et qui croient l'être mais qui, au fond, ne le sont pas tellement que ça.

— J'aurais cru pourtant que c'était comme un devoir de tous les hommes, d'être heureux, comme on recherche le soleil plutôt que l'ombre. Regardez, moi, par exemple, Monsieur, tout le mal que je me donne.

— Bien sûr qu'il en est comme un devoir, Mademoiselle, je le crois aussi. Mais vous, vous comprenez, si vous recherchez le soleil c'est à partir de la nuit. Vous ne pouvez pas faire autrement. On ne peut pas vivre dans la nuit.

— Mais cette nuit, je la fais, Monsieur, et comme les autres recherchent le soleil, je la fais comme les autres, le bonheur, c'est la même chose. C'est pour mon bonheur que je la fais.

— Oui, Mademoiselle, c'est justement pourquoi les choses sont plus simples peut-être pour vous que pour les autres, vous n'avez pas d'autre choix, tandis que les autres qui en ont un, eh bien, il peut se faire qu'ils s'ennuient d'autre chose qu'ils ne connaissent encore pas.

— Monsieur chez qui je sers, on pourrait le croire heureux. C'est un homme dans les affaires, qui a beaucoup d'argent. Pourtant, il est distrait comme, oui, quelqu'un qui s'ennuie. Je crois bien qu'il ne m'a jamais regardée, qu'il me reconnaît sans jamais m'avoir vue.

— Vous êtes une personne que l'on regarde, pourtant, Mademoiselle.

— Mais il ne regarde personne, on dirait qu'il ne sait plus se servir de ses yeux. C'est pourquoi il me semble parfois moins heureux qu'on pourrait le croire. Comme s'il était fatigué de tout, y compris de voir.

— Et sa femme?

— Sa femme aussi, on pourrait la croire heureuse. Mais, moi, je sais que non.

— Les femmes de ces hommes s'apeurent facilement et elles ont le regard bas et fatigué des femmes qui ne rêvent plus, n'est-ce pas?

— Celle-là, non, elle a le regard clair, et rien ne la prend au dépourvu. Elle passe pour être comblée par la vie. Mais moi, je sais que non. Dans mon métier on apprend ces choses. Bien souvent, le soir, elle vient à la cuisine avec un air désœuvré qui ne trompe pas, et elle a l'air de rechercher ma compagnie.

— C'est bien ce que nous disions: au fond, les gens supportent mal le bonheur. Ils le désirent bien sûr, mais dès qu'ils l'ont, ils s'y rongent à rêver d'autre chose.

— Je ne sais pas, Monsieur, si le bonheur se supporte mal ou si les gens le comprennent mal, ou s'ils ne savent pas très bien celui qu'il leur faut, ou s'ils savent mal s'en servir, ou s'ils s'en fatiguent en le ménageant trop, je ne le sais pas; ce que je sais, c'est qu'on en parle, que ce mot-là existe et que ce n'est pas pour rien qu'on l'a inventé. Et ce n'est pas parce que je sais que les femmes, même celles qui passent pour être les plus heureuses, se demandent beaucoup le soir pourquoi elles mènent cette existence-là plutôt qu'une autre, que je vais douter si ce mot a été inventé pour rien. Je m'en tiendrai là pour le moment.

— Bien sûr, Mademoiselle. Quand nous disions que le bonheur se supportait mal, nous n'entendions pas qu'il fallait pour autant éviter d'en passer par lui. Je voulais vous demander, Mademoiselle, c'est bien vers six heures que cette femme vient vous trouver? Et qu'elle vous demande comment ça va pour vous en ce moment?

— Oui, c'est à cette heure-là. Je sais bien ce qu'il en est, allez, Monsieur, et que c'est une heure où bien des femmes s'ennuient d'autre chose que de ce qu'elles ont, mais je n'abandonnerai pas la partie pour autant.

— Quand toutes les conditions sont réunies pour que ça aille bien, c'est bien ça, les gens s'arrangent pour les contrarier. Ils trouvent le bonheur amer.

— Peu m'importe, Monsieur. Encore une fois, je veux connaître l'amertume du bonheur.

— Si je vous le disais, Mademoiselle, c'était sans intention, pour parler, quoi.

— On pourrait croire, Monsieur, que sans vouloir m'en décourager, vous me mettiez cependant comme en garde.

— À peine, Mademoiselle, à peine, et dans une toute petite mesure seulement, je vous assure.

— Mais puisque je suis prévenue déjà, par mon métier, des inconvénients du bonheur, ne vous inquiétez pas. Peu m'importe, d'ailleurs, au fond, le bonheur ou alors autre chose, peu m'importe, mais quelque chose à me mettre sous la dent. Du moment que je suis là, il me faut mon comptant, il n'y a pas de raison. Je ferai comme tout le monde exactement. Je ne peux pas imaginer mourir un jour sans avoir eu mon comptant, quitte, le soir, à le regarder à mon tour avec l'air de Madame lorsqu'elle vient me voir.

— On vous imagine mal des yeux lassés, Mademoiselle. Vous l'ignorez peut-être, mais vous avez de bien beaux yeux.

— Ils seront beaux, Monsieur, à leur temps.

— Que voulez-vous, quand on pense que vous aurez un jour quelque ressemblance avec cette femme, quelle qu'elle soit, cela décourage un peu.

— Il faut ce qu'il faut, Monsieur, et j'en passerai par là où ce sera nécessaire. C'est mon plus grand espoir. Et après que mes yeux auront été beaux, ils se rempliront d'ombre comme tous les yeux.

— Quand je vous disais que vos yeux étaient beaux, Mademoiselle, je l'entendais surtout par le regard.

— C'est que vous vous trompez, Monsieur, sans doute. Et même si vous ne vous trompiez pas, moi à qui ce regard appartient, je ne peux pas m'en contenter.

— Je comprends, Mademoiselle, cependant il est difficile de ne pas vous dire que, déjà, pour les autres, vous avez de bien beaux yeux.

— Autrement je suis perdue, Monsieur. Si seulement je me contente d'avoir ce regard que j'ai là, je suis perdue.

— Alors, cette femme vient à la cuisine, disiez-vous ?

— Oui, elle vient parfois. C'est le seul moment de la journée où elle vienne. Elle me demande toujours la même chose : comment ça va pour moi.

— Tout comme si cela pouvait aller pour vous différemment la veille du lendemain ?

— Oui, tout comme.

— Ces gens ont des illusions sur notre compte, que voulez-vous. Mais peut-être que cela ne fait pas partie de notre service que de les y entretenir ?

— Avez-vous donc déjà été dépendant d'un patron, Monsieur, pour comprendre aussi bien les choses comme vous faites ?

— Non, Mademoiselle, mais c'est une menace qui pèse si constamment sur les gens de notre condition qu'on l'imagine mieux que les autres.

Il y eut un assez long silence entre l'homme et la jeune fille et l'on aurait pu les croire distraits, attentifs seulement à la douceur du temps. Puis l'homme, une nouvelle fois, recommença à parler. Il dit :

— Nous sommes d'accord sur le principal, Mademoiselle. Encore une fois, quand je parlais de cette femme et des gens qui évitent d'être tout à fait heureux, je ne voulais pas dire par là qu'il ne fallait pas pour autant ne pas suivre leurs exemples, ne pas essayer à son tour, et échouer à son tour. Je ne voulais pas dire non plus qu'il fallait se garder d'envies comme celles que vous avez d'un fourneau à gaz et éviter à l'avance tout ce qui s'ensuivra une fois que vous l'aurez acheté, le frigidaire et même le bonheur. Je n'ai pas insinué une minute que je mettais en doute le bien-fondé de votre espoir. Je le trouve tout à fait légitime au contraire, Mademoiselle, croyez-le.

— Devez-vous vous en aller, Monsieur, pour me parler comme ça ?

— Non, Mademoiselle, je ne voulais pas que vous vous trompiez sur mes paroles, c'est tout.

— À votre façon de parler tout à coup, j'ai cru que vous tiriez des conclusions sur tout ce que nous venions de dire parce que quelque chose vous pressait de partir.

— Non, Mademoiselle, rien ne me presse, non. Je vous disais que je vous approuvais tout à fait et j'allais ajouter que ce que je comprenais moins bien, encore une fois, c'est quand même que vous acceptiez tout le travail supplémentaire que l'on vous donne, toujours et quel qu'il soit. Je m'excuse de revenir là-dessus, Mademoiselle, mais je ne peux pas tout à fait l'admettre même si je comprends les raisons que vous avez de faire ce travail. Je crains… ce que je crains, voyez-vous, c'est que vous croyiez qu'il vous faille accepter le plus de corvées possible pour mériter un jour d'en finir avec elles.

— Et quand il en serait ainsi ?

— Non, Mademoiselle, non. Rien ni personne, je crois, n'a pour mission de récompenser nos mérites personnels, surtout ceux obscurs et inconnus. Nous sommes abandonnés.

— Mais si je vous dis que ce n'est pas pour ça, mais seulement pour garder toute pure l'horreur de ce métier ?

— Je m'excuse, mais, même dans ce cas, je ne suis pas d'accord. Je crois que vous avez déjà commencé à vivre une vie en réalité, Mademoiselle, et qu'il vous faut vous le répéter inlassablement, je suis bien ennuyé de vous dire une chose pareille mais, oui, je crois que c'est fait, que vous avez commencé et que déjà, pour vous aussi, le temps passe et que déjà vous le gâchez, vous le perdez, par exemple en acceptant ces corvées ou d'autres que vous pourriez éviter.

— Vous êtes gentil, Monsieur, de penser à la place des autres avec tant de compréhension. Moi, je ne pourrais pas.

— Vous, vous avez autre chose à faire, Mademoiselle, et c'est là, voyez-vous, le loisir qu'il y a à ne pas tant espérer.

— Puisque je suis décidée à en sortir, c'est peut-être vrai, c'est peut-être ça, le signe que la chose est commencée. Et que je pleure aussi quelquefois, cela aussi doit être un signe, il ne faut peut-être plus me le cacher.

— On pleure toujours, non, ce n'est pas ça, ce que c'est, c'est que vous êtes là, simplement.

— Mais, un jour, je me suis renseignée à notre syndicat et j'ai vu qu'il rentrait tout à fait dans nos attributions normales de faire la plupart des choses que nous faisons. C'était il y a deux ans. Je peux bien vous le dire, au fond, nous avons parfois dans notre travail de nous occuper de très vieilles femmes de parfois quatre-vingt-neuf ans, et qui pèsent jusqu'à quatre-vingt-douze kilos, et qui n'ont plus leur raison, et qui font leurs besoins dans leurs robes à toute heure du jour et de la nuit et dont personne ne veut plus entendre parler. C'est si pénible que, oui, je l'avoue, il nous arrive parfois d'aller jusqu'au syndicat. Et il se trouve que ces choses ne sont pas interdites, qu'on n'y a même pas pensé. D'ailleurs, même si on y avait pensé, vous savez bien, Monsieur, qu'il s'en trouverait toujours parmi nous pour accepter de faire n'importe quel travail, qu'il y en aurait toujours pour accepter de faire ce que nous refuserions de faire, qu'il s'en trouverait toujours qui ne pourraient faire autrement que d'accepter de faire ce que tout le monde aurait honte de faire.

— Mademoiselle, quatre-vingt-douze kilos, disiez-vous?

— Oui, à la dernière pesée, elle a encore grossi, et je vous ferai remarquer que je ne l'ai pas assassinée même il y a deux ans, en revenant du syndicat, et elle était déjà bien grosse et j'avais dix-huit ans, et que je ne l'assassine pas, toujours pas, alors que ce serait de plus en plus facile, bien sûr, puisqu'elle vieillit de plus en plus, et sa fragilité d'autant malgré sa grosseur, et qu'elle est seule dans la salle de bains le temps de la laver, et que la salle de bains est au bout de ce corridor dont je vous parlais, et qui est long comme la moitié de ce square, et qu'il suffirait de la maintenir sous l'eau pendant trois minutes pour que la chose soit faite, et qu'en plus, elle est si vieille que ses enfants ne verraient plus grand inconvénient à sa mort, ni elle-même d'ailleurs, qui ne sait plus rien de rien, et je vous ferai remarquer que, non seulement je ne le fais pas, mais que je m'en occupe bien, toujours pour les mêmes raisons que je vous ai dites, encore une fois, parce que si je l'assassinais, cela voudrait dire que j'envisage dans les choses possibles que ma situation pourrait en être améliorée, pourrait devenir supportable tout court, et que si je m'en occupais mal, outre que cela serait également contraire à mon plan, il s'en trouverait toujours pour s'en occuper bien. « Une de perdue, dix de retrouvées », c'est notre seul statut. Non, il n'y a qu'un homme qui puisse me sortir de là, ni le syndicat ni moi-même. Encore une fois, excusez-moi.

— Ah ! je ne sais plus quoi vous dire, Mademoiselle.

— N'en parlons plus, Monsieur.

— Oui, Mademoiselle, mais, une dernière fois, ainsi cette femme, il me semble et vous le dites vous-même, que ce serait à peine le faire. Et personne ni elle-même n'y verrait grand inconvénient comme vous dites. Encore une fois, je ne vous donne pas de conseils, n'est-ce pas, mais il me semble que, dans certains cas, des gens, d'autres gens, pour se faciliter un peu la vie, pourraient par exemple faire cela et espérer ensuite tout autant de l'avenir.

— Non, Monsieur, c'est inutile de me parler comme ça. Je préfère que cette horreur grossisse encore. C'est ma seule façon d'en sortir.

— On peut toujours bavarder, n'est-ce pas, Mademoiselle, et simplement je me demandais s'il ne serait pas comme un devoir de se soulager de tellement espérer ?

— Je connais quelqu'un, Monsieur, au fond, je peux bien vous le dire aussi tant qu'à faire, quelqu'un comme moi qui a essayé, qui a tué.

— Non, peut-être l'a-t-elle cru, même elle, mais ce ne doit pas être vrai, elle n'a pas tué.

— Un chien. Elle avait seize ans. Vous me direz que ce n'est pas la même chose, mais, elle qui l'a fait, elle dit que ça se ressemble énormément.

— On ne lui donnait pas à manger sans doute, ce n'est pas tuer, ça.

— Si, ils mangeaient tous deux pareillement. C'était, comprenez-vous, un chien d'un très grand prix. Donc, s'ils mangeaient différemment des autres, tous deux, ils mangeaient pareillement. Alors, un jour, elle lui a volé son beefsteak, une seule fois. Et puis ça n'a pas été suffisant.

— Elle était si petite encore, et elle avait faim de viande comme les enfants.

— Elle l'a empoisonné. Elle a pris sur son sommeil pour lui mélanger de l'éponge à sa pâtée. Peu lui importait le sommeil, me racontait-elle. Le chien a mis deux jours à mourir. Si, c'est la même chose. Elle le sait, elle l'a vu mourir.

— Mademoiselle, ce qui n'aurait pas été naturel, c'est qu'elle ne le fasse pas.

— Pourquoi cette colère contre ce chien, Monsieur ? Malgré tout ce qu'il mangeait, lui, c'était son seul ami. On ne croit pas être méchant et pourtant, voyez...

— Mademoiselle, cela ne devrait pas exister. Or, du moment que cela existe quand même, nous ne pouvons pas éviter, à notre tour, de faire des choses que nous ne devrions pas faire. C'est inévitable, absolument inévitable.

— On a su que c'était elle qui l'avait tué. On l'a renvoyée. On n'a rien pu lui faire d'autre parce que ça ne relève pas de la justice que de tuer un chien. Elle disait qu'elle aurait presque préféré qu'on la punisse tant elle en avait de remords. Il vous vient à faire ce métier-là des envies affreuses.

— Mademoiselle, sortez-en.

— Je travaille toute la journée, Monsieur, et je préférerais pouvoir travailler davantage, mais à autre chose qui se fasse au grand jour, qui se voie, qui se compte comme le reste, l'argent. Je voudrais casser des pierres sur des routes, fondre du fer dans des forges.

— Faites-le, Mademoiselle, cassez des pierres sur des routes, sortez-en.

— Non, Monsieur, seule, comme je vous le disais, je n'y arriverais pas. J'ai essayé, je n'y suis pas arrivée. Seule, tenez, sans amour aucun, je crois que je me laisserais mourir de faim, je n'aurais pas la force de me porter.

— Il y a des femmes qui cassent des pierres sur les routes, il y en a, et ce sont des femmes.

— Je le sais, chaque jour je m'en souviens, n'ayez crainte. Mais, vous voyez, il aurait fallu que je commence par là. Maintenant je sais que je ne le pourrais plus. Cet état vous rebute à ce point de vous-même qu'en dehors de lui, je vous le disais, on a encore moins de sens qu'en lui, on n'est même plus à ses propres yeux une raison suffisante de se nourrir.

Non, désormais, il me faut un homme pour lequel j'existerai, alors je le ferai.

— Mais vous savez comment cela s'appelle, peut-être, Mademoiselle...

— Non, Monsieur, je ne sais pas. Ce que je sais c'est qu'il me faut beaucoup persévérer dans cet esclavage pour un jour reprendre goût, par exemple, à me nourrir.

— Excusez-moi, Mademoiselle.

— Non, voyez, il faut que je reste là où j'en suis le temps qu'il faudra. Ce n'est pas, croyez-moi, que j'aie de la mauvaise volonté, non, c'est que ce n'est pas la peine de me soulager de tellement espérer comme vous dites, parce que si j'essayais, je le sais, je n'espérerais plus rien du tout pour moi. J'attends. Et tout en attendant je fais attention de ne tuer personne, ni de chien, parce que ce sont là choses trop sérieuses et qui risqueraient de me faire devenir méchante pour toute ma vie. Mais, Monsieur, parlons encore un peu de vous qui voyagez et voyagez et qui êtes si seul.

— Je voyage, Mademoiselle, oui, et je suis seul.

— Un jour peut-être, je voyagerai.

— On ne peut voir qu'une seule chose à la fois, et le monde est bien grand, et l'on ne dispose pour le voir que de soi, de ses deux yeux. C'est peu, et pourtant, vous voyez, tous les hommes voyagent.

— Quand même, si peu qu'on puisse voir à la fois, ce doit être une bonne chose pour passer le temps, j'imagine.

— La meilleure, sans doute, ou du moins qui passe pour telle. D'être dans un train passe le temps complètement et occupe autant que le sommeil. D'être dans un bateau encore davantage. On regarde le sillage et le temps passe tout seul.

— Pourtant, parfois il est si long à passer qu'il vous donne le sentiment de vous sortir du corps.

— Vous pourriez peut-être faire un petit voyage, Mademoiselle, prendre huit jours de vacances. Il suffirait que vous le vouliez. D'ores et déjà, en attendant, je veux dire, vous pourriez le faire.

— C'est vrai que c'est très long d'attendre. Je me suis inscrite à un parti politique, croyant, non que les choses avanceraient pour moi, mais qu'elles me paraîtraient plus courtes, mais c'est quand même très long.

— Mais précisément, du moment que vous êtes déjà inscrite à un parti politique, que vous allez à ce bal, que vous faites tout ce que vous jugez bon de faire pour en sortir un jour, en attendant que cela commence pour vous comme vous le désirez, vous pourriez faire un petit voyage.

— Ce n'est pas que je veuille dire autre chose que ceci : que parfois, cela paraît très long.

— Il suffirait que vous sortiez un peu de cette humeur, Mademoiselle, et vous pourriez faire un petit voyage de huit jours.

— Après le bal, le samedi, je vous l'ai dit, déjà, quelquefois je pleure. Comment forcer un homme à vous vouloir ? On ne peut pas forcer l'amour. Peut-être est-ce cette humeur dont vous parlez qui me rend si ingrate aux yeux des hommes. C'est une humeur de rancœur et comment pourrait-elle plaire ?

— Je ne voulais dire de cette humeur que ceci, Mademoiselle, qu'elle vous empêche de prendre huit jours de vacances. Je ne vous conseillerai pas d'être comme moi et de trouver superflu de trop espérer, non. Mais néanmoins, vous comprenez, du moment que l'on juge utile pour soi, par exemple, de laisser vivre cette femme le temps qu'il faudra et que l'on fait tout ce qu'on vous demande afin de ne pouvoir faire autrement que d'en sortir un jour, on pourrait par exemple, en manière de compensation, prendre quelques jours de vacances et aller se promener. Même moi, je le fais, il me semble.

— Je comprends bien, Monsieur, mais que ferais-je, dites-moi, de ces vacances ? Je ne saurais même pas m'en servir. Je serais là à regarder des choses nouvelles sans en tirer aucun plaisir.

— Il faut apprendre, Mademoiselle, même si c'est difficile. D'ores et déjà, en prévision de l'avenir, vous pourriez apprendre cela. Cela s'apprend, cela, oui, de voir des choses nouvelles.

— Mais, Monsieur, comment arriverais-je à apprendre le plaisir aujourd'hui quand je suis exténuée de l'attendre pour demain ? Non, je n'aurais même pas la patience de regarder quoi que ce soit de nouveau.

— N'en parlons plus, Mademoiselle. C'était une petite chose sans importance que je vous suggérais.

— Ah ! Monsieur, j'aimerais tant, si vous saviez !

— Quand un homme vous invite à danser, Mademoiselle, pensez-vous tout de suite qu'il pourrait vous épouser ?

— Eh oui, c'est ça. Je suis trop pratique, voyez-vous, tout le mal vient de là. Comment faire autrement, cependant ? Il me semble que je ne pourrai aimer personne avant d'avoir un commencement de liberté et ce commencement-là, seul un homme peut me le donner.

— Et quand un homme ne vous invite pas à danser, Mademoiselle, si je peux me permettre, pensez-vous aussi qu'il pourrait vous épouser ?

— J'y pense moins car c'est au bal, il me semble, dans le mouvement et l'entraînement de la danse, que je crois qu'un homme pourrait oublier le mieux qui je suis, ou, s'il l'apprenait, qu'il pourrait en être moins repoussé qu'ailleurs. Je danse bien, oui, et lorsque je danse, rien de ma condition ne paraît. Je deviens comme tout le monde. Moi-même, j'oublie qui je suis. Ah! parfois, je ne sais plus comment faire.

— Mais pendant le temps de la danse, y pensez-vous?

— Non, pendant la danse je ne pense à rien. C'est avant ou après que j'y pense, mais pendant, c'est comme le sommeil.

— Tout arrive, Mademoiselle, tout. On croit que rien n'arrivera jamais et puis voilà, ça arrive. Il n'y a pas un homme, sur des milliards qu'il y en a, à qui cela que vous attendez n'est pas arrivé.

— Je crains que vous ne vous trompiez sur ce que j'attends, Monsieur.

— C'est-à-dire que je ne parle pas seulement de ce que vous savez que vous attendez, mais aussi de ce que vous ne savez pas que vous attendez. De quelque chose de moins immédiat que vous attendez sans le savoir.

— Je vois, oui, ce que vous voulez dire. C'est vrai que je n'y pense pas pour tout de suite. Mais, quand même, j'aimerais bien savoir comment cela vous arrive. Dites-le-moi, Monsieur, voulez-vous?

— Cela arrive comme le reste.

— Comme ce que je sais que j'attends?

— Pareil. Comment vous dire ces choses que vous ignorez tant? Je crois que cela arrive soit tout d'un coup, soit si lentement que c'est à peine si l'on peut s'en apercevoir. Et quand ces choses sont là, sont arrivées, elles n'étonnent plus, on croit les avoir toujours eues. Un jour, vous vous réveillerez et ce sera fait. Comme pour le fourneau à gaz, un jour vous vous réveillerez et vous ne saurez même plus comment il est arrivé jusqu'à vous.

— Mais vous, Monsieur, qui voyagez et voyagez toujours et qui offrez, si je comprends bien, si peu de prise aux événements?

— Cela peut arriver partout, Mademoiselle, même au hasard des trains. La seule différence entre ces événements et ceux que vous désirez vivre, c'est qu'ils sont sans lendemain, qu'on ne peut rien en faire.

— Hélas! Monsieur, de vivre tout le temps des choses sans lendemain comme vous le faites, comme cela doit être triste à la longue! Je vois que vous aussi, quelquefois, vous devez pleurer.

— Mais non, c'est comme pour le reste, on s'y habitue. Et pleurer, ma foi, cela arrive à tout le monde au moins une fois, à chacun des milliards d'hommes qu'il y a sur la terre. Cela ne prouve rien en soi. Puis je dois dire qu'un rien me console. J'ai beaucoup de plaisir à me réveiller le matin. Quand je me rase, je chante, et cela souvent.

— Oh! Monsieur, je ne crois pas, pour parler comme vous, que chanter prouve quoi que ce soit.

— Mais, Mademoiselle, j'ai du plaisir à vivre; là-dessus, il ne me semble pas que l'on puisse se tromper, personne, je veux dire.

— Je ne sais pas ce qu'il en est, Monsieur, c'est pourquoi sans doute je vous comprends si mal.

— Mademoiselle, quel que soit votre malheur, je dis pour simplifier, excusez-moi d'insister comme ça, vous devriez, si j'ose me permettre, faire preuve d'un peu plus de bonne volonté.

— Mais, Monsieur, je ne peux plus attendre et j'attends. Et cette vieille, je ne peux pas la nettoyer et je la nettoie. Je le fais tout en ne pouvant pas le faire, alors?

— Par bonne volonté j'entends que vous pourriez peut-être la nettoyer comme autre chose, une casserole, par exemple.

— Non. Ça aussi, je l'ai essayé, mais ça ne se peut pas. Cela sourit et cela sent mauvais, cela est vivant.

— Hélas, que faire?

— Parfois je ne sais plus. J'avais seize ans quand ça a commencé. Je n'y ai pas pris garde au début et puis, maintenant, voilà que j'ai vingt et un ans et que rien ne m'est arrivé, rien, et voilà qu'il y a en supplément cette vieille grand-mère qui n'en finira pas de mourir, cependant que personne encore ne m'a demandé d'être sa femme. Parfois je me demande si je ne rêve pas, si je n'invente pas tant de difficultés.

— Mademoiselle, vous pourriez peut-être changer de famille, en choisir une où il n'y aurait pas de gens si vieux, où il y aurait des avantages, je veux dire des avantages relatifs, bien sûr.

— Non, toujours elle me traiterait différemment d'elle-même. Et puis, changer dans ce métier-là ne veut rien dire du tout, puisque ce qu'il faudrait c'est que cela n'existe pas. S'il m'arrivait de tomber sur une famille comme vous dites, je ne la supporterais pas davantage. Et puis, à force de changer, de changer sans changer du tout, finirait bien par me faire croire, je ne sais pas, moi, à la fatalité, et je pourrais en venir à cette idée que ce n'est pas la peine d'insister. Non, il faut que j'en reste là même où j'en suis, jusqu'au moment où je partirai – je le crois parfois, je ne saurais vous dire à quel point, autant que je sais que je suis là.

— Alors, tout en restant là, ce petit voyage, vous pourriez le faire, Mademoiselle, je crois que vous le pourriez.

— Peut-être, oui, le voyage, je pourrais essayer.

— Oui, vous pourriez.

— Mais, d'après ce que vous disiez, cette ville doit être tellement loin, Monsieur, tellement.

— J'y suis allé par petites étapes, j'ai mis quinze jours pour l'atteindre tout en m'arrêtant une journée par-ci, une journée par-là. Mais quelqu'un qui en aurait les moyens pourrait y aller en une nuit par le train.

— Une nuit et l'on y est?

— Oui. Déjà, là-bas, c'est le plein été. Mais je ne vous dis pas qu'à quelqu'un d'autre elle pourrait paraître aussi belle qu'à moi, non. Quelqu'un d'autre pourrait même ne pas la trouver à son goût. Moi, je ne l'ai sans doute pas vue comme elle doit être pour les autres qui n'y rencontreraient rien d'autre qu'elle-même.

— Mais, si l'on est averti de la chance que quelqu'un a rencontrée dans cette ville, je pense qu'on ne doit pas la voir tout à fait avec les mêmes yeux. On parle, n'est-ce pas, Monsieur?

— Oui, Mademoiselle.

Ils se turent. Le soleil insensiblement baissa. Et du même coup, le souvenir de l'hiver revint planer sur la ville. Ce fut la jeune fille qui recommença de parler.

— Je veux dire, reprit-elle, qu'il doit rester quelque chose de cette chance dans l'air qu'on y respire. Vous ne croyez pas, Monsieur?

— Je ne le sais pas.

— Je voulais vous demander ceci, Monsieur: dans les trains, lorsque cela vous arrive, pouvez-vous me le dire?

— Rien, Mademoiselle, rien. Cela m'arrive, c'est tout. Peu de gens s'accommoderaient d'un voyageur de commerce de mon rang, vous savez.

— Monsieur, je suis bonne à tout faire et j'ai de l'espoir. Il ne faut pas parler comme ça.

— Je m'excuse, Mademoiselle, je m'explique mal. Vous, vous changerez, moi, je ne le crois pas, je ne le crois plus. Et, que voulez-vous, il n'y a rien à faire, même si je ne l'ai pas tout à fait voulu, je ne peux pas oublier ce voyageur de commerce que je suis. À vingt ans je mettais des shorts blancs et je jouais au tennis. C'est ainsi que les choses commencent, n'importe comment. On ne le sait pas assez. Et puis le temps passe et l'on trouve qu'il y a peu de solutions dans la vie, et c'est ainsi que les choses s'installent, et puis un beau jour elles le sont tellement que la seule idée de les changer étonne.

— Ça doit être un moment terrible que celui-là.

— Non, il passe inaperçu, comme passe le temps. Mademoiselle, il ne faut pas vous attrister. Je ne me plains pas de ma vie, je n'y pense pas, un rien m'en distrait, à vrai dire.

— Pourtant on dirait bien que vous ne dites pas tout de cette vie, Monsieur.

— Mademoiselle, je vous assure, je ne suis pas un homme à plaindre.

— Je sais aussi que la vie est terrible, allez, autant que je sais qu'elle est bonne.

Un silence s'établit une nouvelle fois entre l'homme et la jeune fille. Le soleil baissa un peu plus encore.

— Bien que je n'aie pu prendre le train que par petites étapes, reprit l'homme, je ne crois pas qu'il soit cher.

— Des frais, j'en ai peu, à vrai dire, reprit la jeune fille, en gros, ce sont ceux du bal. Non, vous voyez, même si le train était cher, je pourrais, si je le voulais, faire ce voyage. Mais, encore une fois, où que je sois j'ai bien peur d'avoir le sentiment de perdre mon temps. Que fais-tu là, me dirais-je, au lieu d'être à ce bal? ta place est là-bas et pas ailleurs pour le moment. Où que je sois, j'y penserais. Au fait, c'est dans le quator-zième si vous voulez savoir. Il y a beaucoup de militaires et ceux-là ne pensent pas au mariage, malheureusement, mais enfin, il y en a quelques autres aussi, on ne sait jamais. Oui, c'est à la Croix-Nivert, ça s'appelle le bal de la Croix-Nivert.

— Je vous remercie, Mademoiselle. Mais, vous savez, là-bas, il y a aussi des bals où vous pourriez aller, on ne sait jamais, si vous décidiez de faire ce voyage. Personne ne vous y connaîtrait.

— C'est dans le jardin qu'ils sont, n'est-ce pas?

— Oui, c'est dans le jardin, en plein air. Le samedi, ils durent toute la nuit.

— Je vois. Mais alors il faudrait que je mente sur ce que je suis. Je n'y suis pour rien, me direz-vous, mais c'est tout comme si j'avais une faute à cacher, que cet état.

— Mais, puisque vous avez un tel désir d'en finir avec lui, ce serait men-tir à demi que de le taire.

— Il me semble que je pourrais mentir seulement sur quelque chose dont je serais responsable mais pas autrement. Et puis, c'est bien curieux mais c'est un peu comme si je m'étais fixé ce bal-là de la Croix-Nivert plutôt qu'un autre. C'est un petit bal, et qui convient à mon état et à ce que je veux en faire. Partout ailleurs, je me sentirais un peu déplacée, étrangère. Si vous y veniez, nous pourrions faire une danse ou deux, Monsieur, si vous le voulez bien, en attendant que d'autres m'invitent. Je danse bien. Et sans jamais avoir appris.

— Moi aussi, Mademoiselle.

— C'est curieux, vous ne trouvez pas, Monsieur? Pourquoi dansons-nous bien, nous? Nous plutôt que d'autres?

— Nous plutôt que d'autres qui dansent si mal, vous voulez dire?

— Oui. J'en connais. Ah! si vous les voyiez! Ils ne savent pas du tout, c'est comme du chinois pour eux... ah! ah!

— Ah! Mademoiselle, vous riez.

— Mais comment s'empêcher? Les gens qui dansent mal me font toujours rire. Ils essaient, ils s'appliquent, et rien à faire, ils n'y arrivent pas.

— Ce doit être une chose qui ne peut tout à fait s'apprendre, voyez-vous, c'est pour ça. Ceux que vous connaissez, ils sautillent ou ils se traînent?

— Elle sautille, et lui se traîne, ce qui fait qu'ensemble... Ah!... je ne saurais vous les décrire. Ce n'est pas leur faute, me direz-vous...

— Non, ce n'est pas leur faute. Mais on a comme le sentiment que c'est un peu juste qu'ils dansent si mal.

— Mais peut-être se trompe-t-on.

— Peut-être, oui, mais enfin ce n'est pas si grave de danser mal ou bien.

— Non, ce n'est pas si grave, Monsieur, mais pourtant, voyez, c'est comme si nous avions une petite force cachée en nous, oh! rien de bien important bien sûr... Vous ne trouvez pas?

— Mais ils pourraient tout aussi bien danser parfaitement, Mademoiselle.

— Oui, Monsieur, bien sûr, mais alors il y aurait autre chose, je ne sais quoi, qui nous serait réservé à nous seuls, je ne sais pas quoi, mais qu'ils n'auraient pas.

— Je ne sais pas non plus, Mademoiselle, mais je le crois aussi.

— Monsieur, je vous l'avoue, j'ai beaucoup de plaisir à danser. C'est peut-être la seule chose que je fais maintenant que je désirerais continuer à faire toute ma vie.

— Moi aussi, Mademoiselle. Voyez, on aime danser dans tous les cas, même dans le nôtre. Peut-être ne danserions-nous pas aussi bien si nous n'y prenions pas un tel plaisir.

— Mais peut-être ne savons-nous pas à quel point cela nous fait plaisir, qui sait?

— Quelle importance, Mademoiselle? Continuons donc à ne pas le savoir si cela nous arrange.

— Mais hélas! Monsieur, quand le bal est fini, je me souviens. C'est le lundi. Je lui dis « vieille salope » tout en la lavant. Pourtant je ne crois pas être méchante, mais, bien sûr, comme je n'ai personne pour me le dire, je ne peux me fier qu'à moi. Quand je lui dis « salope » elle me sourit.

— Je me permets de vous le dire, Mademoiselle, vous ne l'êtes pas.

— Mais quand je pense à eux, c'est tellement en mal, si vous saviez, tout comme s'ils y étaient pour quelque chose. J'ai beau me raisonner, je ne peux pas y penser autrement.

— Ne prenez pas garde à ces pensées-là. Vous ne l'êtes pas.

— Vous croyez vraiment ?

— Je le crois tout à fait. Un jour vous serez très généreuse de votre temps et de vous-même.

— Vous, vous êtes bon, Monsieur.

— Mademoiselle, ce n'est pas par bonté que je vous le dis.

— Mais vous, Monsieur, vous, que vous arrive-t-il ?

— Rien, Mademoiselle, et je ne suis plus tout à fait jeune comme vous pouvez le voir.

— Mais à vous qui avez pensé à vous tuer, disiez-vous ?

— Oh, c'était seulement la paresse de me nourrir encore, rien de bien sérieux. Non, rien.

— Monsieur, ce n'est pas possible, il vous arrive quelque chose ou alors c'est que vous voulez qu'il ne vous arrive rien.

— Il ne m'arrive rien en dehors de ce qui arrive à chacun chaque jour.

— Dans cette ville, Monsieur, je m'excuse ?

— Je n'ai plus été seul. Puis de nouveau, je me suis retrouvé seul. C'était un hasard, je crois bien.

— Non, lorsque quelqu'un est comme vous, sans plus d'espoir, c'est qu'il lui est arrivé quelque chose, ce n'est pas naturel.

— Vous l'apprendrez plus tard, Mademoiselle. Il y a des gens comme ça, qui ont tellement de plaisir à vivre qu'ils peuvent se passer d'espérer. Je me rase en chantant, tous les matins, que voulez-vous de plus ?

— Mais après être allé dans cette ville, avez-vous été malheureux, Monsieur ?

— Oui.

— Et, cette fois-là, vous n'avez pas pensé à ne pas sortir de votre chambre ?

— Non, cette fois-là, non. Parce que je savais qu'on peut quelquefois ne plus être seul, même par hasard.

— Monsieur, dites-moi ce que vous faites en dehors du matin.

— Je vends mes objets, puis je mange, puis je voyage, puis je lis les journaux. Les journaux me distraient à un point extraordinaire, je lis tout, y compris les réclames. Quand j'ai fini un journal, il faut que je me souvienne, je ne sais plus très bien qui je suis, tellement je reste absorbé.

— Mais je le disais encore en ce sens aussi : que faites-vous en dehors de ce que vous faites, en dehors du matin, de la vente de vos objets, des trains, de manger, de dormir, de lire les journaux, que faites-vous qui ne se voie pas faire, je veux dire qu'on n'a pas l'air de faire et que l'on fait cependant ?

— Je vous comprends, oui... Mais je crois bien qu'en dehors de ce qui se voit faire, je ne sais pas ce que je fais. Quelquefois, je cherche un peu à le savoir, je ne dis pas, mais cela ne doit pas être suffisant, je ne dois pas chercher assez, et il pourrait bien arriver que je ne le sache jamais. Oh, vous savez, je crois que c'est une chose bien courante que d'avancer ainsi dans la vie, sans savoir du tout pourquoi.

— Mais il me semble qu'on pourrait essayer de le savoir un peu plus que vous ne le faites, Monsieur.

— Je tiens à un fil, vous comprenez, je tiens à moi-même par un fil, alors la vie m'est plus facile qu'à vous. Tout est là, au fond. Et je peux me passer de savoir certaines choses.

Ils se turent une nouvelle fois. Mais la jeune fille reprit encore :

— Et puis, je m'excuse, Monsieur, mais je ne peux pas tout à fait comprendre comment vous en êtes arrivé là, même à ce petit métier-là.

— Je vous l'ai dit, petit à petit. Tous mes frères et sœurs ont réussi, ils savaient ce qu'ils voulaient. Moi, encore une fois, je ne le savais pas. Ils disent, eux aussi, qu'ils ne savent pas comment j'ai dégringolé ainsi dans la vie.

— C'est un drôle de mot, Monsieur, découragé semblerait peut-être plus juste. Mais, moi non plus, je ne comprends pas comment vous en êtes arrivé là.

— J'ai toujours été, à vrai dire, un peu distrait de la réussite, je n'ai jamais bien compris ce que ce mot signifiait quant à moi ; peut-être tout vient-il de là. Cependant, voyez-vous, je ne trouve pas que ce soit un si petit métier que le mien.

— Je m'excuse d'avoir employé cette expression, mais il m'a semblé que je pouvais me le permettre, mon métier à moi n'en étant même pas un. Ce n'était que pour vous encourager à parler que je l'ai dite, pour vous faire comprendre que je vous trouvais comme un mystère et non pour vous faire du tort.

— J'ai bien compris, je vous assure. C'est moi qui suis navré d'avoir relevé cette expression. Je sais bien qu'il y a beaucoup de gens de par le monde qui sont capables d'apprécier mon métier à sa juste valeur et qui ne le méprisent pas. Je n'ai rien pris mal, à vrai dire je parlais distraitement. Je m'ennuie toujours à parler de moi dans le passé.

Ils se turent encore une fois. Cette fois, le souvenir de l'hiver revint tout à fait. Le soleil ne réapparut plus. Il en était à ce point de sa course que la masse de la ville, désormais, le cachait. La jeune fille se taisait. L'homme recommença à lui parler.

— Je voulais vous dire, Mademoiselle, fit-il, je ne voudrais pas que vous croyiez un seul instant que je vous ai conseillé quoi que ce soit. Même pour cette vieille femme, c'était une façon de parler. À force d'entendre les gens...

— Oh! Monsieur, ne parlons plus de ça.

— Non, n'en parlons plus, non. Simplement je vous disais qu'à force de comprendre les gens, d'essayer tout au moins de se mettre à leur place, de chercher ce qui pourrait les soulager de tant attendre, on fait des suppositions, des hypothèses, mais que, de là à donner des conseils, il y a un pas énorme et je m'en voudrais de l'avoir franchi sans m'en rendre compte...

— Monsieur, ne parlons plus de moi.

— Non, Mademoiselle.

— Je voudrais encore vous demander quelque chose, Monsieur. Après cette ville, dites-moi encore...

L'homme se tut. La jeune fille n'insista pas. Puis, alors qu'elle n'avait plus l'air d'attendre de réponse, il lui répondit:

— Je vous l'ai dit, fit-il, après cette ville, j'ai été malheureux.

— Malheureux comment, Monsieur?

— Autant, je crois, qu'il est possible de l'être. J'ai cru que je ne l'avais jamais été auparavant.

— Puis cela s'est passé?

— Oui, cela s'est passé.

— Vous n'y aviez jamais été seul, jamais?

— Jamais.

— Ni le jour ni la nuit?

— Ni le jour ni la nuit, jamais. Ça a duré huit jours.

— Et, après, vous vous êtes retrouvé tout à fait seul, tout à fait?

— Oui. Et depuis je le suis.

— C'est la fatigue qui vous a fait dormir tout le jour comme vous disiez, votre valise à vos côtés?

— Non, c'est que j'étais malheureux.

— Oui, vous avez dit que vous aviez été malheureux autant qu'il est possible de l'être. Et vous le croyez encore ?

— Oui.

Ce fut la jeune fille qui se tut.

— Ne pleurez pas, Mademoiselle, je vous en prie, dit l'homme en souriant.

— Je ne peux pas m'en empêcher.

— Il y a des choses comme ça qu'on ne peut pas éviter, que personne ne peut éviter.

— Oh ! ce n'est pas ça, Monsieur, ces choses ne me font pas peur.

— Et c'est ce que vous désirez aussi.

— Oui, je le désire.

— Et vous avez raison car il n'y en a aucune qui soit autant désirable de vivre que celle-là qui fait tant souffrir. Ne pleurez plus.

— Je ne pleure plus.

— Vous allez voir, Mademoiselle, d'ici l'été, vous ouvrirez cette porte pour toujours.

— Quelquefois, voyez, ça m'est un peu égal, Monsieur.

— Mais vous allez voir, vous allez voir, ça va vous arriver très vite.

— Il me semble que vous auriez dû rester dans cette ville, Monsieur, que vous auriez dû essayer coûte que coûte.

— J'y suis resté le plus que je pouvais.

— Non, vous n'avez pas dû faire tout ce qu'il fallait pour essayer d'y rester, j'en suis sûre, voyez-vous.

— J'ai fait tout ce que je croyais qu'il fallait faire, tout, pour essayer d'y rester. Mais il se peut que je m'y sois mal pris. N'y pensez plus, Mademoiselle. Vous allez voir, vous allez voir, d'ici l'été, pour vous, ce sera fait.

— Peut-être, oui, qui sait ? Mais je me demande parfois si ça en vaut la peine.

— Ça en vaut la peine. Et, comme vous le disiez, puisqu'on est là, on n'a pas demandé à l'être, mais, puisqu'on y est, il faut le faire. Et il n'y a rien d'autre à faire que ça. Et vous le ferez. Cette porte, d'ici l'été, vous l'ouvrirez.

— Parfois, je crois que je ne l'ouvrirai jamais, qu'une fois que je serai prête à le faire, je reculerai.

— Non, vous le ferez.

— Si vous dites ça, Monsieur, c'est que vous croyez alors que les moyens que j'ai choisis sont les seuls bons pour sortir de là où je suis ? Pour devenir enfin quelque chose ?

— Je le crois, oui, je crois que ce sont ceux-là qui vous conviennent le mieux.

— Si vous dites ça, voyez-vous, c'est que vous croyez qu'il y en a qui pourraient choisir d'autres moyens que ceux-là, qu'il y en a d'autres que ceux que j'ai choisis.

— Sans doute y en a-t-il d'autres, oui, mais sans doute vous conviendraient-ils moins bien.

— C'est bien vrai, n'est-ce pas, Monsieur ?

— Je le crois, Mademoiselle, mais, bien sûr, ni moi ni personne ne pourrait vous le dire en toute certitude.

— Vous disiez être devenu raisonnable, Monsieur, à force de voyager et de voir des choses. C'est pourquoi je vous le demande.

— Sans doute ne le suis-je pas tellement en ce qui concerne l'espoir, Mademoiselle, je le serais plutôt, si je le suis, dans les petites choses de tous les jours, plutôt dans les petites difficultés que dans les grandes. Néanmoins, je vous le répète, même si je ne suis pas tout à fait, tout à fait sûr des moyens que vous employez, je suis tout à fait sûr que cette porte, dès cet été, vous l'ouvrirez.

— Je vous remercie quand même, Monsieur. Mais, encore une fois, vous ?

— Le printemps arrive, et le beau temps. Je m'en vais repartir.

Ils se turent une dernière fois. Et une dernière fois, ce fut la jeune fille qui reprit.

— Monsieur, qu'est-ce qui vous a fait vous relever et recommencer à marcher après vous être couché dans le bois ?

— Je ne sais pas, sans doute qu'il fallait bien en arriver là.

— Vous avez dit tout à l'heure que c'était parce que désormais vous saviez que l'on pouvait parfois, même par hasard, cesser d'être seul.

— Non, cela, c'est après, que je l'ai su, quelques jours après. Sur le moment, non, je ne savais plus rien.

— Ainsi, Monsieur, voyez, nous sommes bien différents quand même. Moi, je crois que j'aurais refusé de me relever.

— Mais non, Mademoiselle, non, refusé à qui, à quoi ?

— À rien. J'aurais refusé, c'est tout.

— Vous vous trompez. Vous auriez fait comme moi. Il a fait froid. J'ai eu froid, je me suis relevé.

— Nous sommes différents, nous le sommes.

— Nous le sommes sans doute, oui, sur la façon dont nous prenons nos ennuis.

— Non, nous devons être encore plus différents que ça.

— Je ne crois pas. Je ne crois pas que nous le soyons plus que les uns le sont des autres en général.

— Peut-être que je me trompe, en effet.

— Puis nous nous comprenons, Mademoiselle, ou tout au moins nous essayons. Et nous aimons danser aussi. C'est à la Croix-Nivert, disiez-vous?

— Oui, Monsieur. C'est un bal connu. Beaucoup de gens comme nous le fréquentent.

Tranquillement, l'enfant arriva du fond du square et se planta devant la jeune fille.

— Je suis fatigué, dit l'enfant.

L'homme et la jeune fille regardèrent autour d'eux. L'air était moins doré que tout à l'heure, effectivement. C'était le soir.

— C'est vrai qu'il est tard, dit la jeune fille.

L'homme, cette fois, ne fit aucune remarque. La jeune fille nettoya les mains de l'enfant, ramassa ses jouets et les mit dans le sac. Toutefois, elle ne se leva pas encore du banc. L'enfant s'assit à ses pieds, tout à coup lassé de jouer.

— Le temps paraît plus court quand on bavarde, dit la jeune fille.

— Puis très lent tout à coup, après. Oui, Mademoiselle.

— C'est vrai, Monsieur, c'est comme un autre temps. Mais cela fait du bien de parler.

— Cela fait du bien, oui, Mademoiselle, c'est après que c'est un peu ennuyeux, après qu'on a parlé. Le temps devient trop lent. Peut-être qu'on ne devrait jamais parler.

— Peut-être, dit la jeune fille après un temps.

— À cause précisément de cette lenteur, après, c'est ce que je veux dire, Mademoiselle.

— Et de ce silence aussi, peut-être, dans lequel nous allons rentrer tous les deux.

— Oui, c'est vrai, que nous allons rentrer dans le silence tous les deux. Déjà c'est comme si c'était fait.

— Plus personne ce soir ne m'adressera plus la parole, Monsieur. Et j'irai me coucher ainsi, toujours dans le silence. Et j'ai vingt ans. Qu'ai-je fait au monde, pour qu'il en soit ainsi ?

— Rien, Mademoiselle, ne cherchez pas de ce côté-là. Cherchez plutôt ce que vous allez lui faire. Oui, peut-être qu'on ne devrait jamais parler. Dès qu'on le fait, c'est comme si on retrouvait une délicieuse habitude qu'on aurait délaissée. Même si, cette habitude, on ne l'a jamais eue.

— C'est vrai, oui, comme si l'on savait ce qu'il en est du plaisir de parler. Ce doit être une chose bien naturelle pour être aussi forte.

— D'entendre que l'on s'adresse à vous est une chose qui n'a pas moins de naturel et de force aussi, Mademoiselle.

— Sans doute, oui.

— Vous vous en rendrez compte un peu plus tard, Mademoiselle. Je l'espère pour vous.

— J'ai beaucoup parlé, Monsieur, et j'en suis confuse.

— Oh! Mademoiselle, ce serait là la chose du monde dont il vous faudrait le moins vous excuser s'il y avait lieu de le faire.

— Je vous remercie, Monsieur.

La jeune fille se leva du banc. L'enfant se leva et prit sa main. L'homme resta assis.

— Il fait déjà plus frais, dit la jeune fille.

— On a cette illusion dans la journée, Mademoiselle, mais c'est vrai que ce n'est pas encore l'été.

— C'est vrai qu'on l'oublie, oui. C'est un peu comme de retomber dans le silence après qu'on a parlé.

— C'est la même chose, en effet, Mademoiselle.

L'enfant tira la jeune fille vers lui.

— Je suis fatigué, répéta-t-il.

La jeune fille n'eut pas l'air d'avoir entendu l'enfant.

— Il faut quand même que je rentre, dit-elle enfin.

L'homme ne bougea pas. Il avait les yeux vagues posés sur l'enfant.

— Vous, vous ne partez pas, Monsieur? demanda la jeune fille.

— Non, Mademoiselle, non, je resterai là jusqu'à la fermeture et puis je m'en irai à ce moment-là.

— Vous n'avez rien à faire ce soir, Monsieur?

— Non, rien de précis.

— Moi, je suis obligée de rentrer, dit la jeune fille après une hésitation.

L'homme se souleva un peu du banc et très légèrement il rougit.

— Ne pourriez-vous pas, par exemple, Mademoiselle, pour une fois, rentrer un peu... plus tard?

La jeune fille hésita un tout petit moment, puis elle montra l'enfant.

— Je le regrette, Monsieur, mais je ne le peux pas.

— Je le disais dans ce sens que ça a l'air de vous faire du bien, Mademoiselle, à vous particulièrement, de causer un peu. Seulement dans ce sens.

— Oh! je l'ai compris ainsi, Monsieur, mais je ne peux pas. Mon heure habituelle est déjà dépassée.

— Alors, Mademoiselle, au revoir. C'est le samedi, disiez-vous, que vous allez à ce bal de la Croix-Nivert?

— Oui, Monsieur, tous les samedis. Si vous venez, on pourrait faire quelques danses ensemble, si vous le voulez.

— Peut-être, oui, Mademoiselle, si vous le permettez.

— Pour le plaisir, quoi, je veux dire, Monsieur.

— C'est comme cela que je l'entendais, Mademoiselle. Alors peut-être à bientôt, peut-être à samedi, on ne sait jamais.

— Peut-être, Monsieur. Au revoir, Monsieur.

— Au revoir, Mademoiselle.

La jeune fille fit deux pas et se retourna:

— Je voulais vous dire, Monsieur... ne pourriez-vous pas faire un petit tour au lieu de rester là, comme ça, à attendre la fermeture?

— Je vous remercie, Mademoiselle, mais non, je préfère rester là jusqu'à la fermeture.

— Mais un petit tour pour rien, je veux dire, Monsieur, pour vous promener?

— Non, Mademoiselle, je préfère rester. Un petit tour ne me dirait rien.

— Il va faire de plus en plus frais, Monsieur... et si j'insiste tant c'est que... vous ne savez peut-être pas comment c'est lorsque les squares ferment, comme ça peut être triste...

— Je le sais, Mademoiselle, mais je préfère quand même rester.

— Faites-vous toujours comme cela, Monsieur, attendez-vous toujours la fermeture des squares?

— Non, Mademoiselle. Je suis comme vous, je n'aime pas ce moment-là en général, mais aujourd'hui je tiens à l'attendre.

— Peut-être que vous avez vos raisons, au fond, dit rêveusement la jeune fille.

— Je suis un lâche, Mademoiselle, c'est pourquoi.

La jeune fille se rapprocha d'un pas.

— Oh! Monsieur, dit-elle, si vous le dites, c'est à cause de moi, de mes paroles à moi, j'en suis sûre.

— Non, Mademoiselle, si je le dis, c'est que cette heure m'incite toujours à reconnaître et à dire la vérité.

— Ne dites pas de choses pareilles, je vous en prie.

— Mais, Mademoiselle, cette lâcheté ressortait de chacune de mes paroles depuis que nous avons commencé à parler.

— Non, Monsieur, ce n'est pas la même chose que de le dire ainsi dans un seul mot, ce n'est pas juste.

L'homme sourit.

— Mais ce n'est pas une chose si grave, croyez-moi.

— Mais je ne comprends pas, Monsieur, comment la fermeture d'un square vous fait vous découvrir lâche tout à coup ?

— Parce que je ne fais rien pour en éviter le... désespoir, Mademoiselle, bien au contraire.

— Mais où serait le courage, Monsieur, dans ce cas, de faire un tour ?

— De faire n'importe quoi pour l'éviter, voyez-vous, de provoquer une diversion quelconque à ce désespoir.

— Monsieur, je vous en supplie, faites un petit tour pour rien.

— Mais non, Mademoiselle, il en est ainsi de ma vie entière.

— Mais pour une fois, Monsieur, pour une seule fois, essayez.

— Non, Mademoiselle, moi, je ne veux pas commencer à changer.

— Ah! Monsieur, je vois bien que j'ai trop parlé.

— C'est tout le contraire, Mademoiselle, c'est d'avoir eu le plaisir si vif de vous entendre qui me fait tellement sentir comme je suis d'habitude, tout engourdi par ma lâcheté. Mais celle-ci n'est ni plus ni moins grande qu'hier par exemple.

— Monsieur, je ne sais pas ce qu'il en est de la lâcheté, mais voilà que la vôtre me fait paraître mon courage un peu honteux.

— Et moi, Mademoiselle, votre courage me fait paraître ma lâcheté plus vive encore. C'est ça, parler.

— Comme si, à vous voir, Monsieur, le courage était un peu inutile, comme si l'on pouvait s'en passer, après tout.

— Nous faisons ce que nous pouvons, au fond, vous avec votre courage, moi, avec ma lâcheté, c'est ça l'important.

— Oui, Monsieur, sans doute, mais pourquoi la lâcheté a-t-elle tant d'attrait et si peu le courage, vous ne trouvez pas ?

— Toujours la lâcheté, Mademoiselle, mais c'est si facile, si vous saviez ! Le petit garçon tira la main de la jeune fille.

— Je suis fatigué, déclara-t-il encore.

L'homme leva les yeux et parut s'inquiéter un peu.

— Aurez-vous des observations, Mademoiselle ?

— Inévitablement, Monsieur.

— Je suis désolé.

— Monsieur, ça n'a aucune importance, si vous saviez. C'est comme si on les faisait à une autre que moi.

Ils attendirent encore quelques minutes sans rien se dire. Beaucoup de gens partaient du square. Au fond des rues, le ciel était rose.

— C'est vrai, dit enfin la jeune fille – et sa voix aurait pu être celle du sommeil – qu'on fait ce que l'on peut, vous, avec votre lâcheté, Monsieur, et moi, de mon côté, avec mon courage.

— Nous mangeons quand même, Mademoiselle. Nous y sommes arrivés.

— Oui, c'est vrai, nous sommes arrivés à manger tous les jours, comme tout un chacun.

— Et de temps en temps nous trouvons à nous parler.

— Oui, même si cela fait souffrir.

— Tout, tout fait souffrir. Même de manger, parfois.

— Vous voulez dire, de manger après qu'on a eu très faim très longtemps?

— C'est cela même, oui.

L'enfant se mit à geindre. La jeune fille le regarda comme si elle venait de le découvrir.

— Il faut quand même que je parte, Monsieur, dit-elle.

Elle se retourna une deuxième fois vers l'enfant.

— Pour une fois, lui dit-elle doucement, il faut être sage.

Et elle se retourna vers l'homme.

— Alors je vous dis au revoir, Monsieur.

— Au revoir, Mademoiselle. Peut-être donc à ce bal.

— Peut-être, oui, Monsieur. Ne savez-vous pas déjà si vous y viendrez?

L'homme fit un effort pour répondre.

— Pas encore, non.

— Comme c'est curieux, Monsieur.

— Je suis si lâche, vraiment, Mademoiselle, si vous saviez.

— Ne faites pas dépendre de votre lâcheté que vous y veniez ou non, Monsieur, je vous en supplie.

L'homme fit encore un effort pour répondre.

— Mademoiselle, c'est très difficile pour moi de savoir encore si j'irai ou non. Je ne peux pas, non, je ne peux pas encore le savoir.

— Mais, n'y allez-vous pas en général de temps en temps, Monsieur?

— J'y vais, oui, mais sans y connaître personne.

La jeune fille sourit à son tour.

— Pour le plaisir, Monsieur, faites-le dépendre de votre plaisir. Et vous verrez comme je danse bien.

— Si j'y allais, Mademoiselle, ce serait pour le plaisir, croyez-moi.

La jeune fille sourit encore plus. Mais l'homme ne pouvait pas soutenir ce sourire-là.

— Il m'avait paru comprendre tout à l'heure, Monsieur, que vous me faisiez le reproche d'accorder trop peu d'importance au plaisir dans la vie que je mène.

— C'est vrai, Mademoiselle, oui.

— Et qu'il fallait moins m'en méfier que je le faisais.

— Vous le connaissez si peu, Mademoiselle, si vous saviez !

— J'ai comme l'impression que vous le connaissez moins que vous pouvez le penser, je m'excuse, Monsieur. Je parle du plaisir de danser.

— Oui, de danser avec vous, Mademoiselle.

L'enfant se mit à geindre de nouveau.

— On s'en va, lui dit la jeune fille et, – à l'adresse de l'homme – je vous dis au revoir, Monsieur, peut-être donc à ce samedi qui vient.

— Peut-être, oui, Mademoiselle, au revoir.

La jeune fille s'éloigna avec l'enfant, d'un pas rapide. L'homme la regarda partir, la regarda le plus qu'il put. Elle ne se retourna pas. Et l'homme le prit comme un encouragement à aller à ce bal.

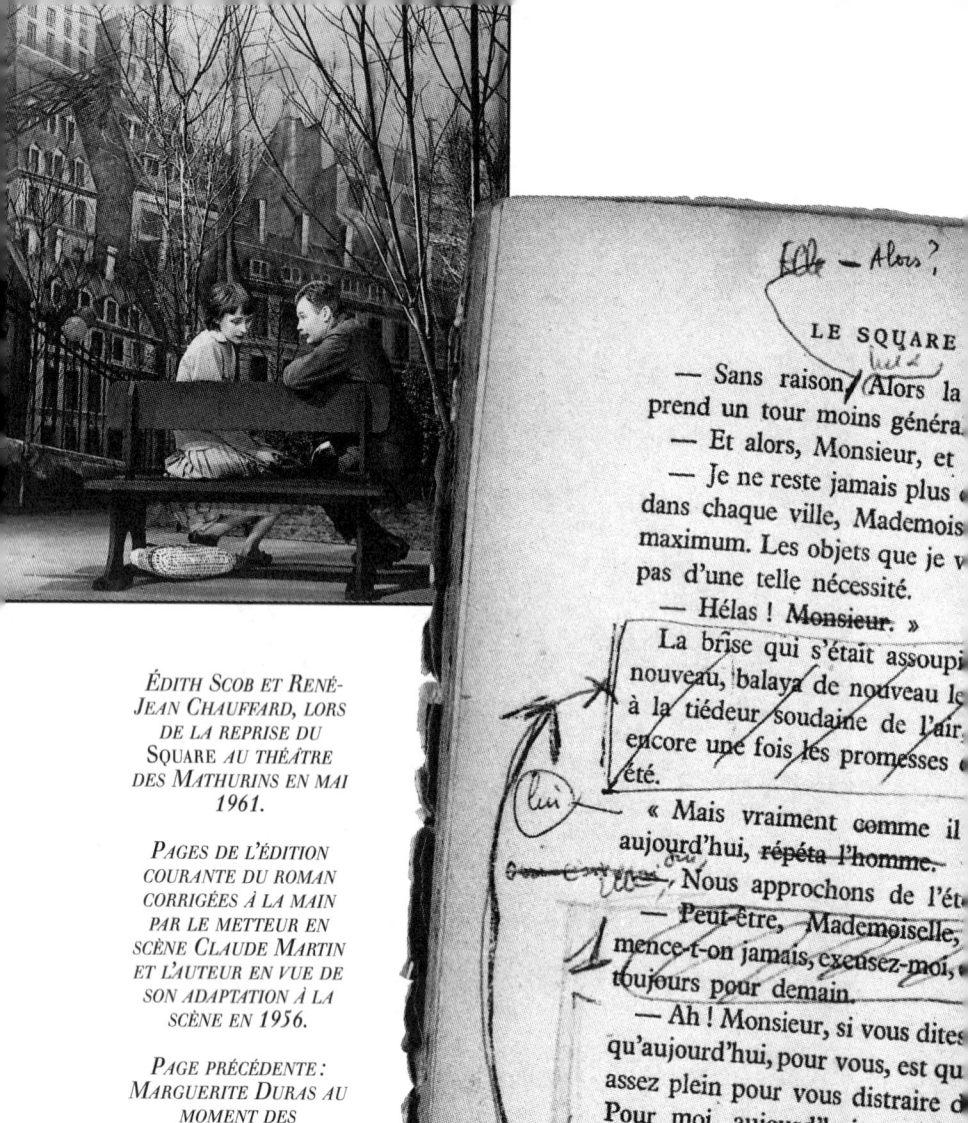

ÉDITH SCOB ET RENÉ-
JEAN CHAUFFARD, LORS
DE LA REPRISE DU
SQUARE *AU THÉÂTRE*
DES MATHURINS *EN MAI*
1961.

PAGES DE L'ÉDITION
COURANTE DU ROMAN
CORRIGÉES À LA MAIN
PAR LE METTEUR EN
SCÈNE CLAUDE MARTIN
ET L'AUTEUR EN VUE DE
SON ADAPTATION À LA
SCÈNE EN 1956.

PAGE PRÉCÉDENTE :
MARGUERITE DURAS AU
MOMENT DES
RÉPÉTITIONS DU SQUARE
AU STUDIO DES
CHAMPS-ÉLYSÉES
(9 SEPTEMBRE 1956).
BILLET ENVOYÉ À
MARGUERITE DURAS
PAR SAMUEL BECKETT À
LA SUITE DE LA
DIFFUSION
RADIOPHONIQUE DE LA
PIÈCE.

arrive jamais de faire quelque chose dont vous pourrez vous dire que ce sera toujours une chose de faite ?

— Non, je ne fais rien, je travaille toute la journée, mais je ne fais rien à propos de quoi je puisse me dire ce que vous dites. Je ne peux même pas me poser cette question.

— Je ne voudrais pas vous contredire, Mademoiselle, encore une fois, mais, quoi que vous fassiez, ce temps que vous vivez maintenant comptera pour vous, plus tard. Et de ce désert dont vous parlez vous vous en souviendrez, et il se repeuplera de lui-même avec une précision éblouissante. Vous n'y échapperez pas. On croit que ce n'est pas commencé et c'est commencé. On croit qu'on ne fait rien et on fait quelque chose. On croit qu'on s'achemine vers une solution, on se retourne, et voilà qu'elle est derrière soi. Ainsi, cette ville, je ne l'ai pas bien appréciée sur le moment à sa juste mesure. L'hôtel n'était pas excellent, la chambre que j'avais retenue, on en avait disposé, il était tard, et j'avais faim. Rien

49

MODERATO CANTABILE, QUI S'OUVRIRA SUR UNE LEÇON DE PIANO, PARAÎTRA EN FÉVRIER 1958 AUX ÉDITIONS DE MINUIT. LE ROMAN SERA PORTÉ AU CINÉMA PAR PETER BROOK DEUX ANS PLUS TARD DANS UNE ADAPTATION QU'IL COSIGNERA AVEC MARGUERITE DURAS ET GÉRARD JARLOT.

JEANNE MOREAU ET DIDIER HAUDEPIN DANS UNE SCÈNE DU FILM DE PETER BROOK.

JEAN MASCOLO AU CHAMBON-SUR-LIGNON, À L'ÂGE DE ONZE ANS.

CI-CONTRE : LETTRE DE MARGUERITE DURAS À ROBERT GALLIMARD, ÉCRITE EN DÉCEMBRE 1954, AU MOMENT DE LA PUBLICATION DES NOUVELLES DE DES JOURNÉES ENTIÈRES DANS LES ARBRES.

J'ai vécu un énorme bouleversement dans ma vie quand mon fils, qui était très doué pour la musique, a appris le piano. Pendant un an, je n'ai pas écrit, je n'ai fait que ça : l'accompagner à ses leçons de piano et lui faire faire ses exercices. [...] Et là-dessus j'ai fait **Moderato Cantabile.**

Entretien radiophonique, 4 juin 1975.

Paris 1er Décembre

Très cher Robert Gallimard,

    Sachant bien que les nouvelles se vendent
mal et présumant à partir de mes romans, hélas, que
les miennes connaîtront un sort encore moins commercial
que celles de mes confrères, je ne peux néammoins résister à l'obligation où je suis de vous demander sur ces s:
sacrés textes une avaance de 15 à 100.000 frcs destinés
à l'achat d'un piano Pleyel d'occasion petit modèle
droit que la maison Fortin me propose, achat auquel je
ne peux me soustraire plus longtemps étâat donné qu'il
est dans les meours de tous les bons parents, dont nous
sommes de faire apprendre la musique à leurs enfants, et
que le nôtre, d'enfant, Jean, dit Outa, a actuellement
sept ans et qu'il est donc bien urgent déjà qu'il débute
dans cet art. Non, sans blague, c'est vrai. Si je vous
demande de l'argent dans 15 jours, vous me direz que le livre n'a pas rapporté un sou. C'est pourquoi, pour tout
vous dire, cher Robert, prévenant cette objection, je vous
le demande maintenant.

    Merci Robert, et bien de l'amitié,

        Marguerite (Duras,

La route traversait l'Auvergne, le Cantal. Nous étions partis de Saint-Tropez dans l'après-midi et nous avons roulé une partie de la nuit. Je ne sais plus exactement quelle année c'était. C'était le plein été. Je le connaissais depuis le début de l'année. Je l'avais rencontré dans un bal où j'étais allée seule. C'est une autre histoire. Il a voulu s'arrêter avant l'aube à Aurillac. Le télégramme avait eu du retard, il avait été envoyé à Paris, puis renvoyé de Paris à Saint-Tropez. L'enterrement devait avoir lieu le lendemain à la fin de l'après-midi. Nous avons fait

l'amour dans cet hôtel d'Aurillac. Puis encore nous l'avons fait. Puis encore au matin nous l'avons fait. Je crois que c'est là pendant ce voyage, que cette envie est venue en clair dans ma tête. Par lui. Je crois. Mais je suis moins sûre. Mais par lui, sans doute, oui, du moment qu'il me rejoignait dans ce désir. Mais lui, comme un autre, comme le dernier client de la nuit. Nous avons à peine dormi, nous sommes repartis très tôt. C'était une route très belle et terrible, interminable, qui tournait tous les cent mètres. Oui, c'était pendant ce voyage. Ça ne s'est jamais reproduit dans ma vie.

L'endroit était déjà là. Sur le corps. Dans ces chambres d'hôtel. Sur les rives sableuses du fleuve. L'endroit était de nuit. Il était aussi dans les châteaux, dans leurs murs. Dans la cruauté des chasses. Des hommes. Dans la peur. Dans les bois. Dans le désert des allées. Des pièces d'eau. Du ciel. Nous avons pris une chambre au bord du fleuve. On a encore fait l'amour. On ne pouvait plus se parler. On buvait. Dans le sang froid, il frappait. Le visage. Et certains endroits du corps. On ne pouvait plus s'approcher l'un de l'autre sans avoir peur, sans trembler. Il m'a conduite jusqu'en haut

du parc, à l'entrée du château. Il y avait là le personnel des pompes funèbres, les gardiens du château, la gouvernante de ma mère et mon frère aîné. Ma mère n'était pas encore mise en bière. Tout le monde m'attendait. Ma mère. J'ai embrassé le front glacé. Mon frère pleurait. À l'église d'Onzain nous étions trois, les gardiens étaient restés au château. Je pensais à cet homme qui m'attendait dans l'hôtel au bord du fleuve. Je n'avais pas de peine pour cette femme morte et cet homme qui pleurait, son fils. Je n'en ai jamais eu. Après il y a eu ce rendez-vous

avec le notaire. J'ai consenti aux dispositions testamentaires de ma mère, je me suis déshéritée. Il m'attendait dans le parc. Nous avons dormi dans cet hôtel au bord de la Loire. Après, pendant plusieurs jours nous sommes restés près du fleuve, à tourner. On restait dans la chambre jusque tard dans les après-midi. On buvait. On sortait pour boire. On revenait dans la chambre. Puis on ressortait dans la nuit. On cherchait des cafés ouverts. C'était la folie. On ne pouvait partir de la Loire, de ce lieu. De ce qu'on cherchait, on ne parlait

pas. Quelquefois on avait peur. On était dans une peine profonde. On pleurait. Le mot n'était pas prononcé. On regrettait de ne pas s'aimer. On ne savait plus rien. C'était ce qu'on disait. On savait que ça ne reviendrait plus jamais dans notre vie, mais de ça on ne disait rien, ni qu'on était les mêmes face à cette étrange disposition de notre désir. Ça a encore été la folie pendant tout l'hiver. Après c'est devenu moins grave, une histoire d'amour. Après encore j'ai écrit Moderato Cantabile.

«Le dernier client de la nuit», La Vie matérielle, 1987.

[...] Rien ne se passe, en effet, bien que le prétexte du livre soit le fait divers le plus dramatique: un crime passionnel. Dans un bar, un homme a tué une femme. Mais ce geste n'existe que par la fascination qu'il exerce sur un autre homme et sur une autre femme qui n'en furent même pas les témoins directs et qui n'en approchent la signification qu'en l'inventant peut-être, à travers l'étrange rêverie qui les possède désormais. Arrachés par le cri d'agonie à l'ordre quotidien, à cette «vie tranquille» où il n'y a plus de respiration pour l'espoir, l'homme et la femme se rencontrent chaque jour dans le bar qui reçut le sacre de l'événement. Ils se parlent; ils imaginent que ce fut le vœu de cette femme d'être tuée par l'homme qu'elle aimait, et le sentiment qui, entre eux, prend naissance retrouve, assume ce désir. Peut-être vont-ils revivre la même légende de la mort et de l'amour. Peut-être... Mais le romancier lui-même n'en sait rien.

Qui peut donner un nom à ce qui s'est passé entre les inconnus, à ce qui se passe maintenant entre Anne Desbaresdes et Chauvin? Qui peut savoir la forme que le destin donnera à cette complicité indéchiffrable? Peut-être n'ont-ils pas d'autre histoire que celle d'avoir un instant échangé ces paroles, posé leurs mains l'une sur l'autre, mêlé une seule fois leurs bouches. Tout est suspendu à l'attente d'un événement qui ne vient pas, d'un événement inimaginable. Tout fléchit sous le poids d'une passion qui n'accouche pas d'elle-même, qui ne sait pas même son nom.

Gaëtan Picon,
in Mercure de France,
juin 1958, repris dans
L'Usage de la lecture II,
1961.

À L'OCCASION DE *LA PUBLICATION DE* MODERATO CANTABILE, *GAËTAN PICON CONSACRE UN ARTICLE IMPORTANT À L'ENSEMBLE DE L'ŒUVRE DE* MARGUERITE DURAS.

LORS DE LA PARUTION DU ROMAN MODERATO CANTABILE, *MARGUERITE DURAS REÇOIT, À LA HUNE, LE PRIX DE MAI 1958. LE JURY ÉTAIT COMPOSÉ DE* ROLAND BARTHES, GEORGES BATAILLE, MAURICE BLANCHOT, JEAN CAYROL, BERNARD DORT, LOUIS-RENÉ DES FORÊTS, MAURICE NADEAU, BERNARD PINGAUD, JEAN-PIERRE RICHARD, ALAIN ROBBE-GRILLET ET NATHALIE SARRAUTE.

JEANNE MOREAU ET JEAN-PAUL BELMONDO DANS LE FILM DE PETER BROOK.

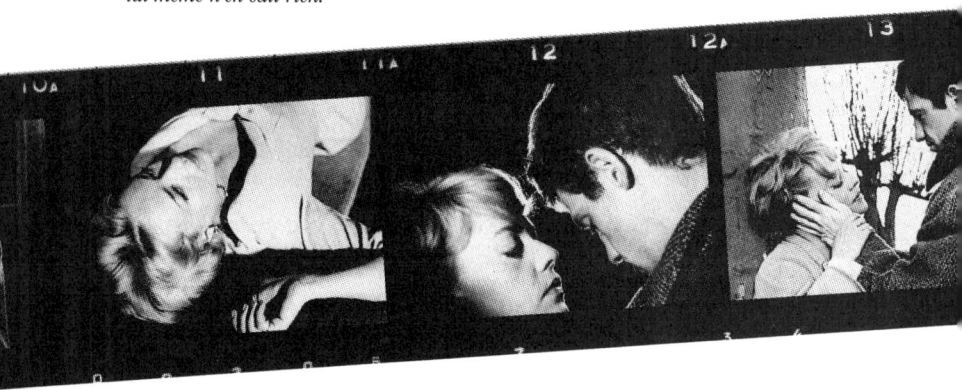

Marguerite DURAS
5 rue Saint Benoît
PARIS 6e (France)

EN AOÛT 1958, ALAIN
RESNAIS (CI-DESSUS),
PARTI AU JAPON POUR
LES REPÉRAGES ET LE
TOURNAGE DES SCÈNES
JAPONAISES DE
HIROSHIMA MON
AMOUR, RESTE EN
CONTACT ÉPISTOLAIRE
(VOIR CI-CONTRE) AVEC
MARGUERITE DURAS,
DEMEURÉE EN FRANCE,
QUI N'ASSISTERA QU'À LA
PARTIE DU TOURNAGE
RÉALISÉE À NEVERS EN
DÉCEMBRE DE LA MÊME
ANNÉE.

En analysant la continuité du 26 juillet j'ai trouvé un total de
357 ~~EXIEUXXXXXIMI~~ plans à tourner ici!Hâte de connaitre le résultat
du devis!

***

On n'apporte une enveloppe de Paris.C'est votre nouvelle continuité.
Merci.J'arrête donc brutalement cet essai de correspondance.Je vais
me mettre au travail tout de suite.Ademain.Donnez moi beaucoup de nouvelles.

Affectueusement:

P.S.Voici les premières photos prises par moi à Hiroshima:

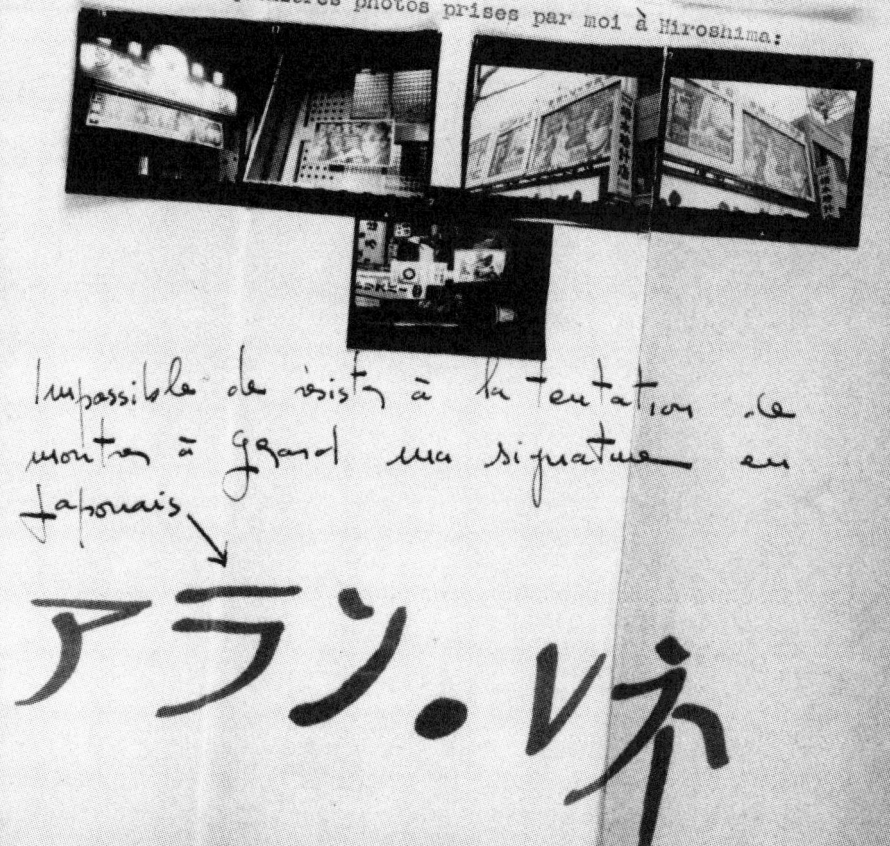

Impossible de resister à la tentation de
montrer à grand ma signature en
japonais

アラン・レネ

HIROSHIMA

MON AMOUR

cinéma 1960

Au printemps 1958, la société Argos sollicite Marguerite Duras. Cette maison de production, qui avait produit *Nuit et brouillard* d'Alain Resnais, avait passé au cinéaste commande d'un long métrage sur Hiroshima et les effets de la bombe atomique. Resnais, souhaitant donner à son film un éclairage féminin, songe à choisir comme scénariste Sagan, puis Beauvoir, mais c'est Marguerite Duras qui accepte immédiatement la proposition... En neuf semaines, l'année même de la parution aux éditions de Minuit de son roman *Moderato Cantabile,* elle écrit le synopsis détaillé de *Hiroshima mon amour,* en étroite collaboration avec Resnais et avec son ami Gérard Jarlot qui figurera au générique comme «conseiller littéraire». La sortie du film, tourné en août et septembre au Japon par Resnais, puis en décembre à Nevers, avait été prévue pour le festival de Cannes de 1959. N'ayant pas été retenu par la commission de sélection, *Hiroshima mon amour* est projeté hors festival et connaît bientôt un remarquable succès public. La version de

Hiroshima mon amour, scénario et dialogues, est publiée par Marguerite Duras aux éditions Gallimard dans la collection Blanche, avec des photographies du film, un an plus tard, en 1960. L'extraordinaire réussite du scénario tient sans doute à ce que Marguerite Duras a dès l'abord compris que, face à un tel sujet, elle était confrontée à l'indicible. Comme elle le déclare dans un entretien radiophonique en 1969 : «Dans *Hiroshima mon amour* j'ai voulu imposer l'impossibilité d'accrocher, d'amarrer l'événement d'Hiroshima à la catastrophe fantastique que représente Hiroshima, une affabulation quelconque. Quand je fais dire au début "Tu n'as rien vu à Hiroshima", cela voulait dire, pour moi, "tu ne verras jamais rien, tu n'écriras rien, tu ne pourras jamais rien dire sur cet événement". C'est vraiment à partir de l'impuissance dans laquelle j'étais de parler de la chose que j'ai fait le film.» Le film alors, comme l'a bien vu Bernard Pingaud, «n'est pas l'histoire d'un amour ou de deux

amours, ni celle d'un bombardement, c'est réellement l'histoire d'un oubli. "Je me souviendrai de toi comme de l'oubli de l'amour même ; je penserai à cette histoire comme à l'horreur de l'oubli." Conclusion à laquelle font écho les propos que l'héroïne se tient elle-même devant la glace du lavabo, un moment plus tard : "On croit savoir et puis, non jamais"*».

Je me souviens du 6 août 1945, on était mon mari et moi dans une maison de Déportés près du lac d'Annecy. J'ai lu le titre du journal sur la bombe d'Hiroshima. Puis je suis sortie précipitamment de la pension et je me suis adossée au mur devant la route, comme évanouie debout tout à coup. Petit à petit la raison est revenue, j'ai reconnu la vie, la route. De même en 1945 pendant la découverte des charniers allemands des camps de concentration. Je me postais dans les gares et devant les entrées des hôtels avec les photos de mon mari et de mes amis et j'attendais sans espoir aucun, dans un état voisin de celui d'Annecy, le retour des survivants. Je ne pleurais pas, j'étais apparemment comme d'habitude, sauf que je ne pouvais plus parler du tout. Ce sont des souvenirs très précis, très clairs, j'étais vraiment devenue une autre personne. Ensuite, et c'est là que je veux en venir, ensuite dans ma vie je n'ai jamais écrit sur la guerre, sur ces instants-là, jamais non plus, sauf quelques pages, sur les camps de concentration. De même, si Hiroshima ne m'avait pas été commandé, je n'aurais pas écrit non plus sur Hiroshima et lorsque je l'ai fait, vous voyez, j'ai mis face au chiffre énorme des morts d'Hiroshima l'histoire de la mort d'un seul amour inventé par moi. Je pourrais écrire Le Ravissement de Lol V. Stein dans un pays à feu et à sang. J'écrirais aussi bien Le Vice-Consul partout, à Cuba, à Kaboul ; oui, à Kaboul, Le Vice-Consul, oui, c'est ça. En Russie, non, je ne peux pas.

«Je me souviens», Cahiers du cinéma, n°s 312-313,
Les Yeux verts, juin 1980.

PERSONNAGES

ELLE

EMMANUELLE RIVA

LUI

OKADA EIJI

RÉALISATION

ALAIN RESNAIS

SCÉNARIO ET DIALOGUES

MARGUERITE DURAS

CONSEILLER LITTÉRAIRE

GÉRARD JARLOT

MUSIQUE

GEORGES DELERUE   GIOVANNI FUSCO

PRODUCTION

ARGOS FILMS

COMO FILMS

DAIEI MOTION PICTURE COMPANY LTD

PATHE OVERSEAS PRODUCTIONS

Nous sommes dans l'été 1957, en août, à Hiroshima.
Une femme française, d'une trentaine d'années, est dans cette ville. Elle y est venue pour jouer dans un film sur la Paix.
L'histoire commence la veille du retour en France de cette Française. Le film dans lequel elle joue est en effet terminé. Il n'en reste qu'une séquence à tourner.
C'est la veille de son retour en France que cette Française, qui ne sera jamais nommée dans le film – cette femme anonyme – rencontrera un Japonais (ingénieur, ou architecte) et qu'ils auront ensemble une histoire d'amour très courte.
Les conditions de leur rencontre ne seront pas éclaircies dans le film. Car ce n'est pas là la question. On se rencontre partout dans le monde. Ce qui importe, c'est ce qui s'ensuit de ces rencontres quotidiennes.
Ce couple de fortune, on ne le voit pas au début du film. Ni elle. Ni lui. On voit en leurs lieu et place des corps mutilés – à hauteur de la tête et des hanches – remuants – en proie soit à l'amour, soit à l'agonie – et recouverts successivement des cendres, des rosées, de la mort atomique – et des sueurs de l'amour accompli.K
Ce n'est que peu à peu que de ces corps informes, anonymes, sortiront leurs corps à eux.
Ils sont couchés dans une chambre d'hôtel. Ils sont nus. Corps lisses. Intacts.
De quoi parlent-ils ? Justement de Hɪʀᴏsʜɪᴍᴀ.
Elle lui dit qu'elle a tout vu à Hɪʀᴏsʜɪᴍᴀ. On voit ce qu'elle a vu. C'est horrible. Cependant que sa voix à lui, négatrice, taxera les images de mensongères et qu'il répétera, impersonnel, insupportable, qu'elle n'a rien vu à Hɪʀᴏsʜɪᴍᴀ.
Leur premier propos sera donc allégorique. *Ce sera, en somme, un pro-*

pos d'opéra. Impossible de parler de HIROSHIMA. Tout ce qu'on peut faire c'est de parler de l'impossibilité de parler de HIROSHIMA. La *connais-sance de Hiroshima* étant a priori posée comme un leurre exemplaire de l'esprit.

Ce début, ce défilé officiel des horreurs déjà célébrées de HIROSHIMA, évoqué dans un lit d'hôtel, cette évocation *sacrilège*, est volontaire. On peut parler de HIROSHIMA partout, même dans un lit d'hôtel, au cours d'amours de rencontre, d'amours adultères. Les deux corps des héros, réellement épris, nous le rappelleront. Ce qui est vraiment sacrilège, si sacrilège il y a, c'est HIROSHIMA même. Ce n'est pas la peine d'être hypocrite et de déplacer la question.

Si peu qu'on lui ait montré du *Monument Hiroshima*, ces misérables vestiges d'un *Monument de Vide*, le spectateur devrait sortir de cette évocation nettoyé de bien des préjugés et prêt à tout accepter de ce qu'on va lui dire de nos deux héros.

Les voici, justement, revenus à leur propre histoire.

Histoire banale, histoire qui arrive chaque jour, des milliers de fois. Le Japonais est marié, il a des enfants. La Française l'est aussi et elle a également deux enfants. Ils vivent une aventure d'une nuit.

Mais où ? À HIROSHIMA.

Cette étreinte, si banale, si quotidienne, a lieu dans la ville du monde où elle est le plus difficile à imaginer : HIROSHIMA. Rien n'est «donné» à HIROSHIMA. Un halo particulier y auréole chaque geste, chaque parole, d'un sens supplémentaire à leur sens littéral. Et c'est là un des desseins majeurs du film, en finir avec la description de l'horreur par l'horreur, car cela a été fait par les Japonais eux-mêmes, mais faire renaître cette horreur de ces cendres en la faisant s'inscrire en un amour qui sera forcément particulier et «émerveillant». Et auquel on croira davantage que s'il s'était produit partout ailleurs dans le monde, dans un endroit que la mort n'a pas *conservé.*

Entre deux êtres géographiquement, philosophiquement, historiquement, économiquement, racialement, etc., éloignés le plus qu'il est possible de l'être, HIROSHIMA sera le terrain commun (le seul au monde peut-être ?) où les données universelles de l'érotisme, de l'amour, et du malheur apparaîtront sous une lumière implacable. Partout ailleurs qu'à HIROSHIMA, l'artifice est de mise. À HIROSHIMA, il ne peut pas exister sous peine, encore, d'être nié.

En s'endormant, ils parleront encore de HIROSHIMA. Différemment. Dans le désir et peut-être à leur insu, dans l'amour naissant.

Leurs conversations porteront à la fois sur eux-mêmes et sur HIRO-SHIMA. Et leurs propos seront mélangés, mêlés de telle façon, dès lors, *après l'opéra* de HIROSHIMA – qu'ils seront indiscernables les uns des autres.

Toujours leur histoire personnelle, aussi courte soit-elle, l'emportera sur HIROSHIMA.

Si cette condition n'était pas tenue, ce film, encore une fois, ne serait qu'un film de commande de plus, sans aucun intérêt sauf celui d'un documentaire romancé. Si cette condition est tenue, on aboutira à une espèce de faux documentaire qui sera bien plus probant de la leçon de HIROSHIMA qu'un documentaire de commande.

Ils se réveilleront. Et reparleront, tandis qu'elle s'habille. De chose et d'autre et aussi de HIROSHIMA. Pourquoi pas ? C'est bien naturel. Nous sommes à HIROSHIMA.

Et elle apparaît tout à coup, complètement habillée en infirmière de la Croix-Rouge.

(Dans ce costume, qui est en somme l'uniforme de la vertu officielle, il la désirera de nouveau. Il voudra la revoir. Il est comme tout le monde, comme tous les hommes, *exactement,* et il y a dans ce déguisement un facteur érotique commun à tous les hommes. Éternelle infirmière d'une guerre éternelle...)

Pourquoi, alors qu'elle aussi le désire, ne veut-elle pas le revoir ? Elle n'en donne pas de raisons claires.

Au réveil, ils parleront aussi de son passé à elle.

Que s'est-il passé à NEVERS, dans sa ville natale, dans cette Nièvre où elle a été élevée ? Que s'est-il passé dans sa vie pour qu'elle soit ainsi, si libre et traquée à la fois, si honnête et si malhonnête à la fois, si équivoque et si claire ? Si désireuse de vivre des amours de rencontre ? Si lâche devant l'amour ?

Un jour, lui dit-elle, un jour à NEVERS, elle a été folle. Folle de méchanceté. Elle le dit, comme elle dirait qu'une fois, à NEVERS, elle a connu une intelligence décisive. De la même façon.

Si cet « incident » de NEVERS explique sa conduite actuelle à HIROSHIMA, elle n'en dit rien. Elle raconte l'incident de NEVERS comme autre chose. Sans en dire la cause.

Elle s'en va. Elle a décidé de ne pas le revoir.

Mais ils se reverront.

Quatre heures de l'après-midi. Place de la Paix à HIROSHIMA (ou devant l'hôpital).

Des cameramen s'éloignent (on ne les voit jamais dans le film que s'éloignant avec leur matériel). On défait des tribunes. On décroche les banderoles.

La Française dort à l'ombre (peut-être) d'une tribune que l'on défait.

On vient de tourner un film édifiant sur la Paix. Pas un film ridicule du tout, mais un film DE PLUS, c'est tout.

Un homme japonais passe dans la foule qui côtoie une fois de plus le décor du film qu'on vient de terminer. Cet homme est celui que nous avons vu le matin dans la chambre. Il voit la Française, s'arrête, va vers elle, la regarde dormir. Son regard à lui la réveille. Ils se regardent. Ils se désirent beaucoup. Il n'est pas là par hasard. Il est venu pour la revoir encore.

Le défilé aura lieu presque immédiatement après leur rencontre. C'est la dernière séquence du film qu'on tourne là. Défilés d'enfants, défilés d'étudiants. Chiens. Chats. Badauds. Tout HIROSHIMA sera là comme il l'est toujours lorsqu'il s'agit de servir la Paix dans le monde. Défilé déjà *baroque*.

La chaleur sera très grande. Le ciel sera menaçant. Ils attendront que passe le défilé. C'est pendant celui-ci, que lui, lui dira qu'il croit qu'il l'aime.

Il l'emmènera chez lui. Ils parleront très brièvement de leur existence respective.

Ce sont des gens heureux dans le mariage et qui ne cherchent ensemble aucune contrepartie à une infortune conjugale.

C'est chez lui, et pendant l'amour, qu'elle commencera à lui parler de Nevers.

Elle fuira encore de chez lui. Ils iront dans un café, sur le fleuve pour «tuer le temps avant son départ». La nuit déjà.

Ils resteront là encore quelques heures. Leur amour augmentera en raison inverse du temps qu'il leur restera avant le départ de l'avion le lendemain matin.

C'est dans ce café qu'elle lui dira pourquoi elle a été folle à NEVERS.

Elle a été tondue à NEVERS, en 1944, à vingt ans. Son premier amant était un Allemand. Tué à la Libération.

Elle est restée dans une cave, tondue, à NEVERS. C'EST SEULEMENT LORSQUE HIROSHIMA est arrivé qu'elle a été assez décente pour sortir de cette cave et se mêler à la foule en liesse des rues.

Pourquoi avoir choisi ce malheur personnel? Sans doute parce qu'il est également, lui-même, un absolu. Tondre une fille parce qu'elle a aimé d'amour un ennemi officiel de son pays, est un absolu et d'horreur et de bêtise.

On verra NEVERS, comme dans la chambre, on l'a déjà vu. Et ils reparleront encore d'eux-mêmes. Imbrication encore une fois de NEVERS, et de l'amour, de HIROSHIMA et de l'amour. Tout se mélangera sans principe préconçu et de la façon dont ce mélange doit se faire chaque jour, partout, où sont les couples bavards du premier amour.

Elle partira encore de là. Elle le fuira encore.

Elle essaiera de rentrer à l'hôtel, d'assagir son humeur, n'y arrivera pas, ressortira de l'hôtel et retournera vers le café qui, alors, sera fermé. Et restera là. Se souviendra de NEVERS (monologue intérieur), donc de l'amour même.

L'homme l'a suivie. Elle s'en aperçoit. Elle le regarde. Ils se regardent, dans l'amour le plus grand. Amour sans emploi, égorgé comme celui de NEVERS. Donc relégué déjà dans l'oubli. Donc perpétuel. (Sauvegardé par l'oubli même.)

Elle ne le rejoindra pas.

Elle traînera à travers la ville. *Et lui la suivra comme il suivrait une inconnue.* À un moment donné, il l'abordera et il lui demandera de rester à HIROSHIMA, comme dans un *aparté.* Elle dira non. Refus de tout le monde. Lâcheté commune*.

Les jeux sont faits, vraiment, pour eux.

Il n'insistera pas.

Elle traînera à la gare. Lui la rejoindra. Ils se regarderont comme des ombres.

Plus un mot à se dire à partir de là. L'imminence du départ les cloue dans un silence funèbre.

Il s'agit bien d'amour. Ils ne peuvent plus que se taire. Une scène extrême aura lieu dans un café. On l'y retrouvera en compagnie d'un autre Japonais.

Et à une table on retrouvera celui qu'elle aime, complètement immobile, sans aucune réaction que celle d'un désespoir librement consenti, mais qui le dépasse *physiquement.* C'est déjà comme si elle était à «d'autres». Et lui ne peut que le comprendre.

À l'aurore, elle rentrera dans sa chambre. Lui, frappera à la porte quelques minutes après. Il n'aura pas pu éviter cela. «Impossible d'éviter de venir», s'excusera-t-il.

Certains spectateurs du film ont cru qu'elle «finissait» par rester à Hiroshima. C'est possible. Je n'ai pas d'avis. L'ayant amenée à la limite de son refus de rester à Hiroshima, nous ne nous sommes pas préoccupés de savoir si – le film fini – elle arriverait à transgresser son refus.

Et dans la chambre *rien* n'aura lieu. Ils en seront réduits l'un et l'autre à une impuissance mutuelle terrifiante. La chambre, *«l'ordre du monde»*, restera, autour d'eux qu'ils ne dérangeront plus jamais. Pas d'aveux échangés. Plus un geste. Simplement, ils s'appelleront encore. Quoi? Nevers, Hiroshima. Ils ne sont en effet encore personne à leurs yeux respectifs. Ils ont des noms de lieu, des noms qui n'en sont pas. C'est, comme si le désastre d'une femme tondue à Nevers et le désastre de Hiroshima se répondaient exactement.

Elle lui dira: «Hiroshima, c'est ton nom.»

J'ai essayé de rendre compte le plus fidèlement qu'il a été possible, du travail que j'ai fait pour A. Resnais dans Hiroshima mon amour.
Qu'on ne s'étonne donc pas que l'image d'A. Resnais *ne soit pratiquement jamais* décrite *dans ce travail.*
Mon rôle se borne à rendre compte des éléments à partir desquels *Resnais a fait son film.*
Les passages sur Nevers qui ne faisaient pas partie du scénario initial (juillet 58) ont été commentés avant le tournage en France (décembre 58).
Ils font donc l'objet d'un travail séparé du script (voir appendice : Les Évidences nocturnes).
J'ai cru bon de conserver un certain nombre de choses abandonnées du film dans la mesure où elles éclairent utilement le projet initial.
Je livre ce travail à l'édition dans la désolation de ne pouvoir le compléter par le compte rendu des conversations presque quotidiennes que nous avions, A. Resnais et moi, d'une part, G. Jarlot et moi, d'autre part, A. Resnais, G. Jarlot et moi, d'autre part encore. Je n'ai jamais pu me passer de leurs conseils, je n'ai jamais abordé un épisode de mon travail sans leur soumettre celui qui précédait, écouter leurs critiques, à la fois exigeantes, lucides et fécondes.

Marguerite Duras.

PARTIE I

[Le film s'ouvre sur le développement du fameux «champignon» de BIKINI.
Il faudrait que le spectateur ait le sentiment, à la fois, de revoir et de voir ce «champignon» pour la première fois.
Il faudrait qu'il soit très grossi, très ralenti, et que son développement s'accompagne des premières mesures de G. Fusco.
À mesure que ce «champignon» s'élève sur l'écran, au-dessous de lui]*, apparaissent, peu à peu, deux épaules nues.
On ne voit que ces deux épaules, elles sont coupées du corps à la hauteur de la tête et des hanches.
Ces deux épaules s'étreignent et elles sont comme trempées de cendres, *de* pluie, *de* rosée *ou de* sueur, *comme on veut.*
Le principal c'est qu'on ait le sentiment que cette rosée, cette transpiration, a été déposée par

---

* *Ce qui est entre crochets est abandonné.*

*[le «champignon» de BIKINI], à
mesure de son éloignement, à
mesure de son évaporation.
Il devrait en résulter un sentiment
très violent, très contradictoire,
de fraîcheur et de désir.
Les deux épaules étreintes sont
de différente couleur, l'une est
sombre et l'autre est claire.
La musique de Fusco accompagne
cette étreinte presque choquante.
La différenciation des deux mains
respectives devrait être très
marquée.
La musique de Fusco s'éloigne.
Une main de femme [très
agrandie], reste posée sur l'épaule
jaune, posée est une façon de
parler, agriffée conviendrait mieux.
Une voix d'homme, mate et
calme, récitative, annonce:*

LUI. — Tu n'as *rien* vu à
Hiroshima. Rien.

*À utiliser à volonté.
Une voix de femme, très voilée,
mate également, une voix
de lecture récitative,
sans ponctuation, répond:*

ELLE. — J'ai *tout* vu. *Tout.*

*La musique de Fusco reprend,
juste le temps que la main de
femme se resserre encore sur
l'épaule, qu'elle la lâche, qu'elle
la caresse, et qu'il reste sur cette
épaule jaune la marque des
ongles de la main blanche.
Comme si la griffure pouvait
donner l'illusion d'être une
sanction du: «Non, tu n'as rien
vu à Hiroshima.»*

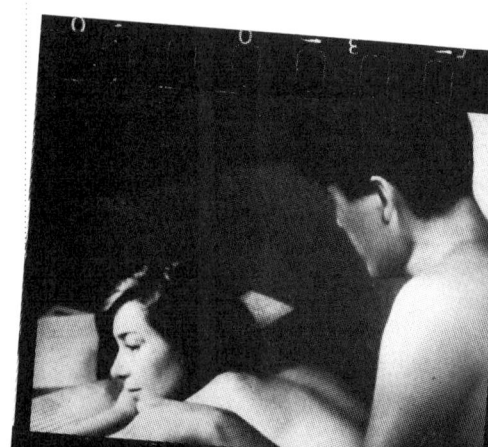

*Puis la voix de femme reprend,
calme, également récitative
et terne :*

ELLE. — Ainsi l'hôpital, je l'ai vu.
J'en suis sûre. L'hôpital existe
à Hiroshima. Comment aurais-je
pu éviter de le voir ?

*L'hôpital, couloirs, escaliers,
malades dans le dédain suprême
de la caméra*. (On ne la voit
jamais en train de voir.)
On revient à la main maintenant
agriffée sans relâche sur l'épaule
de couleur jaune.*

LUI. — Tu n'as pas vu d'hôpital
à Hiroshima. Tu n'as rien vu
à Hiroshima.

*Ensuite la voix de la femme
se fait plus, plus impersonnelle.
Faisant un sort (abstrait)
à chaque mot.
Voici le musée qui défile**.
De même que sur l'hôpital
lumière aveuglante, laide.
Panneaux documentaires.
Pièces à conviction
du bombardement.
Maquettes.
Fers ravagés.
Peaux, chevelures brûlées, en cire.
Etc.*

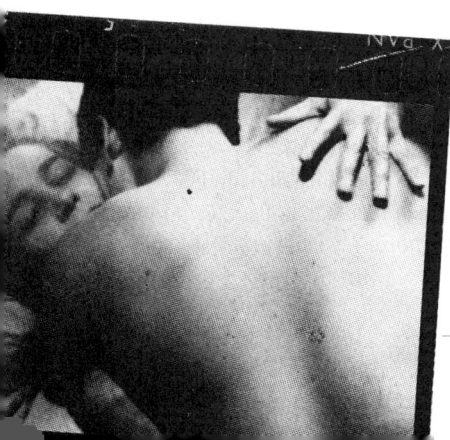

** À partir du texte initial très
schématique, Resnais a rapporté
un grand nombre de documents
du Japon. De ce fait, le texte initial
a été non seulement débordé
mais modifié et considérablemet
augmenté pendant le montage
du film.*

*** On revient régulièrement aux corps
assemblés.*

ELLE. — Quatre fois au musée...

LUI. — Quel musée à Hiroshima ?

ELLE. — Quatre fois au musée à
Hiroshima. J'ai vu les gens
se promener. Les gens
se promènent, pensifs, à travers
les photographies, les
reconstitutions, faute d'autre
chose, à travers les
photographies, les photographies,
les reconstitutions, faute d'autre
chose, les explications, faute
d'autre chose.
Quatre fois au musée à
Hiroshima.
J'ai regardé les gens. J'ai regardé
moi-même pensivement, le fer.
Le fer brûlé. Le fer brisé, le fer
devenu vulnérable comme la
chair. J'ai vu des capsules en
bouquet : qui y aurait pensé ?
Des peaux humaines flottantes,
survivantes, encore dans la
fraîcheur de leurs souffrances.
Des pierres. Des pierres brûlées.
Des pierres éclatées. Des
chevelures anonymes que les
femmes de Hiroshima
retrouvaient tout entières
tombées le matin, au réveil.
J'ai eu chaud place de la Paix.
Dix mille degrés sur la place de
la Paix. Je le sais.
La température du soleil
sur la place de la Paix. Comment
l'ignorer ?... L'herbe, c'est bien
simple...

LUI. — Tu n'as rien vu à
Hiroshima, rien.

Le musée défile toujours.
Puis à partir de la photo d'un
crâne brûlé, on découvre la place
de la Paix (qui continue ce crâne).
Vitrines du musée avec les manne-
quins brûlés.
Séquences de films japonais de
(reconstitution) sur Hiroshima.
L'homme échevelé.
Une femme sort du chaos, etc.

ELLE. — Les reconstitutions ont
été faites le plus sérieusement
possible.
Les films ont été faits le plus
sérieusement possible.
L'illusion, c'est bien simple, est
tellement parfaite que
les touristes pleurent.
On peut toujours se moquer mais
que peut faire d'autre un touriste
que, justement, pleurer ?

ELLE. — [… que justement
pleurer afin de supporter ce
spectacle abominable entre tous.
Et d'en sortir suffisamment
attristé pour ne pas perdre
la raison].

ELLE. — [Les gens restent là,
pensifs. Et sans ironie aucune,
on doit pouvoir dire que
les occasions de rendre les gens
pensifs sont toujours excellentes.
Et que les monuments,
dont quelquefois on sourit,
sont cependant les meilleurs
prétextes à ces occasions…]

ELLE. — [À ces occasions...
de penser. D'habitude, il est vrai,
lorsque l'occasion de penser
vous est offerte... avec ce luxe...
on ne pense rien. N'empêche
que le spectacle des autres
que l'on suppose être en train
de penser est encourageant.]

ELLE. — J'ai toujours pleuré sur
le sort de Hiroshima. Toujours.

*Panoramique sur une photo de
Hiroshima prise après la bombe,
un «désert nouveau» sans
référence aux autres déserts
du monde.*

LUI. — Non.
Sur *quoi* aurais-tu pleuré ?

*La place de la Paix défile, vide
sous un soleil éclatant qui
rappelle celui de la bombe,
aveuglante. Et sur ce vide, encore
une fois, la voix de l'homme :
On erre sur la place vide
(à treize heures ?).
Les bandes d'actualités prises
après le 6 août 45.
Fourmis, vers, sortent de terre.
L'alternance des épaules continue.
La voix féminine reprend,
devenue folle, en même temps
que les images défilent,
devenues folles elles aussi.*

ELLE. — J'ai vu les actualités.
Le deuxième jour, dit l'Histoire,
je ne l'ai pas inventé,
dès le deuxième jour,
des espèces animales précises
ont resurgi des profondeurs
de la terre et des cendres.
Des chiens ont été photographiés.

Pour toujours.
Je les ai vus.
J'ai *vu* les actualités.
Je les *ai vues.*
Du premier jour.
Du deuxième jour.
Du troisième jour.

Lui, *il lui coupe la parole.*
— Tu n'as rien vu. Rien.

Chien amputé.
Gens, enfants.
Plaies.
Enfants brûlés hurlant.

Elle. — ... du quinzième jour
aussi.
Hiroshima se recouvrit de fleurs.
Ce n'étaient partout que bleuets
et glaïeuls, et volubilis et belles-
d'un-jour qui renaissaient des
cendres avec une extraordinaire
vigueur, inconnue jusque-là
chez les fleurs*.

Elle. — Je n'ai *rien* inventé.

Lui. — Tu as *tout* inventé.

Elle. — *Rien.*
De même que dans l'amour cette
illusion existe, cette illusion de
pouvoir ne jamais oublier, de
même j'ai eu l'illusion devant

---

* *Cette phrase est presque*
textuellement une phrase de Hershey
dans son admirable reportage sur
Hiroshima. Je n'ai fait que la reporter
sur les enfants martyrs.

Hiroshima que jamais je
n'oublierai.
De même que dans l'amour.

*Des pinces chirurgicales
s'approchent d'un œil pour
l'extraire.
Les actualités continuent.*

ELLE. — J'ai vu aussi
les rescapés et ceux qui étaient
dans les ventres des femmes
de Hiroshima.

*Un bel enfant se tourne vers nous.
Alors nous voyons qu'il est
borgne.
Une jeune fille brûlée se regarde
dans un miroir.
Une autre jeune fille aveugle aux
mains tordues joue de la cithare.
Une femme prie auprès de ses
enfants qui meurent.
Un homme se meurt de ne plus
dormir depuis des années.
(Une fois par semaine,
on lui amène ses enfants.)*

ELLE. — J'ai vu la patience,
l'innocence, la douceur
apparente avec lesquelles l
es survivants provisoires
de Hiroshima s'accommodaient
d'un sort tellement injuste que
l'imagination d'habitude pourtant
si féconde, devant eux, se ferme.

*Toujours on revient à l'étreinte si
parfaite des corps.*

ELLE, *bas*. — Écoute…
Je sais…
Je sais *tout*.
Ça a continué.

LUI. — *Rien*. Tu ne sais *rien*.

*Nuage atomique.
Atomium qui tourne.*

*Des gens dans des rues marchent
sous la pluie.
Pêcheurs atteints par
la radioactivité.
Un poisson non comestible.
Des milliers de poissons non
comestibles enterrés.*

ELLE. — Les femmes risquent
d'accoucher d'enfants mal venus,
de monstres, mais ça continue.
Les hommes risquent d'être
frappés de stérilité, mais ça
continue.
La pluie fait peur.
Des pluies de cendres sur les
eaux du Pacifique.
Les eaux du Pacifique tuent.
Des pêcheurs du Pacifique sont
morts.
La nourriture fait peur.
On jette la nourriture d'une ville
entière.
On enterre la nourriture de villes
entières.
Une ville entière se met en
colère.
Des villes entières se mettent en
colère.

Actualités : des manifestations.

ELLE. — Contre qui, la colère
des villes entières ?
La colère des villes entières
qu'elles le veuillent ou non,
contre l'inégalité posée
en principe par certains peuples
contre d'autres peuples,
contre l'inégalité posée
en principe par certaines races
contre d'autres races, contre

l'inégalité posée en principe
par certaines classes contre
d'autres classes.

Cortèges de manifestants.
Discours «muets» dans les haut-
parleurs.

ELLE, *bas.* — ... Écoute-moi.
Comme toi, je connais l'oubli.

LUI. — Non, tu ne connais pas
l'oubli.

ELLE. — Comme toi, je suis
douée de mémoire. Je connais
l'oubli.

LUI. — Non, tu n'es pas douée de
mémoire.

ELLE. — Comme toi, moi aussi,
j'ai essayé de lutter de toutes mes
forces contre l'oubli. Comme toi,
j'ai oublié. Comme toi, j'ai désiré
avoir une inconsolable mémoire,
une mémoire d'ombres et de
pierre.

L'ombre «photographiée» sur la
pierre d'un disparu de Hiroshima.

ELLE. — J'ai lutté pour mon
compte, de toutes mes forces,
chaque jour, contre l'horreur de
ne plus comprendre du tout le
pourquoi de se souvenir. Comme
toi, j'ai oublié...

Boutiques où, à cent exemplaires,
se trouve le modèle réduit du
Palais de l'Industrie, seul monu-
ment dont la charpente tordue est
restée debout après la bombe – et
qui a été conservé ainsi depuis.
Boutique abandonnée.

Car de touristes japonais.
Touristes, place de la Paix.
Chat traversant la place de la Paix.

ELLE. — Pourquoi nier l'évidente
nécessité de la mémoire?...

Phrase scandée sur les plans du
squelette du Palais de l'Industrie.

ELLE. — ... Écoute-moi. Je sais
encore. Ça recommencera.
Deux cent mille morts.
Quatre-vingt mille blessés.
En neuf secondes. Ces chiffres
sont officiels. Ça recommencera.

Arbres.
Église.
Manège.
Hiroshima reconstruit. Banalité.

ELLE. — Il y aura dix mille
degrés sur la terre. Dix mille
soleils, dira-t-on. L'asphalte
brûlera.

Église.
Réclame japonaise.

ELLE. — Un désordre profond
régnera. Une ville entière sera
soulevée de terre et retombera
en cendres...

Du sable. Un paquet de cigarettes
«Peace». Une plante grasse étalée
comme une araignée sur du sable.

ELLE. — Des végétations
nouvelles surgissent des sables...

Quatre étudiants «morts»
bavardent au bord du fleuve.
Le fleuve.
Les marées.
Les quais quotidiens de
Hiroshima reconstruit.

ELLE. — ... Quatre étudiants
attendent ensemble une mort
fraternelle et légendaire.
Les sept branches de l'estuaire
en delta de la rivière Ota se

vident et se remplissent à l'heure habituelle, très précisément aux heures habituelles d'une eau fraîche et poissonneuse, grise ou bleue suivant l'heure et les saisons. Des gens ne regardent plus le long des berges boueuses la lente montée de la marée dans les sept branches de l'estuaire en delta de la rivière Ota.

Le ton récitatif cesse.
Les rues de Hiroshima, les rues
encore. Des ponts.
Passages couverts.
Rues.
Banlieue. Rails.
Banlieue.
Banalité universelle.

ELLE. — ... Je te rencontre.
Je me souviens de toi.
Qui es-tu ?
Tu me tues.
Tu me fais du bien.
Comment me serais-je doutée
que cette ville était faite à la taille
de l'amour ?
Comment me serais-je doutée
que tu étais fait à la taille de mon
corps même ?
Tu me plais. Quel événement. Tu
me plais.
Quelle lenteur tout à coup.
Quelle douceur.
Tu ne peux pas savoir.
Tu me tues.
Tu me fais du bien.
Tu me tues.
Tu me fais du bien.
J'ai le temps.
Je t'en prie.

Dévore-moi.
Déforme-moi jusqu'à la laideur.
Pourquoi pas toi ?
Pourquoi pas toi dans cette ville
et dans cette nuit pareilles aux
autres au point de s'y
méprendre ?
Je t'en prie...

*Très brutalement, le visage
de la femme apparaît très tendre,
tendu vers le visage de l'homme.*

ELLE. — C'est fou ce que tu as
une belle peau.

Gémissement heureux de l'homme.

ELLE. — Toi...

*Le visage du Japonais apparaît
après celui de la femme
dans un rire extasié (éclaté),
qui n'est pas de mise
dans le propos. Il se retourne :*

LUI. — Moi, oui. Tu m'auras vu.

*Les deux corps nus
apparaissent. Même voix
de femme, très voilée, mais
cette fois, non déclamatoire.*

ELLE. — Tu es complètement
japonais ou tu n'es pas
complètement japonais ?

LUI. — Complètement.
Je suis japonais.

LUI. — Tu as les yeux verts.
C'est bien ça ?

ELLE. — Oh, je crois..., oui...
je crois qu'ils sont verts.

Il la regarde. Affirme doucement :

LUI. — Tu es comme mille
femmes ensemble...

ELLE. — C'est parce que
tu ne me connais pas.
C'est pour ça.

LUI. — Peut-être pas tout à fait
pour cela seulement.

ELLE. — Cela ne me déplaît pas,
d'être mille femmes ensemble
pour toi.

*Elle lui embrasse l'épaule et se
cale la tête dans le creux de cette
épaule. Elle a la tête tournée vers
la fenêtre ouverte,
vers Hiroshima, la nuit.
Un homme passe dans la rue
et tousse. (On ne le voit pas,
on l'entend seulement.)
Elle se relève.*

ELLE. — Écoute... C'est quatre
heures...

LUI. — Pourquoi?

ELLE. — Je ne sais pas qui c'est.
Tous les jours il passe à quatre
heures. Et il tousse.

Silence. Ils se regardent.

ELLE. — Tu y étais, toi, à
Hiroshima...

Il rit, comme à un enfantillage.

LUI. — Non... bien sûr.

*Elle lui caresse l'épaule nue
encore une fois.*

Elle. — Oh. C'est vrai... Je suis bête.

Cette épaule est effectivement belle, intacte.

Presque souriante.
Il la regarde tout à coup, sérieux et hésitant, puis il finit par le lui dire :

Lui. — Ma famille, elle, était à Hiroshima. Je faisais la guerre.

Elle arrête son geste sur l'épaule. Timidement, cette fois, avec un sourire, elle demande :

Elle. — Une chance, quoi ?

Il la quitte du regard, pèse le pour et le contre :

Lui. — Oui.

Elle ajoute, très gentille mais affirmative :

Elle. — Une chance pour moi aussi.

Un temps.

Lui. — Pourquoi tu es à Hiroshima ?

Elle. — Un film.

Lui. — Quoi, un film ?

Elle. — Je joue dans un film.

Lui. — Et avant d'être à Hiroshima, où étais-tu ?

Elle. — À Paris.

Un temps encore, encore plus long.

Lui. — Et avant d'être à Paris ?...

Elle. — Avant d'être à Paris ?... J'étais à Nevers. *Ne-vers.*

Lui. — Nevers ?

Elle. — C'est dans la Nièvre. Tu ne connais pas.

*Un temps. Il demande,
comme s'il venait de découvrir
un lien HIROSHIMA-NEVERS :*

Elle fait un effort de sincérité :

Lui. — Et pourquoi voulais-tu voir tout à Hiroshima ?

Elle. — Ça m'intéressait. J'ai mon idée là-dessus. Par exemple, tu vois, de bien regarder, je crois que ça s'apprend.

Il passe dans la rue un essaim de bicyclettes qui roulent en roue libre, dans un bruit qui s'amplifie et décroît.

Elle est en peignoir de bain sur le balcon de la chambre d'hôtel. Elle le regarde. Elle tient à la main une tasse de café.

Lui dort encore. Il a les bras en croix, il est allongé sur le ventre. Il est nu jusqu'à la ceinture.

[Un rayon de soleil entre par les rideaux et fait sur son dos un petit signe, comme deux traits croisés (ou taches ovales).]

Elle regarde avec une intensité anormale ses mains qui frémissent doucement comme quelquefois, dans le sommeil, celles des enfants. Ses mains sont très belles, très viriles.

Tandis qu'elle regarde ses mains, il apparaît brutalement à la place du Japonais, le corps d'un jeune homme, dans la même pose, mais mortuaire, sur le quai d'un fleuve, en plein soleil. (La chambre est dans la pénombre.) Ce jeune

homme agonise. Ses mains sont également très belles, ressemblant étonnamment à celles du Japonais. Elles sont agitées des soubresauts de l'agonie. [On ne voit pas le vêtement que porte cet homme parce qu'une jeune femme est allongée sur son corps, bouche contre bouche. Les larmes qui coulent de ses yeux se mêlent au sang qui coule de sa bouche.] [La femme – celle-ci – a les yeux fermés. Tandis que l'homme sur lequel elle est allongée a les yeux fixes de l'agonie.] L'image dure très peu de temps. Elle est figée dans sa pose, adossée à la fenêtre. Il se réveille. Il lui sourit. Elle, ne lui sourit pas immédiatement. Elle continue à le regarder attentivement, sans changer de pose. Puis elle lui apporte le café.

ELLE. — Tu veux du café ?

Il acquiesce. Il prend la tasse. Un temps.

ELLE. — À quoi tu rêvais ?

LUI. — Je ne sais plus... Pourquoi ?

Elle est redevenue naturelle, très très gentille.

ELLE. — Je regardais tes mains. Elles bougent quand tu dors.

Il regarde ses propres mains, à son tour, avec étonnement et il joue peut-être à faire bouger ses doigts.

LUI. — C'est quand on rêve, peut-être, sans le savoir.

Avec calme, gentillesse, elle fait un signe dubitatif.

ELLE. — Hum, hum.

LUI. — Tu es une belle femme,
tu le sais?

*Ils sont ensemble sous la douche de
la chambre d'hôtel. Ils sont gais.
Il pose la main sur son front de
telle manière qu'il lui renverse la
tête en arrière.*

ELLE. — Tu trouves?

LUI. — Je trouve.

ELLE. — Un peu fatiguée. Non?

*Il a un geste sur sa figure, la
déforme. Rit.*

LUI. — Un peu laide.

Elle sourit sous la caresse.

ELLE. — Ça ne fait rien?

LUI. — C'est ce que j'ai remarqué
hier soir dans ce café. La façon
dont tu es laide. Et puis...

ELLE, *très détendue.* — Et puis?...

LUI. — Et puis comment
tu t'ennuyais.

*Elle a vers lui un geste de
curiosité.*

ELLE. — Dis-moi encore...

LUI. — Tu t'ennuyais de la façon
qui donne aux hommes l'envie
de connaître une femme.

Elle sourit, baisse les yeux.

ELLE. — Tu parles bien
le français.

Ton gai :

Un temps.

Rires.

LUI. — N'est-ce pas ? Je suis content que tu remarques enfin comme je parle bien le français.

LUI. — Moi, je n'avais pas remarqué que tu ne parlais pas le japonais...
Est-ce que tu avais remarqué que c'est toujours dans le même sens que l'on remarque les choses ?

ELLE. — Non. Je t'ai remarqué toi, c'est tout.

Après le bain. Elle prend le temps de croquer une pomme, cheveux mouillés. En peignoir de bain. Elle est sur le balcon, le regarde, s'étire, et comme pour faire le «point» à leur situation, dit lentement, avec une sorte de «délectation» des mots.

ELLE. — Se connaître-à-Hiroshima. C'est pas tous les jours.

Il vient la retrouver sur le balcon, il s'assied en face d'elle, habillé déjà. (En chemise, col ouvert.) Après une hésitation, il demande :

LUI. — Qu'est-ce que c'était pour toi, Hiroshima en France ?

ELLE. — La fin de la guerre, je veux dire, complètement. La stupeur... à l'idée qu'on ait osé... la stupeur à l'idée qu'on ait réussi. Et puis aussi, pour nous, le commencement d'une peur inconnue. Et puis, l'indifférence, la peur de l'indifférence aussi...

LUI. — Où étais-tu ?

ELLE. — Je venais de quitter Nevers. J'étais à Paris. Dans la rue.

LUI. — C'est un joli mot français, Nevers.

Elle ne répond pas tout de suite.

ELLE. — C'est un mot comme un autre. Comme la ville.

Elle s'éloigne.

Il est assis sur le lit, il allume une cigarette, la regarde intensément. [Son ombre à elle, s'habillant, passe sur lui, de temps à autre. Elle passe justement sur lui.]
Il demande :

LUI. — Tu as connu beaucoup de Japonais à Hiroshima ?

ELLE. — Ah, j'en ai connu, oui... mais comme toi... *(avec évidence)*, non...

Il sourit. Gaieté.

LUI. — Je suis le premier Japonais de ta vie ?

ELLE. — Oui.

On entend son rire.

567

*Elle réapparaît au cours de sa
toilette et dit (très ponctué):*

ELLE. — Hi-ro-shi-ma. [Il faut
que je ferme les yeux pour me
souvenir... je veux dire me
souvenir comment, en France,
avant de venir ici, je m'en
souvenais, de Hiroshima.
C'est toujours la même histoire,
avec les souvenirs.]

Il baisse les yeux, très calme.

LUI. — Le monde entier était
joyeux. Tu étais joyeuse avec le
monde entier.

Il continue sur le même ton.

LUI. — C'était un beau jour d'été
à Paris, ce jour-là, j'ai entendu
dire, n'est-ce pas?

ELLE. — Il faisait beau, oui.

LUI. — Quel âge avais-tu?

ELLE. — Vingt ans. Et toi?

LUI. — Vingt-deux ans.

ELLE. — Le même âge, quoi?

LUI. — En somme, oui.

*Elle apparaît complètement
habillée, au moment où elle
est en train d'ajuster sa coiffe
d'infirmière (car c'est en
infirmière de la Croix-Rouge
qu'elle apparaît).
Elle s'accroupit près de lui
dans un geste subit,
ou s'allonge près de lui.
Elle joue avec sa main.*

Elle embrasse son bras nu.
Une conversation courante
s'engage.

ELLE. — Qu'est-ce que tu fais,
toi, dans la vie?

LUI. — De l'architecture.
Et puis aussi de la politique.

ELLE. — Ah, c'est pour ça que tu
parles si bien le français?

LUI. — C'est pour ça.
Pour lire la Révolution
française.

Ils rient.
Elle ne s'étonne pas.
Toute précision sur la politique
qu'il fait est absolument
impossible parce qu'elle serait
immédiatement étiquetée. De plus,
elle serait naïve. Ne pas oublier
que seul un homme de gauche
peut dire ce qu'il vient de dire.
Que la chose sera immédiatement
prise ainsi par le spectateur.
Surtout après son propos sur
Hiroshima.

LUI. — Qu'est-ce que c'est le film
dans lequel tu joues?

ELLE. — Un film sur la Paix.
Qu'est-ce que tu veux qu'on
tourne à Hiroshima sinon un
film sur la Paix?

Il passe un essaim de bicyclettes
assourdissantes.
[Le désir revient entre eux.]

LUI. — Je voudrais te revoir.

Elle fait signe que non.

ELLE. — À cette heure-ci,

demain, je serai repartie pour la France.

LUI. — C'est vrai ? Tu ne m'avais pas dit.

ELLE. — C'est vrai. *(Un temps.)* C'était pas la peine que je te le dise.

Il devient sérieux, dans sa stupéfaction.

LUI. — C'est pour ça que tu m'as laissé monter dans ta chambre hier soir ?... parce que c'était ton dernier jour à Hiroshima ?

ELLE. — Pas du tout. Je n'y ai même pas pensé.

LUI. — Quand tu parles, je me demande si tu mens ou si tu dis la vérité.

ELLE. — Je mens. Et je dis la vérité. Mais à toi je n'ai pas de raisons de mentir. Pourquoi ?...

LUI. — Dis-moi..., ça t'arrive souvent des histoires comme... celle-ci ?

ELLE. — Pas tellement souvent. Mais ça m'arrive. J'aime bien les garçons...

Un temps.

Elle sourit.

ELLE. — Je suis d'une moralité douteuse, tu sais.

LUI. — Qu'est-ce que tu appelles être d'une moralité douteuse ?

ELLE. — Douter de la morale
des autres.

LUI. — Je voudrais te revoir.
Même si l'avion part demain
matin. Même si tu es d'une
moralité douteuse.

ELLE. — Non.

LUI. — Pourquoi ?

ELLE. — Parce que. *(Agacée.)*

ELLE. — Tu ne veux plus
me parler ?

LUI, *après un temps.* — Je
voudrais te revoir.

LUI. — Où vas-tu en France ?
À Nevers ?

ELLE. — Non. À Paris.
(Un temps.) À Nevers, non je ne
vais plus jamais.

LUI. — Jamais ?

ELLE. — Jamais.

[Nevers est une ville qui me fait
mal.]
[Nevers est une ville que je
n'aime plus.]

Ton très léger.

Il rit beaucoup.

Un temps. Celui de l'amour revenu.

Il ne parle plus.

*Ils sont dans le couloir
de l'hôtel.*

*Elle fait une sorte de grimace,
ce disant.*

Facultatif.

Elle ajoute, prise à son jeu.

[Nevers est une ville qui me fait peur.]

ELLE. — C'est à Nevers que j'ai été le plus jeune de toute ma vie...

LUI. — Jeune-à-Ne-vers.

ELLE. — Oui. Jeune à Nevers. Et puis aussi, une fois, folle à Nevers.

Ils sont devant l'hôtel, ils font les cent pas. Elle attend l'auto qui doit venir la prendre pour la mener place de la Paix. Il y a peu de monde. Mais les autos passent sans arrêt. C'est un boulevard. Dialogue presque crié à cause du bruit des autos.

ELLE. — Nevers, tu vois, c'est la ville du monde, et même c'est la chose du monde à laquelle, la nuit, je rêve le plus. En même temps que c'est la chose du monde à laquelle je pense le moins.

LUI. — Comment c'était ta folie à Nevers ?

ELLE. — C'est comme l'intelligence, la folie, tu sais. On ne peut pas l'expliquer. Tout comme l'intelligence. Elle vous arrive dessus, elle vous remplit et alors on la comprend.

Mais, quand elle vous quitte,
on ne peut plus la comprendre
du tout.

LUI. — Tu étais méchante?

ELLE. — C'était ça ma folie.
J'étais folle de méchanceté.
Il me semblait qu'on pouvait
faire une véritable carrière dans
la méchanceté. Rien ne me disait
que la méchanceté.
Tu comprends?

LUI. — Oui.

ELLE. — C'est vrai que ça aussi
tu dois le comprendre.

LUI. — Ça n'a jamais
recommencé, pour toi?

ELLE. — Non. C'est fini *(tout bas)*.

LUI. — Pendant la guerre?

ELLE. — Tout de suite après.

Un temps.

LUI. — Ça faisait partie des
difficultés de la vie française
après la guerre?

ELLE. — Oui, on peut le dire
comme ça.

LUI. — Quand cela a-t-il passé,
pour toi, la folie?

Trop bas, comme cela devrait
être dit:

ELLE. — Petit à petit, ça s'est

Bruit des autos qui croît et décroît en raison inverse de la gravité des propos.

Crié, à «contre-ton», comme cela ne peut pas être dit.

passé. Et puis quand j'ai eu des enfants... forcément.

LUI. — Qu'est-ce que tu dis?

ELLE. — Je dis que petit à petit ça s'est passé. Et puis quand j'ai eu des enfants..., forcément...

LUI. — J'aimerais bien rester avec toi quelques jours, quelque part, une fois.

ELLE. — Moi aussi.

LUI. — Te revoir aujourd'hui ne serait pas te revoir. En si peu de temps ce n'est pas revoir les gens. Je voudrais bien.

ELLE. — Non.

Elle s'arrête devant lui, butée, immobile, muette.
Il accepte presque.

Elle rit, c'est un peu forcé.
Elle marque un dépit, léger, mais réel.
Le taxi arrive.

Il rit avec elle, mais moins qu'elle.
Après un temps.

LUI. — Bon.

ELLE. — C'est parce que tu sais que je pars demain.

LUI. — C'est possible que ce soit aussi pour ça. Mais c'est une raison comme une autre, non? L'idée de ne plus te revoir... jamais... dans quelques heures.

L'auto est arrivée et s'est arrêtée

au carrefour. Elle fait signe qu'elle
arrive. Elle prend son temps,
regarde le Japonais et dit :

ELLE. — Non.

Il la suit du.regard. Peut-être
sourit-il.

P A R T I E   I I I

Il est quatre heures de l'après-midi, place de la Paix à Hiroshima. Dans le lointain s'éloigne un groupe de techniciens de cinéma portant une caméra, des projecteurs et des écrans-réflecteurs. Des ouvriers japonais démontent l'estrade officielle qui vient de servir de cadre à la dernière séquence du film.

Une remarque importante : on verra toujours les techniciens de loin et on ne saura jamais quel est le film qu'ils tournent à Hiroshima. On n'en verra toujours que le décor qu'on est en train de défaire. [Peut-être, tout au plus, en saura-t-on le titre.]

Des machinistes portant des pancartes en différentes langues, en japonais, en français, en allemand, etc. «JAMAIS PLUS HIROSHIMA», circulent.

Donc les ouvriers s'occupent à défaire les tribunes officielles et à ôter les banderoles. Dans le décor, nous retrouvons la Française. Elle dort. Sa coiffe d'infirmière est à

*moitié défaite. Elle est allongée, la
tête [contre le pilier d'une énorme
pancarte qui a servi au film]
(sous quelque chose ou à l'ombre
d'une tribune).*

*On comprend qu'on vient de
tourner à Hiroshima un film
édifiant sur la Paix. Ce n'est pas
forcément un film ridicule, c'est
un film édifiant tout simplement.
La foule passe à côté de la place
où vient de se tourner le film.
Cette foule est indifférente.
Sauf quelques enfants, personne
ne regarde, on a l'habitude
à Hiroshima de voir tourner des
films sur Hiroshima.
Cependant, un homme passe,
il s'arrête et regarde. C'est celui
que nous avons quitté un moment
avant dans la chambre d'hôtel
qu'habite la Française.
Le Japonais s'approchera
de l'infirmière, il la regardera
dormir. C'est le regard du
Japonais sur elle qui finira par
la réveiller mais il s'appesantira
sur elle longtemps avant.
Pendant la scène, on voit peut-être
quelques détails, au loin et par
exemple, une maquette du Palais
de l'Industrie [un guide entouré
de touristes japonais], [un couple
d'invalides de guerre en tenue
blanche tendant leur tronc pour
quêter], [une famille au coin de la
rue en train de bavarder]...
Elle se réveille. Sa fatigue
s'évanouit. On retombe dans*

*leur histoire personnelle d'un seul
coup. Toujours cette histoire
personnelle l'emportera sur
l'histoire forcément démonstrative
de Hiroshima.
Elle se relève et va vers lui. Ils
rient mais sans excès. Puis ils
redeviennent sérieux.*

LUI. — Tu étais facile à retrouver
à Hiroshima.

*Elle a un rire heureux.
Un temps. Il la regarde
de nouveau.
Entre eux passent deux ou quatre
ouvriers qui portent une
photographie très agrandie
qui représente le plan de la mère
morte et de l'enfant qui pleure,
dans les ruines fumantes de
Hiroshima – du film* Les Enfants
de Hiroshima. *Ils ne regardent
pas la photo qui passe. Une autre
photographie passe, qui
représente Einstein tirant la
langue. Elle suit immédiatement
celle de l'enfant et de la mère.*

LUI. — C'est un film français ?

ELLE. — Non. International. Sur
la Paix.

LUI. — C'est fini.

ELLE. — Pour moi, oui,
c'est fini. On va tourner les
scènes de foule... Il y a bien

des films publicitaires sur
le savon. Alors... à force...
peut-être.

Il est très assuré
dans sa conception là-dessus.

LUI. — Oui, à force. Ici, à
Hiroshima, on ne se moque pas
des films sur la Paix.

Il se retourne vers elle.
Les photographies sont
complètement passées.
Ils se rapprochent instinctivement
l'un de l'autre. Elle réajuste
sa coiffe qui s'est défaite
dans le sommeil.

LUI. — Tu es fatiguée?

Elle le regarde de façon assez
provocante et douce à la fois.
Elle dit dans un sourire
douloureux, précis :

ELLE. — Comme toi.

Il la fixe de façon qui ne trompe
pas et lui dit :

LUI. — J'ai pensé à Nevers en
France.

Elle sourit. Il ajoute :

LUI. — J'ai pensé à toi.

Il ajoute encore :

LUI. — C'est toujours demain,
ton avion?

ELLE. — Toujours demain.

LUI. — Demain absolument?

ELLE. — Oui. Le film a du retard.
On m'attend à Paris depuis déjà
un mois.

Elle le regarde en face.
Lentement, il lui enlève sa coiffe
d'infirmière. (Ou bien elle est très

*fardée, elle a les lèvres si sombres
qu'elles en paraissent noires.
Ou elle est à peine fardée, presque
décolorée sous le soleil.)
Le geste de l'homme est très libre,
très concerté. On devrait éprouver
le même choc érotique qu'au
début. Elle apparaît, les cheveux
aussi décoiffés que la veille, dans
le lit. Et elle le laisse lui enlever sa
coiffe, elle se laisse faire comme
elle a dû se laisser faire, la veille,
l'amour. (Là, lui laisser un rôle
érotiquement fonctionnel.)
Elle baisse les yeux. Moue
incompréhensible. Elle joue avec
quelque chose par terre.
Elle relève les yeux sur lui.
Il dit avec une très grande lenteur.*

LUI. — Tu me donnes beaucoup
l'envie d'aimer.

*Elle ne répond pas tout de suite.
Elle a baissé les yeux sous le coup
du trouble dans lequel la jettent
ses paroles. Le chat de la place
de la Paix joue contre son pied ?
Elle dit, les yeux baissés,
très lentement aussi (même
lenteur).*

ELLE. — Toujours... les amours
de... rencontre... Moi aussi...

*Passe entre eux un extraordinaire
objet, de nature imprécise.
Je vois un cadre de bois
(atomium ?) d'une forme très
précise mais dont l'utilisation
échappe complètement. Ils ne le
regardent pas. Il dit :*

LUI. — Non. Pas toujours aussi
fort. Tu le sais.

*On entend des cris, au loin.
Puis des chants enfantins.*

*Ils ne sont pas distraits pour
autant.
Elle fait une grimace
incompréhensible (licencieuse
serait le mot). Elle lève les yeux
encore, mais cette fois vers le ciel.
Et elle dit, encore une fois,
incompréhensiblement alors
qu'elle essuie son front couvert
de sueur.*

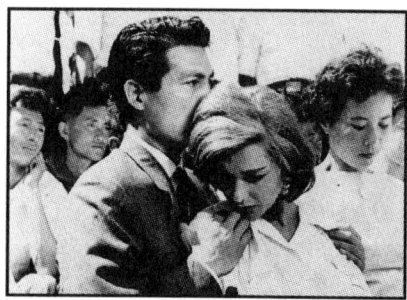

ELLE. — On dit qu'il va faire de
l'orage avant la nuit.

*On voit le ciel qu'elle voit.
Des nuages roulent... Les chants
se précisent. Puis commence
(la fin) du défilé.
Ils se sont reculés. Elle se tient
devant lui (comme dans les
« revues », les femmes) et met une
main sur son épaule. Son visage
est contre ses cheveux. Lorsqu'elle
lève les yeux elle le voit.
Il essaiera de l'entraîner loin
du défilé. Elle, elle résistera.
Mais elle s'éloignera avec lui, sans
presque « le sentir ». Sur les
enfants, cependant [elle s'arrêtera
tout à fait, fascinée].
Défilé de jeunes gens portant des
pancartes*

1ʳᵉ SÉRIE PANCARTES

1ʳᵉ pancarte :
Si une bombe atomique
vaut 20 000 bombes ordinaires.

2ᵉ pancarte :
Et si la bombe H vaut 1 500 fois
la bombe atomique.

3ᵉ pancarte :
Combien valent les 40 000
bombes A et H fabriquées actuellement dans le monde ?

4ᵉ pancarte :
Si 10 bombes H lâchées sur le
monde c'est la préhistoire.

5ᵉ pancarte :
40 000 bombes H et A c'est quoi ?

2ᵉ SÉRIE PANCARTES

I
Ce résultat prestigieux fait
honneur à *l'inteligence**
scientifique de l'homme.

II
Mais il est regrettable que
l'intelligence politique de l'homme
soit 100 fois moins développée
que son intelligence scientifique.

* *Inteligence : faute volontairement
laissée par Resnais.*

III
Et nous prive à ce point
d'admirer l'homme.

2ᵉ SÉRIE

1ʳᵉ pancarte :
[*Une photo de fourmi.* NOUS, nous
ne craignons pas la bombe H.]

2ᵉ pancarte :
[Voici le cri des 160 millions des
Syndiqués de l'Europe.]

3ᵉ pancarte :
[Voici le cri des 100 000 cadavres
envolés de HIROSHIMA.]

Des femmes, des hommes, suivent
les enfants qui chantent.
Des chiens suivent les enfants.
Des chats sont aux fenêtres.
(Celui de la place de la Paix a
l'habitude et il dort.)
Pancartes. Pancartes.
Tout le monde a très chaud.
Le ciel, au-dessus des défilés,
est sombre. Le soleil est caché
par les nuages.
Les enfants sont nombreux,
beaux. Ils ont chaud et chantent
avec la bonne volonté
de l'enfance. Le Japonais
irrésistiblement et presque
à son insu pousse la Française
dans le [même sens] que le défilé

ou [le sens opposé].
La Française ferme les yeux et
pousse un gémissement [en voyant
les enfants du défilé]. Et dans ce
gémissement, vite, comme un
voleur, le Japonais dit :

LUI. — Je n'aime pas penser à
ton départ. Demain.
Je crois que je t'aime.

Le gémissement de la Française
continue de telle façon qu'il peut
devenir celui d'un accablement
amoureux. Le Japonais enfouit sa
bouche dans ses cheveux, mange
ses cheveux, discrètement. La
main sur l'épaule est serrée. Elle
ouvre lentement les yeux.
Le défilé continue.
Les enfants sont fardés en blanc.
La sueur perle à travers le talc.
Deux d'entre eux se disputent une
orange. Ils sont en colère.

ELLE. — [Pourquoi les a-t-on
fardés comme ça ?

LUI. — Pour qu'ils se
ressemblent, les enfants
d'Hiroshima.]

[Ces paroles sont prononcées
sur les enfants.]
[(Ou des voix japonaises
sous-titrées.) Voix criées.]

ELLE. — [Pourquoi ?

LUI. — Parce que les enfants
brûlés d'Hiroshima
se ressemblaient.]

Passe un faux brûlé qui a dû
jouer dans le film. Il perd
sa cire qui fond dans son cou.
Cela peut être très dégoûtant,
très effrayant.

Ils se regardent dans
un mouvement inverse de la tête.
Il dit :

Lui. — Tu vas venir avec moi
encore une fois.

Elle ne répond pas.
Une admirable femme japonaise
passe. Elle est assise sur un char.
De (l'encorbellement de ses seins*)
pris dans un corsage noir,
s'envolent des colombes.

Elle ne répond pas. Il se penche et
à l'oreille :

Lui. — Réponds-moi.

Elle sourit. Fait « non » de la tête.

Lui. — Tu as peur ?

Elle. — Non.

[Des chats voient les colombes
qui sortent du corsage de la
femme et s'agitent.]
Les chants informes des enfants
continuent, mais en diminuant.
Une monitrice gronde les deux
enfants qui se disputent l'orange.
Le grand prend l'orange. Le petit
pleure. Le grand commence à
manger l'orange.
Tout ceci dure plus qu'il ne
faudrait.
Derrière l'enfant qui pleure,
les cinq cents étudiants japonais
arrivent. C'est un peu fatigant,
débordant. Il la prend contre
lui tout à fait, à l'occasion de
ce nouveau désordre. Ils ont un
regard de détresse. Lui,
la regardant, elle, regardant le
défilé. On devrait ressentir que

* *Resnais a choisi un globe fleuri.*

*ce défilé les spolie du temps qu'il
leur reste. Ils ne se disent plus
rien. Il l'entraîne par la main.
Elle se laisse faire. Ils partent, à
contre-courant du défilé.
On les perd de vue*.*

*Nous la retrouvons debout au
milieu d'une grande pièce d'une
maison japonaise. Stores baissés.
Lumière douce. Sentiment
de fraîcheur après la chaleur
du défilé. La maison est moderne.
Il y a des fauteuils, etc.
La Française se tient là* comme
une invitée. *Elle est presque
intimidée. Il vient vers elle du
fond de la pièce (on peut supposer
qu'il vient de fermer une porte,
ou du garage, peu importe).
Il dit :*

Lui. — Assieds-toi.

*Elle ne s'assied pas. Ils restent
debout tous les deux. On sent
qu'entre eux l'érotisme est tenu en
échec par l'amour, pour l'instant.
Lui est debout en face d'elle.
Et dans le même état, presque
gauche. C'est le jeu inverse de*

* *Resnais les fait se perdre dans la
foule.*

587

*celui que jouerait un homme
dans le cas d'une aubaine.
Elle demande, mais pour dire
quelque chose :*

ELLE. — Tu es tout seul à
Hiroshima ?... ta femme, où elle
est ?

LUI. — Elle est à Unzen, à la
montagne. Je suis seul.

ELLE. — Elle revient quand ?

LUI. — Ces jours-ci.

*Elle continue, bas, comme dans
un aparté.*

ELLE. — Comment elle est, ta
femme ?

*Il dit, en la regardant.
Très intentionnel. (Le ton :
là n'est pas la question.)*

Un temps.

LUI. — Belle. Je suis un homme
qui est heureux avec sa femme.

ELLE. — Moi aussi je suis
une femme qui est heureuse
avec son mari.

*Ceci est dit dans une émotion
véritable immédiatement
recouverte par l'instant qui court.*

LUI. — ... Ç'aurait été trop simple.

*(À ce moment-là, le téléphone
sonne.)
Il s'approche d'elle comme s'il lui
tombait dessus. Elle le regarde
arriver sur elle et dit :*

ELLE. — Tu ne travailles pas
l'après-midi ?

LUI. — Oui. Beaucoup. Surtout
l'après-midi.

ELLE. — C'est une histoire idiote...

Comme elle dirait « Je t'aime ».
Ils s'embrassent pendant
la sonnerie du téléphone
qui continue.
Il ne répond pas.

ELLE. — C'est pour moi que tu
perds ton après-midi ?

Il ne répond toujours pas.

ELLE. — Mais dis-le, qu'est-ce
que ça peut faire ?

À Hiroshima. [Ils sont ensemble,
nus, dans un lit.] La lumière
est déjà modifiée.
C'est après l'amour. Du temps
a passé.

LUI. — Il était français, l'homme
que tu as aimé pendant la
guerre ?

À Nevers. Un Allemand traverse
une place, au crépuscule.

ELLE. — Non… il n'était
pas français.

À Hiroshima. Elle est étalée
sur le lit comblée de fatigue
et d'amour. Le jour a encore
baissé sur leurs corps.

ELLE. — Oui, c'était à Nevers.

À Nevers. Images d'un amour à
Nevers. Courses à bicyclette. La
forêt. Les ruines, etc.

ELLE. — On s'est d'abord
rencontrés dans des granges.
Puis dans des ruines. Et puis
dans des chambres. Comme
partout.

À Hiroshima.
Dans la chambre, la lumière
a encore baissé.
On les retrouve dans une pose
d'enlacement presque calme.

À Nevers. Images de Nevers. Des
rivières. Des quais. *Des peupliers*
dans du vent, etc.
Le quai désert.
Le jardin.
À Hiroshima, maintenant. Et on
les retrouve [presque dans la
pénombre].

À Nevers. Dans une cabane,
la nuit, le «mariage» de Nevers.
(Sur les images de Nevers,
on la fait seulement répondre.
Les questions que lui, lui pose,
sont «entendues»,
«vont de soi».)
Toujours dans le même
enchaînement. Sur Nevers qui
consacre la réponse.
Puis à la fin, elle dit, calme:

ELLE. — Et puis, il est mort.

ELLE. — Moi dix-huit ans et lui
vingt-trois ans.

ELLE. — Pourquoi parler de lui
plutôt que d'autres?

LUI. — Pourquoi pas?

ELLE. — Non. Pourquoi?

LUI. — À cause de Nevers,
je peux seulement commencer
à te connaître. Et, entre
les milliers et les milliers
de choses de ta vie, je choisis
Nevers.

ELLE. — Comme autre chose?

LUI. — Oui.

Est-ce qu'on voit qu'il ment?
On s'en doute. Elle, elle devient

*presque violente, et, cherchant
elle-même ce qu'elle pourrait dire
(moment un peu fou).*

ELLE. — Non. Ce n'est pas un
hasard. *(Un temps.)* C'est toi qui
dois me dire pourquoi.

*Il peut répondre (très important
pour le film). Soit :*

LUI. — C'est là, il me semble
l'avoir compris que tu es si
jeune... si jeune, que tu n'es
encore à personne précisément.
Cela me plaît.

Ou bien :

ELLE. — Non, ce n'est pas ça.

LUI. — C'est là, il me semble
l'avoir compris, que j'ai failli... te
perdre... et que j'ai risqué ne
jamais te connaître.

Ou bien :

LUI. — C'est là, il me semble
l'avoir compris, que tu as dû
commencer à être comme
aujourd'hui tu es encore.

*(Choisir entre ces trois dernières
répliques ou les donner toutes
les trois*, soit à la file,
soit séparément, au hasard
des mouvements d'amour dans le
lit. Cette dernière solution serait
celle que je préférerai si ça
n'allonge pas trop la scène.)
[Une dernière fois, Nevers défile.
Des images s'en succèdent d'une
banalité voulue. En même temps
qu'elles effraient.]*

** Au lieu de choisir entre ces trois
versions, A. Resnais a choisi la
solution de les donner toutes les trois.*

*Une dernière fois on revient sur
eux. [Il fait noir.] Elle dit.
Elle crie :*

*En même temps qu'elle s'est
agrippée à lui presque
sauvagement.*

ELLE. — Je veux partir d'ici.

*Ils sont dans la pièce où ils étaient
tout à l'heure, rhabillés. Cette
pièce est maintenant éclairée. Ils
sont debout tous les deux. Il dit,
calme, calme…*

LUI. — Il ne nous reste plus
maintenant qu'à tuer le temps
qui nous sépare de ton départ.
Encore seize heures pour ton
avion.

*Elle dit dans l'affolement,
dans la détresse :*

Il répond, doucement :

ELLE. — C'est énorme…

LUI. — Non. Il ne faut pas que tu
aies peur.

*Sur le fleuve, à Hiroshima, la nuit
tombe en de longues traînées
lumineuses.
Le fleuve se vide et se remplit
suivant les heures, les marées.
Des gens regardent parfois
la lente montée de la marée
le long des berges boueuses.
Un café est en face de ce fleuve.
C'est un café moderne,
américanisé avec une grande
baie. Lorsqu'on est assis
dans le fond du café, on ne voit
plus les rives du fleuve mais
seulement le fleuve lui-même.
C'est dans cette imprécision
que se dessine l'embouchure
du fleuve. C'est là que finit
Hiroshima et commence
le Pacifique. L'endroit est à moitié
vide. Ils sont assis à une table
au fond de la salle. Ils sont l'un
en face de l'autre, soit joue contre
joue, soit front contre front.
On vient de les quitter dans la
détresse à l'idée des seize heures
qui les séparent de leur séparation
définitive. On les retrouve presque*

*dans le bonheur. Le temps passe
sans qu'ils s'en aperçoivent.
Un miracle s'est produit. Lequel?
Justement, la résurgence de
Nevers. Et la première chose
qu'il dit, dans cette pose
éperdument amoureuse, c'est :*

LUI. — Ça ne veut rien dire, en
français, Nevers, autrement?

ELLE. — Rien. Non.

LUI. — Tu aurais eu froid, dans
cette cave à Nevers si on s'était
aimés?

ELLE. — J'aurais eu froid.
À Nevers les caves sont froides,
été comme hiver. La ville s'étage
le long d'un fleuve qu'on appelle
la Loire.

LUI. — Je ne peux pas imaginer
Nevers.

Nevers. La Loire.

ELLE. — Nevers. Quarante mille
habitants. Bâti comme une
capitale – (mais). Un enfant peut
en faire le tour. *(Elle s'écarte de
lui.)* Je suis née à Nevers
(elle boit), j'ai grandi à Nevers.
J'ai appris à lire, à Nevers.
Et c'est là que j'ai eu vingt ans.

LUI. — Et la Loire?

*Il lui prend la tête dans les mains.
Nevers.*

ELLE. — C'est un fleuve sans
navigation aucune, toujours vide,
à cause de son cours irrégulier
et de ses bancs de sable.

En France, la Loire passe pour
un fleuve très beau, à cause
surtout de sa lumière...
tellement douce, si tu savais.

Ton extasié. Il lui lâche la tête,
écoute très intensément.

LUI. — Quand tu es dans la cave,
je suis mort ?

ELLE. — Tu es mort... et...

Nevers : l'Allemand agonise très
lentement sur le quai.

ELLE. — ... comment supporter
une telle douleur ?

ELLE. — La cave est petite.

Pour faire de ses mains le geste
de la mesurer, elle se retire
de sa joue. Et elle continue,
très près de sa figure, mais non
plus collée à elle. Aucune
incantation.
Elle s'adresse à lui très
passionnément.

ELLE. — ... très petite.

ELLE. — *La Marseillaise* passe
au-dessus de ma tête... C'est...
assourdissant...

Elle se bouche les oreilles,
dans ce café (à Hiroshima).
Il règne dans ce café un grand
silence tout à coup.
Caves de Nevers. Mains
saignantes de Riva.

ELLE. — Les mains deviennent
inutiles dans les caves.
Elles grattent. Elles s'écorchent
aux murs... à se faire saigner...

Des mains saignent quelque part,
à Nevers. Les siennes, sur la table,
sont intactes.
Riva lèche son propre sang à
Nevers.

*Ils se regardent à peine
quand elle parle.
Ils regardent Nevers.
Ils sont, tous deux, un peu
comme des possédés de Nevers.
Il y a sur la table deux verres.
Elle boit avidement.
Lui plus lentement. Leurs mains
sont posées sur la table.
Nevers.*

*Nevers : un père, un pharmacien
de Nevers, derrière la vitrine
de sa pharmacie.*

La chambre de Nevers.

ELLE. — ... c'est tout ce qu'on peut trouver à faire pour se faire du bien...

ELLE. — ... et aussi pour se rappeler...

ELLE. — ... J'aimais le sang depuis que j'avais goûté au tien.

ELLE. — La société me roule sur la tête. Au lieu du ciel... forcément... Je la vois marcher, cette société. Rapidement pendant la semaine.
Le dimanche, lentement.
Elle ne sait pas que je suis dans la cave. On me fait passer pour morte, morte loin de Nevers.
Mon père préfère. Parce que je suis déshonorée, mon père préfère.

LUI. — Tu cries ?

ELLE. — Au début, non, je ne crie pas. Je t'appelle doucement.

LUI. — Mais je suis mort.

ELLE. — Je t'appelle quand
même. Même mort. Puis un jour,
tout à coup, je crie, je crie
très fort comme une sourde.
C'est alors qu'on me met
dans la cave.
Pour me punir.

LUI. — Tu cries quoi ?

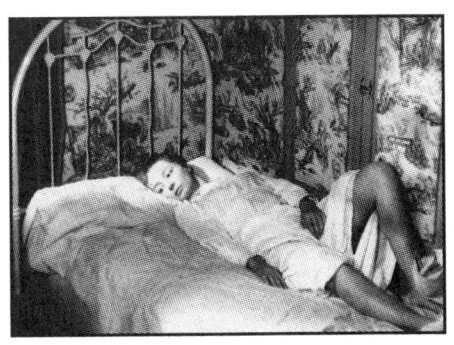

ELLE. — Ton nom allemand.
Seulement ton nom. Je n'ai plus
qu'une seule mémoire, celle de
ton nom.

*Chambre de Nevers, cris
silencieux.*

ELLE. — Je promets de ne plus
crier. Alors on me remonte dans
ma chambre.

*Chambre de Nevers. Couchée,
la jambe relevée, dans le désir.*

ELLE. — Je n'en peux plus
d'avoir envie de toi.

LUI. — Tu as peur ?

ELLE. — J'ai peur. Partout.
Dans la cave. Dans la chambre.

LUI. — De quoi ?

*Taches au plafond de la chambre
de Nevers, objets terrifiants
de Nevers.*

ELLE. — De ne plus te revoir,
jamais, jamais.

*Ils se rapprochent de nouveau
comme au début de la scène.*

ELLE. — Un jour, j'ai vingt ans.
C'est dans la cave, ma mère
vient et me dit que j'ai
vingt ans. *(Un temps, comme
pour se souvenir.)* Ma mère
pleure.

LUI. — Tu craches au visage de ta mère ?

ELLE. — Oui.

(Comme s'ils savaient ensemble ces choses.) Il se détache d'elle.

LUI. — Bois.

ELLE. — Oui.

Il tient le verre, la fait boire. Elle est toujours hagarde à force de se souvenir. Et tout à coup :

ELLE. — Après, je ne sais plus rien. Je ne sais plus rien...

Lui, pour l'encourager, l'inspirer.

LUI. — Ce sont des caves très anciennes, très humides, les caves de Nevers... tu disais...

Elle se laisse prendre au piège.

ELLE. — Oui. Pleines de salpêtre. [Je suis devenue une imbécile.]

Sa bouche contre les murs de la cave de Nevers, qui mord.

ELLE. — Quelquefois un chat entre et regarde. Ce n'est pas méchant. Je ne sais plus rien.

Un chat entre dans une cave à Nevers et regarde cette *femme. Elle ajoute.*

ELLE. — Après je ne sais plus rien.

LUI. — Combien de temps ?

Elle ne sort pas de la possession.

ELLE. — L'éternité.
(Avec évidence.)

Quelqu'un, un homme tout seul,
met un disque musette français
dans le juke-box. Pour que dure
le miracle de l'oubli de Nevers,
pour que rien ne «bouge»,
le Japonais verse le contenu
de son verre dans celui
de la Française.
Dans une cave de Nevers
brillent les yeux d'un chat
et les yeux de Riva.
Quand elle entend le disque
musette (saoule ou folle),
elle sourit et elle crie.

ELLE. — Ah! Que j'ai été jeune
un jour.

Elle revient à Nevers, à peine
en est-elle sortie. Elle est hantée
(le choix des adjectifs est
volontairement varié).

ELLE. — La nuit... ma mère me
fait descendre dans le jardin.
Elle regarde ma tête. Chaque nuit
elle regarde ma tête avec
attention. Elle n'ose pas encore
s'approcher de moi... C'est la
nuit que je peux regarder la
place, alors je la regarde. Elle est
immense *(gestes)*! Elle s'incurve
en son milieu. [On dirait un lac.]

Soupirail de la cave de Nevers.
À travers ce soupirail, roues
irisées des bicyclettes qui passent
dans l'aurore de Nevers.

ELLE. — C'est à l'aurore que le
sommeil vient.

LUI. — Parfois il pleut?

ELLE. — ... le long des murs.

Elle cherche, elle cherche,
elle cherche.

Ils se rapprochent.

ELLE. — Je pense à toi. Mais je ne le dis plus. *(Presque* maligne.*)*

LUI. — Folle.

ELLE. — Je suis folle d'amour pour toi. *(Un temps.)*
Mes cheveux repoussent. À ma main, chaque jour, je le sens.
Ça m'est égal. Mais quand même, mes cheveux repoussent...

Riva dans son lit à Nevers, la main dans ses cheveux. Elle passe ses mains dans les cheveux.

LUI. — Tu cries, avant la cave ?

ELLE. — Non. Je ne sens rien...

Ils sont joue contre joue, les yeux à moitié fermés, à Hiroshima.

ELLE. — [Ils sont jeunes. Ce sont des héros sans imagination.]
Ils me tondent avec soin jusqu'au bout. Ils croient de leur devoir de bien tondre les femmes.

LUI. — Tu as honte pour eux, mon amour ? *(Très net.)*

La tonte.

ELLE. — Non. Tu es mort.
Je suis bien trop occupée à souffrir. Le jour tombe. Je ne suis attentive qu'au bruit des ciseaux sur ma tête *(ceci est dit dans la plus grande immobilité).*
Ça me soulage un tout petit peu... de... ta mort... comme...
... comme, ah ! tiens, je ne peux pas mieux te dire,
comme pour les ongles, les murs, de la colère.

*Elle continue, éperdument contre
lui à Hiroshima.*

ELLE. — Ah! quelle douleur.
Quelle douleur au cœur. C'est
fou… On chante *La Marseillaise*
dans toute la ville. Le jour tombe.
Mon amour mort est un ennemi
de la France. Quelqu'un dit qu'il
faut la faire se promener en ville.
La pharmacie de mon père
est fermée pour cause
de déshonneur. Je suis seule.
Il y en a qui rient. Dans la nuit
je rentre chez moi.

*Scène de la place à Nevers.
Elle doit pousser un cri informe
mais que dans toutes les
«langues» du monde on
reconnaisse comme celui d'un
enfant qui appelle sa mère :
maman. Lui, toujours, contre elle.
Et il lui tient les mains.*

LUI. — Et puis, un jour, mon
amour, tu sors de l'éternité.

*Chambre Nevers.
Riva tourne en rond. Renverse
des objets. Sauvage, animalité de
la raison.*

ELLE. — Oui, c'est long.
On m'a dit que ç'avait été très
long.
À six heures du soir,
la cathédrale Saint-Étienne
sonne, été comme hiver. Un jour,
il est vrai, je l'entends. Je me
souviens l'avoir entendue avant
– avant – pendant que nous nous
aimions, pendant notre bonheur.
Je commence à voir.
Je me souviens avoir déjà vu
– avant – avant – pendant que

Chambre et cave de Nevers.

Un temps. À Hiroshima.
Elle tremble.
Elle se retire de la figure.

Il tient le verre et la fait boire.
Elle est horrifiée par elle-même.

Elle divague. Cette fois. Seule.
Lui la perd.

Le jardin du quai de Nevers.
Elle délire, ne le regarde plus.

nous nous aimions, pendant
notre bonheur.
Je me souviens.
Je vois l'encre.
Je vois le jour.
Je vois ma vie. Ta mort.
Ma vie qui continue. Ta mort qui
continue

et que l'ombre gagne déjà moins
vite les angles des murs de la ·
chambre. Et que l'ombre gagne
déjà moins vite les angles des
murs de la cave. Vers six heures
et demie.
L'hiver est terminé.

ELLE. — Ah! C'est horrible.
Je commence à moins bien
me souvenir de toi.

ELLE. — ... Je commence
à t'oublier. Je tremble d'avoir
oublié tant d'amour...
... Encore *(à boire).*

ELLE. — On devait se retrouver
à midi sur le quai de la Loire.
Je devais repartir avec lui.
Quand je suis arrivée à midi
sur le quai de la Loire il n'était
pas tout à fait mort.
Quelqu'un avait tiré d'un jardin.

ELLE. — Je suis restée près de
son corps toute la journée
et puis toute la nuit suivante.
Le lendemain matin on est venu

le ramasser et on l'a mis dans un camion. C'est dans cette nuit-là que Nevers a été libérée. Les cloches de l'église Saint-Étienne sonnaient... sonnaient... Il est devenu froid peu à peu sous moi. Ah! qu'est-ce qu'il a été long à mourir. Quand? Je ne sais plus au juste. J'étais couchée sur lui... oui... le moment de sa mort m'a échappé vraiment puisque... puisque même à ce moment-là, et même après, oui, même après, je peux dire que je n'arrivais pas à trouver la moindre différence entre ce corps mort et le mien... Je ne pouvais trouver entre ce corps et le mien que des ressemblances... hurlantes, tu comprends? C'était mon premier amour... *(crié).*

ELLE. — Et puis un jour... J'avais crié encore. Alors on m'avait mise dans la cave.

ELLE. — ... Elle était chaude...

Le Japonais lui envoie une gifle. (Ou bien, comme on voudra, il lui écrase les mains dans les siennes.) Elle agit comme si elle ne savait pas d'où lui vient ce mal. Mais elle se réveille. Et fait comme si elle comprenait que ce mal était nécessaire.

Sa voix reprend son rythme. (Ici toute la scène de la bille qui rentre dans la cave, qu'elle ramasse, qui est chaude, sur laquelle elle referme sa main, etc., et qu'elle rend aux enfants, au-dehors, etc.)

Il la laisse parler
sans comprendre. Elle reprend.

ELLE. — *(Un temps.)* Je crois que
c'est à ce moment-là que je suis
sortie de la méchanceté.

Temps.

Je ne crie plus.

Temps.

Je deviens raisonnable. On dit :
« Elle devient raisonnable. »

Temps.

Une nuit, une fête, on me laisse
sortir.

À l'aurore, à Nevers, au bord
d'une rivière.

C'est le bord de la Loire.
C'est l'aurore. Des gens passent
sur le pont plus ou moins
nombreux suivant les heures.
De loin, ce n'est personne.

Place de la République, à Nevers,
de nuit.

ELLE. — Ce n'est pas tellement
longtemps après que ma mère
m'annonce qu'il faut que je m'en
aille, dans la nuit, à Paris.
Elle me donne de l'argent.
Je pars pour Paris à bicyclette,
la nuit.
C'est l'été. Les nuits sont bonnes.
Quand j'arrive à Paris,
le surlendemain, le nom
Hiroshima est sur tous les
journaux. Mes cheveux ont
atteint une longueur décente.
Je suis dans la rue avec les gens.

Quelqu'un a remis le disque
de musette dans le juke-box.
Elle ajoute. Comme si elle
se réveillait.

Il lui sert à boire. Elle boit.

ELLE. — Quatorze ans ont passé.

Elle redevient apparemment très calme. Ils sortent du tunnel de Nevers.

ELLE. — Même des mains je me souviens mal... De la douleur, je me souviens encore un peu.

LUI. — Ce soir?

ELLE. — Oui, ce soir je m'en souviens. Mais un jour, je ne m'en souviendrai plus. Du tout. De rien.

Elle lève la tête sur lui à ce moment-là.

ELLE. — Demain à cette heure-ci je serai à des milliers de kilomètres de toi.

LUI. — Ton mari, il sait cette histoire?

Elle hésite.

ELLE. — Non.

LUI. — Il n'y a que moi, alors?

ELLE. — Oui.

Il se lève de la table, la prend dans ses bras, la force à se lever à son tour, et l'enlace très fort, scandaleusement. Les gens regardent. Ils ne comprennent pas. Il est dans une joie violente. Il rit:

LUI. — Il n'y a que moi qui sache. Moi seulement.

En même temps qu'elle ferme les yeux, elle dit:

ELLE. — Tais-toi.

Elle se rapproche encore plus de lui. Elle lève sa main, et, très légèrement,

*elle lui caresse la bouche avec sa
main. Elle dit, presque dans un
bonheur soudain :*

ELLE. — Ah ! que c'est bon d'être
avec quelqu'un quelquefois.

Ils se séparent, très lentement.

LUI. — Oui *(avec ses doigts sur sa
bouche).*

*[Le disque, sur la machine,
le juke-box vient de diminuer
subitement de volume.]
Une lampe s'éteint quelque part.
Soit sur la berge du fleuve, soit
dans le bar.
Elle a sursauté. Elle a retiré sa
main restée sur la bouche.
Lui, n'avait pas oublié l'heure.
Il dit :*

LUI. — Parle encore.

ELLE. — Oui.

Elle cherche. N'y arrive pas.

LUI. — Parle.

Elle dit, à plat :

ELLE. — [J'ai l'honneur d'avoir
été déshonorée. Le rasoir sur la
tête, on a, de la bêtise, une
intelligence extraordinaire...]
Je désire avoir vécu cet
instant-là. Cet incomparable
instant.

Il dit, retiré du moment présent :

LUI. — Dans quelques années,
quand je t'aurai oubliée,
et que d'autres histoires
comme celle-là, par la force
encore de l'habitude,
arriveront encore,
je me souviendrai de toi comme
de l'oubli de l'amour même.
Je penserai à cette histoire

comme à l'horreur de l'oubli. Je le sais déjà.

ELLE. — La nuit, ça ne s'arrête jamais, à Hiroshima ?

LUI. — Jamais ça ne s'arrête, à Hiroshima.

ELLE. — Comme ça me plaît... les villes où toujours il y a des gens qui sont réveillés, la nuit, le jour...

Des gens entrent dans le café. Elle les regarde et demande (l'espoir revient) :

Ils entrent dans une comédie dernière. Mais elle s'y laisse prendre. Cependant qu'il répond en mentant.

Elle sourit. Et, dans une extrême douceur, dans une détresse souriante, elle dit (adorablement) :

La patronne au bar éteint une lampe. Le disque s'est terminé. Ils sont presque dans la pénombre. L'horaire tardif mais cependant inéluctable de la fermeture des cafés à Hiroshima est atteint. Ils baissent les yeux tous les deux, comme saisis par une extrême pudeur. Ils sont foutus à la porte du monde ordonné où leur histoire ne peut pas s'inscrire. Impossible de lutter. Elle le comprend tout à fait, d'un seul coup. Quand ils relèvent les yeux, ils sourient cependant «pour ne pas pleurer» au sens le plus couru de l'expression. Elle se lève. Il ne fait aucun geste pour la retenir. Ils sont dehors, dans la nuit, devant le café.

Elle se tient debout devant lui.

ELLE. — Il faut éviter de penser à ces difficultés que présente le monde, quelquefois. Sans ça, il deviendrait tout à fait irrespirable.

(Cette dernière phrase est dite dans un «souffle».)
Une dernière lampe s'éteint dans le café, très près. Ils ont les yeux baissés. [Un canot à moteur évoquant le bruit d'un avion remonte le fleuve vers la mer.]

Il s'éloigne. Regarde le ciel au loin et dit :

ELLE. — Éloigne-toi de moi.

LUI. — Le jour n'est pas encore levé...

ELLE. — Non. *(Un temps.)* Il est probable que nous mourrons sans nous être jamais revus ?

LUI. — Il est probable, oui. *(Un temps.)* Sauf, peut-être, un jour, la guerre...

Un temps.
Elle répond. Marquer l'ironie.

ELLE. — Oui, la guerre...

PARTIE V

*Encore une fois du temps a passé.
On la voit dans une rue. Elle
marche vite.
Puis on la voit dans le hall de
l'hôtel. Elle prend une clef.
Puis on la voit dans l'escalier.
Puis on la voit ouvrir la porte de
sa chambre. Pénétrer dans cette
chambre et s'arrêter net comme
devant un gouffre ou comme si
quelqu'un était déjà dans cette
chambre. Puis s'en retirer à
reculons. Puis on la voit refermer
doucement la porte de cette
chambre.
Monter l'escalier, le descendre,
le remonter, etc.
Revenir sur ses pas. Aller et venir
dans un couloir. Se tordre les
mains, cherchant une issue, ne la
trouvant pas, revenir dans la
chambre, tout à coup. Et cette
fois, supporter le spectacle de cette
chambre.
Elle va vers le lavabo, se trempe le
visage dans l'eau. Et on entend la
première phrase de son dialogue
intérieur :*

ELLE. — On croit savoir. Et puis,
non. Jamais.

ELLE. — [Apprendre la durée
exacte du temps. Savoir comment
le temps, parfois, se précipite
puis sa lente retombée inutile et
qu'il faut néanmoins endurer,
c'est aussi ça, sans doute,
apprendre l'intelligence
(haché, répétitions, bafouillage).]

ELLE. — Elle a eu à Nevers un
amour de jeunesse allemand...
Nous irons en Bavière, mon
amour, et nous nous marierons.
Elle n'est jamais allée en Bavière.
(Elle se regarde dans la glace.)
Que ceux qui ne sont jamais allés
en Bavière osent lui parler de
l'amour.
Tu n'étais pas tout à fait mort.
J'ai raconté notre histoire.
Je t'ai trompé ce soir avec cet
inconnu.
J'ai raconté notre histoire.
Elle était, vois-tu, racontable.
Quatorze ans que je n'avais pas
retrouvé... le goût d'un amour
impossible.
Depuis Nevers.
Regarde comme je t'oublie...
– Regarde comme je t'ai oublié.
Regarde-moi.

*[Par la fenêtre ouverte on voit
Hiroshima reconstruit
et paisiblement endormi.]
Elle relève la tête brusquement,
se voit dans la glace le visage*

trempé (comme de larmes),
vieillie, abîmée. Et, cette fois,
ferme les yeux, dégoûtée.
Elle s'essuie le visage, repart très
vite, retraverse le hall.

On la retrouve assise soit
sur un banc, soit sur un tas
de graviers, soit à une vingtaine
de mètres du café où ils étaient
ensemble un moment avant.
La lumière du restaurant
(le restaurant) est dans ses yeux.
Banal, presque désert,
duquel il est parti.
Elle (s'allonge, s'assied)
sur le gravier et continue
à regarder le café. (Une seule
lumière est allumée alors dans
le bar. La salle dans laquelle
ils étaient ensemble un moment
avant est fermée. Par la porte
du bar cette salle reçoit une faible
clarté reflétée qui, au hasard
de la disposition des tables
et des chaises, fait des ombres
précises et vaines.)
[Les derniers clients du bar
font écran entre la lumière
et la femme assise sur le tas de
graviers. Elle passe ainsi
de l'ombre à la lumière,
au hasard du passage des clients
du bar. Cependant qu'elle
continue dans l'ombre,

*à regarder l'endroit duquel il a
déserté.]*
*Elle ferme les yeux. Puis elle les
rouvre. On croit qu'elle dort.
Mais non. Quand elle les rouvre
c'est tout d'un coup. Comme
un chat. On entend sa voix
(monologue intérieur):*

Elle ouvre les yeux.

*Elle quitte le café des yeux,
regarde autour d'elle. Et tout d'un
coup se recroqueville sur
elle-même le plus qu'il est possible
qu'elle le fasse, dans un
mouvement très enfantin. Figure
cachée dans les bras. Pieds repliés.
Le Japonais arrive près d'elle.
Elle le voit, ne bouge pas, ne
réagit pas. Leur absence de
«l'un à l'autre» a commencé.
Aucun étonnement. Il fume
une cigarette. Il dit:*

Elle le regarde «en douce».

*Elle se recouche le temps
de le dire (enfantinement).*

Il se rapproche d'elle.

Il s'éloigne tandis qu'il dit:

ELLE. — Je vais rester à
Hiroshima. Avec lui, chaque nuit.
À Hiroshima.

ELLE. — Je vais rester là. Là.

LUI. — Reste à Hiroshima.

ELLE. — Bien sûr que je vais
rester à Hiroshima avec toi.

ELLE. — Que je suis
malheureuse...

ELLE. — Je ne m'y attendais pas
du tout, tu comprends...

ELLE. — Va-t'en.

LUI. — Impossible de te quitter.

*On les retrouve sur un boulevard.
De loin en loin, des boîtes de nuit
éclairées. Le boulevard est
parfaitement droit.
Elle marche. Lui la suit. On peut
les voir l'un, puis l'autre. Ils ont
le même visage désespéré. Il la
rattrape et il lui dit doucement :*

LUI. — Reste à Hiroshima avec
moi.

*Elle ne répond pas. On entend
sa voix alors, presque criée
(du monologue intérieur).*

ELLE. — [Je désire ne plus avoir
de patrie. À mes enfants j'ensei-
gnerai la méchanceté et l'indifférence, l'intelligence et l'amour de
la patrie des autres jusqu'à la
mort.]

ELLE. — Il va venir vers moi, il
va me prendre par les épaules, il
m'em-bras-se-ra...

ELLE. — Il m'embrassera... et je
serai perdue.

*(Perdue est dit dans le
ravissement.)
On revient à lui. Et on s'aperçoit
qu'il marche plus lentement pour
lui laisser du champ. Qu'au
contraire de revenir vers elle il s'en
éloigne. Elle ne se retourne pas.*

*Succession des rues de Hiroshima
et de Nevers. Monologue intérieur
de Riva.*

ELLE. — Je te rencontre.
Je me souviens de toi.
Cette ville était faite
à la taille de l'amour.
Tu étais fait à la taille de mon
corps même.
Qui es-tu ?
Tu me tues.
J'avais faim. Faim d'infidélités,
d'adultères, de mensonges et de
mourir.
Depuis toujours.
Je me doutais bien qu'un jour tu
me tomberais dessus.
Je t'attendais dans une
impatience sans borne, calme.
Dévore-moi. Déforme-moi à ton
image afin qu'aucun autre, après
toi, ne comprenne plus du tout le
pourquoi de tant de désir.
Nous allons rester seuls, mon
amour.
La nuit ne va pas finir.
Le jour ne se lèvera plus
sur personne.
Jamais. Jamais plus. Enfin.
Tu me tues.
Tu me fais du bien.
Nous pleurerons le jour défunt
avec conscience et bonne
volonté.
Nous n'aurons plus rien d'autre
à faire, plus rien que pleurer le
jour défunt.
Du temps passera. Du temps
seulement.
Et du temps va venir.

Du temps viendra. Où nous ne saurons plus du tout nommer ce qui nous unira. Le nom s'en effacera peu à peu de notre mémoire.
Puis, il disparaîtra tout à fait.

LUI. — Peut-être que c'est possible, que tu restes.

ELLE. — Tu le sais bien. Plus impossible encore que de se quitter.

LUI. — Huit jours.

ELLE. — Non.

LUI. — Trois jours.

ELLE. — Le temps de quoi? D'en vivre? D'en mourir?

LUI. — Le temps de le savoir.

ELLE. — Ça n'existe pas. Ni le temps d'en vivre. Ni le temps d'en mourir. Alors, je m'en fous.

LUI. — J'aurais préféré que tu sois morte à Nevers.

ELLE. — Moi aussi. Mais je ne suis pas morte à Nevers.

Il l'aborde cette fois de face. C'est la dernière fois. Mais il reste loin d'elle. Elle est désormais intouchable. Il pleut. C'est sous l'auvent d'un magasin.

*Nous la retrouvons installée sur
une banquette de la salle d'attente
de la gare de Hiroshima. Le
temps a encore passé. À côté
d'elle, une vieille femme japonaise
attend. On entend la voix de la
Française (monologue intérieur):*

ELLE. — Nevers que j'avais
oubliée, je voudrais te revoir ce
soir. Je t'ai incendiée chaque nuit
pendant des mois tandis que
mon corps s'incendiait à son
souvenir.

*Le Japonais est entré comme une
ombre et il s'est assis sur le même
banc que la vieille femme,
à l'opposé de la place où elle est.
Il ne regarde pas la Française.
Son visage est trempé de pluie.
Sa bouche tremble légèrement.*

ELLE. — Tandis que mon corps
s'incendie déjà à ton souvenir.
Je voudrais revoir Nevers... la
Loire.

Nevers.

Peupliers charmants de la Nièvre
je vous donne à l'oubli.

*Le mot « charmants » doit être dit
comme le mot amour.*

Histoire de quatre sous, je te
donne à l'oubli.

Ruines de Nevers.

Une nuit loin de toi et j'attendais
le jour comme une délivrance.

Le « mariage » à Nevers.

Un jour sans ses yeux et elle en
meurt.
Petite fille de Nevers.
Petite coureuse de Nevers.
Un jour sans ses mains

et elle croit au malheur
d'aimer.
Petite fille de rien.
Morte d'amour à Nevers.
Petite tondue de Nevers je te
donne à l'oubli ce soir.
Histoire de quatre sous.
Comme pour lui, l'oubli
commencera par tes yeux.
Pareil.
Puis, comme pour lui, l'oubli
gagnera ta voix.
Pareil.
Puis, comme pour lui, il
triomphera de toi tout entier,
peu à peu.
Tu deviendras une chanson.

ELLE. — [Vers sept heures du
soir, en été, deux foules
se croisent sur le boulevard
 de la République, paisiblement,
dans le souci des achats.
Des jeunes filles aux longs
cheveux ne font plus de tort à
leur patrie. Je voudrais revoir
Nevers. Nevers. Bête à pleurer.]

ELLE. — [C'est dans cette cave
de Nevers que l'amour de cet
homme m'est venu. Que l'amour
de toi m'est venu.
Dans le quartier de Beausoleil
où mon souvenir reste comme
un exemple à ne plus suivre
l'amour de toi m'est venu.]
[C'est parce que dans le quartier
de Beausoleil mon souvenir est
resté comme un exemple à ne

pas suivre, que je suis devenue, un jour, libre de t'aimer. Je n'aurais jamais osé t'aimer si je n'avais pas laissé à Beausoleil cet inqualifiable souvenir. Beausoleil, je te salue, je voudrais te revoir ce soir, Beausoleil, bête à pleurer.]

Le Japonais est séparé d'elle par cette vieille femme japonaise.
Il prend une cigarette, se relève légèrement et tend le paquet à la Française.
«*C'est tout ce que je peux pouvoir faire pour toi, t'offrir une cigarette, comme je l'offrirai à n'importe qui, à cette vieille femme.*» *Elle ne fumera pas.*
Il l'offre à la vieille femme, la lui allume.
La forêt de Nevers défile dans le crépuscule. Et Nevers.
Tandis que le haut-parleur de la gare de Hiroshima annonce: «Hiroshima! Hiroshima!» *sur les images de Nevers.*

La Française semble s'être endormie. Ils veillent sur ce sommeil. Parlent bas. C'est parce qu'elle la croit endormie que la vieille femme interroge le Japonais.

VIEILLE FEMME. — Qui c'est?

LUI. — Une Française.

VIEILLE FEMME. — Qu'est-ce qu'il
y a?

LUI. — Elle va quitter le Japon
tout à l'heure. Nous sommes
tristes de nous quitter*.

*Elle n'est plus là. On la retrouve
aux abords de la gare. Elle monte
dans un taxi. S'arrête devant
une boîte de nuit «Le
Casablanca». Devant laquelle,
il arrive à son tour.
Elle est seule à une table.
Il s'assied à une autre table
à l'opposé de l'endroit qu'elle
occupe.
C'est la fin. La fin de la nuit au
terme de laquelle ils se sépareront
pour toujours.
Un Japonais qui était
dans la salle va vers la Française
et l'aborde ainsi
(en anglais):*

LE JAPONAIS. — Are you alone?

*Elle ne répond que par signes.
[Lui désigne soit la chaise,
soit le tabouret à côté d'elle.]*

LE JAPONAIS. — Do you mind
talking with me a little?

*L'endroit est presque désert.
Des gens s'ennuient.*

* En japonais. Non traduit.

619

LE JAPONAIS. — It is very late to
be lonely?

*Elle se laisse aborder par un
autre homme afin de «perdre»
celui que nous connaissons.
Mais non seulement ce n'est
pas possible, c'est inutile.
Il est déjà perdu.*

LE JAPONAIS. — May I sit down?

LE JAPONAIS. — Are you just
visiting Hiroshima?

*De temps en temps, ils se regardent,
très peu, c'est abominable.*

LE JAPONAIS. — Do you like
Japan?

LE JAPONAIS. — Do you live in
Paris?

*Toujours, l'aube grandit
[aux vitres].
Le monologue intérieur,
lui-même, a cessé.
Ce Japonais inconnu lui parle.
Elle regarde l'autre. Le Japonais
inconnu cesse de lui parler.
Et voici, à travers des vitres,
terrifiante, «l'aurore des
condamnés».*

*On la retrouve derrière la porte
de la chambre. Elle a la main
sur le cœur.
On frappe.
Elle ouvre.
Il dit :*

LUI. — Impossible de ne pas
venir.

Ils sont debout, dans la chambre.
Debout l'un contre l'autre, mais
les bras le long du corps, sans se
toucher du tout.
La chambre est intacte.
Les cendriers sont vides.
L'aurore est tout à fait arrivée.
Il y a du soleil.
Ils ne fument même pas.
Le lit est intact.
Ils ne se disent rien.
Ils se regardent.
Le silence de l'aube pèse sur toute
la ville. Il entre dans la chambre.
Au loin, Hiroshima dort encore.
Tout à coup, elle s'assied.
Elle se prend le visage entre les
mains, et gémit. Plainte sombre.
Dans ses yeux à elle il y a la
clarté de la ville. Elle met presque
mal à l'aise et elle crie tout à
coup :

ELLE. — Je t'oublierai ! Je t'oublie
déjà ! Regarde, comme je
t'oublie ! Regarde-moi !

Il la tient par les bras
[les poignets], elle se tient face à
lui, la tête renversée en arrière.
Elle s'écarte de lui avec beaucoup
de brutalité.
Il l'assiste dans l'absence
de lui-même. Comme si elle était
en danger.
Il la regarde, tandis qu'elle le
regarde comme elle regarderait
la ville et l'appelle tout à coup
très doucement.
Elle l'appelle « au loin », dans
l'émerveillement. Elle a réussi
à le noyer dans l'oubli universel.

ELLE. — Hi-ro-shi-ma.

ELLE. — Hi-ro-shi-ma. C'est ton
nom.

LUI. — C'est mon nom. Oui.
[On en est là seulement encore.
Et on en restera là pour
toujours.] Ton nom à toi est
Nevers. Ne-vers-en-Fran-ce.

Elle en est émerveillée.

*Ils se regardent sans se voir. Pour
toujours.*

FIN

A P P E N D I C E S

L E S   É V I D E N C E S   N O C T U R N E S

(N O T E S   S U R   N E V E R S)*

Sur l'image de la mort de l'Allemand

Ils sont tous les deux, à égalité, en proie à cet événement : sa mort à lui.
Il n'y a aucune colère ni chez l'un ni chez l'autre. Il n'y a que le regret
mortel de leur amour.
Même douleur. Même sang. Mêmes larmes.
L'absurdité de la guerre, mise à nue, plane sur leurs corps indistincts.
On pourrait la croire morte tellement elle se meurt de sa mort à lui.
Il essaie de lui caresser la hanche, comme dans l'amour, il le lui faisait.
Il n'y arrive plus.
On dirait qu'elle l'aide à mourir. Elle ne pense pas à elle mais seulement
à lui. Et que lui la console, s'excuse presque d'avoir à la faire souffrir,
d'avoir à mourir.

Quand elle est seule, à cet endroit même où ils étaient tout à l'heure, la
douleur n'a pas encore pris place dans sa vie. Elle est simplement dans
un indicible étonnement de se retrouver seule.

---

* *Sans ordre chronologique. «Faites comme si vous commentiez les images
d'un film fait», m'a dit Resnais.*

Sur l'image du jardin duquel on a tiré sur l'Allemand

On a tiré de ce jardin comme on aurait tiré d'un autre jardin de Nevers.
De tous les autres jardins de Nevers.
Seul le hasard a fait que ce soit de celui-ci.
Ce jardin est désormais marqué au signe de la banalité de sa mort.
Sa couleur et sa forme sont désormais fatidiques. C'est de là que sa mort est partie, éternellement.

Un soldat allemand traverse une place de province pendant la guerre

Quelque part en France, vers la fin de l'après-midi, un certain jour, un soldat allemand traverse une place de province.
Même la guerre est quotidienne.
Le soldat allemand traverse la place comme une cible tranquille.
Nous sommes dans le fond de la guerre, le moment où l'on désespère de son issue. Les gens ne prennent plus garde aux ennemis. L'habitude de la guerre s'est installée. La place du Champ-de-Mars reflète une désespérance tranquille. Le soldat allemand la ressent aussi. On ne parle pas assez de l'ennui de la guerre. Dans cet ennui, des femmes derrière des volets clos regardent l'ennemi qui marche sur la place. Ici l'aventure se limite au patriotisme. L'autre aventure doit être étranglée. On regarde, n'empêche. Rien à faire contre le regard.

Sur les images des rencontres entre Riva et le soldat allemand

Nous nous sommes embrassés derrière les remparts. La mort dans l'âme, certes, mais dans un irrépressible bonheur j'ai embrassé mon ennemi.

Les remparts étaient toujours déserts pendant la guerre. Des Français y furent fusillés pendant la guerre. Et après la guerre, des Allemands.

J'ai découvert ses mains quand elles touchaient des barrières pour les ouvrir devant moi. Ses mains me donnèrent très vite l'envie de les punir. Je mords ses mains après l'amour.

C'est dans les murs de la ville que je suis devenue sa femme.

Je ne peux pas encore me souvenir de la porte du fond du jardin. Il m'attendait là, des heures parfois. La nuit surtout. Chaque fois qu'un instant de liberté m'était donné. Il avait peur.
J'avais peur.
Quand il fallait traverser la ville ensemble je marchais devant lui, dans la peur. Les gens baissaient les yeux. Nous crûmes à leur indifférence. On a commencé à devenir imprudents.

Je lui demandais de traverser la place, derrière la grille de... afin qu'une fois je puisse l'apercevoir dans le jour. Il passait donc chaque jour devant cette grille, les yeux baissés, il se laissait regarder par moi.

Dans les ruines, l'hiver, le vent tourne sur lui-même. Le froid. Ses lèvres étaient froides.

UN NEVERS IMAGINAIRE

Nevers où je suis née, dans mon souvenir, est indistincte de moi-même. C'est une ville dont un enfant peut faire le tour.

Délimitée d'une part par la Loire, d'autre part par les Remparts.

Au-delà des remparts il y a la forêt.

Nevers peut être mesurée au pas d'un enfant.

Nevers « se passe » entre les remparts, le fleuve, la forêt, la campagne. Les remparts sont imposants. Le fleuve est le plus large de France, le plus renommé, le plus beau.

Nevers est donc délimitée comme une capitale.

Quand j'étais une petite fille et que j'en faisais le tour, je la croyais immense.
Son ombre, dans la Loire, tremblait, l'agrandissant encore.

Cette illusion sur l'immensité de Nevers je l'ai gardée longtemps, jusqu'au moment où j'ai atteint l'âge d'une jeune fille.

Alors Nevers s'est fermée sur elle-même. Elle a grandi comme on grandit. Je ne savais rien des autres villes. J'avais besoin d'une ville à la taille de l'amour même. Je l'ai trouvée dans Nevers même.
Dire de Nevers qu'elle est une petite ville est une erreur du cœur et de l'esprit. Nevers fut immense pour moi.
Le blé est à ses portes. La forêt est à ses fenêtres. La nuit, des chouettes en arrivent jusque dans les jardins. Aussi faut-il s'y défendre d'y avoir peur.

L'amour y est surveillé comme nulle part ailleurs.

Des gens seuls y attendent leur mort. Aucune autre aventure que celle-là ne pourra faire dévier leur attente.

Dans ces rues tortueuses se vit donc la ligne droite de l'attente de la mort.

L'amour y est impardonnable. La faute, à Nevers, est d'amour. Le crime, à Nevers, est le bonheur. L'ennui y est une vertu tolérée.

Des fous circulent dans ses faubourgs. Des bohémiens. Des chiens. Et l'amour.

Dire du mal de Nevers serait également une erreur de l'esprit et du cœur.

SUR LES IMAGES DE LA BILLE PERDUE PAR LES ENFANTS

J'ai encore crié. Et ce jour-là j'ai entendu un cri. La dernière fois que l'on m'a mise dans la cave. Elle est arrivée vers moi (la bille) en prenant tout son temps, comme un événement.
À l'intérieur coulaient des rivières colorées, très vives. L'été était à l'intérieur de la bille. De l'été elle avait aussi la chaleur.
Je savais déjà qu'on ne devait plus manger les choses, manger n'importe quoi, ni les murs, ni le sang de ses mains ni les murs. Je l'ai regardée avec gentillesse. Je l'ai posée contre ma bouche mais sans mordre.
Tant de rondeur, tant de perfection, posaient un insoluble problème.

Peut-être vais-je la casser. Je la jette mais elle rebondit vers ma main. Je recommence. Elle ne revient pas. Elle se perd.

Quand elle se perd, quelque chose recommence que je reconnais. La peur revient. Une bille ne peut pas mourir. Je me souviens. Je cherche. Je la retrouve.

Cris des enfants. La bille est dans ma main. Cris. Bille. Elle est aux enfants. Non. Ils ne l'auront plus. J'ouvre la main. Elle est là, captive. Je la rends aux enfants.

UN SOLDAT ALLEMAND VIENT SE FAIRE PANSER LA MAIN
DANS LA PHARMACIE DU PÈRE DE RIVA

[Dans ce plein été je portais des chandails (noirs). Les étés sont froids à Nevers. Étés de la guerre. Mon père s'ennuie. Les rayonnages sont vides. J'obéis à mon père comme une enfant. Sa main brûlée, je la regarde. *Je lui fais mal* en lui faisant son pansement. Le temps de lever les yeux je vois ses yeux. Ils sont clairs. Il rit parce que je lui fais mal. Je ne ris pas.]

SOIRÉE DE NEVERS PENDANT LA GUERRE
LE SOLDAT ALLEMAND GUETTE SUR LA PLACE LA FENÊTRE DE RIVA

[Mon père boit et se tait. Je ne sais même pas s'il écoute la musique que je joue. Les soirées sont mortelles mais je ne le sais pas encore avant ce soir-là. L'ennemi lève la tête vers moi et sourit à peine. J'ai le sentiment d'un crime. Je ferme les volets comme devant un spectacle abominable.] Mon père sur son fauteuil dort à moitié comme à l'accoutumée. Sur la table il y a encore nos deux couverts et le vin de mon père. Derrière les volets la place bat comme la mer, immense. Il avait l'air d'un naufragé. Je vais vers mon père et je le regarde de très près, presque à le toucher. Il dort dans le vin. Je ne reconnais pas très bien mon père.

SOIRÉE DE NEVERS

Seule dans ma chambre à minuit. La mer de la place du Champ-de-Mars bat toujours derrière mes volets. Il a dû encore passer ce soir. Je n'ai pas ouvert mes volets.

LE MARIAGE DE NEVERS

Je devins sa femme dans le crépuscule, le bonheur et la honte. Quand ça a été fait, la nuit était venue sur nous. Nous ne nous en étions pas aperçus. La honte avait disparu de ma vie. Nous avons été joyeux de voir la nuit. J'avais toujours eu peur de la nuit. Celle-là était une nuit noire comme jamais je n'en ai vu depuis. Ma patrie, ma ville, mon père ivre, s'y trouvèrent noyés. Avec l'occupation allemande. Dans le même sac. Nuit noire de la certitude. On l'a regardée avec attention et ensuite avec gravité. Puis une à une, des montagnes sont montées à l'horizon.

AUTRE NOTE SUR LE JARDIN DUQUEL ON A TIRÉ SUR L'ALLEMAND

L'amour sert à mourir plus commodément à la vie.
Ce jardin pourrait faire croire en Dieu.
Cet homme, ivre de liberté, avec sa carabine, cet inconnu de la fin de juillet 44, cet homme de Nevers, mon frère, comment aurait-il pu savoir?

SUR LA PHRASE :
«ET PUIS, IL EST MORT»

Riva ne parle plus elle-même quand cette image apparaît.
Donner un signe extérieur de sa douleur serait dégrader cette douleur. Elle vient seulement de le découvrir, mourant, sur le quai, dans le soleil. C'est pour nous autres que l'image est insupportable. Pas pour Riva. Riva a cessé de nous parler. Elle a cessé, tout simplement.
Il vit encore.
Riva, sur lui, est dans l'absolu de la douleur. Elle est dans la *folie*.
La voir lui sourire à ce moment-là serait même logique.
La douleur a son obscénité. Riva est obscène. Comme une folle. Son entendement a disparu.
C'était son premier amour. C'est sa première douleur. Nous pouvons à peine regarder Riva dans cet état. Nous ne pouvons rien faire pour elle. Qu'attendre. Attendre que la douleur prenne en elle une forme reconnaissable et décente.
Fresson meurt. Il est comme lié au sol. Il a été pris de plein fouet par la mort. Son sang coule de lui comme le fleuve et comme le temps.

Comme sa sueur. Il meurt comme un cheval, avec une force insoupçonnable. Il est très occupé à cela. Puis une douceur interviendra avec
sa venue à elle et la certitude de l'inutilité de lutter contre sa mort.
Douceur des yeux de Fresson. Ils se sourient. Oui. *Tu vois, mon amour,
même cela nous était possible.* Triomphe funèbre. Accomplissement. Je
suis sûre de ne pas pouvoir te survivre, à ce point que je te souris.

Après que le corps du soldat allemand a été emporté dans un camion,
Riva reste seule sur le quai

Le soleil fut, ce jour-là, glorieux. Mais comme chaque jour cependant le
crépuscule est arrivé.
Ce qui reste de Riva, sur ce quai, se réduit aux battements de son cœur.
(Il a plu vers les heures de fin d'après-midi. Il a plu sur Riva comme il
a plu sur la ville. Puis la pluie a cessé. Puis Riva a été tondue. Et il reste,
sur le quai, la place sèche de Riva. Place brûlée.)
Sur ce quai, on dirait qu'elle dort. Elle est à peine reconnaissable. (Des
bêtes passent sur ses mains salies par le sang.)
Chien?

La douleur de Riva. Sa folie.
La cave de Nevers

Riva ne parle pas encore.
L'été continue impunément. La France entière est en fête. Dans le
désordre et la joie.
Les fleuves, eux aussi, coulent toujours impunément. La Loire. Les
yeux de Riva comme la Loire coulent, mais *ordonnés par la douleur,*
dans ce désordre.
La cave est petite comme elle pourrait être grande.
Riva crie comme elle pourrait se taire. Elle ne sait pas qu'elle crie.
On la punit pour lui apprendre qu'elle crie. Comme une sourde.
Il faut qu'on lui apprenne à entendre quand elle crie.
On lui a raconté ça après.
Elle s'écorche les mains comme une imbécile. Les oiseaux, lâchés dans
les chambres, se rognent les ailes et ne sentent rien. Riva se fait saigner les
doigts et mange son sang ensuite. Fait la grimace et recommence. Elle a

appris, un jour, sur un quai, à aimer le sang. Comme une bête, une salope. Il faut bien regarder quelque chose. Riva n'est pas aveugle. Elle regarde. Elle ne voit rien. Mais elle regarde. Les pieds des gens se laissent regarder. Les gens qui passent, passent dans un univers nécessaire, le vôtre et le mien, dans une durée qui nous est familière.

Le regard de Riva sur les pieds de ces gens (aussi significatifs que leurs visages) se passe dans un univers organique, déserté par la raison. Elle regarde un monde de pieds.

LE PÈRE DE RIVA

Le père est fatigué par la guerre. Il n'est pas méchant. Il est abruti par ce qui lui arrive et qu'il n'a pas voulu. Il est habillé en noir.

LA MÈRE DE RIVA

La mère est vive. Bien plus jeune que le père. Ce qu'elle aime le plus au monde est son enfant. Quand Riva crie, elle s'affole pour elle. La mère a peur que l'on fasse encore du mal à son enfant. Elle tient toute la maison dans ses mains. Elle est forte. Elle ne veut pas que Riva meure. Elle est avec son enfant d'une tendresse brutale. Mais d'une tendresse sans limites. Contrairement au père, elle ne désespère pas de Riva.

Ils la descendent dans la cave comme si elle avait dix ans. Ils sont en noir. Riva, au milieu des deux, est habillée en clair. Chemise de nuit en dentelle, de très jeune fille, faite par la mère, par une mère qui oublie toujours que son enfant grandit.

RIVA DANS LA CAVE DE NEVERS ET DANS SA CHAMBRE D'ENFANT

Riva est dans un coin de la cave, toute blanche. Là comme ailleurs, toujours. Toujours des yeux de Loire. Ceux du quai. Innocentée. Enfance terrifiante.

C'est la nuit que sa raison revient. Qu'elle se souvient qu'elle est la femme d'un homme. Elle aussi le désir l'a frappée de plein fouet. Qu'il soit mort n'empêche qu'elle le désire. Elle n'en peut plus d'avoir envie de lui, mort. Corps vidé, haletant Sa bouche est humide. Elle a la pose d'une femme dans le désir, impudique jusqu'à la vulgarité. Plus impudique que partout ailleurs. Dégoûtante.

Elle désire un mort.

RIVA TOUCHE LES OBJETS DE SA CHAMBRE.
«JE ME SOUVIENS AVOIR DÉJÀ VU...»

N'importe quoi peut être vu par Riva dans cet état. Tout un ensemble d'objets ou ceux-ci pris séparément. Peu importe. Tout sera vu *par* elle.

RIVA LÈCHE LE SALPÊTRE DE LA CAVE

Faute d'autre chose, le salpêtre se mange. Sel de pierre. Riva mange les murs. Elle les embrasse aussi bien. Elle est dans un univers de murs. Le souvenir d'un homme est dans ces murs, intégré à la pierre, à l'air, à la terre.

UN CHAT ENTRE DANS LA CAVE DE NEVERS

Le chat, toujours égal à lui-même, entre dans la cave. Il s'attend à tout. Riva a oublié l'existence des chats.

Les chats sont domestiqués complètement. Leur conduite est de gentillesse. Leurs yeux ne sont pas domestiqués. Les yeux du chat et les yeux de Riva se ressemblent et se regardent. Vidés. Presque impossible de soutenir le regard d'un chat. Riva le peut. Elle entre peu à peu dans le regard du chat. Il n'y a plus dans la cave qu'un seul regard, celui du chat-Riva. L'éternité échappe à toute qualification. Ce n'est ni beau ni laid. Ça peut être un caillou, l'angle brillant d'un objet? *Le regard du chat? Tout* à la fois. Le chat qui dort. Riva qui dort. Le chat qui veille. L'intérieur du regard du chat ou l'intérieur du regard de Riva? Pupilles circulaires où rien n'accroche. Immenses, ces pupilles. Des cirques vides. Où bat le temps.

LA PLACE DE NEVERS VUE PAR RIVA

La place continue. Où vont ces gens? Ils ont leur raison. Les roues de bicyclettes ressemblent à des soleils. Ce qui remue se regarde mieux que ce qui ne remue pas. Roues de bicyclettes. Les pieds. Tout remue sur place.

Parfois, c'est la mer. C'est même assez régulièrement la mer. Plus tard elle saura que c'est l'aurore, ce qu'elle prend pour la mer. Ça lui donne sommeil, l'aurore, la mer.

RIVA, COUCHÉE, LES MAINS DANS LES CHEVEUX

Du moment qu'elle n'est pas morte ses cheveux repoussent. Entêtement de la vie. De nuit, de jour, ses cheveux poussent. Sous le foulard, en douce. Je caresse ma tête doucement. C'est meilleur à toucher. Ça ne pique plus les doigts.

LA TONTE DE RIVA À NEVERS

Ils la tondent.

Ils le font dans la distraction presque. Il fallait la tondre. Faisons-le. Mais on a bien autre chose à faire, ailleurs. Cependant on fait notre devoir.

L'endroit est parcouru par le vent chaud qui arrive de la place. Pourtant, on y a plus frais qu'ailleurs.

La fille qui est tondue, c'est la fille du pharmacien. Elle tend presque sa tête aux ciseaux. Elle aide presque à l'opération comme à un automatisme acquis, *déjà*. Ça fait du bien à la tête d'être tondue, ça la rend plus légère. (Elle est pleine de cheveux tombés sur elle.)

On tond quelqu'un quelque part en France. Ici, c'est la fille du pharmacien. *La Marseillaise* arrive avec le vent du soir jusque dans la galerie et encourage à l'exercice d'une justice hâtive et imbécile. Ils n'ont pas le temps d'être intelligents. La galerie est un théâtre où rien ne se joue. Rien. Quelque chose aurait pu se jouer, mais la représentation n'a pas eu lieu.

Une fois tondue, la fille attend encore. Elle est à leur disposition. Du mal a été fait dans la ville. Ça fait du bien. Ça donne faim. Il faut que cette fille s'en aille. C'est laid, peut-être est-ce dégoûtant. Comme elle a l'air de vouloir rester en ce lieu, il faut la chasser. On la chasse comme un rat. Mais elle ne peut pas monter l'escalier très vite, aussi vite qu'on le désirerait. On dirait qu'elle a devant elle un temps énorme. On dirait qu'elle s'attendait *encore à autre chose* qui n'a pas eu lieu. Qu'elle est presque déçue de devoir encore remuer, avancer les jambes, se déplacer. Elle trouve que la rampe est faite pour s'aider à faire cela.

À MINUIT RIVA RENTRE CHEZ ELLE, TONDUE

Riva regarde sa mère arriver vers elle. «Dire que tu m'as mise au monde» est en deçà du regard de Riva. Ce qui l'exprimerait le mieux c'est: «Qu'est-ce que ça veut dire?»
Riva fronce peut-être un peu les sourcils et interroge le ciel, sa mère. Elle est à la limite *exacte* de ses forces. Quand sa mère arrivera vers elle, elle aura dépassé ses forces et tombera dans les bras de sa mère comme évanouie. Mais ses yeux resteront ouverts.
Ce qui se passe à ce moment-là entre Riva et sa mère est seulement physique. La mère prendra Riva avec adresse. Elle connaît le poids de son enfant. Riva se mettra à la place du corps de sa mère où depuis l'enfance elle a l'habitude d'attendre que passent les chagrins.
Riva a froid. Sa mère frottera ses bras et son dos. Elle embrassera la tête rasée de son enfant *sans s'en apercevoir*. Sans aucun pathétisme, rien. Son enfant vit. C'est relativement un bonheur. Elle l'emporte chez elle. Elle l'arrache littéralement, il faut l'arracher de cet arbre. *Riva a alors le poids qu'elle aura une fois morte.*

PORTRAIT DE RIVA.
RECOMMENCEMENT DE SA RAISON

Elle tourne en rond. Du temps a passé.
Sa folie est maintenant remuante. Il lui faut bouger. Elle tourne en rond. Le cercle se ferme mais il va éclater. C'est le dernier temps.
Le visage de Riva est comme plâtré. *Ce visage n'a pas servi depuis des mois.* Les lèvres sont devenues minces. Le regard peut maigrir. Le corps ne plus rien signifier. Le corps de Riva quand elle tourne ne sert plus qu'à porter sa tête. Elle l'appelle encore mais lentement et à des intervalles très longs. Souvenir du souvenir. Le corps est sale, *inhabité.* Elle va être libre, ça va y être. Le cercle va éclater. Elle détruit un ordre imaginaire, renverse des objets; les regarde à l'envers.

FOLIE DE RIVA

Quand elle regarde les angles bas de la chambre et qu'elle reconnaît quelque chose, ses lèvres tremblent. Elle sourit ou elle pleure? Même chose. Elle écoute. On dirait qu'elle prépare un sale coup. Mais non. Elle écoute seulement les cloches de Saint-Étienne. Consommation complète de la douleur. Elle écoute le bruit de la ville. Puis tourne de nouveau sur elle-même. Tout à coup elle s'étire. *La raison qui lui revient effraie.* Elle chasse avec ses pieds, quoi? Des ombres.

RIVA ARRIVE SUR LE QUAI DE LA LOIRE, À MIDI

Riva arrive en haut de l'escalier du quai comme une fleur.
Jupe ronde et courte. Naissance des cuisses et des seins.

SORTIE DE RIVA, À L'AURORE, SUR LES QUAIS DE LA LOIRE

On me laisse sortir. Je suis très fatiguée. Trop jeune pour souffrir, dit-on. Il fait doux, dit-on. Huit mois déjà, dit-on. Mes cheveux sont longs. Personne ne passe. Je n'ai plus peur. Voilà. Je ne sais pas à quoi je m'apprête... Ma mère surveille ma santé à cet effet. Je surveille ma santé. Il ne faut pas trop regarder la Loire, dit-on. Je la regarderai.
Des gens passent sur le pont. La banalité est frappante parfois. C'est la paix, dit-on. Ce sont ces gens qui m'ont tondue. Personne ne m'a tondue. C'est la Loire qui me *prend* les yeux. Je la regarde et je n'arrive plus à les retirer de l'eau. Je ne pense à rien, à rien. Quel ordre.

RIVA RENTRE À PARIS, DE NUIT

Quel ordre. Il me faut partir. Je pars. Dans un ordre revenu. Rien d'autre ne peut m'arriver que d'exister. D'accord.
La nuit est bonne. Je quitte la Loire. La Loire est au bout de chaque route encore. Patience. La Loire disparaîtra de ma vie.

NEVERS

(POUR MÉMOIRE)

RIVA RACONTE ELLE-MÊME SA VIE À NEVERS

À sept heures du soir, la cathédrale Saint-Lazare sonnait l'heure. La pharmacie fermait.

Élevée dans la guerre je ne prenais pas tellement garde à celle-ci malgré mon père qui m'en entretenait chaque soir.

J'aidais mon père dans la pharmacie. J'étais préparatrice. Je venais de finir mes études. Ma mère* vivait dans un département du sud. Je la retrouvais plusieurs fois par an, aux vacances.

À sept heures du soir, été comme hiver, dans la nuit noire de l'occupation, ou dans les journées ensoleillées de juin, la pharmacie fermait. C'était toujours trop tôt pour moi. Nous montions dans les pièces du premier étage. Tous les films étaient allemands ou presque. Le cinéma m'était interdit. Le Champ de Mars, sous les fenêtres de ma chambre, la nuit, s'agrandissait encore.

L'hôtel de ville était sans drapeau. Il fallait que je me rappelle ma petite enfance pour me souvenir de lampadaires allumés.

La ligne de démarcation fut franchie.

L'ennemi arriva. Des hommes allemands traversaient la place du Champ-de-Mars en chantant, à heures fixes. Parfois l'un d'eux venait à la pharmacie.

Le couvre-feu arriva aussi.

Puis Stalingrad.

Le long des remparts des hommes furent fusillés.

La mère de Riva était soit juive [soit séparée de son mari].

D'autres hommes furent déportés. D'autres s'enfuirent pour rejoindre la Résistance. Certains restèrent là, dans l'épouvante et la richesse. Le marché noir battit son plein. Les enfants du faubourg ouvrier de St-... crevaient de faim tandis qu'au «Grand Cerf» on mangeait du foie gras.

Mon père donnait des médicaments aux enfants de St-... Je les leur portais deux fois par semaine, en allant prendre ma leçon de piano, une fois la pharmacie fermée. Quelquefois je rentrais en retard. Mon père me guettait derrière les volets. Parfois, le soir, mon père me demandait de lui jouer du piano.

Après que j'ai joué, mon père devenait silencieux, et son désespoir s'affirmait encore. Il pensait à ma mère.

Après que j'ai joué, le soir, ainsi, dans l'épouvante de l'ennemi, ma jeunesse me sautait à la gorge. Je n'en disais rien à mon père. Il me disait que j'étais sa seule consolation.

Les seuls hommes de la ville étaient allemands. J'avais dix-sept ans.

La guerre était interminable. Ma jeunesse était interminable. Je n'arrivais à sortir, ni de la guerre, ni de ma jeunesse.

Les morales d'ordre divers brouillaient mon esprit, déjà.

Le dimanche était pour moi jour de fête. Je dévalais toute la ville à bicyclette pour aller à Ézy chercher le beurre nécessaire à ma croissance. Je longeais la Nièvre. Parfois je m'arrêtais sous un arbre et je m'impatientais de la longueur de la guerre. Cependant que je grandissais envers et contre l'occupant. Envers et contre cette guerre. La rivière me faisait toujours bien plaisir à voir.

Un jour, un soldat allemand vint à la pharmacie se faire panser sa main brûlée. Nous étions seuls tous deux dans la pharmacie. Je lui pansais sa main comme on m'avait appris, dans la haine. L'ennemi remercia.

Il revint. Mon père était là et me demanda de m'en occuper.

Je pansais sa main une nouvelle fois en présence de mon père. Je ne levais pas les yeux sur lui, comme on m'avait appris.

Cependant, le soir de ce jour, une lassitude particulière me vint de la guerre. Je le dis à mon père. Il ne me répondit pas.

Je jouai du piano. Puis nous avons éteint. Il m'a demandé de fermer les volets.

Sur la place, un jeune Allemand à la main pansée était adossé à un arbre. Je le reconnus dans le noir à cause de la tache blanche que faisait sa main dans l'ombre. Ce fut mon père qui referma la fenêtre. Je sus qu'un homme m'avait écouté jouer du piano pour la première fois de ma vie.

Cet homme revint le lendemain. Alors je vis son visage. Comment m'en empêcher encore ? Mon père vint vers nous. Il m'écarta et annonça à cet ennemi que sa main ne nécessitait plus aucun soin.

Le soir de ce jour mon père me demanda expressément de ne pas jouer de piano. Il but du vin beaucoup plus que de coutume, à table. J'obéis à mon père. Je le crus devenu un peu fou. Je le crus ivre ou fou.

Mon père aimait ma mère d'amour, follement. Il l'aimait toujours. Il souffrait beaucoup de sa séparation avec elle. Depuis qu'elle n'était plus là, mon père s'était mis à boire.

Quelquefois, il partait la revoir et me confiait la pharmacie.

Il partit le lendemain de ce jour, sans me reparler de la scène de la veille.

Le lendemain de ce jour était un dimanche. Il pleuvait. J'allais à la ferme d'Ézy. Je m'arrêtai, comme d'habitude, sous un peuplier, le long de la rivière.

L'ennemi arriva peu après moi sous ce même peuplier. Il était également à bicyclette. Sa main était guérie.

Il ne partait pas. La pluie tombait, drue. Puis le soleil arriva, dans la pluie. Il cessa de me regarder, il sourit, et il m'a demandé de remarquer comment parfois le soleil et la pluie pouvaient être ensemble, l'été.

Je n'ai rien dit. Quand même j'ai regardé la pluie.

Il m'a dit alors qu'il m'avait suivie jusque-là. Qu'il ne partirait pas.

Je suis repartie. Il m'a suivie.

Un mois durant, il m'a suivie. Je ne me suis plus arrêtée le long de la rivière. Jamais. Mais il y était posté là, chaque dimanche. Comment ignorer qu'il était là pour moi.

Je n'en dis rien à mon père.

Je me mis à rêver à un ennemi, la nuit, le jour.

Et dans mes rêves l'immoralité et la morale se mélangèrent de façon telle que l'une ne fut bientôt plus discernable de l'autre. J'eus vingt ans.

Un soir, faubourg St-..., alors que je tournais une rue, quelqu'un me saisit par les épaules. Je ne l'avais pas vu arriver. C'était la nuit, huit heures et demie du soir, en juillet. C'était l'ennemi.

On s'est rencontrés dans les bois. Dans les granges. Dans les ruines. Et puis, dans des chambres.

Un jour, une lettre anonyme arrivait à mon père. La débâcle commençait. Nous étions en juillet 1944. J'ai nié.

C'est encore sous les peupliers qui bordent la rivière qu'il m'a annoncé son départ. Il partait le lendemain matin pour Paris, en camion. Il était heureux parce que c'était la fin de la guerre. Il me parla de la Bavière où je devais le retrouver. Où nous devions nous marier.

Déjà il y avait des coups de feu dans la ville. Les gens arrachaient les rideaux noirs. Les radios marchaient nuit et jour. À quatre-vingts kilomètres de là, déjà, des convois allemands gisaient dans des ravins.

J'exceptais cet ennemi-ci de tous les autres.

C'était mon premier amour.

Je ne pouvais plus entrevoir la moindre différence entre son corps et le mien. Je ne pouvais plus voir entre son corps et le mien qu'une similitude hurlante.

Son corps était devenu le mien, je n'arrivais plus à l'en discerner. J'étais devenue la négation vivante de la raison. Et toutes les raisons qu'on aurait pu opposer à ce manque de raison, je les aurais balayées, et comment, comme châteaux de cartes, et comme, justement, des raisons purement imaginaires. Que ceux qui n'ont jamais connu d'être ainsi dépossédés d'eux-mêmes me jettent la première pierre. Je n'avais plus de patrie que l'amour même.

J'avais laissé un mot à mon père. Je lui disais que la lettre anonyme avait dit vrai : que j'aimais un soldat allemand depuis six mois. Que je voulais le suivre en Allemagne.

Déjà, à Nevers, la Résistance côtoyait l'ennemi. Il n'y avait plus de police. Ma mère revint.

Il partait le lendemain. Il était entendu qu'il me prendrait dans son camion, sous des bâches de camouflage. Nous nous imaginions que nous pourrions ne plus nous quitter jamais.

On est encore allés à l'hôtel, une fois. Il est parti à l'aube rejoindre son cantonnement, vers Saint-Lazare.

Nous devions nous retrouver à midi, sur le quai de la Loire. Lorsque je suis arrivée, à midi, sur le quai de la Loire, il n'était pas encore tout à fait mort. On avait tiré d'un jardin du quai.

Je suis restée couchée sur son corps tout le jour et toute la nuit suivante. Le lendemain on est venu le ramasser et on l'a mis dans un camion. C'est pendant cette nuit-là que la ville fut libérée. Les cloches de Saint-Lazare emplirent la ville. Je crois bien, oui, avoir entendu.

On m'a mise dans un dépôt du Champ de Mars. Là, certains ont dit qu'il fallait me tondre. Je n'avais pas d'avis. Le bruit des ciseaux sur la tête me laissa dans une totale indifférence. Quand ce fut fait, un homme d'une trentaine d'années m'emmena dans les rues. Ils furent six à m'entourer. Ils chantaient. Je n'éprouvais rien.

Mon père, derrière les volets, a dû me voir. La pharmacie était fermée pour cause de déshonneur.

On me ramena au dépôt du Champ de Mars. On me demanda ce que je voulais faire. Je dis que je n'avais pas d'avis. Alors on me conseilla de rentrer.

C'était minuit. J'ai escaladé le mur du jardin. Il faisait beau. Je me suis étendue afin de mourir sur l'herbe. Mais je ne suis pas morte. J'ai eu froid.

J'ai appelé maman très longtemps... Vers deux heures du matin les volets se sont éclairés.

On me fit passer pour morte. Et j'ai vécu dans la cave de la pharmacie. Je pouvais voir les pieds des gens, et la nuit, la grande courbe de la place du Champ-de-Mars.

Je devins folle. De méchanceté. Je crachais, paraît-il, au visage de ma mère. Je n'ai que peu de souvenirs de cette période pendant laquelle mes cheveux ont repoussé. Sauf celui-ci que je crachais au visage de ma mère.

Puis, peu à peu, j'ai perçu la différence du jour et de la nuit. Que l'ombre gagnait l'angle des murs de la cave vers quatre heures et demie et que l'hiver, une fois, se termina.

La nuit, tard, parfois, on me permit de sortir encapuchonnée. Et seule. À bicyclette.

Mes cheveux ont mis un an à repousser. Je pense encore que si les gens qui m'ont tondue s'étaient souvenus du temps qu'il faut pour que les cheveux repoussent ils auraient hésité à me tondre. C'est par faute d'imagination des hommes que je fus déshonorée.

Un jour, ma mère est arrivée pour me nourrir, comme elle faisait d'habitude. Elle m'a annoncé que le moment était venu de m'en aller. Elle m'a donné de l'argent.

Je suis partie pour Paris à bicyclette. La route était longue mais il faisait chaud. L'été. Quand je suis arrivée à Paris, le surlendemain matin, le mot Hiroshima était sur tous les journaux. C'était une nouvelle sensationnelle. Mes cheveux avaient atteint une longueur décente. Personne ne fut tondu.

C'est un homme d'une quarantaine d'années. Il est grand. Il a un visage assez « occidentalisé ».

Le choix d'un acteur japonais à type occidental doit être interprété de la façon suivante :

Un acteur japonais au type japonais très accusé risquerait de faire croire que c'est surtout parce que le héros est japonais que la Française est séduite par lui. Donc on retomberait, qu'on le veuille ou non, dans le piège de l'exotisme, et dans le racisme involontaire inhérent nécessairement à tout exotisme.

Il ne faut pas que le spectateur dise : « Que les Japonais sont donc séduisants ! », mais qu'ils disent : « Que *cet homme-là* est donc séduisant ! »

C'est pourquoi il vaut mieux atténuer la différence de type entre les deux héros. Si le spectateur n'oublie jamais qu'il s'agit d'un Japonais et d'une Française, la portée profonde du film n'existe plus. Si le spectateur l'oublie, cette portée profonde est atteinte.

Monsieur Butterfly n'a plus cours. De même Mademoiselle de Paris. Il faut tabler sur la fonction égalitaire du monde moderne. Et même tricher pour en rendre compte. Sans cela, quel intérêt y aurait-il à faire un film franco-japonais ? Il faut que ce film *franco-japonais* n'apparaisse *jamais franco-japonais*, mais *anti-franco-japonais*. Ce serait là une victoire.

De profil, il pourrait presque être français. Front haut. Bouche large. Lèvres prononcées mais *dures*. Aucune mièvrerie dans le visage. Aucun angle sous lequel il apparaîtrait une imprécision (une indécision) des traits.

En somme, il est d'un type « international ». Il faudrait que sa séduction soit immédiatement reconnaissable par tout le monde comme étant celle des hommes qui sont arrivés à leur maturité sans fatigue prématurée, sans subterfuges.

Il est ingénieur. Il fait de la politique. Ce n'est pas par hasard. Les techniques sont internationales. Le jeu des coordonnées politiques l'est aussi. Cet homme est un homme moderne, déniaisé quant à l'essentiel. Il ne serait dépaysé profondément dans aucun pays du monde. Il coïncide avec son âge, et physiquement, et moralement. Il n'a pas «triché» avec la vie. Il n'a pas eu à le faire : c'est un homme que son existence a toujours intéressé et toujours suffisamment intéressé pour qu'il ne «traîne» par-derrière lui un mal de l'adolescence qui fait, si souvent, des hommes de quarante ans, des faux jeunes hommes encore à la recherche de ce qu'ils pourraient bien trouver à faire, pour *paraître* sûrs d'eux-mêmes. Lui, s'il n'est pas sûr de lui-même, c'est pour de bonnes raisons.

Il n'a pas de vraie coquetterie mais il n'est pas négligé non plus. *Il n'est pas coureur.* Il a une femme qu'il aime, deux enfants. Il aime cependant les femmes. Mais jamais il n'a fait une carrière «d'homme à femmes». Il croit que ce genre de carrière-là est une carrière de «remplacement» méprisable, et de plus suspecte. Que celui qui n'a jamais connu l'amour d'une seule femme est passé à côté et de l'amour et même de la virilité. C'est pour cela même qu'il vit avec cette jeune Française une aventure véritable, même si elle est de rencontre. C'est parce qu'il ne croit pas à la vertu des amours de rencontre qu'il vit avec la Française un amour de rencontre avec cette sincérité, cette violence.

Elle a trente-deux ans.

Elle est plus séduisante que belle.

On pourrait l'appeler elle aussi d'une certaine manière «The Look».

Tout, chez elle, de la parole, du mouvement, «en passe par le regard».

Ce regard est oublieux de lui-même. Cette femme regarde pour son compte. Son regard ne consacre pas son comportement, il le déborde *toujours*.

Dans l'amour, sans doute, toutes les femmes ont de beaux yeux. Mais celle-ci, l'amour la jette dans le désordre de l'âme (choix volontairement stendhalien du terme) un peu plus avant que les autres femmes. Parce qu'elle est davantage que les autres femmes «amoureuse de l'amour même».

Elle sait qu'on ne meurt pas d'amour. Elle a eu, au cours de sa vie, une splendide occasion de mourir d'amour. Elle n'est pas morte à Nevers.

Depuis, et jusqu'à ce jour, à Hiroshima, où elle rencontre ce Japonais, elle traîne en elle, avec elle, le «vague à l'âme» d'une *sursitaire* à une chance unique de décider de son destin.

Ce n'est pas le fait d'avoir été tondue et déshonorée qui marque sa vie, c'est cet échec en question : elle n'est pas morte d'amour le 2 août 1944, sur ce quai de Loire.

Ceci n'est pas contradictoire à son attitude à Hiroshima avec le Japonais. Au contraire, ceci est en relation directe avec son attitude avec ce Japonais… Ce qu'elle raconte au Japonais, c'est cette chance qui, en même temps qu'elle l'a perdue, l'a définie.

Le récit qu'elle fait de cette chance perdue la transporte littéralement hors d'elle-même et la porte vers cet homme nouveau.

Se livrer corps et âme, c'est ça.

C'est là l'équivalence non seulement d'une possession amoureuse, mais d'un *mariage*.

Elle livre à ce Japonais – *à Hiroshima* – ce qu'elle a de plus cher au monde, son expression actuelle même, sa *survivance* à la mort de son amour, *à Nevers*.

DIX HEURES ET DEMIE
DU SOIR EN ÉTÉ

roman 1960

«On tient onze mois de l'année dans l'espérance latente d'une période qui finalement sera décevante. Les vacances déçoivent tout le monde. Les vacances c'est l'invention du quotidien. La plupart des gens n'ont rien à inventer dans leur travail. Il faut la passion pour qu'elles soient de véritables vacances. Pendant les vacances il fait chaud. La chaleur signifie la fin d'une pensée réflexive. Elle engendre un état contemplatif de la pensée et des sens. C'est une provocation à la vie amoureuse mais en même temps on ne se supporte jamais aussi mal que dans la chaleur», déclare Marguerite Duras dans un entretien paru dans *Réalités*, en mars 1963. Comme *Les Petits Chevaux de Tarquinia*, parus en 1953, *Dix heures et demie du soir en été*, publié en 1960 aux éditions Gallimard, est le roman d'un amour qui, à la faveur de cet état d'attente, se défait tandis qu'un autre est en train de naître. Mais le paysage espagnol s'est substitué à celui de la côte italienne qui servait de décor aux *Petits Chevaux* comme aux premiers chapitres du *Marin de Gibraltar* (1952), Marguerite Duras ayant coutume d'y passer ses vacances avec Dionys Mascolo et Robert Antelme auprès d'Elio et Ginetta Vittorini dans les années 50. La coïncidence d'un fait divers – ce crime passionnel qui, liant amour et mort, marque de sa fatalité tout le récit – renvoie par ailleurs au roman le plus récent, *Moderato Cantabile*, paru aux éditions de Minuit en 1958.

En 1967, le livre est porté au cinéma par Jules Dassin avec Melina Mercouri et Romy Schneider dans les rôles de Maria et de Claire. C'est pour la sortie de ce film que Marguerite Duras, saisissant l'occasion d'un portrait d'actrice qu'elle consacre dans *Vogue* à Melina Mercouri, donne de son roman une lecture rétrospective.

Le temps défait tout amour et celui que Maria vit avec Pierre aussi. Maria accepte avec un calme désespoir l'inévitable échec, l'âge, la fin, toutes les fins. Elle ne se bat pas. Elle boit. Car la fin de l'amour, Maria la vit complètement, avec le même intérêt, la même passion qu'elle a dû mettre à en vivre le commencement. Pour se trouver à la hauteur de cet événement terrifiant, la fin, Maria doit boire et elle le fait. Aussi se regarde-t-elle sombrer. Maria regarde l'inévitable naufrage de Maria. Avec sang-froid et dignité.

Pourtant, quelque chose a été tenté par elle pour tromper le destin : ou plutôt, le destin a tendu sa perche à Maria et elle s'en est saisie.

Il existait entre Pierre et Claire une attirance qui s'ignorait encore mais que Maria, elle, épiait depuis des mois. [...] À qui s'en prendre quand change le sentiment ? À personne surtout. Et quoi faire ? Ne pas empêcher que l'amour soit vécu car c'est encore la meilleure chose à faire ici-bas, aimer. Ne rien faire même si cela fait souffrir ? Oui. Mais il y a moyen de faire que cette souffrance soit supportable, c'est d'en être l'auteur. Je te donnerai Claire, dirait Maria – si elle parlait de cela –, je te donnerai ta seconde femme et de cette façon je participerai à votre amour. Cet amour aura un auteur, moi.

Maria a invité Claire à passer ses vacances en Espagne avec eux. La promiscuité dans l'été fait que le sentiment se connaît, éclate et que se déclare le désir. Ce sera fait.

« *Melina* », Vogue, *1966 ; repris dans* Outside, *1984.*

— Paestra, c'est le nom. Rodrigo Paestra.

— Rodrigo Paestra.

— Oui. Et celui qu'il a tué, c'est Perez. Toni Perez.

— Toni Perez.

Sur la place, deux policiers passent sous la pluie.

— À quelle heure il a tué Perez ?

Le client ne sait pas au juste, au début de l'après-midi qui se termine en ce moment. En même temps que Perez, Rodrigo Paestra a tué sa femme. Les deux victimes ont été trouvées il y a deux heures, au fond d'un garage, celui de Perez.

Dans le café, déjà, l'ombre a gagné. Au fond, sur le bar mouillé, des bougies sont allumées et leur lumière se mélange, jaune, à celle, bleutée, du jour mourant. L'averse cesse comme elle est venue, brutalement.

— Quel âge, la femme de Rodrigo Paestra ? demande Maria.

— Très jeune. Dix-neuf ans.

Maria fait une moue de regret.

— Je voudrais un autre verre de manzanilla, dit-elle.

Le client le lui commande. Lui aussi boit de la manzanilla.

— Je me demande comment ils ne l'ont pas encore attrapé, continue-t-elle, la ville est si petite.

— Il connaît mieux la ville que les policiers. Un as, Rodrigo.

Le bar est plein. On y parle du crime de Rodrigo Paestra. On est d'accord sur Perez, mais sur la jeune femme, non. Une enfant. Maria boit son verre de manzanilla. Le client la regarde, surpris.

— Vous buvez toujours de cette façon ?

— Ça dépend, dit-elle, plus ou moins, oui, à peu près toujours de cette façon.

— Seule ?

— En ce moment, oui.

Le café ne donne pas directement sur la rue mais sur une galerie carrée, partagée, trouée de part et d'autre par l'avenue principale de la ville. Cette galerie est bordée de balustrades de pierre dont la tablette est suffisamment large et forte pour supporter le poids des enfants qui sautent par-dessus ou s'y allongent tout en regardant la montée des averses et le passage des policiers. Parmi eux se trouve Judith, la fille de Maria. Accoudée à une balustrade elle regarde la place, la dépassant, elle, seulement de la tête.

Il doit être entre six et sept heures du soir.

Une autre averse arrive et la place se vide. Des palmiers nains en massif, au milieu de cette place, se tordent sous le vent. Des fleurs, entre eux, sont écrasées. Judith arrive de la galerie et se blottit contre sa mère. Mais sa peur s'en est allée. Les éclairs se succèdent à un rythme si rapide qu'ils s'enchaînent les uns aux autres et que le vacarme du ciel est continuel. C'est une rumeur qui parfois se brise en éclats métalliques mais qui reprend aussitôt que défaite en une modulation de plus en plus sourde à mesure que l'averse s'épuise. Dans la galerie, le silence se fait. Judith quitte sa mère et va voir la pluie de plus près. Et la place qui danse dans les stries de la pluie.

— Il y en a pour toute la nuit, dit le client.

L'averse se termine, brutalement. Le client se détache du bar et montre le ciel bleu sombre, cerné par régions entières d'un gris plombé, et qui touche aux toits, tellement il est bas.

Maria veut encore boire. Il commande les manzanillas sans faire de remarques. Lui aussi en prendra.

— C'est mon mari qui a voulu de l'Espagne pour les vacances. Moi j'aurais préféré ailleurs.

— Où ?

— Je n'y ai pas pensé. Partout à la fois. Et en Espagne aussi. Ne faites pas attention à ce que je dis. Au fond, je suis bien contente d'être en Espagne cet été.

Il prend son verre de manzanilla et le lui tend. Il paye le garçon.

— Vous êtes arrivée vers cinq heures, n'est-ce pas ? demande le client. Vous étiez peut-être dans une petite Rover noire qui s'est arrêtée sur la place ?

— Oui, dit Maria.

— Il faisait encore très clair, continue-t-il. À ce moment-là il ne pleuvait pas. Vous étiez quatre dans cette Rover noire. Il y avait votre mari qui conduisait. Vous étiez à côté de lui ? Oui ? et à l'arrière il y avait une petite fille – il la montre – celle-ci. Et une autre femme.

— Oui. Nous avions eu des orages depuis trois heures de l'après-midi, dans les champs, et ma petite fille avait peur. C'est pourquoi nous avons décidé de nous arrêter ici au lieu de gagner Madrid ce soir.

Le client tout en parlant surveille la place, le passage des policiers qui, avec l'éclaircie, se font voir de nouveau et il écoute de toutes ses forces, à travers la rumeur du ciel, les coups de sifflet qui fusent de tous les coins des rues.

— Mon amie aussi avait peur de l'orage, ajoute Maria.

Le couchant est au bout de l'avenue principale de la ville. C'est la direction de l'hôtel. Il n'est pas quand même aussi tard qu'on pourrait le croire. L'orage a brouillé les heures, il les a précipitées, mais voici qu'elles réapparaissent à travers l'épaisseur du ciel, rougeoyantes.

— Où sont-ils ? demande le client.

— À l'hôtel Principal. Il faut que j'aille les rejoindre.

— Je me souviens. Un homme, votre mari, est à moitié descendu de la Rover noire et il a demandé à un groupe de jeunes gens combien il y avait d'hôtels dans la ville. Et vous êtes partis dans la direction de l'hôtel Principal.

— Il n'y avait plus de chambres, bien sûr. Déjà, il n'y en avait plus.

Le couchant s'est de nouveau couvert. Une nouvelle phase de l'orage se prépare. Cette masse océanique, bleu sombre, de l'après-midi s'avance lentement au-dessus de la ville. Elle vient de l'est. Il fait juste assez de lumière encore pour voir sa couleur menaçante. Ils doivent toujours être à l'orée du balcon. Là, au bout de l'avenue. Mais voici que tes yeux sont bleus, dit Pierre, à cause, cette fois, du ciel.

— Je ne peux pas encore rentrer. Regardez ce qui se prépare.

Judith, cette fois, ne revient plus. Elle regarde des enfants qui jouent pieds nus dans les caniveaux de la place. Une masse d'eau argileuse circule entre leurs pieds. Cette eau est d'un rouge sombre, du même rouge que la pierre de la ville et que la terre environnante. Toute la jeunesse est dehors, sur cette place, sous les éclairs et les grondements incessants du ciel. On entend des chants sifflés de jeunes gens qui percent le tonnerre de leur douceur.

Voici l'averse. L'océan est déversé sur la ville. La place disparaît. Les galeries se remplissent. On parle plus fort dans le café pour s'entendre. On hurle, parfois. Et les noms de Rodrigo Paestra et de Perez.

— Un peu de répit pour Rodrigo Paestra, dit le client.

Il montre les policiers qui se sont abrités dans la galerie et qui attendent la fin de l'averse.

— Six mois qu'il était marié, continue le client. Il l'a trouvée avec Perez. Qui n'aurait pas agi de la sorte? Il sera acquitté, Rodrigo.

Maria boit encore. Elle fait une grimace. Le moment de la journée est arrivé où l'alcool lui soulève le cœur.

— Où est-il? demande-t-elle.

Le client se penche sur elle. Elle sent l'odeur citronnée et épaisse de ses cheveux. Les lèvres sont lisses, belles.

— Sur un toit de la ville.

Ils se sourient. Il s'écarte. Elle a encore la chaleur de sa voix dans le creux de l'épaule.

— Noyé?

— Non – il rit – je répète ce que j'ai entendu. Je ne sais rien.

Une discussion s'engage au fond du café à propos du crime, très bruyante, qui fait cesser les autres discussions. La femme de Rodrigo Paestra s'était jetée dans les bras de Perez, était-ce la faute de Perez? Peut-on repousser une femme qui vous arrive dessus de la sorte?

— Le peut-on? demande Maria.

— C'est difficile. Mais Rodrigo l'avait oublié.

Perez a des amis qui le pleurent ce soir. Sa mère est là, seule auprès de son corps, à la mairie. Et la femme de Rodrigo Paestra? Son corps est également à la mairie. Mais elle n'était pas d'ici. Personne n'est auprès d'elle ce soir. Elle était de Madrid, elle était arrivée ici pour le mariage, à l'automne dernier.

L'averse cesse et, avec elle, le bruit fracassant de la pluie.

— Une fois mariée, elle a voulu de tous les hommes du village. Que faire? La tuer?

— Quelle question, dit Maria – elle montre un endroit de la place, une large porte fermée.

— C'est là, en effet, dit le client, c'est la mairie.

Un ami rentre dans le café, ils parlent encore du crime.

De nouveau, avec la fin de l'averse, la place se remplit d'enfants. On distingue mal le bout de l'avenue, là où se termine la ville, et la masse blanche de l'hôtel Principal. Maria s'aperçoit que Judith est parmi les enfants de la place. Avec circonspection elle inspecte les lieux et finit par descendre dans l'eau rouge et boueuse. L'ami du client offre un verre de manzanilla à Maria. Elle accepte. Depuis combien de temps est-elle en Espagne? Neuf jours, dit-elle. L'Espagne lui plaît? Bien sûr. Elle connaissait déjà.

— Il faut que je rentre, dit-elle. Avec cet orage, on ne sait pas où aller.

— Chez moi, dit le client.

Il rit. Elle rit, mais pas assez à son gré.

— Encore une manzanilla?

Non, elle ne veut plus boire. Elle appelle Judith qui revient bottée du rouge de l'eau de la place.

— Vous reviendrez? Ce soir?

Elle ne sait pas, la chose est possible.

Elles suivent le trottoir vers l'hôtel. Des odeurs d'écurie et de foin soufflent dans la ville. La nuit sera bonne, maritime. Judith marche dans les caniveaux d'eau rouge. Maria la laisse faire. Elles rencontrent les polices qui gardent les issues des rues. Il fait presque tout à fait nuit. La panne d'électricité dure toujours, et elle durera probablement encore. Sur le champ des toits il y a encore, pour qui les voit, les lueurs d'un couchant. Maria prend la main de Judith et elle lui parle. Judith, habituée, n'écoute pas.

Ils sont là, assis l'un en face de l'autre, dans la salle à manger. Ils sourient à Maria et à Judith.

— On t'a attendue, dit Pierre.

Il regarde Judith. Elle aussi a eu très peur de l'orage sur la route. Elle a pleuré. Des cernes marquent encore le contour de ses yeux.

— L'orage continue, dit Pierre. C'est dommage. Nous aurions pu gagner Madrid dans la soirée.

— Il fallait s'y attendre, dit Maria. Il n'y a toujours aucune chambre, personne n'a osé partir?

— Aucune. Même pour les enfants.

— Demain il fera beaucoup moins chaud, dit Claire, c'est ce qu'il faut se dire.

Pierre promet à Judith qu'ils resteront là.

— On pourra manger, lui dit Claire. Et on va installer des couvertures dans les couloirs pour les petites filles comme toi.

Plus une table n'est libre dans la salle à manger.

— Et tous des Français, dit Claire.

À la lueur des bougies sa beauté est encore plus évidente. S'est-elle entendu dire qu'on l'aimait? Elle se tient là, souriante, prête pour une nuit qui n'aura pas lieu. Ni ses lèvres, ni ses yeux, ni sa chevelure en désordre ce soir, ni ses mains écartées, ouvertes, relâchées dans l'allégresse de la promesse d'un bonheur très proche, ne prouvent qu'ils sont sortis dès ce soir de l'observation silencieuse de la promesse de ce bonheur prochain.

Voici la pluie. Elle fait sur la verrière qui se trouve au-dessus de la salle à manger un tel vacarme que les clients hurlent leur commande. Des enfants pleurent. Judith hésite puis ne pleure pas.

— Quelle pluie, dit Claire – elle s'étire d'impatience – c'est fou ce qu'il peut pleuvoir, c'est fou, c'est fou ; écoute, Maria, comme il pleut.

— Comme tu avais peur, Claire.

— C'est vrai, se souvient-elle.

Le désordre était partout dans l'hôtel. Il ne pleuvait pas encore mais l'orage était toujours là, menaçant. Lorsque Maria les a retrouvés ils étaient dans le bureau de l'hôtel. Ils bavardaient l'un près de l'autre dans ce bureau de l'hôtel. Elle s'est arrêtée, pleine d'espoir. Ils n'ont pas vu Maria. C'est alors qu'elle a découvert leurs mains se tenant l'une l'autre avec décence, le long de leurs corps rapprochés. Il était tôt. On pouvait penser que le soir était arrivé, mais c'était l'orage qui obscurcissait le ciel. Il n'y avait plus trace de sa peur dans les yeux de Claire. Maria avait trouvé qu'elle avait le temps – le temps – d'aller sur la place, dans ce café qu'ils avaient aperçu en arrivant.

Pour ne pas regarder Pierre elles suivent des yeux les garçons chargés de plateaux de manzanilla et de xérès. Claire en appelle un au passage et elle lui demande des manzanillas. Il faut crier à cause du bruit de la pluie sur la verrière. On crie de plus en plus fort. La porte du bureau s'ouvre de minute en minute. Des gens arrivent toujours. L'orage est énorme, très étendu.

— Où étais-tu, Maria ? demande Pierre.

— Dans un café, avec un ami de cet homme, Rodrigo Paestra.

Pierre se penche vers Maria.

— Si tu y tiens vraiment, dit-il, on peut gagner Madrid ce soir.

Claire a entendu.

— Claire ? demande Maria.

— Je ne sais pas.

Elle a presque gémi. Les mains de Pierre se sont tendues vers les siennes et puis, elles se sont rétractées. C'est dans l'auto, pendant sa peur de l'orage, que ce geste lui est déjà venu, dans le roulement du ciel sur lui-même, du ciel suspendu au-dessus du blé, dans les cris de Judith, dans la lumière crépusculaire du jour. Elle avait pâli, Claire, et tant, que sa pâleur surprenait plus encore que la peur dont elle témoignait.

— Tu ne sais pas, Claire, ce genre d'inconvénients, tu l'ignores, des nuits blanches passées dans les couloirs des hôtels.

— Mais si. Qui ne les connaît pas ?

Elle se débat dans l'imagination des mains de Pierre sur les siennes, il y a quelques heures à peine, sous les yeux aveuglés de Maria. A-t-elle encore pâli ? A-t-il remarqué qu'elle pâlissait encore ?

— On va rester là cette nuit, dit-il. Pour une fois.

Il sourit. Sourit-il jamais, autrefois ?

— Pour une fois ? demande Maria.

Les mains de Pierre, cette fois, vont au bout de leur course et atteignent celles de sa femme, Maria.

— Je voulais dire que je n'avais pas encore assez l'habitude de ces inconvénients pour les redouter au point que tu dis, Maria.

Maria s'écarte de la table et pour le dire ses mains s'agrippent à sa chaise et ses yeux se ferment.

— Une fois, à Vérone, dit-elle.

Elle ne voit pas ce qui arrive. C'est la voix de Claire qui, dans le tumulte des autres voix, se fait un passage lumineux.

— À Vérone ? Qu'y a-t-il eu ?

— Nous avons mal dormi, dit Pierre.

Le repas a commencé. L'odeur des bougies est tellement forte qu'elle domine celle de la nourriture que des garçons en sueur apportent par fournées. Il y a des cris et des réclamations. La directrice de l'hôtel demande qu'on la comprenne, sa situation est difficile, ce soir, en raison de l'orage.

— Que j'ai bu, annonce Maria. Encore une fois, qu'est-ce que j'ai bu !

— Toujours tu t'en étonnes, dit Claire.

L'averse a cessé. Dans des temps de silence imprévisible le ruissellement de la pluie se fait entendre, sur la verrière, joyeux. Judith, partie vers les cuisines, est ramenée par un garçon. Pierre parle de la Castille. De Madrid. Il découvre que dans cette ville-ci il y a deux Goya à l'église San Andrea. L'église San Andrea est sur la place qu'ils ont traversée en arrivant. On apporte le potage. Maria sert Judith. Et les yeux de Judith se remplissent de larmes. Pierre sourit à son enfant. Maria abandonne l'espoir de faire manger Judith.

— Je n'ai pas faim ce soir, dit Claire, tu vois, je crois que c'est cet orage.

— Le bonheur, dit Maria.

Claire s'absorbe dans le spectacle de la salle à manger. Derrière son expression tout à coup pensive il y a un sourire. Pierre, le visage crispé, lève les yeux sur Maria – les mêmes yeux que ceux de Judith – et Maria sourit à ces yeux-là.

— On attendait tellement cet orage, cette fraîcheur, explique Maria.

— Comme c'est vrai, dit Claire.

Maria recommence à espérer faire manger Judith. Elle y réussit. Cuillerée par cuillerée, Judith se nourrit. Claire lui raconte une histoire. Pierre écoute aussi. Le désordre de la salle à manger se calme un peu. Pourtant on entend toujours le tonnerre qui est plus ou moins fort, suivant la course de l'orage plus ou moins lointaine ou proche. Lorsque la verrière s'illumine d'un éclair toujours un enfant crie.

Tandis que se poursuit le dîner on parle du crime de Rodrigo Paestra. Des gens rient. À l'instar de Rodrigo Paestra qui, dans sa vie n'aurait pas l'occasion de tuer avec cette simplicité?

Les sifflets de la police continuent dans la nuit. Lorsqu'ils sont très voisins de l'hôtel les conversations s'apaisent, les gens écoutent. Certains espèrent et attendent la capture de Rodrigo Paestra. Une nuit difficile s'annonce.

— Il est sur les toits, dit Maria tout bas.

Ils n'ont pas entendu. Judith mange des fruits.

Maria se lève. Elle sort de la salle à manger. Ils restent seuls. Elle a dit qu'elle allait voir comment était fait cet hôtel.

Il y a beaucoup de couloirs. Ils sont circulaires pour la plupart. Certains débouchent sur les champs de blé. Certains sur la perspective de l'avenue qui coupe la place. Personne n'y dort encore. Certains autres aboutissent à des balcons qui surplombent les toits de la ville. Une autre ondée se prépare. L'horizon est fauve. Il paraît très lointain. L'orage a encore grossi. Il vous en vient la désespérance de le voir se terminer cette nuit.

— Les orages partent comme ils viennent, a dit Pierre. D'un seul coup. Il ne faut pas que tu aies peur, Claire.

Il l'a dit. Le parfum irrésistible de sa frayeur, de sa jeunesse effrayée, Maria ne le connaissait pas encore. Il y a quelques heures de cela.

Les toits sont vides. Ils le seront toujours sans doute quelque espoir que l'on ait de les voir, une fois, se peupler.

La pluie est légère mais recouvre ces toits vides et la ville disparaît. On ne voit plus rien. Il reste le souvenir d'un esseulement rêvé.

Lorsque Maria revient dans la salle à manger la directrice annonce l'arrivée de la police.

— Comme vous le savez sans doute, dit-elle, un crime a eu lieu cet après-midi dans notre ville. Nous nous en excusons.

Personne n'a à décliner son identité. La directrice se porte garante de ses clients.

Six policiers s'élancent à travers la salle à manger. Trois autres vont vers ces couloirs circulaires qui la contournent. Ils vont fouiller les chambres qui donnent sur ces couloirs. Ils vont simplement fouiller ces chambres, dit la directrice. Ça va être très court.

— On m'a dit qu'il était sur les toits, répète Maria.

Ils ont entendu. Elle a parlé bas. Mais ils ne s'étonnent pas. Maria n'insiste pas. Le grand désordre dans la salle à manger atteint son comble. Tous les garçons sont de ce village et connaissent Rodrigo Paestra. Les agents aussi sont du village. Ils s'interpellent. Le service s'arrête. La directrice intervient. Attention si on dit ici du mal de Perez. Les garçons continuent entre eux. La directrice hurle des ordres que personne n'entend.

Et puis, peu à peu, les choses étant dites entre les garçons, les clients reviennent peu à peu de leur stupeur et réclament la fin du service. Les garçons le reprennent. Ils parlent aux clients. Tous les clients écoutent avec attention les propos des garçons, ils surveillent les allées et venues des policiers, ils s'inquiètent, espèrent ou désespèrent de l'issue des recherches, il y en a qui sourient encore de la naïveté de Rodrigo Paestra. Des femmes parlent de l'horreur d'être tuée à dix-neuf ans, et d'en être là où en est la femme de Rodrigo Paestra, seule, si seule, ce soir, dans cette mairie de village, une enfant. Mais tous mangent, dans le désordre, plus ou moins de bon appétit, mais ils mangent cette nourriture apportée par les garçons dans le désordre et la colère. Des portes claquent, celles des couloirs, et les policiers traversent la salle à manger, s'y croisent, mitraillettes à la main, bottés, ceinturés, immuablement sérieux, ils répandent une odeur nauséabonde de cuir mouillé et de sueur. Toujours des enfants pleureront à leur vue.

Deux d'entre les policiers ont dû prendre la direction de ce couloir, à gauche de la salle à manger, que Maria vient de quitter.

Judith, au-delà de l'épouvante, ne mange plus de fruits. Il n'y a plus de policiers dans la salle à manger. Le garçon qui les servait revient à leur table en tremblant de colère, il marmonne des injures contre Perez et rend hommage à la longue patience de Rodrigo Paestra, et Judith, des quartiers d'orange dégoulinant entre les doigts l'écoute, l'écoute.

Ils ont dû atteindre le balcon qui est au bout du couloir circulaire que Maria vient de quitter. Il ne pleut plus justement, et l'éloignement de leurs pas dans ce couloir qui longe la salle à manger, Maria l'entend dans le ruissellement de la pluie sur la verrière que personne, dans la salle à manger, ne perçoit maintenant.

On dirait que le calme est revenu. Le calme du ciel. Le calme ruissellement de la pluie sur la verrière ponctué par les pas des policiers dans ce dernier couloir – une fois les chambres, les cuisines, les cours, fouillées – l'oubliera-t-on ? un jour ? Non.

S'ils ont atteint le balcon qui est au bout de ce dernier couloir, s'ils l'ont atteint, il est sûr que Rodrigo Paestra n'est pas sur les toits de la ville.

— Pourquoi m'a-t-on dit une chose pareille ? recommence Maria tout bas.

Ils ont entendu. Mais aucun des deux ne s'étonne.

Elle a vu ces toits. Il y a un instant encore ils s'étendaient, régulièrement parsemés sous le ciel, enchevêtrés, nus, au-dessous du balcon, nus et uniformément vides.

Des appels arrivent de l'extérieur, de la rue ? De la cour ? De très près. Les garçons s'arrêtent et attendent, les plats à la main. Personne ne se plaint. Les appels continuent. Ils font des trouées d'épouvante dans le silence soudain. À force d'écouter on entend que ces appels sont toujours les mêmes. C'est son nom.

— Rodrigo Paestra.

Ils l'adjurent de répondre, de se rendre, en de longues plaintes scandées, presque tendres.

Maria s'est levée. Pierre lui tend le bras et la force à s'asseoir. Elle s'assied docilement.

— Mais il est sur les toits, dit-elle tout bas.

Judith n'a pas entendu.

— C'est drôle, dit Claire tout bas, ça m'est complètement égal.

— Mais, dit Maria, simplement, je le sais.

Pierre appelle doucement Maria.

— Je t'en prie, Maria, dit-il.

— Ce sont ces appels, dit-elle, qui portent sur les nerfs, ce n'est rien. Les appels cessent. Et une averse recommence. Voici les policiers. Les garçons reprennent leur service, le sourire aux lèvres, les yeux baissés. La directrice ne quitte pas la porte de la salle à manger, elle surveille son personnel, elle sourit aussi, elle aussi, elle connaissait Rodrigo Paestra. Un policier rentre dans le bureau de l'hôtel et il téléphone. Il appelle la ville voisine pour demander du renfort. Il crie à cause du bruit de la pluie sur la verrière. Il dit que le village a été consciencieusement cerné dès le crime découvert et qu'ils ont dix chances sur dix de découvrir Rodrigo Paestra à l'aurore, qu'il faut attendre, que les recherches sont difficiles à cause de l'orage et de la panne d'électricité, mais qu'il est probable que cet orage va, comme d'habitude, cesser avec le jour et que ce qu'il faut, c'est garder les issues de la ville toute la nuit, que pour cela il faut des hommes encore, afin que dès la première lumière, Rodrigo Paestra soit pris comme un rat. Le policier a été compris. Il attend une réponse qui vient vite. Vers dix heures, dans une heure et demie, les renforts seront là. Le garçon revient, tremblant, à leur table, et s'adresse à Pierre.

— S'ils le prennent, dit-il, s'ils arrivent à le prendre, il ne se laissera pas mettre en prison.

Maria boit du vin. Le garçon s'en va. Pierre se penche vers Maria.

— Ne bois pas tant, Maria, je te le demande.

Maria lève son bras, repousse l'obstacle que pourrait être cette voix, encore et encore. Claire a entendu Pierre parler à Maria.

— Je ne bois pas beaucoup, dit Maria.

— Il est vrai, dit Claire, que Maria ce soir boit moins que d'habitude.

— Tu vois, dit Maria.

Claire, elle, ne boit rien. Pierre se lève et dit que lui aussi il va voir cet hôtel.

Il n'y a plus de policiers dans l'hôtel. Ils sont partis en file indienne dans l'escalier qui longe le bureau. Il ne pleut pas. Les coups de sifflets continuent mais au loin, et dans la salle à manger les bavardages ont repris, les plaintes, qui portent surtout sur la mauvaise nourriture espagnole que les garçons servent encore aux derniers venus avec un zèle triomphant puisque Rodrigo Paestra n'a pas encore été pris. Judith est calme et bâille maintenant. Lorsque le garçon revient à leur table il s'adresse à Claire, à la beauté de Claire, et s'arrête pour la regarder encore une fois qu'il a parlé.

— Une chance pour qu'ils ne l'aient pas, dit-il.

— Est-ce qu'elle aimait Perez ? demande Claire.

— Impossible d'aimer Perez, dit le garçon.

Claire rit et le garçon se laisse aller à s'amuser aussi.

— Quand même, dit Claire, si elle aimait Perez ?

— Pourquoi voulez-vous que Rodrigo Paestra le comprenne ? demande le garçon.

Il s'en va. Claire se met à grignoter du pain. Maria boit et Claire la laisse boire.

— Pierre ne revient pas ? dit Maria.

— Je ne sais pas. Comme toi.

Maria s'avance vers la table, elle se redresse puis s'approche très près de Claire.

— Écoute, Claire, dit Maria, écoute-moi.

Claire, dans un mouvement contraire se renverse sur sa chaise. Elle jette ses yeux loin de Maria, regarde sans le voir le fond de la salle à manger.

— Je t'écoute, Maria, dit-elle.

Maria retombe sur sa chaise et ne dit rien. Un moment se passe. Claire a cessé de grignoter du pain. Lorsque Pierre revient il raconte qu'il est allé choisir le meilleur couloir de l'hôtel pour Judith, il a vu le ciel, il a vu que l'orage se vidait petit à petit et qu'il ferait probablement beau demain et que très tôt, s'ils le voulaient, ils pourraient rejoindre Madrid, après avoir vu ces deux Goya à San Andrea. Comme l'orage a repris il parle un peu plus fort qu'à l'accoutumée. Sa voix est belle, toujours précise, d'une précision, ce soir, presque oratoire. Il parle des deux Goya qu'il serait dommage de ne pas voir.

— Sans cet orage, nous les aurions oubliés, dit Claire.

Elle l'a dit comme autre chose et cependant comme jamais encore elle ne l'eût dit avant ce soir. Où était-ce dans ce crépuscule, à eux laissé par Maria, tout à l'heure, à quel endroit de l'hôtel se sont-ils étonnés d'abord et ensuite émerveillés de s'être connus si peu jusque-là, de cette adorable convenance qui entre eux cheminait pour se découvrir enfin derrière cette fenêtre ? sur ce balcon ? dans ce couloir ? dans cette tiédeur refluante des rues après les ondées, derrière le ciel si sombre, Claire, que tes yeux, en ce moment même ont la couleur même de la pluie. Comment l'aurais-je remarqué jusqu'ici ? Tes yeux, Claire, sont gris. Elle lui a dit que la lumière y était toujours pour quelque chose et qu'il se trompait sans doute, ce soir, en raison de l'orage.

— Il me semble bien, si j'ai bonne mémoire, dit Maria, qu'avant de partir de France nous avions parlé de ces deux Goya.

Pierre s'en souvient. Pas Claire. L'averse cesse et ils s'entendent. La salle à manger se vide peu à peu. Il éclate un brouhaha dans les couloirs. Sans doute dédouble-t-on les lits. On change des enfants. Le moment vient où Judith doit dormir. Pierre se tait. Et enfin, Maria le dit.

— Je vais aller coucher Judith dans ce couloir.

— On t'attend, dit Pierre.

— Je reviens.

Judith ne rechigne pas. Dans le couloir il y a beaucoup d'enfants dont quelques-uns dorment déjà. Maria ne déshabille pas Judith ce soir. Elle la roule dans une couverture, contre le mur, au milieu du couloir.

Elle attend que Judith s'endorme. Elle attend longtemps.

Et à force de temps passé, toute trace de crépuscule disparaît du ciel.
— Ne comptez pas que l'électricité revienne dans la ville ce soir, avait
dit la directrice de l'hôtel. C'est l'habitude dans ce pays, les orages y sont
très violents, qu'elle ne revienne pas de toute la nuit.
L'électricité n'est pas revenue. Il va encore faire de l'orage, des averses
brusques vont se succéder pendant toute la nuit. Le ciel est toujours bas et
court, toujours happé par un vent très fort, vers l'ouest. Il est visible, dans
sa couche parfaite jusqu'à l'horizon. Et visibles aussi sont les limites de
l'orage qui tente de gagner toujours plus avant les contrées claires du ciel.
Du balcon où elle se tient, Maria voit cet orage dans toute son étendue.
Ils sont restés dans la salle à manger.
— Je reviens, a dit Maria.
Derrière elle, dans le couloir, tous les enfants, maintenant, dorment.
Parmi eux se trouve Judith. Lorsque Maria se retourne elle peut voir sa
forme endormie dans les tendres lueurs des lampes à pétrole accro-
chées au mur du couloir.
— Dès qu'elle dort, je reviens, leur a dit Maria.
Elle dort, Judith.
L'hôtel est plein. Les chambres, les couloirs, et tout à l'heure, ce couloir-
ci se peupleront encore davantage. Il y a plus de gens dans cet hôtel que
dans tout un quartier de la ville. Au-delà de laquelle les routes s'étalent,
désertes, jusqu'à Madrid vers quoi court l'orage depuis cinq heures du
soir, crevant par-ci, par-là, se trouant d'éclaircies, se reformant encore.
Jusqu'à épuisement. Quand ? Toute la nuit, il durera.
Plus un café n'est ouvert dans la ville.
— On t'attend, Maria, a dit Pierre.
La ville est petite, elle tient dans deux hectares, elle est enfermée tout
entière dans une forme irrégulière mais pleine, aux contours nets.

Après elle, de quelque côté que l'on se tourne, une campagne s'étend, nue, dans une ondulation à peine sensible cette nuit-ci, mais qui, à l'est pourtant, s'effondre, semble-t-il, brusquement. Un torrent jusque-là asséché, mais qui demain débordera.

Lorsqu'on regarde l'heure il est dix heures. Le soir. C'est l'été.

Des policiers passent sous les balcons de l'hôtel. Ils doivent commencer à être lassés de leurs recherches. Ils traînent les pieds dans la boue des rues. Le crime a eu lieu il y a longtemps, des heures, ils parlent de ce temps qu'il fait.

— Rodrigo Paestra, il est sur les toits.

Maria se souvient. Les toits sont là, ils sont vides. Ils brillent vaguement au-dessous du balcon où elle se trouve. Vides.

Ils l'attendent dans la salle à manger, au milieu des tables défaites, oublieux d'elle, immobilisés dans une contemplation mutuelle. L'hôtel est plein. Ils n'ont de place pour se voir, que là.

Des sifflets éclatent une nouvelle fois à l'autre bout de la ville, bien au-delà de la place, vers Madrid. Rien ne se produit. Des policiers arrivent au coin de la rue, à gauche, ils s'arrêtent, repartent. C'est un simple relais de l'attente. Les policiers passent sous le balcon, et tournent dans une autre rue.

Il n'est pas beaucoup plus tard que dix heures du soir. L'heure est dépassée à laquelle elle aurait dû les rejoindre dans la salle à manger, arriver, s'introduire entre leurs regards, s'installer, et leur redire une nouvelle fois encore cette surprenante nouvelle.

— On m'a dit que Rodrigo Paestra est caché sur les toits de la ville.

Elle quitte le balcon, pénètre dans le couloir et s'allonge auprès de Judith endormie, la sienne, la forme sienne parmi toutes les autres d'enfants du couloir. Elle l'embrasse doucement sur les cheveux.

— Ma vie, dit-elle.

L'enfant ne se réveille pas. Elle remue à peine, soupire et retombe dans un calme sommeil.

Ainsi est la ville, déjà close sur le sommeil. Quelques-uns parlent encore de Rodrigo Paestra dont la femme a été trouvée nue près de Perez tous deux endormis après l'amour. Et puis, morte. Le corps de dix-neuf ans est à la mairie.

Si Maria se levait, si Maria allait à la salle à manger, elle pourrait demander qu'on lui apporte un verre d'alcool. Elle imagine la première gorgée de manzanilla dans sa bouche et la paix de son corps qui s'ensuivrait. Elle ne bouge pas.

Par-delà le couloir, à travers l'écran jaune et vacillant des lampes à pétrole, il doit y avoir les toits de la ville, recouverts par le ciel qui court, s'épaississant toujours. Le ciel est là, contre le cadre du balcon ouvert. Maria se relève, hésite à repartir vers la salle à manger où ils sont encore dans l'émerveillement de leur foudroyant désir, seuls encore au milieu des tables défaites et des garçons harassés qui attendent leur départ, et qu'ils ne voient plus.

Elle repart vers ce balcon, fume une cigarette. La pluie n'est pas encore revenue. Elle tarde. Le ciel la couve encore mais il faut attendre. Derrière le balcon, voici des couples qui arrivent dans le couloir. Ils parlent très bas à cause des enfants. Ils s'allongent. Ils se taisent d'abord, dans l'espoir d'un sommeil qui ne vient pas, et puis ils recommencent à parler. De partout, des rumeurs de voix arrivent, surtout des chambres pleines, brisées régulièrement par le passage fatidique des policiers.

Après que ceux-ci sont passés la rumeur conjugale reprend, lente, lassée, quotidienne, dans les couloirs circulaires et dans les chambres. Derrière les portes, dans les lits dédoublés, dans les accouplements nés de la fraîcheur de l'orage, on parle de l'été, de cet orage d'été et du crime de Rodrigo Paestra.

Voici enfin l'averse. En quelques secondes elle remplit les rues. La terre est trop sèche et n'arrive pas à boire tant de pluie. Les arbres de la place se tordent sous le vent. Maria voit leur cime apparaître et disparaître derrière les arêtes des toits et, lorsque les éclairs illuminent la ville de la campagne, dans leur blême clarté, dans le même temps, elle voit la forme fixe et noyée de Rodrigo Paestra agrippée autour d'une cheminée de pierre sombre.

L'averse dure quelques minutes. Le calme revient en même temps que s'amollit la force du vent. Une vague lueur, à force de l'attendre, tombe du ciel apaisé. Et dans cette lueur qui augmente à mesure qu'on la souhaite plus vive, mais dont on sait qu'elle va très vite s'obscurcir des prémices d'une autre phase de l'orage, Maria voit la forme imprécise de Rodrigo Paestra, la forme éclatante, hurlante et imprécise de Rodrigo Paestra.

La recherche policière recommence. Les voici qui reviennent, avec l'apaisement du ciel. Ils avancent dans la boue, toujours. Maria se penche au-dessus de la rampe du balcon et les voit. L'un d'entre eux rit. Toute la ville résonne des mêmes coups de sifflets régulièrement espacés. Simples relais de l'attente encore, qui va durer jusqu'au matin.

D'autres balcons que celui-ci, où se tient Maria, s'étagent sur la façade nord de l'hôtel. Ils sont vides, sauf un seul, un seul, à la droite de Maria, à l'étage supérieur. Ils doivent y être depuis très peu de temps. Maria ne les a pas vus arriver. Elle recule légèrement dans l'embrasure du couloir où maintenant les gens dorment.

Ça doit être la première fois qu'ils s'embrassent. Maria éteint sa cigarette. Elle les voit se détacher de toute leur hauteur sur le ciel en marche. Tandis qu'il l'embrasse, les mains de Pierre sont sur les seins de Claire. Sans doute se parlent-ils. Mais très bas. Ils doivent se dire les premiers mots de l'amour. Ils leur montent aux lèvres, entre deux baisers, irrépressibles, jaillissants.

Les éclairs rendent la ville livide. Ils sont imprévisibles, arrivent suivant un rythme désordonné. Lorsqu'ils se produisent ils rendent leurs baisers livides aussi, ainsi que leur forme maintenant unique jusqu'à l'aveuglement. Est-ce sur ses yeux, derrière l'écran du ciel noir qu'il l'aura d'abord embrassée? On ne peut pas le savoir. Tes yeux avaient la couleur de ta peur de l'après-midi, la couleur de la pluie, en ce moment même, Claire, tes yeux, je ne les vois qu'à peine, comment l'aurais-je déjà remarqué, tes yeux doivent être gris.

Devant ces baisers, à quelques mètres d'eux, Rodrigo Paestra enveloppé dans sa couverture brune, attend que passe la durée infernale de la nuit. À l'aurore, c'en sera fait.

Une nouvelle phase de l'orage se prépare qui va les séparer et qui va priver Maria de les voir.

Tandis qu'il le fait, elle le fait aussi, elle porte ses mains à ses seins solitaires, puis ses mains retombent et s'accrochent au balcon, sans emploi. Alors qu'elle s'était avancée trop avant sur ce balcon lorsqu'ils étaient confondus dans cette forme unique jusqu'à l'aveuglement, elle se recule maintenant un peu en deçà du balcon, vers le couloir où déjà, le vent nouveau s'engouffre dans les verres de lampes. Non, elle ne peut pas se passer de les voir. Elle les voit encore. Et leurs ombres sont sur ce toit. Voici que leurs corps se descellent. Le vent soulève sa jupe et, dans un éclair, ils ont ri. Le même vent que celui sous sa jupe, traverse de nouveau toute la ville, cognant aux arêtes des toits. Dans deux minutes l'orage va venir, va déferler sur la ville entière, vidant les rues, les balcons. Il doit s'être reculé pour mieux l'enlacer encore, la retrouver pour la première fois dans un bonheur renouvelé par cette douleur inventée de la tenir loin de lui. Ils ne savent pas, ils sont encore dans l'ignorance que l'orage va les séparer pour la nuit.

Il faut attendre encore. Et tant l'impatience de l'attente grandit qu'elle atteint son comble, et voici, un répit se produit. Une main de Pierre est partout sur ce corps d'autre femme. L'autre main la tient serrée contre lui. C'est chose faite pour toujours.

Il est dix heures et demie du soir. L'été.

Et puis il est un peu davantage. La nuit est enfin là, tout à fait. Il n'y a pas de place durant cette nuit, dans cette ville, pour l'amour. Maria baisse les yeux devant cette évidence : ils resteront sur leur soif entière, la ville est pleine, dans cette nuit d'été faite pour leur amour. Les éclairs continuent à mettre en pleine lumière la forme de leur désir. Ils sont toujours là, enlacés et immobiles, sa main à lui arrêtée maintenant sur ses hanches à elle pour toujours, tandis qu'elle, elle, elle, les mains retenant ses épaules, arrêtées dans son agrippement, sa bouche contre sa bouche, elle le dévore.

Le temps des éclairs, dans le même temps, met en pleine lumière le toit qui se trouve en face d'eux et sur son faîte, autour d'une cheminée, la forme enveloppée de son linceul du criminel Rodrigo Paestra.

Le vent augmente, s'engouffre dans le couloir et passe sur les formes des enfants endormis. Une lampe s'est éteinte. Mais rien ne les réveille. La ville est noire et dort. Dans les chambres le silence s'est fait. La forme de Judith est sage.

Ils ont disparu du balcon aussi soudainement qu'ils étaient arrivés. Il a dû l'entraîner sans la lâcher – comment le pourrait-il – dans l'ombre d'un couloir endormi. Le balcon est déserté. Maria regarde une nouvelle fois sa montre. Il est presque onze heures. Sous le coup du vent qui augmente toujours une forme d'enfant – ce n'est pas celle-là – pousse un cri, isolé, se retourne et retombe dans le sommeil.

Et voici la pluie. Et de nouveau son odeur ineffable, odeur terne des rues d'argile. Sur la forme morte de Rodrigo Paestra, morte de douleur, morte d'amour, la pluie tombe de même que sur les champs.

Où ont-ils pu trouver à se rejoindre ce soir, dans cet hôtel ? Où lui enlèvera-t-il cette jupe légère, ce soir même ? Qu'elle est belle. Que tu es belle, Dieu que tu l'es. Leurs formes ont disparu complètement de ce balcon avec la pluie.

Dans la pluie des rues, l'été, dans les cours, dans les salles de bains, dans les cuisines, l'été, partout, il est partout, l'été, pour leur amour. Maria s'étire, rentre, s'allonge dans le couloir, s'étire encore. Est-ce fait maintenant ? Dans un autre couloir noir, étouffant, il n'y a peut-être personne – qui les connaît tous ? – celui qui se trouverait dans le prolongement de leur balcon, par exemple, au-dessus exactement de celui-ci, dans ce couloir miraculeusement oublié, le long du mur, par terre, est-ce fait?

Demain arrivera dans quelques heures. Il faut attendre. L'averse est plus longue que la précédente. Elle continue à tomber avec force. Et sur la verrière aussi qui résonne affreusement dans tout l'hôtel.

— On t'a attendue, Maria, dit Pierre.

Ils sont arrivés avec la fin de l'averse. Elle a vu leurs deux ombres s'avancer vers elle alors qu'elle était allongée près de Judith, ombres immenses. La jupe de Claire gonflée aux hanches se soulève des genoux. Le vent du couloir. Trop vite. Ils n'ont pas eu beaucoup de temps entre leur départ du balcon et leur arrivée auprès de Maria. Ils sourient. L'espoir était donc insensé. L'amour ne s'est pas fait ce soir dans cet hôtel. Il faut attendre encore. Tout le restant de la nuit.

— Tu as dit que tu revenais, Maria, dit encore Pierre.

— C'est-à-dire. J'étais fatiguée.

Elle l'a vu la chercher par terre dans le couloir, attentivement, la dépasser presque et s'arrêter à elle qui est la dernière, avant l'issue du couloir vers le gouffre noir de la salle à manger. Claire le suivait.

— Tu n'es pas revenue, dit Claire.

— C'est-à-dire, répète Maria – elle montre Judith – elle aurait eu peur. Pierre sourit. Son regard quitte Maria et découvre l'existence d'une fenêtre ouverte sur un balcon au fond du couloir.

— Quel temps, dit-il.

Il a chassé la découverte de cette fenêtre dans la seconde même où il venait de la faire. A-t-il eu peur?

— Et il y en a pour toute la nuit, dit-il. Ça cessera avec le jour.

Rien qu'à sa voix, elle l'eût su, tremblante, altérée, gagnée elle aussi par le désir de cette femme.

Elle, à son tour, Claire, sourit à Judith. À la forme si petite de Judith, déjetée, enveloppée dans sa couverture brune. Ses cheveux sont encore mouillés de la pluie du balcon. À la lumière jaune de la lampe à pétrole sont ses yeux. Pierres bleues de tes yeux. Je vais manger tes yeux, lui disait-il, tes yeux. La jeunesse des seins apparaît précise, sous son tricot blanc. Le regard bleu est hagard, paralysé par l'insatisfaction, par l'accomplissement de l'insatisfaction même. Ce regard s'est détourné de Judith et il est revenu vers Pierre.

— Est-ce que tu es retournée dans un café, Maria?

— Non. Je suis restée là.

— Heureusement que nous ne sommes pas partis pour Madrid, dit Pierre. Tu vois.

Il s'est tourné de nouveau vers la fenêtre ouverte.

— Heureusement, oui.

Dans la rue qui longe l'hôtel un coup de sifflet éclate. Est-ce fait ? Pas de deuxième coup de sifflet. Ils attendent tous les trois. Non. Simple relais de l'attente une nouvelle fois. Des pas alourdis par la boue des rues s'éloignent vers le nord de la ville. Ils n'en parlent pas.

— Elle n'a pas chaud ce soir, dit Claire.

Maria caresse le front de Judith.

— À peine. Moins que d'habitude. Il fait bon.

Rien qu'aux seins de Claire, elle l'eût su, Maria, qu'ils s'aimaient. Ils vont se coucher là, près d'elle, séparés tandis qu'ils sont tenaillés par le désir, déchirés. Et ils sourient tous deux, pareillement coupables, épouvantés et heureux.

— On t'a attendue, répète Pierre.

Même Claire a levé les yeux. Puis elle les baisse et il ne reste sur son visage qu'un sourire lointain, ineffaçable. Rien qu'à voir le baissement de ses yeux sur ce sourire, elle l'eût compris, Maria. Quelle gloire. Sur quelle gloire se ferment ces yeux. Ils ont dû chercher, chercher partout dans l'hôtel, leur place. Ça n'a pas été possible. Ils ont dû abandonner. Maria nous attend, a dit Pierre. Quel avenir devant eux, ces jours qui vont suivre.

Les mains de Pierre sont ballantes le long de ses jambes. Huit ans qu'elles lui caressent le corps. C'est Claire qui entre maintenant dans le malheur qui coule, de source, de ces mains-là.

— Je me couche, annonce-t-elle.

Elle prend une couverture posée sur un guéridon par la direction de l'hôtel. Elle se drape dedans, toujours riante, et s'allonge au bas de la lampe à pétrole, dans un soupir. Pierre ne bouge pas.

— Je dors, dit Claire.

Pierre prend une couverture à son tour, puis il s'allonge près de Maria, de l'autre côté du couloir.

Rodrigo Paestra existe-t-il encore, là, à vingt mètres d'eux trois ? Oui. La police vient encore de passer dans la rue. Claire soupire encore.

— Ah, je dors déjà, dit-elle. Au revoir, Maria.

— Au revoir, Claire.

Pierre a allumé une cigarette. Des respirations régulières s'élèvent dans la fraîcheur du couloir, dans son odeur de pluie et de Claire.

— Il fait bon, dit Pierre tout bas.

Du temps passe. Maria devrait le redire à Pierre : « Tu sais, c'est fou, mais Rodrigo Paestra est vraiment là, sur le toit. En face. Et dès le jour il sera pris. »

Maria ne dit rien.

— Tu es fatiguée, Maria ? demande Pierre encore plus bas.

— Moins que d'habitude. L'orage sans doute. Ça fait du bien.

— C'est vrai, dit Claire, on est moins fatigué que les autres soirs.

Elle ne dormait pas. Un coup de vent éteint la dernière lampe. Des éclairs de nouveau sont au bout du couloir. Maria se retourne légèrement mais on ne peut pas voir le toit de là où ils sont, Pierre et elle.

— Ça n'en finira jamais, dit Pierre. Tu veux que je rallume, Maria ?

— Ce n'est pas la peine. Je préfère comme ça.

— Je préfère aussi, recommence Claire.

Elle se tait. Maria le sait : Pierre espère qu'elle va s'endormir. Il ne fume plus, se tient immobile contre le mur. Mais elle parle encore, Claire.

— Demain, dit-elle, il faudra retenir les chambres dès midi à Madrid.

— Il faudrait, oui.

Elle a bâillé. Pierre et Maria attendent qu'elle tombe dans le sommeil. Il pleut beaucoup. Peut-on mourir de recevoir un orage tout entier lorsqu'on le désire ? Maria croit se souvenir que c'est la forme morte de Rodrigo Paestra qu'elle a vue sur le toit.

Maria sait que Pierre ne dort pas, qu'il est attentif à elle, Maria, sa femme, et que le désir qu'il a de Claire se corrompt en ce moment du souvenir de sa femme, qu'il s'assombrit de la crainte qu'elle en ait deviné quelque chose, qu'il se trouble à l'idée de la nouvelle solitude de Maria, sa femme, ce soir, eu égard à ce qu'ils furent autrefois.

— Tu dors ?

— Non.

Ils ont parlé très bas encore une fois. Ils attendent. Oui, cette fois, Claire s'est endormie.

— Quelle heure est-il ? demande Maria.

Avec la fin de la pluie, voici la police que doit entendre aussi Rodrigo Paestra. Pierre regarde sa montre à la lueur de la cigarette qu'il vient d'allumer.

— Onze heures vingt. Tu veux une cigarette ?

Maria la veut bien.

— Il fait déjà plus clair, dit Pierre. Le temps va peut-être se lever. Tiens, Maria.

Il la lui tend. Ils se relèvent un peu le temps de la lui allumer, puis ils s'allongent de nouveau. Au bout du couloir, Maria a aperçu l'écran bleu sombre du balcon.

— C'est long, des nuits pareilles, dit Pierre.

— Oui. Essaye de t'endormir.

— Et toi ?

— Une manzanilla me ferait plaisir. Mais ce n'est pas possible.

Pierre attend avant de répondre. Une dernière rafale de pluie, très légère, recouvre Rodrigo Paestra. Dans la rue, on chantonne et on rit. La police, une autre fois encore. Mais dans le couloir, le calme règne.

— Tu ne veux pas essayer de boire un peu moins, Maria ? Une fois ?

— Non, dit Maria. Plus.

L'odeur terreuse monte des rues, intarissable, l'odeur des larmes avec celle qui suit et l'accompagne, celle du blé mouillé en pleine maturité. Va-t-elle le lui dire : « C'est idiot, Pierre, mais Rodrigo Paestra est là. Là. Là. Et dès le jour il sera pris. »

Elle ne dit rien. C'est lui qui parle.

— Tu te rappelles ? Vérone ?

— Oui.

S'il étendait la main, Pierre toucherait les cheveux de Maria. Il a parlé de Vérone. De l'amour toute la nuit, entre eux, dans une salle de bains de Vérone. Un orage aussi, l'été aussi, et l'hôtel plein. « Viens, Maria. » Il s'étonnait. « Mais quand, quand aurais-je assez de toi ? »

— Donne-moi encore une cigarette, dit Maria.

Il la lui donne. Cette fois-ci elle ne s'est pas relevée.

— Si je t'ai parlé de Vérone c'est que je n'ai pas pu m'en empêcher.

L'odeur de la boue et du blé arrive par effluves dans le couloir. L'hôtel baigne dans cette odeur, la ville, Rodrigo Paestra et ses morts, et le souvenir inépuisable mais parfaitement vain d'une nuit d'amour à Vérone. Claire dort bien. Voici qu'elle se retourne brusquement et gémit sous le coup de cette odeur de ville endormie et de ce récent événement des mains de Pierre, ce soir, sur son corps. Pierre entend aussi ce gémissement de Claire. C'est passé. Claire s'apaise. Et Maria aux côtés de Pierre n'entend plus que les respirations d'enfants sur lesquelles passent les policiers avec une ponctualité de plus en plus frappante à mesure que le matin s'approche.

— Tu ne dors pas ?

— Non, dit Maria. Dis-moi l'heure.

— Minuit moins le quart – il attend. Tiens, prends encore une cigarette.

— Je veux bien. À quelle heure, l'aurore, en Espagne ?

— Très tôt, en cette saison.

— Je voulais te dire, Pierre.

Elle prend la cigarette qu'il lui tend. Sa main tremble un peu. Il attend de s'être allongé de nouveau pour le lui demander.

— Qu'est-ce que tu veux me dire, Maria ?

Pierre attend longuement une réponse qui ne vient pas. Il n'insiste pas. Ils fument tous les deux, couchés sur le dos à cause du carrelage qui meurtrit les hanches. On ne peut que subir cette meurtrissure dans son moindre mal. On ne peut pas ôter le pan de la couverture de Judith qui vous recouvre sans être à découvert aux regards de Pierre. On ne peut que tenter de fermer les yeux entre chaque bouffée de cigarette, les rouvrir, sans bouger du tout, se taire.

— Encore heureux d'avoir trouvé cet hôtel, reprend Pierre.

— Encore heureux, oui.

Il fume plus rapidement qu'elle. Sa cigarette est terminée. Il l'écrase dans l'espace qui reste encore entre lui et Maria, au milieu du couloir, entre les corps endormis. Les averses durent maintenant très peu, le temps d'un soupir de Claire.

— Tu sais Maria. Je t'aime.

La cigarette de Maria se termine elle aussi, elle l'écrase, de même que Pierre, sur une dalle libre du couloir.

— Ah, je sais, dit-elle.

Que se passe-t-il ? Que se prépare-t-il ? Est-ce vraiment la fin de l'orage ? Quand les averses arrivent ce sont des seaux d'eau renversés sur la verrière et sur les toits. Un bruit de douche qui dure à peine quelques secondes. Il aurait fallu s'être endormi avant cette phase de l'orage. S'être fait à l'idée de cette nuit ratée avant qu'arrive ce moment.

— Il faut que tu dormes, Maria.

— Oui. Mais ce bruit, dit-elle.

Elle le pourrait, elle pourrait se retourner sur elle-même et se retrouver tout entière contre lui. Ils se lèveraient. Ils s'en iraient tous deux loin du sommeil de Claire dont le souvenir pâlirait à mesure du passage de la nuit. Il le sait.

— Maria. Maria. Tu es mon amour.

— Oui.

Elle n'a pas bougé de place. Dans la rue, des sifflets encore, font croire que l'aurore approche, toujours plus proche. Il n'y a plus d'éclairs, que très faibles et lointains. Claire gémit encore sous le coup du souvenir

des mains de Pierre serrées sur ses hanches découvertes. Mais l'habitude en vient comme celle du raclement feutré des respirations des
enfants. Et l'odeur de la pluie recouvre la singularité du désir de Claire,
la rend au commun du désir qui, cette nuit, sévit dans la ville.

Maria se relève doucement, se retourne à peine vers lui, arrête son
mouvement et le regarde.

— C'est idiot, mais j'ai vu Rodrigo Paestra. Il est là sur le toit.

Pierre dort. Il vient de s'endormir avec la brutalité d'un enfant. Maria se
souvient qu'il en fut toujours ainsi.

Il dort. Cette confirmation porte à sourire. N'en était-elle pas sûre ?

Elle se relève un peu plus. Il ne bouge pas. Elle se relève tout à fait, frôle
son corps abandonné dans le sommeil, délivré, seul.

Lorsque Maria atteint le balcon, elle regarde l'heure qu'elle avait sur
elle, attachée à son poignet, son heure. Il est minuit et demi. Dans trois
heures sans doute, à cette saison-là de l'année, ce sera l'aurore. Rodrigo
Paestra, dans la même pose mortuaire que lorsqu'elle l'a découvert,
attend avec cette aurore, d'être tué.

Le ciel a pris de la hauteur, sur la ville, mais dans le lointain il est encore au ras des champs de blé. Mais c'est la fin. Les éclairs sont moins forts. Moins forts les roulements du tonnerre. Dans deux heures et demie ce sera l'aurore quel que soit l'état du temps. Une mauvaise aurore, voilée, une mauvaise aurore pour Rodrigo Paestra. Maintenant, tout le monde dort dans l'hôtel et dans la ville, excepté elle, Maria, et Rodrigo Paestra. Les sifflements des policiers ont cessé. Ils font des rondes autour de la ville, en gardant les issues, en attendant le jour joyeux où ils prendront Rodrigo Paestra. Dans deux heures et demie.

Peut-être Maria va-t-elle dormir. Tant est forte son envie de boire. Peut-être est-ce au-dessus de ses forces d'attendre l'aurore. Le moment de la nuit est arrivé où, déjà, les heures vous jettent dans la fatigue du prochain jour devenu inévitable. La simple perspective de son arrivée vous accable. Dans le prochain jour, leur amour grandira encore. Il faut attendre.

Maria reste sur le balcon, même lorsqu'une nouvelle averse crève le ciel une nouvelle fois. L'averse est légère, tiède encore.

Le toit à deux versants, en face d'elle, reçoit la pluie. C'est à son faîte, autour d'une cheminée carrée, sur l'arête qui sépare les deux versants, que se trouve cette chose dont la forme reste identique à elle-même depuis dix heures et demie, lorsque Maria l'a vue à la faveur d'un éclair. Cette chose est enveloppée de noir. Il pleut sur elle comme sur le toit. Puis cela cesse. Et la forme est là. Elle épouse si parfaitement la forme de la cheminée que l'on doute parfois, à la regarder longtemps, qu'elle soit humaine. C'est peut-être du ciment, se dit-on, un étayage de la cheminée, noirci par le temps. Et dans le même temps, lorsqu'un éclair illumine le toit, c'est une forme d'homme.

— Quel mauvais temps, dit Maria. Elle a parlé comme si elle l'eût dit à Pierre. Puis elle attend.

La forme reste identique à elle-même. Une chance dans une vie entière que ce soit l'homme. Les policiers passent dans la rue, silencieux, fatigués, dans le clapotement de leurs bottes. Ils sont passés. Maria cette fois appelle.

— Rodrigo Paestra.

La seule supposition qu'il puisse répondre, bouger, sortir de cette pose inhumaine fait déborder l'imagination de joie.

— Hé, appelle Maria. Elle fait un geste dans la direction du toit.

Rien n'a bougé. Le sommeil quitte Maria peu à peu. Il lui reste l'envie d'alcool. Elle se souvient, dans la voiture il y a une bouteille de cognac. Tout à l'heure, lorsqu'elle en parlait à Pierre, cette envie d'alcool était légère, elle l'effleurait à peine, maintenant elle devient très violente. Elle regarde dans le couloir, au-delà du couloir, si une lumière quelconque dans la salle de restaurant pourrait lui donner un espoir de boire. Non. Si elle le demandait à Pierre, il le ferait. Ce soir, il le ferait, il irait réveiller un garçon de l'hôtel. Elle ne le fera pas, elle ne réveillera pas Pierre. «Tu sais, Maria, je t'aime.» Il dort près de Claire du moment qu'elle a quitté le couloir. Qu'il dorme donc près de Claire. Qu'il dorme, qu'il dorme. Si c'était Rodrigo Paestra, justement cette nuit, quelle chance pour Maria. Quel divertissement à cet ennui. Cette fois-ci, il s'agit de Claire.

— Hé là, crie de nouveau Maria.

Il faut attendre. Pourquoi serait-ce un homme cette forme? C'est envisageable une fois dans une existence entière que ce soit lui, un homme. Mais c'est envisageable. Pourquoi se refuser, ce soir, à cette supposition?

— Hé, crie de nouveau Maria.

Voici les policiers au pas lent et mou, qui s'approchent de l'aurore. Maria se tait. Serait-ce Rodrigo Paestra? Moins de chances encore que l'amour, mais cependant, quelques chances. Il est dans les choses possibles que ce soit lui. Du moment que c'est elle, Maria. Il est dans les choses possibles qu'il soit justement tombé sur elle, Maria, et ce soir. La preuve n'en est-elle pas, là, sous les yeux? La preuve en est pressante. Maria vient d'inventer que c'est Rodrigo Paestra. Personne d'autre ne le sait que celle-ci qui est à onze mètres de lui, de cet homme si recherché dans la ville, l'assassin de l'orage, ce trésor, ce monument de douleur.

La pluie, mollement, de nouveau tombe sur lui. Sur le reste aussi, les autres toits, le blé, les rues. La forme n'a pas bougé. Elle attend d'être prise, la mort pour l'aube du prochain jour. À l'aube, peu à peu, les toits s'éclaireront. Lorsque l'orage aura quitté ces champs de blé et ce pays, elle sera rose.

— Rodrigo Paestra, Rodrigo Paestra, appelle Maria.

Il veut mourir alors? Voici les polices. Respectueuses du sommeil des habitants de la ville, elles tournent en rond sans parler, sans s'appeler, sûres d'elles. Elles ont tourné dans le marécage des rues, à droite, et leur pas s'écrase sans écho. Maria appelle un peu plus fort.

— Répondez, Rodrigo Paestra. Répondez-moi.

Elle est contre la rampe en fer du balcon. La rampe bat. C'est le cœur de Maria. Il n'a pas répondu. L'espoir s'amincit, devient minuscule et disparaît. Elle le saura à l'aurore si c'est lui. Mais alors ce sera trop tard.

— Je vous en supplie, Rodrigo Paestra, répondez-moi.

Ce n'est pas lui? Rien n'est sûr. Sauf que Maria le veut.

On a toussé dans le couloir. On a remué. Pierre. Ah oui.

Dans les deux jours qui viennent Pierre et Claire se rejoindront. Ils se consacreront à ce labeur. Ils doivent trouver où le faire. Ce qui s'ensuivra est encore inconnu, imprévisible, un gouffre de durée. Une durée encore ignorée d'eux-mêmes, et de Maria, qui déjà, par-delà les orages, s'étend. Madrid en serait le départ. Demain.

Quels mots trouver? Lesquels?

— Rodrigo Paestra, ayez confiance en moi.

Il est une heure déjà, du matin. Dans deux heures Rodrigo Paestra va être fait comme un rat si rien ne se produit d'autre que le passage du temps jusqu'à l'aurore.

Maria penchée par-delà le balcon contemple l'homme. Au-dessus de lui le ciel est clair. La pluie doit cesser maintenant, elle le doit. Du bleu et des lunes apparaissent, il semblerait, dans un ciel vaste et léger. Rien ne bouge, rien, autour de la cheminée. La pluie déjà tombée, descend, murmurante de la forme aussi bien que des toits. Le feu, aussi bien, la brûlerait. Il ne se rendra pas à l'aurore. Il est sûr qu'il attend d'être écrasé par les tireurs patentés de la ville, à cette place dernière.

Maria, le corps hors du balcon, se met à chanter. Très bas. Un air de cet été-là, qu'il doit connaître, qu'il a dû danser avec sa femme les soirs de bal.

Maria s'arrête de chanter. Elle attend. Oui, le temps est redevenu beau. L'orage est devenu lointain. L'aurore sera belle. Rose. Rodrigo Paestra ne veut pas vivre. La chanson n'a rien modifié dans sa forme. Dans cette forme devenue de moins en moins identifiable à aucun autre objet qu'à lui-même. Forme souple, longue, ce qu'il faut pour être humaine, sans angles, et avec, au bout, cette petitesse de la tête, cette rondeur soudaine, surgie de la masse du corps. Un homme.

Maria se plaint longuement dans la nuit. On croit rêver. La forme n'a pas bougé. On croit rêver qu'elle ne bouge pas du moment qu'il s'agit de Rodrigo Paestra. Maria se plaint de son sort, à la forme.

La ville devient abstraite comme une prison. Plus d'odeur de blé. Il a trop plu. Il est trop tard. On ne peut plus parler de la nuit. Mais de quoi alors, de quoi ?

— Ah, ah, je vous en supplie, je vous en supplie, Rodrigo Paestra.

Elle le donnerait pour une gorgée de cognac qu'elle ne va pas chercher. Peut-être pouvons-nous faire quelque chose, Rodrigo Paestra. Rodrigo Paestra, dans deux heures il fera jour.

Elle dit maintenant des mots qui ne signifient rien. La difficulté est énorme. Elle l'appelle, appelle cette animalité de la douleur.

— Hé là, hé là.

Sans fin, avec douceur comme elle ferait d'une bête. Toujours plus fort. Elle a fermé derrière elle les fenêtres du balcon. Quelqu'un a grogné puis s'est rendormi.

Et de la police arrive. La voici. Elle vient d'arriver, celle-là, sans doute elle est fraîche, elle parle. Elle bavarde plus que la précédente. Les renforts pour l'aurore. Le bruit en courait à l'hôtel qu'ils allaient arriver. Ils parlent du temps. Maria, penchée au-dessus de la rampe du balcon, les voit. L'un d'eux lève les yeux, regarde le ciel, ne voit pas Maria, et dit que l'orage s'est décidément vidé complètement dans la région. Sur la place, au loin, une lueur apparaît. Le camion qui apportait les renforts ? ou un café que l'on fait ouvrir cette nuit, déjà, en raison de l'événement criminel et pour que les polices y puissent boire, s'y restaurer en attendant d'encercler la ville avec l'aurore ? On parlait de trente hommes arrivés en renfort dans l'hôtel. De ses cheveux mouillés, la pluie ruisselle des cheveux de Maria, en sueur. La patrouille est passée.

— Eh là, eh, appelle encore Maria comme elle ferait d'une bête.

La lune disparaît derrière un nuage mais il ne va plus pleuvoir. Il n'a rien répondu. Il est une heure et quart. Elle est privée de le voir pendant que passe le nuage dans le ciel. Puis le ciel se redécouvre de ce nuage. Il n'a pas plu. Le voici qui réapparaît autour de la cheminée, toujours immobile, immuable, là pour l'éternité.

— Vous êtes un imbécile, crie Maria.

Personne ne s'est réveillé dans la ville. Rien ne se produit. La forme est restée drapée dans son imbécillité. Dans l'hôtel rien n'a bougé. Mais une fenêtre s'est éclairée dans la maison qui touche à l'hôtel. Maria se recule légèrement. Il faut attendre. La fenêtre s'éteint. Il ne faut plus crier. Le cri venait de l'hôtel, d'un touriste. Donc, les gens se rendorment. Un calme mortel recommence. Et dans ce calme, Maria insulte encore.

— Imbécile, imbécile, dit-elle, bas, sage désormais.

Voici encore la patrouille. Maria n'insulte plus. La patrouille est passée. Ils parlaient de leur famille, de salaire. Si Maria avait une arme elle tirerait sur la forme. Afin que ce soit fait. La blouse de Maria est collée à ses épaules par une pluie qui ne sèche plus. Il faut attendre l'aurore et la mort de Rodrigo Paestra.

Elle n'appelle plus. Il le sait. Elle a ouvert de nouveau la porte du couloir. Elle voit, elle les voit, les autres, dormir, dans une cruelle séparation. Elle les regarde longuement. Ce n'est pas encore fait, cet amour. Quelle patience, quelle patience, elle ne quitte pas le balcon. Il le sait, Rodrigo Paestra, qu'elle est là. Il respire encore, il dure encore dans cette nuit finissante. Il est là, en place, géographiquement réuni à elle.

Un miracle climatique se produit comme souvent l'été. L'horizon s'est désembrumé puis, peu à peu, tout le ciel. L'orage s'est dissous. Il n'existe plus. Des étoiles, oui, dans le ciel d'avant l'aurore. C'est long. Les étoiles donneraient à pleurer.

Maria n'appelle plus. Elle n'insulte plus non plus. Depuis qu'elle l'a insulté elle ne l'a plus appelé. Mais elle reste sur ce balcon, les yeux fixés sur lui, sur cette forme réduite à l'imbécillité animale de l'épouvante. Sa propre forme à elle, Maria, aussi bien.

Un quart d'heure se passe qui diminue d'autant la durée qui mène vers une aurore verte, celle qui commencera par fouiner dans les blés et qui arrivera à balayer ce toit, là, en face, et le découvrira aux yeux des autres qu'elle, dans son horreur entière. Non, Maria n'appelle plus. Le moment vieillit, s'enterre. Elle n'appellera plus, Maria. Jamais plus.

La nuit se poursuit à une allure vertigineuse, brûlant les calmes étapes de son cours.

Sans relais d'événements. Aucun autre que celui de l'amère durée de l'échec. Maria reconnaît.

Une chance reste. C'est qu'à travers son linceul, il puisse voir qu'elle est encore là, à son poste, qu'elle l'attend. Et qu'à son tour il croie devoir faire preuve d'une amabilité dernière, lui faire signe. Une chance qu'il se souvienne que le temps passe tandis qu'elle attend dans l'inconfort, sur ce balcon, et que peut-être elle y restera jusqu'à l'aurore. Une chance pour que, à cause d'elle, il sorte un court instant de l'ingénuité du désespoir, qu'il se souvienne de certaines données générales de la conduite humaine, de la guerre, de la fuite, de la haine. Du relais de l'aurore rose sur son pays. Des raisons communes d'exister, à la longue, à la fin, même après la disparition de ces raisons.

Une lumière bleue tombe du ciel maintenant. Ce n'est pas possible qu'il ne voie pas cette forme de femme tendue vers lui – comme aucune autre jamais – sur le balcon de l'hôtel. Même s'il veut mourir. Même s'il se veut ce sort particulier, une dernière fois, lui répondre serait possible.

Encore les polices de l'enfer. Elles sont passées. Puis c'est le silence.

Derrière Maria, la lumière bleue du ciel est telle, que le couloir se voit où dorment Claire et Pierre, éloignés. Une différence indicible, celle du sommeil, les sépare encore pour quelques heures. Demain, l'amour se fera à l'hôtel, à Madrid, inouï, hurlant. Ah, Claire. Toi.

Le temps qu'elle se retourne, a-t-il désespéré de la revoir ?

Du linceul noir quelque chose est sorti. Une blancheur. Un visage ? ou une main ?

C'était bien lui, Rodrigo Paestra.

Ils sont face à face. C'est un visage.

Le renouveau du temps s'affirme. Ils sont face à face et se regardent.

Dans la rue, en bas, tout à coup, bavarde, joyeuse déjà de l'humeur matinale de la mise à mort, passe la police.

Maria est devenue la proie du bonheur. Ils s'enhardissent. Pendant que la police passe ils se regardent encore. L'attente éclate enfin, délivrée. De tous les points du ciel, de toutes les rues et de ceux-là couchés. Rien qu'au ciel, elle l'eût deviné, Maria, que c'était Rodrigo Paestra. Il est maintenant une heure cinquante du matin. À une heure et demie de sa mort, Rodrigo Paestra a consenti à la voir.

Maria lève la main en signe de salut. Elle attend. Une main, lente, lente, sort du linceul, se lève et fait signe à son tour, d'intelligence commune. Puis les deux mains retombent.

L'horizon est parfaitement nettoyé par l'orage, enfin. Comme une lame il coupe le blé. Un vent tiède se lève qui commence à assécher les rues. Il fait beau, comme il ferait beau le jour, lumineusement. La nuit est entière, encore. Des solutions sont peut-être possibles à l'incertitude de la conscience. On pourrait le croire.

Maria, sereinement, lève la main, encore. Il répond, encore. Ah quelle merveille. Elle a levé la main pour lui signifier qu'il doit attendre. Attendez, disait sa main. A-t-il compris ? Il a compris. La tête est tout entière sortie de son linceul noir, blanche comme une dragée. Ils sont à onze mètres l'un de l'autre ? A-t-il compris, Rodrigo Paestra, qu'on lui veut du bien ? Il a compris. Maria recommence, patiemment, raisonnablement. Attendez, attendez Rodrigo Paestra. Attendez encore un peu, je vais descendre, je vais venir vers vous. Qui sait, Rodrigo Paestra ?

La patrouille arrive. Cette fois-là, Maria pénètre dans le couloir. La tête aussi a entendu et s'est recouverte de nouveau de son linceul. Mais ils ne peuvent rien voir, d'en bas. L'idée ne les traverserait pas. Ils ont reparlé de leur travail, de leur mauvais salaire, de la dureté de leur condition de policier. Comme la dernière ronde. Il faut attendre. C'est passé.

La tête, d'elle-même, est ressortie de son linceul, regarde vers le balcon où cette femme l'attend. Elle fait signe de nouveau qu'il faut attendre. La tête s'incline. Oui, il a compris qu'il fallait attendre, qu'elle va descendre, venir vers lui.

Tous dorment dans le couloir. Maria enlève ses souliers pour passer parmi les corps endormis. La petite fille est là, dans une pose d'un bienheureux repos, sur le dos. Il y a Claire aussi, endormie. Et Pierre. À deux pas d'elle, voulu par Claire mais l'ignorant. Claire, ce fruit si beau de la lente dégradation de leur amour.

Maria a dépassé le couloir. Elle tient ses chaussures à la main. De la verrière la clarté de la nuit descend sur les tables et bleuit les nappes, l'air qui est là. Les tables sont à moitié desservies. Sur les banquettes il y a des corps allongés : les serveurs ont dû donner leurs chambres aux touristes. Tout le personnel dort encore.

Maria traverse de nouveau ce sommeil. C'est l'été. Le personnel est exténué. Les portes vers la cour ont dû rester ouvertes. Il s'agit d'un crime passionnel, d'un criminel d'occasion. Pourquoi aurait-on fermé les portes ? À droite il y a le bureau de la directrice de l'hôtel, celui où Claire et Pierre, hier soir, ont été enfin seuls, sans elle un long moment. Le bureau est dans l'ombre. Maria regarde par la vitre. Personne n'y dort. Si Maria veut sortir par ce côté-là de l'hôtel il lui faut traverser un petit couloir vitré attenant au couloir.

La porte de ce couloir est fermée.

Maria essaye encore. La sueur lui picore la tête. La porte est fermée. Vers la rue, il n'y a pas d'autre issue que l'escalier qui donne sur ce couloir. Restent les issues des offices.

Maria retraverse la salle à manger. Des portes sont au fond. L'une d'entre elles est ouverte. Ce sont les cuisines. D'abord un office. Puis, toute en longueur, une immense cuisine. Un désordre extraordinaire règne. Il est visible parce qu'une grande baie l'éclaire plus intensément encore que la salle à manger. Serait-ce l'aurore ? Il est impossible que ce soit l'aurore. Maria regarde par la baie. C'est une lampe de la cour où sont garées les autos. La chaleur des fours règne encore ici, poisseuse, lourde, qui porte à la nausée.

Au milieu de la cuisine, presque à la sortie, un jeune homme dort sur un lit de camp.

Une porte est restée ouverte au fond, dans un étranglement des murs, entre la baie et une armoire. Elle est ouverte. Maria la tire vers elle. Le jeune homme se retourne et grogne. Puis il se tait et Maria ouvre la porte. La porte donnait sur un escalier en colimaçon. Rodrigo Paestra s'est-il maintenu dans le même espoir ? Les marches sont en bois. Elles craquent sous les pas de Maria. Là il fait une chaleur égale à celle du jour. La sueur ruisselle des cheveux de Maria. Deux étages. Cet escalier dure deux étages et il est complètement dans l'obscurité.

La porte vitrée est ouverte. Elle donne sur les garages, la cour intérieure de l'hôtel. Maria n'y avait pas pensé. Mais un homme doit veiller là aussi. Il ne peut pas avoir entendu Maria appeler Rodrigo Paestra. La cour est loin de la rue. Ou il n'y a personne. Et dans ce cas le portail doit être fermé à clef. Maria regarde sa montre. Il est deux heures cinq du matin. C'est Pierre qui a rentré l'auto au garage. Maria ne sait pas où elle se trouve. Elle sort. La cour apparaît sableuse, blonde. Les autos sont au fond, nombreuses, sous un hangar, dans l'ombre.

Maria se tient près de la porte. Elle la referme. La porte crie doucement une plainte aiguë que personne, il semblerait, n'entend. Personne ? Il faut attendre. Non, il semblerait que personne n'a entendu la plainte de la porte.

Entre cette porte et le hangar, la cour est vide, grande et vide. Il faut traverser cet espace. Un quart de lune est au ciel, qui éclaire la cour. L'ombre d'un toit est dans cette cour, en son milieu. Le toit de la dernière maison de la ville, avant les champs de blé. Oui, la lumière qui passait par la baie de la cuisine venait d'une lampe tempête accrochée au hangar, très haut, et qui danse dans le vent léger de la nuit. Les autos brillent. Un homme honnête doit veiller sur ces autos. Où ?

Au moment où Maria se décide à traverser la cour, la police passe dans la rue qui se trouve derrière le portail de cette cour. Ils viennent directement de l'autre rue, celle où se trouve Rodrigo Paestra. Maria reconnaît leur pas mou dans la boue de la rue : la dernière avant le blé. Ils parlent encore. Elle regarde sa montre. Et trouve que treize minutes ont passé depuis qu'elle a quitté le balcon, donc depuis le passage de la dernière patrouille. Elle a remis ses souliers avant la porte vitrée de l'escalier. Elle continue à traverser la cour. Et elle arrive sous le hangar. Déjà, la patrouille s'éloigne.

Le mieux est sans doute de faire du bruit. Voici la Rover noire. Maria ouvre la portière. Puis elle attend. Une odeur familière sort de la Rover : celle de Claire. Maria referme la portière bruyamment.

Quelqu'un tousse dans le fond du hangar. Puis quelqu'un demande ce qu'il y a. Maria ouvre de nouveau la portière, la laisse ouverte, et se dirige vers la voix.

L'homme n'a pas bougé de place. Il est à moitié relevé, sur une chaise longue, contre la cloison, dans l'angle du hangar qui est le plus éloigné du portail.

— Je suis une cliente de l'hôtel, dit Maria. Je cherchais la petite Rover noire.

Elle prend des cigarettes dans la poche de sa jupe. Elle lui en offre une, la lui allume. C'est un homme d'une trentaine d'années. Il prend la cigarette d'un geste lent. Il devait dormir. Il a sur lui la même couverture que Rodrigo Paestra, brune.

— Vous partez déjà pour Madrid ?

Il s'étonne. Maria montre le ciel.

— Non, dit-elle. Il fait si beau. Je ne peux pas dormir dans ces couloirs de l'hôtel. Je vais me promener.

L'homme se relève tout à fait. Il se tient debout devant elle. Elle lui sourit. Il y a encore des hommes qui la regardent. Ils fument tous les deux et se voient bien à la lueur de la cigarette.

— Je vous ai dérangé, je m'excuse. Mais c'est pour le portail.

— Ça ne fait rien. Ce n'est pas fermé à clef. Tous les étés, c'est pareil.

Il se secoue un peu. Parle du temps, de la fraîcheur qui, chaque nuit, arrive, vers cette heure-là.

— Vous devriez vous recoucher, dit Maria. Je refermerai le portail.

Il se recouche, la regarde encore. Et tandis qu'elle s'éloigne, tout à coup il s'enhardit.

— Vous vous promenez seule comme ça ? Je peux venir si vous voulez. Si vous n'êtes pas trop longue. Il rit.

Maria rit aussi. Elle entend son rire dans la cour vide. L'homme n'insiste pas.

Maria prend son temps. Elle abaisse la capote, la fixe. L'homme l'entend. Il crie doucement, déjà ensommeillé.

— L'orage est fini, dit-il. Demain il fera beau.

— Merci, dit Maria.

Elle monte dans la Rover, fait une marche arrière et arrive devant le portail tous phares éteints. Elle traîne. Il faut attendre la prochaine patrouille qui doit passer dans deux minutes. On peut lire l'heure. La voici. La patrouille s'arrête devant le portail, se tait, et repart. Des touristes, doivent-ils penser, qui rejoignent Madrid dans la nuit afin de profiter de la fraîcheur.

Lorsque Maria ouvre le portail la patrouille a disparu de la rue. Il faut descendre encore de la Rover, mais cette fois, très vite. Maria le fait, puis elle ferme le portail. Toujours cette chaleur dans les cheveux. Pourquoi cette épouvante? Pourquoi?

Une fois, l'eau d'un lac avait le calme de cette nuit-là. Le temps était ensoleillé. Maria se souvient de l'ensoleillement des eaux du lac et, tout à coup, dans la barque, à travers le calme de ces eaux, les profondeurs du lac s'ensoleillèrent à leur tour. L'eau était pure. Des formes apparurent. Habituelles, certes, mais violées par le soleil.

Pierre était dans la barque en compagnie de Maria.

Maria remonte dans la Rover. Le gardien ne l'a pas suivie. Elle regarde l'heure. Dans moins d'une heure et demie, ce sera l'aurore. Maria prend la bouteille de cognac, boit. La gorgée est longue, énorme. Elle brûle tant qu'il faut fermer les yeux de plaisir.

Elle est obligée de s'engager dans la rue que la patrouille vient de quitter. C'est au bout de celle-ci que leur chemin va différer. Eux partiront vers la droite, dans la dernière rue de la ville, qui borde les champs de blé. Elle, elle obliquera vers la place principale, parallèlement à la façade de l'hôtel. Du balcon elle a pu voir clairement la configuration de la ville. La chose est possible. Deux rues perpendiculaires bordent le toit où se tient Rodrigo Paestra.

Elle démarre très doucement jusqu'au tournant, à quelques mètres du portail. Ensuite il lui faut augmenter de vitesse. Il ne reste plus que dix minutes avant l'arrivée de la prochaine patrouille. À moins que ses calculs soient faux. S'ils le sont, il est probable que Maria donnera Rodrigo Paestra à la police de la ville deux heures avant l'aurore.

La Rover fait un bruit très sourd mais qui éventuellement devrait recouvrir celui des pas de la patrouille adouci par la boue. Il faut quand même avancer. Voici l'angle des deux rues à partir duquel on voit ces rues dans leur perspective. Elles sont désertes encore. Dans une heure, seulement, des gens se lèveront pour aller dans les champs. Mais ces gens dorment encore.

Le bruit du moteur ne réveille personne en effet, à cette heure-là de la nuit. Maria ne descend pas de la Rover. L'entend-il ? Elle chante tout bas.

De là où elle est, elle ne le voit pas. Elle ne voit que le ciel et, sur le ciel, le volume parfaitement délimité de la cheminée. Le versant du toit qui donne sur la rue où se trouve Maria est dans l'ombre de la nuit.

Elle continue à chanter cette chanson qu'elle chantait tout à l'heure lorsqu'elle désespérait de son existence. Et tout en descendant de la Rover elle continue à la chanter. Elle ouvre la portière arrière, range les objets divers que Judith récolte partout au cours de leurs haltes et qu'elle laisse, abandonnés, sur la banquette arrière. Il y a aussi des journaux. Une veste de Pierre. Une écharpe de Claire, même son écharpe, là. Des journaux, des journaux.

Il doit rester huit minutes avant le passage de la patrouille.

Une ombre brise l'arête si pure des toits sur le ciel devenu clair. C'est lui. Il a contourné la cheminée. Maria chante toujours. Sa voix s'agrippe dans sa gorge. On peut toujours chanter. Elle ne peut pas encore s'arrêter du moment qu'elle a commencé à chanter. Il est là.

Le vent chaud, semblerait-il, a recommencé à souffler dans la région. Il fait crier les palmiers de la place. Il est seul dans les rues désertes.

Il a contourné la cheminée, toujours enseveli dans le linceul noir dans lequel elle le connut tout à l'heure. Il s'est mis à quatre pattes. Il devient une masse plus informe qu'à l'origine, monstrueusement inhabile. Laide. Il rampe sur les tuiles tandis que chante Maria.

Il doit rester six minutes avant le passage de la police.

Il ne doit pas avoir de souliers. Il ne fait aucun bruit sinon celui pareil à celui du vent lorsqu'il rencontre, dans sa course, les arbres, les maisons, les angles des rues.

Il est lent. Sait-il qu'il reste aussi peu de temps ? Le sait-il ? Ses jambes, ankylosées par une longue attente, sont malhabiles. Il a son visage à découvert et tout son corps, énorme, sur le faîte du toit, s'étale comme, à l'étal, une bête de boucherie. Maria, des deux mains, tout en chantant, lui fait signe de rouler sur lui-même, le long de la pente du toit. Et puis elle montre la Rover. Lui montre qu'il doit, au bout de sa course, tomber dans la Rover. Elle chante plus vite, plus vite encore, toujours plus bas. Le mur est aveugle sur vingt mètres de ce côté-ci de la ville. Personne n'entend Maria.

Il le fait. Il s'est mis en position de le faire, les jambes relevées d'abord et qui retombent ensuite, et il le fait. De nouveau son visage a disparu dans le linceul noir et une masse de chiffons usés par le temps, couleur indéfinissable de la suie, s'avance vers Maria.

Toujours personne dans les rues. Il roule maintenant avec adresse, dans le souci de ne pas faire crier les tuiles du toit. Maria augmente le bruit de son moteur. Elle chante encore, ne s'apercevant pas qu'elle chante pour rien. Il est là, il vient, il arrive. Elle chante.

Il a fait un mètre. Elle chante toujours, toujours la même chanson. Très bas. Un autre mètre vient de se faire. Il a fait trois mètres. Dans la rue, il n'y a toujours personne, même pas ce gardien de nuit qui sans doute s'est rendormi.

Une patrouille a dû partir de la place en direction de l'hôtel Principal, vers le nord de la ville. C'est leur parcours. Des voix partent de là-bas, hautes d'abord puis qui s'assourdissent. Il doit maintenant rester quatre minutes avant que ces voix éclatent au bout de la rue qui longe l'hôtel. Il ne reste qu'un mètre à faire à Rodrigo Paestra vers Maria.

Au moment où elle croit que ses calculs sont faux parce que, avant l'écoulement de ces quatre minutes, en écho, des pas se font déjà entendre qui vont déboucher dans cette rue qui longe les balcons de l'hôtel, au moment où elle croit qu'elle entend mal, que ce n'est pas possible, Rodrigo Paestra le croit aussi sans doute parce qu'il franchit le mètre de toit qui lui reste pour tomber dans la Rover dans un roulement plus rapide, plus souple, dans un bond de tout le corps. Il s'est élancé. Il est retombé dans la Rover. Une masse de linge, molle, noire, est tombée dans la Rover.

C'est fait. Au moment où Maria démarre, sans doute la patrouille tourne-t-elle la rue. Il est tombé sur la banquette. Et il a dû continuer à rouler encore au bas de la banquette. Rien ne bouge. Il doit être là, contre elle, sur le tapis de sol, enroulé dans sa couverture.

Une fenêtre s'est allumée. On a crié.

Des coups de sifflets fusent dans toute la ville, se relayant sans arrêt. Maria va arriver sur la place principale. Lorsqu'il est tombé du toit la gouttière a cédé sous son poids et elle a fait un bruit de catastrophe, un vacarme obscène. Une fenêtre s'est allumée ? Oui. Deux, trois fenêtres s'allument. Les choses crient, les portes de nuit.

Est-ce le vent chaud qui vient de se lever ? Est-ce Rodrigo Paestra ? Les coups de sifflets continuent. C'est la patrouille qui longeait l'hôtel qui a donné l'alarme. Mais celle-ci n'a pas vu la Rover qui a démarré à cinquante mètres d'elle, dans une autre rue. Le vent a emporté son bruit vers les champs. Ces carrés de lumière sur la campagne, sont bien des fenêtres. La panne d'électricité dure toujours et elles sont longues à s'allumer. Maria se retrouve, après un tournant, à une centaine de mètres de l'endroit où la police doit maintenant fouiller les toits.

Une patrouille arrive vers elle au pas de course. Elle s'arrête. La patrouille ralentit le pas devant elle, scrute l'auto vide et repart. Elle s'arrête plus loin, devant une fenêtre, et appelle. On ne répond pas. La patrouille gagne le bout de la rue.

Il faut ralentir l'allure. Pourquoi la Rover aurait-elle été postée là même où la gouttière vibre encore brisée, dans le vent ? La Rover noire est à une cliente de l'hôtel, libre, seule, désemparée par cette mauvaise nuit. De quoi Maria aurait-elle peur ?

Elle n'a plus peur ? La peur a disparu presque tout à fait. Il ne reste d'elle que le souvenir frais, mûri à l'instant, en pleine floraison, de ce qu'elle fut. Moins d'une minute s'est passée. La peur devient aussi inimaginable que l'adolescence confuse du cœur.

Il faut que Maria en passe par la place. Elle le fait. Elle sait maintenant que derrière elle, rien ne peut se voir de Rodrigo Paestra. La banquette est vide. Il est impossible de sortir de la ville sans en passer par là, cette place de laquelle partent les deux sorties de la ville, l'une vers Madrid, l'autre vers la France, Barcelone.

Une auto, une seule, il faut bien que cela commence, à cette heure-là de la nuit, roule vers Madrid. Le premier touriste, dira-t-on.

Une vingtaine d'agents sont arrêtés face au café où la veille Maria a pris des manzanillas. Ils écoutent les coups de sifflets, répondent, attendent l'ordre d'arriver. L'un d'eux arrête Maria.

— Où allez-vous ?

Il regarde l'auto vide, se rassure, lui sourit.

— Je suis une cliente de l'hôtel. Nous n'avons pas de chambre et je ne peux pas dormir – elle ajoute – avec tout ce bruit que vous faites. Je vais me promener. Qu'est-ce qui se passe ?

La croit-il ? Oui, il la regarde avec soin puis son regard la quitte et indique la direction de l'hôtel, au loin. Il lui explique.

— On a dû trouver Rodrigo Paestra sur les toits, mais ce n'est pas sûr.

Maria se retourne. Des torches électriques balaient les toits qui doivent être les derniers avant l'hôtel. L'agent n'ajoute rien.

Elle démarre doucement. La route de Madrid est en face d'elle. Il faut contourner le massif de palmiers nains. Elle se souvient très précisément que c'est là, la route de Madrid. Aucun doute n'est possible.

Le mécanisme de l'auto fonctionne. La Rover noire de Claire démarre puis avance dans la direction voulue par Maria, celle de Madrid. C'est Maria qui est au volant et qui, avec douceur et attention, contourne la place. Les coups de sifflets continuent dans la partie de la ville où la gouttière crie encore. Un chacal. Le jeune agent regarde Maria s'éloigner, perplexe et souriant. Elle tourne autour de lui, autour de la place. Lui sourit-elle ? Elle ne le saura jamais. Elle s'engage dans la grande rue qui continue, vers l'ouest, celle de l'hôtel. Elle n'a pas regardé si des balcons s'étaient allumés qui donnaient sur des couloirs connus d'elle.

C'est la route de Madrid. La plus grande de l'Espagne. Monumentale, droite, elle avance.

La ville dure encore, certes. Et une patrouille, deux patrouilles, bredouilles, se rencontrent et regardent la Rover noire d'immatriculation étrangère qui, si tôt, ce jour, prend la direction de Madrid. Mais l'orage de la veille, et cette jeunesse soudaine de la nuit, font que certains d'entre eux sourient.

L'un d'eux a appelé la femme seule qui conduisait.

Il y a deux garages. Et ensuite une sorte d'atelier, assez grand, et isolé. Et puis des maisons très petites. Maria ne sait plus l'heure qu'il est. Il est n'importe quelle heure avant l'aurore. Mais l'aurore n'est pas là. Il faut le temps habituel qu'il lui faut pour venir. Elle n'est pas là encore.

Après les maisons, les cabanes, il y a le blé. Et rien d'autre que ce blé sous la lumière bleue. Bleu est le blé. Il est long à passer. Maria conduit lentement, mais elle avance cependant. Lorsqu'un tournant arrive, à un moment donné de la nuit, il y a une pancarte très visible sous les phares, et elle s'aperçoit qu'elle est à quatorze kilomètres de la ville qu'elle vient de quitter, celle de Rodrigo Paestra.

Elle continue jusqu'à un chemin de terre, sombre, dans le blé clair. Elle le prend, le poursuit pendant cinq cents mètres et s'arrête. De part et d'autre de ce chemin il y a le même blé qu'un moment avant, et la nuit est aussi entière. Aucun village n'est en vue aussi loin que l'on regarde.

Et le silence est total aussitôt que Maria éteint le moteur.

Lorsque Maria se retourne, Rodrigo Paestra est en train de sortir de son linceul.

Il s'est assis sur la banquette et il regarde autour de lui. Son visage est imprécis dans la lumière bleue de la nuit.

S'il y a des oiseaux dans cette plaine ils doivent dormir encore dans l'argile détrempée, entre les pieds de blé.

Maria prend des cigarettes dans sa poche. Elle en prend une et la lui tend. Il se jette sur la cigarette et c'est lorsqu'elle la lui allume qu'elle s'aperçoit que Rodrigo Paestra tremble de froid. Il fume la cigarette des deux mains pour ne pas la lâcher. Il fait froid, les nuits d'orage, en Espagne, une heure avant l'aurore.

Il fume.

Il n'a pas regardé cette femme.

Elle, le regarde. Rodrigo Paestra est le nom. Tout en regardant le blé, elle le voit.

Ses cheveux sont collés à son crâne. Ses vêtements sont faits à son corps comme des vêtements de noyé. Il doit être grand et robuste. Peut-être a-t-il trente ans? Il fume toujours. Que regarde-t-il? C'est la cigarette qu'il regarde. Sans doute, lorsqu'il la regarde, on le voit, ses yeux sont-ils noirs.

Maria déplie le plaid qui est à côté d'elle et le lui tend. Il le prend et le pose sur la banquette. Il n'a pas compris. Il fume de nouveau. Puis il regarde de part et d'autre de l'auto. C'est lui qui parle le premier.

— Où c'est, ici?

— C'est la route de Madrid.

Il ne dit rien d'autre. Maria non plus. Elle se retourne vers l'avant. Ils fument tous les deux. C'est lui qui a fini le premier. Elle lui en donne une autre. Il tremble toujours. À la lueur de l'allumette, son expression est nulle, réduite à l'attention qu'il met à ne pas trembler.

— Où vous voulez aller? demande Maria.

Il ne répond pas tout de suite. Sans doute la regarde-t-il pour la première fois, de très loin, sans aucun intérêt. Tout de même, c'était un regard qu'il posait. Maria ne voit pas ses yeux, mais son regard, elle l'a vu aussi clairement qu'en pleine lumière.

— Je ne sais pas, dit Rodrigo Paestra.

Maria se retourne de nouveau vers l'avant. Puis, elle n'y tient pas et se retourne encore vers lui. Elle désire intensément le regarder. L'expression hagarde qu'il avait lorsqu'il a posé les yeux sur elle a disparu. Il ne reste rien que l'œil. Et, sur l'œil, se soulève machinalement la paupière lorsqu'il porte la cigarette à la bouche. Rien. Rodrigo Paestra n'a plus la force que de fumer. Pourquoi a-t-il suivi Maria jusque-là? En raison, sans doute, d'une amabilité, d'une politesse dernière. On vous appelle et on répond. Rodrigo Paestra, qu'est-il désormais? Maria le dévore du regard, dévore du regard ce prodige tangible, cette fleur noire poussée cette nuit dans les désordres de l'amour.

Il lui a fait éclater la tête d'un coup de revolver. Et son amour repose, morte, à dix-neuf ans, encore nue, enveloppée dans cette même couverture brune qu'il enroula autour de lui sur le toit, dans une morgue improvisée à la mairie. Lui, l'autre, la balle lui a traversé le cœur. On les a séparés.

— Quelle heure est-il? demande Rodrigo Paestra.

Maria montre sa montre qu'il ne regarde pas.

— Un peu plus de deux heures et demie.

Les yeux regardent de nouveau les champs de blé. Il s'est adossé à la banquette et il semble que, dans le silence, Maria ait entendu un soupir d'homme. Et puis le silence est revenu. Et puis est revenu aussi le passage du temps avant l'aurore. Interminable.

Il fait froid. Le vent chaud qui soufflait tout à l'heure sur la ville a-t-il jamais existé? Une bourrasque qui suivait l'orage et qui est passée. Les blés mûrs et houleux, torturés par les averses de la journée, sont immobiles.

Il fait un froid qui surgit tout à coup de l'immobilité même de l'air et qui assaille les épaules et les yeux.

Rodrigo Paestra a dû s'endormir. Sa tête repose sur le dossier de la banquette. Et sa bouche est entrouverte. Il dort.

Quelque chose change dans l'air que l'on respire, une pâleur court sur les blés. Combien de temps? Depuis combien de temps dort-il? Un assaut commence quelque part à l'horizon, incolore, inégal, impossible à limiter. Un assaut commence quelque part dans la tête et dans le corps une gêne grandissante irréductible au souvenir d'aucune autre, chercheuse de son ordre. Pourtant, pourtant, le ciel est pur et bleu si on le veut bien. Il l'est encore. Bien entendu qu'il ne s'agissait que d'une clarté accidentelle, d'une illusion parfaite d'un changement d'humeur et qui s'est produite sous le coup d'une complaisance soudaine, venue de loin, de fatigues diverses et de cette fatigue-ci, de cette nuit-ci. Peut-être?

Non. C'est l'aurore.

Il dort. Il dort.

Il n'y a encore, dans l'aurore, aucune couleur nommée.

Rodrigo Paestra est en train de rêver. Il est à ce point de sommeil qu'il peut rêver. Maria a posé sa tête à l'envers de la sienne, le menton sur le dossier, et elle le regarde. Parfois le ciel, mais lui. Avec une grande attention – qu'est-ce à dire? Elle regarde Rodrigo Paestra. Oui, là, il dort bien, il survole des désordres entiers avec des ailes d'un oiseau. Ça se voit. Il est porté tout entier au-dessus de ses désordres, lui si lourd désormais et il y consent sans le savoir.

Maria se trouve privée du regard parfaitement vide de Rodrigo Paestra lorsqu'il dort.

Il vient de sourire dans le sommeil. Au-dessus de sa bouche entrouverte, elle le jurerait, un sourire s'est formé, frissonnant, ressemblant à s'y tromper à celui d'une aise à vivre. D'autres mots sont bannis de l'aurore.

Entre ses cuisses, à côté de son sexe, il y a la forme de son arme, un revolver. La couverture est à ses pieds. Le plaid, à côté de lui. Inutile de le recouvrir. D'ailleurs elle veut le voir tout entier et pour toujours. Elle le voit bien. Et que son sommeil est égal, et bon.

Il faut éviter de lever la tête vers le ciel.

Ce n'est pas la peine. C'est sur lui que l'aurore se lève. La lumière livide a gagné son corps dans son entier, peu à peu. Ce corps prend des proportions claires, évidentes. Il a de nouveau un nom : Rodrigo Paestra.

L'heure est atteinte maintenant où il aurait été fait comme un rat.

Maria s'étale, un peu à sa façon à lui, sur la banquette avant, et elle regarde l'aurore arriver sur lui.

Le souvenir d'un enfant, c'est fait, lui revient. Elle le chasse. Tandis qu'il rêve encore comme hier il rêvait.

Il faut attendre encore. Et puis, il faudra l'appeler.

Voici qu'il devient rose. Une fatigue étale gagne la campagne, et Maria. Le ciel, paisiblement, se colore. Elle a encore un peu de temps. Une auto passe en direction de Madrid, sur la route nationale. Maria regarde furtivement le ciel, de l'autre côté d'elle. Le rose qui est sur lui vient du ciel. L'heure des premiers départs est atteinte. L'auto pour Madrid venait sans aucun doute de l'hôtel. Dans un couloir encore assombri, dans un étirement douloureux qui suit une mauvaise nuit, Claire doit saluer le jour qui se lève sur leur amour. Et puis, elle se rendort.

Il dort. Maria se relève, prend dans la poche avant de la portière le flacon de cognac. L'alcool, à jeun, remonte dans la gorge, brûlant, familier, dans une nausée qui réveille. Le soleil. C'est le soleil ça, à l'horizon. Le froid diminue d'un seul coup. Les yeux font mal. Il y a presque une heure qu'il s'est endormi. Le soleil balaie son corps, entre dans sa bouche entrouverte, et ses vêtements commencent à fumer légèrement comme un feu mal éteint. Ses cheveux aussi fument. Fumées très ténues d'un feu délaissé. Il ne sent pas la lumière encore. À peine, ses yeux frémissent-ils. Mais ses paupières se scellent sur le sommeil. Il n'a plus souri.

Ne vaudrait-il pas mieux l'appeler très vite, le plus vite possible afin que cela soit fait ?

Maria reprend le flacon de cognac, boit, le remet dans la poche de la portière. Elle attend encore. Elle ne l'a pas encore fait. Elle n'a pas encore appelé Rodrigo Paestra.

Pourtant, pourtant, il vaudrait mieux que passe le plus vite possible le moment de l'existence de Maria où Rodrigo Paestra se réveillera dans la Rover avec cette inconnue à ses côtés dans le chemin de blé. Sa mémoire va lui revenir – on peut le prévoir – quelques secondes après son réveil. Il restera interdit le temps de comprendre qu'il rêvait. Il faudrait que Maria se décide à réveiller Rodrigo Paestra.

Le soleil est à moitié sorti de l'horizon. Deux, six autos filent sur la route de Madrid. Maria reprend le flacon de cognac, elle boit une nouvelle gorgée. Cette fois-ci l'écœurement est tel qu'elle doit fermer les yeux. Alors, ensuite, elle commence à appeler doucement.

— Rodrigo Paestra.

Il n'a pas entendu. Les yeux ont frémi puis se sont scellés de plus près encore. L'écœurement du cognac subsiste. Il faudrait vomir. Maria ferme les yeux pour réussir à ne pas vomir et à ne pas le regarder.

— Rodrigo Paestra.

Elle a remis le flacon de cognac dans la poche de la portière, à tâtons, et elle a renfoncé sa tête derrière la banquette.

— Rodrigo Paestra.

Quelque chose a dû bouger à l'arrière. Puis rien ne s'est passé. Il ne s'est pas réveillé. Maria se redresse et, cette fois, elle le regarde.

— Rodrigo Paestra.

Les yeux ont cillé. L'écœurement du cognac étant passé, Maria recommence. Elle prend le flacon, boit encore. La gorgée est plus forte que la précédente. Peut-être peut-on s'évanouir? Non. Cela trouble seulement la vue, empêche de parler calmement, permet seulement de crier.

— Rodrigo Paestra, Rodrigo Paestra.

De nouveau Maria enfouit sa tête derrière le dossier de la banquette avant.

Ce doit être fait. Ça doit être le réveil. Un cri bas, un gémissement prolongé est parti de l'arrière de l'auto.

Lorsque Maria se retourne le premier moment du réveil est passé. Il est dressé sur la banquette et de ses yeux chassieux, injectés de sang, il regarde le blé, son pays de blé. S'étonne-t-il? Oui, il s'étonne encore, mais à peine. Voici que ses yeux quittent le blé. Il est toujours assis, le torse dressé, et ne regarde plus rien. Il s'est souvenu de tout.

— Je dois retourner à l'hôtel.

Il se tait. Maria lui tend une cigarette. Il ne la voit pas. Elle tient la cigarette dans sa direction mais il ne la voit toujours pas. C'est Maria qu'il commence à regarder. Quand elle lui a dit qu'elle était dans l'obligation de rentrer à l'hôtel il a empoigné sa couverture brune et puis son geste s'est arrêté. Il a découvert l'existence de Maria. C'est sans doute aussi à partir d'elle qu'il s'est souvenu.

Elle évite de respirer trop profondément pour ne pas vomir. La dernière gorgée de cognac prise à l'aurore, sans doute, qui remonte dans la gorge comme un sanglot qu'il faut sans cesse retenir.

Il la regarde, la regarde, la regarde. D'un regard nul, d'un désintérêt jusque-là inimaginable. De quoi s'aperçoit-il encore en regardant Maria? De quel étonnement revient-il encore en la découvrant? S'aperçoit-il seulement à l'instant que rien ne peut plus lui venir encore de Maria, ni de Maria, ni de personne? Qu'avec cette aurore se démasque encore une certitude nouvelle que la nuit gardait cachée?

— J'ai un enfant à l'hôtel, dit-elle, c'est pourquoi il faut que j'y retourne. C'est fini. Il l'a quittée des yeux. Elle lui tend de nouveau la cigarette qu'elle a gardée dans sa main, il la prend et elle la lui allume. Il soulève la couverture brune de la banquette.

— Écoutez, dit Maria.

Peut-être n'a-t-il pas entendu. Elle a parlé très bas. Il a ouvert la portière, il est descendu et le voilà debout près de l'auto.

— Écoutez, répète Maria. La frontière n'est pas si loin. On va essayer.

Il est debout sur le chemin et regarde de nouveau autour de lui son pays de blé. Et puis, il revient, il se souvient, il ferme la portière. Il se souvient. De même, dans la nuit, il a bien voulu répondre à l'appel de son nom. Il fut aimable, hier. Le soleil est éclatant et l'oblige à crisper ses yeux.

— On peut essayer, répète Maria.

Il fait signe, comme on refuse, de la tête, très lentement, qu'il n'a pas d'avis.

— Midi, dit Maria. À midi je serai là, je reviendrai. Midi.

— Midi, répète Rodrigo Paestra.

Avec ses doigts, elle montre le soleil et ouvre grand ses mains vers lui.

— Midi, midi, dit-elle encore.

Il incline la tête. Il a entendu. Puis il tourne sur lui-même et cherche où il pourrait bien se mettre, se placer, dans toute cette étendue de blé, dans cette libre étendue. Le soleil est tout à fait hors de l'horizon et le frappe de plein fouet, son ombre est parfaite, sur le blé, longue.

Il pourrait avoir trouvé où aller, où se reposer de sa fatigue. Il s'éloigne sur le chemin. À côté de lui, sa couverture traîne, qu'il tient à la main. Il est pieds nus dans des sandales de corde. Il n'a pas de veste mais seulement une chemise bleu foncé comme tous les hommes de son village. Il marche sur le chemin, s'arrête, hésite, dirait-on, puis pénètre dans le blé à quelque vingt mètres de la Rover et s'y étale foudroyé, d'un seul coup. Maria attend. Il ne se relève pas.

Lorsqu'elle se retrouve sur la route nationale, hors des argiles fraîches des champs de blé, la chaleur est déjà là. Elle grandira encore, jusqu'à midi, inévitablement et s'étalera durant le jour entier jusqu'au crépuscule. On le sait.

Le soleil sur la nuque, la nausée revient, lancinante. Les mains agrippées au volant, Maria lutte contre le sommeil. Alors qu'elle croit le vaincre, elle sombre encore. Cependant, elle avance vers l'hôtel.

Voici l'atelier.

Voici les garages.

Et, déjà, quelques paysans. Les autos sont encore peu nombreuses dans la direction de Madrid.

Au moment où Maria croit ne plus pouvoir lutter contre le sommeil le souvenir de Judith lui fait atteindre les faubourgs de la ville, puis, la ville. Et puis, la place.

Il y a là, toujours, de la police. Ceux de la nuit doivent dormir. Dans la pleine lumière celle-ci paraît découragée. Elle bâille. Elle a les pieds encore boueux, les vêtements fripés, mais elle siffle encore à tous les coins de la ville. Elle garde, dans la lassitude, devant la mairie, les deux assassinés de la veille.

Le portail de l'hôtel est ouvert. Le jeune veilleur de nuit a été remplacé par un vieil homme. Il y a de la place sous le hangar. Les autos venaient bien de l'hôtel. Maria ressort par le portail, elle fait le tour de l'hôtel par la rue où, cette nuit, elle connut Rodrigo Paestra. Elle éprouve de la difficulté à marcher parce qu'elle a bu beaucoup de cognac, mais la rue est encore vide et personne ne la voit.

Il y a de la place dans le couloir. La nausée est telle qu'il lui faut d'abord s'allonger le long de son enfant pour reprendre le courage de voir. La couverture brune est tiède encore de la chaleur de Judith. Quelqu'un a fermé la porte du couloir qui donnait sur le balcon, alors le couloir est encore frais et calme. Quel repos. Judith se retourne sur elle-même dans un sommeil toujours heureux. Maria se repose.

Ils sont encore là tous les deux. Ils dorment encore. Deux heures sont passées depuis qu'elle a quitté le couloir. Il est très tôt. Quatre heures du matin. Dans le sommeil ils se sont rapprochés sans doute sans s'en rendre compte. Pierre a la cheville de Claire contre sa joue, abandonnée. Sa bouche la frôle. La cheville de Claire repose dans la main ouverte de Pierre. S'il fermait cette main, la cheville de cette femme y tiendrait tout entière. Mais Maria a beau regarder, cela ne se produit pas. Ils dorment d'un sommeil profond.

— Maria.

Maria se réveille. C'est Pierre qui l'appelle. Il sourit à tant de sommeil. Il est adossé au mur et la regarde.

— Il est dix heures, s'excuse-t-il. Tout le monde est parti.

— Judith ?

— Elle joue dans la cour. Ça va.

Autour de Maria le couloir est vide. La fenêtre du balcon est ouverte et le soleil entre obliquement dans le couloir. Il est sur le sol rouge, éclatant, comme la veille, et se réverbère sur le visage de Pierre. La nausée reprend Maria. Elle se relève et se recouche.

— Une minute, et je vais me lever.

Au fond du couloir, déjà, des garçons passent avec des plateaux de boissons fraîches. Les portes des chambres sont ouvertes. Des femmes chantent en faisant les lits. La chaleur est là, déjà.

— J'ai demandé qu'on te laisse dormir, dit Pierre. Mais dans quelques minutes le soleil serait arrivé sur toi.

Il la regarde avec insistance. Elle a pris une cigarette, essaye de la fumer et la rejette. Elle sourit à Pierre, dans la nausée.

— C'est dur le matin, pour moi, dit-elle. Mais je vais me lever.

— Tu veux que je reste ?

— Que tu m'attendes à la salle à manger, le réveil des alcooliques doit être solitaire.

Ils sourient tous les deux. Pierre s'en va. Maria le rappelle.

— Claire, où est-elle ? demande encore Maria.

— Avec la petite, en bas.

Lorsqu'elle arrive à se relever et à atteindre la salle à manger, un pot de café fume sur la table où Pierre se trouve. Pierre sait ce qu'il faut à Maria, certains matins. Il la laisse boire, boire tout le café, en silence.

S'étirer ensuite, s'étirer, se passer les mains dans les cheveux, fumer enfin.

— Ça va mieux, dit-elle.

À part deux autres tables, ils sont seuls dans la salle à manger qui est redevenue parfaitement ordonnée et propre. Les tables sont déjà mises pour le déjeuner, blanches. Une grande toile bise a été étendue au-dessous de la verrière, si bleue dans la nuit, et tamise le soleil. Ici la chaleur est supportable.

— Tu as bu, cette nuit, Maria, affirme Pierre.

Elle passe sa main sur son visage. C'est aux mains sur son visage qu'elle le sent, qu'elle le sait, qu'elle fut belle mais qu'elle a commencé à l'être moins. C'est à la façon, sans aucun ménagement, dont elle passe les mains sur son visage, qu'elle sait qu'elle a accepté d'être défaite, à jamais. Elle ne répond pas à Pierre.

— Question de volonté, encore une fois, continue Pierre. Tu pourrais moins boire, le soir du moins.

Maria finit le café à grandes lampées.

— Oh, c'est bien comme ça, dit-elle. Une mauvaise heure le matin, et puis ça passe.

— Cette nuit je t'ai cherchée. L'auto n'était pas là. Le gardien m'a dit que tu étais partie faire un tour. Alors j'ai compris.

Il se relève un peu et à son tour il lui caresse les cheveux.

— Maria, Maria.

Elle ne lui sourit pas. Il laisse sa main un instant posée sur ses cheveux et puis il la retire. Il sait pourquoi Maria n'a pas souri.

— Je prends une douche, dit-elle, et puis, si tu veux, on s'en ira.

Claire, la voilà. Elle tient Judith à la main. Elles entrent. Claire est vêtue de bleu. C'est Pierre qu'elle regarde d'abord tandis qu'elle entre. Le désir qu'elle a de Pierre, dès qu'elle entre, se voit, la prolonge comme son ombre. On eût dit qu'elle criait. Mais c'est à Maria qu'elle parle.

— Tu es partie cette nuit?

Maria cherche une réponse, mais elle ne la trouve pas. Elle se trouve jetée dans la contemplation de Claire.

— Ils nous ont réveillés cette nuit, continue Claire, ils avaient cru retrouver Rodrigo Paestra. Tout le monde était aux fenêtres. Quel désordre! Qu'est-ce qu'on t'a cherchée.

Qu'ont-ils fait lorsqu'ils se sont aperçus qu'elle n'était plus là cette nuit. Une fois qu'ils se sont aperçus qu'elle ne revenait pas, que la Rover ne revenait pas, une fois les enfants rendormis, quand l'hôtel est redevenu calme, le couloir, puis peu à peu tout l'hôtel? Est-ce fait?

— J'étais avec les flics, dit Maria. Je buvais des manzanillas avec les flics. Dans le café d'hier soir.

Claire rit. Pierre rit aussi, mais moins que Claire.

— Ah, Maria, soupire Claire. Maria, Maria.

Ils l'aiment, Maria. Le rire de Claire n'est pas tout à fait habituel. La chose n'est pas impossible. Qu'ils aient guetté le retour de la Rover l'un contre l'autre, enlacés, dans le noir du couloir, dans le même temps qu'ils l'attendaient. Qui sait?

— Judith, dit Maria.

Elle la prend à bout de bras et la regarde. C'est une petite fille qui a bien dormi cette nuit. Les yeux sont bleus. Le cerne de la peur a disparu de dessous ces yeux. Maria la repousse loin d'elle, l'éloigne. Il doit être dans les blés. Il dort. L'ombre des tiges est frêle et il a commencé à avoir chaud. Qui sauverait-on, en définitive, si on sauvait Rodrigo Paestra?

— Elle a dévoré ce matin au petit déjeuner, dit Claire. Une nuit fraîche et elle dévore.

Judith est revenue vers Maria. Maria la reprend, la regarde encore, puis la lâche encore en la bousculant presque. Judith est habituée. Elle se laisse regarder, puis bousculer par sa mère autant que celle-ci le désire, puis elle s'en va, tourne dans la salle à manger et chante.

— Il ne faudrait pas arriver trop tard à Madrid, dit Claire. Avant la nuit si c'est possible. Pour les chambres.

Maria se souvient, elle s'éloigne, elle va au bureau. Les salles de bains sont libres. La douche est bonne. Du temps passe ainsi. Maria regarde son corps nu, seul. Que sauverait-on, en définitive, si on emportait en France Rodrigo Paestra? Il dort dans l'océan du blé. L'eau coule le long des seins et du ventre, bienfaisante. Maria attend, attend que le temps passe, et l'eau inépuisablement. Des circonstances atténuantes seront données à Rodrigo Paestra, bien entendu. La jalousie de Rodrigo Paestra vis-à-vis de Perez sera considérée. Que peut-on faire de plus pour Rodrigo Paestra que de considérer cette jalousie qui le fit tuer?

Dans la salle à manger il n'y a que Claire qui attende Maria.

— Pierre est allé payer l'hôtel, dit-elle. Et puis on s'en va.

— Que tu es belle, dit Maria. Claire, tu es bien bien belle.

Claire baisse les yeux. Elle se retient, puis elle le dit.

— Quand ils ont fini de chercher ce pauvre type, très peu de temps

après, les autos ont commencé à partir. Impossible de se rendormir. Je
veux dire que c'était difficile. Mais enfin.

— C'était quelle heure ?

— La nuit encore, je ne sais pas au juste. Ils sifflaient dans toute la ville.
Il y a eu un fracas de tuiles, par là, le vent sans doute. Ils se sont mis
dans tous leurs états. On s'est rendormi tard.

— Si tard ?

— Il me semble que le soleil se levait. Oui. Couché, on voyait le ciel. On
a parlé, Pierre et moi, oui, il me semble, jusqu'au jour.

Claire attend. Maria n'insiste pas. Judith revient. Claire aime Judith,
l'enfant de Pierre.

— Il ne fera plus jamais d'orage, dit Claire à Judith. Il ne faut pas que
tu aies peur.

— Jamais ?

On le lui promet. Elle repart dans sa promenade dans les couloirs de
l'hôtel. Pierre est revenu. Il est prêt, dit-il. Il a fait les fiches hôtelières. Il
s'excuse de les avoir fait attendre. Et puis, il se tait. Claire ne le regarde
pas ce matin. Elle baisse les yeux tout en fumant. Ils n'ont pas dû se
rejoindre, même avant l'aurore, dans la nuit des couloirs. Elle se trompait, Maria. S'ils ne se regardent plus comme la veille, s'ils évitent de le
faire c'est qu'ils se sont avoué leur amour, tout bas, quand le ciel fut rose
au-dessus du blé et que le souvenir de Maria leur est revenu avec cette
aurore, poignant, abominable en raison même de la force de leur nouvel amour. Que faire de Maria ?

— Il faut quand même voir San Andrea, dit Pierre. Trois Goya. Ne serait-
ce que pour ne pas le regretter ensuite.

Des clients entrent. Des femmes. Pierre ne les regarde plus.

— Je suis fatiguée, dit Maria. Je vous attendrai.

— Tu as bu quoi ? demande Claire.

— La bouteille de cognac. Je vous attendrai dans l'auto. Ça ira mieux
vers midi.

Ils ont échangé un regard. Ils ont dû en parler, de cela aussi, cette nuit,
et souhaiter une nouvelle fois l'assagissement de Maria. Et souhaiter, se
féliciter aussi, qu'elle fût occupée loin d'eux, et d'autre façon que par son
nouveau malheur.

Ils descendent. La fraîcheur du bain se dissipe et lorsque Maria reconnaît la cour, voici la fatigue qui revient, comme un sort. Il faudrait une
force immense pour arracher Rodrigo Paestra à son lit de blé. Il faudrait
le leur dire, contrarier leur désir naissant, abandonner Madrid où doit

se faire, ce soir, leur amour. Maria les regarde qui chargent l'auto – elle ne les aide pas – et ils rient à faire cette petite corvée qui ferait gémir Maria.

Elle est à l'avant, près de Pierre. Derrière elle, Claire, sans poser de questions plie le plaid qui traînait sur la banquette. Maria la voit faire et ne lui donne aucune explication. Le trajet est le même, dans la ville, que celui qu'a suivi Maria cette nuit. Il est onze heures. Quatre policiers montent encore la garde sur la place, éreintés comme Maria par leur nuit de recherches. L'église San Andrea est sur la place. De même que la mairie. Les corps des assassinés doivent être encore là. Gardés.

— Ils ne l'ont pas eu, dit Pierre.

Il arrête l'auto à l'ombre, en face du café qui était ouvert cette nuit. Une nouvelle fois une église. Une nouvelle fois trois Goya. Une nouvelle fois les vacances. Pourquoi, de quoi sauver Rodrigo Paestra ? Quel sera-t-il cette fois le mauvais réveil de Rodrigo Paestra ? Sortir ce corps du blé, le charger dans l'auto, dans la férocité du désir contrarié de Claire. Il est onze heures dix.

— Vraiment, dit Maria, je suis tellement fatiguée, je vais rester là.

Claire est descendue suivie de Judith. Pierre laisse la portière ouverte et attend Maria.

— Dix minutes, dit-il, tu le peux Maria, viens.

Elle ne veut pas. Il ferme la portière. Ils s'éloignent tous trois vers San Andrea. Ils entrent. Maria ne les voit plus.

Midi arrivera et Rodrigo Paestra comprendra qu'il est abandonné. Maria ferme un instant les yeux. S'en souvient-elle ? Oui. Du regard elle se souvient, qui regardait les blés sans les reconnaître, de l'autre regard au réveil, dans le soleil. Lorsqu'elle ouvre les yeux deux enfants sont là, fascinés par la Rover. Ils ne reviennent pas. Ils doivent avoir vu autre chose, pas seulement les Goya, un primitif quelconque. Les mains jointes ils regardent ensemble d'autres paysages. Au loin des vallons entrent par des fenêtres ouvertes, des bois, un village, un troupeau. Des bois au crépuscule parmi des anges charmants, des troupeaux, un village qui fume sur une colline, l'air qui court entre ces collines est celui de leur amour. Un lac, au loin, est bleu comme tes yeux. Les mains jointes, ils se regardent. Dans l'ombre, lui dit-il, je n'avais pas remarqué jusqu'ici, tes yeux sont encore plus bleus. Comme ce lac.

Il faut que Maria bouge, qu'elle aille prendre une manzanilla dans ce bar qui est là, là, juste en face de l'automobile. Le tremblement de ses mains a commencé et l'imagination de l'alcool dans la gorge et dans le corps, aussi forte que celle d'un bain. S'ils ne reviennent pas elle va aller dans ce bar.

Ils reviennent. Entre eux, sautille Judith.

— Il n'y avait pas que les Goya, dit Pierre. Tu aurais dû venir.

Claire ouvre la portière. Maria l'arrête. Pierre est contre elle.

— Cette nuit, dit Maria, pendant que vous dormiez, j'ai découvert ce type que la police cherche, Rodrigo Paestra.

Claire devient très grave. Elle attend une seconde.

— Tu as encore bu, Maria, dit-elle.

Pierre ne bouge pas.

— Non, dit Maria. Un hasard. Il était sur le toit qui est en face du balcon de l'hôtel. Je l'ai emmené à quatorze kilomètres d'ici, sur la route de Madrid. J'ai dit que je reviendrai à midi. Il s'est couché dans le blé. Je ne sais pas ce qu'il faut faire, Pierre. Pierre, je ne sais pas du tout ce qu'il faut faire.

Pierre prend la main de Maria. Au calme qui suit ce qu'elle a dit, elle s'aperçoit qu'elle a dû crier.

— Je t'en supplie, dit-il, Maria.

— C'est vrai.

— Non, dit Claire, non. Ce n'est pas vrai, je le jurerais, ce n'est pas vrai. Elle s'est détachée un peu de l'automobile, elle est dressée dans une majesté qui fait baisser les yeux à Maria.

— Je crois que ça lui est égal qu'on y aille ou non, dit Maria. Ça lui est égal complètement. On peut très bien ne pas y aller. Je crois préférer qu'on n'y aille pas.

Pierre essaye de sourire.

— Mais ce n'est pas vrai ?

— Si. La ville est toute petite. Il était là, sur le toit qui est en face du balcon de l'hôtel. Une chance sur des milliers, mais c'est vrai.

— Tu ne l'as pas dit ce matin, dit Claire.

— Pourquoi ne l'as-tu pas dit, Maria ? Pourquoi ?

Pourquoi ? Claire s'éloigne de l'auto avec Judith. Elle ne veut pas attendre la réponse de Maria.

— Un hasard aussi, dit Maria à Pierre, la première fois que je l'ai vu, tu étais sur un balcon de l'hôtel avec Claire.

Maria voit revenir Claire vers eux.

— Ce n'est que bien plus tard, quand vous avez été endormis tous les deux que j'ai été sûre que c'était lui, Rodrigo Paestra. C'était bien tard.

— Je le savais, dit Pierre.

Des gens sont arrêtés sur la place. C'est Claire qu'ils regardent, qui revient à pas lents vers la Rover.

— Je te l'ai dit, continue Maria, après que nous avons eu fini de parler. Mais tu dormais.

— Je le savais, répète Pierre.

Claire est là, de nouveau.

— Alors, comme ça, il t'attend? demande-t-elle tout bas.

Elle est redevenue douce tout à coup. Elle est près de Pierre, plus que jamais près de Pierre. Comminatoire mais prudente. Pierre est déjà attentif au récit de Maria.

— Oh! je ne sais pas, dit Maria. Je crois que ça lui est indifférent.

— Onze heures vingt, dit Pierre.

— Je n'ai pas du tout envie d'y aller, dit Maria. Vous ferez comme vous voudrez.

— Où ça? demande Judith.

— À Madrid. On peut aller dans une autre direction.

Les policiers recommencent à tourner sur la place, de leur pas fatigué. La chaleur est déjà celle de midi et les éreinte. Les rues sont déjà asséchées par le soleil. Deux heures ont suffi pour qu'il n'y ait plus une goutte d'eau dans les caniveaux.

— Le plaid, dit Claire, c'était ça?

— Oui. Ah! avant tout j'ai envie de boire une manzanilla. Avant tout.

Elle s'est adossée au siège arrière et les voit se regarder. Puis chercher sur la place s'il y a un café ouvert. Ils lui permettront toujours de boire, ils la protégeront toujours dans son désir de boire, toujours.

— Viens, dit Pierre.

Ils vont dans le café de la veille. La manzanilla est glacée.

— Pourquoi tu as bu le cognac? demande Claire. C'est ce qui te fait le plus de mal, le cognac, le soir.

— Une envie folle, dit Maria.

Elle redemande une autre manzanilla. Ils la laissent faire. Pierre aussi, il ne pense qu'à Rodrigo Paestra. Il a demandé un journal au garçon. En première page il y a une mauvaise photo d'identité de Rodrigo Paestra. Les deux autres photos y sont aussi. Celle de Perez. Et celle d'une très jeune femme à la figure ronde, aux yeux sombres.

— Ils n'étaient mariés que depuis huit mois, dit Pierre.

Claire lui prend le journal et le lit et le rejette sur une chaise. Le garçon du café vient vers eux. Il montre les policiers du doigt.

— Un ami à moi, Rodrigo Paestra, dit-il – il rit – et fait signe de la main qu'ils peuvent toujours le chercher.

— Ils n'ont pas attrapé le monsieur, dit Judith.

— Une autre manzanilla, commande Maria.

Pierre ne l'a pas empêchée de la commander. D'habitude, il l'eût fait. Il la laisse boire une troisième manzanilla. Il regarde sa montre. Judith assise sur les genoux de Claire est attentive. Le garçon s'est éloigné.

— Tu as dit midi ?

— Oui. Il a répété le mot. Il a dit midi. Mais sans y croire.

Pierre a commandé lui aussi un verre de manzanilla. Trois déjà pour Maria. Elle sourit.

— C'est curieux et nouveau, dit-elle.

— Tu nous raconteras, Maria ? demande Claire.

Maria sourit davantage. Et alors Pierre intervient.

— Tu ne bois plus, dit-il.

Il tremble un peu en prenant son verre de manzanilla. Maria promet de s'arrêter. Claire a oublié Rodrigo Paestra et recommence à ne pas pouvoir ne pas surveiller Pierre. Le soleil est arrivé sur la galerie à balustrades. La place commence à entrer tout entière dans le calme du milieu du jour.

— Mais eux, dit Maria, ils étaient dans les premiers temps de l'amour.

Pierre lui prend la main et la serre. Mais Maria montre la mairie.

— Sa femme est là, dit-elle. Et Perez avec. La décence voulait qu'ils fussent séparés dans la mort.

— Maria, appelle Pierre.

— Oui. J'ai dit : peut-être la frontière. Il n'a pas répondu. Quelle histoire, quelle histoire !

Autour d'elle, déjà, la solitude de l'alcool. Elle sait encore à quel moment il faudra s'arrêter de parler. Elle s'arrêtera.

— Ça change, dit-elle, quand même.

Le garçon revient. Ils se taisent. Pierre paye les manzanillas. Vont-ils vers Madrid ? demande le garçon. Ils ne savent pas. Ils parlent de l'orage. Étaient-ils sur la route, hier ? Ils répondent à peine et le garçon n'insiste pas.

— Tu reconnaîtrais l'endroit ? demande Pierre.

— Je reconnaîtrai. Mais les vacances ?

— Il n'y a pas à choisir, dit Pierre, si c'est une question que tu me poses. Tu nous as mis dans une situation telle que nous ne pouvons plus choisir.

Il a parlé sans acrimonie. Il sourit. Claire se tait.

— Les vacances, dit Maria, quand je parlais des vacances, c'était à vous que je pensais surtout. Ce n'est pas à moi.

— Nous le savions, dit enfin Claire.

Maria se lève. Elle est toute droite devant Claire qui ne bouge pas.

— Je n'y peux rien, dit-elle tout bas, rien. Personne n'y peut rien. Personne. Personne. C'était ce que je voulais dire. Je n'ai pas choisi de voir ce type sur les toits cette nuit. Tu aurais fait comme moi, Claire.

— Non.

Maria se rassied.

— On ne va pas y aller, déclare-t-elle. D'abord, on n'arrivera pas à le cacher, il est énorme, un géant, et même si on y arrivait, ça lui est tellement indifférent qu'on ferait là une tentative parfaitement vaine, ridicule je dirai même. Plus rien n'est à sauver de Rodrigo Paestra que la peau. Claire, tu iras à Madrid. Je ne bouge plus. Que pour Madrid.

Claire tapote la table. Pierre s'est levé.

— Je ne bouge plus, répète Maria. Je prendrai une manzanilla.

— Midi moins vingt-cinq, dit Pierre.

Il quitte seul le café et va vers l'automobile. Judith le suit en courant. Claire le regarde partir.

— Viens, Maria.

— Oui.

Elle la prend par le bras. Et Maria se lève. Non, elle n'a pas bu beaucoup. Elle a bu un peu trop tôt après le cognac, mais cela va passer.

— Ça va passer, dit-elle à Claire. Ne t'en fais pas.

Pierre est revenu vers elle. Il montre Judith déjà assise à l'arrière de l'auto.

— Judith? demande-t-il.

— Oh! elle est très petite encore, dit Maria. Il suffit de faire un peu attention.

Ils démarrent lentement de la place. La ville est calme. Des policiers se sont rendus à la fatigue et dorment sur le plat des balustrades.

— C'est simple, dit Maria. Tu prends la route de Madrid. Là, en face.

C'est la route de Madrid. La plus grande de l'Espagne. Monumentale, droite, elle avance.

La ville dure encore après la place. Une patrouille revient, en déroute, à la queue leu leu. Ils ne regardent plus la Rover noire. Ils en ont vu beaucoup d'autres depuis le matin. L'immatriculation étrangère ne les fait plus tourner la tête.

Aucun d'entre eux ne regarde la Rover.

Il y a un garage. Un garage. Deux, avait compté Maria.

— À l'aller, dit Maria, j'étais préoccupée. Au retour, j'étais saoule. Mais quand même je vais me souvenir. Il y avait un autre garage.

— La route de Madrid, dit Pierre. Tu ne peux pas te tromper.

Voilà l'autre garage. Pierre conduit presque aussi lentement qu'elle dans la nuit.

— Ensuite une sorte d'atelier, assez grand et isolé.

— Le voilà. Ne t'en fais pas, dit Pierre.

Il parle avec douceur. Il a très chaud. Sans doute a-t-il peur. Personne ne se retourne sur Claire qui se tait.

Voici l'atelier. Il est ouvert. Une scie mécanique remplit l'air brûlant.

— Ensuite, il me semble, des maisons, très petites.

Les voici encore, basses, des enfants sur des porches regardent encore les autos. Ils ne se demandent plus l'heure qu'il est. Il est n'importe quelle heure avant le milieu du jour. Bientôt, après les maisons, il n'y a plus aucune ombre sur la campagne que celle des oiseaux, fuyante. Le blé n'est d'aucun secours. Aucun repère n'est visible. Rien d'autre que le blé dans une lumière aveuglante.

— J'ai roulé longtemps dans ces champs-là, dit Maria. Quatorze kilomètres comme je te l'ai dit.

Pierre regarde le compteur. Il calcule à voix basse la distance parcourue.

— Encore cinq, dit-il, cinq kilomètres. On y sera.

Ils regardent intensément le paysage, légèrement vallonné vers l'horizon. Le ciel est uniformément gris. Des lignes télégraphiques bordent à perte de vue la route de Madrid. Il y a peu de voitures par cette chaleur.

— La route ne tournait pas ? demande Pierre.

Elle dit se souvenir d'un tournant, oui, mais qu'elle n'a pas pris. Puis ensuite de la route droite jusqu'au chemin.

— Tout va très bien, dit Pierre. Le croisement arrive. Regarde, là sur la gauche. Regarde bien, Maria.

Sans doute parle-t-il si paisiblement à cause de Judith. Peut-être de Claire aussi. Judith chante, reposée et tranquille.

— Il est mort de chaleur, c'est fini, dit Maria.

La route monte légèrement.

— Tu te souviens ? Cette montée, tu te souviens ?

Elle se souvient. Très légèrement la route monte en effet, elle montait vers une crête qui devait départager des chemins, un chemin, à gauche, que l'on va apercevoir en haut de la côte en même temps que d'autres champs de blé, d'autres, d'autres toujours.

— C'est bête. C'est idiot, crie Maria.

— Non, dit Pierre, mais non.

Voici les autres champs de blé. Ils s'étendent moins uniformément que les précédents. Ils sont piqués de fleurs énormes de couleurs vives. C'est Claire qui le dit.

— Par ici, dit-elle, ils ont commencé la moisson.

— C'est l'enfer, crie Maria.

Pierre arrête complètement la Rover. Judith écoute et cherche à comprendre. Mais ils se taisent et elle se distrait.

— Regarde encore, dit Pierre. Maria, je t'en prie.

Le chemin descend vers la gauche, en droite ligne vers le fond de la vallée. Il est encore désert.

— C'est ce chemin, dit Maria. Les moissonneurs sont loin, à quelque cinq cents mètres de part et d'autre de ce chemin. Ils ne l'atteindront pas avant la soirée. Tu vois, Claire.

— Bien sûr, dit Claire.

Maria reconnaît ce chemin tout à coup parfaitement, sa courbe douce, si douce, sa largeur exacte, son enfouissement particulier dans les blés, et même sa lumière. Elle prend le flacon de cognac dans la poche de la portière. Pierre, du bras, arrête son geste. Elle replace le flacon, n'insiste pas.

— Il s'est couché dans les blés, dit-elle, là sans doute – elle montre un endroit indésignable – en attendant midi. Il y a tellement longtemps maintenant, où sera-t-il ?

— Qui ? demande Judith.

— Un monsieur, dit Claire, qui devait aller à Madrid avec nous.

Pierre démarre lentement. Il fait quelques mètres sur la route de Madrid puis, toujours lentement, il tourne dans le chemin. Deux ornières d'auto sont visibles, entrelacées avec celles des charrettes.

— Les roues de la Rover, dit Pierre.

— Tu vois, tu vois, dit Maria. L'ombre des blés doit être inexistante à cette heure-ci. Il est mort de chaleur.

La chaleur est très grande. Déjà, le chemin est asséché. Les ornières des charrettes et de la Rover y sont sculptées désormais, jusqu'au prochain orage.

— Ah! que c'est bête, dit Maria. C'était là. C'est là.

Il est un peu plus de midi, mais à peine. L'heure juste annoncée.

— Tais-toi, Maria, dit Claire.

— Je me tais.

Dans les champs, les fleurs se sont dressées, de-ci, de-là, dans les grands rectangles de blé délimités par les chemins de terre qui, tous pareillement, descendent en pente douce vers la vallée. Ils regardent l'auto qui va vers eux, ils se demandent ce que font ces touristes, s'ils ne se trompent pas de route. Debout, arrêtés dans leur travail, tous maintenant regardent la Rover.

— Ils nous regardent, dit Claire.

— Nous allons nous reposer un peu dans ce chemin, dit Pierre, parce que cette nuit nous n'avons pas dormi à cause de l'orage. Il n'y avait pas de chambre à l'hôtel, souviens-toi, Claire.

— Je me souviens.

Judith regarde aussi les moissonneurs. Du fond de ses quatre ans elle essaye de comprendre. Elle voit bien, jusqu'au fond de la vallée, assise sur les genoux de Claire.

Maria est maintenant dans une mémoire totalement retrouvée de l'endroit. Dans le creux du chemin la chaleur est immobile et fait surgir de tous les points du corps des sources de sueur.

— Vingt mètres encore. Suis la trace des roues. Je te préviendrai.

Pierre avance. Les moissonneurs, toujours debout, les regardent venir. Cette route ne mène nulle part. C'est celle de leurs champs. Ils encadrent très exactement un grand quadrilatère au centre duquel s'est couché, il y a maintenant sept heures, Rodrigo Paestra. Ils ont commencé la moisson au bas de la vallée. Ils remontent jusqu'à la route de Madrid qu'ils atteindront à la fin de la journée.

Voici que le chemin se creuse encore, plus profond que le niveau des champs de blé. Ils ne voient plus, des moissonneurs, que la tête, la tête figée par l'attention.

— Il faudrait que tu t'arrêtes, dit Maria.

Il s'arrête. Les moissonneurs n'ont pas bougé. Quelques-uns d'entre eux vont probablement venir vers la Rover.

Pierre sort de l'auto et fait un signe d'amitié, de la main, au groupe le plus proche qui compte deux hommes. Quelques secondes se passent. Et l'un des deux hommes répond au geste de Pierre. Alors Pierre sort Judith de l'auto, la soulève, et Judith répète le même geste que lui, de salut. Lorsqu'elle s'en souviendra plus tard, Maria trouvera à Pierre un air joyeux.

Tous les moissonneurs répondent au geste de la petite fille. Le groupe des deux hommes et puis, plus loin derrière eux, celui de trois femmes. Leur visage change : ils rient. Ils rient dans des grimaces à cause du soleil : des rides sur l'eau, qui se voient de loin. Ils rient.

Claire ne bouge pas de l'auto. Maria est descendue.

— C'est impossible, dit-elle, qu'il sorte maintenant du champ.

Pierre montre à Maria un groupe de charrettes, au bas de la vallée. À mi-pente, entre ce premier groupe de charrettes et la route de Madrid, il y a d'autres charrettes encore et les chevaux.

— Dans une demi-heure, dit Pierre, ils iront tous manger à l'ombre des charrettes. Et, sous la hauteur du blé, ils ne verront plus rien de nous.

Quelqu'un parle dans l'auto.

— Une demi-heure et nous mourrons de chaleur, dit Claire.

Elle a repris Judith avec elle. Elle lui raconte une histoire tout en suivant Maria et Pierre des yeux.

Ils se sont remis à travailler. L'air qui arrive du fond de la vallée, chargé de poussière de blé, pique la gorge. Et cet air embaume encore, il est passé à travers les eaux de l'orage de la nuit.

— Je vais voir, dit Maria, lui dire au moins qu'il faut attendre, le faire patienter.

Elle s'éloigne lentement, au pas de la promenade. Elle chante. Pierre l'attend, dans le soleil du chemin.

Elle chante la chanson qu'elle a chantée deux heures avant l'aurore pour Rodrigo Paestra. Un moissonneur entend, relève la tête, renonce à comprendre pourquoi des touristes se sont arrêtés là, recommence à travailler.

Elle avance machinalement du même pas tranquille que lui, Rodrigo Paestra, lorsqu'elle l'a quitté à quatre heures du matin. Le chemin se creuse tant que personne ne doit plus la voir. Sauf Pierre et Claire.

Comment nommer ce temps qui s'ouvre devant Maria ? Cette exactitude dans l'espérance ? Ce renouveau de l'air respiré ? Cette incandescence, cet éclatement d'un amour enfin sans objet ?

Ah ! il doit y avoir au fond de la vallée un torrent où roulent encore les eaux lumineuses de l'orage.

Elle ne s'est pas trompée. L'espérance était exacte. Le blé tout à coup, sur sa gauche, se troue. Là, elle ne les voit plus. Elle se trouve de nouveau seule avec lui. Elle écarte les blés et pénètre dedans. Il est là. Au-dessus de lui, le blé se recoupe avec naïveté. Sur une pierre, le blé se fût recourbé de la sorte, pareillement.

Il dort.

Les charrettes colorées qui sont passées ce matin dans le soleil levant ne l'ont pas réveillé. Il est là où il s'est posé, où il s'est jeté, foudroyé, lorsqu'elle l'a quitté. Il est couché sur le ventre, les jambes ineffablement repliées sur elles-mêmes, à peine, enfantinement, dans un instinct de leur confort irréductible au malheur. Les jambes qui ont porté Rodrigo Paestra dans son malheur si grand jusqu'à ce blé se sont accommodées, seules, et vaillantes, de son sommeil.

Les bras sont autour de la tête, de même que les jambes, dans un abandon enfantin.

— Rodrigo Paestra, appelle Maria.

Elle se penche. Il dort. Elle le portera en France ce corps-là. Elle l'emmènera loin, l'assassin de l'orage, sa merveille. Ainsi, il l'attendait. Il crut ce qu'elle lui dit ce matin. Des envies lui viennent de se couler le long de son corps, dans le blé, afin qu'à son réveil il reconnaisse quelque objet du monde, le visage anonyme et reconnaissant d'une femme.

— Rodrigo Paestra.

Elle appelle tout bas dans une crainte et un désir égaux de le réveiller, à demi courbée sur lui. Pierre et Claire ne doivent plus ni la voir ni l'entendre. Ni même l'imaginer.

— Rodrigo Paestra, dit-elle très bas.

Elle se croit saoule encore tellement lui vient de plaisir à retrouver Rodrigo Paestra. Elle le crut ingrat. Il était là, à l'attendre, elle, à l'heure exacte. Ainsi, vient le printemps.

Elle crie plus fort.

— Rodrigo Paestra. C'est moi. C'est moi.

Elle se penche davantage et l'appelle. Cette fois-ci de plus près, de plus bas.

Et c'est alors qu'elle est près de lui à le toucher qu'elle s'aperçoit que Rodrigo Paestra est mort.

Ses yeux sont ouverts face au sol. Cette tache autour de sa tête ainsi que sur les tiges de blé, qu'elle croyait être son ombre, est son sang. Il y a longtemps que cela s'est produit, peu après l'aurore sans doute, il y a six ou sept heures. Contre le visage, abandonné tel un jouet dans l'assaut d'un sommeil d'enfant, il y a le revolver de Rodrigo Paestra.

Maria se relève. Elle sort du champ de blé. Pierre est sur la route. Il vient vers elle. Ils se rejoignent.

— Ce n'est pas la peine d'attendre, dit Maria. Il est mort.

— Comment?

— La chaleur sans doute. C'est fini.

Pierre s'immobilise près de Maria. Ils se regardent et se taisent. C'est Maria qui sourit la première. Ainsi, à s'y tromper, se regardèrent-ils il y a très longtemps.

— Ça ne rime à rien, dit-elle. On va s'en aller.

Elle ne bouge pas de place. Pierre la quitte, va vers le creux du blé qu'elle vient de quitter. Il doit se pencher à son tour sur Rodrigo Paestra. Il est long à revenir. Mais il revient vers Maria. Claire et Judith les attendent, parfaitement silencieuses. Maria cueille un épi de blé, un autre, elle les tient, les lâche, en reprend et les lâche encore. Pierre est là.

— Il s'est tué, dit-il.

— Un imbécile. Un imbécile. N'en parlons plus.

Ils restent l'un en face de l'autre dans le chemin. Ils attendent l'un de l'autre un mot concluant de cet événement, un mot qui ne vient pas. Puis, Pierre prend l'épaule de Maria et il l'appelle.

— Maria.

De la Rover un autre appel arrive. Claire, c'est vrai. C'est Pierre qu'elle appelle. Pierre, d'un signe, répond. Ils viennent.

— Et le monsieur? demande Judith.

— Il ne viendra plus, dit Pierre.

Maria ouvre la portière arrière et demande à Claire de monter à l'avant. Elle gardera Judith avec elle, à l'arrière.

— Il est mort, dit Pierre tout bas à Claire.

— Comment?

Pierre hésite.

— Une insolation sans doute, dit-il.

Il met la Rover en marche et commence à faire demi-tour. La manœuvre est difficile. Il faut empiéter un peu sur les bas-côtés parce que le chemin est très étroit. En se retournant Pierre voit Maria qui a pris Judith dans ses bras et qui lui éponge le front. Elle le fait soigneusement, comme toujours. Claire, à l'avant, se tait. Maria ne voit pas sa nuque si belle se détacher sur les blés.

La manœuvre est terminée. Pierre remonte le chemin et, aussi longtemps qu'il dure, il le fait lentement. Voici la route de Madrid.

— Qu'est-ce qu'on fait? demande Claire.

Personne ne lui répond.

— Que j'ai soif, dit Judith.

Voici la route de Madrid. Monumentale, droite, elle continue. De nouveau, sans doute, les moissonneurs se sont-ils dressés dans les champs, mais aucun d'entre eux ne les voit. Pierre s'arrête de nouveau et se retourne vers Maria, sans un mot.

— Il n'y a aucune raison, dit-elle. Aucune raison pour que nous ne fassions pas ce que nous avons décidé de faire.

— Deux cent cinquante-trois kilomètres, dit Claire, exactement. On peut y être avant la nuit.

Pierre repart. Avec la vitesse la chaleur est plus supportable. Elle sèche la sueur, fait la tête moins lourde. Judith se plaint de nouveau d'avoir soif. Pierre lui promet qu'ils s'arrêteront dans le prochain village. Dans quarante-huit kilomètres. Judith se plaint encore. Elle s'ennuie.

— Elle s'ennuie, dit Claire.

Et, bien avant ce village, la route change tout à coup. Elle monte d'abord vers un sommet à peine sensible tant il est long à atteindre. Puis elle descend, au même rythme, vers une région plus élevée, pierreuse, lunaire. Elle redescend à peine, bien moins qu'elle montait, redevient plate et droite, encore.

— Le début de la Castille, sans doute? demande Claire.

— Sans doute, dit Pierre.

Judith crie qu'elle a soif, encore.

— Si tu pleures Judith, dit calmement Maria, si tu pleures...

Judith pleure.

— Je te laisse sur le bord de la route, crie Maria. Si tu pleures, attention à toi, Judith.

Pierre augmente de vitesse. De plus en plus. La Rover laisse derrière elle des nuages de poussière et de graviers. L'air est torride. Claire s'adosse à la banquette, fixe la route.

— Ce n'est pas la peine de se tuer, dit-elle.

Le blé disparaît. Il n'y a plus que des pierres, des amas de pierres complètement décolorées par le soleil.

Judith cesse de pleurer, se blottit contre sa mère. Pierre va de plus en plus vite malgré l'avertissement de Claire. Maria se tait.

— Maman, appelle Judith.

— On va se tuer, annonce Claire.

Pierre ne ralentit pas son allure. Il va si vite que Judith est ballottée de-ci de-là, du dossier de la banquette à sa mère. Sa mère la retient d'un geste du bras, contre sa hanche. Et Judith reste là, à pleurnicher de nouveau.

— Pierre, appelle Claire. Pierre.

Il ralentit un peu. Le plateau cesse et la route monte de nouveau. À son sommet, encore, elle redevient étale mais cette fois-ci elle ne redescendra plus. Un cirque de montagnes est au bout, aux sommets ronds. À mesure de l'avance d'autres montagnes se découvrent, dans un amoncellement extravagant. Les unes sur les autres, il y en a maintenant de tous les côtés, les unes se reposant sur les autres de leur poids entier, dans une bousculade insensée, blanches, rosies ou bleuies par des sulfures à nu sous le soleil.

— Maman, crie de nouveau Judith.

— Tais-toi, tais-toi, crie Maria.

— Elle a peur, déclare Claire. Judith a peur.

Pierre ralentit encore. Dans le rétroviseur il voit Maria enlacer Judith, et l'embrasser, et Judith qui, enfin, sourit.

Le voyage se poursuit à une allure naturelle. Ils ne sont plus qu'à dix kilomètres du village annoncé par Pierre. Une pause se produit, la première après la précipitation du temps et de l'humeur qui a suivi la découverte du cadavre de Rodrigo Paestra dans les blés.

— Les chambres, dit alors Claire. Il faudra ne pas oublier de les louer par téléphone avant ce soir. On s'était promis de le faire, hier, avant trois heures de l'après-midi.

Maria lâche Judith qui maintenant est calme. Maria retrouve Claire, la beauté de Claire qui en ce moment pourrait la porter jusqu'aux larmes. Claire est là, posée de profil sur le ciel et contre les montagnes sulfureuses et lactées qui, à l'horizon, annoncent l'avance toujours plus grande du voyage et de son terme, ce soir, Madrid. Ce soir, Pierre. Elle a eu peur tout à l'heure, lorsque Pierre roulait vite, de mourir dans une telle attente. Maintenant, elle est devenue pensive et cette attente d'une chambre, ce soir, à Madrid, pour ce soir à Madrid, de son lovement contre Pierre, ce soir, à Madrid, nue, dans la chaleur moite des chambres fermées au jour, lorsque Maria dormira dans le sommeil solitaire qui suit l'alcool, l'emporte tout à fait sur sa peur.

Peut-on déjà les voir, dans ce lit blanc, à Madrid, ce soir, cachés ? On le peut, excepté la nudité de Claire qu'elle ignore.

— Je t'aimerai toujours, Claire, dit Maria.

Claire se retourne et ne sourit pas à Maria. Pierre ne se retourne pas. Un silence se fait dans la Rover. Jamais encore Claire ne s'est montrée nue à Maria. Elle le fera ce soir, devant Pierre. Cette échéance est aussi inéluctable que celle, tout à l'heure, du crépuscule. Dans le regard de Claire, le sort de cette nuit se lisait.

— Judith, regarde, crie Pierre.

C'est le village qu'il voulait atteindre. Celui-ci avance vite, pareil à celui de Rodrigo Paestra. Pierre ralentit. Ses mains sont belles sur le volant, souples, longues, brunies, d'une ductilité désormais unique. Claire les regarde beaucoup.

— C'est un parador, dit Pierre. Il est à la sortie du village.

Ce village est déjà dans la paix de la sieste. Le parador est dans un bois de pins, là où Pierre a dit.

C'est une immense demeure assez ancienne, entièrement close sur la chaleur. Il y a beaucoup d'autos sous les pins. Une terrasse ronde, qui donne sur la campagne est vide.

L'heure du déjeuner est arrivée sans qu'ils s'en soient aperçus. Tout le monde mange déjà. Il y en a qui viennent de l'hôtel Principal. Ils se reconnaissent. Claire sourit à une jeune femme.

— J'ai faim, découvre Judith.

La fraîcheur des salles pleines qui se succèdent en quinconce est telle qu'elle jette dans une aise imprévue.

— Quelle chaleur il faisait, dit enfin Maria.

On les installe dans un box qui donne sur le bois de pins – on le voit à travers les stores et on découvre, parallèlement à lui, un bois d'oliviers. Une allée les sépare. On donne de l'eau à Judith. Judith boit longuement. Ils la regardent boire. Elle cesse de boire.

Maria est entre eux, Claire et Pierre. Ils l'entourent. Même eux ont commandé une manzanilla. Judith, ranimée, commence à remuer dans l'espace qui se trouve entre leur table et l'entrée du parador. Maria boit des manzanillas.

— C'est bon, dit-elle. Je crois que je boirai toujours.

Elle boit. Claire s'étale sur la banquette et rit.

— Comme tu veux, Maria, dit-elle.

Elle jette autour d'elle le regard circulaire, rapide, du bonheur. La salle à manger est pleine. C'est l'été, en Espagne. Des odeurs de nourriture fruitée continuent, à cette heure-là, chaque jour, et aujourd'hui aussi, à porter à la nausée.

— Que je n'ai pas faim, annonce Claire.

— Nous n'avons pas faim, dit Maria.

Pierre fume et boit de la manzanilla. Depuis le départ en vacances, il reste silencieux, longtemps, entre ces deux femmes.

Pierre commande des langoustines grillées. Maria commande de la viande pour Judith, bonne et tendre. On le promet. On assied Judith sur une chaise rehaussée de coussins, seule à la table.

— Nous lui aurions fait une belle existence, commence Maria, et peut-être je l'aurais aimé.

— Qui le saura jamais ? dit Claire.

Elles rient ensemble et puis elles se taisent et puis Maria continue à boire des manzanillas.

On apporte à Judith une viande acceptable. Et peu après on apporte les langoustines grillées et des olives.

Judith mange bien.

— Enfin, dit Pierre en regardant son enfant, enfin elle a faim.

— L'orage, dit Claire. Ce matin aussi elle avait faim.

Judith, avec sagesse, se nourrit. Maria lui coupe de la viande. Elle mâche et elle avale. Maria recommence. Tout en la regardant se nourrir si bien, ils mangent. Les langoustines sont brûlantes et fraîches, croquantes sous les dents, à l'odeur du feu.

— Tu aimes ça, Pierre, dit Claire.

Elle en a une dans la bouche. On entend ses dents la mordre. Elle recommence à ne plus pouvoir se dérober au désir qu'elle a de Pierre. La voici revenue de sa férocité, la voici belle, sauvée du péril qu'était, vivant, Rodrigo Paestra. Sa voix est de miel lorsqu'elle lui demande – sa voix en est changée – s'il aime ça, à l'égal d'elle.

— On le trouvera tout à l'heure, dit Maria, dans quatre heures. Pour le moment, il est toujours dans le blé.

— Tu sais, d'en parler n'y change rien, dit Claire.

— L'envie m'en vient tout de même, dit Maria. Faut-il m'en empêcher ?

— Non, dit Pierre, non, Maria. Pourquoi ?

Maria boit encore. Les langoustines sont les meilleures de l'Espagne. Maria en redemande. Ils mangent plus qu'ils ne pensaient manger. Et, tandis que la fatigue arrive sur Maria, Claire se ranime comme Judith, et elle dévore ces langoustines. Celles qu'il mange aussi, lui.

— À peine jouée, la partie était perdue, continue Maria. Ce sont ces parties perdues là qui vous portent à épiloguer sans fin.

— J'aurais eu beaucoup de plaisir à sauver Rodrigo Paestra, dit Pierre, je l'avoue.

— Ce n'était pas le soleil, n'est-ce pas ? demande Claire.

— C'était le soleil, dit Pierre.

Judith n'a plus faim. Elle veut bien d'une orange. C'est Pierre qui la lui épluche avec soin. Judith suit ses gestes avec une attention envieuse.

Ils n'ont plus faim. Une ombre verte arrive par les contrevents aveuglés de stores. Il fait frais. Claire s'est étalée de nouveau, tout entière sur la banquette aux yeux de Pierre. Il ne la regarde pas, mais comment pourrait-il l'ignorer ? Elle regarde vers les stores, sans le voir, le bois d'oliviers. L'ombre de la chaleur danse dans ses yeux. Ses yeux sont dans un éveil violent, ils sont mobiles comme l'eau. Bleus, comme sa robe, bleu sombre à l'ombre verte des stores. Que s'est-il passé ce matin dans l'hôtel tandis qu'elle dormait, Maria ?

Maria ferme à moitié les yeux pour mieux voir cette femme, Claire. Mais rien n'est visible de Claire que la fixité frémissante de son regard sur le store. Et tout à coup, la surveillance de Maria surprise se terre. C'est alors que Pierre se lève tout à coup, qu'il va vers la porte, qu'il l'ouvre – dans une illumination – et qu'il sort. Dix minutes se passent.

— Je voudrais qu'il revienne, dit Maria.

Claire fait un geste vague : elle ne sait pas où est allé Pierre. Elle reste ainsi, le visage vers la porte d'entrée, dans le refus de regarder Maria. Elles se taisent jusqu'à ce qu'il revienne. Il fume une cigarette qu'il a dû allumer sur la terrasse.

— L'air brûle, dit-il.

On fait descendre Judith de sa chaise.

— Où étais-tu Pierre ? demande Claire.

— Sur la terrasse. La route est vide.

Il reste un peu de manzanilla dans la carafe. Maria le boit.

— Je t'en prie, Maria, dit Pierre.

— Enfin la fatigue me vient, dit Maria. Mais c'est la dernière que je bois.

— On ne peut pas encore partir, par cette chaleur, n'est-ce pas, Pierre ? demande Claire.

Elle a montré Judith. Judith bâille.

— Mais non, dit Maria. Elle doit dormir un peu.

Judith rechigne. Pierre la prend dans ses bras et il va l'installer sur un grand canapé qui est dans l'ombre épaisse du fond du hall d'entrée. Judith se laisse faire. Pierre revient vers Maria et Claire. Claire le suit du regard, tout entier, lorsqu'il revient. Il se rassied dans le box. Il faut attendre la fin de la sieste de Judith.

— Elle dort déjà, dit-il – il s'est retourné vers son enfant.

— On l'aurait emporté en France, continue Maria. Il serait devenu notre ami peut-être. Qui sait ?

— Jamais on ne saura, dit Pierre – il sourit – ne bois plus, Maria.

— Quelle fatigue, dit Maria – c'est à Pierre qu'elle parle – il semble qu'on puisse lutter contre tout au monde excepté contre cette fatigue-là. Je vais dormir.

Maria est douce. Et à cette douceur Pierre est fait comme il le fut à son corps même. Il sourit à Maria.

— C'est la fatigue venue de loin, dit-il, accumulée, faite de tout, exactement de tout. Quelquefois elle se fait voir. Aujourd'hui, Maria. Mais tu le sais bien.

— On a toujours une trop grande confiance dans ses forces, dit Maria, je crois que je vais bien dormir.

— Tu as toujours eu une trop grande confiance dans tes forces, dit Claire. Elles se sourient.

— L'alcool, dit Maria, que veux-tu. Et après, la méfiance dans laquelle on se tient, tu ne peux pas savoir.

— Je ne sais pas. On peut toujours parler comme ça jusqu'à ce soir.

— Oh non, dit Maria, je vais dormir.

Elle s'étale sur la banquette. Claire est en face d'elle.

Pierre retourne voir Judith.

— Ce qu'elle dort bien, dit-il.

— On croit que c'est possible, dit Maria, mais elle est vraiment trop petite pour des voyages pareils, si longs, et dans cette chaleur.

Elle a pris sur la banquette la place de Pierre. Beaucoup de touristes s'étalent de même qu'elle. Quelques hommes sont par terre, allongés sur les tapis de corde. Les salles sont silencieuses. Tous les enfants dorment et on parle bas.

— Je l'aurais emmené en voyage, beaucoup, de voyage en voyage – elle bâille – et petit à petit, jour par jour, je l'aurais vu changer, me regarder, puis m'écouter, et puis...

Elle bâille encore, s'étire et ferme les yeux.

— Tu ne bois plus rien avant Madrid, dit Pierre. Rien.

— Rien. Je promets. Je n'ai pas assez bu pour...

— Pour quoi ? demande Claire.

— Pour être plus bavarde encore, dit Maria. Et pour me désespérer trop de l'abandon de Rodrigo Paestra. Tu sais ce que c'est, je m'étais promis de jouer une grande partie avec Rodrigo Paestra. Et puis voilà, voilà qu'elle a échoué aussitôt entreprise. C'est tout. Mais je n'ai pas assez bu pour ne pas l'admettre. Que j'ai sommeil ! Je dors, Claire.

Elle ferme les yeux. Où sont-ils ? Elle entend Claire.

— Encore une demi-heure et pourra-t-on réveiller Judith ?

Pierre ne répond pas. Alors une dernière fois, Maria parle.

— Si tu veux. Comme tu veux. Moi je dormirais bien jusqu'à ce soir.

Pierre dit qu'il va téléphoner au National Hôtel de Madrid pour retenir trois chambres. Il parle à voix basse. Il va téléphoner. Rien ne se passe. Claire doit être là. Ce soupir près de Maria, cette odeur de santal dans l'air, c'est la présence de Claire. Maria rêve qu'elle dort.

Pierre revient. Les trois chambres sont réservées pour ce soir au National Hôtel à Madrid, dit-il. Ils se taisent un moment. Des chambres à Madrid pour ce soir. Ils savent qu'une fois à Madrid Maria voudra boire et traîner dans les bars. Il leur faudra beaucoup de patience. Ils ferment les yeux tous deux dans une réciprocité parfaite. La honte leur interdit de se regarder en sa présence, même si elle dort. Ils se regardent quand même dans l'impossibilité de le faire. Puis referment les yeux une nouvelle fois dans l'urgence intenable de leur désir. C'est Claire qui dit :

— Elle dort.

Quel calme. Claire caresse doucement la toile rêche du canapé. Et à force de la caresser, elle l'écorche de ses ongles. Pierre le voit, suit la progression de la caresse de Claire, la voit s'arrêter brusquement, se détacher douloureusement du canapé puis retomber sur sa robe bleue. C'est sûrement elle qui se lève la première et qui sort du box. Ce froissement de l'air, à peine sensible, ce crépitement de jupes dépliées, cette lenteur, cette langueur dans le redressement du corps, c'est une femme. Ces effluves résineux, sucrés d'un parfum mûri par la peau, réajusté à elle, à sa respiration et à son salissement, à son échauffement dans la tanière de sa robe bleue, entre mille elle les reconnaîtrait.

Le parfum cesse autour de Maria de même que tombe le vent. Il l'a suivie. Maria ouvre les yeux en toute certitude. Ils ne sont plus là. Enfin.

Maria referme de nouveau les yeux. Ça va être fait. Dans une demi-heure. Dans une heure. Et puis la conjugaison de leur amour s'inversera.

Elle voudrait voir se faire les choses entre eux afin d'être éclairée à son tour d'une même lumière qu'eux et entrer dans cette communauté qu'elle leur lègue, en somme depuis le jour où, elle, elle l'inventa, à Vérone, une certaine nuit.

Elle dort, Maria?

Il y a, dans ce parador, dans cette demeure close sur l'été, pourtant, des ouvertures sur cet été. Il doit y avoir un patio. Des couloirs qui tournent et meurent vers des terrasses désertées où des fleurs, chaque jour, en cette saison, se meurent aussi, en attendant le soir. Dans ces couloirs, sur ces terrasses, personne ne va dans la journée.

Claire sait qu'il la suit. Elle sait. Il l'a déjà fait. Il sait suivre la femme qu'il désire, d'assez loin afin qu'elle s'exaspère un peu plus qu'il ne faudrait. Il les préfère ainsi, lui.

Là, il n'y a personne, toujours à cause de la chaleur mortelle de la campagne. Sera-ce là? Claire s'est arrêtée, au comble, comme il la veut, de l'exaspération venue de ce qu'il ne l'ait pas encore rejointe, que son pas, derrière elle, soit resté calme, égal.

Il a atteint Claire. Il a atteint la bouche de Claire. Mais elle ne veut pas la lui donner.

— Il faut compter une heure, dit-elle, avant qu'elle se réveille. On peut louer une chambre. Je peux le faire moi, la louer, si ça te gêne. Je n'en peux plus.

Il ne répond pas.

— Je la connais, continue-t-elle, je savais qu'elle allait s'endormir. As-tu remarqué? Après quatre manzanillas, déjà, elle en est déjà là, elle s'endort.

Il ne répond pas.

— Mais l'as-tu remarqué? Je t'en supplie. L'as-tu remarqué? Pierre?

— Oui. Elle ne dort pas, aujourd'hui.

Elle va vers lui et se tient contre lui tout entière, de la tête aux pieds, de ses cheveux à ses cuisses, tout entière elle s'en remet à lui. Ils ne s'embrassent pas.

L'alcool fait battre le cœur plus que de raison. Quelle durée avant le soir. Maria entrouvre ses cuisses où bat son cœur, un poignard.

— Serait-ce que je t'ai perdu, déjà?

— Mon amour. Comment peux-tu?...

Elle se retire de lui, s'éloigne, s'éloigne encore. Il est seul. Lorsqu'elle revient il est toujours à la même place, cloué. Elle a à la main, une clef.

— C'est fait, dit-elle.

Pierre ne répond pas. Elle est passée devant lui, sans s'arrêter. Il l'a entendue dire que c'était fait. Elle s'éloigne. Il la suit de loin. La voici dans un escalier qui, lui, est dans l'ombre. Même les femmes de chambre dorment encore. Dix minutes à peine ont passé depuis qu'ils ont quitté Maria. Elle se retourne dans l'escalier.

— Pour la sieste, j'ai dit.

Voici la chambre qu'il faut ouvrir. Cela, c'est lui qui le fait. C'est une très grande chambre qui donne sur le bois d'oliviers. C'est elle qui, ralentie tout à coup, ouvre la fenêtre et le dit.

— Quelle chance. Regarde. – Elle ajoute, criante : — Ah, je n'en pouvais plus. Il regarde, et c'est tout en regardant en même temps qu'elle, qu'il ose commencer à la toucher. Il lui ferme la bouche pour qu'elle ne crie plus.

La chaleur est encore éblouissante dans la campagne déserte.

Est-ce la dernière fois du monde que bat son cœur de la sorte, si déraisonnablement ? Elle ouvre à peine les yeux. Ils ne sont plus là. Elle les referme. Ses jambes remuent et se reposent sur la banquette. Puis elle se relève et regarde, par les persiennes ouvertes, leur même bois d'oliviers, pétrifié par la chaleur. Puis elle se recouche, de nouveau ferme les yeux. Elle croit qu'elle dort. Le cœur s'est calmé. Elle boit trop. Tous le disent, lui surtout. Tu bois trop, Maria.

La fenêtre est au milieu du mur, exactement. Le bois est là. Les oliviers sont très anciens. Sur la terre où ils sont, aucune herbe. Ils ne regardent pas le bois.

Pierre, allongé sur le lit, la regarde défaire sa robe bleue et venir vers lui, nue. Il saura plus tard, qu'il l'a vue arriver dans le cadre de la fenêtre ouverte, entre les oliviers. Le saura-t-il plus tard ? Elle a défait sa robe très vite et elle l'a enjambée et la voici.

— Tu es belle. Dieu que tu l'es.

Ou peut-être aucune parole ne sera-t-elle prononcée.

Le suicide de Rodrigo Paestra dans les blés, au petit matin, était prévisible. Dans l'inconfort, le bruit des charrettes, la chaleur toujours grandissante du soleil, la présence de cette arme dans sa poche qui le gênait pour s'allonger, pour s'endormir l'a fait se souvenir de cette aubaine, oubliée distraitement jusque-là, la mort. Maria dort. Elle en est certaine. Si elle insistait, elle rêverait. Mais elle n'insiste pas. Elle ne rêve pas. C'est admirable, ce calme soudain qui suit la découverte de son éveil. Elle ne dormait donc pas.

Pierre se lève du lit le premier. Claire pleure. Claire pleure de plaisir encore lorsque Pierre se lève du lit.

— Elle sait tout, dit-il. Viens.

Alors les pleurs de Claire se calment.

— Tu crois?

Il le croit. Il est tout habillé auprès d'elle, nue encore. Puis il se tourne vers la fenêtre et répète qu'il faut partir.

— Tu ne m'aimes pas? demande-t-elle.

Sa voix s'est assombrie. Il le lui dit.

— Je t'aime. J'ai aimé Maria. Et toi.

À travers la fenêtre, le paysage s'est adouci. Il ne veut pas savoir qu'elle se lève du lit. Le soleil est moins vertical. L'ombre des oliviers, insensiblement, pendant leur amour a commencé à s'allonger. Un fléchissement de la chaleur se produit. Où est Maria? Maria a-t-elle bu jusqu'à mourir? La facilité royale qu'a Maria à boire et à mourir l'a-t-elle conduite dans les blés, loin, rigolante, à l'instar de Rodrigo Paestra? Où se trouve cette autre femme, Maria?

— Vite, dit Pierre. Viens.

Elle est prête. Elle pleure.

— Tu n'aimes plus Maria, crie-t-elle. Rappelle-toi, tu n'aimes plus Maria.

— Je ne sais pas, dit Pierre. Ne pleure pas, ne pleure pas, Claire. Une heure déjà que nous l'avons quittée.

Elle regarde elle aussi le paysage et s'en détourne aussitôt. Elle se farde dans la glace, à côté de la fenêtre. Elle retient ses pleurs.

Morte dans les blés, Maria? Avec sur le visage, un rire arrêté dans sa course, la rigolade au plus fort d'elle-même? Rigolade solitaire de Maria dans le blé. Le paysage est le sien. Cette mollesse soudaine dans les ombres des oliviers, cette chaleur qui tout à coup, cède le pas au soir qui s'annonce, ces signes divers qui accourent de toutes parts de la fin de la culmination du jour ramènent à Maria.

Pierre est à la porte de la chambre. Il a la main sur la poignée. Elle est au milieu de la chambre. Il dit qu'il descend le premier. Sa main tremble sur la porte. Alors elle crie.

— Mais qu'est-ce qu'il y a? Pierre, Pierre, parle-moi.

— Je t'aime, dit-il. Ne crains rien.

Ce sont les touristes qui l'ont réveillée. Ils partent tous dans la gaîté.

Judith est là, caressée et ravie, les cheveux encore collés par la sueur de la sieste, dans le champ de la porte d'entrée, des cailloux de la cour dans ses mains heureuses. Maria se relève et Judith accourt.

— J'ai chaud, dit Judith. Et elle s'éloigne.

Ils ne sont pas encore là. L'imagination de la chaleur pèse encore, il fait dans le parador une lumière différente. Les stores ont été relevés après l'amour.

— Je vais te baigner, dit Maria à Judith. Tu vas voir. Dans cinq minutes.

Le maître d'hôtel passe. Maria commande un café. Elle reste assise en l'attendant. Et c'est alors que Pierre arrive.

Il est arrivé par la salle de restaurant. Il est devant elle.

— Ah que j'ai bien dormi, dit Maria.

Le maître d'hôtel apporte le café et Maria boit goulûment. Pierre s'assied près d'elle, fume une cigarette et se tait. Il ne regarde pas Maria mais Judith, tantôt Judith, tantôt la porte d'entrée. Lorsque Claire arrive, il se recule un peu afin de lui faire de la place.

— Tu as dormi?

— Oui, dit Maria, longtemps?

— Je ne sais pas, dit Claire. Tout le monde est parti. Longtemps sans doute. Oui. Elle ajoute : — C'est bien que tu aies dormi.

— Tu devrais boire un café, dit Maria. Pour une fois qu'il est bon.

Claire le commande. Elle se tourne vers Maria.

— Pendant que tu dormais nous nous sommes promenés dans les bois qui sont derrière l'hôtel, dit-elle.

— Et la chaleur était affreuse?

— Affreuse. Mais il suffit d'en prendre son parti. Tu sais bien.

— Les chambres sont retenues à Madrid, dit Pierre. Alors un peu plus tard ou un peu plus tôt, on partira quand tu le voudras, Maria.

— Je donne une douche à Judith. Et nous partons pour Madrid?

Ils sont d'accord. Maria emmène Judith dans la douche du rez-de-chaussée. Judith se laisse faire. Maria la met sous la douche. Judith rit. Et Maria la rejoint sous la douche. Et elles rient.

— Que vous êtes fraîches, dit Claire lorsqu'elles reviennent. Elle se jette sur Judith et elle l'embrasse.

Dehors on pourrait croire que la chaleur est égale à elle-même. Mais l'humeur a changé. On est loin du matin et de ses affres. Et on vit dans l'espérance de la venue du soir. Les paysans sont de nouveau dans les champs, à moissonner le même blé, et les montagnes roses, à l'horizon, rappellent la jeunesse passée du matin.

Claire conduit. À côté d'elle Pierre se tait. Maria a désiré être à l'arrière avec Judith. Ils avancent vers Madrid. Claire conduit avec une grande sûreté, à peine plus rapidement que d'habitude. C'est en cela seulement qu'en apparence, l'allure du voyage s'est modifiée. Il ne sert à rien d'en faire la remarque, cette modification étant acceptée et comprise par chacun.

La Castille les porte jusqu'aux heures qui précèdent le soir.

— Dans une heure et demie au plus tard, dit Pierre, nous serons à Madrid.

À la traversée d'un village, Maria désire s'arrêter. Pierre n'y voit pas d'objection. Claire s'arrête. Pierre lui allume une cigarette. Leurs mains s'assemblent et se touchent. Ils ont maintenant des souvenirs précis.

Le village est assez important. Ils s'arrêtent dans le premier café qu'ils trouvent, à l'entrée. Tous les paysans sont encore dans les champs. Ils sont les seuls clients. La salle de café est très grande, vide. Il faut appeler pour être servi. Une radio dans une arrière-salle n'arrive pas à couvrir l'infatigable zézaiement des mouches sur les vitres. Pierre appelle plusieurs fois. La radio cesse. Un homme arrive, encore jeune. Maria veut du vin ce soir. Pierre aussi. Claire ne boira rien. Judith non plus.

— Comme il fait bon, dit Maria.

Ils ne répondent pas. Judith parcourt la salle et regarde les fresques des murs. Des scènes de moisson. Des enfants sous des charrettes jouent avec des chiens. Un repas est pris en famille dans une solennité naïve, dans les blés, toujours, sur tous les murs, à perte de vue.

— Rien qu'à la regarder, dit Pierre, on saurait que la chaleur a commencé à baisser.

Maria l'appelle et la recoiffe un peu. Elle est mince, nue dans un petit maillot de bain. Elle grimace légèrement sous les coups de peigne.

— Elle sera aussi belle que toi, dit Claire.

— Je le crois aussi, dit Pierre. C'est toi, complètement.

Maria l'éloigne un peu pour mieux la voir et la lâche de nouveau vers le blé des fresques.

— C'est vrai qu'elle est belle, dit-elle.

Maria boit le vin. L'homme, derrière le bar, regarde Claire. Pierre s'arrête de boire. Il faut attendre que Maria ait fini la carafe de vin. C'est un mauvais vin, acide et tiède. Mais elle dit qu'elle l'aime.

— Ce soir, dit-elle, on pourrait sortir. On passera à l'hôtel, on se douchera, on se changera et on pourrait sortir, non ? Je confierai Judith à une femme de chambre, très vite, en arrivant. Non ?

— Bien sûr, dit Pierre.

Maria boit de nouveau. Pierre regarde le vin diminuer dans la carafe. Elle boit lentement. Il faut attendre.

— Mais tu es fatiguée, répond Claire.

Maria fait la moue comme si le vin, tout à coup, était de trop.

— Non, tu vois, le soir, jamais.

Elle fait signe à l'homme derrière le bar.

— Est-ce qu'il y a d'autres nouvelles de Rodrigo Paestra depuis ce matin?

L'homme cherche et se souvient. Un criminel.

— Mort, dit-il.

Il lève la main et pose sur sa tempe un revolver imaginaire.

— Comment le sait-on? demande Pierre.

— La radio, il y a une heure. Il était dans un champ.

— Déjà, dit Maria. Je m'excuse de vous avoir ennuyés avec cette histoire.

— Tu ne vas pas recommencer, Maria.

— Je le savais, dit Claire.

Maria a fini son vin. Le patron est reparti derrière son bar.

— Viens, Maria, dit Pierre.

— Je n'ai pas eu le temps de le choisir, dit Maria. Il est tombé sur moi. À la frontière on l'aurait lâché dans les bois et on l'aurait attendu au bord d'une rivière, la nuit. Quelle peur. Il serait arrivé. Du moment qu'il aurait passé le temps qu'il fallait pour atteindre la frontière sans se tuer, il ne se serait plus tué, ensuite, quand il nous aurait connus.

— Tu ne peux pas essayer de l'oublier?

— Je ne le désire pas, dit Maria. Il occupe toutes mes pensées. Il n'y a que quelques heures, Claire.

Ils sortent. Déjà, des charrettes arrivent des champs. Ceux qui ont fini le plus tôt. Ils sourient aux touristes. Leurs visages sont gris de poussière. Il y a des enfants endormis.

— La vallée du Jucar est belle, dit Claire. Cent kilomètres avant Madrid. On devrait y entrer maintenant.

C'est Pierre qui conduit. Claire veut Judith avec elle. Maria la lui laisse. Claire a les mains sur Judith. Maria s'endort très vite après le village, une nouvelle fois. Ils ne la réveillent pas pour voir la vallée du Jucar, mais seulement lorsque Madrid est en vue. Le soleil n'est pas tout à fait couché. Il est au ras du blé. Ils arrivent à Madrid comme prévu, avant le coucher du soleil.

— Ah, que j'étais fatiguée, dit Maria.

— Madrid, regarde.

Elle regarde. La ville s'avance vers eux comme une montagne de pierre tout d'abord. Puis on s'aperçoit que cette montagne se crible de trous noirs que le soleil creuse, et qu'elle s'étale géométriquement en des masses rectangulaires de différentes hauteurs départagées par des espaces vides où la lumière s'engouffre, rose, en une aurore lassée.

— Que c'est beau, dit Maria.

Elle se relève, passe les mains dans ses cheveux, regarde Madrid entourée par la mer du blé.

— Que c'est dommage, ajoute-t-elle.

Claire se retourne brusquement et elle profère comme une insulte :

— Quoi ?

— Qui sait ? Peut-être la beauté.

— Tu ne savais pas ?

— Je dormais. Je m'en aperçois à l'instant.

Pierre ralentit l'allure, forcé de le faire tant Madrid est belle de si loin encore.

— La vallée du Jucar était belle aussi, dit-il. Tu n'as pas voulu te réveiller.

L'hôtel est encore plein. Mais leurs chambres sont réservées.

Il est possible de faire manger Judith qui tombe de sommeil.

Les chambres gardent encore la chaleur du jour. Alors la douche y est bonne. On la prend longue, drue, tiède parce que la chaleur a pénétré la ville jusque dans la profondeur de ses eaux. On la prend seule.

Claire, dans sa chambre, se prépare pour ses noces de la nuit qui vient. Pierre, étendu sur son lit, pense à ces noces attristées par le souvenir de Maria.

Leurs chambres sont mitoyennes. Claire, dans le plaisir, ce soir, ne pourra pas crier.

Judith dort. Claire et Maria se préparent pour leurs différentes nuits. Il vient à Pierre des souvenirs de Vérone. Il se lève de son lit, sort de sa chambre et frappe à la porte de sa femme Maria. Il vient à Pierre le goût pressant d'amours défuntes. Quand il entre dans la chambre de Maria, il est dans cet endeuillement de son amour pour Maria. Ce qu'il ignorait c'était l'enchantement poignant de la solitude de Maria par lui provoquée, de ce deuil de lui-même porté par elle ce soir-là.

— Maria, dit-il.

Elle l'attendait.

— Embrasse-moi, dit-elle.

Elle a sur elle, répandu le parfum irremplaçable de son pouvoir sur elle, de son manquement à son amour pour elle, de son bon vouloir d'elle, elle a sur elle, l'odeur de la fin de l'amour.

— Encore, embrasse-moi encore, dit Maria. Pierre. Pierre.

Il le fait. Elle se recule et le regarde. Judith dort. Il sait ce qui va suivre. Le sait-il? Elle se recule vers le mur et le regarde toujours au lieu de s'avancer sur lui avec son impudeur habituelle.

— Maria, appelle-t-il.

— Oui. – Elle l'appelle aussi — Pierre.

Elle prend la pose de la honte, les yeux baissés sur son corps. Et pourtant elle crie de peur.

Il s'avance vers elle. Un doigt sur la bouche, il lui fait signe de ne pas réveiller Judith. Il est sur elle. Elle se laisse faire.

— Embrasse-moi, embrasse-moi, vite, je t'en supplie, embrasse-moi.

Il le fait encore. Et elle se recule, très calmement, encore.

— Qu'est-ce qu'on pourrait faire? demande-t-elle.

— Tu es dans ma vie, dit-il. Je ne peux plus me contenter de la seule nouveauté d'une femme. Je ne peux pas me passer de toi. Je le sais.

— C'est la fin de notre histoire, dit Maria. Pierre, c'est la fin. La fin d'une histoire.

— Tais-toi.

— Je me tais. Mais, Pierre, c'est la fin.

Pierre s'avance vers elle, lui prend le visage dans les mains.

— Tu es sûre?

Elle dit que oui. Elle le regarde dans l'épouvante.

— Depuis quand?

— Je viens de m'en apercevoir. Peut-être depuis longtemps.

On frappe à la porte. C'est Claire.

— Vous tardiez, dit-elle – elle est pâlie tout à coup. — Vous venez? Ils viennent.

Un homme danse sur l'estrade une danse solitaire. L'endroit est comble. Il y a beaucoup de touristes. L'homme danse bien. La musique relaie ses pas sur les planches nues et salies. Des femmes l'entourent, dans ces robes de gitane criardes, hâtivement mises, défraîchies. Ils ont dû danser tout l'après-midi. C'est le surmenage du plein été. Quand l'homme cesse de danser l'orchestre joue des pasos dobles et l'homme les chante dans un micro. Il a, plaqué sur le visage, tantôt un rire de craie, tantôt le masque d'une ivresse amoureuse, langoureuse et nauséeuse qui fait illusion sur les gens.

Dans la salle, parmi les autres, entassés comme les autres, Maria, Claire et Pierre regardent ce danseur.

Il est dix

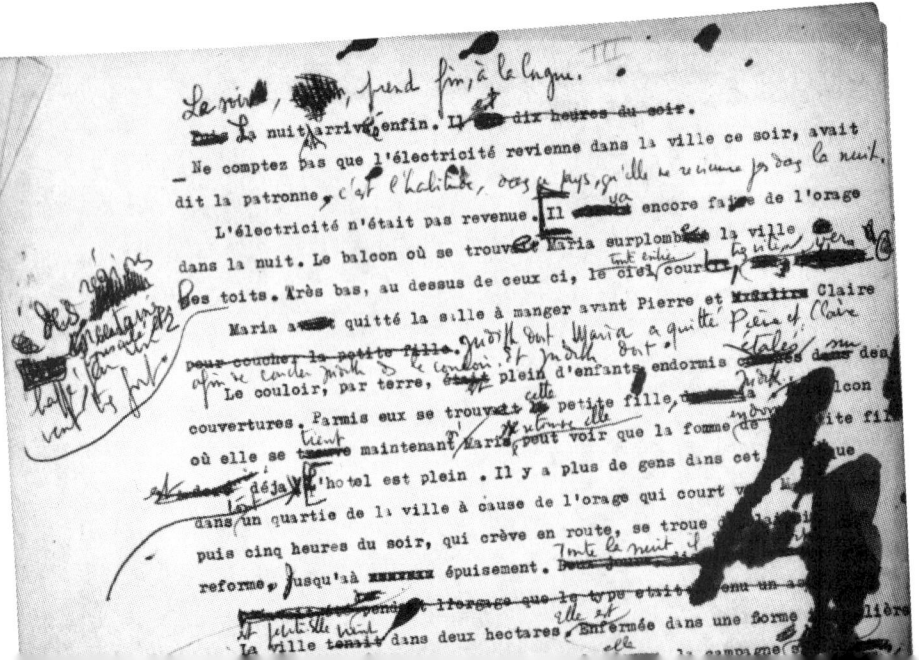

heures du soir.

Entre la nature de Melina et le monde extérieur il semble qu'il n'y a rien. Elle échappe à la dissection psychologique. Elle est là, entière, devant vous ou elle n'est pas là du tout. La manière, l'accommodement, le compromis, elle ne doit pas savoir ce que ça signifie.

« Melina », Vogue, *1966, repris dans* Outside, *1984.*

Claire comprend ce qu'aurait voulu Maria, la terrible contradiction dans laquelle s'est trouvée Maria, qui après lui avoir «donné» Pierre a voulu le lui reprendre. Claire s'est mise à aimer Pierre et elle attend, insolemment, son heure.
Cette heure, Maria la leur donnera, à Madrid, le soir même de ce jour. Maria a reconnu dans le désespoir de Paestra le paradis perdu de l'amour fou. À côté de celui-ci leurs difficultés paraissent dérisoires. Une lumière violente se fait sur toute cette affaire. L'adultère n'est charmant que lorsqu'il se fait dans l'interdiction même mensongère. Si l'interdiction est levée, il est sans charme. Maria lève l'interdiction de l'adultère: qu'ils fassent comme ils voudront, elle se retire du jeu. Maria se retrouve dans une solitude abominable et superbe, à Madrid, un soir de vacances. Troublante défaite? Victoire?
Car, que deviendront-ils, les autres, sans elle? On ne sait pas.

«Melina», Vogue, 1966, repris dans Outside, 1984.

MARGUERITE DURAS COLLABORE ACTIVEMENT, EN 1966, À L'ÉCRITURE DU SCÉNARIO ET AU TOURNAGE DU FILM DE JULES DASSIN. EN TÉMOIGNENT DE NOMBREUX DOCUMENTS CONSERVÉS DANS SES ARCHIVES : TELS CE BROUILLON POUR LE SYNOPSIS DU FILM (CI-CONTRE À DROITE) OU LES TEXTES (VOIR PAGE SUIVANTE) DANS LESQUELS ELLE DONNE À L'INTENTION DES INTERPRÈTES (ICI ROMY SCHNEIDER) QUELQUES CLÉS POUR LA COMPRÉHENSION DE SES PERSONNAGES.

" Mystérieux est ce qui se met

IV   Maria — Claire

Maria a un mystère au sens où Blanchot l'entend :
" Mystérieux est ce qui se met à découvert sans se découvrir."

Elle est abandonnée elle même, elle parle, agit selon une impulsion
naturelle renforcée encore par celle que lui donne l'alcool, elle comprend
ne comprend plus, accepte, refuse, raisonne, cesse de raisonner, cela
sans décision, sans prévision de sa part. Sans explicitation non plus.

Pour citer encore l'héroïne de Blanchot (L'attente l'Oubli) elle
pourrait, si elle parlait, parler de "ce secret qui est en elle dont elle
est séparée et qui est comme sa propre séparation."

Maria ~~légèrement~~ , devait devenir une alcoolique. L'alcool
s'accorde avec sa nature, il lui va bien. Il est dans sa ligne, ne dérange pas ~~sa nature~~ profonde, au contraire. Si Maria n'était pas une alcoolique elle serait une femme mélancolique et son insatisfaction terrée en
elle, ~~n'aurait pas cette plénitude qu'elle~~ a. Maria, sage, n'aurait sans
doute pas sur le tard de sa vie ses dimensions ~~souveraines dans mesure,~~
~~xxxx~~ débridées qui déconcertent en même temps qu'elles nous la rendent
plus chères.

Elle est difficile à vivre, surtout pour Claire dans les moments
qu'elle vit en Espagne.

Je vois la féminité de Maria et de Claire égale. Seulement
du fait des évènements, la féminité de Maria est "dissociée" d'elle même =
celle de Claire, non. (Claire vit l'incendie de la féminité.)

A Paris Maria était dans la fidélité à un amour ancien, sans imagination pressante d'un autre amour. Claire, elle avait beaucoup d'amants

MARGUERITE DURAS DANS LA LOGE DE LOLEH BELLON, AU MOMENT DES REPRÉSENTATIONS DE SON ADAPTATION DE LA BÊTE DANS LA JUNGLE.

C'est James Lord qui a eu l'idée de faire une adaptation théâtrale de la nouvelle de Henry James, The Beast in the Jungle. *En 1962, une fois cette adaptation faite, il m'a demandé d'y travailler. Mon travail a surtout porté sur l'écriture de l'adaptation. Cette première adaptation a été jouée en septembre 62 à l'Athénée par Loleh Bellon et Jean Leuvrais dans une mise en scène de Jean Leuvrais.*

«*Le Château de Weatherend*», Le Monde extérieur, *1993.*

CLAUDE ROY,
MARGUERITE DURAS,
LOLEH BELLON.

RÉPÉTITION POUR LES
PAPIERS D'ASPERN, *AU*
THÉÂTRE DES
MATHURINS, LE 10
FÉVRIER 1961.
MONIQUE ANTELME,
MARGUERITE DURAS,
ROBERT ANTELME,
RAYMOND ROULEAU.

Ce qui me relie à Henry
James ? La patience
peut-être qui est
toujours de
l'impatience mise en
patience.

Entretien
radiophonique,
9 août 1962.

LUCIENNE BOGAERT
FRANÇOISE LUGAGNE
RAYMOND ROULEAU

LES PAPIERS
D'ASPERN

Pièce en 3 actes et 5 tableaux de MICHAËL REDGRAVE
et d'après la nouvelle de HENRY JAMES
Adaptation de MARGUERITE DURAS et ROBERT ANTELME
Décors et costumes de LILA DE NOBILI
Mise en scène de RAYMOND ROULEAU

PIERRE VERNIER
LUISA MARIS
CLAUDE FARELL

LE RAVISSEMENT
DE LOL V. STEIN

roman 1964

Parlant du *Ravissement de Lol V. Stein*, paru en 1964 aux éditions Gallimard, Marguerite Duras confie à une journaliste des *Lettres françaises*: «Lol, je l'ai écrit très vite, à Trouville entre juin et octobre 1963. J'étais seule, je doutais beaucoup de la valeur du livre. J'étais vis-à-vis de moi-même dans une sorte de méfiance. Je l'ai écrit comme ça. Je n'ai pas fait du tout attention à mes trucs, et j'ai cru les éviter tous. Je ne voulais pas le corriger. C'était impossible. C'était à la fois le livre que j'avais le plus envie de faire et le plus dur en même temps. Il y en a assez de la géographie romanesque, des livres cercle. J'avais peur que, pour Lol, on ne fasse trop le rapprochement avec *Moderato*.»

De fait, ce bref roman inaugure chez l'écrivain, une période nouvelle, qui va se révéler extrêmement féconde, avec l'introduction du personnage d'Anne-Marie Stretter: «La première fois que cette femme entre dans un de mes livres, j'ai quarante ans, c'est en 1964, dans *Le Ravissement de Lol V. Stein*. [...] Je ne sais pas d'où vient Lola Valérie Stein. Mais je sais qu'Anne-Marie Stretter, c'est Élisabeth Striedter. Elle devient Anne-Marie Stretter en 1965, dans *Le Vice-Consul*. Et reste de ce nom-là dans le film *India Song*.» Ainsi vont apparaître, de 1964 à 1976, une constellation d'œuvres (textes, films, théâtre) dans lesquelles resurgissent des personnages (Lol V. Stein, Anne-Marie Stretter, Michael Richard ou Richardson), des lieux aussi (S. Tahla, T. Beach...), instaurant un véritable cycle, sans qu'il y ait nécessairement cohérence entre les différents éclairages que l'auteur donne aux événements qui en constituent la matrice. *Le Ravissement de Lol V. Stein* et *Le Vice-Consul*, écrits à la même époque et sur lesquels s'ouvre ce cycle, peuvent en apparaître comme deux pôles antithétiques dans la mesure où, à ce qui demeure d'exotisme dans *Le Vice-Consul* (l'épopée de la mendiante, la peinture du milieu européen des ambassades...), s'oppose le caractère abstrait du *Ravissement*, qui peut presque se lire comme une étude de cas. Jacques Lacan, dans l'article fameux qu'il lui a consacré en décembre 1965 dans les *Cahiers Renaud-Barrault*, résume le livre en quelques mots: «La scène dont le roman n'est tout entier que la remémoration, c'est proprement le ravissement de deux en une danse qui les soude, et sous les yeux de Lol, troisième, avec tout le bal, à y subir le rapt de son fiancé par celle qui n'a eu qu'à soudaine apparaître.» L'histoire de Lol V. Stein se prolonge en 1971 dans le roman *L'Amour* (où le personnage de Lol apparaît à une étape ultérieure de sa vie) tandis que sa transposition cinématographique *La Femme du Gange*, écrite en 1973 peu après *India Song*, permet, comme l'a noté Jean Pierrot, «de rassembler les éléments dispersés dans les trois textes antérieurs, combler les vides jusque-là ouverts dans l'histoire, reconstituer presque entièrement le destin des trois personnages [Lol, Anne-Marie Stretter, Michael Richardson] maintenant une dernière fois réunis par la volonté de l'auteur*».

*Jean Pierrot, *Marguerite Duras*, José Corti, 1989.

*Et ce qui se passe dans le bal, je ne crois pas que ce soit une exclusion…
C'est une dépossession. C'est-à-dire qu'Anne-Marie Stretter a pris sa place
et Lol V. Stein y a consenti. Ce que Dieu ne permet pas qu'on fasse avec ses
créatures! Lol V. Stein l'a fait d'elle-même et Lol V. Stein en est devenue
folle. Elle a disparu de la terre, Lol V. Stein. Je pense qu'il en reste quelque
chose de très vague, à peine perceptible encore, qu'il faut garder parce
qu'elle ne sait plus les limites de la mer, du danger, du froid – qu'il faut
garder, qu'il faut surveiller. Ce n'est pas une retombée en enfance, c'est un
nouvel état. Dû à ça. C'est qu'elle a essayé d'aimer Michael Richardson
jusqu'à sa propre dépossession. Elle a essayé d'entrer dans l'intelligence du
meurtre d'Anne-Marie Stretter à son endroit…*

Entretien avec Dominique Noguez, 1984.

pour Sonia

Lol V. Stein est née ici, à S. Tahla, et elle y a vécu une grande partie de sa jeunesse. Son père était professeur à l'Université. Elle a un frère plus âgé qu'elle de neuf ans – je ne l'ai jamais vu – on dit qu'il vit à Paris. Ses parents sont morts.

Je n'ai rien entendu dire sur l'enfance de Lol V. Stein qui m'ait frappé, même par Tatiana Karl, sa meilleure amie durant leurs années de collège.

Elles dansaient toutes les deux, le jeudi, dans le préau vide. Elles ne voulaient pas sortir en rangs avec les autres, elles préféraient rester au collège. Elles, on les laissait faire, dit Tatiana, elles étaient charmantes, elles savaient mieux que les autres demander cette faveur, on la leur accordait. On danse, Tatiana? Une radio dans un immeuble voisin jouait des danses démodées – une émission-souvenir – dont elles se contentaient. Les surveillantes envolées, seules dans le grand préau où ce jour-là, entre les danses, on entendait le bruit des rues, allez Tatiana, allez viens, on danse Tatiana, viens. C'est ce que je sais.

Cela aussi : Lol a rencontré Michael Richardson à dix-neuf ans pendant des vacances scolaires, un matin, au tennis. Il avait vingt-cinq ans. Il était le fils unique de grands propriétaires terriens des environs de T. Beach. Il ne faisait rien. Les parents consentirent au mariage. Lol devait être fiancée depuis six mois, le mariage devait avoir lieu à l'automne, Lol venait de quitter définitivement le collège, elle était en vacances à T. Beach lorsque le grand bal de la saison eut lieu au Casino municipal.

Tatiana ne croit pas au rôle prépondérant de ce fameux bal de T. Beach dans la maladie de Lol V. Stein.

Tatiana Karl, elle, fait remonter plus avant, plus avant même que leur amitié, les origines de cette maladie. Elles étaient là, en Lol V. Stein, couvées, mais retenues d'éclore par la grande affection qui l'avait toujours entourée dans sa famille et puis au collège ensuite. Au collège, dit-elle, et elle n'était pas la seule à le penser, il manquait déjà quelque chose à Lol pour être – elle dit: là. Elle donnait l'impression d'endurer dans un ennui tranquille une personne qu'elle se devait de paraître mais dont elle perdait la mémoire à la moindre occasion. Gloire de douceur mais aussi d'indifférence, découvrait-on très vite, jamais elle n'avait paru souffrir ou être peinée, jamais on ne lui avait vu une larme de jeune fille. Tatiana dit encore que Lol V. Stein était jolie, qu'au collège on se la disputait bien qu'elle vous fuît dans les mains comme l'eau parce que le peu que vous reteniez d'elle valait la peine de l'effort. Lol était drôle, moqueuse impénitente et très fine bien qu'une part d'elle-même eût été toujours en allée loin de vous et de l'instant. Où? Dans le rêve adolescent? Non, répond Tatiana, non, on aurait dit dans rien encore, justement, rien. Était-ce le cœur qui n'était pas là? Tatiana aurait tendance à croire que c'était peut-être en effet le cœur de Lol V. Stein qui n'était pas – elle dit: là – il allait venir sans doute, mais elle, elle ne l'avait pas connu. Oui, il semblait que c'était cette région du sentiment qui, chez Lol, n'était pas pareille.

Lorsque le bruit avait couru des fiançailles de Lol V. Stein, Tatiana, elle, n'avait cru qu'à moitié à cette nouvelle: qui Lol aurait-elle bien pu découvrir qui aurait retenu son attention entière?

Quand elle connut Michael Richardson et qu'elle fut témoin de la folle passion que Lol lui portait, elle en fut ébranlée mais il lui resta néanmoins encore un doute: Lol ne faisait-elle pas une fin de son cœur inachevé?

Je lui ai demandé si la crise de Lol, plus tard, ne lui avait pas apporté la preuve qu'elle se trompait. Elle m'a répété que non, qu'elle, elle croyait que cette crise et Lol ne faisaient qu'un depuis toujours.

Je ne crois plus à rien de ce que dit Tatiana, je ne suis convaincu de rien.

Voici, tout au long, mêlés, à la fois, ce faux-semblant que raconte Tatiana Karl et ce que j'invente sur la nuit du Casino de T. Beach. À partir de quoi je raconterai mon histoire de Lol V. Stein.

Les dix-neuf ans qui ont précédé cette nuit, je ne veux pas les connaître plus que je ne le dis, ou à peine, ni autrement que dans leur chronologie même s'ils recèlent une minute magique à laquelle je dois d'avoir connu Lol V. Stein. Je ne le veux pas parce que la présence de son adolescence dans cette histoire risquerait d'atténuer un peu aux yeux du lecteur l'écrasante actualité de cette femme dans ma vie. Je vais donc la chercher, je la prends, là où je crois devoir le faire, au moment où elle me paraît commencer à bouger pour venir à ma rencontre, au moment précis où les dernières venues, deux femmes, franchissent la porte de la salle de bal du Casino municipal de T. Beach.

L'orchestre cessa de jouer. Une danse se terminait.
La piste s'était vidée lentement. Elle fut vide.
La femme la plus âgée s'était attardée un instant à regarder l'assistance puis elle s'était retournée en souriant vers la jeune fille qui l'accompagnait. Sans aucun doute possible celle-ci était sa fille. Elles étaient grandes toutes les deux, bâties de même manière. Mais si la jeune fille s'accommodait gauchement encore de cette taille haute, de cette charpente un peu dure, sa mère, elle, portait ces inconvénients comme les emblèmes d'une obscure négation de la nature. Son élégance, et dans le repos, et dans le mouvement, raconte Tatiana, inquiétait.
— Elles étaient ce matin à la plage, dit le fiancé de Lol, Michael Richardson.
Il s'était arrêté, il avait regardé les nouvelles venues, puis il avait entraîné Lol vers le bar et les plantes vertes du fond de la salle.
Elles avaient traversé la piste et s'étaient dirigées dans cette même direction.
Lol, frappée d'immobilité, avait regardé s'avancer, comme lui, cette grâce abandonnée, ployante, d'oiseau mort. Elle était maigre. Elle devait l'avoir toujours été. Elle avait vêtu cette maigreur, se rappelait clairement Tatiana, d'une robe noire à double fourreau de tulle également noir, très décolletée. Elle se voulait ainsi faite et vêtue, et elle l'était à son souhait, irrévocablement. L'ossature admirable de son corps et de son visage se devinait. Telle qu'elle apparaissait, telle, désormais, elle mourrait, avec son corps désiré. Qui était-elle ? On le sut plus tard : Anne-Marie Stretter. Était-elle belle ? Quel était son âge ? Qu'avait-elle

connu, elle, que les autres avaient ignoré ? Par quelle voie mystérieuse
était-elle parvenue à ce qui se présentait comme un pessimisme gai,
éclatant, une souriante indolence de la légèreté d'une nuance, d'une
cendre ? Une audace pénétrée d'elle-même, semblait-il, seule, la faisait
tenir debout. Mais comme celle-ci était gracieuse, de même façon
qu'elle. Leur marche de prairie à toutes les deux les menait de pair où
qu'elles aillent. Où ? Rien ne pouvait plus arriver à cette femme, pensa
Tatiana, plus rien, rien. Que sa fin, pensait-elle.

Avait-elle regardé Michael Richardson en passant ? L'avait-elle balayé de
ce non-regard qu'elle promenait sur le bal ? C'était impossible de le
savoir, c'est impossible de savoir quand, par conséquent, commence mon
histoire de Lol V. Stein : le regard, chez elle – de près on comprenait que
ce défaut venait d'une décoloration presque pénible de la pupille – logeait
dans toute la surface des yeux, il était difficile à capter. Elle était teinte en
roux, brûlée de rousseur, Ève marine que la lumière devait enlaidir.

S'étaient-ils reconnus lorsqu'elle était passée près de lui ?

Lorsque Michael Richardson se tourna vers Lol et qu'il l'invita à danser
pour la dernière fois de leur vie, Tatiana Karl l'avait trouvé pâli et sous
le coup d'une préoccupation subite si envahissante qu'elle sut qu'il avait
bien regardé, lui aussi, la femme qui venait d'entrer.

Lol sans aucun doute s'aperçut de ce changement. Elle se trouva transportée devant lui, parut-il, sans le craindre ni l'avoir jamais craint, sans
surprise, la nature de ce changement paraissait lui être familière : elle
portait sur la personne même de Michael Richardson, elle avait trait à
celui que Lol avait connu jusque-là.

Il était devenu différent. Tout le monde pouvait le voir. Voir qu'il n'était
plus celui qu'on croyait. Lol le regardait, le regardait changer.

Les yeux de Michael Richardson s'étaient éclaircis. Son visage s'était
resserré dans la plénitude de la maturité. De la douleur s'y lisait, mais
vieille, du premier âge.

Aussitôt qu'on le revoyait ainsi, on comprenait que rien, aucun mot,
aucune violence au monde n'aurait eu raison du changement de
Michael Richardson. Qu'il lui faudrait maintenant être vécu jusqu'au
bout. Elle commençait déjà, la nouvelle histoire de Michael Richardson,
à se faire.

Cette vision et cette certitude ne parurent pas s'accompagner chez Lol
de souffrance.

Tatiana la trouva elle-même changée. Elle guettait l'événement, couvait
son immensité, sa précision d'horlogerie. Si elle avait été l'agent même

non seulement de sa venue mais de son succès, Lol n'aurait pas été plus fascinée.

Elle dansa encore une fois avec Michael Richardson. Ce fut la dernière fois.

La femme était seule, un peu à l'écart du buffet, sa fille avait rejoint un groupe de connaissances vers la porte du bal. Michael Richardson se dirigea vers elle dans une émotion si intense qu'on prenait peur à l'idée qu'il aurait pu être éconduit. Lol, suspendue, attendit, elle aussi. La femme ne refusa pas.

Ils étaient partis sur la piste de danse. Lol les avait regardés, une femme dont le cœur est libre de tout engagement, très âgée, regarde ainsi ses enfants s'éloigner, elle parut les aimer.

— Il faut que j'invite cette femme à danser.

Tatiana l'avait bien vu agir avec sa nouvelle façon, avancer, comme au supplice, s'incliner, attendre. Elle, avait eu un léger froncement de sourcils. L'avait-elle reconnu elle aussi pour l'avoir vu ce matin sur la plage et seulement pour cela?

Tatiana était restée auprès de Lol.

Lol avait instinctivement fait quelques pas en direction d'Anne-Marie Stretter en même temps que Michael Richardson. Tatiana l'avait suivie. Alors elles virent: la femme entrouvrit les lèvres pour ne rien prononcer, dans la surprise émerveillée de voir le nouveau visage de cet homme aperçu le matin. Dès qu'elle fut dans ses bras, à sa gaucherie soudaine, à son expression abêtie, figée par la rapidité du coup, Tatiana avait compris que le désarroi qui l'avait envahi, lui, venait à son tour de la gagner.

Lol était retournée derrière le bar et les plantes vertes, Tatiana, avec elle.

Ils avaient dansé. Dansé encore. Lui, les yeux baissés sur l'endroit nu de son épaule. Elle, plus petite, ne regardait que le lointain du bal. Ils ne s'étaient pas parlé.

La première danse terminée, Michael Richardson s'était rapproché de Lol comme il avait toujours fait jusque-là. Il y eut dans ses yeux l'imploration d'une aide, d'un acquiescement. Lol lui avait souri.

Puis, à la fin de la danse qui avait suivi, il n'était pas allé retrouver Lol.

Anne-Marie Stretter et Michael Richardson ne s'étaient plus quittés.

La nuit avançant, il paraissait que les chances qu'aurait eues Lol de souffrir s'étaient encore raréfiées, que la souffrance n'avait pas trouvé en elle où se glisser, qu'elle avait oublié la vieille algèbre des peines d'amour.

Aux toutes premières clartés de l'aube, la nuit finie, Tatiana avait vu comme ils avaient vieilli. Bien que Michael Richardson fût plus jeune que cette femme, il l'avait rejointe et ensemble – avec Lol –, tous les trois, ils avaient pris de l'âge à foison, des centaines d'années, de cet âge, dans les fous, endormi.

Vers cette même heure, tout en dansant, ils se parlèrent, quelques mots. Pendant les pauses, ils continuèrent à se taire complètement, debout l'un près de l'autre, à distance de tous, toujours la même. Exception faite de leurs mains jointes pendant la danse, ils ne s'étaient pas plus rapprochés que la première fois lorsqu'ils s'étaient regardés.

Lol resta toujours là où l'événement l'avait trouvée lorsque Anne-Marie Stretter était entrée, derrière les plantes vertes du bar.

Tatiana, sa meilleure amie, toujours aussi, caressait sa main posée sur une petite table sous les fleurs. Oui, c'était Tatiana qui avait eu pour elle ce geste d'amitié tout au long de la nuit.

Avec l'aurore, Michael Richardson avait cherché quelqu'un des yeux vers le fond de la salle. Il n'avait pas découvert Lol.

Il y avait longtemps déjà que la fille d'Anne-Marie Stretter avait fui. Sa mère n'avait remarqué ni son départ ni son absence, semblait-il.

Sans doute Lol, comme Tatiana, comme eux, n'avait pas encore pris garde à cet autre aspect des choses : leur fin avec le jour.

L'orchestre cessa de jouer. Le bal apparut presque vide. Il ne resta que quelques couples, dont le leur et, derrière les plantes vertes, Lol et cette autre jeune fille, Tatiana Karl. Ils ne s'étaient pas aperçus que l'orchestre avait cessé de jouer : au moment où il aurait dû reprendre, comme des automates, ils s'étaient rejoints, n'entendant pas qu'il n'y avait plus de musique. C'est alors que les musiciens étaient passés devant eux, en file indienne, leurs violons, enfermés dans des boîtes funèbres. Ils avaient eu un geste pour les arrêter, leur parler peut-être, en vain.

Michael Richardson se passa la main sur le front, chercha dans la salle quelque signe d'éternité. Le sourire de Lol V. Stein, alors, en était un, mais il ne le vit pas.

Ils s'étaient silencieusement contemplés, longuement, ne sachant que faire, comment sortir de la nuit.

À ce moment-là une femme d'un certain âge, la mère de Lol, était entrée dans le bal. En les injuriant, elle leur avait demandé ce qu'ils avaient fait de son enfant.

Qui avait pu prévenir la mère de Lol de ce qui se passait au bal du casino de T. Beach cette nuit-là ? Ça n'avait pas été Tatiana Karl, Tatiana Karl n'avait pas quitté Lol V. Stein. Était-elle venue d'elle-même ? Ils cherchèrent autour d'eux qui méritait ces insultes. Ils ne répondirent pas.

Quand la mère découvrit son enfant derrière les plantes vertes, une modulation plaintive et tendre envahit la salle vide.

Lorsque sa mère était arrivée sur Lol et qu'elle l'avait touchée, Lol avait enfin lâché la table. Elle avait compris seulement à cet instant-là qu'une fin se dessinait mais confusément, sans distinguer encore au juste laquelle elle serait. L'écran de sa mère entre eux et elle en était le signe avant-coureur. De la main, très fort, elle le renversa par terre. La plainte sentimentale, boueuse, cessa.

Lol cria pour la première fois. Alors des mains, de nouveau, furent autour de ses épaules. Elle ne les reconnut certainement pas. Elle évita que son visage soit touché par quiconque.

Ils commencèrent à bouger, à marcher vers les murs, cherchant des portes imaginaires. La pénombre de l'aurore était la même au-dehors et au-dedans de la salle. Ils avaient finalement trouvé la direction de la véritable porte et ils avaient commencé à se diriger très lentement dans ce sens.

Lol avait crié sans discontinuer des choses sensées : il n'était pas tard, l'heure d'été trompait. Elle avait supplié Michael Richardson de la croire. Mais comme ils continuaient à marcher – on avait essayé de l'en empêcher mais elle s'était dégagée – elle avait couru vers la porte, s'était jetée sur ses battants. La porte, enclenchée dans le sol, avait résisté.

Les yeux baissés, ils passèrent devant elle. Anne-Marie Stretter commença à descendre, et puis, lui, Michael Richardson. Lol les suivit des yeux à travers les jardins. Quand elle ne les vit plus, elle tomba par terre, évanouie.

Lol, raconte Mme Stein, fut ramenée à S. Tahla, et elle resta dans sa chambre, sans en sortir du tout, pendant quelques semaines. Son histoire devint publique ainsi que celle de Michael Richardson. La prostration de Lol, dit-on, fut alors marquée par des signes de souffrance. Mais qu'est-ce à dire qu'une souffrance sans sujet ?

Elle disait toujours les mêmes choses : que l'heure d'été trompait, qu'il n'était pas tard. Elle prononçait son nom avec colère : Lol V. Stein – c'était ainsi qu'elle se désignait.

Puis elle se plaignit, plus explicitement, d'éprouver une fatigue insupportable à attendre de la sorte. Elle s'ennuyait, à crier. Et elle criait en effet qu'elle n'avait rien à penser tandis qu'elle attendait, réclamait avec l'impatience d'un enfant un remède immédiat à ce manque. Cependant aucune des distractions qu'on lui avait offertes n'avait eu raison de cet état.

Puis Lol cessa de se plaindre de quoi que ce soit. Elle cessa même petit à petit de parler. Sa colère vieillit, se découragea. Elle ne parla que pour dire qu'il lui était impossible d'exprimer combien c'était ennuyeux et long, long d'être Lol V. Stein. On lui demandait de faire un effort. Elle ne comprenait pas pourquoi, disait-elle. Sa difficulté devant la recherche d'un seul mot paraissait insurmontable. Elle parut n'attendre plus rien.

Pensait-elle à quelque chose, à elle ? lui demandait-on. Elle ne comprenait pas la question. On aurait dit qu'elle allait de soi et que la lassitude infinie de ne pouvoir se déprendre de cela n'avait pas à être pensée, qu'elle était devenue un désert dans lequel une faculté nomade l'avait lancée dans la poursuite interminable de quoi ? On ne savait pas. Elle ne répondait pas.

Cette prostration de Lol, son accablement, sa grande peine, seul le temps en aurait raison, disait-on. Elle fut jugée moins grave que son délire premier, elle n'était pas susceptible de durer beaucoup, d'entraîner une modification importante dans la vie mentale de Lol. Son extrême jeunesse la balaierait bientôt. Elle était explicable : Lol souffrait d'une infériorité passagère à ses propres yeux parce qu'elle avait été abandonnée par l'homme de T. Beach. Elle payait maintenant, tôt ou tard cela devait arriver, l'étrange omission de sa douleur durant le bal. Puis, tout en restant très silencieuse, elle recommença à demander à manger, qu'on ouvrît la fenêtre, le sommeil. Et bientôt, elle aima beaucoup que l'on parle à ses côtés. Elle acquiesçait à tout ce qui était dit, raconté, affirmé devant elle. L'importance de tous les propos était égale à ses yeux. Elle écoutait avec passion.

D'eux elle ne demanda jamais de nouvelles. Elle ne posa aucune question. Quand on jugea nécessaire de lui apprendre leur séparation – son départ à lui elle l'apprit plus tard – son calme fut jugé de bon augure. L'amour qu'elle portait à Michael Richardson se mourait. Ç'avait été indéniablement, déjà, avec une partie de sa raison retrouvée qu'elle avait accueilli la chose, le juste retour des choses, la juste revanche à laquelle elle avait droit.

La première fois qu'elle sortit ce fut de nuit, seule et sans prévenir. Jean Bedford marchait sur le trottoir. Il se trouva à une centaine de mètres d'elle – elle venait de sortir – elle était encore devant sa maison. Quand elle le vit, elle se cacha derrière un pilier du portail.

Le récit de cette nuit-là fait par Jean Bedford à Lol elle-même contribue, il me semble, à son histoire récente. C'en sont là les derniers faits voyants. Après quoi, ils disparaissent à peu près complètement de cette histoire pendant dix ans.

Jean Bedford ne la vit pas sortir, il crut à une promeneuse qui avait peur de lui, d'un homme seul, si tard, la nuit. Le boulevard était désert.

La silhouette était jeune, agile, et lorsqu'il arriva devant le portail il regarda.

Ce qui le fit s'arrêter ce fut le sourire craintif certes mais qui éclatait d'une joie très vive à voir venir le tout-venant, lui, ce soir-là.

Il s'arrêta, lui sourit à son tour. Elle sortit de sa cachette et vint vers lui. Rien dans sa mise ou son maintien ne disait son état, sauf sa chevelure peut-être qui était en désordre. Mais elle aurait pu courir et il y avait un peu de vent cette nuit-là. Il était fort probable qu'elle avait couru jusque-là, pensa Jean Bedford, justement parce qu'elle avait peur, depuis l'autre bout de ce boulevard désert.

— Je peux vous accompagner si vous avez peur.

Elle ne répondit pas. Il n'insista pas. Il commença à marcher et elle fit de même à son côté avec un évident plaisir, presque flâneuse.

Ce fut lorsqu'ils atteignirent la fin du boulevard, vers la banlieue, que Jean Bedford commença à croire qu'elle n'allait pas dans une direction précise.

Cette conduite intrigua Jean Bedford. Évidemment il pensa à la folie mais ne la retint pas. Ni l'aventure. Elle jouait sans doute. Elle était très jeune.

— Vous allez de quel côté ?

Elle fit un effort, regarda de l'autre côté du boulevard, d'où ils venaient, mais ne le désigna pas.

— C'est-à-dire... dit-elle.

Il se mit à rire et elle rit avec lui, aussi, de bon cœur.

— Venez, allons par là.

Docile, elle rebroussa chemin comme lui.

Quand même, son silence l'intriguait de plus en plus. Parce qu'il s'accompagnait d'une curiosité extraordinaire des lieux qu'ils traversaient, fussent-ils d'une complète banalité. On aurait dit non seulement qu'elle venait d'arriver dans cette ville, mais qu'elle y était venue pour y retrouver ou y chercher quelque chose, une maison, un jardin, une rue, un objet même qui aurait été pour elle d'une grande importance et qu'elle ne pouvait trouver que de nuit.

— J'habite très près d'ici, dit Jean Bedford. Si vous cherchez quelque chose, je peux vous renseigner.

Elle répondit avec netteté :

— Rien.

S'il s'arrêtait, elle s'arrêtait aussi. Il s'amusa à le faire. Mais elle ne s'aperçut pas de ce jeu. Il continua. Il s'arrêta une fois assez longtemps : elle l'attendit. Jean Bedford cessa le jeu. Il la laissa faire à sa guise. Tout en ayant l'air de la mener, il la suivit.

Il remarqua qu'en faisant très attention, en lui donnant l'illusion, à chaque tournant, de suivre, elle continuait le mouvement, elle avançait, mais ni plus ni moins que le vent qui s'engouffre là où il trouve du champ.

Il la fit marcher encore un peu, puis il lui vint à l'idée, pour voir un peu, de revenir dans le boulevard où il l'avait trouvée. Elle se braqua tout net lorsqu'ils passèrent devant une certaine maison. Il reconnut le portail, là où elle s'était cachée. La maison était grande. La porte d'entrée était restée ouverte.

C'est alors qu'il lui vint à l'esprit qu'elle était peut-être Lol Stein. Il ne connaissait pas la famille Stein mais il savait que c'était dans ce quartier qu'elle habitait. L'histoire de la jeune fille il la connaissait, comme toute la bourgeoisie de la ville qui allait, dans sa majorité, passer ses vacances à T. Beach.

Il s'arrêta, prit sa main. Elle le laissa faire. Il embrassa cette main, elle avait une odeur fade, de poussière, à son annulaire il y avait une très belle bague de fiançailles. Les journaux avaient annoncé la vente de tous les biens du riche Michael Richardson, et son départ pour Calcutta. La bague éclatait de tous ses feux. Lol la regarda, elle aussi, avec la même curiosité que le reste.

— Vous êtes Mlle Stein, n'est-ce pas?

De la tête elle fit signe plusieurs fois, de façon mal assurée au début puis plus nettement à la fin.

— Oui.

Toujours docile, elle le suivit chez lui.

Là elle se laissa aller à une nonchalance heureuse. Il lui parla. Il lui dit qu'il travaillait dans une usine d'aviation, qu'il était musicien, qu'il venait de passer des vacances en France. Elle écoutait. Qu'il était heureux de la connaître. ,

— Que désirez-vous?

Elle n'arriva pas à répondre malgré un effort visible. Il la laissa en paix. Ses cheveux avaient la même odeur que sa main, d'objet inutilisé. Elle était belle mais elle avait, de la tristesse, de la lenteur du sang à remonter sa pente, la grise pâleur. Ses traits commençaient déjà à disparaître dans celle-ci, à s'enliser de nouveau dans la profondeur des chairs. Elle avait rajeuni. On lui aurait donné quinze ans. Même quand je l'ai connue à mon tour, elle était restée maladivement jeune.

Elle s'arracha à la fixité de son regard sur lui, et dans un pleur elle dit, mais implorante:

— J'ai le temps, que c'est long.

Elle se releva vers lui, quelqu'un qui étouffe, qui cherche l'air, et il l'embrassa. C'était ce qu'elle voulait. Elle s'agrippa et embrassa à son tour, à lui faire mal, de même que si elle l'eût aimé, l'inconnu. Il lui dit gentiment:

— Peut-être que tout recommencera entre vous deux.

Elle lui plaisait. Elle provoquait le désir qu'il aimait des petites filles pas tout à fait grandies, tristes, impudiques, et sans voix. Il lui apprit la nouvelle sans le vouloir.

— Peut-être qu'il reviendra.

Elle chercha les mots, dit lentement:
— Qui est parti?
— Vous ne saviez pas? Michael Richardson a vendu ses propriétés. Il est parti aux Indes rejoindre Mme Stretter.
Elle hocha la tête de façon un peu conventionnelle, tristement.
— Vous savez, dit-il, moi je ne leur ai pas donné tort comme les gens.
Il s'excusa, lui dit qu'il allait téléphoner à sa mère. Elle ne s'y opposa pas. La mère prévenue par Jean Bedford arriva une deuxième fois chercher son enfant pour la ramener chez elle. Ce fut la dernière. Cette fois-là Lol la suivit comme, un moment avant, elle avait suivi Jean Bedford.

Jean Bedford la demanda en mariage sans l'avoir revue.
Leur histoire s'ébruita – S. Tahla n'était pas assez grande pour se taire et avaler l'aventure – on soupçonna Jean Bedford de n'aimer que les femmes au cœur déchiré, on le suspecta aussi, plus gravement, d'avoir d'étranges inclinations pour les jeunes filles délaissées, par d'autres rendues folles.
Sa mère fit part à Lol de la singulière démarche du passant. S'en souvenait-elle? Elle s'en souvenait. Elle acceptait. Jean Bedford, lui dit-elle, devait s'éloigner de S. Tahla, en raison de son travail, pendant quelques années, acceptait-elle aussi? Elle acceptait aussi.
Un jour d'octobre Lol V. Stein se trouva mariée à Jean Bedford.
Le mariage eut lieu dans une intimité relative car Lol allait beaucoup mieux, disait-on, et ses parents voulaient, dans la mesure du possible, faire oublier ses premières fiançailles. Cependant la précaution fut prise de ne prévenir ni inviter aucune des jeunes filles anciennes amies de Lol, même la meilleure d'entre elles, Tatiana Karl. Cette précaution joua de travers. Elle confirma ceux qui croyaient que Lol était profondément atteinte, y compris Tatiana Karl.

Ainsi, Lol fut mariée sans l'avoir voulu, de la façon qui lui convenait, sans passer par la sauvagerie d'un choix, sans avoir à plagier le crime qu'aurait été, aux yeux de quelques-uns, le remplacement par un être unique du partant de T. Beach et surtout sans avoir trahi l'abandon exemplaire dans lequel il l'avait laissée.

Lol quitta S. Tahla, sa ville natale, pendant dix ans. Elle habita U. Bridge.

Elle eut trois enfants dans les années qui suivirent son mariage.

Pendant dix ans, on le croit autour d'elle, elle fut fidèle à Jean Bedford. Que ce mot ait eu un contenu quelconque pour elle, ou non, on ne l'a sans doute jamais su. Il ne fut jamais question entre eux, jamais, ni du passé de Lol ni de la fameuse nuit de T. Beach.

Même après sa guérison, elle ne s'inquiéta jamais de savoir ce qu'il était advenu des gens qu'elle avait connus avant son mariage. La mort de sa mère – elle avait désiré la revoir le moins possible après son mariage – la laissa sans une larme. Mais cette indifférence de Lol ne fut jamais mise en question autour d'elle. Elle était devenue ainsi depuis qu'elle avait tant souffert, disait-on. Elle, si tendre autrefois – on disait cela comme tout le reste, sur son passé devenu de fer-blanc – elle était naturellement devenue impitoyable et même un peu injuste, depuis son histoire avec Michael Richardson. On lui trouva des excuses surtout lorsque sa mère mourut.

Elle paraissait confiante dans le déroulement futur de sa vie, ne vouloir guère changer. En compagnie de son mari on la disait à l'aise, et même heureuse. Parfois elle le suivait dans ses déplacements d'affaires. Elle assistait à ses concerts, l'encourageait à tout ce qu'il aimait faire, à la tromper aussi, disait-on, avec les très jeunes ouvrières de son usine.

Jean Bedford disait aimer sa femme. Telle qu'elle était, qu'elle avait toujours été avant et depuis son mariage, il disait qu'elle lui plaisait toujours, qu'il ne croyait pas l'avoir modifiée mais l'avoir bien choisie. Il aimait cette femme-là, Lola Valérie, cette calme présence à ses côtés, cette dormeuse debout, cet effacement continuel qui le faisait aller et venir entre l'oubli et les retrouvailles de sa blondeur, de ce corps de soie que le réveil jamais ne changeait, de cette virtualité constante et silencieuse qu'il nommait sa douceur, la douceur de sa femme.

Un ordre rigoureux régnait dans la maison de Lol à U. Bridge. Celui-ci était presque tel qu'elle le désirait, presque, dans l'espace et dans le temps. Les heures étaient respectées. Les emplacements de toutes choses, également. On ne pouvait approcher davantage, tous en convenaient autour de Lol, de la perfection.

Parfois, surtout en l'absence de Lol, cet ordre immuable devait frapper Jean Bedford. Ce goût aussi, froid, de commande. L'agencement des chambres, du salon était la réplique fidèle de celui des vitrines de magasin, celui du jardin dont Lol s'occupait de celui des autres jardins de U. Bridge. Lol imitait, mais qui ? les autres, tous les autres, le plus grand nombre possible d'autres personnes. La maison, l'après-midi, en son absence, ne devenait-elle pas la scène vide où se jouait le soliloque d'une passion absolue dont le sens échappait ? Et n'était-il pas inévitable que parfois Jean Bedford y ait peur ? Que ce fût là qu'il devait guetter le premier craquement des glaces de l'hiver ? Qui sait ? Qui sait s'il l'entendit un jour ?

Mais il est facile de rassurer Jean Bedford et quand sa femme était présente – c'était la plupart du temps – quand elle se tenait au milieu de son règne, celui-ci devait perdre son agressivité, provoquer moins à se poser des questions. Lol rendait son ordre presque naturel, il lui convenait bien.

Dix ans de mariage passèrent.

On offrit un jour à Jean Bedford de choisir entre plusieurs situations meilleures dans différentes villes dont S. Tahla. Il avait toujours un peu regretté S. Tahla qu'il avait quittée après son mariage, sur la demande de la mère de Lol.

Une même durée de dix ans s'était écoulée depuis le départ définitif de Michael Richardson. Et non seulement Lol n'en avait jamais parlé mais elle devenait toujours plus joyeuse, avec l'âge. Alors, si Jean Bedford hésita un peu à accepter l'offre qu'on lui faisait, Lol eut facilement raison de son indécision. Elle dit seulement qu'elle serait très heureuse de reprendre la maison de ses parents, jusque-là en location.

Jean Bedford lui fit ce plaisir.

Lol V. Stein installa sa maison natale de S. Tahla avec le même soin très strict que celle de U. Bridge. Elle réussit à y introduire le même ordre glacé, à la faire marcher au même rythme horaire. Les meubles ne furent pas changés. Elle s'occupa beaucoup du jardin qui avait été laissé à l'abandon, elle s'était déjà beaucoup occupée de celui qui avait précédé, mais cette fois elle fit, dans son tracé, une erreur. Elle désirait des allées régulièrement disposées en éventail autour du porche. Les allées, dont aucune ne débouchait sur l'autre, ne furent pas utilisables. Jean Bedford s'amusa de cet oubli. On fit d'autres allées latérales qui coupèrent les premières et qui permirent logiquement la promenade.

La situation de son mari s'étant bien améliorée, Lol, à S. Tahla, prit une gouvernante et se trouva déchargée du soin des enfants.

Elle eut du temps libre, beaucoup, soudain, et elle prit l'habitude de se promener dans la ville de son enfance et dans ses alentours.

Alors qu'à U. Bridge, pendant dix ans, Lol était si peu sortie, si peu que son mari, parfois, l'y obligeait pour sa santé, à S. Tahla elle prit cette habitude d'elle-même.

D'abord, elle sortit de temps en temps, pour faire des achats. Puis elle sortit sans prétexte, régulièrement, chaque jour.

Ces promenades lui devinrent très vite indispensables comme tout chez elle l'était devenu jusque-là : la ponctualité, l'ordre, le sommeil.

Aplanir le terrain, le défoncer, ouvrir des tombeaux où Lol fait la morte, me paraît plus juste, du moment qu'il faut inventer les chaînons qui me manquent dans l'histoire de Lol V. Stein, que de fabriquer des montagnes, d'édifier des obstacles, des accidents. Et je crois, connaissant cette femme, qu'elle aurait préféré que je remédie dans ce sens à la pénurie des faits de sa vie. D'ailleurs c'est toujours à partir d'hypothèses non gratuites et qui ont déjà, à mon avis, reçu un début de confirmation, que je le fais.

Ainsi, si, de ce qui suit, Lol n'a parlé à personne, la gouvernante se souvient, elle, un peu : du calme de la rue certains jours, du passage des amants, du mouvement de retrait de Lol – il n'y avait pas longtemps qu'elle était chez les Bedford et elle ne l'avait jamais vue encore agir ainsi. Alors, comme moi, de mon côté, je crois me souvenir aussi de quelque chose, je continue :

Une fois sa maison installée – il ne restait plus qu'une chambre du deuxième étage à meubler – l'après-midi d'un jour gris une femme était passée devant la maison de Lol et elle l'avait remarquée. Cette femme n'était pas seule. L'homme qui était avec elle avait tourné la tête et il avait regardé la maison fraîchement repeinte, le petit parc où travaillaient des jardiniers. Dès que Lol avait vu poindre le couple dans la rue, elle s'était dissimulée derrière une haie et ils ne l'avaient pas vue. La femme avait regardé à son tour, mais de façon moins insistante que l'homme, comme quelqu'un qui connaît déjà. Ils s'étaient dit quelques mots que Lol n'avait pas entendus malgré le calme de la rue, sauf ceux-ci, isolément, dits par la femme :

— Morte peut-être.

Une fois le parc dépassé ils s'étaient arrêtés. Il avait pris la femme dans ses bras et il l'avait embrassée furtivement très fort. Le bruit d'une auto l'avait fait la lâcher. Ils s'étaient quittés. Lui avait rebroussé chemin et, d'un pas plus rapide, il était repassé devant la maison sans regarder. Lol, dans son jardin, n'est pas sûre d'avoir reconnu la femme. Des ressemblances flottent autour de ce visage. Autour de cette démarche, du regard aussi. Mais le baiser coupable, délicieux, qu'ils se sont donné en se quittant, surpris par Lol, n'affleure-t-il pas lui aussi un peu à sa mémoire ?

Elle ne cherche pas plus avant qui elle a ou non revu. Elle attend.

C'est peu de temps après qu'elle invente – elle qui paraissait n'inventer rien – de sortir dans les rues.

La relation entre ces sorties et le passage du couple, je ne la vois pas tant dans la ressemblance entr'aperçue par Lol, de la femme, que dans les mots que celle-ci a dits négligemment et que Lol, c'est probable, a entendus.

Lol bougea, elle se retourna dans son sommeil. Lol sortit dans les rues, elle apprit à marcher au hasard.

Une fois sortie de chez elle, dès qu'elle atteignait la rue, dès qu'elle se mettait en marche, la promenade la captivait complètement, la délivrait de vouloir être ou faire plus encore que jusque-là l'immobilité du songe. Les rues portèrent Lol V. Stein durant ses promenades, je le sais.

Je l'ai suivie à plusieurs reprises sans que jamais elle ne me surprenne, ne se retourne, happée par-devant elle, droit.

Un accident insignifiant, et qu'elle n'aurait peut-être même pas pu mentionner, déterminait ses détours : le vide d'une rue, la courbe d'une autre rue, un magasin de modes, la tristesse rectiligne d'un boulevard, l'amour, les couples enlacés aux angles des jardins, sous les porches. Elle passait alors dans un silence religieux. Parfois les amoureux surpris, ils ne la voyaient jamais venir, sursautaient. Elle devait s'excuser mais à voix si basse que personne n'avait jamais dû entendre ses excuses.

Le centre de S. Tahla est étendu, moderne, à rues perpendiculaires. Le quartier résidentiel est à l'ouest de ce centre, large, il prend ses aises, plein de méandres, d'impasses imprévues. Il y a une forêt et des champs, des routes, après ce quartier. Lol n'est jamais allée aussi loin que la forêt de ce côté-là de S. Tahla. De l'autre côté elle est allée partout, c'est là que se trouve sa maison, enclavée dans le grand faubourg industriel.

S. Tahla est une ville assez grande, assez peuplée pour que Lol ait eu l'assurance, tandis qu'elle les faisait, que ses promenades devaient passer inaperçues. D'autant plus qu'elle n'avait pas de quartier de prédilection, elle allait partout, elle ne repassait que peu souvent aux mêmes endroits.

Rien d'ailleurs dans les vêtements, dans la conduite de Lol ne pouvait la signaler à une attention plus précise. La seule chose qui eût pu le faire c'était son personnage lui-même, Lola Stein, la jeune fille abandonnée du casino de T. Beach qui était née et qui avait grandi à S. Tahla. Mais si quelques-uns reconnurent en elle cette jeune fille, victime de l'inconduite monstrueuse de Michael Richardson, qui aurait eu la malveillance, l'indélicatesse de le lui rappeler? Qui aurait dit:

— Je me trompe peut-être, mais n'êtes-vous pas Lola Stein?

Au contraire.

Si le bruit avait couru que les Bedford étaient revenus à S. Tahla et si quelques-uns en avaient eu la confirmation en voyant passer la jeune femme, personne n'était allé vers elle. On jugeait sans doute qu'elle avait fait un pas énorme en revenant et qu'elle méritait la paix.

Je ne crois pas qu'il vint à l'esprit de Lol qu'on évitait de la reconnaître pour ne pas se mettre dans la situation gênante de lui rappeler une peine ancienne, une difficulté de sa vie passée, du moment qu'elle, elle n'allait vers personne et paraissait manifester ainsi le désir d'oublier.

Non, Lol dut s'approprier le mérite de son incognito à S. Tahla, le considérer comme une épreuve à laquelle chaque jour elle se soumettait et de laquelle elle sortait chaque jour victorieuse. Elle devait toujours se rassurer davantage après ses promenades: si elle le voulait on la voyait très peu, à peine. Elle se croit coulée dans une identité de nature indécise qui pourrait se nommer de noms indéfiniment différents, et dont la visibilité dépend d'elle.

L'installation définitive du couple, son assise, sa belle maison, son aisance, les enfants, la calme régularité de la marche de Lol, la rigueur de son manteau gris, ses robes sombres au goût du jour ne prouvaient-ils pas qu'elle était sortie à tout jamais d'une crise douloureuse? Je ne sais pas. Mais le fait est là: personne ne l'a abordée pendant ces semaines d'errance bienheureuse à travers la ville, personne.

Elle, reconnut-elle quelqu'un à S. Tahla? À part, mal, cette femme devant chez elle, ce jour gris? Je ne crois pas.

J'ai vu, en la suivant – posté caché face à elle – qu'elle souriait parfois à certains visages, ou du moins on aurait pu le croire. Mais le sourire captif de Lol, la suffisance immuable de son sourire a fait qu'on n'est pas allé plus loin qu'en souriant soi-même. Elle avait l'air de se moquer d'elle et de l'autre, un peu gênée mais amusée de se trouver de l'autre côté du large fleuve qui la séparait de ceux de S. Tahla, du côté où ils n'étaient pas.

Ainsi Lol V. Stein s'est-elle retrouvée dans S. Tahla, sa ville natale, cette ville qu'elle connaissait par cœur, sans disposer de rien, d'aucun signe qui témoigne de cette connaissance à ses propres yeux. Elle reconnaissait S. Tahla, la reconnaissait sans cesse et pour l'avoir connue bien avant, et pour l'avoir connue la veille, mais sans preuves à l'appui renvoyée par S. Tahla, chaque fois, balle dont l'impact eût toujours été le même, elle seule, elle commença à reconnaître moins, puis différemment, elle commença à retourner jour après jour, pas à pas vers son ignorance de S. Tahla.

Cet endroit du monde où on croit qu'elle a vécu sa douleur passée, cette prétendue douleur, s'efface peu à peu de sa mémoire dans sa matérialité. Pourquoi ces lieux plutôt que d'autres ? En quelque point qu'elle s'y trouve Lol y est comme une première fois. De la distance invariable du souvenir elle ne dispose plus : elle est là. Sa présence fait la ville pure, méconnaissable. Elle commence à marcher dans le palais fastueux de l'oubli de S. Tahla.

Quand elle revenait dans sa maison – Jean Bedford en a témoigné auprès de Tatiana Karl –, qu'elle reprenait place dans l'ordre qu'elle y avait mis, elle était joyeuse, aussi peu fatiguée qu'à son lever, elle supportait mieux ses enfants, elle s'effaçait encore davantage devant leur volonté, prenait même sur elle, contre les domestiques, d'assurer leur indépendance vis-à-vis d'elle, de protéger leurs bêtises ; leurs insolences à son égard, elle les excusait comme toujours ; les petits retards qu'elle n'aurait pas pu le matin même constater sans souffrir, les petites irrégularités des heures, les petites erreurs dans l'échafaudage de son ordre, elle les remarquait à peine après ses promenades. D'ailleurs, elle commença à parler de cet ordre à son mari.

Elle lui dit un jour que peut-être il avait raison, cet ordre n'était peut-être pas celui qu'il fallait – elle ne dit pas pourquoi, – il était possible qu'elle en change, un peu plus tard. Quand ? Plus tard. Lol ne précisa pas.

Elle disait chaque jour, comme si c'était la première fois, qu'elle s'était promenée là ou là, dans quel quartier, mais elle ne signalait jamais le moindre incident auquel elle aurait assisté. Jean Bedford trouvait naturelle la réserve de sa femme sur ses promenades. Du moment que cette réserve couvrait toute la conduite de Lol, toutes ses activités. Ses avis étaient rares, ses récits, inexistants. Le contentement de Lol, toujours plus grand, ne prouvait-il pas qu'elle ne trouvait rien d'amer ni de triste à la ville de sa jeunesse? Le principal était là, devait penser Jean Bedford.

Lol ne parlait jamais d'achats qu'elle aurait pu faire. Elle n'en faisait jamais durant ses promenades à S. Tahla. Ni du temps.

Lorsqu'il pleuvait on savait autour d'elle que Lol guettait les éclaircies derrière les fenêtres de sa chambre. Je crois qu'elle devait trouver là, dans la monotonie de la pluie, cet ailleurs, uniforme, fade et sublime, plus adorable à son âme qu'aucun autre moment de sa vie présente, cet ailleurs qu'elle cherchait depuis son retour à S. Tahla.

Elle consacrait ses matinées entières à sa maison, à ses enfants, à la célébration de cet ordre si rigoureux qu'elle seule avait la force et le savoir de faire régner, mais quand il pleuvait trop pour sortir, elle ne s'occupait à rien. Cette fébrilité ménagère, elle s'efforçait de ne pas trop le montrer, se dissipait tout à fait à l'heure où elle sortait, ou aurait dû sortir même si la matinée avait été difficile.

Qu'avait-elle fait à ces heures-là pendant les dix années qui avaient précédé? Je le lui ai demandé. Elle n'a pas su bien me dire quoi. À ces mêmes heures ne s'occupait-elle à rien à U. Bridge? À rien. Mais encore? Elle ne savait dire comment, rien. Derrière des vitres? Peut-être, aussi, oui. Mais aussi.

Ce que je crois:

Des pensées, un fourmillement, toutes également frappées de stérilité une fois la promenade terminée – aucune de ces pensées jamais n'a passé la porte de sa maison – viennent à Lol V. Stein pendant qu'elle marche. On dirait que c'est le déplacement machinal de son corps qui les fait se lever toutes ensemble dans un mouvement désordonné, confus, généreux. Lol les reçoit avec plaisir et dans un égal étonnement. De l'air s'engouffre dans sa maison, la dérange, elle en est chassée. Les pensées arrivent.

Pensées naissantes et renaissantes, quotidiennes, toujours les mêmes qui viennent dans la bousculade, prennent vie et respirent dans un univers disponible aux confins vides et dont une, une seule, arrive avec le temps, à la fin, à se lire et à se voir un peu mieux que les autres, à presser Lol un peu plus que les autres de la retenir enfin.

Le bal tremblait au loin, ancien, seule épave d'un océan maintenant tranquille, dans la pluie, à S. Tahla. Tatiana, plus tard, quand je le lui ai dit, a partagé mon avis.

— Ainsi c'était pour ça qu'elle se promenait, pour mieux penser au bal.
Le bal reprend un peu de vie, frémit, s'accroche à Lol. Elle le réchauffe, le protège, le nourrit, il grandit, sort de ses plis, s'étire, un jour il est prêt. Elle y entre.

Elle y entre chaque jour.

La lumière des après-midi de cet été-là Lol ne la voit pas. Elle, elle pénètre dans la lumière artificielle, prestigieuse, du bal de T. Beach. Et dans cette enceinte largement ouverte à son seul regard, elle recommence le passé, elle l'ordonne, sa véritable demeure, elle la range.

Une vicieuse, dit Tatiana, elle devait toujours penser à la même chose. Je pense comme Tatiana.

Je connais Lol V. Stein de la seule façon que je puisse, d'amour. C'est en raison de cette connaissance que je suis arrivé à croire ceci : dans les multiples aspects du bal de T. Beach, c'est la fin qui retient Lol. C'est l'instant précis de sa fin, quand l'aurore arrive avec une brutalité inouïe et la sépare du couple que formaient Michael Richardson et Anne-Marie Stretter, pour toujours, toujours. Lol progresse chaque jour dans la reconstitution de cet instant. Elle arrive même à capter un peu de sa foudroyante rapidité, à l'étaler, à en grillager les secondes dans une immobilité d'une extrême fragilité mais qui est pour elle d'une grâce infinie.

Elle se promène encore. Elle voit de plus en plus précisément, clairement ce qu'elle veut voir. Ce qu'elle rebâtit c'est la fin du monde.

Elle se voit, et c'est là sa pensée véritable, à la même place, dans cette fin, toujours, au centre d'une triangulation dont l'aurore et eux deux sont les termes éternels : elle vient d'apercevoir cette aurore alors qu'eux ne l'ont pas encore remarquée. Elle, sait, eux pas encore. Elle est impuissante à les empêcher de savoir. Et cela recommence :

À cet instant précis une chose, mais laquelle ? aurait dû être tentée qui ne l'a pas été. À cet instant précis Lol se tient, déchirée, sans voix pour appeler à l'aide, sans argument, sans la preuve de l'inimportance du jour en face de cette nuit, arrachée et portée de l'aurore à leur couple dans un affolement régulier et vain de tout son être. Elle n'est pas Dieu, elle n'est personne.

Elle sourit, certes, à cette minute pensée de sa vie. La naïveté d'une éventuelle douleur ou même d'une tristesse quelconque s'en est détachée. Il ne reste de cette minute que son temps pur, d'une blancheur d'os.

Et cela recommence : les fenêtres fermées, scellées, le bal muré dans sa lumière nocturne les aurait contenus tous les trois et eux seuls. Lol en est sûre : ensemble ils auraient été sauvés de la venue d'un autre jour, d'un autre, au moins.

Que se serait-il passé ? Lol ne va pas loin dans l'inconnu sur lequel s'ouvre cet instant. Elle ne dispose d'aucun souvenir même imaginaire, elle n'a aucune idée sur cet inconnu. Mais ce qu'elle croit, c'est qu'elle devait y pénétrer, que c'était ce qu'il lui fallait faire, que ç'aurait été pour toujours, pour sa tête et pour son corps, leur plus grande douleur et leur plus grande joie confondues jusque dans leur définition devenue unique mais innommable faute d'un mot. J'aime à croire, comme je l'aime, que si Lol est silencieuse dans la vie c'est qu'elle a cru, l'espace d'un éclair, que ce mot pouvait exister. Faute de son existence, elle se tait. Ç'aurait été un mot-absence, un mot-trou, creusé en son centre d'un trou, de ce trou où tous les autres mots auraient été enterrés. On n'aurait pas pu le dire mais on aurait pu le faire résonner. Immense, sans fin, un gong vide, il aurait retenu ceux qui voulaient partir, il les aurait convaincus de l'impossible, il les aurait assourdis à tout autre vocable que lui-même, en une fois il les aurait nommés, eux, l'avenir et l'instant. Manquant, ce mot, il gâche tous les autres, les contamine, c'est aussi le chien mort de la plage en plein midi, ce trou de chair. Comment ont-ils été trouvés les autres ? Au décrochez-moi-ça de quelles aventures parallèles à celle de Lol V. Stein étouffées dans l'œuf, piétinées et des massacres, oh ! qu'il y en a, que d'inachèvements sanglants le long des horizons, amoncelés, et parmi eux, ce mot, qui n'existe pas, pourtant est là : il vous attend au tournant du langage, il vous défie, il n'a jamais servi, de le soulever, de le faire surgir hors de son royaume percé de toutes parts à travers lequel s'écoulent la mer, le sable, l'éternité du bal dans le cinéma de Lol V. Stein.

Ils avaient regardé le passage des violons, étonnés.

Il aurait fallu murer le bal, en faire ce navire de lumière sur lequel chaque après-midi Lol s'embarque mais qui reste là, dans ce port impossible, à jamais amarré et prêt à quitter, avec ses trois passagers, tout cet avenir-ci dans lequel Lol V. Stein maintenant se tient. Certaines fois, il a aux yeux de Lol le même élan qu'au premier jour, la même force fabuleuse.

Mais Lol n'est encore ni Dieu ni personne.

Il l'aurait dévêtue de sa robe noire avec lenteur et le temps qu'il l'eût fait une grande étape du voyage aurait été franchie.

J'ai vu Lol dévêtue, inconsolable encore, inconsolable.

Il n'est pas pensable pour Lol qu'elle soit absente de l'endroit où ce geste a eu lieu. Ce geste n'aurait pas eu lieu sans elle: elle est avec lui chair à chair, forme à forme, les yeux scellés à son cadavre. Elle est née pour le voir. D'autres sont nés pour mourir. Ce geste sans elle pour le voir, il meurt de soif, il s'effrite, il tombe, Lol est en cendres.

Le corps long et maigre de l'autre femme serait apparu peu à peu. Et dans une progression rigoureusement parallèle et inverse, Lol aurait été remplacée par elle auprès de l'homme de T. Beach. Remplacée par cette femme, au souffle près. Lol retient ce souffle: à mesure que le corps de la femme apparaît à cet homme, le sien s'efface, s'efface, volupté, du monde.

— Toi. Toi seule.

Cet arrachement très ralenti de la robe d'Anne-Marie Stretter, cet anéantissement de velours de sa propre personne, Lol n'a jamais réussi à le mener à son terme.

Ce qui s'est passé entre eux, après le bal en dehors de sa présence, je crois que Lol n'y pense jamais. Qu'il soit parti pour toujours si elle y pensait, après leur séparation, malgré elle, resterait un bon signe en sa faveur, la confirmerait dans l'idée qu'elle avait toujours eue de lui qu'il ne vivrait de bonheur véritable que celui de la brièveté d'un amour sans retour, avec courage, rien de plus. Michael Richardson avait été aimé en son temps d'un amour trop grand, rien de plus.

Lol ne pense plus à cet amour. Jamais. Il est mort jusqu'à son odeur d'amour mort.

L'homme de T. Beach n'a plus qu'une tâche à accomplir, toujours la même dans l'univers de Lol: Michael Richardson, chaque après-midi, commence à dévêtir une autre femme que Lol et lorsque d'autres seins apparaissent, blancs, sous le fourreau noir, il en reste là; ébloui, un Dieu lassé par cette mise à nu, sa tâche unique, et Lol attend vainement qu'il la reprenne, de son corps infirme de l'autre elle crie, elle attend en vain, elle crie en vain.

Puis un jour ce corps infirme remue dans le ventre de Dieu.

Dès que Lol le vit, elle le reconnut. C'était celui qui était passé devant chez elle il y avait quelques semaines.

Il était seul ce jour-là.

Il sortait d'un cinéma du centre. Alors que le monde se pressait dans le couloir, lui prenait son temps. Arrivé sur le trottoir il cligna des yeux dans la lumière, s'attarda à regarder autour de lui, ne vit pas Lol V. Stein, sa veste qu'il portait d'une main sur l'épaule, il la ramena vers lui dans un mouvement du bras, il la lança légèrement en l'air, puis il l'enfila, prenant encore son temps.

Ressemblait-il à son fiancé de T. Beach? Non, il ne lui ressemblait en rien. Avait-il quelque chose dans les manières de cet amant disparu? Sans doute, oui, dans les regards qu'il avait pour les femmes. Il devait courir, celui-là, après toutes les femmes, ne supporter qu'avec elles ce corps difficile, qui pourtant réclamait encore, à chaque regard. Oui, il y avait en lui, décida Lol, il sortait de lui, ce premier regard de Michael Richardson, celui que Lol avait connu avant le bal.

Il n'était pas aussi jeune qu'il avait paru à Lol la première fois. Mais peut-être se trompait-elle. Elle trouva sans doute qu'il devait être impatient, peut-être facilement cruel.

Il scruta le boulevard, aux abords du cinéma. Lol l'avait contourné.

Derrière lui, dans son manteau gris, Lol arrêtée attend qu'il se décide à s'en aller.

Je vois ceci:

La chaleur d'un été qu'elle a distraitement subie jusqu'à ce jour éclate et se répand. Lol en est submergée. Tout l'est, la rue, la ville, cet inconnu. Quelle chaleur, quelle est cette fatigue? Ce n'est pas la première fois. Depuis quelques semaines elle voudrait parfois comme d'un lit, là, pour y allonger ce corps lourd, plombé, difficile à mouvoir, cette maturité ingrate et tendre, tout au bord de sa chute sur une terre sourde et dévoreuse. Ah quel est ce corps tout à coup dont elle se sent pourvue ? Où est-il celui d'alouette infatigable qu'elle avait porté jusqu'à ces temps-ci ?

Il se décida : ce fut vers le haut du boulevard qu'il se dirigea. Hésita-t-il ? Oui. Il regarda sa montre et se décida pour cette direction. Lol savait-elle déjà nommer celle qu'il allait rencontrer ? Pas tout à fait encore. Elle ignore que c'est elle qu'elle a suivie à travers cet homme de S. Tahla. Et pourtant cette femme n'est déjà plus seulement celle entrevue devant son jardin, je crois que déjà elle est davantage pour Lol.

S'il avait un endroit précis où se rendre à une certaine heure, il disposait d'un certain temps entre cette heure et ce moment-ci tout juste présent. Alors il l'employait ainsi, à se diriger plutôt là qu'ailleurs, dans le vague espoir, qui jamais ne le quittait, croyait Lol, d'en rencontrer une autre encore, de la suivre, d'oublier celle qu'il allait retrouver. Ce temps, il l'employait de façon divine pour Lol.

Il marchait d'un pas égal, près des vitrines. Ce n'est pas le premier depuis quelques semaines qui marche ainsi. Sur les femmes seules et belles, il se retournait, s'arrêtait parfois, vulgaire. Lol sursautait à chaque fois comme s'il l'avait fait sur elle.

Sur une plage, dans sa grande jeunesse, elle avait déjà vu une conduite semblable à celle de bien des hommes de S. Tahla. Se souvient-elle en avoir souffert tout à coup ? En sourit-elle ? Il est probable que ces balbutiements de sa jeunesse se situent dorénavant dans une mémoire douce et heureuse de Lol. Maintenant elle voit les regards de ceux-ci s'adresser à elle en secret, dans une équivalence certaine. Elle qui ne se voit pas, on la voit ainsi, dans les autres. C'est là la toute-puissance de cette matière dont elle est faite, sans port d'attache singulier.

Ils marchent sur une plage, pour elle. Ils ne savent pas. Elle le suit sans mal. Son pas est large, il laisse le haut de son corps presque tout à fait immobile, retenu. Il ne savait pas.

C'était un jour de semaine. Il y avait peu de monde. La pleine période des vacances approchait.

Je vois ceci :

Prudente, calculeuse, elle marche assez loin derrière lui. Lorsqu'il suit des yeux une autre femme, elle baisse la tête ou se retourne légèrement. Ce qu'il peut voir peut-être, ce manteau gris, ce béret noir, rien d'autre, n'est pas dangereux. Lorsqu'il s'arrête devant une vitrine ou autre chose, elle ralentit pour ne pas avoir à s'arrêter en même temps que lui.

S'ils la voyaient, les hommes de S. Tahla, Lol s'enfuirait.

Elle désire suivre. Suivre puis surprendre, menacer de surprise. Cela depuis quelque temps. Si elle désire être surprise à son tour, elle ne veut pas que ce soit avant qu'elle l'ait décidé.

Le boulevard monte légèrement vers une place qu'ils atteignirent ensemble. De là partent trois autres boulevards vers la banlieue. La forêt est de ce côté-ci. Cris des enfants.

Il prit celui qui s'éloigne le plus de cette forêt : un boulevard droit, récemment tracé, où le trafic est plus important que dans les autres, la sortie la plus rapide de la ville. Il pressa le pas. L'heure passait. La marge de temps dont il disposait avant son rendez-vous, dont ils disposaient donc tous les deux, Lol et lui, diminuait toujours.

Ce temps il l'employait donc de façon parfaite aux yeux de Lol, à chercher. Il le perdait bien, il marchait, marchait. Chacun de ses pas s'ajoute en Lol, frappe, frappe juste, au même endroit, le clou de chair. Depuis quelques jours, quelques semaines, les pas des hommes de S. Tahla frappent de même.

J'invente, je vois :

Elle ne ressent l'étouffement de l'été que lorsqu'il fait un geste supplémentaire à cette marche, quand il se passe la main dans les cheveux, quand il allume une cigarette, et surtout lorsqu'il regarde passer une femme. Alors Lol croit qu'elle n'a plus la force de suivre, tandis qu'elle continue à le faire, cet homme entre ceux de S. Tahla.

Lol savait où menait ce boulevard une fois dépassées les quelques villas de la place, une fois dépassé aussi un îlot populaire, détaché du corps de la ville, où il y a un cinéma, quelques bars.

J'invente :

À cette distance il ne peut même pas entendre son pas sur le trottoir.

Elle a ses chaussures plates et silencieuses qu'elle met pour se promener. Pourtant elle prend une précaution supplémentaire, enlève son béret.

Lorsqu'il s'arrête sur la place à laquelle aboutit le boulevard, elle enlève son manteau gris. Elle est en bleu marine, une femme qu'il ne voit toujours pas.

Il s'arrêta près d'un arrêt de cars. Il y avait beaucoup de monde, bien plus que dans la ville.

Lol alors fait le tour de la place et se poste près de l'arrêt inverse des cars.

Déjà le soleil avait disparu et rasait la cime des toits.

Il alluma une cigarette, fit quelques pas en long et en large de part et d'autre du panonceau. Il regarda sa montre, vit que ce n'était pas tout à fait l'heure, attendit, Lol trouvait qu'il avait les yeux partout autour de lui.

Des femmes étaient là, en vrac, qui attendaient le car, qui traversaient la place, qui passaient. Aucune ne lui échappait, inventait Lol, aucune qui aurait pu être éventuellement à sa convenance ou à la rigueur à la convenance d'un autre que lui, pourquoi pas. Il fouinait les robes, croyait Lol, respirait bien, là, dans la foule, avant ce rendez-vous dont il avait déjà l'avant-goût sous la main, prenant, imaginant avoir pendant quelques secondes, puis rejetant, les femmes, en deuil de toutes, de chacune, d'une seule, de celle-là qui n'existait pas encore mais qui aurait pu lui faire manquer à la dernière minute celle-ci entre mille qui allait arriver, arriver vers Lol V. Stein et que Lol V. Stein attendait avec lui.

Elle arriva en effet, elle descendit d'un car bondé de gens qui rentraient chez eux avec le soir.

Dès qu'elle se dirige vers lui, dans ce déhanchement circulaire, très lent, très doux, qui la fait à tout moment de sa marche l'objet d'une flatterie caressante, secrète, et sans fin, d'elle-même à elle-même, aussitôt vue la masse noire de cette chevelure vaporeuse et sèche sous laquelle le très petit visage triangulaire, blanc, est envahi par des yeux immenses, très clairs, d'une gravité désolée par le remords ineffable d'être porteuse de ce corps d'adultère, Lol s'avoue avoir reconnu Tatiana Karl. Alors, seulement, croit-elle, depuis des semaines qu'il flottait, çà et là, le nom est là : Tatiana Karl.

Elle était vêtue discrètement d'un tailleur de sport noir. Mais sa chevelure était très soignée, piquée d'une fleur grise, relevée par des peignes d'or, elle avait mis tout son soin à en fixer la fragile coiffure, un long et épais bandeau noir qui, au passage près du visage, bordait le regard clair, le faisait plus vaste, encore plus navré, et ceci qui aurait dû n'être touché que par le seul regard, qu'on ne pouvait sans détruire laisser au vent, elle avait dû – Lol le devine – l'avoir emprisonné dans une voilette sombre, pour que le moment venu il soit le seul à en entamer et à en détruire l'admirable facilité, un seul geste et elle baignerait alors dans la retombée de sa chevelure, dont Lol se souvient tout à coup et qu'elle revoit lumineusement juxtaposée à celle-ci. On en disait alors qu'elle serait obligée un jour ou l'autre de la couper, cette chevelure, elle la fatiguait, elle risquait de courber ses épaules par son poids, de la défigurer par sa masse trop importante pour ses yeux si grands, pour son visage si petit de peau et d'os. Tatiana Karl n'a pas coupé ses cheveux, elle a tenu la gageure d'en avoir trop.

Était-elle ainsi Tatiana, ce jour-là ? Ou un peu ou tout à fait autrement ?

Il lui arrivait aussi d'avoir les cheveux dénoués dans le dos, de porter des robes claires. Je ne sais plus.

Ils échangèrent quelques mots et ils s'en allèrent par ce même boulevard, au-delà du faubourg.

Ils marchaient à un pas l'un de l'autre. Ils parlaient à peine.

Je crois voir ce qu'a dû voir Lol V. Stein :

Il y a entre eux une entente saisissante qui ne vient pas d'une connaissance mutuelle mais justement, au contraire, du dédain de celle-ci. Ils ont la même expression de consternation silencieuse, d'effroi, d'indifférence profonde. Ils vont plus vite en approchant. Lol V. Stein guette, les couve, les fabrique, ces amants. Leur allure ne la trompe pas, elle. Ils ne s'aiment pas. Qu'est-ce à dire pour elle ? D'autres le diraient du moins. Elle, différemment, mais elle ne parle pas. D'autres liens les tiennent dans une emprise qui n'est pas celle du sentiment, ni celle du bonheur, il s'agit d'autre chose qui ne prodigue ni peine ni joie. Ils ne sont ni heureux ni malheureux. Leur union est faite d'insensibilité, d'une manière qui est générale et qu'ils appréhendent momentanément, toute préférence en est bannie. Ils sont ensemble, des trains qui se croisent de très près, autour d'eux le paysage charnel et végétal est pareil, ils le voient, ils ne sont pas seuls. On peut pactiser avec eux. Par des voies contraires ils sont arrivés au même résultat que Lol V. Stein, eux, à force de faire, de dire, d'essayer, de se tromper, de s'en aller et de revenir, de mentir, de perdre, de gagner, d'avancer, de revenir encore, et elle, Lol, à force de rien.

Une place est à prendre, qu'elle n'a pas réussi à avoir à T. Beach, il y a dix ans. Où ? Elle ne vaut pas cette place d'opéra de T. Beach. Laquelle ? Il faudra bien se contenter de celle-ci pour arriver enfin à se frayer un passage, à avancer un peu plus vers cette rive lointaine où ils habitent, les autres. Vers quoi ? Quelle est cette rive ?

La bâtisse longue, étroite, a dû être autrefois soit une caserne, soit un bâtiment administratif quelconque. Une partie sert d'entrepôts aux cars. L'autre, c'est l'Hôtel des Bois, de mauvaise réputation mais qui est le seul où les couples de la ville peuvent aller en toute sécurité. Le boulevard s'appelle le boulevard des Bois dont cet hôtel est le dernier numéro. Sur sa façade, il y a une rangée d'aulnes très vieux dont quelques-uns manquent. Derrière s'étend un grand champ de seigle, lisse, sans arbres.

Il y a encore du soleil dans cette campagne plate, dans ces champs.

Lol connaît cet hôtel pour y être allée dans sa jeunesse avec Michael

Richardson. Elle est sans doute arrivée jusque-là, quelquefois, durant ses promenades. C'était là que Michael Richardson lui avait fait son serment d'amour. Le souvenir de l'après-midi d'hiver s'est englouti lui aussi dans l'ignorance, dans la lente, quotidienne glaciation de S. Tahla sous ses pas.

C'est une jeune fille de S. Tahla qui, à cet endroit, a commencé à se parer – cela devait durer des mois – pour le bal de T. Beach. C'est de là qu'elle est partie pour ce bal.

Dans le boulevard des Bois, Lol perd un peu de temps. Ce n'est pas la peine de les suivre de près du moment qu'elle sait où ils vont. Courir le risque d'être reconnue par Tatiana Karl est le pis qui soit à craindre.

Quand elle arrive à l'hôtel ils sont déjà en haut.

Lol, sur la route, attend. Le soleil se couche. Le crépuscule arrive, rougissant, sans doute triste. Lol attend.

Lol V. Stein est derrière l'Hôtel des Bois, postée à l'angle du bâtiment. Le temps passe. Elle ne sait pas si ce sont encore les chambres qui donnent sur le champ de seigle qu'on loue à l'heure. Ce champ, à quelques mètres d'elle, plonge, plonge de plus en plus dans une ombre verte et laiteuse.

Une fenêtre s'éclaire au deuxième étage de l'Hôtel des Bois. Oui. Ce sont les mêmes chambres que de son temps.

Je vois comment elle y arrive. Très vite, elle gagne le champ de seigle, s'y laisse glisser, s'y trouve assise, s'y allonge. Devant elle il y a cette fenêtre éclairée. Mais Lol est loin de sa lumière.

L'idée de ce qu'elle fait ne la traverse pas. Je crois encore que c'est la première fois, qu'elle est là sans idée d'y être, que si on la questionnait elle dirait qu'elle s'y repose. De la fatigue d'être arrivée là. De celle qui va suivre. D'avoir à en repartir. Vivante, mourante, elle respire profondément, ce soir l'air est de miel, d'une épuisante suavité. Elle ne se demande pas d'où lui vient la faiblesse merveilleuse qui l'a couchée dans ce champ. Elle la laisse agir, la remplir jusqu'à la suffocation, la bercer rudement, impitoyablement jusqu'au sommeil de Lol V. Stein.

Le seigle crisse sous ses reins. Jeune seigle du début d'été. Les yeux rivés à la fenêtre éclairée, une femme entend le vide – se nourrir, dévorer ce spectacle inexistant, invisible, la lumière d'une chambre où d'autres sont.

De loin, avec des doigts de fée, le souvenir d'une certaine mémoire passe. Elle frôle Lol peu après qu'elle s'est allongée dans le champ, elle lui montre à cette heure tardive du soir, dans le champ de seigle, cette femme qui regarde une petite fenêtre rectangulaire, une scène étroite, bornée comme une pierre, où aucun personnage encore ne s'est montré. Et peut-être Lol a-t-elle peur, mais si peu, de l'éventualité d'une séparation encore plus grande d'avec les autres. Elle sait quand même que certains lutteraient – elle hier encore – qu'ils retourneraient chez eux en courant dès qu'un reste de raison les ferait se surprendre dans ce champ. Mais c'est la dernière peur apprise de Lol, celle que d'autres auraient à sa place, ce soir. Eux l'emprisonneraient dans leur sein, avec courage. Mais elle, tout au contraire, la chérit, l'apprivoise, la caresse de ses mains sur le seigle.

L'horizon, de l'autre côté de l'hôtel, a perdu toute couleur. La nuit vient. L'ombre de l'homme passe à travers le rectangle de lumière. Une première fois, puis une deuxième fois, en sens inverse.

La lumière se modifie, elle devient plus forte. Elle ne vient plus du fond, à gauche de la fenêtre, mais du plafond.

Tatiana Karl, à son tour, nue dans sa chevelure noire, traverse la scène de lumière, lentement. C'est peut-être dans le rectangle de vision de Lol qu'elle s'arrête. Elle se tourne vers le fond où l'homme doit être.

La fenêtre est petite et Lol ne doit voir des amants que le buste coupé à la hauteur du ventre. Ainsi ne voit-elle pas la fin de la chevelure de Tatiana.

À cette distance, quand ils parlent, elle n'entend pas. Elle ne voit que le mouvement de leurs visages devenu pareil au mouvement d'une partie du corps, désenchantés. Ils parlent peu. Et encore, ne les voit-elle que lorsqu'ils passent près du fond de la chambre derrière la fenêtre. L'expression muette de leurs visages se ressemble encore, trouve Lol.

Il repasse encore dans la lumière, mais cette fois, habillé. Et peu après lui, Tatiana Karl encore nue : elle s'arrête, se cambre, la tête légèrement levée et, dans un mouvement pivotant de son torse, les bras en l'air, les mains prêtes à la recevoir, elle ramène sa chevelure devant elle, la torsade et la relève. Ses seins, par rapport à sa minceur, sont lourds, ils sont assez abîmés déjà, seuls à l'être dans tout le corps de Tatiana. Lol doit se souvenir comme leur attache était pure autrefois. Tatiana Karl a le même âge que Lol V. Stein.

Je me souviens : l'homme vient tandis qu'elle s'occupe de sa chevelure, il se penche, mêle sa tête à la masse souple et abondante, embrasse, elle, continue à relever ses cheveux, elle le laisse faire, continue et lâche.

Ils disparaissent un instant assez long du cadre de la fenêtre.

Tatiana revient encore seule, sa chevelure de nouveau retombée. Elle va alors vers la fenêtre, une cigarette à la bouche et s'y accoude. Lol, je la vois : elle ne bouge pas. Elle sait que si on n'est pas prévenu de sa présence dans le champ personne ne peut la découvrir. Tatiana Karl ne voit pas la tache sombre dans le seigle.

Tatiana Karl s'éloigne de la fenêtre pour reparaître habillée, de nouveau recouverte par son tailleur noir. Lui aussi passe, une dernière fois, sa veste sur l'épaule.

La chambre s'éteint peu après.

Un taxi sans doute appelé par téléphone s'arrête devant l'hôtel.

Lol se relève. Il fait tout à fait nuit. Elle est engourdie, marche mal pour commencer mais vite, une fois la petite place atteinte, elle trouve un taxi. L'heure du dîner est arrivée. Son retard est énorme.

Son mari est dans la rue, il l'attend, alarmé.

Elle mentit et on la crut. Elle raconta qu'elle avait dû s'éloigner du centre pour faire un achat, achat qu'elle ne pouvait faire que dans les pépinières des faubourgs, des plants pour une haie dont elle avait l'idée, entre le parc et la rue.

On la plaignit tendrement d'avoir eu à marcher si longtemps sur des routes sombres et désertes.

L'amour que Lol avait éprouvé pour Michael Richardson était pour son mari la garantie la plus sûre de la fidélité de sa femme. Elle ne pouvait pas retrouver une deuxième fois un homme fait sur les mesures de celui de T. Beach, ou alors il fallait qu'elle l'inventât, or elle n'inventait rien, croyait Jean Bedford.

Pendant les jours qui suivirent, Lol chercha l'adresse de Tatiana Karl. Elle ne cessa pas ses promenades.

Mais la lumière du bal s'est cassée d'un seul coup. Elle n'y voit plus clair. Des moisissures grises recouvrent uniformément les visages, les corps des amants.

Les Karl n'avaient jamais habité S. Tahla. C'était au collège que Lol et Tatiana s'étaient liées, elles passaient leurs vacances à T. Beach. Leurs parents ne s'étaient pour ainsi dire pas connus. Lol avait oublié l'adresse des Karl. Elle écrivit à l'Amicale du collège : à la retraite du père, les Karl avaient déménagé, ils habitaient au bord de la mer, près de T. Beach. De Tatiana, on n'avait jamais eu de nouvelles depuis ce déménagement. Lol s'acharna, elle écrivit à Mme Karl une lettre longue et embarrassée pour lui dire combien elle aurait aimé retrouver Tatiana, la seule de ses amies qu'elle n'avait jamais oubliée. Mme Karl répondit très affectueusement à Lol, et lui donna l'adresse de sa fille mariée depuis huit ans au docteur Beugner, à S. Tahla.

Tatiana habitait une grande villa, au sud de S. Tahla, près de la forêt.

À plusieurs reprises Lol alla se promener aux abords de cette villa qu'elle avait déjà vue comme toutes celles de la ville.

Elle se trouvait sur une légère hauteur. Un parc, grand et boisé, permettait mal de la voir de face, mais derrière, par le canal sinueux d'une grande allée, on la découvrait mieux, des étages à balcons, une grande terrasse sur laquelle Tatiana, en été, se tient souvent. C'est de ce côté-là que se trouve la grille d'entrée.

Il n'était sans doute pas dans le plan de Lol de se précipiter chez

Tatiana, mais d'abord de faire le tour de sa maison, de traîner dans les rues qui la bordaient. Qui savait? Tatiana sortirait peut-être, elles se rencontreraient ainsi, se retrouveraient ainsi, apparemment par hasard. Cela ne se produisit pas.

La première fois, Lol dut voir Tatiana Karl sur la terrasse, allongée sur une chaise longue, en maillot de bain, au soleil, les yeux fermés. La deuxième fois également. Une fois, Tatiana Karl ne devait pas être là. Il y avait sa chaise longue, une table basse et des revues coloriées. Le temps ce jour-là était couvert. Lol s'attarda. Tatiana n'apparut pas.

Alors Lol décida de rendre visite à Tatiana. Elle dit à son mari qu'elle comptait revoir une ancienne amie de collège, Tatiana Karl, dont elle avait retrouvé la photo au hasard d'un rangement. Lui en avait-elle parlé jamais? elle ne savait plus. Non. Jean Bedford ignorait jusqu'à ce nom.

Comme Lol n'exprimait jamais le désir de voir ou de revoir quiconque, cette initiative étonna Jean Bedford. Il questionna Lol. Elle ne démordit pas de la seule raison qu'elle lui donna : elle désirait avoir des nouvelles de ses anciennes amies de collège, surtout de celle-ci, Tatiana Karl, qui, dans son souvenir, était la plus attachante de toutes. Comment savait-elle son adresse à S. Tahla? Elle l'avait vue sortir d'un cinéma du centre. Elle avait écrit à l'Amicale de leur collège.

Jean Bedford s'était habitué à voir sa femme tout au long des années, satisfaite, ne réclamant rien de plus à ses côtés. L'image de Lol bavardant avec quiconque était inimaginable et même un peu repoussante paraît-il, pour qui la connaissait. Pourtant il semblerait que Jean Bedford n'ait rien fait pour empêcher Lol de se conduire enfin comme les autres femmes. Cette échéance qui prouvait combien elle allait mieux les années passant, devait venir tôt ou tard, il l'avait souhaitée, dut se souvenir Jean Bedford, ou alors, préférait-il qu'elle reste telle qu'elle avait été pendant dix ans à U. Bridge, dans cette virtualité irréprochable? J'imagine qu'un effroi traversa Jean Bedford : c'était de lui-même qu'il fallait se méfier. Il dut feindre être heureux de l'initiative de Lol. Tout ce qui la sortait de sa routine quotidienne, lui dit-il, l'enchantait. Ne le savait-elle pas? Et ses promenades? Pourrait-il connaître Tatiana Karl? Lol le lui promit dans les prochains jours.

Lol s'acheta une robe. Elle retarda de deux jours sa visite à Tatiana Karl, le temps de faire cet achat difficile. Elle se décida pour une robe de plein été, blanche. Cette robe, de l'avis de tous chez elle, lui allait très bien.

En cachette de son mari, de ses enfants, de ses domestiques, elle se prépara ce jour-là pendant des heures. Il n'y avait pas que son mari, tous savaient qu'elle allait rendre visite à une amie de collège avec laquelle elle avait été très liée. On s'étonna, mais en silence. Au moment de partir, on l'admirait, elle se crut tenue de donner des précisions : elle avait choisi cette robe blanche afin que Tatiana Karl la reconnût mieux, plus facilement ; c'était au bord de la mer, elle s'en souvenait, à T. Beach, qu'elle avait vu Tatiana Karl pour la dernière fois, il y avait dix ans et pendant ces vacances-là, sur le désir d'un ami, elle était toujours en blanc.

La chaise longue était à sa place, la table aussi, les revues. Tatiana Karl était peut-être dans la maison. C'était un samedi vers quatre heures. Il faisait beau.

Je crois ceci :

Lol, une fois de plus, fait le tour de la villa, non plus dans l'espoir de tomber sur Tatiana mais pour essayer de calmer un peu cette impatience qui la soulève, la ferait courir : il ne faut rien en montrer à ces gens qui ne savent pas encore que leur tranquillité va être troublée à jamais. Tatiana Karl lui est devenue en peu de jours si chère que si sa tentative allait échouer, si elle allait ne pas la revoir, la ville deviendrait irrespirable, mortelle. Il fallait réussir. Ces jours-ci vont être pour ces gens, plus précisément qu'un avenir plus lointain, ceux qu'elle en fera, elle, Lol V. Stein. Elle fabriquera les circonstances nécessaires, puis elle ouvrira les portes qu'il faudra : ils passeront.

Elle tourne autour de la maison, dépasse légèrement l'heure qu'elle s'est fixée pour la visite, joyeuse.

Dans quel univers perdu Lol V. Stein a-t-elle appris la volonté farouche, la méthode ?

Arriver le soir chez Tatiana lui aurait peut-être paru préférable. Mais elle a jugé qu'elle devait faire preuve de discrétion et elle s'est conformée aux heures habituelles des visites dans la bourgeoisie dont elles font partie, Tatiana et elle.

Elle sonne à la grille. Elle voit pour ainsi dire le rose de son sang sur ses joues. Elle doit être assez belle pour que ce soit visible, aujourd'hui. Aujourd'hui, selon son désir, on doit voir Lol V. Stein.

Une femme de chambre sortit sur la terrasse, la regarda un instant, disparut à l'intérieur. Quelques secondes après Tatiana Karl à son tour, en robe bleue, arriva sur la terrasse et regarda.

La terrasse est à une centaine de mètres de la grille. Tatiana s'efforce de reconnaître qui vient ainsi à l'improviste. Elle ne reconnaît pas, donne l'ordre d'ouvrir. La femme de chambre disparaît à nouveau. La grille s'ouvre dans un déclic électrique qui fait sursauter Lol.

Elle est à l'intérieur du parc. La grille se referme.

Elle avance dans l'allée. Elle est à mi-chemin de celle-ci lorsque deux hommes se joignent à Tatiana. L'un de ces hommes est celui qu'elle cherche. Il la voit pour la première fois.

Elle sourit au groupe et continue à marcher lentement vers la terrasse. Des parterres de fleurs se découvrent sur la pelouse, le long de l'allée, des hortensias se fanent dans l'ombre des arbres. Leurs coulées déjà mauvissantes est sans doute sa seule pensée. Les hortensias, les hortensias de Tatiana, du même temps que Tatiana maintenant celle qui d'une seconde à l'autre va crier mon nom.

— C'est bien Lola, je ne me trompe pas ?

Lui la regarde. Elle lui trouve le même regard intéressé que dans la rue. C'est bien Tatiana, voici sa voix, tendre, tendre tout à coup, d'une coloration ancienne, sa voix triste d'enfant.

— Non, mais c'est Lol ? Je ne me trompe pas ?

— C'est elle, dit Lol.

Tatiana descend le perron en courant, arrive sur Lol, s'arrête avant de l'atteindre, regarde dans une surprise débordante mais un peu hagarde, qui va du plaisir au déplaisir, de la crainte au rassurement, Lol l'intruse, la petite du préau, Lol de T. Beach, ce bal, ce bal, la folle, l'aimait-elle toujours ? Oui.

Lol se trouve dans ses bras.

Les hommes, de la terrasse, les regardaient s'embrasser. Ils ont entendu parler d'elle par Tatiana Karl.

Elles sont très proches de la terrasse. D'une minute à l'autre la distance qui les sépare de cette terrasse va être couverte à jamais.

Avant que cela arrive l'homme que Lol cherche se trouve tout à coup dans le plein feu de son regard. Lol, la tête sur l'épaule de Tatiana, le voit : il a légèrement chancelé, il a détourné les yeux. Elle ne s'est pas trompée.

Tatiana n'a plus l'odeur du linge frais des dortoirs où son rire courait le soir à la recherche d'oreilles à qui raconter les bons tours du lendemain. Le lendemain est là. Tatiana habillée d'une peau d'or embaume l'ambre, maintenant, le présent, le seul présent, qui tournoie, tournoie dans la poussière et qui se pose enfin dans le cri, le doux cri aux ailes brisées dont la fêlure n'est perceptible qu'à Lol V. Stein.

— Dieu ! Dix ans que je ne t'ai pas vue, Lola.

— Dix ans, en effet, Tatiana.

Enlacées elles montent les marches du perron. Tatiana présente à Lol Pierre Beugner, son mari, et Jacques Hold, un de leurs amis, la distance est couverte, moi.

Trente-six ans, je fais partie du corps médical. Il n'y a qu'un an que je suis arrivé à S. Tahla. Je suis dans le service de Pierre Beugner à l'Hôpital départemental. Je suis l'amant de Tatiana Karl.

Dès que Lol a pénétré dans la maison elle n'a plus eu un regard pour moi.

Elle a parlé tout de suite à Tatiana d'une photographie retrouvée au hasard d'un rangement récent dans une chambre de grenier : elles y étaient toutes les deux, la main dans la main, dans la cour du collège, en uniforme, à quinze ans. Tatiana ne se souvenait pas de cette photographie. J'ai cru moi-même à l'existence de celle-ci. Tatiana a demandé à la voir. Lol le lui a promis.

— Tatiana nous a parlé de vous, dit Pierre Beugner.

Tatiana n'est pas bavarde et ce jour-là elle l'était encore moins que d'habitude. Elle écoutait la moindre parole de Lol V. Stein, elle la provoquait à parler de sa vie récente. Elle désirait à la fois nous la faire connaître et en savoir, elle, toujours davantage sur son mode d'existence, son mari, ses enfants, sa maison, son emploi du temps, son passé. Lol parla peu mais avec assez de clarté, de netteté pour rassurer qui que ce soit sur son état actuel, mais pas elle, Tatiana. Tatiana, elle, s'inquiétait autrement que les autres à propos de Lol : qu'elle ait si bien recouvré la raison l'attristait. On devait ne jamais guérir tout à fait de la passion. Et, de plus, celle de Lol avait été ineffable, elle en convient toujours, malgré les réserves qu'elle fait encore sur la part qu'elle a eue dans la crise de Lol.

— Tu parles de ta vie comme un livre, dit Tatiana.

— D'une année à l'autre, dit Lol – elle avait un sourire confus – je ne vois rien de différent autour de moi.

— Dis-moi quelque chose, tu sais bien quoi, quand nous étions jeunes, supplia Tatiana.

Lol chercha de toutes ses forces à deviner quoi dans sa jeunesse, quel détail aurait permis à Tatiana de retrouver un peu de cette amitié si vive qu'elle lui vouait au collège. Elle ne trouva pas. Elle dit :

— Si tu veux savoir, moi je crois qu'on s'est trompé.

Tatiana ne répondit pas.

La conversation devint commune, se ralentit, s'engourdit parce que Tatiana épiait Lol, ses moindres sourires, ses moindres gestes, et ne s'occupait qu'à cela. Pierre Beugner parla à Lol de S. Tahla, des changements qui s'y étaient produits depuis la jeunesse des deux femmes. Lol connaissait tout de l'agrandissement de S. Tahla, du percement des rues nouvelles, des plans de construction dans les faubourgs, elle en parla d'une voix posée comme de son existence. Puis de nouveau le silence s'installa. On parla de U. Bridge, on parla.

Rien ne pouvait faire entrevoir dans cette femme-ci, même fugitivement, le deuil étrange qu'avait porté Lol V. Stein de Michael Richardson. De sa folie, détruite, rasée, rien ne paraissait subsister, aucun vestige exception faite de sa présence chez Tatiana Karl cet après-midi-là. La raison de celle-ci colorait un horizon linéaire et monotone mais à peine, car elle pouvait plausiblement s'être ennuyée et être venue chez Tatiana. Tatiana se demandait pourquoi quand même, pourquoi elle était là. C'était inévitable : elle n'avait rien à dire à Tatiana, rien à raconter, leurs souvenirs de collège, elle paraissait en avoir une mémoire très atteinte, perdue, les dix ans passés à U. Bridge, elle en avait fait le tour en quelques minutes.

J'étais le seul à savoir, à cause de ce regard immense, famélique qu'elle avait eu pour moi en embrassant Tatiana, qu'il y avait une raison précise à sa présence ici. Comment cela était-il possible ? Je doutais. Pour me plaire davantage à retrouver la précision de ce regard, je doutais encore. Il différait totalement de ceux qu'elle avait à présent. Il n'en restait rien. Mais le désintérêt dans lequel elle me tenait maintenant était trop grand pour être naturel. Elle évitait de me voir. Je ne lui adressais pas la parole.

— Comment s'est-on trompé ? demanda enfin Tatiana.

Tendue, n'aimant pas qu'on la questionne ainsi, elle fit néanmoins cette réponse, navrée de décevoir Tatiana :

— Sur les raisons. C'est sur les raisons qu'on s'est trompé.

— Cela je le savais, dit Tatiana, c'est-à-dire que... je m'en doutais bien... les choses ne sont jamais aussi simples...

Pierre Beugner, une nouvelle fois, détourna la conversation, il était visiblement le seul de nous trois à mal supporter le visage de Lol lorsqu'elle parlait de sa jeunesse, il recommença à parler, à lui parler, de quoi? de la beauté de son jardin, il était passé devant, quelle bonne idée cette haie entre la maison et cette rue si passante.

Elle paraissait flairer quelque chose, se douter qu'il y avait entre Tatiana et moi autre chose qu'une relation amicale. Quand Tatiana abandonne un peu Lol, qu'elle cesse de la questionner, cela se voit davantage : Tatiana en présence de ses amants s'émeut toujours du souvenir toujours proche des après-midi à l'Hôtel des Bois. Qu'elle se déplace, se relève, ajuste sa coiffure, s'asseye, son mouvement est charnel. Son corps de fille, sa plaie, sa calamité bienheureuse, il crie, il appelle le paradis perdu de son unité, il appelle sans cesse, désormais, qu'on le console, il n'est entier que dans un lit d'hôtel.

Tatiana sert le thé. Lol la suit des yeux. Nous la regardons, Lol V. Stein et moi. Tout autre aspect de Tatiana devient secondaire : aux yeux de Lol et aux miens elle est seulement la maîtresse de Jacques Hold. J'écoute mal ce qu'elles évoquent toutes les deux maintenant d'un ton léger de leur jeunesse, des cheveux de Tatiana. Lol dit :

— Ah! tes cheveux défaits, le soir, tout le dortoir venait voir, on t'aidait. Il ne sera jamais question de la blondeur de Lol, ni de ses yeux, jamais. Je saurais pourquoi, de quelque façon que je doive m'y prendre, pourquoi, moi.

Ceci est arrivé. Alors que Tatiana ajuste une nouvelle fois sa coiffure je me souviens d'hier – Lol la regarde – je me souviens de ma tête à ses seins mêlée, hier. Je ne sais pas que Lol a vu et pourtant la sorte de regard qu'elle a sur Tatiana me fait m'en souvenir. Ce qu'il peut advenir de Tatiana lorsqu'elle se recoiffe, nue, dans la chambre de l'Hôtel des Bois, je l'ignore déjà moins il me semble.

Que cachait cette revenante tranquille d'un amour si grand, si fort, disait-on, qu'elle en avait comme perdu la raison? J'étais sur mes gardes. Elle est douce, souriante, elle parle de Tatiana Karl.

Tatiana, elle, ne croyait pas à la seule vertu de ce bal dans la folie de Lol V. Stein, elle la faisait remonter plus avant, plus avant dans sa vie, plus avant dans sa jeunesse, elle la voyait ailleurs. Au collège, dit-elle, il manquait quelque chose à Lol, déjà elle était étrangement incomplète, elle avait vécu sa jeunesse comme dans une sollicitation de ce qu'elle serait mais qu'elle n'arrivait pas à devenir. Au collège elle était une merveille de douceur et d'indifférence, elle changeait d'amies, elle ne luttait jamais contre l'ennui, jamais une larme de jeune fille. Lorsque le bruit avait couru de ses fiançailles avec Michael Richardson, Tatiana, elle, n'avait cru qu'à moitié à cette nouvelle. Qui aurait pu trouver Lol, qui aurait retenu son attention entière ? ou du moins une part suffisante de celle-ci pour la faire s'engager dans le mariage ? qui aurait conquis son cœur inachevé ? Tatiana croit-elle encore s'être trompée ?

Il me semble que Tatiana m'a rapporté aussi des propos, beaucoup, des bruits aussi qui ont couru à S. Tahla au moment du mariage de Lol V. Stein. Elle aurait déjà été enceinte de sa première fille ? Je me souviens mal, ils font une rumeur, au loin, en ce moment, je ne les distingue plus des récits de Tatiana. En ce moment, moi seul de tous ces faussaires, je sais : je ne sais rien. Ce fut là ma première découverte à son propos : ne rien savoir de Lol était la connaître déjà. On pouvait, me parut-il, en savoir moins encore, de moins en moins sur Lol V. Stein.

Le temps passait. Lol restait, heureuse toujours, sans convaincre personne que c'était de revoir Tatiana.

— Tu passes devant chez moi parfois ? demande Tatiana.

Lol dit que cela lui arrive, elle se promène l'après-midi, chaque jour, aujourd'hui elle était venue volontairement, elle avait écrit plusieurs lettres au collège et puis à ses parents après avoir retrouvé cette photographie.

Pourquoi restait-elle encore et encore ?

Voici le soir.

Le soir, Tatiana s'attristait toujours. Jamais elle n'oubliait. Ce soir encore elle regarda un instant au-dehors : l'étendard blanc des amants dans leur premier voyage flotte toujours sur la ville obscurcie. La défaite cesse d'être le lot de Tatiana, elle se répand, coule sur l'univers. Tatiana dit qu'elle aurait voulu faire un voyage. Elle demande à Lol si celle-ci partage ce désir. Lol dit ne pas y avoir encore pensé.

— Peut-être, mais où ?

— Tu trouveras, dit Tatiana.

Elles s'étonnèrent de ne s'être jamais encore rencontrées dans le centre de S. Tahla. Mais il est vrai, dit Tatiana, qu'elle, elle sort peu, qu'à cette saison-ci elle fait de fréquents voyages chez ses parents. C'est faux. Tatiana a du temps libre. Je prends tout le temps libre de Tatiana.

Lol récite sa vie, depuis son mariage : ses maternités, ses vacances. Elle détaille – elle croit peut-être que c'est ce qu'on veut savoir – la grandeur de la dernière maison qu'elle a habitée, à U. Bridge, pièce par pièce, de façon assez longue pour que la gêne s'installe de nouveau chez Tatiana Karl et Pierre Beugner. Je ne perds aucun mot. Elle raconte en fait le dépeuplement d'une demeure avec sa venue.

— Le salon est si grand qu'on aurait pu y danser. Je n'ai jamais rien pu faire, le meubler, rien n'était suffisant.

Elle décrit encore. Elle parle de U. Bridge. Tout à coup elle ne le fait plus pour nous plaire, et sagement, comme elle a dû se le promettre. Elle parle plus vite, à voix plus haute, son regard nous a lâchés : elle dit que la mer n'est pas loin de la villa qu'elle habitait à U. Bridge. Tatiana a un sursaut : la mer est à deux heures de U. Bridge. Mais Lol ne remarque rien.

— C'est-à-dire que sans ces immeubles nouveaux on aurait pu voir la plage de ma chambre.

Elle décrit cette chambre et l'erreur est laissée en route. Elle revient vers T. Beach, qu'elle ne confond avec rien d'autre, elle est de nouveau présente, en possession de ses moyens.

— Un jour j'y retournerai, il n'y a pas de raison.

Je voulais revoir ses yeux sur moi : je dis :

— Pourquoi ne pas y retourner cet été-ci ?

Elle me regarda, comme je le désirais. Ce regard qui lui échappa détourna le cours de sa pensée. Elle répondit au hasard :

— Peut-être cette année. J'aimais bien la plage – à Tatiana – Tu te souviens ?

Ses yeux sont veloutés comme seuls les yeux sombres le sont, or les siens sont d'eau morte et de vase mêlées, rien n'y passe en ce moment qu'une douceur ensommeillée.

— Tu as toujours ton doux visage, dit Tatiana.

Voici, dans un sourire, voici une moquerie très joyeuse, mal à propos me semble-t-il. Tatiana reconnaît quelque chose tout à coup.

— Ah ! dit-elle, tu te moquais comme ça aussi quand on te le disait.

Elle venait peut-être de dormir pendant un long moment.

— Je ne me moquais pas. Tu le croyais. Toi tu es si belle, Tatiana, oh comme je me souviens.

Tatiana se leva pour embrasser Lol. Une autre femme fit place à celle-ci, imprévisible, déplacée, méconnaissable. De qui se moquait-elle si elle se moquait ?

Je devais la connaître parce qu'elle désirait que cela se produise. Elle est rose pour moi, sourit, se moque, pour moi. Il fait chaud, on étouffe tout à coup dans le salon de Tatiana. Je dis :

— Vous êtes belle vous aussi.

D'un geste de la tête, brusque, comme si je l'avais giflée elle se tourne vers moi.

— Vous trouvez ?

— Oui, dit Pierre Beugner.

Elle rit encore.

— Quelle idée !

Tatiana devient grave. Elle considère son amie avec ferveur. Je comprends qu'elle est presque sûre que Lol n'est pas tout à fait guérie. Elle en est profondément rassurée, je le sais ; cette survivance même pâlie de la folie de Lol met en échec l'horrible fugacité des choses, ralentit un peu la fuite insensée des étés passés.

— Ta voix a changé, dit Tatiana, mais ton rire je l'aurais reconnu derrière une porte de fer.

Lol dit :

— Ne t'inquiète pas, il ne faut pas t'inquiéter, Tatiana.

Les yeux baissés elle attendait. Personne ne lui répondait. C'était à moi qu'elle s'était adressée.

Elle se pencha vers Tatiana, curieuse, amusée.

— Comment était-elle avant ? Je me souviens mal.

— Brutale, un peu. Tu parlais vite. On te comprenait mal.

Lol se mit à rire de bon cœur.

— J'étais sourde, dit-elle, mais personne ne savait, j'avais une voix de sourde.

Le jeudi, Tatiana raconte, elles deux refusaient de sortir en rangs, avec le collège, elles dansaient dans le préau vide – on danse, Tatiana ? – un pick-up dans un immeuble voisin, toujours le même, jouait des danses anciennes – une émission-souvenir qu'elles attendaient, les surveillantes étaient envolées, seules dans l'immense cour du collège où on entendait, ce jour-là, les bruits des rues. Allez, Tatiana, allez, on danse, parfois exaspérées, elles jouent, crient, jouent à se faire peur.

Nous la regardions qui écoutait Tatiana et paraissait me prendre à témoin de ce passé. Est-ce bien cela ? Était-ce bien ainsi qu'elle dit ?

— Tatiana nous a parlé de ces jeudis, dit Pierre Beugner.

Tatiana comme chaque jour a laissé s'installer la demi-pénombre du crépuscule et je peux regarder Lol V. Stein longtemps, assez longtemps, avant qu'elle ne s'en aille, pour ne plus jamais l'oublier.

Lorsque Tatiana alluma, Lol se leva à regret. Quel domicile illusoire allait-elle rejoindre? Je ne savais pas encore.

Une fois levée, sur le point de partir elle dit enfin ce qu'elle avait à dire : elle désire revoir Tatiana.

— Je veux te revoir, Tatiana.

Alors ce qui aurait dû paraître naturel paraît faux. Je baisse les yeux. Tatiana qui cherche à trouver mon regard le perd comme une monnaie tombée. Pourquoi Lol qui paraît se passer de tout le monde veut-elle me revoir, moi, Tatiana? Je sors sur le perron. La nuit n'est pas encore tout à fait venue, je m'en aperçois, elle est loin de l'être. J'entends Tatiana demander :

— Pourquoi désires-tu me revoir? Cette photo t'a-t-elle donné envie de me revoir à ce point? Je suis intriguée.

Je me retourne : Lol V. Stein perd contenance, elle me cherche des yeux, elle va du mensonge à la sincérité, s'arrête au mensonge courageusement.

— Il y a cette photo – elle ajoute – Il y a eu aussi que je devais connaître du monde ces temps-ci.

Tatiana rit :

— Ça te ressemble mal, Lola.

J'apprends que le naturel du rire de Lol est incomparable lorsqu'elle ment. Elle dit :

— On verra bien, on verra où ça nous mènera, je me sens si bien avec toi.

— On verra, dit joyeusement Tatiana.

— Tu sais qu'on peut cesser de me voir, je le comprends.

— Je sais, dit Tatiana.

Une tournée théâtrale passait à S. Tahla cette semaine-là. N'était-ce pas une occasion de se voir? Elles iraient ensuite chez elle, Tatiana ferait enfin la connaissance de Jean Bedford. Pierre Beugner et Jacques Hold ne pourraient-ils pas venir aussi?

Tatiana hésita puis elle dit qu'elle viendrait, qu'elle renonçait à aller à la mer. Pierre Beugner était libre. J'essaierai, dis-je, de décommander un dîner. Ce même soir nous devions nous retrouver à l'Hôtel des Bois avec Tatiana.

Tatiana était devenue ma femme à S. Tahla, l'admirable beauté de ma prostitution, je ne pouvais plus me passer de Tatiana.

Le lendemain j'ai téléphoné à Tatiana, je lui ai dit que nous n'irions pas chez les Bedford. Elle a cru à ma sincérité. Elle m'a dit qu'il lui était impossible de ne pas accepter, cette première fois, l'invitation de Lol.

Jean Bedford s'est retiré dans sa chambre. Il a un concert demain. Il fait des exercices de violon.

Nous sommes, à ce moment de la soirée, aux environs de onze heures et demie, dans la salle de jeux des enfants. La pièce est grande et nue. Il y a un billard. Les jouets des enfants sont dans un coin, rangés dans des coffres. Le billard est très ancien, il devait déjà être chez les Stein avant la naissance de Lol.

Pierre Beugner fait des points. Je le regarde. Il m'a dit, en sortant du théâtre, qu'il fallait laisser Tatiana et Lol V. Stein seules ensemble un moment, avant de les rejoindre. Il était probable, avait-il ajouté, que Lol devait avoir à faire une confidence importante à Tatiana, l'insistance qu'elle avait mise à vouloir la revoir le prouvait.

Je tourne autour du billard. Les fenêtres sont ouvertes sur le parc. Une grande porte qui donne sur une pelouse, aussi. La salle est contiguë à la chambre de Jean Bedford. Lol et Tatiana peuvent comme nous entendre le violon, mais moins fort. Un vestibule les sépare de ces deux pièces où se tiennent les hommes. Elles doivent aussi entendre le choc sourd des boules de billard entre elles. Les exercices de Jean Bedford sur double corde sont très aigus. Leur frénésie monotone est éperdument musicale, chant de l'instrument même.

Il fait bon. Cependant Lol a fermé les baies du salon contrairement à son habitude. Lorsque nous sommes arrivés devant cette maison, obscure, aux fenêtres ouvertes, elle a dit à Tatiana qui s'étonnait, qu'elle faisait ainsi en cette saison. Ce soir, non. Pourquoi ? Sans doute Tatiana l'a-t-elle demandé. C'est Tatiana qui a son cœur à ouvrir à Lol, ce cœur dont jamais nous ne parlons ensemble, pas Lol, cela, je sais.

Lol a montré ses trois enfants endormis à Tatiana. On a entendu leurs rires retenus fuser dans les étages. Et puis elles sont redescendues dans le salon. Nous étions déjà dans le billard. Je ne sais pas si Lol s'est étonnée de ne pas nous voir. On a entendu la fermeture des trois baies. Elle, de l'autre côté du vestibule, et moi ici, dans cette salle de jeux où je marche, nous attendons de nous revoir.

La pièce était amusante. Elles ont ri. À trois reprises, Lol et moi avons ri seuls. À l'entracte, dans un aparté très court, alors que je passais près d'eux, j'ai compris que Tatiana et Jean Bedford parlaient de Lol.

Je sors de la salle de billard. Pierre Beugner n'y prend pas garde. Nous ne tenons pas à rester en tête à tête longtemps, en général, à cause de Tatiana. Je ne crois pas que Pierre ignore tout comme le prétend Tatiana. Je contourne la maison de quelques pas et me voici derrière une des baies latérales du salon.

Lol est assise face à cette baie. Elle ne me voit pas encore. Le salon est moins grand que la salle de billard, meublé de fauteuils disparates, d'une très grande vitrine en bois noir dans laquelle il y a des livres et une collection de papillons. Les murs sont nus, blancs. Tout est d'une propreté méticuleuse et d'une ordonnance rectiligne, la plupart des fauteuils sont le long des murs, l'éclairage tombe du plafond, insuffisant.

Lol se lève et offre un verre de cherry à Tatiana. Elle, ne boit pas encore. Tatiana doit être sur le bord de faire une confidence à Lol. Elle parle, prend des pauses, baisse les yeux, dit quelque chose, ce n'est pas encore ça. Lol bouge, essaye de parer le coup. Elle ne veut pas des confidences de Tatiana, n'en a que faire, on dirait même qu'elles la gêneraient. Nous sommes dans ses mains ? Pourquoi ? Comment ? Je ne sais rien.

Je ne retrouverai Tatiana à l'Hôtel des Bois que dans deux jours, après-demain. Je voudrais que ce soit ce soir après cette visite à Lol. Je crois que ce soir mon désir de Tatiana s'assouvirait pour toujours, tâche exécutée si ardue qu'elle soit, si difficile, si longue qu'elle soit, si épuisante, alors je serai devant une certitude.

Laquelle ? Elle concernerait Lol mais j'ignore comment, le sens qu'elle aurait, quel espace physique ou mental de Lol s'éclairerait sous l'effet de mon désir comblé de Tatiana, je ne cherche pas à le savoir.

Voici que Tatiana se lève, dit quelque chose avec véhémence. Alors Lol d'abord s'écarte et puis elle revient, se rapproche de Tatiana, et caresse légèrement ses cheveux.

Jusqu'à la dernière minute j'ai essayé d'entraîner Tatiana à l'Hôtel des Bois alors que c'était Lol que je devais revoir. Je ne peux pas faire ça à une amie, a dit Tatiana, après une absence si longue, ce passé, cette fragilité aussi, as-tu remarqué ? je ne peux pas ne pas y aller. Tatiana a cru à ma sincérité. Tout à l'heure, tout à l'heure, dans deux jours à peine je posséderai toute Tatiana Karl, complètement, jusqu'à sa fin. Lol caresse toujours les cheveux de Tatiana. D'abord elle la regarde intensément puis son regard s'absente, elle caresse en aveugle qui veut reconnaître. Alors c'est Tatiana qui recule. Lol lève les yeux et je vois ses lèvres prononcer Tatiana Karl. Elle a un regard opaque et doux. Ce regard qui était pour Tatiana tombe sur moi : elle m'aperçoit derrière la baie. Elle ne marque aucune émotion. Tatiana ne s'aperçoit de rien. Elle fait quelques pas vers Tatiana, elle revient, elle l'enlace légèrement et, insensiblement, elle l'amène à la porte-fenêtre qui donne sur le parc. Elle l'ouvre. J'ai compris. J'avance le long du mur. Voilà. Je me tiens à l'angle de la maison. Ainsi, je les entends. Tout à coup, voici leurs voix entrelacées, tendres, dans la dilution nocturne, d'une féminité pareillement rejointe en moi. Je les entends. C'est ce que Lol désirait. C'est elle qui parle :

— Regarde tous ces arbres, ces beaux arbres que nous avons, comme il fait doux.

— Le plus difficile, qu'est-ce que ça a été Lola ? demande Tatiana.

— Les heures régulières. Pour les enfants, les repas, le sommeil. Tatiana se plaint, dans un long soupir, lassé.

— Chez moi c'est encore le désordre noir. Mon mari est riche, je n'ai pas d'enfants, que veux-tu... que veux-tu...

Lol, dans le même mouvement que tout à l'heure, ramène Tatiana au centre du salon. Je retourne à la baie d'où je les vois. Je les entends et je les vois. Elle lui tend un fauteuil de telle façon qu'elle tournera le dos au jardin. Elle s'assied en face d'elle. Tout l'éventail des baies est sous son regard. Si elle veut regarder elle peut. Elle ne le fait pas une seule fois.

— Tu souhaites changer, Tatiana ?

Tatiana hausse les épaules et ne répond pas, du moins je n'entends rien.

— Tu as tort. Ne change pas, Tatiana, oh non, non.

C'est Tatiana :

— J'avais le choix au départ : vivre comme nous le faisions lorsque nous étions jeunes, dans l'idée générale de la vie, tu te souviens, ou bien m'installer dans une existence très précise, comme toi, tu vois ce que je veux dire, je m'excuse, mais tu le vois.

Lol écoute. Elle n'a pas oublié ma présence mais elle est véritablement partagée entre nous deux. Elle dit :

— Je n'ai pas pu choisir ma vie. C'était mieux en ce qui me concerne, on le disait, qu'est-ce que j'aurais fait, moi ? Mais maintenant je n'en imagine aucune autre que j'aurais pu avoir à la place de celle-ci. Tatiana je suis très heureuse ce soir.

Cette fois c'est Tatiana qui se lève et enlace Lol. Je les vois bien. Lol offre une très légère résistance à Tatiana mais celle-ci doit l'attribuer à la pudeur de Lol. Elle ne s'en offusque pas. Lol s'échappe, se poste au milieu de la pièce. Je me cache derrière le mur. Lorsque je regarde à nouveau, elles ont repris leurs places dans les fauteuils.

— Écoute Jean. Parfois il joue jusqu'à quatre heures du matin. Il nous a complètement oubliées.

— Tu écoutes toujours ?

— Presque toujours. Surtout quand je

Tatiana attend. Le reste de la phrase ne viendra pas. Tatiana reprend :

—Et pour l'avenir, Lol ? Tu n'imagines rien ? Rien d'un peu différent ? –

Comme Tatiana a parlé tendrement.

Lol a pris un verre de cherry, elle boit à petites gorgées. Elle réfléchit.

— Je ne sais pas encore, dit-elle enfin. Je pense au lendemain plutôt qu'aux jours plus loin. La maison est si grande. J'ai toujours quelque chose de nouveau à entreprendre. C'est difficilement évitable. Oh je parle de soucis de ménage, tu sais, des courses, des courses à faire.

Tatiana rit.

— Tu fais la bête, dit-elle.

Elle se lève de nouveau et fait le tour du salon, un peu impatientée. Lol ne bouge pas. Je me cache. Je ne vois plus. Elle a dû maintenant revenir à sa place. Oui.

— Quelles courses ? demande brutalement Tatiana.

Lol lève la tête, s'affole ? Je vais peut-être surgir dans le salon, faire taire Tatiana. Lol dit immédiatement d'un ton coupable :

— Oh ! Des assiettes dépareillées pour toujours, par exemple. Oui, on espère quand même que dans un magasin de banlieue on trouvera.

— Jean Bedford m'a parlé d'un achat que tu avais fait dans la banlieue la semaine dernière, si loin, si tard… quel événement ! C'est vrai, Lola, dis-moi ?

— En si peu de temps il a pu te raconter ?

Je vais d'une baie à l'autre, pour voir ou entendre mieux. La voix de Lol n'est plus inquiète. À peine s'est-elle retournée vers Tatiana. Ce qu'elle va dire ne l'intéresse pas. Elle paraît écouter, écouter quelque chose que Tatiana n'entend pas : mes allées et venues le long des murs.

— La chose s'est présentée naturellement. On parlait de toi, de ta vie, de ton ordre dont il paraît un petit peu souffrir. Tu savais ?

— Il n'a jamais rien dit là-dessus, je ne me souviens plus – Lol ajoute

— Il me semble qu'il est heureux quand je sors – Lol ajoute encore – Écoute la musique et comme ils jouent là, dans le billard. Ils nous ont oubliées eux aussi. Nous recevons peu de gens, surtout si tard. Que j'aime ça, tu vois.

— Tu voulais acheter des arbustes, n'est-ce pas ? des plants pour une haie ? demande cette fois trop naturellement Tatiana.

— Un ami de Jean m'a dit que dans cette région parfois on réussissait à faire pousser des grenadiers. Alors j'ai commencé à chercher.

— Une chance sur mille d'en trouver, Lol.

— Non, dit Lol gravement, aucune.

Ce mensonge ne gêne pas Tatiana, au contraire. Lol V. Stein ment. Prudente, avec, cette fois, des précautions, pour varier la manière, Tatiana s'aventure dans une autre région, plus loin.

— Est-ce que nous étions tellement amies, à ce collège ? Sur cette photo comment sommes-nous ?

Lol prend un air désolé :

— Je l'ai de nouveau égarée, dit-elle.

Tatiana maintenant le sait : Lol V. Stein ment aussi à Tatiana Karl. Le mensonge est brutal, incompréhensible, d'une insondable obscurité. Lol sourit à Tatiana. On dirait que Tatiana plie bagages, qu'elle va renoncer.

— Je ne sais plus si nous étions très amies, dit Lol.

— Au collège, dit Tatiana. Le collège, tu ne t'en souviens pas ?

Tatiana regarde fixement Lol : va-t-elle la rejeter pour toujours, ou au contraire la revoir, la revoir encore avec passion ? Lol lui sourit toujours, indifférente. Est-ce avec moi qu'elle se trouve, derrière la baie ? ou ailleurs ?

— Je ne me souviens pas, dit-elle. D'aucune amitié. De rien de ce genre. On dirait qu'elle comprend qu'il aurait fallu faire attention, qu'elle s'effraie un peu de ce qui va suivre. Je le vois, ses yeux cherchent les miens. Tatiana n'a rien vu encore. Elle dit, elle ment à son tour, elle essaie :

— Je ne sais pas si je te reverrai aussi souvent que tu as l'air de le souhaiter.

Lol devient suppliante.

— Ah, dit-elle, tu verras bien, tu verras, Tatiana, tu t'habitueras à moi.

— J'ai des amants, dit Tatiana. Mes amants occupent mon temps libre complètement. Je désire que ce soit ainsi.

Lol s'assied. Une tristesse découragée se lit dans son regard.

— Ces mots, dit-elle bas, je ne savais pas que tu les employais, Tatiana.

Elle se lève. Elle s'éloigne de Tatiana sur la pointe des pieds comme s'il y avait un sommeil d'enfant à préserver, tout près. Tatiana la suit, un peu contrite devant ce qu'elle croit être l'agrandissement de la tristesse de Lol. Elles sont à la fenêtre, très près de moi :

— Comment trouves-tu cet ami que nous avons, Jacques Hold ?

Lol se détourne vers le parc. Sa voix se hausse, inexpressive, récitative.

— Le meilleur de tous les hommes est mort pour moi. Je n'ai pas d'avis.

Elles se taisent. Je les vois de dos, encadrées par les rideaux de la porte-fenêtre. Tatiana murmure :

— Après tant d'années je voulais te demander si...

Je n'entends pas le reste de la phrase de Tatiana parce que je m'avance vers le perron où Lol se tient maintenant, le dos tourné au jardin. La voix de Lol est toujours claire, sonnante. Elle veut échapper à la confidence, la rendre publique.

— Je ne sais, dit-elle, je ne sais pas si j'y pense encore.

Elle se retourne, sourit, dit presque d'une traite :

— Voici M. Jacques Hold, vous n'étiez pas au billard ?

— J'en viens.

J'arrive dans la lumière. Tout paraît naturel à Tatiana.

— On dirait que vous avez froid, me dit-elle.

Lol nous fait entrer. Elle me sert du cherry que je bois. Tatiana est pensive. Est-elle importunée, mais à peine, parce que je serais venu trop tôt ? Non, elle pense trop à Lol pour l'être. Lol, les mains sur les genoux, le corps ployé en avant, dans une pose familière s'adresse à elle.

— De l'amour, dit-elle, je me souviens.

Tatiana fixe le vide.

— Ce bal ! oh ! Lol, ce bal !

Lol sans changer de pose fixe le même vide que Tatiana.

— Comment ? demande-t-elle. Comment sais-tu ?

Tatiana doute. Elle crie enfin.

— Mais Lol, j'étais là toute la nuit, près de toi.

Lol ne s'étonne pas, ne cherche même pas à se souvenir, c'est inutile.

— Ah ! c'était toi, dit-elle. J'avais oublié.

Tatiana y croit-elle ? Elle hésite, épie Lol, pantelante, confirmée au-delà de ses espérances. Alors Lol demande avec une curiosité brisée, émigrée centenaire de sa jeunesse :

— Je souffrais ? dis-moi Tatiana, je n'ai jamais su.

Tatiana dit :
— Non.
Elle hoche la tête longuement.
— Non. Je suis ton seul témoin. Je peux le dire : non. Tu leur souriais. Tu ne souffrais pas.
Lol enfonce ses doigts dans ses joues. Dans ce bal, toutes les deux, embusquées, m'oublient.
— Je m'en souviens, dit-elle, je devais sourire.
Je tourne autour d'elles dans la pièce. Elles se taisent.
Je sors. Je vais chercher Pierre dans la salle de billard.
— Elles nous attendent.
— Je vous ai cherché.
— J'étais dans le parc. Venez maintenant.
— Vous croyez ?
— Je crois que ça leur est égal de parler devant nous. Peut-être même préfèrent-elles.
Nous entrons dans le salon. Elles se taisent encore.
— Vous n'appelez pas Jean Bedford ?
Lol se lève, pénètre dans le vestibule, ferme une porte — le son du violon s'atténue brusquement.
— Il préfère être loin de nous ce soir.
Elle nous sert du cherry, en reprend. Pierre Beugner boit d'un trait, le silence l'effraie, il le supporte mal.
— Je suis à la disposition de Tatiana pour partir, dit-il, quand elle le voudra.
— Oh ! non, prie Lol.
Je suis debout, je rôde dans la pièce, les yeux sur elle. La chose devrait être évidente. Mais Tatiana est enfoncée dans le bal de T. Beach. Elle n'a pas envie de s'en aller, elle n'a pas répondu à son mari. Ce bal a été aussi celui de Tatiana. Elle revoit, ne voit pas autour d'elle, une personne présente.
— Jean aime de plus en plus la musique, dit Lol. Parfois il joue jusqu'au matin. Cela arrive de plus en plus souvent.
— C'est un homme dont on parle, on parle de ses concerts, dit Pierre Beugner. Il est rare qu'il y ait un dîner, une soirée où il ne soit pas question de lui.
— C'est presque vrai, dis-je.
Lol parle pour les retenir, pour me retenir, cherche comment me faciliter la tâche. Tatiana n'écoute pas.

— Vous, Tatiana, vous en parlez, dit Pierre Beugner, parce qu'il a épousé Lol.

Lol s'assied sur le bord de sa chaise, prête à se lever si quelqu'un donne le signal du départ. Elle dit :

— Jean s'est marié dans des conditions amusantes. C'est sans doute aussi pour cela que les gens en parlent, ils se souviennent de notre mariage.

C'est à Tatiana, alors, que je demande :

— Comment était Michael Richardson ?

Elles ne sont pas surprises, se regardent sans fin, sans fin, décident de l'impossibilité de raconter, de rendre compte de ces instants, de cette nuit dont elles connaissent, seules, la véritable épaisseur, dont elles ont vu tomber les heures, une à une jusqu'à la dernière qui trouva l'amour changé de mains, de nom, d'erreur.

— Il n'est jamais revenu, jamais, dit Tatiana. Quelle nuit !

— Revenu ?

— Il n'a plus rien à T. Beach. Ses parents sont morts. Il a vendu son héritage aussi, toujours sans revenir.

— Je savais, dit Lol.

Elles parlent entre elles. Le violon continue. Sans doute Jean Bedford joue aussi pour ne pas être avec nous ce soir.

— Il est mort peut-être ?

— Peut-être. Tu l'aimais comme la vie même.

Lol fait une moue légère, dubitative.

— La police, pourquoi est-elle venue ?

Tatiana nous regarde, un peu dépassée, effarée : ça, elle ne savait pas.

— Non, ta mère en a parlé mais la police n'est pas venue.

Elle réfléchit. Et c'est alors que l'obscurité revient. Mais elle ne revient que dans le bal, nulle part ailleurs encore.

— Pourtant il me semblait. Il fallait bien qu'il parte ?

— Quand ?

— Le matin ?

C'est à S. Tahla que Lol a vécu toute sa jeunesse, ici, son père était d'origine allemande, il était professeur d'histoire à l'Université, sa mère était de S. Tahla, Lol a un frère de neuf ans plus âgé qu'elle, il vit à Paris, elle ne parle pas de ce seul parent, Lol a rencontré l'homme de T. Beach pendant les vacances scolaires d'été, un matin, aux courts, il avait vingt-cinq ans, fils unique de grands propriétaires des environs, sans emploi, cultivé, brillant, très brillant, d'humeur sombre, Lol dès qu'elle l'a vu a aimé Michael Richardson.

— Du moment qu'il avait changé, il devait partir.

— La femme, dit Tatiana, c'était Anne-Marie Stretter, une Française, la femme du consul de France à Calcutta.

— Elle est morte?

— Non. Elle est vieille.

— Comment sais-tu?

— Je la vois parfois l'été, elle passe quelques jours à T. Beach. C'est fini. Elle n'a jamais quitté son mari. Ça a dû durer très peu entre eux, quelques mois.

— Quelques mois, reprend Lol.

Tatiana lui prend les mains, baisse la voix.

— Écoute, Lol, écoute-moi. Pourquoi dis-tu des choses fausses. Tu le fais exprès?

— Autour de moi, recommence Lol, on s'est trompé sur les raisons.

— Réponds-moi.

— J'ai menti.

Je demande:

— Quand?

— Tout le temps.

— Quand tu criais?

Lol n'essaie pas de reculer, elle s'abandonne à Tatiana. Nous ne bougeons pas, ne faisons aucun geste, elles nous ont oubliés.

— Non. Pas là.

— Tu voulais qu'ils restent?

— C'est-à-dire? dit Lol.

— Que vouliez-vous?

Lol se tait. Personne n'insiste. Puis elle me répond.

— Les voir.

Je vais sur le perron. Je l'attends. Depuis la première minute, lorsqu'elles se sont embrassées devant la terrasse, j'attends Lol V. Stein. Elle le veut. Ce soir, en nous retenant, elle joue avec ce feu, cette attente, elle le déplace sans cesse, on dirait qu'elle attend encore à T. Beach ce qui va arriver ici. Je me trompe. Où va-t-on avec elle? On peut se tromper sans cesse mais voici que non, je m'arrête: elle veut voir venir avec moi, s'avancer sur nous, nous engloutir, l'obscurité de demain qui sera celle de la nuit de T. Beach. Elle est la nuit de T. Beach. Tout à l'heure, quand j'embrasserai sa bouche, la porte s'ouvrira, je rentrerai. Pierre Beugner écoute, il ne parle plus de partir, sa gêne a disparu.

— Il était plus jeune qu'elle, dit Tatiana, mais à la fin de la nuit ils paraissaient avoir le même âge. Nous avions tous un âge énorme, incalculable. Tu étais la plus vieille.

Chaque fois que l'une parle une écluse se lève. Je sais que la dernière n'arrivera jamais.

— Avais-tu remarqué, Tatiana, en dansant ils s'étaient dit quelque chose, à la fin ?

— J'ai remarqué mais je n'ai pas entendu.

— J'ai entendu : peut-être qu'elle va mourir.

— Non. Tu es toujours restée là où tu étais près de moi, derrière les plantes vertes, au fond, tu n'as pas pu entendre.

Lol revient. La voici, indifférente tout à coup, distraite.

— Ainsi cette femme qui me caressait la main, c'était toi, Tatiana.

— C'était moi.

— Ah ! personne, personne n'avait pensé à ça !

Je rentre. Elles se souviennent toutes les deux que je n'ai pas perdu une parole.

— Quand il a commencé à faire clair il t'a cherchée des yeux sans te découvrir. Tu le savais ?

Lol ne savait rien.

L'approche de Lol n'existe pas. On ne peut pas se rapprocher ou s'éloigner d'elle. Il faut attendre qu'elle vienne vous chercher, qu'elle veuille. Elle veut, je le comprends clairement, être rencontrée par moi et vue par moi dans un certain espace qu'elle aménage en ce moment. Lequel ? Est-il peuplé des fantômes de T. Beach, de la seule survivante Tatiana, piégé de faux-semblants, de vingt femmes aux noms de Lol ? Est-il autrement ? Tout à l'heure aura lieu ma présentation à Lol, par Lol. Comment m'amènera-t-elle près d'elle ?

— Je crois depuis dix ans qu'il n'était resté que trois personnes, eux et moi.

Je demande encore :

— Que désiriez-vous ?

Avec strictement la même hésitation, le même intervalle de silence, elle répond :

— Les voir.

Je vois tout. Je vois l'amour même. Les yeux de Lol sont poignardés par la lumière : autour, un cercle noir. Je vois à la fois la lumière et le noir qui la cerne. Elle avance vers moi, toujours, au même pas. Elle ne peut pas avancer plus vite ni ralentir. La moindre modification dans son mouvement m'apparaîtrait comme une catastrophe, l'échec définitif de notre histoire : personne ne serait au rendez-vous.

Mais qu'est-ce que j'ignore de moi-même à ce point et qu'elle me met en demeure de connaître ? qui sera là dans cet instant auprès d'elle ? Elle vient. Continue à venir, même en présence des autres. Personne ne la voit avancer.

Elle parle encore de Michael Richardson, ils avaient enfin compris, ils cherchaient à sortir du bal, se trompant, se dirigeant vers des portes imaginaires.

Quand elle parle, quand elle bouge, regarde ou se distrait, j'ai le senti-ment d'avoir sous les yeux une façon personnelle et capitale de mentir, un champ immense mais aux limites d'acier, du mensonge. Pour nous, cette femme ment sur T. Beach, sur S. Tahla, sur cette soirée, pour moi, pour nous, elle mentira tout à l'heure sur notre rencontre, je le prévois, elle ment sur elle aussi, pour nous elle ment parce que le divorce dans lequel nous sommes elle et nous, c'est elle seule qui l'a prononcé – mais en silence – dans un rêve si fort qu'il lui a échappé et qu'elle ignore l'avoir eu.

Je désire comme un assoiffé boire le lait brumeux et insipide de la parole qui sort de Lol V. Stein, faire partie de la chose mentie par elle. Qu'elle m'emporte, qu'il en aille enfin différemment de l'aventure désor-mais, qu'elle me broie avec le reste, je serai servile, que l'espoir soit d'être broyé avec le reste, d'être servile.

Un long silence s'installe. L'attention grandissante que nous nous por-tons en est cause. Personne ne s'en aperçoit, personne encore, per-sonne ? en suis-je sûr ?

Lol va vers le perron, lentement, revient de même.

À la voir je pense que cela sera peut-être suffisant pour moi, cela, de la voir et que la chose se ferait ainsi, qu'il sera inutile d'aller plus avant dans les gestes, dans ce qu'on se dira. Mes mains deviennent le piège dans lequel l'immobiliser, la retenir de toujours aller et venir d'un bout à l'autre du temps.

— Il est si tard et Pierre se lève si tôt, dit enfin Tatiana.

Elle a cru que la sortie de Lol était une invite à partir.

— Oh non, dit Lol. Quand j'ai fermé la porte de son bureau Jean n'y a même pas pris garde, non, je t'en prie Tatiana.

— Tu nous excuserais auprès de lui, dit Tatiana. Ce n'est pas grave.

C'est fait, la progression m'a échappé, je regardais Lol : le regard de Tatiana est dur maintenant. Les choses ne vont pas de la façon qu'elle eût souhaitée. Elle vient de le découvrir : Lol ne dit pas tout. Et n'y a-t-il pas dans la pièce, entre l'un et l'autre, comme une circulation souterraine, une odeur de ce poison qu'elle redoute plus que tout autre, en sa présence, une entente dont elle est exclue ?

— Il se passe quelque chose dans cette maison, Lol, dit-elle, elle s'efforce de sourire. Ou est-ce une impression ? Attendrais-tu quelqu'un que tu redoutes, à cette heure-ci de la nuit ? Pourquoi nous retiens-tu comme ça ?

— Quelqu'un qui ne viendrait que pour vous seule, dit Pierre Beugner. Il rit.

— Oh ! je ne crois pas, dit Lol.

Elle se moque de cette façon que Tatiana n'aime plus. Non. Je me trompe encore. Tatiana ne sait rien.

— Au fond, si vous voulez rentrer, vous pouvez le faire. J'aurais aimé que nous restions encore ensemble ce soir.

— Tu nous caches quelque chose, Lola, dit Tatiana.

— Même si Lol disait ce secret, dit Pierre Beugner, il ne serait peut-être pas celui qu'elle croit, malgré elle, il serait différent, de celui...

Je m'entends dire :

— Assez !

Tatiana reste calme, je me trompe encore. Tatiana dit :

— Il est si tard, les choses se brouillent. Excuse-le. Dis-nous quelque chose, Lol.

Lol V. Stein se repose, dirait-on, un petit peu, lassée d'une victoire qui aurait été trop aisée. Ce que je sais d'une façon certaine c'est l'enjeu de cette victoire : le recul de la clarté. Pour d'autres que nous, à cet instant elle aurait des yeux trop gais.

Elle le dit sans s'adresser à quiconque :

— C'est le bonheur.

Elle rougit. Elle rit. Le mot l'amuse.

— Mais maintenant vous pouvez vous en aller, ajouta-t-elle.

— Tu ne peux pas dire pourquoi ? demande Tatiana.

— Ce ne serait pas clair, ça ne serait pas utile.

Tatiana tape du pied.

— Quand même, dit Tatiana. Un mot, Lol, sur ce bonheur.

— J'ai fait une rencontre ces jours-ci, dit Lol. Le bonheur vient de cette rencontre.

Tatiana se lève. Pierre Beugner se lève à son tour. Ils s'approchent de Lol.

— Ah ! c'est ça, c'est ça, dit Tatiana.

Elle vient de frôler l'épouvante, je ne sais pas laquelle, elle a un sourire de convalescente. Elle crie presque.

— Fais attention à toi, Lol, oh! Lola.

Lol se lève à son tour. En face d'elle, derrière Tatiana, Jacques Hold, moi. Il s'est trompé croit-il. Ce n'est pas lui que cherche Lol V. Stein. C'est un autre dont il s'agit. Lol dit:

— Rien ne me gêne dans l'histoire de ma jeunesse. Même si les choses devaient recommencer pour moi, elles ne me gêneraient en rien.

— Fais attention, fais attention, Lol.

Tatiana se retourne vers Jacques Hold.

— Vous venez?

Jacques Hold dit:

— Non.

Tatiana les regarde tous les deux, l'un après l'autre.

— Tiens, tiens, dit-elle. Vous allez tenir compagnie au bonheur de Lol V. Stein?

Elle revient d'accompagner les Beugner. Elle arrive, lentement et s'adosse contre la porte-fenêtre. Le visage baissé, les mains derrière son dos agrippées au rideau, elle reste là. Je vais tomber. Une faiblesse monte dans mon corps, un niveau s'élève, le sang noyé, le cœur est de vase, mou, il s'encrasse, il va s'endormir. Qui a-t-elle rencontré à ma place ?

— Alors, cette rencontre ?

La bonne femme est voûtée, maigre, dans sa robe noire. Elle lève la main, m'appelle.

— Oh ! Jacques Hold, j'étais sûre que vous aviez deviné.

Elle appelle au secours la brutalité. Le cirque.

— Dites-le quand même, allez.

— Quoi ?

— Qui c'est.

— C'est vous, vous, Jacques Hold. Je vous ai rencontré il y a sept jours, seul d'abord et ensuite en compagnie d'une femme. Je vous ai suivi jusqu'à l'Hôtel des Bois.

J'ai eu peur. Je voudrais revenir vers Tatiana, être dans la rue.

— Pourquoi ?

Elle détache ses mains du rideau, se redresse, arrive.

— Je vous ai choisi.

Elle arrive, regarde, nous ne nous sommes jamais encore approchés. Elle est blanche d'une blancheur nue. Elle embrasse ma bouche. Je ne lui donne rien. J'ai eu trop peur, je ne peux pas encore. Elle trouve cette impossibilité attendue. Je suis dans la nuit de T. Beach. C'est fait. Là, on ne donne rien à Lol V. Stein. Elle prend. J'ai encore envie de fuir.

— Mais qu'est-ce que vous voulez ?

Elle ne sait pas.

— Je veux, dit-elle.

Elle se tait, regarde ma bouche. Et puis voici, nous avons les yeux dans les yeux. Despotique, irrésistiblement, elle veut.

— Pourquoi ?

Elle fait signe : non, dit mon nom.

— Jacques Hold.

Virginité de Lol prononçant ce nom ! Qui avait remarqué l'inconsistance de la croyance en cette personne ainsi nommée sinon elle, Lol V. Stein, la soi-disant Lol V. Stein ? Fulgurante trouvaille de celui que les autres ont délaissé, qu'ils n'ont pas reconnu, qui ne se voyait pas, inanité partagée par tous les hommes de S. Tahla aussi définissante de moi-même que le parcours de mon sang. Elle m'a cueilli, m'a pris au nid. Pour la première fois mon nom prononcé ne nomme pas.

— Lola Valérie Stein.

— Oui.

À travers la transparence de son être incendié, de sa nature détruite, elle m'accueille d'un sourire. Son choix est exempt de toute préférence. Je suis l'homme de S. Tahla qu'elle a décidé de suivre. Nous voici chevillés ensemble. Notre dépeuplement grandit. Nous nous répétons nos noms. Je me rapproche de ce corps. Je veux le toucher. De mes mains d'abord et ensuite de mes lèvres.

Je suis devenu maladroit. Au moment où mes mains se posent sur Lol le souvenir d'un mort inconnu me revient : il va servir l'éternel Richardson, l'homme de T. Beach, on se mélangera à lui, pêle-mêle tout ça ne va faire qu'un, on ne va plus reconnaître qui de qui, ni avant, ni après, ni pendant, on va se perdre de vue, de nom, on va mourir ainsi d'avoir oublié morceau par morceau, temps par temps, nom par nom, la mort. Des chemins s'ouvrent. Sa bouche s'ouvre sur la mienne. Sa main ouverte posée sur mon bras préfigure un avenir multiforme et unique, main rayonnante et unie aux phalanges courbées, cassées, d'une légèreté de plume et qui ont, pour moi, la nouveauté d'une fleur.

Elle a un corps long et beau, très droit, raidi par l'observation d'un effacement constant, d'un alignement sur un certain mode appris dans l'enfance, un corps de pensionnaire grandie. Mais sa douce humilité est tout entière dans son visage et dans le geste de ses doigts lorsqu'ils touchent un objet ou ma main.

— Vous avez les yeux parfois si clairs. Vous êtes si blonde.

Les cheveux de Lol ont le grain floral de ses mains. Éblouie, elle dit que je ne me trompe pas.

— C'est vrai.

Son regard luit sous ses paupières très abaissées. Il faut s'habituer à la raréfaction de l'air autour de ces petites planètes bleues auxquelles le regard pèse, s'accroche, en perdition.

— Vous sortiez d'un cinéma. C'était jeudi dernier. Vous vous souvenez comme il faisait chaud ? Vous teniez votre veste dans la main.

J'écoute. Entre les mots le violon s'insinue toujours, s'acharne sur certains traits, reprend.

— Sans même y penser, vous ne saviez pas quoi faire de vous. Vous sortiez de ce couloir noir, de ce cinéma où vous étiez allé seul pour tuer le temps. Ce jour-là vous aviez du temps. Une fois arrivé sur le boulevard vous avez regardé autour de vous les femmes qui passaient.

— Que c'est faux !

— Ah ! peut-être, s'écrie Lol.

Sa voix s'est de nouveau posée bas comme sans doute dans sa jeunesse, mais elle a gardé son infime lenteur. Elle se met d'elle-même dans mes bras, les yeux clos, attendant qu'autre chose arrive qui doit arriver et dont son corps disait déjà la proche célébration. La voici, dite tout bas :

— La femme qui est venue sur la place des cars, après, c'était Tatiana Karl.

Je ne lui réponds pas.

— C'était elle. Vous étiez un homme qui allait arriver tôt ou tard vers elle. Je le savais.

Ses paupières se recouvrent d'une fine rosée de sueur. J'embrasse les yeux fermés, leur mobilité est sous mes lèvres, ses yeux cachés. Je la lâche. Je la quitte. Je vais à l'autre bout du salon. Elle reste où elle est. Je me renseigne.

— Ce n'est pas que je ressemble à Michael Richardson ?

— Non, ce n'est pas cela, dit Lol. Vous ne lui ressemblez pas. Non – elle traîne sur les mots – je ne sais pas ce que c'est.

Le violon cesse. Nous nous taisons. Il reprend.

— Votre chambre s'est éclairée et j'ai vu Tatiana qui passait dans la lumière. Elle était nue sous ses cheveux noirs.

Elle ne bouge pas, les yeux sur le jardin, elle attend. Elle vient de dire que Tatiana est nue sous ses cheveux noirs. Cette phrase est encore la dernière qui a été prononcée. J'entends : « nue sous ses cheveux noirs, nue, nue, cheveux noirs ». Les deux derniers mots surtout sonnent avec une égale et étrange intensité. Il est vrai que Tatiana était ainsi que Lol vient de la décrire, nue sous ses cheveux noirs. Elle était ainsi dans la chambre fermée, pour son amant. L'intensité de la phrase augmente tout à coup, l'air a claqué autour d'elle, la phrase éclate, elle crève le sens. Je l'entends avec une force assourdissante et je ne la comprends pas, je ne comprends même plus qu'elle ne veut rien dire. Lol est toujours loin de moi, clouée au sol, toujours tournée vers le jardin, sans un cillement. La nudité de Tatiana déjà nue grandit dans une surexposition qui la prive toujours davantage du moindre sens possible. Le vide est statue. Le socle est là : la phrase. Le vide est Tatiana nue sous ses cheveux noirs, le fait. Il se transforme, se prodigue, le fait ne contient plus le fait, Tatiana sort d'elle-même, se répand par les fenêtres ouvertes, sur la ville, les routes, boue, liquide, marée de nudité. La voici, Tatiana Karl nue sous ses cheveux, soudain, entre Lol V. Stein et moi. La phrase vient de mourir, je n'entends plus rien, c'est le silence, elle est morte aux pieds de Lol, Tatiana est à sa place. Comme un aveugle, je touche, je ne reconnais rien que j'aie déjà touché. Lol attend que je reconnaisse non un accordement à son regard mais que je n'aie plus peur de Tatiana. Je n'ai plus peur. Nous sommes deux, en ce moment, à voir Tatiana nue sous ses cheveux noirs. Je dis en aveugle :

— Admirable putain, Tatiana.

La tête a bougé. Lol a un accent que je ne lui connaissais pas encore, plaintif et aigu. La bête séparée de la forêt dort, elle rêve de l'équateur de la naissance, dans un frémissement, son rêve solaire pleure.

— La meilleure, la meilleure de toutes n'est-ce pas ?

Je dis :

— La meilleure.

Je vais vers Lol V. Stein. Je l'embrasse, je la lèche, je la sens, je baise ses dents. Elle ne bouge pas. Elle est devenue belle. Elle dit :

— Quelle coïncidence extraordinaire.

Je ne réponds pas. Je la laisse encore loin de moi, seule au milieu du salon. Elle ne paraît pas s'apercevoir que je me suis éloigné. Je dis encore :

— Je vais quitter Tatiana Karl.

Elle se laisse glisser sur le sol, muette, elle prend une pose d'une supplication infinie.

— Je vous en supplie, je vous en conjure : ne le faites pas.

Je cours vers elle, je la relève. D'autres pourraient s'y tromper. Son visage n'exprime aucune douleur mais de la confiance.

— Quoi ?

— Je vous en supplie.

— Dites pourquoi?

Elle dit:

— Je ne veux pas.

Nous sommes enfermés quelque part. Tous les échos se meurent. Je commence à voir clair, petit à petit, très très peu. Je vois des murs, lisses, qui n'offrent aucune prise, ils n'étaient pas là tout à l'heure, ils viennent de s'élever autour de nous. On m'offrirait de me sauver, je ne comprendrais pas. Mon ignorance elle-même est enfermée. Lol se tient devant moi, elle supplie de nouveau, je m'ennuie brusquement à la traduire.

— Je ne quitterai pas Tatiana Karl.

— Oui. Vous devez la revoir.

— Mardi.

Le violon cesse. Il se retire, il laisse derrière lui les cratères ouverts du souvenir immédiat. Je suis épouvanté par les autres gens que Lol.

— Et vous? Vous? Quand?

Elle dit mercredi, l'endroit, l'heure.

Je ne rentre pas chez moi. Rien n'est ouvert dans la ville. Alors je vais devant la villa des Beugner, puis je rentre par la porte du jardinier. La fenêtre de Tatiana est éclairée. Je frappe à la vitre. Elle a l'habitude. Elle s'habille très vite. Il est trois heures du matin. Elle fait très doucement bien que, j'en suis sûr, Pierre Beugner n'ignore rien. Mais c'est elle qui tient à faire comme si la chose était secrète. À S. Tahla elle croit passer pour une femme fidèle. Elle tient à cette réputation.

— Mais, mardi? demande-t-elle.

— Mardi aussi.

J'ai garé l'auto loin de la grille. Nous allons à l'Hôtel des Bois, tous feux éteints le temps de longer la villa. Dans l'auto, Tatiana demande:

— Comment était Lol après notre départ?

— Raisonnable.

Lorsque je suis allé à la fenêtre de la chambre de l'Hôtel des Bois où j'attendais Tatiana Karl, le mardi, à l'heure dite, c'était la fin du jour, et que j'ai cru voir à mi-distance entre le pied de la colline et l'hôtel une forme grise, une femme, dont la blondeur cendrée à travers les tiges du seigle ne pouvait pas me tromper, j'ai éprouvé, cependant que je m'attendais à tout, une émotion très violente dont je n'ai pas su tout de suite la vraie nature, entre le doute et l'épouvante, l'horreur et la joie, la tentation de crier gare, de secourir, de repousser pour toujours ou de me prendre pour toujours, pour toute Lol V. Stein, d'amour. J'ai étouffé un cri, j'ai souhaité l'aide de Dieu, je suis sorti en courant, je suis revenu sur mes pas, j'ai tourné en rond dans la chambre, trop seul à aimer ou à ne plus aimer, souffrant, souffrant de l'insuffisance déplorable de mon être à connaître cet événement.

Puis l'émotion s'est apaisée un peu, elle s'est ramassée sur elle-même, j'ai pu la contenir. Ce moment a coïncidé avec celui où j'ai découvert qu'elle aussi devait me voir.

Je mens. Je n'ai pas bougé de la fenêtre, confirmé jusqu'aux larmes.

Tout à coup la blondeur n'a plus été pareille, elle a bougé puis elle s'est immobilisée. J'ai cru qu'elle devait s'être aperçue que j'avais découvert sa présence.

Nous nous sommes donc regardés, je l'ai cru. Combien de temps ?

J'ai tourné la tête, à bout de forces, vers la droite du champ de seigle où elle n'était pas. De ce côté-là Tatiana, en tailleur noir, arrivait. Elle a payé le taxi et s'est engagée lentement entre les aulnes.

Elle a ouvert la porte de la chambre sans frapper, doucement. Je lui ai demandé de venir avec moi à la fenêtre, un moment. Tatiana est venue. Je lui ai montré la colline et le champ de seigle. Je me tenais derrière elle. Ainsi, Tatiana, je la lui ai montrée.

— Nous ne regardons jamais. C'est assez beau de ce côté-ci de l'hôtel.

Tatiana n'a rien vu, elle a regagné le fond de la chambre.

— Non, ce paysage est triste.

Elle m'a appelé.

— Il n'y a rien à voir, viens.

Sans lui faire grâce d'aucune approche, Jacques Hold rejoignit Tatiana Karl.

Jacques Hold posséda Tatiana Karl sans merci. Elle n'opposa aucune résistance, ne dit rien, ne refusa rien, s'émerveilla d'une telle possession.

Leur plaisir fut grand et partagé.

Cet instant d'oubli absolu de Lol, cet instant, cet éclair dilué, dans le temps uniforme de son guet, sans qu'elle ait le moindre espoir de le percevoir, Lol désirait qu'il fût vécu. Il le fut.

Accroché à elle Jacques Hold ne pouvait se séparer de Tatiana Karl. Il lui parla. Tatiana Karl était incertaine de la destination des mots que lui dit Jacques Hold. Sans aucun doute elle ne crut pas qu'ils s'adressaient à elle, ni pour autant à une autre femme, absente ce jour, mais qu'ils exprimaient le besoin de son cœur. Mais pourquoi cette fois-ci plutôt qu'une autre ? Tatiana cherchait dans leur histoire, pourquoi.

— Tatiana tu es ma vie, ma vie, Tatiana.

Les divagations de son amant ce jour-là, Tatiana les écouta tout d'abord dans le plaisir qu'elle aime, d'être dans les bras d'un homme une femme mal désignée.

— Tatiana je t'aime, je t'aime Tatiana.

Tatiana acquiesça, consolatrice, maternellement tendre :

—Oui. Je suis là. Près de toi.

Tout d'abord dans le plaisir qu'elle aime de voir dans quelle liberté on était auprès d'elle puis, tout à coup, interdite, dans l'orient pernicieux des mots.

— Tatiana, ma sœur, Tatiana.

Entendre ça, ce qu'il dirait si elle n'était pas Tatiana, ah ! douce parole.

— Comment te faire encore plus, Tatiana ?

Il devait y avoir une heure que nous étions là tous les trois, qu'elle nous avait vus tour à tour apparaître dans l'encadrement de la fenêtre, ce miroir qui ne reflétait rien et devant lequel elle devait délicieusement ressentir l'éviction souhaitée de sa personne.

— Peut-être que sans le savoir... dit Tatiana, toi et moi...

Ce fut le soir enfin.

Jacques Hold recommença encore avec de plus en plus de mal à posséder Tatiana Karl. À un moment, il parla continûment à une autre qui ne voyait pas, qui n'entendait pas, et dans l'intimité de laquelle, étrangement il parut se trouver.

Et puis le moment arriva où Jacques Hold n'eut plus les moyens de posséder encore Tatiana Karl.

Tatiana Karl crut qu'il s'était endormi. Elle le laissa à ce répit, se blottit contre lui qui était à mille lieues de là, nulle part, dans les champs, et attendit qu'une nouvelle fois encore, il l'empoigne. Mais inutilement.

Tandis qu'il dormait, croyait-elle, elle, elle lui parla :

— Ah ces mots, tu devrais te taire, ces mots, quel danger.

Tatiana Karl regretta. Elle n'était pas celle qu'il aurait pu aimer. Mais n'aurait-elle pas pu l'être, elle, autant qu'une autre ? Il était entendu depuis le début qu'elle ne serait que la femme de S. Tahla, rien d'autre, rien, qu'elle ne croyait pas que le changement foudroyant de Michael Richardson était pour quelque chose dans cette décision. Mais quel dommage tout à coup, ces mots de sentiment, perdus ?

Ce soir-là, pour la première fois depuis le bal de T. Beach, dit Tatiana, elle retrouva, elle eut dans la bouche le goût commun, le sucre du cœur.

Je suis retourné à la fenêtre, elle était toujours là, là dans ce champ, seule dans ce champ d'une manière dont elle ne pouvait témoigner devant personne. J'ai su cela d'elle en même temps que j'ai su mon amour, sa suffisance inviolable, géante aux mains d'enfant.

Il regagna le lit, s'allongea le long de Tatiana Karl. Ils s'enlacèrent dans la fraîcheur du soir naissant. Par la fenêtre ouverte entrait le parfum du seigle. Il le dit à Tatiana.

— L'odeur du seigle?

Elle la sentait. Elle lui dit qu'il était tard et qu'elle devait rentrer. Elle lui donna rendez-vous trois jours après, dans la crainte qu'il refuse. Il accepta au contraire sans même chercher si ce jour-là il était libre.

Du pas de la porte, elle demanda s'il pouvait lui dire quelque chose de son état.

— Je veux te revoir, dit-il, te revoir encore et encore.

— Ah! tu ne devrais pas parler comme ça, tu ne devrais pas.

Quand elle a été partie j'ai éteint les lumières de la chambre afin de permettre à Lol de s'éloigner du champ et de regagner la ville sans risquer de me rencontrer.

Le lendemain je m'arrange pour m'absenter de l'hôpital pendant une heure dans l'après-midi. Je la cherche. Je repasse devant le cinéma devant lequel elle m'a trouvé. Je passe devant chez elle : le salon est ouvert, la voiture de Jean Bedford n'est pas là, c'est un jeudi, j'entends un rire de petite fille qui vient de la pelouse sur laquelle donne la salle de billard, puis deux rires qui s'entremêlent, elle n'a que des filles, trois. Une femme de chambre sort par le perron, jeune et assez belle, en tablier blanc, elle prend une allée qui aboutit à la pelouse, me remarque, arrêté dans la rue, me sourit, disparaît. Je pars. Je veux éviter d'aller vers l'Hôtel des Bois, j'y vais, j'arrête l'auto, je contourne l'hôtel d'assez loin, je fais le tour du champ de seigle, le champ est vide, elle ne vient que lorsque nous y sommes, Tatiana et moi. Je repars. Je roule doucement dans les rues principales, il me vient à l'idée qu'elle est peut-être dans le quartier où habite Tatiana. Elle y est. Elle est dans le boulevard qui longe sa maison, à deux cents mètres de celle-ci. J'arrête l'auto et je la suis à pied. Elle va jusqu'au bout du boulevard. Elle marche assez rapidement, sa démarche est aisée, belle. Elle me paraît plus grande que les deux fois où je l'ai vue. Elle porte son manteau gris, un chapeau noir sans bords. Elle tourne sur la droite dans la direction qui mène vers chez elle, elle disparaît. Je reviens vers l'auto, épuisé. Elle continue donc ses promenades et je pourrai, si je ne peux pas arriver à l'attendre, la rencontrer. Elle marchait assez rapidement, elle ralentissait parfois jusqu'à s'arrêter puis repartait. Elle était plus grande que chez elle, plus élancée. Ce manteau gris je l'ai reconnu, ce chapeau noir sans bords, non, elle ne l'avait pas dans le champ de seigle. Je ne l'aborderai jamais. Moi non plus. Je n'irai pas lui dire : «Je n'ai pas pu attendre jusqu'à tel jour, telle heure.» Demain. Le dimanche, sort-elle ? Le voici. Il est immense et beau. Je ne suis pas de service à l'hôpital. Un jour me sépare d'elle. Je la cherche des heures en auto, à pied. Elle n'est nulle part. Sa maison est toujours pareille, aux baies ouvertes. L'auto de Jean Bedford n'est toujours pas là, aucun rire de petite fille. À cinq heures je vais prendre le thé chez les Beugner. Tatiana me rappelle l'invitation de Lol pour après-demain lundi. Inepte invitation. On dirait qu'elle veut faire comme les autres, dit Tatiana, se ranger. Le soir, ce dimanche soir, je retourne encore devant chez elle. Maison aux baies ouvertes. Le violon de Jean Bedford. Elle est là, elle est là dans le salon, assise. Ses cheveux sont défaits. Autour d'elle trois petites filles circulent, occupées à je ne sais quoi. Elle ne bouge pas, absente, elle ne parle pas aux enfants, les enfants non plus ne lui adressent pas la parole. Une à une, je reste assez longtemps, les petites filles l'embrassent et s'en vont. Des fenêtres s'allument au premier étage. Elle reste dans le salon, dans la même position. Tout à coup, voici qu'elle se sourit à elle-même. Je ne l'appelle pas. Elle se lève, éteint, disparaît. C'est demain.

C'est un salon de thé près de la gare de Green Town. Green Town est à moins d'une heure en car de S. Tahla. C'est elle qui a fixé ce lieu, ce salon de thé.

Elle était déjà là lorsque je suis arrivé. Il n'y avait pas encore beaucoup de monde, il est encore tôt. Je l'ai vue tout de suite, seule, entourée de tables vides. Elle m'a souri, du fond du salon de thé, d'un sourire charmé, conventionnel, différent de celui que je lui connais.

Elle m'a accueilli presque poliment, avec gentillesse. Mais lorsqu'elle a levé les yeux j'ai vu une joie barbare, folle, dont tout son être devait être enfiévré : la joie d'être là, face à lui, à un secret qu'il implique, que jamais elle ne lui dévoilera, il le sait.

— Que je vous ai cherchée, que j'ai marché dans les rues.

— Je me promène, dit-elle, j'ai oublié de vous dire ? longuement chaque jour.

— Vous l'avez dit à Tatiana.

Encore une fois je crois que je pourrai m'arrêter là, m'en tenir là, l'avoir sous les yeux, simplement.

Sa vue seule m'effondre. Elle ne réclame aucune parole et elle pourrait supporter un silence indéfini. Je voudrais faire, dire, dire un long mugissement fait de tous mots fondus et revenus au même magma, intelligible à Lol V. Stein. Je me tais. Je dis :

— Je n'ai jamais attendu autant ce jour où il ne se passera rien.

— Nous allons vers quelque chose. Même s'il ne se passe rien nous avançons vers quelque but.

— Lequel?

— Je ne sais pas. Je ne sais quelque chose que sur l'immobilité de la vie. Donc lorsque celle-ci se brise, je le sais.

Elle a remis cette même robe blanche que la première fois chez Tatiana Karl. On la voit sous le manteau de pluie gris dégrafé. Comme je regarde la robe, elle enlève tout à fait le manteau gris. Elle me montre ainsi ses bras nus. L'été est dans ses bras frais.

Elle dit tout bas, penchée en avant:

— Tatiana.

Je n'ai pas douté que c'était une question posée.

— Nous nous sommes vus mardi.

Elle le savait. Elle devient belle, de cette beauté que tard dans la nuit, quatre jours avant, je lui ai arrachée.

Elle demande dans un souffle:

— Comment?

Je n'ai pas répondu tout de suite. Elle a cru que je me trompais sur la question. Elle continue:

— Comment était Tatiana?

Si elle n'avait pas parlé de Tatiana Karl, je l'aurais fait. Elle est angoissée. Elle ne sait pas elle-même ce qui va suivre, ce que la réponse va provoquer. Nous sommes deux devant la question, son aveu.

J'accepte ceci. J'ai déjà accepté mardi. Et même sans doute dès les premiers instants de ma rencontre avec elle.

— Tatiana est admirable.

— Vous ne pouvez pas vous passer d'elle, n'est-ce pas?

Je vois qu'un rêve est presque atteint. Des chairs se déchirent, saignent, se réveillent. Elle essaie d'écouter un vacarme intérieur, elle n'y parvient pas, elle est débordée par l'aboutissement, même inaccompli, de son désir. Ses paupières battent sous l'effet d'une lumière trop forte. Je cesse de la regarder le temps que dure la fin très longue de cet instant. Je réponds:

— Je ne peux pas me passer d'elle.

Puis, c'est impossible, je la regarde à nouveau. Des larmes ont rempli ses yeux. Elle réprime une souffrance très grande dans laquelle elle ne sombre pas, qu'elle maintient au contraire, de toutes ses forces, au bord de son expression culminante qui serait celle du bonheur. Je ne dis rien. Je ne lui viens pas en aide dans cette irrégularité de son être. L'instant se termine. Les larmes de Lol sont ravalées, retournant au flot contenu des larmes de son corps. L'instant n'a pas glissé, ni vers la victoire ni vers la défaite, il ne s'est coloré de rien, le plaisir seul, négateur, est passé.

Elle dit :

— Et ce sera encore mieux, vous verrez, entre Tatiana et vous d'ici quelque temps.

Je lui souris, toujours dans le même état ignorant et averti à la fois d'un avenir qu'elle seule désigne sans le connaître.

Nous sommes deux à ne pas savoir. Je dis :

— Je voudrais.

Sa figure change, pâlit.

— Mais nous, dit-elle, qu'est-ce que nous ferions de ça ?

Je comprends, ce verdict, je l'aurais prononcé à sa place. Je peux me mettre à sa place mais du côté où elle ne veut pas.

— Je voudrais aussi – dit-elle.

Elle baisse la voix. Sur ses paupières, il y a la sueur dont je connais le goût depuis l'autre nuit.

— Mais Tatiana Karl est là, unique dans votre vie.

Je répète :

— Unique dans ma vie. C'est ainsi que je dis quand j'en parle.

— Il le faut, dit-elle – elle ajouta – Déjà, comme je vous aime.

Le mot traverse l'espace, cherche et se pose. Elle a posé le mot sur moi. Elle aime, aime celui qui doit aimer Tatiana. Personne. Personne n'aime Tatiana en moi. Je fais partie d'une perspective qu'elle est en train de construire avec une obstination impressionnante, je ne lutterai pas. Tatiana, petit à petit, pénètre, enfonce les portes.

— Venez, on va marcher. J'ai certaines choses à vous dire.

Nous avons marché sur le boulevard, derrière la gare où il y avait peu de monde. Je lui ai pris le bras.

— Tatiana est arrivée un peu après moi dans la chambre. Parfois elle le fait exprès pour essayer de me faire croire qu'elle ne viendra pas. Je le sais. Mais hier j'avais une envie folle d'avoir Tatiana avec moi.

J'attends. Elle ne pose pas de questions. Comment savoir qu'elle sait ? Qu'elle est sûre que je l'ai découverte dans le seigle ? à ceci : qu'elle ne questionne pas ? Je reprends :

— Lorsqu'elle est arrivée, elle avait cet air méritoire, vous savez, son air de remords et de fausse honte, mais nous savons, vous et moi, ce que cela cache en Tatiana.

— Petite Tatiana.

— Oui.

Il raconte à Lol V. Stein :

Tatiana enlève ses vêtements et Jacques Hold la regarde, regarde avec intérêt celle qui n'est pas son amour. À chaque vêtement tombé il reconnaît toujours davantage ce corps insatiable dont l'existence lui est indifférente. Il a déjà exploré ce corps, il le connaît mieux que Tatiana elle-même. Il regarde longuement cependant ses clairières d'un blanc qui se nuance aux contours des formes, soit du bleu artériel pur, soit du bistre solaire. Il la regarde jusqu'à perdre de vue l'identité de chaque forme, de toutes les formes et même du corps entier.

Mais Tatiana parle.

— Mais Tatiana dit quelque chose, murmure Lol V. Stein.

À sa convenance j'inventerais Dieu s'il le fallait.

— Elle dit votre nom.

Je n'ai pas inventé.

Il cache le visage de Tatiana Karl sous les draps et ainsi il a son corps décapité sous la main, à son aise entière. Il le tourne, le redresse, le dispose comme il veut, écarte les membres ou les rassemble, regarde intensément sa beauté irréversible, y entre, s'immobilise, attend l'engluement dans l'oubli, l'oubli est là.

— Ah comme Tatiana sait se laisser faire, quelle merveille, que ce doit être extraordinaire.

Ce rendez-vous, ils en ont tiré beaucoup de joie Tatiana et lui, plus que d'habitude.

— Ne dit-elle rien encore ?

— Elle parle de Lol V. Stein sous le drap qui la recouvre.

Tatiana raconte avec beaucoup de détails et en revenant souvent sur les mêmes le bal du Casino municipal où Lol, dit-on, a perdu la raison. Très longuement elle décrit la femme maigre habillée de noir, Anne-Marie Stretter, et le couple qu'ils faisaient avec Michael Richardson, comment ils avaient la force de danser encore, comment il était tout à fait étonnant de voir que cette habitude avait pu leur rester encore dans cet ouragan de la nuit qui paraissait avoir chassé de leur vie toute habitude, même, dit Tatiana, celle de l'amour.

— Vous n'imaginez pas, dit Lol.

Il faut de nouveau faire taire Tatiana sous le drap. Mais ensuite, encore plus tard, elle recommence. Au moment de se quitter elle demande à Jacques Hold s'il a revu Lol. Bien qu'il n'ait rien été convenu entre eux à ce sujet, il décide de mentir à Tatiana.

Lol s'arrête.

— Tatiana ne comprendrait pas, dit-elle.

Je me penche, je sens son visage. Elle a un parfum enfantin comme de talc.

— Je l'ai laissée partir la première contrairement à notre habitude. J'ai éteint la chambre. Je suis resté un long moment dans le noir.

Elle passe à côté de la réponse, à un souffle, juste le temps de dire autre chose – tristement :

— Tatiana est toujours si pressée.

Je réponds :

— Oui.

Elle dit, regardant le boulevard :

— Ce qui s'est passé dans cette chambre entre Tatiana et vous je n'ai pas les moyens de le connaître. Jamais je ne saurai. Lorsque vous me racontez il s'agit d'autre chose.

Elle recommence à marcher, demande tout bas :

— Ce n'est pas moi, n'est-ce pas, Tatiana sous le drap, la tête cachée ?

Je l'enlace, je dois lui faire mal, elle pousse un petit cri, je la lâche.

— C'est pour vous.

Nous sommes le long d'un mur, cachés. Elle respire contre ma poitrine. Je ne vois plus son visage si doux, son graphique diaphane, ses yeux presque toujours étonnés, étonnés, chercheurs.

Et voilà que l'idée de son absence m'est devenue insupportable. Je le lui ai dit l'idée torture qui me venait. Elle, elle n'éprouvait rien de pareil, elle était surprise. Elle ne comprenait pas.

— Pourquoi je partirais ?

Je me suis excusé. Mais l'horreur, je n'y peux rien, est là. Je reconnais l'absence, son absence d'hier, elle me manque à tout moment, déjà.

Elle a parlé à son mari. Elle lui a dit qu'elle croyait que les choses se terminaient entre elle et lui. Il ne l'a pas crue. N'est-ce pas qu'elle lui a dit déjà, auparavant, des choses de ce genre ? Non, jamais elle ne l'avait fait. Je demande — Est-elle toujours rentrée ?

J'ai parlé naturellement mais, elle, ne s'est pas méprise sur le changement de ma voix tout à coup. Elle dit :

— Lol est toujours rentrée sauf avec Jean Bedford.

Elle part dans une longue digression sur une crainte qu'elle a : autour d'elle, on croit qu'il n'est pas impossible qu'elle rechute un jour, surtout son mari. C'est pourquoi elle ne lui a pas parlé aussi nettement qu'elle aurait voulu. Je ne demande pas sur quoi cette crainte serait en ce moment fondée. Elle ne le dit pas. Elle ne doit jamais avoir parlé de cette menace depuis dix ans.

— Jean Bedford croit m'avoir sauvée du désespoir, je ne l'ai jamais démenti, je ne lui ai jamais dit qu'il s'agissait d'autre chose.

— De quoi?

— Je n'ai plus aimé mon fiancé dès que la femme est entrée.

Nous sommes assis sur un banc. Lol a raté le train qu'elle s'était promis de prendre. Je l'embrasse, elle me rend mes baisers.

— Quand je dis que je ne l'aimais plus, je veux dire que vous n'imaginez pas jusqu'où on peut aller dans l'absence d'amour.

— Dites-moi un mot pour le dire.

— Je ne connais pas.

— La vie de Tatiana ne compte pas plus pour moi que celle d'une inconnue, loin, dont je ne saurais même pas le nom.

— C'est plus que ça encore.

Nous ne nous séparons pas. Je l'ai sur les lèvres, chaude.

— C'est un remplacement.

Je ne la lâche pas. Elle me parle. Des trains passent.

— Vous vouliez les voir?

Je prends sa bouche. Je la rassure. Mais elle se dégage, regarde par terre.

— Oui. Je n'étais plus à ma place. Ils m'ont emmenée. Je me suis retrouvée sans eux.

Elle fronce légèrement les sourcils et cela lui est si inhabituel, déjà, je le sais, que je m'alarme.

— J'ai parfois un peu peur que ça recommence.

Je ne la reprends pas dans mes bras.

— Non.

— Mais on n'a pas peur. C'est un mot.

Elle soupire.

— Je ne comprends pas qui est à ma place.

Je la ramène vers moi. Ses lèvres sont fraîches, presque froides.

— Ne change pas.

— Mais si un jour je... – elle cogne sur le mot qu'elle ne trouve pas – est-ce qu'ils me laisseront me promener?

— Je vous cacherai.

— Ils se tromperont ce jour-là?

— Non.

Elle se tourne et dit tout haut dans un sourire d'une confiance vertigineuse.

— Je sais que vous, quoi que je fasse vous le comprendrez. Il faudra prouver aux autres que vous avez raison.

Je vais l'emmener à l'instant pour toujours. Elle se blottit prête à être emportée.

— Je voudrais rester avec vous.

— Pourquoi pas ?

— Tatiana.

— C'est vrai.

— Vous pourriez tout aussi bien aimer Tatiana, dit-elle, ce serait pareil pour...

Elle ajoute :

— Je ne comprends pas ce qui se passe.

— Ce serait pareil.

Je demande :

— Pourquoi ce dîner, dans deux jours ?

— Il faut, pour Tatiana. Taisons-nous un instant.

Son silence. Nous nous tenons immobiles, nos visages se touchant à peine, sans un mot, longtemps. Le bruit des trains se fond en une seule clameur, nous l'entendons. Elle me dit sans bouger, du bout des lèvres :

— Dans un certain état toute trace de sentiment est chassée. Je ne vous aime pas quand je me tais d'une certaine façon. Vous avez remarqué ?

— J'ai remarqué.

Elle s'étire, elle rit.

— Et puis je recommence à respirer, dit-elle.

Je dois voir Tatiana jeudi à cinq heures. Je le lui dis.

Il y a donc eu ce repas chez Lol.

Trois autres personnes inconnues de Beugner et de moi sont invitées. Une dame âgée, professeur au conservatoire de musique de U. Bridge, ses deux enfants, un jeune homme et une jeune femme dont le mari, apparemment très attendu par Jean Bedford, ne doit venir qu'après le dîner. Je suis le dernier arrivé.

Je n'ai pas de rendez-vous avec elle. Au moment de prendre son train elle m'a dit que nous le fixerions ce soir. J'attends.

Le dîner est relativement silencieux. Lol ne fait aucun effort pour qu'il le soit moins, peut-être ne le remarque-t-elle pas. Elle ne prend pas la peine, de toute la soirée, d'indiquer, même par une allusion lointaine, pourquoi elle nous a réunis. Pourquoi ? Nous devons être les seules gens qu'elle connaisse suffisamment pour les inviter chez elle. Si Jean Bedford a des amis, des musiciens surtout, je sais par Tatiana qu'il les voit sans sa femme, à l'extérieur. Lol a mis toutes ses connaissances ensemble, c'est clair. Mais pourquoi ?

Un aparté se crée entre la dame âgée et Jean Bedford. J'entends : « Si les jeunes connaissaient l'existence de nos concerts, croyez-moi, nous aurions des salles pleines. » La jeune femme parle à Pierre Beugner. J'entends : « Paris en octobre. » Puis : « ... Je m'y suis enfin décidée. »

De nouveau, Tatiana Karl, Lol V. Stein et moi nous nous retrouvons : nous nous taisons. Cette nuit Tatiana m'a téléphoné. Hier j'ai cherché Lol sans la trouver ni en ville ni chez elle. Le salon, elle s'y tient après le dîner avec ses filles, ne s'est pas éclairé. J'ai mal dormi, toujours dans ce même doute que le jour seul dissipe, qu'on s'aperçoive de quelque chose, qu'on ne lui permette plus de sortir seule dans S. Tahla.

Tatiana paraît impatiente de voir le repas se terminer, elle est inquiète. Il me semble qu'elle devrait avoir quelque chose à demander à Lol.

Nous nous taisons toujours à peu près complètement. Tatiana demande à Lol où elle ira passer ses vacances. En France, dit Lol. Nous nous taisons encore. Tatiana nous regarde tour à tour, elle doit constater que l'attention que nous nous portions cette autre fois chez Lol a disparu. Depuis notre dernier rendez-vous à l'Hôtel des Bois – je vais souvent en célibataire dîner chez les Beugner – elle ne m'a plus parlé de Lol.

La conversation, par échappées, se généralise. On pose des questions à la maîtresse de maison. Les trois personnes invitées sont avec elle dans une familiarité affectueuse. On est un peu plus aimable avec elle qu'il ne faudrait, que le propos ou ses réponses ne le réclament. Dans cette douce amabilité – observée également par son mari – je vois le signe de l'inquiétude passée et à venir, constante, dans laquelle doivent vivre tous ses proches. On lui parle parce qu'il le faut mais on a peur de ses réponses. L'inquiétude est-elle plus accusée ce soir que d'habitude ? Je ne sais pas. Si elle ne l'est pas, elle me rassure, j'y vois une confirmation de ce que m'a dit Lol sur son mari : Jean Bedford ne soupçonne rien ni personne, son seul souci, semblerait-il, serait d'empêcher sa femme de glisser dans un propos dangereux, publiquement. Ce soir peut-être surtout. Il ne voit pas d'un bon œil cette soirée qu'il a pourtant laissé donner par Lol. S'il redoute quelqu'un c'est Tatiana Karl, le regard insistant de Tatiana sur sa femme, je le vois bien, je le regarde souvent, il l'a remarqué. Il n'oublie pas Lol lorsqu'il parle de ses concerts avec la vieille dame. Il aime Lol. Mais dépossédé d'elle il est probable qu'il restera ainsi : affable. L'attirance – comme c'est étrange – qu'exerce Lol V. Stein sur nous deux m'éloignerait plutôt de lui. Je ne crois pas qu'il la connaisse autrement que par le ouï-dire de sa folie ancienne, il doit croire avoir une femme pleine de charmes inattendus dont celui, ce n'est pas le moindre, d'être menacée. Il croit protéger sa femme.

Dans un temps mort du dîner, alors que l'absurdité évidente de l'initiative de Lol plane, stérilisante, mon amour s'est vu, je l'ai senti visible et vu malgré moi par Tatiana Karl. Mais Tatiana a encore douté.

On parlait de la précédente maison des Bedford, du parc.

Lol est à ma droite entre Pierre Beugner et moi. Soudain elle avance son visage vers moi sans regard, sans expression, comme si elle allait me poser une question qui ne vient pas. Et ainsi, si proche, c'est à la dame qui est de l'autre côté de la table qu'elle demande :

— Est-ce qu'il y a de nouveau des enfants dans le parc ?

Je l'ai sue sur ma droite, une main me séparait de son visage, sortie, surgie de la nébuleuse d'ensemble, tout à coup pointe acerbe, pointe fixe de l'amour. C'est alors que ma respiration s'est brisée, on étouffe parce qu'il y a trop d'air. Tatiana a remarqué. Elle aussi, Lol. Elle s'est retirée très lentement. Le mensonge a été recouvert. Je suis redevenu calme. Tatiana va sans doute de la version de la distraction maladive de Lol à celle d'un geste non tout à fait inconsidéré, – dont elle ignore le sens. La dame n'a rien vu, elle répond :

— Il y a de nouveau des enfants dans le parc. Ils sont terribles.

— Alors, les petits massifs que j'ai plantés avant de m'en aller ?

— Hélas, Lol.

Lol s'étonne. Elle souhaite une interruption dans la sempiternelle répétition de la vie.

— On doit détruire les maisons après son passage. Des gens le font.

La dame fait remarquer à Lol avec une ironie gentille que d'autres pourraient avoir besoin des demeures par vous délaissées. Lol se met à rire, à rire. Ce rire me gagne et puis il gagne Tatiana.

Ce parc où ont grandi ses filles, elle semble s'en être beaucoup occupée durant dix ans de sa vie. Elle l'a laissé aux nouveaux propriétaires dans un état parfait. Les amis musiciens parlent des parterres et des arbres avec beaucoup d'éloges. Ce parc a été concédé à Lol pendant dix ans afin qu'elle soit là ce soir, miraculeusement préservée dans sa différence avec ceux qui le lui ont offert.

Ne s'ennuie-t-elle pas de cette maison ? lui demande la jeune femme, cette belle et grande maison de U. Bridge ? Lol ne répond pas tout de suite, tous la regardent, il passe quelque chose dans ses yeux, comme un frisson. Elle s'immobilise sous le coup d'un passage en elle, de quoi ? de versions inconnues, sauvages, des oiseaux sauvages de sa vie, qu'en savons-nous ? qui la traversent de part en part, s'engouffrent ? puis le vent de ce vol s'apaise ? Elle répond qu'elle ignore avoir jamais habité. La phrase n'est pas terminée. Deux secondes passent, elle se reprend, dit en riant que c'est là une plaisanterie, une manière de dire qu'elle se plaît davantage ici à S. Tahla qu'à U. Bridge. On ne relève pas, elle prononce bien : S. Tahla, U. Bridge. Elle rit un peu trop, donne trop d'explications. Je souffre, mais à peine, chacun a peur, mais à peine. Lol se tait. Tatiana est confirmée sans doute dans sa version de la distraction. Lol V. Stein est encore malade.

On sort de table.

Le mari de la jeune femme arrive avec deux amis. Il continue à U. Bridge les soirées musicales qu'avait créées Jean Bedford. Ils ne se sont pas vus depuis longtemps, ils parlent avec grand plaisir. Le temps cesse d'être languissant, nous sommes assez nombreux pour que les allées et venues des uns vers les autres passent inaperçues à la plupart excepté à Tatiana Karl.

Peut-être n'est-ce pas étourdiment que Lol nous a réunis ce soir, peut-être est-ce pour nous voir ensemble Tatiana et moi, voir où nous en sommes depuis son irruption dans ma vie. Je ne sais rien.

Dans un mouvement enveloppant de Tatiana, Lol se trouve prise. Je pense à la nuit où l'a rencontrée Jean Bedford : Tatiana tout en lui parlant lui barre le passage avec assez d'adresse pour que Lol ne s'aperçoive qu'elle ne le franchit pas, Tatiana l'empêche d'aller ainsi vers les autres invités, elle la sort de leur groupe, l'amène avec elle, l'isole. C'est fait au bout d'une vingtaine de minutes. Lol paraît bien là où elle se trouve, avec Tatiana, à l'autre bout du salon, assise à une petite table entre le perron et la baie à travers laquelle, l'autre soir, je voyais.

Elles portent toutes deux ce soir des robes sombres qui les allongent, les font plus minces, moins différentes l'une de l'autre, peut-être, aux yeux des hommes. Tatiana Karl, au contraire d'avec ses amants, a une coiffure souple, rejetée, presque à toucher son épaule en une masse nouée, lourde. Sa robe ne resserre pas son corps comme ses austères tailleurs d'après-midi. La robe de Lol, à l'inverse de celle de Tatiana, je crois, prend son corps de près et lui donne davantage encore cette sage raideur de pensionnaire grandie. Elle est coiffée comme d'habitude, un chignon serré au-dessus de la nuque, depuis dix ans peut-être l'est-elle ainsi. Ce soir elle est fardée il me semble un peu trop, sans soin.

Le sourire de Tatiana lorsqu'elle réussit à avoir Lol pour elle je le reconnais. Elle attend la confidence, elle l'espère neuve, touchante mais douteuse, assez maladroitement mensongère pour qu'elle, elle y voie clair.

À les voir réunies ainsi on croirait aisément que Tatiana Karl est avec moi la seule personne à ne pas compter du tout avec la bizarrerie latente ou exprimée de Lol. Je le crois.

Je me rapproche de leur îlot. Tatiana ne me voit pas encore.

Ça a été au mouvement des lèvres de Tatiana que j'ai compris le sens de la question posée à Lol. Le mot bonheur s'y lisait.

— Ton bonheur ? Et ce bonheur ?

Lol sourit dans ma direction. Viens. Elle me laisse le temps d'approcher encore. Je suis de biais par rapport à Tatiana qui ne regarde que Lol. Je viens silencieusement, je glisse entre les autres. Je suis arrivé assez près pour entendre. Je m'arrête. Pourtant Lol ne répond pas encore. Elle lève les yeux sur moi dans l'intention d'informer Tatiana de ma présence. C'est fait. Tatiana réprime vite un agacement certain : c'est à l'Hôtel des Bois qu'elle veut me voir, pas ici avec Lol V. Stein.

De loin nous sommes tous trois dans une indifférence apparente.

Tatiana et moi guettons la réponse de Lol. Le cœur me bat fort et je crains que Tatiana ne découvre, elle seule le peut, ce désordre dans le sang de son amant. Je la frôlais presque. Je recule d'un pas. Elle n'a rien découvert.

Lol va répondre. Je m'attends à tout. Qu'elle m'achève de la même manière qu'elle m'a découvert. Elle répond. Mon cœur s'endort.

— Mon bonheur est là.

Lentement Tatiana Karl se retourne vers moi et, souriante, avec un sang-froid remarquable elle me prend à témoin de la forme de cette déclaration de son amie.

— Comme elle le dit bien. Vous avez entendu ?

— Elle le dit.

— Mais si bien, vous ne trouvez pas ?

Alors Tatiana prospecte la pièce, l'assemblée bruyante du bout du salon, ces signes extérieurs de l'existence de Lol.

— Je pense beaucoup à toi depuis que je t'ai revue.

Dans un mouvement enfantin Lol suit des yeux le regard de Tatiana tout autour du salon. Elle ne comprend pas. Tatiana se fait sentencieuse et tendre.

— Mais Jean, dit-elle, et tes petites filles ? Qu'est-ce que tu vas faire ?

Lol rit.

— Tu les regardais, c'était ça que tu regardais !

Son rire ne peut s'arrêter. Tatiana finit par rire elle aussi, mais douloureusement, elle ne joue plus la mondaine, je reconnais celle qui téléphone de nuit.

— Tu me fais peur Lol.

Lol s'étonne. Son étonnement porte de plein fouet sur la peur que n'avoue pas Tatiana. Elle a décelé le mensonge. C'est fait. Elle demande gravement :

— De quoi as-tu peur Tatiana ?

Tatiana ne cache plus rien tout à coup. Mais sans avouer le vrai sens de sa peur.

— Je ne sais pas.

Lol regarde de nouveau le salon et explique à Tatiana une chose différente de celle qu'aurait voulu savoir Tatiana. Elle reprend, Tatiana est prise à son propre piège, sur le bonheur de Lol V. Stein.

— Mais je n'ai rien voulu, tu comprends, Tatiana, je n'ai rien voulu de ce qu'il y a, de ce qui se passe. Rien ne tient.

— Et si vous l'aviez voulu, est-ce que ce ne serait pas pareil maintenant.

Lol réfléchit et son air de recherche, sa feinte oublieuse a la perfection de l'art. Je sais qu'elle dit n'importe quoi :

— C'est pareil. Au premier jour c'était pareil que maintenant. Pour moi.

Tatiana soupire, soupire longuement, se plaint, se plaint, au bord des larmes.

— Mais ce bonheur, ce bonheur, dis-moi, ah ! dis-moi un peu.

Je dis :

— Lol V. Stein l'avait sans doute en elle, déjà, lorsqu'elle l'a rencontré.

Avec la même lenteur qu'un moment avant Tatiana s'est retournée vers moi. Je pâlis. Le rideau vient de s'ouvrir sur le tourment de Tatiana Karl. Mais curieusement, sa suspicion ne porte pas immédiatement sur Lol.

— Comment savez-vous ces choses-là sur Lol ?

Elle veut dire : comment les savez-vous à la place d'une femme ? à la place d'une femme qui pourrait être Lol ?

Le ton cinglant et sourd de Tatiana est le même que celui qu'elle a parfois à l'Hôtel des Bois. Lol s'est dressée. Pourquoi cette terreur ? Elle a un mouvement de fuite, elle va nous laisser là tous les deux.

— On ne peut pas parler comme ça, on ne peut pas.

— Excuse-moi, dit Tatiana – Jacques Hold est dans un curieux état depuis quelques jours. Il dit n'importe quoi.

Au téléphone elle m'a demandé si j'apercevais une manière possible non d'amour, mais amoureuse, entre nous, plus tard, plus tard.

— Est-ce que tu peux faire comme s'il n'était pas impossible qu'un jour en t'appliquant tu me trouves une nouveauté, je changerai ma voix, mes robes, je couperai mes cheveux, il ne restera rien.

Je n'ai pas démordu de ce à quoi je me tiens. Je lui ai dit que je l'aimais. Elle a raccroché.

Lol est rassurée. Tatiana la supplie de nouveau.

— Dis-moi quelque chose sur le bonheur, dis-le-moi.

Lol demande, sans agacement, avec gentillesse :

— Pourquoi Tatiana ?

— Quelle question Lol.

Alors Lol cherche, son visage se crispe, et avec difficulté, elle essaye de parler du bonheur.

— L'autre soir, c'était au crépuscule, mais bien après le moment où le soleil avait disparu. Il y a eu un instant de lumière plus forte, je ne sais pas pourquoi, une minute. Je ne voyais pas directement la mer. Je la voyais devant moi dans une glace sur un mur. J'ai éprouvé une très forte tentation d'y aller, d'aller voir.

Elle ne continue pas. Je demande :

— Vous y êtes allée ?

De cela Lol se souvient instantanément.

— Non. J'en suis sûre, je ne suis pas allée sur la plage. L'image dans la glace était là.

Tatiana m'a oublié en faveur de Lol. Elle prend sa main, l'embrasse.

— Dis-moi encore Lol.

— Je ne suis pas allée sur la plage, je, dit Lol.

Tatiana n'insiste pas.

Lol a fait un voyage rapide au bord de la mer hier dans la journée c'est pourquoi je ne l'ai pas trouvée. Elle n'a rien dit. L'image du champ de seigle me revient, brutale, je me demande jusqu'à la torture, je me demande à quoi m'attendre encore de Lol. À quoi ? Je suis, je serais donc dupé par sa folie même ? Qu'a-t-elle été chercher au bord de la mer, où je ne suis pas, quelle pâture ? loin de moi ? Si Tatiana ne pose pas la question je vais la poser. Elle la pose.

— Où es-tu allée ? On peut te le demander ?

Lol dit avec le léger regret que ce soit à Tatiana Karl, ou alors je me trompe encore :

— À T. Beach.

Jean Bedford, sans doute aussi pour briser l'unité de notre groupe, fait marcher le pick-up. Je n'attends pas, je ne me pose même pas la question, je ne calcule pas ce qui serait plus prudent de faire, j'invite Lol. Nous nous éloignons de Tatiana qui reste seule.

Je danse trop lentement et souvent mes pieds s'ankylosent, je rate des temps. Lol s'accorde, distraite, à mes fautes.

Tatiana suit des yeux notre pénible révolution autour du salon.

Enfin, Pierre Beugner vient vers elle. Ils dansent.

Il y a cent ans que j'ai Lol dans les bras. Je lui parle de façon imperceptible. À la faveur des mouvements changeants de Pierre Beugner, Tatiana nous est cachée, elle ne peut alors ni voir ni entendre.

— Vous êtes allée au bord de la mer.

— Hier je suis allée à T. Beach.

— Pourquoi ne rien dire ? Pourquoi ? Pourquoi y aller ?

— Je croyais que

Elle ne termine pas. J'insiste doucement.

— Essayez de me dire. Que...

— Vous auriez deviné.

— C'est impossible, je dois vous voir, c'est impossible.

Voici Tatiana. A-t-elle remarqué que j'ai répété, de façon précipitée, quelque chose ? Nous nous taisons. Puis, encore une fois, nous ne sommes plus que sous le regard tiède, un peu, mais à peine, intrigué de Jean Bedford.

Dans mes bras, Lol est égarée – elle ne me suit plus tout à coup – pesante.

— Nous irons ensemble à T. Beach si vous le voulez bien, après-demain.

— Combien de temps ?

— Un jour peut-être.

Nous devons nous retrouver à la gare, très tôt. Elle me dit une heure précise. Je dois parler à Pierre Beugner pour le prévenir de mon absence. Dois-je le faire ?

J'invente :

Comme ils se taisent encore, pense Tatiana. J'ai l'habitude, je sais le faire sombrer dans des hébétudes muettes et tristes, il en sort avec peine, elles lui plaisent. Ce silence qu'il observe avec Lol V. Stein, je ne crois pas l'avoir vu l'observer avec moi jamais, même la première fois lorsqu'il est venu me chercher, un après-midi, en l'absence de Pierre, et qu'il m'a emmenée, sans un mot, à l'Hôtel des Bois. Voici ce que j'ignore : cet homme qui s'efface, dit qu'il aime, désire, veut revoir, s'efface encore plus à mesure qu'il dit. Je dois avoir un peu de fièvre. Tout me quitte, ma vie, ma vie.

De nouveau, sagement, Lol danse, me suit. Quand Tatiana ne voit pas je l'écarte un peu pour voir ses yeux. Je les vois : une transparence me regarde. De nouveau je ne vois pas. Je l'ai plaquée contre moi, elle ne résiste pas, personne ne nous remarque je crois. La transparence m'a traversé, je la vois encore, buée maintenant, elle est allée vers autre chose de plus vague, sans fin, elle ira vers autre chose que je ne connaîtrai jamais, sans fin.

— Lol Valérie Stein, hé ?

— Ah oui.

Je lui ai fait mal. Je l'ai senti à un « ah » chaud dans mon cou.

— Il faudra en finir. Quand?

Elle ne répond pas. La surveillance de Tatiana recommence.

J'invente : Tatiana parle à Pierre Beugner :

— Il faudra que je parle de Lol à Jacques Hold.

Pierre Beugner se trompe-t-il sur l'intention véritable? Il porte à Tatiana un amour revenu de bien des épreuves, sentiment qu'il traîne mais qu'il traînera jusqu'à la mort, ils sont unis, leur maison est solide plus qu'une autre, elle a résisté à tous les vents. Dans la vie de Tatiana, l'impérieuse obligation première et dernière à laquelle il n'est pas pensable qu'elle se dérobe un jour, c'est de revenir toujours, Pierre Beugner est son retour, sa trêve, sa seule constance.

J'invente :

Ce soir, Pierre Beugner perçoit, l'oreille collée au mur, la fêlure que Lol, elle, entend toujours dans la voix de sa femme.

Leur intimité dans ce moment-ci de leur existence, c'est moi qui en fais les frais, sans qu'il en soit jamais question entre eux.

Pierre Beugner dit :

— Lol V. Stein est encore malade, vous avez vu, à table, cette absence, comme c'était impressionnant, et c'est sans doute ça qui intéresse Jacques Hold.

— Vous croyez? Mais elle, se prête-t-elle à cet intérêt?

Pierre Beugner console :

— La pauvre, comment voulez-vous?

Pierre Beugner presse sa femme dans ses bras, il veut empêcher la souffrance, encore débutante, de prendre corps. Il dit :

— Pour ma part je n'ai rien remarqué entre eux, rien, je dois le dire, à part cet intérêt que je vous disais.

Tatiana s'impatiente un peu mais ne le montre pas.

— Si vous les regardiez bien.

— Je vais le faire.

Un autre disque a remplacé le premier. Les couples ne se sont pas séparés. Ils sont à l'autre bout du salon. La chose remarquable tout à coup, ce n'est pas leur maladresse qui maintenant n'est pas aussi flagrante, c'est l'expression de leur visage tandis qu'ils dansent, ni aimable, ni polie, ni ennuyée et qui est celle – Tatiana a raison – de l'observation rigoureuse d'une réserve étouffante. Surtout lorsque Jacques Hold parle à Lol et que celle-ci lui répond sans que rien dans cette réserve ne se modifie, ne fasse deviner un peu la nature de la question posée ou de celle de la réponse qui va lui être faite.

Lol me répond :

— Si on savait quand.

J'ai oublié Tatiana Karl, ce crime, je l'ai commis. J'étais dans le train, je l'avais près de moi, pour des heures, nous roulions déjà vers T. Beach.

— Pourquoi faire ce voyage maintenant ?

— C'est l'été. C'est le moment.

Comme je ne lui réponds pas, elle m'explique.

— Et puis il faut aller vite, Tatiana s'est mise à vous.

Elle s'arrête. Lol désirait-elle que ceci que j'invente se passe entre Pierre Beugner et Tatiana ?

— Vous le vouliez ?

— Oui. Mais vous deviez aussi. Elle ne devait rien savoir.

Presque mondaine, elle pourrait rassurer des observateurs moins difficiles que Tatiana et Pierre Beugner.

— Je peux me tromper. Peut-être que tout est parfait.

— Pourquoi T. Beach encore une fois ?

— Pour moi.

Pierre Beugner me sourit avec cordialité. Au fond de ce sourire il y a maintenant une certitude, un avertissement que demain, si Tatiana pleure, je serai révoqué de son service à l'hôpital départemental. J'invente que Pierre Beugner ment.

— Vous vous faites des idées, dit-il à sa femme. Lol V. Stein lui est parfaitement indifférente. Il écoute à peine ce qu'elle dit.

Tatiana Karl se trouve environnée par le mensonge, elle a un vertige et l'idée de sa mort afflue, eau fraîche, qu'elle se répande sur cette brûlure, qu'elle vienne recouvrir cette honte, qu'elle vienne, alors la vérité se fera. Quelle vérité ? Tatiana soupire. La danse est terminée.

J'ai dansé avec la femme de U. Bridge, bien, et je lui ai parlé, j'ai commis ce crime aussi, avec soulagement, je l'ai commis. Et Tatiana a dû être sûre que c'était Lol V. Stein. Mais ce que je trouve d'intéressant à Lol V. Stein, l'aurais-je découvert seul, n'est-ce pas elle qui me l'a montré, n'est-ce pas chose d'elle ? La seule nouveauté pour Tatiana trahie, ce soir, depuis des années, c'est de souffrir. J'invente que cette nouveauté vrille le cœur, ouvre des vannes de sueur dans l'épaisseur de la somptueuse chevelure, prive le regard de sa désolation superbe, le rétrécit, fait chanceler le pessimisme d'hier : qui sait ? peut-être, l'étendard blanc des amants du premier voyage passera-t-il très près de ma maison.

Tatiana traverse l'assemblée, arrive, me demande de danser avec elle cette danse qui commence.

Je danse avec Tatiana Karl.

Lol est assise près du phonographe. Elle paraît être seule à ne pas avoir remarqué. Des disques lui passent entre les mains, elle paraît découragée. Ce que je crois sur Lol V. Stein, ce soir : les choses se précisent autour d'elle et elle en aperçoit tout à coup les arêtes vives, les restes qui traînent partout dans le monde, qui tournent, ce déchet à moitié rongé par les rats déjà, la douleur de Tatiana, elle le voit, elle est embarrassée, partout le sentiment, on glisse sur cette graisse. Elle croyait qu'un temps était possible qui se remplit et se vide alternativement, qui s'emplit et se désemplit, puis qui est prêt encore, toujours, à servir, elle le croit encore, elle le croira toujours, jamais elle ne guérira.

Tatiana me parle de Lol à voix basse, pressée.

— Quand Lol parle du bonheur, de quoi parle-t-elle ?

Je n'ai pas menti.

— Je ne sais pas.

— Mais qu'est-ce que tu as, qu'est-ce que tu as ?

Avec indécence, pour la première fois depuis sa liaison avec Jacques Hold, Tatiana Karl en présence de son mari lève son visage vers son amant, si près, qu'il pourrait poser les lèvres sur ses yeux. Je dis :

— Je t'aime.

Les mots une fois prononcés, la bouche est restée entrouverte, pour qu'ils s'écoulent jusqu'à la dernière goutte. Mais il faudra recommencer si l'ordre en est encore donné. Tatiana a vu que ses yeux, sous ses paupières baissées, regardaient plus que jamais à côté d'elle, là où elle ne se trouve pas, vers les mains infirmes de Lol V. Stein sur les disques.

Ce matin au téléphone, je lui avais déjà dit.

Elle frémit sous l'outrage mais le coup est donné, assommée Tatiana. Ces mots, elle les prend quand elle les trouve, Tatiana Karl, aujourd'hui elle se débat, mais elle les a entendus.

— Menteur, menteur.

Elle baisse la tête.

— Je ne peux plus voir tes yeux, tes sales yeux.

Et puis :

— C'est parce que tu crois que pour ce que nous faisons ensemble ça n'a pas d'importance, c'est ça ?

— Non. C'est que c'est vrai, je t'aime.

— Tais-toi.

Elle ramasse ses forces, essaye de frapper plus loin, plus fort.

— As-tu remarqué cette allure, ce corps, de Lol, à côté du mien comme il est mort, comme il ne dit rien?

— J'ai remarqué.

— As-tu remarqué autre chose d'elle que tu pourrais me dire?

Lol est toujours seule, là-bas, des disques dans ses mains passent.

— C'est difficile. Lol V. Stein n'est pour ainsi dire personne de conséquent.

D'une voix soulagée en apparence, d'un ton presque léger, Tatiana Karl profère une menace dont elle ignore la portée, qui contient pour moi une épouvante sans nom.

— Vois-tu, si tu changeais trop à mon égard, je cesserais de te voir.

Je suis allé après la danse vers Pierre Beugner pour lui dire mon intention de m'absenter toute la journée du surlendemain. Il ne m'a pas posé de questions.

Et puis je suis revenu vers Tatiana, encore. Je lui ai dit:

— Demain. À six heures. Je serai à l'Hôtel des Bois.

Elle a dit:

— Non.

Je suis au rendez-vous, six heures, le jour dit. Tatiana ne viendra sans doute pas.

La forme grise est dans le champ de seigle. Je reste assez longtemps à la fenêtre. Elle ne bouge pas. On dirait qu'elle s'est endormie. Je m'allonge sur le lit. Une heure passe. J'allume quand il le faut. Je me lève, je me déshabille, je m'allonge encore. Je brûle du désir de Tatiana. J'en pleure. Je ne sais que faire. Je vais à la fenêtre, oui, elle dort. Elle vient là pour dormir. Dors. Je repars, je m'allonge encore. Je me caresse. Il parle à Lol V. Stein perdue pour toujours, il la console d'un malheur inexistant et qu'elle ignore. Il passe ainsi le temps. L'oubli vient. Il appelle Tatiana, lui demande de l'aider.

Tatiana est entrée, décoiffée, les yeux rouges elle aussi. Lol est dans son bonheur, notre tristesse qui le porte me paraît négligeable. L'odeur du champ arrivait jusqu'à moi. Et voici celle de Tatiana qui l'écrase.

Elle s'assied sur le bord du lit, et puis lentement, elle se déshabille, s'allonge à mes côtés, elle pleure. Je lui dis :

— Je suis moi-même dans le désespoir.

Je n'essaye même pas de la prendre, je sais que je serai impuissant à le faire. J'ai trop d'amour pour cette forme dans le champ, désormais, trop d'amour, c'est fini.

— Tu es venue trop tard.

Elle enfouit son visage dans les draps, parle à une grande distance.

— Quand ?

Je ne peux plus mentir. Je caresse ses cheveux qui ont coulé entre les draps.

— Cette année, cet été, tu es venue trop tard.

— Je ne pouvais pas venir à l'heure juste. C'est parce que c'est trop tard que je t'aime.

Elle se relève, dresse la tête.

— C'est Lol?

— Je ne sais pas.

Des larmes encore.

— C'est notre petite Lola?

— Rentre chez toi.

— Cette dingue?

Elle crie. Je l'empêche, de ma main.

— Dis-moi que c'est Lol ou je crie.

Je mens pour la dernière fois.

— Non. Ce n'est pas Lol.

Elle se relève, circule nue dans la pièce, va à la fenêtre, revient, y retourne, elle ne sait pas où se mettre elle non plus, elle a quelque chose à dire, elle hésite, qui n'arrive pas à sortir et qui sort tout bas. Elle m'informe.

— Nous allons cesser de nous voir. C'est fini.

— Je sais.

Tatiana a honte de ce qui suivra dans les jours prochains, elle se cache le visage dans les mains.

— Notre petite Lola, c'est elle, je le sais.

De nouveau la colère la prend au songe tendre.

— Comment est-ce possible? une dingue?

— Ce n'est pas Lol.

Encore plus calme, elle tremble tout entière. Elle vient près de moi. Ses yeux crèvent mes yeux.

— Je saurai tu sais.

Elle s'éloigne, elle est face au champ de seigle, je ne vois plus son visage, il est tourné vers le champ, puis je le revois, il n'a pas changé. Elle regardait le soleil couchant, le champ de seigle incendié.

— Je saurai le faire, la prévenir avec douceur, moi je saurais, sans lui faire aucun mal, lui dire de te laisser tranquille. Elle est folle, elle ne souffrira pas, c'est comme ça les fous, tu sais?

— Vendredi à six heures, Tatiana, tu viendras encore une fois.

Elle pleure. Les larmes coulent encore, de loin, de derrière les larmes, attendues comme toutes les larmes, enfin arrivées, et, il me semble m'en souvenir, Tatiana paraissait ne pas en être mécontente, s'en trouver rajeunie.

Comme la première fois Lol est déjà là sur le quai de la gare, presque seule, les trains des travailleurs sont plus tôt, le vent frais court sous son manteau gris, son ombre est allongée sur la pierre du quai vers celles du matin, elle est mêlée à une lumière verte qui divague et s'accroche partout dans des myriades de petits éclatements aveuglants, s'accroche à ses yeux qui rient, de loin, et viennent à ma rencontre, leur minerai de chair brille, brille, à découvert.

Elle ne se presse pas, le train n'est que dans cinq minutes, elle est un peu décoiffée, sans chapeau, elle a, pour venir, traversé des jardins, et des jardins où rien n'arrête le vent.

De près dans le minerai, je reconnais la joie de tout l'être de Lol V. Stein. Elle baigne dans la joie. Les signes de celle-ci sont éclairés jusqu'à la limite du possible, ils sortent par flots d'elle-même tout entière. Il n'y a, strictement, de cette joie, qui ne peut se voir, que la cause.

Aussitôt que je l'ai vue dans son manteau gris, dans son uniforme de S. Tahla, elle a été la femme du champ de seigle derrière l'Hôtel des Bois. Celle qui ne l'est pas. Et celle qui l'est dans ce champ et à mes côtés, je les ai eues, enfermées toutes deux en moi.

Le reste, je l'ai oublié.

Et durant le voyage toute la journée cette situation est restée inchangée, elle a été à côté de moi séparée de moi, gouffre et sœur. Puisque je sais – ai-je jamais su à ce point quelque chose? – qu'elle m'est inconnaissable, on ne peut pas être plus près d'un être humain que je le suis d'elle, plus près d'elle qu'elle-même si constamment envolée de sa vie vivante. Si d'autres viennent après moi qui le sauront aussi j'en accepte la venue.

Nous faisons les cent pas sur le quai de la gare, sans rien dire. Dès que notre regard se rencontre on rit.

Ce train est presque vide entre celui des voyageurs et celui des ouvriers, il ne sert qu'à nous. Elle l'a choisi exprès, dit-elle, parce qu'il est très lent. Nous serons aux environs de midi à T. Beach.

— Je désirais revoir T. Beach avec vous.

— Vous l'avez revu avant-hier déjà.

Trouvait-elle sans importance de le dire ou non ?

— Non, je n'y suis jamais revenue tout à fait. Avant-hier je n'ai pas quitté la gare. J'étais dans la salle d'attente. J'ai dormi. Sans vous j'ai compris que ça n'en vaudrait pas la peine. Je n'aurais rien reconnu. J'ai pris le premier train qui revenait.

Elle bascula tout entière contre moi, mollement, pudiquement. Elle réclamait d'être embrassée sans le demander.

— Je ne peux plus me passer de vous dans mon souvenir de T. Beach.

Je l'ai prise par la taille et je l'ai caressée. Le compartiment est vide comme un lit fait. Des petites filles, trois, me passent par la tête. Je ne les connais pas. L'aînée, c'est Lol, dit Tatiana.

— Tatiana, dit-elle tout bas.

— Tatiana a été là hier. Vous aviez raison. Admirable Tatiana.

Tatiana est là, comme une autre, Tatiana par exemple, enlisée en nous, celle d'hier et celle de demain, quelle qu'elle soit. Son corps chaud et bâillonné je m'y enfonce, heure creuse pour Lol, heure éblouissante de son oubli, je me greffe, je pompe le sang de Tatiana. Tatiana est là, pour que j'y oublie Lol V. Stein. Sous moi, elle devient lentement exsangue.

Le seigle bruisse dans le vent du soir autour du corps de cette femme qui regarde un hôtel où je suis avec une autre, Tatiana.

Lol, près de moi, se rapproche, se rapproche de Tatiana. Comme elle voudrait. Le compartiment aux arrêts reste vide. Nous y sommes encore seuls.

— Vous voulez que je vous emmène à l'hôtel tout à l'heure.

— Je ne crois pas. J'ai cette envie. Plus.

Ça ne continue pas. Elle prend mes mains que j'avais retirées et les repose sur elle. Je dis, je supplie :

— Je ne peux pas, je dois vous voir chaque jour.

— Je ne peux pas non plus. Il faut faire attention. Il y a deux jours je suis rentrée tard, j'ai trouvé Jean dans la rue, il m'attendait.

Je doute : m'a-t-elle vu à la fenêtre de l'hôtel, l'avant-dernière fois, cette fois dernière ? A-t-elle vu que je la voyais ? Elle parle de cet incident naturellement. Je ne demande pas d'où elle venait. Elle le dit.

— Quelquefois je sors tard, cette fois-là.

— Et vous avez recommencé ?

— Oui. Mais il ne m'attendait plus. C'est ça qui est grave. Pour ce qui est de nous revoir, on ne pourrait pas chaque jour puisqu'il y a Tatiana.

Elle se blottit de nouveau, ferme les yeux, se tait, attentivement. Son contentement respire profondément à mes côtés. Aucun signe de sa différence sous ma main, sous mes yeux. Et pourtant, et pourtant. Qui est là en ce moment, si près et si loin, quelles idées rôdeuses viennent et reviennent la visiter, de nuit, de jour, dans toutes les lumières ? en ce moment même ? en cet instant où je pourrais la croire dans ce train, près de moi, comme d'autres femmes le seraient ? Autour de nous, les murs : j'essaie de remonter, je m'accroche, je retombe, je recommence, peut-être, peut-être, mais ma raison reste égale, impavide et je tombe.

— Je voudrais vous parler un peu du bonheur que j'éprouve à vous aimer, dit-elle. J'ai besoin de vous le dire depuis quelques jours.

Le soleil de la vitre est sur elle. Ses doigts remuent ponctuant la phrase et retombent sur sa jupe blanche. Je ne vois pas son visage.

— Je ne vous aime pas cependant je vous aime, vous me comprenez.

Je demande :

— Pourquoi ne pas vous tuer ? Pourquoi ne vous êtes-vous pas encore tuée ?

— Non, vous vous trompez, ce n'est pas ça.

Elle le dit sans tristesse. Si je me trompe, c'est moins gravement que les autres. Je ne peux me tromper sur elle que profondément. Elle le sait.

Elle dit :

— C'est la première fois que vous vous trompez.

— Ça vous plaît ?

— Oui. Surtout de cette façon. Vous êtes si près de

Elle raconte ce bonheur d'aimer, matériellement. Dans sa vie de chaque jour, avec un autre homme que moi, ce bonheur existe sans drame aucun. Dans quelques heures ou dans quelques jours, quand la fin viendra-t-elle ? On va la reprendre vite. On la consolera, on l'entourera d'affection dans sa maison de S. Tahla.

— Je vous cache des choses, c'est vrai. La nuit je rêve de vous dire. Mais avec le jour tout se calme. Je comprends.

— Il ne faut pas tout me dire.

— Il ne faut pas, non. Voyez, je ne mens pas.

Depuis trois nuits, depuis son voyage à T. Beach, je crains un autre voyage qu'elle ferait. La peur ne se dissipe pas avec le matin. Je ne lui dis pas que je l'ai suivie dans ses promenades, que je vais devant chez elle chaque jour.

— Parfois dans la journée, j'arrive à m'imaginer sans vous, je vous connais quand même, mais vous n'êtes plus là, vous avez disparu vous aussi ; je ne fais pas de bêtises, je me promène, je dors très bien. Je me sens bien sans vous depuis que je vous connais. C'est peut-être dans ces moments-là, quand j'arrive à croire que vous avez disparu que J'attends. Quand elle cherche, elle arrive à continuer. Elle cherche. Ses paupières fermées battent imperceptiblement avec son cœur, elle est calme, cela lui plaît aujourd'hui de parler.

— que je suis le mieux, celle que je dois.

— La souffrance recommencerait quand ?

Elle s'étonne.

— Mais. Non.

— Jamais ça ne vous arrive ?

Le ton varie, elle cache quelque chose.

— Vous voyez, ça, c'est curieux n'est-ce pas ? Je ne sais pas.

— Jamais, jamais ?

Elle cherche.

— Quand le travail est mal fait à la maison – elle se plaint – ne me posez pas de questions.

— C'est fini.

Elle est calme de nouveau, elle est grave, elle pense, au bout d'une longue minute voici qu'elle crie cette pensée.

— Ah, je voudrais pouvoir vous donner mon ingratitude, comme je suis laide, comme quoi on ne peut pas m'aimer, je voudrais vous donner ça.

— Tu me l'as donné.

Elle relève un peu son visage, d'abord étonné puis d'un seul coup vieilli, déformé par une émotion très forte qui le prive de sa grâce, de sa finesse, le rend charnel. J'imagine sa nudité auprès de la mienne, complète, curieusement, pour la première fois, le temps extraordinairement rapide de savoir que si le moment en vient je ne pourrai peut-être pas la supporter. Corps de Lol V. Stein, si lointain, et pourtant indissolublement marié à lui-même, solitaire.

Elle continue à raconter son bonheur.

— La mer était dans la glace de la salle d'attente. La plage était vide à cette heure-là. J'avais pris un train très lent. Tous les baigneurs étaient rentrés. La mer était comme quand j'étais jeune. Vous n'étiez pas du tout dans la ville, même avant. Si je croyais en vous comme les autres croient en Dieu je pourrais me demander pourquoi vous, à quoi ça rime ? Pourtant la plage était vide autant que si elle n'avait pas été finie par Dieu.

Je lui raconte à mon tour ce qui s'est passé l'avant-veille dans ma chambre : j'avais bien regardé ma chambre et j'avais déplacé divers objets, comme en cachette, et en accord avec la vision qu'elle en aurait eue elle, si elle était venue, et aussi en accord avec sa place entre eux, elle mouvante, entre eux immobiles. Je les ai imaginés déplacés de si nombreuses fois qu'une souffrance s'est emparée de moi, une sorte de malheur s'est logé dans mes mains, à ne pas pouvoir décider de la place exacte de ces objets par rapport à sa vie. J'ai abandonné la partie, je n'ai plus essayé de la mettre vivante dans la mort des choses.

Je ne la lâche pas tandis que je lui raconte. Il faut la tenir toujours, ne pas la lâcher. Elle reste. Elle parle.

Je comprends ce qu'elle veut me dire : ce que je raconte à propos des objets de ma chambre, s'est produit avec son corps, ça l'y fait penser. Elle l'a promené dans la ville. Mais ce n'est plus suffisant. Elle se demande encore où ce corps devrait être, où le mettre exactement, pour qu'il s'arrête de se plaindre.

— Je suis moins loin qu'avant de savoir. J'ai été longtemps à le mettre ailleurs que là où il aurait dû être. Maintenant je crois que je me rapproche de là où il serait heureux.

Par son visage et seulement par lui, alors que je le touche avec ma main ouverte de façon de plus en plus pressée et brutale, elle éprouve le plaisir de l'amour. Je ne me suis pas trompé. Je la regardais de si près. La chaleur entière de sa respiration m'a brûlé la bouche. Ses yeux sont morts et quand ils se sont rouverts j'ai eu sur moi aussi son premier regard d'évanouie. Elle gémit faiblement. Le regard est sorti de sa plongée et s'est posé sur moi, triste et nul. Elle dit :

— Tatiana.

Je la rassure.

— Demain. Dès demain.

Je la prends dans mes bras. Nous regardons le paysage. Voici une gare. Le train s'arrête. Une petite ville se groupe autour d'un Hôtel de Ville nouvellement repeint en jaune. Elle commence à se souvenir matériellement des lieux.

— C'est l'avant-dernière gare avant T. Beach, dit-elle.

Elle parle, se parle. J'écoute attentivement un monologue un peu incohérent, sans importance quant à moi. J'écoute sa mémoire se mettre en marche, s'appréhender des formes creuses qu'elle juxtapose les unes aux autres comme dans un jeu aux règles perdues.

— Il y avait du blé là. Du blé mûr. – Elle ajoute — Quelle patience.

Ç'avait été par ce train qu'elle était repartie pour toujours, dans un compartiment comme celui-ci, entourée de parents qui essuient la sueur qui coule de son front, qui la font boire, qui la font s'allonger sur la banquette, une mère l'appelle son petit oiseau, sa beauté.

— Ce bois, le train passait plus loin. Il n'y avait aucune ombre sur la campagne et pourtant il faisait grand soleil. J'ai mal aux yeux.

— Mais avant-hier il y avait du soleil ?

Elle n'a pas remarqué. Avant-hier qu'a-t-elle vu ? Je ne le lui demande pas. Elle se trouve en ce moment dans un déroulement mécanique de reconnaissances successives des lieux, des choses, ce sont ceux-là, elle ne peut pas se tromper, nous sommes bien dans le train qui mène à T. Beach. Elle rassemble dans un échafaudage qui lui est momentanément nécessaire, on le dirait, un bois, du blé, de la patience.

Elle est très occupée par ce qu'elle cherche à revoir. C'est la première fois qu'elle s'absente si fort de moi. Pourtant de temps en temps elle tourne la tête et me sourit comme quelqu'un, il ne faudrait pas que je le croie, qui n'oublie pas.

L'approche diminue, la presse, à la fin elle parle presque tout le temps. Je n'entends pas tout. Je la tiens toujours dans mes bras. Quelqu'un qui vomit, on le tient tendrement. Je me mets à regarder moi aussi ces lieux indestructibles qui en ce moment deviennent ceux de mon avènement. Voici venue l'heure de mon accès à la mémoire de Lol V. Stein.

Le bal sera au bout du voyage, il tombera comme château de cartes comme en ce moment le voyage lui-même. Elle revoit sa mémoire-ci pour la dernière fois de sa vie, elle l'enterre. Dans l'avenir ce sera de cette vision aujourd'hui, de cette compagnie-ci à ses côtés qu'elle se souviendra. Il en sera comme pour S. Tahla maintenant, ruinée sous ses pas du présent. Je dis :

— Ah je vous aime tant. Qu'allons-nous faire ?

Elle dit qu'elle sait. Elle ne sait pas.

Le train avance plus lentement dans une campagne ensoleillée. L'horizon s'éclaire de plus en plus. Nous allons arriver dans une région où la lumière baignera tout, à une heure propice, celle qui vide les plages, il sera vers midi.

— Quand vous regardez Tatiana sans la voir comme l'autre soir, il me semble que je reconnais quelqu'un d'oublié, Tatiana elle-même pendant le bal. Alors, j'ai un peu peur. Peut-être qu'il ne faudrait plus que je vous voie ensemble sauf

Elle a parlé rapidement. Peut-être la phrase a-t-elle été inachevée cette

fois-ci par le premier coup de freins de l'arrêt : nous arrivons à T. Beach.
Elle se lève, va à la vitre, je me lève aussi et ensemble nous voyons venir
la station balnéaire.

Elle étincelle dans la lumière verticale.

Voici la mer, calme, irisée différemment suivant ses fonds, d'un bleu
lassé.

Le train descend vers elle. Dans la hauteur du ciel, au-dessus, il y a,
suspendue, une brume violette que le soleil déchire en ce moment.

On peut voir qu'il y a très peu de monde sur la plage. La courbe majestueuse d'un golfe est colorée d'une large ronde de cabines de bains. Des
hauts lampadaires blancs régulièrement espacés donnent à la place l'allure altière d'un grand boulevard, une altitude étrange, urbaine, comme
si la mer avait gagné sur la ville, depuis l'enfance.

Au centre de T. Beach, d'une blancheur de lait, immense oiseau posé,
ses deux ailes régulières bordées de balustrades, sa terrasse surplom-
bante, ses coupoles vertes, ses stores verts baissés sur l'été, ses rodo-
montades, ses fleurs, ses anges, ses guirlandes, ses ors, sa blancheur
toujours de lait, de neige, de sucre, le Casino municipal.

Dans le crissement aigu et prolongé des freins il passe lentement. Il s'arrête, visible dans son entier.

Lol rit, se moque.

— Le Casino de T. Beach, que je le connais.

Elle sort du compartiment, s'arrête dans le couloir, réfléchit.

— On ne va pas rester dans la salle d'attente quand même.

Je ris.

— Non.

Sur le quai et dans la rue elle marche à mon bras, ma femme. Nous sortons de notre nuit d'amour, le compartiment du train. À cause de ce qui
s'y est passé entre nous, nous nous touchons plus facilement, plus fami-
lièrement. Je connais maintenant la puissance, la sensibilité de ce
visage si doux – qui est aussi son corps, ses yeux, ses yeux qui voient le
sont aussi – noyé dans la douceur d'une enfance interminable qui sur-
nage à fleur de chair. Je lui dis :

— Je vous connais mieux depuis le train.

Elle comprend bien ce que j'entends par là, elle ralentit, surmonte
comme une tentation de revenir en arrière.

— Vous êtes maintenant de ce voyage qu'on m'empêche de faire depuis
dix ans. Que c'était bête.

À la sortie de la gare elle regarde la rue d'un côté puis de l'autre, hésite à prendre telle ou telle direction. Je l'entraîne vers celle du Casino dont la ville, maintenant, cache le corps principal.

Rien ne se passe en elle qu'une reconnaissance formelle, toujours très pure, très calme, un peu amusée peut-être. Sa main est dans la mienne. Le souvenir proprement dit est antérieur à ce souvenir, à lui-même. Elle a d'abord été raisonnable avant d'être folle à T. Beach. Qu'est-ce que je raconte?

Je dis :

— Cette ville ne vous servira à rien.

— De quoi je me souviendrais?

— Venez ici comme à S. Tahla.

— Ici comme à S. Tahla, répète Lol.

La rue est large et descend avec nous vers la mer. Des jeunes gens la remontent, en maillots de bain, en robes de couleurs vives. Ils ont le même teint, les cheveux collés par l'eau de mer, ils ont l'air de rejoindre une famille unique aux membres très nombreux. Ils se quittent, salut, se donnent rendez-vous pour tout à l'heure, tous sur la plage. Ils rentrent pour la plupart dans des petits pavillons meublés à un étage, laissent la rue toujours plus déserte à mesure qu'on avance. Des voix de femmes crient des prénoms. Des enfants répondent qu'ils arrivent. Lol dévisage sa jeunesse avec curiosité.

Nous sommes arrivés devant le Casino sans nous en apercevoir. Sur notre gauche, à cent mètres, il a été là, au milieu d'une pelouse que de la gare nous ne pouvions pas voir.

— Si on y allait, dit Lol.

Un long couloir le traverse, qui ouvre d'un côté sur la mer, et de l'autre sur la place centrale de T. Beach.

Dans le Casino municipal de T. Beach, il n'y a personne excepté une dame au vestiaire, à l'entrée, et un homme en noir qui fait les cent pas les mains derrière le dos, il bâille.

De grands rideaux à ramages, sombres, ferment toutes les issues, ils remuent constamment dans le vent qui balaie le couloir.

Quand le vent est un peu fort, on aperçoit des salles désertes aux fenêtres fermées, une salle de jeu, deux salles de jeu, des tables recouvertes de grandes plaques de tôle verte cadenassées.

Lol passe la tête à chaque issue et rit, comme enchantée par ce jeu de revoir. Ce rire me gagne. Elle rit parce qu'elle cherche quelque chose qu'elle croyait trouver ici, qu'elle devrait donc trouver, et qu'elle ne trouve pas. Elle vient, revient, soulève un rideau, passe le nez, dit que ce n'est pas ça, qu'il n'y a pas à dire, ce n'est pas ça. Elle me prend à témoin de son insuccès à chaque retombée d'un rideau, elle me regarde et elle rit. Dans l'ombre du couloir ses yeux brillent, vifs, clairs. Elle examine tout. Tout aussi bien les affiches qui annoncent les galas, les compétitions, que les vitrines de bijoux, de robes, de parfums. Un autre que moi pourrait se tromper sur elle en ce moment. Je me trouve spectateur d'une gaieté imprévue, irrésistible.

L'homme qui fait les cent pas vient vers nous, s'incline devant Lol, lui demande si elle a besoin de ses services, s'il peut l'aider. Lol, décontenancée, se tourne vers moi.

— Nous cherchons la salle de bal.

L'homme est aimable, il dit qu'à cette heure-ci, bien entendu, le Casino est fermé. Ce soir à sept heures et demie. J'explique, je dis qu'un coup d'œil nous suffirait parce que nous sommes venus ici quand nous étions jeunes, pour revoir, juste un coup d'œil c'est ce que nous voudrions. L'homme sourit, comprend et nous demande de le suivre.

— Tout est fermé. Vous verrez mal.

Il tourne dans le couloir perpendiculairement au précédent : voilà ce qu'il fallait faire. Lol a cessé de rire, elle ralentit, nous suit à la traîne. Nous y voici. L'homme soulève un rideau, on ne voit pas encore, et il demande si au fait nous nous souvenons du nom de la salle parce qu'il y a dans le Casino deux salles de bal.

— La Potinière, dit Lol.

— Alors, c'est ici.

Nous entrons. L'homme lâche le rideau. Nous nous trouvons dans une salle assez grande. Concentriquement des tables entourent une piste de danse. D'un côté il y a une scène fermée par des rideaux rouges, de l'autre un promenoir bordé de plantes vertes. Une table recouverte d'une nappe blanche est là, étroite et longue.

Lol regardait. Derrière elle j'essayais d'accorder de si près mon regard au sien que j'ai commencé à me souvenir, à chaque seconde davantage, de son souvenir. Je me suis souvenu d'événements contigus à ceux qui l'avaient vue, de similitudes profilantes évanouies aussitôt qu'entrevues dans la nuit noire de la salle. J'ai entendu les fox-trot d'une jeunesse sans histoire. Une blonde riait à gorge déployée. Un couple d'amants est arrivé sur elle, bolide lent, mâchoire primaire de l'amour, elle ignorait encore ce que ça signifiait. Un crépitement d'accidents secondaires, des cris de mère, se produisent. La vaste et sombre prairie de l'aurore arrive. Un calme monumental recouvre tout, engloutit tout. Une trace subsiste, une. Seule, ineffaçable, on ne sait pas où d'abord. Mais quoi ? ne le sait-on pas ? Aucune trace, aucune, tout a été enseveli, Lol avec le tout.

L'homme marche, va et vient derrière le rideau du couloir, il tousse, il attend sans impatience. Je me rapproche de Lol. Elle ne me voit pas venir. Elle regarde par à-coups, voit mal, ferme les yeux pour mieux le faire, les rouvre. Son expression est consciencieuse, butée. Elle peut revoir indéfiniment ainsi, revoir bêtement ce qui ne peut pas se revoir.

Nous avons entendu le déclic d'un commutateur et la salle s'éclaire de dix lustres ensemble. Lol pousse un cri. Je dis à l'homme :

— Merci, ce n'est pas la peine.

L'homme éteint. La salle redevient, par contraste, beaucoup plus obscure. Lol sort. L'homme attend derrière les rideaux, souriant.

— Il y a longtemps ? demande-t-il.

— Oh, dix ans, dit Lol.

— J'étais là.

Il change d'expression, reconnaît Mlle Lola Stein l'infatigable danseuse, dix-sept ans, dix-huit ans, de la Potinière. Il dit :

— Pardon.

Il doit savoir le reste de l'histoire aussi, je le vois bien. Cette reconnaissance échappe complètement à Lol.

Nous sommes sortis par la porte qui donne sur la plage.

Nous y sommes allés sans le décider. Arrivée au jour, Lol s'est étirée, elle a longuement bâillé. Elle a souri, elle a dit :

— Je me suis levée tellement tôt, que j'ai sommeil.

Le soleil, la mer, elle baisse, baisse, laisse derrière elle des marécages bleus de ciel.

Elle s'allonge sur le sable, regarde les marécages.

— On va aller manger, j'ai faim.

Elle s'endort.

Sa main s'endort avec elle, posée sur le sable. Je joue avec son alliance. Dessous la chair est plus claire, fine, comme celle d'une cicatrice. Elle ne sait rien. J'enlève l'alliance, je la sens, elle n'a pas d'odeur, je la remets. Elle ne sait rien.

Je n'essaie pas de lutter contre la mortelle fadeur de la mémoire de Lol V. Stein. Je dors.

Elle dort toujours, dans la même position. Il y a une heure qu'elle dort. La lumière penche un peu. Ses cils font une ombre. Il y a un peu de vent. Sa main est restée à l'endroit où elle s'est endormie, un peu plus enlisée dans le sable, on ne voit plus ses ongles.

Elle se réveille très vite après moi. De ce côté-là il y a très peu de monde, la plage est vaseuse, on se baigne plus loin, à des kilomètres, la mer est très basse, étale pour le moment, au-dessous des mouettes idiotes piaillent. Nous nous considérons. Notre rencontre est récente. Nous sommes étonnés tout d'abord. Puis nous retrouvons notre mémoire en cours, merveilleuse, fraîche du matin, nous nous enlaçons, que je la serre, nous restons ainsi, sans nous parler, sans qu'aucun mot puisse se dire jusqu'au moment où, du côté de la plage, celui où sont les baigneurs, Lol le visage dans mon cou ne le voit pas, il y a un mouvement de gens, un rassemblement autour de quelque chose, peut-être un chien mort.

Elle se lève, m'entraîne dans un petit restaurant qu'elle connaît. Elle meurt de faim.

Nous voici donc à T. Beach, Lol V. Stein et moi. Nous mangeons. D'autres déroulements auraient pu se produire, d'autres révolutions, entre d'autres gens à notre place, avec d'autres noms, des autres durées auraient pu avoir lieu, plus longues ou plus courtes, d'autres histoires d'oublis, de chute verticale dans l'oubli, d'accès foudroyants à d'autres mémoires, d'autres nuits longues, d'amour sans fin, que sais-je? Ça ne m'intéresse pas, c'est Lol qui a raison.

Lol mange, elle se nourrit.

Je nie la fin qui va venir probablement nous séparer, sa facilité, sa simplicité désolante, car du moment que je la nie, celle-là, j'accepte l'autre, celle qui est à inventer, que je ne connais pas, que personne encore n'a inventée : la fin sans fin, le commencement sans fin de Lol V. Stein.

À la voir manger, j'oublie.

Nous ne pourrons pas éviter de passer la nuit à T. Beach. Cette évidence nous arrive dessus pendant que nous mangeons. Elle se cimente à nous, nous oublions qu'il aurait pu en être autrement. C'est Lol qui dit :

— Si vous voulez, nous resterons cette nuit ici.

Nous ne pouvons pas rentrer, c'est vrai.

Je dis :

— Nous allons rester. Nous ne pouvons pas faire autrement.

— Je vais téléphoner à mon mari. Ce n'est quand même pas suffisant que je sois à T. Beach pour qu'il

Elle ajoute :

— Après je serai si raisonnable. Comme je lui ai déjà dit que c'était la fin de notre histoire déjà, est-ce que je ne peux pas changer, moi ? Je le peux, vous voyez.

Elle s'accroche à cette certitude.

— Regardez mon visage, ça doit se voir, dites-le-moi que nous ne pouvons pas rentrer.

— Ça se voit, nous ne le pouvons pas.

Par vagues successives, sans répit, ses yeux se remplissent de larmes, elle rit au travers, je ne connais pas ce rire.

— Je veux être avec vous, mais comme je le veux.

Elle me demande d'aller louer une chambre. Elle va m'attendre sur la plage.

Je suis dans un hôtel. Je loue la chambre, je demande, on me répond, je paie. Je suis avec elle à m'attendre : la mer monte enfin, elle noie les marécages bleus les uns après les autres, progressivement et avec une lenteur égale ils perdent leur individualité et se confondent avec la mer, c'est fait pour ceux-ci, mais d'autres attendent leur tour. La mort des marécages emplit Lol d'une tristesse abominable, elle attend, la prévoit, la voit. Elle la reconnaît.

Lol rêve d'un autre temps où la même chose qui va se produire se produirait différemment. Autrement. Mille fois. Partout. Ailleurs. Entre d'autres, des milliers qui, de même que nous, rêvent de ce temps, obligatoirement. Ce rêve me contamine.

Je suis obligé de la déshabiller. Elle ne le fera pas elle-même. La voici nue. Qui est là dans le lit ? Qui, croit-elle ?

Allongée elle ne bouge pas. Elle est inquiète. Elle est immobile, reste là où je l'ai posée. Elle me suit des yeux comme un inconnu à travers la chambre lorsque je me déshabille à mon tour. Qui est-ce ? La crise est là. Notre situation en ce moment, dans cette chambre où nous sommes seuls, elle et moi, l'a déclenchée.

— La police est en bas.

Je ne la contredis pas.

— On bat des gens dans l'escalier.

Je ne la contredis pas.

Elle ne me reconnaît pas, plus du tout.

— Je ne sais plus, qui c'est ?

Puis elle me reconnaît mal.

— On va s'en aller.

Je dis que la police nous prendrait.

Je m'allonge auprès d'elle, de son corps fermé. Je reconnais son odeur. Je la caresse sans la regarder.

— Oh que vous me faites mal.

Je continue. Au toucher je reconnais les vallonnements d'un corps de femme. Je dessine des fleurs dessus. Elle ne se plaint plus. Elle ne bouge plus, se souvient sans doute qu'elle est là avec l'amant de Tatiana Karl.

Mais voici qu'elle doute enfin de cette identité, la seule qu'elle recon-

naisse, la seule dont elle s'est toujours réclamée du moins pendant le
temps où je l'ai connue. Elle dit:
— Qui c'est?
Elle gémit, me demande de le dire. Je dis:
— Tatiana Karl, par exemple.

Harassé, au bout de toutes mes forces, je lui demande de m'aider:
Elle m'aide. Elle savait. Qui était-ce avant moi? Je ne saurai jamais. Ça
m'est égal.

Après, dans les cris, elle a insulté, elle a supplié, imploré qu'on la
reprenne et qu'on la laisse à la fois, traquée, cherchant à fuir de la
chambre, du lit, y revenant pour se faire capturer, savante, et il n'y a
plus eu de différence entre elle et Tatiana Karl sauf dans ses yeux
exempts de remords et dans la désignation qu'elle faisait d'elle-même
– Tatiana ne se nomme pas, elle – et dans les deux noms qu'elle se
donnait: Tatiana Karl et Lol V. Stein.

C'est elle qui m'a réveillé.
— Il faudrait rentrer.
Elle était habillée, son manteau mis, debout. Elle continuait à ressembler à celle qu'elle avait été pendant la nuit. Raisonnable à sa manière
puisqu'elle aurait voulu encore rester, qu'elle aurait voulu que tout
recommence et qu'elle trouvait qu'il ne fallait pas. Son regard était bas,
sa voix qu'elle n'élevait pas du tout s'était ralentie.
Elle va à la fenêtre pendant que je m'habille et moi aussi j'évite de me
rapprocher d'elle. Elle me rappelle que je dois rejoindre Tatiana à
l'Hôtel des Bois à six heures. Elle a oublié beaucoup de choses mais pas
ce rendez-vous.

Dans la rue nous nous sommes regardés. Je l'ai appelée par son nom,

Lol. Elle a ri.

Nous n'étions pas seuls dans le compartiment, il fallait parler à voix basse. Elle me parle de Michael Richardson sur ma demande. Elle dit combien il aimait le tennis, qu'il écrivait des poèmes qu'elle trouvait beaux. J'insiste pour qu'elle en parle. Peut-elle me dire plus encore? Elle peut. Je souffre de toutes parts. Elle parle. J'insiste encore. Elle me prodigue de la douleur avec générosité. Elle récite des nuits sur la plage. Je veux savoir plus encore. Elle me dit plus encore. Nous sourions. Elle a parlé comme la première fois, chez Tatiana Karl.

La douleur disparaît. Je le lui dis. Elle se tait.

C'est fini, vraiment. Elle peut tout me dire sur Michael Richardson, sur tout ce qu'elle veut.

Je lui demande si elle croit Tatiana capable de prévenir Jean Bedford qu'il se passe quelque chose entre nous. Elle ne comprend pas la question. Mais elle sourit au nom de Tatiana, au souvenir de cette petite tête noire si loin de se douter du sort qui lui est fait.

Elle ne parle pas de Tatiana Karl.

Nous avons attendu que les derniers voyageurs sortent du train pour sortir à notre tour.

J'ai quand même ressenti l'éloignement de Lol comme une grande difficulté. Mais quoi? une seconde. Je lui ai demandé de ne pas rentrer tout de suite, qu'il était tôt, que Tatiana pouvait attendre. Envisagea-t-elle la chose? Je ne le crois pas. Elle a dit:

— Pourquoi ce soir?

Le soir tombait lorsque je suis arrivé à l'Hôtel des Bois.

Lol nous avait précédés. Elle dormait dans le champ de seigle, fatiguée, fatiguée par notre voyage.

LE VICE-CONSUL

roman 1965

Si l'on en croit le «commentaire intérieur» écrit pour le court métrage de Marin Karmitz, *Nuit noire, Calcutta* et les nombreuses versions du roman que Marguerite Duras a conservées dans ses archives, *Le Vice-Consul*, commencé avant *Le Ravissement de Lol V. Stein* et qui fait également partie du «cycle indien», est sans doute, avec le *Barrage*, le livre qui lui a demandé le plus de travail.

Dans un entretien accordé à *Réalités* en 1963, elle déclare : «En ce moment j'ai trois manuscrits en cours : une pièce comique, une pièce improvisée où je me suis laissée aller et un nouveau roman, *Le Vice-Consul de France à Calcutta.* C'est un livre très compliqué qui se développe parallèlement sur deux plans : une femme qui habite à Neuilly invente une histoire à partir d'un petit hôtel particulier qui est vide la plupart du temps. Cette femme dont le rôle n'est que d'être la narratrice, apprend que cette villa appartient à un monsieur qui s'appelle Hohen Hole, vice-consul de France à Calcutta. Cette histoire est concomitante d'une autre. Elles n'ont que ceci en commun : elles se passent dans la même ville, au même moment. C'est l'histoire de la femme qui a vendu son enfant. Il y a longtemps. Elle a abouti à Calcutta. Elle est folle. J'ai connu personnellement cette femme. J'avais dix ans. Elle me faisait très peur. Elle est déjà dans *Barrage contre le Pacifique.*»

Ce premier projet sera, au cours d'innombrables réécritures, sensiblement modifié avec l'apparition du personnage de Peter Morgan, écrivain anglais qui a entrepris de reconstituer dans un récit l'itinéraire de la mendiante. Mais le livre reste bâti sur la confrontation de ces deux histoires «concomitantes» et de trois personnages : la mendiante, le vice-consul et Anne-Marie Stretter dont les liens peuvent au premier abord paraître énigmatiques.

Marguerite Duras les éclaire dans un entretien radiophonique de 1967 : «*Le Vice-Consul* n'existerait pas si la petite fille n'existait pas. Ce que refuse le vice-consul, c'est l'existence de choses comme ça, cette petite affamée, animale, qui marche dans les marécages de la Birmanie. C'est ça qui a fait le vice-consul, c'est bâti à l'envers. Quand il tire contre les lépreux, il tire contre la petite, il tire contre l'injustice même, contre la vie.»

Et, au cours d'un entretien avec Dominique Noguez : «C'est les mêmes gens, Anne-Marie Stretter et le vice-consul, c'est les mêmes gens. Seulement elle assume elle-même une information supplémentaire que n'a pas le vice-consul. Elle assume l'invivable. Le vice-consul est innocent de lui-même. Comme un enfant aussi. Comme un très jeune amant. Il vit l'impossible de la vie, mais il ne la connaît pas. Il ne connaît pas cette dimension de la vie. Le vice-consul meurt d'être privé d'elle. Il ne meurt pas de Calcutta. Il n'est pas poignardé par cette vision quotidienne de l'absolu du malheur, la lèpre. C'est une sorte de Fabrice, pour moi, de toute cette époque noire de la terre, cette soumission aux forces blanches de centaines de millions d'individus.»

Ce livre a été le premier livre de ma vie. C'était à Lahore, et aussi là, au Cambodge, dans les plantations, c'était partout. Le Vice-Consul *débute par l'enfant de quinze ans qui est enceinte, la petite Annamite chassée de chez sa mère et qui tourne dans ce massif de marbre bleu de Pursat. Je ne sais plus comment après ça continue. Je me souviens que j'ai eu beaucoup de mal à trouver cet endroit-là, cette montagne de Pursat où je n'étais jamais allée. La carte était là sur mon bureau et j'ai suivi les sentiers de la marche des mendiants et des enfants aux jambes cassées, sans plus de regard, jetés par leurs mères, et qui mangeaient des ordures. C'était un livre très difficile à faire. Il n'y avait pas de plan possible pour dire l'amplitude du malheur parce qu'il n'y avait plus rien des événements visibles qui l'auraient provoquée. Il n'y avait plus que la Faim et la Douleur.*

Écrire, *1993.*

pour Jean C

Elle marche, écrit Peter Morgan.

Comment ne pas revenir ? Il faut se perdre. Je ne sais pas. Tu apprendras. Je voudrais une indication pour me perdre. Il faut être sans arrière-pensée, se disposer à ne plus reconnaître rien de ce qu'on connaît, diriger ses pas vers le point de l'horizon le plus hostile, sorte de vaste étendue de marécages que mille talus traversent en tous sens on ne voit pas pourquoi.

Elle le fait. Elle marche pendant des jours, suit les talus, les quitte, traverse l'eau, marche droit, tourne vers d'autres marécages plus loin, les traverse, les quitte pour d'autres encore.

C'est encore la plaine du Tonlé Sap, elle reconnaît encore.

Il faut apprendre que le point de l'horizon qui vous porterait à le rejoindre n'est sans doute pas le plus hostile, même si on le juge ainsi, mais que c'est le point qu'on ne penserait pas à juger du tout qui l'est.

Tête baissée, elle rejoint le point le plus hostile de l'horizon, tête baissée : elle reconnaît les coquillages dans la vase, ce sont ceux du Tonlé Sap.

Il faut insister pour qu'à la fin ceci qui vous repousse demain vous attire, c'est ce qu'elle a cru comprendre que sa mère disait en la chassant. Elle insiste, elle le croit, elle marche, elle désespère : Je suis trop petite encore, je reviendrai. Si tu reviens, a dit la mère, je mettrai du poison dans ton riz pour te tuer.

Tête baissée, elle marche, elle marche. Sa force est grande. Sa faim est aussi grande que sa force. Elle tourne dans le pays plat du Tonlé Sap, le ciel et le pays se rejoignent en un fil droit, elle marche sans rien atteindre. Elle s'arrête, repart, repart sous le bol.

Faim et marches s'incrustent dans la terre du Tonlé Sap, prolifèrent en faims et marches plus loin. La marche semée a pris. En avant ne veut plus rien dire. Dans le sommeil, la mère, une trique à la main, la regarde: Demain au lever du soleil, va-t'en, vieille enfant enceinte qui vieillira sans mari, mon devoir est envers les survivants qui un jour, eux, nous quitteront... va-t'en loin... en aucun cas tu ne dois revenir... aucun... va-t'en très loin, si loin qu'il me soit impossible d'avoir de l'endroit où tu seras la moindre imagination... prosternez-vous devant votre mère et va-t'en.

Son père lui a dit: Si je me souviens bien, nous avons un cousin dans la plaine des Oiseaux, il est sans trop d'enfants, il peut peut-être te prendre comme domestique. Elle ne demande pas encore la direction. Il pleut tous les jours. Le ciel remue sans cesse, il court vers le nord. Le grand lac grossit. Jonques avançant dans le lac du Tonlé Sap. D'une rive on ne voit l'autre que dans les éclaircies lumineuses après les orages: entre le ciel et l'eau il y a une rangée de palmes bleues.

Quand elle est partie, elle voyait cette autre rive tout le temps. Elle n'y est jamais allée. Si elle la rejoignait, commencerait-elle à se perdre? Non, car de cette autre rive elle pourrait apercevoir cette rive-ci où elle est née. Les eaux du Tonlé Sap sont étales, leur courant est invisible, elles sont terreuses, elles font peur.

Elle ne voit plus le lac. Elle est de nouveau dans une vaste étendue d'étranges marécages vides que des talus traversent en tous sens. Il n'y a personne pour le moment. Rien ne bouge. Elle arrive de l'autre côté de la vaste étendue de marécages: derrière elle c'est une plate-forme métallique éblouissante qui disparaît avec la pluie. Elle voit que de la vie la traverse.

Un matin un fleuve est devant elle. Il y a dans la voie de l'eau une disposition encourageante et facile, une marche qui dort. Son père a dit un jour que si on suivait le Tonlé Sap, on ne se perdait jamais, que tôt ou tard on retrouverait ce qu'il baigne sur ses rives, que ce lac est un océan d'eau douce, que si les enfants sont en vie dans ce pays, c'est grâce aux eaux poissonneuses du Tonlé Sap. Elle marche. Elle remonte pendant trois jours le fleuve qui s'est présenté devant elle, elle calcule qu'au bout du fleuve elle devrait retrouver le nord, le nord du lac. Elle s'arrêtera face au lac, restera là. Aux arrêts, elle regarde ses pieds larges au dessous insensible de pneu, elle les caresse. Il y a du riz vert, des manguiers, des bananiers en bouquets. Elle marche pendant six jours.

Elle s'arrête. N'a-t-elle pas marché davantage avant de trouver le fleuve qu'elle n'a marché en le suivant pour retrouver le nord? Elle continue à suivre le fleuve, elle épouse de très près ses méandres, nage quelquefois, le soir. Elle repart, regarde : les buffles de l'autre rive ne sont-ils pas plus trapus qu'ailleurs ? Elle s'arrête. L'enfant lui grouille dans le ventre de plus en plus : bataille de poissons dans son ventre, jeu sourd et comme gai de l'intolérable enfant.

Elle demande : La direction de la plaine des Oiseaux ? Elle se dit que, lorsqu'elle la connaîtra, elle ira dans la direction contraire à celle-là. Elle cherche l'autre façon de se perdre : remonter vers le nord, dépasser son village, après, c'est le Siam, rester avant le Siam. Dans le Nord il n'y a plus de fleuve et j'échapperai à cette habitude que j'ai de suivre l'eau, je choisirai un endroit avant le Siam et je resterai là. Elle voit le Sud se diluer dans la mer, elle voit le Nord fixe.

Personne ne connaît la direction de la plaine des Oiseaux. Elle marche. Le Tonlé Sap descend du nord de même que tous les fleuves qui se jettent dedans. On les voit ces fleuves, tous groupés en une chevelure, et la tête qui les porte est tournée vers le sud. Il faut remonter à la pointe de la chevelure, à sa fin, et, de là, on aura son étalement devant soi, vers le sud, le village natal compris dans le tout. Les buffles trapus, les pierres qui rosissent, parfois il y en a des blocs dans les rizières, ce sont des différences qui ne signifient pas que la direction est mauvaise. Elle croit terminée sa danse autour de son village, son départ était faux, sa première marche était hypocrite, elle se dit : Maintenant je suis partie pour de bon, j'ai choisi le nord.

Elle s'est trompée. Elle a remonté le Stung Pursat qui prend sa source dans les Cardamomes, au sud. Elle regarde les montagnes à l'horizon, elle demande si c'est le Siam. On dit que c'est le contraire, c'est le Cambodge. Elle s'endort en plein jour dans une bananeraie.

La faim est devenue trop grande, l'étrangeté de la montagne n'a pas beaucoup d'importance, elle fait dormir. La faim la prend à la montagne, elle commence à dormir. Elle dort. Elle se lève. Elle marche, parfois vers les montagnes comme elle marcherait vers le nord. Elle dort.

Elle cherche à manger. Elle dort. Elle ne marche plus comme dans le Tonlé Sap, elle piétine, elle tourne. Elle contourne une ville, on lui dit que c'est Pursat. Elle dépasse un peu l'endroit où se trouve Pursat, continue en zigzaguant, à peu près droit, en fin de compte, vers les montagnes. Elle ne demande jamais où se trouve le Tonlé Sap, dans quelle direction. Sur cette direction, sur cette direction-là, croit-elle, les gens mentiraient.

Elle passe devant une carrière abandonnée, elle entre, elle dort. C'est aux environs de Pursat. De l'entrée de la carrière elle voit des toits. Une fois il a dû y avoir deux mois qu'elle était partie, maintenant elle ne sait pas. Ils sont mille dans la région de Pursat, des femmes chassées, des vieillards, de gais radoteurs ils se croisent, cherchent à manger, ne se parlent pas. Nature, nourrissez-moi. Il y a des fruits, de la boue, des pierres colorées. Elle n'a pas encore trouvé son système pour attraper les poissons endormis près des berges. Sa mère lui a dit : Mange, ne va pas t'ennuyer de ta mère, mange, mange. Elle cherche très longuement à l'heure de la sieste. Plaine, donnez-moi à croquer quelque chose. Elle cueille des fruits quand il y en a, des bananes sauvages, du riz vert, des mangues, elle ramène ces choses dans la carrière et mange, mâche le riz vert, la bouillie tiède et sucrée, avale. Elle dort. Le riz vert, Les mangues, qu'il en faut. Elle dort. Elle se réveille, regarde devant elle. À part l'élévation de Pursat à droite de la carrière, il y a le fil droit de sa jeunesse entre le ciel et la terre. On ne voit rien d'autre. Qu'il n'y a rien alors que tout fourmille. Qu'il n'y avait rien dans le Tonlé Sap, elle ne savait pas à quel point avant d'arriver ici. À gauche de la carrière il y a les Cardamomes, des arbres dans le ciel, des trous béants roses ou blancs dans la terre de la montagne ; des bruits parviennent de là, des bruits de machines à chaînes, de chutes lourdes, de cris d'hommes près des trous. Pendant combien de temps ?

Combien de temps, ces Cardamomes, devant, derrière elle ? Ce fleuve plein d'une eau purée d'argile après la pluie ? Ce fleuve, encore un, qui l'a portée jusqu'ici.

Le ventre s'arrondit. Il tire l'étoffe de la robe qui chaque jour se relève davantage, elle marche les genoux nus. Le ventre dans l'étrangeté du pays reste d'un grain très fin, il est tiède et doux entre les pierres, fait penser à une nourriture où mettre les dents. Il pleut souvent. Après la pluie la faim augmente. L'enfant mange tout, riz vert et mangues. L'étrangeté véritable, c'est l'absence de nourriture qui se prolonge.

Elle se réveille, sort, commence à tourner autour des carrières comme elle a fait dans le nord du Tonlé Sap. Elle rencontre quelqu'un sur un chemin et demande la direction de la plaine des Oiseaux. On ne connaît pas, on ne veut pas répondre. Elle continue à demander cette direction-là. Cette direction-là, après chaque refus de l'indiquer, s'obture un peu plus, se fige. Mais un vieillard une fois répond. La plaine des Oiseaux ? Il faut suivre le Mékong, ça doit être ça. Mais le Mékong, où est-il ? il faut descendre le Stung Pursat jusqu'au lac du Tonlé Sap et puis, une fois arrivé au Tonlé Sap, il faut le descendre, c'est ça ; l'eau va vers la mer toujours et partout, la plaine des Oiseaux Aquatiques est près de la mer. Eh bien, vous en savez, mais si on remonte le Stung Pursat ? On devrait arriver devant des montagnes infranchissables. Mais derrière ces montagnes ? On dit qu'il y a le golfe du Siam. À votre place, enfant, j'irais vers le sud où Dieu passe pour être meilleur.

Elle connaît maintenant la direction du Tonlé Sap et sa position par rapport à lui.

Elle reste dans la carrière aux environs de Pursat.

Elle sort. Elle est chassée lorsqu'elle s'arrête devant une paillote isolée, mais pas devant les paillotes d'un village. Quand elle attend à une certaine distance d'une paillote isolée, elle est également chassée au bout d'un certain temps, il en est de même dans les villages. Elle attend le long du fleuve dans les bouquets de bambous, elle traverse des villages sans être remarquée, pas plus que les autres mendiantes ; elles se faufilent dans des petits marchés, des vendeurs de soupe les croisent, elles voient des morceaux de cochon étincelants sur des étals, des nuées de mouches bleues regardent avec elles, plus près. Aux vieilles femmes ou aux vendeurs de soupe, elle demande chaque fois un bol de riz. Elle demande des choses différentes, riz, os de cochon, poisson, vieux poisson quoi. Qu'est-ce que ça peut vous faire de me donner un vieux poisson ? Parce qu'elle est si jeune, quelquefois on lui donne. Mais la règle, c'est le refus. Non, parce que tu reviendras demain, et après-demain et... On la regarde : non.

Par terre, dans la carrière, elle trouve ses cheveux. Elle tire, ils viennent par mèches épaisses, c'est indolore, ce sont des cheveux, elle est devant, avec le ventre et la faim. C'est devant elle que se trouve la faim, elle ne tourne plus la tête, que perdrait-elle sur un chemin ? La repousse des cheveux c'est du duvet de canard, elle est une bonzesse sale, les vrais cheveux ne repoussent pas, leurs racines mortes à Pursat.

Elle commence à retrouver des abris, elle reconnaît les bornes de pierre écrites, les trous béants au flanc de la montagne, roses, verts. Elle retrouve la carrière chaque soir, elle est close et le sol est sec, il y a moins de moustiques que sur les talus, moins de soleil, plus d'ombre où rester les yeux grands ouverts sur la lumière extérieure. Elle dort.

De dedans la carrière elle regarde la pluie tomber. À intervalles imprévisibles, des explosions se produisent dans la montagne de marbre, des nuées de corbeaux sont projetées vers le ciel, les bouquets de bambous jour après jour sont gagnés plus haut par l'eau du Stung Pursat, des chiens passent sans grogner, sans s'arrêter, elle les appelle mais ils passent – elle se dit : Je suis une jeune fille sans odeur de nourriture.

Elle vomit, s'efforce de vomir l'enfant, de se l'extirper, mais c'est de l'eau de mangue acide qui vient. Elle dort beaucoup, elle est devenue une dormeuse, c'est insuffisant: nuit et jour l'enfant continue à la manger, elle écoute et entend le grignotement incessant dans le ventre qu'il décharne, il lui a mangé les cuisses, les bras, les joues – elle les cherche, il n'y a que des trous là où elles étaient dans le Tonlé Sap –, la racine des cheveux, tout, il prend petit à petit la place qu'elle occupait, cependant que sa faim à elle il ne l'a pas mangée. Le feu acide de l'estomac apparaît comme un soleil rouge pendant le sommeil.

Elle trouve qu'invisiblement il se passe quelque chose, qu'elle voit mieux le reste qu'avant, qu'elle grandit d'une certaine façon comme intérieure. L'obscurité environnante se déchire, s'éclaire. Elle trouve: Je suis une jeune fille maigre, la peau de ce ventre se tend, elle commence à craquer, le ventre tombe sur mes cuisses maigres, je suis une jeune fille très maigre chassée qui va avoir un enfant.

Elle dort: Je suis quelqu'un qui dort.

Le feu la réveille, son estomac flambe, c'est du sang qu'elle vomit, ne plus manger de mangues acides mais seulement du riz vert. Elle cherche. Nature, donne-moi un couteau pour tuer ce rat. Il n'y a rien par terre, des graviers ronds de lit de rivière. Elle se retourne, pose le ventre sur le gravier, le grouillement cesse, cesse, cesse complètement, elle étouffe, elle se soulève, le grouillement recommence.

Au-delà de la brèche de pierre de l'entrée de la carrière, le Stung Pursat continue à se remplir.

Il est plein à ras bords.

Il déborde d'une eau jaunâtre, les bambous dedans sont pris, tranquillement ils sont pris par la mort. Elle regarde les eaux jaunes. Ses yeux deviennent fixes, elle les sent se clouer dans son visage. Le regard vers les bambous noyés on ne sent plus rien, la faim est gagnée à son tour par quelque puissance qui la noie. Abandonner, on trouvera comment, la façon d'abandonner. Regard encore sur les eaux jaunes et les bambous noyés: on dirait que la faim trouve sa nourriture là. Mais elle rêve, la faim, un temps très court, très vite elle revient et écrase. La jeune fille est sous la faim trop grande pour elle, elle croit que la vague va être trop forte, elle crie. Elle essaie de ne plus regarder le Stung Pursat. Non, non, je n'oublie pas, je suis ici où sont mes mains.

Des pêcheurs passent près de la carrière. Quelques-uns la voient. Pour la plupart ils ne se retournent pas. Le voisin de la famille avec lequel je suis allée dans la forêt était un pêcheur du Tonlé Sap, je suis trop jeune pour comprendre. Elle mange les jeunes choses, les plus tendres pousses de bananier, elle regarde passer les pêcheurs, ils passent et repassent, elle leur sourit. Ce qui arrive en dehors de la carrière commence à être différent de ce qui arrive au-dedans, le mouvement là, du mouvement ici. Sauf par anicroches, quand elle se blesse le pied sur un éclat de marbre par exemple, elle a tendance à oublier l'origine, qu'elle a été chassée parce qu'elle est tombée enceinte, d'un arbre, très haut, sans se faire de mal, tombée enceinte.

La mère a dit : Ne va pas nous raconter que vous avez quatorze, dix-sept ans, nous les avons eus ces âges-là, mieux que vous ; taisez-vous, nous savons tout. Si elle dit connaître cet âge encore, savoir, elle ment. Sous le ciel autour de Pursat, sais-tu qu'il y a de la boue qui peut se manger ? des terres inondées par le Stung Pursat dont le spectacle vous prend à vous-même étrangement ? Les explosions des carrières et celles des corbeaux, je te les raconterai peut-être un jour, car je te reverrai, j'ai l'âge de te revoir et puisque nous sommes en vie toi et moi ? À qui d'autre que toi raconter, qui m'écoutera et qui ça intéressera que la nourriture absente je la préfère à toi maintenant ? Pendant des jours et des semaines, heure après heure, minute après minute, elle contemple et adore la nourriture absente. Elle reviendra pour lui dire, à cette ignorante qui l'a chassée : Je t'ai oubliée.

Un jour la faim de l'enfant sort de la carrière, c'est le coucher du soleil, elle se dirige vers les lumières tremblantes de Pursat. Il y a longtemps qu'elle les voit, ces lumières, elle n'osait pas aller vers elles. Pourtant si elle a choisi de rester dans la carrière c'est parce que de là, elle peut voir ces lumières. Ces lumières : nourriture. Ce soir la faim de l'enfant va se jeter sur ces lumières.

Elle est dans les rues de la petite ville, elle est devant un étal, elle marche, la marchande s'est éloignée, elle vient de voler un poisson salé, elle le met dans sa robe entre ses seins, elle retourne vers la carrière. À la sortie de Pursat un homme s'arrête et la regarde, lui demande d'où elle vient, elle dit : De Battambang... elle court, l'homme rit. Chassée ? Oui. Elle rit avec lui de ce ventre. Elle se rassure, ce n'était pas pour le poisson qu'il lui a parlé, il n'a pas vu.

— Battambang.

Les trois syllabes sonnent avec la même intensité, sans accent tonique, sur un petit tambour trop tendu. Baattamambbanangg. L'homme dit qu'il en a entendu parler. Elle se sauve.

Battambang. Elle n'ajoute rien. En route pour la carrière, elle met les dents dans le poisson, le sel croque avec la poussière. La nuit venue, elle sort de la carrière, longuement elle lave, lentement elle mange. La salive monte, jaillit dans la bouche, c'est salé, elle pleure, elle bave, elle n'a plus eu de sel depuis longtemps, c'est trop, c'est beaucoup trop, elle tombe et, tombée, elle continue à manger la nourriture. Elle dort. Lorsqu'elle se réveille c'est la nuit noire. Elle voit une chose curieuse : elle voit que le poisson a été mangé par l'enfant, il le lui a pris aussi. Elle ne bouge pas : la faim va être la plus forte ce soir, que va-t-elle faire, la faim ? qu'elle, elle ne voudrait pas faire ? Je veux retourner à Battambang pour un bol de riz chaud, ensuite je repartirai pour toujours. Elle veut le riz chaud, elle veut, dit les deux mots : riz chaud. Rien ne vient. Elle ramasse une poignée de poussière et la met dans sa bouche. Elle se réveille une seconde fois, elle ne se souvient pas avoir mis ça dans sa bouche, elle regarde le noir de la nuit, elle ne comprend pas, elle a presque été du riz chaud, la poussière.

Elle regarde le noir de la nuit, elle ne comprend pas.

Ce double réveil devrait être le premier avant la naissance de l'enfant. Il y en aura d'autres. Une fois, bien après qu'elle aura trouvé le Mékong, elle le quittera sans s'en apercevoir et se réveillera dans une forêt. À Calcutta, non, à aucun moment à Calcutta la nourriture ne se confond avec la poussière, les choses sont triées avec précision, l'esprit n'est plus là pour le faire, autre chose trie pour lui ce qui se présente.

Un pêcheur est entré dans la carrière, puis un autre. Ils cognent contre l'enfant, ce rat, il faudra bien qu'il sorte. Avec l'argent des pêcheurs, à plusieurs reprises elle va à Pursat, elle achète du riz, le fait cuire dans une boîte de conserve, ils lui donnent des allumettes, elle mange du riz chaud. L'enfant est près d'être achevé. La faim des premiers jours ne reviendra jamais.

La lumière à Pursat supprime les Cardamomes, efface le fil à l'horizon, le Stung Pursat, le bruit des treuils, porte au sommeil celui qui ne se méfie pas, le nourrit d'un rêve angoissé, écrit Peter Morgan.

Elle se réveille, regarde, reconnaît, sait qu'il y en a pour six mois de cette lumière, on ne voit plus les montagnes, le fil à l'horizon non plus. Le ventre, ce matin, pèse très bas. Elle se lève, sort de la carrière et s'éloigne dans la lumière crépusculaire.

Les pêcheurs étaient dégoûtés ces derniers jours parce qu'elle est devenue presque tout à fait chauve et que son ventre est devenu trop gros pour sa maigreur.

La faim des premiers jours ne reviendra jamais, elle le sait. L'enfant doit être très près d'être fait, elle le sait aussi, ils se séparent, c'est cela, il est immobile presque tout le temps, prêt, n'attendant qu'à peine un peu plus de forces maintenant pour la quitter.

Elle part, elle part pour chercher un endroit où le faire, un trou, quelqu'un qui le prenne à son arrivée et le sépare complètement, elle cherche sa mère fatiguée qui l'a chassée. Sous aucun prétexte tu ne dois revenir. Elle ne savait pas, cette femme, elle ne savait pas tout, mille kilomètres de montagnes, ce matin, ne m'empêcheraient pas de te rejoindre, innocente, dans ta stupéfaction tu oublieras de me tuer, sale femme, cause de tout, je te rendrai cet enfant et toi tu le prendras, je le jetterai vers toi et moi je me sauverai pour toujours. Avec cette lumière crépusculaire des choses doivent s'achever et d'autres recommencer. C'est sa mère, sa mère qui opérera donc cette naissance. Et de celle-ci, elle, cette jeune fille, elle sortira aussi, une nouvelle fois, oiseau, pêcher en fleur?

Toutes dans la région de Pursat partent devant elle, cherchent à fuir la lumière de la mousson d'été pour aller faire des enfants, ou des choses comme dormir.

Elle a retenu l'indication du vieillard. Elle remonte le Stung Pursat. Elle marche la nuit. Elle ne veut pas, elle ne peut pas supporter le soleil de brouillard. S'il faut le tuer, c'est toi qui le sauras. Cette lumière appelle, appelle la mère, le recommencement de l'irresponsabilité.

Elle marche.

Elle marche une semaine. La faim des premiers jours ne reviendra jamais.

Voici, indubitable, le grand lac natal. Elle s'arrête. Elle a peur. La mère fatiguée la regardera venir depuis la porte de la paillote. La fatigue dans le regard de sa mère : Encore en vie, toi que je croyais morte ? La peur la plus forte, c'est celle-là, son air lorsqu'elle regardera s'avancer son enfant revenue.

Tout un jour, elle hésite. Dans un abri de gardiens de buffles, sur la rive du lac, elle reste sous le regard, arrêtée.

C'est la nuit suivante qu'elle le fait. Elle remonte le Tonlé Sap, oui. Oui, elle fait le contraire de ce qu'a dit le vieillard. Elle le fait. Ah ! sa mère ignore qu'elle a le droit ? Eh bien elle va l'apprendre. Elle lui interdira d'entrer, un bâton à la main, celle qui se souviendra. Mais cette fois, attention à toi.

La revoir et repartir dans la mousson. Lui rendre cet enfant.

Elle marche toute une nuit et toute une matinée. Entre les rizières, les rizières. Le ciel est bas. Dès le lever du soleil, sur la tête, on porte du plomb, il y a de l'eau partout, le ciel est si bas qu'il touche les rizières. Elle ne reconnaît rien. Elle continue.

Elle a de plus en plus peur, elle se presse de plus en plus.

Elle se réveille, voit un marché gras qui se présente, y va. Les odeurs sont celles de la nourriture de son village. Ainsi, elle ne se serait pas trompée : elle approche.

Elle s'accroupit devant une paillote d'angle pour mieux voir et elle attend de voir. Elle a déjà fait ça, attendre la fin des marchés. Mais, aujourd'hui, elle attend et elle voit ce qu'elle attend :

Ses parents qui arrivent du fond de la place. Elle ne peut pas soutenir leur vue, elle se prosterne respectueusement, longtemps. Lorsqu'elle se relève, elle voit sa mère qui, de l'autre bout du marché, lui sourit.

Ce n'est pas encore la folie. C'est la faim, cachée par la peur qui se montre à nouveau, l'asthénie qui regarde le lard, sent les soupes. C'est l'amour de sa mère qui s'exprime au hasard. Elle voit qu'on lui montre encens et pétards, elle parle toute seule, remercie le ciel, le marché tourne sous ses yeux à une vitesse enivrante.

Quelle gaieté.

Elle voit des frères et sœurs perchés sur une charrette, elle leur fait signe, ils rient eux aussi en la montrant du doigt, ils l'ont reconnue, elle se prosterne encore, reste, reste visage contre terre et se trouve devant une galette posée devant elle. Quelle main la lui aurait donnée sinon celle de sa mère ?

Elle mange et s'endort.

Elle dort là où elle est allongée à l'angle de la paillote.

Lorsqu'elle se réveille, une lumière bouillante et livide remplit la place, le marché a disparu, où est sa famille ? L'a-t-elle laissée repartir ? Sa mère, elle croit se souvenir, ne lui a-t-elle pas dit : Nous devons rentrer ? À moins que ce ne soit pas sa mère mais une autre, à peu près sa mère, une autre qui a vu le danger, qui a vu les dimensions du ventre et qui a dit qu'elle devait rentrer ?

Elle reste à l'angle de la paillote jusqu'au soir. Une femme lui donne un bol de riz. Elle cherche à comprendre. Qui a prononcé ce verdict : Nous devons rentrer sans toi ?

Elle dort tout l'après-midi, écrasée, comme devant les Cardamomes. Elle se réveille vers le soir. Elle ne se souvient plus, il lui vient à l'idée que ce ne devait pas être tout à fait sa mère, ni tout à fait la ribambelle de ses frères et sœurs qu'elle a vus. Pourquoi aurait-elle vu exactement sa mère ? Exactement ses frères et sœurs ? Quelle serait la différence maintenant entre ceux-ci, ceux-là ?

Avec la nuit, elle retourne sur ses pas, longe le Tonlé Sap dans le sens indiqué par le vieillard.

On ne la retrouve plus jamais aux abords du pays natal.

Dans la lumière bouillante et pâle, l'enfant encore dans le ventre, elle s'éloigne, sans crainte. Sa route, elle est sûre, est celle de l'abandon définitif de sa mère. Ses yeux pleurent, mais elle, elle chante à tue-tête un chant enfantin de Battambang.

Peter Morgan. Il s'arrête d'écrire.

Il sort de sa chambre, traverse le parc de l'ambassade et va sur le boulevard qui longe le Gange. Elle est là, devant la résidence de l'ex-vice consul de France à Lahore. À l'ombre d'un buisson creux, sur le sable, dans son sac encore trempé, sa tête chauve à l'ombre du buisson, elle dort. Peter Morgan sait qu'elle a chassé et nagé une partie de la nuit dans le Gange, qu'elle a abordé les promeneurs et qu'elle a chanté, c'est ainsi qu'elle passe ses nuits. Peter Morgan l'a suivie dans Calcutta. C'est ce qu'il sait.

Tout à côté de son corps endormi il y a ceux des lépreux.

Les lépreux se réveillent.

Peter Morgan est un jeune homme qui désire prendre la douleur de Calcutta, s'y jeter, que ce soit fait, et que son ignorance cesse avec la douleur prise.

Il est sept heures du matin. La lumière est crépusculaire. Des nuages immobiles recouvrent le Népal.

Déjà, de loin en loin, Calcutta remue. Nid de fourmis grouillant, pense Peter Morgan, fadeur, épouvante, crainte de Dieu et douleur, douleur, pense-t-il.

Tout près, des volets grincent. Ce sont ceux du vice-consul qui se réveille. Peter Morgan quitte vivement le boulevard, se dissimule derrière la grille du parc, attend. Le vice-consul de France à Lahore apparaît, à moitié nu, sur son balcon, il regarde un instant le boulevard puis se retire. Peter Morgan traverse les jardins de l'ambassade de France, il revient vers la résidence de ses amis, les Stretter.

L'état du ciel malade, le matin, rend blafards, à leur réveil, les Blancs non acclimatés de Calcutta : aujourd'hui lui qui se regarde.

Il va au balcon de sa résidence.

À Calcutta, aujourd'hui, il est sept heures du matin, la lumière est crépusculaire, un himalaya de nuages immobiles recouvre le Népal, dessous une vapeur infecte stagne, la mousson d'été va commencer dans quelques jours. À l'ombre d'un buisson creux, en face de la résidence, sur le sable mêlé d'asphalte, dans son sac encore trempé, sa tête chauve dans l'ombre du buisson, elle dort. Elle a chassé et nagé une partie de la nuit dans le Gange, elle a chanté, elle a abordé les promeneurs.

Des arroseuses, sur les avenues, tournent. L'eau colle au sol une poussière humide et qui pue l'urine.

Dans le Gange, déjà, les pèlerins gris, sur les rives, toujours les lépreux, ils se réveillent et regardent.

Il y a déjà deux heures que dans les filatures de Calcutta une horde dolente assure sa survivance.

Le vice-consul à Lahore regarde Calcutta, les fumées, le Gange, les arroseuses, celle qui dort. Il quitte son balcon, rentre dans sa chambre, se rase dans la chaleur déjà grande, regarde ses tempes qui grisonnent. Il s'est rasé, c'est chose faite, il retourne une nouvelle fois sur le balcon de sa résidence, regarde une nouvelle fois la pierre et les palmes, les arroseuses, la femme qui dort, les agglomérats de lépreux sur la rive, les pèlerins, ceci qui est Calcutta ou Lahore, palmes, lèpre et lumière crépusculaire.

Puis, dans cette lumière, une fois sa douche prise, son café avalé, le vice-consul s'assied sur un divan et lit une lettre qui vient de France. Une tante a écrit : Il y a eu du vent à Paris une nuit, il y a un mois de cela, et, chose qui ne s'était jamais produite jusqu'ici, un volet de la petite maison s'est ouvert ainsi que la fenêtre, celle qui avait été laissée entrebâillée pour l'aération ; elle a été prévenue par le poste de police et elle est allée dans l'après-midi pour refermer et aussi vérifier ; il n'a pas été cambriolé ; ah, aussi, elle allait oublier : en allant refermer, elle a vu que le lilas le long de la grille a été pillé ; personne pour le défendre, c'est comme ça à chaque printemps, des jeunes filles sauvages le volent.

Le vice-consul se souvient brusquement de quelque chose à propos de la réception qui aura lieu demain soir vendredi à l'ambassade de France et à laquelle il a été invité à la dernière minute. Hier soir, un mot de l'ambassadrice : Venez.

Il se lève, va dire à son domestique indien de brosser son smoking et il revient s'asseoir sur le divan. La lettre de la tante de Malesherbes a été lue. Il relit les passages sur le volet ouvert et sur le lilas et le constate : elle a été lue.

Il attend l'heure du bureau, la lettre à la main. Alors, en lui, c'est un salon, tout est en ordre, le grand piano noir est fermé, sur le porte-musique il y a une partition également fermée, dont le titre illisible est *Indiana's Song*. Le cadenas de la grille est fermé à double tour, on ne peut pas pénétrer dans le jardin, s'approcher, on ne peut pas lire le titre de la partition. Sur le piano, le vase chinois transformé en lampe, l'abat-jour est en soie verte, quarante ans d'âge ? oui. Avant la naissance de celui qui est né ? oui. Il y a une accalmie, le volet reste ouvert, le soleil donne très vif sur la lampe verte. Des gens arrêtés : il faut faire quelque chose, sans cela on ne dormira pas la nuit prochaine, a-t-on entendu ce claquement lugubre toute la nuit ? D'autres gens arrêtés, une petite foule : mais qui est donc propriétaire de cette maison toujours fermée ? Un monsieur seul, dans les trente-cinq ans.

Son nom est Jean-Marc de H.

Fils unique maintenant orphelin.

La petite maison dite encore hôtel particulier, entourée d'un jardin, à Paris, est fermée des années durant parce que son propriétaire est dans les consulats, cette fois-ci, aux Indes : la police sait qui prévenir dans le cas présent et dans celui d'incendie : une vieille dame qui habite le quartier Malesherbes, tante de l'absent.

Le vent recommence à souffler, le volet se referme à moitié, le soleil se retire, laisse là la soie verte le piano revient à l'obscurité jusqu'à la fin du séjour. Deux ans.

Le bruit d'une brosse dure sur le drap rêche d'un smoking n'est sans doute pas encore tout à fait habituel au vice-consul, il se lève et ferme la porte.

L'heure du bureau est arrivée à son tour, après celle du lever.

Le vice-consul fait le trajet à pied, il longe le Gange pendant dix minutes, il dépasse les arbres à l'ombre desquels les lépreux hilares attendent. Il traverse les jardins de lauriers-roses et de palmes de l'ambassade : les bureaux du consulat forment un bâtiment enclos dans ce jardin.

Une voix atténuée demande encore, dans le jardin : Lorsque ce monsieur est là, entendez-vous de la musique jouée au piano ? Des gammes ? Un air joué maladroitement, d'une seule main ? Une très vieille voix répond qu'autrefois, oui, le soir, oui, avec un doigt, un enfant jouait comme *Indiana's Song*. Mais encore ? Une très vieille voix répond qu'autrefois, oui, la nuit, c'était il y a moins longtemps, des fracas d'objets qui devaient être des miroirs se produisaient dans la maison habitée par un homme seul celui qui, enfant, jouait *Indiana's Song*. Rien d'autre.

Le vice-consul sifflote *Indiana's Song* tout en marchant. Il rencontre Charles Rossett qui débouche d'une allée, si près, que cette fois-ci il ne peut pas l'éviter. Ils se disent quelques mots. Le vice-consul annonce qu'il est invité à la réception du lendemain soir à l'ambassade. Charles Rossett cache mal son étonnement. C'est la première réception mais la dernière aussi probablement à laquelle il assistera à Calcutta, dit le vice-consul. Charles Rossett dit qu'il est pressé, il le quitte, il continue sa route vers les bureaux de l'ambassade.

Il y a cinq semaines que Jean-Marc de H. est arrivé dans une ville du bord du Gange qui sera ici capitale des Indes et nommée Calcutta, dont le chiffre des habitants reste le même, cinq millions, ainsi que celui, inconnu, des morts de faim qui vient d'entrer aujourd'hui dans la lumière crépusculaire de la mousson d'été.

Il vient de Lahore où il est resté un an et demi en qualité de vice-consul et d'où il a été déplacé à la suite d'incidents qui ont été estimés pénibles par les autorités diplomatiques de Calcutta. Il attend ici sa prochaine nomination. Celle-ci s'avère difficile, elle traîne. Le nom de Bombay a été prononcé, mais rien n'est sûr. Les autorités ont trouvé préférable de l'occuper pendant son attente à Calcutta. Il fait au bureau un travail de classement que l'on donne aux fonctionnaires dans son cas. Il loge dans une résidence destinée à abriter les commis qui sont à Calcutta en instance d'affectation.

Si personne à Calcutta n'ignore les incidents de Lahore, personne ne les connaît dans le détail, excepté M. Stretter et sa femme.

Le vice-consul s'arrête de siffloter *Indiana's Song*.

À Calcutta, ce matin, dans la lumière crépusculaire, Anne-Marie Stretter traverse justement ce parc qui entoure l'ambassade et il la voit.

Anne-Marie Stretter va dans les dépendances, elle répète que les restes doivent être donnés aux affamés de Calcutta, elle dit qu'une bassine d'eau fraîche doit être mise aussi désormais chaque jour devant la grille des cuisines à côté des restes parce que la mousson d'été commence et qu'ils doivent boire.

Ses ordres donnés, Anne-Marie Stretter retraverse le parc, rejoint ses filles qui l'attendent dans une allée. Elles se dirigent vers les tennis. Puis elles obliquent vers le fond du parc. Elles se promènent. La chaleur est déjà trop grande, les tennis sont déserts depuis quelques jours. Elles sont en short blanc, bras nus ; elle, elle n'a pas de chapeau, elle ne craint pas le soleil. Alors qu'il a dépassé les bâtiments de l'ambassade, Anne-Marie Stretter voit le vice-consul de Lahore, elle lui fait un signe, elle est réservée elle aussi à son égard, comme tout le monde à Calcutta. Il s'incline et continue son chemin. Il y a cinq semaines qu'ils se rencontrent et que les choses, entre eux, se passent de cette façon-là.

Contre le grillage qui entoure les tennis déserts il y a une bicyclette de femme qui appartient à Anne-Marie Stretter.

Charles Rossett a été invité par l'ambassadeur de France à examiner avec lui le dossier de Jean-Marc de H.

Dans le bureau de l'ambassadeur les stores sont baissés sur la lumière crépusculaire. On a allumé les lampes. Ils sont seuls.

Charles Rossett lit à l'ambassadeur la déposition écrite de Jean-Marc de H. à propos des incidents survenus à Lahore.

« J'ai occupé, lit Charles Rossett, pendant un an et demi, à Lahore, le poste de vice-consul. J'avais posé ma candidature à un poste aux Indes il y a quatre ans et lorsque ma nomination m'a été signifiée je l'ai acceptée sans réserve. Je reconnais avoir commis les faits retenus contre moi à Lahore. Je ne mets en doute la bonne foi d'aucun témoin excepté celle du domestique indien affecté à mon service. Je revendique la responsabilité entière de ces faits.

« Les autorités dont je dépends disposeront de mon avenir comme elles l'entendront. Si ma révocation leur paraît s'imposer je l'accepterai de même que mon maintien dans les cadres du corps consulaire. Je suis prêt à aller où on voudra. Je ne demande ni de rester à Lahore ni d'en partir. Je ne peux pas m'expliquer ni sur ce que j'ai fait à Lahore ni sur le pourquoi de ce refus. Aucune instance extérieure et non plus celles de notre administration ne pourrait je crois s'intéresser vraiment à ce que je dirais. Qu'elle ne voie pas dans ce refus une méfiance ou un dédain à l'égard de qui que ce soit. Simplement je me borne ici à constater l'impossibilité où je suis de rendre compte de façon compréhensible de ce qui s'est passé à Lahore.

« J'ajoute n'avoir pas agi à Lahore dans l'ivresse comme certains ont pu le prétendre. »

— Je pensais qu'il demanderait lui-même sa révocation, dit l'ambassadeur, mais il ne l'a pas fait.

— Quand le verrez-vous ?

— Je ne sais pas encore.

L'ambassadeur regarde Charles Rossett avec bienveillance.

— Je n'ai pas le droit de le faire mais je le prends, je vous demande de m'aider à voir clair dans cette pénible affaire.

Les renseignements biographiques sur Jean-Marc de H. révèlent : enfant unique. Le père, petit banquier. Après le décès du père la mère remariée avec un disquaire de Brest, décédée elle aussi depuis deux ans. Jean-Marc de H. a gardé le petit hôtel particulier à Neuilly, il y habite pendant ses congés. Séjour d'un an dans un cours secondaire à Montfort en Seine-et-Oise, pensionnaire entre treize et quatorze ans ; la cause en est la santé fragile de l'enfant qui doit être au grand air. Élève moyen avant Montfort. Études brillantes à partir de Montfort. Renvoi de Montfort pour mauvaise conduite, il n'est pas précisé laquelle. Puis retour à Paris dans un autre lycée. Jusqu'à la fin des études et plus tard encore, pendant les années passées – selon son souhait – dans les services de l'administration centrale, rien à signaler. Trois demandes de mise en disponibilité éloignent Jean-Marc de H. de Paris pendant près de quatre ans. On ne sait pas pourquoi ni où il va. Ses notes sont moyennes. Il semblerait que Jean-Marc de H. ait attendu les Indes pour se montrer à découvert. Seul fait marquant : l'absence, apparemment, de liaisons féminines.

L'ambassadeur a écrit à la seule parente qui lui reste, une tante qui habite Paris, le quartier Malesherbes. Elle a répondu longuement par retour du courrier. « Ainsi, chez cet enfant des choses couvaient, dit-elle, des choses qui ne ressemblaient pas à celles que nous attendions de lui, nous qui croyions le connaître. Qui aurait cru ? »

— La folie n'a pas été retenue ?

— Non, la dépression nerveuse seulement. Bien qu'il ait recommencé souvent on a dit : Ses nerfs ont lâché.

Il n'y a eu des plaintes que très tard.

— On a d'abord cru, explique l'ambassadeur, que c'était un farceur, un maniaque du revolver et puis il a commencé à crier la nuit… et puis il faut bien le dire, on a trouvé des morts dans les jardins de Shalimar.

Que dit la tante de Malesherbes sur l'enfance ? Presque rien : qu'il préférait la pension à la douceur de son foyer, que c'est à partir de ce séjour à Montfort, qu'il a changé, qu'il est devenu… elle dit réservé et même un peu dur – mais sans pour autant laisser deviner qui il serait à Lahore. En somme rien que de très normal, à part cette absence de femmes, et encore, est-ce sûr ?

«Je regrette beaucoup, lit Charles Rossett, de ne pouvoir vous faire parvenir le témoignage d'une femme que mon neveu aurait connue. Il s'est toujours voulu seul et, malgré nos efforts, il l'est resté. Très vite il nous a tenues loin de lui, sa mère et moi, et de la moindre confidence bien entendu. En son nom et au mien, monsieur l'Ambassadeur, je vous demande de faire preuve de la plus grande indulgence qu'il vous sera possible. La conduite insensée de mon neveu à Lahore ne témoignet-elle pas en fin de compte de quelque secret état de l'âme, de quelque chose qui nous échappe mais qui n'en est peut-être pas pour autant tout à fait indigne? Avant que d'être tout à fait blâmée, cette conduite ne devrait-elle pas être considérée avec attention, peut-être dans son principe? Pourquoi remonter à l'enfance pour expliquer sa conduite à Lahore? Ne faudrait-il pas chercher aussi à Lahore?»

— Je préfère qu'on en reste aux conjectures habituelles, qu'on cherche dans l'enfance, dit l'ambassadeur.

Il sort la lettre du dossier.

— Il vaudrait mieux ne pas la communiquer à Lahore, dit-il, elle serait accablante. Je voulais vous faire part de cette irrégularité. Qu'en pensez-vous?

Après une hésitation, Charles Rossett demande à l'ambassadeur le pourquoi de leur indulgence à tous envers Jean-Marc de H. Le cas présent n'appellerait-il pas une sanction exemplaire?

— Un cas de moindre gravité l'appellerait davantage, dit l'ambassadeur. Ici, il n'y a pas de partie adverse, n'est-ce pas, c'est un... état de choses... c'est évident et Lahore,... Lahore, qu'est-ce que ça veut dire?

Le voit-il parfois? demande l'ambassadeur. Non, personne ici ne le voit, à part le directeur du Cercle européen, cet ivrogne. On ne lui connaissait aucun ami à Lahore.

— Il fait des confidences au directeur du Cercle, dit Charles Rossett, et il ne doit pas ignorer que presque tout est répété.

— Il parle de Lahore?

— Non. De son enfance surtout semblerait-il, comme vous le souhaitez...

— Mais lui, pourquoi le fait-il à votre avis?

Charles Rossett n'a pas d'avis.

— Son travail est parfait, dit l'ambassadeur, il semblerait que le calme est revenu. Qu'en faire?

Les deux hommes cherchent quoi faire de Jean-Marc de H., où l'affecter, dans quel climat, sous quel ciel, afin de le mettre à l'abri de luimême.

— Quand on lui a demandé où, il paraît que le mot de Bombay lui a échappé. Mais à Bombay ils n'en voudront pas. Resterait Calcutta où je pourrais le garder... Mais Calcutta, à la longue, c'est ce qu'il y a de plus dur.

— Je n'ai pas l'impression qu'il y voit la même... impossibilité que... nous, par exemple, dit Charles Rossett. Calcutta, c'est contradictoire, mais il paraît s'y être fait.

Un orage arrive. Il dure très peu de temps. L'ambassadeur va relever le store de la fenêtre. L'orage cesse brusquement, le soleil apparaît dans une éclaircie de quelques minutes, et puis le trou, dans l'épaisseur des nuages, se colmate de nouveau. Dans une rafale silencieuse, les ombres du jardin sont arrachées.

Les deux hommes parlent de l'invitation du vice-consul à la réception du lendemain. Mme Stretter a-t-elle invité le vice-consul seulement après avoir lu la lettre de sa tante de Malesherbes ? À la dernière minute, pourquoi ? A-t-elle hésité avant de le faire ?

— Un mot de sa main à la dernière minute, dit l'ambassadeur, c'était pour l'excepter des autres sans doute, faire... qu'il vienne sûrement. Vous savez, nous luttons, ma femme et moi, autant que le protocole le permet contre les exclusions, si justifiées qu'elles puissent paraître.

L'ambassadeur regarde attentivement Charles Rossett.

— Vous vous habituez mal.

Charles Rossett sourit.

— Un peu plus mal que je n'aurais cru.

Il faut aller aux Îles, conseille M. Stretter, il faut prendre l'habitude d'y aller si on veut tenir le coup à Calcutta. Lui, il quitte Calcutta, il chasse dans le Népal. Sa femme va aux Îles, ses filles iront aussi dès que leurs cours prendront fin, dès la semaine prochaine. Ne serait-ce que pour passer deux jours dans le fabuleux hôtel du *Prince of Wales*, il faut aller là-bas. Il y a aussi le trajet de Calcutta au delta qui est intéressant, il faut avoir traversé en voiture les immenses rizières du delta, le grenier de l'Inde du Nord, voir l'archaïsme de l'agriculture aux Indes, voir l'Inde plus avant, voir le pays dans lequel on se trouve, ne pas se borner à Calcutta. Pourquoi Charles Rossett n'irait-il pas dès ce week-end ? C'est le premier de la mousson d'été. Dès après-demain samedi, Calcutta va se vider de ses Blancs anglais et français.

L'ambassadeur cesse de parler, fait signe à Charles Rossett de regarder par la fenêtre.

Le vice-consul traverse les jardins. Il oblique vers les tennis déserts, les regarde, revient, repart, passe devant la fenêtre ouverte sans avoir l'air de connaître son existence.

D'autres personnes sortent et traversent les jardins. Il est midi. Personne ne l'aborde.

— Il y a cinq semaines qu'il doit attendre que je le convoque, dit l'ambassadeur ; je dois le faire ces jours-ci.

Mais attend-il cette convocation ? Ou, au contraire, espère-t-il qu'elle sera encore différée, toujours différée ? On ne le sait pas.

L'ambassadeur dit dans un sourire un peu contraint :

— Nous avons chez nous en ce moment un jeune et charmant ami anglais qui ne peut pas supporter la vue du vice-consul de Lahore... Ce n'est pas de la peur à proprement parler, c'est un malaise... On fuit, oui, je l'avoue... je fuis un peu.

Charles Rossett a pris congé de l'ambassadeur. Il traverse à son tour les jardins. Les palmes sans ombres du Népal se tiennent immobiles.

Alors qu'il arrive sur le boulevard qui longe le Gange, Charles Rossett aperçoit le vice-consul. Arrêté devant les lépreux comme tout à l'heure devant le tennis, il regarde.

Charles Rossett hésite, la chaleur est telle, mais il finit par faire demi-tour. Il traverse à nouveau les jardins, il en sort par l'autre porte, regagne sa résidence qui se trouve, comme celle du vice-consul, sur le boulevard, plus loin que celle-ci par rapport aux bureaux, mais qui est sa jumelle, bungalow à véranda, aux plâtres jaunes écaillés, des lauriers-roses les entourent.

— Parlez-lui un peu, si vous vous sentez, bien sûr, de force à le faire, a dit l'ambassadeur.

Charles Rossett prend sa douche, la deuxième de la journée. L'eau des profondeurs de Calcutta est d'une immuable fraîcheur.

Son couvert est mis. Charles Rossett déplie sa serviette et mange du curry indien. Le curry est fort, toujours trop fort ici, Charles Rossett le mange comme s'il y était condamné.

Puis, à peine sorti de table, Charles Rossett s'endort dans sa chambre aux volets fermés.

Il est une heure de l'après-midi.

Charles Rossett dort de toutes ses forces, gagne des heures sur le plein jour à Calcutta. Depuis cinq semaines il dort ainsi.

À cette heure écrasante de la sieste, qui passe sur le boulevard peut voir que le vice-consul marche dans sa chambre, à peu près nu, dans un éveil qui semble intense.

Il est trois heures de l'après-midi.

Un domestique indien réveille Charles Rossett. Par la porte entrouverte, la tête apparaît avec ruse et prudence. Monsieur doit se réveiller. On ouvre les yeux, on a oublié, comme chaque après-midi, on a oublié Calcutta. Cette chambre est sombre. Monsieur veut-il du thé? Nous avons rêvé d'une femme rose, rose liseuse rose, qui lirait Proust dans le vent acide d'une Manche lointaine. Monsieur veut-il du thé? Monsieur est-il malade? Nous avons rêvé qu'auprès de cette femme rose liseuse rose nous éprouvions un certain ennui d'autre chose qui se trouve dans ces parages-ci, dans la lumière sombre, une forme de femme en short blanc traversant chaque matin, d'un pas tranquille, les tennis désertés par la mousson d'été.

On veut du thé. Et que l'on ouvre les volets.

Voici. Les volets grincent, car ils ne sauront jamais les manier. Où est le regard?

Lumière réverbérante dans la chambre, aveuglante. Avec la lumière, la nausée. Désir chaque jour de téléphoner à l'ambassadeur: Monsieur l'Ambassadeur, je vous demande mon changement, je ne peux pas, je ne peux pas me faire à Calcutta.

Où attendre que l'amour vienne au secours?

On a allumé le ventilateur. On est reparti dans la cuisine pour faire le thé. Après le passage, l'odeur reste, de cotonnade et de poussière. Nous sommes enfermés ensemble dans la résidence consulaire pour les trois ans qui sont à venir.

Charles Rossett s'est rendormi.

On revient avec le thé, on le réveille, on vient voir s'il est mort.

Il faut préparer chemise blanche et smoking pour demain: demain, réception à l'ambassade de France. Chose comprise.

Celui de Lahore, se souvient Charles Rossett, le domestique indien du vice-consul, avait fui pour ne pas déposer contre son maître. On l'a rattrapé et il a menti.

Charles Rossett se lève, se douche, va sur son balcon et voit: une Lancia noire sort du jardin de l'ambassade, prend le boulevard, Anne-Marie Stretter est avec un Anglais qu'il a déjà vu quelquefois, au tennis.

La Lancia noire prend de la vitesse et disparaît. Ainsi, ce qu'on raconte sur elle est sans doute vrai.

Charles Rossett avait-il besoin d'en être sûr? Sans doute, oui.

Il va à l'office, boit du cognac glacé tandis que l'on repasse une chemise blanche comme on l'a ordonné.

Charles Rossett retraverse une nouvelle fois les jardins de l'ambassade dans la chaleur immuable. Il pense aux gens qu'il rencontrera demain à la réception. Inviter les femmes dans la hiérarchie. Inviter Anne-Marie Stretter à danser. Elle file en ce moment dans la direction de Chandernagor à travers cette chaleur.

Le vice-consul est devant lui, assez loin. Il le voit quitter l'allée de lauriers-roses, faire quelques pas vers les tennis. Charles Rossett et Jean-Marc de H. sont seuls de ce côté-là des jardins.

Jean-Marc de H. ignore être vu de Charles Rossett. Il se croit seul. Charles Rossett s'est arrêté à son tour. Il cherche à apercevoir le visage du vice-consul, mais celui-ci ne se retourne pas. Il y a contre le grillage qui borde les tennis une bicyclette de femme.

Charles Rossett a déjà vu la bicyclette à cette place-là. Il s'en fait la remarque à l'instant.

Le vice-consul quitte l'allée et s'approche de la bicyclette.

Il fait quelque chose. À cette distance il est difficile de savoir exactement quoi. Il a l'air de la regarder, de la toucher, il se penche sur elle longuement, il se redresse, la regarde encore.

Il revient dans l'allée et repart un peu titubant mais d'un pas tranquille. Il se dirige vers les bureaux du consulat. Il disparaît.

Charles Rossett bouge à son tour, prend l'allée.

La bicyclette contre le grillage est recouverte de la fine poussière grise de l'allée.

Elle est abandonnée, sans emploi, effrayante.

Charles Rossett se met à marcher vite. Un passant apparaît. Ils se regardent. Celui-ci sait-il ? Non. Tout Calcutta sait-il ? Tout Calcutta se tait. Ou ignore.

Que fait le vice-consul chaque matin et chaque soir vers les tennis déserts ? Que faisait-il ? À qui le dire ? À qui dire cela ? À qui dire cela qui est impossible à dire ?

L'allée est de nouveau vide. Le passant a quitté les jardins. L'air danse devant les yeux. Charles Rossett essaie d'imaginer le visage lisse du vice-consul et s'aperçoit qu'il n'en a plus le pouvoir.

Quelqu'un, au loin, sifflote *Indiana's Song*. On ne voit pas qui.

L'enfant naît vers Oudang, dans un abri, près de la ferme d'un métayer autour de laquelle elle a tourné pendant deux jours, à cause de la femme du métayer, maigre, vieille elle aussi. La femme l'a aidée. Pendant deux jours elle lui a apporté du riz, de la soupe de poisson et, le troisième jour, un sac de jute pour le départ, écrit Peter Morgan.

Elle ne jette pas la sœur siamoise dans le Mékong, elle ne la laisse pas sur un chemin de la plaine des Joncs. Les autres enfants qui viendront après cette petite fille, elle les laissera toujours vers la même heure où qu'elle soit, vers le milieu du jour lorsque le soleil fait bourdonner la tête et étourdit. Le soir elle se retrouve seule, elle se demande ce qu'a bien pu devenir cette chose qu'elle portait il y a un instant, à son image – qu'elle ne devait pas lâcher –, la pause et on repart sans. Elle ne trouve pas. Elle se gratte les seins où un peu de lait se promène, repart. Peut-être, la première fois qu'elle oublie, se plaint-elle. Les autres fois elle enregistre à peine une différence. Elle avance, et puis elle s'endort. Battambang, chant perçant des enfants perchés sur les buffles et qui tanguent et qui rient, elle le chante avant de s'endormir, derrière les feux de brousse d'un village de forêts, du côté des tigres, dans l'obscurité de la jungle.

Le Tonlé Sap, après Oudang, est facile à suivre. L'enfant couché droit dans le sac, le sac accroché aux épaules et noué à la taille, elle a continué à descendre le long du Tonlé Sap. À Phnom Penh elle reste quelques jours. Puis elle commence à descendre le long du Mékong. Jonques de riz, par centaines, qui la croisent.

Une femme lui avait donné une indication, après Pursat, mais avant Kompong Cham, avant la naissance de l'enfant, Phnom Penh une fois dépassé, vers Chaudoc. Elle s'en souvient. Elle ne peut pas travailler avec cet enfant, personne n'en voudrait, sans enfant déjà, elle n'a pas réussi, dix-sept ans, et ce ventre, chassée de partout. Allez plus loin.

Elle ne travaillera jamais, son occupation, c'est une chose inconnue.

La femme lui a donné une indication sérieuse : on dit que des enfants ont été acceptés par des Blancs. Elle repart. Elle ne s'informe plus. Personne ici ne parle le cambodgien, c'est très rare.

Le premier poste blanc ? Va-t'en. Il faut suivre le Mékong, elle le sait, c'est la méthode. Elle le suit. Dans son dos, l'enfant dort presque tout le temps. Depuis quelques semaines, quelques jours surtout, elle dort beaucoup, il faut la réveiller pour manger. Manger quoi ? Il faut la donner, cette enfant, il est temps ; et puis marcher, légère, au bord des rizières. Dans la paupière bleutée, l'œil dort. A-t-elle jamais regardé quelque chose ? À Long Xuyen, elle voit des Blancs par-ci par-là dans les rues. Poste blanc. Elle va sur le marché, pose l'enfant sur un chiffon, attend. La dernière Cambodgienne de son périple passe et lui dit que l'enfant est morte. Alors elle la pince, l'enfant crie, on voit bien que non. La Cambodgienne dit que l'enfant va mourir, qu'il faut faire vite pour... Qu'est-ce que tu veux ?

— Donner.

L'autre se moque : qui voudra de cette honte, d'une enfant si maigre ? À Sadec, elle voit encore des Blancs, elle va sur le marché, pose l'enfant sur le chiffon, attend, personne ne lui adresse la parole, l'enfant dort encore plus. La laisser là, endormie... Mais les chiens à la fin du marché ? Elle repart. À Vinh Long il y a encore des Blancs, qu'il y en a !

Elle va sur le marché, pose l'enfant sur le chiffon devant elle. Elle s'accroupit et attend. Ce marché-là la fait rire, il y a des marchés, après des marches trop longues – elle va vite en ce moment pour faire plus vite que la mort – qui font valser sa raison : celui de Vinh Long. Cette belle enfant est à qui la voudra, dit-elle, et pour rien, parce qu'elle ne peut pas l'emporter avec elle, regardez mon pied et vous comprendrez. Personne ne comprend. Le pied est blessé, une large estafilade faite par une pierre coupante, nette, dans l'écorce, dedans des vers remuent, elle ne sait pas qu'il pue. L'enfant dort. Elle ne la regarde pas, ni son pied qui est posé le long de l'enfant, elle parle seule comme dans ce marché de Tonlé Sap où sa mère était si affairée. La cause en est la vue de la nourriture étalée, l'odeur de viandes grillées et de soupes chaudes. Qui la veut, cette enfant ? Elle n'a plus de lait, ce matin l'enfant n'a pas voulu de ce qui restait. D'une jonque on a donné du riz chaud, elle a mâché le riz longuement et de bouche à bouche le lui a reversé, l'enfant a vomi. Bon. Mentir. Dire que c'est une enfant en bonne santé. Qui en veut le dise. Deux heures déjà qu'elle attend. Elle ne s'aperçoit pas que déjà, par ici, personne ne comprend ce qu'elle raconte. Hier elle l'a remarqué, aujourd'hui, non.

Ce n'est qu'à la fin du marché, quand les étals sont presque tous réemballés, qu'une femme blanche passe, grosse et lourde, accompagnée d'une enfant blanche.

L'intelligence revient à la jeune fille, ruse, habileté, elle flaire sa chance, Sous le casque colonial elle voit des yeux – elle n'est plus jeune – qui enfin regardent.

Elle a regardé.

C'est la première. Elle lui sourit. La femme vient, sort une piastre du portefeuille et la donne à la jeune fille.

Elle repart.

La jeune fille crie, lui fait signe d'approcher. La dame revient. La jeune fille montre l'enfant et veut rendre la piastre. Elle se tourne, montre derrière elle, crie : Battambang. La dame regarde, non, repart, elle refuse de reprendre la piastre. Un petit attroupement se fait autour de la jeune fille qui crie.

La dame est en train de s'éloigner.

La jeune fille ramasse son enfant, la suit, court, la devance, raconte en un flot de paroles, montre des directions, tend l'enfant en riant. La dame l'écarte en criant quelque chose. L'enfant blanche qui est avec la dame regarde la petite fille comme elle regarderait quoi ? mais quoi ? et dit quelque chose à la dame. La dame refuse. Elle part.

La jeune fille aussi. Elle suit la dame. La dame se retourne, chasse. Mais à côté de garder l'enfant rien n'effraie.

La jeune fille attend que la dame fasse quelques pas et recommence à la suivre, la piastre à la main. La dame se retourne, crie encore et tape du pied. La jeune fille lui sourit. Elle recommence, montre son pied, le nord, elle tend l'enfant, raconte. La dame ne regarde pas, continue à marcher.

La jeune fille la suit de loin dans la rue, l'enfant et la piastre toujours tendus, souriante. La dame ne se retourne plus.

L'enfant blanche quitte sa mère et marche à côté de la jeune fille.

La jeune fille se tait, rattrape la dame, l'enfant de la dame est à ses côtés. Elles marchent ainsi les unes derrière les autres, dans les rues du poste, pendant une heure. La jeune fille se tait, attend la dame à la sortie des boutiques en compagnie de l'enfant blanche. L'enfant blanche ne quitte plus la jeune fille. La dame blanche gronde son enfant qui ne pleure pas. Sur le chemin du retour elles suivent la dame toutes les trois. Les chances de réussite sont de plus en plus grandes à mesure qu'on approche. Il y a dans les yeux de la petite fille blanche une résolution qui grandit à chaque pas. La jeune fille, tout en marchant, regarde la petite fille blanche qui, elle, ne regarde que le dos de sa mère, en avant. La dame tourne. Les trois, derrière, tournent comme elle. Si la dame hurlait ou chassait, elles se tairaient, attendraient, repartiraient, lui colleraient au corps. Voici la grille. La jeune fille voit qu'il faudrait frapper la petite fille blanche pour la séparer d'elle.

La dame est devant le portail. Elle l'ouvre, garde la main sur la poignée, se retourne, regarde sa propre enfant, longuement, pèse le pour et le contre, regarde seulement le regard de son enfant. Et cède.

Le portail est refermé. La jeune fille et son enfant sont entrées.

On ne peut pas se tromper : la chose s'est faite ; on a beau chercher de tous les côtés, on ne voit rien à côté d'elle, écrit Peter Morgan.

C'est fait : l'enfant a été prise et emmenée dans la villa.

Chant joyeux de Battambang qui dit que le buffle mangera l'herbe mais qu'à son tour l'herbe mangera le buffle lorsque l'heure sonnera. C'est l'après-midi. Après la réussite, elle, la jeune fille, se repose dans le jardin. La maison est blanche. Il n'y a pas de passants. Il y a des murs et une haie d'hibiscus. Elle est assise dans une allée, le dos appuyé contre le tronc lisse d'un pommier-cannellier. Contre l'arbre, calée, le dos bien appuyé, pas de passants, la grande porte a été fermée après le passage du convoi, il y a des fleurs plantées, pas de chiens courants. Par terre des pommes-cannelles, tombées et éclatées en une crème épaisse et beurrée, suintent dans la poussière. La dame a fait signe de s'asseoir et d'attendre. La jeune fille a confiance : si elle la rendait, si elle imaginait qu'elle peut la rendre, pas de bras pour la prendre, rien, le vide, mains scellées dans le dos, on les cassera plutôt que de les faire se tendre encore. Se sauver par la haie, un serpent. Non, pas de crainte. Quel calme, pas de passants, on est là, les pommes-cannelles, une fois tombées, s'écoulent, personne ne les écrase, on les évite quand on marche. Aucune crainte à avoir : l'enfant blanche de la dame veut, Dieu veut. Donnée. Et prise. C'est fait.

La jeune fille est arrivée dans la plaine des Oiseaux.

Elle ne le sait pas. La dame vit dans la plaine des Oiseaux, dans le premier poste blanc de cette région, mais il n'y a plus aucune possibilité de le faire entendre à la jeune fille. Pas de langage pour cela. Elle est à quatre cents kilomètres de Pursat. Un an s'est-il passé depuis l'accouchement ? Il se serait donc produit vers Oudang ? Étant donné le ralentissement de sa marche après Oudang, elle marche moins vite avec ce poids dans le dos qui tire, étant donné le nombre de ses pauses obligatoires pour assurer sa survie, avec des hommes, aux abords des villages, ses sommeils, ses vols, étant donné sa mendicité, le temps perdu à regarder, il doit y avoir près d'un an qu'elle a quitté Battambang lorsqu'elle se repose dans ce jardin de la plaine des Oiseaux.

Elle abandonnera aussi la plaine des Oiseaux. Elle remontera un peu vers le nord et, au bout de quelques semaines, elle obliquera vers l'ouest. Après, en route pour dix ans vers Calcutta. Calcutta où elle restera. Elle restera là, elle reste, reste là, dans les moussons. Là, à Calcutta, endormie dans la lèpre sous les buissons le long du Gange. Pourquoi ce périple-là? Pourquoi? A-t-elle suivi des oiseaux plutôt qu'une route? Les anciens passages de caravanes chinoises du thé? Non. Entre les arbres, sur les berges non plantées, là où la place se trouvait, elle a posé les pieds et elle a marché.

Dans l'allée, deux autres enfants blancs, des garçons ceux-là, viennent la regarder pendant un petit moment, repartent en sautillant entre les pommes-cannelles tombées, leurs pieds sont chaussés de sandales blanches. La petite fille de la dame n'a pas reparu. Un homme qui doit être un domestique apporte de la viande, du poisson, du riz chaud, les pose dans l'allée devant elle. Elle mange. Il doit être possible de voir : au bout de l'allée, du côté opposé à la grille, il y a une véranda couverte. Elle est séparée de cette véranda par vingt mètres d'allée. Elle est adossée à son pommier-cannellier, devant la nourriture, mais elle voit : l'enfant est dans un linge blanc, sur une table. La dame est penchée sur elle. De chaque côté d'elle ses propres enfants regardent et se taisent. La petite fille blanche est là : Dieu existe. On voit que la dame essaie de donner du lait à l'enfant, d'un petit flacon elle le verse dans sa bouche. La dame secoue l'enfant et crie, crie. La jeune fille se soulève et prend très légèrement peur. Du moment que cette enfant n'est pas en bonne santé, va-t-on la lui rendre et les chasser? Ne vaudrait-il pas mieux se sauver tout de suite? Mais non. Personne ne regarde de son côté. Ah, cette enfant, qu'elle dort! Dans les cris de la dame, elle se rendort aussi bien que dans le silence d'un chemin. La dame recommence, secoue, crie, verse. Il n'y a rien à faire. L'enfant ne boit pas. Le lait coule sur l'enfant, mais ne rentre pas. Ce qui reste de vie ne sert plus qu'à refuser de vivre davantage. Changement. La dame pose la bouteille et regarde attentivement l'enfant qui dort. Les petits Blancs continuent à attendre et à se taire; ils sont trois maintenant à vouloir la garder. Dieu est de tous les côtés. La dame prend l'enfant dans ses bras : l'enfant ne bouge pas. La dame la met debout sur la table tout en la maintenant : la tête de l'enfant s'affaisse doucement sur le côté, elle dort encore. Le ventre de l'enfant est un ballon plein d'air et de vers. La dame repose l'enfant sur la couverture, s'assied sur une chaise et se tait. Elle réfléchit et se tait. Changement encore : la dame, de ses deux doigts, ouvre la bouche de l'enfant et voit quoi ? des dents sans doute, que verrait-elle d'autre ? La dame étouffe un cri, on dirait, et regarde la jeune fille dans l'allée. La jeune fille baisse la tête, fait la fautive. Elle attend. Le danger est-il passé ? Non. La dame repose l'enfant sur le linge et arrive vers elle. Quel est ce langage dur ? Que veut-elle donc ? Elle montre ses mains ouvertes. L'âge, s'il vous plaît ? La jeune fille ouvre ses deux mains, cherche, ne trouve pas, laisse ainsi ses deux mains ouvertes. Ce sera dix mois. La dame repart en criant, elle prend l'enfant, la couverture, elle emporte le tout dans la villa.

Dans le jardin calme dans l'après-midi, la jeune fille s'est endormie. Elle se réveille : la dame est de nouveau là, elle demande encore quelque chose. La jeune fille répond : Battambang. La dame repart. La jeune fille se rendort à moitié. Elle s'est retirée de l'ombre de l'arbre, elle s'est allongée dans l'allée. Dans son poing, la piastre du matin. On la laisse tranquille, mais elle se méfie encore un peu. Battambang la protégera, elle ne dira rien d'autre que ce mot dans lequel elle est enfermée, sa maison fermée. Et pourtant, si elle se méfie encore, pourquoi ne part-elle pas ? Elle se repose ? Non, pas exactement, elle n'a pas encore envie de quitter cet endroit, elle attend, avant de repartir, de trouver où aller, quoi faire maintenant.

C'est cet après-midi que la chose se décide d'elle-même. Comment reviendrait-elle en arrière une fois fait ce qu'elle est en train de faire ? Elle se réveille. La nuit est venue. Sous la véranda il y a une lumière vive : de nouveau il y a la dame penchée sur l'enfant. Elle est seule avec elle, cette fois. Essaie-t-elle encore de la réveiller ? Non. Il s'agit d'autre chose. La jeune fille se hisse et voit : la dame pose l'enfant sur la table, s'éloigne, revient avec une cuvette d'eau, reprend l'enfant et, tout en lui parlant avec douceur, elle la plonge dans l'eau. Elle n'est plus en colère contre elles, les enfants maigres, elle voit bien que cette enfant est vivante quand même, la preuve en est qu'elle la baigne. Baignerait-elle une petite fille morte ? Elle, sa mère, savait. Maintenant elle sait aussi, la dame. Deux personnes. C'est calme, ce jardin. On commence sans doute à oublier sa présence dans l'allée. Des choses se passent. Il y a un grand bol de soupe refroidie à ses pieds, contre l'arbre, on l'a posé là pendant son sommeil, sans la réveiller à coups de pied. À côté de la soupe il y a un flacon de médicament pour la plaie.

Elle mange. Elle voit en mangeant: la dame caresse l'enfant de la paume de sa main tout en lui parlant, la petite tête se couvre d'écume blanche. La jeune fille rit silencieusement. La jeune fille se lève. Elle fait quelques pas, va vers, regarde. C'est la première fois qu'elle bouge depuis ce matin. Elle ne se montre pas, plus jamais. Elle voit: l'enfant dort dans l'eau, la dame blanche ne parle plus, elle l'essuie maintenant du blanc de la serviette. La jeune fille avance encore vers. Les paupières frémissent, elle pousse un petit cri puis elle se rendort dans la serviette. La jeune fille s'éloigne de l'endroit d'où elle voyait encore, elle revient à son arbre. L'ombre des pommiers-cannelliers est dense, elle s'assied dedans pour n'être pas vue et attendre encore.

Les routes sont claires parce que c'est la pleine lune. Elle prend une pomme-cannelle tombée et y met les lèvres, blancheur sucrée, écœurante, lait trompeur. Non. Elle repose la pomme-cannelle par terre.

Elle n'a pas faim.

Les formes des bâtiments et des ombres sont nettes, la cour est déserte, les routes doivent l'être. La grille doit être fermée, mais par la haie ce sera facile.

La sonnette de la porte. Un domestique vient ouvrir. Un homme blanc entre, une serviette sous le bras. La porte est refermée. Le domestique et l'homme blanc passent à côté de la jeune fille sans la voir. L'homme blanc rejoint la dame. Ils se parlent. La dame sort l'enfant de la serviette, la montre, la remet dans la serviette. Ils rentrent à l'intérieur de la villa. La véranda reste éclairée. Le calme revient.

Chant de Battambang, parfois je m'endormais sur le dos des gros buffles, pleine du riz chaud que ma mère me donnait. La mère, maigre en colère, d'un seul coup, foudroie la mémoire.

Ici ce n'est pas possible de chanter dans le jardin. De l'autre côté des murs et de la haie d'hibiscus la route va partout. La villa, ici. Là, les autres bâtiments qui se suivent régulièrement, une porte, trois fenêtres, une porte, trois fenêtres. C'est une école, tiens. À Battambang, il y avait une école. Y en avait-il une à Battambang? Elle a oublié. Devant, derrière les bâtiments, il y a le portail fermé, la haie d'hibiscus, un mur, ici, à côté du bol de soupe, par terre, un pansement.et le petit flacon d'eau grise. La jeune fille presse son pied, la vermine sort, elle verse l'eau grise et panse le pied. Dans un poste sanitaire, il y a quelques mois, on lui a soigné ainsi le pied. Le pied est en plomb, surtout après les arrêts, mais elle ne souffre pas. Elle se lève, regarde les portes. De l'intérieur de la villa arrive le bruit des voix. Retourner à Battambang, revoir cette maigre, la mère. Elle bat les enfants. On se sauve sur les talus. Elle crie. Elle appelle pour distribuer le riz chaud. Ses yeux pleurent dans la fumée. La revoir avant de grandir, une fois, avant de repartir et peut-être mourir, revoir cette colère.

Elle ne retrouvera jamais le chemin. Elle ne voudra plus le retrouver.

La brise fait bouger l'ombre des arbres, les routes sont du velours sur lequel avancer vers Tonlé Sap. Elle cherche autour d'elle, elle tourne sur place – par où sortir ? – se gratte les seins qui la démangent parce que trois gouttes de lait s'y forment encore ce soir, elle n'a pas faim, elle s'étire, quelle jeunesse, ah courir, marcher la nuit tout en chantant les chants du Tonlé Sap, tous. Dix ans plus tard, à Calcutta, il n'en restera qu'un, il occupera tout seul sa mémoire abolie.

Une fenêtre est éclairée depuis l'arrivée de l'homme blanc. C'est de là que des voix arrivent. Elle va vers encore – mais en partant – sur la pointe des pieds, se hisse sur la margelle qui borde la maison. Ils sont là tous les deux, encore eux, les Blancs. Sur les genoux d'une mère en colère, allongée, son enfant dort. La mère ne la regarde plus. L'homme non plus, il est debout, il a une aiguille à la main. Sur une table il y a la bouteille de lait toujours pleine. La dame ne crie plus. La dame pleure. Qu'elle pleure. L'enfant séparée ouvre les yeux et se rendort, entrouvre les yeux et se rendort encore, sans cesse, sans cesse, cela ne me regarde plus, d'autres femmes sont indiquées pour cela, toi en plus de moi, juxtaposition inutile, combien il a été difficile de nous séparer, la tête ronde sortait du sac dans le dos et branlait à chaque sursaut, il fallait marcher lentement, on courra, éviter les pierres trop grosses, regarder le sol, on n'évitera pas, on regardera en l'air. Le docteur s'approche de l'enfant propre et fait une piqûre. Cette enfant crie faiblement. La jeune fille a déjà vu faire la piqûre qui guérit dans les postes sanitaires. Les grimaces de l'enfant font faire les mêmes grimaces. Le poids précis qui cisaillait les épaules pendant la marche, celui que l'enfant morte ou vive ne dépassera jamais, tire. La jeune fille s'enlève de l'endroit d'où elle voyait. Le dos vide se retire, s'éloigne de la fenêtre. Elle part. Elle traverse la haie d'hibiscus. Elle se retrouve dans une rue du poste blanc. Parler la langue de Battambang, bien nourrie comme elle l'est ce soir. Revoir cette femme entre toutes la plus méchante qu'elle ait connue, sans cela qui va-t-on devenir ? Qui ? Elle fait des pas. Une raideur dans les épaules, une colique dans le ventre, elle marche, s'éloigne. Elle dit quelques mots en cambodgien : bonjour, bonsoir. À l'enfant, elle parlait. À qui maintenant ? À la vieille mère du Tonlé Sap, origine, cause de tous les maux, de sa destinée de travers, son amour pur. Elle lutte contre la colique, elle fait des pas. Un étouffement lui vient de son ventre trop nourri, elle voudrait respirer, vomir la nourriture. Elle s'arrête, se retourne. Une grille s'ouvre. C'est la même grille, le même homme blanc qui sort. Elle croyait être loin de la villa. Elle ne craint plus l'homme blanc. Il passe près d'elle sans la voir, d'un pas pressé.

La villa s'éteint.

Une mousson entière a dû se terminer ces jours-ci. Il a plu sur le poids chaque jour depuis quand ?

Comme il est tard pour retourner chez sa mère, retourner jouer, retourner dans le Nord pour dire bonjour et rire avec les autres, se faire battre par elle et mourir sous ses coups. Elle prend la piastre entre ses seins et la regarde à la lueur de la lune. Elle ne la rendra pas, elle la remet entre ses seins et alors elle commence à avancer. Cette fois, oui, elle avance.

Elle est sortie par la haie d'hibiscus, elle en est sûre, elle est partie.

Un quai : c'est le Mékong. Des jonques noires arrêtées. Elles repartiront dans la nuit. Faute de Battambang, c'est encore son village. Des jeunes gens jouent de la mandoline, entre les jonques il y a la petite barque d'un marchand de soupe, deux petites barques plus loin, à la lumière des lampes à pétrole, sur les barques, les feux sous la soupe ; tout près de la berge, de dessous une bâche, sortent des chansons. Elle commence à marcher le long des jonques, de son pas lourd et régulier de campagnarde, elle s'éloigne, ce soir, aussi.

Elle ne retournera pas dans le Nord, écrit Peter Morgan. Elle remontera le Mékong pour retrouver le Nord, mais un matin elle rebroussera chemin. Elle longera alors un des affluents du Mékong, puis un autre.

Un soir elle se retrouvera dans une forêt.

Un autre soir, devant un fleuve qu'elle suit encore. C'est un fleuve très long. Elle le quitte. De nouveau, la forêt. Elle recommence, fleuves, routes, elle passe par Mandalay, descend l'Irraouaddi, traverse Prome, Bassein, arrive au golfe du Bengale.

Un jour elle est assise devant la mer.

Elle repart.

Elle gagne le Nord par les plaines en bas du Chittagong et de l'Arakan.

Un jour, il y a dix ans qu'elle marche, Calcutta.

Elle reste.

Au début, elle a encore l'air de la jeunesse, parfois on la prend sur le toit d'une jonque. Mais son pied empeste de plus en plus, et pendant des semaines, des mois, les jonques ne la chargent pas. À cause de ce pied, pendant la même période, les hommes la veulent rarement. Parfois, pourtant, cela arrive, un bûcheron. Quelque part dans la montagne on lui soigne le pied. Elle reste une dizaine de jours dans la cour d'un poste sanitaire, nourrie, mais elle se sauve encore, après le pied finira de guérir, il y aura un mieux-être. Après c'est la forêt. La folie dans la forêt. C'est toujours près des villages qu'elle dort. Mais parfois il n'y en a pas, alors c'est dans une carrière ou au pied d'un arbre. Elle rêve : elle est son enfant morte, buffle de la rizière, parfois elle est rizière, forêt, elle qui reste des nuits dans l'eau mortelle du Gange sans mourir, plus tard, elle rêve qu'elle est morte à son tour, noyée.

La faim à Pursat, depuis Pursat, certes, mais aussi le soleil, le manque de parler, le bourdonnement entêtant des insectes de la forêt, le calme des clairières, bien des choses approfondissent la folie. Elle se trompe en tout, de plus en plus, jusqu'au moment où elle ne se trompe plus jamais, brusquement jamais plus puisqu'elle ne cherche plus rien. Ce qu'elle mange dans ce périple si long ? Un peu de riz aux abords des villages, oui, parfois, des oiseaux égorgés par les tigres et laissés là en attendant l'odeur faisandée, des fruits, et puis des poissons, avant le Gange, déjà.

Combien d'enfants fait-elle ? À Calcutta où elle trouve l'abondance, les poubelles pleines du *Prince of Wales*, le riz chaud devant une petite grille qu'elle reconnaît, elle est devenue stérile.

Calcutta.

Elle reste.

Il y a dix ans qu'elle est partie.

Peter Morgan s'arrête d'écrire.

Il est une heure du matin. Peter Morgan sort de sa chambre. L'odeur de Calcutta la nuit est celle de la vase et du safran.

Elle n'est pas au bord du Gange. Sous le buisson creux il n'y a rien. Peter Morgan va derrière les cuisines de l'ambassade, elle n'est pas là non plus. Elle ne nage pas dans le Gange. Il sait qu'elle va aux Îles, elle voyage sur le toit des cars, que pendant la mousson d'été les poubelles du *Prince of Wales* l'attirent. Les lépreux, eux, sont là, plongés dans le sommeil.

La vente d'une enfant a été racontée à Peter Morgan par Anne-Marie Stretter. Anne-Marie Stretter a assisté à cette vente il y a dix-sept ans, vers Savannakhet, Laos. La mendiante, toujours d'après Anne-Marie Stretter, doit parler la langue de Savannakhet. Les dates ne coïncident pas. La mendiante est trop jeune pour être celle qu'a vue Anne-Marie Stretter. Cependant Peter Morgan a fait du récit d'Anne-Marie Stretter un épisode de la vie de la mendiante. Les petites filles ont vu celle-ci s'arrêter longuement devant leur balcon, leur sourire.

Peter Morgan voudrait maintenant substituer à la mémoire abolie de la mendiante le bric-à-brac de la sienne. Peter Morgan se trouverait, sans cela, à cours de paroles pour rendre compte de la folie de la mendiante de Calcutta.

Calcutta. Elle reste. Il y a dix ans qu'elle est partie. Depuis combien de temps est-elle sans mémoire ? Quoi dire à la place de ce qu'elle n'aurait pas dit ? de ce qu'elle ne dira pas ? de ce qu'elle ignore avoir vu ? de ce qu'elle ignore avoir eu lieu ? à la place de ce qui a disparu de toute mémoire ?

Peter Morgan se promène dans Calcutta endormi, il longe le Gange. Quand il arrive devant le Cercle européen il voit, sur la terrasse, les silhouettes du vice-consul et du directeur du Cercle. C'est ainsi chaque soir, ces deux hommes parlent.

C'est le vice-consul qui est en train de parler. Cette voix sifflante, c'est la sienne. À la distance où il se trouve d'eux, Peter Morgan comprend très mal ce qu'il dit, mais au lieu de se rapprocher, Peter Morgan retourne sur ses pas, car il ne veut pas commencer à entendre le premier mot des confidences du vice-consul.

À la hauteur de la résidence de l'ambassadeur Peter Morgan disparaît dans les jardins.

Au Cercle, ce soir, il n'y a qu'une table de bridgeurs. Ils se sont couchés tôt, la réception est pour demain. Le directeur du Cercle et le vice-consul sont assis côte à côte sur la terrasse, face au Gange. Ces hommes ne jouent pas aux cartes, ils parlent. Les bridgeurs, de la salle, ne peuvent pas entendre leur conversation.

— Il y a vingt ans que je suis arrivé ici, dit le directeur, eh bien je regrette de ne pas savoir écrire... quel roman cela ferait ce que j'ai vu... ce que j'ai entendu...

Le vice-consul regarde le Gange et, comme d'habitude, il ne répond pas.

— ... Ces pays, continue le directeur, ils ont un charme... on ne les oublie plus. En Europe, ensuite, on s'ennuie. Ici, toujours l'été, dur bien sûr... mais cette habitude de la chaleur... ah... la chaleur... le souvenir, là-bas, de la chaleur... de cet énorme été... fantastique saison.

— Fantastique saison, répète le vice-consul.

Chaque soir le directeur du Cercle parle des Indes et de sa vie. Et puis le vice-consul de France à Lahore raconte ce qu'il veut sur la sienne. Le directeur du Cercle sait s'y prendre avec le vice-consul : il raconte des choses anodines que le vice-consul n'écoute pas mais qui, quelquefois, à la fin, déclenchent sa voix sifflante. Parfois le vice-consul parle très longtemps de façon inintelligible. Parfois son discours est clair. Ce que deviennent ses paroles dans Calcutta, le vice-consul semble l'ignorer. Il l'ignore. Personne, à part le directeur du Cercle, ne lui adresse la parole. Le directeur du Cercle est souvent questionné sur ce que lui raconte le vice-consul. À Calcutta on veut savoir.

Les joueurs de cartes sont partis. Le Cercle est désert. La lumière qui court en une guirlande de petites ampoules roses le long de la terrasse vient de s'éteindre. Le vice-consul a très longuement questionné le directeur du Cercle sur Anne-Marie Stretter, sur ses amants, son mariage, son emploi du temps, ses séjours aux Îles. Il semblerait qu'il sache ce qu'il voulait savoir, mais il ne part pas encore. Ils se taisent tous les deux maintenant. Ils ont bu, ils boivent beaucoup chaque soir, sur la terrasse du Cercle. Le directeur désire mourir à Calcutta, ne plus jamais retourner en Europe. Il a dit quelques mots de son désir au vice-consul. Celui-ci a dit au directeur qu'il avait, sur ce point, son assentiment.

Ce soir, si le vice-consul a beaucoup questionné le directeur du Cercle sur Anne-Marie Stretter, il n'a pas beaucoup parlé. Le directeur attend qu'il le fasse chaque soir. Voici, il le fait.

Le vice-consul demande :

— Est-ce que vous croyez qu'il est nécessaire de donner un coup de pouce aux circonstances pour que l'amour soit vécu ?

Le directeur ne comprend pas ce que veut dire le vice-consul.

— Est-ce que vous croyez qu'il faut aller au secours de l'amour pour qu'il se déclare, pour qu'on se retrouve un beau matin avec le sentiment d'aimer ?

Le directeur ne comprend pas encore.

— On prend quelque chose, poursuit le vice-consul, on le pose en principe devant soi et on lui donne son amour. Une femme serait la chose la plus simple.

Le directeur demande au vice-consul s'il éprouve de l'amour pour une femme de Calcutta. Le vice-consul ne répond pas à cette question.

— Une femme serait la chose la plus simple, reprend le vice-consul. C'est une chose que je viens de découvrir. Je n'ai jamais éprouvé d'amour, vous ai-je raconté ?

Pas encore. Le directeur bâille, mais peu importe au vice-consul.

— Je suis vierge, poursuit le vice-consul.

Le directeur sort de l'assoupissement alcoolique et regarde le vice-consul.

— Je me suis efforcé d'aimer à plusieurs reprises des personnes différentes, mais je ne suis jamais parvenu au bout de mon effort. Je n'ai jamais été hors de l'effort d'aimer, vous comprenez, directeur ?

Le directeur croit ne pas comprendre ce que veut dire le vice-consul. Il dit : Je vous écoute. Il est prêt.

— Je suis sorti de cet effort, poursuit le vice-consul. Depuis quelques semaines.

Le vice-consul se tourne vers le directeur du Cercle. Il se montre du doigt.

— Regardez mon visage, dit-il.

Le directeur détourne le regard. Le vice-consul replace son visage dans la direction du Gange.

— Faute d'aimer j'ai cherché à m'aimer mais je n'y suis pas parvenu. Pourtant je me suis préféré jusqu'à ces temps-ci.

— Vous ne savez peut-être pas ce que vous dites?

— Possible, dit le vice-consul. J'ai été longtemps défiguré par l'effort de m'aimer.

— Je vous crois lorsque vous dites que vous êtes vierge, dit le directeur. Il semble satisfait par cet aveu.

— Ils seront soulagés de l'apprendre, ici, poursuit le directeur.

— Comment est mon visage, dites, directeur? demande le vice-consul.

— Impossible encore, dit le directeur.

Le vice-consul, impassible, poursuit son discours:

— Le jour de mon arrivée, poursuit-il, j'ai vu une femme traverser le parc de l'ambassade et se diriger vers les tennis. C'était tôt, je me promenais dans le parc et je l'ai rencontrée.

— C'est elle, Madame Stretter, dit le directeur.

— Possible, dit le vice-consul.

— Plus jeune. Belle encore?

— Possible.

Il se tait.

— Vous a-t-elle vu? demande le directeur.

— Oui.

— Pouvez-vous en dire davantage?

— Dans quel sens?

— Cette rencontre...

— Cette rencontre? demande le vice-consul.

— L'effet que vous a fait cette rencontre, pouvez-vous en dire quelque chose?

Le vice-consul réfléchit longuement.

— Croyez-vous que je le puisse, vous, directeur?

Le directeur l'a regardé.

— Vous pourriez dire quelque chose là-dessus qui resterait entre nous, je vous le promets.

— Je cherche, dit le vice-consul.

Il se tait encore. Le directeur bâille. Le vice-consul n'a pas l'air de s'en apercevoir.

— Alors? demande le directeur.

— Je ne peux que recommencer à vous dire : le jour de mon arrivée, j'ai vu une femme traverser le parc de l'ambassade. Elle se dirigeait vers les tennis déserts. C'était tôt. Je me promenais dans le parc et je l'ai rencontrée. Voulez-vous que je continue ?

— Cette fois, dit le directeur, vous avez dit que les tennis étaient déserts.

— Cela signifie quelque chose, dit le vice-consul. Les tennis étaient en effet déserts.

— Cela fait-il une si grande différence ?

Le directeur rit.

— Une grande différence en effet, reprend le vice-consul.

— Laquelle ?

— Celle d'un sentiment peut-être ? Pourquoi pas ?

Le vice-consul n'attend aucune réponse du directeur du Cercle. Le directeur ne bronche pas. Parfois le vice-consul délire, à son avis. Le mieux est d'attendre que le délire le quitte et que le vice-consul revienne vers un propos moins confus.

— Directeur, reprend le vice-consul, vous ne m'avez pas répondu.

— Vous n'attendez aucune réponse de personne, monsieur. Personne ne peut vous répondre. Ces tennis... allez, je vous écoute.

— Je me suis aperçu qu'ils étaient déserts après son départ. Il s'était produit un déchirement de l'air, sa jupe contre les arbres. Et ses yeux m'avaient regardé.

Le vice-consul se penche sur lui-même tandis que le directeur le regarde. Il prend parfois cette pose. Sa tête retombe sur sa poitrine et il reste ainsi, sans bouger.

— Une bicyclette était là, contre le grillage des tennis, elle l'a prise et elle est partie dans une allée, reprend le vice-consul.

Malgré ses efforts, le directeur n'aperçoit rien du visage du vice-consul. De nouveau ce que dit le vice-consul n'appelle aucune réponse.

— Par quelle voie se prend une femme ? demande le vice-consul.

Le directeur rit.

— Quelle histoire, dit le directeur, vous êtes soûl.

— On dit qu'elle est très triste parfois, directeur, c'est vrai ?

— Oui.

— Ses amants le disent ?

— Oui.

— Je la prendrais par la tristesse, dit le vice-consul, s'il m'était permis de le faire.

— Sinon ?

— Un objet pourrait faire l'affaire, l'arbre qu'elle a touché, la bicyclette aussi. Directeur, vous dormez ?

Le vice-consul réfléchit, oublie le directeur, recommence :

— Directeur, ne dormez pas.

— Je ne dors pas, marmonne le directeur.

Au Cercle, ce soir, deux Anglais de passage ont dîné, c'est tout. Ils sont maintenant repartis.

La réception de l'ambassade commencera vers onze heures, dans deux heures. Le Cercle est vide, le bar est éteint. Sur la terrasse, face au Gange, le directeur est assis. Le directeur attend le vice-consul ce soir aussi, comme chaque soir.

Le voici. Il s'assied face au Gange, de même que le directeur. Ils commencent à boire en silence.

— Directeur, écoutez-moi, dit enfin le vice-consul.

Le directeur a bu plus encore que la veille.

— J'étais là à attendre, dit le directeur, j'attendais je ne savais pas quoi au juste, vous peut-être, monsieur ?

— Moi, confirme le vice-consul.

— Je vous écoute.

Le vice-consul se tait. Le directeur le prend par le bras et le secoue.

— Parlez-moi encore des tennis déserts, dit le directeur.

— La bicyclette est là, laissée par cette femme, depuis vingt-trois jours.

— Oubliée ?

— Non.

— Vous vous trompez monsieur, dit le directeur. Avec la mousson d'été elle a cessé de se promener dans les jardins. La bicyclette a été oubliée.

— Non, ce n'est pas ça, dit le vice-consul.

Le vice-consul se tait un si long moment que le directeur s'endort à moitié. Le vice-consul le réveille de sa voix sifflante.

— C'est dans une pension de la Seine-et-Oise que j'ai connu le bonheur gai, dit-il ; est-ce que je vous ai raconté ?

Pas encore. Le directeur bâille, mais peu importe au vice-consul.

— Vous avez connu le bonheur quoi ? demande le directeur.

— Le bonheur gai. Je l'ai connu à l'école, le Cours secondaire de Montfort, en Seine-et-Oise, vous entendez, directeur?

Le directeur du Cercle dit: Je vous écoute. Il est prêt.

Le vice-consul raconte de sa voix sifflante au directeur qui somnole, se réveille, rit, se rendort, se réveille – mais peu importe au vice-consul d'ennuyer son interlocuteur, semble-t-il –, le vice-consul raconte le bonheur gai de Montfort.

Le bonheur gai à Montfort consistait à détruire Montfort, dit le vice-consul de France. Ils étaient nombreux à le vouloir. Sur la méthode à employer pour ce genre d'entreprise, le vice-consul dit qu'il n'en connaît pas de meilleure que celle de Montfort. Boules puantes d'abord à tous les repas, puis en études, puis en classe, puis au parloir, puis au dortoir, puis, puis... D'abord, le rire, il est énorme. On est tire-bouchonné par le rire, à Montfort.

— Boules puantes, fausses merdes, fausses limaces, reprend le vice-consul, fausses souris, vraies merdes partout, sur le bureau de chaque autorité, on était sales, à Montfort.

Il s'arrête de parler. Le directeur ne bronche pas. De nouveau, ce soir, gravement, le vice-consul délire.

— Le directeur disait, reprend le vice-consul, que, depuis dix-neuf ans qu'il enseignait, il n'avait jamais rien vu de pareil. Ses mots étaient: persévérance dans la malfaisance et infamie. Il promettait la liberté à qui dénoncerait. On ne parle pas, personne à Montfort, jamais. Nous sommes trente-deux et pas une défaillance. Notre conduite en classe est parfaite, car notre mal-faire ne s'éparpille plus, on se concentre, on frappe juste et de plus en plus fort. Toute la pension est investie, on les atteint chaque jour davantage, on apprend comment, on attend l'explosion définitive. Vous comprenez?

Le directeur du Cercle dort.

— Quelle barbe! dit-il.

Le vice-consul le réveille.

— C'est sans doute ce qui intéressera le plus les gens, ce que je vous confie là. Ne dormez pas. À votre tour, directeur.

— Que désirez-vous savoir, monsieur?

— Idem, directeur.

— Nous, commence le directeur, moi, c'était une école disciplinaire en pleine campagne vers Arras, Pas-de-Calais. Nous étions quatre cent soixante-douze. Les surveillants qui circulaient la nuit dans les dortoirs pour essayer de nous surprendre, nous on les rossait. Ne dormez pas, vous non plus. Un matin, le professeur de sciences naturelles entre en classe et nous annonce que les compositions vont avoir lieu et, comme je me souviens – ne dormez pas – qu'on va réviser les déserts, les dunes et les plages, les parois rocheuses perméables, les plantes aquatiques et celles, dit-il, qu'on appelle – l'expression est superbe, remarquez-le –, celles qu'on appelle les plantes d'ombre et de lumière. Aujourd'hui donc, dit le professeur de sciences naturelles, révisions. Quelle classe! On aurait entendu trotter une souris... Ça sent mauvais, dit le professeur. Ça sent vraiment mauvais, ce n'est pas une façon de parler. Ne dormez pas. Nous y sommes. Le professeur ouvre le tiroir pour prendre de la craie, il tombe sur une merde, il ne voit pas la différence, il se dit qu'elle est fausse comme celle de la veille, il la prend à pleine main et se met à hurler, à hurler...

— Alors, vous voyez, directeur.

— Quoi?

— Continuez, directeur.

— Alors, tous les professeurs arrivent, M. le proviseur aussi, tous les surveillants, tout le personnel, et, devant nous qui sommes tire-bouchonnés par le rire, ils attendent bec cloué, ils ne peuvent pas placer un mot. J'oublie de vous dire que le professeur de sciences naturelles a la main droite levée, de l'autre il tient un papier trouvé à côté de la merde sur lequel j'ai écrit: Accusé, levez votre main droite pleine de merde et dites: je jure que je suis un con. L'après-midi le proviseur passe, il est blême. J'entends encore sa voix: Qui a chié dans les tiroirs? Il ajoute qu'il a des preuves et que la merde a parlé.

Le vice-consul de France et le directeur du Cercle se voient à peine dans l'obscurité. Le directeur rit.

— C'était le bonheur gai, directeur, pour vous aussi?

— Comme vous dites, monsieur.

— Alors voyez, directeur. Allez-y.

— Après, notre champ d'action se réduit, mais on trouve encore. On bâillonne le cuisinier et on l'enferme dans la cuisine. Croche-pieds aux communiants quand ils vont à la sainte table dans l'allée centrale de l'église, fermeture à double tour de toutes les portes de la pension, cassage de toutes les ampoules électriques.

— Renvoi?

— Oui. Fini l'école. Et vous, monsieur?

— Renvoi. Je vis dans l'attente d'une autre pension, personne ne s'en occupe mais je ferai quand même des études supérieures aux vôtres. Je reste seul avec ma mère. Elle pleure le départ de son amant.

— Le docteur hongrois?

— Exact. Ma mère est adulte. J'en fais mon deuil, je regrette son amant qui me refilait des farces et attrapes dans le parloir de Montfort.

— Ils insistent sur l'enfance, monsieur.

— Je fais ce que je peux, directeur.

— Je ne sais jamais quand vous me racontez des balivernes, monsieur de H. – Mais ça n'a pas d'importance. – Après le mariage de votre mère avec le disquaire de Brest, que faites-vous?

— Je suis à Neuilly dans ma maison. Une longue suite de jours m'éloigne de Montfort et de la mort, oui, de la mort de mon père mort. Vous l'ai-je dit? Mon père est mort six mois après ma sortie de Montfort. Les bras croisés et les yeux secs, je le regarde descendre dans le tombeau. Je suis, comme vous vous en doutez, le point de mire du personnel en larmes d'une banque de Neuilly.

— Que faites-vous, seul à Neuilly, monsieur?

— Ce que vous faites ailleurs, directeur.

— Mais quoi?

— Je vais dans les surprises-parties où je me tais. On m'y montre du doigt: C'est lui qui a tué son père. Je danse. Je me tiens correctement. Pour tout vous dire, directeur, j'attends les Indes, je vous attends, je l'ignore encore. En attendant, à Neuilly, je suis maladroit. Je casse des lampes. Dites: des lampes tombent et se brisent. J'entends leur fracas dans les corridors déserts. Vous pouvez dire: Déjà à Neuilly, vous comprenez? Dites: Il est glacé d'horreur. Un jeune homme dans la maison déserte casse des lampes et se demande pourquoi, pourquoi. Ne dites pas tout à la fois, faites durer les choses.

— Que me cachez-vous, monsieur?

— Rien, directeur.

Les yeux du vice-consul ne mentent pas.

— Directeur, poursuit le vice-consul, je voudrais que dure encore cette période-ci de ma vie, ici à Calcutta. Je n'attends pas mon affectation comme on pourrait le croire, au contraire, je voudrais qu'elle traîne encore, encore, jusqu'à la fin de la mousson si possible.

— Pour elle? demande le directeur en souriant.

— Directeur, parlez à qui veut l'entendre, racontez à qui veut l'entendre tout ce que je vous raconte. S'ils s'habituent à moi, je resterai un peu plus à Calcutta. Êtes-vous content ce soir, directeur?

— C'est-à-dire, dit le directeur, je m'arrangerai. Les tennis déserts, puis-je raconter aussi?

— Tout, directeur, tout.

Le vice-consul encore demande au directeur du Cercle de lui parler des Îles, de celle où elle va souvent, oui, encore une fois. En ce moment des cyclones se préparent, dit le directeur, la mer est de plus en plus grosse. La nuit, les palmiers se tordent dans le vent, on dirait que des trains sillonnent l'île où elle va, la plus grande celle-là. Les palmiers mugissent comme des trains lancés à toute vitesse dans la campagne. La palmeraie du *Prince of Wales* est célèbre. Un grillage électrifié la protège du côté nord contre la mendicité, bonne chose que ce grillage. Il y a des manguiers le long de l'embarcadère, des eucalyptus dans les parcs. C'est une tradition aux Indes d'entourer les grands hôtels d'une palmeraie. Quand le soleil se couche, le ciel, dans l'océan Indien, est rouge, c'est souvent ainsi, et sur les chemins de l'île il y a de longues barres sombres, dans la lumière rouge, les ombres des troncs des palmiers. Il y a des palmeraies partout aux Indes, sur la côte de Malabar, à Ceylan, une grande allée traverse celle du *Prince of Wales*, elle mène aux petites villas compartimentées, annexes luxueuses et discrètes de l'hôtel. Ah! le *Prince of Wales*! Sur la rive ouest de l'île il y a une lagune, mais personne n'y va, elle n'est pas dans les limites du grillage, si le directeur du Cercle se souvient bien. Voilà.

Le vice-consul va-t-il à la réception de ce soir? demande le directeur.

Il y va, oui. Voici, il y va. Il est levé. Le directeur le regarde.

— Des tennis je ne parlerai à personne, dit le directeur, même si vous me le demandiez.

— Comme vous voudrez.

Il s'éloigne. Il traverse le gazon qui entoure le Cercle. Dans la lumière jaune des lampadaires on le voit, il titube légèrement, trop grand, trop maigre. Il a disparu dans l'avenue Victoria.

Le directeur se rassied face au Gange.

Les soirées qu'ils passent ensemble vont sans doute être plus ennuyeuses parce qu'il semblerait que le vice-consul de France à Lahore n'ait plus grand-chose de neuf à raconter ou à inventer sur sa vie, ni lui, le directeur, à inventer ou à raconter sur la sienne, sur les Îles, sur la femme de l'ambassadeur de France à Calcutta.

Le directeur s'endort.

Une fenêtre s'est éclairée sur le boulevard du Gange, celle du vice-consul.

Chacun qui passe à cette heure-là de la soirée peut voir, il a mis son smoking, il marche d'une pièce à l'autre sous les ventilateurs qui tournent. L'expression de son visage, à cette distance qui sépare le boulevard de sa résidence, on la trouverait paisible.

Il sort. Le voici qui se dirige, à travers des jardins, vers les salons illuminés de l'ambassade de France.

Ce soir à Calcutta, l'ambassadrice Anne-Marie Stretter est près du buffet, elle sourit, elle est en noir, sa robe est à double fourreau de tulle noir, elle tend une coupe de champagne. Elle l'a tendue, elle regarde autour d'elle. Aux approches de la vieillesse, une maigreur lui est venue qui laisse bien voir la finesse, la longueur de l'ossature. Ses yeux sont trop clairs, découpés comme ceux des statues, ses paupières sont amaigries.

Elle regarde autour d'elle : dans un boulevard rectiligne au nom d'un conquérant quand passe la Légion en chantant, étincelante, fourragères rouges au soleil, elle regarderait, de l'estrade officielle, de ce même regard d'exilée de ce soir. Un homme, parmi les autres, le remarque : Charles Rossett, trente-deux ans, arrivé il y a trois semaines à Calcutta où il restera en qualité de premier secrétaire.

Elle se dirige vers des Anglais et dit qu'on avance vers le buffet si l'on veut des rafraîchissements. Des barmen en turban les servent.

On dit : Vous avez vu ? elle a invité le vice-consul de Lahore.

L'assistance est relativement nombreuse. Ils sont une quarantaine. Les salles sont vastes. Ce sont celles d'un casino d'été dans une station balnéaire, en France, n'étaient ces ventilateurs très grands qui tournent, ces fins grillages aux fenêtres à travers lesquels on verrait les jardins comme à travers la brume, personne ne regarde. La salle de bal est octogonale, en marbre vert Empire, à chacun des angles de l'octogone, fougères fragiles venues de France. Sur un panneau du mur, un président de la République, sur sa poitrine le ruban rouge, à côté de lui un ministre des Affaires étrangères. On dit : À la dernière minute elle a invité le vice-consul de Lahore.

Voici, elle ouvre le bal avec l'ambassadeur, observe le rituel méprisé.

Alors, d'autres danseront.

Les ventilateurs plafonniers font un bruit d'oiseaux effarouchés, d'un envol immobile au-dessus de la musique, des lents fox-trot, des faux lustres, du creux, du faux, du faux or. On dit : C'est cet homme brun près du bar. Pourquoi l'a-t-elle invité ?

Elle intrigue, la femme de Calcutta. Personne ne sait très bien à quoi elle occupe son temps, elle reçoit surtout ici, très peu chez elle, dans sa résidence qui date des Comptoirs, au bord du Gange. Elle est cependant occupée par quelque chose. Est-ce en éliminant les autres occupations possibles qu'on trouve qu'elle lit ? Oui. Depuis l'heure du tennis et celle de la promenade, que ferait-elle d'autre, chez elle, enfermée ? Des colis de livres arrivent de France à son nom. Quoi d'autre ? Avec ses filles qui lui ressemblent, elle passe des heures chaque jour, on le dirait. On sait qu'une jeune Anglaise les instruit, on dit qu'elles ont une enfance heureuse, Anne-Marie Stretter s'occupe beaucoup de l'éducation de ses filles. Dans les réceptions, celles-ci paraissent parfois quelques minutes – ce soir elles ont paru –, elles sont déjà un peu distantes comme il semblerait que le souhaite leur mère, après être sorti des salons on murmure : L'aînée sera sans doute aussi belle qu'elle, leur charme est déjà pareil. Le matin, elles passent toutes les trois en short blanc à travers les jardins de l'ambassade, et encore et tous les matins à travers ces jardins elles vont au tennis ou elles se promènent.

On dit, on demande : Mais qu'a-t-il fait au juste ? Je ne suis jamais au courant.

— Il a fait le pire, mais comment le dire ?

— Le pire ? tuer ?

— Il tirait la nuit sur les jardins de Shalimar où se réfugient les lépreux et les chiens.

— Mais des lépreux ou des chiens, est-ce tuer que de tuer des lépreux ou des chiens ?

— Aussi bien des balles ont été trouvées dans les glaces de sa résidence à Lahore, vous savez.

— Les lépreux, de loin, avez-vous remarqué ? On les distingue mal du reste, alors...

Ce n'est pas immédiatement après son arrivée à Calcutta que l'on apprend l'existence de la célèbre villa, dans une île salubre des bouches du Gange. Cette villa est à la disposition des membres de l'ambassade de France. Les filles d'Anne-Marie Stretter traversent seules les jardins, alors on demande pourquoi seules et on l'apprend. Cela arrive surtout pendant la chaleur d'épouvante de la mousson d'été.

— Entendez-vous crier ?

— Ce sont des lépreux ou bien des chiens ?

— Des chiens ou des lépreux.

— Puisque vous le savez, pourquoi avez-vous dit des lépreux ou des chiens ?

— J'ai confondu de loin, comme ça, à travers la musique, les aboiements des chiens et ceux des lépreux qui rêvent.

— Cela fait bien de le dire ainsi.

Le soir, dans Calcutta, on les voit passer toutes les trois dans une automobile décapotée, elles vont se promener. L'ambassadeur souriant regarde le trésor partir en automobile : sa femme et ses filles vont prendre l'air à Chandernagor ou sur les routes qui mènent vers l'océan, avant le delta.

Les petites filles, personne à Calcutta ne sait ce qu'elle fait dans la villa des bouches du Gange. On dit que ses amants sont anglais, inconnus du milieu des ambassades. On dit que l'ambassadeur sait. Elle ne reste jamais plus de quelques jours dans la villa du delta. Lorsqu'elle revient à Calcutta, sa vie très ponctuelle recommence : tennis, promenades, parfois le Cercle européen le soir : c'est ce qu'on voit. Et puis ? On ne sait pas. Elle est cependant occupée, cette femme-là de Calcutta.

On se demande :

— Avec quels mots le dire ?

— Perdait-il conscience quand il faisait ces choses ? Perdait-il le contrôle de lui-même ?

— Vous voyez bien comme c'est difficile... Avec quels mots dire ce qu'il faisait à Lahore ? ce qu'il faisait de lui à Lahore s'il ignorait le faire ?

— La nuit, il criait – de son balcon.

— Ici crie-t-il ?

— Du tout, et pourquoi pas ici où l'on étouffe plus encore ?

Il est un peu plus de minuit. Anne-Marie Stretter vient vers le jeune attaché Charles Rossett. À côté de lui se tient le vice-consul de France à Lahore. Elle leur dit qu'il faut danser, bien sûr si cela leur fait plaisir, et elle repart. Elle paraît être allée vers eux pour Charles Rossett, celui-ci, il semblerait indiqué pour aller aux Îles avec elle dans les jours qui viennent. Un sourire de moins et cette femme serait mal élevée, dit-on. Parmi les invités, ce soir il y aura des personnes qui sont ses intimes. Ceux-là n'arriveront qu'à la fin de la réception.

On demande :

— Que criait-il ?

— Des mots sans suite ou rien.

— Aucune femme à Lahore ne l'a connu qui pourrait dire un peu ?

— Aucune, jamais.

— Dans sa résidence, le saviez-vous ? personne n'est jamais allé dans sa résidence de Lahore.

— Y avait-il quelque chose dans son regard avant Lahore ? Une indication quelconque ? Une couleur ? Moi je pense surtout à la mère du vice-consul de Lahore. Je la vois jouer au piano des sérénades classiques comme dans les romans, des choses de jeunesse qu'il écoute, écoute, trop, on dirait.

— Elle aurait pu, quand même, nous éviter cette présence gênante.

Il faut inviter Anne-Marie Stretter à danser lorsqu'on est reçu à l'ambassade, même si elle ne le désire pas.

En passant elle a dit quelque chose à son mari sur quelqu'un : Charles Rossett baisse les yeux. C'est clair. Le vice-consul a vu aussi. Il regarde une fougère fragile, il palpe sa tige noire. Il vient d'apercevoir l'ambassadeur du bon vouloir duquel dépend sa prochaine nomination, pense-t-on. Depuis des semaines il attend une convocation qui ne vient pas, se souvient Charles Rossett.

On dit : M. Stretter est libéral pour avoir permis une chose pareille, qu'elle l'invite ce soir. Il est bon. C'est la fin de sa carrière et nous le regretterons. Il est beaucoup plus âgé qu'elle, oui. Savait-on qu'il l'a enlevée à un administrateur général vers la frontière du Laos, dans un petit poste reculé de l'Indochine française ? Oui, il y a de cela dix-sept ans. Il n'y avait que quelques semaines qu'elle y était arrivée lorsque M. Stretter y est venu en mission. Huit jours après elle repartait avec lui, le savait-on ?

On dit : Comme il reste maigre, le vice-consul, tel un jeune homme, mais c'est le visage qui... Un jour sa mère est partie et il est resté seul, tout Calcutta sait. Il a parlé au directeur du Cercle de sa chambre d'enfant, elle sentait le buvard et la gomme, de sa fenêtre il voyait les rôdeurs du Bois, des hommes doux et honteux pour la plupart, il a parlé de son père qui revenait chaque soir pour se taire auprès de sa mère. Des balivernes, il raconte des balivernes.

On demande : Et de Lahore parle-t-il ?

— Non.

— Jamais.

— Et d'avant Lahore ?

— Oui. De l'enfance à Arras. Mais ceci n'est-il pas pour tromper ?

On dit : Ainsi c'était au Laos, Indochine française, qu'il l'a dénichée ?
On voit : un boulevard le long du Mékong, derrière le boulevard la forêt, c'était vers Savannakhet, Laos. On voit des sentinelles l'arme au pied qui la lui gardent jusqu'à son arrivée. On parlait, paraît-il, de la renvoyer en France, elle ne s'habituait pas. On dit : À Calcutta on ne sait pas encore aujourd'hui si elle était reléguée au fond de la honte ou de la douleur à Savannakhet lorsqu'il l'a trouvée. Non, on n'a jamais su.

Le vice-consul a par instants l'air d'être très heureux. Il est comme s'il était fou de bonheur, par instants. On ne peut pas ce soir éviter sa compagnie ; est-ce pour cela ? Comme c'est étrange cet air qu'il a ce soir. De quelle pâleur est-il... comme s'il était sous le coup d'une émotion intense mais dont l'expression serait toujours différée, pourquoi ?

On dit : Il parle le soir avec le directeur du Cercle, et cet homme seul lui parle un peu aussi. Cette pension disciplinaire d'Arras dont il parle fait penser. Le Nord. Novembre. Des mouches autour des ampoules nues, le linoléum marron, toujours dans ce genre de pension, comme si on y était... Uniforme et treillis pour la cour. Le Pas-de-Calais et ses brouillards roses en hiver, dit-il, comme si on y était, pauvres enfants. Mais ceci n'est-il pas pour tromper ?

— Parlez-moi de Mme Stretter.

— Irréprochable, et bonne, bien entendu vous en trouverez toujours pour dire... Et charitable. Elle a même des gestes que les autres, avant elle, n'avaient pas. Passez derrière les cuisines de l'ambassade, vous verrez l'eau fraîche pour les mendiants, elle n'oublie pas, elle y pense, elle, chaque jour avant le tennis.

— Irréprochable, allons, allons.

— Rien ne se voit, c'est ce que j'appelle irréprochable à Calcutta.

— Mais lui ? Qu'il nous a fait du tort. Je ne l'avais jamais vu. Il est grand, brun comme un bel homme le serait si... et jeune... hélas ! On voit mal ses yeux, son visage n'est pas expressif. Il est un peu mort, le vice-consul de Lahore... vous ne trouvez pas qu'il est un peu mort ?

Les femmes, pour la plupart, ont la peau blanche de recluses. Elles vivent volets clos à l'abri du soleil-qui-tue, elles ne font presque rien aux Indes, elles sont reposées, elles sont regardées, heureuses ce soir, sorties de chez elles, en France aux Indes.

— C'est la dernière réception avant la mousson, vous avez vu le ciel ce matin, ça y est, pendant six mois, cette lumière...

— Que ferait-on sans les Îles ? Sont-elles belles le soir ? Ah... C'est ce que nous regretterons des Indes...

— Les femmes, disent les hommes, de les revoir comme en France, même la plus insignifiante ici, celle que là-bas on ne remarquerait pas, ah ! quel effet cela fait...

Un homme montre Anne-Marie Stretter.

— Je la vois passer presque tous les matins quand elle va au tennis ; c'est beau, des jambes de femme, ici, plantées dans cette horreur. Vous ne trouvez pas ? Ne pensez plus à cet homme, le vice-consul de Lahore. Charles Rossett, et d'autres l'observent à la dérobée. Le vice-consul n'a pas l'air de le remarquer. Ne sent-il jamais le regard des autres sur lui ? Ou est-il ce soir accaparé par autre chose ? On ne sait pas. Il a toujours cet air heureux sans que l'on comprenne d'où, de quelle vision, de quelle pensée le bonheur peut lui venir.

La bicyclette contre les grillages était encore là ce matin.

L'ambassadeur a dit à Charles Rossett : Parlez-lui un peu, il le faut. Il lui parle.

— Je m'y fais mal, dit Charles Rossett, je dois l'avouer, je m'y fais plutôt mal.

Le sourire vient. Les traits se détendent tout à coup dans le visage. Il titube comme dans l'allée.

— C'est difficile, évidemment, mais quoi pour vous, précisément ?

— La chaleur, dit Charles Rossett, bien sûr, mais aussi cette monotonie, cette lumière, il n'y a aucune couleur, et à la fin, je ne sais pas si je vais m'habituer.

— À ce point ?

— C'est-à-dire...

— Oui ?

— J'étais sans conviction au départ, dit Charles Rossett – il se souvient – et vous, auriez-vous préféré autre chose à... ceci ?

La bouche s'avance dans une moue.

— Rien, dit le vice-consul.

C'était bien après qu'il s'était approché à son tour de la bicyclette, et qu'il l'avait perdu de vue, qu'il s'était mis à siffler le vieil air d'*Indiana's Song*. C'est alors que la peur avait été la plus grande et que Charles Rossett s'était mis à marcher très vite vers les bureaux.

Charles Rossett dit qu'il est arrivé ici comme un étudiant en voyage mais que de jour en jour il vieillit à vue d'œil. Ils rient. On dit : Vous avez vu, il a ri avec cet autre-là... Le plus fort, vous voyez, c'est qu'il a accepté cette invitation. Cynisme ? Pourtant il n'a pas l'air.

Un vieil Anglais arrive, grand et maigre, des yeux d'oiseau, la peau taraudée par le soleil. Depuis très longtemps aux Indes celui-là. Ça se voit autant que s'il était d'une race différente, vous ne trouvez pas ? D'un mouvement amical il les entraîne vers le bar.

— Il faut prendre l'habitude de vous servir. Je suis George Crawn, un ami d'Anne-Marie.

Le vice-consul a sursauté légèrement. Il s'arrête. Il regarde longuement George Crawn qui s'éloigne. Il n'a pas l'air de remarquer les autres regards, le vide qui se maintient autour de lui. Il dit :

— Un intime. Les cercles fermés aux Indes, c'est ça le secret.

Il rit. Charles Rossett a un geste vers lui, il l'entraîne vers le bar. On dirait que le vice-consul éprouve de la répugnance à le suivre.

— Venez, dit Charles Rossett, je vous assure qu'ici... Que craignez-vous ?

Le vice-consul jette un coup d'œil dans la salle octogonale, il continue à sourire. L'air d'*Indiana's Song* lacère la mémoire de l'acte solitaire, obscur, abominable.

— Non, rien, je ne risque plus rien, je le sais... Je n'attends que cette affectation, rien d'autre. Elle traîne, bien sûr, c'est difficile... Ça m'est plus difficile qu'à un autre de paraître à la hauteur de – il rit encore – ma tâche mais c'est tout.

Le vice-consul rit, il baisse les yeux en marchant vers le bar. Oublier la bicyclette de femme vers les tennis déserts ou fuir. Ce n'est pas tant le regard, pense Charles Rossett, que la voix. L'ambassadeur a dit à Charles Rossett : Les gens s'écartent instinctivement... c'est un homme qui fait peur... mais quelle solitude, parlez-lui un peu.

— Bombay vous plairait, on le dit.

— C'est-à-dire, comme ils ne me garderont pas à Calcutta, pourquoi pas Bombay ?

— Bombay est moins peuplé, le climat est meilleur et la proximité de la mer, c'est appréciable.

— Sans doute. – Il regarde Charles Rossett. — Vous vous ferez à la vie d'ici, je ne crois pas que vous soyez exposé à des accidents.

Charles Rossett rit. Il dit : Merci quand même.

— Je commence à voir, poursuit le vice-consul, ceux qui le sont, à les distinguer des autres. Vous, non.

Charles Rossett essaie de rire.

Le vice-consul de Lahore regarde Anne-Marie Stretter qui passe.

Charles Rossett n'accorde pas une attention particulière à ce regard. Il prend le ton de la plaisanterie.

— On dit sur votre dossier – je m'excuse de vous parler de ça – que vous êtes quelqu'un d'impossible, dit Charles Rossett, vous saviez?

— Je n'ai pas demandé communication de mon dossier. Je croyais qu'il y avait le mot fragile, non?

— Vous savez, moi, à vrai dire je ne sais rien de précis... – il essaie toujours de sourire – c'est bête... ça ne veut rien dire le mot impossible.

— Qu'est-ce qu'on dit? Que le pire, c'est quoi?

— Lahore.

— C'est à ce point repoussant, Lahore, qu'on ne voit rien d'autre qui puisse lui être comparé?

— On ne peut pas s'en empêcher... je m'excuse de vous dire ça, mais on ne peut pas comprendre Lahore, de quelque façon qu'on s'y prenne.

— C'est vrai, dit le vice-consul.

Il quitte Charles Rossett et retourne à sa place près de la porte, à côté d'une colonnade qui porte une fougère fragile. Il se tient là, debout, au centre de l'attention générale.

De l'attention générale qui commence à se disperser.

Elle est passée très près de lui et cette fois il ne l'a pas regardée. C'est frappant.

Alors, seulement, Charles Rossett se souvient que parfois, le matin, tôt, Mme Stretter faisait de la bicyclette dans les jardins de l'ambassade. Que si on ne l'a pas vue en faire ces derniers temps c'est peut-être seulement parce qu'elle n'en fait pas pendant la mousson d'été.

Il est minuit et demi.

Sous son buisson creux, au bord du Gange, elle se réveille, elle s'étire et voit la grande maison illuminée: nourriture. Elle se lève, elle sourit. Au lieu de plonger dans le Gange, elle va vers les lumières. Les autres fous de Calcutta sont déjà arrivés. Ils dorment les uns à côté des autres devant la petite grille en attendant la distribution des restes qui se fait après l'enlèvement des plateaux, tard.

Le vice-consul tout à coup s'est dirigé vers une jeune femme qui se tenait seule dans le salon octogonal et regardait danser.

Elle accepte de danser avec lui dans une précipitation qui dit son embarras et son émotion. Ils dansent.

— Vous avez vu, il va danser, il danse comme un autre, correctement.

— Ne plus y penser, après tout.

— C'est vrai, ne plus y penser, mais c'est difficile, et pourquoi au fond ne pas y penser encore ? À quoi penser d'autre à la place ?

Anne-Marie Stretter s'approche du buffet où se trouve maintenant seul Charles Rossett. Elle lui sourit aimablement. Voici : Il ne peut pas ne pas l'inviter à danser.

C'est la première fois. On dit : C'est la première fois, va-t-il lui plaire ?

Charles Rossett et Anne-Marie Stretter se sont vus une fois il y a quinze jours, lors d'une petite réception de bienvenue dans un boudoir élégant de l'ambassade – c'est là qu'elle reçoit les nouveaux venus. Le vice-consul de France, comme ce soir, était invité. Il y a un divan recouvert d'une cretonne rose sur lequel elle est assise. Son regard étonne. La fixité de sa pose sur ce divan aussi.

La réception dure une heure. Ses filles sont auprès d'elle. Elle ne bouge pas du divan où elle est assise, droite, sa robe est blanche, elle est pâle sous le hâle de Calcutta, comme tous les Blancs.

Toutes les trois regardent attentivement les deux nouveaux venus. Jean-Marc de H. se tait. On pose des questions à lui, Charles Rossett, mais à cet autre, aucune. Pas un mot n'est dit sur Calcutta ni Lahore. On ignore le vice-consul et il l'admet. Debout, il se tait. De même, sur l'Inde. Sur l'Inde comme sur lui, pas un mot n'est dit. À ce moment-là, Charles Rossett ignore encore l'histoire de Lahore.

Elle dit qu'elle fait du tennis avec ses filles, ensuite elle dit d'autres choses de ce genre, que la piscine est agréable. On se dit qu'on ne reverra jamais ce boudoir par la suite, ni elle non plus, elle, s'il n'y avait pas les réceptions officielles et le Cercle européen, la reverrait-on ?

— Vous vous habituez à Calcutta ?

— Pas très bien.

— Je m'excuse… c'est bien Charles Rossett, votre nom ?

— Oui.

Il sourit.

Elle relève la tête et sourit aussi. Un seul regard et les portes de la blanche Calcutta doucement cèdent.

Elle ne sait pas, pense Charles Rossett. Il se souvient : tandis que le vice-consul se tait, qu'il regarde les palmes du parc, les lauriers-roses, les grilles au loin, les sentinelles, M. Stretter parle de Pékin avec un officiel de passage. Se rend-il compte ? Tandis que le vice-consul se tait toujours, elle dit tout à coup : Je voudrais être à votre place, arriver aux Indes pour la première fois de ma vie, surtout à cette saison de la mousson d'été.

Ils partent plus tôt qu'ils ne devraient le faire.

Elle ne sait rien, personne à Calcutta. Peut-être les jardiniers du parc de l'ambassade se sont-ils aperçus de quelque chose mais c'est tout. Eux ne diront jamais rien. Elle, elle a dû oublier cette bicyclette, elle ne s'en sert pas pendant la mousson d'été.

Elle demande, tout en dansant :

— Vous ne vous ennuyez pas ? Le soir, le dimanche, que faites-vous ?

— Je lis... je dors... je ne sais pas très bien...

— Vous savez, l'ennui, c'est une question si personnelle, on ne sait pas trop quoi conseiller...

— Je ne crois pas m'ennuyer.

— Je vous remercie pour les colis de livres, vous me les faites porter très vite ; si vous voulez des livres, c'est simple, dites-le-moi.

Il la voit ailleurs tout à coup, différente, attrapée au vol puis épinglée pendant qu'elle danse : parfois, lorsque ses filles sont à l'étude, l'après-midi, oui, au creux de la sieste, il la voit dans un coin caché de sa résidence, dans un office abandonné, recroquevillée sur elle-même dans une pose extravagante, qui lit. Ce qu'elle lit, non, on ne voit pas. Ces lectures, ces nuits passées dans la villa du delta, la ligne droite se brise, disparaît dans une ombre où se dépense ou s'exprime quelque chose dont le nom ne vient pas à l'esprit. Que dissimule cette ombre qui accompagne la lumière dans laquelle apparaît toujours Anne-Marie Stretter ?

La gaieté d'Anne-Marie Stretter lorsqu'elle se promène avec ses filles sur la route torride de Chandernagor paraît étrange.

Et on dit que loin, vers la fin du Gange, dans la pénombre de la chambre où elle va s'endormir auprès de son amant, parfois elle tombe dans un abattement profond. Certains ont parlé de cela dont on ignore la nature mais qui repose celui qui le voit, repose on ne sait pas au juste de quoi.

— Si ça devait durer trois ans comme ces premières semaines, dit Charles Rossett, malgré ce que vous en disiez je ne crois pas que je tiendrais le coup...

— Vous savez, presque rien n'est possible, c'est tout ce que l'on peut dire mais c'est ça qui est extraordinaire.

— Peut-être qu'un jour... Extraordinaire... comment dites-vous ?

— Non, c'est... rien... ici, vous comprenez, ce n'est ni pénible ni agréable de vivre. C'est autre chose, si vous voulez, contrairement à ce qu'on croit, ce n'est ni facile ni difficile, ce n'est rien.

Au Cercle, les autres femmes parlent d'elle. Que se passe-t-il dans cette existence ? Où la trouver ? On ne sait pas. Elle se plaît dans cette ville de cauchemar. Eau qui dort, cette femme ? Que s'est-il passé à la fin de la première année de son séjour ? Cette disparition que personne ne s'expliquait ? Une ambulance au petit jour a été vue devant la résidence. Tentative de suicide ? Ce séjour ensuite dans les montagnes du Népal est resté inexpliqué. Cette maigreur à son retour fait peur. Pas d'autres différences ? Elle reste maigre, c'est tout. On dit que ce n'est pas à cause d'un amour ou malheureux ou trop heureux avec Michael Richard. Que dirait-elle, elle, si elle apprenait ?

— On dit aussi que vous êtes vénitienne. C'est vrai ? Mais on dit aussi que c'est faux... au Cercle...

Elle rit, dit que, par sa mère, elle l'est, oui.

Il ne vient rien à l'esprit de ce qu'elle dirait si elle apprenait.

Anna Maria, un sourire dans les yeux, à dix-huit ans, ne serait-elle pas allée peindre des aquarelles sur un quai de la Giudecca ? Non, ce n'est pas cela.

— Mon père était français. Mais j'ai passé une partie de ma jeunesse à Venise. C'est à Venise que nous irons ensuite, enfin c'est ce que nous croyons en ce moment.

Non, c'est de la musique qu'elle fait à Venise, du piano. À Calcutta, presque chaque soir, elle joue. En passant sur le boulevard on l'entend. D'où qu'elle vienne, toutes en conviennent, elle a dû apprendre la musique très tôt, à sept ans. À l'entendre, la musique serait ce qu'elle fait peut-être.

— Le piano ?

— Oh, j'en ai fait partout, longtemps, un peu tout le temps...

— Je ne savais pas d'où vous étiez, je vous voyais arriver d'un peu partout entre l'Irlande et Venise. De Dijon, de Milan, de Brest, de Dublin... Anglaise, je vous ai crue anglaise.

— Et de plus loin que ces deux villes m'auriez-vous vue venir ?

— Non, de plus loin, ça n'aurait pas été vous... ici... à Calcutta.

— Oh ! - elle sourit - moi ou une autre à Calcutta, à la fin de la jeunesse, vous savez, vous n'en sortirez pas.

— Vous êtes sûre ?

— C'est-à-dire c'est un peu simple de croire que l'on vient de Venise seulement, on peut venir d'autres endroits qu'on a traversés en cours de route, il me semble.

— Vous pensez au vice-consul de France ?

— Comme tout le monde, bien sûr, on me dit que tout le monde ici essaie de savoir qui il était avant Lahore.

— Or, avant Lahore rien, d'après vous... ?

— C'est de Lahore qu'il vient je crois, oui.

On dit : Regardez le vice-consul qui danse, elle, elle ne pouvait pas, la pauvre, refuser... du moment que c'est un invité d'Anne-Marie Stretter ce serait lui faire affront à elle qui nous l'impose.

Le vice-consul, tout en dansant, a les yeux ailleurs, vers Anne-Marie Stretter et Charles Rossett qui, en dansant, se parlent et, parfois, se regardent.

Celle avec laquelle il danse, la femme du consul d'Espagne, se croit tenue de parler coûte que coûte au vice-consul de France à Lahore. Elle lui dit qu'elle l'a déjà vu traverser les jardins, on est si peu nombreux qu'on se rencontre, qu'elle est là depuis deux ans et demi et qu'elle va bientôt repartir, que la chaleur décourage, qu'il y en a qui ne s'habituent jamais.

— Il y en a qui ne s'habituent jamais ? reprend le vice-consul.

Elle s'écarte un peu de lui, elle n'ose pas encore le regarder. Elle dira que quelque chose l'a frappée dans la voix. Elle dira : Est-ce cela une voix blanche ? On ne sait pas s'il vous questionne ou s'il vous répond. Elle sourit gentiment, lui parle.

— C'est-à-dire... il y en a... rarement remarquez, mais cela arrive... la femme d'un secrétaire, chez nous, au consulat d'Espagne, elle devenait folle, elle croyait qu'elle avait attrapé la lèpre, il a fallu la renvoyer, impossible de lui enlever cette idée de la tête.

Charles Rossett se tait parmi les danseurs. Son regard bleu – bleu – est fixe, baissé sur les cheveux. L'expression de son visage est un peu angoissée tout à coup. Ils se sourient, ils sont sur le point de se parler, mais ils ne le font pas.

— Si personne ne s'habituait, dit le vice-consul – il rit.

On pense : Le vice-consul rit, ah comment ? comme dans un film doublé, faux, faux.

Elle s'est de nouveau écartée et ose le regarder.

— Non, rassurez-vous, tout le monde s'habitue.

— Mais, au fait, avait-elle la lèpre cette femme ?

Alors elle s'écarte et, tout en évitant de le regarder, elle se rassure, croit avoir découvert enfin quelque sentiment familier chez le vice-consul : la peur.

— Oh ! dit-elle, je n'aurais pas dû vous parler de ça...

— C'est-à-dire... comment ne pas y penser ?

Elle essaie de rire un peu. Il rit, lui. Elle l'entend et cesse de rire.

— Elle n'avait pas du tout la lèpre, pensez-vous, du tout... Vous savez, tout le personnel qui nous est affecté passe régulièrement des visites médicales. Il n'y a rien à craindre.

L'écoute-t-il ?

— Mais je n'ai pas peur de la lèpre, dit-il en riant.

— Les accidents sont très rares… il n'y en a eu qu'un à ma connaissance, un ramasseur de balles, j'étais déjà là quand c'est arrivé, alors je peux vous en parler, vous dire à quel point le contrôle est sérieux… ainsi toutes les balles ont été brûlées, les raquettes aussi…

Non. Il écoute mal.

— Vous disiez que tout le monde au début…

— Oui, bien sûr, mais ce n'est pas obligatoirement sous cette forme, la peur de la lèpre que… enfin vous comprenez…

On dit :

— Saviez-vous que les lépreux éclatent sous les coups comme sacs de poussière ?

— Sans crier ? Sans douleur peut-être ? Peut-être même avec un grand soulagement ? un indicible soulagement ?

— Qui sait ?

— Est-il pensif, le vice-consul de France à Lahore ? Ou pense-t-il ?

— Tiens, je ne me suis jamais demandé quelle pouvait être la différence. C'est intéressant.

— Il a dit qu'il était vierge au directeur du Cercle. Que croyez-vous ?

— Alors, serait-ce cela ? Cette abstinence c'est effroyable…

Ils dansent.

— Vous comprenez, dit la femme d'une voix douce, tout le monde a des débuts difficiles à Calcutta. Moi, j'étais tombée dans une profonde tristesse – elle sourit –, mon mari se désolait et puis, petit à petit, jour après jour, j'ai fini par m'habituer. Même quand on croit que ce n'est pas possible, on s'habitue. À tout. Il y a pire que ça, vous savez. Singapour, eh bien c'est abominable, parce que là, le contraste est tel…

Non, il n'écoute rien. Elle cesse de parler.

On cherche avec lassitude qui était le vice-consul avant Lahore. Qui est cet homme maintenant venu de Lahore.

Il vient à l'idée de Charles Rossett, tout en dansant avec Anne-Marie Stretter, que ce qu'il a vu, vers les tennis déserts, est connu de quelqu'un d'autre que lui. Que, dans la lumière crépusculaire de la mousson d'été, quelqu'un d'autre devait regarder vers les tennis déserts au moment où passait le vice-consul. Quelqu'un qui maintenant se tait. Elle, peut-être.

On dit : Tout a commencé peut-être par Lahore.

On dit:

— Il s'ennuyait à Lahore, c'est peut-être ça.

— L'ennui, ici, c'est un sentiment d'abandon colossal, à la mesure de l'Inde elle-même, ce pays donne le ton.

Anne-Marie Stretter est libre. Le vice-consul de Lahore se dirige vers elle. On dirait qu'il hésite. Il fait quelques pas. Il s'arrête. Elle est seule. Ne le voit-elle pas venir ?

Charles Rossett voit que l'ambassadeur de France va vers le vice-consul de Lahore et qu'il lui parle. Ainsi a-t-il évité à sa femme de danser avec lui. A-t-elle vu ? Oui.

— Monsieur de H., votre dossier est arrivé la semaine dernière.

Le vice-consul attend.

— Nous en reparlerons, mais j'aimerais vous en dire déjà quelques mots...

Le regard est lumineux. Je suis à votre disposition. L'ambassadeur hésite, puis pose la main sur l'épaule du vice-consul de Lahore qui sursaute. L'ambassadeur continue à l'entraîner vers le buffet.

On dit: L'ambassadeur, le nôtre, vous avez vu ce geste, est un homme admirable.

— Venez... je vous rassure tout de suite... Moi, les dossiers, je n'y crois pas... d'ailleurs, n'exagérons rien, il n'est pas tellement tellement terrible votre dossier...

La main sur l'épaule se retire. L'ambassadeur demande deux coupes de champagne. Ils boivent. Le vice-consul ne lâche pas l'ambassadeur des yeux. Celui-ci paraît gêné par ce regard.

— Venez – ils vont dans le deuxième salon —, il y a trop de bruit ici.

— Si j'ai bien compris, mon ami, vous voudriez Bombay... Or vous ne pourriez pas, à Bombay, occuper le même poste qu'à… Lahore. Votre candidature ne serait pas acceptée, vous comprenez n'est-ce pas, c'est trop tôt, oui, encore. Tandis que si vous restez ici… le temps ne pourrait que jouer en votre faveur. Vous savez l'Inde est un gouffre d'indifférence dans lequel tout est noyé. Moi, si vous le voulez, je vous garde à Calcutta.

— Si vous voulez, monsieur l'ambassadeur.

L'ambassadeur paraît étonné.

— Vous renonceriez à Bombay ?

— Oui.

— Pour tout vous dire cela m'arrangerait. Et puis Bombay c'est tellement demandé…

L'ambassadeur doit trouver que dans les yeux il y a soit de l'insolence, soit de la peur.

— Vous savez, dit-il, une carrière, c'est mystérieux, plus on la veut, moins elle vient… Ça ne se fabrique pas, une carrière. Vous avez mille façons d'être vice-consul de France, vous voyez ce que je veux dire ? Lahore, bien sûr, c'est embêtant, mais si vous, vous l'oubliez, les autres l'oublieront aussi, vous comprenez ?

— Non, monsieur l'ambassadeur.

L'ambassadeur paraît vouloir s'éloigner du vice-consul. Non, il se ravise.

— Calcutta, vous ne vous y faites pas ?

— Je crois que si.

L'ambassadeur sourit.

— Je suis bien embarrassé… que va-t-on faire de vous ?

Le vice-consul lève les yeux. Insolence, doit penser l'ambassadeur, est le mot qui convient.

— Je n'aurais jamais dû venir aux Indes peut-être ?

— Peut-être. Mais il y a des remèdes contre… la nervosité, contre… tout ce qu'on appelle ainsi, vous le savez ?

— Je ne sais pas.

Des femmes pensent : Il faudrait que l'une d'entre nous lui parle peut-être. Une femme pleine de sollicitude et d'intelligence qui s'adresserait à lui, et peut-être à son tour parlerait-il. Une femme pleine de patience seulement, peut-être n'en demande-t-il pas davantage.

L'ambassadeur esquisse de nouveau un mouvement de fuite. Il se ravise encore. Il doit parler à cet homme, lui, ce soir, à cet homme au regard mort, qui le regarde.

— Dans les débuts, tous, moi-même, mon cher H., nous en sommes au même point. De deux choses l'une, ou on part, ou on reste. Si on reste, comme on ne peut pas voir les choses en face, il faut... inventer, oui, inventer une façon de les regarder, trouver, comment... – Aucune réponse du vice-consul qui l'écoute. — N'y a-t-il pas quelque chose que vous aimez faire, que vous pourriez faire ici ?

— Je ne vois pas, mais je ne demande que des conseils.

Peut-être a-t-il bu. Le regard est fixe. Écoute-t-il ? Cette fois, l'ambassadeur abandonne.

— Venez me voir jeudi à mon bureau, onze heures, ça vous va ? – Il se rapproche et ajoute tout bas, en regardant par terre. — Écoutez... pesez bien le pour et le contre, si vous n'êtes pas sûr de vous, rentrez à Paris. Le vice-consul s'incline, dit oui.

L'ambassadeur va vers George Crawn. Il parle vite, sur un tout autre ton qu'au vice-consul. Son regard brille d'intérêt, tout à coup. Charles Rossett croit voir le vice-consul s'approcher et il s'approche à son tour. Ils entendent. L'ambassadeur parle de la chasse au Népal. L'ambassadeur va souvent chasser au Népal, c'est sa passion. Anne-Marie ne veut jamais venir.

— Je n'insiste plus... tu la connais, la dernière fois elle a fini par venir, mais elle n'aime que le delta.

Charles Rossett se trouve nez à nez avec le vice-consul qui lui dit en riant :

— Certaines femmes rendent fou d'espoir, vous ne trouvez pas ? – Il regarde vers Anne-Marie Stretter qui, une coupe de champagne à la main, écoute distraitement quelqu'un. — Celles qui ont l'air de dormir dans les eaux de la bonté sans discrimination... celles vers qui vont toutes les vagues de toutes les douleurs, ces femmes accueillantes.

Il est soûl, pense Charles Rossett. Le rire du vice-consul est silencieux, toujours.

— Vous croyez que c'est... ça ?

— Quoi ?

— Qui... attire ?

Le vice-consul ne répond pas. Aurait-il oublié ce qu'il vient de dire ? Il regarde attentivement Charles Rossett.

Charles Rossett qui essaie de rire, n'y parvient pas, et qui s'éloigne.

Charles Rossett a encore invité Anne-Marie Stretter à danser. Le vice-consul attend quelque chose maintenant. Sa difficulté à être là paraît de plus en plus grande. Il a l'air de le ressentir. Mais on imagine mal qu'il attende d'inviter Anne-Marie Stretter à danser. Alors on dit : Qu'attend-il pour partir ?

Ils ne sont plus qu'une dizaine à danser. La chaleur décourage en effet. La femme du consul d'Espagne vient vers le vice-consul qui est seul, elle lui parle. Il lui répond à peine. Elle s'en va.

Posté près de la porte, il attend maintenant visiblement très fort, on ne voit pas quoi.

C'est Charles Rossett qui lui donne sa chance. Il s'arrête près de la porte tandis qu'une danse cesse et il lui parle en attendant qu'une autre recommence. Anne-Marie Stretter se trouve ainsi devant le vice-consul qui s'incline. Ils sont partis sur la piste, elle et l'homme de Lahore.

Alors toute l'Inde blanche les regarde.

On attend. Ils se taisent.

On attend. Ils se taisent encore. On regarde moins.

Elle transpire légèrement, moiteur rafraîchie par le vent tiède que remuent les ventilateurs sans quoi le Blanc à Calcutta fuirait. On dit : Regardez quelle audace. On dit : Non seulement elle danse avec le vice-consul de Lahore, mais elle va même lui parler. On dit : Le dernier venu à Calcutta ce n'est pas le vice-consul de Lahore, non, c'est ce grand jeune homme blond aux yeux clairs et tristes, Charles Rossett, vous le voyez là, près du buffet, qui les regarde danser... il a beaucoup dansé avec elle déjà, lui, c'est lui, je le jurerais, le prochain qui ira se joindre aux autres dans la villa du delta. Regardez-le, on dirait qu'il craint quelque chose... non... il ne les regarde plus, ce n'est rien, rien, il ne se passera rien, rien.

Le vice-consul doit s'apercevoir qu'autour de lui les autres dansent lentement, qu'elle a chaud, qu'il danse comme à Paris, que ça ne se fait pas et qu'elle est un peu plus lourde à mener qu'elle ne devrait, qu'elle résiste au mouvement. Le vice-consul, qui ne remarque rien, dirait-on, remarque cette chose-là : il murmure une excuse et ralentit.

C'est elle qui parle la première.

On le sait bien, nous, elle parle de la chaleur d'abord. Elle a une façon comme confidentielle de parler du climat de Calcutta. Mais à lui parlera-t-elle de la mousson d'été, de cette île des bouches du Gange où jamais il n'ira ? On ne saura pas.

— Si vous saviez, vous ne savez pas encore, mais vous verrez dans une quinzaine de jours, on ne dort plus, on attend les orages. L'humidité est telle que les pianos se désaccordent en une nuit... Je fais du piano, oui, j'en ai toujours fait... Vous en faites peut-être ?

Ce que dit le vice-consul de France est mal entendu par Anne-Marie Stretter : un bafouillage duquel il ressort qu'il a dû faire de la musique quand il était enfant, mais que depuis...

Il se tait. Elle lui parle. Il se tait.

Il se tait complètement après avoir dit qu'il faisait de la musique étant enfant et après avoir ajouté de façon plus intelligible que ses études de piano ont été interrompues lorsqu'il a été mis dans une école en province. Elle ne demande pas quelle école, quelle province, ni pourquoi.

On dit : Préférerait-elle qu'il parle ?

On parle, c'est ainsi, on parle.

Parfois, certains soirs elle le fait elle aussi, elle parle. Avec qui ? de quoi ? Il est grand, vous avez vu ? elle lui arrive à l'oreille. Il porte le smoking avec aisance. Aspect trompeur de la silhouette et du visage aux traits réguliers. Honneur du nom... abstinence terrifiante de l'homme de Lahore, de Lahore martyre, lépreuse, dans quoi il a tué, sur quoi il a adjuré la mort de fondre.

Elle dit la seconde phrase.

— Nous étions à Pékin la dernière fois. C'était juste avant le grand bouleversement. On vous dira... comme on nous le disait, que Calcutta c'est très dur, que, par exemple, cette chaleur extraordinaire on ne s'y habitue jamais, n'écoutez pas, rien... À Pékin c'était pareil, tout le monde parlait... on n'entendait que des avis, tout ce qu'on disait était, comment vous dire, le mot le plus juste pour dire ça...

Elle ne cherche pas le mot.

— Le mot pour le dire... ?

— C'est-à-dire que le premier mot qui paraîtrait convenable, ici aussi, empêcherait les autres de vous venir, alors...

Il dit :

— Vous étiez à Pékin aussi.

— Oui, j'étais là.

— Je crois avoir compris, ne cherchez pas.

— D'en parler très vite, à tout prix, d'y penser à tout prix, très vite pour que ce soit fait empêchait de dire autre chose de tout à fait différent, de beaucoup plus éloigné qui aurait pu être dit aussi, pourquoi pas, n'est-ce pas ?

— Je peux me tromper, ajoute-t-elle.

Il parle à son tour.

La voix du vice-consul, quand il parle à Anne-Marie Stretter pour la première fois, est distinguée, mais bizarrement privée de timbre, un rien trop aiguë comme s'il se retenait de hurler.

— On m'a dit que des gens ici avaient parfois très peur de la lèpre, la femme d'un secrétaire au consulat d'Espagne...

— Ah oui, je vois. Elle en avait très peur en effet. – Elle reprend. — Que vous a-t-on dit sur cette femme ?

— Que sa peur était absurde mais qu'on a dû la renvoyer en Espagne.

— Ce n'était pas tout à fait sûr qu'elle n'avait rien.

— Elle n'avait rien.

Elle s'écarte et cette fois-ci le dévisage. Il ne l'a pas crue, s'étonne-t-elle ? Avait-on remarqué la transparence des yeux vert d'eau ? mais le sourire oui, déjà, sans doute, lorsqu'elle est seule et ne sait pas qu'on la voit, sans doute. Pas les yeux puisqu'il tremble, lui, il n'avait pas vu les yeux ?

— Elle n'avait rien en effet.

Il ne répond pas. C'est elle qui demande :

— Pourquoi m'en parlez-vous ?

On dit : Regardez comme elle a l'air dur parfois, parfois on dirait que sa beauté change... Y a-t-il de la férocité dans son regard ? ou au contraire – de la douceur ?

— Pourquoi me parlez-vous de la lèpre ?

— Parce que j'ai l'impression que si j'essayais de vous dire ce que j'aimerais arriver à vous dire, tout s'en irait en poussière... – il tremble –, les mots pour vous dire, à vous, les mots... de moi... pour vous dire à vous, ils n'existent pas. Je me tromperais, j'emploierais ceux... pour dire autre chose... une chose arrivée à un autre...

— Sur vous ou sur Lahore ?

Elle ne fait pas comme l'autre femme, elle n'écarte pas la tête pour voir le visage. Elle ne demande pas, ne reprend pas, n'invite pas à continuer.

— Sur Lahore.

Ceux qui le regardent aperçoivent dans son regard une sorte de joie très intense. Le feu qui a brûlé là-bas, à Lahore, on y pense, on est un peu effrayé sans que l'on sache très bien pourquoi, car il ne veut aucun mal à Mme Stretter, c'est sûr.

— Vous croyez que vous devez...

— Oui. Je voudrais être entendu de vous, de vous, ce soir.

Elle l'a regardé si rapidement qu'il ne doit pas avoir revu ses yeux mais seulement son regard qui se retire. Il parle tout bas.

On dit : Il parle tout bas, regardez-le comme s'il... Il a l'air véritablement bouleversé, vous ne trouvez pas ?

— Ensuite, c'est cela que je voudrais essayer de vous dire, après, on sait que c'est soi qui était à Lahore dans l'impossibilité d'y être. C'est moi qui... celui qui vous parle en ce moment... c'est lui. Je voulais que vous entendiez le vice-consul de Lahore, je suis celui-là.

— Que dit-il ?

— Qu'il ne peut rien dire sur Lahore, rien, et que vous devez le comprendre.

— Ce n'était pas la peine, peut-être ?

— Oh ! si. Je peux dire aussi si vous voulez bien : Lahore, c'était encore une forme de l'espoir. Vous comprenez, n'est-ce pas ?

— Je crois. Mais je pensais qu'il y avait autre chose... qu'on pouvait, sans aller jusqu'où vous, vous êtes allé... autre chose qui pouvait se faire.

— Peut-être. J'ignore quoi. Mais essayez quand même, je vous en supplie, d'apercevoir Lahore.

On dit : Mais que se passe-t-il entre eux ? Il lui ferait confidence des circonstances ? Pourquoi pas ? C'est la femme la meilleure de Calcutta...

— C'est très difficile de l'apercevoir tout à fait — elle sourit — , je suis une femme... Ce que je vois seulement c'est une possibilité dans le sommeil...

— Essayez dans la lumière. Il est huit heures du matin, les jardins de Shalimar sont déserts. Je ne sais pas que vous existez vous aussi.

— Je vois un peu, un peu seulement.

Ils se taisent. On remarque dans leurs yeux à tous deux une expression commune, une même attention peut-être ?

— Aidez-vous de l'idée qu'on est un clown qui se réveille.

Elle s'écarte de nouveau un peu de lui mais elle ne regarde pas, elle cherche.

— C'est-à-dire, dit-elle, je ne pense rien.

— C'est ça.

Charles Rossett pense qu'ils parlent de Bombay, de sa nomination, pas d'autre chose, elle ne veut pas, c'est pourquoi elle parle tant, coûte que coûte, ça l'épuise, ça se voit.

— Je voudrais que vous disiez que vous apercevez le côté inévitable de Lahore. Répondez-moi.

Elle ne répond pas.

— Il est très important que vous l'aperceviez, même un très court instant. Elle a un petit recul, un sursaut. Elle croit devoir sourire. Il ne sourit pas. Elle tremble elle aussi maintenant.

— Je ne sais pas dire... Il y a sur votre dossier le mot impossible. Est-ce le mot cette fois ?

Il se tait. Elle demande encore :

— Est-ce le mot ? Répondez-moi...

— Je ne sais pas moi-même, je cherche avec vous.

— Peut-être y a-t-il un autre mot?

— Ce n'est plus la question.

— J'aperçois le côté inévitable de Lahore, dit-elle. Je l'apercevais déjà hier mais je ne le savais pas.

C'est tout. Ils se taisent longtemps. Puis il demande avec une très grande hésitation:

— Vous croyez qu'il y a quelque chose que nous pouvons faire pour moi tous les deux?

Alors elle est très sûre.

— Non, il n'y a rien. Vous n'avez besoin de rien.

— Je vous crois.

La danse se termine.

Il est une heure du matin. Elle danse avec Charles Rossett.

— Qui est-il?

— Oh! un homme mort...

Mort. Gonflement des lèvres au passage du mot, lèvres humides et pâlies à la fin de la nuit. A-t-elle condamné? Il ne sait pas. Il dit:

— Vous lui avez parlé, ça a dû lui faire du bien. Moi, c'est terrible, je ne peux pas le supporter du tout...

— Ce n'est pas la peine d'essayer, je crois.

Du buffet, il les regarde. Il est seul.

— Ce ne servirait à rien que nous en parlions, reprend-elle, c'est très difficile, c'est impossible aussi... Je crois qu'il faut que vous pensiez à une chose c'est que, parfois... une catastrophe peut éclater en un lieu très lointain de celui où elle aurait dû se produire... vous savez, ces explosions dans la terre qui font monter la mer à des centaines de kilomètres de l'endroit où elles se sont produites...

— Il est la catastrophe?

— Oui. C'est une image classique sans doute mais sûre. Il n'est pas nécessaire de chercher davantage.

Les yeux sont fuyants.

— C'est mieux de penser cela, ajoute-t-elle.

Elle ne ment pas, pense Charles Rossett, non, elle, je désire qu'elle ne mente pas.

Le visage du vice-consul est redevenu calme. Regardez-le, est-ce... est-il désespéré? Elle dit non. Elle ne ment pas, elle ne mentira pas.

Mme Stretter dit la vérité.

Le vice-consul boit du champagne. Personne ne va vers lui, ce n'est pas la peine de lui parler, il n'écoute personne, on le sait, sauf elle, l'ambassadrice. Charles Rossett ne quitte pas Anne-Marie Stretter même après la danse. Elle dit : Vous verrez, tout se vaut ici, avec un peu de temps, par exemple, on peut faire de la musique, la seule chose difficile serait d'avoir des conversations avec les gens et, voyez, nous parlons...

Le vice-consul s'est rapproché et a certainement entendu.

Elle rit. Le vice-consul a ri aussi, seul. On dit : Regardez maintenant, il bouge, il va d'un groupe à l'autre, il écoute, mais on dirait qu'il n'a pas envie de se mêler à la conversation.

Mousson. Hygiène pendant la mousson. Il faut boire du thé vert brûlant pour couper la soif. Le vice-consul attend-il une nouvelle fois qu'elle soit libre ? On ne l'entend pas arriver vers vous. Dans un groupe on rit très fort. Quelqu'un raconte une histoire de réveillon. A-t-on remarqué, les amis qu'on se fait aux Indes on les oublie aussitôt revenu en France ?

Ils sont au bar. L'ambassadeur est avec eux. Ils se parlent. Ils rient. Le vice-consul de France n'est pas très loin d'eux. Certains croient qu'il attend un signe de leur part : Joignez-vous à nous, et qu'eux ne le souhaitent pas, on pense que c'est dur. Trop dur. Certains autres croient qu'il pourrait, s'il le voulait, les rejoindre, mais qu'il ne le désire pas et que cette distance entre un homme et un autre homme, c'est lui, le vice-consul de Lahore, qui veut la garder telle qu'elle a été ce soir, ici, irréductible. On dit : Il boit trop, s'il continue... comment est-il lorsqu'il est ivre ?

La femme du consul d'Espagne vient vers lui une dernière fois. Elle lui dit gentiment : Vous avez l'air d'être un peu désemparé. Il ne lui répond pas. Il l'invite à danser.

— La lèpre, je la désire au lieu d'en avoir peur, lui dit-il, je vous ai menti tout à l'heure.

Le ton est gai, un peu moqueur, moqueur ? Les yeux sont grands ouverts, bordés de cils droits qui les cachaient un moment avant. Les yeux rient.

— Pourquoi dites-vous ça ?

— Je pourrais expliquer pourquoi longuement, mais seulement à toute une assemblée, à une seule personne je ne pourrais pas le faire.

— Ah, mais pourquoi ?

— Ça n'aurait pas de sens.

— Ah, mais que c'est triste ce que vous dites, pourquoi ? Ne buvez plus.

Il ne répond pas.

— Il n'a pas, dit Anne-Marie Stretter à Charles Rossett, la voix qu'on lui prêterait à le voir. À voir les gens on leur prête des voix qu'ils n'ont pas toujours, c'est son cas.

— Une voix ingrate comme greffée...

— La voix d'un autre?

— Oui, mais de qui?

Le vice-consul les croise. Il est pâle. Il a trébuché sur un fauteuil. Il ne les a pas vus.

Il est vers deux heures et demie du matin.

— De quoi vous a-t-il parlé en dansant? demande Charles Rossett.

Elle dit:

— De quoi? De la lèpre. Il en a peur.

— C'est vrai ce que vous dites sur sa voix... mais le regard aussi... c'est comme s'il avait le regard d'un autre, je n'y avais pas pensé.

— De qui?

— Ah ça...

Elle réfléchit.

— Peut-être qu'il n'a pas de regard.

— Du tout?

— À peine, en passant, quelquefois, il en aurait un.

Leurs regards se croisent. À la fin de la nuit, pense Charles Rossett, l'invitation aux Îles.

Elle danse avec un autre. Il ne danse avec personne d'autre, il n'y pense pas.

On dit:

— Le dossier n'explique rien, il paraît, rien.

— Il vient de toute façon trop tard pour expliquer tout, y compris, et surtout, ce qu'il y a dedans.

— C'est curieux, vous ne trouvez pas? On ne le plaint pas.

— C'est vrai.

— Il y a des hommes qui vous forcent à penser à qui était leur mère quand même.

— Mais non, mais non. L'absence de mère rend libre et fort aussi bien. Tenez, je suis sûr qu'il est orphelin...

— Je suis sûre que s'il n'était pas orphelin, il aurait inventé qu'il l'était.

— Il y a une chose que je n'ose pas vous dire, dit Charles Rossett...

— À son propos? demande Anne-Marie Stretter.

— Oui.

— C'est inutile, dit-elle, ne dites rien, n'y pensez plus.

Le vice-consul de France à Lahore est de nouveau seul. Il a quitté sa place favorite, près de la porte d'entrée, et se tient près du bar. La femme du vice-consul d'Espagne n'est plus à côté de lui. Il y a maintenant près d'une heure qu'elle est partie dans l'autre salon. Sitôt la danse terminée, elle est partie et elle n'est pas revenue. On l'entend rire. Elle est ivre. Rejoindre le vice-consul, pense Charles Rossett. Il va le faire. Il va le faire quand l'ambassadeur l'en empêche. Charles Rossett semble comprendre que l'ambassadeur attend déjà depuis un moment de lui dire quelque chose. Il lui prend le bras, l'entraîne vers le buffet, à deux mètres du vice-consul de Lahore qui boit trop.

Il est plus de trois heures du matin. Déjà, des gens sont partis.

On pense : Le vice-consul ne part pas. Cet homme est tout à fait seul. Dans la vie l'est-il toujours autant? Toujours? À sa place, d'autres ne chercheraient-ils pas, par exemple, vers l'idée de Dieu? Qu'a-t-il trouvé aux Indes qui le déchaîne? Ne savait-il pas avant de venir? Lui fallait-il voir pour savoir?

L'ambassadeur parle bas :

— Dites-moi... ma femme a dû vous dire que nous aimerions bien vous avoir un soir à la maison – il sourit; voyez-vous, quelquefois, il y a certaines gens qu'on aimerait connaître mieux que d'autres... les lois qui régissent une société normale, ici, n'ont pas cours, mais il faut quelquefois sortir de cette convention. Si ma femme ne vous a encore rien dit, c'est qu'elle trouve préférable que je vous en parle d'abord. Vous voulez bien?

On pense : S'il avait en lui une disposition à voir Lahore comme il l'a vue, le savait-il avant? Serait-il venu, le sachant?

L'ambassadeur voit la petite surprise désagréable que son invitation vient de produire chez Charles Rossett. Si M. l'ambassadeur est un mari complaisant, comme on le dit à Calcutta, il sait que je suis en train de le penser, pourquoi l'affiche-t-il ? On peut ne pas sauter sur l'invitation, ne pas répondre que c'est un bonheur, que c'est un honneur, mais on ne peut pas refuser à l'ambassadeur d'aller aux Îles en compagnie de sa femme, de lui faire passer le temps, le soir, ici, à Calcutta.

Certains disent que la conduite de M. Stretter avec certains nouveaux venus est habile, qu'il indique ainsi les limites permises plus tard, on ne sait jamais.

— Je serai heureux de venir.

Anne-Marie Stretter doit bien se douter de ce qu'ils se disent. Elle vient. Charles Rossett est tout de même un peu troublé : c'est trop – à peine un peu trop rapide – comme une liquidation de l'avenir. Il se souvient de quelque chose qu'on lui a dit au Cercle, que l'ambassadeur a essayé d'écrire des romans, autrefois, on dit : Sur le conseil de sa femme, il a abandonné, c'est cela. On lui trouve un air résigné mais heureux. Les chances qu'il aurait désiré avoir, il ne les a pas eues, il a eu les autres, celles qu'il ne désirait pas, qu'il n'attendait plus, cette femme si jeune qui, dit-on, ne l'aimait pas mais qui l'a suivi.

Unis. Ils vivent ensemble dans les capitales du monde asiatique –, depuis dix-sept ans. Maintenant la fin de leur vie commence. Ils n'étaient plus si jeunes déjà lorsqu'un jour – on l'entend – elle lui a dit : Il ne faut pas écrire, restons ici, de ce côté-ci, en Chine, aux Indes, de la poésie personne ne sait, il y a dix poètes sur des milliards d'hommes chaque siècle... Ne faisons rien, restons là... rien... Elle vient et boit du champagne. Puis elle va vers quelqu'un qui vient d'arriver.

— Je vous ai vu, dit l'ambassadeur, vous avez parlé au vice-consul de Lahore. Je vous remercie.

On dit : Tiens, le voilà, voilà Michael Richard... vous ne savez pas ?

Michael Richard a dans les trente ans. Son élégance dès qu'il entre attire l'attention. Il cherche des yeux Anne-Marie Stretter, la trouve, lui sourit.

On dit : Vous ne savez pas que depuis deux ans... tout Calcutta est au courant.

Près de Charles Rossett la voix sifflante : il vient de l'autre bout du buffet, un verre de champagne à la main.

— Vous avez l'air bien absorbé.

On dit : Il reste encore, le vice-consul, regardez comme il reste tard.

On pense : Il lui fallait voir Lahore pour être sûr de Lahore ? Ah ! il tenait à cette ville un langage cruel.

Ne rien lui dire, pense Charles Rossett, rester sur ses gardes. Il n'a sans doute pas encore vu Michael Richard, d'ailleurs, quelle importance ? Que voit-il ? Elle, on dirait, elle seulement.

— J'ai envie de champagne, dit Charles Rossett, depuis que je suis ici, je bois trop...

On pense à lui en termes d'interrogatoire : Cette bicyclette de femme, celle de Mme Stretter, comment se présente-t-elle à vos yeux ?

On entend la réponse : Je n'ai rien à dire sur les raisons...

On songe : Et quand il a été confirmé dans ce qu'il croyait qu'était Lahore avant de la voir il a appelé la mort sur Lahore.

Une femme : Le prêtre dit que Dieu fournit l'explication si on le prie. Quelqu'un se moque.

— Vous verrez, dit le vice-consul à Charles Rossett, ici, l'ivresse est toujours pareille.

Ils boivent. Anne-Marie Stretter se trouve dans le salon à côté avec George Crawn, Michael Richard et un jeune Anglais qui est arrivé avec lui. Charles Rossett saura où elle se trouve jusqu'à la fin de la nuit.

— Mme Stretter donne envie de vivre, vous ne trouvez pas ? demande le vice-consul. – Charles Rossett ne bronche pas, ne répond pas. — Vous serez reçu et sauvé du crime, inutile de nier, ajoute le vice-consul, j'ai tout entendu.

Il rit.

Ne pas marquer le coup, pense Charles Rossett. Le ton du vice-consul est celui de la gaieté. Il ajoute en riant :

— Quelle injustice.

— Vous serez reçu aussi, dit Charles Rossett, chacun son tour, ça s'est trouvé comme ça.

Faire le mort.

— Je ne le serai pas. – Il continue à rire. — Lahore fait peur. Je parle faux, vous entendez ma voix ? Remarquez, je ne déplore rien. Tout est parfait.

On songe : Il appelait seulement la mort sur Lahore mais aucune autre malédiction d'aucune sorte qui eût témoigné que Lahore, à ses yeux, eût pu être créée donc défaite par quelque autre puissance que la mort. Et parfois, la mort lui paraissait sans doute trop, une croyance abjecte, une erreur encore, alors il appelait sur Lahore le feu, la mer, des calamités matérielles, logiques, d'un monde exploré.

— Mais pourquoi parlez-vous de cette façon ? demande Charles Rossett.

— Laquelle ? demande le vice-consul.

— Excusez-moi... on parlait de vous tout à l'heure en dansant... si vous voulez savoir... Il paraît que vous avez peur de la lèpre ? Il ne faut pas, vous savez bien que la lèpre n'atteint que les populations qui souffrent d'une mono-alimentation... Mais qu'est-ce qui vous prend ?

Le vice-consul pousse une basse exclamation de colère, il pâlit, il jette son verre qui se brise. Il y a un silence. Il rugit tout bas :

— Je savais qu'on ferait un sort à une chose que je n'ai pas dite, comme c'est terrible...

— Mais vous êtes fou... ça n'est pas déshonorant d'avoir peur de la lèpre...

— C'est un mensonge. Qui a parlé de ça ?

— Mme Stretter.

Brutalement la colère du vice-consul le quitte, et une pensée lui vient qui l'inonde comme ferait le bonheur.

Les gens ne comprennent pas.

Anne-Marie Stretter est arrivée dans la salle octogonale et distribue aux dames les roses arrivées dans l'après-midi du Népal. On se récrie qu'elle devrait les garder pour elle. Elle dit qu'elle en a trop, elle dit que demain les salons seront vides et que les roses... non, qu'elle n'aime pas beaucoup les fleurs... Elle fait vite, un peu trop vite, comme pour se débarrasser d'une petite corvée. Une dizaine de femmes l'entourent.

Le vice-consul a un regard difficile à supporter. On dirait qu'il attend de la douceur et peut-être de l'amour. Qu'ils viennent. De l'enchevêtrement, de la confusion de toutes les douleurs, pense Charles Rossett, on dirait qu'il réclame sa part tout à coup. La femme du consul d'Espagne arrive, une rose à la main.

— Quand Mme Stretter distribue ses roses, c'est qu'elle a assez de nous, c'est un signal. Mais on est libre de faire comme si on ne comprenait pas.

Le vice-consul ne dit rien.

L'orchestre a repris, mais il y a un remue-ménage, on part, c'est vrai. La femme du consul a visiblement trop bu.

— Vous qui avez un mauvais moral, dit-elle à Jean-Marc de H., je vais vous dire une chose qui va vous amuser : tout le monde ne part pas, il y en a qui restent, oui, je peux bien vous le dire, tout le monde le sait, et puis comme je suis un peu ivre... ça finit parfois très drôlement ces réceptions... Écoutez : après, ils vont... Mme Stretter va quelquefois dans un bordel de Calcutta... le *Blue Moon*... avec des Anglais... ceux-là, les trois qui sont là... ils se soûlent à mort... je n'invente rien... demandez autour de vous...

Elle éclate de rire, elle ne s'aperçoit pas qu'eux ne rient pas, s'en va. Le vice-consul de France a les yeux baissés. Il a posé son verre de champagne sur la table. Il n'a pas l'air d'avoir entendu.

— Vous y croyez ? demande Charles Rossett.

Dans un coin désolé du salon octogonal, il n'y a plus de fleurs, Anne-Marie Stretter auprès de son mari tend la main en souriant.

— Je ne pense pas que cette femme ait inventé ça, continue Charles Rossett.

Le vice-consul de Lahore ne répond toujours pas. Il a l'air de découvrir qu'il est tard. Il n'y a presque plus personne dans le salon à côté. Ici trois couples dansent encore. On circule de plus en plus facilement. Des lumières ont été éteintes. Des plateaux ont été enlevés.

Le vice-consul quitte Charles Rossett.

Il se dirige vers Anne-Marie Stretter. Que va-t-il faire ?

On part toujours, de tous les côtés on part. Elle est dans le même coin du salon octogonal, dit quelque chose à son mari, serre des mains.

Dans l'autre salon il semblerait qu'il reste un peu de monde, trop encore, qu'elle s'en inquiète un peu, elle regarde par là.

Le vice-consul ne voit rien semble-t-il, il ne voit pas qu'elle est occupée, qu'elle se doit de rester là pour dire bonsoir, il est devant elle – cela jette un froid, les gens s'arrêtent –, il ne voit rien, il s'incline, elle ne comprend pas, il reste ainsi, incliné, les invités le considèrent, narquois, effrayés. Il relève la tête, la regarde, ne voit rien, qu'elle, elle seule, ne voit pas l'expression navrée de l'ambassadeur. Elle fait la grimace, elle sourit, elle dit :

— Si j'accepte je n'en finirai plus, et je n'ai plus envie de danser...

Il dit :

— J'insiste.

Elle s'excuse autour d'elle, le suit. Ils dansent.

— On vous a demandé ce que je vous avais dit. Vous avez dit que nous avions parlé de la lèpre. Vous avez menti pour moi. Vous n'y pouvez plus rien, c'est fait.

Les mains de l'homme sont brûlantes. Pour la première fois sa voix est belle.

— Vous n'avez rien répété ?

— Rien.

Elle regarde vers Charles Rossett. Ses yeux sont très tristes. Charles Rossett s'y trompe. Le vice-consul de Lahore doit dire à Mme Stretter qu'elle n'aurait pas dû répéter ce qu'il lui a dit sur la lèpre, et elle, cela l'ennuie.

— J'ai menti pour vous dans le bonheur, dit-elle.

Un des trois Anglais est venu vers Charles Rossett — tout est parfaitement orchestré —, il est jeune, c'est celui qui est arrivé en même temps que Michael Richard. Il l'a déjà vu aller vers les tennis. Il a l'air d'ignorer ce qui se passe, l'attitude présente du vice-consul de Lahore.

— Je m'appelle Peter Morgan. Restez, vous voulez bien?

— Je ne sais pas encore.

Le vice-consul vient de dire quelque chose à Anne-Marie Stretter, une chose qui la fait reculer. Il l'attire vers lui. Elle se dégage. Jusqu'où ira-t-il? L'ambassadeur aussi le surveille. Il ne recommence plus. Mais elle veut fuir, on dirait. Elle est désemparée, et peut-être a-t-elle peur?

— Je sais qui vous êtes, dit-elle. Nous n'avons pas besoin de nous connaître davantage. Ne vous trompez pas.

— Je ne me trompe pas.

— Je prends la vie légèrement — sa main essaye de se retirer —, c'est ce que je fais, tout le monde a raison, pour moi, tout le monde a complètement, profondément raison.

— N'essayez pas de vous reprendre, ça ne sert plus à rien.

C'est elle qui recommence à parler.

— C'est vrai.

— Vous êtes avec moi.

— Oui.

— En ce moment — il implore —, soyez avec moi. Qu'avez-vous dit?

— N'importe quoi.

— Nous allons nous quitter.

— Je suis avec vous.

— Oui.

— Je suis avec vous ici complètement comme avec personne d'autre, ici ce soir, aux Indes.

On dit: Elle a un sourire poli. Lui paraît très calme.

— Je vais faire comme s'il était possible de rester avec vous ce soir ici, dit le vice-consul de Lahore.

— Vous n'avez aucune chance.

— Aucune?

— Aucune. Vous pouvez quand même faire comme si vous en aviez une.

— Que vont-ils faire?

— Vous chasser.

— Je vais faire comme s'il était possible que vous me reteniez.

— Oui. Pourquoi faisons-nous ça?

— Pour que quelque chose ait eu lieu.

— Entre vous et moi?

— Oui, entre nous.

— Dans la rue, criez fort.

— Oui.

— Je dirai que ce n'est pas vous. Non, je ne dirai rien.

— Que va-t-il se passer?

— Pendant une demi-heure ils seront mal à l'aise. Puis ils parleront des Indes.

— Ensuite?

— Je jouerai du piano.

La danse se termine. Elle s'écarte et demande avec froideur:

— Qu'allez-vous devenir?

— Vous le savez?

— Vous serez nommé loin de Calcutta.

— C'est ce que vous désirez?

— Oui.

Ils se séparent.

Anne-Marie Stretter passe devant le buffet sans s'arrêter, elle se dirige vers l'autre salon. Elle vient d'y entrer lorsque le vice-consul de Lahore pousse son premier cri. Quelques-uns comprennent: Gardez-moi!

On dit: Il est ivre mort.

Le vice-consul va vers Peter Morgan et Charles Rossett.

— Je reste ce soir ici, avec vous! crie-t-il.

Ils font les morts.

L'ambassadeur prend congé. Dans le salon octogonal trois hommes soûls dorment dans des fauteuils. On sert à boire une dernière fois. Mais déjà les tables sont à moitié vides.

— Vous devriez rentrer, dit Charles Rossett.

Peter Morgan attrape des sandwichs dans les plateaux qu'on enlève, demande qu'on en laisse, dit qu'il a faim.

— Vous devriez rentrer, dit également Peter Morgan.

Le vice-consul de Lahore traverse, croit-on, une crise d'arrogance.

— Pourquoi?

Ils ne le regardent pas, ils ne lui répondent pas. Alors il crie encore:

— Je veux rester avec vous, laissez-moi rester avec vous une fois.

Il les toise. On dira plus tard: Il nous toisait. On dira: Il y avait de l'écume collée à la commissure de ses lèvres. Nous n'étions plus que quelques-uns, on ne voyait que lui, il y avait un profond silence quand il a crié. C'est la colère, partout où il est allé il a dû se signaler par des colères subites, des frénésies comme celles-là... On pense : Cet homme, c'est la colère et la voici, nous la voyons.

Charles Rossett n'oubliera jamais : le lieu se vide, s'agrandit. Des lumières ont été éteintes. On enlève les plateaux. On a peur. L'heure du vice-consul est arrivée. Il crie.

— Soyez calme, dit Charles Rossett, je vous en supplie.

— Je reste ! hurle le vice-consul.

Charles Rossett le prend par le revers de son smoking.

— Vous êtes impossible, décidément.

Le vice-consul supplie.

— Une fois. Un soir. Une seule fois, gardez-moi auprès de vous.

— Ce n'est pas possible, dit Peter Morgan, excusez-nous, le personnage que vous êtes ne nous intéresse que lorsque vous êtes absent.

Le vice-consul se met à sangloter sans un mot.

On entend : Quel malheur, mon Dieu.

Et puis c'est le silence une deuxième fois. Anne-Marie Stretter paraît à la porte du salon. Derrière elle il y a Michael Richard. Le vice-consul tremble de tous ses membres, il va vers elle en courant. Elle ne bouge pas. Le jeune Peter Morgan rattrape le vice-consul qui ne sanglote plus et le mène vers la porte du salon octogonal. Le vice-consul se laisse faire. On dirait qu'il attendait cela. On voit Peter Morgan qui lui fait traverser le parc, on voit les sentinelles ouvrir les portes, le vice-consul qui passe, les portes qui se referment. On entend encore des cris. Et ces cris cessent. Alors Anne-Marie Stretter dit à Charles Rossett : Venez avec nous maintenant. Charles Rossett cloué sur place la regarde. On entend : Ne riait-il pas tout en pleurant ?

Charles Rossett suit Anne-Marie Stretter.

Une personne se souvient : dans les jardins, il sifflote *Indiana's Song*. La dernière personne se souvient d'*Indiana's Song*. C'était tout ce qu'il savait des Indes, avant, *Indiana's Song*.

Une personne songe : Il a vu quoi à Lahore qu'il n'aurait pas vu ailleurs déjà ? Le nombre ? la poussière sur la lèpre ? les jardins de Shalimar ?

Avant Lahore il attendait de voir la propension de Lahore à durer pour durer à son tour dans l'idée de détruire Lahore ? C'est sûr. Car, autrement, il aurait pu mourir, lui, en connaissant Lahore.

Sous le lampadaire, grattant sa tête chauve, elle, maigreur de Calcutta pendant cette nuit grasse, elle est assise entre les fous, elle est là, la tête vide, le cœur mort, elle attend toujours la nourriture. Elle parle, raconte quelque chose que personne ne comprendrait.

La musique cesse derrière la façade éclairée.

Il y a un remue-ménage derrière la porte de la cuisine. Voici la distribution.

Beaucoup de nourriture jetée ce soir derrière les cuisines de l'ambassade de France. Son sac troué sur le dos, elle mange à une vitesse fantastique, elle évite les claques des fous, les coups ; la bouche pleine, elle rit à en perdre la respiration.

Elle a mangé.

Elle contourne les parcs, elle chante, elle va vers le Gange.

— Venez avec nous maintenant, dit Anne-Marie Stretter. Peter Morgan revient. Le vice-consul doit être encore derrière les grilles du parc. On l'entend crier.

Le pick-up tourne, très bas, de la musique de danse, personne n'écoute. Ils sont cinq dans le salon. Charles Rossett se tient un peu à l'écart, près de la porte, il est debout, il écoute les vociférations du vice-consul, il le voit s'accrochant aux grilles – smoking et nœud noir –, les vociférations cessent; titubant il commence à marcher le long du Gange entre les lépreux. Les visages présents, celui d'Anne-Marie Stretter aussi, sont tendus. Ils écoutent. Elle écoute.

George Crawn – ses yeux sont sans cils, dirait-on, perçants au fond des orbites –, on le dirait cruel à voir ses yeux – sauf quand il la regarde. Il est près d'elle. Depuis combien de temps se connaissent-ils? Au moins depuis Pékin. Il se tourne vers Charles Rossett:

— Quelquefois nous allons au *Blue Moon* boire une bouteille de champagne, vous voulez bien venir?

— Comme vous voudrez.

— Oh! je ne sais pas si j'ai bien envie d'aller au *Blue Moon* ce soir, dit-elle.

Charles Rossett fait un effort mais n'arrive pas à chasser l'image du vice-consul qui marche le long du Gange, qui tombe sur les lépreux endormis, se relève en hurlant, sort de sa poche quelque chose d'effrayant... fuit, fuit.

— Écoutez... dit Charles Rossett.

— Non, il ne crie plus.

Ils écoutent, ce ne sont pas des cris, c'est un chant de femme, ça vient du boulevard. À bien écouter on doit crier aussi mais beaucoup plus loin, bien au-delà du boulevard où devrait se trouver encore le vice-consul. À bien écouter tout crie doucement mais loin, de l'autre côté du Gange.

— Ne vous en faites pas, il sera rentré maintenant.

— Nous ne nous connaissons pas, dit Michael Richard.

D'où vient-il ? Il n'habite pas à Calcutta. Il y vient pour la voir, rester auprès d'elle. C'est près d'elle qu'il désire être. Il est un peu moins jeune qu'il n'aurait cru, déjà trente-cinq ans. Charles Rossett se souvient maintenant qu'il l'a vu aussi au Cercle un soir – il doit être là depuis une semaine. Quelque chose les lie, se dit Charles Rossett, de stable, de définitif, mais ce n'est plus, dirait-on, un amour dans son devenir. Oui, il se souvient de son entrée – c'était bien avant les sanglots du vice-consul, des yeux sombres sous les cheveux noirs. On pense qu'il n'est pas impossible qu'un soir, ils soient retrouvés morts ensemble dans un hôtel de Chandernagor, après le *Blue Moon*, une nuit. Ce serait pendant la mousson d'été. On dirait : pour rien, par indifférence à la vie. Charles Rossett est sur le point de s'asseoir. Personne ne l'invite à le faire. Elle l'observe discrètement. Il peut encore refuser la douceur des Îles, les promenades le soir vers Chandernagor, tant de compréhension. Dans ce fauteuil l'autre homme ne prendra jamais place. Charles Rossett se trouve pour la première fois au cœur du saint synode de la blanche Calcutta. Il a encore le choix, partir ou s'asseoir. Elle l'observe sans aucun doute, il en est sûr. Il tombe dans le fauteuil.

Quelle fatigue, en effet, bienheureuse. Elle baisse les yeux, regarde par terre, elle n'a sans doute pas douté qu'il resterait là ce soir. C'est fait. Peter Morgan revient.

— Une nuit de sommeil et il ira bien, dit Peter Morgan. Je lui ai dit que tu ne lui en voudrais pas, Anne-Marie, de ne pas s'en faire. Il était tout à fait ivre. Tu sais, il a entendu dire que tu allais au *Blue Moon*, il en parlait, c'est pour ça qu'il s'est cru tout permis. Une femme qui va au *Blue Moon*, tu penses...

Charles Rossett dit qu'en effet une invitée leur a parlé du *Blue Moon*.

— Qu'en disait-il ? demande Anne-Marie Stretter à Peter Morgan.

— Il riait, il parlait de l'ambassadrice de France dans la salle des glaces du *Blue Moon*. Il a parlé d'une autre femme, je ne sais plus.

— Tu vois, dit George Crawn, je te le disais qu'on le savait dans Calcutta... tu t'en fiches ? Bon. – Il ajoute : — C'est drôle, cet homme vous force à penser à lui. – Il s'adresse à Charles Rossett. — Vous avez parlé ensemble, j'ai vu. Des Indes ?

— Oui. À moins que ce soit sa… façon qui porte à le croire, il me semble qu'il se moquait…

Michael Richard est intrigué.

— J'aurais voulu aller vers lui. Anne-Marie m'a empêché, je le regrette, oh! comme je le regrette.

— Tu n'aurais pas pu le supporter, dit Anne-Marie Stretter.

— Et toi?

Elle hausse légèrement les épaules, sourit.

— Oh! moi… non plus… ce n'était pas la peine que tout le monde s'en mêle.

— De quoi as-tu parlé avec lui?

— De la lèpre, dit Anne-Marie Stretter.

— Seulement de la lèpre… tiens.

— Oui.

— Vous êtes inquiet, dit Michael Richard à Charles Rossett.

— C'est très dur ce qui lui est arrivé ce soir.

— Quoi au juste? Je m'excuse, je n'étais pas là…

— D'être définitivement exclu de… d'ici… ça paraissait une idée fixe… Je pense – il s'adresse à Anne-Marie Stretter – que depuis longtemps il voulait vous connaître… le matin il va vers les tennis, sans autre raison il me semble…

Ils la regardent, attendant, mais elle n'a pas l'air d'être intéressée.

— Comment voulez-vous qu'Anne-Marie…? dit Peter Morgan.

— Bien sûr.

— Que va-t-il chercher vers les tennis? demande Peter Morgan.

— Je ne sais pas, dit-elle.

Sa voix est très douce, la pointe d'une aiguille qui ne fait pas mal: Elle voit que Charles Rossett ne la lâche pas des yeux.

— Il va au hasard, dit-elle, il cherche au hasard.

— Assez avec ce type, dit Peter Morgan.

Vingt-quatre ans. C'est la première fois qu'il vient aux Indes. George Crawn est son meilleur interlocuteur.

De sourds braillements encore, le long du Gange. Charles Rossett se relève.

— Je vais voir s'il est arrivé chez lui, ce n'est pas possible de rester là… C'est à cinq minutes.

— Il doit brailler de son balcon, dit Peter Morgan.

— S'il vous aperçoit, dit George Crawn, vous ne pourrez que le confirmer dans ce que vous appelez son échec.

— Laissez-le, je vous assure... dit Anne-Marie Stretter.

Charles Rossett se rassied. Son inquiétude s'atténue, ce n'était rien, les nerfs, la fatigue des dernières semaines.

— Vous avez sans doute raison.

— Il n'a besoin de rien.

Peter Morgan et George Crawn doivent avoir des conversations du genre de celle qu'ils ont ce soir. Ils parlent de l'emploi du temps d'une mendiante folle de Calcutta, qui sait reconnaître les lieux où elle mange. Charles Rossett renonce tout à fait à sortir. Michael Richard est songeur, il questionne Anne-Marie Stretter sur le vice-consul. Qu'en pense-t-elle?

— J'aurais cru, à voir son air avant qu'il ne parle, qu'il avait dans les yeux... qu'il regardait quelque chose qui était perdu, qu'il avait perdu... récemment... qu'il regardait ça indéfiniment... une idée peut-être, le naufrage d'une idée... Maintenant, je ne sais plus.

— Le malheur fait cet effet, tu ne crois pas?

— Je ne crois pas, dit-elle, que cet homme ce soit, quoi, le malheur. Qu'aurait-il perdu dont on ne verrait plus rien?

— Tout peut-être?

— Où? À Lahore?

— Peut-être, peut-être, s'il avait eu quelque chose à perdre, c'est sûr que ce serait à Lahore qu'il l'aurait perdu.

— Et en retour, qu'aurait-il pris à Lahore?

— Était-ce la nuit qu'il tirait dans le tas?

— Ah oui, au hasard dans la foule?

— Bien sûr, le jour on voit qui.

— Dans les jardins il siffle *Indiana's Song.*

George Crawn et Peter Morgan se sont rapprochés. Ils disent qu'il est bien étonnant que cette mendiante n'ait pas attrapé la lèpre, elle dort dans la lèpre et de la lèpre, chaque matin, elle se dénombre – entière elle, encore.

Anne-Marie Stretter se lève et écoute quelque chose.

— C'est cette femme, dit-elle à Peter Morgan, qui chante sur le boulevard... écoutez... Il faudra que je m'arrange un jour pour savoir quand même...

— Mais tu ne sauras rien, dit Peter Morgan, elle est tout à fait folle.

Le chant s'éloigne.

— Je dois me tromper, ce n'est pas possible, nous sommes à des milliers de kilomètres de l'Indochine ici... Comment aurait-elle fait?

— Savez-vous, dit George Crawn, que Peter fait un livre à partir de ce chant de Savannakhet?

Peter Morgan rit enfin.

— Je m'exalte sur la douleur aux Indes. Nous le faisons tous plus ou moins, non? On ne peut parler de cette douleur que si on assure sa respiration en nous... Je prends des notes imaginaires sur cette femme.

— Pourquoi elle?

— Rien ne peut plus lui arriver, la lèpre elle-même...

— Il y a mes Indes, les vôtres, celles-ci, celles-là, dit Charles Rossett – il sourit –, ce qu'on peut faire aussi, ce que vous faites, semblerait-il, je ne sais pas, remarquez, je ne vous connais pas, c'est de mettre ses Indes ensemble...

— Le vice-consul a-t-il des Indes souffrantes?

— Non, lui, même pas.

— Alors, qu'a-t-il à la place?

— Mais rien.

— Nous sommes tous habitués, dit Michael Richard, nous le sommes. Vous l'êtes aussi, cinq semaines c'est suffisant, trois jours c'est suffisant. Après...

— Rossett, le vice-consul vous inquiète-t-il toujours?

— Non... après... vous disiez?

— Oh! après... après... nous sommes bien plus dépaysés par le vice-consul que par la famine qui sévit en ce moment sur la côte de Malabar. N'est-il pas fou cet homme, tout simplement fou?

— Quand il criait on pensait à Lahore... de son balcon, la nuit, il criait.

— Anne-Marie, dit George Crawn, a des Indes à elle aussi, mais elles ne sont pas dans notre cocktail.

Il va vers elle et dans un élan il l'embrasse.

— Faudrait-il pleurer ici pour le vice-consul de France? demande Peter Morgan.

— Non, dit Anne-Marie Stretter.

Personne d'autre ne semble avoir d'avis.

On apporte des orangeades et du champagne. Il ne fait pas chaud. On entend qu'il pleut sur Calcutta, sur les palmes. Vont-ils au *Blue Moon*? demande quelqu'un. Non, décidément pas ce soir. Il est trop tard. On est bien là.

— Je suis retourné à Pékin, tu sais, dit George Crawn, ah, je te voyais dans les rues, toute la ville me parle encore de toi.

— Vous savez, dit-elle à Charles Rossett, le *Blue Moon* c'est un cabaret comme un autre. Les Européens n'osent pas y aller à cause de la lèpre, alors ils disent que c'est un bordel.

— Cette personne, dit Charles Rossett en riant, ne connaissait sûrement pas cet endroit.

L'orage s'éloigne.

— Attendiez-vous de venir aux Indes? demande-t-elle en souriant. Tout le monde attend quelque chose qui ressemble à cela.

De nouveau crie doucement Calcutta.

— Il est vrai que les cinq semaines que je viens de passer à Calcutta ont été difficiles mais que, en même temps, la règle doit être générale, on retrouve ici je ne sais pas, quelque chose d'attendu...

— Auriez-vous préféré être affecté ailleurs?

— Partout ailleurs, ces premiers temps.

Mais Michael Richard tient à parler du vice-consul.

— Il y a dans le dossier le mot impossible, paraît-il.

— Qu'est-ce qui était impossible?

— Que te voulait-il, Anne-Marie?

Elle écoute attentivement. Elle ne s'attend pas à la question que vient de lui poser Michael Richard.

— Oh! ce n'est pas clair.

— Et si le vice-consul de Lahore n'était que ça, un homme qui fait partie de ceux qui cherchent cette femme auprès de laquelle ils croient que devrait se produire l'oubli?

A-t-elle souri?

— Dans le dossier, exactement, qu'y a-t-il? demande Michael Richard.

— Oh! dit-elle, par exemple qu'il tirait la nuit dans les jardins de Shalimar.

— A-t-il dévasté de même sa résidence de Calcutta?

Anne-Marie Stretter rit.

— Non, dit-elle, en aucune façon.

— À Lahore il tirait dans les glaces aussi.

— Les lépreux, la nuit, sont dans les jardins de Shalimar.

— Dans la journée aussi, à l'ombre des arbres.

— S'ennuyait-il d'une femme qu'il aurait connue... ailleurs?

— Il dit que jamais encore... est-ce vrai?

— Ces choses, dit Peter Morgan, je suis à peu près sûr qu'il a cru devoir les faire parce que depuis toujours il a vécu dans cette idée qu'un jour il se devait d'exécuter quelque chose de définitif, après quoi...

Elle parle en souriant.

— C'est vrai qu'il a cru nécessaire d'en passer par la comédie, lui plus qu'un autre je crois.

— La comédie de?

— ... la colère par exemple.

— Il ne t'a pas dit un mot là-dessus?

— Pas un, dit Anne-Marie Stretter.

— Après quoi tu disais? demande Michael Richard.

— Après quoi, reprend Peter Morgan, il aurait des droits sur les autres, sur leur sollicitude, sur l'amour de Mme Stretter.

De nouveau grince Calcutta au loin dans son sommeil.

— Depuis trois mois, c'est toujours les mêmes journalistes qui s'empiffrent et qui s'endorment chez toi, dit George Crawn en riant.

Elle dit qu'ils sont bloqués à Calcutta à cause du visa, qu'ils voudraient aller en Chine, qu'ils s'ennuient à mourir.

— Qu'est-ce qu'ils vont faire pour la soudure du riz sur la côte de Malabar?

— Rien. Pas d'esprit fédératif, alors rien de sérieux.

— Huit jours de queue pour une livre de riz, Rossett, attendez-vous à souffrir.

— Je suis prêt.

— Non, dit Anne-Marie, on le croit mais on ne l'est jamais, c'est toujours plus agaçant qu'on le croit.

— Les suicides d'Européens pendant la famine qui jamais ne les touche, pourtant, c'est curieux.

— Anne-Marie, Anne-Marie à moi, joue le Schubert, demande George Crawn.

— Le piano est désaccordé.

— Quand je serai sur le point de mourir je te ferai prévenir, tu viendras me jouer le Schubert. Le piano n'est pas tellement désaccordé, c'est une phrase qui te plaît : Le piano est désaccordé, l'humidité est telle...

— C'est vrai que cette phrase je la dis comme entrée en matière. Il y a aussi celle sur l'ennui.

Charles Rossett lui sourit.

— À vous aussi, je crois, je l'ai dite?

— Oui.

Ils vont tous dans le boudoir élégant où il l'a vue pour la première fois et où il croyait ne jamais revenir. C'est une gloriette qui donne sur le parc vers les tennis. Il y a un piano droit près du divan. Anne-Marie

Stretter joue le Schubert. Michael Richard a éteint les ventilateurs. L'air pèse tout à coup sur les épaules. Charles Rossett sort, revient, il s'assied sur les marches du perron. Peter Morgan parle de s'en aller, il s'allonge sur le divan. Michael Richard, accoudé sur le piano, regarde Anne-Marie Stretter. George Crawn est près d'elle, assis, les yeux fermés. Le parc sent la vase, c'est la marée basse sans doute. Le parfum poisseux des lauriers-roses et la fade pestilence de la vase, suivant les mouvements très lents de l'air, se mélangent, se séparent.

La phrase musicale est déjà deux fois revenue. La voici pour la troisième fois. On attend qu'elle revienne encore. La voici.

Devant le buffet vide de la salle octogonale, George Crawn dit:
... Pendant la chaleur, oui, un conseil, il ne faut boire que du thé vert
brûlant... Seule cette boisson apaise la soif... se retenir de boire des
boissons glacées... boire le thé vert, amer, râpeux, d'accord, mais on
finit par aimer ça... c'est le secret de la mousson.

Journalistes soûls sur les fauteuils. Ils se retournent, grognent, disent
des mots isolés, retombent dans le sommeil.

Michael Richard trouve que ce serait une idée d'aller en week-end au
Prince of Wales. On explique à Charles Rossett que le fabuleux hôtel se
trouve dans la même île que la villa de l'ambassade.

Ils partiront tous à quatre heures de l'après-midi, après la sieste.

Michael Richard a dit à Charles Rossett:

— Venez, vous verrez les rizières du delta, c'est fabuleux.

Ils se regardent. Ils se sourient. Venez avec nous, venez? Oui? Je ne sais
pas.

Anne-Marie Stretter accompagne Charles Rossett. Ils traversent le parc.
Il est six heures. Elle montre une direction sous les nuages. Il y a une
lumière livide. Elle dit: Le delta du Gange, c'est par là: là le ciel est un
amoncellement fantastique de fourrages vert sombre.

Il dit qu'il est heureux. Elle ne répond pas. Il voit sa peau tachée de
soleil, très pâle, il voit qu'elle a trop bu, il voit que dans ses yeux clairs
le regard danse, s'affole, il voit tout à coup, voilà, c'est vrai, les larmes.
Que se passe-t-il?

— Rien, dit-elle, c'est la lumière du jour, quand il y a du brouillard, elle
est si pénible...

Il promet de venir avec eux ce soir. Ils se rejoindront ici, à l'heure dite.

Il marche dans Calcutta. Il pense aux larmes. Il la revoit pendant la réception, essaie de comprendre, frôle des explications, ne les approfondit pas. Il lui semble se souvenir que dans l'exil du regard de l'ambassadrice, depuis le commencement de la nuit il y avait des larmes qui attendaient le matin. C'est la première fois qu'il voit se lever le jour ici. Au loin, des palmes bleues. Le bord du Gange, les lépreux et des chiens emmêlés font l'enceinte première, large, la première de la ville. Les morts de faim sont plus loin, dans le grouillement dense du Nord, ils font la dernière enceinte. La lumière est crépusculaire, elle ne ressemble à aucune autre. Dans une peine infinie, unité par unité, la ville se réveille. Ce qu'on voit avant tout c'est l'enceinte première le long du Gange. Ils sont en rangs ou en cercles, sous les arbres, de loin en loin. Parfois ils disent quelques paroles. Charles Rossett croit les voir de mieux en mieux et que sa vision augmente chaque jour en intensité. Il croit voir maintenant de quoi ils sont faits, d'une matière friable, et une lymphe claire circule dans leur corps. Armées d'hommes en son sans plus de forces, hommes de son à cervelle de son, indolores. Charles Rossett repart.

Il prend une avenue perpendiculaire au Gange pour éviter les arroseuses qui arrivent lentement du fond du boulevard. Il voit Anne-Marie Stretter en noir dans le parc de l'ambassade, qui flâne, les yeux au sol. Il y a dix-sept ans : lente chaloupe à stores, lente remontée du Mékong vers Savannakhet, large coulée entre la forêt vierge, rizières grises et, avec le soir, des grappes de moustiques se collent aux moustiquaires. Il a beau faire, il ne l'imagine pas dans la chaloupe à vingt-deux ans, il n'arrive pas à voir ce visage dans sa jeunesse, ces yeux-là innocents et regardant ce qu'ils voient maintenant. Il ralentit sa marche. Il fait déjà trop chaud. Des jardins, de ce côté-là de la ville, les lauriers-roses jettent leur parfum funèbre. Terre à lauriers-roses. Jamais plus cette fleur, jamais, nulle part. Il a trop bu ce soir, il boit trop, lourdeur dans la nuque, le cœur est au bord des lèvres, le rose des lauriers se mêle à l'aurore, la lèpre amoncelée se sépare, bouge et se répand. Il pense à elle, il essaie, à elle, elle seule : sur un divan, une forme jeune est assise devant un fleuve. Elle regarde devant elle, non, il ne peut pas la sortir des ténèbres, il ne réussit à voir que ce qui l'entourait : la forêt, le Mékong, ils sont vingt entassés sur un boulevard macadamisé, elle est malade, la nuit elle pleure, on dit qu'il va falloir la renvoyer en France, autour d'elle on est intimidé, on parle toujours trop, trop fort, grilles au loin, sentinelles en uniforme kaki qui déjà la gardent comme tout au long de sa vie elles le feront, on attend qu'elle crie son ennui, qu'elle tombe sous les yeux, mais non elle se tait encore sur ce divan lorsque M. Stretter arrive, l'emmène dans la chaloupe ministérielle et lui dit : Je vous laisserai tranquille, vous serez libre de rentrer en France, vous n'avez rien à craindre, ceci tandis que lui, lui, Charles Rossett – il s'arrête de marcher –, ah, lui, à cette époque-là de la vie d'Anne-Marie Stretter, il est un enfant.

Il a fallu dix-sept ans, pour que ce soir se produise. Ici. Tard, tard.

Il retourne sur le bord du Gange, fait des zigzags. Le soleil est levé et l'on voit son halo couleur de rouille au-dessus des pierres et des palmes. Les fumées des usines s'élèvent droites, une à une. La chaleur suffoque déjà. Vers le delta le ciel est si épais que des coups de canon dedans en feraient jaillir de l'huile, pas de vent, les orages privent Calcutta du bonheur que serait ce matin un souffle d'air. Et voici les pèlerins au loin, déjà et encore, les lépreux qui surgissent de la lèpre, hilares, dans leur sempiternelle agonie. Et, tout à coup, déjà le vice-consul est là, en robe de chambre sur le balcon de sa résidence qui le regarde venir. Trop tard. Faire demi-tour ? Trop tard. Il se souvient qu'il lui a dit qu'un asthme léger le réveille au petit matin lorsque l'humidité s'évapore avec les premiers rayons du soleil. Il entend déjà la voix sifflante qui va lui dire : Alors, mon cher, c'est à cette heure-là que vous rentrez ?

Non, il s'est trompé, ce n'est pas cela qu'il lui dit.

— Entrez un moment, qu'est-ce que ça peut vous faire... un peu plus tôt, un peu plus tard... je ne peux pas dormir à cause de cette chaleur, quel cauchemar !

La voix, elle est comme prévu, sifflante, pareille. Mais quand les nerfs du vice-consul vont-ils le lâcher ? Il ne veut pas monter. Le vice-consul devient suppliant.

— Dix minutes, je vous en prie.

Il refuse encore, dit qu'il est très fatigué, dit que si c'est... à cause du petit incident d'hier soir, qu'il ne s'inquiète pas. Non, ce n'est pas pour ça, attendez, je descends ouvrir.

Charles Rossett s'en va, n'attend pas, il pense à l'invitation, que va-t-il lui dire ? Comment mentir encore ? Trop tard. Le vice-consul le rattrape, lui prend le bras, le tire en arrière. Dix minutes, vous pouvez bien entrer.

— Mais laissez-moi tranquille, je n'ai pas envie de vous parler...

Le vice-consul lâche son bras et baisse les yeux. Alors Charles Rossett le regarde et voit qu'il n'a pas dormi – a-t-il même essayé de dormir ?

non, même pas –, qu'il est éreinté et qu'il ne le sait pas, qu'il ne le sent pas.

— Je sais, je suis une plaie.

— Mais non... – Charles Rossett lui sourit – mais pourquoi?... mais vous paraissez très fatigué.

— Qu'est-ce que j'ai dit?

— Je ne me souviens plus.

Ils sont dans sa chambre. Sur la table de nuit il y a un tube de somnifères et une lettre ouverte: «Mon petit Jean-Marc.»

— J'ai dit n'importe quoi... quand j'ai appris l'histoire du *Blue Moon*... j'ai perdu la tête... je me suis cru tout permis... je sais, je suis d'une maladresse impardonnable mais... est-ce que...?

Il ne continue pas.

— Si c'est pour ça que vous m'avez demandé de monter... non, nous n'y sommes pas allés.

— C'était un peu pour ça, oui.

Dans l'entrée, on ne voit pas, on entend que quelqu'un cire des chaussures. D'un geste, le vice-consul claque la porte.

— Je ne peux pas les entendre, je ne peux pas quand je n'ai pas dormi...

— Je sais. Ce que vous dites, tout le monde le ressent.

Le vice-consul se dresse. Il rit. Il joue sa comédie, il est infatigable.

— Vraiment?

— Oui.

— Mais ce n'est pas pour vous dire ça que je vous ai demandé de monter – il ricane –, je voulais savoir, et avouez que c'est naturel si vous aviez votre chance avec elle, Rossett?

— Non.

Le vice-consul s'assied sur le lit, il ne regarde pas Charles Rossett qui se tient debout près de la porte. Il parle très vite, il y a dans son regard une pénétration effrayante. Charles Rossett s'aperçoit qu'il éprouve une légère peur. Le vice-consul se relève du lit et s'approche de lui qui recule.

— De la souffrance que tout cela, il ne faut pas l'aimer, Rossett.

— Je ne vois pas pourquoi... de quoi vous mêlez-vous?

Il essaie de le retenir: Asseyez-vous; il lui tend un fauteuil, il dit:

— Pas d'histoire personnelle avec une femme qui ne veut pas en avoir, vous comprenez? Je me mêle de ce que je veux, ça m'est égal...

Il sourit, mais ses mains tremblent. Charles Rossett recule encore.

— Vous avez l'air d'être fatigué, vous devriez dormir.

Le vice-consul a un geste éloquent : la fatigue, il connaît, connaît. Il demande de quoi ils ont parlé et qui était là. Charles Rossett cite les noms, il dit qu'ils ont parlé de l'Inde.

— A-t-elle parlé de l'Inde, seulement, elle ? demande le vice-consul, venez sur le balcon, il fait quand même meilleur, la chaleur reste dans les chambres.

— Seulement de l'Inde et très peu.

Il dit qu'elle est belle, Anne-Marie Stretter, que lui la trouve belle, quel visage, dans sa jeunesse elle devait l'être moins que maintenant, c'est curieux mais il ne peut pas l'imaginer plus jeune, très jeune femme.

Charles Rossett ne répond pas. Il doit lui dire quelque chose pour arrêter ce qu'il nommera lui aussi le délire du vice-consul.

— Vous savez, dit-il, au *Blue Moon* j'ai appris qu'on buvait du champagne comme dans une autre boîte de nuit. C'est ouvert très tard, c'est pourquoi ils y vont.

Le vice-consul est accoudé à la balustrade, sa voix est altérée, il a les poings fermés sur son visage.

— Peu importe, *Blue Moon* ou non, dit-il, c'est une femme qui n'a pas de... préférences, c'est cela... l'important... vous ou moi..., on peut entre nous se dire des choses pareilles, je la trouve très... très attirante.

Charles Rossett ne répond pas. Les lampadaires de l'avenue s'éteignent.

— J'ai fait gaffe sur gaffe, hier au soir, dit le vice-consul, je voudrais que vous me donniez un conseil, comment rattraper ça ?

— Je ne sais pas.

— Pas... du tout ?

— Je vous l'assure, non. Elle est si... secrète, je ne sais rien, ainsi ce matin – Je suis en train de lui dire une chose que je ne devrais pas dire, pense Charles Rossett, mais l'impatience du vice-consul appelle la confidence de façon irrésistible –, quand elle est venue me raccompagner à la grille, tout à coup elle a pleuré... sans raison visible... elle n'a pas dit pourquoi... tout, dans sa conduite, doit être pareil, je crois bien...

Le vice-consul le quitte du regard, il prend la balustrade du balcon et la serre.

— Vous avez de la chance, dit-il, faire pleurer cette femme.

— Comment ?

— J'ai entendu dire ça... son ciel, ce sont les larmes.

Charles Rossett bredouille quelque chose, il se trompe, ce n'est pas lui, il en est sûr, qui a fait pleurer Anne-Marie Stretter. Le vice-consul le regarde, il sourit avec indulgence, il est heureux.

— Vous devriez lui parler de moi lorsque vous la reverrez, dit-il. – Il rit.

— Je ne tiens pas le coup, Rossett, il faut m'aider, vous n'avez aucune raison de le faire, je le sais bien, mais je suis à la limite de mes forces... Comme il ment, pense Charles Rossett.

— Allez à Bombay.

Alors Jean-Marc de H. dit enfin, avec une légèreté étrange :

— Je ne vais plus à Bombay... Oui, je vous fais ce coup-là... – Il rit.

— J'ai comme un sentiment pour elle, c'est pourquoi je ne vais plus à Bombay. Si je vous en parle avec cette insistance, c'est que c'est la première fois de ma vie qu'une femme m'inspire de l'amour.

Charles Rossett ne peut plus entendre, il ne peut plus.

— Je ne sais pas, à la voir passer le matin dans les jardins, et puis cette nuit quand elle m'a parlé. J'espère que je ne vous ennuie pas trop...

— Je vous en prie...

— Il fallait que je vous en parle, n'est-ce pas, parce que je pensais que peut-être vous alliez la revoir plus vite que moi et parce que moi... je ne peux rien faire pour le moment. Je ne veux pas grand-chose, la revoir, comme un autre, être là où elle est, à me taire s'il le faut.

Quelle chaleur déjà, le brouillard brûle, Charles Rossett entre dans la chambre, il veut fuir.

— Répondez-moi, dit le vice-consul.

— Il n'y a rien à répondre, vous n'avez pas besoin d'intercesseur. – Il est en colère, il ose. — D'ailleurs je ne crois pas ce que vous venez de me dire.

Debout au milieu de la chambre, le vice-consul regarde le Gange. Charles Rossett ne voit pas ses yeux mais une grimace sur ses lèvres, comme s'il riait. Il attend.

— Pourquoi le dirais-je alors, d'après vous ?

— Pour le croire peut-être. Mais, à vrai dire, je ne sais pas, j'ai peut-être été un peu dur, je suis fatigué.

— Vous croyez que l'amour c'est une idée qu'on se fait ?

Charles Rossett crie qu'il s'en va mais il ne part pas. Il reparle de Bombay. Ce n'est pas raisonnable : depuis cinq semaines il est dans une telle attente et puis voilà... Le vice-consul dit qu'ils pourraient en reparler ce soir, que ce soir il aimerait qu'ils dînent ensemble au Cercle. Charles Rossett dit que ce n'est pas possible, qu'il part deux jours pour le Népal. Le vice-consul tourne la tête, le regarde, lui dit qu'il ment. Charles Rossett est tenu de donner sa parole d'honneur qu'il va dans le Népal, il le fait.

Il ne se passe plus rien entre eux. Un long silence, entrecoupé, dans le moment où Charles Rossett a la main sur la poignée de la porte, de quelques phrases gênées sur cette folle qui nage dans le Gange, elle intrigue, l'a-t-il vue? demande Charles Rossett.

Non.

Savait-il que c'est elle qui chante la nuit?

Non.

Qu'elle est dans les parages la plupart du temps, un peu plus loin, sur la rive du Gange, qu'elle va là où sont les Blancs, toujours, comme instinctivement, c'est curieux... sans les aborder...

— La mort dans une vie en cours, dit enfin le vice-consul, mais qui ne vous rejoindrait jamais? C'est ça?

C'est ça, peut-être, oui.

Ils roulent entre les rizières, les rizières du delta dans la lumière crépusculaire, sur une route droite.

Anne-Marie Stretter s'est endormie sur l'épaule de Michael Richard, il a fait glisser son bras autour de son corps, il la soutient. Sa main est posée sur sa main. Charles Rossett est de l'autre côté d'elle. Peter Morgan et George Crawn sont dans la Lancia noire de George Crawn, ils se sont croisés à la sortie de Calcutta.

Immense étendue de marécages que mille talus traversent en tous sens. Sur les talus, partout, s'égrènent, en files indiennes, des chapelets de gens aux mains nues. L'horizon est un fil droit comme avant les arbres ou après le déluge. Parfois, comme ailleurs, dans les éclaircies qui suivent les orages qu'on traverse, des rangées de palmes bleues s'élèvent au-dessus de l'eau. Des gens marchent, ils portent des sacs, des bidons, des enfants ou ils ne portent rien. Anne-Marie Stretter dort la bouche très légèrement entrouverte, ses paupières légères de temps en temps se soulèvent, elle voit que Charles Rossett est là, elle lui sourit et se rendort encore. Michael Richard sourit à son tour à Charles Rossett. L'entente règne.

Elle vient de se réveiller. Il prend sa main et l'embrasse longuement. Elle a posé sa tête contre l'épaule de Charles Rossett.

— Ça va?

Mille sur les talus, ils transportent, posent, repartent les mains vides, gens autour de l'eau vide des rizières, rizières aux arêtes droites, dix mille, partout, cent mille, partout, en grains serrés sur les talus ils marchent, procession continue, sans fin. De chaque côté d'eux pendent leurs outils de chair nue.

Fatigue.

Ils ne parlent pas pour ne pas la réveiller, ils n'ont rien à se dire d'ailleurs sur les jonques noires qui avancent dans les voies d'eau, entre les rizières d'eau noire. De loin en loin il y a des semis, des espaces de verdure éclatante et moelleuse, de la soie peinte. De temps en temps aussi la circulation des personnes est à peine un peu plus rapide sur les talus. On est dans un pays d'eau, à la frontière entre les eaux et les eaux, douces, salées, noires, qui dans les baies se mélangent déjà avec la glace verte de l'océan.

Ils se sont donné rendez-vous dans un Cercle Blanc. Les autres y sont déjà. Dans une heure ils seront arrivés, dit quelqu'un. Ils ont très soif, ils sont pressés. Peter Morgan demande des nouvelles du vice-consul de Lahore. Charles Rossett raconte qu'il l'a revu ce matin, il lui a dit qu'il allait pour deux jours dans le Népal. Sur ce mensonge Peter Morgan ne dit rien et les autres ont l'air d'être d'accord.

Ils repartent. Charles Rossett est cette fois dans l'auto de George Crawn. Peter Morgan est assis à l'arrière, il lui dit que, lorsqu'il voit ce paysage du delta, il découvre que sa passion de l'Inde est encore plus grande qu'il n'aurait cru. Il s'endort lui aussi.

Ils traversent un orage, et puis voici les palmeraies du delta qui luisent dans une éclaircie, il vient de pleuvoir ici aussi. À travers les palmeraies le même horizon plat.

La mer est mauvaise. Ils laissent les autos dans un grand garage près du débarcadère. La chaloupe tape de l'avant, on embarque. Un mur de brume violette s'avance vers les Îles. Sur l'une d'entre elles – Vous voyez, c'est celle-là, dit Anne-Marie Stretter – un immense bâtiment blanc face à un quai où sont amarrés des canots : le *Prince of Wales*. L'île est grande, à l'autre extrémité il y a un village très bas, qui touche la mer. Entre ce village et l'hôtel un grand grillage s'élève et les sépare. Partout, au bord de la mer, dans la mer, d'autres grillages contre les requins.

Ils se baignent aussitôt arrivés sur la plage de l'hôtel. Il n'y a personne, il est tard et la mer est forte, il n'est pas possible de nager mais seulement de recevoir la douche tiède des vagues. Après le bain Anne-Marie Stretter rentre chez elle, les autres montent dans leur chambre du *Prince of Wales*. Le temps de se changer, et il est sept heures. Ils se retrouvent dans le hall de l'hôtel. Elle arrive, elle est souriante, elle a une robe blanche. Ils l'attendaient déjà. Ils commencent à boire. Le hall a quarante mètres de long, de très grandes tentures bleu marine sont tirées devant les baies. Dans le fond il y a un dancing. De-ci de-là, séparés par des rangées de plantes vertes, des bars. Il y a surtout des voyageurs anglais. On commence, à cette heure-là, à boire à toutes les tables.

Des vendeurs de pacotille passent et repassent. Dans les vitrines, des parfums. De grandes salles à manger blanches donnent sur la mer. Sur les buffets, du raisin. Un personnel surabondant, en gants blancs et pieds nus, circule. Les plafonds ont la hauteur de deux étages. Il tombe des lustres, du creux, du faux or une lumière dorée et douce qui luit dans les yeux clairs d'Anne-Marie Stretter à demi allongée dans un fauteuil bas. Ici, il fait frais. Le luxe est profond et éprouvé. Mais ce soir, à cause du mauvais temps, les baies ont été fermées et les nouveaux venus regrettent de ne pas voir la mer.

Un maître d'hôtel anglais passe. Il dit que l'orage cessera après le dîner, que l'océan demain sera calme.

Charles Rossett les écoute. Ils parlent de gens qui ne sont pas à Calcutta mais qui vont y venir, qu'il connaîtra bientôt. Ils parlent ou ils se taisent, c'est indifférent, sans ennui et sans effort, ils sont tous fatigués à cause de la nuit précédente.

On danse au bout du hall. Des touristes en croisière qui viennent de Ceylan.

Ils parlent de Venise pendant l'hiver.

Ils boivent encore et parlent de nouveau des visites prochaines.

Et puis elle veut aller voir la mer.

Ils sortent pour voir la mer. Elle est encore mauvaise mais le vent est tombé un peu. La brume violette est partout, uniformément répandue, dans la palmeraie et sur la mer. On entend siffler les chaloupes, trois coups, elles préviennent les passagers que leur service aujourd'hui s'arrêtera à dix heures. L'île est pleine d'oiseaux qui n'ont pas su regagner la côte. En arrivant ils les ont vus entre les palmes et sur les manguiers qu'ils décharnaient.

Ils boivent encore, ils veulent dîner tard, après les autres. Peter Morgan parle du livre qu'il est en train d'écrire.

— Elle marcherait. dit-il, j'insisterai surtout sur cela. Elle, ce serait une marche très longue, fragmentée en des centaines d'autres marches toutes animées du même balancement – celui de son pas – elle marcherait, et la phrase avec elle, elle suivrait une ligne de chemin de fer, une route, elle laisserait – derrière elle qui passe – les bornes fichées en terre qui porteraient des noms, ceux de Mandalay, Prome, Bassein, elle avancerait tournée vers le soleil couchant, à travers cette lumière-ci, à travers Siam, Cambodge et Birmanie, pays d'eau, de montagnes, dix ans durant et puis à Calcutta elle s'arrêterait.

Anne-Marie Stretter se tait.

— Les autres comme elle ? demande Michael Richard. Si elle est toute seule dans le livre, ça ne sera pas aussi intéressant que si... Quand tu parles d'elle je la vois parmi des jeunes filles, d'autres jeunes filles, je les vois vieilles entre le Siam et la forêt et jeunes à leur arrivée à Calcutta. C'est peut-être ce qu'Anne-Marie m'a raconté, mais à Savannakhet je les vois assises dans cette lumière que tu disais sur un talus de rizières, obscènes, le corps découvert, elles mangent des poissons crus que leur donnent des enfants qui pêchent, les enfants ont peur, et elles, elles rient. Au contraire, plus tard, près de l'Inde, elles sont jeunes et graves, elles sont assises sur la place d'un marché – tu vois, un petit marché où il y a quelques Blancs –, elles sont dans la même lumière, elles vendent leur nouveau-né. – Il réfléchit, reprend.

— Mais tu peux choisir de ne parler que d'elle au fond.

Anne-Marie Stretter dort-elle ?

— De la plus jeune ? demande George Crawn, de celle qui a été chassée par sa mère, peut-être ?

— De la plus jeune, la tienne.

Anne-Marie Stretter paraît ne pas entendre.

— Parfois elle vient dans les Îles, dit Michael Richard, comme si elle la suivait, comme si elle suivait les Blancs, comme c'est drôle. Elle est tout à fait habituée à Calcutta on dirait, je ne sais pas si je rêve, mais quelquefois je crois l'avoir vue nager dans le Gange la nuit... Le chant qu'elle chante qu'est-ce que c'est, Anne-Marie ?

Anne-Marie Stretter dort, elle ne peut pas répondre.

— Elle chante et parle, elle fait des discours inutiles dans le silence profond. Il faudrait peut-être dire ce que sont ces discours, dit George Crawn. Un rien l'amuse, un chien qui passe la fait sourire, la nuit elle se promène ; moi, si j'en parlais, je lui ferais faire des choses à l'envers, elle dormirait dans la journée à l'ombre des arbres, au bord du Gange par-ci par-là. Ce serait dans le Gange... en définitive que... qu'elle s'est perdue, qu'elle a trouvé comment se perdre il me semble, elle a oublié, ne sait plus qu'elle est la fille de X ou de Y, plus d'ennui pour elle – George Crawn rit –, nous sommes là pour ça en principe. Jamais, jamais le moindre soupçon d'ennui...

Elle dort.

— Mais elle fait ce que tu dis, je l'ai même suivie, dit Peter Morgan, elle va sous les arbres, elle croque quelque chose, gratte le sol, rit, elle n'a pas appris le moindre mot d'hindoustani.

Peter Morgan regarde Anne-Marie Stretter qui dort.

— Elle est sale comme la nature même, ce n'est pas croyable... ah, je ne voudrais pas quitter ce niveau-là, de sa crasse faite de tout et déjà ancienne, pénétrée dans sa peau – faite sa peau ; je voudrais analyser cette crasse, dire de quoi elle est faite, de sueur, de vase, des restes de sandwiches au foie gras de tes réceptions de l'ambassade, vous dégoûter, foie gras, poussière, bitume, mangues, écailles de poisson, sang, tout... Pourquoi parler à cette femme qui dort ?

— Discours inutile et silence profond, dit Michael Richard.

— Elle serait à Calcutta comme un... point au bout d'une longue ligne, de faits sans signification différenciée ? Il n'y aurait que... sommeils, faims, disparition des sentiments, et aussi du lien entre la cause et l'effet ?

— Je crois que ce qu'il veut dire, dit Michael Richard, c'est plus encore, il voudrait ne lui donner d'existence que dans celui qui la regarderait vivre. Elle, elle ne ressent rien.

— Qu'est-ce qu'il reste à Calcutta ? demande George Crawn.

— Le rire... comme blanchi... le mot qu'elle dit, Battambang, la chanson, le reste a été volatilisé.

— Comment la retrouver dans le passé ? rassembler même sa folie ? séparer sa folie de la folie, son rire du rire, le mot Battambang... du mot Battambang ?

— Ses enfants morts, car elle en a eu, sans doute, d'autres enfants morts.

— Son échange, enfin, ce qu'on appelle comme ça, ce qu'elle rend si on veut, on ne le distingue pas d'un autre en fin de compte. Et cet échange pourtant a lieu.

— Peut-être faudrait-il qu'elle fasse quelque chose que les autres ne savent pas faire, tu ne crois pas ? Ainsi son passage pourrait être signalé. Une chose à quoi t'accrocher, même minuscule.

Anne-Marie Stretter paraît s'être endormie profondément.

— Je l'abandonnerai avant la folie, dit Peter Morgan, ça c'est sûr, mais j'ai quand même besoin de connaître cette folie.

— Serait-elle seule dans le livre ? demande Charles Rossett.

— Non, il y aurait une autre femme qui serait Anne-Marie Stretter.

Ils se tournent vers elle.

— Oh, dit-elle, je dormais.

On dit autour d'eux que la tempête se calme tout à fait. Ils sont gais. Ils dînent. La nourriture est excellente. Michael Richard dit que, lorsqu'on a connu le *Prince of Wales*, on regrette son confort où qu'on aille par la suite, dans le monde.

À travers les palmes on voit le ciel. La lune est toujours derrière l'himalaya des nuages. Il est onze heures du soir. Dans le hall du *Prince of Wales* il y a des joueurs de cartes. On ne voit pas la côte, la façade de l'hôtel est tournée vers le large. Mais on voit les îles les plus proches, leur masse contre le ciel, les lumières alignées le long des embarcadères. Un vent du sud, très léger, commence à dissiper la brume violette. La chaleur est redevenue celle de Calcutta. L'air est une vapeur salée et âcre ici. La différence, c'est le parfum d'huître et d'algues. Le *Prince of Wales* est béant sur l'océan.

Michael Richard et Charles Rossett marchent dans l'avenue qui traverse la palmeraie. Anne-Marie Stretter est rentrée chez elle après le dîner, Peter Morgan et George Crawn ont loué un canot et font une promenade en mer. Michael Richard et Charles Rossett vont chez Anne-Marie Stretter, les autres les rejoindront après leur promenade.

Entre les palmes, dans les manguiers, les oiseaux prisonniers piaillent. Il y en a tant que les branches ploient sous leur poids, les manguiers sont devenus des arbres de chair et de plumes.

Des couples se promènent dans la palmeraie. Ils apparaissent sous les lampadaires, disparaissent, ressortent dans la lumière haute. Les femmes tout en marchant s'éventent avec des grands éventails en papier blanc. Ils parlent en anglais. De chaque côté de l'avenue il y a des pavillons éclairés, des annexes de l'hôtel, explique Michael Richard. Toute la palmeraie donne sur la mer vers les Îles. Sur le côté opposé on dirait qu'il y a des villas, une petite station balnéaire indépendante de l'hôtel.

De très loin, ils l'entendent. Elle joue ici chaque soir sans doute, comme à Calcutta. Charles Rossett reconnaît tout de suite le morceau de Schubert que lui a demandé de jouer George Crawn la veille. Il voit dans un éclair blanc: Anne-Marie X..., dix-sept ans, frêle et longue, au Conservatoire de Venise, c'est le concours de fin d'études, interprète l'œuvre de Schubert qu'aime George Crawn. Elle est un espoir de la musique occidentale. Les applaudissements éclatent. Une assistance chamarrée félicite l'enfant chérie de Venise. On pense: Pour elle, qui aurait pensé aux Indes?

— Avant de connaître Anne-Marie, dit Michael Richard, je l'entendais jouer à Calcutta, le soir, sur le boulevard; ça m'intriguait beaucoup, je ne savais pas qui elle était, j'étais venu en touriste à Calcutta, je me souviens, je ne tenais pas du tout le coup... je voulais repartir dès le premier jour, et... c'est elle, cette musique que j'entendais qui fait que je suis resté – que... j'ai pu rester à Calcutta... Je l'ai écoutée plusieurs soirs de suite, posté dans l'avenue Victoria, et puis, un soir, je suis entré dans le parc, les sentinelles m'ont laissé passer, tout était ouvert, je suis entré dans cette pièce où nous étions hier soir. Je me souviens, je tremblais... – il rit –, elle s'est retournée, elle m'a vu, elle a été surprise, mais je ne crois pas qu'elle ait eu peur, voilà comment je l'ai connue.

Charles Rossett apprend en trois phrases qu'il a quitté l'Angleterre pour toujours, qu'il a aux Indes, avec George Crawn, une affaire d'assurances maritimes – Peter Morgan travaille aussi dans cette affaire – qui lui laisse du temps. La musique se rapproche.

Michael Richard ouvre une grille, ils traversent un parc. Un perron est éclairé, à gauche une fenêtre ouverte, un mur blanc. C'est de là que vient la musique. Ils s'arrêtent tous les deux dans une allée d'eucalyptus géants, il y a aussi des oiseaux endormis. Le bruit de la mer est dans leur dos. Il doit y avoir une plage, l'allée et la mer font une ligne continue et il y a des chocs sourds suivis de silence, là au bout de l'allée.

— On la dérange quand elle joue du piano? demande Charles Rossett.

— Je n'ai jamais su, mais je ne le crois pas... pas tellement.

Des vérandas à colonnes partent du perron et entourent la villa.

— J'ai entendu dire qu'Anne-Marie Stretter avait supprimé les réceptions d'été ici.

— C'est juste, dit Michael Richard – il sourit –, c'est notre fief maintenant, ici elle est avec ses amis seulement – il rit.

La lumière de la fenêtre éclaire une fougère transportée ici de la salle octogonale. Dans un bassin près de la porte, la fenêtre se reflète. On cesse de jouer du piano. Une ombre traverse l'eau du bassin.

Elle est là dans la pénombre.

— Bonsoir. Je vous ai entendus dans l'allée.

Elle est dans un peignoir de coton noir, elle sourit, dit qu'elle vient d'entendre le canot de leurs amis passer devant l'hôtel.

C'est sa chambre sans doute. Il y a peu de meubles. Sur le piano il y a des piles de partitions en désordre. Le lit de cuivre est recouvert d'un drap blanc. La moustiquaire n'est pas baissée, elle fait une boule neigeuse au-dessus du lit. Une odeur de citronnelle, blanche odeur, flotte dans la chambre.

— C'est la meilleure façon d'éloigner les moustiques si on supporte cette odeur.

Michael Richard s'assied, feuillette une partition, il cherche quelque chose qu'elle jouait il y a deux ans, qu'elle ne joue plus. Elle continue d'expliquer à Charles Rossett : J'ai fait enlever les meubles, c'est là que je dors, tout le mobilier de nos villas date de trente ans, rien n'a bougé, je préfère qu'il n'y ait pas de meubles.

Elle paraît un peu distante peut-être. On pense : Si c'était à Calcutta le lendemain de votre arrivée, elle pourrait vous recevoir ainsi.

Michael Richard cherche toujours ce qu'elle jouait si souvent il y a deux ans. Elle ne se souvient pas.

— Venez voir la villa.

Elle précède Charles Rossett dans un grand salon – il y a des housses sur les meubles –, les fausses consoles encore, les faux lustres, le creux, le faux or. Elle éteint, repart.

— Ce matin vous avez pleuré, dit Charles Rossett.

Elle hausse les épaules : Oh ! ce n'est rien… Elle l'amène dans une salle de billard ; il n'y a rien à voir, rien, elle montre, éteint, repart. À la sortie d'une chambre il la saisit, elle ne résiste pas, il l'embrasse, ils restent enlacés, et voilà que dans le baiser – il ne s'y attendait pas – il entre une douleur discordante, la brûlure d'une relation nouvelle entrevue mais déjà forclose. Ou comme s'il l'eût aimée déjà en d'autres femmes, en un autre temps, d'un amour… duquel ?

— Nous ne nous connaissons pas, dites-moi quelque chose…

— Je ne sais pas pourquoi…

— Je vous en supplie…

Elle ne dit rien, elle n'a pas entendu peut-être. Ils reviennent dans la chambre. Elle appelle Michael Richard, il revient, il était allé dans le parc faire un tour, il chantonne. A-t-il même remarqué que leur absence se prolongeait ? Il dit que sur la plage il y a des oiseaux morts. Elle sort, elle dit : Je vais chercher de la glace, celle-là est fondue, pendant la mousson elle fond si vite que…

Ils entendent la fin de la phrase du couloir qui part du perron. Et puis ils ne l'entendent plus, la chambre reste silencieuse, l'odeur de citronnelle revient à la surface, blanche odeur. Michael Richard chantonne l'air du morceau de Schubert. Elle revient, tient la glace dans ses mains, se brûle, rit, la jette dans le seau à glace, sert du whisky.

— Vous vous souviendrez plus tard de cette chaleur, dit-elle à Charles Rossett, ce sera celle de votre jeunesse aux Indes, prenez-la comme ça, comme une chose dont vous vous souviendrez plus tard, vous verrez alors comme elle change...

Elle s'assied et parle des autres îles, elles sont toutes plus sauvages que celle-ci, elle les nomme, ce sont des îles alluviales recouvertes de forêts, le climat est très malsain. Michael Richard en connaît certaines. Charles Rossett perd le fil de ce qu'elle dit, il se met à l'entendre sans l'écouter – la voix, de cette façon, a des inflexions italiennes qu'il découvre. Il la regarde longuement, elle s'en aperçoit, s'étonne, se tait, mais il continue à la regarder jusqu'à la défaire, jusqu'à la voir assise à se taire avec les trous de ses yeux dans son cadavre au milieu de Venise, Venise de laquelle elle est partie et à laquelle elle est rendue, instruite de l'existence de la douleur.

C'est alors, tandis qu'il l'aperçoit ainsi, que le souvenir du vice-consul revient brutalement à Charles Rossett et l'éclipse. L'idée du vice-consul abusé s'abat comme la foudre, la voix fausse, les yeux fiévreux, l'aveu terrible : J'ai comme un sentiment pour elle... c'est bête...

Charles Rossett se lève. Il crie presque, il dit que ce matin il a fait une chose abominable et incompréhensible, une chose qui lui revient tout à coup, il raconte, il répète mot pour mot l'aveu du vice-consul dans le petit jour et sa supplication, il répète ce qu'il lui a dit, après l'avoir entendu : Je ne crois pas ce que vous venez de me dire.

— Maintenant, dit-il, il me semble que malgré son rire c'était vrai... qu'il faisait un effort de sincérité qui lui était pénible... Je ne sais plus du tout pourquoi je lui ai lancé ça à la tête... c'est terrible...

Elle l'a écouté avec un peu d'ennui.

— Parce que vous, dit Michael Richard, vous veniez aux Îles.

Elle demande qu'on ne parle plus du vice-consul de France à Lahore. Mais on ne peut pas arrêter Charles Rossett.

— Le verrez-vous ? demande Charles Rossett. Plus tard si vous voulez, mais je vous demande de le voir, ce n'est pas que je lui aie promis d'intercéder en sa faveur non, mais je vous en prie.

— Non.

Michael Richard, manifestement, ne veut pas intervenir.

— On ne veut pas de lui, personne, dit Charles Rossett. C'est la solitude infernale... vous êtes la seule, je pense, à ne pas vous formaliser de... l'ennui que sa présence provoque, alors je ne comprends pas.

— Vous voyez, dit-elle, vous vous trompez, il n'a pas besoin de moi. Même s'il le dit, ses cris hier soir, c'est qu'il avait bu.

— Prenez-le comme une idée, supplie Charles Rossett, pas plus que ça, le petit enfer d'une idée qui vous viendrait et vous ennuierait un court instant... vous, vous pouvez vous permettre ça.

— Non, je ne le peux pas.

— Pourquoi voudrait-il te voir d'après toi? demande enfin Michael Richard.

— Oh! peut-être a-t-il décidé qu'il y avait en moi de la bonté, une certaine indulgence...

— Oh... Anne-Marie...

Michael Richard se lève, il va vers elle qui l'attend les yeux baissés. Il l'entoure de ses bras, et puis il la laisse, s'éloigne d'elle.

— Écoute, dit-il, écoutez vous aussi, le vice-consul de Lahore, je suis sûr qu'il faut que nous l'oubliions. Il n'y a rien à dire sur les raisons de cet oubli. Il n'y a rien d'autre à faire que de le supprimer de notre mémoire. Sans cela... – il serre les poings –... nous serons dans un grand danger de... au moins de...

— Dites-le.

— Ne plus reconnaître Anne-Marie Stretter.

— Ici, quelqu'un ment, dit Charles Rossett.

Charles Rossett se dit qu'il va retourner au *Prince of Wales*, et puis à Calcutta, que c'est la dernière fois qu'il les voit. Il tourne dans la chambre et se rassied sans un mot. Elle lui donne un whisky qu'il avale.

— Je m'excuse, dit Michael Richard, mais vous insistiez tant...

— Quelqu'un vient de mentir, recommence Charles Rossett.

— N'y pensez plus, dit Anne-Marie Stretter, ne lui en veuillez pas non plus.

— Ce n'est pas à cause de Lahore?

— Non, ce n'est pas à cause de ça.

— De l'autre chose?

— Quoi? demande Michael Richard.

— Je ne comprends pas, dit-elle, je ne vois pas.

Michael Richard est venu s'asseoir sur le lit. Elle vient près de lui, elle fume une cigarette, elle caresse ses cheveux, elle pose sa tête sur son épaule.

— Il doit vivre comme il est là, dit Anne-Marie Stretter, et nous devons continuer de même de notre côté.

Il veut partir, elle le retient.

— Ne pensez plus à lui. Il va partir de Calcutta très vite, mon mari fera le nécessaire.

Charles Rossett se retourne brusquement. L'évidence l'éblouit.

— Ah, c'est vrai, c'est impossible, tout à fait impossible, dit-il, de le savoir... en vie... comment aimer le vice-consul de Lahore de... quelque façon que ce soit?

— Vous voyez, dit-elle. Si je me forçais à le voir, Michael Richard ne me le pardonnerait pas, ni personne d'ailleurs... je ne peux être celle qui est là avec vous qu'en... perdant mon temps comme ça... vous voyez.

— C'est tout ce qu'il y a ici, dit Michael Richard en riant, Anne-Marie, rien d'autre.

— C'est à cause de quoi? recommence Charles Rossett.

— De notre tranquillité d'esprit, dit-elle.

Le grand ventilateur remue l'air saturé d'eau, l'odeur de citronnelle. On reste là. La nuit est étouffante de nouveau. Elle leur donne à boire, elle tourne elle aussi dans la chambre. Le bruit de la mer est plus fort depuis un instant, elle est inquiète pour George Crawn et Peter Morgan. Ils allaient sortir pour voir, quand on entend le bateau – il corne trois coups. La mer va être agitée jusqu'à ce que l'orage crève, explique Michael Richard, ils débarqueront devant l'hôtel, il ne faut pas les attendre. Charles Rossett demande si le roman de Peter Morgan sera, d'après eux, réussi.

— Vous êtes très jeune, dites-moi? demande-t-elle.

On reste là, auprès d'elle, près. Le silence se fait – ce n'est pas la première fois que Charles Rossett assiste à cela, déjà la nuit précédente et à la fin du dîner – ce n'est pas celui qui précède les départs ni celui qui vient de ce que l'on n'a rien à se dire. Elle est allée dans le parc. Charles Rossett se lève, veut la revoir, se rassied encore. Elle revient, elle met le ventilateur à sa plus grande vitesse: Qu'il fait chaud cette nuit! dit-elle, et elle reste debout au milieu de la chambre dans le halètement effrayant, les yeux fermés, les bras ballants. Ils la regardent. Elle est maigre sous le peignoir noir, elle serre les paupières, sa beauté a disparu. Dans quel insupportable bien-être se trouve-t-elle?

Et voici que ce que Charles Rossett ne savait pas qu'il attendait se produit. Est-ce sûr? Oui. Ce sont des larmes. Elles sortent de ses yeux et roulent sur ses joues, très petites, brillantes. Michael Richard s'est levé en silence, il se détourne d'elle.

C'est fini, les larmes sont maintenant séchées. Elle s'est légèrement tournée vers la fenêtre, Charles Rossett ne la voit pas. Il ne cherche pas à la voir, on dirait que l'ivresse gagne, que l'odeur d'une femme, qui pleure, se répand. On reste là, on attend près d'elle, elle qui est partie et qui va revenir.

Michael Richard se retourne et l'appelle doucement:

— Anne-Marie.

Elle sursaute.

— Ah, je m'étais comme endormie.

Elle ajoute:

— Vous étiez là...

Le visage de Michael Richard exprime de la souffrance.

— Viens, dit-il.

Elle vient vers lui comme après une absence réelle et se met dans ses bras. Ah, vous étiez là. C'est à Venise qu'on l'entend tout à coup de loin, d'assez loin, elle avance dans une rue, elle n'est pas vue, entendue seulement, elle fait une rencontre, c'est un autre que ceux-là, un inconnu: Vous êtes là, quelle chance, quelle surprise! c'est vous je ne rêve pas, vous, je vous connais à peine; elle ajoute quelque chose sur le vent froid si désagréable ce matin-là que Charles Rossett n'entend pas, qui n'arrive pas jusqu'ici, dans cette île. L'inconnu qui l'écoute a le visage blanc du vice-consul de Lahore. Charles Rossett chasse l'image de la folie.

— Vous dormez debout?

Elle rit. Michael Richard la caresse. Elle s'est assise sur lui, les jambes relevées.

— Oh! presque, j'avoue...

— Je vous ai entendue, c'est drôle, comme dans une rue à Venise.

Michael Richard la prend tout entière – comme elle est rajeunie ainsi assise dans une pose enfantine, disloquée, sur ses genoux, il l'embrasse de toute sa force et la lâche. Elle va vers la fenêtre, l'ouvre, regarde, puis elle va vers le lit, se repose.

Michael Richard se lève, va vers le lit à son tour, s'approche tout près de cette femme. Son corps allongé paraît privé de son volume habituel. Elle est plate, légère, elle a la rectitude simple d'une morte. Elle a les yeux fermés mais elle ne dort pas, c'est le contraire. Le visage lui-même est modifié, différent, il est ramassé sur lui-même, vieilli. Elle est devenue subitement celle que, laide, cette femme-là aurait été. Elle ouvre les yeux et regarde Michael Richard, l'appelle : Ah, Michael...

Il ne lui répond pas. Charles Rossett s'est levé à son tour et il se tient près de Michael Richard, ils la regardent. Les paupières larges frissonnent, les larmes ne coulent pas.

Il y a toujours le bruit de la mer là-bas, au bout du parc et celui de l'orage qui est venu. Elle regarde l'orage à travers la fenêtre ouverte, toujours allongée, entre leurs regards. Charles Rossett se retient d'appeler. Qui ? Elle sans doute. Quel est ce désir ?

Il l'appelle.

Je pleure sans raison que je pourrais vous dire, c'est comme une peine qui me traverse, il faut bien que quelqu'un pleure, c'est comme si c'était moi.

Elle sait qu'ils sont là, tout près, sans doute, les hommes de Calcutta, elle ne bouge pas du tout, si elle le faisait... non... elle donne le sentiment d'être maintenant prisonnière d'une douleur trop ancienne pour être encore pleurée.

Il semble que Charles Rossett avance la main vers elle, que cette main se trouve happée, amenée sur le visage qu'elle aveugle.

Le tremblement des paupières avait cessé. Elle dormait lorsqu'ils étaient partis.

L'océan est une laque verte, on voit très bien les Îles, mais le parc est encore dans l'ombre des eucalyptus, la clarté est au bout de l'allée. Les oiseaux crient, ils partent vers la côte, le ciel, c'est une bousculade insensée, toujours.

Tandis qu'ils traversent le parc, un chant s'élève tout à coup, assez loin, qui doit venir de l'autre rive de l'île. Oui, l'île est étroite et longue, Michael Richard reconnaît la voix.

— C'est cette femme de Savannakhet, dit-il, c'est vrai, on dirait qu'elle la suit.

Elle est arrivée en effet dans l'île – elle traverse presque chaque semaine pendant la mousson d'été, par la première chaloupe du ravitaillement, il n'y a pas de clients, dans un coin, sans payer. Elle vient d'arriver aujourd'hui. Elle ne se trompe pas d'île. Les éléphants fous trouvent la route des bananeraies. La grande façade rectangulaire de deux cents mètres de long, tache blanche percée de lumières électriques : nourriture.

Ils sortent du parc. Une porte s'ouvre derrière eux dans la maison.

Anne-Marie Stretter sort, elle ne les voit pas derrière la grille, elle va calmement vers la mer.

— C'est le chant qui l'a sans doute réveillée, dit Michael Richard.

On voit dans la mer, le long des plages, les grands pieux en ciment qui retiennent les grillages.

Elle ne va pas jusqu'à la plage, elle s'allonge dans l'allée, la tête sur la paume de sa main, accoudée sur le sol, dans la pose d'une liseuse, elle ramasse du gravier et le jette au loin. Puis elle ne jette plus de gravier, elle déplie son bras, elle pose son visage sur ce bras allongé et elle reste là.

Michael Richard veut rentrer par les plages, Charles Rossett préfère traverser la palmeraie.

— Quand dormez-vous?

— Pendant le jour, dit Michael Richard. – Il sourit tristement. — Nous avons tout essayé, y compris dormir la nuit, mais le plein jour est ce que nous préférons.

Ils se séparent.

Ils se retrouveront ce soir.

Demain, à Calcutta, ils se retrouveront aussi.

Dans l'avenue déserte, les lampadaires s'éteignent. Elle doit nager maintenant derrière les grands grillages élevés contre les requins du delta, ombre laiteuse dans l'eau verte. Charles Rossett voit: il n'y a personne ni dans la villa ni dans le parc, elle nage, se maintient au-dessus de l'eau, noyée à chaque vague, endormie peut-être, ou pleurant dans la mer. Revenir et la rejoindre? Non. Est-ce que ce sont les larmes qui privent de la personne?

Charles Rossett se retrouve à la fois privé d'elle et privé de désir.

La fatigue, il le sait, s'abattra tout à l'heure d'un seul coup avec le jour, mais pour le moment elle se dissipe, on marche comme un automate, léger, on marche dans l'île.

Il cherche à quitter le boulevard, prend des chemins de traverse, tombe sur le grillage élevé contre la mendicité, revient, cherche encore et trouve finalement une porte dans ce grillage, sort, s'aperçoit qu'il vient d'avoir eu peur, peur absurdement de ne pas pouvoir sortir de cette zone de l'île qui lui est assignée pour sa plus grande paix.

C'est l'autre rive. Le soleil n'est pas encore sorti de l'horizon. Il y en a encore pour quelques minutes. Il ne connaît pas encore cette heure-là aux Indes.

Ici la mer est enfermée entre deux longues presqu'îles, pas d'arbres, il y a des bungalows. Le ressac est faible. C'est une lagune. Un chemin la longe. Les rives sont boueuses, la mer les lèche à petits coups. La mer verte, qu'elle est belle. Charles Rossett prend la direction de l'hôtel, il s'éloigne d'Anne-Marie Stretter.

Vanité d'Anne-Marie Stretter.

Elle doit sortir de la mer, se diriger vers la maison ouverte et vide dans laquelle de nuit et de jour tournent les ventilateurs de la reine de Calcutta.

Il s'arrête : ce qu'il revoit d'abord ce sont les larmes d'Anne-Marie Stretter.

L'image lui revient d'Anne-Marie Stretter droite sous le ventilateur – dans le ciel de ses larmes, dit le vice-consul –, puis tout à coup l'autre image. Il voudrait l'avoir fait. Quoi ? Qu'il voudrait, ah, avoir dressé sa main... Sa main se dresse, retombe, commence à caresser le visage, les lèvres, doucement d'abord puis de plus en plus sèchement, puis de plus en plus fort, les dents sont offertes dans un rire disgracieux, pénible, le visage se met le plus possible à la portée de la main, il se met à sa dis-position entière, elle se laisse faire, il crie en frappant : qu'elle ne pleure plus jamais, jamais, plus jamais ; on dirait qu'elle commence à perdre la mémoire, personne ne pleure plus, dit-elle, rien n'est plus à com-prendre, la main bat, chaque fois plus ponctuelle, elle est en train d'at-teindre une vitesse et une précision machinales, la perfection bientôt.

Anne-Marie Stretter a une beauté sombre tout à coup, lisse, elle accepte la déchirure de son ciel, la mobilité de sa tête est merveilleuse, elle se meut autour du cou à volonté, huilée, rouage incomparable, elle devient, pour la main de Charles Rossett, organique, instrumentale.

Michael Richard les regardait.

Dans sa rouille flamboyante le soleil sort de l'océan. L'éblouissement est considérable. Les yeux brûlent. Charles Rossett se retrouve arrêté le long de la lagune. Le soleil disparaît.

Il repart.

À cette heure-là on croit qu'il est enfin possible de marcher un peu sans trop souffrir de la chaleur, mais ce n'est pas vrai. Ah, s'il y avait du vent, même du vent chaud, si de temps à autre l'immobilité de l'air cédait...

Le vice-consul s'est-il tué cette nuit ?

Vite le *Prince of Wales*, vite dormir, volets clos jusqu'au soir, sa jeunesse, la coucher, la confier enfin au sommeil.

On pense : Au fait, à qui ressemblait-il, le vice-consul de Lahore ?

La fatigue est revenue, il avance avec peine. Un vent chaud commence à souffler sur la Mésopotamie du Gange, petite chose. Je suis encore soûl, pense Charles Rossett.

Il entend la réponse : À moi, dit Anne-Marie Stretter.

Le long de la lagune, sur le chemin, derrière lui, des pas précipités, une course de pieds nus. Il se retourne. Il a peur.

Qu'est-ce que c'est ?

De quoi avoir peur ?

On l'appelle. On vient. La forme est assez grande, très mince. Elle est là. C'est une femme. Elle est chauve, une bonzesse sale. Elle agite le bras, elle rit, elle continue à l'appeler arrêtée à quelques mètres de lui.

Elle est folle. Son sourire ne trompe pas.

Elle montre la baie, répète un mot, toujours le même, comme :

— Battambang.

C'est celle qui exalte Peter Morgan, la femme qui vient peut-être de Savannakhet.

Il prend de la monnaie dans sa poche, va vers elle, s'arrête. Elle doit sortir de l'eau, elle est trempée, ses jambes sont laquées d'une vase noire, celle des berges de la lagune de ce côté-ci de l'île qui est tourné vers l'embouchure et que la mer n'arrache pas, la vase du Gange. Il ne s'approche pas, la monnaie dans sa main. Elle répète le mot, c'est comme Battambang. La peau du visage est sombre, du cuir, les yeux sont au fond des nids de rides de soleil. Le crâne est recouvert d'une crasse brune comme un casque. Dans la robe trempée le corps maigre est dessiné. Le sourire sans fin effraie.

Elle cherche dans sa robe, entre ses seins, elle sort quelque chose qu'elle lui tend : un poisson vivant. Il ne bouge pas. Elle reprend le poisson et, lui montrant, elle croque la tête en riant davantage encore. Le poisson guillotiné remue dans sa main. Elle doit s'amuser de faire peur, de donner la nausée. Elle avance vers lui. Charles Rossett recule, elle avance encore, il recule encore, mais elle avance plus vite que lui et Charles Rossett jette la monnaie par terre, se retourne et fuit vers le chemin en courant.

Ces pas, derrière lui, ce sont les siens, réguliers, ceux d'une bête ; elle n'a pas ramassé l'argent, elle court vite, il court plus vite qu'elle. Le chemin est droit, long. Il longe toujours la lagune. Voici, vite, le *Prince of Wales*, ses grillages, sa palmeraie interdite à elle.

Elle s'est arrêtée ? Charles Rossett s'arrête aussi et se retourne. Oui.

La sueur, le corps source de sueur, ruisselle, c'est à devenir fou cette chaleur de la mousson, les idées ne se rassemblent plus, elles se brûlent, elles se repoussent, la peur règne, et elle seulement.

Elle est à cent mètres de lui, elle a renoncé à le suivre.

Les idées, de nouveau.

Charles Rossett pense qu'il ne sait pas ce qui lui arrive mais qu'il va quitter les Îles, les chemins déserts des Îles où rencontrer ça.

La folie, je ne la supporte pas. c'est plus fort que moi, je ne peux pas... le regard des fous, je ne le supporte pas... tout mais la folie...

Elle regarde vers la mer, elle a oublié. Pourquoi cette peur ? Charles Rossett sourit maintenant. La fatigue, pense-t-il.

Le ciel se découvre, bas, du gris orangé d'un crépuscule d'hiver. On chante : le même chant qu'un moment avant. La bouche pleine du poisson cru, elle chante. Ce chant a réveillé Anne-Marie Stretter il y a un instant et elle doit encore l'écouter en ce moment même du chemin où elle est allongée. Et voici le premier souvenir de la nuit récente, fleur à longue tige qui chemine, cherche et se pose sur le chant de la mendiante.

Il revient sur ses pas. Elle lui tourne le dos, elle va droit vers la lagune et y pénètre, très, très prudemment, tout entière. La tête seule émerge à fleur d'eau, et très exactement comme un buffle, elle se met à nager avec une hallucinante lenteur. Il comprend : elle chasse.

La journée s'écrase. Le soleil est sur l'île, plein soleil partout, sur le corps éclairé de la jeune fille endormie et sur ceux aussi, engrangés dans des chambres d'ombres, qui dorment là ou là.

Ce soir au Cercle, le vice-consul dit au directeur :

— Avec le copain du Prisunic on ne se confiait pas de secret, directeur, vous l'ai-je dit ?

— Celui qui vous a dénoncé, monsieur ?

— Exact, celui qui a dit à l'inspecteur du Prisunic que ce n'était pas lui mais moi qui avais volé le disque. Après il m'a écrit : « Qu'est-ce que tu voulais que je fasse ? mon père à moi il m'aurait tué, et puis, au fond, on n'était pas des vrais copains, on ne se confiait pas de secret. » J'ai cherché et il m'arrive de chercher encore lesquels j'aurais pu lui confier.

— Monsieur, c'était moi, le disque volé.

— Quel embrouillamini, directeur.

— Passons, monsieur. Continuez. Le dimanche chez le père la Frite est ce que je préfère, dit le directeur.

— Je n'ai pas de préférence, dit le vice-consul. Mais il est vrai que l'auberge du père la Frite doit être ce qui touche le plus.

— Je croyais que le père la Frite c'était moi, monsieur ?

— Non. Le dimanche, chez le père la Frite, le dimanche s'écoule, l'heure du thé arrive, il n'y en a plus que pour une heure, ma mère regarde sa montre, je ne dis qu'une phrase. Laquelle ?

— Que vous êtes content d'être à Arras.

— C'est vrai, directeur. C'est février, le soir tombe sur le Pas-de-Calais, je ne veux pas de gâteaux, pas de chocolats, je veux qu'elle me laisse là.

— Vos résultats scolaires, monsieur ?

— Excellents, directeur. Mais nous sommes cependant renvoyés.

— Le docteur hongrois ?

— J'ai de la sympathie pour lui, il me donne des billets de cinq cents francs. J'ai dans les quinze ans. Et vous ?

— Pareil, monsieur.

— Le dimanche, continue le vice-consul, il y a beaucoup de parents qui traînent leurs enfants pensionnaires à travers le dimanche sans fin, ils se reconnaissent au pardessus trop grand, à la casquette bleu marine, à la façon dont ils regardent leur mère toujours endimanchée.

— Quel embrouillamini, monsieur ; le dimanche, vous allez à Neuilly.

— C'est vrai.

— Monsieur, nous sommes soûls, où est votre père ?

— Où il veut, directeur.

— Votre mère ?

— Ma mère est devenue belle pendant que je suis à Arras. L'amant hongrois nous laisse seuls un moment, il fait les cent pas sur la route, gelé, il est gelé, et moi je recommence ma rengaine : Je t'en supplie, laisse-moi à Arras. L'amant revient, gelé. Ma mère dit : Qu'on en fasse trop ou pas assez, c'est donc pareil avec les enfants ? Il dit que c'est pareil en effet, qu'ils ne comprennent que ce qu'ils veulent. Je rentre.

— Où ?

— Où vous voulez, monsieur ; quelle barbe à la fin !

— Exact.

— Vous n'avez jamais dit pourquoi vous vouliez rester en pension, monsieur.

Il ne répond pas à la question posée par le directeur du Cercle. Le directeur se penche et ose, ose parce que ce sont peut-être les derniers jours du vice-consul à Calcutta.

— Et après Montfort, monsieur, allez, un mot.

— Rien, la destinée, dit ma mère. Je me fais un œuf à la coque dans la cuisine et je réfléchis sans doute, je ne sais plus. Ma mère part, directeur. Près du piano, en robe bleue elle dit : Je vais refaire ma vie, car avec toi que deviendrais-je ? Le disquaire meurt. Elle reste à Brest. Elle meurt. Il me reste une tante qui habite le quartier Malesherbes. De cela je suis sûr.

— Mais sur Lahore, monsieur, un mot, allez.

— À Lahore ? je sais déjà ce que je fais, directeur.

— Allez comprendre quelque chose aux gens, monsieur.

— La tante de Malesherbes me cherche une femme. Ai-je raconté cela ? – Le directeur dit non. — Elle me cherche une femme.

— Vous la laissez faire ?

— Oui. Elle me cherche une femme qui ne serait pas laide, plutôt belle en robe du soir. Elle s'appellera comment, exactement, je ne sais pas, mais Nicole, Nicole Courseules est un nom qui pourrait convenir. Il y aurait un accouchement dans la première année. Accouchement normal. Vous voyez, directeur ?

— Je vois, monsieur.

— Elle lirait pendant ses couches, rose liseuse aux joues roses, Proust. Sur son visage il y a de l'effroi ; quand elle me regarderait elle aurait peur, la petite oie de Neuilly, elle est blanche.

— Vous l'aimez ?

— Parlez-moi des Îles, directeur.

Le directeur du Cercle raconte encore que le hall du *Prince of Wales* ressemble au pont d'un grand paquebot, toujours dans l'ombre à cause des grands rideaux qui tamisent la lumière. Le carrelage est frais. Il y a un débarcadère, on peut louer une chaloupe et aller vers les autres îles. Quand il fait gros temps comme maintenant, c'est le commencement de la mousson d'été, l'île est pleine d'oiseaux. Ils sont sur les manguiers, ils sont prisonniers des Îles.

— Et cette affectation ? demande le directeur du Cercle.

— Je pense que, ces jours-ci, j'en aurai des nouvelles, dit le vice-consul.

— Vous avez une idée de l'endroit ?

— Je pense que ce sera quand même Bombay. Je m'y vois, indéfiniment photographié sur une chaise longue au bord de la mer d'Oman.

— Rien d'autre, vous n'avez rien d'autre à me dire, monsieur ?

— Rien, non, directeur.

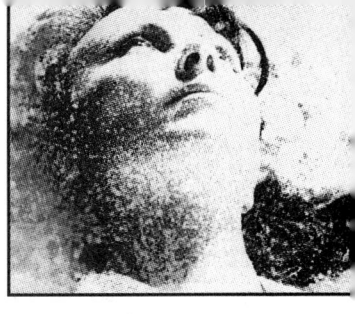

Michelle Porte: *Si vous faites un film de Lol V. Stein, de la scène du bal, vous ne la montre-rez donc pas, elle?* **M. D.:** *Oui, elle, mais détruite, déjà filmée, pas surgissant du livre, mais déjà abîmée par les commentaires, les lectures.*

Marguerite Duras, Michelle Porte, Les Lieux de Marguerite Duras, 1977.

PAGES PRÉCÉDENTES ET CI-CONTRE: PHOTOGRAPHIES DE LOLEH BELLON PRISES SOUS LA DIRECTION DE MARGUERITE DURAS PAR JEAN MASCOLO POUR UN PROJET DE ROMAN-PHOTO À PARTIR DU RAVISSEMENT DE LOL V. STEIN.

CAHIER À SPIRALE CONTENANT UNE VERSION MANUSCRITE DU RAVISSEMENT.

DOUBLE PAGE SUIVANTE: DOSSIER CONTENANT L'HOMME DE TOWN BEACH, UNE DES VERSIONS PRÉLIMINAIRES DU RAVISSEMENT ET DACTYLOGRAPHIE DU TEXTE DÉFINITIF.

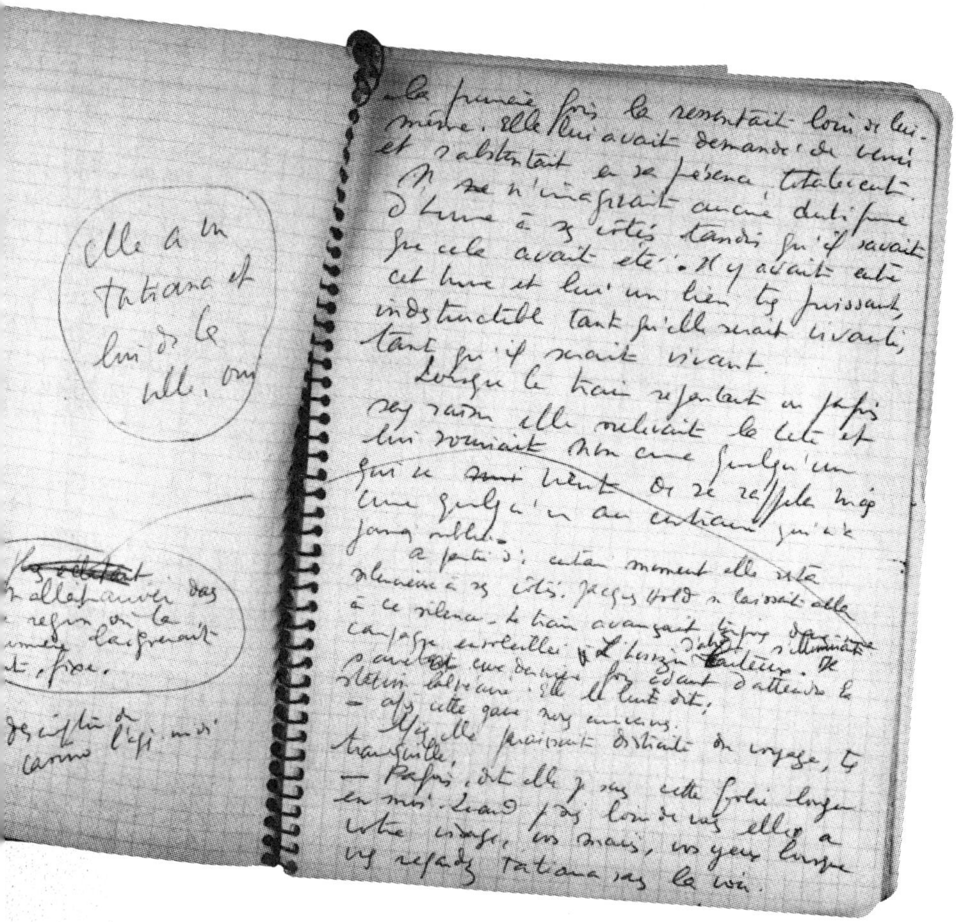

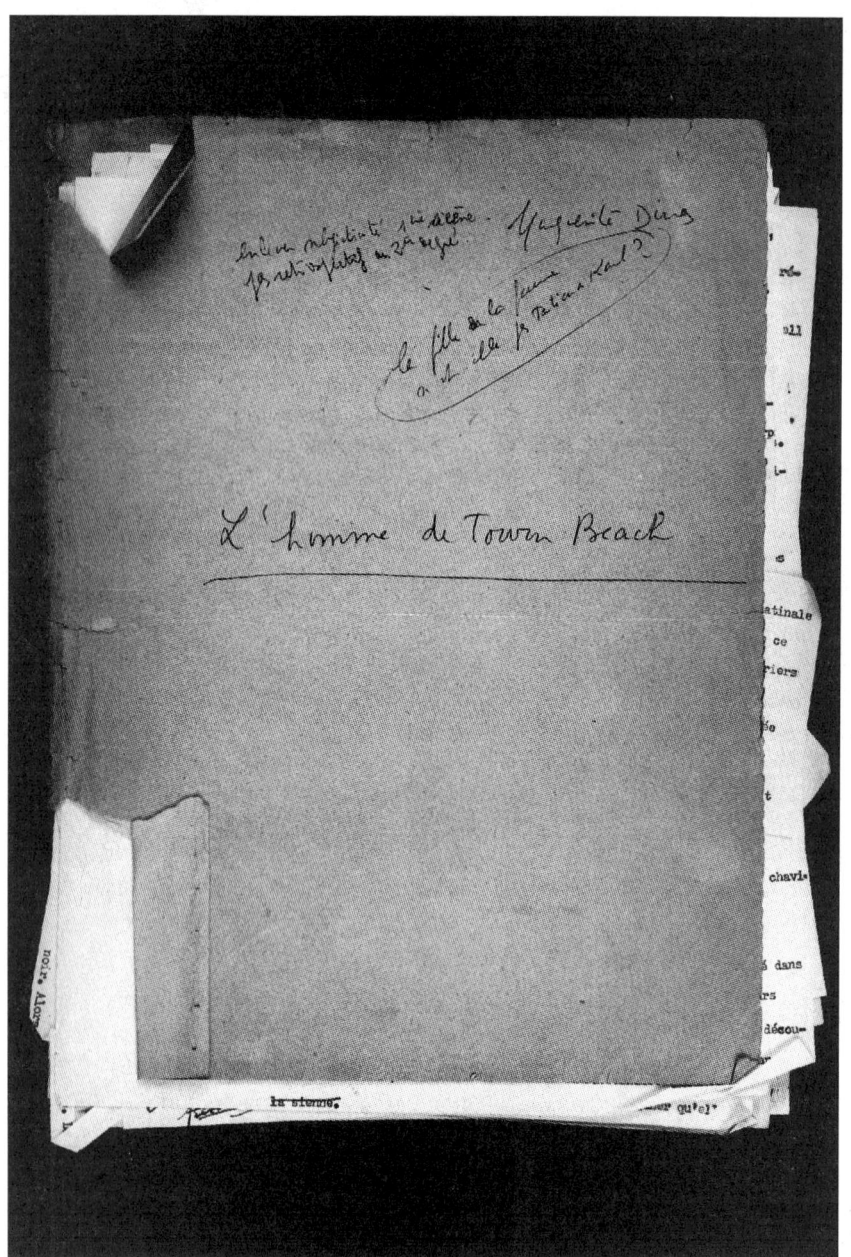

L'Homme de Town Beach

UN TEXTE INÉDIT DE MARGUERITE DURAS, LE «COMMENTAIRE INTÉRIEUR» DE NUIT NOIRE, CALCUTTA, RÉDIGÉ SEMBLE-T-IL ALORS QU'ELLE COMMENCE À ÉCRIRE LE VICE-CONSUL À TROUVILLE EN 1963, ÉCLAIRE D'UN JOUR EXTRÊMEMENT PERSONNEL, PRESQUE NAÏF TANT IL SEMBLE NOTÉ À USAGE INTERNE, LA GENÈSE DIFFICILE DE CETTE ŒUVRE. CES PAGES ÉTAIENT EN RÉALITÉ DESTINÉES À ACCOMPAGNER LE SCÉNARIO D'UN COURT MÉTRAGE, RÉALISÉ PAR MARIN KARMITZ EN 1964, QUI MET EN SCÈNE UN ÉCRIVAIN ALCOOLIQUE, EN PROIE AUX AFFRES DE LA PAGE BLANCHE.

FEUILLET DACTYLOGRAPHIÉ AVEC CORRECTIONS MANUSCRITES D'UNE DES VERSIONS DU VICE-CONSUL.

Je suis là pour écrire un roman. La vie d'un homme que j'ai inventé. Un héros silencieux et naïf, sans audace, et qui laisse passer les chances du bonheur. Je l'ai fait vice-consul de France à Calcutta, vice-consul, profession médiocre mais sûre et qui trompe, Calcutta, ville infinie de la lassitude d'être.

Au point où je suis de l'histoire de mon héros, je dois maintenant parler de Calcutta où il se trouve. Dire sa défaite, son rêve écrasé et comment Calcutta, lentement, mettra en pleine lumière sa solitude, sa banalité, son angoisse si courte, de rien. Je dois inventer Calcutta complètement, sa chaleur, des ventilateurs partout, leurs bruissements d'oiseaux effarouchés, l'amour d'une femme rencontrée.

Je suis là pour courir ma chance, la plus grande qui soit. Si je ne réussis pas, je ne me tuerai pas. Je retournerai à Paris, je continuerai à faire ce que j'ai fait, personne ne saura.

Quelle difficulté! Comment attaquer cette forteresse... On dirait qu'elle est imprenable tout à coup. Les mots existent quelque part, cachés pour le moment mais je les connais tous, tous, ils me viendront à l'esprit. Réduire cette ville, qu'elle vienne à moi, complètement. La femme rencontrée par lui, c'est aussi Calcutta, la mendiante, c'est Calcutta. Le vice-consul de France, aussi. Qu'est-elle donc cette chose que je veux décrire, quelle est sa nature?

Madame Bovary est passée dans ces rues. Albertine aussi. Les plages, défunte Albertine, et cet état même où je suis, tout ira dans ce livre. Je ne sais pas ce que sera ce livre, ce que je sais, c'est qu'il est à ma place. Moi, je ne suis rien.

Décrire interminablement la nuit de Calcutta. Un œuf énorme, noir, pestilentiel. Des nuages s'amassent au-dessus de l'embouchure du Gange en un Himalaya. Une mendiante pleine de poux est accroupie dans l'eau des rivières près des berges où dorment les carpes. Elle les guette et elle les mange crues.

Calcutta mère des Indes et des morts. Mauvaise ville, mauvaise. Vermine partout, l'odeur de la vase que remuent les ventilateurs.

Elle passe le matin avec ses filles pour aller au tennis. Elle

2

Je suis venu ici pour écrire l'histoire d'un homme que j'ai inventé. C'est

un héros silencieux, et naif, sans audace, et qui laisse passer les chances du

bonheur.

Au point où je suis de son histoire je dois maintenant dire sa défaite, son

rêve écrasé, trouver une circonstance qui, lentement ou brutalement au contraire

mettra en pleine lumière sa solitude, la banalité de sa vie, son angoisse si

courte, ordinaire. Je dois donc inventer un univers, complètement, un climat,

des femmes rencontrées, remonter aux sources amères ou douces de la vie.

Cette circonstance sera lointaine : une ville de l'Inde.

Je ne la connais pas mais je suis instruit de son existence. Elle s'appell

Calcutta. Je suis à Venise pour inventer Calcutta, apothéose du nombre.

Sur ma carte géographique, j'ai déplacé légèrement son centre vers le

Nord. Le Gange y passera. Il m'est nécessaire.

J'ai loué une chambre et je m'y suis enfermé

jusqu'à son terme l'histoire de cet homme que j'ai inventé.

Ma chance est la plus grande qui soit. Si je ne réussis pas je ne me tue

pas. Je retournerai d'où je viens, je continuerai à faire ce que je faisais

personne ne saura. Venise ne gardera aucune trace de mon effort. Ici, la

té est dans les murs.

Il faut que je trouve dans mon histoire de quoi faire la sienne.

dans mes veines coule un sang pauvre. Aurais je la force ?

Il a dans les trente ans. Je l'ai fait vice consul de France à Cal

Il s'appelle Jean Marc de Hehenhole. Son grand père pourrait être gouve

de l'Alsace Lorraine en 1890. Mariages. Né dans la branche cade

la plus déshéritée.

avenue Saint Nicolas à N   je me suis renseignée auprès de

Je suis à Venise pour inventer

traverse le parc qui entoure les bureaux de l'ambassade. Parfois elle rencontre le vice-consul de France. Jamais il ne l'aborde. Perdre son temps, sa jeunesse, expression naïve dont elle doit se servir. Je voudrais dire leur désespérance, longue houle, doux mouvement qui les traverse.

C'est avant-hier que l'amant a dû s'en aller. Son prénom est Jean, j'ai entendu. La femme à Calcutta est blonde, je l'inventerai demain. Elle doit être belle dans un lit près de son amant. Ce ne sera pas le vice-consul de France.

Qui est en train de mourir dans cette chambre ? Le vice-consul de France à Calcutta. Il a raté sa chance et sa chance c'était moi. Je ne sais pas écrire ce livre, je ne sais plus. Calcutta meurt elle aussi. Le Gange ne charrie plus rien. Peut-être que je me trompe, il faut recommencer calmement, demain, écrire tous les jours. Je trouverai le lien entres toutes ces choses que je raconte. Commencer par le commencement, être raisonnable.

Je raconterai tout, je le peux, je peux tout. Quelle force, quel bonheur !

Je trouverai les phrases.

Si j'avais été l'homme qu'elle cherche, je l'aurais abordée. Un autre que moi dirait que c'est dommage. Je le croirais. Je ne peux rien me permettre d'autre, rien.

C'est la nuit à Calcutta, quel enfer. Le Gange qui charrie les morts, les ordures. Je n'y arriverai pas. Impossible. Une agonie. Tout simplement impossible. Alors, quoi dire, quoi faire ?

MARGUERITE DURAS CHEZ ELLE, À NEAUPHLE, À L'ÉPOQUE DE LA PARUTION DU RAVISSEMENT, EN NOVEMBRE 1964.

«Commentaire intérieur», Nuit noire, Calcutta, *1964.*

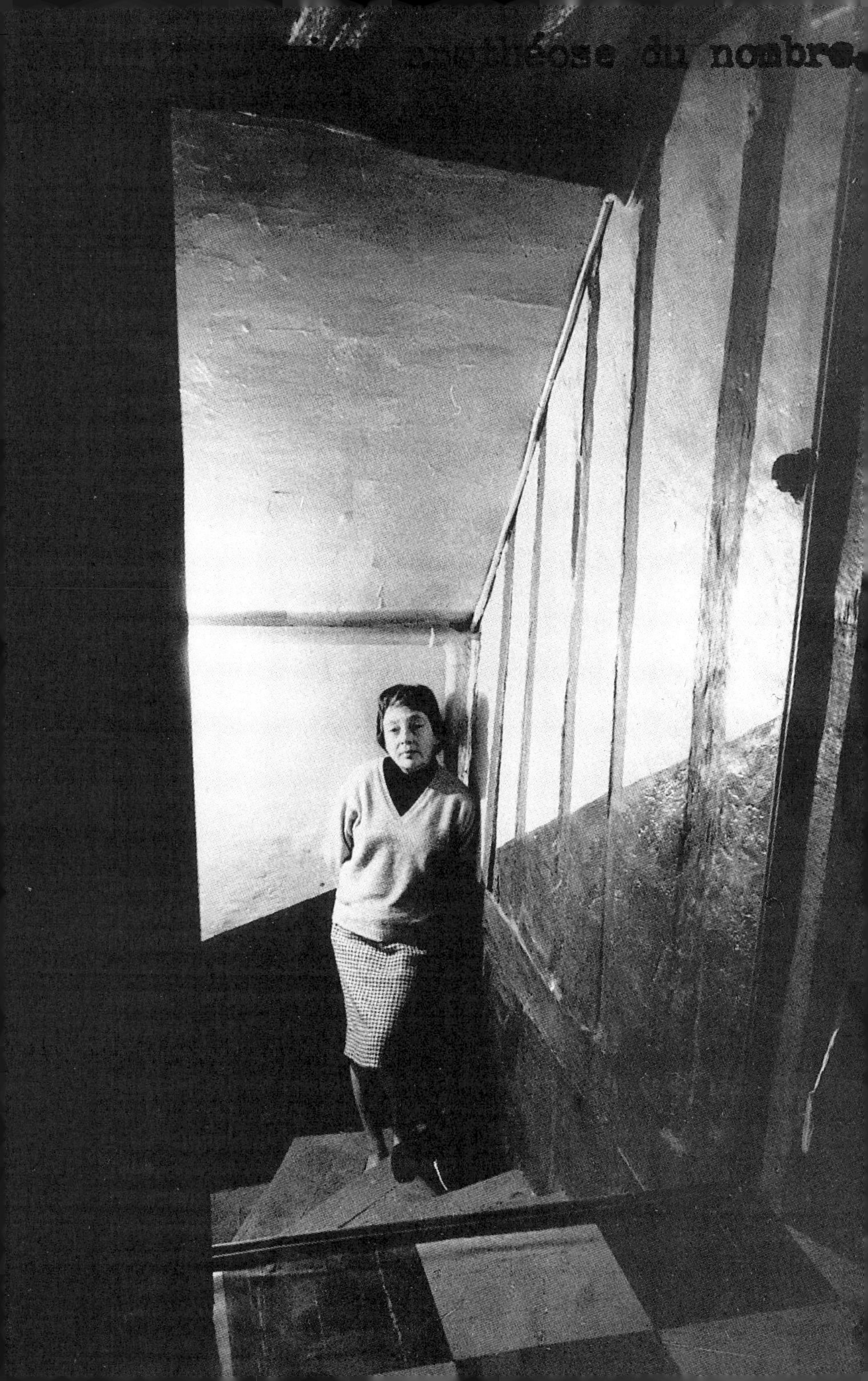
apothéose du nombre.

LES EAUX ET FORÊTS

théâtre 1965

Les Eaux et Forêts, courte pièce comique dont il n'est pas indifférent de noter qu'elle est dédiée par Marguerite Duras à son ami Louis-René des Forêts, l'auteur du *Bavard* (1946), est l'un de ses rares textes qui connut une prépublication en revue. Une version courte de la pièce fut en effet publiée dans le numéro de juillet 1963 de la *NRF.* Confiée aux jeunes comédiens René Erouk, Hélène Surgère et Claire Deluca, elle est créée le 14 mai 1965 au théâtre Mouffetard, et publiée dans une version augmentée la même année aux éditions Gallimard dans le premier volume des écrits de Duras pour le théâtre : *Théâtre I.* La pièce, qui a été souvent reprise depuis, suscite un article enthousiaste de Guy Dumur dans *Le Nouvel Observateur* du 27 mai 1965 : « Un petit chef-d'œuvre, une espèce de *En attendant Godot* féminin. C'est du théâtre de l'absurde, mais si bien ancré dans la réalité qu'il n'est besoin à aucun moment de passer par des symboles pour comprendre qu'en une heure de spectacle, avec l'histoire d'un homme qui s'est fait mordre par le petit chien d'une dame qui passe dans la rue, Marguerite Duras a réussi, sans y toucher, à nous parler de ces choses terribles que sont la vie et la mort, le temps et la solitude. Si, au nom de Beckett j'ajoute non moins imprudemment le nom de Tchekhov, on comprendra que cette pièce que je veux faire passer pour métaphysique est d'une drôlerie irrésistible ; que, faite de rien, elle se joue de tout et nous amuse comme doit le faire ce qui est profond et triste. Diabolique à force d'intelligence, le texte de Marguerite Duras est d'une admirable simplicité. »
En 1968, Marguerite Duras donne à Claire Deluca de précieuses indications sur ce que furent ces intentions en écrivant ce « théâtre du langage », lorsqu'elle lui confie deux nouvelles pièces dans la même veine, *Le Shaga* et *Yes, peut-être.*

Nous ne savons pas ni vous ni moi ce que vaut la pièce. Personne ne le sait. Vous vous lancez donc dans une nouvelle aventure. Il faut l'assumer ou non. Si vous l'assumez... si vous jugez de cette pièce en fonction du théâtre en place, cette pièce n'existe pas. Si vous jugez du théâtre en place du point de vue de cette pièce, le théâtre en place n'existe pas. Il n'y a pas de communication. C'est comme si vous vous en étiez référé à Feydeau pour Les Eaux et Forêts, *il n'y pas de communication du tout. Ce sont des choses étanches complètement. Alors dire ce qu'est ce théâtre, je ne le sais pas moi-même qui l'ai écrit. C'est un théâtre tout à fait naissant, instinctif, comment dirais-je... qui a cette qualité première d'être... de commencer quelque chose, d'être naissant. [...] Le sens général... ça se place au niveau du langage, encore comme* Les Eaux et forêts. *Ce sont des gens qui parlent et que la parole entraîne. Et quand vous vous serez mis ça dans la tête vous aurez compris le non-sens de la pièce. Il y a là-dedans une gaieté essentielle, il y a un pessimisme très joyeux. Un pessimisme qui a le fou rire. Alors ils se font un théâtre à trois qu'ils sont uniques à faire, un peu comme dans* Les Eaux et Forêts, *si vous voulez, sauf que dans* Les Eaux et Forêts, *ils ne décollaient pas vraiment...*

Vous savez que la littérature actuellement se définit au niveau du langage. Au niveau de l'utilisation du langage. On ne parle plus de ce qu'on écrit, de la société dont on parle, des mœurs dont on parle, de ce qu'on veut dire ou de ce qu'on ne veut pas dire, c'est au niveau de l'utilisation du langage. Les auteurs se distinguent les uns des autres uniquement par cela, par l'utilisation qu'ils font du langage.

Propos cités par Claire Deluca dans « À propos du Shaga *et de* Yes, peut-être », Marguerite Duras, Rencontres de Cerisy, *1994.*

pour Louis-René des Forêts

La pièce *Les Eaux et Forêts*
a été créée le 14 mai 1965
au théâtre Mouffetard
avec Hélène Surgère, Claire Deluca et René Erouk
dans la mise en scène d'Yves Brainville.

C'est un bout de trottoir qui donne sur un passage clouté. La scène est
vide. Rumeur de rue. Puis cri d'un homme, et deux cris de femmes,
différents. Arrivent sur le bout du trottoir:
Un homme
Une femme avec un très petit chien
Une deuxième femme sans chien
Un chien de taille moyenne, seul (facultatif).
L'homme retrousse son pantalon et regarde son mollet.
Les deux femmes se penchent
et regardent le mollet de l'homme. Le chien de taille moyenne
se sauve ou est supposé
s'être sauvé.
Le petit chien, tenu en laisse, reste.

HOMME. — Aïe!

FEMME 1. — Lequel est-ce?

FEMME 2. — Le petit.

FEMME 1. — Alors c'est le mien.`

FEMME 2. — L'autre d'ailleurs a lâchement disparu. *(À l'homme:)* Vous
avez mal?

HOMME. — Oui. Aïe! Aïe!

FEMME 1. — C'est profond?

FEMME 2. — Ça saigne?

HOMME, *à plat.* — Aïe! *(Il relève son pantalon.)* Aïe! Aïe!

FEMME 1, *montrant le chien.* —Vous lui avez donné un coup de pied en douce, ou quoi, monsieur?

HOMME. — Attention! Je cogne facilement!

FEMME 2, *éberluée.* — Oh, mais vous êtes très vulgaire, monsieur!

HOMME. — Très.

FEMME 2, *montrant le chien qu'ils regardent tous trois, comme tout à l'heure le mollet.* —Que faire? *(Un temps.)* Il est normal ce chien?

FEMME 1, *hypocrite.* — Eh bien... regardez-le...

FEMME 2. — C'est la première fois?

FEMME 1, *elle bredouille.* — C'est-à-dire... presque... presque... Oui, la première.

FEMME 2. — Alors c'est qu'il a cessé d'être normal, peut-être même à votre insu, ajouterai-je.

FEMME 1. — Hier soir encore il me semblait que rien de ce chien ne m'échappait... que ce matin même, rien de ce chien ne m'échappait!

HOMME. — La preuve! la preuve!

FEMME 2. — Calmez-vous, monsieur. S'exciter ne fait pas avancer les choses.

HOMME, *très calme subitement.* — Ça y est. Je suis calmé.

FEMME 1. — Souffrez-vous encore?

HOMME, *en rigolant.* — Le martyre.

FEMME 1, *cherche, toujours hypocrite.* — Ces jours-ci n'aurais-je rien remarqué ? en cherchant bien ? Un refus de nourriture ? Une conduite inattendue ? Un dérèglement de ses bonnes petites habitudes prises par mes soins ? Attendez... Attendez...

Un silence s'établit.

HOMME, *impatient.* — Alors ?

FEMME 1. — ... Non... non... Ses bonnes petites habitudes, ce matin même il les avait encore...

FEMME 2, *éclatant, laissant voir sa vraie nature.* — Ah ! laissez-moi rigoler à mon tour, chère madame, quand vous parlez de ces bonnes petites habitudes prises par vos soins ! Que savez-vous du cheminement obscur dans la nuit canine des autres, des autres habitudes que celles-là ? *(Sombre.)* Des mauvaises... des mauvaises... qui s'amènent, grignotent les autres, les bonnes, petit à petit... et puis voilà que lorsqu'elles s'expriment, trop tard pour les infléchir dans un sens désiré. Trop tard ! Trop tard !

HOMME. — Trop tard ! Foutu ! Foutu !

FEMME 1, *toujours hypocrite.* — Ça m'étonnerait. Je l'ai à l'œil ce chien. Et d'où prendrait-il cette sale graine ? D'où ?

FEMME 2. — Peut-être de lui-même, sans aller plus loin. De son tréfonds.

FEMME 1, *amère.* — Il n'a hélas aucun tréfonds, ce chien-là. Aucun. C'est une espèce de chien tout en surface, toujours il n'a été qu'en surface limitée.

FEMME 2. — J'ai lu, moi, madame ! Et des choses sur la rage aussi !

HOMME, *stupéfait.* — De quoi, de quoi ? Qu'est-ce que j'entends ?

FEMME 2, *continuant.* — Et je sais! Des balivernes! Qu'ils
soient en surface ou autrement, les chiens peuvent ne tenir la rage
que d'eux-mêmes, la faire tout seuls!

HOMME. — Dites donc, madame Système, ça commence à faire
comme ça!

FEMME 2. — Non. J'ai lu et je dirai. La rage n'enrage pas tout de suite.
Elle se couve. Et tandis qu'elle se couve l'animal est d'une grande
douceur apparente.

LE CHIEN. — Ouah! ouah!

HOMME, *il se penche et caresse le chien.* — Toutoutoutou, va.

FEMME 2. — Nous disions, monsieur, qu'il vient un moment où, quand
la rage est couvée, l'animal mord. Attention, monsieur...

L'homme continue à caresser le chien, toutoutoutou, va.

FEMME 1. — Monsieur, mon chien vient de vous mordre
profondément le mollet. De la décence! De la mémoire!

HOMME, *se relevant.* — Bah, profondément... profondément... *(tout à
coup doux, presque mondain.)*... non... non... car à voir la taille
de cet animal, n'est-ce pas, il n'est pas pensable qu'il ait aucun moyen
de mordre profondément...

FEMME 2. — Nous avons vu la blessure. Nous avons entendu votre
plainte déchirante. Les faits sont là.

HOMME. — Zéro pour les faits. Non mais... qu'est-ce que vous croyez?
Des faits, bien faits ou mal faits mais faits, faits, ça ne se trouve pas
comme ça sous les pas d'un cheval! Prétentieuses, va...

FEMME 1. — Monsieur, exprimez-vous au lieu de ne pas!

HOMME. — Ouah ouah ouah ouah! Voilà, je m'exprime. Que
désirez-vous?

FEMME 2, *riant jaune.* — Ah quel grand blagueur vous faites ! Ce que nous désirons ?

FEMME 1. — Du calme. De la décision.

HOMME, *au garde-à-vous.* — Présent !

FEMME 1. — Cette blessure est là, monsieur. Elle est effective. Elle est là, indubitable, dans la jambe de votre pantalon. *(Au chien avec une tendresse secrète :)* Saleté. Salope. Chameau. Je m'en vais te faire piquer, moi, et en vitesse, chez le vétérinaire... *(Elle revient au fait.)* Nous l'avons vue, cette blessure, nous l'avons vue !

FEMME 1, *enchaînant.* — Il va sans dire qu'en tant que propriétaire de ce chien, je paye le taxi.

LE CHIEN. — Ouah ! ouah !

HOMME. — Non mais pour qui me prenez-vous ? Moi, enragé ? Moi... moi ? M'avez-vous regardé ?

FEMME 1. — Mais, monsieur, vous passiez là tranquillement, tranquillement...

FEMME 2. — Exact.

FEMME 1. — Tranquille... tranquille... indéniable, visible, traversant innocemment ce clouté et la malchance a fait que ce soit en notre compagnie. *(Au chien, très tendre :)* Chien de rien !

FEMME 2. — C'est vrai, c'est vrai.

LE CHIEN. — Ouah ! ouah !

HOMME. — J'ai l'air de passer comme ça *(mimé)*, mais c'est faux. *(Un temps.)* Vous m'avez regardé oui ou non ?

FEMMES 1 ET 2, *propos mêlés.* — Nous vous regardons. Allons-y, regardons-le. Voilà, nous vous regardons, cher monsieur.

HOMME, *grandiloquent; mimé.* — J'étais pensif quand j'ai traversé, songeur, plein de moi-même, comme toujours. J'étais là. J'attendais encore. Et puis, «Piétons traversez!» s'est lu enfin. Une! Deux! Une! Deux! J'ai traversé, allez, voilà, pas à pas, bien comme il faut. Un être élu, un être prévu, et qui traverse parce qu'il veut bien, superbe, un roi. Ah! quel petit bonheur!

FEMMES 1 ET 2, *déconcertées.* — Pourtant vous paraissiez si détaché, si tranquille...

FEMMES 1 ET 2, *au choix.* — Oui... Baptiste en personne, ne se doutant de rien...

HOMME, *condescendant.* — Comment l'auriez-vous su, que je me doutais de tout, hein?

FEMME 2, *reprenant, comme avec un enfant.* — Monsieur, qui que vous soyez, tout peut vous arriver sur un clouté... ou ailleurs...

FEMME 1. — ... ou ailleurs, c'est bien vrai... cette ordure de chien, mon chien, peut être porteur de germes de rage à mon insu... et au sien... pauvre bête... comment savoir?

HOMME, *très très doux tout à coup.* — Soyons calmes. Soyons gentils, bien tranquilles...

Femmes 1 et 2 sont bien contentes.

FEMME 1. — Voilà. Ah! quelle belle journée!

FEMME 2. — Asseyez-vous, asseyons-nous par ce beau temps!

Ils s'assoient sur le trottoir.

FEMME 1, *douce.* — Vous verrez, monsieur, de quelle exquise douceur je peux faire preuve parfois dans l'autorité. Vous irez à l'Institut Pasteur en compagnie de ce chien sans le savoir, sans presque vous en apercevoir...

HOMME. — Allez, allez, asseyez-vous. Du calme. Du charme. De la douceur. Du calme... du calme...

Femmes 1 et 2 gloussent de plaisir.

FEMME 2. — C'est ça... du calme. Soyons calmes.

FEMME 1. — Un taxi, ça s'appelle gentiment. Taxi! taxi! Un trajet en taxi ça peut être agréable!

HOMME. — Ouah ouah!

Femmes 1 et 2 rient.

LE CHIEN. — Ouah ouah!

HOMME, *riant.* — C'est du beau temps ça ou merde?

FEMMES 1 ET 2, *ensemble.* — C'est du beau temps.

HOMME. — Alors? Vous voyez bien! Pourquoi se chercher des poux, comme ça...

Femmes 1 et 2 sont bien contentes et sourient enfantinement.

HOMME, *au chien.* — Je ne lui ai pas plu et puis quoi, c'est son affaire après tout, hein, Toto?

FEMME 1. — Zigou. On l'a appelé comme ça à cause de zigouzigouzigou, expression bien commune je sais, mais par paresse c'est ainsi qu'on l'a appelé : Zigou.

ZIGOU. — Ouah ouah!

HOMME, *bêtifiant.* — De quoi se plaint-on? A-t-on déjà eu l'occasion de se plaindre de Zigou?

FEMME 1, *suave, littéraire.* — Dans sa jeunesse, bien sûr, oui. Vous comprenez. Mais à ce moment-là je voyais

dans son inconduite la marque attendrissante
de l'enfance animale.

FEMME 2. — L'enfance animale... ça, au moins voilà une belle
expression parlée...

FEMME 1. — Maintenant bien qu'il ait douze ans, c'est-à-dire douze
multiplié par huit égale quatre-vingt-seize ans, je dois dire qu'à peu de
chose près, il se conduit parfaitement.

HOMME. — Alors voyez! voyez! C'est du beau ciel ça ou merde?
(Sursautant.) Il a quatre-vingt-seize ans, Zigou?

FEMME 1. — Eh oui. Dans son genre à lui, dans sa catégorie, il les a. À
peine on les a qu'ils se tapent huit ans chaque année. C'est
épouvantable! Vous ne trouvez pas que c'est épouvantable vous? Il ne
se doute de rien, lui, mais moi... Ah! là là!

HOMME. — À les voir qui pourrait croire qu'ils vont à cette allure
effarante ces pauvres animaux!

FEMME 2. — Eh bien, dites donc! Qui est-ce qui a trouvé ça?

FEMME 1. — Des savants! À mon avis ils ne se sont pas foulés:
tout multiplier par huit d'accord... mais pourquoi huit?
Pourquoi?

FEMME 2. — C'est ça qu'ils meurent si jeunes, sont crevés de vivre à
cette rapidité, les cabots.

HOMME, *tonitruant.* — Résumons-nous!

FEMME 2, *tout à coup très différente, alléchée, jeune.* — Dac!

FEMME 1, *idem.* — Dac!

HOMME. — Ce matin, a-t-il mangé?

FEMME 1. — Il a. Peu.

HOMME. — Bu?

FEMME 1. — Il a. Énormément.

HOMME. — Crotté?

FEMME 1, *pudique.* — Je ne le regarde pas toujours.

HOMME. — Pissé?

FEMME 1. — Quinze fois.

HOMME. — Répond-il à son nom?

FEMME 2. — Zigou... Zigou...

ZIGOU, *faible, déprimé.* — Ouah! ouah!

FEMME 1, *coquette.* — Voyez, moins que d'habitude. Mais la gronderie doit y être pour quelque chose.

HOMME.— Et vous, Missis Thompson?

FEMME 1, *elle rit avec femme 2, accent belgo-stéphanois.* — Ah quel grand blagueur on a trouvé sur ce clouté! Ah là là!

HOMME, *sérieux, autoritaire, comique.* — J'ai posé une question je crois?

FEMME 1, *se reprend.* — Moi? Tout a marché, il me semble du moins *(elle réfléchit),* comme les autres jours. Oui? *(Un temps.)* Oui. Je peux le dire: tout, oui.

HOMME. — Vous sembliez dire qu'il ne voyait personne en dehors de vous, Missis Johnson?

FEMME 1. — C'est-à-dire... c'est-à-dire... C'est bien vrai ça, pourtant. Presque. Presque personne en dehors de moi.

FEMME 2. — Ce que ce monsieur insinue c'est que si vous êtes l'un pour l'autre et la seule compagnie, et la seule compagnie... moi j'ai bien compris ce que disait ce monsieur.

FEMME 1. — Tiens, je n'avais jamais pensé à cet aspect de mon existence. Tiens, tiens...

HOMME. — Eh bien, pensez-y, Missis Johnson. Pensez-y.

FEMME 1, *se concentrant.* — Comment? Par qui commencer?

HOMME. — On compte. La nuit? Le jour? Combien ça fait de personnes? Combien ça fait en plus de la cousine germaine? En plus de Toto? *(Un temps.)* À votre enterrement, combien de personnes?

FEMME 2. — Compter, il n'y a pas que ça. Il y a aussi ne pas compter. Si c'est la méthode de Missis Johnson hé?

FEMME 1, *elle rit.* — La nuit? Mon enterrement? Combien la nuit? À l'enterrement combien? Toto seul? Tout Paris? Il me faut un papier. De tête je ne sais pas.

FEMME 2, *encourageante.* — Ce que ce monsieur a voulu dire, c'est que contrairement au préjugé qui voudrait que ce fût vous, pardon, que ce fût lui, ce chien, qui...

FEMME 1. — Ah! mais ça, je l'ai compris depuis une demi-heure. Il y a vingt ans, ça, que je l'ai compris! On m'a demandé des détails ignobles sur mon comportement et je les ai donnés! Que veut-on de plus? Je suis comme toujours je suis, comme toujours, un petit peu plus, un petit peu moins, en gros ou en détail, je suis.

Homme, *perfide.* — Et Toto, hein? Qu'est-ce que vous avez dit de Toto?

FEMME 1. — Je n'ai rien pu affirmer sur Toto! Allez-y donc, vous, vérifier tout chez les animaux. Est-ce que je sais, moi, ce qu'il couve en douce, ce sale cabot!

HOMME. — Ah! mais dites donc, ça n'a pas l'air d'être la première fois?

FEMME 1. — Presque pas la première fois. Je n'ai jamais dit que c'était la première, première fois, jamais.

HOMME, *grondant.* — Vous n'avez pas honte ? *(Un temps.)* Toujours dans les mêmes conditions ?

FEMME 1. — Toujours.

HOMME. — Et ensuite ? Toujours ce célèbre Institut Pasteur ? après chaque mordu ?

FEMME 1, *coquette.* — Toujours, non. Ça dépend des mordus. De leur bobine. De leur comportement au moment de l'incident.

HOMME. — Écoutez-moi, Missis Thompson. Que je vous plaise ou non, du moment que vous et Toto vous êtes comme d'habitude, moi je regagne ma petite casa. Entendu ?

Il se lève. Femme 1 le fait rasseoir.

FEMME 1, *très douce mais féroce.* — Vous, vous irez à l'Institut, justement.

FEMME 2. — De gré ou de force, en compagnie de Toto au sort duquel vous êtes maintenant lié, vous irez à cet Institut.

HOMME, *rigolant, voix faible.* — Au secours. Pitié !

FEMME 2, *riant.* — Missis Thompson, de la fermeté !

FEMME 1, *éclatant subitement.* — J'en ai marre, moi, à la fin, d'être appelée comme ça, marre !

HOMME, *dédaigneux.* — Mal élevée ! Vous êtes des mal élevées !

FEMME 2. — C'est le moment, Missis... Missis, hop ! À l'Institut Pasteur et en vitesse, hop ! Un taxi, et hop ! Tenez bon Missis Système ! Cet homme ! Ah !

HOMME, *il s'étale sur le banc, inerte.* — Ah ! elle serait bien bonne celle-là! Ah de celle-là on pourrait dire qu'elle est bien bonne! *(Furieux:)* Femelles!

FEMME 1. — Qui sait, vous êtes peut-être privé d'intelligence, monsieur?

FEMME 2. — Privé d'imagination?

FEMME 1. — De cœur aussi? *(Un temps.)* De tout? *(Elles le regardent toutes les deux.)* De beauté? De tout?

FEMME 2. — De tout?

HOMME. — Allez, allez, du calme, du calme. Allez, allez. Bien mignonnes, voilà, voilà.

Femmes 1 et 2 manifestent leur joie.

ZIGOU. — Ouah ouah!

FEMME 1. — Une supposition: demain, ce soir, dans sept jours, Zigou, la conduite de Zigou qui jamais ne m'étonne, pardon, m'étonne.

HOMME. — M'étonnerait qui jamais ne m'a étonné, m'étonne! ah! là là! femelles!·

ZIGOU. — Ouah ouah!

FEMME 1. — Justement, vous y êtes! Moi aussi ça m'étonnerait! Mais...

FEMME 2. — Par exemple Missis?

FEMME 1, *elle cherche.* — D'autres noms que le sien lui diraient quelque chose... il répondrait à celui de Mirza... de Toto...

ZIGOU. — Ouah ouah!

Ils se regardent tous, attendris.

FEMME 1. — Tout d'abord je ne fais pas très attention. Je me dis tristement : Tiens, Toto vieillit. Cent ans bientôt, Toto. Mais les jours passent. Son originalité s'accuse. Il refuse le pâté Ouah Ouah...

ZIGOU. — Ouah ouah !

FEMME 1. — Au contraire il me mordille le mollet... Lui si joyeux au réveil il s'attriste au premier rayon de soleil sur son coussin. Je lui dis : «Qu'est-ce qui ne va pas, Toto ? On dirait que tu penses à quelque chose. Penserais-tu une fois à une petite chose, Toto ?» *(Un temps. Crié :)* Alors moi tout à coup je me souviens de vous qui circulez dans Paris dans une ignorance totale, je bondis à l'Institut. On m'engueule. Trouvez-le ! Trouvez-le ! Je dis : Où ? où le trouver ?

FEMME 2. — Autrement dit, jamais nous ne vous laisserons partir...

FEMME 1, *lui coupe la parole.* — Je dis où, répondez quand même.

HOMME. — Nulle part et jamais. C'est bien simple.

FEMME 2, *gentille.* — Mais vous parliez tout à l'heure de votre petite maison, de votre petite casa.

HOMME. — Jamais, jamais vous n'aurez l'adresse de ma petite casa.

FEMME 1, *perfide.* — Elle est loin ?

HOMME. — Très.

FEMME 2. — Alors, Paris contaminé ? Huit millions d'habitants ?

FEMME 1. — Paris anéanti ?

FEMME 2. — Dans des souffrances atroces ?

HOMME. — Dans des souffrances atroces. Paris contaminé. Paris anéanti. Dans des souffrances atroces. *(Récité à part d'une voix très détachée, parodique.)* Le temps revient sur ses pas. Le souvenir de l'avenir se perd. Le Bois de Boulogne arrive sur ses grands chevaux, déferle sur les Champs-Élysées, atterrit à la Concorde et là foisonne, foisonne, en un Himalaya... et alors que dans son enchevêtrement désormais inextricable des automobiles sont captives, 403, DS 19, Dauphines, et tout le bordel, et que seuls, inutiles, de jour et de nuit, les feux rouges et verts continuent, continuent, continuent, «Piétons Attendez», «Piétons Traversez», continuent, continuent, une dernière phrase est prononcée.

Silence sur la scène.

Femme 2, *perfide.* — Et vous, monsieur? Ah! là je vous tiens! Et vous?

Homme. — Je regarde. Je prononce la phrase et puis je me tais.

Femme 2. — Quelle honte! Quelle phrase?

Homme, *terne, plat.* — Boum boum boum.

Un long silence pendant lequel elles hochent la tête gravement.

Femme 1, *sursautant, comme si elle se souvenait.* — Au fait, moi aussi, je regarde. J'y suis, moi. Pourquoi pas, eh?

Femme 2, *voix suraiguë.* — Et moi qu'est-ce que je fais? Voulez-vous me le dire tous les deux?

Homme. — Ce que vous voulez.

Femme 2, *hurlé.* — Mais qu'est-ce que c'est que cette attitude, malpolis! Je ne sais pas ce que je veux! Je ne le sais pas!

Femme 1, *hurlé.* — Mais qu'est-ce que c'est que cette voix qu'elle prend tout d'un coup, cette passante? mais qu'est-ce que c'est? Vous faites ce qu'il vous plaît, madame, ou ce qui vous plaît à moitié ou ce qui vous déplaît! En quoi serions-nous responsables de votre emploi du temps, quand même!
(À l'homme:) Trouvez pas?

Homme, *hurlé.* — Vous nous cassez les oreilles, la barbe!

FEMME 2, *calmée, à plat.* — Je ferai ce qui me déplaît le plus. Je mangerai du camembert. Matin et soir du camembert. Et à force je deviendrai méchante comme une teigne.

HOMME. — Ah! voilà, vous avez une voix gentille, c'est bien, c'est beau, du calme, du calme.

FEMME 2, *calmée effectivement.* — Excusez. N'empêche que je vous vois mal, monsieur Johnson, vous régaler tout seul de ce spectacle abominable. Je vous vois mal vous amuser tout seul des progrès de cette dévastation par vous provoquée. Laissez-moi rigoler.

HOMME. — Je ne me régale ni ne m'amuse, ni ne contemple. Je regarde. Du haut de l'Arc, je regarde. J'éprouve quoi? Rien. Et vous voudriez que de cet instant je me prive? Non mais. Je suis dépossédé de moi-même jusqu'au trognon y compris. *(Un temps.)* Ah, mesdames Johnson, il y a des jours où je désirerais fort disparaître à mes yeux sans la solennité de l'accident secondaire qui est moi-même. Comprenez, non? glisser sur moi, moi-même être pour moi, verglas, peau de banane.

FEMME 1. — Ce genre de trucs, ça m'arrive le soir.

HOMME. — Zéro! Pas de cynisme, Missis Thompson, ni de vulgarité! On vous dit: «La vie est triste? hélas! il faut vivre quand même.» On vous dit: «Toujours-prête-à-servir-la-France?» Pouah! Vulgarité et imbécillité! *(Doux.)* Non, non, non... faut pas écouter, Missis Thompson; rien, écouter rien du tout... il faut être comme moi, des Eaux et Forêts, sans arrière-pensée aucune, pas la moindre trace d'une arrière-pensée, être à la fois des eaux, des forêts... de tout... de rien... de rien du tout...

FEMME 2. — Mais j'en reviens au fait, monsieur. Coupé de toute communication avec autrui, autrement dit *(voix de nouveau suraiguë)* avec qui feriez-vous la conversation, hein, sur l'Arc?

FEMME 1. — Oh cette voix, cette voix!

FEMME 2, *calmée, voix à peine audible.* — Excusez. Je me répète: avec qui feriez-vous la conversation?

HOMME. — La conversation ? Je suis seul humain. Alors je n'ai plus de conversation humaine avec personne. Elle est bien bonne celle-là.

FEMME 1. — Et moi, je compte pour des prunes ? Il la fait avec moi, tiens !

HOMME, *plein de suspicion.* — Vous croyez ?

FEMME 1. — J'en suis sûre. De temps en temps, des petits bouts : Ça va ? Ça va. On fait aller ? On fait aller. Quel temps de chien ! *(Elle rit énormément.)* Ah, elle n'est pas mauvaise celle-là...

FEMME 2. — Et moi ?

HOMME. — Du calme. Allez, vous n'allez pas recommencer, Johnson ? Du calme.

FEMME 2, *mauvaise.* — Vous avez la rage tous les deux, laissez-moi rigoler. Vous vous mordez à pleines dents, oui, au lieu de vous faire la conversation, sales égoïstes que vous êtes !

HOMME. — Erreur ! Le cercle est fermé, la rage est partout, donc nulle part, elle tourne en rond comme le cœur. Elle devient la santé nouvelle du peuple et des chiens ensemble. Lassée de son pouvoir, elle devient bonne. D'ailleurs qui la nommerait encore, qui ? sotte !

FEMME 1, *très prosaïque.* — Chère madame, normalement, en toute logique, à ce point qu'il dit de l'évolution des choses nous sommes immunisées depuis belle lurette ! Qu'est-ce qu'il est rigolo !

FEMME 2, *très triste.* — Moi, pour reprendre votre expression, quelquefois j'en ai marre du stade où je suis arrivée. J'essaye de me dominer, de me tenir en respect par autodomination, par autosaturation, mais quelquefois j'en ai marre, je ne sais pas ce qui me retient !

HOMME. — De l'instruction, Missis Thompson, à ce que nous voyons.

FEMME 2, *délicieuse.* — Petite, petite. Des petites notions. Des petits renseignements par-ci par-là.

FEMME 1, *pleurnichant.* — Mais ceux qui sont morts alors, pas une larme !

FEMME 2, *qui reprend le dessus.* — Plus une. Pourquoi eux et pas nous, me direz-vous, et moi je vous dirai : parce que.

FEMME 1, *en colère.* — Les premiers, les étalons, les organisateurs, de quoi vous mêlez-vous ? c'est monsieur et moi. Monsieur, Toto et moi. Toto il est ministre de la Santé publique.

HOMME, *se marrant.* — Toto. Sacré Toto.

ZIGOU. — Ouah ouah !

HOMME, *subitement brutal.* — Et puis contre qui on en a ici, hein, il faudrait savoir !

ZIGOU. — Ouah ouah !

FEMME 1, *accent stéphanois subit.* — Ah, on est quand même tombé sur un grand blagueur sur ce clouté ! Il y avait longtemps que je n'étais pas tombée sur un pareil numéro !

FEMME 2. — Tout ça c'est bien beau, ces histoires primaires, Missis Thompson, mais moi être à l'origine d'une catastrophe nationale ça me dégoûte profondément ! Je n'ai que mon brevet élémentaire, mais solide ! Allez, allez, un taxi et hop, on embarque monsieur !

HOMME. — Du calme, voyons. *(Un temps.)* Voilà. Vous n'avez rien d'autre à faire dans la vie ?

FEMMES 1 ET 2, *propos mêlés.* — Rien. À peu près rien. Des toutes petites corvées, petites, petites. Acheter un crochet X, une salade. Promener Toto. Trotter. Sur nos petites jambes de fer, Bastille Champs-Élysées Concorde, trotter.

FEMME 1. — Quand je n'ai rien à manger je partage la viande de Toto, gratis chez le boucher, cette viande. Ce n'est pas l'histoire de dépenser, non, c'est la barbe, la barbe. Toujours seule à table! Alors je mange avec Toto. Par terre, comme ça, miam miam, très malproprement.

FEMME 2. — Faut voir comme quelquefois je mange, moi! N'importe quoi! Sans aucune manière! et tout ce que je trouve! des saloperies pourries! allez, allez, je mange. Je me cache de mon mari. Car il faut être seule pour ça et si bien dégoûtée, si bien dégoûtée que c'est un petit bonheur!

HOMME. — Votre oisiveté, à part ces petites corvées, est-elle sans une ombre?

FEMMES 1 ET 2, *propos mêlés, se regardent.* — Totale, sans l'ombre d'une ombre à un poil près, sans même l'espoir même très lointain d'une complication sentimentale du moment que pour le sentiment c'est zéro à l'arrivée comme au départ, la Samar étant le seul lieu assez proche pour qu'on se dise: c'est là que je voudrais mourir, à l'heure du coup de feu, quinze vendeuses accourraient, et les pompiers, et du monde, du monde...

HOMME. — C'est du propre! Quel dégoût. *(Un temps.)* Et Toto?

FEMME 1. — Toto? Il se lèche le cul une heure et demie par jour, que même ça me donne des nausées, parfois, pouah. Le reste du temps il dort ou bien il est réveillé. Il mange. Ou il ne mange pas. Il éternue beaucoup. Il trotte sur les Boulevards. Quelquefois il s'excite, il s'excite, il s'excite contre une puce – une petite puce bing! – je la tue. Le reste du temps il bande comme un Turc. *(Un temps. À plat:)* Sacré Toto.

FEMME 2, *elle imite l'homme.* —Allez, allez, du calme, de la décision. On est là, on s'excite, on s'excite...

FEMME 1. — Trois fois ce trimestre que je me tape l'Institut Pasteur. Ça commence à faire.

HOMME. — Toto aussi?

FEMME 1. — Bien sûr. Quelle question! Puisque Toto est à l'origine.

FEMME 2, *tout à coup pleine de suspicion.* — Vous ne trouvez pas ça beaucoup?

FEMME 1. — Je trouve ça même exagéré, mais qu'y faire? Une fois pourrait être la bonne. Alors? Ce clouté-là, Toto ne peut pas le traverser chaque fois gentiment.

ZIGOU. — Ouah ouah!

FEMME 1. — Quarante-trois jours sur quarante-cinq je prends des détours. Et puis j'oublie! Ou je me dis que Toto a oublié, à quatre-vingt-seize ans quand même! eh bien non... Sur ce clouté-là, curieusement mon petit toutou ne souffre personne à mes côtés.

FEMME 2, *à côté.* — Ah! traverser de nuit, très seule et désarmée devant un dix tonnes de poireaux, quelle forte impression!

HOMME. — Assez, Thompson!

FEMME 2. — Excusez.

HOMME, *il chantonne.* — Hypocrites, sales hypocrites! Je ne suis pas curieux mais je voudrais savoir pourquoi les femmes blondes la la la la la la. Et chaque fois, hop, à l'Institut Pasteur?

FEMME 2, *elle s'exerce.* — Oh! ce que je n'aime pas ça quand on chante des choses comme ça, surtout des saletés pareilles. Ça vous prend souvent?

HOMME. — Très. *(À femme 2:)* Et chaque fois à l'Institut Pasteur, madame Johnson?

FEMME 1, *perfide.* — Presque chaque fois. Et jusqu'à mon dernier souffle il en sera ainsi, jusqu'au dernier souffle de Zigou il en sera ainsi. Presque chaque fois. *(Accent belgo-stéphanois subit:)* La concierge de l'Institut Pasteur elle est de Saint-Étienne. Moi aussi je suis de Saint-Étienne. Alors on se cause de Saint-Étienne tout en se buvant une petite liqueur de par là-bas. C'est pas malin ce qu'on se raconte, mais ça nous plaît, à cette concierge-là et à moi-même.

FEMME 2. — Et Toto pendant ce temps-là?

FEMME 1. — Toto, après qu'on lui a examiné la salive, il se tape des susucres, comme on dit. Un, deux susucres. Trois, hein, Toto? Ça va peut-être lui rester cette espèce de nom bizarre: Toto. Ça me change, moi, remarquez.

HOMME, *agressif.* — Et le passant?

FEMME 1. — Le passant, son rôle est terminé pour ainsi dire. Eh bien... alors il s'en retourne d'où c'est qu'il vient. *(Un temps, triste, accent disparu:)* Après, c'est fini. Le soir vient. Faut rentrer. Il faut. On se quitte avec la concierge. Quelquefois c'est tard. Voilà. C'est triste, le retour, le soir, c'est bien triste.

HOMME. — Toujours sur ce passage il a mordu, Toto?

FEMME 1. — Oui.

HOMME. — Quand il n'y a personne, Missis Johnson?

FEMME 1. — Quand il n'y a personne, il mord personne.

HOMME. — Quand il n'a personne à se mettre sous la dent il est très sage, sacré Toto. Et patte après patte, je te traverse, gentiment, poliment, tristement!

FEMME 1, *toujours triste.* — Exactement. Vous avez bien deviné. Il traverse bien, Toto.

HOMME, *sévère.* — Et vous n'avez jamais fait la relation entre l'attitude de Toto sur ce clouté et les susucres de l'Institut Pasteur?

FEMME 1. — J'ai pas l'esprit à faire des relations entre les choses, moi.

HOMME. — Hypocrite! Vous ne trouvez pas que ça suffit comme ça?

FEMME 1. — Je ne trouve pas.

HOMME, *reprenant, très déclamatoire.* — Ah, vous ne trouvez pas... que
vous faut-il encore Missis Simpson? Je ne vous connais pas, certes...
Mais... Cinquante-cinq ans, c'est l'âge que je vous donne... des
malheurs conjugaux en veux-tu en voilà, avec votre bobine... votre
deuil déjà verdi par le temps... l'appendicite en pleine année
scolaire... la vie, la vie, la vie... *(très déclamatoire:)* et cet amour
blessé que vous avez connu, vous vous souvenez, pendant ces
vacances... vous aviez dix-neuf ans, et c'était au bord du lac des
Settons, en 1932... au casino, ce déchirant tango intitulé *Je ne suis pas
curieux...* faisait fureur...

*Il chante le premier couplet et tandis qu'il chante toutes les deux se
balancent en cadence, ravies.*

FEMME 1, *accent belgo-stéphanois disparu.* — Jamais connu ça.
Les malheurs conjugaux, je les ignore encore. Vous dites n'importe
quoi. Mon appendicite, zéro, je l'ai encore. Mon mari fut parfait.
Il est vrai que le lac des Settons, je le connais, mais c'était en 1933.

FEMME 2, *toute seule.* — Moi je ne connais pas le lac des Settons. Du
tout.

FEMME 1, *continuant, ton très plat, barbant.* — Et au casino,
rien de pareil ne se jouait. Et je n'ai rencontré personne au lac des
Settons. J'ai passé là quinze jours avec ma famille en tout honneur et
en toute tranquillité. Mon mari je l'ai connu l'année d'après
l'année du lac des Settons, l'année de l'île de Ré.

HOMME. — Menteuse. C'était moi l'année des Settons. Vous aviez vingt
ans. J'avais vingt ans et je dansais à la perfection les tangos
argentins. Je vous aimais tant que j'en mourais. Tous les soirs on me
ranimait au sortir de vos bras...

FEMME 1. — On n'a jamais ranimé personne au sortir de mes bras!
Ah, j'étais pas Miss France, moi, à vingt ans!

FEMME 2. — Et moi, où c'était donc?

HOMME. — À Granvillou! Vous, ah, vous! Quelle ivresse! Je dansais le one-step comme le tango argentin. Et tous les soirs, tes yeux dans mes yeux, et allez, on dansait! On dansait! On dansait!

FEMME 1, *pour elle seule.* — Je suis même plutôt moins laide dans mes vieux jours, je me suis pour ainsi dire uniformisée, j'ai perdu une laideur particulière pour prendre celle de tout le monde, et dans un sens, ça ne m'arrange ni ne me dérange, ça m'arrange plutôt à bien y réfléchir.

FEMME 2, *suppliante.* — Et moi, comment j'étais à Granvillou? Et moi? Et moi? Dites-le.

HOMME. — En robe orangée. Grâce à moi tu as eu le premier prix de tango. *(Mimé.)* Mademoiselle Thompson, avancez, avancez... Mais à part ça, il faut dire...

FEMME 2. — Hélas! Hélas!

FEMME 1. — Ah, je m'en souviendrai jusqu'à mon dernier soupir de l'île de Ré. Il était là qui se tordait sur sa chaise, comme une belle nouille qu'il était, et moi j'étais là sur ma chaise à me tordre de même... ah là là et maman qui était là... et papa qui était là... zigou zigou zigou, pour une fois qu'on la regarde notre petite, vas-y donc, danser avec c't'inconnu ou ce soir je cogne! Ah là là vous parlez d'une jeunesse quand la beauté est absente. Et tout ça à la fin ça se tient, ça passe, ça se tire! Ça ressemble à quelque chose jusqu'au jour où...

FEMME 2, *profonde.* — C'est vrai que j'étais... nulle... mais nulle... *(Elle cherche.)* Où c'était?

HOMME. — À Granvillou. Jusqu'au jour où quoi, Missis Thompson?

FEMME 1. — Jusqu'au jour où ça se termine.

HOMME. — Juste. *(Un temps.)* Vous n'avez pas inventé la poudre toutes les deux, hein?

FEMME 1, *à plat.* — Pour madame, je ne sais pas. Moi, rien.

FEMME 2, *à plat.* — Moi, tout. Tout. Je mentirais si je disais
le contraire : tout. La chichawa. Tout. *(Un temps.)* Comment c'était
Granvillou ?

HOMME, *récité.* — De nombreuses et coquettes villas tout au fond d'un
grand golfe, au centre le casino, le soir, encore, tangos, tangos, tangos.

FEMME 2. — Hélas ! J'ai même inventé mon malheur personnel !
Existe-t-il vraiment ? En fin de compte ? Dieu... Dieu... On croit que
oui on croit que oui, c'est ça le drame... à défaut de la poudre...

FEMME 1. — Nous avons vécu dix-sept ans et trois mois ensemble.
Et puis il est mort. Il est mort très exactement quand il le fallait. Il n'a
pas vécu une minute de plus une minute de moins.

FEMME 2. — C'est rare ça.

HOMME. — Très.

FEMME 1. — Oui. Au cimetière, les gens s'étonnaient de mon très
grand calme. Plus je leur expliquais la justesse, l'heureuse
précision de l'événement, plus ils me plaignaient. Les gens
comprennent mal. Ce n'est d'ailleurs pas si désagréable que ça.

HOMME. — Je ne suis pas curieux mais je voudrais savoir ce que vous
auriez fait si monsieur votre mari avait duré une minute de plus,
Missis Thompson.

FEMME 1. — Question idiote s'il en est une. Comment le saurais-je ?

FEMME 2. — Comment le sait-on, cela, que la minute est bonne ?

FEMME 1. — Question idiote s'il en est une. Avant, comment le
saurait-on, hein ? C'est après que ça éclate, que l'on se dit : s'il vivait
encore en ce moment, à quoi bon ?

FEMME 2. — Cette minute-là, l'avez-vous vécue, Missis Johnson ?

FEMME 1. — Oui. Mon mari était extrêmement âgé. Il avait cent ans au

moins, mon mari. J'en avais marre, marre. Pour le moindre
week-end il fallait s'y prendre six semaines à l'avance. Piqûres, vitamines,
six semaines, j'en avais marre, marre.

FEMME 2. — Du calme. Allez, du calme. Mais la minute, la bonne,
dites voir encore.

HOMME, *perfide.* — Je ne suis pas curieux mais je voudrais savoir...
(non chanté) oui, je voudrais le savoir une bonne fois où c'est qu'les
Athéniens ils s'atteignirent!...

FEMME 2. — Oh ce que j'en ai assez de cet air-là! On ne peut plus
causer tranquille avec cet air-là!

FEMME 1. — C'est difficile. Savoir que la minute est la bonne, juste une
minute avant celle qui la précède où on sait que c'est la bonne, juste,
juste, c'est difficile. Il faut chercher, essayer de retrouver si cette minute
s'est déjà produite dans votre existence et si vous l'avez laissée
échapper, chercher beaucoup, attraper cette fois cette minute au vol,
bing, ne plus la laisser échapper... *(Un temps.)* Pour mon compte
personnel cette minute est arrivée un dimanche de mai, l'après-midi,
vers quatre heures et demie, sur le bord du canal de la Marne au Rhin.

HOMME. — Qu'est-ce qu'il foutait votre mari, à cent ans, sur le bord du
canal de la Marne au Rhin, hein?

FEMME 1. — Question idiote s'il en est une. Il sortait pour la dernière
fois de sa vie. Natif d'Alsace-Lorraine, mon mari, mais dorénavant
impuissant à retourner au pays natal, j'ai mis sept mois à le persuader
d'aller se balader là, là où quelque peu des eaux du Rhin se frayent
un passage dans celles de la Marne. Il a été finalement convaincu de
la portée sentimentale de ce dernier week-end.

FEMME 2, *éblouie, voix suraiguë.* — Ah! mais alors vous êtes
Marguerite-Victoire Sénéchal?

FEMME 1. — Juste.

FEMME 2, *voix de même.* — Ah là là là là. Je me disais justement: cette binette-là l'ai-je déjà vue quelque part, ne l'ai-je pas déjà vue quelque part ?

HOMME. — Qui c'est ça, Marguerite-Victoire Sénéchal ?

FEMME 1. — Moi. Mais qu'est-ce à dire ?

HOMME. — Il est vrai.

FEMME 2. — Je me souviens. Je me souviens. Habitant le même quartier que vous, Marguerite-Victoire Sénéchal, tout me revient, je vous avais déjà rencontrée... Avec cette intense circulation, c'est toujours dans le même quartier qu'on se rencontre... et quand vous passiez, toujours quelqu'un se retournait et j'entendais cette réflexion au bout de vingt-sept fois inoubliable : Regardez, c'est elle, Marguerite-Victoire Sénéchal avec son chien fidèle, c'est elle dont le mari est tombé dans le canal de la Marne au Rhin. Ah ! quelle coïncidence, quelle coïncidence !

FEMME 1. — Du calme. Sur le clouté ou ailleurs, faut bien se rencontrer ! Ce ne serait pas moi, ce serait une autre ! Faut voir comme tout le monde se rencontre, sur les cloutés, sur le trottoir, faut voir, de nos jours ! Des foules !

FEMME 2. — Excusez. Mais il n'y a pas longtemps que vous êtes revenue, Marguerite-Victoire Sénéchal ?

FEMME 1. — Deux ans.

HOMME. — Après une absence prolongée ?

FEMME 1. — Involontairement prolongée, oui, de quatre ans.

FEMME 2, *prend un fou rire énorme.* — Son mari l'était tombé dans le canal de la Marne au Rhin ! Excusez mais les gens qui tombent, boum ! dans les rivières, bing, dans les canaux, ça me faire rire ! rire ! excusez !

HOMME. — Du calme.

FEMME 2, *refroidie*. — Présent! Je m'appelle, moi, Jeanne-Marie
Duvivier.

FEMME 1. — Quel rire désagréable vous avez! Pouah!

FEMME 2. — Je sais. Excusez. C'est mon rire natif. Impossible de m'en
débarrasser.

HOMME. — Et Toto pendant ces années-là, Sénéchal?

FEMME 1. — Confié à des cousins. Inchangé à mon retour. Insensible
aux erreurs de la justice. Tel est Toto.

ZIGOU. — Ouah ouah!

FEMME 1. — Abandonnée de tous mes amis, de mes parents,
de mes commerçants, de mes voisins, de mes propriétaires, de mes
frères, de mes sœurs, de mes médecins, de mes cousins,
seul Toto me resta.

HOMME. — Ainsi vous êtes la femme de ce nom-là : Marguerite-
Victoire Sénéchal?

FEMME 1. — Oui. Je n'y peux rien. J'y suis j'y reste. Et ça va continuer,
je vous le dis, encore un bon bout de temps.

FEMME 2, *timide, délicieuse*. — Rien de si remarquable n'a marqué
ma vie à moi jusqu'ici, rien, rien qui puisse faire qu'on me
nomme dans la rue, qu'on me lorgne, mais quand même j'ai toujours
eu le petit espoir que quelqu'un, une fois, en passant... à cause
par exemple de mon tailleur marron, mon petit tailleur marron...
comme ça, en passant...

HOMME, *à plat*. — Non. Non, non.

FEMME 1. — Quand même, quand même, en cherchant bien,
de toutes ses forces, peut-être... peut-être qu'on peut bien finir par
croire qu'il n'est pas impossible qu'on vous ait une fois rencontrée
quelque part... Sans rien affirmer, bien sûr...

FEMME 2, *pleine d'espoir.* — Ah! vous voyez... vous voyez... ah!... n'en parlons plus, excusez-moi, n'en parlons plus.

HOMME, *essaie de renouer la conversation.* — J'ai l'air comme ça, moi, de me taire... mais je n'en pense pas moins... Moi aussi j'ai un petit toutou.

FEMME 1, *continuant avec femme 2 comme si de rien n'était.* — Prisunic? Bon Marché?

FEMME 2. — Eh pourquoi pas! Pourquoi pas! Mais laissons, laissons! Ce que j'en disais...

FEMME 1. — La Samar?

FEMME 2. — Peut-être, peut-être. La Samar, j'aime, j'aime. Je ne peux pas dire, la Samar, j'aime beaucoup!

FEMME 1. — Vous n'êtes pas la seule, vous n'êtes pas la seule...

HOMME, *impatienté.* — Un petit toutou, une façon de parler!
(crié) Un chien énorme, oui! Un vrai monument! Qui répond au nom rare de Babar!

FEMME 2, *très câline.* — Cher ange! Et vous n'en disiez rien, Mister Thompson!

HOMME, *accent curieux.* — Je voulais vous en faire la grosse surprise!

FEMME 1, *accent belgo-stéphanois revenu.* — Ah! il n'y a pas de doute, sur ce clouté, c'est vraiment un grand blagueur qu'on a rencontré, un grand grand blagueur!

HOMME, *gai, profondément.* — Le dimanche, on se balade, comme ça, sans s'en faire, dans ma Mercedes-Benz!

FEMME 2, *après réflexion.* — Il me semble en avoir entendu parler, moi, de cette belle marque-là: Mercedes-Benz.

Femme 1. — Moi aussi... Babar, c'est un nom d'éléphant, c'est vous dire ! Son chien ! Quelle bonne grosse gueugueule il doit avoir... *(goulûment)* ah ! là là là là !

Femme 2. — Je devrais bien avoir un chien, moi, un de ces jours, avant qu'il soit trop tard, un bon chien, là, un brave cabot, un brave toutou. Ça doit pas être mal, ça doit occuper, oh ! là là, faut que j'y pense.

Zigou. — Ouah ouah ! *(Tous les trois le regardent.)* Ouah ouahouah !

Femme 1. — On s'y attache. On s'inquiète. Le pipi, le caca, on regarde. On les nourrit. On les gâte, on les cajole. On croit qu'ils sont supérieurement intelligents. Sont de bonnes gens les chiens, sont braves, braves *(renversement)*, si braves que c'en est dégoûtant, se laissent faire trop, trop.

Homme. — Ah oui, sont braves les toutous. Du calme.

Femme 2. — Un bon chien, comme qui dirait, et ça peut aller ?

Homme. — Eh ! Eh ! Presque, quoi.

Femme 1. — Dites-moi donc, monsieur, justement c'est dimanche aujourd'hui. Alors ?

Homme. — Alors ?

Femme 2. — Ce qu'elle veut dire, Marguerite-Victoire Sénéchal, c'est : et votre Mercedes-Benz, monsieur ? Où est-elle donc que vous soyez à pied comme ça ?

Homme, *rit. Tous sont joyeux.* — Je l'ai oubliée à la maison.

Tous rient.

Femme 1, *accent belgo-stéphanois.* — Vous n'avez pas plus de Mercedes que de beurre en branche, faut dire.

FEMME 2, *léger accent belgo-stéphanois à son tour.* — Et le chien?
Dites donc, et le chien? Quel blagueur, quel blagueur! Une chance
d'être tombé dessus!

HOMME. — Du calme, du charme, de la douceur, du calme. On est
bien contentes, hein, Sénéchal, Duvivier? Alors?

Femme 2 fait subitement la grimace.

HOMME. — Qu'est-ce qu'il y a, Duvivier?

FEMME 2, *maussade.* — Ça peut aller, ça peut aller. Mais...

FEMME 1, *enfantine.* — Petite menteuse, va. Mais?

FEMME 2, *éclatant.* — Et les voisins, quand même, qu'est-ce que
vous en faites? Les voisins qui sont là à vous surveiller de jour et de
nuit, qu'est-ce que vous en faites? Ces sales voisins, ils copient
vos façons, vos meubles, vos menus – je n'ai qu'à faire une chichawa,
le lendemain, allez, tout le monde fait une chichawa. Sans les
voisins, encore... s'il n'y avait que les rencontres fortuites ou de force
mineure comme aujourd'hui, ça pourrait aller. Mais les voisins
ah! là là, hier j'étais là en train de peser mes nouilles pour le dîner, je
me retourne qu'est-ce que je vois? Un voisin, deux voisins,
dix voisins qui me lorgnent...

HOMME. — Du calme. Du calme. Qu'est-ce que c'est que ça une
chichawa?

FEMME 2. — C'est un plat économique. Un bon plat avec des pois
chiches et de la wawa. Maintenant, dans tout l'immeuble, allez, on fait
la chichawa. Alors, peine on a fini d'en manger que ça
recommence à côté. Ça pue! Avouez. Ah! là là. Non, sans les voisins
ça pourrait aller, mais avec, non.

FEMME 1, *convaincue.* — Elle a raison, Duvivier. Il y en a
qui vous disent: il ne faut pas être difficile, il y a plus malheureux
que vous, etc. Mais moi je dis: pourquoi ne pas être difficile,
pourquoi?

HOMME. — Pourquoi? Pour rien! On a le droit d'être difficile, et comment! Moi, personnellement, je suis très difficile, et alors? je suis là comme vous voyez en chair et en os! *(Un temps.)* Qu'est-ce que c'est la wawa? wawa? *(Il rit.)* Ouah ouah...

ZIGOU. — Ouah ouah ouah!

FEMME 2. — C'est une matière étrangère dont il ne faut pas abuser, sans ça... *(elle rit en douce)* on croit que c'est arrivé... qu'on peut tout se permettre, quoi. On se met à y croire... et je te chante *Carmen*, quoi... vous comprenez?

FEMME 1. — Allez, du calme. Soyons calmes, très calmes. *(Un temps.)* Vous pesez vos nouilles, madame Duvivier?

FEMME 2. — Oui. Je pèse tout ce que je mange. Sans ça j'en fais trop et puis j'en mange pendant huit jours alors j'en ai marre, j'en ai marre, tellement que je mange comme je vous disais, salement, je peux rien jeter, c'est dans mon caractère, alors je mange, terrible, tout, tout, et je suis triste, triste...

HOMME. — Du calme. Moi j'ai sept enfants en bas âge. Je suis bibliothécaire à la Bibliothèque Mazarine. J'ai une situation en vue, une femme superbe, une Mercedes-Benz, du temps à ne savoir qu'en faire, des trucs, des trucs, des tas... *(à jouer de façon très généreuse, physiquement très généreuse)* oui, des trucs, des trucs, des tas... du mobilier, de l'immobilier, de l'immobilier de première classe avec tout l'conf'modern', s.d.b., etc., bibliothèques! au kilomètre! une femme, légale et sexy, des enfants, des enfants, des filles, des garçons, des garçons, des filles, des... *(Geste qui signifie: et le reste aussi.)*

FEMME 1. — C'est rare, ça.

FEMME 2. — Très.

HOMME. — Et puis du temps. Oui, pour penser, du temps, du temps... des tonnes... et un parc. Un parc avec... un cèdre du Liban, un pommier de... un poirier... un rosier... de l'herbe... tout, j'ai tout, tout.

Et non seulement j'ai, mais je fais, je fais, j'agis, je m'actionne. Je fais. Je pense. Je varie. *(Il cherche et commence à s'exciter.)* Je pense, et je fais. Je varie. *(Geste des mains qui s'inversent.)* Quelquefois je pense je pense je pense. Quelquefois je fais je fais je fais. *(Diction de plus en plus rapide.)* Quelquefois je pense à ce que je fais, quelquefois non, je fais ce que je pense, je pense, je fais, je pense, pense, je fais, quelquefois j'en ai marre, j'en ai marre... marre.

FEMME 1. — Allez, du calme, du calme.

HOMME. — Pardon.

FEMME 2. — Mais non mais non, au contraire... *(Elles sont suspendues à ce qu'il va dire.)* Quelquefois vous disiez?

HOMME. — Quelquefois je confonds. Je veux penser, j'me trompe, j'confonds, j'm'embrouille, j'suis désespéré, au lieu de penser, là, bien tranquille sur mon beau rocking-chair, j'prends des boulons et je te les visse dans tout ce que j'trouve, je les visse, je les visse *(geste)*, je les visse complètement, jusqu'au bout, jusqu'à devenir fou... le soir je tiens plus debout, j'en peux plus, j'en ai marre, marre, je m'dis pourquoi? j'me d'mande pourquoi qu'j'ai vissé des boulons comme ça toute la journée; pourquoi? pourquoi?

FEMME 1. — La vie, ça, Mister Thompson.

HOMME. — Je me demande pourquoi j'm'fais une vie de chien à visser mes boulons comme ça an lieu de penser sur mon rocking-chair...

FEMME 2. — Mais puisque ça vous arrive sur votre rocking-chair, faut pas vous frapper...

HOMME, *lugubre*. — Oh! ça m'arrive, oui, bien sûr que ça m'arrive... puis quand ça m'arrive pas j'me force, là, des heures, sur mon rocking-chair, mais c'est pas une solution non plus parce que je m'emmerde, j'emmerde... j'ai beau fouiller, je trouve plus rien, j'ai tellement pensé déjà, je trouve plus rien alors... j'emmerde, j'pense qu'à mes boulons, j'en sors pas, j'en sors pas, alors j'en ai marre, marre...

FEMMES 2 ET 1. — Du calme, du calme.

FEMME 1. — Et alors?

HOMME. — Alors... *(Il change de position.)* Écoutez... Écoutez-moi...
Écoutez-moi, nom de Dieu... *(crié)* ou bien je me tais. *(Elles écoutent de
toutes leurs forces.)* Écoutez... *(À plat:)* Non. Rien. Ce n'est pas la peine.

FEMME 2. — Ça alors... c'est mal élevé, ça, de s'arrêter quand on a
commencé.

FEMME 1. — Vous allez continuer oui ou merde sans ça, moi... vous
allez voir ce que vous allez voir. Allez-y.

FEMME 2, *après un temps, douce, douce.* — C'était sur quoi que vous
vouliez causer... hein?

HOMME, *lugubre.* — Sur les boulons.

FEMME 2, *elle éclate.* — C'est pas vrai, c'est pas vrai... je suis sûre que
c'était sur autre chose, je le jurerais, moi...

Elles l'encouragent.

FEMME 2. — Allez, allez, Mister Thompson... ça fait du bien,
faut dire tout ce qu'on a sur le cœur... faut parler, c'est mauvais de
tout garder comme ça en soi, dans son for intérieur, dans sa personne,
dans son système personnel, dans...

FEMME 2, *calmée.* — C'est vrai qu'ça lui a fait du bien, regardez-le,
c'est plus le même homme... Oh! là là.

L'homme, insensiblement, a pris la pose du Penseur de Rodin.

TOUTES LES DEUX. — Allez, allez, du courage... Qu'est-ce que vous
risquez?...

HOMME, *il rugit calmement.* — C'est des boulons que je parlerais si je
parlais. En définitive, à la fin du compte, c'est des boulons...

Lassées, elles recommencent à parler entre elles.

FEMMES 1 ET 2, *rigolant.* — Très honorées, monsieur.

FEMME 1. — Moi, chaque dimanche je vois un livreur. Un très jeune
livreur. Il est si jeune et moi si décatie. On se cache.
Ah! qu'est-ce qu'on rigole! Je suis bien contente de l'avoir trouvé,
remarquez. Je m'en suis passée pendant neuf ans et puis
un matin voilà qu'il a débarqué. Quel changement!

FEMME 2. — Moi le dimanche je ne vois personne. Toujours
mon mari, mon mari. J'en ai marre. Duvivier à longueur
d'année.

HOMME. — Je me disais aussi: si Duvivier pèse ses nouilles c'est
qu'elle n'est pas seule dans la vie. Ah! voyez, j'avais deviné.

FEMME 2. — Il y a bien longtemps que je n'ai pas été
seule dans la vie. Depuis que je suis toute petite, toute petite, je suis
avec Duvivier. Mes parents et moi ce qu'il y avait c'est qu'on
était dans une méconnaissance totale de ma personnalité,
alors dès que j'ai été en âge, ils m'ont fourguée à Duvivier.
(Complètement dans les vapeurs de la mémoire.) Où c'était... ça ne me
revient plus... tra tro tru tri-tri trou trou... c'est quand
même fort, ça, perdre la mémoire comme ça. *(Elle compte.)* Dix-sept,
dix-huit... oui, c'est ça, dix-huit ans et des bricoles.
Grande comme maintenant, ni plus, ni moins. On-pêchait-la-crevette. Il
y avait des marées, ça n'arrêtait pas. Il y avait des mouettes.
On gelait littéralement. On était dans une forme... ah! Oui, c'est ça, ça
me revient... des bains de mer, des bains de boue.
Des maîtres nageurs, soi-disant, des malabars, oui, payés par la
municipalité pour vous foutre à la flotte parce que sans ça,
de soi-même... non. On gelait littéralement. Puis il y avait, tenez-
vous... il y avait Duvivier qui me guettait. Il se cachait derrière un
rocher, un paravent, il surgissait, «coucou coucou»,
moi je hurlais, je me sauvais, il me rattrapait, il me déshonorait.
À la fin des vacances, c'était devenu machinal,
dès qu'il pouvait me coincer il me déshonorait. *(De très loin, avec une
grimace.)* J'en avais marre parce que, pour tout vous dire,

Duvivier, il était un peu vicieux, enfin je ne veux pas dire vicieux-
vicieux, mais... vicieux... passons. Alors je l'ai dit
à maman, alors maman elle a dit : que non, non, non, non, c'était sa
nature qui était un petit peu complexée parce que son père
était dans la marine..., etc., mais que ça se tasserait.
(Dit tout d'une traite.) Enfin bref résumons-nous en un mot comme en
mille ma mère elle m'a dit : tout bien pesé, le pour
et le contre, bon an mal an, il y a qu'à faire comme ça, y aller comme
ça... et allez... voilà. Alors, moi, maintenant, toute la journée,
à part les sorties, qu'est-ce que je me tape ? Duvivier.
J'en ai marre, marre. Et puis d'année en année il perd l'appétit,
Duvivier, ce qui vous explique aussi pour les nouilles...

HOMME. — Du calme. Du calme.

FEMME 2. — Oui. Merci. *(Un temps.)* Remarquez que ma vie
véritable, ma vie profonde, ma vraie vie, elle n'est pas avec Duvivier,
elle est ailleurs. J'ai un secret.

FEMME 1 ET HOMME, *vivement intéressés.* — Ah ! tiens, tiens...

FEMME 2, *pudique et charmante.* — Oui. Je ne peux rien en dire de
plus. Rien. *(Un temps.)* Il y a vingt-cinq ans que je n'en ai
pas dit autant ! *(Extasiée :)* Oh ! je suis toute soulagée... c'est une chose
grave, unique, mais si je commençais comme ça
à la divulguer à des passants... enfin vous comprenez... je pourrais
toujours m'amener pour le ravoir, après, mon secret...
(Un temps.) Vous pouvez y aller, rien n'en sortira... pas une virgule...
(Un temps, personne ne bouge.) Vous pouvez me supplier... pas une
virgule... *(Personne ne bouge. Elle est dans le ravissement.)*
Tout ce que je peux faire... c'est... *(Elle pose la main sur sa poitrine,
vers son cœur peut-être.)* Écoutez... *(Femme 1 et homme
se regardent sans comprendre.)*

FEMME 2, *ravie, épouvantée, et tout bas.* — Et encore vous êtes loin,
mais moi qui suis tout près... Vous voyez... *(Elle raconte :)*
Oh ! sans m'avancer beaucoup, je peux bien vous le dire... mon secret
à moi, ah ! c'est difficile à exprimer ça... il se balade
(elle montre son corps) partout, mon secret, il s'balade... et aussi, il

change... quelquefois il devient tout petit tout petit comme
un petit point, quelquefois il est énorme. Quelquefois il est vague,
c'est souvent ça, alors je ne sais pas quoi faire, alors j'reste chez moi.
Oui. *(Un temps assez long – elle a peur.)* Bien sûr, c'est
comme pour tout, il y a des fois, ça s'bouscule un peu là-dedans... il
veut ma place, ôte-toi de là que je m'y mette... alors
j'ai un peu peur, c'est normal *(acquiescement des deux autres)*,
j'me dis : qu'est-ce qui va me rester... où c'est que je vais
me mettre, il prend toute la place... des foisj'ai drôlement la trouille
même...

FEMME 1. — Vous en avez causé au docteur ?

FEMME 2. — Oui, oui... il m'a dit que ça arrivait, c'est rien, passons,
passons...

HOMME. — Un petit mot sur lui Missis, non ? *(Elle fait non de la tête
avec énergie.)* Il est... quoi ? humain ?

FEMME 2, *elle se laisse avoir.* — Plutôt oui... oui, mais non,
non, je ne dirai rien d'autre, rien. *(Violent tout à coup.)* Parce que vous
comprenez... un secret... si ça sort, si on le laisse sortir,
si ça se trouve mieux ailleurs, hein, moi, qu'est-ce que je deviens ?
Non, non. Passons...

FEMME 1. — C'est vrai ça, passons, passons. Alors, monsieur,
ce taxi ?

HOMME. — On ne le prend pas.

FEMME 1. — Monsieur, êtes-vous cinglé ou simplement bête ?

HOMME. — Je suis profondément intelligent. J'ai
de moi-même une connaissance telle que jamais encore je n'en ai
rencontré l'équivalent.

ZIGOU. — Ouah ouah !

HOMME. — Ainsi je suis en ce moment la seule personne sur

la terre à savoir qu'il vous sera impossible de me traîner à l'Institut
Pasteur en compagnie de Toto.

Un temps.

FEMME 2. — Comment elle va faire la pauvre Sénéchal?

HOMME. — Si elle continue, Sénéchal, un beau jour Toto il passera à la
casserole. Piqué, dépecé, à la saumure, Toto!

FEMME 1, *pensive.* — Je suis bien pourtant chaque fois très
honnêtement reçue à cet Institut. On me fait asseoir. On me pose des
questions. Ils ne sont pas lassés de moi à cet Institut!

HOMME. — Aux Balkans, la rage! Aux Caraïbes! Mais ici, fini,
Sénéchal!

FEMME 1. — Ce n'est pas gentil ce que vous dites là! oh!
remarquez, je m'en doutais. *(Avec regret.)* Tout va mieux... tout va
mieux...

ZIGOU. — Ouah ouah!

FEMME 2. — Alors, faut rentrer à la casa, encore à la casa?

HOMME. — Hélas!

FEMME 1. — Hélas!

FEMME 2. — À la casa, toujours à la casa. J'en ai marre si
vous saviez. Et puis ces dernières années j'avais pris l'habitude d'être
témoin partout et de tout. Témoin à charge. Témoin à
décharge. Témoin de rien. Passeports, certificats de domicile,
et tout le bordel, dans ce sens-là j'étais recherchée.
(Un temps long.) Mais en même temps, en même temps...

HOMME. — On rêvasse, Marie-Jeanne?

FEMME 2. — On rêvasse, monsieur Thompson, on rêvasse
bassement... Tout détruit. Tout. Laisser courir. Laisser faire. Pas m'en

mêler. Plus de Marie-Jeanne pour les passeports...
On la cherche... Où est-elle ? se demande-t-on. Où ? Dites-le-moi...

HOMME. — Allongée, effondrée, pâmée. Monument de fer,
repeinte en minium, repeinte, repeinte, était-elle donc la Tour Eiffel,
Marie-Jeanne ?

FEMME 2, *pleine d'espoir.* — Sa vie s'effondre, s'effondre... oui...

FEMME 1. — Oui... sa vie s'allonge enfin...

FEMME 2. — Oui... oui...

FEMME 1. — Immense, Duvivier, immense, sur la Seine. Qui l'aurait
crue si grande, morte ?

FEMME 2, *rit, heureuse.* — Moi, si je vous disais que je le savais depuis
toujours...

FEMME 1, *après un temps.* — On laisse courir ?

Les deux autres, très graves, approuvent.

HOMME, *se met à chanter subitement.* — « Je ne suis pas
curieux mais je voudrais savoir pourquoi les femmes blondes sont
plus jolies le soir... »

FEMME 2. — Oh là là... vous chantez toujours cette même chanson,
toujours, on peut pas causer, on peut pas...

HOMME, *triste.* — Une fois à Biarritz, j'avais cinq ans,
on la jouait, maman m'a dit, c'était au casino, et c'était beau, maman
m'a dit : n'écoute pas, Toto. Alors, depuis...

FEMMES 1 ET 2, *rient tristement.* —Ah ! ce blagueur !

ZIGOU. — Ouah ouah !

FEMME 1, *se levant.* — Je me dois de vous le dire,

allez, que ce soit fait, c'est moi qui l'ai foutu dans le canal de la Marne au Rhin, mon mari.

FEMME 2. — Moi, c'est pire. J'ai pas de secret ni dedans, ni dehors, zéro. J'ai seulement Duvivier.

HOMME. — Moi, je ne suis de rien à la Mazarine, j'ai jamais été le moindre rouage dans la marche quelconque du moindre établissement public.

Ils se taisent tous les trois puis l'homme recommence à chanter: «Je ne suis pas curieux...» et les deux femmes, en cadence, marquent la mesure.

LA MUSICA

théâtre 1965

La Musica est née d'une commande de la télévision anglaise, pour une série intitulée *Love stories*. La pièce française est créée le 8 octobre 1965 au Studio des Champs-Élysées par Claire Deluca et René Erouk dans une mise en scène d'Alain Astruc et Maurice Jacquemont. Le texte est publié la même année aux éditions Gallimard dans *Théâtre I*.

En 1966, *La Musica* fait l'objet de la première adaptation cinématographique que Duras réalise elle-même, en collaboration avec Paul Seban. «Il y a eu d'abord, écrit-elle, une commande de la TV anglaise, puis le livre; la pièce, très proche du livre; et enfin... autre chose, pour le cinéma.» Le film est tourné en mai à Évreux et Deauville, avec pour interprètes Delphine Seyrig, Robert Hossein, Julie Dassin, le directeur de la photographie étant Sacha Vierny.

En 1985, à l'occasion d'une reprise de la pièce programmée au théâtre du Rond-Point, Marguerite Duras qui, dit-elle, avait «toujours trouvé la dimension de la première *Musica* trop courte», écrit pour les comédiens Miou-Miou et Sami Frey une suite à sa première pièce, qui la conduira à modifier aussi, légèrement, la première partie. Ainsi, *La Musica deuxième*, créée en février 1985, ne remplace pas *La Musica*, qui, selon elle, «constitue toujours à elle seule l'objet d'un spectacle».

LA MUSICA

Ce sont des gens qui se sont aimés et qui se sont séparés. Ils sont encore jeunes. Ils ont trente ans encore, trente-cinq ans. Ils ont lu sans aucun doute. Des diplômes aussi. Ils ont été bien élevés, ils le sont restés, ils en gardent cette élégance qui jamais ne se récuse. Ils sont de bonne volonté aussi, ils ont fait comme tout le monde, ils se sont mariés, ils se sont installés et puis voilà, ils ont été arrachés l'un à l'autre par les forces mauvaises de la passion. Ils ne savent pas encore qu'ils ont été «eus».

Ils sont à Évreux pour le dernier acte de leurs séparation, celui du jugement de divorce. Ils ne savent toujours pas ce qui leur est arrivé. Ils sont venus chacun de leur côté pour se revoir une dernière fois, mais cela sans presque le vouloir.

Elle paraîtrait plus libre que lui, plus oublieuse du détail de la souffrance, de l'enfer, de leurs torts réciproques. En même temps elle serait moins oublieuse de l'essentiel : c'est en elle que commence à se faire jour une certaine logique, celle du désastre des amants. Lui est encore jeune dans la souffrance, il se débat, il veut l'arracher de sa vie, il doit croire encore un peu au bonheur. Elle, méfiante, la petite, non, jamais tout à fait. Lui est plus exposé qu'elle à la souffrance. Elle le sait, elle sait aussi qu'il appelle cette souffrance, que sans elle il pourrait être cruel, injuste.

Tous les deux dans cet hôtel de France pendant une nuit d'été, sans un baiser, je les ferais parler des heures et des heures. Pour rien d'autre que pour parler. Dans la première partie de la nuit, leur ton est celui de la comédie, de la dispute. Dans la deuxième partie de la nuit, non, ils sont revenus à cet état intégral de l'amour désespéré.

«*Textes pour la presse*», La Musica deuxième, *1985.*

LA PIÈCE *LA MUSICA*
A ÉTÉ CRÉÉE LE 8 OCTOBRE 1965
AU STUDIO DES CHAMPS-ÉLYSÉES
DANS UNE MISE EN SCÈNE
D'ALAIN ASTRUC ET MAURICE JACQUEMONT.

PERSONNAGES
ELLE, ANNE-MARIE ROCHE, TRENTE-CINQ ANS OU DAVANTAGE
CLAIRE DELUCA
LUI, MICHEL NOLLET, TRENTE-CINQ ANS OU DAVANTAGE
RENÉ EROUK

LE FILM *LA MUSICA*
RÉALISÉ PAR MARGUERITE DURAS ET PAUL SEBAN
A ÉTÉ TOURNÉ EN 1966

PERSONNAGES
ELLE
DELPHINE SEYRIG
LUI
ROBERT HOSSEIN

Les photographies publiées in texte proviennent du film de 1966.
Page précédente: Claire Deluca et René Erouk en 1965;
Miou-Miou et Sami Frey lors de la création de
La Musica Deuxième *en 1985.*

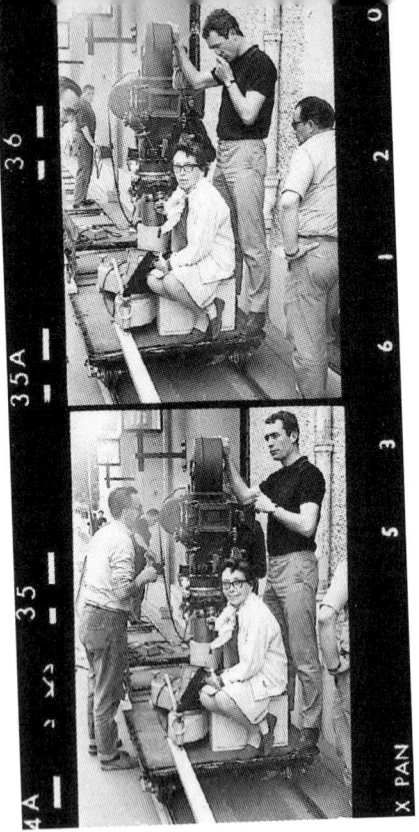

*Un hall d'hôtel. On entend
quelques bruits de la rue. À
gauche, deux écriteaux : Réception
– Salle à manger. L'emplacement
devant la porte de l'hôtel est sans
meubles. Par contre, à droite, et
débordant sur le centre de la
scène, il y a un salon
conventionnel : un canapé et des
fauteuils, un bureau, une
télévision placée de telle sorte
qu'on ne voit pas l'écran mais
ceux qui le regardent.
On ne verra aucun des membres
du personnel de l'hôtel, mais on
entendra leurs voix : il est inutile
d'encombrer un plateau de
présences antiques du valet de
chambre et de la vieille patronne.
Les deux protagonistes de la pièce
sont d'aspect ordinaire. Rien ne
les signale à l'attention.
La mise en scène devrait être de
caractère cinématographique.
Éclairage violent des visages qui
équivaudrait aux plans
rapprochés et plongée de ces
visages dans le noir, parfois.*

Le reste de la scène devrait être gagné par l'ombre à mesure que progressent les propos.

Michel Nollet entre, traverse la partie gauche de la scène et va vers la réception de l'hôtel. On entend ce qui suit de la coulisse.

LUI. — S'il vous plaît, madame? Vous êtes sûre qu'il n'y a toujours que ce train de neuf heures seize pour Paris?

VIEILLE DAME. — Sûre, monsieur Nollet, hélas! L'année prochaine nous aurons un service d'avion trois fois par semaine... mais en attendant... Voici votre clef, monsieur Nollet.

LUI. — Je vous remercie, mais je ne monte pas. Pourriez-vous me demander un numéro à Paris? Littré 89-26.

VIEILLE DAME, *répète.* — Littré 89-26. Très bien, monsieur Nollet. Je vous le passe dans le salon?

LUI, *il hésite.* — Si vous voulez, oui. Merci.

Michel Nollet revient dans le salon et attend debout près du bureau. On entend la vieille dame qui demande le numéro.

VIEILLE DAME. — Ici Hôtel de France Évreux, je voudrais Littré 89-26 avec ID, s'il vous plaît?

(Un temps.) Combien? *(Elle annonce à Michel Nollet:)* Dans cinq minutes, monsieur Nollet.

Un temps assez long. Puis, une femme, Anne-Marie Roche, entre. Elle se dirige vers la réception, comme l'homme l'a fait. Dès qu'il la voit Michel Nollet marque une émotion, mais très retenue. Anne-Marie Roche ne l'a pas vu. On entend en coulisse:

VIEILLE DAME. — Il y a un télégramme pour vous, madame *(elle bafouille)...* madame Roche.

ELLE, *sans étonnement.* — Ah oui? Je l'attendais justement.

Nous ne sommes plus seuls à entendre la conversation. Michel Nollet l'écoute aussi.

VIEILLE DAME. — Voici votre clef, madame Roche.

ELLE. — Non, merci... je ne monte pas. J'étais venue pour ce télégramme, je ressors... je vais faire un tour.

VIEILLE DAME. — Ça a changé Évreux, c'est extraordinaire. Derrière la gare on ne reconnaît plus rien.

ELLE. — Et à... La Boissière?

VIEILLE DAME, *gênée.* — À La Boissière il paraît que non... pas tellement... il faut vous dire que je ne sors pas souvent et pas aussi loin...

ELLE. — À tout à l'heure.

VIEILLE DAME. — À tout à l'heure, madame Roche.

Silence de nouveau. Anne-Marie Roche ressort de la réception, tandis qu'elle met le télégramme dans son sac. Elle voit Michel Nollet, s'arrête. Levé, tourné vers elle, celui-ci la regarde et s'incline. Elle fait un très léger signe de tête.

Sourire pincé, très contraint.

LUI. — Je voulais vous dire... si vous avez besoin de moi...

LUI, *continue.* — ... pour ces meubles qui sont au garde-meuble... je peux me charger de l'expédition... si je peux vous épargner cette corvée.

ELLE. — Quels meubles ? *(Elle se souvient.)* Ah oui... merci, non... *(Un temps.)* Je ne sais pas encore ce que je vais faire... si je les garde ou non... Je vous remercie. *(Un temps encore.)* Bonsoir.

LUI. — Bonsoir.

Elle sort. Michel Nollet reste seul. Il allume une cigarette, reste debout. Il est très nerveux, mais il se contient presque parfaitement. Le téléphone sonne.

On entend la conversation téléphonique à voix assourdie mais très claire.

VIEILLE DAME, *en coulisse.* — Allô ! Littré 89-26 ? C'est pour vous, monsieur Nollet.

VOIX DE FEMME. — C'est toi, Michel ?

LUI. — Oui… Ça va ?

VOIX. — Ça va. *(Un temps.)* C'est fini ?

LUI. — Oui.

VOIX. — Quand ?

LUI. — Cet après-midi.

VOIX. — Ça n'a pas été trop… pénible ?

LUI. — C'est-à-dire… non… non…

Silence. Michel ne continue pas.

VOIX. — Tu… l'as revue ?

LUI. — Bien sûr, oui.

VOIX. — … alors ?

LUI. — Rien. *(Un temps.)* Qu'est-ce que tu veux que je te dise ?… *(Il se moque un rien.)* C'est la vie, comme on dit… Il y a de ça dans un divorce… C'est toujours…

Silence.

VOIX. — Quoi ?

LUI, *ironie.* — Eh bien, mettons… pas gai.

VOIX, *hésite.* — Elle… elle a changé ?

LUI, *il ne s'est pas posé la question.*

— Oui, sans doute, oui.

Voix. — Tu m'aimes, Michel ?

Un silence.

Lui, *sans hésitation, avec sincérité, mais machinalement.* — Je t'aime. *(Un temps.)* À demain trois heures dix-sept gare Saint-Lazare ?

Voix. — Oui. Je serai à la sortie principale, c'est plus sûr. *(Un temps.)* On peut aller au cinéma le soir si tu veux...

Lui. — Si tu veux.

Voix, *après un temps.* — Tu me raconteras une fois ?

Elle a parlé avec une sorte d'inquiétude et d'impatience.

Lui, *après un temps.* — Je ne crois pas... mais enfin... qui sait ? Peut-être un jour...

Voix. — Mais pourquoi ?

Il ne répond pas.

Voix. — Je te demande pardon.

Lui. — Non, ça ne fait rien... *(Pour éluder le propos.)* Qu'est-ce que tu fais ce soir, mon petit ?

Voix. — Rien. Je suis restée couchée toute la journée *(Un temps.)* Où habite-t-elle ?

Lui, *hésite, se braque.* — Je ne sais pas.

VOIX. — Tu as dîné?

LUI. — Non. J'attendais de t'avoir
téléphoné pour y aller. C'est le
bout du monde ici. À neuf
heures, tout dort.

VOIX. — Tu m'y emmèneras un
jour?

LUI, *rit un peu.* — Pourquoi pas?
(Un temps.) À demain, mon petit.

VOIX. — À demain, Michel.

*Il sort. – Le hall de l'hôtel reste
vide. Une lumière s'éteint.
Une horloge sonne dix heures
comme dans les vieux mélos.
Anne-Marie Roche entre,
elle fume une cigarette.
– Elle tourne dans le salon
– découvre le poste de télévision,
l'allume, s'assied, regarde.
– On entend la fin
des actualités.
Entre Michel Nollet. Elle ne l'a
pas entendu entrer. Immobile,
Michel Nollet la regarde.
Il se souvient de quelque chose.
Son émotion est intense.
Il regarde cette femme redevenue
libre. Il hésite. Finalement,
il vient s'asseoir derrière elle.
Elle sent une présence derrière elle
et se retourne.
Dialogue très lent.*

ELLE. — Ah!… c'est vous.

LUI, *se levant.* — Pourquoi ne pas
nous parler?

*Elle fait une grimace de dégoût,
d'amertume, de tristesse.*

ELLE. — Mais pourquoi nous
parler?

LUI. — Comme ça... on a rien
d'autre à faire.

ELLE. — Rien n'est plus fini
que... ça de toutes les choses
finies.

LUI, *après une hésitation.* — Si
nous étions morts quand
même... La mort comprise, vous
croyez?

Il sourit. Elle ne sourit pas.

ELLE. — Je ne sais pas... Mais
peut-être, oui, la mort comprise.

*Il ne relève pas. Silence.
Elle, qui ne voulait pas parler,
parle pour sortir de la gêne.*

ELLE. — Je vous remercie pour
les meubles. J'ai réfléchi...
je ne les prendrai pas... Ils
m'encombreraient plutôt...
Mais si vous les voulez...
(Un temps.) Quand même nous
n'avons pas à nous en tenir au
(léger rire) partage juridique
de nos biens.

LUI, *léger rire.* — Non, non,
merci... *(Il pense à autre chose.)*
Non, je ne veux rien...

Un temps.

ELLE. — Alors, qu'est-ce qu'on en
fait?

LUI, *il pense toujours à autre
chose.* — Je ne sais pas. Rien.
On les laisse là...

ELLE, *sourire.* — Bon.

LUI. — Vous voulez boire quelque chose ?

LUI, *sourire.* — Tout le monde dort, je crois, je m'excuse...

ELLE, *sourire.* — Ça ne fait rien...

LUI. — La ville a changé, c'est incroyable, vous avez vu ?

ELLE. — Du côté de La Boissière pas tellement.

LUI. — C'est vrai... c'est vers le nord surtout que ça se développe, vers l'aérodrome qu'ils sont en train de faire... vous savez ?

ELLE. — Oui... c'est bien qu'ils aient un aérodrome. Ça va tout changer.

LUI. — Vous êtes retournée... à La Boissière ?

ELLE, *regard surpris.* — Oui, ma foi. Je n'étais jamais revenue ici depuis... *(Sourire.)* Vous en venez vous aussi, non ?

LUI, *confus, surpris.* — Comment savez-vous ?

Silence.

*Elle fait signe : « Pourquoi pas ? »
Il va vers la réception, regarde sans quitter le hall de l'hôtel. Il revient.*

Elle se relève. Ils ne savent plus quelle contenance prendre. La banalité des propos doit être « appuyée* ».*

Ton désinvolte, faux.

---

* *Ces propos peuvent être augmentés ou diminués, ou modifiés.*

ELLE. — Il m'a semblé vous apercevoir en haut de la côte quand j'arrivais... mais je n'étais pas sûre...

LUI, *regarde ailleurs.* — Oui, je suis passé devant la maison. *(Un temps, gêne.)* Dites-moi, ce n'était pas à des gens aussi jeunes qu'elle avait été vendue il me semble?

ELLE. — Non... elle a dû changer de main entre-temps... ces deux personnes qui dînaient, je ne les connaissais pas...

LUI, *sourire.* — Oui... c'est une drôle d'impression... la salle à manger est là où... elle était... même la télévision...

ELLE, *enchaîne.* — Ils ne se parlaient pas, pas un mot... c'est drôle... c'est vrai...

Rire léger. Silence.

LUI. — Ils ont fini l'immeuble que j'avais commencé... vous vous souvenez? Après le champ de courses?...

ELLE. — Pas très bien... Ah! oui, je vois... et c'est bien?

LUI. — Oui... il semblerait que les plans aient été respectés.

Quoi se dire? Il recommence une dernière fois:

LUI. — J'aurais dû venir voir le chantier de temps en temps... je

ne l'ai pas fait... Mais ce n'est pas
mal.

ELLE. — Votre travail marche
toujours bien?

LUI. — Pas mal, oui. J'ai deux
commandes intéressantes ces
temps-ci.

ELLE. — Il vous passionne
toujours autant?

LUI, *sourire.* — Toujours, oui.

ELLE. — Tant mieux.

LUI. — Merci. *(Un temps.)*
Vous prenez le train de neuf
heures treize demain, sans
doute?

ELLE, *hésite.* — Non. On vient me
chercher.

LUI. — Figurez-vous... je ne sais
même pas où vous habitez...
quelqu'un m'a demandé l'autre
jour ce que vous deveniez
et je n'ai pas su le dire.

ELLE. — Oh! pour le moment,
nulle part véritablement...
Un peu partout... dans le Nord
surtout...

LUI. — Dans le Nord, tiens...

ELLE. — Oui... ça s'est trouvé

*Sourire. – Elle a dû être jalouse
de ce travail autrefois.*

Silence.

comme ça... ça ne me déplaît pas, d'ailleurs.

Lui, *sourire déjà tendre*. — Vous n'aimez toujours pas le Midi?

Elle. — Toujours pas.

Silence. Ils changent de place. Les propos changent de sens.

Lui. — Je ne sais rien de vous depuis deux ans.

Elle. — Moi, Valérie me donne de vos nouvelles de temps à autre...

Lui, *sursaut léger*. — Vous la revoyez?

Elle. — Oui. J'ai... tout à fait changé d'avis sur elle... on peut prendre fait et cause pour quelqu'un sans pour autant être... injuste... ça ne prouve rien... c'est peut-être simplement que l'on est sous... son influence sans bien s'en rendre compte... *(Un temps.)* Je vois aussi quelquefois les Tournier. *(Un temps.)* C'est tout, je crois.

Allusions non éclairées ni reprises à un passé commun.

Lui, *il ose*. — Je pensais que vous ne viendriez pas seule... que vous seriez accompagnée.

Elle, *geste*. — Non, vous voyez... *(Un temps.)* Vous êtes venu seul vous aussi...

LUI. — Oui... je trouvais que ce
n'était pas la peine...

ELLE. — Oui, c'est ça...

*Elle fait signe qu'en effet,
pour elle, c'était pour cela aussi.
Sourires très légers.
Premiers regards, gêne énorme.
Mais la curiosité est plus forte
que la gêne.*

LUI. — ... la mort comprise, vous
le pensez vraiment?

*Dialogue très lent. Elle ne répond
pas.*

LUI. — Vous disiez que rien
n'était plus fini que ça... la mort
comprise.

ELLE. — Je vous ai dit que je ne
savais pas.

LUI, *rire*. — Vous savez quand vous
êtes revenue de Paris...je vous
attendais sur le quai de la gare...

*Elle le regarde. Il baisse les yeux,
cesse de rire, ne continue pas. Elle
se lève de son fauteuil, fait
quelques pas dans la pièce. Il n'est
pas surpris qu'elle bouge, qu'elle ne
puisse pas rester en place. Tandis
qu'elle est debout il ose encore plus.*

LUI, *brutal mais poli*. — Vous
vous remariez?

ELLE, *brutale aussi*. — Qu'est-ce
qui s'est passé sur le quai de la
gare?

*Silence. Il hésite, ne dit rien.
Elle n'insiste pas. Quelque chose
comme la brutalité ancienne
passe.*

ELLE. — Je me remarie au mois
d'août.

LUI. — Dans trois mois...

ELLE. — Oui, après l'écoulement du délai légal... c'est bête, ce délai, mais qu'y faire ?

LUI. — Oui.

ELLE, *lui jette à la figure mais toujours avec la même décence.* — Après nous partirons. Nous irons vivre en Amérique. *(Un temps.)* Je veux être... tranquille... c'est un peu tard, je le sais bien, même pour être tranquille... Il faut que je fasse vite pour rattraper le temps perdu...

Sourire, politesse.

LUI. — Maintenant vous pensez que le temps peut parfois ne pas se perdre ?

ELLE. — C'est une façon de parler... Je n'ai jamais rien pensé là-dessus... Rien, vraiment.

Rires retenus.

ELLE. — Et vous, qu'est-ce que vous allez faire ?

LUI. — À peu près comme vous, à cette différence près que je suis obligé de rester en France à cause de mon travail.

ELLE. — Vous vous remariez ?

LUI. — Je ne sais pas encore.

Il la regarde tout entière, des pieds à la tête.

LUI, *presque involontairement.*
— Vous n'avez pas changé.

Elle ne le voit pas.

ELLE. — J'ai vieilli, je le sais
bien...

*Elle se retourne assez
brusquement, montre son visage.*

LUI. — Je ne parlais pas de...

Trouble.

LUI. — De visage, oui, vous avez
changé un peu.

ELLE. — Comment?

LUI. — Le regard surtout,
je crois... vous aviez un regard
très... doux et puis dès que...
dès qu'on vous voyait
on savait à l'avance
à peu près... ce que vous
alliez dire.

ELLE, *raide.* — Ça devait être
ennuyeux... savoir à l'avance
comme ça...

Rire faux.

LUI. — À la fin.
Dans les derniers mois.
Oui, c'était très très ennuyeux.

*Elle va vers la télévision,
la rallume. Rien. Les émissions
sont terminées.
Elle regarde sa montre.*

ELLE. — Onze heures déjà.

Il n'a peut-être pas entendu.

LUI. — Ah!... c'est extraordinaire
que l'on puisse parler *(il les
montre, lui et elle)* comme ça...
Les derniers mois, vous vous
souvenez?

Ils éclatent (enfin) de rire.

ELLE. — L'enfer.

LUI. — L'enfer, oui.

Elle ferme les yeux, balaie l'image d'un geste de la main. Ils cessent progressivement de rire.

ELLE. — À ce point-là ça ne doit arriver qu'une fois par existence, vous ne croyez pas?

LUI. — Quoi?

ELLE. — Un enfer pareil.

LUI. — Je crois *(un temps)* ou alors...

Deuxième plongée dans le trouble, mais cette fois aucun des deux n'essaye d'en sortir.

LUI. — Ou alors c'est que l'ex-pé-rien-ce... cette chose abominable, ça ne sert à rien...

ELLE. — Non... ce n'est pas ça... je crois que vous vous trompez... Si ça arrive encore... j'y ai quand même pensé depuis... c'est peut-être qu'on n'a pas trouvé une autre manière de...

Elle cherche les mots.

LUI, *il trouve.* — ... d'échapper à... la fatigue, par exemple?

ELLE, *yeux baissés.* — Je crois, oui. *(Un temps.)* Vous ne croyez pas?

LUI. — Peut-être.

Silence. Les souvenirs affluent de plus en plus précis.

ELLE, *essaye de se rappeler.*
— Nous sommes restés combien de temps dans cet hôtel avant

d'habiter la maison ? Je ne sais
plus combien de temps ont duré
les travaux... trois mois ?
Six mois ?

LUI, *il cherche.* — Plutôt trois
mois il me semble...

*C'est dans cet hôtel que s'est
déroulée la période la plus
extraordinaire de leur histoire. Ils
se taisent tout à fait.*

ELLE. — C'est quand même
étrange, vous ne trouvez pas,
qu'on se souvienne si mal ?

LUI. — Certains... moments
paraissent mieux éclairés
que d'autres... mais je crois
que ce qui est derrière ces
moments-là fait aussi partie
de la mémoire... on ne le sait pas
toujours.

ELLE, *très directe, mais c'est
comme si elle parlait de la
mémoire en général et non pas de
la leur.* — Et il y a des moments
qui sont en pleine lumière.

LUI, *même état.* — L'enfer, par
exemple ?

ELLE. — Par exemple, oui...

LUI. — Les sorties du tunnel ?...
certaines... réconciliations...
n'est-ce pas ?

ELLE. — Oui.

*Elle essaye sans doute de faire
passer le trouble dans la parole.*

ELLE. — Vous voyez, si chaque histoire a sa loi à elle... et je le crois... si chaque... couple a sa façon profonde... c'est une chose que je crois... nous n'aurions pas dû aller dans cette maison... nous... installer comme ça, mais plutôt... rester ici, dans cet hôtel.

LUI, *enchaîne*. — Vivre comme ça, à l'hôtel... aller d'un hôtel à un autre... comme des gens qui se cachent?... comme...

ELLE. — Peut-être...

Silence. Explosion sourde. «Comme des amants» est ce qu'il voulait dire.

ELLE. — Vous ne croyez pas?

LUI. — Je le crois... mais nous n'avions aucune raison de ne pas faire comme tout le monde. Nous étions jeunes, mariés avec le consentement de tous... Tout le monde était content, votre famille, la mienne, tout le monde, oui... nous avions tout ce qu'il fallait *(il rit)*, une maison, des meubles... votre manteau de fourrure...

ELLE. — Nous avons fait comme tout le monde, il est vrai.

LUI. — Mais nous... étions comme tout le monde, il n'y avait pas de raison, apparemment, de ne pas faire... comme d'habitude... on fait.

ELLE. — De ce point de vue nous
en sommes donc arrivés au...
même endroit de la route...

LUI. — Vous me posez la
question ?

ELLE. — Peut-être.

LUI, *après un temps.* — Je crois
en effet que nous sommes arrivés
au même endroit que les autres.
Parfois le divorce se produit,
mais ça doit être une... différence
négligeable... peut-être.

ELLE. — Cela se serait donc
produit aussi bien plus tard...

ELLE. — Vous ne croyez pas ?

LUI. — Qu'est-ce qui se serait
produit ?

ELLE. — La... fin... Vous ne
croyez pas ?

LUI. — On ne peut pas savoir
puisqu'on... on n'a pas essayé...

ELLE. — Si, on peut savoir un
peu quand même. D'ailleurs quel
intérêt y a-t-il à ce qu'une chose
dure plus ou moins... du
moment qu'elle doit un jour
finir... c'est ce qu'il faut se dire...

LUI. — Mais alors *(il sourit)*
tout est à l'avenant...

Il ne répond pas.

Ils se taisent. Elle dit à voix basse :

ELLE. — Oui, bien sûr. Ça aussi...

ELLE. — Quelle bêtise...

LUI. — Quoi ?

ELLE, *se reprend.* — Non. C'est vrai. C'est... machinal...

LUI. — ... Vous recommencez. Je recommence.

Elle a un mouvement involontaire.

ELLE. — Oui... mais...

LUI, *continue.* — ... nous savons maintenant que la fin est inévitable ?

Elle ne répond pas.

LUI. — C'est ça ?

ELLE. — Oui *(un temps)* et non. Nous savons qu'une certaine fin est inévitable.

LUI, *difficilement.* — La fin ?

ELLE. — Oui. La seule... mais nous savons aussi qu'on peut se passer de la proclamer, du... *(rire léger)* troisième acte.

LUI. — Nous étions très très jeunes.

ELLE. — Maintenant nous ne voulons plus autant d'ennuis, nous ne voulons plus autant de soucis, nous...

LUI, *il lui coupe la parole.*
— Nous avons autre chose à faire ?

ELLE. — Sans doute.

LUI. — Quoi ?

ELLE, *rit.* — Rien. Mais
différemment sans doute. *(Un
temps.)* On ne reculait devant
rien... rien, pour un oui, pour un
non, on se payait des nuits
d'insomnie, des scènes... des
scènes... du drame...

Rires.

LUI. — Du crime.

Elle hésite et avoue.

ELLE. — Et encore autre chose...

*Allusion à une tentative de
suicide.*

*Il est stupéfait. Il se lève,
s'approche d'elle. Deuxième acte
de* La Musica *: elle a failli mourir,
il l'apprend.*

LUI. — Quoi ?

ELLE. — Oui. *(Elle rit :)* Oui oui...

LUI. — Quand ?

ELLE, *le regarde.* — Quand vous
avez demandé le divorce. Mais ce
n'était pas sérieux puisque... je
suis là... ce n'était sans doute
qu'un vulgaire chantage.

*L'horloge sonne minuit comme
dans les vieux mélos.
Il est « cloué » sur place par la
nouvelle qu'il vient d'apprendre.*

LUI, *murmuré.* — Je ne savais rien...

ELLE, *bas.* — Vous ne pouviez pas le savoir. C'est contradictoire, bien sûr, mais j'avais demandé qu'on ne vous dise rien.

LUI, *malgré lui.* — Oh!... c'est terrible...

ELLE, *sourit.* — Mais non... c'est rien... des idioties que tout le monde fait. *(Un temps, il ne dit rien.)* Quel besoin j'avais de vous dire ça...

LUI. — Non... non... je m'excuse.

Elle essaie de parler d'autre chose, en même temps elle s'informe.

ELLE. — Valérie m'a parlé... d'elle. C'est une femme... très jeune, n'est-ce pas?

LUI. — Oui.

ELLE, *distraite.* — Lui, c'est quelqu'un que vous ne connaissez pas... vous ne l'avez jamais rencontré.

LUI. — Et...

ELLE, *a compris qu'il lui demandait si elle aime cet homme nouveau.* — Oui. *(Un temps.)* C'est bien. C'est bien comme ça...

Ils se taisent. Il est de plus en plus tard. Souvenirs, souvenirs...

ELLE, *pénible, lent.* — Il faut aller

se coucher. Ils attendent pour
éteindre.

Elle montre la caisse.

LUI, *brusquement.* — Qu'ils
attendent...

Un silence long.

ELLE. — Ça ne sert à rien de
parler comme ça, il faut aller se
coucher.

LUI, *c'est la première fois qu'il
l'appelle par son nom.* — Anne-
Marie... c'est la dernière fois de
notre vie... alors.

*Elle ne répond pas, reste assise. Ils
restent – une minute pleine – sans
rien se dire. La transition est
brutale mais elle n'est pas
soudaine. Tout à coup
Anne-Marie Roche raconte.*

ELLE, *très léger défi.* — C'était un
autre homme que vous.
Avant tout, c'était ça, un autre.
Vous étiez d'un côté, seul,
de l'autre côté il y avait tous
les hommes que je ne connaîtrais
jamais. *(Un temps.)* Je pense que
vous devez me comprendre
parfaitement. *(Un temps.)* Non ?

LUI. — Oui.

ELLE. — J'en étais sûre. *(Un
temps.)* Je crois qu'à ce moment-
là... nous étions quittes.

LUI, *net.* — Oui, nous l'étions, c'est
vrai... *(Un temps.)* C'est étrange
d'entendre la vérité deux ans
après.

ELLE. — C'est intéressant.

LUI. — Je n'ai jamais su... ce qui s'est passé quand vous êtes allée à Paris. Le récit que vous m'en avez fait... alors... était, je suppose, faux.

ELLE. — Vous n'auriez pas supporté la vérité. Maintenant, avec l'éloignement, vous pensez peut-être le contraire mais vous ne l'auriez pas supportée.

Faux rire.

LUI. — Je ne supportais rien.

ELLE. — Presque rien. *(Un temps.)* Rien.

Un temps.

LUI, *avec difficulté.* — La... chose est arrivée comment?

ELLE. — Oh... pourquoi parler de ça... précisément...

LUI. — Maintenant pourquoi se priver de la vérité?

ELLE, *après un effort de mémoire.* — Je l'ai rencontré sur la plate-forme d'un autobus. *(Un temps – elle récite presque.)* Après il m'a attendue devant l'hôtel... une fois, deux fois, la troisième fois il m'a fait peur, c'était tard, toujours devant l'hôtel, vers une heure du matin et... voilà.

Un temps.

LUI, *brutal.* — D'où veniez-vous?

ELLE. — D'une boîte de nuit de Saint-Germain-des-Prés.
(Un temps.) Ça non plus, vous ne le saviez pas, n'est-ce pas?

LUI. — Non.

ELLE. — Je dansais quelquefois... vous ne dansiez pas... ça me manquait, je croyais que ça me manquait beaucoup.

LUI. — J'aurais dansé, ç'aurait été pareil.

ELLE. — Sans doute.
(Un silence.) Vous savez, c'est tout à fait terrible d'être infidèle pour la première fois... c'est... épouvantable. *(Elle rit.)* C'est vrai... la première fois, même une... passade... c'est épouvantable. C'est tout à fait faux de dire que ça ne compte pas.

ELLE, *continue.* — Je ne pense pas que pour un homme, l'infidélité soit jamais aussi... grave...

LUI. — C'est pour lui que vous avez prolongé votre séjour?

ELLE. — Oui.

LUI, *pénible.* — Avez-vous voulu

Il se tait, sourit vaguement.

que cela arrive ou cela vous est-il
arrivé malgré vous ?

ELLE. — Je l'ai voulu. J'étais
désespérée... J'ai fait ça pour
retrouver les premiers
moments... la première fois.
C'est tout. Comme vous,
pour retrouver ces moments...
que rien ne peut remplacer...
(Un temps.) Mais vous savez, ce
goût que l'on prend des
aventures comme celle-là...
il vous vient de quelqu'un...

LUI. — Je préfère que vous l'ayez
voulu... le reste, ça m'est égal.
(Lent, difficile.) Avez-vous
retrouvé ces premiers instants ?

ELLE. — On les retrouve toujours
même... au pire... même une
heure... vous le savez comme
moi... c'est pour ça que je ne
voulais plus revenir... pas pour
autre chose.

*Un silence. – Il cherche plus loin
que l'histoire de Paris.*

LUI. — Un après-midi, quelques
mois avant ce voyage, je... je
vous ai vue... vous ne le savez
pas... je vous ai vue passer dans
cette rue-là *(il la montre)* et je
vous ai suivie... C'était l'après-
midi. J'étais parti de mon bureau
pour aller au chantier, je vous ai
vue rentrer dans un cinéma...

ELLE, *elle rit.* — Ah ! oui...

LUI, *rit aussi.* — Je vous ai suivie.
Je suis rentré dans le cinéma.
On jouait un western que vous
aviez déjà vu avec moi...
Vous étiez seule.
Vous étiez assise dans les
premiers rangs... personne n'est
venu vous rejoindre... Le soir
vous ne m'avez rien dit de ça...
et je ne vous ai posé aucune
question... C'était le printemps
il y a trois ans... vous étiez déjà
triste quelquefois...
Le lendemain, après le déjeuner,
je vous ai demandé si vous
deviez sortir. Vous m'avez dit que
non, et vous êtes sortie. Je vous
ai encore suivie. Vous êtes allée
aux courses, vous étiez seule
encore une fois. Je n'avais rien
soupçonné de pareil... *(Un
temps.)* J'ai commencé à souffrir.

                     Un silence. – Elle se souvient.

ELLE. — C'est vrai, je faisais des
choses comme ça.

LUI, *sourire.* — Et vous continuez?

ELLE, *rit.* — Oui.

LUI. — Et à n'en rien dire?

ELLE. — Oui.

LUI. — Je vous ai fait suivre tous
les jours pendant une semaine.

ELLE. — Vous n'avez trouvé
personne?

Un temps.

LUI. — Personne en effet. Ce qui n'a rien empêché.

LUI, *reprend.* — C'était affreux. J'étais jaloux de vous-même... de ce quant-à-soi... Une fois je vous ai suivie en automobile. Vous étiez toujours seule. Vous étiez superbe, seule, dans votre automobile. Vous alliez vite... Vous êtes allée à une vingtaine de kilomètres d'ici, vous vous êtes arrêtée près d'un bois. Vous êtes allée dans le bois. Je ne vous ai plus vue. J'ai hésité, j'ai failli vous rejoindre et puis... je suis parti. C'est un de ces souvenirs qui restent en pleine lumière, dont nous parlions tout à l'heure.

ELLE. — Mais ce n'est rien, ce n'est rien, je passe mon temps de cette façon. *(Un temps.)* J'ai oublié cette promenade *(un temps)*, mais vous auriez dû venir me rejoindre...

LUI. — J'ai eu peur de vous gêner... je pensais que vous préfériez être seule.

ELLE. — Parfois, oui, je préférais.

LUI. — Ne vous défendez pas.

ELLE. — Je ne me défends pas.

LUI. — Vous n'avez pas à le faire... Non, ça m'intriguait encore un peu... c'est tout...

ELLE, *presque comme «avant».* — Mais vous savez, vous êtes curieux. Pourquoi ne ferait-on pas des choses pareilles?

LUI. — Bien sûr. Mais pourquoi ne rien dire?

ELLE. — Parce que ce n'est pas la peine.

LUI. — Ce n'est pas vrai.

ELLE, *brutale, présente.* — Je n'ai jamais vu l'utilité de dire des choses pareilles, c'est extraordinaire quand même...

LUI, *ne lâche pas.* — On peut dire le soir: cet après-midi je suis allée au cinéma.

Elle réfléchit.

ELLE. — Non. Vous savez, ce sont des choses qu'on ne fait pas au début de... d'une histoire... alors quand on commence à les faire il vaut mieux ne pas le dire... ça serait mal compris, n'est-ce pas...

LUI. — Mal compris?

ELLE. — Oh! il y en a qui pleurent l'après-midi parce que l'amour traîne... Moi je vais aux courses.

La lumière diminue encore.
L'horloge sonne deux heures
comme dans les vieux mélos.
Il fait presque sombre.
Ils ne bougent pas.

ELLE, *très bas.* — Il est deux
heures. Qu'est-ce qu'on va penser?

Il ne répond pas.
Désir revenu.
Il se lève, comme décidé à en
rester là. Il va vers la réception,
lentement. Elle reste assise.

LUI, *se retourne.* — Votre numéro?

ELLE. — Le vingt-huit.

Elle se lève à son tour. Il revient.
Ils sont face à face. Il lui tend la
clef. Ils ne bougent pas. Elle ne
prend pas la clef. Il dit à voix
basse, voix fausse:

LUI, *très doux.* — C'est bête, vous
allez être très fatiguée demain.
(Un temps.) On vient à quelle
heure?

ELLE. — Je ne sais pas au juste,
avant neuf heures.

LUI. — Au revoir.

ELLE. — Au revoir.

Elle prend la clef. Ils se séparent.
Ils font quelques pas puis
s'arrêtent, restent sur place.
C'est lui qui revient sur ses pas.
Elle est appuyée à un fauteuil, le
regarde venir. Ils sont face à face.

ELLE, *brutale.* — Qu'est-ce qui
s'est passé sur le quai de la gare?

LUI. — Sur le quai de la gare j'ai
voulu vous tuer. J'avais acheté

une arme, j'attendais que vous
descendiez du train pour vous
tuer.

ELLE. — Dans ce cas précis
l'acquittement est de règle,
vous le saviez?

LUI. — Je ne l'ignorais pas.

*Silence. Colère. Désespoir. Ils sont
immobiles, raides.*

ELLE. — Pourquoi ne l'avez-vous
pas fait?

LUI. — Je ne sais plus.

ELLE. — Vous mentez.

LUI. — Non. J'ai oublié.

ELLE, *pressante*. — Rappelez-
vous. Cette nuit-là vous avez
disparu de la maison.

LUI. — Attendez... ah oui,
j'ai roulé jusqu'à Cabourg.
Là, j'ai jeté le revolver
dans la mer. Je croyais
qu'un revolver se jetait dans la
mer *(il rit)*, j'avais lu ça quelque
part.

ELLE, *terrible*. — Le crime aussi?

LUI. — Effectivement, le crime
aussi.

ELLE, *avoue*. — Moi aussi,
l'adultère à Paris.

*Silence. Elle demande avec une
agressivité exagérée:*

ELLE. — Alors, qu'est-ce qu'on fait pour ces meubles?

LUI. — Rien.

ELLE. — Rien, ça ne veut rien dire.

LUI. — C'est vrai... je ne sais pas...

Ils ne pensent évidemment pas à ce qu'ils disent.

LUI. — Avez-vous voulu que cela vous arrive ou cela vous est-il arrivé par hasard?

ELLE, *d'abord interloquée.* — Vous m'avez déjà posé la question.

Il ne répond pas.

ELLE, *enfin.* — Je ne l'ai pas voulu.

LUI. — Et, désespérée, l'étiez-vous?

ELLE. — La nouveauté a balayé le désespoir.

LUI, *un temps.* — Un dimanche après-midi, vous étiez absente, je ne sais plus où vous étiez... je me suis promené dans la ville et j'ai rencontré une jeune fille, une étrangère de passage... Nous sommes allés à l'hôtel. *(Un temps.)* C'était merveilleux. Je n'aimais pas cette jeune fille, je ne l'ai jamais revue. C'était merveilleux. Simple.

Elle. — C'était nécessaire?

Lui. — Non, pourquoi?
C'était merveilleux mais ce
n'était pas nécessaire.
Je vous aimais.

Elle. — Avez-vous d'autres
questions à me poser?

Elle s'éloigne de lui.

*Tout à coup l'hôtel désert résonne
d'une sonnerie téléphonique
continue.*
Ils ne bougent plus.
*Il y a du vacarme vers la
réception.*
*Puis on entend la vieille
patronne :*

Vieille dame. — Allô! Allô!
Qui demandez-vous?
(Un temps.) Monsieur Nollet?
Oui, il est rentré. *(Un temps.)*
Ne quittez pas. *(Un temps.*
À Michel Nollet à voix basse.)
Monsieur Nollet... vous êtes là?

*La vieille dame savait qu'ils
étaient là tous les deux.*

Vieille dame, *elle appelle, gênée.*
— Monsieur Nollet...

Michel Nollet hésite.

Lui, *à la vieille dame.* — Oui, je
suis là.

*Il va vers le téléphone. Il essaie de
maîtriser son émotion. Il regarde
Anne-Marie. Il répond en la
regardant. Sa voix est presque
naturelle.*

Voix. — Tu dormais?

Lui. — Oui.

Voix. — Je m'excuse. Je n'ai pas
pu m'empêcher d'appeler...

Je ne sais pas pourquoi, c'est idiot, j'étais inquiète. Qu'est-ce que tu as fait?

LUI. — J'ai été au cinéma, puis j'ai traîné... je me suis couché.

VOIX. — C'est tellement pénible ces histoires de divorce... j'étais inquiète. Oh! je m'excuse.

LUI. — Ne t'inquiète pas, pourquoi, c'est bête.

VOIX, *après un temps, elle y vient.* — Tu sais, Michel, tu aurais pu ne pas y aller. Le jugement aurait été signifié... ç'aurait été pareil... ça s'appelle un jugement par défaut... c'est pareil. *(Silence.)* Tu entends?

LUI. — Oui.

Anne-Marie s'est avancée vers lui de quelques pas. Michel Nollet la regarde toujours, tandis que la voix continue:

VOIX. — Je ne veux pas t'embêter, Michel, mais c'est une idée qui m'est venue... avec une force terrible et c'est pour ça que je t'ai téléphoné... pour te demander pourquoi tu y es allé.... dis-moi quelque chose...

Il ne répond pas. Anne-Marie le regarde comme si c'était elle qui devait répondre. Ils cherchent ensemble quoi dire à la femme qui téléphone.

VOIX. — Dis-moi quelque chose

sans ça je ne vais pas dormir de
la nuit. Michel... Michel...

LUI. — Pour la revoir.

*Silence au bout du fil. Puis la
voix reprend :*

VOIX. — Je le savais. *(Un temps.)*
Eh bien ?

*Anne-Marie prononce : «Rien.» Et
lui, sur le même ton, répond :*

LUI. — Rien.

Silence.

VOIX. — Tu es sûr ?

LUI. — Oui. *(Un temps.)*
Va te coucher, dors,
ne t'inquiète pas.

VOIX. — Tu es sûr,
tout à fait sûr ?

LUI. — Oui.

VOIX, *après un temps.* — Tu
arrives toujours demain matin ?

LUI, *ne répond pas tout de suite.*
— Bien sûr.

*On n'entend plus le reste de ce que
dit la voix. Mais Michel Nollet
répond :*

LUI. — À demain, bonne nuit.

*Il a regardé Anne-Marie en
prononçant les derniers mots.
Il pose le téléphone. Marasme
total. Ces choses inversées de
façon effrayante. Elle reste debout
loin de lui.*

LUI. — Vous m'avez demandé si
j'avais des questions à vous
poser ?

ELLE. — Enfin... oui...

LUI, *agressif.* — Je ne supportais
pas votre infidélité alors que moi
je vous étais infidèle. Vous le
saviez?

ELLE. — Oui. Valérie me parlait
de vos aventures.

LUI, *agressif.* — Vous ne trouviez
pas ça tout à fait injuste de ma
part?

ELLE. — Non, injuste, non.

LUI. — Quoi alors?

ELLE. — Différent. Difficile au
début puis de plus en plus
facile... explicable... Je ne
pouvais pas vous le dire vous ne
l'auriez pas admis.

LUI, *est-ce le véritable aveu?*
— Vous savez... je ne supporte
pas encore l'idée que vous ne
l'ayez pas voulu.

Elle ne répond pas. Silence.

LUI. — Vous entendez?

ELLE. — Oui.

LUI. — Je suis venu pour ça, pour
vous demander comment c'était.

Il rit.

ELLE. — C'était pareil.

LUI. — Merveilleux.

ELLE. — Oui. Rappelez-vous.
C'était pareil.

Et encore une fois la sonnerie du téléphone retentit. Ils esquissent un mouvement de fuite. Puis ils restent debout, immobiles. Il faudrait que se dégage l'impression qu'ils sont pourchassés, qu'ils ne peuvent pas revenir en arrière sans provoquer, encore une fois, de la souffrance et du désespoir ici ou là, qu'ils le savent.

VIEILLE DAME. — Madame Roche? Attendez...
(À Michel Nollet.) Monsieur Nollet, mais... on demande Madame Roche... de toute urgence... *(Bafouillage.)*

LUI, *après avoir regardé Anne-Marie.* — Elle est ici.

Anne-Marie Roche prend l'écouteur.

VOIX D'HOMME. — Anita?

ELLE. — Oui.

VOIX D'HOMME. — Oh! je m'excuse, j'étais inquiet, Anita. Ce n'est rien, une angoisse idiote...

Silence.

ELLE. — Où es-tu?

VOIX D'HOMME. — Sur la route, dans un routier... sinistre... Il me reste cent kilomètres à faire, à peu près... je ne te réveillerai pas... ne t'inquiète pas... Anita...

Il entend la conversation.

Il est complètement figé.
Ce qu'elle, elle supportait
tout à l'heure, il le supporte
très mal. La conversation
continue encore.

VOIX D'HOMME. — Je t'aime,
Anita... Je ne peux pas dormir
tellement je suis... heureux que
ce soit fini, cette histoire de
divorce... tu ne peux pas savoir...

Un silence. Elle crie tout à coup :

ELLE. — Jacques...

VOIX D'HOMME. — Qu'est-ce
qu'il y a ?

ELLE, *se reprend.* — Viens.

VOIX D'HOMME, *après un temps.*
— Je pars.

Elle raccroche le téléphone.
Un temps.

ELLE. — Rappelez-vous comment
c'était avec cette jeune fille
étrangère, rappelez-vous
exactement tout. C'était pareil.

LUI, *lentement.* — C'est impossible.

ELLE. — Quoi ?

LUI. — D'accepter ça.

ELLE, *non sans perfidie.* — Était-
ce à ce point merveilleux ?
Vraiment ?

LUI. — Oui. *(Un temps.)*
Vous comprenez ?

ELLE. — Non.

LUI. — Vous regrettez quelque chose?

ELLE. — Non. *(Un temps.)*
Quand vous dites que vous êtes venu pour me demander comment c'était, vous mentez.

LUI. — C'est-à-dire... pas tout à fait... je suis venu aussi pour vous revoir, mais je savais que ça ne servirait à rien.

ELLE. — À rien en effet.

LUI. — Je ne pourrais même pas m'approcher de vous sans souffrir.

Un temps.

ELLE. — Qu'est-ce qu'on peut faire pour que ce... souvenir ne soit plus aussi douloureux?...

LUI. — Plus rien, je crois. Il n'y avait que de vous tuer qui m'aurait fait du bien, alors...

Ils se regardent.

LUI. — Je suis devenu un criminel sans emploi... *(Il rit.)* C'est tout à fait idiot.

ELLE. — Maintenant que le divorce est prononcé, vous seriez puni.

LUI. — Je sais. *(Il rit.)* Et puis si je veux vous tuer je ne veux pas mourir pour autant.

Il s'approche d'elle. Elle recule.

LUI. — Écoutez, avant que cet autre homme ne vienne nous avons encore un peu de temps...

ELLE, *très bas, elle se trompe sur son intention.* — Une heure.

LUI. — Écoutez... vous ne voulez pas me dire tout ce qui s'est passé ? Tout. Tout ?

ELLE. — Vous me demandez de vous raconter le bonheur ?

LUI. — Oui. L'abominable.

ELLE. — Non. Vous vous trompez. Vous avez oublié la jeune fille d'Évreux, alors comment pouvez-vous imaginer ce qui s'est passé à Paris ?

LUI. — Vous croyez que j'ai oublié ?

ELLE, *elle parle pour eux deux.* — Oui.

Silence. Elle se sépare de lui, s'appuie au mur, se cache presque.

ELLE, *très pénible mais avec une joie intérieure.* — Nous, ce n'est pas la peine qu'on soit ensemble... qu'on soit ensemble ou qu'on soit séparés désormais... ce n'est pas la peine de les faire souffrir.

LUI. — Ne pars pas pour l'Amérique.

Elle ne répond pas.

LUI, *épouvanté.* — Ne pars pas. Ne
pars pas... Ou bien j'irai vivre où
vous serez, tu entends ? Mon
travail je m'en fous... J'irai dans la
ville où tu seras, je serai là à vous
empoisonner... jusqu'à ce que...

ELLE, *lui coupe la parole.*
— ... l'enfer recommence ?

LUI, *crié.* — Je me fous de l'enfer.
(Un temps.) Toi aussi. *(Un temps.)*
Tu t'en fous complètement toi
aussi. *(Un temps, il supplie.)*
Reste en France. Qu'on puisse au
moins se rencontrer, même par
hasard... que ce ne soit pas tout à
fait impossible. Que l'on soit au
moins dans le même pays... sans
ça... on ne le supportera pas.

Elle ne répond pas.

LUI, *très vite désespéré.* — Je te
donnerai des rendez-vous, loin,
en province, personne ne
saura... Jamais.

*Ils sont tous les deux dans une
grande colère contre « les choses ».*

ELLE. — Non. *(Elle secoue la
tête.)* Non... non... le vouloir,
le faire exprès, non... Comme tu
disais avant, oui, si on doit se
retrouver, que ce soit par hasard,
comme avec eux, avec cette
jeune fille on verra comment le
hasard fait les choses, lui. *(Crié.)*
Plus autrement, jamais, plus
jamais autrement que par
hasard...

LUI, *au désespoir, à plat, étonné.*

— Tout foutre en l'air à cause de ce voyage à Paris alors que tu revenais...

ELLE. — Il va arriver.

LUI. — Je ne peux pas te quitter.

Un silence.

ELLE. — Nous sommes séparés... plus jamais autrement que par hasard.

LUI. — Si on meurt...

ELLE. — Même dans ce cas.

Un long temps. Les voix deviennent différentes.

LUI. — Je ne comprends pas ce qui se passe. *(Un temps.)* La fin et le commencement mêlés... par quel moyen faire que toi et moi... cette légende... *(sourire)* sorte du noir...

Silence.

ELLE. — Il y a cette solution – ne rien faire – rien – inventer ça.

LUI. — Dans l'ombre, en secret, laisser l'amour grandir.

ELLE. — Oui.

LUI. — Comme des gens privés par la force des choses de se rejoindre ?

ELLE. — Oui. Regarde-moi, je suis la seule qui te soit désormais interdite.

LUI, *un temps.* — Ma femme.
(Un long temps.) On se reverra?

ELLE. — Je ne sais pas.

LUI. — Mais si jamais la chose a
lieu?

ELLE. — Je ne sais pas.

LUI. — Mais si jamais toi et moi
de nouveau...

ELLE. — Ce jour-là on mourra
sans doute comme font les
amants.

LUI. — Que se passe-t-il?

ELLE. — Quand?

LUI. — Maintenant.
Le commencement ou la fin?

ELLE. — Qui sait?

LUI, *un temps.* — Va attendre
dehors que cet homme arrive.

ELLE, *avec une docilité qui évoque
d'autres circonstances.* — Oui.

*Il la prend par le bras et la mène
jusqu'à la porte de l'hôtel.
Elle est sortie. Il reste debout,
immobile, devant la porte.
On dirait qu'il dort debout.*

RIDEAU

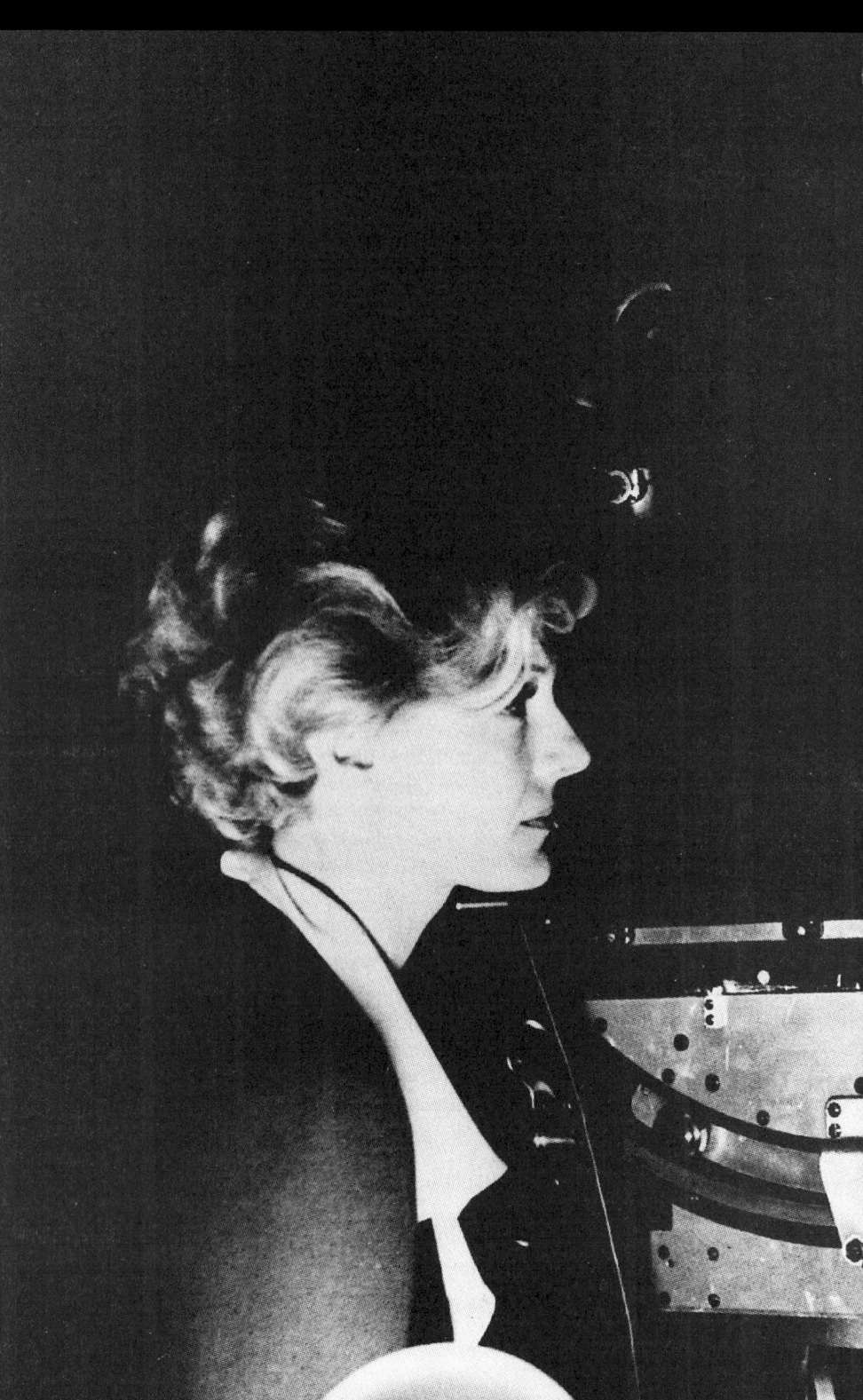

parler comme ça. Nos de

parler comme ça. Nos d

ELLE : (rit) L'enfer.

LUI : L'enfer, oui.

(un temps)

Un auteur a toujours une vision de ses personnages, de ses situations. Maintenant je sais que je peux les extérioriser, vous les montrer. Pour La Musica, *je peux mieux montrer les personnages à cause des plans rapprochés. L'objet, la matière du film, c'est le visage humain. Au théâtre, vous n'avez pas de visage, le visage échappe, tandis que là, vraiment, la scrutation, si ce mot existe, du visage est possible et c'est ça qui m'a plu et m'a comblée dans une certaine mesure.*

Entretien radiophonique, 1ᵉʳ mars 1967.

Pages précédentes et ci-contre : Delphine Seyrig sur le tournage du film La Musica, en mai 1966.

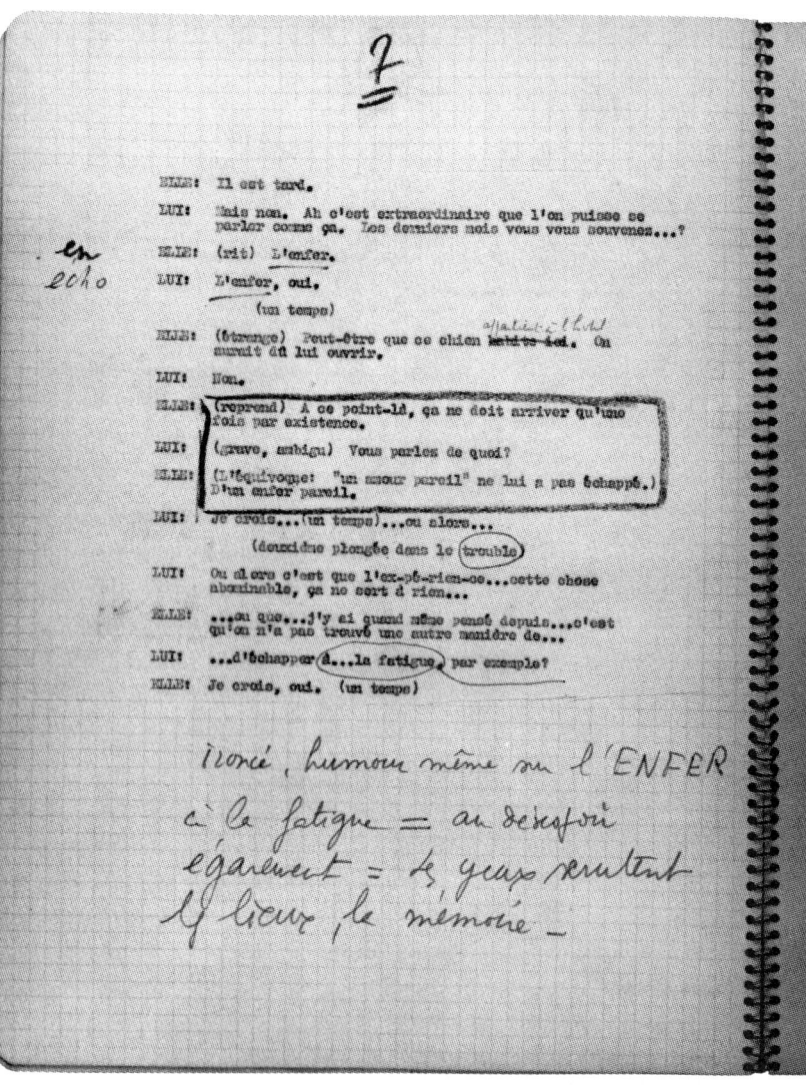

ELLE : Il est tard.

LUI : Mais non. Ah c'est extraordinaire que l'on puisse se parler comme ça. Les derniers mois vous vous souvenez...?

ELLE : (rit) L'enfer.

LUI : L'enfer, oui.

(un temps)

ELLE : (étrange) Peut-être que ce chien... On aurait dû lui ouvrir.

LUI : Non.

ELLE : (reprend) A ce point-là, ça ne doit arriver qu'une fois par existence.

LUI : (grave, ambigu) Vous parlez de quoi?

ELLE : (L'équivoque: "un amour pareil" ne lui a pas échappé.) D'un enfer pareil.

LUI : Je crois...(un temps)...ou alors...

(deuxième plongée dans le trouble)

LUI : Ou alors c'est que l'ex-pé-rien-ce...cette chose abominable, ça ne sert à rien...

ELLE : ...ou que...j'y ai quand même pensé depuis...c'est qu'on n'a pas trouvé une autre manière de...

LUI : ...d'échapper à...la fatigue, par exemple?

ELLE : Je crois, oui. (un temps)

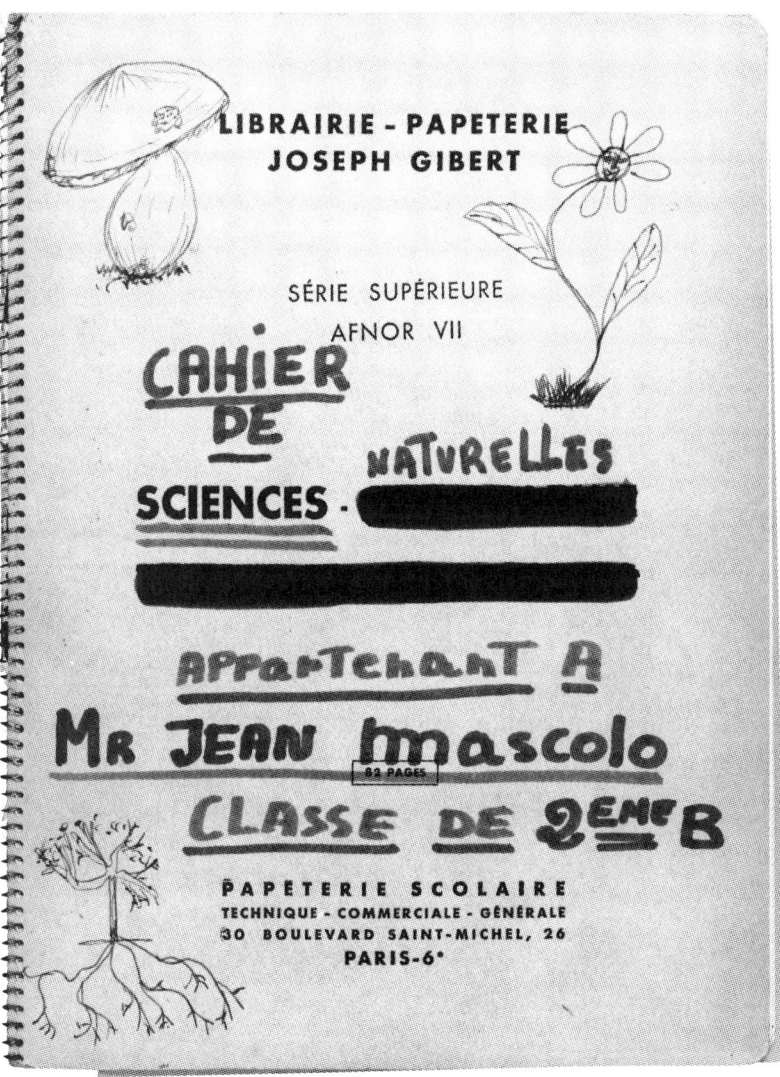

LIBRAIRIE - PAPETERIE
JOSEPH GIBERT

SÉRIE SUPÉRIEURE
AFNOR VII

CAHIER
DE
SCIENCES · NATURELLES

APPARTENANT A
Mr JEAN mascolo
CLASSE DE 2ème B

PAPETERIE SCOLAIRE
TECHNIQUE - COMMERCIALE - GÉNÉRALE
30 BOULEVARD SAINT-MICHEL, 26
PARIS-6°

Depuis L'Après-midi de Monsieur Andesmas *tous mes livres tournent autour de la folie:* Lol V. Stein, Le Vice-Consul, L'Amante anglaise.
— *Qu'est-ce que vous y cherchez?*
— *Je ne sais pas. Elle exerce sur moi une séduction. C'est, à l'heure actuelle, le seul véritable élargissement de la personne. Dans le monde de la folie, il n'y a plus rien, ni bêtise, ni intelligence. C'est la fin du manichéisme, de la responsabilité, de la culpabilité...*
— *Claire Lannes est une sœur de Lol V. Stein?*
— *Oui. Toutes deux ont, derrière elles, ce qui a donné de l'importance à leur vie: leur amour. Leur centre de gravité s'est déplacé. Il est d'habitude en avant de nous, dans l'avenir. Chez elles, il est dans le passé. Alors, c'est merveilleux.*

Entretien avec Jacqueline Piatier, Le Monde, *29 mars 1967.*

Marguerite Duras et Madeleine Renaud.

Madeleine Renaud, Michaël Lonsdale, Jean Servais dans L'Amante anglaise.

Madeleine Renaud et Jean Desailly dans Des journées entières dans les arbres.

DES JOURNÉES
ENTIÈRES
DANS LES ARBRES

théâtre 1968

Cette nouvelle, qui donnait son titre au recueil paru en 1954 dont on a pu lire plus haut les autres récits, fut reprise et adaptée pour le théâtre en 1965. La création eut lieu au théâtre de l'Odéon, alors théâtre de France, le 1ᵉʳ décembre 1965, dans une mise en scène de Jean-Louis Barrault, avec dans les principaux rôles Madeleine Renaud, Jean Desailly et Anne Doat. Les décors étaient du peintre américain Joe Downing, le costume de scène de Madeleine Renaud étant créé par Yves Saint Laurent. Le texte de la pièce, publié une première fois en 1966 dans *L'Avant-Scène théâtre* nᵒˢ 348-349, paraîtra aux éditions Gallimard dans *Théâtre II* en 1968. La pièce a été filmée dans une réalisation de Marguerite Duras elle-même en 1976, avec Madeleine Renaud, Jean-Pierre Aumont, Bulle Ogier. « J'ai bâti, écrit-elle, *Des journées entières dans les arbres* sur l'irrésistible comique de Madeleine Renaud, sa splendeur, ce que j'appelle la splendeur de l'âge. Le théâtre peut très bien se filmer, il suffit de l'oublier. »

Quand j'ai écrit le texte des Journées entières dans les arbres, *il me semblait que cet écrit, oui, je le croyais, avait seulement trait à l'amour de la mère pour son fils – amour fou, mouvement océanique qui engloutit tout dans sa profondeur. Je pense maintenant que si cet aspect est resté majeur dans la pièce, un autre aspect a pris place à côté de lui, à savoir la relation entre les deux femmes, la mère et la petite putain, amie du fils, Marcelle. Et que la connaissance qu'elles ont en commun de Jacques, le fils aimé, les rapproche davantage que toutes les différences sociales – différences apparemment impossibles à franchir – qui existent entre elles. Entre la putain de vingt-cinq ans et la mère de soixante-quinze ans au passé irréprochable. Cet aspect imprévisible de la pièce lui a donné cet hiver au théâtre d'Orsay ce renouveau de jeunesse également imprévisible. C'est curieux, ces valeurs qu'un texte peut receler et que nous sommes empêchés de voir à cause de notre retard devant les données naturelles comme, ici, celle de la femme et de l'amour.*

«Mothers», Le Monde, *10 février 1977, repris dans*
Le Monde extérieur, *1993.*

LA PIÈCE *DES JOURNÉES ENTIÈRES DANS LES ARBRES*
A ÉTÉ CRÉÉE À L'ODÉON-THÉÂTRE DE FRANCE
LE 1ᵉʳ DÉCEMBRE 1965
DANS UNE MISE EN SCÈNE DE JEAN-LOUIS BARRAULT
ET DANS DES DÉCORS DE JOE DOWNING.

PERSONNAGES
LA MÈRE
MADELEINE RENAUD
LE FILS
JEAN DESAILLY
MARCELLE
ANNE DOAT

LE FILM *DES JOURNÉES ENTIÈRES DANS LES ARBRES*
A ÉTÉ RÉALISÉ EN 1976
PAR MARGUERITE DURAS,
AVEC UNE MUSIQUE DE CARLOS D'ALESSIO,
LE DIRECTEUR DE LA PHOTOGRAPHIE
ÉTANT NESTOR ALMENDROS.

PERSONNAGES
LA MÈRE
MADELEINE RENAUD
LE FILS
JEAN-PIERRE AUMONT
MARCELLE
BULLE OGIER

Les photographies publiées in texte proviennent du film de 1976, sauf celles des pages 1095, 1102, 1126, qui sont empruntées à la mise en scène de 1965.

A C T E   I

TABLEAU I

*Un appartement de deux pièces,
anonyme. Il est aux environs de
midi. Il fait beau. L'appartement
est à moitié vide, désolé, meublé,
dirait-on, de vieux meubles d'hôtel.
On est dans la première pièce. La
deuxième, une chambre, se voit un
peu dans le fond de la scène.*

LA MÈRE, *de la coulisse.* — Oui,
mon petit. Ça m'est arrivé d'un
seul coup il y a deux ans. Un
matin, je me suis vue dans une
glace et je ne me suis pas
reconnue. Ça y était.

LE FILS, *également dans la
coulisse.* — À l'aérodrome, vous
auriez été dix mille que je ne me
serais pas trompé ; alors, tu
vois...

LA MÈRE, *riant.* — Ah ! Dix mille
« mamans » ! *(Prononcé comme
mammans.)* Dix mille dans mon
genre ! *(Elle déclame un titre de
journal.)* Venues des quatre coins
du monde, elles se rassemblent

Elle entre.
Elle est très très vieille. Elle est en
noir, très menue, décharnée. Ses
bras sont couverts de bracelets
d'or. Le fils apparaît après elle.
Beau encore. Il a quarante-cinq
ans, peut-être davantage (pas
moins). Il est usé par une vie
oisive et noceuse. Éternel enfant
qui n'a jamais travaillé, homme
en carton-pâte, jeune premier
vieilli, etc.

sur les rives de la Seine! Tu vois
un peu?

LE FILS, *ému.* — Maman!

LA MÈRE. — Oui... Un matin,
dans une épicerie qui venait
d'ouvrir, près du comptoir, tout à
coup, un miroir... un très grand
miroir! Quelle bobine! *(Elle rit*
de bon cœur.) Voir Naples et
mourir!

LE FILS, *entrant dans le jeu.*
— Tu t'es sauvée?

LA MÈRE. — Non... J'ai appelé
Mimi, je lui ai montré la chose...
On a ri. Ah! J'aurais dû t'envoyer
des photos; on n'y pense pas, tu
sais bien ce que c'est. Mais ne
sois pas triste, je me porte très
bien. Et c'est la dernière fois que
ça m'arrivera. C'est ce que je
disais à Mimi. Comme les
poupées gigognes, je suis à la
dernière, la plus petite, je ne
peux pas aller plus loin. Je suis
au plus petit de moi!

LE FILS, *riant et se montrant.*
— Et la tête de ton petit ange, tu l'as vue?

LA MÈRE, *changement presque brutal du ton.* — Toi? Tu as le temps! Tu en verras défiler encore des têtes dans les glaces! Ça commence seulement... *(Elle s'assied.)* Je n'en pouvais plus... *(Tendre.)* Il me fallait te revoir. On croit ne plus avoir besoin de rien et cette envie vous vient. Cinq ans sans venir, on ne devrait pas, c'est trop long, ou bien, alors, on devrait y renoncer tout à fait...

Une jeune femme apparaît à la porte de la seconde pièce. Trente ans. Physique modeste, effacé. Elle est intimidée.

LE FILS, *à la jeune femme.*
— Viens! *(La jeune femme s'avance lentement vers la mère. Elle est très émue.)* Marcelle. Elle vit avec moi comme je te l'ai écrit.

LA MÈRE, *la regardant et la détaillant attentivement.*
— Bonjour, mademoiselle Marcelle.

MARCELLE. — Bonjour, madame.

LA MÈRE, *comme s'excusant.*
— Il me fallait revoir mon fils avant de mourir, mademoiselle. Pourquoi, me direz-vous?

MARCELLE, d*es larmes dans les yeux et dans la voix.*
— Oh! non...

LA MÈRE, *stupéfaite.* — Ça ne va pas? Qu'est-ce que vous avez?

MARCELLE. — Excusez-moi, madame, mais ma mère, je ne l'ai pas connue, alors...

LE FILS. — Assistance publique. Incurable de ce côté-là. Le mieux, c'est de ne pas y faire attention. Ça passe.

LA MÈRE, *ironique, dure.* — Les mères courent les rues, mademoiselle; il faudrait quand même vous faire une raison... grande comme vous l'êtes.

LE FILS, *à Marcelle.* — Assez!

MARCELLE, *éplorée.* — Ça y est... Excusez.

LA MÈRE. — Ah! bon. Quelle histoire!

LE FILS, *prenant le bras de sa mère et la faisant se lever.*
— Viens! *(Il lui montre l'autre pièce.)* Elle est calme et le lit est bon. Tu y dormiras bien, tu verras.

LA MÈRE, *grandiloquente comme elle le sera souvent.* — C'est que je suis habituée aux grands espaces, aux grandes maisons, trop grandes, avec des jardins autour..., des hectares..., toujours trop grandes.... Où j'ai peur la nuit quand j'entends un chien... Laisse-moi parler mon petit... Comme mes idées..., mes enfants... comme mes projets...

LE FILS. — N'y pense plus.

LA MÈRE, *reprenant son numéro.* — Laisse-moi parler. Vingt-cinq pièces..., vingt-cinq enfants... C'est ce que j'aurais voulu... Et, le plus fort, c'est que ça continue... Te l'ai-je dit que j'ai encore fait agrandir la maison ? Si je continue à ce train-là, à cent ans ce sera Chambord !

LE FILS. — Pour quoi faire ?

LA MÈRE. — Pour m'y promener ! De haut en bas, de long en large, pour m'y promener en me désolant... Je ne fais plus que ça, me désoler ! Je fais chauffer à fond, je me promène et je me désole ainsi dans le plus grand confort...

MARCELLE, *impressionnée.* — C'est Shakespeare, ta mère...

LE FILS, *hargneux.* — Et toi ?

MARCELLE, *tout bas.* — Oh ! moi...

La mère s'est approchée de son fils et le regarde attentivement.

LA MÈRE. — Viens voir un peu ici... *(Elle le ramène près d'elle.)* Malheur à moi..., des cheveux blancs! Tu as des cheveux blancs! Je n'avais pas remarqué.

LE FILS, *souriant.* — Quatre! C'est tout. Ce n'est pas une affaire...

LA MÈRE, *à Marcelle.* — C'était le plus blond de tous, mademoiselle... De l'or...

MARCELLE. — Madame, il l'est encore, je vous le jure...

LA MÈRE, *prenant les cheveux de son fils avec dégoût.* — Blond, ça? Pas d'histoires, mademoiselle. À d'autres! *(Elle s'éloigne de son fils.)* Je n'en finis plus de vivre, que voulez-vous! Alors, même ça, il m'aura été donné de le voir. *(Déclamé.)* Il était blond à en perdre la tête et je pleurais parce qu'il était mortel. Et voilà, aujourd'hui, où nous en sommes.

Elle se croise les bras et bâille longuement.

LE FILS, *il commence à se forcer à la gaieté.* — Ma mère, c'est le printemps. Regarde le soleil et le ciel. Il est bleu et nous sommes éternels.

LA MÈRE, *bougonnant.* — Éternels, éternels! Pour quoi faire?

MARCELLE, *qui prend de l'initiative.* — S'il était resté blond comme vous le dites, ce ne serait pas naturel, enfin quoi, quand même...

LE FILS. — Assez! *(Un petit silence se crée, puis il reprend, gâtifiant comme avec une enfant.)* Et puis il paraît qu'on a agrandi sa petite usine, l'année dernière?

LA MÈRE, *stupéfaite, froide.* — Qui t'a dit ça?

LE FILS. — Mimi.

LA MÈRE. — Mimi t'écrit, maintenant?

LE FILS, *se reprenant et mentant.* — Pas d'elle-même. Je le lui ai demandé..., comme ça..., une fois tous les six mois...

LA MÈRE. — Mimi ne sait rien. Elle invente, Mimi.

LE FILS, *conciliant.* — Tu es couverte d'or, ma parole!

Il montre ses bras.

LA MÈRE, *relevant ses manches : encore d'autres bracelets.* — Tu ne sais pas à quel point. *(Elle gémit.)* Non, tu ne le sais pas.

MARCELLE, *s'approchant des bracelets.* — Mais, madame, ça `ne se fait pas! Vous en avez bien

cinq cents grammes sur les bras
tout à l'heure !

LA MÈRE. — Mais c'est de l'or,
mademoiselle. De l'or de ses
cheveux, je suis passée à celui-ci.
Vous comprenez ? Non ?

LE FILS. — Tu te méfies de Mimi ?

LA MÈRE. — De tout le monde.
Mimi comprise.

MARCELLE. — C'était ça qu'il
fallait comprendre ?

LA MÈRE. — Non. *(Un temps.)* Je
vous demanderai de m'excuser si
parfois, mes enfants, je déraille.
À la maison, Mimi m'arrête. Ici...

LE FILS, *riant.* — Stop !

LA MÈRE, *riant.* — C'est ça..., c'est
ça...

MARCELLE, *après un petit silence
général, ton hypocrite.* — Au fait,
vous avez peut-être faim,
madame. Pour une fois, on
pourrait manger plus tôt. Qu'est-
ce que tu en penses, Jacques ? Ta
mère a peut-être faim ?

LA MÈRE. — J'ai toujours faim, la
nuit, le jour, toujours, et,
aujourd'hui, tout particulièrement.

MARCELLE, *toujours hypocrite.*

— Alors... alors..., je vais m'occuper de ça.

LA MÈRE. — Bonne idée, bonne idée, fillette...

MARCELLE, *lâche le morceau.* — On a pensé, madame, que, après avoir été secouée dans l'avion, du jambon, de la salade...

LE FILS, *riant.* — On a pensé..., c'est une façon de parler.

LA MÈRE, *geignant.* — Quelle tristesse, le jambon-salade! C'est qu'il faut que je mange, moi... J'assimile mal, il me faut avaler d'énormes quantités de nourriture, vous ne savez peut-être pas?

LE FILS. — Elle ne sait pas *(il montre Marcelle)* que les vieux requins des mers du Sud avalent douze fois leur volume par jour.

LA MÈRE, *dégoûtée, mais tendre et douce.* — Ah! mon frigidaire, là-bas, si vous voyiez ça... Plein! Toute l'année, plein! Le buffet de la gare de Lyon!

MARCELLE, *toute à son idée, hypocrite.* — Alors, un petit hors-d'œuvre?

LA MÈRE, *ouvrant son sac.* — Non, si vous le permettez, que

Elle pose l'argent sur la table. Marcelle et Jacques regardent cet argent, tout à coup interdits. La mère tend quelques billets à Marcelle.

La mère et le fils restent seuls. Petit silence.

ce soit un bon repas, un repas de fête puisque fête il y a, n'est-ce pas ?

MARCELLE, *bondissant.* — Moi aussi, madame, je suis comme vous, j'ai toujours faim ! Dire qu'il y en a qui n'ont pas d'appétit ! *(Un petit temps.)* Alors ?

LE FILS. — Des choses toutes faites. Tout ce que tu trouves. Pas d'hésitations. Tout. Beaucoup de tout.

LA MÈRE. — L'ennui, c'est qu'il va falloir attendre... Vite, ma petite, vite, il ne fallait pas m'en parler, parce que maintenant...

MARCELLE, *très joyeuse.* — Je file...

LA MÈRE, *comme s'excusant.* — Ah ! mon petit, tu ne peux pas savoir la sorte de faim que c'est..., un creux énorme tout d'un coup..., une vague qui me roule, qui me roule..., plus grande que moi..., et je tombe...

LE FILS, *riant.* — Moi aussi, j'ai toujours faim.

LA MÈRE, *tendre.* — Comme à vingt ans, petit ?

LE FILS. — Oui. Quand je mange,
c'est la chance.

LA MÈRE, *tendre et fière.* — Quel
fils j'ai là! Quel fils!

LE FILS, *riant.* — La semaine
dernière, on a tenu avec des
échantillons de fortifiant. Un ami
qui nous les avait refilés.

LA MÈRE, *riant et, lentement,*
prend de l'argent. — Quel fils!
Prends, petit.

LE FILS, *hésitant apparemment.*
— Tout?

LA MÈRE. — Sois aimable, tout.

LE FILS, *le prenant et l'enfouissant*
dans sa poche. — Bon.

LA MÈRE, *sur un autre ton.*
— Dis-moi, cette fille…?

LE FILS, *après un silence.* — Je ne
peux pas vivre seul. Mais c'est
tout. Rien de plus. Tu
comprends?

LA MÈRE. — Je comprends.

LE FILS. — Autrefois, j'avais
celles que je voulais; maintenant,
c'est un peu plus difficile, mais…

LA MÈRE, *lui coupant la parole.*

— Ce que je voudrais, tu vois, c'est une bonne choucroute, cuite au vin blanc, bien macérée, bien chaude...

LE FILS, *riant.* — Elle y pensera, elle le sait que tu aimes la choucroute.

LA MÈRE. — C'est vite fait... Une goutte de vin blanc, tu réchauffes à feu doux... Ah! c'est bon... Oh! là là, que c'est bon!

LE FILS, *gai.* — Rien de meilleur?

LA MÈRE, *gaie aussi.* — Rien.

LE FILS, *tournant autour du pot depuis un moment.* — Je voulais te dire quelque chose...

LA MÈRE, *lui coupant la parole; elle sait ce qu'il dirait.* — Non, ne le dis pas.

LE FILS, *le dit quand même, mais avec précaution, comme s'il la retenait de sombrer tout en lui annonçant un malheur.* — Ne va rien t'imaginer..., rien... Je n'ai pas changé, tu comprends?

LA MÈRE. — Toujours dans les mêmes dispositions? Vraiment?

LE FILS. — Toujours.

LA MÈRE, *de loin.* — Eh bien!

qu'y pouvons-nous, petit ? Rien.
Nous le savons désormais,
l'un comme l'autre. Rien. *(Un
silence, puis elle reprend.)* Tu sais,
qu'elle soit bonne ou mauvaise,
ta vie, il n'y a pas deux façons de
quitter sa mère. Il n'y en a qu'une
dans tous les cas. Celles qui sont
fières de leurs brillantes
carrières, elles en sont au même
point que moi. *(Silence.)* Mais
que j'ai faim !

LE FILS. — Ma mère, nous allons
faire un magnifique déjeuner.
J'entends monter cette fille.

*Le fils va dans l'entrée. La mère
reste seule. Elle prend un journal
sur la table et le regarde sans le
lire. Elle est très fatiguée tout à
coup, comme à bout de forces et
de tristesse.*

LA MÈRE, *seule.* — Mais que j'ai
faim. Dans ces avions, on ne
vous donne que du thé léger et
des tartines sous prétexte que
l'avion fatigue l'estomac de ces
dames. J'ai si faim que je
rongerais un os... Je voudrais un
gros pâté comme Mimi les fait.
L'avion ne me fait rien, à moi...
(Un temps.) Qu'est-ce qui me
ferait quelque chose ? Quoi ?

LE FILS, *revient avec Marcelle, il a
un panier à la main, gaieté.*
— Choucroute, côtelettes de
porc, petits pois, fromages variés,
beaujolais. Dans cinq minutes,
on se met à table.

MARCELLE. — Grâce à vous, madame, on va se régaler. Jacques me dit toujours combien vous êtes bonne !

LA MÈRE, *catégorique.* — Bonne, mademoiselle, moi ? Tiens ! Ce qu'il y a surtout, c'est que j'ai faim !

Marcelle et le fils vont dans la cuisine, reviennent, mettent la table, repartent. À un certain moment, le fils est seul avec la mère. La mère prend alors un ton très grave.

LA MÈRE. — Cette choucroute, elle est si jeune encore, elle ne saura pas...

LE FILS. — J'y vais.

La mère reprend le journal et continue son monologue.

LA MÈRE. — Quoi me ferait de l'effet ? Les guerres ? Deux guerres ? Trois guerres ? *(Elle cherche.)* La mobilisation générale ?... Mes quatre fils ?... Un, deux... *(Tout bas, sans s'arrêter.)* Un, deux... Un, deux...

LE FILS, *joyeux, il a tout entendu.* — Stop ! Alors, qu'est-ce que ça donne ?

Marcelle arrive ; elle tient la choucroute fumante.

LA MÈRE, *les yeux égarés sur la choucroute.* — Rien. J'ai l'imagination rétrécie comme le reste. Mes fils à la guerre ? La bonne blague ! Laquelle, d'abord ? Et pourquoi ? Une goutte de vin blanc vous y avez mise, ma fille ?

MARCELLE. — Oui, madame.

.

MARCELLE. — Alors, madame, ça
y est? On a revu son fils?

LA MÈRE, *dans un soupir, tout en
mâchant.* — Ça y est. C'est vite
fait. Une minute et ça y est.

MARCELLE, *tout en mâchant.*
— Pas croyable!

LA MÈRE, *toujours en mangeant
très goulûment.* — Et le plus
beau, c'est que je n'ai rien à lui
dire. Je vous avoue, oui, que cette
choucroute-là, il y avait bien un
mois que je l'avais dans la tête.
Et que même des fois, vous
verrez plus tard, la choucroute et
mon fils ne faisaient qu'un. Je
revoyais la choucroute et je
croquais mon fils!

LE FILS, *riant.* — Eh bien!

MARCELLE, *s'arrêtant net de
manger.* — Madame, j'ai oublié
de vous demander: d'où c'est que
vous arrivez comme ça?

LA MÈRE. — Vous vous moquez,
mademoiselle, ou quoi?

LE FILS, *riant.* — Non, je lui ai

*Ils se mettent à table tous les trois
et commencent à manger dans le
silence. Il faudrait que ce silence
soit long et lourd, gênant. C'est
Marcelle qui le rompt, comme
toujours avec maladresse.*

caché le nom de ton bled pour la
faire enrager.

LA MÈRE. — Je viens d'une
colonie française, mademoiselle
Marcelle, la dernière ; le nom ne
vous dirait rien, d'après ce que je
crois comprendre. *(Le fils
chantonne une marche funèbre en
rigolant. Elle, un peu fâchée, à
son fils :)* Française, oui, de cœur
et d'esprit... N'est-ce pas là ce qui
compte ?

LE FILS. — D'accord. À part moi,
tu es venue pour quoi, au juste ?

LA MÈRE. — Pas grand-chose...
Peut-être m'acheter un lit, un
dernier lit pour mourir. J'y ai
droit, non ? Un petit morceau de
côtelette, s'il vous plaît,
mademoiselle.

MARCELLE, *tout en la servant.*
— Et comment que vous y avez
droit ! *(Pour elle-même.)* Jacques
ne m'avait jamais rien dit de
cette colonie ni sur cette Mimi...,
alors, je parais idiote...

LE FILS. — Assez ! Donne-lui la
noix de la côtelette, là, sur la
gauche, c'est du beurre.

LA MÈRE, *geignant.* — Mais l'os
aussi, mon petit, j'aime ça aussi
de grignoter des os. *(Enchaînant.)*
Ce lit, je l'enverrai par le bateau,

il mettra six mois pour arriver et,
quand il arrivera, je serai morte
et enterrée, un beau tour à jouer
à Mimi.

LE FILS, *la regardant manger; il
est effrayé.* — Mais tu ne manges
pas trop?

LA MÈRE, *geignant.* — Toujours
mangé, moi, même dans la
misère, tu ne te souviens plus,
donc? *(Silence.)* Au fait, en
parlant de misère, j'oubliais de
vous dire: quatre-vingts ouvriers.

MARCELLE, *stupéfaite.* — Quatre-
vingts? *(Après un temps.)* À faire
quoi?

LE FILS. — Des poutrelles en
ciment pour les Ponts et
Chaussées de ce pays en plein
essor.

LA MÈRE. — Exact. Excusez-moi,
mais les os, je les mange
toujours avec les doigts. Oui,
quatre-vingts ouvriers. Et ça va
continuer.

*Elle s'arrête net de manger et
songe.*

LE FILS. — Car, pour des raisons
qui échappent, tous les ans, cette
usine s'agrandit. Comme ça,
toute seule.

LA MÈRE. — Presque, oui...
Son utilité est telle, n'est-ce pas?
qu'elle poússe comme un

champignon... *(Silence. Elle reprend, plus bas.)* Les salauds, les salauds! Sans moi pour les surveiller. Voilà ce que c'est que d'être riche! Quel malheur!...

LE FILS, *se retenant très fort.* — Si on réfléchit bien, à fond, une bonne fois, on peut trouver que ce pays n'est plus tout à fait une colonie. Mais enfin, c'est une question de point de vue...

MARCELLE. — Quelle horreur!

LA MÈRE, *philosophe, très blasée, incorrigible.* — Laissez-le dire, mademoiselle. Des racontars, des illusions! Jeunesse! On croit que, lorsqu'une chose finit, une autre recommence tout de suite. Non. Entre les deux, c'est la pagaille. C'est ce qu'il y a de mieux, la pagaille. C'est là-dedans qu'on est, Mimi et moi, à la meilleure place. Oubliées.

LE FILS, *gentil.* — Pourquoi ne pas revenir? Pourquoi attendre le jour où l'on vous mettra gentiment sur un bateau toutes les deux?

LA MÈRE, *faux ton de la conversation banale.* — Parce que c'est une merveille, à mon âge, d'ignorer l'avenir. Nous en avons pris l'habitude, Mimi et moi. Nous ne savons jamais ce que nous réserve le lendemain dans ce pays. Quel avantage ! Tout y devient une chance : marcher sur un trottoir..., regarder les bateaux partir..., un de plus sans nous deux.... Oubliées encore une fois..., les petites naufragées... Te l'ai-je dit, d'ailleurs, que Mimi ne reviendra jamais ? C'est une autre Mimi, elle change à vue d'œil...

LE FILS, *évitant le sujet de la colonie et de Mimi.* — Tu manges trop, tu vas éclater.

LA MÈRE, *un délire tout à coup.* — C'est l'avantage de mon âge, le seul. Je mange des rations de géante et j'en retiens cent grammes, de quoi assurer quoi ? la respiration..., un petit peu de chaleur. C'est drôle quand même, c'est intéressant. Un corps, c'est sage, ça sait ce que ça veut, ça ne veut pas manger, eh bien ! ça ne mange pas. Mon corps, il en a marre.

LE FILS. — Stop !

LA MÈRE, *riant.* — Merci.

MARCELLE. — Moi, c'est tout le contraire, la moindre nourriture me profite, c'est incroyable.

LA MÈRE, *se reposant.* — Eh bien ! j'ai fini, je crois bien. *(Elle retire*

1103

ses bracelets.) Mais que c'est lourd ! Mettez-les en lieu sûr, mademoiselle, je vous prie.

MARCELLE, *prenant les bracelets.*
— Oh ! là ! là !

LA MÈRE. — Avec ces quatre-vingts hommes, au visage hermétique et détestable, qui sont là à couler leur ciment autour de la maison, je n'ai pas osé les laisser. Non, je n'ai pas osé.

LE FILS. — La vue de l'or, parfois, suffit.

LA MÈRE. — Il faut dire que ce serait si simple. Mimi est absente, je me demande parfois ce qui les retient, ces hommes, c'est même anormal. Et ce dessert, vous comptez nous le donner aujourd'hui ou demain, mademoiselle ?

MARCELLE. — J'y vais.

La mère et le fils restent seuls. Silence entre eux. C'est le fils qui parle le premier. On a l'impression que, déjà, sa mère est trop restée.

LE FILS. — Cette choucroute était magnifique.

LA MÈRE. — Oui, ne serait-ce que pour cette choucroute-là... *(Elle prend les bracelets.)* Mets tout ça sur la cheminée.

LE FILS, *souriant.* — Tu veux les compter ?

LA MÈRE, *il l'étonnera toujours.* — On ne sait jamais vraiment ?

LE FILS. — Jamais.

LA MÈRE, *d'une complicité totale.* — Alors ignorons, je préfère.

LE FILS. — D'accord.

LA MÈRE. — Il n'y a plus que les bijoux qui sortent encore de ce pays. Tu ne le savais pas, n'est-ce pas ?

LE FILS. — À te voir, je l'ai deviné.

LA MÈRE. — Dix-sept pièces, il me semble. Tout l'avion rigolait.

Le fils sursaute, puis il pose les bracelets sur la cheminée. Marcelle arrive avec un gâteau au chocolat. Elle le pose et, dans le silence, le fils le découpe et sert la mère.

LA MÈRE. — Une petite tranche pour y goûter. Ah ! que j'avais faim, c'était merveilleux. Ce doit être la joie *(elle a la bouche pleine),* la joie de revoir cet enfant...

MARCELLE. — Oh ! vos bracelets, madame ! On dirait que vous êtes toute nue...

LA MÈRE, *montrant la cheminée.*

— Hélas!

LE FILS, *gentil.* — Il y en a qui les prendraient, qui les mettraient dans un petit coffret, qui mettraient le petit coffret dans une armoire, qui fermeraient l'armoire à clef et qui, ensuite, n'y penseraient plus.

LA MÈRE. — Non, il n'y en a pas. Des pensées qui viennent avec l'argent. Cet or, c'est moi, plus encore moi que mon cœur pourri. *(Elle repousse son assiette.)* Qu'est-ce que ça me dégoûte, ce gâteau, tout à coup, oh! là là!

MARCELLE, *lui retirant son assiette.* — Qui c'est Mimi, au juste, madame?

LA MÈRE. — Vous ne savez pas non plus?

La mère et le fils rient.

LA MÈRE. — Je ne sais plus... C'est ma fille, mademoiselle, un petit reste de ça, la seule qui ne m'ait jamais quittée parce qu'elle n'était pas très jolie, mais bien intentionnée à mon égard, la pauvrette. *(Un silence. La mère regarde sa montre et calcule tout bas.)* Avec la différence d'heure, quatre heures moins dix.

LE FILS, *servant du beaujolais à sa mère.* — Tiens, bois! *(Elle ne bouge pas.)* Allez, bois!

LA MÈRE, *buvant.* — Comprenez-moi... Je n'ai pas eu le temps de m'habituer à l'argent, y faire ma place. Il est arrivé d'un seul coup, j'étais vieille déjà, je ne l'attendais plus... Chaque jour, il entre dans ma maison, il entre et Mimi et moi, on le range, on le cache ; le niveau monte, monte, dans les coffres. Quoi en faire ? Mimi et moi, nous n'avons plus de désirs. On se regarde, le soir, sans bien comprendre ce qui nous arrive... Cet argent, on ne peut pas l'emporter avec nous, il doit rester là où il a été gagné... La dépense devient le problème, ce qui vous explique cette ferraille sur mes bras... *(Un temps.)* Quelles soirées, Mimi et moi, ah ! Mimi aussi, je l'ai couverte de bijoux. Ah ! ma petite..., te l'ai-je dit ? Avec l'âge, on dirait qu'elle s'arrange ; elle serait presque jolie, certains soirs...

MARCELLE, *effarée.* — Mais, madame, un soir on vous égorgera, Mimi et vous !

LA MÈRE, *mystérieuse.* — Nous nous y attendons depuis si longtemps, mademoiselle... Je ne crois plus qu'il leur soit nécessaire d'en passer par là...

MARCELLE, *au fils.* — Dis quelque chose...

LE FILS, *riant.* — Et une voiture de sport pour Mimi, ce ne serait pas une bonne idée?

LA MÈRE. — Tu retardes. C'est fait.

LE FILS. — Pourquoi te méfier? Tu le dis toi-même...

LA MÈRE. — L'habitude... Et puis, qui sait? Un isolé qui passerait par là. *(Elle regarde sa montre.)* Onze heures du soir... Quelquefois, la peur devient plus forte, pourquoi? On ne sait pas : un bruit de pas dans le parc... le vent... Alors, Mimi monte sur le toit de la maison et surveille les alentours avec une carabine.

MARCELLE. — Oh là là!...

LA MÈRE. — Tout s'éteint sur la colline... Je m'endors.

LE FILS, *qui enchaîne.* — ... Tout est calme, les chiens sont lâchés..., à la grande porte il y a une sentinelle qu'on vous a affectée depuis que vous avez investi une partie de vos bénéfices dans l'agrandissement de l'usine sur ordre du gouvernement.

LA MÈRE. — Tel était notre bon plaisir aussi, tu te trompes, d'agrandir cette affaire. *(Un temps.)* Comment sais-tu qu'il y a une sentinelle?

Le fils, *riant.* — Devine… *(Un temps.)* Mimi est heureuse de cet état de choses, et toi et moi, on sait bien que c'est le principal, non? Du moment que cette situation est… inévitable?

La mère. — C'est vrai… et que c'est toujours ça, de voir monter cette richesse, même si elle est absurde et sans emploi…
(Un temps, aimable:) Quand même, quel bon repas nous avons fait là, mes enfants! Parlez-moi de votre vie à vous, faites un petit effort.

Le fils, *gentil.* — Mais tu n'es pas ici… Il y a bien une demi-heure que tu es repartie là-bas, au milieu de ces loups prêts à t'égorger! *(Un temps.)* Qu'est-ce que tu veux savoir de notre vie?

La mère, *enfantine.* — Ce que tu veux.

Le fils, *récite.* — Tant que le soleil se lèvera sur Paris et que je serai là pour le voir, ça pourra aller.

La mère, *faussement mondaine.* — Il tient de moi, mademoiselle! Si vous saviez ce que j'étais paresseuse! Une vraie couleuvre.

À quinze ans, on me retrouvait dans les champs, endormie dans les fossés. Ah! que j'aimais donc ça, flâner, dormir...

MARCELLE. — Je vous crois, surtout, je vous crois, madame...

LE FILS, *à Marcelle.* — Non, mais, tu vas te calmer, à la fin?

LA MÈRE, *récitative, lointaine.* — Et les enfants sont venus très vite, et j'ai été seule très vite.

LE FILS. — Et on ne peut pas à la fois élever des enfants et faire ce qui vous plaît.

LA MÈRE, *enchaînant.* — J'ai commencé tôt à faire de moins en moins ce qui m'aurait plu, et puis à ne plus le faire du tout. C'est ce qu'on appelle une existence remplie.

LE FILS. — Comme on ne peut pas se contenter, c'est dans la nature, de regarder et d'attendre passer les jours, comme tu le sais, je joue. Voilà.

LA MÈRE, *qui a entendu et qui fait la sourde.* — Vous voyez, mademoiselle, quand je me suis mise à élever des enfants, je l'ai fait... exagérément... Comme j'avais été paresseuse, je suis devenue active, folle d'activité.

Mon fils et moi, quand nous nous attelons à quelque chose...

LE FILS, *parodique.* — Ah! il aurait soulevé des montagnes si... l'occasion s'en était présentée... *(Oubliant tout à coup les précautions à prendre.)* Évidemment, parfois, au petit matin, l'hiver, quand on attend le premier métro, on se dit que, peut-être, ça pourrait ne pas durer toujours...

LA MÈRE, *l'arrête.* — Tais-toi! Ne va pas encore me mettre cet espoir, ce ver, dans le cœur! Je vous demande de parler de votre vie et pas d'une autre, nom d'un chien!

LE FILS, *se rattrapant.* — Mais qui ne connaît pas ces instants-là d'une façon ou d'une autre? C'est ce que je voulais dire...

LA MÈRE, *tendre.* — Ah! Et il y aurait donc encore pour toi des bons et des mauvais jours? Des différences?

LE FILS. — Encore, oui.

MARCELLE. — Je fais des abat-jour. Et, le soir, on a une petite planque aux Champs-Élysées.

LE FILS. — Tu ne comprendrais pas...

LA MÈRE. — Je m'en colle
pour des mille et des cents
d'avion pour le savoir et je ne le
comprendrais pas?

LE FILS. — Le soir, Marcelle et
moi, on travaille dans une petite
boîte de nuit gentille. On est
nourri, les cigarettes, trois
consommations, et ce n'est pas
fatigant du tout...

LA MÈRE. — Nourri comment?
De la viande?

LE FILS, *pris de court, ahuri.*
— De la viande.

LA MÈRE. — Et à midi?

LE FILS. — On dort.

LA MÈRE. — C'est ça que vous
êtes pâles comme des navets tous
les deux!

LE FILS, *aimable.* — Pour qu'on
voie le soleil, il faut que tu
viennes.

LA MÈRE. — Vous aussi, si j'ai
bien compris, vous auriez une
instruction bien insuffisante,
mademoiselle?

MARCELLE, *dans un enthousiasme
incompréhensible.* — Aucune,
madame, mais il ne faut rien
regretter... Bouchée comme moi,

je n'ai jamais connu personne...
Je plains les gens qui m'auraient
appris.

LE FILS. — Un record. Je suis une
lumière à côté.

LA MÈRE. — Tu n'étais pas si
bête, non, tu étais intelligent,
mais combien différemment des
autres!... *(Un temps.)* Vous me
plaisez bien tous les deux quand
même... comme vous êtes là...
Alors, dites-moi un peu, cette
petite boîte...?

Ils sortent de table.

LE FILS, *faussement désinvolte.*
— On reçoit les gens, on les
invite à entrer, à consommer, on
fait la joie: cela s'appelle créer
l'ambiance.

LA MÈRE. — Je vois mal... Alors,
comme ça, le soir, je serai seule
ici à vous attendre?

LE FILS. — On y a pensé. Tu
pourrais venir avec nous.

LA MÈRE. — Avec la bobine que
j'ai, excusez-moi. *(Elle rit fort.)*
Les gens, ils iraient à côté, ah!
ah!... Remarquez que ça ne me
déplairait pas, c'est une chose qui
me manque avec l'existence que
j'ai eue: je n'ai jamais eu ni
l'occasion ni le temps d'entrer
dans un établissement de ce
genre.

Un silence s'installe. La mère les

regarde à la dérobée. Marcelle sourit aux anges. La mère s'assied sur un fauteuil. Elle frissonne.

LA MÈRE. — Ah! voilà que j'ai froid.

LE FILS. — Attends...

Il va dans l'autre pièce. La mère parle bas à Marcelle.

LA MÈRE. — Puis-je vous demander, mademoiselle, ce qu'il faut pour trouver un travail comme celui de mon fils?

MARCELLE. — Être beau garçon, madame, et avoir des manières, c'est tout.

LA MÈRE, *pour elle seule, rêvant.* — Il aurait pu faire tant de choses, tant, comment en aurait-il préféré une? La navigation au long cours, les chemins de fer. Les chemins de fer... ah... il les aimait à la folie. Il en dessinait partout: sur les murs de sa chambre, je trouvaisdes tenders, locomotives, wagonnets...

LE FILS, *qui revient et qui a entendu, riant.* — Alors, naturellement, tu as pensé à Polytechnique?

LA MÈRE. — Quelle mère n'y aurait pas pensé?

Le fils enveloppe sa mère dans une couverture qu'il apporte; elle se laisse faire, heureuse.

LA MÈRE, *tout en se laissant faire.* — À quinze ans, fini, tu n'as plus voulu entendre parler de rien.

LE FILS. — À sept ans! Je vous voyais venir avec vos gros souliers. Devenir un «monsieur», zéro pour moi!

MARCELLE. — Qu'est-ce qui s'est passé?

LE FILS. — J'ai joué autrement qu'à dessiner des trains sur les murs.

LA MÈRE. — Rien ne valait la peine d'être tenté...

LE FILS, *parodique.* — Tout était une fête pour cet enfant.

LA MÈRE. — Il aurait fallu le faire pleurer, l'enfermer, le martyriser, qu'il soit tenu de sortir du martyre..., d'une caverne sombre, d'un puits, d'un... bagne...

Un silence s'installe. Le fils vient près de la mère, très tendre.

LE FILS, *riant.* — Stop! Ce lit, qu'est-ce que tu en dirais? Si on l'achetait aujourd'hui? Il est tôt.

MARCELLE. — Quatre heures et demie à peine, et il fait beau, beau...

LA MÈRE. — Dans une demi-heure, l'usine ferme... Je suis sur le pas de ma porte. Je les regarde. L'expression qui est sur mon visage..., je la vois dans la glace du vestibule, quand je rentre, et je m'épouvante. On baisse le rideau de fer. Tout redevient calme. La nuit tombe. Je pense à toi, petit.

LE FILS. — Viens acheter ce lit.

LA MÈRE. — Ce lit pour mourir. Pourquoi pas?

LE FILS. — Pour y dormir aussi, tiens!

LA MÈRE. — Pourquoi pas? On le choisira grand, dur, bien dur, bien frais. Mademoiselle, venez avec nous, on ne sera pas de trop, à trois, pour les conseils.

MARCELLE, *joyeuse.* — Un coup de peigne et je viens.

Marcelle sort. La mère se renverse sur le fauteuil et rit.

LA MÈRE. — Ah! ah! figure-toi qu'avec tous ces millions que j'ai..., mon sommier, il me pète dans le dos tous les soirs... Je croyais pouvoir éviter de l'acheter et puis, tu vois...

LE FILS, *riant, comme avec une enfant.* — Boum! boum! un ressort?

LA MÈRE. — Oui... Ah! je me disais: «Ce lit, tiens bon, ma vieille, tu l'achèteras quand tu iras voir ton garçon à Paris...»

MARCELLE, *de loin.* — C'est

curieux, dans les familles, tous les rires font le même bruit...

La mère redevient sérieuse tout à coup, regarde vers la pièce du fond et, à voix basse, parle à son fils.

LA MÈRE, *comme on avoue un terrible secret, avec passion.*
— Est-ce que tu as compris ? De l'or... de l'or à gagner...

LE FILS, *éreinté à l'idée de recommencer, va à la fenêtre.*
— De l'or enfermé...

LA MÈRE, *sourdement.*
— Enfermé, oui, mais, avec toi, c'est différent. Quand tu sens que l'argent rentre, rentre, que les bénéfices augmentent chaque jour un peu plus, tu entends ? de l'eau au moulin, c'est tellement intéressant que la dépense de cet argent devient secondaire, superflue ! On y pense de moins en moins... *(Un temps.)* Paris, à côté, laisse-moi rire...

LE FILS. — Ce que tu es devenue...

LA MÈRE. — Quand j'étais pauvre, j'étais déjà cette femme-là, mais je ne le savais pas. On est tous pareils, tous des gens d'argent. Il suffit de commencer à en gagner.

Marcelle apparaît à la porte, entend la dernière phrase et, sur la pointe des pieds, retourne dans l'autre pièce.

LE FILS, *tout bas.* — Non.

LA MÈRE, *elle hausse les épaules légèrement.* — Pas d'initiative, pas de travail... ça marche tout seul... Tu surveilles. C'est tout. Ça n'a l'air de rien, surveiller, eh bien! au bout de quelques mois, tu ne peux plus t'en passer: tu surveilles tout, tout le temps... *(Un temps.)* Ta vie prend un sens...

LE FILS, *obstiné.* — Et si je n'aimais pas l'argent?

LA MÈRE, *offensée, retombée.* — Je croyais, tu vois. *(Un temps.)* Tu sais le prendre si bien...

LE FILS, *venant vers elle, se penchant, tendre.* — Le prendre, oui.

LA MÈRE, *essayant une dernière fois.* — Tu surveilles..., tu t'aperçois que rien ne peut se faire sans toi. *(Très bas.)* Mon petit, quatre-vingts hommes dans ta main. Je te les donne.

LE FILS, *se cachant le visage dans les mains.* — J'ai honte.

LA MÈRE, *levant les bras au ciel, folle d'amour.* — Mais, moi, je n'ai plus honte... C'est ça que je suis venue te dire... Je n'ai plus honte de rien. Et les gens qui travaillent me dégoûtent.

LE FILS, *criant.* — J'ai ruiné ma

mère il y a neuf ans et elle l'a
oublié!

LA MÈRE, *haussant les épaules.*
— Imbécile! Cette fortune, là-
bas, elle appelle la ruine
aussi bien.... la dilapidation...,
un feu d'artifice..., quelqu'un
à la hauteur de cette absurdité...
si elle ne t'intéresse pas
autrement.

LE FILS, *presque tenté.*
— Comment la dépenser?

LA MÈRE. — Ça..., on trouve
toujours, petit.

LE FILS, *riant.* — Baccara?

LA MÈRE. — Ils y viendront tôt ou
tard...

LE FILS, *après un silence,
lourdement.* — Non.

LA MÈRE, *froide.* — Je t'en
supplie... Deux jours vendre
cette pourriture. Viens pour
m'emmener.

LE FILS. — Vendre quoi?

LA MÈRE. — Viens pour les rouler,
les voler: on se sauverait tous les
trois. Mimi a leur confiance.

LE FILS. — Tu es folle. Rien n'est
à prendre de cette usine. Elle est

à ce pays comme un roc à la terre, tu le sais très bien.

LA MÈRE. — On peut faire sauter les rocs, détruire, mettre en pièces avant de mourir.

LE FILS. — Non, maman.

Marcelle reparaît. Ils se taisent.

MARCELLE. — Je suis prête.

LE FILS, *se levant lentement.* — Viens, maman. Je prends ton manteau.

LA MÈRE, *indifférente.* — Si tu veux.

Elle se lève. Le fils prend un manteau accroché dans l'autre pièce; il le lui tend et le lui enfile. La mère se regarde dans la glace pendant qu'il fait ce geste et se retourne en riant tristement.

LA MÈRE, *lentement.* — On a l'air de quoi, tous les trois ?

MARCELLE, *vulgaire.* — C'est vrai qu'on est plutôt mal assortis.

LA MÈRE, *se rasseyant.* — C'est drôle, je n'ai plus envie de ce lit.

Le fils se rassied. Marcelle en fait autant.

LE FILS. — Viens, maman. *(Voix éteinte.)* Aux Galeries Barbès, il y a des soldes.

LA MÈRE, *un moment tentée.* — Même en solde, je n'ai plus envie de ce lit. Regardez-moi. À quoi je ressemble, pour acheter un lit ? Encore un ?

LE FILS, *insolent, mais on le serait à moins.* — Ce n'est la faute de personne, quand même, si tu as cent ans.

LA MÈRE, *le dévisageant.* — Par moments, je te retrouve *(très très tendre)* tout à fait... C'est difficile, tu sais, mais on y arrive... Il reste toujours quelque chose de l'enfance, toujours...

MARCELLE, *doucement.* — Madame, qu'est-ce que vous voulez faire?

LA MÈRE. — Je ne sais pas, moi... Trouvez!

LE FILS, *gentil à nouveau.* — Viens pour me faire plaisir.

LA MÈRE, *sombre.* — Ce lit a tellement attendu qu'il peut attendre encore. Non. *(Lentement.)* Moi non plus, je ne veux pas.

LE FILS, *essayant tout.* — Alors, sortons pour rien, pour nous balader... Ça peut arriver.

LA MÈRE. — Je ne sais plus le faire. Sortir pour rien me tue. Et, quand il fait beau, encore plus.

LE FILS, *ponctuant sa phrase.* — Il y a trois heures et vingt minutes que tu es arrivée.

Silence général. Marcelle, avec

beaucoup de délicatesse, se lève et va vers la mère. Elle est très douce.

La mère ne répond pas. Elle est désespérée. Marcelle se lève, ouvre un placard, prend un jeu de dames et l'installe sur un guéridon auprès de la mère. La mère regarde le jeu, sans un mot. Marcelle place les pions. C'est fait. Elle attend. La mère ne bouge pas.

Le fils, adossé au mur, regarde par la fenêtre ouverte. La mère joue.

MARCELLE. — Madame, nous allons faire une partie de dames, vous et moi.

MARCELLE, *après avoir attendu.* — Je commence. *(Elle joue.)* Il y a beaucoup de travail, madame, dans la maison de votre fils. Du raccommodage en retard ; demain, nous pourrons en faire, si vous le voulez.

LA MÈRE. — Vous comprenez, mademoiselle, je dois m'occuper. Ne pas penser du tout. Sinon, je prends peur.

MARCELLE. — Je comprends, madame. C'est à votre tour.

LA MÈRE. — Merci, mademoiselle.

MARCELLE. — Et, s'il nous restait un peu de temps à la fin de l'après-midi, nous pourrions, pourquoi pas, sortir un peu, n'est-ce pas ?

LA MÈRE, *qui répète*

mécaniquement. — Pourquoi pas? *(Silence. Sa main avance et elle joue. Elle marmonne.)* Les arbres du parc, c'est dommage, il ne les verra jamais : ils sont beaux.

MARCELLE, *tout bas.* — Qui sait?

LA MÈRE, *marmonnant.* — Tout ce temps jusqu'au dîner, il faut l'occuper, tout ce temps qui reste... Qu'allons-nous devenir?

MARCELLE, *merveilleuse.* — Nous trouverons comment nous occuper.

LA MÈRE. — Dame!

Elles continuent à jouer. Le fils est allé dans la pièce à côté.

Du temps passe. Tout à coup, d'un revers de main, la mère balaie le damier, écarte les pions de Marcelle et fait une «dame». Tout le jeu tombe par terre. Marcelle le ramasse en silence.

FIN DU PREMIER ACTE

ACTE II

TABLEAU II

La mère, Marcelle et le fils
marchent lentement, sur place,
face au public. La mère donne le
bras aux deux autres. C'est le
boulevard Magenta. La mère est
confuse, mais pleine de mauvaise
volonté. Marcelle est dans une
tendre sollicitude. Le fils est
éreinté.

LA MÈRE. — Quelle histoire !
Dans un lit neuf, crois-tu que je
me serais réveillée ? Non. J'aurais
dormi pour toujours... Il ne faut
pas regretter, j'y serais morte. Ne
plus pouvoir se lever, ça existe...
parce qu'on se trouve bien au lit,
au chaud, plus de
responsabilités... *(Charabia,
comme si la voix s'éloignait.)*...
Il faut quand même que je te le
dise : Mimi, depuis deux ans, elle
a une idée de derrière la tête !
Laquelle ? Je ne sais pas. Une
idée qui ne me ferait pas plaisir
puisqu'elle ne me la dit pas, tu es
bien d'accord ? Elle a des rendez-
vous, Mimi, tu te rends compte ?
Te l'ai-je dit ? Non ? Eh bien ! je te

l'apprends, mon enfant... Mimi a
des rendez-vous! Tu me diras
qu'elle a tout caché à sa mère,
Mimi, et que ce n'est pas
nouveau, mais, cette fois-ci, cette
idée qu'elle mijote, son petit plan,
je n'arrive pas à savoir ce que
c'est... *(Charabia, voix lointaine,
comme s'ils s'éloignaient du
public et peut-être le font-ils,
régulièrement.)* Quarante-deux
ans, Mimi, et on va au cinéma,
on découvre qu'on aime le
cinéma! Non, mais!... Pauvre
Mimi par-ci, pauvre Mimi par-là,
on l'a toujours plainte, cette fille,
comme on a plaint les autres,
d'ailleurs... Et qu'est-ce que tu en
dirais, si je t'apprenais que ce
n'est pas toute seule qu'elle va au
cinéma, hein? *(Charabia, etc.)*
À ce propos, j'ai vu le maire et il
m'a dit... Qu'est-ce qu'il m'a dit,
au fait? Je voudrais ne pas
changer un mot à ce qu'il m'a
dit; je voudrais que tu juges de la
situation de premier
ordre que j'ai dans ce pays.
Qu'est-ce qu'il m'a dit? Nom d'un
chien! Je l'ai répété à Mimi en
revenant de la mairie, je me
souviens... Il m'a dit:
«Madame...» *(Silence.)*
Il était question de mon mérite,
de mon immense mérite et de
ma situation pénible...

LE FILS. — Pourquoi tu as dit: «À
propos, j'ai vu le maire»?

Pourquoi tu l'as dit à propos de Mimi?...

MARCELLE. — À cause du cinéma!

LA MÈRE, *hypocrite.* — Comme ça... *(Silence.)* Je ne devrais plus rien répéter à Mimi parce que, lorsque ça m'arrive, comme je sais qu'elle a une mémoire d'éléphant, je ne fais aucun effort pour retenir la chose, et je la perds. *(Un temps.)* Il m'a dit : «Madame...» *(Silence.)* Et zut et zut! tiens. En gros et en large, il m'a dit que ma situation avait été examinée sérieusement par le Conseil économique et que mon cas était bon, très bon. Ce n'est pas le mot, mais tant pis. *(Charabia assez long.)* Mimi a obtenu le rapatriement de mon corps. Soixante-dix-sept ans passés, c'est sage, remarque. Mais le reste? Cela s'est fait en douce, il y a six ans : je me suis réveillée prisonnière... Dire que mon cas est bon veut dire qu'on me tolère, je ne me fais pas d'illusions. *(Charabia.)* Le maire et les autorités du pays ont pour Mimi une grande considération. Te l'ai-je dit? *(Charabia.)* J'avais tout simplement oublié que ce lit, je pouvais l'acheter là-bas... Je n'ai rien vu ici qui dépasse en qualité, en beauté, en solidité la literie de ce pays. Quelle

stupidité! Que je suis devenue antipathique! Vous faire faire des kilomètres comme ça, dans ce boulevard interminable, pauvres petits, vous déranger...

(Charabia.) Je ne peux pas la surveiller, Mimi, non, je n'en arriverai pas là... D'ailleurs, pourquoi la surveiller dans ce pays qui fait sa crise de moralité que c'est à périr d'ennui? Elle est sage, Mimi... Ses fredaines sont... relatives... Ainsi, tu vois, l'autre jour, en ville, je passais comme ça devant le Grand Café et qui je vois? Ma Mimi attablée avec des hommes de la mairie. Ce n'est pas grave, me diras-tu... Non, je le sais bien..., même si elle parle de choses qui ne me feraient pas plaisir d'entendre, avec ces hommes de la mairie... Elle ne m'aime plus, Mimi, te l'ai-je dit? C'est fini. C'est le devoir qui la fait rester là, fidèle, régulière, pas un reproche à lui faire... *(Ton dégoûté.)* Toute ma comptabilité entre ses mains, te l'ai-je dit? Que faire? Je n'y connais que pouic et, en ce moment, c'est sans doute préférable... Tous les samedis, elle me donne ma petite somme. Elle ne quittera jamais le pays, Mimi, elle y est comme un poisson dans L'eau, que veux-tu? *(Charabia.)* Je ne peux quand même pas croire qu'elle fait de la politique, Mimi, et contre sa

mère. Ah! pourtant, ce sourire
qu'elle a lorsque je lui en parle...
Si tu voyais... Toujours oui à tout
ce que je désire..., parfaite, sûre,
d'une ponctualité à faire rougir
les horloges... Elle
m'impressionne, ma fille, si
lointaine, qu'elle est calme,
toujours, toujours... Tu sais ce
que je pense ? Qu'elle est
heureuse, Mimi, qu'elle a dans sa
vie, depuis quelque temps,
quelque chose, quelque chose
qu'elle devait attendre depuis fort
longtemps... Le soir, je t'ai dit
qu'elle surveillait les alentours
avec sa carabine comme je lui en
donne l'ordre... Ce n'est pas
vrai... Le soir, je l'entends sortir
dans son auto de course et elle
file..., oui..., où ? Je ne sais pas...
Moi, j'ai peur, peur, j'ai envie de
te dire à toi toute la vérité, parce
que, avec tous ces enfants que j'ai
eus, six, quand j'y pense, je
n'aime plus que toi ; les autres,
j'ai tendance à les oublier... Je
l'attends sans m'endormir... Elle
rentre tard. Je ne peux rien lui
dire. Plus rien. Il ne tient qu'à un
fil qu'elle s'en aille pour de bon.
Alors, je ne dis rien. Si tard
qu'elle rentre, elle rentre tout de
même. Je ne dois plus être
difficile du tout. Je ne le suis
plus, petit, je ne le suis plus...

LE FILS. — Dis-moi, ce maire... et
Mimi... ?

La mère, *elle lâche le morceau.*
— Le mariage aura lieu dans
deux mois. Comme ça, tu sais
tout.

Le fils, *s'arrêtant, prenant sa
mère dans ses bras.* — Oh! que je
suis content!

Marcelle. — Oh! moi aussi.

Le fils. — Pourquoi tu n'as rien
dit?

La mère, *elle ne répond pas tout
de suite, sombre.* — Je ne sais pas
pourquoi. Ce qui arrive aux
autres et qui ne t'arrive pas à
toi..., ça me rend folle! *(Le fils
redevient sombre et la regarde
tristement.)* Il y a belle lurette que
ça dure: deux ans. J'encaisse.
J'encaisse le bonheur de ma
fille..., oui... Ce qui t'explique
que pour l'usine, étant donné les
relations huppées de Mimi, il y
aurait peut-être moyen de
s'arranger si... *(Charabia.)*
Enfin... Je suis seule, mon petit.
Et tu es ma seule consolation.
(Bas.) Tu sais ce que je pense,
parfois? Que, lorsque je sentirai
mon heure approcher, j'achèterai
de la dynamite, je la cacherai de
Mimi, et je ferai sauter l'usine
(charabia) et moi, je sauterai
avec l'usine, seule avec elle.
J'attendrai le bon moment, après
le dîner, lorsque Mimi sera avec

son amant, M. le Maire. Et, tout en sautant, je crierai ton nom à toi, mon seul enfant. *(Charabia.)* Mais comment me passer de Mimi ? Elle me fait la conversation ! Je sais que c'est à moitié faux, ce qu'elle me raconte, mais c'est intéressant ! *(Charabia.)* Quand je te revois, toi, ah ! *(Elle ferme les yeux pour s'en souvenir.)* Si aimable !... *(Le fils la lâche, elle ne s'en aperçoit pas.)* Des journées entières, tu étais dans les arbres... Comme c'était charmant... Je n'avais jamais vu ça : tant d'ardeur dans le jeu, tant de charme ! *(Charabia.)* On dit que j'ai été injuste avec les autres. Je passe, m'a-t-on dit, pour une mère injuste ! Quelle société ! Quelles mœurs ! De quel droit m'empêcher de te préférer ?

FIN DU DEUXIÈME TABLEAU

T A B L E A U   I I I

Un bar. Lumière tamisée.
C'est le début de la soirée. On
attend les clients. Musique de
fond: valses antillaises.
Au bar, deux hommes jouent aux
dés en buvant un Martini. Le
barman agite un shaker. Entrent
Jacques, la mère et Marcelle.
Marcelle contourne le bar
et rentre dans l'arrière-salle. Le
barman sort de son bar et va
retrouver Jacques et sa mère.
Présentations.

LE FILS, *un peu gêné.* — Ma
mère... monsieur Dédé...

Il explique tout bas quelque chose
au barman qui acquiesce.

LA MÈRE. — Mettez-moi dans un
coin bien caché, monsieur, avec
une bonne bouteille de
champagne.

LE BARMAN. — Enchanté,
madame. J'ai beaucoup
entendu parler de la mère de
Jacques.

LA MÈRE, *hautaine.* — Bien

frappé, le Moët, s'il vous plaît, monsieur.

LE BARMAN. — Entendu, madame. *(Il croit qu'elle n'a pas entendu et répète fort comme si elle était sourde.)* Jacquot parle souvent de sa mère.

LA MÈRE. — Curieusement, je ne suis pas sourde. Ne parlez pas si fort. *(Un temps.)* Je suis son orgueil, monsieur, c'est pourquoi. Je suis devenue riche à l'âge où, en général, l'on meurt, n'est-ce pas ? C'est pourquoi j'ai pris cette importance inattendue à ses yeux...

La mère s'assied dans un coin sur l'indication du barman. Celui-ci l'aide à enlever sa veste noire. La mère la prend et la pose soigneusement sur le dossier de son fauteuil. Elle a gardé tous ses bracelets d'or. Le fils s'éloigne avec le barman.

LE FILS, *à la mère, doucement.* — Je vais m'habiller. Dix minutes et je reviens.

Il sort lui aussi par la porte du fond. Le barman revient gentiment vers la mère. Il va de sa table au bar, il s'occupe, prépare un seau de glace, revient, etc.

LE BARMAN. — Bon voyage, madame ?

LA MÈRE. — Remarquable. Merci, monsieur.

LE BARMAN. — Long ?

LA MÈRE. — Trente-deux heures... *(Le barman va vers elle, avec le seau de glace et le champagne. Elle continue.)* Dites-moi, monsieur... Je n'avais pas revu mon fils depuis cinq ans et, si on s'étonne de ma présence ici, vous le direz, n'est-ce pas?... Que mon fils a eu la bonté de ne pas me laisser seule à la maison ce premier soir.

LE BARMAN, *servile.* — Mais, madame, votre présence ici m'honorerait plutôt...

LA MÈRE, *poursuivant son idée.* — Ou bien, dites que vous ne savez pas qui je suis, que je suis entrée par hasard et que vous n'y pouvez rien... Dites ce que vous voudrez, au fond, monsieur.

LE BARMAN, *étonné de tant d'insistance.* — Mais, madame...

LA MÈRE. — Pour tout vous dire, j'étais curieuse, au fond, de connaître cet endroit.

LE BARMAN, *stupéfait.* — Mais, madame, personne dans mon établissement, je connais mes clients, personne ne se permettra la moindre remarque...

LA MÈRE, *sérieuse, apparemment.* — La limite d'âge, monsieur, qu'en faites-vous?

Le barman éclate de rire. La mère rit avec lui.

LE BARMAN. — Madame, vous plaisantez?

LA MÈRE, *après avoir ri.* — Dites-moi encore, monsieur... Je voudrais vous demander une petite chose... Oh! ce n'est pas très important... Il y a longtemps que je n'ai pas vu mon fils, voyez-vous, et..., depuis quelques années, je me demande si j'ai le droit de me mêler de ses affaires, même de venir le voir comme ça... il y en a tellement qui, à son âge, sont débarrassés de ce côté-là!

LE BARMAN, *gêné et qui a compris.* — Il n'y a que quinze jours que Jacques travaille chez moi, madame.

LA MÈRE. — Entre une mère et son enfant, on se dit peu de choses, excusez-moi.... Je n'ai pas très bien compris ce qu'il me racontait... Je peux tout entendre, vous savez...

LE BARMAN. — Ça ne porte pas de nom ce que fait votre fils ici, madame. Tout et rien à la fois...

LA MÈRE. — Je vous remercie.

LE BARMAN. — Il accueille les clientes, il danse, il est là; avant tout, il est là, vous comprenez?

LA MÈRE. — Un métier en
somme, et que tous ne pourraient
pas faire, loin de là ?

LE BARMAN. — Loin de là, vous
avez raison... Il faut du tact, du
doigté, de la tenue, de
l'élégance..., une certaine beauté,
de... l'intelligence..., oui, je dis
bien. *(Silence. Il le rompt en
prenant le ton d'une conversation
banale.)* Il y a longtemps que
vous êtes arrivée, madame ?

LA MÈRE. — Ce matin.

LE BARMAN. — Mais, madame,
que vous devez être fatiguée !

LA MÈRE. — Non, je ne suis pas
fatiguée.

LE BARMAN. — C'est admirable.
(Temps.) Des escales ?

LA MÈRE. — Rome. J'ai mangé
des spaghettis et j'ai bu du
chianti.

LE BARMAN, *qui continue.*
— Admirable !

LA MÈRE. — Non. *(Un temps. Le
barman la détaille.)* Je vois que
vous regardez mes bijoux,
monsieur Dédé. Vous permettez
que je vous appelle ainsi, n'est-ce
pas ? *(Acquiescement heureux du
barman.)* Je suis riche et, si mon

fils travaille chez vous, c'est qu'il le veut bien..., car il est riche lui aussi, naturellement. Il participe à cette richesse... Si j'avais la possibilité de lui envoyer les mensualités auxquelles il a droit, il roulerait sur l'or, mon fils! Tout ceci pour vous dire qu'il ne faut pas s'y tromper...

LE BARMAN. — Je sais..., je sais, madame...

LA MÈRE. — J'ai une usine, oui. Quatre-vingts ouvriers.

LE BARMAN. — Quatre-vingts ouvriers! Eh bien! dites donc!

LA MÈRE. — Ma fille, qui est un sujet remarquable, un sujet d'élite, m'aide, oui... Ah! il ne faut pas que j'y pense... Quand on est en voyage, on est en voyage, n'est-ce pas, monsieur Dédé? Tenez, donnez-moi une coupe de champagne.

LE BARMAN, *la servant.* — Ah! L'œil du maître, c'est mon principe à moi aussi...

LA MÈRE, *amère.* — Le tout, c'est d'y croire... *(Elle boit, goûte et déclare, mondaine.)* Parfait, ce champagne.

Le barman s'en va au bar après avoir attendu qu'elle goûte au champagne. Marcelle et Jacques reviennent en tenue de soirée. La mère met ses lunettes et les regarde attentivement en souriant, puis, tout à coup, saisie, elle s'aperçoit que son fils a honte et elle retire ses lunettes. On joue une valse antillaise. La mère paraît heureuse.

LA MÈRE. — Ça te va bien le smoking, tu sais...

LE FILS. — Tu ne t'es pas ennuyée?

LA MÈRE. — Monsieur Dédé est venu... Au contraire, ça me change de Mimi... Prends du champagne.

LE FILS, *très tendre, la prenant dans ses bras.* — Écoute. Je l'ai demandée pour toi...

On joue Le Beau Danube bleu. *La mère bat la mesure, ravie.*

LA MÈRE. — Non, oh! non.

LE FILS. — Trois petits tours... Je me l'étais juré.

LE BARMAN, *qui vient avec trois coupes.* — Ta mère, Jacquot, quelle merveille!

LE FILS, *comme si le barman n'avait pas parlé.* — Viens.

La mère se lève et, dans les bras de son fils, fait trois tours de valse tout en riant. Le barman, Marcelle et les deux clients la regardent en souriant.

LE FILS, *tout bas, en dansant.*

— Je voudrais te dire qu'il n'y a
que toi que j'aime, maman.

LA MÈRE. — Je le sais, mon petit.
Tais-toi. *(Ils reviennent,
s'attablent. Elle est joyeuse. Au
barman:)* Vous auriez un petit
dessert, monsieur Dédé?

LE BARMAN. — Qu'est-ce que
vous entendez par dessert,
madame?

LE FILS, *gai lui aussi.* — Mais tu
vas mourir! On sort de table, et
de quelle table!

LA MÈRE. — Il faut mourir
de quelque chose, espérons-le
tout au moins... Mais, enfin,
si vous n'avez pas faim...,
je m'en voudrais *(Elle fredonne*
Le Beau Danube bleu,
*tandis que le fils va au bar.
Parle seule:)* C'est drôle, les
valses, comme ça reste
agréable...

MARCELLE. — Oh! madame!
Si vous saviez ce que ça fait
plaisir de vous savoir là!

LE BARMAN. — Ça change, c'est
fou.

LA MÈRE, *enfantine.* — Monsieur
Dédé, dites-leur qu'un petit
dessert ne me ferait pas le
moindre mal!

LE BARMAN. — On y va pour une Melba?

LA MÈRE, *extasiée.* — Une pêche Melba! Dans ce pays, il les ignore, justement!

LE FILS, *gaiement.* — Vas-y, Dédé! Trois Melba.

Le fils va dans une autre partie de la salle qu'on ne fait qu'entrevoir et où viennent de rentrer des clients. La mère reste seule avec Marcelle.

LA MÈRE, *gentille.* — Allez, parlez-moi de vous, ma fille!

MARCELLE, *idiote et tendre.* — Oh! moi...

LA MÈRE, *la regardant attentivement, curieusement.* — Mais comme vous êtes gentille, mon petit!

MARCELLE, *confuse.* — Oh! je crois que j'y suis, gentille, mais...

LA MÈRE. — Mais quoi?...

MARCELLE. — Je suis très stupide. Vous ne vous en êtes pas rendu compte, mais je suis très très stupide. Je n'ai jamais rencontré quelqu'un qui ne le pense pas.

LA MÈRE. — Mais d'où sortez-vous donc?

MARCELLE. — Je ne sais pas.

La MÈRE, *un peu impatientée.*
— Mais dites-moi quand même!

MARCELLE, *sur le ton du récit
sempiternel.* — C'était en hiver.
Place de la République, j'avais six
mois, on m'a trouvée à moitié
gelée.

*La musique, qui avait cessé,
reprend. Un blues qui ne cessera
pas pendant le récit de Marcelle.*

LA MÈRE. — Mais allez-y!

MARCELLE. — On m'a mise à
l'Assistance publique. J'y suis
restée jusqu'à treize ans.
J'aimerais bien vous raconter
une autre histoire mais je ne
connais que celle-là, alors... À
treize ans, on m'a mise dans un
atelier pour apprendre à faire la
couturière. J'y suis restée un an:
c'était la barbe, j'apprenais rien,
tout de travers. Alors, au bout
d'un an...

*Le fils revient du bar avec les
coupes Melba et les pose sur la
table. La mère les regarde.*

LE FILS, *à Marcelle.* — Qui te
demande quelque chose?

LA MÈRE, *les yeux sur les Melba.*
— Moi. Maintenant qu'elle a
commencé, faut qu'elle finisse.
Allez-y!

MARCELLE. — Comme j'étais
bouchée pour la couture, on m'a
mise en Auvergne chez des
paysans. Je gardais les vaches,
j'apprenais rien, mais j'étais pas

mal, on mangeait bien, le grand
air et tout. La fermière, elle me
battait pas et tout...
Mais voilà qu'un beau jour,
allez voir ce qui vous passe par
la tête, je lui ai volé cinq
francs. C'était la veille de Noël,
je m'en souviens comme si
c'était hier...

LE FILS, *parodique.* — Alors, la
fermière a écrit à l'Assistance
publique une longue lettre dans
laquelle elle disait : « Qui vole un
œuf vole un bœuf, etc. »

LA MÈRE, *les yeux sur les Melba.*
— Quelle barbe, votre histoire !
Et puis longue, avec ça...

MARCELLE, *à toute vitesse.*
— Mais moi, minute, retourner à
l'Assistance publique, jamais,
plutôt mourir ! Remarquez qu'on
n'y était pas plus mal qu'ailleurs,
mais ce qu'il y avait, c'est qu'on y
était enfermé vous ne pouvez pas
savoir !

LE FILS. — La grotte ! Allez, vite !
Pitié !

LA MÈRE. — Abrégez !

MARCELLE, *à toute vitesse, mais
très clairement.* — Alors, une
nuit, je me suis sauvée sur la
route et j'ai fini par atteindre une
grotte. C'était la route de

Clermont, je m'en souviens comme si c'était hier. Voilà.

LA MÈRE. — Moi, mes enfants, je mange ma Melba qui fond, c'est un véritable désastre. *(Elle mange avec une énorme satisfaction.)* Qu'est-ce qu'elle avait, cette grotte?

MARCELLE. — Rien! Qu'est-ce que vous voulez que je vous dise? C'était celle-là et pas une autre. Il y avait dedans un gros Berliet.

LA MÈRE, *qui mange.* — Et puis après le gros Berliet?

LE FILS, *qui commence à manger.* — Rien. C'est fini.

LA MÈRE. — Ce n'est pas fini! C'est insupportable à la fin!

MARCELLE, *à toute vitesse.* — Attendu deux jours et deux nuits dans cette grotte. Avec une peur de la police je ne vous dis que ça. Rien à manger; boire, heureusement c'était possible parce qu'il y avait une petite source, une chance! Et, au bout de deux jours, le camionneur est arrivé. Voilà. Cette fois, c'est tout.

Elle commence sa Melba.

LE FILS. — Oh! là là!

LA MÈRE, *captivée tout à coup.*

1146

— Et le camionneur ? Il était comment ?

MARCELLE. — Ma vie a commencé.

LA MÈRE. — Qu'est-ce que vous entendez par là ?

MARCELLE. — Eh bien ! *(Elle cherche.)* Rien de spécial...

LA MÈRE. — Qu'est-ce qu'elles sont vagues, vos expressions, mademoiselle ! Enfin... Exquis, cette Melba ! *(À Marcelle:)* Mademoiselle Marcelle, vous permettez que je vous appelle comme ça, n'est-ce pas ? quoi que vous ayez fait, je sais bien que j'aurais fait comme vous. Tout ce que vous fait faire la faim, je le comprends.

LE FILS, *riant.* — Vraiment ? Mange ta Melba.

Un client s'approche de Marcelle et l'invite à danser. Ils vont dans l'autre salle.*

LE CLIENT. — Mademoiselle...

LA MÈRE, *la regardant partir.* — Elle est gentille... Je n'avais pas compris, tu sais, ce matin...

LE FILS. — Ça ne compte pas.

LA MÈRE, *triste.* — Mais si, ça compte ! J'ai l'habitude, tu peux me croire. Tais-toi !

* Si la pièce est montée dans de telles conditions qu'un acteur de plus pose un problème, le barman peut appeler Marcelle et lui dire qu'on la demande, par exemple, «pour le tango».

LE FILS. — Je l'avais chassée avant ton arrivée. Elle est revenue. J'aurais voulu en trouver une chouette. *(Il rit.)* Belle, joyeuse, fine. Je ne l'ai pas trouvée.

LA MÈRE. — La dernière que j'ai vue était agréable. *(Elle montre la coupe de Marcelle.)* Elle commençait sa Melba, la pauvre petite...

LE FILS, *méprisant.* — Ne t'occupe pas...

LA MÈRE, *le scrutant.* — Mon petit, quand même, tu n'es peut-être pas bon.

LE FILS, *cherchant à la dégoûter de lui.* — Je ne le suis pas. Souviens-toi. Quand il m'arrivait de l'être, je le regrettais aussitôt.

LA MÈRE, *pour elle seule.* — Quand les gens ont faim, tu vois, et qu'ils mangent, je suis plutôt contente de les voir faire. Ça ne veut rien dire, ça, ni qu'on soit bon, ou bête, ou sentimental..., non..., c'est simplement qu'on a eu des enfants.

LE FILS. — Je regrette amèrement d'être ainsi, mais je ne veux de bien à personne, qu'à toi.

LA MÈRE, *ils sont très seuls tous les deux.* — Quel bien me veux-tu, petit?

LE FILS, *qui sent le danger.* — Je te veux immortelle. Toi seule. Immortelle pour rien. Je n'ai rien à te dire.

LA MÈRE. — Hélas! Un peu de champagne, mon fils. *(Elle sert.)* Tu n'y comprends rien. N'est pas méchant qui veut, même... toi. C'est une chose difficile et longue à venir, crois-moi. Je le suis devenue.

Ils boivent tous les deux.

LE FILS, *essayant de rire.* — Je le sais.

LA MÈRE. — Je suis devenue injuste et méchante. *(Tout à coup désespérée, dans une sorte de sanglot.)* Et tu vois, ces hommes de mon usine..., quelle nausée quand j'y pense! Je les hais. Tu comprends ce qu'il y a: c'est qu'ils travaillent, ils travaillent comme des brutes..., alors que toi, mon petit...

LE FILS, *souriant, forcé.* — C'est idiot... Tu sais que je suis ton enfant... en plus..., pour rire, quoi..., tu le sais bien...

LA MÈRE, *se calmant, puis repartant dans le désespoir.* — Je le sais, oui, mais je ne peux pas

m'empêcher. J'aurais voulu que tout te soit donné. Le travail aussi, le goût du travail aussi, en même temps que celui de la paresse... Je suis incohérente et je m'y retrouve ; je ne sais plus ce que je veux, mais je veux ; je suis désormais pleine de mauvaise volonté et je ne veux plus lutter contre de tels sentiments... Je n'ai plus rien. *(Elle ouvre ses mains, les lui tend.)* Plus de cœur, plus de morale, plus de cheveux, plus de sommeil... *(Elle se calme.)* Mon nom, même, personne ne le prononce plus... Je n'ai que toi. *(Un silence.)* Donne-moi encore un peu de champagne, va !

LE FILS. — Attention au champagne, maman !

LA MÈRE, *sourde.* — Pourquoi ne veux-tu pas ton propre bien, mon enfant, tout le monde le veut ? Quelle injustice !

LE FILS, *très tendre.* — Mais tu n'as rien compris ! Je le veux, mon bien ! Avancer chaque jour comme la veille, comme ça, en silence, tu ne peux pas savoir quel plaisir c'est, parfois... L'impression de rouler tout le monde..., d'être un pirate, en douce, d'être peinard, le seul à ne rien faire au milieu de l'agitation générale...

LA MÈRE. — Tant mieux, petit, tant mieux...

Silence. Le fils redonne du champagne à la mère. D'autres clients arrivent par l'autre côté de la salle. Bruits de conversations. Une femme s'assied au bar. Le fils la regarde une seconde.

LA MÈRE, *un peu ivre, oubliant où elle se trouve, plus vieille, plus folle.* — Je voulais te dire quelque chose que tu ne sais pas, te l'annoncer, à toi seul : je ne pleure plus de rien, je me suis juré de ne jamais pleurer de rien. Tu entends bien ? De rien.

LE FILS, *très doux.* — C'est bien, ah ! que c'est bien... Je me souviens, L'après-midi, en été, quand on était en vacances..., on dormait dans tous les coins de la maison..., l'ombre des stores... verts ?

LA MÈRE, *douce, tendre.* — Oui..., certains étés.... dans la villa louée du Cotentin, verts, oui... Ah !

LE FILS. — Quand je me levais, je te trouvais quelquefois en train de pleurer, assise par terre dans le couloir, tout bas, pour ne pas nous réveiller. *(Silence.)* Pourquoi ?

LA MÈRE, *cherchant, temps long.* — Qui sait ? Je ne sais plus... Ton père..., l'argent..., la crainte

que vous soyez..., par exemple...,
méchants, plus tard....
malhonnêtes..., plus tard..., tu te
rends compte?

Le barman, du bar, appelle
discrètement le fils.

LA MÈRE, *ne s'apercevant de rien.*
— Imbécile, pauvre de moi!

LE FILS. — Maman, il faut que
j'invite cette femme à danser.

LA MÈRE, *sourde.* — Parce que tu
dormais, que tu ne voulais pas
aller à l'école, et que, moi, je te
laissais dormir, je pleurais.

LE FILS, *négligeant la cliente.*
— Mais non, maman, mais
non...

Il prend peur.

LA MÈRE. — Si... Tous les enfants
du monde dormiraient comme ça
si on ne les réveillait pas. Et le
monde s'en irait en lambeaux. Je
ne te réveillais pas.

LE FILS. — Mais si, tu me
réveillais, je m'en souviens: tu
tirais les rideaux, tu me disais de
venir voir le beau soleil, qu'un
bon chocolat m'attendait...

LA MÈRE. — Non, ce n'est pas
vrai. Les autres, oui, je les
réveillais, mais toi, non. Toi, tous
les jours, je n'en avais pas le
courage. *(Douloureusement,*
déclamatoire.) J'avais pour ton
sommeil une vraie préférence.

LE FILS, *avec énergie.* — Tu me
réveillais, tu me réveillais!
Arrête!

LA MÈRE. — Non. Tu me
demandes pourquoi je pleurais,
je te le dis... Il ne fallait pas me
poser de questions. Non.
(Un silence.) Ça arrive, sur cinq
enfants qu'on a eus,
qu'il y en ait un que... l'on garde,
que l'on se met en réserve
pour les mauvais jours. C'est
une tragédie. *(Silence.)*
Va danser, mon enfant.

LE FILS. — C'est moi, tu entends?
Ne recommence pas avec
cette histoire. C'est moi qui,
une fois réveillé, montais
dans les arbres... Tu me croyais
à l'école, je te voyais,
du haut des arbres, aller et
venir dans la cour... Tu ne me
voyais pas, je rigolais
doucement...

LA MÈRE. — Je te voyais, mon
petit, je faisais comme si tu étais
loin, à l'école, en train de te
préparer une existence de tout
repos..., mais je te voyais... et
comment!

LE FILS. — Un peu de
champagne, tiens.

Il la sert. Elle ne boit pas.

LA MÈRE. — Alors, tu as cru qu'il
en était ainsi de la vie.

LE FILS, *épouvanté.* — Bois, nom de Dieu!

LA MÈRE, *buvant.* — Je ne regrette rien. Pour ce à quoi ça sert. Mimi, tu vois, avec M. le Maire, dans deux mois, c'est ridicule... Va danser, mon petit.

LE FILS, *en colère.* — Pourquoi tu dis ça? Je suis heureux pour Mimi. Je suis... fier... de Mimi!

LA MÈRE. — Non. Crois-moi. Tout ça, c'est du superflu. Tout. Faudrait se tourner les pouces tout au long de sa vie.

LE FILS, *réjoui.* — Tu vois que j'ai tiré le bon numéro...

LA MÈRE, *grimaces.* — Mais en même temps... *(Elle cherche.)* En même temps, se tourner les pouces tout le temps, c'est la barbe... C'est bien la même chose, en fin de compte, toutes ces histoires: travailler.... pas travailler... On commence, on en prend l'habitude... et puis on s'embarque sur ce bateau-là... Ce qu'il faut? Ne rien regretter, c'est tout.

LE FILS. — Regarde-moi. J'ai l'air malheureux, oui ou non?

LA MÈRE, *le regardant.* — Non. Tu as l'air... *(Elle cherche.)* Tu as

l'air... Oh! je ne sais pas... Va
danser, maintenant.

LE FILS, *se levant.* — J'y vais.
(Un temps.) Tout est de ma faute,
tu entends? Et je m'en fous, ah! si
tu savais... Les autres perdent
leur temps, comme moi,
exactement, et tu le sais..., et
Mimi, à mon avis, laisse-la faire,
si elle entend le perdre comme ça.

LA MÈRE. — Bien sûr qu'ils le
perdent leur temps, mais eux, les
autres, ils en tirent de... la fierté,
de la vanité, de l'orgueil et ce
sont là des sentiments, tout le
monde dit le contraire, mais c'est
faux, ce sont là des sentiments
qui procurent des joies..., des
sales joies, sauvages,
douloureuses, parfois, mais
fortes, très fortes... Mimi, elle y
vient, elle triche, et sa fameuse
humilité, ces temps derniers, se
transforme... Elle s'émerveille
tout à coup. Elle y vient, elle
aussi, à ces sentiments... Ah! et
toi, tu ne les connaîtras jamais...
(Un temps.) Va danser, petit, va.

*Le fils s'éloigne. La mère reste
seule et marmonne.*

LA MÈRE. — Pauvre petite que je
n'ai pas aimée.... venue après
celui-ci, trop tard... C'était lui
mon dernier... Pas belle, je me
souviens, pas... plaisante..., elle
plaisait pas..., pas plus lourde
que deux kilos de sucre sur le
porte-bagages de la bicyclette...

Seule dans son coin..., elle a passé le certificat d'études, personne ne s'en est aperçu... Première du canton... C'est alors que j'ai commencé à me demander ce que j'avais pondu là... *(Silence.)* Si je me retourne..., vertige.... monstrueux chaos... Je suis sortie de toutes les difficultés pour quoi faire, maintenant? Mariage inespéré..., bonheur tardif... de ma fille. Je devrais, paraît-il, en remercier le ciel..., mais qui me rendra ma Mimi laide, vierge, si pure, ce petit soldat?

Marcelle revient sur un ordre du fils. La mère continue à marmonner comme si elle n'avait pas vu Marcelle.

LA MÈRE. — Faut la voir pour le croire, voir ce qu'est devenue cette fille... *(Mimique.)* Et je me regarde dans la glace. Jolie? qui sait? cette pauvrette... Où est-elle, sa laideur ancienne, cette négligence superbe dans laquelle elle se tenait, ma petite puce? On l'aime! On m'aime, moi, Mimi... Elle en a plein la bouche, plein la vue... On m'aime enfin, moi, la petite misère de ma mère... Je la regarde s'enfoncer dans l'erreur et je devrais remercier le ciel? Je la regarde rentrer à la caserne et je devrais pavoiser?

MARCELLE, *dans un élan admiratif.* — Je ne sais pas ce

que vous pouvez raconter,
mais, à vous entendre, on dirait
que vous avez drôlement
raison...

LA MÈRE, *apercevant Marcelle.*
— D'où sortez-vous, vous ?

MARCELLE, *mentant.* — Après
avoir dansé, j'ai été prendre l'air.
Ah ! ça fait du bien après tous ces
fameux repas !

LA MÈRE, *sombre.* — Regardez
comme il danse, mon fils.

Le fils danse. La mère le regarde danser. Elle n'écoute pas Marcelle.

MARCELLE, *admirative.* — Ah !
pour ça... Vous n'êtes pas
fatiguée, madame ?

LA MÈRE, *sourde, angoissée,
rabâcheuse.* — Il aurait fait tout
aussi bien tout le reste...

MARCELLE, *confidentielle.*
— Madame, je l'aime, votre fils...

LA MÈRE, *sourde.* — Il aurait
renversé des montagnes... Deux
cents ouvriers, il les aurait
menés avec facilité, comme un
roi, le roi du travail.

MARCELLE. — Je ne sais pas
pourquoi je l'aime, voyez-vous, je
ne me l'explique pas...

LA MÈRE, *troublée.* — Hélas ! ma
fille...

MARCELLE. — Lui, non. Jamais il ne m'aimera. *(Gentille.)* Il voulait me chasser pour que vous ne me voyiez pas. Et, moi, je supporte.

LA MÈRE. — Au fond, pourquoi ne pas supporter ? Que feriez-vous d'autre de plus intéressant ?

MARCELLE. — C'est vrai.

LA MÈRE. — Il n'aimait pas aller à l'école. Tout a commencé comme ça. Par ce petit truc-là : il ne voulait pas aller à l'école, un point, c'est tout.

MARCELLE. — Jamais ?

LA MÈRE. — Jamais.

MARCELLE. — Mais, s'il y était allé, vous n'auriez pas été contente pareil, madame ?

LA MÈRE. — Ç'aurait été un autre refrain... Ne regrettons rien.

MARCELLE. — Rien. C'est bien vrai. *(Un temps.)* Si, au moins, il me gardait chez lui, je ne demande rien d'autre...

LA MÈRE. — Il y a des enfants, ils font leur chemin seuls. D'autres, rien à faire. Allez y comprendre quelque chose, y voir clair dans votre propre sang ! *(Un temps.)* Il ne veut pas vous garder ?

MARCELLE. — Il ne veut pas. Tous les matins, il me met à la porte.

LA MÈRE, *d'un ton très différent, presque vulgaire.* — Du champagne, ma fille! Servez-moi! Allez!

MARCELLE. — Oui, madame.

LA MÈRE. — Je vous vois venir... Non et non, je ne vous dirai pas de venir chez moi! *(Elle frappe sur la table.)* Je suis trop découragée!

MARCELLE, *stupéfaite.* — Mais, madame...

LA MÈRE. — Il y a seulement trois ans, je vous aurais dit : «Venez chez moi, puisque vous êtes sans domicile, et que des chambres, des chambres, j'en ai à revendre; venez, vous aurais-je dit, puisque Mimi se marie à son tour, avec ce maire ennemi et malpropre; venez donc, puisque, si j'ai bien compris, vous n'avez rien de mieux à faire...» Voilà ce que je vous aurais dit! Maintenant, non et non!

MARCELLE. — Madame, madame, calmez-vous...

LA MÈRE, *frappant encore sur la table; elle est devenue scandaleuse, elle est ivre.*

Elle boit.

— C'est possible…. mais c'est fini!

MARCELLE, *très tendre.*
— Madame, madame…, je voulais vous dire…, je voulais vous dire quelque chose… Je le pense depuis ce matin et je n'ose pas… C'est que… même que vous soyez une grande dame et tout, et que moi, je fais un petit peu la putain, on est bien seules pareilles toutes les deux, allez!

LA MÈRE, *lui coupant la parole.*
— Comme s'il n'y avait eu au monde que les oiseaux, des journées entières dans les arbres! Ce qui comptait: les oiseaux! Ces salauds! *(Silence.)* Et avec ça, et avec ça, même pas bon… ce que tout le monde peut se permettre, même les plus fainéants… Non…, chassant cette petite tous les matins, alors qu'elle n'est pas plus gênante qu'une chaise, pourquoi?

MARCELLE, *elle est dans le coup, avec la mère.* — C'est pas qu'il n'est pas bon, c'est qu'il n'est pas comme les autres…

Elles boivent toutes les deux pendant cette conversation. Marcelle fait signe au barman d'apporter une seconde bouteille de champagne.

LA MÈRE. — Pas comme les autres! Ah! ah! regardez-le avant de parler! Peut-être qu'il n'était pas un enfant comme les autres, ça, je vous l'accorde, mais, maintenant, regardez-moi ça ! Ça danse comme le voisin, ça se trémousse pareil ! Quelle rigolade !

MARCELLE, *riant.* — C'est peut-être vrai, au fond, que personne n'est unique dans son genre...

LA MÈRE, *calmée.* — Personne. *(Elle tend son verre à Marcelle qui la sert.)* Voyez-vous..., je pourrais être dix fois plus seule encore dans cette sale usine, Mimi partie à l'étranger, eh bien ! je ne vous dirais plus de venir...

MARCELLE, *suppliante.* — Madame, n'y pensez plus, je vous en supplie, parlons d'autre chose...

LA MÈRE, *sourde.* — Jamais je ne vous le dirai. À l'article de la mort, au cœur de la solitude..., excusez-moi, mais j'ai été institutrice et j'ai mon parler à moi, je ne le dirai plus à personne. Ma fille Mimi, ah ! ce que je voudrais l'expédier... Ah ! ce que j'aimerais ne plus avoir personne avec moi..., personne.

MARCELLE, *se plaignant.* — Madame, vous répétez tout le temps la même chose..., on

pourrait parler d'autre chose,
quand même...

LA MÈRE, *frappant sur la table.*
— Et moi, si ça me plaît de
répéter tout le temps les mêmes
choses, hein? De répéter les
choses que je veux, hein?

LE FILS, *revenant de l'autre salle,
tout à coup alerté parce que, cette
fois, la mère a crié.* — Maman!
ne bois plus. *(À Marcelle:)*
Tu es folle de la laisser boire
comme ça?

*Deux clients viennent voir. Ils
rient avec discrétion. Le barman
a l'air ennuyé.*

LA MÈRE, *carrément dans la
démence.* — Je me fais plaisir
avec cette petite usine et on y
trouve à redire? Non, mais...
Dites-vous bien que, si je suis là,
c'est pour la forme, parfaitement,
parce que j'ai bien voulu me
souvenir que mon devoir était de
venir voir mon fils avant de
mourir! Rien de plus! Plus
d'autre devoir! C'est la dernière
fois! Débarrassée! Que le monde
s'écroule, et allez! ouste! Je ne
lèverai plus le petit doigt, vous
m'entendez? Qu'ils la
reprennent, cette usine pourrie,
je la leur donne! Je leur donne
tout! Ma fille et mon usine! Mais
mes derniers jours, non! Seule!
J'ai besoin d'être seule! Je veux
être malheureuse encore plus!
Seule encore plus! Pourquoi? Ça

me regarde, figurez-vous ! Il y a
un pourquoi, et vous ne le saurez
pas ! J'ai besoin de penser, de
penser..., un énorme besoin...
de me remettre de toute
cette comédie qui a duré
soixante-douze ans et le pouce,
et qui ne rime à rien, à rien, à
rien, absolument à rien...
Puisque la mort n'est pas encore
là, eh bien ! pensons...,
retrouvons-nous, parfaitement,
faisons table rase du passé,
entourons-nous de fleurs comme
une jeune fille ! Vous foutre à
l'eau, tous tant que vous êtes,
tous, tous..., ah ! que ce serait
délicieux.

Les autres ne rient plus.

LE FILS, *tendre.* — Maman...,
maman...

LA MÈRE, *toujours en colère.*
— Non, mais..., travaillé pour
trois générations..., douze mille
kilomètres..., pas le droit de
boire du champagne ? Est-ce que
je gêne, maintenant ?

LE FILS. — Mais si..., tu peux
boire. Tout ce que tu veux, tout,
allez, vas-y.

Il l'embrasse, la mère se calme.

LA MÈRE. — Mon petit. *(Elle
fond.)* On te retrouvait dans les
arbres à dénicher des nids... Il
n'y avait que ça qui comptait
pour toi : les merles, les
oiseaux..., ces salauds !

LE FILS. — Il y a quarante-trois ans que tu me parles des oiseaux! Dans dix minutes, on rentre. N'y pense plus.

Il lui enfile sa veste et, tandis qu'il le fait, elle continue à parler.

LA MÈRE. — On t'appelait. — « Jacquot, Jacquot!» Tu ne répondais pas... On te cherchait, on te promettait monts et merveilles. Zéro.

LE FILS. — Ça ne sert à rien de regretter..., tu le disais toi-même.

LA MÈRE. — Après, j'ai commencé à te battre. Tu te souviens de ça?

LE FILS, *se forçant à rire.* — Tu parles... À quinze ans, tu me battais encore... Tu riais.

LA MÈRE. — Ah! si je pouvais encore te battre comme plâtre... Tu vois, la nuit, j'en rêve... et que tu prends le chemin de l'école...

LE FILS. — Qu'est-ce que tu fais?

La mère a attrapé la Melba de Marcelle et commence à la manger.

LA MÈRE, *se plaignant comme d'un grand malheur.* — Elle a laissé sa Melba, tout se perd..., ah! là là! quel malheur! Tu vois, ce qu'il aurait fallu, c'est que je te tue...

LE FILS. — Mais, alors, tu ne sais pas ce que tu veux?

LA MÈRE. — Bien sûr, mon
petit... Ça ne me déplaisait pas,
tu comprends, les autres, tous les
autres à l'école, et toi... Ça me
changeait... Alors, je te battais un
peu, mais, au fond, je chantais...

LE FILS, *gentiment, debout près
d'elle, patient.* — Et les autres, ils
ont très bien réussi. Un sur
quatre, il n'y a pas de quoi se
plaindre...

LA MÈRE, *dans le dégoût.*
— Pouah! ne me parle pas de ça.

LE FILS. — Ils donnent un peu
trop de conseils, d'accord, mais à
part ça, ils sont tout à fait
acceptables...

LA MÈRE. — Des natures
faciles..., oui, qui n'ont jamais eu
à lutter... *(elle cherche ses mots)*
contre... le plaisir de... vivre...
Études, situations, mariages, tout
allait tout seul... Tu ne peux pas
comprendre la tristesse de ces
existences sûres, solides,
l'angoisse qui m'envahit lorsque
je pense à ceux-là de mes enfants
tellement terminés..., adultes,
adultes jusqu'au trognon...,
jusqu'à leur cadavre plus tard
sans un pli... *(Silence.)* Que
disions-nous ? Ah ! oui... Alors, je
me suis dit : « Celui-là qui est
toujours à jouer, je vais en faire
un commerçant... pas besoin

d'études...» J'aimais ça, le commerce. Et toi, tu aimais?

LE FILS, *faux qui sait de quoi il retourne, éreinté.* — Eh bien..., je ne dis pas..., un restaurant, un bon petit restaurant à la bonne franquette..., tu vois ce que je veux dire? Prix fixe. Trois plats, pas de carte, un menu limité, mais exquis...

LA MÈRE, *grandiloquente.* — Je le savais... Ah! je le savais! Quel dommage! Quel malheur! Tu ne disais rien de rien, ni du commerce, ni de rien, j'aurais dû deviner...

LE FILS, *très gentiment.* — On va rentrer, maman.

Elle prend son verre et boit encore.

LA MÈRE. — Pas trois plats. Deux auraient suffi, mais de quelle qualité! La fortune en dix ans! *(Elle se penche.)* Et maintenant... *(elle questionne)* maintenant, mon petit, qu'en dirais-tu?

LE FILS, *riant.* — Viens.

LA MÈRE, *farouche.* — Non. Je suis bien ici.

LE FILS, *hésitant.* — Bon. Sois calme, gentille.

La mère ne répond pas. Marcelle arrive. Le fils se lève, il va vers le bar, il dit un mot à Marcelle en passant. Tout redevient calme.

LA MÈRE, *parlant toute seule, ivre, mais calme.* — ... La carte, une erreur. Pourquoi tant de choses ? Non, il n'y a pas tellement de diversité dans les goûts des gens... Vieille erreur ! Préjugés ! Sur l'essentiel, ils sont tous d'accord. Faut voir comme ils vivent : des moutons. *(Silence.)* Une bonne choucroute, tout le monde est d'accord ou... presque... Ceux qui ne le sont pas, qu'ils s'adressent à la porte à côté...

LA MÈRE. — Ah ! vous voilà ! Vous venez, vous partez, quelle barbe !

Marcelle arrive.

MARCELLE. — Excusez-moi. On part. En rentrant *(comme à une petite fille)* on peut manger si vous le désirez...

LA MÈRE. — Comment, on part ? Mais on arrive, ma fille, on arrive...

MARCELLE. — C'est Jacques qui l'a décidé, je ne sais pas.

LA MÈRE. — Je me plais ici, je m'y plais fort...

Elle frappe sur la table.
Rires de clients encore une fois, discrets.

MARCELLE, *très douce.* — Je crois, madame, sans vouloir vous offenser, que vous êtes très fatiguée.

LA MÈRE, *désolée.* — J'ai dû
déplaire à mon fils, voyez-vous.
Je le connais, j'ai dû dire quelque
chose qui l'a exaspéré. Mais, au
fond, autant aller dormir...

MARCELLE. — C'est vrai... Une
bonne nuit et... ça va mieux...

LA MÈRE. — Non. *(Silence.)*
Appelez donc ce barman que je
lui paye son champagne.

Marcelle fait un signe au barman.

LA MÈRE, *marmonnant.* — Pour
une fois que j'étais bien quelque
part... Qu'est-ce que j'ai encore
pu faire?

Le barman arrive, souriant.

LE BARMAN. — J'espère bien
qu'on vous reverra avant votre
départ, chère madame...

LA MÈRE, *le regardant et faisant
non de la tête.* — Moi, je ne le
crois pas.

LE BARMAN. — Et pourquoi pas?

LA MÈRE, *renfrognée.* — Parce
que...

*Un silence s'installe et le barman
annonce avec discrétion.*

LE BARMAN. — Cinq mille francs,
s'il vous plaît, chère madame.

LA MÈRE, *éberluée.* — Quoi?

MARCELLE, *affolée, à voix basse.*
— C'est le prix partout, madame,
j'ai l'habitude.

LA MÈRE. — C'est possible, mais, moi, je ne paye pas cinq mille francs deux bouteilles de champagne. Jamais.

LE FILS, *revenant.* — Qu'est-ce qui se passe?

Le barman sourit encore. (Il a un air moqueur et indulgent pour commencer.)

LE BARMAN. — Ta mère trouve que c'est trop cher...
Évidemment, chère madame, je comprends votre surprise, il y a si longtemps que vous n'avez pas dû avoir l'occasion de...

LE FILS, *au barman.* — Cinq minutes. Laisse-moi faire. *(À la mère:)* C'est le prix, tu peux te renseigner, c'est le prix partout. Marcelle peut te le dire aussi bien que moi...

Le barman est retourné à son bar. Il attend le paiement.

LA MÈRE. — C'est possible, je ne dis pas, mais ça m'est égal.

LE FILS, *sur un autre ton.*
— Comme tu voudras...

LA MÈRE, *en geignant, mais intimidée.* — Cinq mille francs! Je ne payerai pas... Ça ne m'est jamais arrivé et ce n'est pas à mon âge que... *(Un temps.)* Comment, si je veux?

LE FILS, *froid.* — Je dis que, si tu ne veux pas payer, ne paye pas. Un point, c'est tout.

LA MÈRE. — Et alors?

LE FILS. — Je ne sais pas et je m'en fous.

Ils ont parlé fort. Le barman arrive.

LE BARMAN, *agacé cette fois.* — Madame..., puisque tout le monde vous le dit.

LA MÈRE, *enfantine.* — Ça me fait beaucoup de peine de payer un prix pareil. Une peine incroyable...

LE FILS, *prenant l'argent qu'elle lui a donné le matin.* — Tiens, regarde. On prend un billet de cinq mille francs. On le pose là, là. On n'y pense plus. On l'emmerde, le billet. Compris?

LA MÈRE, *au geste de son fils, s'affolant.* — Non, non, pas toi... Tiens. *(Elle tend le billet à son fils qui, bien entendu, reprend le sien aussitôt.)* Tenez, monsieur Dédé. Que l'on m'excuse... *(Des gens regardent peut-être du bar.)* Que l'on m'excuse, je n'ai pas l'habitude...

LE BARMAN, *de nouveau poli.* — Je vous en prie, madame, c'est compréhensible, à votre âge, après tant d'années passées loin de la capitale...

Le fils se lève et Marcelle aussi.

LE FILS. — Viens.

LA MÈRE, *docile.* — Oui.

Ils s'éloignent tous les trois. La mère s'arrête et parle bas.

LA MÈRE. — Quel hypocrite, ce monsieur Dédé ! Je n'aurais jamais cru...

LE FILS. — J'aurais bien aimé que tu ne les lâches pas, au fond...

LA MÈRE, *déboussolée.* — Mais alors, la police, le car de police à mon âge ?

LE FILS. — Viens ! *(Il crie.)* Viens, je n'en peux plus, viens !

LA MÈRE. — Oui. Je viens. *(À part.)* Il me semblait qu'on arrivait seulement...

LE FILS. — Ne cherche pas à comprendre. Viens !

LA MÈRE. — Je viens, je viens, mon petit... Je vois bien que je ne suis plus sortable. Partout, je me distingue, et pas un peu... Quelle barbe !

LE FILS, *après une hésitation.* — Rentre avec Marcelle. Je ne rentre pas tout de suite. Mais, dans une demi-heure, je serai là.

LA MÈRE. — Tu ne peux plus me supporter, c'est ça.

LE FILS, *avec effort.* — C'est ça, maman, oui.

LA MÈRE. — Je te comprends, mon petit... Si je pouvais me quitter moi-même, quel soulagement ce serait! Mais rien à faire... Moi, il faut que je m'encaisse... Le train et la locomotive, c'est moi et encore moi...

Le fils retourne sur ses pas et traverse le bar. La mère et Marcelle le regardent s'éloigner. Marcelle essaye d'entraîner la mère qui résiste.

LA MÈRE. — Où va-t-il?

MARCELLE, *hésitant et devenant tout à coup très froide.* — Vous voyez, là, cette porte. *(Elle montre le fond de l'autre salle.)* Elle donne sur une salle de baccara. Pour votre fils, madame, cette salle, c'est une... prairie verte, son jardin, son vrai jardin... Il y devient aimable, jeune, beau... De quoi vous plaignez-vous?

LA MÈRE, *la toisant.* — Qui vous permet, petite, de dire que je me plains?

MARCELLE. — Je vous demande pardon...

FIN DU DEUXIÈME ACTE

A C T E   I I I

L'appartement du début de la pièce. Il est tard, pendant la même nuit, aux environs de deux heures du matin. Marcelle est recroquevillée sur un fauteuil. Elle pleurniche. Sur la table, les restes du dîner. Le fils entre. Marcelle lui fait signe de ne pas faire de bruit. Marcelle se lève et va écouter à la porte du fond : elle dort toujours.

MARCELLE. — Elle dort.

Le fils tourne en rond. Il se tait longtemps.

LE FILS. — Elle m'a attendu ?

MARCELLE. — À peine. Elle a mangé. Elle a parlé d'un restaurant qu'elle voudrait te donner... Elle a parlé, parlé..., puis, tout d'un coup, elle s'est endormie.

LE FILS. — Je voudrais qu'elle meure.

MARCELLE. — Tais-toi !

LE FILS, *s'immobilisant.*
— Qu'elle soit morte, là,
maintenant. *(Un temps.)* Qu'est-
ce qu'elle a dit d'autre ?

MARCELLE, *tendre, mais ne
voulant pas le lui dire.* — Viens
près de moi...

LE FILS. — Tu vas le dire, oui ?

MARCELLE, *elle ne veut toujours
pas lui dire la vérité.* — Viens là,
Jacquot.

LE FILS, *immobile
complètement.* — Bon. *(Un
silence.)* J'ai compris. *(Un temps.)*
Quand ?

MARCELLE, *bas.* — Demain.

LE FILS, *après un long silence.*
— À quelle heure, l'avion ?

MARCELLE. — Midi dix. *(Elle
ajoute :)* Demain. *(Silence.)* Elle
dit qu'elle ne peut pas faire
autrement. *(Silence.)* Je la crois.
(Silence.) Elle a tourné en rond
comme une bête et puis
elle s'est décidée. Après, elle a
parlé d'autre chose, elle a
mangé... à faire peur..., elle s'est
endormie en mangeant... Je l'ai
couchée...

LE FILS. — L'appétit reste
jusqu'au bout, je ne savais pas.

MARCELLE. — C'est de manger qu'elle va mourir, c'est sûr.

LE FILS. — Je ne peux rien faire pour ma mère que de la laisser manger avant de mourir. Heureusement..., heureusement qu'elle mange... *(Il est au bout de ses forces.)* Qu'elle meure ou qu'elle foute le camp, qu'elle foute le camp !

MARCELLE. — Demain, Jacquot... Viens dormir...

LE FILS. — Tu es sûre ! Sûre que c'est demain ?

MARCELLE. — C'est moi qui ai téléphoné pour l'avion. Sa place est retenue.

LE FILS, *méchant.* — Et toi aussi, demain, tu te tires..., compris ?

MARCELLE. — Oui. N'y pense plus, viens !

LE FILS, *tombant dans un fauteuil.* — J'ai perdu. J'ai mal joué. Je n'ai pas pu me rattraper. *(Il s'étire.)* Demain... *(Il se lève, il vient d'apercevoir quelque chose sur la cheminée.)* Tiens...

MARCELLE, *s'affolant.* — Elle est sortie de sa chambre et elle a déposé tout ça... Viens, Jacques, je t'en supplie !

LE FILS, *prenant les bracelets et l'argent et les posant sur la table.* — Je ne pourrai pas dormir cette nuit, imbécile. Qui le pourrait?

MARCELLE, *affolée.* — Mais qu'est-ce que je vais lui dire? Si elle se réveille et qu'elle ne trouve plus rien?

LE FILS. — Elle ne demandera rien. Elle a laissé ça pour que je le prenne. Les bracelets et l'argent. C'est pour moi qu'elle les a apportés... *(Une idée lui vient: il va vers Marcelle.)* Rends ce que tu as pris.

MARCELLE, *pleurant et tirant une liasse de sa poche.* — Tu vas retourner là-bas..., tu vas tout perdre... Demain, ça recommence, la musique..., rien à manger... Pour une fois, Jacques, je t'en supplie... Viens...

Le fils a tout mis dans sa poche. Il recommence à tourner en rond dans la chambre.

LE FILS, *dans un sanglot.* — Je suis malheureux.

MARCELLE, *très tendre.* — Je sais... Je t'aime, Jacques... Je t'en supplie..., reste..., cette dernière nuit... Tu ne la reverras plus..., c'est la dernière fois...

LE FILS. — Non. *(Un temps.)* Je lui dis le contraire, mais c'est vrai: elle a été une mauvaise mère. Elle le sait. Nous le savons tous les deux. Une crapule, une mère crapule... J'ai été sa mauvaise action. C'est le seul témoin de ma vie si lâche et elle va mourir. *(Un temps.)* C'est fini. Cette fois-ci, c'est fini. *(Un temps.)* Je respire.

MARCELLE, *nette.* — Ne le fais pas, Jacques. N'y va pas.

LE FILS, *en colère.* — La délicatesse, tu connais ? La délicatesse qui consisterait à la dégoûter de son fils pour toujours, tu comprends ?

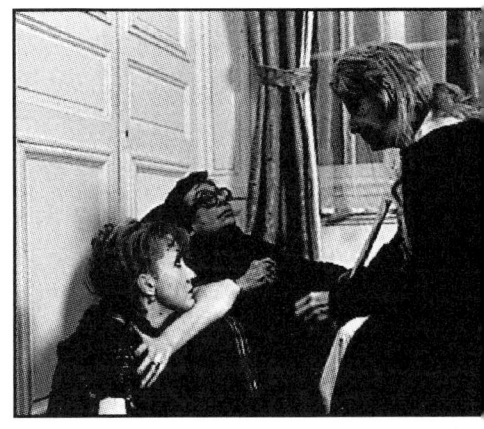

MARCELLE, *souriant, supérieurement moqueuse et méprisante.* — Enfant, va ! Menteur ! Comédien ! Ah ! que c'est terrible...

LE FILS. — Je vais gagner ! Idiote !

MARCELLE. — Impossible... C'est impossible...

LE FILS, *gentil tout à coup.* — Tu auras tes conserves, de quoi tenir le siège pendant un an, ne t'en fais pas.

Marcelle ne pleure plus du tout. Elle le regarde. Il vient près d'elle.

MARCELLE. — Que tu es faible, mon Dieu ! C'est vrai..., elle-même ne doit pas savoir à quel point !

LE FILS. — Du calme, petite, sans

ça, c'est tout de suite que tu te barres... Compris?

MARCELLE, *froide.* — Pardon...

LE FILS, *explicatif.* — Je viens de perdre, il me tombe du ciel cent mille francs dans la poche, et tu veux que, bien pépère, je me mette au lit et que je ronfle?

MARCELLE, *changée, très froide.* — Je ne veux rien, c'est pour la mère de l'homme que tu es...

LE FILS, *essayant quand même de la convaincre.* — Ma mère sait que je suis malheureux. Elle est là pour ça, pour comprendre ce que me fait faire mon malheur. C'est trop fortiche pour toi de comprendre ça?

MARCELLE. — Oui.

Un silence s'installe, court. Marcelle est lointaine.

MARCELLE. — Tu crois qu'elle se fait des idées sur l'usine ou qu'elle sait la vérité?

LE FILS. — Pourquoi, ça t'intéresse?

MARCELLE, *froide, presque insolente.* — Pourquoi pas? Je me renseigne.

LE FILS. — L'usine est nationalisée depuis un an. Mimi est syndic. C'était ça ou le rapatriement. Mimi lui raconte des histoires..., mais elle sait tout. *(Il se lève tout en parlant, comme pour «faire passer» son départ. Marcelle n'essaye pas de le retenir.)* Elle sait tout, sur... tout. Elle a tout laissé là parce qu'elle sait que je vais le prendre... Pour me faire plaisir, tu entends? Et aussi pour être sûre qu'il n'y a pas d'espoir à avoir..., je te le jure! *(Un temps.)* Tu entends? Je te le jure!

MARCELLE, *restant impassible et le dévisageant.* — Demain, je partirai. Je te laisserai seul. Tu n'auras pas besoin de me le redire.

LE FILS, *désarçonné.* — Comme tu voudras. *(Un temps.)* Qu'est-ce qui te prend?

MARCELLE, *douce, se touchant la tête, le cœur, comme dans l'étonnement.* — Un changement... J'en suis tout étourdie..., là..., tout d'un coup..., c'est tout.

LE FILS, *cynique.* — Dégoûtée, la mignonne?

MARCELLE, *toujours dans le même état.* — Oui.

LE FILS, *essayant encore.* — Tous les enfants du monde feraient

On entend du bruit dans le fond de l'appartement. Une petite toux. Un remue-ménage léger. Le fils sort très vite, sur la pointe des pieds. Marcelle se met à pleurer doucement, toujours assise sur le divan. Après un temps, surgit la mère en peignoir, défaite, les cheveux dénoués.

comme moi ce soir si elle les avait élevés comme elle l'a fait.

MARCELLE, *toujours dans le même état.* — Oui. C'est juste.

LE FILS, *après un temps, s'approchant d'elle, tendre.* — Dis-moi quelque chose...

MARCELLE, *lentement, comme un verdict.* — Tu es l'enfant qu'elle a désiré que tu sois.

LA MÈRE. — Vous avez parlé ?

MARCELLE, *se ressaisissant.* — Non, madame...

LA MÈRE. — Je croyais... Ah ! ces nuits... Me voilà encore réveillée et ne sachant plus où je me trouve. Et mon fils, où est-il encore ?

MARCELLE, *prudente.* — Il est revenu. Puis il est reparti. Mais il va rentrer, ne vous en faites pas.

LA MÈRE, *curieusement légère.* — Que les nuits deviennent

longues à mon âge! Quelle
barbe! Quelle heure est-il?

MARCELLE. — Deux heures vingt.

LA MÈRE. — Tiens!...

MARCELLE, *se dressant.*
— Madame, si je peux me
permettre, vous devriez vous
recoucher, essayer de dormir
encore...

LA MÈRE, *éreintée tout à coup.*
— Oui... Je vais essayer. Mais,
voyez-vous, à quelque heure que
je me couche, à un certain
moment de la nuit, le sommeil
me quitte complètement..., aussi
complètement que si je pouvais
désormais m'en passer...

MARCELLE, *très douce.* — Comme
votre fils, madame, pareil.

LA MÈRE, *bas.* — Ah! mon fils...

MARCELLE. — Votre fils...?

LA MÈRE, *froide.* — Il a gagné,
mon fils?

MARCELLE, *se raidissant.* — Non,
madame.

LA MÈRE. — Mais il lui arrive
quand même de gagner comme
tout le monde à cet enfant, oui ou
non?

*La mère va vers la cheminée, la
caresse de la main.*

MARCELLE. — Oh! oui, madame, bien sûr..., et alors, plus heureux que lui, il n'y en a pas deux sur la terre...

Elles sourient ensemble.

LA MÈRE, *se renseignant.* — Il gagne plus souvent qu'à son tour, au moins, d'après vous, mon petit?

MARCELLE, *hésitante.* — Moins, je crois... Il a souvent la poisse, ce pauvre Jacquot!

LA MÈRE. — Quelle injustice, encore! Mais là, à qui s'en prendre, n'est-ce pas?

MARCELLE. — C'est vrai...

La mère hésite et le demande.

LA MÈRE. — Il est reparti pour jouer, n'est-ce pas, mademoiselle? Dites-le-moi.

MARCELLE. — Oui, madame.

LA MÈRE, *s'asseyant, éreintée.* — Ce n'est pas tant une question d'argent, voyez-vous... Mais comme c'est long, si vous saviez, de soustraire certaines petites sommes chaque jour de la caisse de Mimi...

Silence. Marcelle s'est remise à pleurer.

MARCELLE. — Ah! Madame... Vous êtes triste...

LA MÈRE. — Mais non..., mais non...

MARCELLE. — Il va revenir, madame, ne vous inquiétez pas. Nous vous conduirons à l'aérodrome vers dix heures et demie. À cette heure-là, on risque d'avoir des embouteillages. *(Elle pleure tout en parlant, en disant n'importe quoi.)* Alors, il faudra appeler un taxi par téléphone... Il va revenir, ne vous inquiétez pas, madame, je vous en supplie. On croit qu'il ne va jamais revenir... Mais il revient toujours.

LA MÈRE. — Je le sais, rassurez-vous, mademoiselle. Rien de lui ne peut tout à fait m'étonner... En somme, c'est ça aussi, retrouver son enfant, le revoir, le revoir... Ce qui m'étonne, c'est la.... comment dire?... la régularité de sa conduite. Il m'a déjà ruinée une fois, vous l'a-t-il dit? Il recommencerait tout aussi bien demain avec la même... illusion que ça peut servir à quelque chose... *(Un temps.)* Mais arrêtez-vous de pleurer, à la fin! Ça ne sert à rien, ça ne fait même pas le bien qu'on dit...

MARCELLE, *pleurant toujours.* — Excusez-moi, madame.

LA MÈRE, *pour elle seule.* — Il est inflexible dans l'illusion, dans l'erreur, tout aussi bien qu'un autre dans... autre chose. Qui

d'autre perd son temps avec cette
exactitude? Cette perfection?
Personne. Aucune fortune n'y
résisterait..., la plus grande... la
plus solide, aucune... Il la
prendrait et, d'un seul geste, allez!
il la jetterait tout entière à la mer.

MARCELLE, *qui a entendu et qui
pleure toujours.* — Il va gagner,
madame, je vous le jure, vous
allez voir...

LA MÈRE, *faisant non de la tête.*
— Non... et ça reviendrait au
même du moment que demain,
n'est-ce pas? il perdrait... *(Elle
s'impatiente en voyant pleurer
Marcelle.)* Mais il faut l'oublier, à
la fin, que vous auriez pu avoir
une mère! Essayez! À quoi bon
vivre dans ce regret-là, ce n'est
pas normal.

MARCELLE. — Madame, je pleure
parce que vous saviez qu'il allait
faire ce qu'il a fait. Vous l'avez
fait exprès. Vous saviez tout.

LA MÈRE, *geignante et dure à la
fois.* — Eh bien! heureusement
que je pars, mon petit, vous
savez... Vous êtes vraiment trop
grande pour vous conduire
comme ça. *(Un temps.)*
Vous vous trompez d'un rien: je
ne savais pas exactement tout...
(Très net, détaché.) Je n'étais pas
sûre..., pas tout à fait...

MARCELLE, *suppliante.*
— Madame, je m'excuse de vous
avoir dit ça… Mais, le lui avoir
donné de cette façon ou d'une
autre, ç'aurait été pareil… Alors,
pourquoi avoir choisi cette façon-
là?

LA MÈRE, *lointaine, désespérée.*
— Je ne sais pas très bien. Pour
qu'il n'ait pas ces horribles
mercis à me dire. Pour que ce
soit une… petite aubaine… un
petit miracle…, un oubli… dans
ce désert.

*Un temps long: elle regarde
Marcelle.*

MARCELLE, *pleurant, pleurant.*
— Madame, vous êtes
malhonnête…

LA MÈRE. — Oui. Un jour, peut-
être à votre tour vous
comprendrez le bonheur et le
malheur de l'être. *(Elle se lève, va
à la fenêtre, revient, s'assied de
nouveau, se tait. Pour elle seule.)*
Si je pars, c'est que ma présence
ne rime à rien ici, ne signifie
rien, ne procure à personne ni
plaisir ni joie, mais de la gêne,
une gêne affreuse…

MARCELLE. — Quand ils sont
petits…

LA MÈRE, *un geste.* — Ah!…
(Silence.) Mais ils vous sortent de
la tête. J'ai du mal à le voir
encore dans les arbres, au

printemps..., comment il mangeait..., l'insolence... Je fais un effort, je ne vois presque plus rien, je n'entends plus sa voix... Alors... Donnez-moi à boire, mon petit, j'ai soif la nuit, j'ai soif... Alors..., du moment qu'on ne se souvient de rien..., pourquoi les avoir faits?

Marcelle va dans la cuisine.

LA MÈRE, *seule.* — Si je restais, il ne pourrait que me tuer et moi, je ne pourrais que le comprendre.

Marcelle revient avec un verre d'eau.

LA MÈRE, *buvant et reposant son verre.* — Je vais peut-être me recoucher quand même, voyez-vous.

MARCELLE. — Oui, essayez. Dans une heure, il sera là.

LA MÈRE, *un silence.* — Est-ce que mon fils sait que je pars?

MARCELLE. — Oui.

LA MÈRE. — Et il le comprend, n'est-ce pas?

MARCELLE, *raide, dans un effort.* — Il le comprend, madame.

LA MÈRE, *comme ankylosée.* — Pourquoi attendre? La journée de demain aurait été une horreur. Pensez-y, mademoiselle, pensez à ce

qu'aurait été la journée de
demain...

MARCELLE. — C'est vrai... Oh!
que c'est terrible!

LA MÈRE. — La dernière fois, il y
a cinq ans, il m'avait retenue
quelques jours... *(Elle se lève
péniblement et fait quelques pas
en examinant la chambre où vit
son enfant. Puis son regard tombe
sur Marcelle.)* Mon petit, essayez
de changer de métier...

MARCELLE. — C'est trop tard... Je
ne sais rien faire à mon âge... Il
n'y a pas d'exemple, je n'en
connais pas.

LA MÈRE. — Vous êtes sûre?

MARCELLE. — Sûre. Je suis
comme lui, je n'ai pas envie de
travailler.

LA MÈRE. — Je le regrette, voyez-
vous, mais je ne peux rien pour
vous, ni pour personne, d'ailleurs.
Je crois que vous avez raison tous
les deux, au plus profond de moi,
de vivre ainsi... Vous pouvez le
faire... Il faut de la force pour
accepter de ne rien peser, pour
mener cette existence si légère, pas
encombrée, inconséquente... de
chats... *(Silence.)* Mais lui, je crois
qu'il faut que vous le quittiez....
que vous vous en alliez d'ici...

MARCELLE, *ne pleurant plus.*
— C'est fait. Demain, je pars.

LA MÈRE, *interloquée.*
— Demain..., comme moi... Que va-t-il devenir?

MARCELLE. — Il trouvera. *(Lentement.)* Et c'est comme ça que vous le préférez, seul et misérable.

LA MÈRE. — Comprenez-moi bien : si je vous ai dit ça, ce n'est pas que je ne sois pas fière de lui... Au contraire, je suis fière de mon fils, fière...

MARCELLE. — Madame, taisez-vous, je vous en supplie.

LA MÈRE, *dans une dernière «montée» d'amour.* — Si vous saviez, les autres, à côté, ceux des autres, à côté, des veaux, des conseilleurs, des messieurs avec... des vêtements de prix..., des chevalières.... des automobiles de prix..., des maisons de campagne..., des imbéciles..., des travailleurs, en un mot..., et des femmes, et des appartements, et des vacances, et des enfants, des ribambelles d'imbéciles..., des exigences... Ça donne des ordres à des domestiques, c'est servi à table, petit déjeuner au lit, ça va en Italie, c'est laid, c'est laid, c'est gros, gros... Regardez-le à côté, ce jeune homme, cet enfant, ce... prince, oui... mon enfant...

MARCELLE. — Madame, je vous demande de vous taire.

LA MÈRE. — Je vais me taire, mon petit..., n'ayez pas peur... Ne soyez pas triste pour moi. Je ne suis pas triste. Regardez-moi. *(Elle lui sourit. Marcelle se cache la figure dans les mains.)* Je ne souffre que d'une seule chose, un détail, ce n'est rien, ne vous inquiétez pas... C'est que cette fierté que j'ai de lui, je suis seule au monde à l'éprouver, que je ne peux la partager avec personne, même pas avec vous, et que je vais mourir, et que personne, après moi, ne l'éprouvera plus... C'est la seule chose au monde qui me fasse un peu mal à penser, c'est tout...

FIN

Je crois qu'il faut détruire. Je voudrais qu'on détruise toutes les écoles, les universités, qu'on passe dans un immense bain d'ignorance, d'obscurité.
C'est une fois détruite, que j'ai pu faire ce livre et ce film. J'ai essayé de détruire en moi tout ce qui procédait de mes habitudes d'écrivain. J'écris depuis longtemps, j'écrivais beaucoup. Je suis restée un an sans écrire pour écrire ça.

EN 1969, MARGUERITE DURAS QUI, L'ANNÉE PRÉCÉDENTE, A PARTICIPÉ ACTIVEMENT AUX ÉVÉNEMENTS DE MAI, PUBLIE ET RÉALISE − SEULE, POUR LA PREMIÈRE FOIS − DÉTRUIRE, DIT-ELLE.

CI-DESSUS : LES ACTEURS DE DÉTRUIRE, DE GAUCHE À DROITE DANIEL GÉLIN, HENRI GARCIN, CATHERINE SELLERS, NICOLE HISS, MICHAËL LONSDALE.

CI-CONTRE : MARGUERITE DURAS SUR LE TOURNAGE DE DÉTRUIRE.

Entretien radiophonique, 28 décembre 1969.

J'ai écrit contre moi
quand je me suis
remise à écrire, j'ai
écrit sans mes
habitudes, contre
Duras, ne pouvant plus
me supporter. Je crois
qu'il faut risquer
quelque chose. Je suis
dans l'obscurité. Je
parle très mal de
Détruire *parce que je
ne sais pas ce que c'est.
Je ne sais pas. À mesure
que j'avançais, j'avance
par séquence, j'avais
l'impression que tout
s'éclairait et quand le
film a été fait, la porte
s'est refermée. Je n'y
vois plus rien,
de nouveau.
Le peu que j'y vois, c'est
que j'ai essayé de
montrer un monde
plus tard, peut-être
après Freud, un monde
qui aurait perdu le
sommeil.
Si vous voulez, Lol V.
Stein, Le Vice-Consul,
Détruire et L'Amante
anglaise ont ouvert
pour moi une période
un peu dangereuse de
l'écriture. Mais je ne
peux plus imaginer
écrire autrement
maintenant.*

*Entretien
radiophonique,
7 janvier 1970.*

Abahn Sabana David *n'est pas un livre de crise, c'est une construction politique. La parole de* Abahn Sabana David *voulait être une parole logique, constructive, non-militante, militante du non-militantisme, donc une parole organisée, tandis que la parole de* Détruire *et de* L'Amour *n'est pas du tout organisée, elle me traverse comme l'espace lui-même. J'ai mis quatre ou cinq fois plus de temps à écrire* Abahn Sabana David *que* Détruire *ou* L'Amour.

Entretien radiophonique, 27 août 1972.

ABAHN SABANA DAVID, *LIVRE PUBLIÉ EN 1970, EST BIENTÔT TOURNÉ EN 16 MM AVEC DIONYS MASCOLO, CATHERINE SELLERS, SAMI FREY (CI-CONTRE). LE FILM SORTIRA L'ANNÉE SUIVANTE SOUS LE TITRE* JAUNE LE SOLEIL.

Il s'éloigne.

Elle se lève à son t

très lents. Puis ils s'éga

Elle marche. Elle le

Ils s'éloignent

pénètrent pas dans
se fait nuit.

La plage, la mer so

Un chien passe, il v

personne n

mais sur des bancs qui sont

Ils se reposent. Ils sont

autres. Ils ne se parlent

Le voyageur passe. I

direction qu'a p

Il s'arrête. Il revi

repart.

On ne voit plus son

La mer est plate, te

L'homme repasse. Le

à monter dirait-on. On l'

arrive des embouchures. Le

Le voyageur est assi

chambre. Il se trouve pris

On ne voit pas ce qu'il y

de l'hôtel.

Dans L'Amour, *le voyageur va de la femme à l'absolue folie, il parcourt ce trajet constamment, il ferme le triangle, mais à la fin du livre, quand l'incendie a lieu, ils sont trois sur la plage et ne forment qu'une seule personne et un seul lieu. La communication est faite, organiquement. Le ciment, c'est le feu. Dans L'Amour, j'ai suivi les mouvements de la mer, c'est comme une respiration marine. La mer se retire, les mouettes viennent, c'est un seul mouvement, les personnages arrivent et ils repartent avec la mer. J'ai voulu faire un livre physique, organique. J'emploie souvent le mot «traversée». Les personnages traversent le périmètre comme moi je traverse l'endroit, de la même façon que l'écrivain de* L'Amour *traverse cet espace qu'il écrit. C'est une parole limite quant à l'amour, je ne peux pas en dire plus. Quand je dis que je traverse, cela veut dire que j'ai été traversée moi-même. Je ne peux rendre compte que de ce mouvement qui m'est arrivé.*

Entretien radiophonique, 10 janvier 1970.

1972 EST UNE ANNÉE FASTE : TOURNAGE, EN FÉVRIER, DE NATHALIE GRANGER *(DOUBLE PAGE SUIVANTE) AVEC* JEANNE MOREAU, LUCIA BOSE *ET* GÉRARD DEPARDIEU – *DONT C'EST LE PREMIER RÔLE AU CINÉMA ; ÉCRITURE, EN AOÛT,* D'INDIA SONG *; ÉCRITURE ET TOURNAGE, EN NOVEMBRE, À TROUVILLE, DE* LA FEMME DU GANGE *(CI-DESSUS :* CATHERINE SELLERS *ET* DIONYS MASCOLO *ET PP. 1200-1201 :* CATHERINE SELLERS *ET* GÉRARD DEPARDIEU), *ADAPTATION FILMÉE DE* L'AMOUR, *PUBLIÉ L'ANNÉE PRÉCÉDENTE.*

PAGE CI-CONTRE : FEUILLET DACTYLOGRAPHIÉ DE L'AMOUR.

Il écoute sa propre voix. La fixité du regard ne se modifie pas. Il
subit ~~pendant propre pendant~~ *propre parole une tub à cl* 'heure son propre mouvement.

Il dit, il répète:

— Qui est là ?

~~— Jeanne M......~~

Il a entendu quelque chose, il se tourne, il se dresse: c'est le voyageur qui s'est levé et qui arrive lentement du fond du hall.

Il regarde cet homme. Le voyageur ~~fait~~ quelques pas, il arrive dans
la lumière de la piste. Il le regarde.

Il le voit. On entend:

— Vous.

L'immobilité éclate, la bouche s'ouvre, aucun son ne sort, il fait
encore l'effort de parler, n'y arrive pas, tombe dans un fauteuil, tend
la main vers le voyageur, le regarde comme au premier jour, murmure:

— Vous, c'était vous — il s'arrête— vous
êtes revenu à S Thala pour ~~moi~~.

Il pleure.

Dimanche. Le bruit de ~~cette~~ pas à S Thala. Il y a du vent. Puis il
pleut.

Le voyageur marche dans S Thala sous la pluie.

Il ne les rencontre pas.

Il ne les voit nulle part dans l'espace, le temps, de S Thala

Une nuit. Un jour. Une autre nuit, celle là ~~.....~~

C'est dans cette nuit noire qu'elle passe devant l'hôtel.

Le voyageur est sur le balcon ~~et~~, il la voit passer sur le
chemin de planches, ~~elle~~ *sa ombre* se détache sur la mer.

Elle marche lentement, continuement vers la digue. Elle ne
se retourne pas vers l'hôtel. Elle va, dans la nuit, droit.

L'enfant, c'est l'enfant, sa naissance.

Lui, l'autre, cette nuit, la suit. Elle avance, elle l'ignore
Il suit. Elle fonce, bestiale, elle va.

Elle disparaît derrière la masse noire de la digue, elle
se perd dans les sables, le vent illimité.

Il se perd à son tour, disparaît à son tour.

Plus rien. Que l'épaisseur innombrable endormie.
Le lendemain est un jour de soleil.
Le voyageur marche. ~~dans~~ *autour* S. Thala dans le soleil.

INDIA SONG

texte théâtre film 1973

Dans la première édition d'*India Song*, en 1973, Marguerite Duras donne elle-même, dans ses «Remarques générales», de précieuses indications sur les rapports de cette œuvre nouvelle («texte, théâtre, film») avec l'œuvre source, *Le Vice-Consul* et celle qui l'a immédiatement précédée, *La Femme du Gange*, sans laquelle, dit-elle, *India Song* n'aurait pas été écrit. Le film *India Song* est tourné en juillet 1974. Le livre, écrit en août 1972, à la suite d'une commande de Peter Hall, alors directeur du National Theatre à Londres, le précède donc. Mais, comme elle le déclare à Xavière Gauthier, la réalisation cinématographique a pris le pas sur les autres aspects de l'œuvre : «D'abord je vois le théâtre, bon, j'ai vu le théâtre d'*India Song* et puis j'ai écrit le livre. Après, la vision du théâtre est remplacée par la vision des pages recto-verso, de l'écriture elle-même. Et puis quand j'ai fait le film, tout a été balayé.» Dionys Mascolo a le premier mis l'accent sur le caractère musical du film : «Cette tragédie cinématographique est tout entière construite comme une composition musicale.

[...] Tout le film, image comprise, est écrit comme une partition. Sont autant de portées de cette partition : les images donc, leur cadre, les décors où elles se logent ou qu'elles maintiennent en marge ; les mouvements de caméra (ses alternances de mobilité et d'immobilité) ; les mouvements dans le plan (chorégraphie) ; les gestes expressifs (tempo des acteurs, dirigés comme des musiciens d'orchestre) ; la musique elle-même – les musiques plutôt, l'une - est extérieure, l'autre non ; les sons (les oiseaux, le bruit cosmique de la mer) d'où tout bruitage réaliste (pas, portes, verres) est exclu : à cet égard le film est muet ; les voix enfin, quadruple système de paroles sans relation entre elles : voix «présentes» des officiants ; voix intemporelles qui tantôt commentent l'événement évoqué sur l'image à la manière d'un récitatif, et dont les incantations permettent le passage incessant des frontières du temps, et tantôt méditent sur l'action accomplie ; voix de la «mendiante» enfin, présente-absente – éternelle, puisqu'elle est l'innocence et le malheur toujours survivant du monde. Toute la partie centrale

du film («la réception») est une suite agencée avec un prodigieux sang-froid d'entrées, de sorties, de questions, de réponses, de regards et de gestes, de rappels et d'annonces, de musique et de cris, qui fait monter comme une mer l'intelligence sans remède des choses, assaut bouleversant, empreint de la sérénité mortelle avec laquelle s'enchaînent certaines passes de muleta. C'est bien de mise à mort qu'il s'agit, mais définitive et totale : de l'espoir même.*»
Dans un entretien radiophonique, Marguerite Duras donne par ailleurs d'intéressantes précisions sur la réalisation : «La première chose que j'ai montée, c'est la musique, le son est arrivé après, donc le film a été musical avant d'être parlé, ce qui n'arrive jamais puisque c'est en dernier lieu qu'on colle la musique. Le film est déjà un *moderato cantabile*, au début, sans jeu de mots, et puis un *vivace* au milieu et à la fin un *andante* interminable. Pour moi, il y a trois parties qui se détachent musicalement.»

* Dionys Mascolo, «Naissance de la tragédie», *Marguerite Duras*, Éditions Albatros, 1975.

India Song *c'est peut-être, oui, la mise en échec de toute reconstitution. S'il y a réussite d'*India Song, *il ne peut s'agir que de la mise en œuvre d'un projet d'échec. Aboutissement qui me remplit d'espoir. Ce qui peut être nommé tragique ici, je crois, ce n'est pas la teneur de l'histoire racontée, ni le genre auquel elle se rapporte dans la classification habituelle, c'est aussi le contraire : c'est ce à partir de quoi cette histoire se raconte qui peut être dit tragique, c'est-à-dire la mise en présence corrélative et de la destruction de cette histoire par la mort et l'oubli, et de cet amour cependant que détruite elle continue à prodiguer. Comme si la seule mémoire de cette histoire était cet amour-là qui coule de source d'un corps exsangue, criblé de trous. Le terrain de cet histoire, c'est cette contradiction, ce déchirement. La mise en scène de cette histoire, la seule possible, c'est celle du va-et-vient incessant de notre désespoir entre cet amour et son corps : l'empêchement même à toute narration.*

«*Notes sur* India Song», Marguerite Duras, *1975.*

INDIA SONG
A ÉTÉ ÉCRIT EN AOÛT 1972
SUR LA DEMANDE DE PETER HALL
DIRECTEUR DU NATIONAL THEATRE À LONDRES.

PERSONNAGES
ANNE-MARIE STRETTER
DELPHINE SEYRIG
MICHAEL RICHARDSON
CLAUDE MANN
LE JEUNE ATTACHÉ D'AMBASSADE (NON NOMMÉ)
MATTHIEU CARRIÈRE
L'INVITÉ DES STRETTER (NON NOMMÉ)
DIDIER FLAMAND
GEORGE CRAWN
VERNON DOBTCHEFF
LE VICE-CONSUL DE FRANCE À LAHORE (NON NOMMÉ)
MICHAËL LONSDALE

Les photographies publiées in texte proviennent du film de 1975.

Les noms des villes, des fleuves, des États, des mers de l'Inde ont, avant tout, ici, un sens musical.
*Toutes les références à la géographie physique, humaine, politique, d'*India Song, *sont fausses :*
Ainsi on ne peut pas, par exemple, aller en automobile de Calcutta à l'embouchure du Gange en un après-midi, ni au Népal.
De même, l'hôtel de Prince of Wales *ne se trouve pas dans une île du delta, mais à Colombo.*
De même encore, c'est New Delhi qui est la capitale administrative de l'Inde et non pas Calcutta.
Etc.

Les personnages évoqués dans cette histoire ont été délogés du livre intitulé Le Vice-consul *et projetés dans de nouvelles régions narratives.*
Il n'est donc plus possible de les faire revenir au livre et de lire, avec India Song, *une adaptation cinématographique ou théâtrale du* Vice-consul. *Même si un épisode de ce livre est ici repris dans sa quasi-totalité, son enchaînement au nouveau récit en change la lecture, la vision.*
En réalité, India Song *est consécutif de* La Femme du Gange. *Si* La Femme du Gange *n'avait pas été écrit,* India Song *ne l'aurait pas été.*
*Le fait qu'*India Song *pénètre et dévoile une région non explorée du* Vice-consul *n'aurait pas été une raison suffisante de l'écrire.*
Ce qui l'a été c'est la découverte du moyen *de dévoilement, d'exploration, faite dans* La Femme du Gange : *les voix extérieures au récit. Cette découverte a permis de faire basculer le récit dans l'oubli pour le laisser à la disposition d'autres mémoires que celle de l'auteur : mémoires qui*

se souviendraient *pareillement de n'importe quelle autre histoire d'amour. Mémoires déformantes, créatives.*
Certaines *voix de* La Femme du Gange *ont été, ici, déplacées. Et, de même, certains de leurs propos.*
C'est à peu près ce qu'il est possible de dire.

L'air intitulé India Song, *à notre connaissance, n'existe pas encore. Lorsqu'il sera composé, il vaudra pour toutes les représentations d'*India Song, *en France et ailleurs. Il sera alors communiqué par l'auteur.*

Si, d'aventure, India Song *était représenté en France il sera interdit de faire une répétition générale. Cette interdiction est levée pour les pays étrangers.*

I

Les voix 1 et 2 sont des voix de femmes. *Ces voix sont jeunes.*
Elles sont liées entre elles par une histoire d'amour.
Quelquefois elles parlent de cet amour, le leur. La plupart du temps elles
parlent de l'autre amour, de l'autre histoire. Mais cette autre histoire nous
*ramène à la leur. De même que la leur, à celle d'*India Song.
Contrairement aux voix d'hommes, les voix 3 et 4 – qui interviennent à
la fin du récit –, les voix de ces femmes sont atteintes de folie. Leur dou-
ceur est pernicieuse. La mémoire qu'elles ont de l'histoire d'amour est illo-
gique, anarchique. Elles délirent la plupart du temps. Leur délire est à la
fois calme et brûlant. La voix 1 se brûle à l'histoire d'Anne-Marie Stretter.
Et la voix 2 se brûle à sa passion pour la voix 1.
On devrait les entendre toujours avec la plus grande clarté mais à des
niveaux sonores qui différeront selon leurs propos. C'est quand elles déri-
veront vers leur propre histoire qu'elles seront le plus présentes. Ce qui
revient à dire qu'elles le seront presque toujours du moment que l'histoire
*d'amour d'*India Song, *dans un glissement constant, se juxtapose à la*
leur. Mais une différence, néanmoins, existera:
quand elles parleront de l'histoire que nous voyons se dérouler,
elles la redécouvriront en même temps que nous, donc avec la même peur
et, qui sait, peut-être la même émotion;
mais quand elles parleront de leur histoire – toujours dans les fulgu-
rances de désir – nous devrions ressentir la différence qui existe entre leur
passion respective. Et surtout, partager l'épouvante de la voix 2 devant le
vertige incessant de la voix 1, face à l'histoire ressuscitée. Il s'agit du dan-
*ger auquel est exposée la voix 1 de se «perdre» dans l'histoire d'*India
Song, *révolue,* légendaire*: ce* MODÈLE. *Et de* QUITTER *sa propre vie.*
Jamais les voix ne crient. Leur douceur sera constante.

*Au piano, ralenti, un air d'entre
les deux guerres, nommé* India
Song.
*Il est joué tout entier et occupe
ainsi le temps – toujours long –
qu'il faut au spectateur,
au lecteur, pour sortir de l'endroit
commun où il se trouve quand
commence le spectacle, la lecture.*
Encore India Song.
Encore.
Voilà, India Song *se termine.
Reprend. De plus «loin» que la
première fois, comme s'il était
joué loin du lieu présent.*
India Song *joué cette fois, à son
rythme habituel, de blues.*
*Le noir commence à se dissiper.
Tandis que très lentement le noir
se dissipe, voici, tout à coup, des
voix. D'autres que nous regardaient, entendaient ce que nous
croyions être seuls à regarder,
entendre. Ce sont des femmes. Les
voix sont lentes, douces. Très*

proches, enfermées comme nous
dans le lieu. Et intangibles, inac-
cessibles.
(Entendre et prononcer : Voix
une, Voix deuxième.)

VOIX 1. — Il l'avait suivie
aux Indes.

VOIX 2. — Oui.

Temps.

VOIX 2. — Pour elle il avait tout
quitté.
En une nuit.

VOIX 1. — La nuit du bal... ?

VOIX 2. — Oui.

Montée de la lumière, toujours.
India Song toujours. Les voix
se taisent longtemps.
Puis reprennent :

VOIX 1. — C'était elle qui jouait
du piano ?

VOIX 2, *hésite.* — Oui... mais lui
aussi...
C'était lui qui, parfois, le soir,
jouait au piano cet air de
S. Thala...

Silence.
C'est une demeure des Indes.
Vaste. Demeure de Blancs. Divans.
Fauteuils. Meubles de l'époque
d'India Song.
Un ventilateur de plafond tourne,
mais à une lenteur de cauchemar.
Grillages-tulles aux fenêtres.
Derrière les grillages, allées d'un
parc tropical. Lauriers-roses.
Palmiers.
Immobilité totale. Aucun vent

dans le parc. À l'intérieur,
ombre dense. C'est le soir?
On ne sait pas. De l'espace.
Des faux ors.
Un piano. Lustres éteints. Plantes
d'intérieur. Rien ne bouge, rien,
que ce ventilateur d'une «fictivité»
de cauchemar.
La lenteur des voix va de pair
avec la montée très lente de la
lumière, leur douceur,
avec le décor poignant.

Voix 1, *comme lu.* — «Michael
Richardson était fiancé à une
jeune fille de S. Thala. Lola
Valérie Stein. Le mariage devait
avoir lieu à l'automne.
Puis il y a eu ce bal.
Ce bal de S. Thala...»

Silence.

Voix 2. — Elle était arrivée tard à
ce bal... au milieu de la nuit...

Voix 1. — Oui... *habillée de*
noir...
Que d'amour, ce bal...
Que de désir...

Silence.

Avec la lumière grandissante
on découvre – serties dans
le décor colonial – des présences.
Il y avait des gens.
Ils sont derrière – soit une rangée
de plantes vertes – soit un fin
grillage – soit un store
transparent – (soit la fumée
qui sort de brûle-parfum)
– qui atténue la visibilité dans

la deuxième partie de l'espace
exploré.
Allongée sur un divan, longue,
très mince, presque maigre,
il y a une femme HABILLÉE DE
NOIR.
Très près d'elle, un homme
également habillé de noir, assis.
Séparé des AMANTS, *un autre*
homme également habillé
de noir. (L'un des deux fume
une cigarette, ce qui a fait deviner
les présences ?)
La VOIX UNE *découvre* – après
nous – *la présence de la femme*
habillée de noir.

VOIX 1, *angoisse, très bas.*
— Anne-Marie Stretter...

La VOIX DEUXIÈME *n'a pas*
entendu, dirait-on.

VOIX 2, *bas.* — Comme vous êtes
pâle... de quoi avez-vous peur...

Pas de réponse.
Silence.
Les trois personnes sont
comme atteintes d'une immobilité
mortelle.
India Song *a cessé.*
Les voix baissent, s'accordent
avec la mort du lieu.

VOIX 2. — APRÈS SA MORT, il est
parti des Indes...

Silence.

La phrase a été dite d'une traite,
comme lentement récitée.
La femme habillée de noir, qui est
devant nous, est donc morte.
La lumière est devenue fixe,
sombre.
Silence partout.
Près et loin.

Les voix sont douloureuses, leur mémoire détruite revient, mais leur douceur reste égale.

Voix 2. — Sa tombe est au cimetière anglais...

Temps.

Voix 1. — ... morte là-bas ?

Voix 2. — Aux îles. *(Hésitation.)* Trouvée morte. Une nuit.

Silence.
India Song *de nouveau, lent, loin. On ne voit pas tout d'abord le mouvement, le début du mouvement : il commence très précisément avec la première note d'*India Song.
La femme habillée de noir et l'homme qui est assis près d'elle se mettent à bouger. Sortent ainsi de la mort. Leurs pas ne font aucun bruit.
Ils se sont levés.
Ils se sont rapprochés.
Que font-ils ?
Ils dansent.
Ils dansent. Nous nous en apercevons quand déjà ils dansent.
Ils dansent lentement, dansent.
Quand la VOIX UNE *parle ils dansent déjà depuis un moment.*
La VOIX UNE *se souvient peu à peu.*

Voix 1. — L'ambassade de France aux Indes...

Voix 2. — Oui.

Temps.

VOIX 1. — Cette rumeur,
le Gange...?

VOIX 2. — Oui.

Temps.

VOIX 1. — Cette lumière?

VOIX 2. — La mousson.

VOIX 1. — ... aucun vent...

VOIX 2, *continue*. — ... elle va
crever vers le Bengale...

VOIX 1. — ... Cette poussière... ?

VOIX 2. — Calcutta central.

Silence.

VOIX 1. — Il y a comme une
odeur de fleur... ?

VOIX 2. — LA LÈPRE.

Silence.

*Ils dansent toujours sur l'air
d'*India Song.
Ils dansent. C'est DIT.
*(Comme si la chose n'était pas
sûre. Et afin que coïncident l'image
et les «voix», qu'elles se* TOUCHENT.*)*

VOIX 2. — Ils dansent.

Silence.

VOIX 2. — Le soir, ils dansaient.

Silence.

Ils dansent.
*Ils se rapprochent dans la danse
jusqu'à ne faire qu'un.*
India Song *s'éloigne.*

Fondus dans la danse, l'un dans
l'autre, presque immobiles.
Puis, immobiles.

Voix 2. — Sur quoi pleurez-vous ?　　*Pas de réponse.*
Silence.

Plus de musique.
Au loin, une rumeur. Puis elle
passe. D'autres rumeurs.
Immobiles, toujours, dans le
silence cerné par le bruit.
Scellés. Arrêtés.
Longtemps.
Sur le couple scellé :

Voix 2. — JE VOUS AIME
JUSQU'À NE PLUS VOIR
NE PLUS ENTENDRE
MOURIR...　　*Pas de réponse.*
Silence.

India Song *revient de très loin.*
Lentement, le couple se descelle,
reprend vie.
Montée du bruit derrière la
musique : le bruit de Calcutta :
rumeur forte, majeure.
Autour : rumeurs diverses :
cris réguliers des marchands.
Chiens. Appels lointains.
À mesure que s'opère la montée
du bruit extérieur,
le temps se couvre dans les allées
du parc. Lumière plombée.
Aucun vent.

Silence.

Le couple se sépare, se tourne
vers le parc. Regarde le parc,
immobile.
Le deuxième homme assis
se met lui aussi à regarder le parc.
La lumière se plombe encore
davantage.
Le bruit de Calcutta cesse.
Attente.
Attente encore. Il fait presque noir.
Tout à coup, l'attente cède :
Le bruit de la pluie.
Bruit assouvissant, frais.
Il pleut sur le Bengale.
On ne voit pas la pluie.
Elle est seulement entendue.
Comme s'il pleuvait partout
ailleurs mais pas dans ce parc
rayé de la vie.
Tous regardent le bruit de la pluie.

VOIX 2, *à peine dit.* — Il pleut
sur le Bengale...

VOIX 1. — Un océan...

Silence.

Cris au loin, de joie, appels
dans cette langue inconnue :
l'hindoustani.
La lumière revient peu à peu.
La pluie, le bruit, très fort
pendant plusieurs secondes.
Il diminue. Les cris isolés
et les rires percent, plus précis,
le bruit de la pluie.
La lumière revient toujours.
Tout à coup, cris plus précis,
plus près, de femme. Rires
de la même femme.

VOIX 1. — Quelqu'un crie... une
femme...

Voix 2. — Quoi?

Voix 1. — Des mots sans suite.
Elle rit.

Voix 2. — Une mendiante.

Temps.

Voix 1. — Folle?

Voix 2. — C'est ça...

*Dans les allées du parc, soleil
d'après la pluie. Soleil mouvant.
Taches de lumière grise, pâle.
Cris et rires de la mendiante
toujours.*

Voix 1. — Ah oui... je me souviens.
Elle se tient au bord des fleuves...
elle vient de Birmanie...?

Voix 2. — Oui.

*Tandis que les voix parlent de la
mendiante les trois personnes
bougent, quittent la pièce par
des portes latérales.*

Voix 2. — Elle n'est pas indienne.
Elle vient de Savannakhet.
Née là-bas.

Voix 1. — Ah oui... oui...
Un jour... il y a dix ans qu'elle
marche, un jour, devant elle, le
Gange...?

Voix 2. — Oui.
Elle reste.

Voix 1. — C'est ça...

*Les trois personnes ont disparu.
L'endroit est vide.
Discours au loin, comme crié,
dans une langue douce: le laotien.*

Voix 1, *temps.* — Douze enfants

morts tandis qu'elle marche vers le Bengale... ?

VOIX 2. — Oui. Elle les laisse. Les vend. Les oublie. *(Temps.)* Vers le Bengale devient stérile.

Les trois personnes arrivent dans le parc, marchent, pas lent, de promenade, dans la fraîcheur qui suit la pluie, se déplacent dans les taches de soleil. Toujours, au loin, le discours crié, de la mendiante. Dans ce discours, tout à coup, le mot : Savannakhet. Court arrêt des voix. Puis reprise :

VOIX 1. — Savannakhet, Laos ?

VOIX 2. — Oui. *(Temps.)* Dix-sept ans... elle est enceinte, elle a dix-sept ans... *(Temps.)* Elle est chassée par sa mère, elle part. *(Temps.)* Elle demande une indication pour se perdre. Personne ne sait.

VOIX 1, *temps*. — Oui. Un jour, il y a dix ans qu'elle marche, un jour : Calcutta, devant elle. Elle reste.

VOIX 2. — Elle est là au bord du Gange, sous les arbres, elle a oublié.

Silence.

Silence.

Les trois personnes sortent du parc. Mouvements de la lumière – de la

mousson – dans le parc désert.
Chant de la mendiante – dit :
« chant de Savannakhet » – au loin.
(La VOIX DEUXIÈME *informe,*
calme, douce.)

VOIX 2. — Vous savez, les lépreux
éclatent comme des sacs de
poussière.

VOIX 1. — Ne souffrent pas ?

VOIX 2. — Non. Rien.
Rient.

Silence.

Silence. Les voix se taisent.
Un endroit, dans la profondeur
du parc, jusqu'ici très
sombre, comme négligé
par l'éclairage, apparaît
peu à peu. Il est découvert
par des projecteurs,
avec une lenteur extrême,
mais régulière, mathématique.

Chant de Savannakhet,
loin – qui va, qui vient. Rumeur
de Calcutta, lointaine.

DES GRILLAGES DE TENNIS SORTENT
DU NOIR. CONTRE LE GRILLAGE,
UNE BICYCLETTE DE FEMME – DE
COULEUR ROUGE.
C'EST DÉSERT.

Les voix reconnaissent ces choses
qui les effraient :

VOIX 1, *sourde exclamation*
de peur. — Les tennis, déserts...

Silence.

Un homme est entré dans le parc.
Grand, maigre, HABILLÉ DE BLANC.
Il marche lentement. Ses pas ne
font aucun bruit.
Il regarde autour de lui
l'immobilité générale. Longtemps.
Essaie de voir à l'intérieur
de la maison : personne dans
cette maison.
Et puis, regarde quoi ? On ne sait
pas tout d'abord. Puis cela
se précise : regarde la bicyclette
rouge d'Anne-Marie Stretter le
long des tennis déserts.
S'approche de la bicyclette.
S'arrête. Hésite. Ne s'approche
plus. Fixement, la regarde.
(Les voix sont basses, apeurées.)

Temps.

Silence.

Lentement, l'homme en blanc
bouge. Il marche. Il suit une allée.
Il s'éloigne. Disparaît.
Après sa disparition, tout reste
en suspens.
Silence. Peur.
Le chant de Savannakhet, au
loin, innocent.

VOIX 2, *id.* — ... La bicyclette
rouge d'Anne-Marie Stretter...

VOIX 2. — ... vient chaque nuit...

VOIX 1. — Le vice-consul de
France à Lahore...

VOIX 2. — Oui.
... en disgrâce à Calcutta...

Puis, DEUX COUPS DE FEU.
Le premier coup de feu fait
baisser la lumière.
Le deuxième coup de feu l'éteint.
Silence.

NOIR

Le chant de Savannakhet s'est
arrêté avec les coups de feu.
Comme si on avait tiré sur le
chant de Savannakhet.
Silence.

NOIR

Les voix sont très basses,
épouvantées.

VOIX 2. — On a tiré sous les
arbres... au bord du Gange...

Silence.

VOIX 1. — C'était un chant de
Savannakhet... ?

VOIX 2. — Oui.

Silence.

Dans un mouvement inversé,
rigoureusement symétrique, en
une fois, la lumière remonte à
l'intensité à laquelle le premier
coup de feu l'avait faite se baisser.
Cette lumière sera celle de la nuit.
La nuit est venue.
Le lieu est toujours vide, la scène.
Seul mouvement : celui du
ventilateur de cauchemar.
Du temps passe sur le lieu vide.
Silence.

*Un domestique hindou en blanc
passe, il traverse les salons
de l'ambassade de France.
Il est passé. Vide de nouveau.
Très au loin, le chant
de Savannakhet reprend:
la mendiante n'a pas été tuée.
Les voix restent basses, apeurées.*

Voix 1. — ... n'est pas morte...

Voix 2. — Ne peut pas mourir.

Voix 1, *à peine.* — Non...

Silence.

Voix 2. — Vous savez... elle
chasse la nuit dans les trous du
Gange. Se nourrit...

Pas de réponse.
Silence.

Voix 1. — Où est celle habillée
de noir?

Voix 2. — En promenade.
Chaque soir.
Elle revient avec la nuit.

Silence.

*Un domestique entre, allume une
lampe, très faible, dans un coin de
la pièce. Fait diverses choses.
S'éloigne (en restant visible).
Revient.
Ouvre une fenêtre.
Peut-être, allume-t-il des bâtons
d'encens contre les moustiques
(dans ce cas, l'odeur en arriverait
dans la salle).
Vide des cendriers.*

Voix 2. — Elle revient.
La Lancia noire de l'ambassade
vient d'entrer dans le parc.

Silence.

Le domestique repart.
Le lieu reste vide
quelques secondes encore
puis la femme habillée de noir
entre dans l'obscurité de la salle.
Elle est pieds nus. Ses cheveux
sont défaits. Elle est vêtue
d'un peignoir court, en coton
noir, ample.
La scène est très lente, longue.
Lentement, elle va se placer
sous le ventilateur de cauchemar.
Reste là.
Prend ses cheveux, les écarte
de son corps, dans un geste
d'accablement – quelqu'un qui
étouffe de chaleur. Puis laisse
tomber ses bras le long
de son corps.
Dans l'entrebâillement du
peignoir, le blanc du corps nu.
S'immobilise. Tête en arrière.
Cherche l'air. Étouffe. Cherche
à s'extraire de la chaleur.
Grâce poignante du corps maigre,
fragile.
Ainsi droite, reste, offerte. Offerte
aux «voix».
(Les voix sont lentes, sourdes, en
proie au désir – à travers – ce
corps immobile.)

VOIX 2, *élan sourd.* — Comme
vous êtes belle *habillée de blanc...*

Temps.

VOIX 1. — Une visite que
je voudrais rendre à la femme
du Gange...

VOIX 1. — ... la blanche...

Temps suspendu.

1227

Arrêt.

Voix 2, *temps.* — ... Celle qui... ?

Voix 1. — Celle-là même...

Voix 2. — ... morte aux îles...

Voix 1. — Ses yeux crevés de
lumière, morts.

Voix 2. — Oui.
Sous la pierre, là-bas.
Autour, une boucle du Gange.

Silence.

*Immobile, toujours devant nous
la morte du Gange.
Les voix sont un chant très bas
qui ne réveille pas sa mort.
Rien, apparemment, ne change,
ne se produit. Pourtant, de la
peur passe.*

Pas de réponse.

Voix 1, *effroi, bas.* — Qu'y a-t-il ?

Voix 1, *id.* — Quelle heure est-il ?

Voix 2, *temps.* — Quatre heures.
La nuit noire.

Temps.

Voix 1. — Personne ne dort ?

Voix 2. — Personne.

Silence.

*Des larmes sur le visage
de la femme.
Les traits restent immuables.
Elle pleure. Sans souffrance.
État de pleurs.
Les voix parlent de la chaleur,*

les voix parlent du désir – comme sorties du corps en pleurs.

VOIX 1. — Quelle chaleur
IMPOSSIBLE
TERRIBLE

Temps.

VOIX 2. — Un autre orage...
Il avance vers le Bengale...

VOIX 1, *temps.* — Il vient
des îles...

VOIX 2, *temps.*
— Des embouchures.
Inépuisable...

Silence.

.

VOIX 1. — Qu'est-ce qu'on
entend ?

VOIX 2, *temps.* — Elle qui pleure.

Temps.

VOIX 1. — Ne souffre pas n'est-ce
pas... ?

VOIX 2. — Non plus.
Une lèpre, du cœur.

Silence.

VOIX 1. — Ne supporte pas... ?

VOIX 2. — Non.
Ne supporte pas.
Les Indes, ne supporte pas.

Silence.
Par la porte gauche de la pièce,
entre un homme également vêtu
d'un peignoir noir.
Il la regarde, arrêté.
Puis lentement, il vient près d'elle,
statufiée dans ses larmes, sous le
ventilateur, endormie.

Dormeuse debout : il la regarde.
S'approche d'elle.
Passe très légèrement sa main
sur son visage, étalée en une
caresse. Retire sa main, regarde
sa main : elle est mouillée
de l'eau des larmes.

Voix 2, *très bas.* — Elle dort.

Avec d'infinies précautions
l'homme prend la femme qui
pleure, il la soulève et l'allonge
par terre.
C'est l'homme que nous avons
vu déjà – celui avec lequel elle
dansait au bal de S. Thala :
Michael Richardson.
Il s'assied près du corps allongé.
Le regarde.
Découvre ce corps afin de le
mieux exposer à la fraîcheur –
fictive – qui vient du ventilateur.
Caresse le front. Essuie les larmes,
la sueur. Caresse le corps endormi.
N'approche pas. Reste là dans
la surveillance du sommeil.
Les «voix» sont ralenties
au rythme des gestes
de l'homme, elles reprennent
dans une plainte comme chantée,
les thèmes adjacents au récit
central.

Voix 1. — Il l'aimait plus que tout
au monde.

Voix 2, *temps.* — Plus encore...

Silence.

La voix deuxième *a parlé comme*
de son propre amour.

Voix 1. — Où était la jeune
fille de S. Thala ?

Pas de réponse.

Voix 1, *comme lu.* — «Derrière
les plantes vertes du bar,
elle les regarde. *(Temps.)*
Ce n'est qu'à l'aurore... *(Arrêt.)*
quand les amants se dirigèrent
vers les portes du bal
que Lola Valérie Stein
poussa un cri.»

Silence.

*Au loin, un appel régulier
en hindoustani. Appel
de marchand encore.
Ça cesse.
Calme.*

Voix 2. — À quatre heures du
matin, parfois, le sommeil vient.

*Silence.
L'amant toujours près du corps
endormi.
Le regarde.
Prend ses mains, les touche. Les
regarde.
Les mains retombent, mortes.
Silence.*

Voix 1. — Elle n'a jamais guéri la
jeune fille de S. Thala?

Voix 2. — Jamais.

Voix 1. — Ils ne l'ont pas
entendue crier?

Voix 2. — Non.
N'entendaient plus rien.
Ne voyaient plus rien.

Temps.

Voix 1, *temps.*
— L'ont abandonnée? *(Temps.)*
Tuée?

Temps.

Silence.

Silence.

C'est ce que nous, nous faisons :
VOIR.
Lentement, l'homme s'allonge
près du corps endormi. La main
continue à caresser le visage, le
corps.
Au loin, bruits lointains,
de rames, d'eau remuée. Puis celui
de rires, de cithare, qui s'éloigne.
Ça cesse.

Silence revenu.
Les voix parlent de nouveau
de la chaleur, les voix parlent
de leur désir.

Silence.

Voix nette, implacable,
terrifiante :

Pas de réponse.

VOIX 2. — Oui.

VOIX 1. — Ce crime derrière
eux...

VOIX 2, *à peine.* — Oui.

VOIX 1. — Que voulait la jeune
fille de S. Thala ?

VOIX 2. — LES SUIVRE
LES VOIR
LES AMANTS DU GANGE : LES VOIR.

VOIX 2. — Écoutez...
Des pêcheurs du Gange...
Des musiciens...

VOIX 2, *très lent.* — QUELLE NUIT
QUELLE CHALEUR
ENTIÈRE MORTELLE

VOIX 2. — JE VOUS AIME D'UN DÉSIR
ABSOLU.

Silence.

*La main de Michael
Richardson – l'amant – cesse
dans le même instant de caresser
le corps, tout comme si la
dernière phrase de la voix
deuxième l'avait arrêtée.*
Reste arrêtée sur le corps.
Silence.
*Un deuxième homme entre dans
la pièce. Il reste un instant à la
porte, regarde les amants.*
*La main de Michael Richardson
de nouveau bouge, caresse le
corps dénudé.*
L'homme va vers eux.
*De même que l'amant, il s'assied
près d'elle.*
*La main de l'amant caresse de
façon plus ralentie.*
Puis, elle s'arrête.
*Le nouveau venu ne caresse pas
le corps de la femme.*
Il s'allonge à son tour.
*Les trois sont immobiles sous
le ventilateur.*
Silence.
La pluie.
Un nouvel orage sur le Bengale.
Bruit de la pluie sur le sommeil.
*Les voix sont comme des fraîches
exhalaisons, des murmures
très doux.*

Voix 1. — ... la pluie...

Voix 2. — ... oui...

Temps.

Voix 1. — ... la fraîcheur...

Silence.

*Le ciel s'éclaircit mais reste
nocturne.*
*Petit à petit, de la musique :
la* 14ᵉ Variation *de Beethoven
sur un thème de Diabelli. Piano,
très loin.*
La pluie diminue.
*Une lumière blanche
la remplace, taches lunaires
dans les allées du parc. Pas de
vent.*
*Les trois corps aux yeux fermés
dorment.*
*Les voix entrelacées, d'une
douceur culminante, vont
chanter la légende d'Anne-Marie
Stretter. Récit très lent, mélopée
faite de débris de mémoire,
et au cours de laquelle,
parfois, une phrase émergera,
intacte, de l'oubli.*

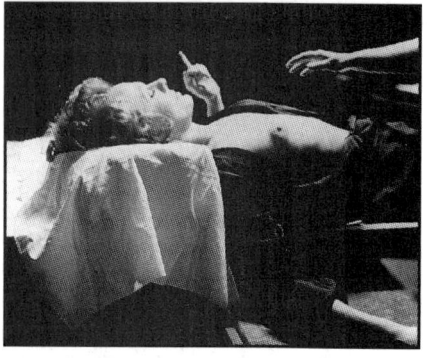

VOIX 1. — De Venise.
Elle était de Venise...

VOIX 2. — Oui. La musique,
c'était à Venise.
Un espoir de la musique...

VOIX 1, *temps.* — N'a jamais cessé
d'en faire ?

VOIX 2. — Jamais.

VOIX 1, *très lent.* — Anna Maria
Guardi...

VOIX 2. — Oui.

Silence.

Silence.

VOIX 1. — Le premier mariage,
le premier poste… ?

VOIX 2. — Savannakhet, Laos.
Mariée à un administrateur
colonial français.
Elle a dix-huit ans.

VOIX 1, *se souvient.* ⟵ Ah oui…
un fleuve…
… elle est assise devant un
fleuve. Déjà…
Elle le regarde.

VOIX 2. — Le Mékong.

VOIX 1, *temps.* — Elle se tait ?
Pleure ?

VOIX 2. — Oui. On dit : « Elle ne
s'acclimatera pas, il va falloir
la renvoyer en Europe. »

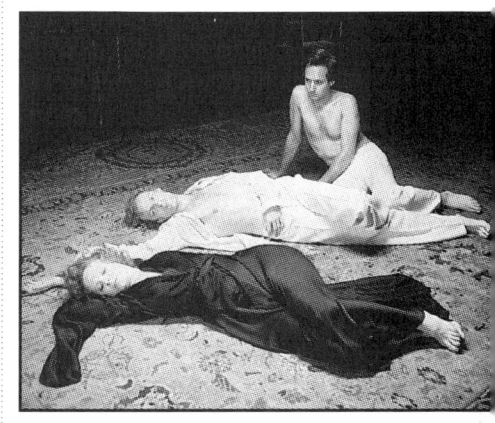

VOIX 1. — Ne supportait pas.
Déjà.

Temps.

VOIX 2. — Déjà.

VOIX 1, *visionnaire.* — Ces grilles
autour d'elle ?

Silence.

VOIX 2. — Le parc de
l'administration générale.

VOIX 1, *id.* — Ces sentinelles ?

VOIX 2. — Officielles.

VOIX 1. — Déjà…

VOIX 2. — Oui.

VOIX 1. — Déjà, ne supportait pas.

VOIX 2. — Non.

Silence.

VOIX 2. — Un jour, une chaloupe ministérielle s'arrête. Monsieur Stretter est en inspection des postes du Mékong.

VOIX 1, *temps.* — Il l'enlève de Savannakhet?

VOIX 2. — Oui. L'emmène. L'emmène pendant dix-sept ans dans les capitales asiatiques.

Temps.

VOIX 2. — On la trouve à Pékin. Et puis à Mandalay. À Bangkok. On la trouve à Bangkok. À Rangoon. À Sydney. On la trouve à Lahore. Dix-sept ans. On la trouve à Calcutta. Calcutta : Elle meurt.

Silence.

L'homme grand et maigre, habillé de blanc, entre dans le parc. Les voix ne l'ont pas vu. Il s'arrête. Regarde à travers les grillages des fenêtres les trois corps endormis.

VOIX 1. — Anne-Marie Stretter écrit sur la tombe?

VOIX 2. — Anna Maria Guardi.

Effacé. Sa tombe de cimetière
anglais...

VOIX 1, *à peine.* — Oui...

Silence.

*L'homme s'approche de la fenêtre
grillagée, vient voir à travers
les grillages les corps endormis.
Arrêté, il la regarde, elle.
Les «voix» ne l'ont toujours
pas vu.*

VOIX 1. — Michael Richardson
venait l'été à S. Thala.

VOIX 2. — Oui.
Elle n'y venait que rarement...
Cet été-là...

*L'homme maigre regarde toujours
le corps endormi d'Anne-Marie
Stretter.
Regard vide. Terrifiant. Regarde
celui dont les voix parlent, revient
à son corps endormi.
Les voix ne l'ont toujours pas vu.*

VOIX 1. — Anglais, Michael
Richardson... ?

VOIX 2. — Oui. *(Temps; lu:)*
«Michael Richardson avait monté
une affaire d'assurances martimes
au Bengale pour rester aux Indes.»

VOIX 1. — Près d'elle.

VOIX 2. — Oui.

*L'homme s'éloigne.
On le voit de dos, prendre
lentement l'allée qui mène vers
les tennis déserts.*

VOIX 1. — L'autre homme qui
dort?

VOIX 2. — De passage. Un ami des Stretter.
Elle est à qui veut d'elle.
La donne, à qui la prend.

VOIX 1, *temps, douleur.*
— Prostitution de Calcutta.

VOIX 2. — Oui.
Chrétienne sans Dieu.
Splendeur.

VOIX 1, *très bas.* — Amour.

VOIX 2, *à peine.* — Oui...

Silence.

L'homme maigre se dirige vers la bicyclette rouge posée contre les grillages des tennis déserts.
Il a été vu par les voix.
Elles reprennent, très basses, dans la peur.

VOIX 1. — Il est revenu dans le parc...

VOIX 2. — Oui... Chaque nuit... La regarde...

Silence.
L'homme hésite. Puis approche de la bicyclette d'Anne-Marie Stretter.

VOIX 1. — Ne lui a jamais parlé...

VOIX 2. — Jamais.
N'a jamais approché une...

Arrêt.

VOIX 1. — L'homme vierge de Lahore...

VOIX 2. — Oui...

L'homme est contre la bicyclette.

Avance les mains. Hésite.
Et puis, la touche.
La caresse.
Se penche.
L'enlace de ses deux bras.
Reste là, contre la bicyclette
d'Anne-Marie Stretter
– immobilisé dans le geste
du désir.
Silence.
Insensiblement, du côté des corps
endormis un mouvement
se produit : C'est elle.
Alors qu'il s'est penché vers
la bicyclette, dans un mouvement
inversé, elle se relève. Au même
rythme, lent, elle se relève et se
tourne vers le parc.
Anne-Marie Stretter regarde
l'homme en blanc enlacé
à sa bicyclette.
Silence.
Brusquement, l'homme lâche
la bicyclette. Reste les bras tombés
le long du corps, les mains
ouvertes, dans un geste de
désespoir et de passion.
Bruit de sanglots d'homme (seul
bruit directement entendu).
La femme regarde toujours,
assise, les mains à plat sur le sol.
Les sanglots cessent.
L'homme se relève.
Il se tient debout, face à la
bicyclette.
Et puis, lentement, il se retourne.
La voit.
La femme ne bouge pas.
Silence.

ILS SE REGARDENT.
CELA DURE QUELQUES SECONDES.
Silence.
C'est lui qui cesse de regarder.
Il détourne d'abord son visage.
Puis son corps bouge.
Il s'éloigne.
Elle, assise, le regarde qui
s'éloigne.
C'est quand il a disparu que dans
un mouvement très lent,
elle reprend sa place d'endormie
sous le ventilateur de cauchemar.
Silence.
Immobilité.
Sanglots lointains du vice-consul.
Silence de nouveau.
Dans le jardin la lumière
s'obscurcit encore une fois,
se plombe.
Aucun vent dans le jardin désert.

VOIX 2, *peur, très bas.* — LE BRUIT DE VOTRE CŒUR ME FAIT PEUR...

Silence.

Encore un mouvement dans la
masse immobile des trois corps
endormis : c'est la main de
Michael Richardson qui va vers le
corps de la femme, le caresse, et
reste là, posée.
Michael Richardson ne dormait
pas.
La lumière s'obscurcit encore.
Désir, épouvante de la «voix» 2.

VOIX 2. — Votre cœur, si jeune, d'enfant...

Pas de réponse.
Silence.

VOIX 2. — Où êtes-vous ?

Pas de réponse.

Silence.

Cris au loin : ceux du vice-consul.
Cris de désespoir. Déchirants,
obscènes.

Voix 1, *lointaine.* — Que crie-t-il ?

Voix 2. — Son nom de Venise
dans Calcutta désert.

Silence.

Les cris s'éloignent.
Ils disparaissent.
La VOIX DEUXIÈME, *d'une traite,*
dans la peur, récite le crime,
crime de Lahore :

Voix 2, *bas.* — « Il avait tiré à
Lahore. De son balcon, une nuit,
à Lahore, il avait tiré sur les
lépreux des jardins de Shalimar. »   *Silence.*

Douceur, calme douceur de la
VOIX UNE :

Voix 1. — Ne supportait pas.

Voix 2. — Non.

Voix 1. — Les Indes, ne
supportait pas ?

Voix 2. — Non.

Voix 1. — Quoi, des Indes ?

Voix 2. — L'idée.   *Silence.*

L'obscurité augmente. On
distingue de moins en moins les
corps sous le ventilateur qui
tourne toujours dans le lent

miroitement de ses ailes.
On ne les distingue plus les
uns des autres.

Silence.

Voix 1. — Une Lancia
noire file sur la route
de Chandernagor...

Pas de réponse.

Voix 1, *reprend.* — ... C'est là...
une première fois qu'elle...

Arrêt.

Voix 2. — Oui.
Ramenée en ambulance...
On a parlé d'un accident...

Temps.

Voix 1. — Depuis... elle est
restée maigre...

Voix 2, *à peine.* — Oui.

La 14ᵉ Variation *de Beethoven sur*
un thème de Diabelli. Loin.

NOIR COMPLET

Puis, au-delà du jardin, dans le
ciel, lueurs, soit du jour, soit d'un
feu – d'un feu couleur de rouille.
Voix lente – calme énoncé.

Voix 1. — Ces lueurs... Là?

Voix 2. — Les crématoires.

Voix 1. — On brûle les morts
de la faim?

Voix 2. — Oui.
Le jour vient.

Silence.

La 14e *Variation* jusqu'à la fin
sur la lueur des crématoires.

NOIR.

Nous sommes dans le même lieu que précédemment.

Simplement – comme si on avait changé d'axe de vision – le côté droit de l'endroit est découvert : il y a des portes ouvertes sur les salons de réception. Ces portes donnent également sur le parc.

(Comme si les salons étaient dans une AILE de l'ambassade.)

Pleine lumière partout. Lustres allumés.

Lanternes vénitiennes dans le parc.

Silence.

On dirait qu'il n'y a personne dans l'ambassade de France.

On ne voit rien des salons de réception, sauf la lumière qui sort des portes et qui éclaire le parc.

Lieu vide pendant quelques secondes.

Puis, sans un bruit, un domestique passe. Il porte un plateau de coupes de champagne, traverse l'endroit, sort vers la droite.

Silence encore. Vide encore.

Attente.

PUIS, TOUT À COUP, BRUIT.

LE BRUIT DE LA RÉCEPTION COMMENCE BRUTALEMENT, ENTIER. La soirée se déclenche comme mue par un mécanisme : D'un seul coup, de derrière les murs, par les portes ouvertes ce bruit devrait éclater.

La Veuve joyeuse *chantée par une femme. Un piano et deux violons l'accompagnent.*

DERRIÈRE la musique :

Bruit de conversations nombreuses, amalgamées.

Bruit de verres, d'assiettes, etc.

On n'entend pas les pas des danseurs.

Aucune conversation n'aura lieu sur scène, ne sera vue. Ce ne seront jamais les acteurs en scène qui parleront.

Une seule exception à cette règle : les sanglots du vice-consul de France : ils seront vus et entendus.

Lorsque les conversations consignées ici auront lieu, la rumeur de la réception baissera.

Il arrivera souvent que cette rumeur cesse PRESQUE *complètement lorsque certaines de ces conversations auront lieu, par exemple entre le jeune attaché et Anne-Marie Stretter, ou encore entre le vice-consul de France à Lahore et Anne-Marie Stretter. On peut supposer que les gens, intrigués, au lieu de parler,* LES REGARDERONT PARLER. *Cet éloignement de la rumeur de la réception ne sera donc pas arbitraire.*

Toutes les conversations – privilégiées ou non – qui feront ou non TAIRE *la réception autour d'elles devraient donner l'impression de n'être bien entendues* QUE PAR LES SEULS SPECTATEURS ET NON PAR LES INVITÉS DE LA RÉCEPTION :

Une rumeur même très légère devra donc être maintenue parallèlement à ces conversations. Le fait que celles-ci sont, de loin en loin, mêlées à d'autres conversations d'une teneur différente devrait prouver que ces conversations privilégiées sont ou pas du tout – ou mal – entendues par les invités. Et aussi le fait que, de temps à autre, certains propos entendus seront RAPPORTÉS MAIS D'UNE FAÇON TOUJOURS PLUS OU MOINS ERRONÉE : *ce sont ces légères* ERREURS *qui prouveront le mieux que* SEULS *les spectateurs entendent* BIEN *les conversations privilégiées.*

Le bruit de la réception devrait venir du côté droit et de la scène, et de la salle, comme si la réception avait lieu aussi derrière les murs de la salle. Anne-Marie Stretter portera une robe noire – celle qu'elle portait au bal de S. Thala –, celle qui est décrite dans Le Ravissement de Lol V. Stein.

Les hommes seront en smoking noir. À l'exception du vice-consul de France à Lahore qui portera un smoking blanc.

Les autres femmes de la réception seront en robes longues, de couleur.

La réception SE RÉPANDRA, *pendant qu'elle durera, soit dans le parc, soit dans ce lieu que nous connaissons déjà : le salon particulier d'Anne-Marie Stretter. L'image ou la scène, du point de vue sonore, jouera le rôle d'une chambre d'écho. Les voix, passant par cet espace, devraient arriver au spectateur avec la même portée que sa voix «de lecture intérieure».*

Le décor devra apparaître comme ACCIDENTEL, *volé à un «tout» de nature inaccessible : la réception.*

La diction, en général, devra être d'une extrême précision. Elle devrait ne pas paraître TOUT À FAIT NATURELLE. *Un défaut, léger, devra être mis au point lors des répétitions : il sera* COMMUN *à toutes les voix.*

.

On devrait avoir le sentiment d'une lecture, mais rapportée, c'est-à-dire :
DÉJÀ JOUÉE. *C'est ce que nous appelons : « voix de lecture intérieure ».*
Rappelons que sur scène, rigoureusement, aucun mot ne sera prononcé.

.

*Heure exquise chanté
par une femme. Puis repris
par l'orchestre.
Un couple, en valsant, traverse
un angle du parc.*

Des femmes parlent (assez près) :

— C'est la dernière réception
avant la mousson.

— Comment ? La mousson n'est
pas commencée ?

— À peine. Elle battra son plein
dans quinze jours. Jamais de
soleil. Pendant six mois... Vous
verrez... On ne dort plus... On
attend les orages...

*Un domestique indien passe
– va vers la réception. Il porte un
plateau sur lequel il y a des
coupes de champagne pleines.
Deux couples traversent,
ils valsent. Lentement.
Ils disparaissent.*

Des femmes parlent (plus loin) :

— Elle a invité le vice-consul
de France à Lahore...

— Oui. À la dernière minute,
elle lui a envoyé un carton :
«Venez.» L'ambassadeur a laissé
faire.

Un homme jeune arrive.
Il s'arrête, regarde autour de lui.
Manifestement il ne connaît pas
cet endroit de l'ambassade. Il a
un air de fatigue, de vouloir fuir
la réception. Il regarde vers les
tennis déserts.
Tandis qu'il regarde, un couple
de danseurs traverse un angle
du parc, disparaît.

Des hommes parlent (de l'homme
jeune) :

— Qui est-ce ?

— Le nouvel attaché... Arrivé
depuis un mois... Il ne s'habitue
pas.

— C'est la première fois qu'il
vient ici.

Temps.

— Il reviendra. Il sera invité,
il ira aux îles...
C'est l'ambassadeur qui invite
aux îles. Pour elle,
pour sa femme.

Temps.

— À quoi devinez-vous qu'il ira
aux îles ?

Temps.

— Cette détresse dans le
regard... Elle n'aime pas les gens
qui s'habituent...

— Il y en a ?

— Parfois...

— Les cercles fermés aux Indes,
c'est le secret... n'est-ce pas ?

— Oui.

*Le jeune attaché continue
à regarder autour de lui. Puis il
se tourne vers le bal, suit des yeux
la réception. Et y retourne.*
Heure exquise *se termine.*
*Il y a un instant sans musique.
Seul le bruit de la réception. Pas
de rires. Une sorte d'accablement
général.*
*Dans le parc, des femmes passent,
regardent avec curiosité vers le
salon de l'ambassadrice de
France. Elles s'éventent avec des
grands éventails blancs.*
Elles sont passées.

*Un homme parle
(l'ambassadeur) :*

— Dites-moi, ma femme
a dû vous dire... nous
aimerions bien vous avoir,
une fois, aux îles... Vous voyez,
il y a quelquefois
des nouveaux arrivants
qu'on aimerait connaître mieux
que d'autres... Les lois
qui régissent une société
normale n'ont pas cours ici...
Nous ne choisissons pas...
(Sourire dans la voix.) Vous
voulez bien ? La résidence
donne sur l'océan, elle date
des Comptoirs, il faut la voir.
Et ces îles sont salubres, surtout

Silence.
Des hommes parlent :

la grande, la plus grande
des îles du Delta.

— Il écrivait, l'ambassadeur...
Vous le saviez ? J'ai lu une petite
plaquette de poèmes...

— On m'a dit ça... C'est elle qui
l'aurait découragé...

Silence.

Un tango a remplacé Heure
exquise.
Le vice-consul de France à Lahore
est entré dans le parc. Il est en
smoking blanc. Il est seul. Il
semblerait que personne n'ait
encore remarqué sa présence.

Deux conversations entre hommes
et femmes (n° 1 et n° 2) :

Nº 1. — Elle aurait pu nous éviter cette présence gênante...

Temps.

— Qu'a-t-il fait au juste ? Je ne
suis jamais au courant de rien...

— Le pire... Mais comment le
dire... ?

— Le pire... ?

Silence.

Nº 2. — Cette femme intrigue.
Personne ne sait très bien à quoi
elle occupe son temps... À quoi ?
Elle est bien occupée à quelque
chose... ?

— Elle doit lire... Entre l'heure de

la sieste et celle de la promenade
que ferait-elle d'autre...

— Des colis de livres arrivent de
Venise à son nom... Elle s'occupe
de ses filles aussi... À la saison
sèche elles jouent au tennis,
elles passent devant les bureaux,
on les voit, toutes les trois,
en blanc...

Temps.

— Que l'on se pose la question
de savoir ce qu'elle fait, c'est ça
qui est curieux...

Silence.

N° 1, *suite.* — Il a tué ?

— Il tirait la nuit sur les jardins
de Shalimar... Vous le savez... ?
Mais aussi bien des balles ont été
trouvées dans les glaces de sa
résidence à Lahore...

— Il tirait sur lui-même... *(Rire
léger.)*

Pas de réponse.

— Les lépreux, on les distingue
mal du reste...

— Vous voyez que vous savez,
vous parlez des lépreux...

Silence.

N° 2, *suite.* — Et elle fait de la
bicyclette aussi, très tôt le matin,
dans le parc. Pas pendant la
mousson bien sûr...

N° 1, *suite.* — Quelle est la
version officielle ?

— Les nerfs qui ont lâché...
Fréquent.

Temps.

— C'est drôle, cet homme vous
force à penser à lui...

*Michael Richardson est entré. Il
n'est pas en smoking. Il s'assied. Il
fume une cigarette. Il ne regarde
pas vers le parc.
Dans le parc, le vice-consul : il
regarde Michael Richardson.
Deux femmes entrent côté droit,
s'arrêtent. Elles ont vu Michael
Richardson, elles le regardent
avec curiosité. Lui ne les voit pas.
Un domestique passe avec des
coupes de champagne.
Il en offre une à Michael
Richardson. Part.
Le tango, loin, dirait-on.
Michael Richardson se lève, il fait
quelques pas vers la réception, la
regarde d'assez loin, puis il se
retourne : voit le vice-consul dans
le parc.
Alors les femmes le voient aussi
et reculent d'un pas.*

Des femmes parlent (bas) :

— Regardez... Michael
Richardson...

Temps.

— Ah oui... Il ne vient pas aux
réceptions... ?

— Jamais, à la fin
seulement, vers le milieu de la
nuit. Ils restent à quelques
intimes...

Temps.

— Quelle histoire...
quel amour... On dit qu'il
a tout quitté pour la suivre...

— Tout. Il était fiancé. Tout.
En une nuit...

Silence.

*Michael Richardson ébauche
un mouvement vers le vice-consul
– vers la porte du parc.
Le vice-consul se détourne.
Michael Richardson s'arrête.
Les deux femmes suivent des yeux.*

Des femmes parlent (bas, peur) :

— Regardez dans le parc...

— Ah... c'est lui ?

— Oui.

— Quelle maigreur... et ce
visage... comme greffé... quelle
pâleur...

Silence.

*Michael Richardson se retourne
vers la réception.
Les femmes qui suivaient des yeux
disparaissent.*

Femmes (suite) :

— Ils se connaissent ?

— Apparemment, non...

Silence.

*Le vice-consul
regarde la réception. Michael
Richardson, de nouveau,*

le regarde. Le vice-consul
paraît très absorbé,
ne le remarque pas.

Des hommes parlent :

— La nuit il tirait de son balcon.

— Oui. Il criait aussi.
À moitié nu.

— Quoi ?

Temps.

— Des mots sans suite. Il riait.

— Aucune femme, à Lahore, ne
l'aurait connu d'assez près qui
pourrait dire un peu... ?

— Aucune. Jamais.

— Comment est-ce possible ?

— Dans sa résidence, personne
n'est jamais allé, dans sa
résidence de Lahore...

— C'est terrifiant... Cette
abstinence... Terrible...

Silence.

Michael Richardson se détourne
vers la réception, essaie de voir ce
que peut regarder le vice-consul
avec tant d'attention.

Des hommes et des femmes
parlent :

— Vous avez entendu ?
L'ambassadeur a dit au jeune
attaché : «Les gens s'écartent de
lui, je sais... il fait peur... mais

vous m'obligeriez si vous alliez
lui parler un peu. »

Temps.

— Sur le milieu que sait-on ?
sur l'enfance ?

— Son père, petit banquier à
Neuilly. Enfant unique. Sa mère
aurait quitté le père. Nombreux
renvois pour mauvaise conduite.
Études brillantes mais après le
secondaire... c'est tout...

— On ne sait rien en somme...

— Rien.

Temps.

— Est-ce qu'il n'y aurait pas en
chacun de nous... comment
dire ? une chance sur mille d'être
comme lui à... enfin... *(arrêt)* je
pose la question... c'est tout...

Pas de réponse.
Silence.

Un couple arrive au bord du
parc. Ils voient le vice-consul.
Renoncent à pénétrer plus avant
dans le parc. Michael Richardson
les regarde. Ils hésitent. Se
détournent. Retournent à la
réception. Le vice-consul regarde
la réception et rit.
Des femmes passent dans le parc
en s'éventant. Elles ne voient pas
le vice-consul. Elles s'arrêtent et
regardent la réception, de loin :
quelque chose les frappe.

Des femmes parlent :

— Avec qui danse-t-elle?

— L'ambassadeur.

— Vous saviez qu'il l'avait
enlevée à un administrateur
général dans un poste reculé de
l'Indochine française... je ne
me souviens plus... au Laos
je crois...

— Savannakhet... ?

— C'est ça, oui...

— Vous ne vous souvenez pas? :
«... lente chaloupe à stores, lente
remontée du Mékong vers
Savannakhet... large coulée entre
la forêt vierge, rizières grises...
et avec le soir, des grappes
de moustiques se collaient
aux moustiquaires... »

Silence.

— Quelle mémoire... *(Rire léger.)*

Silence.

— Dix-sept ans qu'ils tournent
en Asie.

*Ils regardent tous vers
la réception (l'ambassadeur
qui danse avec sa femme).
Le vice-consul rit en silence.*

Des hommes parlent :

— Il a parlé de Lahore
à quelqu'un?

— Jamais.

— Et d'autre chose?

— Je ne crois pas... On lui écrit
de France. Une vieille tante...
Les lettres ont été interceptées...
Il paraît que... il a dit au
directeur du Cercle européen
qu'il aurait fait un établissement
disciplinaire... à quinze ans...
dans le Nord...

— À lui, il parle? À cet alcoolique?

— C'est-à-dire... l'autre dort,
alors il parle seul... *(Rire léger.)*

— À personne au fond...

— C'est ça... *(Rire léger.)*

— Qu'a-t-il trouvé aux Indes
qui le déchaîne? Il ne savait pas
avant? Il lui fallait voir pour... ?
On se renseigne quand même...

Des femmes parlent:

— Il a l'air heureux par instants.
Regardez... Comme s'il était fou
de bonheur tout d'un coup...

Temps.

— Quand elle danse peut-être...

— Quelle idée vous avez là...

— Je viens de m'en apercevoir
à l'instant...

Silence.

— Qui a parlé de Bombay?

— Lui, au directeur du Cercle. Il

se voyait, photographié au bord
de la mer d'Oman,
sur une chaise longue... *(Rire
léger.)*

— Il n'en parlerait plus, paraît-il.

Silence.

*Le jeune attaché est entré à son
tour dans le parc.
Il va vers le vice-consul de France,
lentement, comme pour
l'apprivoiser. Le vice-consul
esquisse une fuite. Le jeune
attaché hésite, puis il lui prend
le bras. Le vice-consul ne fuit plus.
Du geste, le jeune attaché invite le
vice-consul à le suivre.
Ils vont vers la réception. Entrent.
Michael Richardson les a vus
– le seul à ne pas regarder danser
Anne-Marie Stretter avec son
mari.*

Des femmes parlent :

Temps.

Temps.

Silence.

— Vous avez vu... ?

— Oui, c'est elle qu'il regarde...

— À mon avis, Bombay c'est trop
recherché, ils l'enverront
ailleurs...

— Parlez-moi de Madame
Stretter.

— Irréprochable. Passez derrière
les cuisines, vous verrez des
grands récipients d'eau fraîche-

pour les mendiants... C'est elle-
qui...

— ... Irréprochable... (*Rire
léger.*) Allons...

— Rien ne se voit. C'est ce que
nous voulons dire, ici, par
ce mot.

Silence.

*Plusieurs personnes sortent dans
le parc et regardent vers la
réception. Des femmes s'éventent.
(Ce ne sont jamais les gens vus
qui parlent, rappelons-le.)
Domestiques qui passent,
régulièrement.*

Un homme et une femme parlent :

— On la dirait... prisonnière
d'une sorte de souffrance. Mais...
très ancienne... trop ancienne
pour encore l'attrister...

— Pourtant elle pleure... Des
gens l'ont vue... dans le parc...
quelquefois...

Temps.

— La lumière peut-être, c'est
si pénible... et ses yeux sont
si clairs...

— Peut-être... Quelle grâce...
Regardez...

— Oui...

— Qui fait peur... vous ne
trouvez pas ?

Silence.

Michael Richardson s'est assis
du côté gauche de la pièce. Il a
l'air d'attendre. Il ne regarde pas
vers la réception. On le voit bien.
Il est très beau. Plus jeune
qu'Anne-Marie Stretter :
Sa sauvagerie est évidente.
Il fume. Il est tendu, absorbé.
Plusieurs conversations ont lieu
entre des gens qui ont vu, ou non,
le vice-consul entrer
dans la réception.

Des femmes parlent :

    — Les roses arrivent tout droit du Népal...

    — Elle les distribue à la fin du bal.

    — *(Bas :)* Regardez... le voilà...

Silence.

    — Il ne remarque pas que tout le monde le regarde...

    — On voit mal ses yeux...

    — Le visage est comme mort... Vous ne trouvez pas ?... il fait peur...

    — Oui. Le rire est comme... collé... *(Temps.)* Pourquoi rit-il ?

    — Qui sait ?

Temps.

    — Dans les jardins, quand il va au bureau, il siffle *India Song*.

— Que fait-il ?

— Un travail de classement...
rien... on l'occupe...

Silence.

Des hommes parlent :

— C'est curieux... la plupart
des femmes ont la peau
très blanche aux Indes...

— Elles vivent à l'abri du soleil.
Volets clos... des recluses...

— Et puis, elles ne font rien ici...
elles sont servies.

— Reposées, oui.

Silence.

— Quand elle passe avec ses
filles pour aller au tennis,
je l'avoue, je regarde...
En short... ah... c'est beau des
jambes de femme, ici... plantées
dans cette horreur... *(Temps,
sursaut.)* Ah... mais regardez...

Silence.

Des femmes parlent :

— La première chose à voir ce
sont ces îles...

— Sont-elles belles... Que
deviendrait-on ici sans les îles ?

— C'est ce que nous regretterons
des Indes, ces îles de l'océan
Indien...

Silence.

Voix isolée de femme :

— La meilleure hygiène pendant

la mousson... Le thé vert
brûlant... vous saviez?... ce que
font les Chinois...

Silence.

— Vous avez vu?... Le jeune
attaché parle avec le vice-consul
de Lahore...

Des femmes parlent :

— La voix... écoutez la voix...
blanche...

Silence.

Silence.

*Silence PRESQUE total. Tout le
monde doit regarder le jeune
attaché et le vice-consul.
(La voix du vice-consul est sèche,
presque stridente. Celle du jeune
attaché, au contraire, est douce,
basse.)*

*Le jeune attaché (J. attaché)
et le vice-consul (V.-consul)
parlent :*

V.-CONSUL. — C'est difficile
évidemment, mais quoi pour
vous, précisément?

J. ATTACHÉ. — La chaleur,
bien sûr... mais aussi cette
monotonie... cette lumière...
aucune couleur...
Je ne sais pas si je
m'habituerai...

V.-CONSUL. — À ce point?

J. ATTACHÉ. — C'est-à-dire...
J'étais sans à priori à
mon départ de France... mais

vous... ? avant Lahore... ?
auriez-vous préféré autre
chose... ?

V.-CONSUL. — Rien. Lahore était
ce que je voulais.

Silence.
Puis, India Song.

Un homme et une femme parlent
(bas) :

— Vous avez entendu ?

— Mal. J'ai compris : « Lahore
était ce que je désirais »...

— J'ai entendu : « ... ce que je...
ce que j'avais... »

— Qu'est-ce que ça veut dire ?
Rien...

— *(D'une traite :)* Dans le rapport
on dit qu'on le voyait, la nuit, par
la fenêtre de sa chambre,
marcher, comme en plein jour...
parler... seul... toujours...

— ... La nuit comme en plein
jour...

— Oui...

Silence.

On entend une voix d'homme
isolée, avec un fort accent anglais,
qui domine les autres voix.

Voix isolée (George Crawn) :

— Approchez-vous du bar.
Je suis un vieil ami d'Anne-Marie

1265

Stretter... Je me présente :
George Crawn... Prenez
l'habitude de vous servir... il n'y
a personne au bar...

*Brouhaha pendant quelques
instants (les gens vont vers
le bar).*

Voix isolée de femme :

— Il a dit ça pour faire
diversion...

Le brouhaha se calme.

J. ATTACHÉ. — Venez vers le bar.
(Temps.) Que craignez-vous ?

Pas de réponse.

J. ATTACHÉ. — On dit que Bombay
vous plairait ?

V.-CONSUL. — Ils ne me
garderont pas à Calcutta ?

J. ATTACHÉ. — Non.

V.-CONSUL. — Dans ce cas je m'en
remets aux autorités consulaires.
Qu'on m'envoie où on voudra.

J. ATTACHÉ. — Bombay est moins
peuplé, le climat est meilleur,
et la proximité de la mer est
appréciable.

Silence.

Voix d'homme isolée :

— On dirait qu'il n'entend pas
quand on lui parle.

J. ATTACHÉ. — Que faites-vous ?
Venez...

V.-CONSUL. — J'écoute *India*

Song. (Temps.) Je suis venu aux
Indes à cause d'*India Song.*

Silence.

*Anne-Marie Stretter, pour la
première fois (dans l'acte II)
apparaît sur la scène. Elle vient
de la réception. Elle sourit à
Michael Richardson. Il se lève, la
regarde venir. Lui ne sourit pas.
Personne ne les voit (tout le
monde regarde le vice-consul et le
jeune attaché). C'était elle que
Michael Richardson attendait.
Anne-Marie Stretter et Michael
Richardson se regardent.
Il l'enlace.
Ils dansent dans un coin de
la pièce, seuls.
On entend la voix* PUBLIQUE
du vice-consul.

V.-CONSUL. — Cet air me donne
envie d'aimer.
Je n'ai jamais aimé.

Pas de réponse.
Silence.

*Cette phrase du vice-consul est
dite tandis que le couple danse
devant nous.
Le couple disparaît du côté
gauche de la scène.*
India Song, *toujours.*

V.-CONSUL. — Excusez-moi.
Je n'ai pas demandé la
communication de mon dossier.
Mais vous le connaissez.
Qu'est-ce qu'on dit ?

J. ATTACHÉ. — On dit que
Lahore… Ce que vous avez

fait à Lahore... On ne peut pas comprendre ce que vous avez fait à Lahore, de quelque façon qu'on s'y prenne... personne...

V.-CONSUL, *temps.* — Personne?

Pas de réponse.
Silence.

La mendiante apparaît dans
le parc.
Elle se cache derrière un buisson.
Reste.

Des hommes parlent:

— Il a dit qu'il était dans l'impossibilité d'expliquer ce qu'il avait fait à Lahore de façon convaincante.

— ... convaincante...?

— J'ai retenu le mot.

Anne-Marie Stretter revient du
côté gauche de la pièce.
Lentement. Elle s'arrête. Elle
regarde vers le parc: les deux
femmes du Gange se regardent.
La mendiante sort sa tête chauve,
sans peur, se cache de nouveau.
Anne-Marie Stretter, du même pas
lent, s'éloigne.

Des femmes parlent:

— Elle va seule aux îles. L'ambassadeur, lui, chasse au Népal.

— Seule... enfin...

— Avec lui, Michael Richardson.

Et d'autres...

— On dit que ses amants
sont anglais, étrangers au milieu
des ambassades... On dit que
l'ambassadeur sait...

— Vous savez, quand
il l'a rencontrée,
il n'espérait plus ça... il est plus
âgé qu'elle...

Temps.

— Il y a maintenant entre eux
une amitié à toute épreuve...

Silence.

*Anne-Marie Stretter est entrée
dans la réception.*
India Song *se termine.*
*Le vice-consul revient dans
le parc.*
*Il est près de la mendiante. Ils ne
se voient pas.*
Un blues est joué.

*Des femmes et des hommes
parlent :*

— Le protocole veut que
l'on fasse une danse
avec l'ambassadrice de France...

— Regardez... Il a quitté
le jeune attaché. Il est retourné
dans le parc...

— Encore... Depuis
le commencement de la soirée
il revient là...

— Prêt à fuir on dirait.

— Et en même temps...

Silence.

Le vice-consul s'est immobilisé et regarde de toutes ses forces vers la réception.

Suite conversation :

— Que regarde-t-il ?

— L'ambassadrice de France qui danse en ce moment avec le jeune attaché.

Silence.

Le jeune attaché et Anne-Marie Stretter arrivent en dansant dans la pièce. Ils repartent vers la réception. Autour d'eux le silence se fait aussi.

Des femmes parlent (bas) :

— Vous avez entendu ? *(Temps.)* Elle lui a dit : «Je voudrais être à votre place, arriver aux Indes pour la première fois de ma vie pendant la mousson d'été.» *(Temps.)* Ils sont trop loin... Je n'entends plus...

Conversation entre Anne-Marie Stretter (A.-M. S.) et le jeune attaché (voix d'Anne-Marie Stretter, merveilleuse de douceur) :

A.-M. S., *redite voulue avec légère erreur.* — Je voudrais être à votre place, arriver ici pour la première fois, pendant les pluies. *(Temps.)* Vous ne vous ennuyez pas ? Que faites-vous ? Le soir ? Le dimanche ?

J. ATTACHÉ. — Je lis. Je dors... Je
ne sais pas très bien...

A.-M. S., *temps.* — Vous savez,
l'ennui, c'est une question
personnelle, on ne sait pas trop
quoi conseiller.

J. ATTACHÉ. — Je ne crois pas
m'ennuyer.

A.-M. S.— Et puis... *(arrêt)...*
ça n'a peut-être pas la gravité
qu'on dit... Je vous remercie
pour les colis de livres, vous me
les faites porter très vite du
bureau...

J. ATTACHÉ. — Je vous en prie...

Temps.

Silence.

*Le bruit reprend peu à peu autour
d'eux, léger.*

*Des hommes parlent :
dans les silences de la
conversation précédente :*

— Comme elle intrigue cette
femme. Ces lectures... Ces nuits
blanches à la résidence du
delta...

— C'est vrai... Que dissimule
cette douceur... ?

— Le sourire est presque
toujours déchirant...

A.-M. S.— Vous savez, presque
rien n'est... n'est possible

Silence.

aux Indes... c'est ce que l'on peut dire...

J. ATTACHÉ, *douceur.* — Vous parlez de quoi?

A.-M. S. — Oh... de rien... de ce découragement général... *(Sourire dans la voix.)*

Des hommes et des femmes parlent:

— On dit que parfois elle traverse des crises... graves...

— *(Bas.)* Vous parlez de... du voyage à Chandernagor, n'est-ce pas?

— Oui. Et aussi d'autre chose... quelquefois elle s'enferme... Personne ne la voit...

— Que lui, Michael Richardson...

— Oui, bien sûr...

A.-M. S. — Ce n'est ni pénible ni agréable de vivre aux Indes. Ni facile ni difficile. Ce n'est rien... vous voyez... rien...

J. ATTACHÉ, *temps.* — Vous voulez dire que c'est impossible?

A.-M. S. — C'est-à-dire... *(Légèreté adorable de la voix.)*... Peut-être... oui... *(Sourire dans la voix.)* Mais à ce point, vous voyez, c'est sans doute une simplification...

Des hommes et des femmes parlent :

— À Venise, elle donnait déjà des concerts... Elle était un espoir de la musique européenne.

— Elle en est partie très jeune, de Venise... ?

— Oui. Avec un fonctionnaire français qu'elle a quitté pour Stretter.

Silence.

J. ATTACHÉ. — On dit que vous êtes vénitienne.

A.-M. S. — Mon père était français. Ma mère, oui... elle était de Venise.

Silence.

Hommes et femmes (suite) :

— Elle joue presque tous les soirs. Enfin, à la saison sèche. *(Temps.)* Pendant la mousson l'humidité est telle que les pianos se désaccordent en une nuit...

Silence.

J. ATTACHÉ. — Je vous ai crue anglaise la première fois.

A.-M. S. — Ça arrive quelquefois.

Temps.

J. ATTACHÉ. — Est-ce qu'il y en a qui ne s'habituent jamais ?

A.-M. S., *lent.* — Presque tout le monde s'habitue.

Silence.

J. ATTACHÉ, *net tout à coup.* — Le

1273

vice-consul de France à Lahore
vous regarde.

J. ATTACHÉ. — Il vous regarde
depuis le début de la soirée.

J. ATTACHÉ. — Vous ne l'avez pas
remarqué ?

Pas de réponse.

Pas de réponse.

Réponse évitée.

A.-M. S. — Où souhaite-t-il être
affecté, vous le savez ?

J. ATTACHÉ, *il sait.* — Ici à Calcutta.

A.-M. S. — Tiens...

J. ATTACHÉ. — J'avais imaginé que
vous le saviez.

Pas de réponse.
Silence.

Passage de domestiques.
Les danses se succèdent : blues,
tangos, fox-trot.

A.-M. S. — Mon mari vous a dit ?
Nous aimerions vous avoir aux
îles.

J. ATTACHÉ, *temps.* — Je serai
heureux de venir.

Silence.

Un homme et une femme
parlent :

— Si vous écoutez bien, la voix a
des inflexions italiennes...

Temps.

— C'est vrai... c'est peut-être
ça qui prive de... de la
présence... cette origine
étrangère ?

— Peut-être...

A.-M. S. — Vous écrivez je crois?

J. ATTACHÉ, *temps.* — J'ai cru
pouvoir écrire. Avant. *(Temps.)*
On vous l'a dit?

A.-M. S. — Oui, mais je l'aurais
sans doute deviné... *(Sourire
dans la voix.)* À la façon que
vous avez de vous taire...

J. ATTACHÉ, *sourire.* — J'ai
abandonné. *(Temps.)* Monsieur
Stretter écrivait aussi?

A.-M. S. — Ça lui est arrivé aussi,
oui. Et puis... *(Arrêt.)*

J. ATTACHÉ, *temps.* — Et vous?

A.-M. S. — Je n'ai jamais essayé...

J. ATTACHÉ, *net.* — Vous trouvez
que ce n'est pas la peine, n'est-ce
pas... ?

A.-M. S., *sourire.* — C'est-à-dire...
(arrêt) oui, si vous voulez...

Temps.

J. ATTACHÉ. — Vous faites de la
musique.

A.-M. S. — Parfois. *(Temps.)*
Moins depuis quelques années...

J. ATTACHÉ *(douceur, de l'amour
déjà).* — Pourquoi?

A.-M. S., *lent.* — C'est difficile à exprimer...

J. ATTACHÉ. — Dites-le-moi.

A.-M. S. — Une certaine douleur... s'attache à la musique... depuis quelque temps... pour moi...

Temps long.

Pas de réponse.
Silence.

Le vice-consul quitte sa place dans le parc et il entre à la réception.
Les gens qui ne cessent d'aller et venir entre le parc et la réception le suivent des yeux.
Sorte de brouhaha. Quelques exclamations sourdes.
Puis deux ou trois couples arrivent dans le parc, comme s'ils fuyaient l'homme de Lahore.

Des femmes parlent :

— Que se passe-t-il ?

— Le vice-consul de Lahore a invité la femme du premier secrétaire de l'ambassade d'Espagne.

Temps.

— La pauvre... Mais les gens ont peur de quoi ?

— Ce n'est pas de la peur... c'est... une répulsion plutôt..., mais... irrésistible... Ça ne s'analyse pas...

Silence.

J. ATTACHÉ. — Serez-vous tenue de danser avec lui ?

A.-M. S. — Je ne suis tenue à rien
mais... *(Sourire dans la voix.)*

Temps.

J. ATTACHÉ. — Cette nuit il était
dans le parc. Vers les tennis.

Réponse lente à venir.

A.-M. S. — Il dort mal je crois.

Temps.

J. ATTACHÉ. — Il vous regarde
encore.

Silence.

Voix isolée de femme :

— La pauvre femme... et de plus
elle se croit obligée de lui parler...

Silence.

J. ATTACHÉ. — La répulsion est un
sentiment que vous ignorez ?

Temps.

A.-M. S. — Je ne comprends pas...
Comment l'ignorer ?

J. ATTACHÉ, *bas.* — L'horreur...

Pas de réponse.
Silence.

J. ATTACHÉ, *net, très clair.*
— Ils parlent de la lèpre.

Silence.

*Le jeune attaché a parlé de la
conversation qui a lieu entre
le vice-consul et la femme
du secrétaire de l'ambassade
d'Espagne (Espagnole).*

*Conversation entre le vice-consul
et l'Espagnole :*

ESPAGNOLE, *accent.* — ... la
femme d'un secrétaire, chez
nous, elle devenait folle, elle
croyait qu'elle l'avait attrapée...

impossible de lui enlever cette
idée de la tête... il a fallu
la renvoyer à Madrid...

V.-CONSUL. — Elle avait la lèpre ?

ESPAGNOLE, *étonnement.* — Mais
pas du tout, pensez-vous...
les accidents sont très rares...
en trois ans je connais seulement
un ramasseur de balles au
Cercle... tout le personnel passe
des visites... c'est très sérieux...
je n'aurais pas dû vous dire ça...
je ne sais pas comment c'est
venu...

V.-CONSUL. — Mais je n'ai pas
peur de la lèpre.

ESPAGNOLE. — Tant mieux parce
que... Remarquez, il y a pire que
ça... Singapour par exemple...

V.-CONSUL, *lui coupe la parole.*
— Je la souhaite. Vous n'avez pas
compris ?

Léger brouhaha.
Puis silence.

Une femme et un homme parlent :

— Elle l'a quitté pendant
la danse... Qu'est-ce qui s'est
passé ?

— Une chose qu'il lui aura dite
sans doute... qui lui a fait peur...

Silence.

Des invités quittent le parc et

retournent à la réception.
La mendiante sort sa tête chauve
et regarde – oiseau de nuit.
Puis, de nouveau, se cache.
Le jeune attaché a dû la voir.

J. ATTACHÉ. — Une mendiante est entrée dans le parc.

A.-M. S. — Je sais... C'est celle qui chante, vous savez ? C'est vrai que vous arrivez à Calcutta... Elle chante, il me semble, un chant de Savannakhet... C'est au Laos... Elle nous intrigue... Je me dis que je dois me tromper, ce n'est pas possible, nous sommes à des milliers de kilomètres de l'Indochine ici... Comment aurait-elle fait ?

J. ATTACHÉ, *temps.* — Je l'ai entendue dans l'avenue, tôt, le matin... C'est un chant gai.

A.-M. S. — Les enfants le chantent là-bas... Elle a dû descendre par les vallées des fleuves. Mais pour passer la chaîne des Cardamomes comment a-t-elle fait ?

J. ATTACHÉ. — Elle est tout à fait folle.

A.-M. S. — Oui, mais voyez... elle vit. Parfois elle vient aux îles. Comment ? On ne sait pas.

J. ATTACHÉ. — Elle vous suit peut-être. Elle suit les Blancs ?

Silence.

Des invités sortent de la réception. Légère peur.

Des hommes et des femmes parlent :

A.-M. S. — Ça arrive, la nourriture.

— Où est-il ?

— Près du bar... Il boit trop cet homme. Ça va mal finir.

— Il a quelque chose de... d'impossible.

— C'est ça...

— À Lahore non plus personne ne le recevait ?

— Personne.

— Il a vécu l'enfer à Lahore.

— Sans doute... Mais comment surmonter ce... ce dégoût... ?

Des hommes parlent :

— Cet homme, c'est la colère.

— Contre qui ? Contre quoi ?

Pas de réponse.
Silence.

Des femmes parlent :

— Il appelait la mort sur Lahore, le feu.

— Il buvait peut-être ?

— Non, non... Ici, l'ivresse

est toujours pareille,
pour nous tous, on parle
de repartir...
Non, il n'était pas soûl...

Deux femmes sont entrées dans la
pièce. Elles ont chaud, s'éventent.
Elles regardent autour d'elles.
Un blues.
Les femmes regardent
la réception.
Tout à coup, elles cessent de
s'éventer : elles viennent de voir
quelque chose qui les frappe.
Blues.

Voix isolée de femme :

— Ça devait arriver. Regardez...
Le vice-consul de Lahore se
dirige vers Madame Stretter...

Silence.

Des hommes parlent :

— Vous avez remarqué ? Les
Blancs ici ne parlent que d'eux-
mêmes. Le reste... Et pourtant...
les suicides d'Européens
augmentent avec les famines.

— ... dont ils ne souffrent pas...
(Rire léger.)

— Non...

Silence.

Les deux femmes suivent des yeux
avec une intense curiosité (la
marche du vice-consul vers
Madame Stretter).
La rumeur de la réception cesse
à peu près complètement pendant
plusieurs secondes.
Puis elle reprend légèrement.

*Exclamations assourdies par la
politesse.*

*Des femmes et des hommes
parlent (conversations n° 1
et n° 2) :*

Nᵒ 1. — Vous avez vu ?
L'ambassadeur... ? quelle
adresse... il a évité la corvée
à sa femme...

Silence.

— Où vont-ils ?

— Dans le deuxième salon...
Remarquez, tôt ou tard l'ambassadeur devait y arriver... à lui
parler... alors...

Silence.

Nᵒ 2. — Vous avez vu... ? quel
geste admirable... tout le monde
l'a vu.

— Où vont-ils ?

— Dans le deuxième salon.
(Temps.) On leur porte
du champagne...

Silence.

Nᵒ 1. — Qu'attend-il pour quitter
la réception... ? aller au-devant
de la honte comme ça...

Nᵒ 2. — Il a dit au directeur
du Cercle une phrase qui me
hante... : « Chez moi, à Neuilly,
dans un salon, il y a un grand
piano noir fermé... sur le
porte-musique il y a *India Song.*
Ma mère jouait *India Song.*
Je l'entendais de ma chambre.

Le morceau est là depuis sa
mort... »

— Qu'est-ce qui vous frappe
à ce point ?

— L'image.   *Silence.*

                                              Silence. Blues.
                                              Madame Stretter et le jeune
                                              attaché traversent les jardins.

                                              Conversation entre l'ambassadeur
                                              et le vice-consul.

AMBASSADEUR. — Si j'ai bien
compris, mon ami, vous
    préféreriez Bombay ? Mais vous
ne pourriez pas à Bombay
    occuper le même poste qu'à
(hésitation) Lahore : C'est encore
trop tôt... Tandis que si vous restez ici... on oubliera... L'Inde est
un gouffre d'indifférence en
vérité... Si vous le voulez, je vous
garde à Calcutta... Vous voulez
bien ?

V.-CONSUL. — Oui.   *Silence.*

                                              Deux femmes parlent (bas) :

— Il lui a dit qu'il souhaitait
attraper la lèpre.

— Un fou...
                                              Silence.

AMBASSADEUR. — Vous savez,
une carrière, c'est mystérieux.
Plus on la veut moins on la fait.
Une carrière ça ne se fabrique

pas. Il y a mille façons d'être
vice-consul de France... Si vous,
vous oubliez Lahore, les autres
l'oublieront...

V.-CONSUL, *temps.* — Je n'oublie
pas Lahore.

Silence.

Voix d'homme isolée:

— Une seule personne le voit.
Le directeur du Cercle européen.
Un ivrogne.

AMBASSADEUR. — Calcutta, vous
ne vous y faites pas ?
(Pas de réponse.) Il y a des
remèdes contre cette nervosité,
ce qu'on appelle ainsi,
vous le savez ?

V.-CONSUL. — Non.

Silence.

*Une femme et un homme parlent
(bas) :*

— Et de quoi parlent-ils ?

— De cette pension disciplinaire
d'Arras. De l'enfance.
Et... *(arrêt).*

— Et... ?

— D'elle... de l'ambassadrice
de France...

Silence.

AMBASSADEUR. — Dans les
débuts, tous, moi-même
je me souviens, nous en sommes
au même point. De deux choses

l'une, ou on part, ou on reste.
Si on reste, il faut trouver...
inventer... oui, une façon
de voir les choses, d'endurer
Lahore...

V.-CONSUL. — Je n'ai pas trouvé.

Silence.

Voix isolée de femme (bas) :

— Elle est partie dans les jardins
avec le jeune attaché. *(Temps.)*
Je vous le disais.

Silence.

AMBASSADEUR. — Écoutez...
pesez bien le pour et le contre...
si vous n'êtes pas... sûr de vous,
rentrez à Paris...

V.-CONSUL. — Non.

Silence.

AMBASSADEUR. — Mais alors...
comment voyez-vous l'avenir?

V.-CONSUL. — Je ne vois rien.

Silence.

Des femmes parlent (bas):

— Après les réceptions
les restes sont distribués
aux affamés de Calcutta. Sur sa
demande. *(Plus bas.)* Elle
revient...

Silence.

— Ah c'est ça... le jardin est
plein de mendiants... derrière les
cuisines, ça grouille...

— Ordre est donné aux
sentinelles de les laisser entrer.

Silence.

*Anne-Marie Stretter et le jeune
attaché reviennent (de la gauche).
Ils se dirigent vers la réception.
Le blues est terminé. Un autre
blues reprend* India Song.
*Avant d'atteindre la réception,
Anne-Marie Stretter s'arrête net,
ainsi que le jeune attaché. Ils
attendent.
Voici que du côté droit
de la pièce, l'homme de Lahore
surgit. Il est bouleversé,
il vient vers elle. S'arrête.
S'incline. Blême.*

*Le jeune attaché a un geste vers
Anne-Marie Stretter comme pour
l'empêcher d'accepter.
Anne-Marie Stretter hésite
mais à peine, puis accepte
de danser avec l'homme
de Lahore.*
India Song *devient lointain.
Toutes les conversations baissent,
deviennent des murmures espacés.
Silence presque total.
Le vice-consul et Anne-Marie
Stretter dansent d'abord
sur la scène.
Le jeune attaché les regarde.
Puis ils vont vers la réception.
Le jeune attaché s'avance et les
suit des yeux.
Reflux des gens vers le parc. Ils
regardent tous vers la réception.*

CONVERSATION ENTRE A.-M. S. ET
LE VICE-CONSUL, À VOIX BASSE MAIS
VIOLENTE, TRÈS LENTE :

*Long silence, avant que la
conversation commence.*

V.-CONSUL. — Je ne savais pas
que vous existiez.

Pas de réponse.

V.-CONSUL. — Calcutta est devenu
pour moi une forme de l'espoir.

Silence.

A.-M. S. — J'aime Michael
Richardson, je ne suis pas libre
de cet amour.

V.-CONSUL. — Je le sais.
Je vous aime ainsi, dans l'amour
de Michael Richardson.
Ça ne m'importe pas.

Pas de réponse.

V.-CONSUL. — Je parle faux.
Vous entendez ma voix ?
Elle leur fait peur.

A.-M. S. — Oui.

V.-CONSUL. — De qui est-elle ?

Pas de réponse.

V.-CONSUL. — J'ai tiré sur moi
à Lahore, sans en mourir.
Les autres me séparent de
Lahore. Je ne m'en sépare pas.
C'est moi Lahore. Vous
comprenez aussi ?

Temps. Douceur.

A.-M. S. — Oui. Ne criez pas.

V.-CONSUL. — Oui.

Silence.

V.-CONSUL. — Vous êtes avec
moi devant Lahore. Je le sais.
Vous êtes en moi. Je vous

Silence.

Temps.

Temps.

Temps.

Silence.
La voix du vice-consul de Lahore
se brise en un sanglot,
elle se casse, il n'en est plus
maître.

Silence.
La voix revient, presque normale.

emmènerai en moi. (Rire bref,
terrible.) Et vous tirerez avec moi
sur les lépreux de Shalimar.
Qu'y pouvez-vous ?

V.-CONSUL. — Je n'avais pas
besoin de vous inviter à danser
pour vous connaître. Et vous
le savez.

A.-M. S. — Je le sais.

V.-CONSUL. — Il est tout à fait
inutile qu'on aille plus loin vous
et moi. (Rire bref, terrible.) Nous
n'avons rien à nous dire. Nous
sommes les mêmes.

A.-M. S. — Je crois ce que vous
venez de dire.

V.-CONSUL. — Les histoires
d'amour vous les vivez avec
d'autres. Nous n'avons
pas besoin de ça.

V.-CONSUL. — Je voulais
connaître l'odeur de
vos cheveux, c'est ce qui
vous explique que je...
(Arrêt, sanglot.)

V.-CONSUL. — Après la réception
vous restez entre intimes.
Je voudrais rester avec vous
une fois.

A.-M. S.— Vous n'avez aucune
chance.

                                   Temps.

V.-CONSUL. — Ils me
chasseraient.

A.-M. S.— Oui.
Vous êtes quelqu'un qu'il leur
faut oublier.

                                   Temps.

V.-CONSUL. — Comme Lahore.

A.-M. S.— Oui.

                                   Silence.

V.-CONSUL. — Que vais-je devenir ?

A.-M. S.— Vous serez nommé
loin de Calcutta.

                                   Temps.

V.-CONSUL. — C'est ce que vous,
vous désirez.

A.-M. S.— Oui.

                                   Temps.

V.-CONSUL. — Bon.
Et quand cela va-t-il finir ?

A.-M. S.— Avec votre mort
je crois.

                                   Silence.

V.-CONSUL, *déchirant.* — Quel est
ce mal ? Le mien ?

                                   Temps.

A.-M. S.— L'intelligence.

V.-CONSUL, *rire terrible.*
— De vous ?

                                   Pas de réponse.
                                   Silence.

V.-CONSUL. — Je vais crier. Je vais

Temps.

Pas de réponse.

Pas de réponse.

Pas de réponse.
Silence.

India Song *se termine.*
Heure exquise *le remplace,*
chanté.
Le ciel pâlit.
Deux hommes soûls, titubants,
entrent et se vautrent dans des
fauteuils.
*Sur le chant d'*Heure exquise,
mêlé au chant, le premier cri
du vice-consul de Lahore.

Silence.

Puis reflux des invités
vers le parc. Les deux hommes

leur demander qu'ils me gardent
ici ce soir.

A.-M. S., *temps.*— Faites comme
vous voudrez.

V.-CONSUL. — Pour que quelque
chose ait lieu entre vous et moi.
Un incident public.
Je ne sais que crier. Et qu'ils le
sachent au moins qu'on peut
crier un amour.

V.-CONSUL. — Pendant une
demi-heure, je sais, ils seront
mal à l'aise. Et puis, ils
recommenceront à parler.

V.-CONSUL. — Je sais même que
vous ne direz à personne que
vous étiez d'accord.

CRI V.-CONSUL. — Gardez-moi!

soûls rient. Les autres sont épouvantés.

V.-CONSUL. — Je reste cette nuit ici, avec elle, une fois, avec elle ! Vous entendez ?

Silence.

Voix isolée de femme :

— Quel malheur...

Voix isolée du jeune attaché :

— Vous devriez rentrer, je vous assure, vous avez trop bu... venez...

Toujours Heure exquise. *Hurlement du vice-consul.*

V.-CONSUL. — Je reste ! Je reste à l'ambassade de France ! Je vais aux îles avec elle ! Je vous en supplie. Je vous en supplie, gardez-moi !

Silence.

Voix isolée de femme (douleur) :

— Elle n'a pas l'air d'entendre...

Voix isolée autre femme (id.) :

— Mais que c'est terrible...

Silence.

V.-CONSUL, *hurlé.* — Une fois ! Une seule ! Je n'ai jamais aimé qu'elle !

Silence.

Voix isolée d'un homme qui s'adresse au vice-consul :

— Excusez-nous, mais le personnage que vous êtes ne nous intéresse que lorsque vous êtes absent.

Silence.

Voix isolée de femme :

— Quelle dureté... Que c'est terrible... Quelle horreur...

Sanglots. Sanglots du vice-consul
de Lahore. Non retenus. Toute
dignité balayée. Tout le monde
s'écarte tout à coup.

Voix isolée de femme :

— Je ne peux pas voir ça...

Le vice-consul apparaît. Il est
secoué de sanglots.
On voit *ces sanglots et on les*
entend.
Un homme, un inconnu, le tient
par le bras et le mène vers les
portes de l'ambassade. Le vice-
consul résiste puis, tout à coup,
il ne résiste plus, il se laisse
emmener.
Ils disparaissent.
Tous suivent des yeux
longtemps.

Voix isolée de femme :

— Il est sorti. (*Temps long.*)
Ils ferment la grille.

Au loin, les mêmes cris : le
vice-consul a recommencé
à crier.

Voix isolée de femme :

— Il riait en pleurant. Vous avez
vu ?

Silence.

Heure exquise,
imperturbablement, continue
jusqu'au bout tandis que les gens
restent fixes, tournés en sens
inverse de la réception,
à regarder vers le
vice-consul. Toujours ces
hurlements.

— Il essaie de forcer la grille.

Voix isolée d'homme :

Silence.

Heure exquise se termine.
Les cris s'éloignent.
Voix isolée :

— Les mendiants ont peur...

Voix isolée, la dernière :

— Il est parti.

Silence encore : plusieurs
secondes puis :

NOIR

Le NOIR envahit l'image tandis
que, très loin, la forme de la
mendiante passe.
Elle disparaît.

Silence.

Puis, tout à coup, au piano,
la 14ᵉ Variation de Beethoven
sur un thème de Diabelli.

NOIR

REMARQUES SUR LES VOIX 3 ET 4

Les voix 3 et 4 sont des voix d'hommes. Rien ne les lie que la fascination qu'exerce sur elles l'histoire des amants du Gange, surtout, encore une fois, celle d'Anne-Marie Stretter.

La voix 3 ne sait presque plus rien de la chronologie des faits de l'histoire. Elle questionne la voix 4 qui la renseigne.

La voix 4 est, de toutes les voix, celle qui a le moins oublié l'histoire. Elle la sait presque tout entière.

Mais la voix 3, si elle a presque tout oublié, RECONNAÎT *tout à mesure que la voix 4 la renseigne. La voix 4 ne lui* APPREND RIEN *qu'elle n'ait su avant, quand elle savait, elle aussi, très bien, l'histoire des amants du Gange.*

La différence entre les voix 3 et 4, entre l'oubli, ici, et la mémoire, là, relève d'une même cause : cette fascination dite plus haut qu'exerce l'histoire sur ces deux voix. La voix 3 a rejeté cette fascination. La voix 4 l'a tolérée.

Latente chez l'une, manifeste chez l'autre, l'histoire des amants du Gange était DANS *les deux voix. En instance de survivre ou de resurgir.*

La différence – entre le tolérable et l'intolérable – devrait se retrouver dans la sensibilité des voix 3 et 4.

Ce n'est pas sans appréhension que la voix 4 renseigne la voix 3. Sans hésitations, non plus, souvent. La voix 3 est en effet exposée au danger – non pas de la folie comme la voix 1 – mais de la souffrance.

Nous sommes dans le même lieu
de l'ambassade que précédemment. Ils sont cinq dans l'obscurité
qui, lentement, va se dissiper:
Anne-Marie Stretter, Michael
Richardson, le jeune attaché,
l'Invité – ami des Stretter – et
George Crawn, le vieil ami
anglais.
Les journalistes soûls sont partis.
Ils sont entre eux, dans une intimité telle qu'ils sont comme seuls,
pour chacun d'entre eux. Ils sont
séparés par la fatigue de la nuit.
Ils attendent. Ils sont assis dans
des fauteuils, assez loin les uns
des autres – à part Anne-Marie
Stretter et Michael Richardson qui
sont rapprochés –, de telle façon
qu'aucune conversation ne pourrait avoir lieu entre eux.
Le jeune attaché et l'Invité des
Stretter ont l'air d'être accablés
– aussi – par les incidents de la
nuit.
On ne sait pas ce qu'ils attendent:
peut-être le jour pour partir aux
îles. Sans doute.

*On entend toujours la
14ᵉ* Variation *de Beethoven
sur le thème de Diabelli. À travers
la musique, les rumeurs de
Calcutta augmentent d'intensité à
mesure que monte la lumière.
Anne-Marie Stretter a la tête
renversée, de côté, sur le bras
d'un fauteuil. Elle pourrait
paraître endormie si ses yeux
n'étaient pas ouverts.
Michael Richardson est près
d'elle, à moitié allongé
sur un fauteuil bas.
Le jeune attaché est assis, droit.
Il fume. Il a l'air d'écouter
les bruits de Calcutta à travers
lesquels on reconnaît
tout à coup les cris, les derniers
sursauts des appels à l'amour
du vice-consul de Lahore.
Le jeune attaché, manifestement,
supporte mal ces cris. Les autres
les supportent.
L'Invité des Stretter, debout,
regarde ces gens autour de lui :
ces gens des Indes qu'il croyait
connaître, qu'il semble ne plus
reconnaître après la nuit de la
réception. Lui aussi écoute les cris
du vice-consul.
George Crawn écoute la musique
de Beethoven, entièrement absorbé
par cela seul : la musique.*

Temps.

VOIX 4. — Comme d'habitude,
après les réceptions, certains
étaient restés.

VOIX 3, *bas.* — Près d'elle... lui... ?
Michael Richardson ?

Voix 4. — Oui.

Voix 3, *hésitation.* — On a su
quelque chose… ?

Voix 4, *hésitation.* — Après sa
mort il est parti des Indes.

                                     Silence.

Voix 4, *continue.* — Debout,
le jeune attaché.

Voix 3. — Le vieil Anglais ?

Voix 4. — George Crawn.
Il l'avait connue à Pékin.

                                     Temps.

Voix 3. — Celui qui les regarde ?

Voix 4. — Quelqu'un de passage.
Invité de Stretter.

                                     Silence.

Voix 3. — C'est le vice-consul
de France qui crie ?

Voix 4. — Oui. Encore.

                                     Silence.

Voix 4. — On perd sa trace
en 1938. *(Temps.)* Il démissionne
du corps consulaire. Le dossier
s'arrête avec la démission.

                                     Temps.

Voix 3, *hésitation.* — Très vite
après…

Voix 4. — Quelques jours.

                                     Silence. Cris.

Voix 3. — Que crie-t-il ?

Voix 4. — Son nom.

Temps.

VOIX 3, *lent.* — Anna Maria
Guardi.

VOIX 4. — Oui. Toute la nuit,
dans Calcutta, il a crié ce nom.

Silence.

*Les voix de femmes (de l'acte I)
arrivent à leur tour. Elles parlent
aussi du vice-consul.*

VOIX 2, *comme exténuée.*
— Il marche le long du Gange.
Il tombe sur les lépreux
endormis.
On crie aussi de l'autre côté du
Gange.

Temps.

VOIX 1. — Oui.

Silence.

VOIX 2. — Vous le voyez?

VOIX 1, *lointaine.* — Oui.
Je le regarde.
Je le vois.

Silence.

VOIX 2, *lenteur.* — Il cherche?...
Il va au hasard?...
Indéfiniment...?

Pas de réponse.

VOIX 2. — Il cherche une chose
à lui, perdue?

Pas de réponse.

VOIX 2. — Une chose
commune qu'il aurait,
lui aussi, perdue?

Pas de réponse.

VOIX 2. — L'amour d'elle?

VOIX 1. — L'amour. Oui.

Voix 2, *plainte, désir.*
— Comme vous êtes loin...
loin de moi...

Silence.

Pas de réponse.
Silence.

Un domestique passe avec des
plateaux de verres empilés,
des cendriers, etc. Il passe entre
eux comme s'il ne les voyait pas.
Lueurs dans le ciel : les
crématoires.

Voix 1, *lenteur.* — Le jour vient.

Silence.

Voix 1, *très lent.* — Le jour
se lève ici, autour.
Et là-bas.
L'air sent la vase. Et la lèpre.
Et le feu.

Voix 2. — Pas un souffle.

Voix 1. — Non. Des mouvements
très lents, des déplacements très
lents, d'odeurs.

Silence.

Voix 2. — Qui joue de la
musique ?

Voix 1. — Personne.

Silence.

Les voix d'hommes se mêlent
aux voix de femmes.

Voix 3. — Ces lueurs.

Voix 4. — Le jour.
La première enceinte est celle de
la lèpre et des chiens. Ils sont
au bord du Gange, sous les

arbres. Sans plus de forces.
Indolores.

Voix 3. — Les morts de faim ?

Voix 4. — Plus loin dans la
densité du Nord :
C'est la dernière enceinte.

Temps.

Voix 4. — Le jour. Le soleil.

Temps.

Voix 3. — Quelle lumière. Terrible.

Silence.

Voix 1. — Quelle lumière. D'exil.

Voix 2. — Elle dort ?

Voix 1. — Laquelle ?

Voix 2. — La Blanche.

Voix 1. — Non. Elle se repose.

Silence.

Voix 2, *plainte.* — Comme vous
êtes distraite. Profondément
absente.

Pas de réponse.
Silence.

Michael Richardson tourne
lentement la tête vers Anne-Marie
Stretter. Il la regarde.

Voix 3, *effroi.* — Des voix tout à
coup près de nous... ? Vous
entendez... ?

Voix 4, *temps.* — Non...

Voix 3. — Très jeunes... de
femmes ?...

VOIX 4, *temps.* — Je n'entends
rien. (*Temps.*) C'est le silence.

Silence.

VOIX 4. — Il la regarde.

VOIX 3. — Oui.
Elle est distraite. Profondément
absente.

Silence.

VOIX 4, *phrase entière.* — On
disait qu'un jour on les
retrou-verait morts ensemble
dans un bordel de Calcutta
où ils allaient parfois pendant la
mousson.

Silence.

VOIX 3. — Pas un souffle. La
chaleur est couleur de rouille.
Au-dessus, des fumées.

VOIX 4. — Les usines. L'enceinte
médiane.

Silence.

*Très lentement Anne-Marie
Stretter a obliqué la tête vers
Michael Richardson.
Ils se regardent.*

VOIX 3. — Ce continent,
suspendu... ?

VOIX 4. — La mousson.
Au-dessous, le Bengale.

VOIX 3. — Plus loin... plus bas...
sous le ciel... ? Regardez...

Pas de réponse.

VOIX 3. — Dans une boucle
du Gange, cette blancheur... ?
là-bas... ?

Silence.

L'inconnu et le jeune attaché se mettent à regarder Anne-Marie Stretter.

Silence.

Bruit de machine, d'eau.

Silence.

Les hommes détournent leurs regards d'Anne-Marie Stretter. Ils regardent le sol. Le lieu s'éclaire peu à peu.

VOIX 4, *hésitation.* — Le cimetière anglais.

VOIX 1. — Est-elle lépreuse?

VOIX 2. — Laquelle?

VOIX 1. — La mendiante.

VOIX 2. — Elle dort dans la lèpre et chaque matin... non... *(Temps.)* Non.

VOIX 1. — La Blanche l'est-elle?

VOIX 2. — Une fausse alerte il y a dix ans. Non plus. *(Temps.)* Écoutez...

VOIX 1. — Les arroseuses du quartier anglais.

VOIX 1. — Une auto file sur les routes droites. Au bord du Gange.

VOIX 2. — Noire?

VOIX 1. — Oui.

VOIX 2. — Ils sont partis pour les îles.

Silence.

Les crématoires se sont éteints. Le jour est arrivé. Blafard.

Ils sont toujours là, dans la même pose mortelle, tandis que les voix décrivent le voyage.

VOIX 4. — La Lancia noire de l'ambassade de France a pris la route du delta.

Silence long.

VOIX 3, *comme appris.*
— Grenier de l'Inde du Nord...
Frontières des eaux. Le delta.

VOIX 4. — C'est ça... de leur mélange. Des eaux douces, du sel.

VOIX 3. — Après le déluge, avant la lumière...

Temps.

VOIX 3. — Ces jonques?

VOIX 4. — Le riz.
Elles descendent vers le Coromandel.

Temps.

VOIX 3. — Sur les talus, ces taches sombres...

VOIX 4. — Les gens.
La densité la plus élevée du globe.

Silence.

VOIX 3. — Ces miroirs noirs, des multitudes... ?

VOIX 4. — La rizière indienne.

Silence.

Silence.

VOIX 4. — Ils dorment.
Elle est contre lui.

VOIX 3. — Pendant la mousson
elle se réveillait tard?

VOIX 4. — Oui. Ne sortait qu'à la
nuit tombée.

Silence.

VOIX 3. — La Lancia noire s'est
arrêtée.

VOIX 4. — La pluie. Les routes
sont coupées.
Ils s'étaient abrités dans
une Sala. *(Comme lu.)*
C'est là que le jeune attaché
avait dit : «J'ai revu le vice-consul
avant de partir. Il criait
encore dans les rues. Il m'a
demandé si j'allais aux îles.
J'ai dit que non, que j'allais au
Népal avec l'ambassadeur.»

Temps.

VOIX 3. — Sur le mensonge
du jeune attaché était-elle
d'accord?

VOIX 4. — Elle n'a presque
jamais rien dit sur l'homme
de Lahore.

Silence.

VOIX 3. — Cette couleur verte?...
elle grandit...

VOIX 4. — L'océan.

Silence.

NOIR

Les voix parlent dans le noir.

VOIX 4. — Les îles.

VOIX 3. — Laquelle est-ce ?

VOIX 4. — La plus grande : l'île
centrale. Ils sont arrivés.

Silence.

VOIX 3. — Ce grand bâtiment
blanc... ?

VOIX 4. — Le *Prince of Wales.*
Palace international.
La mer est mauvaise. Il y a eu
un orage.

FIN DU NOIR

C'est toujours le même lieu. Il devient un salon du Prince of Wales.
Ils ne sont pas là.
Une lumière claire, verte, remplace celle de la mousson.
Deux domestiques en gants blancs sont en train de tendre des stores de toile verte devant les fenêtres grillagées.
On ne reconnaît pas le parc. Il a ÉCLATÉ *dans une lumière verte, violente: le jardin du* Prince of Wales. *Quelques massifs, c'est tout, restent du parc de Calcutta.*
Le bruit de la mer se répand, augmente de seconde en seconde, envahit l'endroit tout entier. Puis reste fixe.
Du vent entre, fait claquer les toiles.
Sirènes de chaloupes au loin.
Piaillements d'oiseaux, proches.
Le ventilateur est là, il tourne à la même vitesse de cauchemar.
Au loin, bruit d'un dancing: un orchestre joue India Song.
Les événements sonores arrivent les uns après les autres, par exemple dans l'ordre suivant:
1) Le vent.
2) Bruit de la mer.
3) Sirènes des chaloupes.
4) Piaillements des oiseaux.
5) Dancing.
Tandis que les deux domestiques tendent les stores verts, font le décor du Prince of Wales, *les voix 3 et 4 se parlent.*

VOIX 4. — Devant, les quais
d'abordage. Ces paquebots font
les lignes du Pacifique Sud.
Derrière il y a un port de
plaisance.

VOIX 3. — À travers la palmeraie
le même horizon plat.

VOIX 4. — Les îles sont alluviales,
faites des boues du Gange.

VOIX 3. — Où se trouve la
résidence de France ?

VOIX 4. — De l'autre côté de
l'hôtel, tournée vers le large.

*La voix 4 restera égale à
elle-même.
La voix 3 se modifiera avec
l'approche de la fin de l'histoire.
Elle sera soit plus pressante,
parfois, soit, au contraire, plus
lente à questionner. Quand elle
parlera d'Anne-Marie Stretter,
elle deviendra plus basse, et
des silences apparaîtront entre
les mots, les phrases.*

Silence.

Silence.

Les domestiques sortent. Ils ont

«terminé» le décor du Prince of Wales. *Après leur départ on entend le dancing au loin.*
On joue India Song.

VOIX 4. — À cette heure-ci, au *Prince of Wales,* on commençait à boire à toutes les tables.
Sur les dessertes, il y a du raisin de France. Dans les vitrines, des parfums.
Les roses viennent chaque jour du Népal.

VOIX 3. — Qui est dans cet hôtel?

VOIX 4. — L'Inde blanche.

Silence.

VOIX 3, *presque crié.* — Cette odeur de mort tout à coup?

VOIX 4. — L'encens.

Il faudrait qu'une odeur d'encens se répande dans la salle de spectacle.

Silence.

VOIX 3. — Elle avait voulu se baigner en arrivant?

VOIX 4. — Oui. Il était tard, et la mer était forte, il était impossible de nager mais seulement de recevoir la douche tiède des vagues.
Elle s'est baignée avec lui.

Silence.

VOIX 3, *peur.* — Ces grillages partout dans la mer?

VOIX 4. — Contre les requins du delta.

Voix 3. — Ah oui...

Voix 3. — Où est-elle ?

Voix 4. — Elle viendra.

Voix 4. — Elle vient.

Voix 3, *hésitation ; plus bas, plus lentement.* — Elle était ce soir-là pareille... ?

Voix 4, *temps.* — Souriante. Habillée de blanc.

Voix anglaise. — Tonight, the last boat is at seven.

Silence.

Silence.

Silence.

Les deux phrases précédentes devraient être ressenties comme effrayantes : le sourire d'Anne-Marie Stretter, le blanc de sa robe.
Dans la lumière verte, Anne-Marie Stretter arrive.
Effectivement, souriante, habillée de blanc.
Elle va regarder la mer, face au jardin. Les quatre hommes arrivent à leur tour, habillés de blanc, de différents endroits de l'hôtel.
Ils vont tous vers le jardin, regardent vers la mer.
Michael Richardson se tourne et regarde Anne-Marie Stretter avec insistance.
Elle ne le regarde plus.
Au loin, une voix anglaise dans un haut-parleur.

VOIX 4. — On prévient les
touristes que le service
des chaloupes s'arrêtera à sept
heures. Il y a des risques d'orage.

Sirènes de bateau. Puis le silence.

VOIX 4. — La dernière chaloupe
vient d'arriver. Celle du
ravitaillement.

Silence.

*Un maître d'hôtel vient s'incliner
devant les cinq personnes.
Leur table est prête. Ils partent
vers la gauche de la scène.
Toujours cette musique lointaine
d'aéroport.*

VOIX 4, *temps.* — Leur table est
prête. La nourriture ici est
excellente.
Michael Richardson disait que
lorsqu'on avait connu le *Prince of
Wales*, on le regrettait, où qu'on
aille par la suite, dans le monde.

VOIX 3, *bas.* — Je ne sais plus
très bien... Elle ne va pas à la
résidence de France?

Silence.

VOIX 4. — Elle ne faisait qu'y
dormir.
Elle dînait au *Prince of Wales*
quand elle allait aux îles.
(Hésitation.)
Elle avait demandé que les
domestiques de la résidence
de France soient ramenés
à Calcutta.

Temps.
Peur.

VOIX 3, *bas.* — Depuis combien
de temps?

Voix 4. — Quelques semaines.

Cris d'oiseaux forts,
presque insupportables.

Voix 3. — Ces oiseaux...
des milliers.

Voix 4. — Prisonniers des îles. Ils
n'ont pas pu regagner la côte à
cause des orages.

Voix 3. — On dirait qu'ils sont
dans l'hôtel...

Voix 4. — Ils sont dans
les manguiers. Ils les décharnent.
Ils repartiront avec le jour.

Bruits d'oiseaux qui dominent.
Silence.

Voix 3. — On danse à l'autre bout
du hall.

Voix 4. — Des touristes de Ceylan.

Silence.

Voix 4. — Pendant le dîner... elle
a demandé qu'on relève le store.
Elle veut voir la mer, le ciel,
au-dessus des embouchures.
Ils parlent très peu, ils sont
très fatigués à cause de la nuit
précédente.

Silence.

Voix 3. — Elle ne mange pas.

Voix 4. — À peine. Elle regarde
dehors.

Voix 3. — Je me souviens...
Un mur de brume s'avance vers
les îles...

Voix 4. — Oui. Elle dit quelque

Temps.

Silence.
Derrière les baies vertes de l'hôtel,
débraillé, épuisé, le visage
décomposé, encore habillé de son
smoking blanc – apparaît le
vice-consul de France à Lahore.
Il traverse le jardin du Prince of
Wales, *cherche.*
Disparaît.
Réapparaît presque aussitôt dans
le lieu (devenu hall du Prince of
Wales*), s'avance, regarde vers la*
gauche, s'arrête net.
Il l'a vue.
Reste là, à la regarder.

Temps.
Il n'était pas rentré chez lui de la
journée. *(Temps.)* Il n'est jamais
revenu à Calcutta.
Silence.

chose sur Venise. *(Effort de*
mémoire.) Sur Venise, l'hiver...
oui... c'est ça...

Voix 3. — Venise...

Voix 4. — Oui. Peut-être que
certains soirs en hiver, à Venise,
une même brume...

Voix 3. — ... elle dit le nom de...
(arrêt) d'une couleur...

Voix 4. — ... violette. Celle de la
brume du delta...

Voix 3. — Il était arrivé par la
dernière chaloupe.

Voix 4. — C'est ça. Celle de
sept heures.

*L'air d'*India Song *est joué fort pendant quelques secondes, puis s'atténue.*

VOIX 3. — *India Song...*

VOIX 4. — Oui.

Silence.

VOIX 4. — Avec la brume le vent est tombé.

Silence.

Des touristes passent dans le jardin derrière les baies vertes. On distingue des femmes qui s'éventent avec des éventails blancs. Couleurs claires de leurs robes.

VOIX 4. — Ils parlent de la mendiante.

Pas de réponse.
Silence.

VOIX 4. — George Crawn et l'Invité des Stretter parlent de la mendiante.

Silence.

Première version : On entend d'assez loin la conversation entre George Crawn et l'Invité des Stretter. (Très léger, ordinaire.)

GEORGE CRAWN. — Elle ne sait pas un mot d'hindoustani.

INVITÉ. — Pas un. Si elle vient de Savannakhet elle a dù traverser le Laos, le Cambodge, le Siam, la Birmanie, et commencer à descendre, là, sans doute par la vallée de l'Irraouaddi... Mandalay, Prome..., Bassein...

GEORGE CRAWN. — Il n a pas dù

s'agir d'une seule marche comme
nous aurions tendance à
l'imaginer... mais de centaines,
de milliers de marches...
quotidiennes, chacune étant la
dernière... La faim qui chasse
plus loin, toujours plus loin...
Elle devait suivre des routes,
des rails, des barques... mais
c'est étrange, toujours
vers le couchant...

INVITÉ. — ... Elle marchait le soir
venu sans doute, face à la
lumière... Elle est chauve... La
faim, vous croyez?

GEORGE CRAWN. — Oui.

Temps.

GEORGE CRAWN. — Elle vient
aux îles parfois. Elle doit suivre
les Blancs : la nourriture...
À Calcutta elle est au bord
du Gange, sous les arbres.
Elle se lève le soir et parcourt le
quartier anglais. Il paraît qu'elle
chasse, la nuit, dans les trous du
Gange.

Temps.

INVITÉ. — Ce qui reste d'elle à
Calcutta? Très peu de chose...
Ce chant de Savannakhet,
ce rire... la langue natale il est
vrai, intacte, mais sans emploi
aucun. La folie était déjà là
quand elle est arrivée... trop
avancée déjà...

Temps.

GEORGE CRAWN. — Pourquoi

Calcutta ? Pourquoi la marche
s'arrête-t-elle là ?

INVITÉ. — Peut-être que c'est là
qu'elle se perd. Elle a toujours
cherché à se perdre, en somme,
depuis le commencement
de sa vie...

Temps.

GEORGE CRAWN. — Elle aussi...

INVITÉ. — Oui...

Silence.

*Deuxième version : Les voix 3 et 4
relatent la conversation qui a lieu
entre George Crawn et l'Invité des
Stretter. (C'est la voix 4 qui
entend.)*

VOIX 4. — Ils l'ont vue.
Elle a dû traverser le delta sur le
toit d'un car. Elle est arrivée par
la dernière chaloupe, cachée.
Ils l'ont rencontrée le long de la
lagune, à quelques centaines de
mètres de la résidence de France.

Temps.

VOIX 3. — Elle devait suivre
Anne-Marie Stretter...

VOIX 4. — L'Invité dit qu'elle l'a
suivi jusqu'au portail. Qu'elle lui
a fait peur.
Il a dit : « Le sourire sans fin fait
peur. »

VOIX 3. — Aussi...,

VOIX 4. — Oui. *(Temps.)* Vous
vous souvenez... ?

La première tentative... *(arrêt)*
à Savannakhet devant un enfant
mort...

Voix 3. — ... vendu par sa mère,
une mendiante du Nord... très
jeune... ?

Voix 4. — Oui. Dix-sept ans...
(Temps.) Quelques jours avant
l'arrivée de Stretter.

Silence.

*Brusquement le vice-consul se
dirige vers la droite, disparaît :
il les a vus.
Les voici :
Ils reviennent de dîner, ils ne
sont plus que trois : Anne-Marie
Stretter, Michael Richardson,
le jeune attaché.
Ils traversent le salon du* Prince of
Wales. *Ils vont dans le jardin par
la porte centrale.
Dans le jardin ils se séparent.
Anne-Marie Stretter part vers le
fond, à droite.
Les autres continuent, traversent
le jardin tout entier, disparaissent.
Le vice-consul de Lahore
commence à suivre Anne-Marie
Stretter.
Il s'arrête net.
Elle s'est arrêtée elle aussi.
Elle regarde autour d'elle, la mer,
les palmes.
Elle n'a pas vu le vice-consul.*

Voix 4. — Elle avait voulu rentrer
à la résidence très vite après le
dîner. *(Temps.)* Par les plages.

Voix 4. — Les deux autres étaient partis faire une promenade en mer...

Voix 4. — Le jeune attaché et Michael Richardson avaient traversé la palmeraie par laquelle on pouvait également aller à la résidence de France.

Voix 4. — La chaleur était redevenue celle de Calcutta.

Silence.

Silence.

Temps.

Anne-Marie Stretter s'en va lentement.
Derrière elle, le vice-consul.
Il la suit.
Ils disparaissent.

NOIR

Pendant le noir, la 14ᵉ Variation *de Beethoven-Diabelli au loin.*
LE NOIR SE DISSIPE.

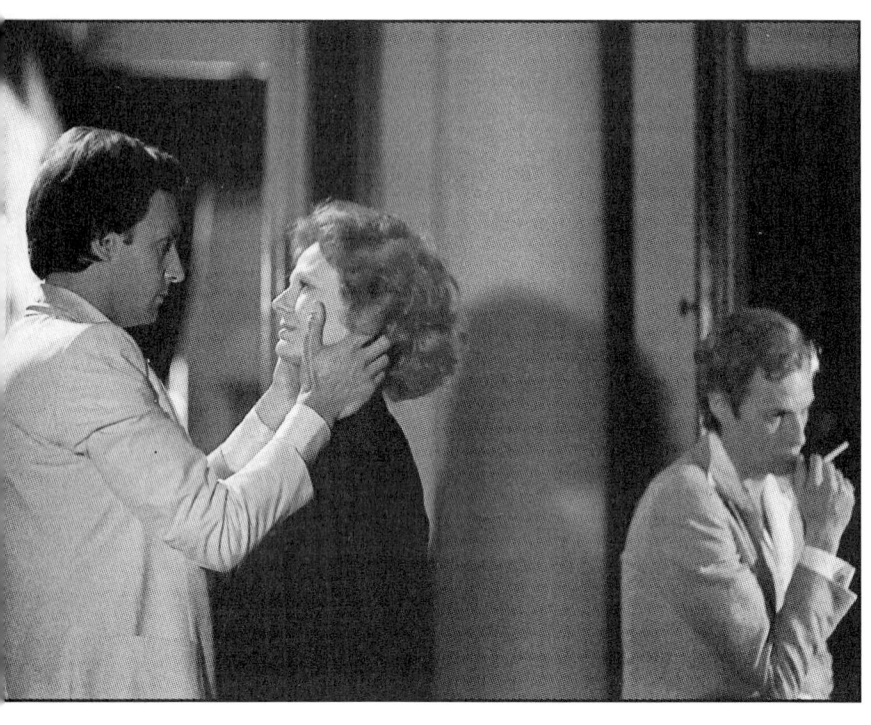

C'est le même endroit devenu la résidence de France.
La lumière est différente. Elle a l'air de venir de l'extérieur. Elle est
bleue, lunaire.
Toujours le ventilateur. Il tourne encore.
Le parc a disparu. Le jardin du Prince of Wales *aussi. C'est un espace*
nu. Une allée. Au bout, une grille blanche.
Le vide est autour du tout, sans fond, sans fin. C'est sonore : la mer.
Au bout d'un certain temps, Michael Richardson et le jeune attaché
entrent par la grille blanche.
Dans un mouvement conjugué, elle arrive (de la gauche de la rési-
dence).
Elle est pieds nus. Ses cheveux sont défaits. Elle porte le peignoir de
coton noir, court.
Elle les rejoint dans l'allée.
Ils avancent les uns vers les autres.
Se rejoignent dans la pénombre.
Ils regardent la mer.

Voix 4. — Elle aurait dit qu'elle
était inquiète pour George Crawn
et l'Invité. La mer était mauvaise.

Un bruit de canot au loin.
Ils suivent des yeux quelque chose
(sur la mer).

Voix 4. — Elle a été rassurée.
(Temps.) George Crawn et l'Invité
sont rentrés au *Prince of Wales,*
ils ne les ont pas rejoints à la
résidence.

Silence.

Lentement ils reviennent. Entrent
dans la résidence.

Voix 3, *temps, accablement.*
— Elle n'a rien dit ce soir-là qui
puisse faire penser que... *(Arrêt.)*

Voix 4. — Rien.

Tension terrifiante. Mais rien
ne rompt le calme enchantement
de la mort.
Michael Richardson va vers
le piano.
Elle, sort de la salle.
Les deux hommes restent seuls. Ils
se regardent.
Au loin, dehors,
au bout de l'allée, l'ombre blanche
du vice-consul de France

à *Lahore passe la grille restée*
ouverte.
Ils ne le voient pas.
La voici : elle revient. Elle porte
des coupes et du champagne. Elle
leur sourit.
Elle pose le champagne et les
coupes sur une table basse. Sert
le champagne.
Le leur porte.
Ils boivent.
Elle s'assied sur un sofa.
Toujours, le sourire fixe sur le
visage d'Anne-Marie Stretter.
Dehors le vice-consul regarde.
Michael Richardson joue.

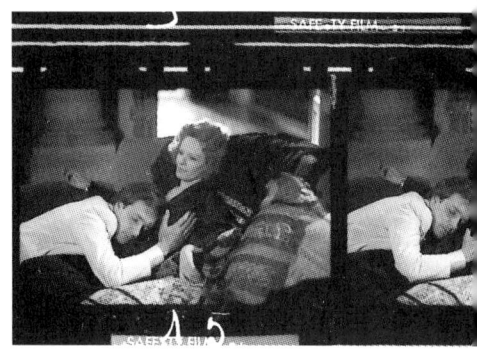

Il joue la 14ᵉ Variation *de*
Beethoven-Diabelli.
Immobilité.

Brusquement, éclatement
de l'immobilité :
Le jeune attaché va vers
Anne-Marie Stretter, l'enlace,
glisse à ses pieds, reste ainsi,
les bras autour de ses jambes.
Reste ainsi, rivé à elle.
Elle laisse faire.
Caresse ses cheveux.
Sourire, toujours. Fixe.
Il se relève. La relève, enlace son
corps nu sous le peignoir. Geste de
supplication. Vain.
Ils s'embrassent. Longuement.
Michael Richardson les regarde.
Il joue du piano, il les regarde.
Son visage est identique à celui
que nous connaissons.

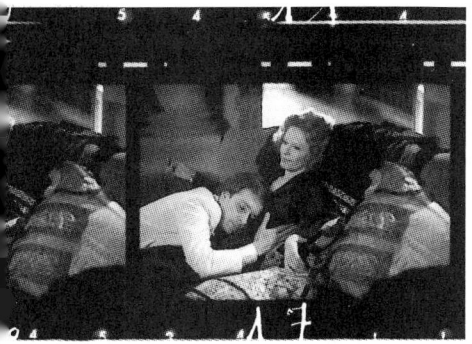

*Dehors l'ombre blanche de
Lahore dévore du regard.
Le jeune attaché lâche violemment
Anne-Marie Stretter, il s'éloigne
d'elle, il va en titubant vers le
piano, s'y accoude, la tête entre
ses mains. Musique de Beethoven
toujours : Michael Richardson ne
cesse pas de jouer. Immobilité.
Autour, la musique.
Le jeune attaché reste accoudé au
piano dans la pose même du
désespoir, immobile.
Pour la dernière fois une des voix
de femmes est entendue :*

Voix 2, *épouvante.* — Où êtes-
vous ? *(attente, pas de réponse.)*
Vous êtes si loin… j'ai peur…

*Plus de réponse de la voix 1.
Silence.*

*Anne-Marie Stretter se tourne
vers l'extérieur, la mer.
Aucune surprise dans son regard
lorsqu'elle voit le vice-consul
de Lahore.
Lui ne bouge pas, n'essaie pas de
se cacher. Fixement il la regarde.
Elle se retourne et expose son
corps au ventilateur.
Son corps dénudé peut-être vu par
tous.
Par le vice-consul de Lahore
aussi : ce corps déjà séparé d'elle.
Reste ainsi, sous le ventilateur,
immobile.
Silence.*

Voix 3, *bas, presque murmuré.*
— Michael Richardson l'a laissée
seule ce soir-là… ?

Voix 4, *hésitation*. — Il avait été convenu entre les amants du Gange qu'ils devaient se laisser libres d'agir si, un jour, l'un ou l'autre jugeait bon de... *(Arrêt.)*

Voix 3, *souffrance, terreur*.
— Il ne sait pas, ce n'est pas possible...

Voix 3. — Que sait-il?

Voix 4, *temps*. — Depuis que la domesticité avait été renvoyée de la résidence, Michael Richardson vivait dans la perspective de cette échéance.

Silence.

Pas de réponse.

Silence.

Anne-Marie Stretter s'est allongée sous le ventilateur.
Elle a fermé les yeux.
Michael Richardson et le jeune attaché, lentement, s'arrachent du lieu, comme s'ils étaient tenus de l'y laisser seule sur son ordre même.
Ils traversent le lieu vide (du parc).
Ombres.
Le vice-consul est là. Il ne se cache pas quand ils passent près de lui.
Eux ne le voient pas, dirait-on.
Ils disparaissent.
Anne-Marie Stretter et le vice-consul de Lahore restent seuls dans la résidence de France.
Silence.
Elle se relève, sort, lentement marche dans le lieu vide, va vers la grille blanche. Elle ne voit rien,

dirait-on. Elle ne voit pas le vice-consul de Lahore.
Et celui-ci n'esquisse pas le moindre geste vers elle.

VOIX 3, *à peine dit.* — Il est le seul à avoir vu... ?

VOIX 4. — Il n'a rien dit.

VOIX 3, *à peine dit.* — ... rien empêché?...

Pas de réponse.

VOIX 4. — Le jeune attaché est revenu à la résidence au cours de la nuit. Il l'a vue.
Elle était allongée dans l'allée, accoudée au sol.
Il a dit : «Elle a déplié son bras et elle a posé son visage sur son bras. Le vice-consul de Lahore était assis à dix mètres d'elle. Ils ne se sont pas parlé.»

Silence.

Ce qui vient d'être raconté est ce que fait Anne-Marie Stretter.
Elle pose son visage sur son bras.
Reste là. Le vice-consul la regarde, rivé à la distance qui l'en sépare.

VOIX 4. — Elle a dû rester là longtemps, jusqu'au jour – et puis elle a dû prendre l'allée... *(Arrêt.)* C'est sur la plage qu'on a retrouvé le peignoir.

Silence.

Le ventilateur s'arrête.
On reste quelques secondes sur l'arrêt du ventilateur.

NOIR

R É S U M É

Ce résumé est le seul qui vaut pour la représentation d'*India Song*.

C'est l'histoire d'un amour, vécu aux Indes, dans les années 30, dans une ville surpeuplée des bords du Gange. Deux jours de cette histoire d'amour sont ici évoqués. La saison est celle de la mousson d'été.

Des VOIX – sans visage – au nombre de quatre (voix de deux jeunes femmes, d'une part, et voix de deux hommes, d'autre part) parlent de cette histoire.

Les VOIX ne s'adressent pas au spectateur ou au lecteur. Elles sont d'une totale autonomie. Elles parlent entre elles. Elles ne savent pas être écoutées.

L'histoire de cet amour, les VOIX l'ont sue, ou lue, il y a longtemps. Certaines s'en souviennent mieux que d'autres. Mais aucune ne s'en souvient tout à fait et aucune, non plus, ne l'a tout à fait oubliée.

On ne sait à aucun moment qui sont ces VOIX. Pourtant, à la seule façon qu'elles ont, chacune, d'avoir oublié ou de se souvenir, elles se font connaître plus avant que par leur identité.

L'histoire est une histoire d'amour immobilisée dans la culminance de la passion. Autour d'elle, une autre histoire, celle de l'horreur – famine et lèpre mêlées dans l'humidité pestilentielle de la mousson – immobilisée elle aussi dans un paroxysme quotidien.

La femme, Anne-Marie Stretter, femme d'un ambassadeur de France aux Indes, maintenant morte – sa tombe est au cimetière anglais de Calcutta –, est comme née de cette horreur. Elle se tient au milieu d'elle avec une grâce où tout s'abîme, dans un inépuisable silence. Grâce que les VOIX essaient précisément de revoir, poreuse, dangereuse, et dangereuse aussi pour certaines des VOIX.

À côté de cette femme, dans la même ville, un homme, le vice-consul de France à Lahore, en disgrâce à Calcutta. Lui, c'est par la colère et le meurtre qu'il rejoint l'horreur indienne.

Une réception à l'ambassade de France aura lieu – pendant laquelle le vice-consul maudit criera son amour à Anne-Marie Stretter. Cela, devant l'Inde blanche qui regarde.

Après la réception, elle ira aux îles de l'embouchure par les routes droites du delta.

En fait, Anne-Marie Stretter vient des souvenirs du poste blanc. Je l'ai mise dans Le Ravissement de Lol V. Stein. *Elle apparaît là et ce n'est pas par hasard qu'elle y accomplit déjà sa fonction de donneuse de mort. Mais, en réalité, dans le film, je pars du* Ravissement de Lol V. Stein *pour remonter – pour descendre – jusqu'à sa mort. Elle est déjà donneuse de mort dans le grand bal de S. Thala. Peut-être que tout S. Thala est la scène primitive. Cet arrachement de Lola Valérie Stein d'elle-même; et ce départ d'Anne-Marie Stretter pour aller faire le mal ailleurs. Ce qu'elle ne peut pas éviter. C'est comme un écrivain! Ça fait du mal un écrivain! C'est intenable! Elle va porter ces messages-là à travers le monde: l'invivable de la vie. Oui, ça c'est positif ce que je viens de dire. Tout le reste c'est vrai, mais ça n'est pas décisif, ça oui. C'est la messagère de l'invivable. L'ange.*

Entretien avec Dominique Noguez, 1984.

L'état dans lequel je tombe quand j'écris, je n'aurais pas du tout pu l'imaginer avant, quand je faisais des livres de labeur, comme le Barrage contre le Pacifique, *ou* Le Square, *ou* Le Marin de Gibraltar.
C'est arrivé d'un coup avec Moderato Cantabile, *ces crises qui correspondent à l'écriture de plus en plus courte, de plus en plus insupportable. Et le dernier,* India Song, *ça relevait aussi de ça. C'est un endroit où les choses sont raréfiées, j'entre dans un périmètre très circonscrit. C'est un test redoutable pour moi aussi, peut-être que j'en sortirai un jour... Mais peut-être que je ne veux pas en sortir... C'est mon lieu. Écrire, c'est mon lieu avant tout. [...] Je ne trouve pas d'autre mot que la crise, comme si une crise s'abattait sur moi... Je me débats comme je peux... J'écris très vite pour tout noter et puis quand je recopie c'est déjà plus rassurant, ça relève du travail, mais au départ, non. C'est une sorte de subissement. Il n'y a pas de distance, les mots sont dangereux, comme chargés presque*

physiquement de poison. Et puis ce sentiment que j'ai quelquefois que je ne dois pas le faire, que ce n'est pas bien... Anne-Marie Stretter, ce n'était pas bien de la tuer mais c'est tuée, qu'elle vit. Elle est au passé, elle a cette grâce.

«Discours intérieur», entretien radiophonique avec Viviane Forrester, 20 décembre 1973.

Je pense que c'est dans ce choix-là, de faire Son nom de Venise dans Calcutta désert, *dans cette idée subite, – un jour je me réveille et je me dis : «Il faut que je fasse ce film-là» –, cette incongruité énorme, c'est là que je suis si je suis quelque part. Si vous aviez à me définir, je pense que c'est là qu'il faudrait chercher. Dans ce pari, dans le pari que je prends contre moi-même, de défaire ce que j'ai fait. C'est ce que j'appelle avancer. De détruire ce que j'ai fait.*

Entretien avec Dominique Noguez, 1984.

Voix 2: Oui

Voix I/ Chrétienne sans Dieu.

Voix 2: (temps) Splendeur de Calcutta. ~~xxxxxxx~~

Voix I (temps, très bas) Amour.

             silence long

L'heune quitte le bassin, on le
voit se dos, lentement, pendu
l'allée qui mène vers les tennis
déserts

    Les Voix cessent. Il a
été vu.

L'heune se dirige vers la
bicyclette rouge qui attend
les grillages des tennis déserts

Il s'approche.

Il est entre la bicyclette
À travers les mains . Hésite
Le toucher
Le caresse

Se penche

L'embrasse . L'enlace de ses
deux bras.
petit entre la
bicyclette rouge d'Anne Marie
Stretter — Immobilisé

Voix 1 (bas, peur) : Quelqu'un
est entré vers le parc
         pas de réponse
Voix 1 (id) : Lui
Voix 2 : oui (temps) Il vient
     plage nuit

Voix 1 (très lent) : Ne lui a jamais
    parlé
Voix 2 : jamais (temps) N'a jamais
approché (arrêt)

Voix 1 : L'heune vierge de Lahore
Voix 2 : oui

voix 1 (bas, peur).
et entre eux le fa
pas de

Voix 1 (id) : Lui?
Voix 2 : oui. (temps)
chaque nuit

LE NAVIRE NIGHT
CÉSARÉE
LES MAINS NÉGATIVES

cinéma 1979

Le texte du *Navire Night*, film réalisé en 1978 par Marguerite Duras, avec pour interprètes Bulle Ogier, Dominique Sanda et Matthieu Carrière, a été publié une première fois dans le n° 29 de la revue *Minuit*, en mai 1978. Il n'y a rien à ajouter à ce que dit Marguerite Duras elle-même de la genèse du livre et à ce qu'elle nomme « l'échec du film » dans l'avant-texte du volume reproduit partiellement ci-après. Sinon que *Le Navire Night* a été également porté à la scène par Claude Régy au théâtre Édouard VII en mars 1979, date de la sortie du film. Il a ensuite été publié la même année, avec cinq autres textes : *Césarée, Les Mains négatives, Aurélia Steiner de Melbourne, Aurélia Steiner de Vancouver, Aurélia Steiner* dans un volume du Mercure de France repris dans la collection « Folio » en 1989. Ne sont donnés ici que les trois premiers de ces textes, liés par l'image dans la mesure où *Césarée* et *Les Mains négatives* sont deux courts métrages réalisés à partir des chutes du film *Le Navire Night* ; liés surtout par l'idée, si présente chez Duras depuis ses premiers écrits, qu'il y a dans la passion, dans le désir, quelque chose de primitif et d'irréductible à la pensée discursive, quelque chose de l'ordre du cri, que son écriture, depuis toujours, cherche à rejoindre.

— *Et tu les as vues, ces mains ?*

— *Je les ai vues, je ne les ai jamais oubliées. Il y a très longtemps. Elles ne sont pas loin d'Altamira. Elles sont bleues. Mais d'un bleu gris, un peu celui de l'Océan.*

— *Ce qui est bouleversant dans le film, c'est que c'est à la fois un film sur Paris et sur cette grotte préhistorique première. C'est les deux choses.*

— *Oui. Parce que je crois que tout est encore là, comme ça a été toujours là, depuis toujours. Que c'est circonscrit différemment mais, que le Moyen Âge, par exemple, est encore là, à Paris. La sexualité des gens, de même, aussi bien celle des monstres que celle des gens normaux, elle n'a pas bougé, elle est encore là, intacte. Elle est là comme avant, comme elle était là il y a des millénaires. Et je crois que ces gens, ces Noirs, appellent autant à être aimés, à être reconnus comme des êtres vivants qu'au commencement du monde. C'est à ce stade-là que ce que j'appelle l'amour se dit dans un regard, dans une parole, peut-être aussi dans une caméra. Je crois que ce hurlement, ce hurlement de désir, est le même, il est le même que celui qui était proféré devant Dieu.*

Entretien avec Dominique Noguez, 1984.

L'histoire que relate *Le Navire Night* m'a été racontée en décembre 77 par celui qui l'avait vécue, J. M. l'homme jeune des Gobelins. Je connaissais J. M. et je connaissais l'histoire. Nous étions une dizaine de personnes à en connaître l'existence. Mais on n'en avait jamais parlé ensemble J. M. et moi. C'est au bout de trois ans qu'un jour – j'en avais parlé avec une amie de J. M. qui disait avoir oublié déjà certaines choses – j'ai eu peur que l'histoire se perde. J'ai fait demander à J. M. de la consigner au magnétophone. Il a accepté.

À part certaines dates et l'entrelacs des noms du Père-Lachaise qu'il n'avait jamais réussi à débrouiller, il se souvenait. Tout était encore là. C'était trois ans après la fin de l'histoire, le mariage de F.

À l'entendre raconter, j'ai compris que J. M. avait sans doute toujours souhaité confronter cette histoire à un auditeur mais qu'il avait toujours craint – le moment venu – de ne pas être cru « s'il disait tout ». Et qu'au contraire d'en être ennuyé il était heureux d'en parler.

C'est à partir de cette bande magnétique que j'ai écrit *Le Navire Night* – en deux temps donc, à six mois d'intervalle. Le premier état du texte date de février 78, il a paru dans la revue *Minuit*. Le deuxième état du texte est celui ici édité, il est définitif, il date du tournage, juillet 78.

J'ai donné le premier état du texte à J. M. Il l'a lu. Il a dit que « tout était vrai mais qu'il ne reconnaissait rien ». Je lui ai demandé si je pouvais le publier et puis peut-être, plus tard, en faire un film. Il m'a dit qu'il le souhaitait. Ce jour-là nous n'avons plus parlé de l'histoire. À vrai dire, plus jamais ensuite. Après avoir lu ce devenir – écrit par un autre – de sa propre aventure J. M. est resté silencieux mais comme s'il avait été à chaque instant au bord de parler. Je crois qu'il devait découvrir que d'autres récits de son histoire auraient été possibles – qu'il les avait tus parce qu'il ne savait pas qu'ils étaient possibles comme ils étaient possibles de toute histoire. Je crois aussi que la sienne l'avait emporté si loin qu'il en avait oublié son étendue, sa banalité.

Quelques jours après la lecture du texte J. M. m'a téléphoné, il m'a dit avoir été repris d'un désir si fort de F. – après la lecture de l'histoire écrite – qu'il voulait savoir si elle vivait encore et qu'il me demandait de mettre son nom en toutes lettres – au lieu de ses initiales – dans la revue *Minuit*. Cela, afin que F. comprenne qu'il l'appelait. J'ai dit que les initiales me paraissaient suffisantes du moment que F. connaissait son nom. Il en a convenu.

Plus tard, dans la semaine qui a suivi la sortie du film, j'ai téléphoné à J. M. Il m'a dit avoir reçu des coups de téléphone sans personne au bout du fil sauf cette présence respirante indéniable et dont il savait, lui, que c'était la sienne. Parce que, c'était déjà sa manière à elle pendant leur histoire, de lui faire connaître qu'elle l'aimait toujours et si fort qu'il en était comme de croire en mourir.

F. mourante, vivait donc encore au début de l'année 1979. Je n'ai pas revu J. M. depuis lors.

Je n'ai pas distribué le texte du *Navire Night* entre ceux qui l'ont dit dans le film. Il y a seulement des tirets devant les phrases pour indiquer que le diseur devrait sans doute changer à tel ou tel moment du récit. De même, je n'ai pas indiqué l'arrivée des plans ni décrit leur teneur.

Je pense que ces précautions, je les ai prises pour tenter d'effacer les traces du film afin d'éviter que le lecteur en passe par lui aux dépens de sa propre lecture.

Je crois maintenant – je l'ai sans doute toujours cru – mais comment, comment occuper la vie ? — que ce n'était peut-être pas la peine de faire le film. Je crois que le film était sans doute en plus, en trop, donc pas nécessaire, donc inutile. Qu'il était en somme le mariage du désir sur les lieux mêmes de la nuit mais de la nuit chassée, remplacée par le jour. La lumière dans la chambre des amants je crois qu'il ne fallait pas la faire. Après l'écriture du texte tout venait trop tard, tout, parce que l'événement avait déjà eu lieu, justement, l'écriture. Parce que l'écriture, qu'elle soit écrite ou lue, c'est ici identique, c'est pareillement le partage de l'histoire générale. Cette histoire ici, qui est à tous, j'avais le droit, moi, d'en avoir ma part puisque c'est comme ça que moi, je la partage avec les autres, en écrivant. Mais peut-être n'avais-je pas le droit ici – ici, je crois au mal, au diable, à la morale – une fois l'écriture passée, une fois pénétrée et refermée cette nuit commune du gouffre, de faire comme s'il était possible d'y revenir voir une deuxième fois. De faire passer le gouffre, ce premier âge des hommes, des bêtes, des fous, de la boue, par l'épouvantail de la lumière, fût-ce celle d'une identité même incontrôlable, même accidentelle.

C'était inévitable d'écrire le *Night* – on le sait cela – oui, c'était plus fort que soi. Mais c'était évitable de le filmer – cela on le sait aussi – et je n'en sortirai pas : c'était évitable de faire un film avec ce noir-là. Mais comment occuper le temps ?

La personne qui se dévoile dans le gouffre ne se réclame d'aucune identité. Elle ne se réclame que de ça, d'être pareille. Pareille à celui qui lui répondra. À tous. C'est un déblaiement fabuleux qui s'opère dès qu'on ose parler, plutôt dès qu'on y arrive. Parce que dès que nous appelons nous devenons, nous sommes déjà pareils. À qui ? À quoi ? À ce dont nous ne savons rien. Et c'est en devenant personne pareille que nous quittons le désert, la société. Écrire c'est n'être personne. «Mort», disait Thomas Mann. Lorsque nous écrivons, lorsque nous appelons, déjà nous sommes pareils. Essayez. Essayez alors que vous êtes seul dans votre chambre, libre, sans aucun contrôle de l'extérieur, d'appeler ou de répondre au-dessus du gouffre. De vous mélanger au vertige, à l'immense marée des appels. Ce premier mot, ce premier cri on ne sait pas le crier. Autant appeler Dieu. C'est impossible. Et cela se fait.

La chance que j'ai eue c'est d'avoir échappé au premier découpage que j'avais fait. J'ai écrit pour la presse, à la sortie du film, le récit de cet échec. Je le donne ici pour mémoire et aussi parce que j'y vois déjà mais masqué, l'interdit que je me pose, le film :

«J'ai commencé le tournage du *Navire Night* le lundi 31 juillet 1978. J'avais fait un découpage. Pendant le lundi et le mardi qui a suivi, du 1er août, j'ai tourné les plans prévus dans le découpage. Le mardi soir, j'ai vu les rushes du lundi. Sur mon agenda, ce jour-là, j'ai écrit : film raté.

«Pendant une soirée et une nuit, j'ai abandonné le film, le *Night*. Je me suis tenue hors de lui, loin, aussi séparée de lui que s'il n'avait jamais existé. Ça ne m'était jamais arrivé : ne plus rien voir, ne plus entrevoir la moindre possibilité d'un film, d'une seule image de film. Je m'étais complètement trompée. Le découpage était faux. Plus que ça : j'avais été étrangère au film : le découpage n'existait pas.

«J'ai dit à mes amis : "Ça y est, cela m'est arrivé." Mes amis m'ont dit que c'était normal, qu'étant donné ce que j'essayais de faire au cinéma, ils s'y attendaient. On a très peu parlé. Ils avaient vu les rushes eux aussi et on était tous d'accord. On a parlé d'une décision à prendre, celle de prévenir la production, l'équipe, les comédiens, que tout s'arrêtait.

«Benoît Jacquot m'a dit d'attendre le lendemain matin pour décider définitivement de l'arrêt du film. De laisser passer la nuit. J'étais d'accord.

«Je ne crois pas avoir espéré quoi que ce soit de cette nuit qui venait, du sommeil. Ça m'aurait troublée d'espérer encore. J'étais heureuse ainsi, tout à coup plongée dans une stérilité sans bornes, sorte d'étendue sans accident aucun, ni celui de la souffrance, ni celui du désir. Enfin présente à moi-même dans ce constat d'un échec avoué, sans recours aucun. C'était lumineux. C'était fini.

«Cinéma, fini. J'allais recommencer à écrire des livres, j'allais revenir au pays natal, à ce labeur terrifiant que j'avais quitté depuis dix ans. En attendant, j'étais bien. Heureuse. J'avais gagné cet échec, j'avais gagné. Le bonheur devait venir de là, d'avoir gagné. Je me reposais d'une victoire, celle d'avoir enfin atteint l'impossibilité de filmer. Je n'ai jamais été aussi assurée d'une réussite que je ne l'ai été de cet échec, cette nuit-là.

«J'ajoute que le point de vue financier ne m'importait pas. Je me permettais de rater un film, cela m'était égal.

« J'ai dormi. Et puis, comme d'habitude, j'ai eu cette insomnie – dépressive dit-on – d'avant l'aube. Et c'est pendant cette insomnie que j'ai vu le désastre du film. Que j'ai donc vu le film.

« Au matin, nous nous sommes retrouvés et j'ai dit à mes amis qu'on allait abandonner le découpage et tourner le désastre du film. Que dans la journée, on tournerait le décor et le maquillage des comédiens. On l'a fait. Peu à peu, le film est sorti de la mort. Je l'ai fait.

« J'ai vu, chaque jour davantage, que c'était possible. J'ai trouvé le matériau de quoi recouvrir l'écran tandis que s'écoulerait le son, l'histoire. J'ai découvert qu'il était possible d'atteindre un film dérivé du *Night*, qui témoignerait de l'histoire plus encore (mais à un point incalculable) que ne l'aurait fait le soi-disant film du *Night* que j'avais cherché pendant des mois. On a mis la caméra à l'envers et on a filmé ce qui entrait dedans, de la nuit, de l'air, des projecteurs, des routes, des visages aussi. »

Les récits différés du *Navire Night* sur la Grèce ont trait à des épisodes de l'amitié qui nous lie, Benoît Jacquot et moi. C'est vrai, j'étais allée au Parthénon et au Musée de la Ville de cette façon-là. Et c'est vrai aussi que c'était à lui seul que je l'avais ensuite raconté. Et aussi qu'ensuite il y est allé strictement de la même façon. C'est notre façon à nous de nous retrouver à travers le temps.

Césarée et *Les Mains négatives* ont été écrits à partir de plans non utilisés du *Navire Night*. Puis faits avec ces plans. [...]

LE NAVIRE NIGHT

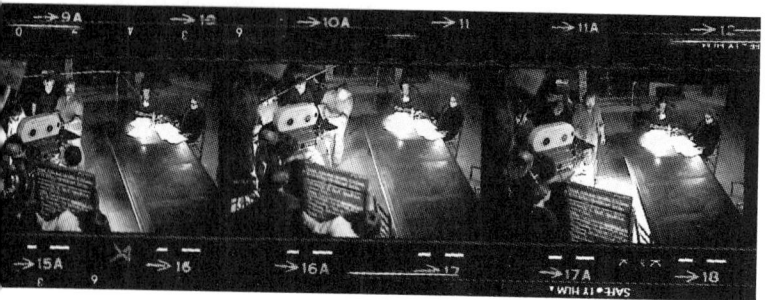

— Je vous avais dit qu'il fallait voir.
Que vers midi le silence qui se fait sur Athènes est tel... avec la chaleur
qui grandit...
La ville se vide à l'heure de la sieste, tout ferme comme la nuit...
... qu'il fallait assister à la montée du silence...

Je me souviens, je vous ai dit : peu à peu on se demande ce qui arrive,
cette disparition du son avec la montée du soleil...

C'est là que cette peur arrive. Pas celle de la nuit, mais comme une peur
de la nuit dans la clarté. Le silence de la nuit en plein soleil. Le soleil au
zénith et le silence de la nuit. Le silence au centre du ciel et le silence
de la nuit.

Quand les autres sont arrivés, vers deux heures de l'après-midi, on est
redescendus vers la ville, Athènes, et puis plus rien n'est arrivé.
Rien.
Rien d'autre que toujours, partout, ce manque d'aimer.

—Au Musée civique d'Athènes, le lendemain après-midi...

—Ah oui... c'est vrai... j'avais oublié... voyez comme on est...

... et puis je vous avais parlé de *l'autre histoire*, celle des autres gens...

— *C'est un samedi. La nuit. Au printemps.*
C'est presque le début de l'été. Au mois de juin.
Lui, l'homme de l'histoire, il travaille.
Il est de permanence dans un service de télécommunications.
Il s'ennuie.
Paris vide. Le printemps. Un samedi. Il a vingt-cinq ans. Seul.
Il a certains numéros de connexion du gouffre téléphonique. Il les fait.
Deux numéros. Trois numéros.

— *Et puis, voici.*
La voici.

On est en 1973.
Il tenait un journal à cette époque-là de sa vie et il dit avoir noté beaucoup de choses. Mais qu'ensuite, non. Qu'il a cessé. Qu'il a cessé peu après qu'elle ait commencé, elle, l'histoire, l'histoire d'amour.

Histoire sans images.
Histoire d'images noires.

Voici, elle commence.

Elle lui téléphone en même temps que lui dans l'espace et dans le temps.
Ils se parlent.
Parlent.

— *Ils se décrivent. Elle se dit être une jeune femme aux cheveux noirs.*
Longs.

— *Il dit être un homme jeune aussi, blond, aux yeux très bleus, grand, presque maigre, beau.*

— *Elle lui parle de ce qu'elle fait. D'abord elle dit qu'elle travaille dans une usine. Une autre fois elle dit revenir de Chine. Elle lui raconte un voyage en Chine.*

— *Une autre fois encore elle dit faire des études de médecine, cela en vue de s'engager dans le corps des Médecins sans Frontières.*

— *Il semblerait qu'elle s'en soit tenue par la suite à cette version-là. Qu'elle n'en ait plus changé. Qu'elle n'ait jamais plus dit autrement que ceci : qu'elle finissait sa médecine, qu'elle était interne dans un hôpital de Paris.*

— *Il dit qu'elle parle très bien. Avec facilité. Qu'on ne peut pas éviter de l'écouter.*
De la croire.

— *Il lui donne son numéro de téléphone. Elle, elle ne donne pas le sien.*

— *Non, elle, non.*

— *Il se passe un mois.*
C'est pendant ces jours-là qu'elle se nomme. Qu'elle lui donne un prénom comment l'appeler qui commence par la lettre F.

— *Il dit qu'elle a une voix qu'on aime écouter.*

Il dit : assez fascinante.

— *Ils se parlent. Inlassablement.*
Parlent.

— *Sans fin se décrivent. L'un l'autre. À l'un, l'autre. Disant la couleur des yeux. Le grain de la peau. La douceur du sein qui tient dans la main. La douceur de cette main. En ce moment même où elle en parle, elle la regarde. Je me regarde avec tes yeux.*

— *Il dit qu'il voit.*
Se décrit, lui, à son tour.
Il dit suivre sa propre main sur son propre corps.
Dit : c'est la première fois. Dit le plaisir d'être seul, que cela procure. Pose le téléphone sur son cœur. Entend-elle ?

— *Elle entend.*

— *Il dit que tout son corps bat de même au son de sa voix.*

— *Elle dit qu'elle le sait. Qu'elle le voit. L'entend, les yeux fermés.*

— *Il dit : j'étais un autre à moi-même et je l'ignorais.*

— *Elle dit n'avoir pas su avant lui être désirable d'un désir d'elle-même qu'elle-même pouvait partager.*
Et que cela fait peur.

— *L'histoire est arrivée ?*

— *Quelqu'un dit l'avoir vécue en réalité, oui.*

Et puis elle a été racontée par d'autres.
Et puis elle a été rédigée.
Écrite.

— *C'est la nuit qu'elle appelle.*

Oui, avec la nuit, elle appelle.

— *La nuit venant elle vient.*
« C'est moi F. j'ai peur. »

— *Les conversations deviennent très longues.*
Des nuits.

— *Elles finissent par durer jusqu'au jour. Elles durent huit heures. Dix heures d'affilée.*

— *Il ne connaît toujours pas son nom, ni son adresse, ni son numéro de téléphone.*

— *Il ne connaît que ce prénom comment elle s'appelle elle-même lorsqu'il décroche le téléphone :*
« C'est moi F. j'ai peur. »

— *Il est à sa disposition. C'est lui qui attend les coups de téléphone. Il n'a aucun moyen de la joindre. Aucune indication sur le lieu où elle se tient.*

— *Il ne réclame pas d'en avoir. Cela pendant des mois.*

— *Une fois elle lui apprendra certaines choses.*

— *Une fois elle lui apprend : l'endroit, c'est Neuilly.*
Le lieu où elle se tient c'est là, Neuilly.
Un hôtel particulier.
Entre la Seine et le Bois.

— *Neuilly : Neuilly sans fin autour d'elle…*

— *Autour de l'image noire…*

— *Neuilly sans fin autour d'elle.*

— *Autour de l'image noire…*

— *Pendant des nuits et des nuits ils vivent le téléphone décroché. Dorment contre le récepteur. Parlent ou se taisent. Jouissent l'un de l'autre.*

— *C'est un orgasme noir. Sans toucher réciproque. Ni visage. Les yeux fermés.*
Ta voix, seule.
Le texte des voix dit les yeux fermés.

— *Aucune image sur le texte du désir?*

— *Laquelle?*

— *Je ne vois pas laquelle.*

— *Alors il n'y a rien à voir.*

— *Rien. Aucune image.*
Le Navire Night est face à la nuit des temps.

— *Aveugle, avance.*
Sur la mer d'encre noire.

— *Le Navire Night vient d'entrer dans son histoire.*

— *C'est elle qui la première veut le voir, le rencontrer.*
Elle lui donne deux sortes de rendez-vous. Ceux qui sont décommandés.
Ceux qu'elle ne décommande pas.
Il va à tous les rendez-vous.
Chaque fois il y a des circonstances imprévues qui empêchent la rencontre.

Il ne s'étonne pas de l'empêchement à la rencontre.
Il le croit possible, chaque fois.

— *Il croit ce qu'elle dit.*
La croit.

— *Très vite, il ne peut rien pour détourner l'histoire. C'est elle F. qui mène*
l'histoire. Lui tient tête. Qui évite les imprudences.

— *Qui petit à petit les fait tous les deux s'accoutumer.*
Elle, elle ne sait rien. Invente.
La première à devenir folle.

— *Des mois passent.*

Un an.

— Trois ans.

— L'histoire se creuse de cavernes, s'approfondit. Plus son décor grandit, plus elle s'obscurcit.

— Un jour elle lui apprend : elle est malade. Leucémique. Condamnée à mort. Maintenue en vie à force de soins, d'argent, depuis dix ans, depuis l'âge de seize ans. Elle a maintenant vingt-six ans.

— Autour d'elle, la Seine sale.

— Et ce Bois.
Ce décor triste
Atteint à son tour
De mort.

— Pendant toute une période elle refuse de le voir. Refuse cette idée. Elle dit qu'ils ne se rencontreront jamais. Qu'ils ne se verront jamais.

— Elle dit qu'elle l'aime à la folie. Qu'elle est folle d'amour pour lui. Qu'elle est prête à tout quitter pour lui.
Par amour pour toi, je quitterais ma famille, la maison de Neuilly.

Mais il n'est pas nécessaire pour autant qu'on se voie.
Je pourrais tout quitter pour toi sans pour autant te rejoindre.
Quitter à cause de toi, pour toi, et justement ne rejoindre rien.
Inventer cette fidélité à notre amour. [Texte dit.]

Elle dit qu'elle l'aime à la folie. Qu'elle est folle d'amour pour lui. Qu'elle est prête à tout quitter pour lui.
Par amour pour lui, elle quitterait sa famille, la maison de Neuilly.
Mais qu'il n'est pas nécessaire pour autant qu'ils se voient.
Elle pourrait tout quitter pour lui sans pour autant le rejoindre.
Quitter à cause de lui, pour lui, et justement ne rejoindre rien.
Inventer cette fidélité à leur histoire. *[Texte lu sur un tableau noir.]*

— *Ce territoire de Paris la nuit, insomniaque, c'est la mer sur laquelle passe le Night. Ce film. Cette dérive qu'on a appelée ainsi : le Navire Night.*

Rien dans le jour ne se voit de la nuit ce passage.
Rien dans le jour.

Les mouvements du Navire Night devraient témoigner d'autres mouvements qui se produiraient ailleurs et qui seraient de nature différente.

Les mouvements du Navire Night devraient témoigner des mouvements du désir.

— *Il insiste. Il veut voir.*
Parce que l'idée de voir fait de plus en plus peur il veut voir.
Une façon de liquider l'histoire, d'y mettre fin.

— *Ils savent tous les deux que la distance n'est plus mesurable désormais entre celle-ci qui crie la nuit, fondue à la généralité du désir, celle défigurée du gouffre, et celle-là – qui serait elle ? – qu'il ne reconnaîtrait pas dans le voir, qu'il ne reconnaîtrait que les yeux fermés dans le noir du monde.*

— *Il ne promet pas de fermer les yeux à son approche, lorsqu'elle appa-*
raîtrait décente recouverte d'un Chanel blanc à l'angle d'une rue de
Neuilly.
Non il n'a pas promis de ne pas regarder.

— *Elle cède.*
Un rendez-vous est pris.

— *On est à Paris en juillet 1973.*

— *Il fait ce jour-là une chaleur intense.*

Le rendez-vous devrait avoir lieu dans un café de la place de la Bastille
à trois heures de l'après-midi.

— *Il l'attend, il dit pendant une heure et demie.*
Sans doute encore plus.

Elle ne vient pas.

Le soir, elle téléphone. Elle dit qu'elle est allée au rendez-vous. Qu'elle l'a
vu.

— *Qu'il portait une chemise d'été légère. Elle dit la couleur. La transpa-*
rence.
Elle dit qu'elle n'a pas pu s'arrêter.

— *Il n'a rien vu passer devant lui qui ressemble à son image noire, celle*
donnée par elle le premier jour.

Elle est passée devant lui en auto. Derrière elle le chauffeur de son père la
suivait, cela sur ordre de son père. C'est ce qu'elle dira. Qu'elle avait
obtenu de ce père de pouvoir le voir à condition de ne pas s'arrêter.

— *Le chauffeur lui avait avoué avoir reçu l'ordre de rendre compte de son*
obéissance. Elle n'aurait donc pas pu s'arrêter sans compromettre le
chauffeur. Le comprend-il ?

— *Il le comprend.*

— *Dès lors, elle ne peut plus oublier cet homme qu'elle a vu, qui attendait cette femme, elle. Ce corps aperçu à travers la transparence de la chemise, le temps du passage, cette trace noire des seins sur la poitrine maigre la comble de folie.*

Elle, elle l'a donc vu désormais. Pendant quelques secondes. Mais l'image est là pour toujours.
Je ne parle pas de celle de ton visage mais de celle de ton corps.

— *Il vient à l'esprit qu'elle ait été empêchée ce jour-là de si grande chaleur, à cause de la leucémie, de descendre de l'auto et de marcher vers lui.*
Ou bien que ce soit d'une ambulance louée pour ça – pour te voir – qu'elle l'ait aperçu qui l'attendait.

Après le rendez-vous de la place de la Bastille elle entre dans un désir de chaque fois, de chaque nuit.

Chaque nuit réclame d'en mourir.
Demande d'en mourir.

— *Les gens qui crient la nuit dans le gouffre se donnent tous des rendez-vous. Ces rendez-vous ne sont jamais suivis de rencontres. Il suffit qu'ils soient donnés.*

— *C'est l'appel lancé dans le gouffre, le cri, qui déclenche la jouissance.*

— *C'est l'autre cri. La réponse.*
— *Quelqu'un crie. Quelqu'un répond qu'il a entendu le cri, qu'il lui répond.*
C'est cette réponse qui déclenche l'agonie.

— *Vous disiez vous souvenir de cet homme qui hurlait à l'aube.*

— *Oui. Il appelait. Il disait qu'il était le Chat. Je suis le Chat... Vous entendez ? Le Chat appelle... Ici le Chat...*

— *Le ton ordonnait.*

— *Il commandait oui. En même temps il suppliait.*

— *Il disait que le Chat cherchait quelqu'un.*
Que le Chat voulait jouir.
Qu'il fallait lui répondre.

— *C'est un homme qui a répondu. La voix était très douce, tendre. Il a dit qu'il entendait le Chat. Qu'il lui répondait pour lui dire ça, qu'il l'entendait.*

— *Il lui disait de venir. De jouir.*
Viens. Jouis.

— *Oui.*

La voix du Chat s'est calmée dans des sanglots.
C'était à Paris en hiver vers quatre heures, en pleine nuit.

— *Une autre fois. Une autre fois encore elle lui donne une autre information : elle a deux mères. Elle est bâtarde. Sa mère officielle n'est pas sa vraie mère.*

— *Sa vraie mère est une ancienne domestique de l'hôtel de Neuilly. Elle est maintenant à la retraite. Elle habite en banlieue.*

— *Elle est surveillée.*

Autour d'elle on s'inquiète de ces coups de téléphone si longs, la nuit,
parce qu'ils la fatiguent beaucoup.
Des ordres sont donnés par le père pour que les dégâts de l'histoire sur la
santé de F. se limitent à ces coups de téléphone.

— *Pour que rien d'autre n'ait lieu. Rien en dehors de ces coups de téléphone.*

— *C'est le chauffeur du père qui le premier la prévient de cette surveillance.*
Lui aussi, ce chauffeur, veut son bien, sa survie, comme tout le monde
autour d'elle.

— *Un jour.*
Un jour la maison de Neuilly s'éloigne.
Il croit qu'on ment. Il ne croit plus qu'on y meurt.
S'il voit encore cette maison de Neuilly, cette dérive arrêtée entre les haies,
il ne voit plus qu'on y meurt.
Il ne la voit plus contenir cette légende de la seule héritière au nom
inconnu, leucémique et bâtarde. Celle de son désir.

— *Il doute brutalement de l'un des termes donnés par F., la maladie. Il lui*
dit que là, c'est trop. Il parle de stratagème. Il lui dit qu'elle ment.
Que là, elle ment.

— *Alors elle lui parle d'une preuve irréfutable de leucémie. Ces cheveux*
blonds qu'elle a, très longs, très beaux, une masse énorme, étonnante,
dans laquelle elle dort. S'il pouvait voir.

— *Elle s'étonne. Comment ignore-t-il une chose aussi courante, aussi*
connue?... que la leucémie fait les cheveux très longs, très beaux, incompa-
rablement blonds?

— *Il lui rappelle que le premier soir elle s'est décrite brune.*

Elle lui dit qu'il a mal entendu.

Il ne résiste pas.

— *Les dates se brouillent.*
Le journal n'est plus tenu aussi régulièrement.
La chronologie n'est plus assurée.

— *Il ne reste qu'une mémoire globale de l'événement.*
Si entière, que chaque nuit témoigne de la totalité du désir.

— *Les parois tombent entre les jours.*

— *Elle dit qu'elle souffre. Physiquement. Très fort. De plus en plus fort.*
Qu'elle est très faible. De plus en plus faible. Si faible qu'elle tombe, et cela
souvent. Et qu'elle se blesse, et qu'elle a tout le corps marqué par les
marques et les blessures de ses chutes.

— *Et que sa jouissance se mêle à cette douleur.*

— *Elle dit : la maladie s'aggrave, augmente.*
Elle dit qu'elle continue à aller travailler dans l'hôpital parisien où elle
fait ses années d'internat. Mais être de plus en plus fréquemment au lit,
sous perfusion. Ne vivre que de ces perfusions, de ces transfusions.
Et puis, parfois, tout à coup, renaître, revivre.

— *Ce balancement entre la vie et la mort.*
Disparaît
Se meurt
Se tait
Et puis revient à la vie
Il dit qu'il se met à l'aimer.

— *Voici que dans la maison de Neuilly on a peur.*
Il reçoit des coups de téléphone de la femme du père, la mère illégitime.
Elle connaît le numéro de téléphone de l'homme jeune des Gobelins.

Il ne saura jamais si c'est F. qui a donné ce numéro ou s'il a été volé pendant son sommeil.
La mère illégitime le supplie de laisser F. tranquille. Que ces nuits passées au téléphone épuisent son enfant, la tuent. Qu'il y va de la vie de cette enfant.

— Il demande : comment, de quelle façon pourrait-il la laisser tranquille ?
Il n'a, lui, aucun moyen de l'appeler, il ne connaît ni son adresse, ni son nom, ni son numéro de téléphone.
La mère illégitime dit que le moyen consisterait à refuser de lui répondre.

— Il le fait. Coupe la communication dès qu'il reconnaît sa voix.

— Elle rappelle.
Elle déguise sa voix.
Il la reconnaît.
Alors de nouveau il ne lui résiste pas.
Lui répond.

— Un jour, une femme vient chez lui pour lui apporter une enveloppe de la part de F. Elle dit être la lingère de la maison de Neuilly. Peut-être la femme du chauffeur.

— L'enveloppe contient deux photographies.
C'est une jeune femme.
Elle a des cheveux blonds, très longs, très beaux.
Elle est assez grande. Mince.
Il dit : elle a un visage banal.

— Elle est photographiée dans un parc. C'est une pelouse entre des arbres et des haies.

— L'enveloppe contient aussi un mouchoir brodé à ses initiales et une somme d'argent en espèces.

— *L'histoire s'arrête avec les photographies.*

— *Seul le soir, avec ces photographies méconnaissables. Enfermé avec elles. Désespéré.*

— *Le Navire Night est arrêté sur la mer.*
Il n'a plus de route possible. Plus d'itinéraire.

— *Le désir est mort, tué par une image.*

— *Il ne peut plus répondre au téléphone. Il a peur.*
À partir des photographies il ne reconnaîtrait plus sa voix.
Qui est-ce d'aussi imprévisible ?
Qui ?
Il est trop tard pour qu'elle ait un visage.
Il faut qu'il rende ces photographies. Vite.
Il ne sait pas comment les rendre. Ni à qui.
Puis il se souvient.

— *Il se souvient. La lingère qui est venue porter l'enveloppe lui a dit être en relation avec la véritable mère de F. Elle a dit qu'elles habitaient toutes les deux dans une même H.L.M. aux environs de Paris.*

— *La lingère, sur l'ordre de F., lui a donné son propre numéro de téléphone.*
Mademoiselle m'a dit de vous donner mon numéro de téléphone, le voici, on ne sait jamais.

— *Un cloisonnement est franchi.*
La vraie mère téléphone. «Que puis-je pour vous, Monsieur ?»
Il dit je veux vous rendre les photographies.
Elle ne demande pas quelles photographies.
Elle dit que c'est d'accord.
Le rendez-vous est pris. Il ira chez elle.

— *C'est une H.L.M. du côté de Vincennes. Appartement acheté par le père
en récompense de l'enfant.*
C'est elle qui ouvre la porte.

— *Soixante ans. L'allure d'une domestique. Il dit ça, elle a l'allure d'une
domestique. Seule au treizième étage. Vue sur la banlieue Est. Vincennes-
Saint-Mandé. L'exil.*

— *L'appartement est de style ouvrier. Meubles en contre-plaqué de série
européenne. Fausse fourrure sur le lit. Propreté immaculée du vide.*

— *Visage lisse, regard absent. Elle prend les photographies sans un mot.
Il ne demande pas qui est cette femme dans le parc. Jeune. Blonde. Elle ne
le dit pas. Ne demande pas pourquoi il les rend.*

Il lui demande de parler de F.

*Elle dit qu'elle a eu F. avant le mariage du père avec l'autre femme, celle
qui porte le nom du père. Qu'après ce mariage, elle a été engagée comme
nourrice de l'enfant dans la maison de Neuilly.*

— *Puis lorsque l'enfant a été grande on l'a gardée comme femme de
chambre. Cela, toujours par bonté, dit-elle, pour ne pas la séparer de son
enfant, tout ce qu'elle a au monde.*

*Il ne saura jamais rien sur la relation entre F. et sa vraie mère.
C'est tard, semblerait-il, elle était déjà grande, que F. a appris que sa vraie
mère était celle qui dormait dans les sous-sols de la maison de Neuilly.*

— *Que la femme aimée par le père, la seule, avait été celle-là.*

— *Il reverra plusieurs fois la vraie mère. Sur les ordres de son enfant elle reviendra le voir pour lui apporter d'autres cadeaux, d'autres sommes d'argent.*

— *La lingère aussi, comme la vraie mère, vient le voir sur les ordres de la jeune maîtresse de Neuilly. Elles viennent lui remettre des enveloppes contenant l'argent et les cadeaux.*

— *C'est un briquet en or. Un portefeuille en lézard. Mais ce n'est pas l'essentiel.*

— *L'essentiel c'est l'argent.*

Elles ne viendront jamais chez lui sans une forte somme d'argent.
Il prend l'argent.
Les sommes d'argent sont pour lui considérables.

— *Elle parle de lui donner tout. De lui donner une automobile, un appartement. Tout.*

— *Elle ne donnera plus de photographies, qu'elles soient d'autres femmes ou d'elle-même.*
Il n'est jamais question entre eux de ces photographies.
Il ne sera jamais question entre eux des photographies de cette jeune femme dans le parc.
Elle n'en a jamais parlé.

— *Il dit : j'ai oublié les photographies.*
Ça a recommencé comme avant.

— *L'argent est donné pour quoi ? Que paye l'argent ? L'histoire d'amour peut-être ? Quelque chose est payé dans l'histoire. Il y a donc un prix à payer à quelque chose dans l'histoire.*

— *Il prend l'argent, donc confirme le paiement.*

— *Sans doute l'argent est-il ici comme ailleurs, comme partout, dans sa fonction salariale.*

— *Toujours délivré par les mêmes mains. Ici, celles-ci, celles de la jeune maîtresse de Neuilly.*

Elle le paye de lui donner tant de désir.

— Je vous avais dit être partie de l'hôtel bien avant les autres, que j'y étais arrivée vers onze heures du matin. Que j'étais seule. À part deux dames des ambassades de France en Amérique rencontrées à l'aéroport d'Athènes, seule.
Que j'y étais restée jusqu'à deux heures de l'après-midi.
Vous y êtes allé de cette façon vous aussi, non?

— Oui.

— Je vous avais dit qu'il fallait voir.
Voir.

Que vers midi le silence qui se fait sur Athènes est tel... avec la chaleur qui grandit... La ville se vide à l'heure de la sieste, tout ferme comme la nuit...

Je vous ai parlé d'épouvante.
Je vous ai dit: peu à peu on se demande ce qui arrive... cette disparition du son avec la montée du soleil...
C'est là que cette peur arrive.
Pas celle de la nuit, non, mais comme une peur de la nuit dans la clarté... le silence de la nuit en plein soleil... le soleil au zénith et le silence de la nuit...
la peur...

Alors l'ombre glisse et s'amasse au pied des colonnes, elle s'entasse, se durcit, et pendant un certain moment, la chose est sans ombre aucune.
Comme inapparente, vous voyez?

Disparue...

Le silence est tel qu'il redevient celui de la campagne. Une vallée tranquille.

... à ce point qu'un essaim de papillons s'est trompé. Il a traversé le silence, le gouffre de la ville. Il est arrivé sur la colline. Il a traversé le temple.

Il venait des collines de l'Attique.

Ils étaient blancs.

C'est à ce moment-là que j'ai vu. Tandis que les papillons traversaient, j'ai vu... le temple n'est pas blanc mais de marbre bleu.

Et puis, l'ombre, elle revient.

Elle implante le temple de nouveau du côté inverse à celui de sa disparition.

C'est d'abord comme une ligne noire.

Et puis comme un trait.

On a moins peur.

Le relief de nouveau se voit.

Petit à petit la plage entière le long du temple s'est recouverte de noir.

Quand les autres sont arrivés vers deux heures de l'après-midi ils ont visité le temple. Puis on est redescendus ensemble vers la ville. Athènes.

Et puis plus rien n'est arrivé. Plus rien.

Rien. Sauf toujours, partout, ces cris. Ce même manque d'aimer.

— Au Musée civique d'Athènes le lendemain après-midi...

— Ah oui c'est vrai... j'avais oublié... voyez comme on est... oui... et puis il s'est trouvé que c'était le même jour... je vous ai parlé de l'autre histoire... celle des autres gens... *[Dans le film* Le Navire Night *cette partie du texte a été abandonnée. Un fragment en a été retenu au début du film.]*

— *D'abord il ne trouve rien en commun entre F. et sa mère. Puis tout à coup, lorsque la mère téléphone pour lui annoncer qu'elle va venir lui porter un cadeau, il trouve que leurs voix sont pareilles. Les inflexions de leurs voix. Quand elle lui téléphone, il confond. Souvent.*

— *C'est elle, la vraie mère, qui téléphone. Lui ne peut la joindre que par la lingère, la femme du chauffeur.*

— *Il lui demande plusieurs fois de lui donner le numéro de téléphone de sa fille. Elle ne refuse pas.*

— *Elle donne chaque fois un numéro de téléphone. Dit chaque fois que celui-ci est le vrai, le bon. Il téléphone.*
Il tombe sur des cinémas.

— *Elle lui donne des rendez-vous. Elle lui donne dix rendez-vous. Il va à tous les rendez-vous.*

— *Ces rendez-vous sont toujours donnés dans des lieux publics, vastes à s'y perdre. Le Bois. La place de la République. La place de la Bastille. Les Champs-Élysées. Les Grands Boulevards.*
Aux heures d'intense circulation.
De nuit. De jour.

— *À n'importe quelle heure de la nuit ou du jour.*

— *Il croit qu'elle n'est pas responsable de cette impuissance à venir.*

— *Qu'elle est la proie d'antagonismes plus forts qu'elle-même et que sa propre mise à la disposition de ces antagonismes est sa force même. Que son abandon à ces forces brutales témoigne d'elle.*

— *Il croit toujours possible qu'elle vienne. Comme elle-même le croit possible, jusqu'à la dernière minute.*
Il dit : et puis, sans doute, elle n'arrive pas à sortir de ça. Cette épaisseur. Ce Bois.

— *Elle lui parle du père.*
Elle lui parle de l'argent.
Souvent.
Le père. Redoutable et vénéré. Vénéré par tous. Craint par tous. Situation considérable. Directeur d'un organisme économique majeur de l'État. Conseiller financier privé du président de la République française. C'est lui le pourvoyeur d'argent.
L'argent paraît sans fond. Risible.

— *Une propriété sur le lac Majeur.*

— *Une autre à Sainte-Marie de Provence.*

— *Une autre à Bormes-les-Mimosas.*

— *Et cette maison-là, à Neuilly.*

— *Seule héritière, elle, F. l'enfant condamnée à mort.*

— *Le père.*
Le père, lui, ne téléphone jamais. Il menace par l'intermédiaire des femmes de la maison de Neuilly. Il faut que l'histoire ne s'étende pas au-delà des coups de téléphone.

— *Il croit l'histoire moins néfaste à la santé de F. si elle n'est pas visible. Ce retard du père sur son enfant témoigne du père. De son infirmité essentielle quant au désir.*

— *Une fois, tandis qu'elle lui téléphone de jour, il entend que quelqu'un appelle un prénom dans la maison et qu'elle répond. C'est la mère illégitime qui appelle son enfant.*
C'est ainsi qu'il apprend son prénom de baptême et d'état civil.

— *Elle ne dément pas.*
Dès lors, il l'appellera de ce prénom-là.

— *Le nom du père, son nom, celui-là, elle dit que c'est à lui de le découvrir.*

Qu'il y a différentes sortes de recherches. Les recherches secondaires. Et la recherche principale.

— La recherche principale devrait avoir lieu au cimetière du Père-Lachaise.

Elle lui dit comment, comment aller à l'endroit de la recherche principale. C'est là, dans un angle du temple de la mort. Le lieu n'est pas très visité. Les pierres sont vertes. Monumentales. Déterrées. Illisibles pour la plupart.

— Il s'agit d'une poubelle de maréchaux d'Empire anoblis sur les grands lieux de la mort du début du XIXᵉ siècle, de ducs de Dalmatie et d'Austerlitz, de France et de Waterloo, d'une lignée crapuleuse de financiers véreux, d'une racaille à Neuilly émigrée par peur de la Commune, et du fatras de leurs femmes et de leurs enfants.

— C'est là, dans cette poubelle, qu'il faut chercher. Le nom de sa mère y figure aussi. En tant que celle-ci est descendante des grands chefs militaires de l'armée napoléonienne et des financiers du règne, elle est aussi là, dans cette brocante.

— Mais c'est aussi, dans cette même brocante, mêlé à elle, que se trouve le nom de son grand-père paternel. Donc, le nom de son père. Donc le sien.

— Elle n'explique pas pourquoi, avant même leur naissance, les noms de sa mère et de son père se trouvent déjà unis sur les pierres tombales du Père-Lachaise.
Des mésalliances sans doute corrigées ensuite par ces mariages? On ne sait pas.

— L'explication est perdue.

— Il ne va pas au Père-Lachaise.

— *Elle, elle croit que si, qu'il a fait les recherches qu'elle lui a indiquées. Pendant tout un temps elle croit qu'il sait qui elle est à partir de son nom. Qu'avec ce nom il saura trouver la maison de Neuilly.*

— *Il ne lui dit pas ne pas être allé au Père-Lachaise.*

— Je vous avais dit où elle était, entre deux salles, les dernières de cette immensité du Musée de la Ville, juste avant la salle des carcasses des chevaux de cuivre qu'on a trouvées en 1960, dans le port du Pirée.
C'est à partir de la blessure du visage, je crois, qu'elle m'a tellement frappée. Cette blessure contrastait avec le regard... intégral, vous voyez... je ne sais plus très bien...

Je l'ai regardée très longtemps.

Vous ne l'avez pas trouvée dans le musée ?

— Non.

— Son nom est écrit.

— Athéna.

— Oui, c'est ça...

Elle doit avoir la partie gauche du visage arrachée comme par un soc de charrue, par du fer, mais ses yeux sont intacts... des amandes blanches sans relief aucun...

Il n'en existe aucune reproduction ?

— Aucune.

— La tête est toute petite, elle tiendrait dans la main. Je vous avais dit une tête d'enfant.
Elle est sur une colonne basse perdue entre les grandes stèles, le fatras des dernières salles.

Remarquez, il est possible que l'ayant trouvée négligeable, à cause de cette blessure justement, les autorités du Musée l'aient entreposée dans les réserves du sous-sol.

Mais ce qui m'étonne c'est que la chose se soit passée entre ma visite et la vôtre, c'est-à-dire dans la même journée...

— Pourquoi pas ?

— C'est vrai... Pourquoi pas...

— La blessure du visage est terrible. Elle doit être pour beaucoup dans la profondeur du regard.

— Ce regard est pour vous...

— Oui, c'est ça, c'est un regard qui vous regarde... il est vers celui qui regarde mais à travers lui aussi... et encore beaucoup plus loin... au-delà de la fin, vers ces lointains... vous voyez... on ne peut pas... on ne voit pas quels noms leur donner... ils sont communs à toute l'histoire...

— Je vois sans voir.

— Oui, c'est ça.

— Le lendemain, on a quitté Athènes, et puis plus rien n'est arrivé.
Plus rien.
Sauf, toujours, partout, ces cris.
Ce même manque d'aimer.

— *À Paris.*
À Paris, l'amour, toujours. De nuit. Sans issue.
La jouissance dans des sanglots.

Entre eux, ce mur infranchissable, aveugle.

— *Parfois ils ne peuvent pas se passer l'un de l'autre. Ils se téléphonent de nuit, de jour.*

— *Parfois ils ne peuvent plus se supporter. Se disputent.*
Crient.
Se quittent.

— *Et un jour, la jalousie éclate.*
Imprévisible.
Terrible.

— *Elle veut être la préférée à toutes.*
La seule.

— *Elle déguise sa voix, téléphone de la part d'autres femmes.*

— *Il la reconnaît toujours.*

— *Elle le fait suivre. Ou elle le suit. Il ne saura jamais.*

— *Il n'a jamais compris comment c'était possible. Comment c'était arrivé.*

— *Le soir, elle téléphone, elle lui dit l'heure à laquelle il est sorti de son travail, les endroits où il est allé, les rues qu'il a prises en bicyclette avant de rentrer chez lui.*
Tous ses parcours.

— *Il ne veut pas regarder derrière lui. Il sait. Il sait être pris dans une surveillance de tous les instants.*

— *Il ne cherche pas à savoir qui est là, derrière lui.*
Elle le provoque au jeu de la mort. Il se prête à ce jeu comme jamais il n'aurait pu le prévoir.
Ils le savent tous les deux : s'il se retourne et voit qui, l'histoire meurt, foudroyée.

— *Il sait, c'est elle. Les détails donnés le soir au téléphone ne peuvent le tromper.*
«*Et quand tu as pris la rue du Val-de-Grâce il y a eu une éclaircie et tu as regardé le ciel...*»

— *Il arrive chez lui. S'engouffre dans le couloir de l'immeuble. Il sait : elle est là, le regarde disparaître. Il ne se retourne pas. Il attend, fou de désir jusqu'aux pleurs.*

— *C'est pendant cette période qu'il découvre la puissance phénoménale de la solitude, la violence non adressée du désir.*

— *C'est là qu'il refuse l'histoire mortelle pour rester dans celle du gouffre général.*

— *Il dit maintenant qu'il n'a jamais vu quelqu'un le suivre.*

— *Il dit aussi avoir remarqué, une fois, une auto avec chauffeur de maître arrêtée aux environs du lieu de son travail. Vide.*

— *Une fois, tandis qu'elle lui téléphone dans le silence de Neuilly le soir, il entend une voix d'homme demander à Madame «s'il peut desservir». Elle n'a pas menti sur la richesse, il y a un maître d'hôtel dans la maison de Neuilly.*

— *Ce voyage en Saône-et-Loire.*
Il lui avait dit que c'était là qu'il était né. Elle y va, voyage dans la région jusqu'à ce qu'elle trouve la maison. La trouve. La lui décrit parfaitement au retour. Trouve aussi l'appartement de sa mère dans une ville voisine. Lui téléphone, lui dit qu'elle est folle d'amour pour lui, son enfant.

— *Est-ce qu'il sait si elle est encore vivante ?*
— *Il dit que non, rien.*
— *Peut-il le savoir ?*

— *Il pourrait téléphoner à la lingère, cette autre femme de l'H.L.M. Mais il ne peut pas le faire maintenant. Il n'a plus son numéro de téléphone. Il ne se souvient pas de son nom. Il ne peut pas demander le renseignement.*

— *D'après lui, est-elle morte ?*

— *Il dit : peut-être, qu'il ne sait pas, aucune idée… Mais… sans doute… oui… elle était si malade à la fin.*

— *À la fin ?*

— *Oui, lorsque ça a cessé.*

— *Elle avait plusieurs fois pris la décision de ne plus l'appeler.*
Puis une fois elle l'a fait.

— *Une fois elle l'a fait.*

Si elle est morte, sa tombe est au Père-Lachaise. Dans ce cas on devrait savoir, à la fraîcheur de la taille des pierres tombales et à celle de la terre remuée, on devrait savoir que c'est elle.

— *Le nom, dans ce cas, qui serait suivi du prénom donné en dernier, serait le sien.*

— *Il dit : J'étais fou. On était fous.*

— *De quoi il était fou : du désir d'elle ?*

— *Il dit ne pas savoir exactement de quoi il était fou. Qu'il ne pouvait pas être fou pour elle, de désir d'elle.*
Comment cela aurait-il été possible ?

— *De l'image ?*

— *Du désir même?*

— *Il répond qu'il ne sait pas.*

— *A-t-elle existé?*

— *Qui? Qui n'aurait pas existé?*
Il dit: Si, elle existait. Dans tous les cas. Elle existait. Quelle qu'elle eût été,
quelle qu'elle soit peut-être encore, elle existait.
Existe.

— *D'où qu'elle vienne, de quelque alibi dont elle se soit réclamée, elle*
existait. Elle existe.
Si même c'était cette femme de soixante ans de l'H.L.M. de Vincennes, elle
existerait. Il dit que la question est sans objet.

— *Trois ans.*

— *Le nombre d'heures passées au téléphone: des mois.*

— *Il y a des périodes, quelquefois d'un mois, pendant lesquelles elle ne*
donne pas signe de vie. Peut-être est-elle trop malade pendant ces
périodes-là pour le faire.

— *Et puis elle rappelle.*

L'orgasme commun est aride.
Immense
Nu
Incomparable.

— *Une nuit, il le lui demande: a-t-elle eu des amants avant lui? Un homme l'a-t-il approchée ? Lui n'a d'elle que cette odeur des billets de banque touchés par ses mains.*

— Elle dit oui. Elle a eu un amant. Un prêtre rencontré dans un train. Elle l'a rendu fou d'amour.
Et puis elle l'a quitté.
Elle livre tous les détails. Elle crie les détails.

— Leur jouissance atteint le meurtre. Elle crie en racontant le supplice du prêtre fou d'amour qu'elle avait quitté.
Il crie qu'il veut savoir encore.

— Ils se retrouvent à l'aurore dans des lits séparés. Ils pleurent.

— Les derniers temps, elle est presque toujours couchée, mourante. Elle est tout le temps sous perfusion. Il lui arrive parfois de s'évanouir au téléphone.

— Il le sait à sa voix. Il distingue ses voix de ses voix. Sa voix couchée.
Sa voix mourante.
Sa voix piégée ou d'enfant.

— Sa voix quand elle parle du père adoré.
Sa voix de salon, sa voix menteuse.

— Sa voix dénaturée, détimbrée du désir.

— Sa voix d'épouvante.
Elle ne peut plus lui mentir.

— Une fois encore. Elle lui donne une indication sur la maison de Neuilly. En ce moment on construit une fontaine dans le parc. Entre la haie et la pelouse. Un jour entier il parcourt les rues de Neuilly à bicyclette. Tout un jour. Il cherche non pas la fontaine dans le parc, mais au-delà. Un détail imprévu mais probant.

Une couleur de mur. De grille.

— *Une certaine disposition des fenêtres des chambres. Une certaine lumière voilée au-dessus du tout. Un signe du ciel.*

— *Il ne trouve rien. Il dit qu'il n'a pas parcouru toutes les rues de Neuilly.*

— *Le lendemain il recommence.*
Elle le laisse chercher.
Ne donne aucune indication supplémentaire.

— *Sauf celle-ci cependant, le soir de ce jour-là, que sa chambre est visible de la rue, que les fenêtres ne sont jamais fermées, que son lit est ainsi ouvert à tous les regards.*

— *Il dit maintenant qu'il aurait pu trouver la maison de Neuilly s'il avait voulu voir.*

— *Avait-il une image d'elle?*

— *Il dit qu'au début, oui, il aurait eu cette image noire, de femme à cheveux noirs. Et puis qu'ensuite cette image aurait été remplacée par celle des deux photographies. Et puis qu'ensuite encore, lorsque les photographies auraient été oubliées, il aurait retrouvé l'image noire donnée par elle.*

Il dit n'avoir plus maintenant aucune image d'elle.

— *Dit-il avoir menti?*

— *Non. Il dit avoir confondu les moments, les jours, les lieux, ne pas avoir de chronologie – ne pas disposer ici d'une raison claire, ne pas en entrevoir l'utilité.*

Il dit qu'elle, de même que lui, aurait confondu entre sa propre image dans la glace et celle de ce jeune homme entrevu place de la Bastille. Entre mourir et vivre. Entre son corps et le sien, inconnu. Entre l'inconnu du sien et tout inconnu.

Qu'elle, de même, de même que lui, n'aurait pas su si elle était celle de l'histoire ou celle, en dehors, qui regardait l'histoire.

— Il dit qu'elle était peut-être ce jeune enfant qui pendant les nuits où elle se disait aller si mal, passait sous ses fenêtres et la regardait mourir.

— Ce jeune rôdeur de Neuilly qui passait le soir et la regardait mourir.

— Une fois elle reste plusieurs jours sans téléphoner. Quand elle recommence à téléphoner elle lui annonce la nouvelle.

— Elle lui dit être de plus en plus malade. Et devoir mourir.

Lui annonce son mariage.

— Son mari est ce chirurgien qui la soigne depuis dix ans. Se souvient-il ? Celui qui la connaît depuis toujours, qui l'a vue naître ? Qui l'a toujours soignée, protégée ?

— Peu après on téléphone. Un homme. Il dit être le futur mari.
Il exige que cessent leurs relations.
Il confirme la mort prochaine.

— Il prononce pour la première fois le mot de folie.

— Pour la première fois le mot est prononcé : folie.

— Elle téléphone une dernière fois.

— *Lui dit la date du mariage. Pas l'endroit.*

— *Lui dit n'avoir eu d'amour que pour lui, son seul amant.*

Regrette d'avoir à mourir.

— *Le mariage a lieu un jour d'été, en 1975. Il n'est pas à Paris.*

— Vous aviez parlé de la mer aussi.

— Ah oui, peut-être... Des rats crevés le long des quais de Thessaloniki... de l'odeur de l'anis, de celle de l'ouzo... de l'odeur de la vase aussi... de la fin de la mer.

— Vous aviez parlé d'un film aussi.

— Oui... le film... le film n'a pas été tourné... Il y aurait eu des gens, ici. On les aurait découverts ici, plongés dans une réflexion commune très absorbante...

— Et qui tout à coup se serait arrêtée... ou qui aurait été arrêtée par la mort par exemple...

— C'est ça, oui... ou par un doute tout à coup... d'ordre général.

C É S A R É E

Césarée
Césarée
L'endroit s'appelle ainsi
Césarée
Cesarea

Il n'en reste que la mémoire de l'histoire
et ce seul mot pour la nommer
Césarée
La totalité.
Rien que l'endroit
Et le mot.

Le sol.
Il est blanc.
De la poussière de marbre
mêlée au sable de la mer.

Douleur.
L'intolérable.
La douleur de leur séparation.

Césarée.
L'endroit s'appelle encore.

Césarée
Cesarea.

L'endroit est plat
face à la mer
la mer est au bout de sa course
frappe les ruines
toujours forte
là, maintenant, face à l'autre continent déjà.
Bleue des colonnes de marbre bleu jetées là devant
le port.

Tout détruit.
Tout a été détruit.

Césarée
Cesarea.
Capturée.
Enlevée.
Emmenée en exil sur le vaisseau romain,
la reine des Juifs,
la femme reine de la Samarie.
Par lui.

Lui.
Le criminel
Celui qui avait détruit le temple de Jérusalem.

Et puis répudiée.

L'endroit s'appelle encore
Césarée
Cesarea.

La fin de la mer
La mer qui cogne contre les déserts

Il ne reste que l'histoire
Le tout.
Rien que cette rocaille de marbre sous les pas
Cette poussière.
Et le bleu des colonnes noyées.

La mer a gagné sur la terre de Césarée.
Les rues de Césarée étaient étroites, obscures.
Leur fraîcheur donnait sur le soleil des places
l'arrivée des navires
et la poussière des troupeaux.
Dans cette poussière
on voit encore, on lit encore la pensée
des gens de Césarée
le tracé des rues des peuples de Césarée.

Elle, la reine des Juifs.
Revenue là.
Répudiée.
Chassée
Pour raison d'État
Répudiée pour raison d'État
Revient à Césarée.
Le voyage sur la mer dans le vaisseau romain.
Foudroyée par l'intolérable douleur de l'avoir
quitté, lui, le criminel du temple.

Au fond du navire repose dans les bandelettes
blanches du deuil.
La nouvelle de la douleur éclate et se répand sur le monde.
La nouvelle parcourt les mers, se répand sur le monde.

L'endroit s'appelle Césarée.

Cesarea.

Au nord, le lac Tibériade, les grands caravansérails de Saint-Jean-d'Acre.
Entre le lac et la mer, la Judée, la Galilée.
Autour, des champs de bananiers, de maïs, des orangeraies
les blés de la Galilée.
Au sud, Jérusalem, vers l'Orient, l'Asie, les déserts.

Elle était très jeune, dix-huit ans, trente ans, deux mille ans.
Il l'a emmenée.
Répudiée pour raison d'État
Le Sénat a parlé du danger d'un tel amour.

Arrachée à lui
Au désir de lui.
En meurt.

Au matin devant la ville, le vaisseau de Rome.
Muette, blanche comme la craie, apparaît.
Sans honte aucune.

Dans le ciel tout à coup l'éclatement de cendres
Sur des villes nommées Pompéi, Herculanum

Morte.
Fait tout détruire
En meurt.

CÉSARÉE

L'endroit s'appelle Césarée
Cesarea
Il n'y a plus rien à voir. Que le tout.

Il fait à Paris un mauvais été.
Froid. De la brume.

LES MAINS NÉGATIVES

On appelle mains négatives *les peintures de mains trouvées dans les grottes magdaléniennes de l'Europe Sud-Atlantique. Le contour de ces mains – posées grandes ouvertes sur la pierre – était enduit de couleur. Le plus souvent de bleu, de noir. Parfois de rouge. Aucune explication n'a été trouvée à cette pratique.*

Devant l'océan
sous la falaise
sur la paroi de granit

ces mains

ouvertes

Bleues
Et noires

Du bleu de l'eau
Du noir de la nuit

L'homme est venu seul dans la grotte
face à l'océan
Toutes les mains ont la même taille
il était seul

L'homme seul dans la grotte a regardé
dans le bruit
dans le bruit de la mer

l'immensité des choses

Et il a crié

Toi qui es nommée toi qui es douée d'identité
je t'aime

Ces mains
du bleu de l'eau
du noir du ciel

Plates

Posées écartelées sur le granit gris

Pour que quelqu'un les ait vues

Je suis celui qui appelle
Je suis celui qui appelait qui criait il y a trente mille ans

Je t'aime

Je crie que je veux t'aimer, je t'aime

J'aimerai quiconque entendra que je crie

Sur la terre vide resteront ces mains sur la paroi de granit
face au fracas de l'océan

Insoutenable

Personne n'entendra plus

Ne verra

Trente mille ans
Ces mains-là, noires

La réfraction de la lumière sur la mer fait frémir
la paroi de la pierre

Je suis quelqu'un je suis celui qui appelait
qui criait dans cette lumière blanche

Le désir

le mot n'est pas encore inventé

Il a regardé l'immensité des choses dans le fracas des vagues,
l'immensité de sa force

et puis il a crié

Au-dessus de lui les forêts d'Europe, sans fin

Il se tient au centre de la pierre

des couloirs
des voies de pierre
de toutes parts

Toi qui es nommée toi qui es douée d'identité
je t'aime d'un amour indéfini

Il fallait descendre la falaise
vaincre la peur
Le vent souffle du continent il repousse
l'océan
Les vagues luttent contre le vent
Elles avancent
ralenties par sa force
et patiemment parviennent
à la paroi

Tout s'écrase

Je t'aime plus loin que toi
J'aimerai quiconque entendra que je crie que je t'aime

Trente mille ans

J'appelle

J'appelle celui qui me répondra

Je veux t'aimer je t'aime

LES MAINS NÉGATIVES

Depuis trente mille ans je crie devant la mer le spectre blanc

Je suis celui qui criait qu'il t'aimait, toi

?? x Robe 5 ème Bobine 55 ème
x Tours
x Robe
Seine aff Pont Neuf Plan 6
~~Tokyo~~ ——— ~~Plan~~
~~Boulle endormie~~ ——— ~~Plan~~
Maquillage Sandra Plan

ème Bobine Plan 42
N Nish
Écoute des trois. ~~Plan 16~~
Écoute des trois. fin Plan 19
Paris by night. Plans 67

7 ème Bobine

8ème Bobine
Écoute des 3. Sandra par terre → Plan 20
Sandra docheure → Plan 48
idem → Plan 49
" → Plan 50
" → Plan 53
Pub nuit + Marc → Plan 20

- 50 P. Lachaise grille fixe
- [51 . demoiselle fixe
- [52 . id 51 + large fixe
- 53 colonne penché + lumière

~~—————————————~~

(54/55   dept jours)

- 54 1ère FRMt de Seine —
x - 54 2me 1 Dem _ Tours .
x - 55/1ca Montmartre (ti
  Sacré - Cœur .
- 55/2ème P. fixe ni
  nuages lents et ba
x - 55/3me Jano f. dirité _ J
- 55/4me Mt Valérien - De
  1 haute et 1 basse
- 55/5me 1 Dem 55/4
- 55/6me Neuilly
- 55/7me Jano bas en haut x

le oein même

Les amants de Night c'est leur amour

C'est parce que c'était apparemment invivable que j'ai fait le film.

policier

le désir même c'est le vide — Les désirs qui on vivent en façon privée, accidentelle, ils sont de passage. Mais le désir même c'est aime le vide. Demain tout désir il y a ce spectre ou désir vide, vidée ou toute illustration.

Regy a suivi les repas des dialogues abandonnés. Au théâtre il y a des gens qui parlent. Dans le film on ne voit pas les gens qui parlent, au théâtre on les voit. Spectre blanc

la forêt, l'inconnu de chacun.

Le désir c'est la forêt vierge. Et la forêt vierge elle est dans le film. Au théâtre n'elle est si si fait elle sera dans le public. Quand les acteurs parlent au dessus de la scène on a le sentiment qu'ils parlent au dessus de

L'impuissance reliée au désir.

*UN TEXTE POSTÉRIEUR,
ÉCRIT À LA DEMANDE
DE LA TÉLÉVISION
ITALIENNE, POUR LE
FILM* DIALOGUE DE
ROME *(1982) ET PUBLIÉ
DANS* ÉCRIRE *(1993)
SOUS LE TITRE «*ROMA*»,
ÉCLAIRE
RÉTROSPECTIVEMENT CE
QUI RELIE, FACE À
L'AFFIRMATION BRUTALE
D'UN POUVOIR
REPRÉSENTÉ PAR* ROME,
*LE CRI DES «*MAINS
NÉGATIVES*» À LA
PASSION DE* BÉRÉNICE,
*CETTE REINE VENUE DU
DÉSERT ET QUI NE
PARLAIT PAS LA LANGUE
DES* ROMAINS...
*«LE SUJET DU FILM,
ÉCRIT L'AUTEUR, EST
UNE CONVERSATION
ENTRE UN HOMME ET
UNE FEMME. UN
COUPLE, PEUT-ÊTRE
DEUX AMANTS,
PEUT-ÊTRE DEUX ÉPOUX,
CELA N'A PAS
D'IMPORTANCE. »*

MARGUERITE DURAS
SUR LE TOURNAGE DE
DIALOGUE DE ROME.

—*Quelle est cette
distraction dans
laquelle vous êtes ?*
—*Il m'arrive d'être
constamment
détournée de Rome par
une autre pensée que la
sienne... qui aurait été
contemporaine de celle
de Rome, et qui se
serait produite ailleurs
que là, loin d'elle, de
Rome, dans la
direction du Nord de
l'Europe, par exemple,
vous voyez...*
—*De celle dont rien ne
resterait ?*
—*Rien. Qu'une sorte de
mémoire incertaine –
inventée peut-être, mais
plausible.*
—*C'est à Rome que
vous vous êtes
souvenue de ce pays
du Nord.*
—*Oui. Comment
savez-vous ?*
—*Je ne sais pas.*
—*Oui. C'est ici à Rome,
dans l'autocar scolaire.*

Temps. Silence.

—*Quelquefois le soir,
vers le coucher du
soleil, les couleurs de la
via Appia sont celles de
la Toscane. Cette région
du Nord, j'ai appris
son existence très jeune,
encore enfant. La
première fois dans un
guide de voyage. Et
ensuite au cours d'une
excursion scolaire. Il
s'agit d'une civilisation
contemporaine de
Rome mais maintenant
évanouie. [...]*
—*Je ne crois pas que
Rome pensait, vous
voyez. Elle énonçait
son pouvoir. C'était
ailleurs, dans ces
autres régions qu'on
pensait. C'était ailleurs
que la pensée avait
lieu. Rome ne devait
être que le lieu de la
guerre et du vol de
cette pensée et celui où
elle s'édictait.*
—*À l'origine, que
disaient cette lecture, ce
voyage ?*
—*Cette lecture disait
que partout ailleurs on
trouvait des œuvres
d'art, une statuaire, des
temples, des édifices
civils, des thermes, des
quartiers réservés, des
arènes de mise à mort
– et que là, dans ces
landes, on ne trouvait
rien de pareil.
Cette lecture avait lieu
dans l'enfance. Et puis
elle a été oubliée.
Et puis encore une fois
il y a eu une
promenade dans
l'autocar scolaire et
l'institutrice a dit que
cette civilisation avait
existé ici dans une
splendeur jamais
atteinte ailleurs que là,
dans ces landes que le
car traversait.
Il pleuvait cet après-
midi-là. Il n'y avait
rien à voir. Alors
l'institutrice a parlé
des landes de bruyère
et de verglas. Et on l'a
écoutée comme on
l'aurait regardée.
Comme on aurait
regardé ces landes [...]*
—*Cette plaine sans fin.*

—Oui. Elle s'arrêtait avec le ciel. De cette civilisation il ne restait rien : seulement des trous, des cavités dans la terre, invisibles de l'extérieur. On demandait : est-ce qu'on a su que ces trous n'étaient pas des tombes ? Non, on répondait, mais on n'a jamais su s'ils n'étaient pas des temples. Ce qu'on sait seulement c'est qu'ils avaient été faits, bâtis avec des mains.
L'institutrice disait que parfois ces trous étaient grands comme des chambres, parfois grands comme des palais, que parfois ils devenaient comme des couloirs, des passages, des développements secrets. Que toutes ces choses avaient été faites par les mains des hommes, bâties par elles. Que sur certaines argiles profondes on avait trouvé des traces de ces mains plaquées sur les parois. Des mains d'hommes, ouvertes, quelquefois blessées.
—C'était quoi d'après l'institutrice, ces mains ?
—C'était des cris, elle disait, pour plus tard, d'autres hommes les entendre et les voir. Des cris dits avec les mains. [...]
—Ici, on pourrait parler aussi d'un amour célèbre ?
—Je ne sais pas bien, oui, sans doute... [...]
—Qui aurait-elle été, celle de cet amour-là ?
—Je dirais, par exemple, une reine des déserts. Dans l'histoire officielle c'est ce qu'elle est, reine de la Samarie. [...]
—Au milieu de ces milliers de morts, cette jeune femme de la Samarie, reine des Juifs, reine d'un désert dont Rome n'a que faire, ramenée avec de tels égards à Rome... Comment ne pas deviner le scandale de la passion... [...]

«Roma», Écrire, 1993.

En 1981, profondément touchée par l'histoire d'amour incestueuse entre Ulrich et Agathe dans L'Homme sans qualités de Robert Musil qu'elle vient de lire – «une des plus grandes lectures que j'aie jamais faites», déclare-t-elle dans Le Monde extérieur *– Marguerite Duras, écrit et tourne aux «Roches noires»* Agatha ou les lectures illimitées.

*Marguerite Duras à Trouville pendant le tournage d'*Agatha *(1981).*

*TOURNAGE D'AGATHA
AUX «ROCHES NOIRES»,
À TROUVILLE. LE HALL
(CI-DESSOUS);
MARGUERITE DURAS ET
YANN ANDRÉA
(À DROITE).*

Agatha n'a pas existé, la villa Agatha n'a pas existé et c'est maintenant en plein hiver, alors que c'est le récit de vacances d'été entre un frère et une sœur, que l'inceste, puisque c'est un film sur l'inceste, que l'inceste s'est déclaré, c'est maintenant en plein hiver que je peux en témoigner. On atteint là au voir aveugle, à un paradoxe essentiel du cinéma. C'est par le manque de lumière qu'on dit la lumière et par le manque à vivre qu'on dit la vie, le manque du désir qu'on dit le désir. Le manque d'amour qu'on dit l'amour.

Extrait de Duras filme, *vidéo de Jean Mascolo et Jérôme Beaujour, 1981.*

On m'a demandé pourquoi j'avais pris Bulle Ogier pour faire Agatha et qu'elle ne dise rien, qu'elle se taise. Je pense que c'était pour la séparer de sa voie, pour qu'on la voie, que sa voix soit la mienne, tenue par moi. Il faut à un moment opérer cela sur les comédiens, les séparer du rôle qu'ils jouent, c'est-à-dire du rôle de leur personnage en tant que comédien. Je crois que c'est pour cela que Bulle Ogier se tait dans Agatha. Quelquefois je crois que c'est Agatha qui a tout inventé, l'amour du frère, le frère, tout le monde. Je pense que c'est Agatha qui a découvert l'inceste, lui ne l'aurait pas fait, il n'était pas capable de le découvrir. C'est là la force incommensurable de cette petite fille, Agatha. Elle a découvert qu'ils s'aimaient. Agatha et son frère sont dans le martyre d'être à l'abri de la fin de l'amour, c'est ce que j'appelle le bonheur.

«Retake», Le Monde
extérieur, *1993.*

LA DOULEUR

récits 1985

Marguerite Duras relate elle-même dans l'avant-texte imprimé au début du volume publié aux éditions P. O. L. en 1984, la genèse de ce livre. Dans un entretien avec François Mitterrand paru dans *L'Autre Journal* en 1986, à la question : « Vous l'aviez écrit, mais vous ne l'aviez pas publié. Pourquoi ? », elle répond : « J'en avais donné un extrait à *Sorcières* une revue de femmes, sur la façon dont Robert mangeait quand il s'est remis... Il mangeait comme une machine... Vous comprenez, j'avais cette conviction que ce journal de guerre n'était pas publiable donc je n'y pensais pas. Je l'ai relu un jour pour voir ce que je pouvais en publier d'extraits dans un nouveau recueil de textes : *Outside 2.* C'est là que je me suis aperçue que c'était un livre. Si je ne l'avais pas fait, je suis sûre que c'était aussi à cause de l'enfant de Rabier qui avait six ans quand son père a été fusillé. » Les deux cahiers retrouvés dans « les armoires bleues de Neauphle-le-Château » sont aujourd'hui conservés à l'IMEC. Dans un cahier d'écolier de 96 pages, on peut lire 30 pages d'un journal commencé le 22 avril 45 et que l'on retrouve presque textuellement dans le livre de 1984. Le deuxième cahier, outre les pages reprises dans *La Douleur,* notamment celles que Marguerite Duras avait publiées une première fois en 1976 dans la revue *Sorcières,* contient des pages qui seront réutilisées dans des livres écrits durant les années d'après-guerre : des passages de « Madame Dodin », d'autres que l'on retrouve dans *Le Marin de Gibraltar,* mais aussi des pages consacrées à l'attente et à la mort de son premier enfant, en 1942, dont certaines ont également paru dans la revue *Sorcières* sous le titre « L'Horreur d'un pareil amour » – voir ici même, p. 14. Les autres textes recueillis dans le volume ont également des origines anciennes, qu'il s'agisse de la reprise pratiquement telle quelle de récits sans doute écrits dans la période qui a suivi la guerre ou, dans le cas d'« Aurélia Paris », d'un texte totalement transformé mais qui se fonde néanmoins sur un récit antérieur dont le manuscrit a été conservé.

En ce moment, je viens de finir – ça me rend malade, d'ailleurs –, j'ai écrit
pendant trois mois, j'ai réécrit, j'ai remis sur pied, le journal de la guerre,
le journal de l'attente d'un déporté politique. Robert L. Et je parle toujours
du supplice, et toujours je dis : «Il faut que je sorte parce que j'ai besoin
d'un endroit très grand pour que ce supplice puisse s'étaler, vivre, j'ai
besoin d'air pour lui. J'étouffe. Je suis remplacée par le supplice.»

Propos recueillis dans Marie-Pierre Fernandes, Travailler avec Duras,
La Musica deuxième, *Gallimard, 1986.*

pour Nicolas Régnier

et Frédéric Antelme

I

J'ai retrouvé ce Journal dans deux cahiers des armoires bleues de Neauphle-le-Château.

Je n'ai aucun souvenir de l'avoir écrit.

Je sais que je l'ai fait, que c'est moi qui l'ai écrit, je reconnais mon écriture et le détail de ce que je raconte, je revois l'endroit, la gare d'Orsay, les trajets, mais je ne me vois pas écrivant ce Journal. Quand l'aurais-je écrit, en quelle année, à quelles heures du jour, dans quelle maison ? Je ne sais plus rien.

Ce qui est sûr, évident, c'est que ce texte-là, il ne me semble pas pensable de l'avoir écrit pendant l'attente de Robert L.

Comment ai-je pu écrire cette chose que je ne sais pas encore nommer et qui m'épouvante quand je la relis. Comment ai-je pu de même abandonner ce texte pendant des années dans cette maison de campagne régulièrement inondée en hiver.

La première fois que je m'en soucie, c'est à partir d'une demande que me fait la revue Sorcières *d'un texte de jeunesse.*

La Douleur *est une des choses les plus importantes de ma vie. Le mot « écrit » ne conviendrait pas. Je me suis trouvée devant des pages régulièrement pleines d'une petite écriture extraordinairement régulière et calme. Je me suis trouvée devant un désordre phénoménal de la pensée et du sentiment auquel je n'ai pas osé toucher et au regard de quoi la littérature m'a fait honte.*

Avril.

Face à la cheminée, le téléphone, il est à côté de moi. À droite, la porte du salon et le couloir. Au fond du couloir, la porte d'entrée. Il pourrait revenir directement, il sonnerait à la porte d'entrée : «Qui est là. — C'est moi.» Il pourrait également téléphoner dès son arrivée dans un centre de transit : «Je suis revenu, je suis à l'hôtel Lutetia pour les formalités.» Il n'y aurait pas de signes avant-coureurs. Il téléphonerait. Il arriverait. Ce sont des choses qui sont possibles. Il en revient tout de même. Il n'est pas un cas particulier. Il n'y a pas de raison particulière pour qu'il ne revienne pas. Il n'y a pas de raison pour qu'il revienne. Il est possible qu'il revienne. Il sonnerait : «Qui est là. — C'est moi.» Il y a bien d'autres choses qui arrivent dans ce même domaine. Ils ont fini par franchir le Rhin. La charnière d'Avranches a fini par sauter. Ils ont fini par reculer. J'ai fini par vivre jusqu'à la fin de la guerre. Il faut que je fasse attention : ça ne serait pas extraordinaire s'il revenait. Ce serait normal. Il faut prendre bien garde de ne pas en faire un événement qui relève de l'extraordinaire. L'extraordinaire est inattendu. Il faut que je sois raisonnable : j'attends Robert L. qui doit revenir.

Le téléphone sonne : «Allô, allô, vous avez des nouvelles?» Il faut que je me dise que le téléphone sert aussi à ça. Ne pas couper, répondre. Ne pas crier de me laisser tranquille. «Aucune nouvelle. — Rien? Aucune indication? — Aucune. — Vous savez que Belsen a été libéré? Oui, hier après-midi... — Je sais.» Silence. Est-ce que je vais encore le demander? Oui. Je le demande : «Qu'est-ce que vous en pensez? Je commence à être inquiète.» Silence. «Il ne faut pas se décourager, tenir, vous n'êtes hélas pas la seule, je connais une mère de quatre enfants... — Je sais, je m'excuse, je dois sortir, au revoir.» Je repose le téléphone. Je n'ai pas bougé de place. Il ne faut pas trop faire de mouvements, c'est de l'énergie perdue, garder toutes ses forces pour le supplice.

Elle a dit : « Vous savez que Belsen a été libéré ? » Je l'ignorais. Encore un camp de plus, libéré. Elle a dit : « Hier après-midi. » Elle ne l'a pas dit, mais je le sais, les listes des noms arriveront demain matin. Il faut descendre, acheter le journal, lire la liste. Non. Dans les tempes, j'entends un battement qui grandit. Non je ne lirai pas cette liste. D'abord le système des listes, je l'ai essayé depuis trois semaines, il n'est pas celui qui convient. Et plus il y a de listes, plus il en paraîtra, moins il y aura de noms sur ces listes. Il en paraîtra jusqu'au bout. Il n'y sera jamais si c'est moi qui les lis. Le moment de bouger arrive. Se soulever, faire trois pas, aller à la fenêtre. L'école de médecine, là, toujours. Les passants, toujours, ils marcheront au moment où j'apprendrai qu'il ne reviendra jamais. Un avis de décès. On a commencé ces temps-ci à prévenir. On sonne : « Qui est là. — Une assistante sociale de la mairie. » Le battement dans les tempes continue. Il faudrait que j'arrête ce battement dans les tempes. Sa mort est en moi. Elle bat à mes tempes. On ne peut pas s'y tromper. Arrêter les battements dans les tempes – arrêter le cœur – le calmer – il ne se calmera jamais tout seul, il faut l'y aider. Arrêter l'exorbitation de la raison qui fuit, qui quitte la tête. Je mets mon manteau, je descends. La concierge est là : « Bonjour madame L. » Elle n'avait pas un air particulier aujourd'hui. La rue non plus. Dehors, avril.

Dans la rue je dors. Les mains dans les poches, bien calées, les jambes avancent. Éviter les kiosques à journaux. Éviter les centres de transit. Les Alliés avancent sur tous les fronts. Il y a quelques jours encore c'était important. Maintenant ça n'a plus aucune importance. Je ne lis plus les communiqués. C'est complètement inutile, maintenant ils avanceront jusqu'au bout. Le jour, la lumière du jour à profusion sur le mystère nazi. Avril, ce sera arrivé en avril. Les armées alliées déferlent sur l'Allemagne. Berlin brûle. L'Armée Rouge poursuit son avance victorieuse dans le Sud, Dresde est dépassé. Sur tous les fronts on avance. L'Allemagne, réduite à elle-même. Le Rhin est traversé, c'était couru. Le grand jour de la guerre : Remagen. C'est après que ça a commencé. Dans un fossé, la tête tournée contre terre, les jambes repliées, les bras étendus, il se meurt. Il est mort. À travers les squelettes de Buchenwald, le sien. Il fait chaud dans toute l'Europe. Sur la route, à côté de lui, passent les armées alliées qui avancent. Il est mort depuis trois semaines. C'est ça, c'est ça qui est arrivé. Je tiens une certitude. Je marche plus vite. Sa bouche est entrouverte. C'est le soir. Il a pensé à moi avant de mourir. La douleur est telle, elle étouffe, elle n'a plus d'air. La douleur a besoin de place. Il y a beaucoup trop de monde dans les rues, je voudrais avancer dans une grande plaine, seule. Juste avant de mourir, il a dû dire mon nom. Tout le long de toutes les routes d'Allemagne, il y en a qui sont allongés dans des poses semblables à la sienne. Des milliers, des dizaines de milliers, et lui. Lui qui est à la fois contenu dans les milliers des autres, et détaché pour moi seule des milliers des autres, complètement distinct, seul. Tout ce qu'on peut savoir quand on ne sait rien, je le sais. Ils ont commencé par les évacuer, puis à la dernière minute, ils les ont tués. La guerre est une donnée générale, les nécessités de la guerre aussi, la mort. Il est mort en prononçant mon nom. Quel autre nom aurait-il pu prononcer ? Ceux qui vivent de données générales n'ont rien de commun avec moi. Personne n'a rien de commun avec moi. La rue. Il y a en ce moment à Paris des gens qui rient, des jeunes surtout. Je n'ai plus que des ennemis. C'est le soir, il faut que je rentre attendre au téléphone. De l'autre côté aussi c'est le soir. Dans le fossé l'ombre gagne, sa bouche est maintenant dans le noir. Soleil rouge sur Paris, lent. Six ans de guerre se terminent. C'est la grande affaire du siècle. L'Allemagne nazie est écrasée. Lui aussi dans le fossé. Tout est à sa fin. Impossible de m'arrêter de marcher. Je suis maigre, sèche comme de la pierre. À côté du fossé, le parapet du pont des Arts, la Seine. Exactement, c'est à droite du fossé. Le noir les sépare. Rien au monde ne m'appartient plus, que ce cadavre dans un fossé. Le soir est rouge. C'est la fin du monde. Je ne meurs contre personne. Simplicité de cette mort. J'aurai vécu. Cela m'indiffère, le moment où je meurs m'indiffère. En mourant je ne le rejoins pas, je cesse de l'attendre. Je préviendrai D. : « Il vaut mieux mourir, que feriez-vous de moi. » Habilement, je mourrai vivante pour lui, ensuite quand la mort surviendra ce sera un soulagement pour D. Je fais ce bas calcul. Il faut rentrer. D. m'attend. « Aucune nouvelle ? — Aucune. » On ne me demande plus comment ça va, on ne me dit plus bonjour. On dit : « Aucune nouvelle ? » Je dis : « Aucune. » Je vais m'asseoir près du téléphone, sur le divan. Je me tais. D. est inquiet. Quand il ne me regarde pas, il a l'air soucieux. Depuis huit jours déjà il ment. Je dis à D. : « Dites-moi quelque chose. » Il ne me dit plus que je suis cinglée, que je n'ai pas le droit de rendre tout le monde malade. Maintenant à peine dit-il : « Il n'y a aucune raison pour qu'il ne revienne pas lui aussi. » Il sourit, il est maigre lui aussi, toute sa figure se tire quand il sourit. Sans la présence de D., il me semble que je ne pourrais pas tenir. Il vient chaque jour, quelquefois deux fois par jour. Il reste là. Il allume la lampe du salon, il y a déjà une heure qu'il est là, il doit être neuf heures du soir, on n'a pas encore dîné.

D. est assis loin de moi. Je regarde un point fixe au-delà de la fenêtre noire. D. me regarde. Alors je le regarde. Il me sourit, mais ce n'est pas vrai. La semaine dernière il s'approchait encore de moi, il me prenait la main, il me disait: «Robert reviendra, je vous le jure.» Maintenant je sais qu'il se demande s'il ne vaudrait pas mieux cesser d'entretenir encore l'espoir. Quelquefois je dis: «Excusez-moi.» Au bout d'une heure, je dis: «Comment se fait-il qu'on n'ait aucune nouvelle.» Il dit: «Il y a des milliers de déportés qui sont encore dans des camps, qui n'ont pas été atteints par les Alliés, comment voulez-vous qu'ils vous préviennent?» Ça dure longtemps, jusqu'au moment où je demande à D. de me jurer que Robert reviendra. Alors D. jure que Robert L. reviendra des camps de concentration.

Je vais à la cuisine, je mets des pommes de terre à cuire. Je reste là. J'appuie mon front contre le rebord de la table, je ferme les yeux. D. dans l'appartement ne fait aucun bruit, il y a seulement la rumeur du gaz. On dirait le milieu de la nuit. L'évidence fond sur moi, d'un seul coup, l'information: il est mort depuis quinze jours. Depuis quinze nuits, depuis quinze jours, à l'abandon dans un fossé. La plante des pieds à l'air. Sur lui la pluie, le soleil, la poussière des armées victorieuses. Ses mains sont ouvertes. Chacune de ses mains plus chère que ma vie. Connues de moi. Connues de cette façon-là que de moi. Je crie. Des pas très lents dans le salon. D. vient. Je sens autour de mes épaules deux mains douces, fermes, qui me retirent la tête de la table. Je suis contre D., je dis: «C'est terrible. — Je sais, dit D. — Non, vous ne pouvez pas savoir. — Je sais, dit D., mais essayez, on peut tout.» Je ne peux plus rien. Des bras serrés autour de soi, ça soulage. On pourrait presque croire que ça va mieux quelquefois. Une minute d'air respirable. On s'assied pour manger. Aussitôt l'envie de vomir revient. Le pain est celui qu'il n'a mangé, celui dont le manque l'a fait mourir. J'ai envie que D. parte. J'ai encore besoin de la place vide pour le supplice. D. part. L'appartement craque sous mes pas. J'éteins les lampes, je rentre dans ma chambre. Je vais lentement pour gagner du temps, ne pas remuer les choses dans ma tête. Si je ne fais pas attention, je ne dormirai pas. Quand je ne dors pas du tout, le lendemain ça va beaucoup plus mal. Je m'endors près de lui tous les soirs, dans le fossé noir, près de lui mort.

Avril.

Je vais au centre d'Orsay. J'ai beaucoup de mal à y faire pénétrer le Service des Recherches du journal *Libres* que j'ai créé en septembre 1944. On m'a objecté que ce n'était pas un service officiel. Le B.C.R.A. est déjà installé et ne veut céder sa place à personne. Tout d'abord je me suis installée clandestinement avec des faux papiers, des fausses autorisations. Nous avons pu récolter de nombreux renseignements qui ont paru dans *Libres,* au sujet des convois, des transferts de camps. Pas mal de nouvelles personnelles. «Dites à la famille Untel que le fils est vivant, je l'ai quitté hier.» On nous a mis à la porte mes quatre camarades et moi. L'argument est celui-ci : «Tout le monde veut être ici, c'est impossible. Ne seront admis ici que les secrétariats de stalags.» J'objecte que notre journal est lu par soixante-quinze mille parents de déportés et de prisonniers. «C'est regrettable mais le règlement interdit à tout service non officiel de s'installer ici.» Je dis que notre journal n'est pas comme les autres, qu'il est le seul à faire des tirages spéciaux de listes de noms. «Ce n'est pas une raison suffisante.» C'est un officier supérieur de la mission de rapatriement du ministère Frenay qui me parle. Il a l'air très préoccupé, il est distant et soucieux. Il est poli. Il dit : «Je regrette.» Je dis : «Je me défendrai jusqu'au bout.» Je pars dans la direction des bureaux. «Où allez-vous ? — Je vais essayer de rester.» J'essaye de me faufiler dans une file de prisonniers de guerre qui tient toute la largeur du couloir. L'officier supérieur me dit, en montrant les prisonniers : «Comme vous voudrez, mais attention, ceux-là ne sont pas encore passés à la désinfection. En tout cas, si vous êtes encore là ce soir, je serai au regret de vous mettre dehors.» Nous avons trouvé une petite table de bois blanc que nous mettons à l'entrée du circuit. Nous interrogeons les prisonniers. Beaucoup viennent à nous. Nous recueillons des centaines de nouvelles. Je travaille sans lever le nez, je ne pense à rien d'autre qu'à bien orthographier les noms. De temps en temps un officier très reconnaissable des autres, jeune, en chemise couleur kaki, très ajustée, effet de torse, vient nous demander qui nous sommes. «Qu'est-ce que c'est que ça, le Service des Recherches ? Est-ce que vous avez un laissez-passer ?» Je montre un faux laissez-passer, ça marche. Puis c'est une femme de la mission de rapatriement : «Qu'est-ce que vous leur voulez ?» J'explique qu'on leur demande des nouvelles. Elle demande : «Et qu'est-ce que vous en faites de ces nouvelles ?» C'est une jeune femme aux cheveux blond platine, tailleur bleu marine, souliers assortis, bas fins, les ongles rouges. Je dis qu'on les publie dans un journal qui s'appelle *Libres,* qui est le journal des prisonniers et des déportés. Elle dit : «*Libres?* Alors, vous n'êtes pas ministère? *(sic).*» Non. «Avez-vous le droit de faire ça?» Elle devient distante. Je dis : «On le prend.» Elle s'en va, on continue à interroger. Les choses nous sont facilitées du fait de la lenteur extrême du passage des prisonniers. Entre le moment où ils descendent du train et celui où ils accèdent au niveau du premier bureau du circuit, celui du contrôle d'identité, il se passe deux heures et demie. Pour les déportés, ce sera encore plus long parce qu'ils n'ont pas de papiers et qu'ils sont infiniment plus fatigués, à l'extrême limite de leurs efforts pour la plupart. Un officier revient, quarante-cinq ans, veste sanglée, le ton très sec : «Qu'est-ce que c'est que ça?» On explique encore une fois. Il dit : «Il y a déjà un service analogue dans le centre.» Je me permets : «Comment faites-vous parvenir les nouvelles aux familles? On sait déjà qu'il s'écoulera bien trois mois avant que tous aient pu écrire.» Il me regarde et il s'esclaffe : «Vous n'avez pas compris. Il ne s'agit pas de nouvelles. Il s'agit de renseignements sur les atrocités nazies. Nous constituons des dossiers.» Il s'éloigne, puis il revient : «Qui vous dit qu'ils vous disent la vérité? C'est très dangereux ce que vous faites. Vous n'ignorez pas que les miliciens se cachent parmi eux?» Je ne réponds pas qu'il m'est indifférent que les miliciens ne soient pas arrêtés. Je ne réponds pas. Il s'en va. Une demi-heure après arrive directement vers notre table un général, il est suivi d'un premier officier et de la jeune femme au tailleur bleu marine, également gradée. Comme un flic : «Vos papiers.» Je les montre. «Ce n'est pas suffisant. On vous permet de travailler debout, mais je ne veux plus voir cette table ici.» J'objecte qu'elle ne tient pas beaucoup de place. Il dit : «Le ministre a formellement interdit de mettre une table dans le hall d'honneur *(sic).*» Il appelle deux scouts qui enlèvent la table. Nous travaillerons debout. De temps en temps il y a la radio, le programme est alterné, tantôt des airs swing et tantôt des airs patriotiques. La file des prisonniers augmente. De temps en temps je vais au guichet du fond de la salle : «Toujours pas de déportés? — Pas de déportés.» Uniformes dans toute la gare. Femmes en uniformes, missions de rapatriement. On se demande d'où sortent ces gens, ces vêtements parfaits après six ans d'occupation, ces chaussures de cuir, ces mains, ce ton altier, cinglant, toujours méprisant que ce soit dans la fureur, la condescendance, l'amabilité. D. me dit : «Regardez-les bien, ne les oubliez pas.» Je demande d'où ça vient, pourquoi c'est là tout à coup avec nous, mais avant tout qui c'est. D. me dit : « La Droite. La Droite c'est ça. Ce que vous voyez c'est le personnel gaulliste qui prend ses places. La Droite s'est retrouvée dans le gaullisme même à travers la guerre. Vous allez voir qu'ils vont être contre tout mouvement de résistance qui n'est pas directement gaulliste. Ils vont occuper la France. Ils se croient la France tutélaire et pensante. Ils vont longtemps empoisonner la France, il faudra s'habituer à faire avec. » Elles parlent des prisonniers en disant « ces pauvres garçons ». Elles s'interpellent comme dans un salon. « Dites-moi ma chère... mon cher... » À peu d'exceptions près, elles ont l'accent de l'aristocratie française. Elles sont là pour donner des renseignements aux prisonniers sur les heures de départ des trains. Elles ont le sourire spécifique des femmes qui veulent que l'on perçoive leur grande fatigue, mais aussi leur effort pour la cacher. On manque d'air ici. Elles sont vraiment très préoccupées. De temps en temps des officiers viennent les voir, ils échangent des cigarettes anglaises : « Alors, toujours infatigable ? — Comme vous le voyez, mon capitaine. » Rires. La salle d'honneur résonne de bruits de pas, de conversations murmurées, de pleurs, de plaintes. Ça arrive toujours. Des camions défilent. Ils viennent du Bourget. Par groupe de cinquante, les prisonniers sont déversés dans le centre. Quand un groupe surgit, vite la musique : *« C'est la route qui va, qui va, qui va, et qui n'en finit pas... »* Quand les groupes sont plus importants, c'est *La Marseillaise.* Des silences entre les chants, mais très courts. « Les pauvres garçons » regardent la salle d'honneur, tous sourient. Des officiers de rapatriement les encadrent : « Allez mes amis, à la file. » Ils vont à la file et continuent de sourire. Les premiers arrivés au guichet d'identité disent : « C'est long », mais toujours en souriant gentiment. Lorsqu'on leur demande des renseignements, ils cessent de sourire, ils essayent de se rappeler. Ces jours derniers j'étais à la gare de l'Est, une de ces dames a apostrophé un soldat de la Légion, elle a montré ses galons : « Alors, mon ami, on ne salue pas, vous voyez bien que je suis capitaine *(sic).* » Le soldat l'a regardée, elle était belle et jeune et il a ri. La dame est partie en courant : « Quel mal élevé. » J'ai été trouver le chef du centre pour arranger l'affaire du Service des Recherches. Il nous permet de rester là, mais en fin de circuit, à la queue, du côté de la consigne. Tant qu'il n'y a pas de convois de déportés je tiens le coup. Il en revient par le Lutetia, mais par Orsay, pour le moment il n'y a que des isolés. J'ai peur de voir surgir Robert L. Lorsqu'on annonce des déportés je sors du centre, c'est entendu avec mes camarades, je ne reviens que lorsque les déportés sont partis. Lorsque je reviens les camarades me font signe de loin : « Rien. Aucun ne connaît Robert L. » Le soir je vais au journal, je donne les listes. Chaque soir, je dis à D. : « Demain je ne retournerai pas à Orsay. »

20 avril.

C'est aujourd'hui qu'arrive le premier convoi des déportés politiques de Weimar. On me téléphone le matin du centre. On me dit que je peux venir, qu'ils n'arriveront que l'après-midi. J'y vais pour la matinée. J'y resterai toute la journée. Je ne sais plus où me mettre pour me supporter. Orsay. En dehors du centre, il y a des femmes de prisonniers de guerre coagulées en une masse compacte. Des barrières blanches les séparent des prisonniers. Elles crient : « Avez-vous des nouvelles de Untel ? » Quelquefois les soldats s'arrêtent, il y en a qui répondent. À sept heures du matin il y a déjà des femmes. Il y en a qui restent jusqu'à trois heures du matin et qui reviennent le lendemain à sept heures. Mais en pleine nuit, entre trois heures et sept heures, il y en a aussi qui restent. On leur interdit l'entrée du centre. Beaucoup de gens qui n'attendent personne viennent aussi à la gare d'Orsay pour voir le spectacle, l'arrivée des prisonniers de la guerre et la façon aussi dont les femmes les attendent, et tout le reste, voir comment ça se passe, ça ne se reproduira peut-être plus jamais. On distingue les spectateurs des autres au fait qu'ils ne crient pas et qu'ils se tiennent un peu à l'écart des masses des femmes pour pouvoir voir à la fois l'arrivée de prisonniers et l'accueil que leur font les femmes. Les prisonniers de guerre arrivent dans l'ordre. La nuit ils arrivent dans des grands camions américains, ils débouchent en pleine lumière. Les femmes hurlent, elles claquent des mains. Les prisonniers s'arrêtent, éblouis, interloqués. Dans la journée, les femmes crient dès qu'elles voient déboucher les camions du pont de Solférino. La nuit, elles crient dès qu'ils ralentissent, peu avant le centre. Elles crient des noms de villes allemandes : « Noyeswarda ? »*, « Kassel ? », ou des numéros de stalag : « VII A ? », « Kommando du III A ? » Les prisonniers ont l'air étonné, ils arrivent tout droit du Bourget et de l'Allemagne, quelquefois ils répondent, le plus souvent ils ne comprennent pas très bien ce qu'on leur veut, ils sourient, ils se retournent sur les femmes françaises, ce sont les premières qu'ils revoient.

---

* Je n'ai pas retrouvé ce lieu dans les index des atlas, je l'ai sans doute orthographié comme je l'ai entendu.

Je travaille mal, tous ces noms que j'additionne ne sont jamais le sien. Au rythme de chaque cinq minutes, l'envie d'en finir, de poser le crayon, de ne plus demander de nouvelles, de sortir du centre pour le reste de ma vie. Vers deux heures de l'après-midi, je vais demander à quelle heure arrive le convoi de Weimar, je quitte le circuit, je cherche quelqu'un à qui m'adresser. Dans un coin de la salle d'honneur, je vois une dizaine de femmes installées par terre et auxquelles une colonelle est en train de parler. Je m'approche. La colonelle est une grande femme en tailleur bleu marine, croix de Lorraine sur le revers, elle a des cheveux blancs bouclés au fer et passés au bleu. Les femmes la regardent, elles ont l'air harassé mais elles écoutent bouche bée ce que dit la colonelle. Autour d'elles traînent des baluchons, des valises ficelées et aussi un petit enfant qui dort sur un baluchon. Elles sont très sales et elles ont le visage décomposé. Deux d'entre elles ont un ventre énorme. Une autre femme officier regarde, un peu à l'écart. Je m'approche d'elle et je lui demande ce qui se passe. Elle me regarde, elle baisse les yeux et dit pudiquement : « Volontaires S.T.O. » La colonelle leur dit de se lever et de la suivre. Elles se lèvent et la suivent. Si elles ont ce visage effrayé c'est qu'elles viennent d'être huées par les femmes de prisonniers de guerre qui attendent à la porte du centre. Il y a quelques jours j'ai assisté à une arrivée de volontaires S.T.O. Ils arrivaient comme les autres, en souriant, puis peu à peu ils ont compris et alors ils ont eu ce même visage décomposé. La colonelle s'adresse à la jeune femme en uniforme qui m'a renseignée, elle montre les femmes du doigt : « Qu'est-ce qu'on en fait ? » L'autre dit : « Je ne sais pas. » La colonelle a dû leur apprendre qu'elles étaient des ordures. Il y en a qui pleurent. Celles qui sont enceintes ont les yeux fixes. La colonelle leur a dit de se rasseoir. Elles se rasseyent. Ce sont pour la plupart des ouvrières, elles ont des mains noircies par l'huile des machines allemandes. Deux d'entre elles sont sans doute des prostituées, elles sont fardées, elles ont les cheveux teints, mais elles ont dû elles aussi travailler aux machines, elles ont les mêmes mains noircies. Un officier de rapatriement arrive : « Qu'est-ce que c'est que ça ? — Volontaires S.T.O. » La voix de la colonelle est aiguë, elle se tourne vers les volontaires et elle menace : « Asseyez-vous et restez tranquilles... C'est entendu ? Ne croyez pas qu'on va vous laisser partir comme ça... » De sa main elle menace les volontaires. L'officier de rapatriement s'approche du tas de volontaires, il les regarde, et devant elles, les volontaires, il demande à la colonelle : « Avez-vous des ordres ? » La colonelle : « Non, et vous ? — On m'a parlé de six mois de détention. » La colonelle approuve de sa belle tête bouclée : «Ça ne serait pas volé…» L'officier envoie des bouffées de fumée – Camel – au-dessus du tas des volontaires qui suivent la conversation, les yeux hagards : «D'accord !» et il s'éloigne, jeune, élégant, un homme de cheval, Camel à la main. Les volontaires regardent et guettent une indication quelconque sur le sort qui les attend. Aucune indication. J'arrête la colonelle qui s'en va : «Savez-vous à quelle heure le convoi de Weimar arrive ?» Elle me regarde attentivement : «Trois heures.» Elle me regarde encore et encore, elle me jauge, et elle me dit excédée, mais à peine : «Ce n'est pas la peine d'encombrer le centre à attendre, il n'y a que des généraux et des préfets, rentrez chez vous.» Je ne m'y attendais pas. Je crois que je l'insulte. Je dis : «Et les autres ?» Elle se redresse : «J'ai horreur de cette mentalité ! Allez vous plaindre ailleurs, ma petite.» Elle est tellement indignée qu'elle va en rendre compte à un petit groupe de femmes également en uniforme, celles-là l'écoutent raconter, elles s'indignent, me regardent. Je vais vers l'une d'entre elles. Je dis : «Elle n'attend personne celle-là ?» Elle me regarde, scandalisée. Elle essaye de me calmer. Elle dit : «Elle a tellement à faire, la pauvre, elle est énervée.» Je retourne au Service des Recherches, à la fin du circuit. Peu après je retourne dans la salle d'honneur. D. m'y attend avec un faux laissez-passer.

Vers trois heures, une rumeur : «Les voilà.» Je quitte le circuit, je me poste à l'entrée d'un petit couloir, face à la salle d'honneur. J'attends. Je sais que Robert L. n'y sera pas. D. est à côté de moi. Il est chargé d'aller interroger les déportés pour savoir s'ils ont connu Robert L. Il est pâle. Il ne s'occupe pas de moi. Il y a un grand brouhaha dans la salle d'honneur. Les femmes en uniforme s'affairent autour des volontaires et les font s'asseoir par terre dans un pan coupé. La salle d'honneur est vide. Il y a un arrêt dans l'arrivée des prisonniers de guerre. Des officiers de rapatriement circulent. Arrêt aussi du micro. J'entends : «Le ministre.» Je reconnais Frenay parmi les officiers. Je suis toujours à la même place à l'entrée du petit couloir. Je regarde l'entrée. Je sais que Robert L. n'a aucune espèce de chance d'y être. Mais peut-être que D. arrivera à savoir quelque chose. Ça ne va pas. Je tremble. J'ai froid. Je m'appuie contre la paroi. Tout à coup une rumeur : «Les voilà !» Dehors, les femmes n'ont pas crié. Elles n'ont pas applaudi. Tout à coup débouchent du couloir d'entrée deux scouts qui portent un homme. L'homme les tient enlacés par le cou. Les scouts le portent, les bras en croix sous les cuisses. L'homme est habillé en civil, il est rasé, il a l'air de beaucoup souffrir. Il est d'une étrange couleur. Il doit pleurer. On ne peut pas dire qu'il est maigre, c'est autre chose, il reste très peu de lui-même, si peu qu'on doute qu'il soit en vie. Pourtant non, il vit encore, son visage se convulse dans une grimace effrayante, il vit. Il ne regarde rien, ni le ministre, ni la salle d'honneur, ni les drapeaux, rien. Sa grimace, c'est peut-être qu'il rit. C'est le premier déporté de Weimar qui entre dans le centre. Sans m'en rendre compte j'ai avancé, je me tiens au milieu de la salle d'honneur, le dos au micro. Suivent deux autres scouts qui soutiennent un autre vieillard. Puis une douzaine d'autres arrivent, ceux-là ont l'air en meilleur état que les premiers. Soutenus, ils marchent. On les fait asseoir sur des bancs de jardin qu'on a installés dans la salle. Le ministre va vers eux. Le second qui est entré, le vieillard, il pleure. On ne peut pas savoir s'il est aussi vieux que ça, peut-être qu'il a vingt ans, on ne peut pas savoir l'âge. Le ministre s'approche et se découvre, il va vers le vieillard, il lui tend la main, le vieillard la prend, il ne sait pas que c'est la main du ministre. Une femme en uniforme bleu le lui crie : « C'est le ministre ! Il est venu vous recevoir ! » Le vieillard continue à pleurer, il n'a pas levé la tête. Tout à coup je vois D. assis près du vieillard. J'ai très froid, je claque des dents. Quelqu'un s'approche de moi : « Ne restez pas là, ce n'est pas utile, ça vous rend malade. » Je le connais, c'est un type du centre. Je reste. D. a commencé à parler au vieillard. Je récapitule rapidement. Il y a une chance sur dix mille pour que ce vieillard ait connu Robert L. On commence à dire dans Paris que les militaires ont des listes de survivants de Buchenwald. À part le vieillard qui pleure et les rhumatisants, les autres ne paraissent pas en très mauvais état. Le ministre est assis auprès d'eux, ainsi que des officiers supérieurs. D. parle longtemps au vieillard. Je ne regarde que le visage de D. Je trouve que ça traîne. Alors j'avance très lentement vers le banc, dans le champ du regard de D. D. me voit, il me regarde et il fait de la tête le signe, « Non, il ne connaît pas. » Je m'éloigne. Je suis très fatiguée, j'ai envie de m'étendre par terre. Maintenant les femmes en uniforme apportent des gamelles aux déportés. Ils mangent, et tout en mangeant ils répondent aux questions qu'on leur pose. La chose frappante c'est que ce qu'on leur dit ne semble pas les intéresser. Je le saurai demain par les journaux, il y a parmi ces gens, ces vieillards : le général Challe, son fils Hubert Challe – qui devait mourir cette nuit-ci, la nuit même de son arrivée – élève de Saint-Cyr, le général Audibert, Ferrière, directeur de la Régie des Tabacs, Julien Cain, administrateur de la Bibliothèque Nationale, le général Heurteaux, Marcel Paul, le professeur Suard de la faculté de médecine d'Angers, le professeur Richet, Claude Bourdet, le frère de Teitgen, ministre de l'Information, Maurice Nègre...

Je quitte le centre vers cinq heures de l'après-midi, je passe par les quais. Il fait très beau, c'est une très belle journée ensoleillée. J'ai hâte de rentrer, de m'enfermer avec le téléphone, de retrouver le fossé noir. Dès que je quitte le quai et que je prends la rue du Bac, la ville redevient lointaine, et le centre d'Orsay disparaît. Peut-être qu'il reviendra tout de même. Je ne sais plus. Je suis très fatiguée. Je suis très sale. Je passe aussi une partie de mes nuits au centre. Il faut que je me décide à prendre un bain en rentrant, cela doit faire huit jours que je ne me lave plus. J'ai si froid dans le printemps, l'idée de se laver me fait frissonner, j'ai comme une fièvre fixe qui ne partirait plus. Ce soir je pense à moi. Je n'ai jamais rencontré une femme plus lâche que moi. Je récapitule, des femmes qui attendent comme moi, non, aucune n'est aussi lâche que ça. J'en connais de très courageuses. D'extraordinaires. Ma lâcheté est telle qu'on ne la qualifie plus, sauf D. Mes camarades du Service des Recherches me considèrent comme une malade. D. me dit : « En aucun cas on a le droit de s'abolir à ce point. » Il me le dit souvent : « Vous êtes une malade. Vous êtes une folle. Regardez-vous, vous ne ressemblez plus à rien. » Je n'arrive pas à saisir ce qu'on veut me dire. [Même maintenant quand je retranscris ces choses de ma jeunesse, je ne saisis pas le sens de ces phrases.] Pas une seconde je n'entrevois la nécessité d'avoir du courage. Ma lâcheté à moi serait peut-être d'avoir du courage. Suzy a du courage pour son petit garçon. Moi, l'enfant que nous avons eu avec Robert L., il est mort à la naissance – de la guerre lui aussi – les docteurs se déplaçaient rarement la nuit pendant la guerre, ils n'avaient pas assez d'essence. Je suis donc seule. Pourquoi économiser de la force dans mon cas. Aucune lutte ne m'est proposée. Celle que je mène, personne ne peut la connaître. Je lutte contre les images du fossé noir. Il y a des moments où l'image est plus forte, alors je crie ou je sors et je marche dans Paris. D. dit : « Quand vous y repenserez plus tard, vous aurez honte. » Les gens sont dans les rues comme à l'ordinaire, il y a des queues devant les magasins, il y a déjà quelques cerises, c'est pourquoi les femmes attendent. J'achète un journal. Les Russes se trouvent à Strausberg, peut-être même plus loin, aux abords de Berlin. Les femmes qui font la queue pour les cerises attendent la chute de Berlin. Je l'attends. « Ils vont comprendre, ils vont voir ce qu'ils vont voir », disent les gens. Le monde entier l'attend. Tous les gouvernements du monde sont d'accord. Le cœur de l'Allemagne, disent les journaux, quand il aura cessé de battre, ce sera tout à fait fini. De quatre-vingts mètres en quatre-vingts mètres Joukov a posté des canons qui, à soixante kilomètres autour de Berlin pilonnent le centre. Berlin flambe. Elle sera brûlée jusqu'à la racine. Entre ses ruines, le sang allemand coulera. Quelquefois on croit sentir l'odeur de ce sang. Le voir. Un prêtre prisonnier a ramené au centre un orphelin allemand. Il le tenait par la main, il en était fier, il le montrait, il expliquait comment il l'avait trouvé, que ce n'était pas de sa faute à ce pauvre enfant. Les femmes le regardaient mal. Il s'arrogeait le droit de déjà pardonner, de déjà absoudre. Il ne revenait d'aucune douleur, d'aucune attente. Il se permettait d'exercer ce droit de pardonner, d'absoudre là, tout de suite, séance tenante, sans aucunement connaître la haine dans laquelle on était, terrible et bonne, consolante, comme une foi en Dieu. Alors de quoi parlait-il ? Jamais un prêtre n'a paru aussi incongru. Les femmes détournaient leurs regards, elles crachaient sur le sourire épanoui de clémence et de clarté. Ignoraient l'enfant. Tout se divisait. Restait d'un côté le front des femmes, compact, irréductible. Et de l'autre côté cet homme seul qui avait raison dans un langage que les femmes ne comprenaient plus.

Avril.
Monty aurait franchi l'Elbe, mais ce n'est pas sûr, les desseins de Monty sont moins clairs que ceux de Patton. Patton fonce. Patton a atteint Nuremberg. Monty aurait atteint Hambourg. La femme de David Rousset téléphone : « Ils sont à Hambourg. Pendant plusieurs jours ils ne diront rien sur les camps de Hambourg-Neuengamme. » Elle s'est beaucoup inquiétée ces derniers jours, et à juste titre. David était là, à Bergen-Belsen. Les Allemands fusillaient. L'avance des Alliés est très rapide, ils n'ont pas le temps d'emmener, ils fusillent. On ne sait pas encore que parfois, quand ils n'ont pas le temps de fusiller, ils laissent là. Halle a été nettoyé. Chemnitz est pris, largement dépassé en direction de Dresde. Patch nettoie Nuremberg. Georges Bidault s'entretient avec le président Truman au sujet de la conférence de San Francisco. Je marche dans les rues. Nous sommes fatiguées, fatiguées. Dans *Libération-Soir* : « Jamais plus on ne parlera de Vaihingen. Sur les cartes le vert tendre des forêts descendra jusqu'à l'Enz... L'horloger est mort à Stalingrad, le coiffeur servait à Paris, l'idiot occupait Athènes. Maintenant la grande rue est désespérément vide avec ses pavés le ventre en l'air comme des poissons morts. » Cent quarante mille prisonniers de guerre ont été rapatriés. Jusqu'à présent pas de chiffre de déportés. Malgré tous les efforts faits

par les services ministériels, on n'a pas encore vu assez grand. Les prisonniers attendent des heures dans les jardins des Tuileries. On annonce que La Nuit du Cinéma aura cette année un éclat exceptionnel. Six cent mille juifs ont été arrêtés en France. On dit déjà qu'il en reviendra un sur cent. Il en reviendra donc six mille. On le croit encore. Il pourrait revenir avec les juifs. Depuis un mois il aurait pu nous donner de ses nouvelles. Pourquoi pas avec les juifs. Il me semble que j'ai assez attendu. Nous sommes fatiguées. Il va y avoir une autre arrivée de déportés de Buchenwald. Une boulangerie ouverte, il faudrait peut-être acheter du pain, ne pas laisser perdre les tickets. C'est criminel de laisser perdre les tickets. Il y a des gens qui n'attendent rien. Il y a aussi des gens qui n'attendent plus. Avant-hier soir en revenant du centre, je suis allée prévenir une famille rue Bonaparte. J'ai sonné, on est venu, j'ai dit: «C'est de la part du centre d'Orsay, votre fils va revenir, il est en bonne santé.» La dame le savait déjà, le fils avait écrit il y a cinq jours. D. m'attendait derrière la porte. Je dis: «Ils savaient pour leur fils, il a écrit. Ils peuvent donc écrire.» D. n'a pas répondu. C'était il y a deux jours. Chaque jour j'attends moins. Le soir ma concierge me guette devant la porte, elle me dit d'aller voir Mme Bordes, la concierge de l'école. Je lui dis que j'irai demain matin, qu'elle n'a pas à s'en faire parce que aujourd'hui c'était le stalag VII A qui revenait, qu'il n'est pas encore question du III A. La concierge court pour lui dire. Je monte lentement, je suis très essoufflée par la fatigue. J'ai cessé d'aller voir Mme Bordes, je vais essayer d'y aller demain matin. J'ai froid. Je vais me rasseoir sur le divan près du téléphone. C'est la fin de la guerre. Je ne sais pas si j'ai sommeil. Depuis quelque temps déjà je n'éprouve plus le sommeil. Je me réveille alors je sais que j'ai dormi. Je me lève, je colle mon front contre la vitre. En bas le Saint-Benoît, c'est plein, une ruche. Il y a un menu clandestin pour ceux qui peuvent payer. Ce n'est pas ordinaire d'attendre ainsi. Je ne saurai jamais rien. Je sais seulement qu'il a eu faim pendant des mois et qu'il n'a pas revu un morceau de pain avant de mourir, même pas une seule fois. Les dernières satisfactions des morts, il ne les pas eues. Depuis le sept avril j'ai le choix. Il était peut-être parmi les deux milles fusillés de Belsen. À Mittel-Glattbach on a trouvé mille cinq cents corps dans un charnier. Partout, sur toutes les routes il y en a, colonnes immenses d'hommes hagards, on les emmène, ils ne savent pas où, les kapos non plus, ni les chefs. Aujourd'hui les vingt mille survivants de Buchenwald saluent les cinquante et un mille morts du camp. Fusillés la veille de l'arrivée des Alliés. À quelques heures de là, être tué. Pourquoi?

On dit: Pour qu'ils ne racontent pas. Dans certains camps les Alliés ont trouvé les corps encore chauds. Que fait-on à la dernière seconde quand on perd la guerre? On casse la vaisselle, on casse les glaces à coups de pierres, on tue les chiens. Je n'en veux plus aux Allemands, ça ne peut plus s'appeler comme ça. J'ai pu leur en vouloir pendant un certain temps, c'était clair, c'était net, jusqu'à les massacrer tous, jusqu'au nombre entier des habitants de l'Allemagne, le supprimer de la terre, faire que ce ne soit plus possible. Maintenant, entre l'amour que j'ai pour lui et la haine que je leur porte, je ne sais plus distinguer. C'est une seule image à deux faces: sur l'une d'elles il y a lui, la poitrine face à l'Allemand, l'espoir de douze mois qui se noie dans ses yeux et sur l'autre face il y a les yeux de l'Allemand qui visent. Voilà les deux faces de l'image. Entre les deux il me faut choisir, lui qui roule dans le fossé, ou l'Allemand qui remet la mitraillette sur son épaule et qui part. Je ne sais pas s'il faut m'occuper de le recevoir dans mes bras et laisser fuir l'Allemand, ou laisser Robert L. et me saisir de l'Allemand qui l'a tué et crever ses yeux qui n'ont pas vu les siens. Depuis trois semaines je me dis qu'il faudrait les empêcher de tuer quand ils fuient. Personne n'a rien proposé. On aurait pu envoyer des commandos de parachutistes qui auraient pu tenir les camps pendant les vingt-quatre heures qui les séparaient de l'arrivée des Alliés. Jacques Auvray avait tenté de mettre au point la chose, cela depuis août 1944. Elle n'a pas été possible parce que Frenay n'a pas voulu que l'initiative en revienne à un mouvement de résistance. Lui, ministre des P.G. et des déportés, il n'avait pas le moyen de le faire. Donc, il a laissé fusiller. Maintenant jusqu'au dernier camp de concentration libéré il y aura des fusillés. Il n'y a plus rien à faire pour les en empêcher. Dans mon image à double face, parfois, derrière l'Allemand, il y a Frenay qui regarde. Mon front contre la vitre froide c'est bon. Je ne peux plus porter ma tête. Mes jambes et mes bras sont lourds, mais moins lourds que ma tête. Ce n'est plus une tête, mais un abcès. La vitre est fraîche. Dans une heure D. sera là. Je ferme les yeux. S'il revenait nous irions à la mer, c'est ce qui lui ferait le plus de plaisir. Je crois que de toute façon je vais mourir. S'il revient je mourrai aussi. S'il sonnait: «Qui est là. — Moi, Robert L.», tout ce que je pourrais faire c'est ouvrir et puis mourir. S'il revient nous irons à la mer. Ce sera l'été, le plein été. Entre le moment où j'ouvre la porte et celui où nous nous retrouvons devant la mer, je suis morte. Dans une espèce de survie, je vois que la mer est verte, qu'il y a une plage un peu orangée, le sable. À l'intérieur de ma tête la brise salée qui empêche la pensée. Je ne sais pas où il est au moment où je vois la mer, mais je sais qu'il vit. Qu'il est quelque part sur la terre, de son côté, à respirer. Je peux donc m'étendre sur la plage et me reposer. Quand il reviendra nous irons à la mer, une mer chaude. C'est ce qui lui fera le plus plaisir, et puis le plus de bien aussi. Il arrivera, il atteindra la plage, il restera debout sur la plage et il regardera la mer. Moi, il me suffira de le regarder, lui. Je ne demande rien pour moi. La tête contre la vitre. C'est moi qui pleure peut-être bien. Entre six cent mille, une qui pleure. Cet homme devant la mer, c'est lui. En Allemagne les nuits étaient froides. Là, sur la plage, il sort en bras de chemise et il parle avec D. Ils sont absorbés par leur conversation. Je serai morte. Dès son retour je mourrai, impossible qu'il en soit autrement, c'est mon secret. D. ne le sait pas. J'ai choisi de l'attendre comme je l'attends, jusqu'à en mourir. Ça me regarde. Je reviens vers le divan, je m'étends. D. sonne. Je vais ouvrir : « Rien ? — Rien. » Il s'assied dans le salon à côté du divan. Je dis : « Je crois qu'il n'y a pas beaucoup d'espoir à avoir. » D. a un air excédé et il ne répond pas. Je continue : « Demain c'est le vingt-deux avril, 20 % des camps sont délivrés. J'ai vu Sorel au centre qui m'a dit qu'il en reviendrait un sur cinquante. » D. n'a pas la force de me répondre mais je continue. On sonne. C'est le beau-frère de Robert L. : « Alors ? — Rien. » Il hoche la tête, réfléchit et puis il dit : « C'est une question de liaison, ils ne peuvent pas écrire. » Ils disent : « Il n'y a plus de poste régulière en Allemagne. » Je dis : « Ce qui est sûr c'est qu'on a des nouvelles de ceux de Buchenwald. » Je rappelle que le convoi de Robert L., celui du dix-sept août est arrivé à Buchenwald. « Qui vous dit qu'il n'a pas été transféré ailleurs au début de l'année ? » Je leur dis de partir, de rentrer chez eux. Je les entends parler pendant un moment et puis de moins en moins. Il y a de longs silences dans la conversation, et puis tout à coup les voix reviennent. Je sens qu'on me prend l'épaule : c'est D. Je m'étais endormie. D. crie : « Qu'est-ce que vous avez ? Qu'est-ce que vous avez à dormir comme ça ? » Je me rendors. Quand je me réveille M. est parti. D. va chercher un thermomètre. J'ai de la fièvre.

Dans la fièvre je la revois. Elle avait fait trois jours de queue avec les autres rue des Saussaies. Elle devait avoir vingt ans. Elle avait un ventre énorme qui lui sortait du corps. Elle était là pour un fusillé, son mari. Elle avait reçu un avis pour venir chercher ses affaires. Elle était venue. Elle avait encore peur. Vingt-deux heures de queue pour venir prendre ses affaires. Elle tremblait malgré la chaleur. Elle parlait, elle parlait sans pouvoir s'arrêter. Elle avait voulu reprendre ses affaires pour les revoir.

Oui, elle allait accoucher dans les quinze jours, l'enfant ne connaîtrait pas son père. Dans la queue elle lisait et relisait sa dernière lettre à ses voisines. «Dis à notre enfant que j'ai été courageux.» Elle parlait, elle pleurait, elle ne pouvait rien garder à l'intérieur. Je pense à elle parce qu'elle n'attend plus. Je me demande si je la reconnaîtrais dans la rue, j'ai oublié son visage, je ne revois d'elle que ce ventre énorme qui lui sortait du corps, cette lettre à la main comme si elle voulait la donner. Vingt ans. On lui avait tendu un pliant. Elle avait essayé de s'asseoir, mais elle se relevait, elle ne pouvait se supporter que debout.

Dimanche 22 avril 1945.

D. a dormi là. Cette nuit on n'a encore pas téléphoné. Il faut que j'aille voir Mme Bordes. Je me fais un café très fort, je prends un cachet de corydrane. Les vertiges vont cesser et cette envie de vomir. Ça va aller mieux. C'est dimanche, il n'y a pas de courrier. Je porte un café à D. Il me regarde et il a un sourire très doux : «Merci ma petite Marguerite.» Je crie que non. Mon nom me fait horreur. Après la corydrane, on transpire très fort et la fièvre tombe. Aujourd'hui je ne vais ni au centre ni à l'imprimerie. Il faut acheter le journal. Encore une photo de Belsen, une fosse très longue dans laquelle sont alignés des cadavres, des corps maigres comme encore on n'a jamais vu. «Le cœur de Berlin est à quatre kilomètres du front.» «Le communiqué russe sort de son habituelle discrétion.» M. Pleven fait semblant de gouverner la France, il annonce la remise en ordre des salaires, la revalorisation des produits agricoles. M. Churchill dit : «Nous n'avons plus longtemps à attendre.» La jonction est peut-être pour aujourd'hui entre les Alliés et les Russes. Debu-Bridel s'insurge contre les élections qui vont avoir lieu sans les déportés et les prisonniers de guerre. En deuxième page du *F.N.* on annonce que mille déportés ont été brûlés vif dans une grange le treize avril au matin du côté de Magdebourg. Dans *L'Art et la Guerre*, Frédéric Noël dit : «Les uns s'imaginent que la Révolution artistique résulte de la guerre, en réalité les guerres agissent sur d'autres plans.» Simpson fait vingt mille prisonniers. Monty a rencontré Eisenhower. Berlin brûle : «Staline doit voir de son poste de commandement un merveilleux et terrible spectacle.» Au cours des dernières vingt-quatre heures on a compté vingt-sept alertes à Berlin. Il y a encore des vivants. J'arrive chez Mme Bordes. Le fils est dans l'entrée. La fille pleure sur un divan. La loge est sale et en désordre, sombre. La loge est pleine de pleurs de Mme Bordes, elle ressemble à la

France. «Nous voilà bien, dit le fils, elle ne veut plus se lever.» Mme Bordes est couchée, elle me regarde, elle est défigurée par les pleurs. Elle dit : «Eh bien voilà.» Je recommence : «Il n'y a aucune raison de vous mettre dans cet état, le III A n'est pas encore revenu.» Elle frappe du poing sur son lit, elle crie : «Vous m'avez déjà dit ça il y a huit jours. — Je ne l'invente pas, lisez le journal. — Dans le journal, c'est pas clair.» Elle est butée, elle ne veut plus me regarder. Elle dit : «Vous me dites qu'il n'en revient pas, il n'y a que ça dans les rues.» Ils savent que je vais très souvent au ministère de Frenay, au Service des Recherches. Si je sais m'y prendre Mme Bordes se lèvera de nouveau pendant trois jours. La fatigue. C'est vrai que le III A doit être libéré depuis deux jours. Mme Bordes attend que je lui parle. Là-bas sur les routes, un homme sort d'une colonne. Rafales de mitraillette. J'ai envie de la laisser mourir. Mais le jeune fils me regarde. Alors on lit la chronique : «Ceux qui reviennent...» et on invente. Je vais acheter du pain, je remonte. D. joue du piano. Il a toujours joué du piano, dans toutes les circonstances de sa vie. Je m'assieds sur le divan. Je n'ose pas lui dire de ne pas jouer du piano. Ça fait mal dans la tête et ça fait revenir la nausée. C'est curieux tout de même, aucune nouvelle à ce point-là. Ils ont autre chose à faire. Des millions d'hommes attendent la consommation de la fin. L'Allemagne est en bouillie. Berlin flambe. Mille villes sont rasées. Des millions de civils fuient : le corps électoral de Hitler est en fuite. À chaque minute cinquante bombardiers partent des terrains d'aviation. Ici on s'occupe des élections municipales. On s'occupe aussi du rapatriement des prisonniers de guerre. On a parlé de mobiliser les voitures civiles et les appartements, mais on n'a pas osé, de crainte de déplaire à ceux qui les possèdent. De Gaulle n'y tient pas. De Gaulle n'a jamais parlé de ses déportés politiques qu'en troisième lieu, après avoir parlé de son front d'Afrique du Nord. Le trois avril de Gaulle a dit cette phrase criminelle : «Les jours des pleurs sont passés. Les jours de gloire sont revenus.» Nous ne pardonnerons jamais. Il a dit aussi : «Parmi les points de la terre que le destin a choisis pour y rendre ses arrêts, Paris fut en tout temps symbolique... Il l'était lorsque la reddition de Paris en janvier 1871 consacrait le triomphe de l'Allemagne prussienne... Il l'était lors des fameux jours de 1914... Il l'était encore en 1940.» Il ne parle pas de la Commune. Il dit que la défaite de 1870 a consacré l'existence de l'Allemagne prussienne. La Commune, pour de Gaulle, consacre cette propension vicieuse du peuple à croire à sa propre existence, à sa force propre. De Gaulle, laudateur de la droite par définition — il s'adresse à elle quand il parle, et à elle seule — voudrait saigner le peuple de sa force vive. Il le voudrait faible et croyant, il le voudrait gaulliste comme la bourgeoisie, il le voudrait bourgeois. De Gaulle ne parle pas des camps de concentration, c'est éclatant à quel point il n'en parle pas, à quel point il répugne manifestement à intégrer la douleur du peuple dans la victoire, cela de peur d'affaiblir son rôle à lui, de Gaulle, d'en diminuer la portée. C'est lui qui exige que les élections municipales se fassent maintenant. C'est un officier d'active. Autour de moi au bout de trois mois on le juge, on le rejette pour toujours. On le hait aussi, les femmes. Plus tard il dira : « La dictature de la souveraineté populaire comporte des risques que doit tempérer la responsabilité d'un seul. » Est-ce qu'il a jamais parlé du danger incalculable de la responsabilité du chef ? Le révérend père Panice a dit à Notre-Dame, à propos du mot révolution : « Soulèvement populaire, grève générale, barricades…, etc. On ferait un très beau film. Mais y a-t-il là révolution autre que spectaculaire ? Changement vrai ? profond ? durable ? Voyez 1789, 1830, 1848. Après un temps de violences et quelques remous politiques, le peuple se lasse, il lui faut gagner sa vie et reprendre le travail. » Il faut décourager le peuple. Le R.P. Panice dit aussi : « Quand il s'agit de ce qui cadre, l'Église n'hésite pas, elle approuve. » De Gaulle a décrété le deuil national pour la mort de Roosevelt. Pas de deuil national pour les déportés morts. Il faut ménager l'Amérique. La France va être en deuil pour Roosevelt. Le deuil du peuple ne se porte pas.

On n'existe plus à côté de cette attente. Il passe plus d'images dans notre tête qu'il y en a sur les routes d'Allemagne. Des rafales de mitraillette à chaque minute à l'intérieur de la tête. Et on dure, elles ne tuent pas. Fusillé en cours de route. Mort le ventre vide. Sa faim tourne dans la tête pareille à un vautour. Impossible de rien lui donner. On peut toujours tendre du pain dans le vide. On ne sait même pas s'il a encore besoin de pain. On achète du miel, du sucre, des pâtes. On se dit : s'il est mort, je brûlerai tout. Rien ne peut diminuer la brûlure que fait sa faim. On meurt d'un cancer, d'un accident d'automobile, de faim, non, on ne meurt pas de faim, on est achevé avant. Ce que la faim a fait est parachevé par une balle dans le cœur. Je voudrais pouvoir lui donner ma vie. Je ne peux pas lui donner un morceau de pain. Ça ne s'appelle plus penser ça, tout est suspendu. Mme Bordes et moi, nous en sommes au présent. Nous pouvons prévoir un jour de plus à vivre. Nous ne pouvons plus prévoir trois jours, acheter du beurre ou du pain pour dans trois jours serait quant à nous faire injure au bon plaisir de Dieu. Nous sommes scellées à Dieu, accrochées à quelque chose comme Dieu. «Toutes les conneries me dit D., toutes les idioties, vous les aurez dites...» Mme Bordes aussi. En ce moment il y a des gens qui disent : «Il faut penser l'événement.» D. me dit cela : «Il faudrait essayer de lire. On devrait pouvoir lire quoi qu'il arrive.» On a essayé de lire, on aura tout essayé, mais l'enchaînement des phrases ne se fait plus, pourtant on soupçonne qu'il existe. Mais parfois on croit qu'il n'existe pas, qu'il n'a jamais existé, que la vérité c'est maintenant. Un autre enchaînement nous tient : celui qui relie leur corps à notre vie. Peut-être est-il mort depuis quinze jours déjà, paisible, allongé dans ce fossé noir. Déjà les bêtes lui courent dessus, l'habitent. Une balle dans la nuque ? dans le cœur ? dans les yeux ? Sa bouche blême contre la terre allemande, et moi qui attends toujours parce que ce n'est pas tout à fait sûr, qu'il y en a peut-être pour une seconde encore. Parce que d'une seconde à l'autre seconde il va peut-être mourir, mais que ce n'est pas encore fait. Ainsi seconde après seconde la vie nous quitte nous aussi, toutes les chances se perdent, et aussi bien la vie nous revient, toutes les chances se retrouvent. Peut-être est-il dans la colonne, peut-être avance-t-il courbé, pas à pas, peut-être qu'il ne va pas faire le second pas tellement il est fatigué ? Peut-être que ce prochain pas, il n'a pas pu le faire il y a de cela quinze jours ? Six mois ? Une heure ? Une seconde ? Il n'y a plus la place en moi pour la première ligne des livres qui sont écrits. Tous les livres sont en retard sur Mme Bordes et moi. Nous sommes à la pointe d'un combat sans nom, sans armes, sans sang versé, sans gloire, à la pointe de l'attente. Derrière nous s'étale la civilisation en cendres, et toute la pensée, celle depuis des siècles amassée. Mme Bordes se refuse à toute hypothèse. Dans la tête de Mme Bordes comme dans la mienne ce qui survient ce sont des bouleversements sans objet, des arrachements d'on ne sait quoi, des écrasements idem, des distances qui se créent comme vers des issues, et puis qui se suppriment, se réduisent jusqu'à presque mourir, ce n'est que souffrances partout, saignements et cris, c'est pourquoi la pensée est empêchée de se faire, elle ne participe pas au chaos mais elle est constamment supplantée par ce chaos, sans moyens, face à lui.

Avril – Dimanche.
Toujours sur le divan près du téléphone. Aujourd'hui, oui, Berlin sera pris. On nous l'annonce tous les jours, mais aujourd'hui ce sera vrai-

ment la fin. Les journaux disent comment nous l'apprendrons : par les sirènes qui sonneront une dernière fois. La dernière fois de la guerre. Je ne vais plus au centre, je n'irai plus. Il en arrive au Lutetia, il en arrive gare de l'Est. Gare du Nord. C'est fini. Non seulement je n'irai plus au centre, mais je ne bougerai plus. Je le crois, mais hier aussi je le croyais, et à dix heures du soir je suis sortie, j'ai pris le métro, je suis allée sonner chez D. Il m'a ouvert. Il m'a prise dans ses bras : « Rien de nouveau depuis tout à l'heure ? — Rien. Je n'en peux plus. » Je suis repartie. Je n'ai même pas voulu entrer dans sa chambre, j'avais seulement envie de voir D. pour vérifier qu'il n'y avait aucun signe particulier sur son visage, aucun mensonge sur la mort. Sur le coup de dix heures, tout à coup, chez moi, la peur était rentrée. La peur de tout. Je m'étais retrouvée dehors. Tout à coup j'avais relevé la tête et l'appartement avait changé, la clarté de la lampe aussi, jaune tout à coup. Et tout à coup la certitude, la certitude en rafale : il est mort. Mort. Mort. Le vingt et un avril, mort le vingt et un avril. Je m'étais levée et j'étais allée au milieu de la chambre. C'était arrivé en une seconde. Plus de battement aux tempes. Ce n'est plus ça. Mon visage se défait, il change. Je me défais, je me déplie, je change. Il n'y a personne dans la chambre où je suis. Je ne sens plus mon cœur. L'horreur monte lentement dans une inondation, je me noie. Je n'attends plus tellement j'ai peur. C'est fini, c'est fini ? Où es-tu ? Comment savoir ? Je ne sais pas où il se trouve. Je ne sais plus non plus où je suis. Je ne sais pas où nous nous trouvons. Quel est le nom de cet endroit-ci ? Qu'est-ce que c'est que cet endroit ? Qu'est-ce que c'est que toute cette histoire ? De quoi s'agit-il ? Qui c'est ça, Robert L. ? Plus de douleur. Je suis sur le point de comprendre qu'il n'y a plus rien de commun entre cet homme et moi. Autant en attendre un autre. Je n'existe plus. Alors du moment que je n'existe plus, pourquoi attendre Robert L. ? Autant en attendre un autre si ça fait plaisir d'attendre ? Plus rien de commun entre cet homme et elle. Qui est ce Robert L. ? A-t-il jamais existé ? Qu'est-ce qui fait ce Robert L., quoi ? Qu'est-ce qui fait qu'il soit attendu, lui et pas un autre ? Qu'est-ce qu'elle attend en vérité ? Quelle autre attente attend-elle ? À quoi joue-t-elle depuis quinze jours qu'elle se monte la tête avec cette attente-là ? Que se passe-t-il dans cette chambre ? Qui est-elle ? Qui elle est, D. le sait. Où est D. ? Elle le sait, elle peut le voir et lui demander des explications. Il faut que je le voie parce qu'il y a quelque chose de nouveau qui est arrivé. Je suis allée le voir. En apparence rien n'était arrivé.

Mardi 24 avril.
Le téléphone sonne. Je me réveille dans le noir. J'allume. Je vois le réveil : cinq heures et demie. La nuit. J'entends : « Allô ?... quoi ? » C'est D. qui a dormi à côté. J'entends : « Quoi, qu'est-ce que vous dites ? Oui, c'est ici, oui, Robert L. » Silence. Je suis près de D. qui tient le téléphone. J'essaye d'arracher l'écouteur. Ça dure, D. ne lâche pas. « Quelles nouvelles ? » Silence. On parle de l'autre côté de Paris. J'essaye d'arracher le téléphone, c'est dur, c'est impossible. « Et alors ? Des camarades ? » D. lâche le téléphone et il me dit : « Ce sont des camarades de Robert qui sont arrivés au Gaumont. » Elle hurle : « Ce n'est pas vrai. » D. a repris l'appareil. « Et Robert ? » Elle essaye d'arracher. D. ne dit rien, il écoute, l'appareil est à lui. « Vous ne savez rien de plus ? » D. se tourne vers elle : « Ils l'ont quitté il y a deux jours, il était vivant. » Elle n'essaye plus d'arracher le téléphone. Elle est par terre, tombée. Quelque chose a crevé avec les mots disant qu'il était vivant il y a deux jours. Elle laisse faire. Ça crève, ça sort par la bouche, par le nez, par les yeux. Il faut que ça sorte. D. a posé l'appareil. Il dit son nom à elle : « Ma petite, ma petite Marguerite. » Il ne s'approche pas, il ne la relève pas, il sait qu'elle est intouchable. Elle est occupée. Laissez-la tranquille. Ça sort en eau de partout. Vivant. Vivant. On dit : « Ma petite, ma petite Marguerite. » Il y a deux jours, vivant comme vous et moi. Elle dit : « Laissez-moi, laissez-moi. » Ça sort aussi en plaintes, en cris. Ça sort de toutes les façons que ça veut. Ça sort. Elle laisse faire. D. dit : « Il faut y aller, ils sont au Gaumont, ils nous attendent, mais faisons-nous un café avant d'y aller. » D. a dit ça pour qu'elle prenne un café. D. rit. Il ne cesse pas de parler : « Ah ! c'est un sacré bonhomme... comment a-t-on pu penser qu'ils l'auraient... mais c'est un malin Robert... il se sera caché au dernier moment... nous croyions qu'il n'était pas débrouillard à cause de son air. » D. est dans la salle de bains. Il a dit : « à cause de son air ». Elle est contre le placard de la cuisine appuyée. C'est vrai, il n'a pas l'air de tout le monde. Il était distrait. Il n'avait jamais l'air de rien voir, toujours en allé au cœur de l'absolue bonté. Elle se tient toujours contre le placard de la cuisine. Toujours en allé au cœur de l'absolue douleur de la pensée. Elle fait le café. D. répète : « Dans deux jours on le verra arriver. » Le café est prêt. Le goût du café chaud : Il vit. Je m'habille très vite. J'ai pris un cachet de corydrane. Toujours de la fièvre, je suis en nage. Les rues sont vides. D. marche vite. On arrive au Gaumont transformé en centre de transit. Comme convenu, on demande Hélène D. Elle vient, elle rit.

J'ai froid. Où sont-ils ? À l'hôtel. Elle nous conduit.

L'hôtel. Tout est allumé. Il y a un va-et-vient de gens, d'hommes en costumes rayés de déportés et d'assistantes en blouses blanches. Il en arrive toute la nuit. Voilà la chambre, l'assistante s'en va. Je dis à D. : « Frappez. » Le cœur fait des bonds, je ne vais pas pouvoir entrer. D. frappe. Je rentre avec lui. Il y a deux personnes au pied d'un lit, un homme et une femme. Ils ne disent rien. Ce sont des parents. Dans le lit il y a deux déportés. L'un d'eux dort, il a peut-être vingt ans. L'autre me sourit. Je demande : « C'est vous Perrotti ? — C'est moi. — Je suis la femme de Robert L. — On l'a quitté il y a deux jours. — Comment était-il ? » Perrotti regarde D. : « Il y en avait de beaucoup plus fatigués. » Le jeune s'est réveillé : « Robert L. ? Ah, oui, on devait s'évader avec lui. » Je me suis assise près du lit. Je demande : « Ils fusillaient ? » Les deux jeunes gens se regardent, ils ne répondent pas tout de suite. « C'est-à-dire… ils avaient cessé de fusiller. » D. prend la parole : « C'est sûr ? » C'est Perrotti qui répond. « Le jour où l'on est partis, ça faisait deux jours qu'ils avaient cessé de fusiller. » Les deux déportés parlent entre eux. Le jeune demande : « Comment le sais-tu ? — C'est le kapo russe qui me l'a dit. » Moi : « Qu'est-ce qu'il vous a dit ? — Il m'a dit qu'ils avaient reçu l'ordre de ne plus fusiller. » Le jeune : « Il y avait des jours où ils fusillaient et puis d'autres non. » Perrotti me regarde, il regarde D., il sourit : « On est bien fatigués, il faut nous excuser. » D. a les yeux fixés sur Perrotti : « Comment se fait-il qu'il ne soit pas avec vous ? — On l'a cherché ensemble au départ du train, mais on ne l'a pas trouvé. — Pourtant on a bien cherché. — Comment se fait-il que vous ne l'ayez pas trouvé ? — Il faisait noir, dit Perrotti, puis on était encore nombreux malgré tout. — Vous l'avez bien cherché ? — C'est-à-dire… » Ils se regardent. « Ah, oui, dit le jeune, pour ça… on l'a même appelé, même que c'était dangereux. — C'est un bon camarade, dit Perrotti, on l'a cherché, il faisait des conférences sur la France. — Il parlait, fallait voir, il charmait son auditoire… » Moi : « Si vous ne l'avez pas trouvé, c'est qu'il n'y était plus ? C'est qu'il avait été fusillé ? » D. arrive près du lit, il a des gestes brusques, il est en colère, il se contient, il est presque aussi pâle que Perrotti. « Quand l'avez-vous vu pour la dernière fois ? » Les deux se regardent. J'entends la voix de la femme : « Ils sont fatigués. » C'est comme si on interrogeait des coupables, on ne leur laisse pas une seconde de répit. « Moi en tout cas, je l'ai vu, dit le jeune, j'en suis sûr. » Il regarde dans le vague et il répète qu'il en est sûr, mais il n'est sûr de rien. Rien ne fera taire D. « Essayez de vous rappeler, quand l'avez-vous vu pour la dernière fois. — Je l'ai vu dans la colonne, tu ne te souviens pas? Sur la droite? Il faisait encore jour... c'était une heure avant d'arriver à la gare.» Le jeune: «Ce qu'on pouvait être crevés... moi en tout cas, je l'ai vu après son évasion, j'en suis sûr puisqu'on s'était même entendus pour partir de là, de la gare. — Quoi? son évasion? — Oui, il a essayé de s'évader, mais on l'a repris... — Quoi? on ne fusillait pas ceux qui s'évadaient? Vous ne dites pas la vérité.» Perrotti ne sait plus raconter, rien, il a la mémoire en miettes, il se décourage. «Puisqu'on vous dit qu'il reviendra.» À ce moment-là D. intervient violemment. Il me dit de me taire, puis il recommence: «Quand s'est-il évadé?» Ils se regardent. «C'était la veille? — Je crois bien.» D. demande, il supplie: «Faites un effort, nous nous excusons... mais essayez de vous rappeler.» Perrotti sourit. «Je comprends bien mais on est fatigués à un point...» Ils se taisent un instant. Silence total. Puis le jeune: «Moi je suis sûr que je l'ai vu après qu'il se soit évadé, je l'ai vu dans la colonne, maintenant j'en suis sûr.» Perrotti: «Quand? Comment? — Avec Girard, sur la droite, j'en suis sûr.» Je répète: «Comment savez-vous qu'ils fusillaient?» Perrotti: «Il n'y a pas de crainte à avoir, on l'aurait su, on le savait toujours, les S.S. fusillaient à l'arrière de la colonne, puis les copains se le répétaient jusqu'à la tête de la colonne.» D.: «Ce qu'on voudrait savoir, c'est pourquoi vous ne l'avez pas trouvé. — Il faisait noir», recommence Perrotti. «Peut-être qu'il s'est évadé une deuxième fois», dit le jeune. «En tout cas vous l'avez vu après sa première évasion. — Sûr, dit Perrotti, tout ce qu'il y a de sûr. — Qu'est-ce qu'on lui a fait? — Eh bien, il a été rossé... Philippe, il vous dira ça mieux que moi, c'était son camarade.» Moi: «Comment se fait-il qu'ils ne l'ont pas fusillé? — Les Américains étaient si près, ils n'avaient plus le temps. — Et puis ça dépendait», dit le jeune. Moi: «Vous vous étiez entendus avant l'évasion pour vous évader ensemble à la gare?» Silence, ils se regardent. «Vous comprenez, dit D., si vous lui aviez parlé après, ce serait une certitude de plus.» Non, ils ne savent plus, de cela ils ne peuvent plus se souvenir. Ils se souviennent de certains mouvements de la colonne, de certains gestes des camarades quand ils se jetaient dans les fossés pour se cacher, des Américains qui étaient partout, ils se souviennent aussi. Mais du reste non, ils ne se souviennent plus.

Commence une autre période du supplice. L'Allemagne est en flammes. Il est à l'intérieur de l'Allemagne. Ce n'est pas tout à fait sûr, pas tout à fait. Mais on peut dire ça: s'il n'a pas été fusillé, s'il est resté dans la colonne, il est dans l'incendie de l'Allemagne.

24 avril.

Il est onze heures et demie du matin. Le téléphone qui sonne. Je suis seule, c'est moi qui réponds. C'est François Mitterrand, dit Morland. «Philippe est arrivé, il a vu Robert il y a huit jours. Il allait bien.» J'explique: «J'ai vu Perrotti, il paraît que Robert s'est évadé, qu'il a été rattrapé. Que sait Philippe?» François: «C'est vrai, il a essayé de s'évader, il a été repris par des enfants.» Moi: «Quand l'a-t-il vu pour la dernière fois?» Silence. François: «Ils s'étaient évadés ensemble, Philippe était assez loin, les Allemands ne l'ont pas vu. Robert était sur le bord de la route, il a été battu. Philippe a attendu, il n'a pas entendu de coup de feu.» Silence. «C'est sûr? — C'est sûr. — C'est peu. Il ne l'a pas revu ensuite?» Silence. «Non, puisque Philippe n'était plus là, il s'était évadé. — C'était quand? — C'était le treize.» Je sais que tous ces calculs ont été faits par François Morland, qu'il n'a pas fait la moindre erreur. «Quoi penser? — Pas question, dit François, il doit revenir.» Moi: «Est-ce qu'ils fusillaient dans la colonne?» Silence. «Ça dépendait. Venez à l'imprimerie. — Non, je suis fatiguée. Que pense Philippe?» Silence. «Pas de question, il doit être ici dans quarante-huit heures.» Moi: «Comment est Philippe? — Très fatigué, il dit que Robert tenait encore, qu'il était mieux que lui. — Sait-il quelque chose sur la destination du convoi? — Non, aucune idée.» Moi: «Vous ne me racontez pas d'histoire? — Non. Venez à l'imprimerie. — Non, je n'irai pas. Dites-moi: et s'il n'est pas là dans quarante-huit heures? — Qu'est-ce que vous voulez que je vous réponde? — Pourquoi vous avez dit ce chiffre, quarante-huit heures? — Parce que d'après Philippe ils ont été libérés entre le quatorze et le vingt-cinq. Ce n'est plus possible autrement.»

Perrotti évadé le douze, revenu le vingt-quatre, Philippe évadé le treize, revenu le vingt-quatre. Il faut compter de dix à douze jours. Robert devrait être là demain ou après-demain, peut-être demain.

Jeudi 26 avril.

D. a appelé le docteur, la fièvre continue. Mme Kats, la mère de Jeanine Kats mon amie, est venue habiter chez moi, en attendant sa fille déportée à Ravensbrück avec Marie-Louise, la sœur de Robert. Riby a téléphoné, il a demandé Robert. Il était dans la colonne, il s'est évadé avant Perrotti, il est rentré avant lui.

Vendredi 27 avril.
Rien. Ni dans la nuit ni dans le jour. D. m'apporte *Combat*. En dernière
minute, les Russes ont pris une station de métro à Berlin. Mais les
canons de Joukov continuent à entourer et à pilonner les ruines de
Berlin de quatre-vingts mètres en quatre-vingts mètres. Stettin et Brno
sont pris. Les Américains sont sur le Danube. Toute l'Allemagne est entre
les mains des Américains. C'est difficile d'occuper un pays. Que peuvent-
ils en faire? Je suis devenue comme Mme Bordes, je ne me lève plus.
C'est Mme Kats qui fait les courses, la cuisine. Elle a le cœur malade.
Elle a acheté du lait américain pour moi. Si j'étais vraiment malade, je
crois que Mme Kats penserait moins à sa fille. Sa fille est infirme, elle
avait une jambe raide à la suite d'une tuberculose osseuse, elle était
juive. J'ai appris au centre qu'ils tuaient les infirmes. Pour les juifs on
commence à savoir. Mme Kats a attendu six mois, d'avril à novembre
1945. Sa fille était morte en mars 1945, on lui a notifié la mort en
novembre 1945, il a fallu neuf mois pour retrouver le nom. Je ne lui
parle pas de Robert L. Elle a donné le signalement de sa fille partout,
dans les centres, à toutes les frontières, à toute sa famille, on ne sait
jamais. Elle a acheté cinquante boîtes de lait américain, vingt kilos de
sucre, dix kilos de confiture, du calcium, du phosphate, de l'alcool, de
l'eau de Cologne, du riz, des pommes de terre. Mme Kats dit mot pour
mot : «Tout son linge est lavé, raccommodé, repassé. J'ai fait doubler son
manteau noir, j'ai fait remettre des poches. J'avais tout mis dans une
grande malle avec de la naphtaline, j'ai tout mis à l'air, tout est prêt. J'ai
fait remettre des fers à ses souliers et j'ai mis un point à ses bas. Je crois
que je n'ai rien oublié.» Mme Kats défie Dieu.

27 avril.
Rien. Le trou noir. Aucune lumière ne se fait. Je reconstitue la chaîne des
jours, mais il y a un vide, un gouffre entre le moment où Philippe n'a pas
entendu de coup de feu et la gare où personne n'a vu Robert L. Je me lève.
Mme Kats est partie chez son fils. Je me suis habillée, assise près du téléphone. D. arrive. Il exige que j'aille manger au restaurant avec lui. Le restaurant est plein. Les gens parlent de la fin de la guerre. Je n'ai pas faim.
Tout le monde parle des atrocités allemandes. Je n'ai plus jamais faim. Je
suis écœurée de ce que mangent les autres. Je veux mourir. Je suis coupée

du reste du monde avec un rasoir, même de D. Le calcul infernal : si je n'ai pas de nouvelles ce soir, il est mort. D. me regarde. Il peut bien me regarder, il est mort. J'aurai beau le dire, D. ne me croira pas. La *Pravda* écrit : « La douzième heure a sonné pour l'Allemagne. Le cercle de feu et de fer se resserre autour de Berlin. » C'est fini. Il ne sera pas là pour la paix. Les partisans italiens ont capturé Mussolini à Faenza. Toute l'Italie du Nord est aux mains des partisans. Mussolini capturé, on ne sait rien d'autre. Thorez parle de l'avenir, il dit qu'il faudra travailler. J'ai gardé tous les journaux pour Robert L. S'il revient je mangerai avec lui. Avant, non. Je pense à la mère allemande du petit soldat de seize ans qui agonisait le dix-sept août 1944, seul, couché sur un tas de pierres sur le quai des Arts, elle, elle attend encore son fils. Maintenant que De Gaulle est au pouvoir, qu'il est devenu celui qui a sauvé notre honneur pendant quatre ans, qu'il est en plein jour, avare de compliments envers le peuple, il a quelque chose d'effrayant, d'atroce. Il dit : « Tant que je serai là, la maison marchera. » De Gaulle n'attend plus rien, que la paix, il n'y a que nous qui attendions encore, d'une attente de tous les temps, de celle des femmes de tous les temps, de tous les lieux du monde : celle des hommes au retour de la guerre. Nous sommes de ce côté du monde où les morts s'entassent dans un inextricable charnier. C'est en Europe que ça se passe. C'est là qu'on brûle les juifs, des millions. C'est là qu'on les pleure. L'Amérique étonnée regarde fumer les crématoires géants de l'Europe. Je suis forcée de penser à cette vieille femme aux cheveux gris qui attendra, dolente, des nouvelles de ce fils si seul dans la mort, seize ans, sur le quai des Arts. Le mien, quelqu'un l'aura peut-être vu, comme j'ai vu celui-là, dans un fossé, alors que ses mains appelaient pour la dernière fois et que ses yeux ne voyaient plus. Quelqu'un qui ne saura jamais qui c'était pour moi que cet homme-là, et dont jamais je ne saurai qui il est. Nous appartenons à l'Europe, c'est là que ça se passe, en Europe, que nous sommes enfermés ensemble face au reste du monde. Autour de nous les mêmes océans, les mêmes invasions, les mêmes guerres. Nous sommes de la race de ceux qui sont brûlés dans les crématoires et des gazés de Maïdanek, nous sommes aussi de la race des nazis. Fonction égalitaire des crématoires de Buchenwald, de la faim, des fosses communes de Bergen-Belsen, dans ces fosses nous avons notre part, ces squelettes si extraordinairement identiques, ce sont ceux d'une famille européenne. Ce n'est pas dans une île de la Sonde, ni dans une contrée du Pacifique que ces événements ont eu lieu, c'est sur notre terre, celle de l'Europe. Les quatre cent mille squelettes des communistes allemands qui sont morts à Dora de 1933 à 1938 sont aussi dans la grande fosse commune européenne, avec les millions de juifs et la pensée de Dieu, avec à chaque juif, la pensée de Dieu, chaque juif. Les Américains disent : « Il n'y a pas en ce moment un seul Américain, fût-il coiffeur à Chicago, fût-il paysan du Kentucky qui ignore ce qui s'est passé dans les camps de concentration en Allemagne. » Les Américains veulent illustrer à nos yeux l'admirable mécanique de la machine de guerre américaine, ils entendent par là le rassurement du paysan et du coiffeur qui n'étaient pas sûrs au départ des raisons pour lesquelles on leur a pris leurs fils pour se battre sur le front européen. Quand on leur apprendra l'exécution de Mussolini pendu aux crochets d'une boucherie, les Américains seront arrêtés de comprendre, ils seront choqués.

28 avril.
Ceux qui attendent la paix n'attendent pas, rien. Il y a de moins en moins de raisons de ne pas avoir de nouvelles. La paix apparaît déjà. C'est comme une nuit profonde qui viendrait, c'est aussi le commencement de l'oubli. La preuve en est là déjà : Paris est éclairé la nuit. La place Saint-Germain-des-Prés est éclairée comme par des phares. Les Deux Magots sont bondés. Il fait encore trop froid pour qu'il y ait du monde sur la terrasse. Mais les petits restaurants sont bondés aussi. Je suis sortie, la paix m'est apparue imminente. Je suis rentrée chez moi rapidement, poursuivie par la paix. J'ai entrevu qu'un avenir possible allait venir, qu'une terre étrangère allait émerger de ce chaos et que là personne n'attendrait plus. Je n'ai de place nulle part ici, je ne suis pas ici, mais là-bas avec lui, dans cette zone inaccessible aux autres, inconnaissable aux autres, là où ça brûle et où on tue. Je suis suspendue à un fil, la dernière des probabilités, celle qui n'aura pas de place dans les journaux. La ville éclairée a perdu pour moi toute autre signification, que celle-ci : elle est signe de mort, signe de demain sans eux. Il n'y a plus rien d'actuel dans cette ville que pour nous qui attendons. Pour nous elle est celle qu'ils ne verront pas. Tout le monde s'impatiente de voir la paix tant tarder à venir. Qu'attendent-ils pour signer la paix ? On entend cette phrase partout. La menace est plus grande chaque jour. Aujourd'hui on apprend que Hitler est mourant. C'est Himmler qui l'a dit à la radio allemande dans un dernier appel, en même temps qu'il adressait aux Alliés une demande de capitulation. Berlin brûle, défendu seulement par « les trente bataillons du suicide » et dans Berlin Hitler se serait tiré une balle de revolver dans la tête. Hitler serait mort, mais la nouvelle n'est pas certaine.

28 avril.

Le monde entier attend. Himmler déclare dans son message «que Hitler est mourant et qu'il ne survivra pas à l'annonce de la reddition sans conditions». Celle-ci serait pour lui un choc mortel. Les U.S.A. et l'Angleterre ont répondu qu'ils n'acceptaient la reddition qu'en solidarité avec l'U.R.S.S. C'est à la conférence de San Francisco que Himmler a envoyé l'offre de capitulation. En dernière minute *Combat* annonce que l'offre de capitulation aurait été faite en s'adressant aussi à la Russie. Les staliniens ne veulent pas livrer Mussolini aux Alliés. C'est de la main du peuple, disent les journaux, que Mussolini devra expier. Farinacci a été jugé par un tribunal populaire, il a été exécuté sur la place d'une grande ville en présence d'une foule considérable. À San Francisco, heures difficiles pour l'Europe, elle est en minorité. C'est Stettinius qui préside. *Combat* écrit : «Devant le spectacle que donnent les Grands, les petites puissances relèvent la tête.» On parle déjà de l'après paix.

Ils sont très nombreux, les morts sont vraiment très nombreux. Sept millions de juifs ont été exterminés, transportés en fourgons à bestiaux, et puis gazés dans les chambres à gaz faites à cet effet et puis brûlés dans les fours crématoires faits à cet effet. On ne parle pas encore des juifs à Paris. Leurs nouveau-nés ont été confiés au corps des FEMMES PRÉPOSÉES À L'ÉTRANGLEMENT DES ENFANTS JUIFS expertes en l'art de tuer à partir d'une pression sur les carotides. Dans un sourire, c'est sans douleur, elles disent. Ce nouveau visage de la mort organisée, rationalisée, découvert en Allemagne déconcerte avant que d'indigner. On est étonné. Comment être encore allemand? On cherche des équivalences ailleurs, dans d'autres temps. Il n'y a rien. D'aucuns resteront éblouis, inguérissables. Une des plus grandes nations civilisées du monde, la capitale de la musique de tous les temps vient d'assassiner onze millions d'êtres humains à la façon méthodique, parfaite, d'une industrie d'État. Le monde entier regarde la montagne, la masse de mort donnée par la créature de Dieu à son prochain. On cite le nom de tel littérateur allemand qui a été affecté et qui est devenu très sombre et à qui ces choses ont donné à penser. Si ce crime nazi n'est pas élargi à l'échelle du monde entier, s'il n'est pas entendu à l'échelle collective, l'homme concentrationnaire de Belsen qui est mort seul avec une âme collective et une conscience de classe, celle-là même avec làquelle il a fait sauter le boulon du rail, une certaine nuit, à un certain endroit de l'Europe, sans chef, sans uniforme, sans témoin, a été trahi. Si l'on fait un sort allemand à l'horreur nazie, et non pas un sort collectif, on réduira l'homme de Belsen aux dimensions du ressortissant régional. La seule réponse à faire à ce crime est d'en faire un crime de tous. De le partager. De même que l'idée d'égalité, de fraternité. Pour le supporter, pour en tolérer l'idée, partager le crime.

Je ne sais plus quel jour c'était, si c'était encore un jour d'avril, non c'était un jour de mai, un matin à onze heures le téléphone a sonné. Ça venait d'Allemagne, c'était François Morland. Il ne dit pas bonjour, il est presque brutal, clair comme toujours. «Écoutez-moi bien. Robert est vivant. Calmez-vous. Oui. Il est à Dachau. Écoutez encore de toutes vos forces. Robert est très faible, à un point que vous ne pouvez pas imaginer. Je dois vous le dire : c'est une question d'heures. Il peut vivre encore trois jours, mais pas plus. Il faut que D. et Beauchamp partent aujourd'hui même, ce matin même pour Dachau. Dites-leur ceci : qu'ils aillent tout de suite à mon cabinet, ils sont au courant, ils auront les uniformes d'officiers français, les passeports, les ordres de mission, les bons d'essence, les cartes d'état-major, les laissez-passer. Qu'ils y aillent séance tenante. Il n'y a plus que ça à faire. Par les voies officielles ils arriveraient trop tard.»
François Morland et Rodin avaient fait partie d'une mission organisée par le père Riquet, ils étaient allés à Dachau et c'est là qu'ils avaient trouvé Robert L. Ils avaient pénétré dans la partie interdite du camp où on entreposait les morts et les cas désespérés. Et c'est là qu'un de ceux-ci avait clairement prononcé un prénom : «François.» François, et puis les yeux s'étaient refermés. Rodin et Morland avaient mis une heure avant de reconnaître Robert L. C'était Rodin qui finalement l'avait reconnu à cause de sa denture. Ils l'avaient enroulé dans un drap comme on fait pour les morts, et ils l'avaient sorti de la partie interdite du camp, ils l'avaient déposé le long d'un baraquement dans la partie du camp où se trouvaient les survivants. Il n'y avait pas de soldats américains dans le camp, c'était pour ça qu'ils avaient pu le faire, ils étaient tous au poste de garde, épouvantés par le typhus.
Beauchamp et D. sont partis de Paris le jour même, au début de l'après-midi. C'était le 12 mai, le jour de la Paix. Beauchamp portait l'uniforme de colonel de François Morland. D. était en lieutenant français, il avait ses papiers de résistant au nom de D. Masse. Ils ont roulé toute la nuit, ils sont arrivés à Dachau le lendemain matin. Ils ont cherché Robert L. pendant plusieurs heures, puis en passant près d'un corps ils avaient

entendu prononcer le prénom de D. Moi je crois qu'ils ne l'ont pas reconnu, mais Morland avait prévenu qu'il n'était pas reconnaissable. Ils l'ont pris. Et c'est après qu'ils ont dû le reconnaître. Ils avaient sous leurs vêtements une troisième tenue d'officier français. Il a fallu le faire tenir droit, il ne pouvait plus le faire seul, mais ils ont réussi à l'habiller. Il a fallu l'empêcher de saluer devant les baraquements des S.S., le faire passer les postes de garde, lui éviter les vaccinations qui l'auraient tué. Les soldats américains, Noirs pour la plupart, portaient des masques à gaz contre le typhus. L'épouvante en était là. Les ordres étaient tels que s'ils avaient soupçonné le véritable état de Robert L., ils l'auraient immédiatement remis dans le mouroir du camp. Une fois Robert L. sorti, il a fallu le faire marcher jusqu'à la « 11 légère ». Une fois qu'ils l'ont allongé sur la banquette arrière Robert L. a eu une syncope. Ils ont cru que c'était fini, mais non. Le voyage a été très dur, très long. Il fallait s'arrêter toutes les demi-heures à cause de la dysenterie. Dès qu'ils se sont éloignés de Dachau, Robert L. a parlé. Il a dit qu'il savait qu'il n'arriverait pas à Paris vivant. Alors il a commencé à raconter pour que ce soit dit avant sa mort. Robert L. n'a accusé personne, aucune race, aucun peuple, il a accusé l'homme. Au sortir de l'horreur, mourant, délirant, Robert L. avait encore cette faculté de n'accuser personne, sauf les gouvernements qui sont de passage dans l'histoire des peuples. Il voulait que D. et Beauchamp me racontent après sa mort ce qu'il avait dit. Ils ont atteint la frontière française le soir même, c'était du côté de Wissembourg. D. m'a téléphoné : « On a atteint la France. On vient de passer la frontière. On sera là demain à la fin de la matinée. Attendez-vous au pire : vous ne le reconnaîtrez pas. » Ils ont dîné dans un mess d'officiers. Robert parlait et racontait toujours. Quand il était entré dans le mess, tous les officiers s'étaient levés et avaient salué Robert L. Robert L. n'avait pas vu. Ces choses-là, il ne les avait jamais vues. Il parlait du martyre allemand, de ce martyre commun à tous les hommes. Il racontait. Ce soir-là il a dit qu'il voulait manger une truite avant de mourir. Dans Wissembourg vidé, on a trouvé une truite pour Robert L. Il en a mangé quelques bouchées. Puis il a recommencé à parler. Il a parlé de la charité. Il avait entendu quelques périodes du révérend père Riquet, et il a commencé à dire cette phrase très obscure : « Quand on me parlera de charité chrétienne, je dirai Dachau. » Il ne l'a pas terminée. Cette nuit-là ils ont dormi du côté de Bar-sur-Aube. Robert L. a dormi quelques heures. Ils ont atteint Paris à la fin de la matinée. Juste avant de venir rue Saint-Benoît, D. s'est arrêté pour me téléphoner encore. « Je vous téléphone pour vous prévenir que c'est plus terrible que tout ce qu'on a imaginé. Il est heureux.»

J'ai entendu des cris retenus dans l'escalier, un remue-ménage, un piétinement. Puis des claquements de portes et des cris. C'était ça. C'était eux qui revenaient d'Allemagne.
Je n'ai pas pu l'éviter. Je suis descendue pour me sauver dans la rue. Beauchamp et D. le soutenaient par les aisselles. Ils étaient arrêtés au palier du premier étage. Il avait les yeux levés.
Je ne sais plus exactement. Il a dû me regarder et me reconnaître et sourire. J'ai hurlé que non, que je ne voulais pas voir. Je suis repartie, j'ai remonté l'escalier. Je hurlais, de cela je me souviens. La guerre sortait dans des hurlements. Six années sans crier. Je me suis retrouvée chez des voisins. Ils me forçaient à boire du rhum, ils me le versaient dans la bouche. Dans les cris.
Je ne sais plus quand je me suis retrouvée devant lui, lui, Robert L. Je me souviens des sanglots partout dans la maison, que les locataires sont restés longtemps dans l'escalier, que les portes étaient ouvertes. On m'a dit après que la concierge avait décoré l'entrée pour l'accueillir et que dès qu'il était passé, elle avait tout arraché et qu'elle, elle s'était enfermée dans sa loge, farouche, pour pleurer.

Dans mon souvenir, à un moment donné, les bruits s'éteignent et je le vois. Immense. Devant moi. Je ne le reconnais pas. Il me regarde. Il sourit. Il se laisse regarder. Une fatigue surnaturelle se montre dans son sourire, celle d'être arrivé à vivre jusqu'à ce moment-ci. C'est à ce sourire que tout à coup je le reconnais, mais de très loin, comme si je le voyais au fond d'un tunnel. C'est un sourire de confusion. Il s'excuse d'en être là, réduit à ce déchet. Et puis le sourire s'évanouit. Et il redevient un inconnu. Mais la connaissance est là, que cet inconnu c'est lui, Robert L., dans sa totalité.

Il avait voulu revoir la maison. On l'avait soutenu et il avait fait le tour des chambres. Ses joues se plissaient mais elles ne se décollaient pas des mâchoires, c'était dans ses yeux qu'on avait vu son sourire. Quand il était passé dans la cuisine, il avait vu le clafoutis qu'on lui avait fait. Il a cessé de sourire: «Qu'est-ce que c'est?» On le lui avait dit. À quoi il était? Aux cerises, c'était la pleine saison. «Je peux en manger? — Nous ne le savons pas, c'est le docteur qui le dira.» Il était revenu au salon, il s'était

allongé sur le divan. « Alors je ne peux pas en manger ? — Pas encore.
— Pourquoi ? — Parce qu'il y a déjà eu des accidents dans Paris à trop vite
faire manger les déportés au retour des camps. »
Il avait cessé de poser des questions sur ce qui s'était passé pendant son
absence. Il avait cessé de nous voir. Son visage s'était recouvert d'une
douleur intense et muette parce que la nourriture lui était encore refu-
sée, que ça continuait comme au camp de concentration. Et comme au
camp, il avait accepté en silence. Il n'avait pas vu qu'on pleurait. Il n'avait
pas vu non plus qu'on pouvait à peine le regarder, à peine lui répondre.

Le docteur est arrivé. Il s'est arrêté net, la main sur la poignée, très pâle.
Il nous a regardés puis il a regardé la forme sur le divan. Il ne comprenait pas. Et puis il a compris : cette forme n'était pas encore morte, elle
flottait entre la vie et la mort et on l'avait appelé, lui, le docteur, pour qu'il
essaye de la faire vivre encore. Le docteur est entré. Il est allé jusqu'à la
forme et la forme lui a souri. Ce docteur viendra plusieurs fois par jour
pendant trois semaines, à toute heure du jour et de la nuit. Dès que la
peur était trop grande, on l'appelait, il venait. Il a sauvé Robert L. Il a été
lui aussi emporté par la passion de sauver Robert L. de la mort. Il a
réussi.

Nous avons sorti le clafoutis de la maison pendant qu'il dormait. Le lendemain la fièvre était là, il n'a plus parlé d'aucune nourriture.

S'il avait mangé dès le retour du camp, son estomac se serait déchiré
sous le poids de la nourriture, ou bien le poids de celle-ci aurait appuyé
sur le cœur qui lui, au contraire, dans la caverne de sa maigreur était
devenu énorme : il battait si vite qu'on n'aurait pas pu compter ses pul-
sations, qu'on n'aurait pas pu dire qu'il battait à proprement parler mais
qu'il tremblait comme sous l'effet de l'épouvante. Non, il ne pouvait pas
manger sans mourir. Or il ne pouvait plus rester encore sans manger
sans en mourir. C'était là la difficulté.
La lutte a commencé très vite avec la mort. Il fallait y aller doux avec elle,
avec délicatesse, tact, doigté. Elle le cernait de tous les côtés. Mais tout de
même il y avait encore un moyen de l'atteindre lui, ce n'était pas grand,
cette ouverture par où communiquer avec lui mais la vie était quand
même en lui, à peine une écharde, mais une écharde quand même. La
mort montait à l'assaut. 39,5 le premier jour. Puis 40. Puis 41. La mort
s'essoufflait. 41 : le cœur vibrait comme une corde de violon. 41, tou-

jours, mais il vibre. Le cœur, pensions-nous, le cœur va s'arrêter.
Toujours 41. La mort, à coups de boutoir, frappe, mais le cœur est sourd.
Ce n'est pas possible, le cœur va s'arrêter. Non.
De la bouillie, avait dit le docteur, par cuillers à café. Six ou sept fois par
jour on lui donnait de la bouillie. Une cuiller à café de bouillie l'étouffait,
il s'accrochait à nos mains, il cherchait l'air et retombait sur son lit. Mais
il avalait. De même six à sept fois par jour il demandait à faire. On le soulevait en le prenant par-dessous les genoux et sous les bras. Il devait
peser entre trente-sept et trente-huit kilos : l'os, la peau, le foie, les intes-
tins, la cervelle, le poumon, tout compris : trente-huit kilos répartis sur
un corps d'un mètre soixante-dix-huit. On le posait sur le seau hygiénique sur le bord duquel on disposait un petit coussin : là où les articulations jouaient à nu sous la peau, la peau était à vif. *(La petite juive de
dix-sept ans du faubourg du Temple a les coudes qui ont troué la peau de
ses bras, sans doute à cause de sa jeunesse et de la fragilité de la peau, son
articulation est au-dehors au lieu d'être dedans, elle sort nue, propre, elle
ne souffre pas ni de ses articulations ni de son ventre duquel on a enlevé
un à un, à intervalles réguliers, tous ses organes génitaux.)* Une fois assis
sur son seau, il faisait d'un seul coup, dans un glouglou énorme, inattendu, démesuré. Ce que se retenait de faire le cœur, l'anus ne pouvait
pas le retenir, il lâchait son contenu. Tout, ou presque, lâchait son
contenu, même les doigts qui ne retenaient plus les ongles, qui les
lâchaient à leur tour. Le cœur, lui, continuait à retenir son contenu. Le
cœur. Et la tête. Hagarde, mais sublime, seule, elle sortait de ce charnier,
elle émergeait, se souvenait, racontait, reconnaissait, réclamait. Parlait.
Parlait. La tête tenait au corps par le cou comme d'habitude les têtes tiennent, mais ce cou était tellement réduit – on en faisait le tour d'une seule
main – tellement desséché qu'on se demandait comment la vie y passait,
une cuiller à café de bouillie y passait à grand-peine et le bouchait. Au
commencement le cou faisait un angle droit avec l'épaule. En haut, le
cou pénétrait à l'intérieur du squelette, il collait en haut des mâchoires,
s'enroulait autour des ligaments comme un lierre. Au travers on voyait
se dessiner les vertèbres, les carotides, les nerfs, le pharynx et passer le
sang : la peau était devenue du papier à cigarettes. Il faisait donc cette
chose gluante vert sombre qui bouillonnait, merde que personne n'avait
encore vue. Lorsqu'il l'avait faite on le recouchait, il était anéanti, les
yeux mi-clos, longtemps.
Pendant dix-sept jours, l'aspect de cette merde resta le même. Elle était
inhumaine. Elle le séparait de nous plus que la fièvre, plus que la mai-

greur, les doigts désonglés, les traces de coups des S.S. On lui donnait de la bouillie jaune d'or, bouillie pour nourrisson et elle ressortait de lui vert sombre comme de la vase de marécage. Le seau hygiénique fermé on entendait les bulles lorsqu'elles crevaient à la surface. Elle aurait pu rappeler – glaireuse et gluante – un gros crachat. Dès qu'elle sortait, la chambre s'emplissait d'une odeur qui n'était pas celle de la putréfaction, du cadavre – y avait-il d'ailleurs encore dans son corps matière à cadavre – mais plutôt celle d'un humus végétal, l'odeur des feuilles mortes, celle des sous-bois trop épais. C'était là en effet une odeur sombre, épaisse comme le reflet de cette nuit épaisse de laquelle il émergeait et que nous ne connaîtrions jamais. *(Je m'appuyais aux persiennes, la rue sous mes yeux passait, et comme ils ne savaient pas ce qui arrivait dans la chambre, j'avais envie de leur dire que dans cette chambre au-dessus d'eux, un homme était revenu des camps allemands, vivant.)* Évidemment il avait fouillé dans les poubelles pour manger, il avait mangé des herbes, il avait bu de l'eau des machines, mais ça n'expliquait pas. Devant la chose inconnue on cherchait des explications. On se disait que peut-être là sous nos yeux, il mangeait son foie, sa rate. Comment savoir? Comment savoir ce que ce ventre contenait encore d'inconnu, de douleur? Dix-sept jours durant l'aspect de cette merde est resté le même. Dix-sept jours sans que cette merde ressemble à quelque chose de connu. Chacune des sept fois qu'il fait par jour, nous la humons, nous la regardons sans la reconnaître. Dix-sept jours nous cachons à ses propres yeux ce qui sort de lui de même que nous lui cachons ses propres jambes, ses pieds, son corps, l'incroyable. Nous ne nous sommes jamais habitués à les voir. On ne pouvait pas s'y habituer. Ce qui était incroyable, c'était qu'il vivait encore. Lorsque les gens entraient dans la chambre et qu'ils voyaient cette forme sous les draps, ils ne pouvaient pas en supporter la vue, ils détournaient les yeux. Beaucoup sortaient et ne revenaient plus. Il ne s'est jamais aperçu de notre épouvante, jamais une seule fois. Il était heureux, il n'avait plus peur. La fièvre le portait. Dix-sept jours. Un jour la fièvre tombe. Au bout de dix-sept jours la mort se fatigue. Dans le seau elle ne bouillonne plus, elle devient liquide, elle reste verte, mais elle a une odeur plus humaine, une odeur humaine. Et un jour la fièvre tombe, on lui a fait douze litres de sérum, et un matin la fièvre tombe. Il est couché sur ses neuf coussins, un pour la tête, deux pour les avant-bras, deux pour les bras, deux pour les mains, deux pour les pieds ; car tout ça ne pouvait plus supporter son propre poids, il fallait engloutir ce poids dans du duvet, l'immobiliser.

Et une fois, un matin, la fièvre sort de lui. La fièvre revient mais retombe. Elle revient encore, un peu plus basse et retombe encore. Et puis un matin il dit : « J'ai faim. »

La faim avait disparu avec la montée de la fièvre. Elle était revenue, avec la retombée de la fièvre. Un jour le docteur a dit : « Essayons, essayons de lui donner à manger, commençons par du jus de viande, s'il le supporte, continuez à lui en donner, mais en même temps donnez-lui de tout, par petites doses tout d'abord, et par paliers de trois jours, un peu plus à chaque palier. »

Dans la matinée je fais tous les restaurants de Saint-Germain-des-Prés pour trouver un presse-viande. J'en trouve un boulevard Saint-Germain dans un grand restaurant. Ils ne peuvent pas le prêter. Je dis que c'est pour un déporté politique qui est très mal, que c'est une question de vie ou de mort. La dame réfléchit, elle dit : « Je ne peux pas vous le prêter mais je peux vous le louer, ce sera mille francs par jour *(sic).* » Je donne mon nom, mon adresse et une caution. La viande m'est vendue au prix coûtant par le restaurant Saint-Benoît.

Il digérait parfaitement le jus de viande. Alors au bout de trois jours il a commencé à manger des aliments solides.

Sa faim a appelé sa faim. Elle est devenue de plus en plus grande, insatiable.

Elle a pris des proportions effrayantes.

On ne le servait pas. On lui donnait directement les plats devant lui et on le laissait et il mangeait. Il fonctionnait. Il faisait ce qu'il fallait pour vivre. Il mangeait. C'était une occupation qui prenait tout son temps. Il attendait la nourriture pendant des heures. Il avalait sans savoir quoi. Puis on éloignait la nourriture et il attendait qu'elle revienne.

Il a disparu, la faim est à sa place. Le vide donc est à sa place. Il donne au gouffre, il remplit ce qui était vidé, les entrailles décharnées. C'est ce qu'il fait. Il obéit, il sert, il fournit à une fonction mystérieuse. Comment sait-il pour la faim ? Comment perçoit-il que c'est cela qu'il faut ? Il le sait d'un savoir sans équivalence aucune.

Il mange une côtelette de mouton. Puis il suce l'os, les yeux baissés, attentif seulement à ne laisser aucune parcelle de viande. Puis il reprend une deuxième côtelette de mouton. Puis une troisième. Sans lever les yeux.

Il est assis dans la pénombre du salon, près d'une fenêtre à demi ouverte, sur un fauteuil, entouré de ses coussins, sa canne à côté de lui. Dans ses pantalons ses jambes flottent comme des béquilles. Lorsqu'il fait du soleil, on voit à travers ses mains.

Hier, il ramassait les miettes de pain tombées sur son pantalon, par terre, en faisant des efforts énormes. Aujourd'hui il en laisse quelques-unes.

Quand il mange on le laisse seul dans la pièce. On n'a plus à l'aider. Ses forces sont revenues suffisamment pour qu'il tienne une cuiller, une fourchette. Mais on lui coupe la viande. On le laisse seul devant la nourriture. On évite de parler dans les pièces à côté. On marche sur la pointe des pieds. On le regarde de loin. Il fonctionne. Il n'a pas de préférence marquée pour les plats. De moins en moins de préférence. Il avale comme un gouffre. Quand les plats n'arrivent pas assez vite il sanglote et il dit qu'on ne le comprend pas.

Hier après-midi il est allé voler du pain dans le frigidaire. Il vole. On lui dit de faire attention, de ne pas trop manger. Alors il pleure.

Je le regardais de la porte du salon. Je n'entrais pas. Pendant quinze jours, vingt jours, je l'ai regardé manger sans pouvoir m'habituer non plus, dans une joie fixe. Quelquefois cette joie me faisait pleurer moi aussi. Il ne me voyait pas. Il m'avait oubliée.

Les forces reviennent.

Moi aussi, je recommence à manger, je recommence à dormir. Je reprends du poids. Nous allons vivre. Comme lui pendant dix-sept jours je ne peux pas manger. Comme lui pendant dix-sept jours je n'ai pas dormi, du moins je crois n'avoir pas dormi. En fait je dors deux à trois heures par jour. Je m'endors partout. Je me réveille dans l'épouvante, c'est abominable, chaque fois je crois qu'il est mort pendant mon sommeil. J'ai toujours cette petite fièvre nocturne. Le docteur qui vient pour lui s'inquiète aussi pour moi. Il ordonne des piqûres. L'aiguille se casse dans le muscle de ma cuisse, mes muscles sont comme tétanisés. L'infirmière ne veut plus me faire de piqûres. Le manque de sommeil provoque des troubles de vision. Je m'accroche aux meubles pour marcher, le sol penche devant moi et j'ai peur de glisser. On mange la viande qui a servi à lui faire des jus de viande. Elle est comme du papier, du coton. Je ne fais plus du tout de cuisine, sauf le café. Je me sens très près de la mort que j'ai souhaitée. Ça m'indiffère, et même cela, que ça m'indiffère, je n'y pense pas. Mon identité s'est déplacée. Je suis seulement celle qui a peur quand elle se réveille. Celle qui veut à sa place, pour lui. Ma personne est là dans ce désir, et ce désir, même quand Robert L. est au plus mal, il est inexprimablement fort parce que Robert L. est encore en vie. Quand j'ai perdu mon petit frère et mon petit enfant, j'avais perdu aussi la douleur, elle était pour ainsi dire sans objet, elle se bâtissait sur le passé. Ici l'espoir est entier, la douleur est implantée dans l'espoir. Parfois je m'étonne de ne pas mourir : une lame glacée enfoncée profond dans la chair vivante, de nuit, de jour et on survit.

Les forces reviennent.
Nous avions été prévenus par téléphone. Pendant un mois nous lui avions caché la nouvelle. C'est après qu'il eut repris des forces, pendant un séjour à Verrières-le-Buisson, dans un centre de convalescence pour déportés, que nous lui avons appris la mort de sa jeune sœur, Marie-Louise L. C'était la nuit. Il y avait là sa plus jeune sœur et moi. On lui a dit : « Il faut qu'on te dise quelque chose qu'on t'a caché. » Il a dit : « Vous me cachez la mort de Marie-Louise. » Jusqu'au jour on est restés ensemble dans la chambre, sans parler d'elle, sans parler. J'ai vomi. Je crois qu'on a tous vomi. Lui répétait les mots : « Vingt-quatre ans », assis sur le lit, les mains sur sa canne, ne pleurait pas.

Les forces sont revenues encore davantage. Un autre jour je lui ai dit qu'il nous fallait divorcer, que je voulais un enfant de D., que c'était à cause du nom que cet enfant porterait. Il m'a demandé s'il était possible qu'un jour on se retrouve. J'ai dit que non, que je n'avais pas changé d'avis depuis deux ans, depuis que j'avais rencontré D. Je lui ai dit que même si D. n'existait pas, je n'aurais pas vécu de nouveau avec lui. Il ne m'a pas demandé les raisons que j'avais de partir, je ne les lui ai pas données.
Une fois nous sommes à Saint-Jorioz sur le lac d'Annecy, dans une maison de repos pour déportés. C'est un hôtel-restaurant sur le bord de la route. C'est en août 1945. Hiroshima, c'est là qu'on l'apprend. Le poids est revenu, il a grossi. Il n'a pas la force de porter son poids ancien. Il marche avec cette canne que je revois, en bois sombre, épaisse. Quelquefois on dirait qu'il veut frapper avec cette canne, les murs, les meubles, les portes, pas les gens, non, mais toutes les choses qu'il ren-

contre sur son passage. Il y a aussi D. sur le lac d'Annecy. Nous n'avons pas d'argent pour aller dans des hôtels que nous paierions.

Je ne vois pas qu'il soit près de nous pendant ce séjour en Savoie, il est entouré d'étrangers, il est encore seul, il ne dit rien de ce qu'il pense. Il est dissimulé. Il est sombre. Sur le bord de la route, un matin, ce titre énorme dans un journal : Hiroshima.

On dirait qu'il veut frapper, qu'il est aveuglé par une colère par laquelle il doit passer avant de pouvoir revivre. Après Hiroshima je crois qu'il parle avec D., D. est son meilleur ami, Hiroshima est peut-être la première chose extérieure à sa vie qu'il voit, qu'il lit au-dehors.

Une autre fois, c'était avant la Savoie, il est à la terrasse du Flore. Il y a beaucoup de soleil. Il avait voulu aller au Flore : «pour voir», il avait dit. Les garçons viennent le saluer. Et c'est à ce moment-là que je le revois, il crie, il martèle le sol avec sa canne. J'ai peur qu'il casse les vitres. Les garçons le regardent près des larmes, consternés, sans un mot, et puis je le vois s'asseoir et se taire longtemps.

Puis le temps a passé encore.
Ça a été le premier été de la paix, 1946.
Ça a été une plage en Italie, entre Livourne et La Spezia.
Il y a un an et quatre mois qu'il est revenu des camps. Il sait pour sa sœur, il sait pour notre séparation depuis de longs mois.
Il est là, sur la plage, il regarde venir des gens. Je ne sais pas qui. Comme il regarde, comme il fait pour voir, c'était ce qui mourait en premier dans l'image allemande de sa mort lorsque je l'attendais à Paris. Quelquefois il reste de longs moments sans parler, le regard au sol. Il ne peut pas encore s'habituer à la mort de la jeune sœur : vingt-quatre ans, aveugle, les pieds gelés, phtisique au dernier degré, transportée en avion de Ravensbrück à Copenhague, morte le jour de son arrivée, c'est le jour de l'armistice. Il ne parle jamais d'elle, il ne prononce jamais son nom.

Il a écrit un livre sur ce qu'il croit avoir vécu en Allemagne : *L'Espèce humaine*. Une fois ce livre écrit, fait, édité, il n'a plus parlé des camps de concentration allemands. Il ne prononce jamais ces mots. Jamais plus. Jamais plus non plus le titre du livre.
C'est un jour de Libeccio.

Dans cette lumière qui accompagne le vent, l'idée de sa mort s'arrête.

Je suis allongée près de Ginetta, nous avons grimpé la pente de la plage et nous sommes allées profond dans les roseaux. Nous nous sommes déshabillées. Nous sortons de la fraîcheur du bain, le soleil brûle cette fraîcheur sans encore l'atteindre. La peau protège bien. À la base de mes côtes, dans un creux, sur ma peau, je vois battre mon cœur. J'ai faim.

Les autres sont restés sur la plage. Ils jouent au ballon. Sauf Robert L. Pas encore.

Au-dessus des roseaux on voit les flancs neigeux des carrières de marbre de Carrare. Au-dessus il y a des montagnes plus hautes qui étincellent de blancheur. De l'autre côté, plus près, on voit Monte Marcello, juste au-dessus de l'embouchure de la Magra. On ne voit pas le village de Monte Marcello mais seulement la colline, les bois de figuiers et tout au sommet les flancs sombres des pins.

On entend : ils rient. Elio surtout. Ginetta dit : «Écoute-le, c'est comme un enfant.»
Robert L. ne rit pas. Il est allongé sous un parasol. Il ne peut pas encore supporter le soleil. Il les regarde jouer.

Le vent n'arrive pas à passer à travers les roseaux, mais il nous apporte les bruits de la plage. La chaleur est terrible.
Ginetta prend deux moitiés de citron dans son casque de bain, elle m'en tend une. On presse le citron au-dessus de nos bouches ouvertes. Le citron coule goutte à goutte dans notre gorge, il arrive sur notre faim et nous en fait mesurer la profondeur, la force. Ginetta dit que le citron est bien le fruit qu'il fallait quand il faisait cette chaleur. Elle dit : «Regarde les citrons de la plaine de Carrare comme ils sont énormes, ils ont la peau épaisse qui les garde frais sous le soleil, ils ont le jus comme les oranges, mais ils ont le goût sévère.»

On entend toujours les joueurs. Robert L. lui, on ne l'entend toujours pas. C'est dans ce silence-là que la guerre est encore présente, qu'elle sourd à travers le sable, le vent.

Ginetta dit : «Je regrette beaucoup de ne pas t'avoir connue quand tu as attendu le retour de Robert.» Elle dit qu'elle le trouve bien, mais qu'elle a l'impression qu'il se fatigue vite, elle le remarque surtout quand il marche, quand il nage, à cette lenteur qu'il a, si douloureuse. Comme elle ne l'a pas connu avant, elle dit qu'elle ne peut pas être sûre de ce qu'elle dit. Mais elle a comme une crainte qu'il ne puisse jamais retrouver sa force d'avant les camps. Dès ce nom, Robert L., je pleure. Je pleure encore. Je pleurerai toute ma vie. Ginetta s'excuse et se tait. Chaque jour elle croit que je pourrai parler de lui, et je ne peux pas encore. Mais ce jour-là je lui dis que je pensais pouvoir le faire un jour. Et que déjà j'avais écrit un peu sur ce retour. Que j'avais essayé de dire quelque chose de cet amour. Que c'était là, pendant son agonie que j'avais le mieux connu cet homme, Robert L., que j'avais perçu pour toujours ce qui le faisait lui, et lui seul, et rien ni personne d'autre au monde, que je parlais de la grâce particulière à Robert L. ici-bas, de celle qui lui était propre et qui le portait à travers les camps, l'intelligence, l'amour, la lecture, la politique, et tout l'indicible des jours, de cette grâce à lui particulière mais faite de la charge égale du désespoir de tous.

La chaleur est devenue trop insupportable. Nous avons remis nos maillots, nous avons traversé la plage en courant. Nous sommes allées droit dans la mer. Ginetta est partie loin. Je suis restée au bord. Le Libeccio était tombé. Ou bien c'était un autre jour sans vent.

Ou bien c'était une autre année. Un autre été. Un autre jour sans vent. La mer était bleue, même là sous nos yeux, et il n'y avait pas de vagues mais une houle extrêmement douce, une respiration dans un sommeil profond. Les autres se sont arrêtés de jouer et se sont accroupis sur leurs serviettes dans le sable. Lui s'est levé et il a avancé vers la mer. Je suis venue près du bord. Je l'ai regardé. Il a vu que je le regardais. Il clignait des yeux derrière ses lunettes et il me souriait, il remuait la tête par petits coups, comme on fait pour se moquer. Je savais qu'il savait, qu'il savait qu'à chaque heure de chaque jour, je le pensais : « Il n'est pas mort au camp de concentration. »

I I

.

MONSIEUR X.
DIT ICI
PIERRE RABIER

Il s'agit d'une histoire vraie jusque dans le détail. C'est par égard pour la femme et l'enfant de cet homme nommé ici Rabier que je ne l'ai pas publiée avant, et que ici encore je prends la précaution de ne pas le nommer de son vrai nom. Cette fois-ci quarante ans ont recouvert les faits, on est vieux déjà, même si on les apprend ils ne blesseront plus comme ils auraient fait avant, quand on était jeune.

Reste ceci, que l'on peut se demander : pourquoi publier ici ce qui est en quelque sorte anecdotique ? C'était terrible certes, terrifiant à vivre, au point de pouvoir en mourir d'horreur, mais c'était tout, ça ne s'agrandissait jamais, ça n'allait jamais vers le large de la littérature. Alors ?

Dans le doute je l'ai rédigée. Dans le doute je l'ai donnée à lire à mes amis, Hervé Lemasson, Yann Andréa. Ils ont décidé qu'il fallait la publier à cause de la description que j'y faisais de Rabier, de cette façon illusoire d'exister par la fonction de la sanction et seulement de celle-ci qui la plupart du temps tient lieu d'éthique ou de philosophie ou de morale et pas seulement dans la police.

C'est le 6 juin 1944 au matin dans la grande salle d'attente de la prison de Fresnes. Je viens porter un colis à mon mari qui a été arrêté le 1er juin, il y a six jours. Il y a une alerte. Les Allemands ferment les portes de la salle d'attente et nous laissent seuls. Nous sommes une dizaine. On ne se parle pas. Le bruit des escadrilles arrive au-dessus de Paris, il est énorme. J'entends qu'on me dit à voix basse mais précise la phrase suivante : « Ils ont débarqué ce matin à six heures. » Je me retourne. C'est un jeune homme. Je crie tout bas : « Ce n'est pas vrai. Ne répandez pas de fausses nouvelles. » Le jeune homme dit : « C'est vrai. » Nous ne croyons pas le jeune homme. Tout le monde pleure. L'alerte cesse. Les Allemands évacuent la salle d'attente. Pas de colis aujourd'hui. C'est une fois revenue à Paris – rue de Rennes – que je vois : tous les visages autour de moi, ils se regardent comme des fous, ils se sourient. J'arrête un jeune homme, je lui demande : « C'est vrai ? » Il me répond : « C'est vrai. »

Les colis de vivres sont suspendus *sine die*. Je vais à Fresnes plusieurs fois pour rien. Je me décide alors à obtenir un permis de colis par la rue des Saussaies. Une de mes amies, secrétaire à l'Information, prend sur elle de téléphoner au docteur Kieffer (avenue Foch) au nom de son directeur, afin d'obtenir une recommandation à cet effet. On la convoque. Elle est reçue par le secrétaire du docteur Kieffer qui lui dit de s'adresser au bureau 415 E4, quatrième étage du vieux bâtiment de la rue des Saussaies. Aucun mot de recommandation. J'attends plusieurs jours de suite devant la rue des Saussaies. La queue occupe cent mètres de trottoir. Nous attendons, non de pénétrer dans les locaux de la police allemande, mais de prendre notre tour afin de pouvoir y pénétrer. Trois jours. Quatre jours. Ce n'est que devant le secrétaire du bureau des Permis de Colis que je peux faire état de la recommandation du docteur

Kieffer. Il me faut d'abord aller à ce bureau 415 voir un certain M. Hermann. J'attends toute la matinée : M. Hermann est absent. La secrétaire d'un bureau voisin me donne un mot qui me permet de revenir le lendemain matin. Encore une fois, M. Hermann est absent et j'attends toute la matinée. Le débarquement a eu lieu il y a maintenant huit jours, on sent la déroute envahir les hauts lieux de la police allemande. Mon laissez-passer expire à midi, je cherche vainement la secrétaire que j'avais vue la veille. Je vais perdre le bénéfice de quelque vingt heures d'attente. J'aborde un grand homme qui passe dans les couloirs et je lui demande de bien vouloir me faire prolonger mon laissez-passer jusqu'au soir. Il me dit de lui montrer ma fiche. Je la lui tends. Il dit : « Mais c'est l'affaire de la rue Dupin. »

Il prononce le nom de mon mari. Il me dit que c'est lui qui a arrêté mon mari. Et qui a procédé à son premier interrogatoire. Ce monsieur est X., appelé ici Pierre Rabier, agent de la Gestapo.

« Vous êtes une parente ?

— Je suis sa femme.

— Ah !... c'est une affaire embêtante, vous savez... »

Je ne pose aucune question à Pierre Rabier. Il se montre d'une extrême politesse. Il me renouvelle lui-même mon laissez-passer. Et il me dit que demain Hermann sera là.

Je revois Rabier le lendemain quand je viens voir Hermann pour le permis de colis. J'attends dans le couloir, il sort d'une porte. Il tient dans ses bras une femme à moitié évanouie et d'une grande pâleur, ses vêtements sont trempés. Il me sourit, disparaît. Il revient quelques minutes plus tard, il sourit encore.

« Alors, vous attendez toujours ?... »

Je dis que c'est sans importance. Il revient sur l'histoire de la rue Dupin.

« C'était une vraie caserne... Et puis sur la table, il y avait ce plan... C'est une histoire assez grave. »

Il me pose quelques questions. Est-ce que je savais que mon mari faisait partie d'un organisme de Résistance ? Est-ce que je connaissais ces gens qui habitaient rue Dupin ? Je dis que je les connaissais mal ou pas du tout, que j'écrivais des livres, que rien d'autre ne m'intéressait. Il me dit qu'il le sait, que mon mari le lui a dit. Qu'il a même trouvé deux romans de moi sur la table du salon lorsqu'il l'a arrêté, il rit, il les a même emportés. Il ne me pose plus de questions. Il me dit enfin la vérité, que je ne pourrai pas obtenir un permis de colis parce que les permis de colis sont supprimés. Mais qu'il existe la possibilité de passer les colis par l'instructeur allemand lorsque celui-ci procède aux interrogatoires des détenus.

L'instructeur, c'est Hermann, celui que j'attends depuis trois jours. Il vient à la fin de l'après-midi. Je lui parle de la solution que m'a proposée Rabier. Il dit que je ne pourrai pas rencontrer mon mari, mais qu'il se chargera de remettre les colis à lui et à sa sœur, je peux les apporter demain matin. À la sortie du bureau d'Hermann, je rencontre encore Rabier. Il sourit, il me réconforte : mon mari ne sera pas fusillé « malgré le plan pour faire sauter des installations allemandes qu'on a trouvé sur la table du salon avec les deux romans ». Il rit.

Je vis dans un isolement total. Seul lien avec l'extérieur : un coup de téléphone de D. chaque matin et chaque soir.

Trois semaines passent. La Gestapo n'est pas venue perquisitionner chez moi. Les événements aidant, nous pensons que maintenant elle ne viendra plus. Je demande de recommencer à travailler. On me l'accorde. François Morland, le chef de notre mouvement, a besoin d'un agent de liaison et me fait demander de remplacer l'agent Ferry qui part à Toulouse. J'accepte.

Le premier lundi de juillet à onze heures trente du matin, je dois mettre en contact Duponceau (à ce moment-là délégué du M.N.P.G.D. en Suisse) et Godard (chef de cabinet du ministre des Prisonniers, Henri Frenay). Nous devons nous rencontrer à l'angle du boulevard Saint-Germain et de la Chambre des députés du côté opposé à la Chambre. J'arrive à l'heure. Je trouve Duponceau. Je l'aborde et nous causons avec cet air dégagé et naturel que les membres de la Résistance arborent au grand jour. Cinq minutes ne se sont pas passées quand je m'entends héler à quelques mètres de moi : Pierre Rabier. Il m'appelle en claquant des doigts. Sa figure est sévère. Je nous crois perdus. Je dis à Duponceau : « C'est la Gestapo, on est faits. » Je vais vers Rabier sans hésiter. Il ne me dit pas bonjour.

« Vous me reconnaissez ?

— Oui.

— Où m'avez-vous vu ?

— Rue des Saussaies. »

Ou la présence de Rabier est un pur hasard, ou il vient nous arrêter. Dans ce cas la « 11 légère » de la Polizei attend derrière l'immeuble, et c'est déjà trop tard.

Je souris à Rabier. Je lui dis : « Je suis bien contente de vous rencontrer, j'ai cherché plusieurs fois à vous voir à la sortie de la rue des Saussaies. Je suis sans nouvelles de mon mari... » L'air sévère de Rabier se dissipe immédiatement – ce qui ne me rassure pas. Il est gai, cordial, il me donne des nouvelles de ma belle-sœur qu'il a vue et à laquelle il a remis le colis dont s'est chargé Hermann. Mon mari il ne l'a pas vu, mais il sait que son colis lui a été remis. Je ne me souviens d'aucun autre de ses propos. Mais je me souviens de ceci : que d'une part Duponceau, pour ne pas me perdre – « perdre le contact » – reste là à sa place. Et que d'autre part Godard arrive et, je ne sais pas par quel miracle, ne m'aborde pas. Je m'attends d'une seconde à l'autre à ce qu'il prenne Rabier pour Duponceau et vienne me tendre la main, mais il ne le fait pas. Nous sommes, Rabier et moi, à cinq mètres devant et cinq mètres derrière encadrés par mes deux camarades. Cette situation d'un comique répertorié et éprouvé, ne fait rire personne. Je me demande encore aujourd'hui comment Rabier ne s'aperçoit pas de mon trouble. Je dois être verte. Je serre les mâchoires pour m'empêcher de claquer des dents. On dirait que Rabier ne le voit pas. Pendant dix minutes il parle. Je n'écoute pas, rien. Peu lui importe, dirait-on. À travers ma peur, à mesure que le temps passe, un espoir se fait jour, celui d'avoir affaire à un fou. Le comportement de Rabier par la suite a fait que je n'ai jamais été tout à fait démentie de ce sentiment. Pendant qu'il parle, des gens passent et s'arrêtent près de nous : Mme Bigorrie et son fils, des voisins de quartier que je n'ai pas revus depuis dix ans. Je ne peux pas dire un mot. Ils partent vite, sans doute ahuris par mon changement d'aspect. Rabier me dit : « Eh bien, vous en connaissez du monde dans le coin » – souvent par la suite il fera allusion aux nombreuses rencontres de ce jour-là – puis il recommence à parler. J'entends qu'il me dit que bientôt il aurait des renseignements sur mon mari. Immédiatement j'abonde dans son sens, je l'ai souvent fait par la suite, j'insiste pour le revoir, avoir un rendez-vous avec lui. Il m'en fixe un pour le soir même à cinq heures et demie dans les jardins de l'avenue Marigny. On se quitte. Lentement je rejoins Duponceau, je lui dis que je ne comprends pas, le collègue devrait être derrière l'immeuble. Mes doutes sont toujours aussi affreux car je ne comprends en aucune façon pourquoi Rabier m'a appelée ni pourquoi il m'a retenue si longtemps. Personne ne vient de derrière l'immeuble. J'indique à Duponceau que l'homme qui est là, à trois mètres, est celui avec lequel il doit prendre contact, Godard. Je m'éloigne, je ne sais pas du tout ce qui va se passer. Je ne sais plus si j'ai bien fait de ne pas prévenir moi-même Godard. Je ne me retourne pas. Je vais directement chez Gallimard. Je m'écroule sur un fauteuil. Je le sais le soir même : mes camarades n'ont pas été arrêtés.

La présence de Rabier était bien un hasard. Il s'était arrêté parce qu'il avait reconnu la jeune Française qui avait porté le colis à la rue des Saussaies. Je l'ai appris ensuite, Rabier était fasciné par les intellectuels français, les artistes, les auteurs de livres. Il était entré dans la Gestapo faute d'avoir pu acquérir une librairie de livres d'art *(sic)*.

Je vois Rabier le soir même. Il n'a aucune nouvelle à me donner, ni de mon mari ni de ma belle-sœur. Mais il me dit qu'il pourra en avoir.

À partir de ce jour Rabier me téléphone, d'abord tous les deux jours, et puis ensuite tous les jours. Puis très vite il me demande de le rencontrer. Je le rencontre. Les ordres de François Morland sont formels : je dois garder ce contact, c'est le seul qui nous relie encore aux camarades arrêtés. De plus, si je ne venais plus aux rendez-vous de Rabier c'est alors que je deviendrais suspecte à ses yeux.

Je vois Rabier chaque jour. Il m'invite quelquefois à déjeuner, toujours dans des restaurants marché noir. La plupart du temps nous allons dans des cafés. Il me raconte ses arrestations. Mais surtout il me raconte, non pas sa vie présente, mais celle à laquelle il aspire. La petite librairie d'art revient souvent. Je m'arrange pour chaque fois lui rappeler l'existence de mon mari. Il dit qu'il y pense. Malgré les ordres de François Morland j'essaye plusieurs fois de rompre avec lui, mais je l'avertis, je lui dis que je vais partir à la campagne, que je suis fatiguée. Il n'y croit pas. Il ne sait pas si je suis innocente, ce qu'il sait c'est qu'il me tient. Il a raison. Je ne pars jamais à la campagne. Toujours cette peur insurmontable d'être définitivement coupée de Robert L., mon mari. J'insiste pour savoir où il se trouve. Il me jure qu'il s'en occupe. Il prétend qu'il lui a évité un jugement et que mon mari est maintenant assimilé aux réfractaires du S.T.O. Moi aussi je le tiens : si j'apprends que mon mari est parti en Allemagne, je n'ai plus besoin de le voir, et il le sait. L'histoire du S.T.O. est fausse, je l'apprendrai plus tard. Mais si Rabier ment, c'est pour me rassurer, je suis certaine qu'il croit pouvoir faire beaucoup plus qu'il ne peut faire en réalité. Je crois qu'il est allé jusqu'à croire qu'il pouvait faire que mon mari revienne, cela pour me garder moi. Le principal reste qu'il ne me dise pas que mon mari a été fusillé parce qu'ils ne savent plus quoi faire des prisonniers.

Je suis de nouveau dans un isolement presque total. La consigne est de ne venir chez moi et de ne me reconnaître sous aucun prétexte. Je cesse évidemment toute activité. Je maigris beaucoup. J'atteins le poids d'une déportée. Chaque jour je m'attends à être arrêtée par Rabier. Chaque jour je donne « pour la dernière fois » à ma concierge le lieu de mon rendez-vous avec Rabier et l'heure à laquelle je devrais rentrer. Je ne vois qu'un seul de mes camarades, D. dit Masse, second du commandant Rodin, chef de groupe franc, gérant du journal *L'Homme libre*. Nous nous rencontrons très loin de là où nous habitons, nous marchons dans la rue et nous nous promenons dans les jardins publics. Je lui dis ce que Rabier m'a appris.

Une dissension s'établit dans le mouvement.
– D'aucuns veulent abattre Rabier sans tarder.
– D'autres veulent que je quitte très vite Paris.

Dans une lettre que D. fait parvenir à François Morland, je promets sur l'honneur de tout faire pour permettre au mouvement d'abattre Rabier avant que la police ne s'en empare, cela dès que je saurai mon mari et ma belle-sœur hors de sa portée. Autrement dit hors de France. Car il y a aussi cela, en sus des autres dangers : que Rabier découvre que j'appartiens à un mouvement de Résistance et que cela aggrave le cas de Robert L.

Il y a deux périodes distinctes dans mon histoire avec Rabier.
La première période part du moment où je le rencontre dans un couloir de la rue des Saussaies jusqu'à celui de ma lettre à François Morland. C'est celle de la peur, chaque jour, atroce, écrasante.
La deuxième période va de cette lettre à François Morland à l'arrestation de Rabier. C'est celle de cette même peur, certes, mais qui parfois verse dans la délectation d'avoir décidé de sa mort. De l'avoir eu sur son propre terrain, la mort.
Les rendez-vous que me donne Rabier sont toujours de dernière minute, toujours dans des endroits inattendus et à des heures également inattendues, par exemple six heures moins vingt, quatre heures dix. Quelquefois il me donne des rendez-vous dans la rue, quelquefois dans un café. Mais que ce soit dans la rue ou dans un café, Rabier arrive toujours très en avance sur l'heure donnée et il attend toujours assez loin de

l'endroit du rendez-vous. Quand c'est dans un café, il est par exemple sur l'autre trottoir, mais pas devant le café, quand c'est dans la rue, il est toujours plus loin que l'endroit indiqué. Il est toujours là d'où l'on voit le mieux celui qu'on attend. Souvent lorsque j'arrive je ne le vois pas, il surgit de derrière moi. Mais souvent lorsque j'arrive je le vois, il est à cent mètres du café où nous devons nous retrouver, sa bicyclette est à côté de lui, elle est contre un mur ou un bec de gaz, il a son cartable à la main.

Je note chaque soir ce qui s'est passé avec Rabier, ce que j'ai appris de faux ou de vrai sur les convois des déportés vers l'Allemagne, sur les nouvelles du Front, la faim à Paris, il n'y a vraiment plus rien, nous sommes coupés de la Normandie sur laquelle Paris a vécu pendant cinq ans. Je prends ces notes à l'intention de Robert L. pour quand il rentrera. Je pointe aussi sur une carte d'état-major l'avancée des troupes alliées en Normandie et vers l'Allemagne jour après jour. Je garde les journaux.

Logiquement Rabier devrait tout faire pour faire disparaître de Paris le témoin le mieux renseigné sur son activité à la Gestapo, le plus dangereux pour lui, le plus crédible : écrivain et femme de résistant, moi. Il ne le fait pas.

Rabier me donne toujours des renseignements, même quand il croit ne pas m'en donner. Généralement ce sont des ragots de couloirs de la rue des Saussaies. Mais c'est comme ça que j'apprends que les Allemands commencent à avoir très peur, que certains désertent, que les problèmes de transport sont les plus durs à résoudre.

François Morland aussi commence à avoir peur. D., lui, il a peur depuis le premier jour. Pour M. Leroy, moi.

J'oublie de dire : les rendez-vous de Rabier sont toujours dans des lieux ouverts, à plusieurs sorties, des cafés d'angle, de carrefour de rues. Ses quartiers de prédilection sont le VIe, Saint-Lazare, la République, Duroc.

Les premiers temps j'ai craint qu'il ne me demande de monter chez moi un instant après m'avoir accompagnée jusqu'à ma porte. Il ne l'a jamais fait. Je sais qu'il y a pensé dès ce premier rendez-vous dans le jardin de l'avenue Marigny.

La dernière fois que j'ai vu Rabier il m'a demandé d'aller prendre un verre avec lui «dans un studio d'un ami absent de Paris». J'ai dit : «Une autre fois.» Je me suis sauvée. Mais cette fois-là il savait que c'était la dernière fois. Il avait déjà décidé que le soir même il quitterait Paris. Ce dont il n'était pas sûr, c'était de ce qu'il aurait fait de moi, comment il m'aurait mise à mal, s'il m'emmènerait avec lui dans sa fuite ou s'il me tuerait.

Il me revient à l'instant qu'il a été pris une première fois rue des Renaudes, dans un studio à son nom je crois, et puis relâché, et que vingt ans après c'est dans cette même rue que Georges Figon a été retrouvé «suicidé» par la police française. Cette rue que je ne connais pas. Le mot est sombre, celui d'une dernière cache, aveugle.

Une seule fois je l'ai vu mal en point, sa veste marron était décousue aux emmanchures, il manquait des boutons. Il avait des blessures au visage. Sa chemise était déchirée. C'était dans un des derniers cafés, rue de Sèvres, à Duroc. Il était exténué mais il souriait, aimable, comme à l'ordinaire.
«Je les ai ratés. Ils étaient trop nombreux.»
Il se reprend : «Ça a été dur, ils se sont défendus, ils étaient six autour du bassin du Luxembourg. Des jeunes, ils ont couru plus vite que moi.»
Pincement au cœur sans doute, comme un amoureux éconduit, sourire désolé : bientôt il sera trop vieux pour arrêter la jeunesse.

Je crois que c'est ce jour-là qu'il me parle des donneurs que tout mouvement de Résistance produit inévitablement. C'est lui qui m'apprend que nous avons été donnés par un membre de notre réseau. Le camarade arrêté avait parlé sous la menace de la déportation. Rabier disait : «C'était facile, il nous a dit dans quel endroit c'était, quelle pièce, quel bureau, quel tiroir.» Rabier me donne le nom. Je le donne à D. D. le donne au mouvement. L'habitude est telle, de punir, de se défendre, de se débarrasser, et surtout de *« ne pas avoir le temps »*, que la décision est prise d'abattre ce camarade à la Libération. Le lieu est même choisi, un parc de Verrières. La Libération venue on abandonnera le projet à l'unanimité.

Rabier souffre parce que je ne grossis pas. Il dit : «Je ne supporte pas ça.» Il supporte d'arrêter, d'envoyer à la mort, mais ça, il ne le supporte pas, que je ne grossisse pas quand il le veut. Il m'apporte des provisions. Je les donne à ma concierge, ou je les jette dans un égout. De l'argent, non, je lui dis que je n'accepterai jamais. Là, la superstition est plus tenace.

Ce qu'il aurait voulu, outre la librairie, c'était devenir expert en tableaux et objets d'art auprès des tribunaux. Il dit dans sa requête avoir été «critique d'art au journal *Les Débats,* conservateur du château de Roquebrune, expert de la compagnie P.L.M. À l'heure actuelle, écrit-il, ayant acquis un bagage très important de documentations et d'analyses, passionnément épris de toutes les questions touchant aux arts anciens et modernes, je crois pouvoir remplir avec les connaissances requises les missions les plus sérieuses et les plus délicates qui me seraient confiées».

Il me donne aussi rendez-vous rue Jacob, rue des Saints-Pères. Et aussi rue Lecourbe.
Chaque fois que je dois voir Rabier, cela continuera jusqu'au bout, je fais comme si c'était pour être tuée. Je fais comme s'il n'ignorait rien de mon activité. C'est chaque fois, chaque jour.

Ils étaient arrêtés, enlevés, emportés loin de France. Et jamais plus on n'avait la moindre nouvelle d'eux, jamais le moindre signe de vie, jamais. Même pas prévenir que ce n'était plus la peine d'attendre, qu'ils étaient morts. Même pas arrêter l'espoir, laisser la douleur s'installer pendant des années. Pour les déportés politiques ils ont agi de même. Pour eux ce n'était pas la peine non plus qu'ils préviennent, ils ne disent pas que ce n'est plus la peine de les attendre, qu'on ne les verra plus jamais, jamais. Mais quand on y pense comme ça, tout à coup, on se demande qui d'autre a fait ça? Qui a fait ça? Mais qui?

Cette fois-ci c'est rue de Sèvres, nous venons de Duroc, nous passons justement devant la rue Dupin où mon mari et ma belle-sœur ont été arrêtés. C'est cinq heures de l'après-midi. C'est déjà le mois de juillet. Rabier s'arrête. Il tient sa bicyclette de la main droite, il pose sa main gauche sur mon épaule, le visage tourné vers la rue Dupin, il dit: «Regardez. Aujourd'hui il y a exactement quatre semaines jour pour jour que nous nous connaissons.»
Je ne réponds pas. Je pense: «C'est fini.»
«Un jour, continue Rabier – il prend le temps d'un large sourire –, un

jour j'ai été chargé d'arrêter un déserteur allemand. Il m'a fallu d'abord lier connaissance avec lui et ensuite il m'a fallu le suivre où qu'il aille. Pendant quinze jours, jour après jour, je l'ai vu, de longues heures chaque jour. Nous étions devenus des amis. C'était un homme remarquable. Au bout de quatre semaines je l'ai mené vers une porte cochère où deux de mes collègues nous attendaient pour l'arrêter. Il a été fusillé quarante-huit heures après.»

Rabier a ajouté : «Il y avait ce jour-là également quatre semaines que nous nous connaissions.»

La main de Rabier était toujours sur mon épaule. L'été de la Libération est devenu de glace.

Dans la peur le sang se retire de la tête, le mécanisme de la vision se trouble. Je vois les grands immeubles du carrefour de Sèvres tanguer dans le ciel et les trottoirs se creuser, noircir. Je n'entends plus clairement. La surdité est relative. Le bruit de la rue devient feutré, il ressemble à la rumeur uniforme de la mer. Mais j'entends bien la voix de Rabier. J'ai le temps de penser que c'est la dernière fois de ma vie que je vois une rue. Mais je ne reconnais pas la rue. Je demande à Rabier :

«Pourquoi me raconter ça ?

— Parce que je vais vous demander de me suivre», dit Rabier.

Je découvrais que je m'y attendais depuis toujours. On m'avait raconté que dès la confirmation de l'épouvante, survient le soulagement, la paix. C'est vrai. Là sur le trottoir, je me suis trouvée déjà arrêtée, inaccessible désormais au facteur même de la peur : Rabier lui-même, lui échappant. Rabier parle de nouveau : «Mais à vous je vous demanderai de me suivre dans un restaurant où vous n'êtes jamais allée. J'aurai l'extrême plaisir de vous inviter.»

Il s'est remis à marcher. Entre la première phrase et la deuxième phrase, il s'est passé le temps de faire une certaine distance, un peu moins d'une minute et demie, le temps d'arriver au square Boucicaut. Il s'arrête de nouveau, et cette fois il me regarde. Je le vois rire dans un brouillard. Dans un faciès très cruel, terrible, le rire indécent éclate. La vulgarité aussi, tout à coup, elle se répand, nauséabonde. C'est une farce qu'il doit faire aux femmes qu'il voit, sans aucun doute des prostituées. Une fois sa farce faite, elles lui doivent la vie. Je crois que, de cette façon précise, il a dû avoir des femmes par-ci, par-là, pendant l'année qu'il a passée rue des Saussaies.

Rabier avait peur de ses collègues allemands. Les Allemands avaient

peur des Allemands. Rabier ne savait pas à quel point les Allemands faisaient peur aux populations des pays occupés par leurs armées. Les
Allemands faisaient peur comme les Huns, les loups, les criminels, mais
surtout les psychotiques du crime. Je n'ai jamais trouvé comment le dire,
comment raconter à ceux qui n'ont pas vécu cette époque-là, la sorte de
peur que c'était.

J'ai appris pendant son procès que l'identité de Rabier était fausse, qu'il
avait pris ce nom à un cousin mort dans les environs de Nice. Qu'il était
allemand.

Rabier me quitte ce soir-là à Sèvres-Babylone, épanoui, content de lui.
Je ne l'avais pas encore condamné à mort.
Je rentre chez moi à pied. Je me souviens bien de la rue de Sèvres, une
courbe légère avant la rue des Saints-Pères, et la rue du Dragon, on
marche sur la chaussée, il n'y a pas d'autos.
Tout à coup la liberté est amère. Je viens de connaître la perte totale de
l'espoir et le vide qui s'ensuit : on ne se souvient pas, ça ne fait pas de
mémoire. Je crois éprouver un léger regret d'avoir raté de mourir
vivante. Mais je continue à marcher, je passe de la chaussée au trottoir,
et puis je reviens à la chaussée, je marche, mes pieds marchent.

Je ne sais plus quel restaurant c'est – c'était un restaurant de marché
noir, fréquenté par des collaborateurs, des miliciens, la Gestapo. Ce
n'était pas encore le restaurant de la rue Saint-Georges. Il croit, en m'in-
vitant à manger, me maintenir dans une santé relative. Il me protège
ainsi du désespoir, à ses yeux il est ma providence. Quel homme aurait
résisté à ce rôle ? Il n'y résiste pas. Ces déjeuners sont le pire du souvenir, restaurants portes closes, les « amis » frappent à la porte, le beurre
sur les tables, la crème fraîche déborde de tous les plats, les viandes ruis-
selantes, le vin. Je n'ai pas faim. Il est désespéré.

Un jour c'est au café de Flore qu'il me donne rendez-vous, comme d'habitude il n'est pas là quand j'arrive. Ni sur le boulevard ni à l'intérieur du
café. Je m'assieds à la deuxième table à gauche en entrant. Il y a peu de
temps que je connais Rabier. Il ne sait pas encore exactement où j'habite,
mais il sait que j'habite le quartier de Saint-Germain-des-Prés. C'est
pourquoi ce jour-là il choisit de me donner rendez-vous au Flore. Au
Flore des existentialistes, le café à la mode.

Mais je suis devenue aussi prudente que lui en quelques jours, je suis devenue son flic, celui par lequel il mourra. Tout en grandissant, la peur corrobore cette certitude : il est entre mes mains.

J'avais eu le temps de prévenir. Deux amis se promènent devant le Flore, ils ont pour mission de prévenir justement qu'il ne faut pas m'aborder. Je suis donc relativement tranquille. Je commence à être habituée à la peur de mourir. Ça paraît impossible. Je dirais plutôt comme ceci : je commençais à être habituée à l'idée de mourir.

Ce qu'il fait au Flore, jamais plus il ne le fera. Il pose son cartable sur la table. Il l'ouvre. Il sort un revolver de ce cartable. Il pose le cartable sur la table et il pose le revolver sur le cartable. Ces gestes, il les effectue sans un mot d'explication. Il prend ensuite entre sa ceinture de cuir et la poche de son pantalon une chaîne de montre, dirait-on, en or. Il me dit : « Regardez, c'est la chaîne des menottes, elle est en or. La clef aussi, elle est en or. »

Il rouvre le cartable et il sort la paire de menottes qu'il place près du revolver. Cela au Flore. C'est un grand jour pour lui, d'être vu là, avec la panoplie du parfait policier. Je ne sais pas ce qu'il cherche. Veut-il me faire courir le risque de la honte la plus grande, celui d'être vue à la même table qu'un agent de la Gestapo, ou veut-il simplement me convaincre qu'il est vraiment cela, et seulement cela, cette fonction-là, celle de donner la mort à ce qui n'est pas nazi. Il sort de son cartable un paquet de photographies, il en choisit une, la pose devant moi.

« Regardez cette photo », dit-il.

Je regarde la photo. C'est Morland. La photo est très grande, elle est presque grandeur nature. François Morland me regarde lui aussi, les yeux dans les yeux, en souriant. Je dis :

« Je ne vois pas. Qui c'est ? »

Je ne m'y attendais pas du tout. À côté de la photo, les mains de Rabier. Elles tremblent. Rabier tremble d'espoir parce qu'il croit que je vais reconnaître François Morland. Il dit :

« Morland – il attend. Ce nom ne vous dit rien ?

— Morland...

— François Morland, c'est le chef du mouvement auquel appartenait votre mari. »

Je regarde toujours les photos. Je demande :

« Je devrais le connaître dans ce cas.

— Pas forcément.

— Vous avez d'autres photos ? »

Il en a une autre.

Je note : costume gris très clair, cheveux très courts, nœud papillon, moustache.

«Si vous me dites comment je peux trouver cet homme, votre mari sera libéré dans la nuit, il rentrera demain matin.»

Gris trop clair, moustache avant tout, cheveux trop courts. Costume croisé. Nœud papillon trop repérable.

Rabier ne sourit plus du tout, il tremble toujours. Je ne tremble pas. Du moment qu'il n'y va pas seulement de sa vie, on trouve ce qu'il faut dire. Je trouve ce qu'il faut dire et faire, je suis sauvée. Je dis : «Même si je le connaissais, ce serait dégoûtant de ma part de vous donner des renseignements pareils. Je ne comprends pas comment vous osez me demander ça.»

Cependant que je le lui dis, je regarde l'autre photo.

Son ton est moins convaincant : «C'est un homme qui vaut deux cent cinquante mille francs. Mais ce n'est pas pour cette raison. C'est très important pour moi.»

Morland est entre mes mains. J'ai peur pour Morland. Je n'ai plus peur pour moi. Morland est devenu mon enfant. Mon enfant est menacé, je risque ma vie pour le défendre. J'en suis responsable. Tout à coup, c'est Morland qui risque sa vie. Rabier continue :

«Je vous l'affirme, je vous le jure : votre mari quitterait Fresnes cette nuit même.

— Même si je le connaissais, je ne vous le dirais pas.»

Je regardai enfin les gens du café. Personne ne semblait avoir vu les menottes et le revolver sur la table.

«Mais vous ne le connaissez pas ?

— C'est ça, il se trouve que je ne le connais pas.»

Rabier remet les photos dans le cartable. Il tremble encore un peu, il ne sourit pas. C'est à peine une tristesse dans le regard mais brève, vite liquidée.

Je note aussi les nouvelles pour le faire rire, Robert L. Il rit, il éclate de rire. Je note la clef des menottes en or, la chaîne en or. J'entends l'éclatement du rire de Robert L.

Rabier avait déjà effectué vingt-quatre arrestations dans la période qui précède notre rencontre, mais il aurait voulu avoir beaucoup plus de mandats d'arrêt. Il aurait voulu arrêter quatre fois plus de monde et surtout du monde conséquent. Il voyait sa fonction policière comme une promotion. Jusque-là il avait arrêté des juifs, des parachutistes, des résistants de troisième zone. L'arrestation de François Morland aurait été un événement sans précédent aucun dans sa vie. Je suis sûre que Rabier voyait un lien possible entre l'arrestation de Morland et la librairie d'art. Dans son délire cette arrestation prestigieuse aurait pu valoir à son auteur une récompense de cet ordre-là. De la défaite allemande, Rabier ne tenait jamais aucun compte. Car si Rabier pouvait concevoir d'être maintenant un policier et demain le directeur d'une librairie d'art à Paris, son rêve, c'était par le biais d'une victoire allemande, car seule une société nazie franco-allemande régnant sur la France pouvait reconnaître ses services, le garder dans son sein.

Rabier me dit un jour qu'au cas où les Allemands seraient forcés d'évacuer Paris, éventualité à laquelle il ne croyait nullement, il resterait en France en mission secrète. C'est dans un restaurant je crois, entre deux plats, le ton est désinvolte.

Avec ce qui me reste d'argent j'achète trois kilos de haricots charançonnés et un kilo de beurre, il a encore augmenté, il vaut douze mille francs le kilo. Je fais cette dépense pour me maintenir en vie.

Nous nous voyons tous les jours, D. et moi. Nous parlons de Rabier. Je lui raconte ce qu'il dit. J'ai beaucoup de mal à lui décrire son imbécillité essentielle. Celle-ci l'enveloppe tout entier, sans marge d'accès. Tout relève d'elle chez Rabier, les sentiments, l'imagination et le pire de l'optimisme. Cela, dès son abord. Il se peut que je n'aie jamais rencontré quelqu'un d'aussi seul que ce pourvoyeur de morts.

Dans les photographies de groupe du C.C. du Soviet suprême à Moscou, les assassins membres se présentent quant à moi dans la même solitude que Rabier, l'âme mangée aux mites, la solitude du choléra, moins encore, chacune son costard, chacune grelottante de la peur du voisin, de celle de l'exécution capitale de demain.

Il y avait dans le cas de Rabier quelque chose qui le rendait encore plus seul que d'autres. Outre la librairie d'art, Rabier devait attendre la fin d'un cauchemar. Mais de cela il ne m'a jamais parlé. Pour s'être affublé de l'identité d'un mort, pour avoir volé l'identité de ce jeune homme mort à Nice, il fallait qu'il se soit produit dans les années précédentes de la vie de Rabier un acte criminel, un épisode non résolu, et toujours passible de la justice. Il vivait sous un nom d'emprunt. Sous un nom français. Et cela fait un homme encore plus seul que les autres hommes. Il n'y avait que moi qui écoutais Rabier. Mais Rabier n'était pas audible. Je parle de sa voix, de la voix de Rabier. Elle était montée sur pièces, calculée, une prothèse. Détimbrée, on aurait pu dire ce mot pour la qualifier, mais c'était beaucoup plus important que ça, plus énorme. Moi, c'était aussi parce que cette voix n'était pas audible que je l'écoutais avec cette attention. De temps en temps il lui arrivait d'avoir des traces d'accent. Mais quel accent? Tout au plus aurait-on pu dire : «Comme des traces d'un accent allemand?» C'était cela qui lui enlevait toute identité possible, cette étrangeté, celle qui filtrait de la mémoire et se répandait dans la voix. Personne ne parlait comme ça, qui avait eu une enfance et des camarades d'école dans un pays donné de naissance.

Rabier ne connaissait personne. Il ne parlait même pas à ses collègues, j'ai cru deviner que ceux-ci n'y tenaient pas. Rabier ne pouvait parler qu'avec des gens de la vie desquels il disposait, ceux qu'il envoyait dans les fours crématoires ou dans les camps de concentration ou celles restées là, en mal de nouvelles, leurs femmes.
S'il avait accordé un sursis de trois semaines au déserteur allemand c'était pour pouvoir pendant trois semaines parler avec quelqu'un, parler de lui-même, Rabier. J'ai été son erreur. Il aurait pu m'arrêter quand il voulait. Il a rencontré auprès de moi une audience que sans doute il n'avait jamais eue, inlassable. Cela le troubla si fort d'être à ce point écouté qu'il a fait des imprudences, d'abord bénignes et puis de plus en plus graves, mais qui devaient dans la plus simple logique le mener à l'exécution capitale.

La nuit je me réveille, dans la nuit le vide de l'absence est énorme, la peur traverse, terrible. Puis on se souvient que personne n'a de nouvelles encore. C'est plus tard lorsque les nouvelles commencent à arriver que l'attente commencera.

Rabier est marié à une jeune femme de vingt-six ans. Il a quarante et un ans. Il a un enfant qui doit avoir entre quatre et cinq ans. Il vit avec sa famille dans la proche banlieue parisienne. Chaque jour, il vient à Paris à bicyclette. Je crois n'avoir jamais su ce qu'il disait à sa femme sur l'occupation de son temps. Elle ignorait qu'il fût de la Gestapo. C'est un homme grand, blond, il est myope et il porte des lunettes cerclées d'or. Il a un regard bleu, rieur. Derrière ce regard on devine la santé dont le corps regorge. Il est très soigné. Chaque jour il change de chemise. Chaque jour ses souliers sont faits. Il a des ongles immaculés. Sa propreté est inoubliable, méticuleuse, quasi maniaque. Il doit en faire une question de principe. Il est habillé comme un monsieur. Dans ce métier il faut avoir l'air d'un monsieur. Lui qui frappe, qui se bat, qui travaille avec les armes, le sang, les larmes, on dirait qu'il opère en gants blancs, il a des mains de chirurgien.

À travers les premiers jours de la débandade allemande, Rabier dit, avec le sourire : «Rommel va contre-attaquer. J'ai des renseignements.»
Nous venons de quitter un café-tabac du côté de la Bourse et nous marchons. Il fait beau. Nous parlons de la guerre. Il fallait toujours parler, sous peine de paraître triste. Je parle, je dis que depuis plusieurs semaines le front de Normandie piétine. Je dis que Paris est affamé. Que le kilo de beurre vaut treize mille francs. Il dit : «L'Allemagne est invincible.»
Nous marchons. Il regarde bien toutes les choses autour de lui, les rues vides, la foule sur les trottoirs. Les communiqués sont formels, leur front va craquer d'un jour à l'autre, le monde entier attend cet instant, le premier recul. Il regarde Paris avec amour, il le connaît très bien. Dans des rues pareilles à celles-ci il a arrêté des gens. À chaque rue, ses souvenirs, ses hurlements, ses cris, ses sanglots. Ces souvenirs ne font pas souffrir Rabier. Ils sont les jardiniers de ce jardin-là, Paris, de ces rues qu'ils adorent, maintenant exemptes de juifs. Il ne se souvient que de ses bonnes actions, il n'a aucun souvenir d'avoir été brutal. Quand il parle des gens qu'il a arrêtés, il s'attendrit : tous ont compris la triste obligation dans laquelle il était de le faire, ils n'ont jamais fait de difficultés, tous, charmants.
«Vous êtes triste, je ne peux pas supporter que vous soyez triste.
— Je ne suis pas triste.
— Si, vous l'êtes, vous ne dites rien.
— Je voudrais voir mon mari.
— Je connais quelqu'un à Fresnes qui peut avoir des nouvelles de lui, qui vous dira quel convoi il va prendre. Mais il faut lui donner de l'argent.»
Je dis que je n'ai pas d'argent mais que j'ai des bijoux, une bague en or avec une topaze très belle. Il me dit qu'on peut toujours essayer. Le len-

demain je reviens avec la bague, je la lui remets. Le surlendemain Rabier me dit qu'il a remis la bague à la personne en question. Ensuite il ne m'en parle plus. Plusieurs jours se passent. Je le questionne sur le sort de la bague. Il me dit qu'il a essayé de revoir la personne en question mais en vain, il croit qu'elle ne doit plus travailler à Fresnes, qu'elle a dû repartir en Allemagne. Je ne demande pas si elle est partie avec la bague.

J'ai toujours cru que cette bague, Rabier ne l'avait jamais donnée, qu'il l'avait prise, qu'il avait inventé cette histoire de femme à Fresnes pour me garder, pour me faire croire que mon mari était encore là, accessible et qu'il pouvait toujours essayer de le joindre. Il ne pouvait pas me rendre la bague sans me dévoiler son mensonge.

Il a toujours avec lui ce cartable très beau, exceptionnellement beau. J'ai toujours pensé que c'était une «prise» qu'il avait faite lors d'une arrestation, ou d'une perquisition dans un appartement vide. Il n'y avait jamais rien d'autre dans son cartable que les menottes et le revolver. Aucun papier, jamais. Sauf cette fois-là, au Flore, les photographies de Morland. Sur lui, dans les poches intérieures de sa veste, il porte deux autres revolvers de moindre calibre que celui qu'il a dans son cartable. D'après son défenseur, maître F., il lui arrive d'en porter encore deux autres, en sus de ces deux-là, toujours dans les poches intérieures de sa veste, faites à cet effet.

Ce port immodéré de revolvers est retenu en faveur de Rabier, à son procès. «Regardez cet imbécile qui allait jusqu'à porter six revolvers sur lui», dit maître F., son avocat commis d'office.

Dans le box des accusés Rabier est seul. Il écoute attentivement. Tout ce qui est dit ici le concerne. Il ne dément pas les six revolvers. On parle de lui et le principal de ce qu'il a voulu dans la vie est atteint. On parle de Rabier, on le questionne et il répond. Il ne comprend pas lui-même pourquoi il porte six revolvers et les menottes en or et une chaîne et une clef en or. On ne le lui explique pas.

Il est seul dans le box des accusés. Il n'est pas inquiet, il est d'un courage qu'on pourrait dire surnaturel tellement il paraît indifférent à la mort qui l'attend. Il nous regarde avec amitié. Nous sommes les seuls D., lui et moi, à moins parler que les autres. Il dira de nous : «Ils ont été des ennemis loyaux.»

Je vais à Fresnes. Nous sommes de plus en plus nombreux à aller à Fresnes tous les matins pour essayer de savoir. Nous attendons devant la porte monumentale de la prison de Fresnes. Nous questionnons tous ceux qui sortent de là, aussi bien les soldats allemands que les femmes de ménage françaises. La réponse est toujours la même : « Je ne sais pas. Nous ne savons rien. »

Le long des lignes de chemin de fer que prenaient les convois des juifs et des déportés les gens trouvent quelquefois des noms écrits sur des petits morceaux de papier avec l'adresse à laquelle il faut les envoyer et le numéro des convois. Beaucoup de ces papiers arrivent à leur destinataire. Quelquefois un deuxième mot est joint au premier sur lequel est écrit l'endroit de France, d'Allemagne ou de Silésie où le premier papier a été trouvé. On se met à attendre ça aussi, ces billets jetés des fourgons. Pour le cas où.

La défense allemande de Normandie s'écroule. On essaye de savoir ce qu'ils vont faire de leurs prisonniers : s'ils vont hâter la déportation des *politiques* en Allemagne ou s'ils vont les fusiller avant de partir. Depuis quelques jours des autobus sortent de la prison, pleins d'hommes encadrés par des soldats en armes. Quelquefois ils crient des renseignements. Un matin, sur la plate-forme de l'un de ces autobus, je vois Robert L. Je cours, je demande où ils vont. Robert L. crie. Je crois entendre le mot « Compiègne ». Je tombe évanouie. Des gens viennent vers moi. Ils me confirment qu'ils ont entendu le mot « Compiègne ». Compiègne est la gare de triage qui fournissait les camps. Sa sœur a déjà dû partir. Je crois qu'il y a moins de chance maintenant pour qu'il soit tué, du moment qu'il y avait encore des trains. J'apprendrai plus tard, sans doute par Morland, je ne sais plus bien, que je me trompais, que Robert L. était parti en Allemagne le dix-huit août dans le convoi des cas graves.
C'est le soir même que je dis à D. ma décision de livrer Rabier au mouvement afin qu'ils fassent vite avant qu'il ait le temps de fuir.
La première chose à faire c'est que certains membres du mouvement identifient Rabier. Le temps presse tout à coup. J'ai peur de mourir. Tout le monde a peur de mourir. C'est une peur terrible. Nous ne connaissons pas les Allemands. Nous sommes dans la certitude que les Allemands sont des assassins. Je sais que Rabier peut me tuer comme un enfant le saurait. Ça se confirme chaque jour. Déjà si chaque jour il me téléphone,

il est souvent plusieurs jours d'affilée «sans pouvoir me voir», dit-il. Ils doivent déménager les dossiers, j'imagine. Puis un jour il peut encore me voir. Il demande si je peux déjeuner avec lui. Je dis que oui. Comme d'habitude il me téléphone une demi-heure après pour me dire l'heure et l'endroit. D. me rappelle comme prévu. Il me dit que pour plus de sûreté ils seront deux à venir le reconnaître.

C'est un restaurant de la rue Saint-Georges près de la gare Saint-Lazare, presque exclusivement fréquenté par des agents de la Gestapo. Étant donné les nouvelles, Rabier craint sans doute de s'éloigner des siens. Rabier m'attend comme d'habitude au-dehors du restaurant, au carrefour de la rue Saint-Georges et de la rue Notre-Dame-de-Lorette. Il y a beaucoup de monde. L'endroit est assez sombre, composé de deux boxes d'égale grandeur dont l'un donne sur la rue. Les deux boxes sont séparés par une longue banquette en moleskine. Rabier et moi nous nous asseyons à la table du fond, dans le box qui donne sur la rue. Ce n'est que lorsque je suis assise à côté de lui que je lève les yeux. Les camarades ne sont pas encore arrivés. C'est presque plein. Presque tous les gens ont des cartables calés sous leur bras. Rabier salue tout le monde. On lui répond à peine. Je suis confirmée dans l'idée que, même ici, parmi les siens, il est seul.

Je baisse les yeux de nouveau – les paupières de plomb empêchent le regard, abritent. J'ai honte et j'ai peur. Je simplifie : je suis seule ici à ne pas être employée à la police allemande. J'ai peur d'être tuée, j'ai honte de vivre. Je ne distingue plus. Ce qui me fait maigrir un peu plus chaque jour c'est aussi bien la honte que la peur et la faim. La peur pour Robert L. se limite à la peur de la guerre. On ne sait pas encore pour les camps. On est en août 1944. C'est au printemps seulement qu'on verra. L'Allemagne perd ses conquêtes, mais son sol est encore inviolé. Rien n'a encore été découvert des atrocités nazies. Ce qu'on craint pour les prisonniers, pour les déportés, c'est la fantastique débâcle qui s'annonce. Nous sommes encore purs de tout savoir sur ce qui s'est passé depuis 1933 en Allemagne. Nous sommes au premier temps de l'humanité, elle est là vierge, virginale, pour encore quelques mois. Rien n'est encore révélé sur l'Espèce humaine. Je suis en proie à des sentiments élémentaires dont rien ne ternit la limpidité. J'ai honte de me tenir auprès de Pierre Rabier Gestapo, mais j'ai honte aussi d'avoir à mentir à ce Gestapo, ce chasseur de juifs. La honte va jusqu'à celle d'avoir peut-être à mourir par lui.

Les nouvelles sont mauvaises pour eux. Montgomery a crevé le front d'Arromanches dans la nuit. Rommel a été appelé d'urgence par le G.Q.G. du front de Normandie.

À la table à côté il y a un couple que Rabier, semble-t-il, connaît vaguement. Ils se mettent à parler de la guerre. Je baisse les yeux de nouveau ou je regarde la rue. Il m'est impossible sous peine – j'en ai le sentiment – de courir un très grand danger de me mettre à les regarder. Je crois tout à coup qu'ici on lit profond dans les yeux, dans le regard des gens, dans leurs sourires, dans leurs manières à table, et cela aussi naturel que l'on s'efforce de paraître. La dame de la table d'à côté dit, en s'adressant à Rabier et à moi : «Déjà, voyez-vous, ils sont venus cette nuit. Ils ont cogné dans la porte. On n'a pas demandé qui c'était, on n'a pas allumé.» Je comprends que des membres de la Résistance sont venus chez ces gens cette nuit. Que la porte de leur appartement est blindée et qu'ils n'ont pas pu rentrer. Rabier a souri, il s'est tourné vers moi, il a parlé tout bas : «Elle, elle a peur.»
Il commande du vin. Ils ne sont toujours pas arrivés. Le vin change tout. La peur fond. Je lui demande :
«Et votre porte à vous?
— Elle n'est pas blindée, moi je n'ai pas peur, vous le savez bien.»
Pour la première fois je lui parle de la femme évanouie qu'il tenait dans ses bras dans les couloirs de la Gestapo, lorsque je l'ai revu. Je dis que je sais qu'il s'agissait de la torture de la baignoire. Il rit comme il le ferait de la naïveté d'un enfant. Il dit que ce n'est rien, mais rien, que c'est tout juste désagréable, qu'on a exagéré là-dessus, beaucoup. Je le regarde. Déjà il a moins d'importance. Il n'est plus rien. Il n'est qu'un agent de la police allemande, plus personne. Je le vois tout à coup porté par une tragédie burlesque, crétine comme un mauvais devoir de rhétorique, déjà atteint par une mort de même acabit, elle-même dévaluée, pas véritable, comme aplatie. D. m'a dit qu'ils essayeraient de l'abattre dans les jours qui viennent. L'endroit est déjà choisi. Il faut faire vite avant qu'il ne quitte Paris. La perspective de l'arrivée de D. dans ce restaurant n'est pas imaginable. Je crois que dès qu'ils entreront, si beaux, si jeunes, la police allemande les reconnaîtra. Et je crois qu'ils vont mal se comporter. La sorte de peur que je vis avec Rabier depuis des semaines, la peur de ne pas tenir tête à la peur – la sauvegarde est là, dans cette façon de dire – cette peur, eux ils ne la connaissent pas. Ce sont des innocents. À côté de Rabier et de moi ce sont des innocents, ils n'ont pratiqué la mort d'aucune façon.

Je dis à Rabier : « Les nouvelles ne sont pas bonnes pour vous. »
Il me sert de vin, encore et encore. Jamais il n'a fait ça, jamais moi non
plus je ne bois de la sorte : dès le vin versé, je l'avale. Je dis : « Les nouvelles sont bonnes pour moi. »
Je ris. C'est le vin. C'est clair, c'est le vin. Je ne peux déjà plus ne pas
boire davantage. Il me regarde. Il a dû mourir avec ce regard-là. Déjà il
se sépare de tous, nimbé, déjà il est ce qu'il sera dans le box des accusés,
il ne peut déjà plus en être autrement : un héros.

« Un jour, dit Pierre Rabier, je devais arrêter des juifs, nous sommes
entrés dans l'appartement, il n'y avait personne. Sur la table de la salle à
manger il y avait des crayons de couleur et un dessin d'enfant. Je suis
reparti sans attendre les gens. » Il est allé jusqu'à me dire que dans le cas
où il l'aurait sue, il m'aurait prévenue de mon arrestation. Je traduis :
dans le cas où un autre que lui aurait eu mandat de m'arrêter. Ainsi est-
il, d'une indifférence absolue à la douleur humaine, mais il se paye le
luxe d'avoir certaines souffrances privatives, nous leur devons la vie, le
petit juif et moi.

Je le regarde encore, avec le vin c'est de plus en plus fréquent. Il parle de
l'Allemagne. Je ne peux pas partager sa foi. Elle est quant à lui inconnaissable, surtout pour les autres, les vaincus français. Je lui dis :
« C'est fini, fini. Dans trois jours Montgomery sera à Paris.
— Vous ne comprenez pas. C'est impossible. Notre force est inépuisable.
Seuls les Allemands peuvent comprendre. »
Il va mourir de la raison des dieux. C'est ce que diront les journaux. Moi
je dis : il va mourir d'ici trois nuits. Je me souviens tout à fait : j'ai regardé
sa chemise neuve. Il était vêtu de son costume marron. Sa chemise était
à col Danton, assortie au costume, d'un beige un peu doré. J'ai pensé que
c'était dommage pour cette chemise neuve d'être ainsi tombée sur un
condamné à mort. J'ai pensé encore une fois très fort, tout en le regardant très fort : « Je te dis que tu n'achèteras pas de chaussures cet après-
midi parce que ce n'est pas la peine. » Il n'entend pas. Je pense qu'il est
privé d'entendre la pensée, qu'il est privé de tout, qu'il n'a qu'à mourir.
Je pense que, s'il me force à boire comme ça, c'est qu'il est déjà dans le
désespoir de la défaite, c'est curieux qu'il ne le sache pas. Il croit qu'il me
donne à boire pour essayer de me traîner dans un hôtel. Mais il ignore
qu'il ne sait pas encore ce qu'il va faire avec moi dans cet hôtel, s'il va me

prendre ou me tuer. Il dit : « Ah, que c'est terrible, vous avez encore maigri. *Je ne peux pas* supporter ça. »

Ce matin-là je ressens très nettement que c'est celui qui arrête des juifs et les expédie aux crématoires qui ne résiste pas au spectacle que j'offre à ses yeux, celui d'une femme maigre et souffrante – du moment qu'il en est cause. Il dira souvent que, s'il avait su, il n'aurait pas arrêté mon mari. Chaque jour il décidait de ma destinée, et chaque jour, s'il avait su, disait-il, ma destinée aurait été différente. Qu'il l'ait su ou non, avant ou après, ma destinée était entre ses mains. Ce pouvoir est conféré à la fonction policière. Mais d'habitude on est coupé de ses victimes, dans la police, lui en me connaissant il avait la confirmation de son pouvoir, il connaissait la chance merveilleuse d'entrer dans l'ombre de ses actes, de jouir de cette clandestinité de lui-même à lui-même.

Je m'aperçois tout à coup que ce qui règne dans le restaurant c'est une grande peur. C'est quand ma peur s'est dissipée que j'ai vu cette peur. Les quarante, cinquante personnes qui se trouvaient là étaient menacées de mort dans les quelques jours qui venaient. Une boucherie, déjà.

Je me souviens du vin, frais. Rouge. Je me souviens que lui n'en buvait pas.

« Vous ne connaissez pas l'Allemagne, ni Hitler. Hitler est un génie militaire. Je tiens de source sûre que d'ici deux jours d'énormes renforts vont arriver d'Allemagne. Ils auraient déjà passé la frontière. L'avance anglaise va être stoppée.

— Je ne le crois pas. Hitler n'est pas un génie militaire. »

J'ajoute : « J'ai des renseignements, moi aussi. Vous allez voir. »

La dame me désigne et demande : « Mais qu'est-ce qu'elle dit ? »

Rabier se retourne vers elle. Il est froid tout à coup, distant.

« Elle n'a pas les mêmes points de vue que nous sur la guerre », dit Rabier.

La femme ne comprend pas ce que Rabier dit ni pourquoi il a ce ton si dur tout à coup.

Je les vois dans la rue poser leur vélo. C'est D. Pour le deuxième ils ont choisi une jeune fille. Je baisse les yeux. Rabier les regarde, puis il les quitte des yeux, il ne s'aperçoit de rien. Elle doit avoir dix-huit ans. C'est une amie. Je les verrais traverser un brasier avec moins d'émotion. Ils traversent le restaurant. Ils cherchent une table. Il y a très peu de tables libres. Ils doivent commencer à avoir peur de ne pas trouver de table. Je les vois sans les regarder. Je bois. Voici, ils trouvent une table. Elle est à deux tables de la nôtre, face à la nôtre. Je remarque qu'il y en avait une autre un peu plus loin, ils ne l'ont pas prise, ils ont donc choisi celle qui est la plus près. Ils sont déjà peut-être possédés par leur rôle, habités par l'imprudence, la turbulence des enfants. Je balaie leurs visages du regard, je vois la joie qu'ils ont dans les yeux. Ils la voient de même dans mes yeux.

Rabier parle : «Hier, voyez-vous, j'ai arrêté un jeune homme de vingt ans, du côté des Invalides. La mère de ce jeune homme était là. C'était terrible. Nous avons arrêté ce jeune homme en présence de sa mère.»
Un garçon est venu à leur table, ils lisent le menu. Je mange, je ne sais plus ce que c'est. Rabier continue : «C'était terrible. Elle hurlait cette femme. Elle nous expliquait que son enfant était un bon enfant, qu'elle, sa mère, elle le savait, qu'il fallait la croire, elle. Mais vous voyez, lui, l'enfant, il ne disait rien.»
Un violoniste arrive dans le restaurant. Tout va être plus simple. Je reprends :
«Et l'enfant, lui, ne disait rien?
— Rien. C'était extraordinaire. Il était très calme. Il essayait de consoler sa mère avant de nous suivre. Ah! Il était tellement plus près de nous que de sa mère, c'était extraordinaire.»

Ils appellent le violoniste. J'attends, je ne réponds pas à Rabier. Voici : c'est un air que je connais, qu'on chantait ensemble quand on se retrouvait. J'ai le fou rire, je ne peux plus m'arrêter du tout. Rabier me regarde sans comprendre.
«Qu'est-ce que vous avez?
— C'est la fin de la guerre. Ça y est, c'est la fin, la fin de l'Allemagne. C'est le plaisir.»
Il me sourit encore gentiment et il me dit cela qui est inoubliable. Et adorable aussi si on est nazi :
«Je comprends que vous, vous l'espériez. Voyez-vous je le comprends tout à fait. Mais ce n'est pas possible.
— L'Allemagne a perdu, c'est fini.»
Je ris, je ne peux plus m'arrêter. Eux aussi rient, là-bas. Le violoniste s'en donne à cœur joie. Rabier dit : «Vous êtes gaie, ça me fait quand même plaisir.»

Je dis : « Vous auriez pu laisser ce jeune homme tranquille, le dernier jour avant la fin, qu'est-ce que ça pouvait vous faire. Vous l'avez tué pour vous prouver que la guerre n'était pas finie, c'est ça ? »

Voici ce que nous savions déjà, D. et moi :

« Ce n'est pas ça. La guerre ne s'arrêtera pas pour des gens comme moi. Je continuerai à servir l'Allemagne jusqu'à la mort. Je ne quitterai pas la France, si vous voulez savoir.

— Vous ne pourrez pas rester en France. »

Je n'ai jamais encore parlé de la sorte. Je lui avoue en quelque sorte qui je suis. Et il ne veut pas l'entendre.

« L'Allemagne ne peut pas perdre, vous le savez bien au fond. Dans deux jours vous allez voir la surprise.

— Non. C'est fini. Dans deux jours ou trois jours ou quatre jours, Paris sera libre. »

La dame à côté entend tout ce que nous disons, malgré le violon. La peur m'a quittée. Sans doute le vin. La dame crie :

« Mais qu'est-ce qu'elle veut dire ?

— Nous avons arrêté son mari, dit Rabier.

— Ah ! c'est ça...

— C'est ça, dit Rabier, elle est française. »

Beaucoup de ces gens regardent mes amis, ces amoureux tout à coup surgis dans leur lieu. Ils ne cherchent pas, semble-t-il, à savoir qui c'est. Ils sourient, réconfortés : la mort n'est donc pas aussi près.

Le violoniste reprend la chanson devant les deux amoureux égarés. Je m'aperçois qu'il n'y a qu'eux et moi qui n'ayons pas peur. Les chansons jouées par le violoniste sont récentes. Des chansons de l'Occupation allemande. Pour eux déjà poignantes. Révolues. Déjà le passé. Je demande à Rabier :

« Les portes blindées, c'est efficace ?

— C'est cher – il sourit encore – mais c'est efficace. »

La dame de la Gestapo me regarde, fascinée, elle voudrait savoir quelque chose sur la fin. Je viens d'un pays lointain pour elle, je viens de la France. Je crois qu'elle voudrait me demander si c'est vraiment la fin. Je demande :

« Qu'est-ce que vous allez faire ?

— J'ai pensé à une petite librairie, dit Rabier. La bibliophilie m'a toujours passionné, peut-être pourriez-vous m'aider. »

J'essaye de le regarder en face, je n'y arrive pas. Je dis : « Qui sait ? »

Je me souviens tout à coup d'une chose qu'on m'a dite sur la peur. Que sous les rafales de mitraillette on perçoit l'existence de la peau de son corps. Un sixième sens qui se fait jour. Je suis ivre. Il s'en faut de très peu pour que je lui dise qu'on va l'abattre. D'un verre de vin, peut-être seulement. Une facilité à vivre m'habite tout à coup, comme lorsque l'on plonge dans la mer en été. Tout devient possible. Pour ne pas le tromper, lui, le donneur. Lui dire ça, qu'on va l'abattre. Dans une rue du VIᵉ arrondissement. Peut-être est-ce simplement la perspective de la réprimande par D. qui me fait éviter de le renseigner.

On a quitté le restaurant.
Tous les deux à bicyclette. Lui en avant de moi de quelques mètres. Je me souviens comme il pédalait. Calmement. Un routier de Paris. Autour de ses chevilles il y a des menottes en fer, ça me fait rire. Son cartable est sur le porte-bagages étranglé par une courroie.

Je lève la main droite une seconde et je fais mine de le viser, bing ! Il pédale toujours dans l'éternité. Il ne se retourne pas. Je ris. Je le vise derrière la nuque. On va très vite. Son dos s'étale, très grand, à trois mètres de moi. Impossible de le rater tellement c'est grand, bing ! Je ris, je rattrape le guidon pour ne pas tomber. Je vise très bien, le milieu du dos me paraît plus sûr, bing !

Il s'arrête. Je m'arrête derrière lui. Puis, je viens près de lui. Il est pâle. Il tremble. Enfin. Il le dit très bas : «Venez avec moi, j'ai un ami qui a un studio tout près d'ici. On pourrait prendre un verre ensemble.»
C'était un grand carrefour, celui de Châteaudun, je crois. Il y avait beaucoup de monde, on était noyés dans la foule des trottoirs.

«Une minute, supplie Rabier, venez une minute.»
Je dis : «Non. Une autre fois.»
Il savait que je n'accepterais jamais. Il l'avait demandé pour l'avoir demandé, comme avant de dire adieu. Il était dans une grande émotion, mais sans conviction véritable. La peur déjà qui l'occupait trop. Et disons, le désespoir.
Il abandonne brusquement la partie. Il rentre sous une voûte et s'éloigne de son pas de fonctionnaire.
Il ne m'a plus jamais téléphoné.

À onze heures du soir, à quelques jours de là, la Libération de Paris est arrivée. Il a dû entendre lui aussi le vacarme prodigieux de toutes les cloches des églises de Paris, et voir aussi peut-être la foule tout entière dehors. Cet inexprimable bonheur. Et puis sans doute est-il allé se cacher dans la bauge de la rue des Renaudes. Sa femme et son fils déjà partis en province, il est seul. Sa femme appelée pour le procès – insignifiante et belle dit un témoin – a dit tout ignorer de ses activités policières.

On a essayé de le soustraire à l'appareil judiciaire et de le tuer nous-mêmes, de lui éviter d'en passer par la filière habituelle des Assises. L'endroit était même prévu, boulevard Saint-Germain, je ne sais plus où précisément. On ne l'a pas trouvé. On a donc prévenu la police de son existence. La police l'a retrouvé. Il était dans le camp de Drancy, seul.
Au procès j'ai témoigné deux fois. La deuxième fois j'avais oublié de parler de l'enfant juif épargné. J'ai demandé à être entendue de nouveau. J'ai dit que j'avais oublié de dire qu'il avait sauvé une famille juive, j'ai raconté l'histoire du dessin de l'enfant juif. J'ai dit aussi avoir appris entre-temps qu'il avait également sauvé deux femmes juives qu'il avait fait passer en zone libre. Le procureur général a hurlé, il m'a dit : « Il faudrait savoir ce que vous voulez, vous l'avez accablé, maintenant vous le défendez. On n'a pas de temps à perdre ici. » J'ai répondu que je voulais dire la vérité, afin qu'elle ait été dite pour le cas où ces deux faits auraient pu lui éviter la peine de mort. Le procureur général m'a demandé de sortir, il était excédé. La salle a été contre moi. Je suis sortie.

J'ai appris au procès de Rabier qu'il avait mis ses économies dans l'achat d'éditions originales. De Mallarmé, Gide, et aussi Lamartine, Chateaubriand, de Giraudoux aussi peut-être : des livres qu'il n'avait jamais lus, qu'il ne lirait jamais, qu'il avait peut-être essayé de lire mais sans y parvenir. Ce renseignement sur Rabier fait à lui seul, à mes yeux, tout autant que son métier, cet homme que j'ai connu. Ajouté à son air de monsieur, à sa foi dans l'Allemagne nazie, et aussi à ses bontés d'occasion, à ses distractions, à ses imprudences, à cet attachement à moi aussi peut-être, moi par qui il mourra.
Et puis Rabier m'est sorti tout à fait de l'esprit. Je l'ai oublié.
Il a dû être fusillé pendant l'hiver 1944-1945. Je ne sais pas où ça s'est passé. On m'a dit : dans la cour de la prison de Fresnes sans doute, comme d'habitude.

Avec l'été, la défaite allemande est arrivée. Elle a été totale. Elle s'est étendue sur toute l'Europe. L'été est arrivé avec ses morts, ses survivants, son inconcevable douleur réverbérée des Camps de Concentration Allemands.

ALBERT DES CAPITALES

TER LE MILICIEN

Ces textes auraient dû venir à la suite du Journal de La Douleur, *mais j'ai préféré les en éloigner pour que cesse le bruit de la guerre, son fracas. Thérèse c'est moi. Celle qui torture le donneur, c'est moi. De même celle qui a envie de faire l'amour avec Ter le milicien, moi. Je vous donne celle qui torture avec le reste des textes. Apprenez à lire : ce sont des textes sacrés.*

ALBERT
DES CAPITALES

Deux jours étaient passés depuis la première jeep, depuis la prise de la Kommandantur de la place de l'Opéra. C'était dimanche.

À cinq heures de l'après-midi, le garçon d'un bistrot voisin de l'immeuble où se tenait le groupe Richelieu était arrivé en courant : « Il y a chez moi un type qui travaillait avec la police allemande. Il est de Noisy. Je suis aussi de Noisy. Tout le monde le sait là-bas. Vous pouvez encore l'avoir. Mais il faut aller vite. »

D. avait délégué trois camarades. La nouvelle courait.

Depuis des années on en entendait parler, les premiers jours on avait cru en voir partout. Celui-ci serait le premier qu'on verrait peut-être en toute certitude. Enfin on avait le temps de se faire une certitude. Et de voir comment c'était fait un donneur. La curiosité était intense. On était déjà plus curieux de ce qu'on avait vécu aveuglément sous l'Occupation que de ce que l'on vivait d'extraordinaire depuis une semaine, depuis la Libération.

Les hommes avaient envahi le hall, le bar, l'entrée. Depuis deux jours, ils ne se battaient plus, il n'y avait plus rien à faire au groupe. Que dormir, manger, commencer à s'engueuler à propos des armes, des voitures, des filles. Certains partaient le matin en voiture de plus en plus loin pour chercher la bagarre encore possible, ils rentraient la nuit.

Il était arrivé, encadré par les trois camarades.

On l'avait fait entrer dans le « bar ». On appelait ainsi une sorte de vestiaire avec un comptoir derrière lequel on avait distribué les vivres pendant l'insurrection. Pendant une heure, il était resté debout au milieu du bar. D. examinait ses papiers. Les hommes, eux, le regardaient. S'approchaient. Le regardaient avec intensité. L'insultaient. « Fumier. Ordure. Salaud. »

Cinquante ans. Il louche un peu. Il porte des lunettes. Il a un col dur, une cravate. Il est gras, court, il est mal rasé. Ses cheveux sont gris. Il sourit tout le temps, comme s'il s'agissait d'une blague.

Dans ses poches, il y a une carte d'identité, une photographie de vieille femme, sa femme, sa photographie à lui, huit cents francs, un carnet d'adresses pour la plupart incomplètes, des noms, des prénoms, des numéros de téléphone. D. remarque la fréquence d'une indication curieuse qui prend un sens de plus en plus familier à mesure qu'il avance dans la lecture de l'agenda. Il le montre à Thérèse. De loin en loin au début, on trouve l'indication complète: ALBERT DES CAPITALES. Ensuite: ALBERT ou CAPITALES, seuls. À la fin du carnet, à chaque page, seulement: CAP ou AL.

«Qu'est-ce que ça veut dire ça, Albert des Capitales?», demande D.

Le donneur regarde D. Il a l'air de chercher. L'air de quelqu'un de bonne foi qui est sincèrement ennuyé de ne pas trouver, qui voudrait bien trouver, qui cherche avec toute sa bonne foi.

«Albert des quoi? demande le donneur.

— Albert des Capitales.

— Albert des Capitales?

— Oui, Albert des Capitales», dit D.

D. a posé le carnet sur le comptoir. Il s'approche du donneur les mains vides. Il le fixe, calme. Thérèse prend l'agenda, elle le feuillette rapidement. Le onze août, pour la dernière fois: AL. On est le vingt-sept. Elle repose le carnet et, à son tour, fixe le donneur. Les camarades se sont tus.

D. est face au donneur.

«Tu ne te rappelles pas?», demande D.

Il se rapproche encore un peu plus du donneur.

Le donneur recule. Ses yeux se troublent.

«Ah! oui, dit le donneur, que je suis bête! C'est Albert, le garçon des Capitales, un café près de la gare de l'Est... J'habite Noisy-le-Sec, alors, forcément, il m'arrive d'aller prendre un verre aux Capitales en descendant du train...»

D. revient près du comptoir. Il envoie un type chercher le garçon du bistrot voisin. Le type revient. Le garçon est déjà rentré chez lui. Tout le bistrot est au courant. Mais il n'a rien raconté de précis.

«Comment est-il cet Albert? demande D. au donneur.

— C'est un petit blond. Bien gentil», dit le donneur en souriant, conciliant.

D. se retourne vers les camarades qui se tiennent dans l'entrée du bar.

«Prenez la 302, filez tout de suite», dit D.

Le donneur regarde D. Il cesse de sourire. Tout d'abord il a l'air hébété, puis il se reprend.

« Non, monsieur, vous faites erreur... Vous vous trompez, monsieur... »

Derrière : « Salaud. Fumier. Tu rigoleras pas longtemps. Salaud. T'en fais pas pour ta gueule. Ordure. »

D. continue à fouiller. Un paquet de Gauloises à moitié vide, un morceau de crayon, un stylomine neuf. Une clef.

Trois hommes sont partis. On entend le démarrage de la 302.

« Vous vous trompez, monsieur... »

D. fouille. Le donneur sue. Il a l'air de ne vouloir s'adresser qu'à D., sans doute parce que D. a l'air poli, il n'injurie pas. Il s'exprime correctement, avec recherche. C'est visible. Il cherche à se mettre du bord de D., à se distinguer des autres camarades par ses façons, il cherche vaguement une complicité, il cerne le frère de classe possible.

« Il y a une erreur sur la personne. Je ne ris pas, monsieur, croyez-moi, je n'ai pas envie de rire. »

Il n'y a plus rien dans ses poches. Tout ce qu'on a trouvé est sur le comptoir.

« Mettez-le dans la pièce qui est près de la comptabilité », dit D.

Deux camarades s'approchent du donneur. Le donneur implore D. du regard : « Monsieur, je vous assure, je vous en supplie... »

D. se rassied, reprend le carnet et le regarde.

« Allez, amène-toi, dit un camarade, puis fais pas le mariole... »

Le donneur sort avec les deux camarades. Un des camarades siffle dans le fond du bar un air vif, heureux. La plupart sortent du bar et se groupent à l'entrée pour attendre la 302. D. reste seul dans le bar avec Thérèse.

De temps en temps une rafale de mitraillette part dans le lointain. On a pris l'habitude du repérage : ça vient de la Bibliothèque Nationale, de l'angle du boulevard des Italiens. Les camarades parlent des donneurs et du sort qui les attend. Quand le bruit d'une auto se précise, ils se taisent et ils sortent. Non, ce n'est pas la 302. L'un d'entre eux siffle, toujours le même, toujours le même air vif, heureux.

Du boulevard des Italiens, une rumeur arrive, sourde, un piétinement continu de moteurs, de bravos, de chants, de cris de femmes, de cris d'hommes, tout est mélangé, fondu, épais. Depuis deux jours et deux nuits, une vaste coulée de miel.

« L'important, dit Thérèse à D., c'est de savoir si ce type est vraiment un donneur. On va perdre du temps avec Albert des Capitales, puis les naphtalinés vont s'amener et puis nous on sera baisés parce qu'ils ne lui feront rien avouer, ils le relâcheront. Ou bien ils diront qu'il peut être utile.»

D. dit qu'il faut être patient.

Thérèse dit qu'il ne faut plus être patient, qu'on l'a assez été.

D. dit qu'il ne faut jamais être impatient que, plus que jamais il faut être patient.

D. dit qu'en partant d'Albert des Capitales, on arriverait à prendre la chaîne, maillon par maillon. Il dit que le donneur, c'est peu de chose, un pauvre type, payé à la pièce, à la tête. Que ceux qu'il faudrait avoir c'était les responsables qui dans les bureaux signaient l'arrêt d'exécution de centaines de juifs, de résistants. Et cela, à raison de cinquante mille francs par mois. C'était ceux-là qu'il fallait avoir d'après D.

Thérèse écoute vaguement. Elle regarde l'heure.

Il y a huit jours, un soir, Roger, l'autre chef de groupe, était rentré à la cantine en annonçant qu'ils avaient fait sept prisonniers allemands. Il avait raconté comment. Il avait dit qu'ils les avaient mis sur de la paille fraîche et qu'ils leur avaient fait distribuer de la bière. Thérèse était sortie de table en insultant Roger. Elle prétendait qu'elle aurait voulu qu'on tue les prisonniers allemands. Roger avait ri. Tout le monde avait ri. Tout le monde était de l'avis de Roger: il ne fallait pas maltraiter les prisonniers allemands, c'étaient des soldats qui avaient été pris en combattant. Thérèse était sortie de la cantine. Tout le monde avait ri mais depuis on la tenait un peu à l'écart. Sauf D.

C'est la première fois qu'elle se trouve avec D. depuis l'autre soir. D. pour une fois ne fait rien. Il attend la 302. Il fixe la porte d'entrée, il attend Albert des Capitales. Thérèse est assise en face de lui.

«Tu crois que j'avais tort l'autre soir? demande Thérèse.

— Quand?

— À propos des prisonniers allemands.

— Bien sûr tu avais tort. Les autres aussi, ils avaient tort de t'en vouloir.»

D. tend son paquet de cigarettes à Thérèse.

«Tiens…»

Ils allument leurs cigarettes.

«Tu veux l'interroger toi? demande D.

— Comme tu voudras. Je m'en fous, dit Thérèse.

— Bien sûr», dit D.

L'auto. Les trois camarades descendent, seuls. D. sort.

«Alors?

— Tu parles, foutu le camp depuis quinze jours. En vacances qu'ils disent...

— Merde!»

D. entre à la cantine du premier étage. Thérèse le suit. Les hommes finissent de dîner. Thérèse n'a pas dîné, ni D.

«Faudrait s'occuper de ce type», dit D.

Les hommes s'arrêtent et regardent Thérèse et D. C'est Thérèse qui va interroger le donneur, c'est couru. Rien à dire.

Thérèse se tient derrière D. un peu pâle. Elle a un air méchant, elle est seule. Depuis la Libération ça se voit davantage. On ne l'a jamais vue au bras de personne depuis qu'elle est au centre. Pendant l'insurrection elle s'est dépensée sans compter, non sans gentillesse mais sans tendresse. Elle était distraite, seule. Elle attend un homme qui peut-être a été fusillé. Ce soir ça se voit particulièrement.

Dix d'entre les camarades se lèvent et vont vers D. et Thérèse. Ils ont tous de bonnes raisons de s'occuper du donneur, même ceux qui l'autre soir ont le plus ri. D. en choisit deux qui sont passés par Montluc et qui ont dérouillé. Rien à dire. Personne ne proteste mais personne ne se rassied. Ils attendent.

«Je mange quelque chose, dit D., je vous rejoins tout de suite. Tu as bien compris, Thérèse? Avant tout, l'adresse d'Albert des Capitales, ou de ceux qu'il rencontrait le plus souvent. Il faut avoir la filière.»

Thérèse et les deux de Montluc, Albert et Lucien, sortent de la cantine. Les autres les suivent machinalement, aucun n'a pu se décider à se rasseoir. Il n'y a d'électricité que dans une partie de l'immeuble alimentée par les moteurs de l'imprimerie. C'est trop loin, et sans doute occupé. Il faut descendre au bar chercher une lampe tempête. Thérèse descend avec les deux de Montluc. Les autres descendent aussi, en groupe, toujours un peu en arrière. Après avoir pris la lampe, ils remontent l'escalier secondaire qui mène à la comptabilité jusque dans un couloir vide. C'est là. L'un des camarades de Montluc ouvre avec la clef que lui a remise D. Thérèse entre la première. Les deux de Montluc entrent derrière elle et ferment sur eux. Les autres sont restés dans le couloir. Pour le moment, ils n'essayent pas de rentrer.

Assis sur une chaise, près de la table, le donneur. Il devait avoir la tête dans les bras quand il a entendu le bruit dans la serrure. Maintenant il est redressé. Il se tourne à demi pour regarder les gens qui entrent. Il cligne des yeux, ébloui par la lueur de la lampe tempête. Lucien la pose au milieu de la table, dirigée vers lui, l'homme.

La pièce est presque vide, meublée seulement de deux chaises et d'une table. Thérèse prend la deuxième chaise et s'assied de l'autre côté de la table, derrière la lampe. Le donneur reste assis dans la lumière. Les camarades derrière lui l'encadrent, debout dans la pénombre.

«Déshabille-toi, et en vitesse, dit Albert, on n'a pas de temps à perdre avec ta peau.»

Albert est encore trop jeune pour ne pas jouer un peu au dur.

Le donneur se lève. Il a l'air de quelqu'un qui se réveille. Il enlève sa veste. Sa figure est blafarde, il est très myope, il ne doit presque rien y voir malgré ses lunettes. Ses gestes sont très lents. Thérèse trouve que le camarade parle faux. Au contraire de ce qu'il dit ils ont tout le temps.

Il pose la veste sur la chaise. Les camarades attendent toujours de chaque côté de lui. Ils se taisent, le donneur aussi, Thérèse aussi. Derrière la porte fermée, des chuchotements. Il met du temps à poser sa veste sur la chaise, il le fait avec soin. Lentement, il obéit. Il lui est impossible de faire autrement.

Thérèse se demande si c'est bien utile de le faire déshabiller. Maintenant qu'il est là, ce n'est plus si urgent. Rien, elle ne ressent plus rien, ni haine ni impatience. Rien. Ce qu'il y a c'est que c'est long. Le temps est mort pendant qu'il se déshabille.

Elle ne sait pas pourquoi elle ne sort pas. L'idée de sortir lui vient et elle ne sort pas. Pourtant maintenant c'est inévitable. Il faudrait remonter bien loin pour savoir pourquoi, pourquoi c'est elle, Thérèse, qui va s'occuper de ce donneur. D. le lui a donné. Elle l'a pris. Elle l'a. Cet homme rare, elle n'a plus envie de cet homme rare. Elle a envie de dormir. Elle se dit: «Je dors.» Il enlève son pantalon et le pose sur sa veste, avec le même soin. Son caleçon est fripé, gris. «Il faut bien être quelque part à faire quelque chose», se dit Thérèse. Maintenant, c'est là que je suis, dans une pièce noire, enfermée avec Albert et Lucien, les deux de Montluc, et ce donneur de juifs et de résistants. Je suis au cinéma. Elle y est. Une fois, elle s'est trouvée sur le quai de la Seine, c'était à deux heures de l'après-midi, un jour d'été et on l'a embrassée et on lui a dit qu'on l'aimait. Elle y était, elle le sait encore. Tout porte un nom: c'était le jour où elle a décidé de vivre avec un homme. Aujourd'hui, qu'est-ce que c'est? Qu'est-ce que ça sera? Bientôt elle sera rue Réaumur, au journal, à faire son métier. On croit que ce sont des choses extraordinaires. C'est comme le reste. Comme le reste, ça vous arrive. Ensuite ça vous est arrivé. Ça pourrait arriver à n'importe qui.

Accoudée à la table, Thérèse regarde. Il enlève ses souliers. Les cama-

rades regardent. Le plus âgé c'est Lucien, il a vingt-cinq ans. Il est gara-
giste à Levallois. On ne l'aime pas beaucoup au centre. Il s'est bien
bagarré mais quand il racontait, il en remettait. Un bavard. L'autre c'est
Albert, il est manœuvre dans une imprimerie, il a dix-huit ans, de
l'Assistance, un des plus courageux pendant la bagarre. Il vole toutes les
armes qu'il trouve. Il a volé le revolver de D. Il est petit, court. Un gars
qui a mal mangé, qui a travaillé trop jeune, quatorze ans en 40. D. ne lui
en veut pas d'avoir volé son revolver, il dit que c'est normal, qu'il faut
laisser les armes de préférence à ceux-là. Thérèse regarde Albert. C'est
un drôle de gars au fond, Albert. Avec les Allemands, c'était le plus terrible, lui il ne disait pas tout ce qu'il leur faisait. Un jour de la semaine
dernière il a incendié un char allemand à la bouteille d'essence place du
Palais-Royal. La bouteille s'est cassée sur le crâne de l'Allemand qui a
brûlé vif. Les chaussettes du donneur sont trouées, il en sort un gros
orteil à l'ongle noir. Il a les chaussettes de quelqu'un qui n'est pas rentré
chez lui depuis plusieurs jours et qui a marché. Il a dû marcher la
trouille au cul, depuis des jours et puis il est revenu au bistrot, c'est forcé,
on revient au bistrot où on vous connaît. Et puis on est arrivé. Il a été
«fait».

Ils lui ont fait enlever jusqu'à ses chaussettes comme sans doute on leur
a fait enlever les leurs à Montluc. C'est un peu bête, pense Thérèse, ils
sont un peu bêtes les copains. Bêtes, mais ils n'ont pas parlé à Montluc,
pas un mot. D. l'a su par d'autres camarades, c'est pourquoi il les a désignés ce soir. Ça fait dix jours, plus que ça, dix jours et dix nuits que
Thérèse vit avec eux, qu'elle leur donne du vin, des cigarettes, des bouteilles d'essence. Quelquefois, ils s'étaient parlé dans la fatigue, de la
bagarre, des Allemands dans les chars, de leur famille, des copains.
Quand ils ne rentraient pas, on les attendait, on ne dormait pas. Lundi
dernier on avait attendu Albert, toute la nuit.

Le donneur enlève ses chaussettes, toujours ses chaussettes qui lui collent aux pieds. C'est long.

«Plus vite que ça», dit enfin Albert.

Jusqu'ici Thérèse n'avait pas encore remarqué la voix un peu grêle,
sèche, d'Albert. Elle se demande pourquoi elle l'a tant attendu l'autre
nuit. Pendant la bagarre, tout le monde attendait tout le monde de la
même façon. On se gardait d'avoir une préférence. Maintenant on va
recommencer, on va préférer.

Voilà c'est la cravate qu'il enlève. C'est vrai, la cravate. Pas deux façons
de l'enlever. On tend le cou de côté, on tire un bout sans défaire le nœud.

Le donneur enlève sa cravate comme les autres.

Le donneur a une cravate. Il l'avait encore il y a trois mois. Il y a une heure. Une cravate. Et des cigarettes. Et un apéritif vers les cinq heures de l'après-midi. Il y en a des différences entre les hommes. Thérèse regarde le donneur. C'est rare qu'elles soient aussi apparentes que ce soir, un vertige.

Celui-là allait rue des Saussaies, il montait un escalier, il frappait à une certaine porte, puis il disait qu'il avait le signalement : grand, brun, vingt-six ans, l'adresse, les heures. ON LUI REMETTAIT UNE ENVELOPPE. IL DISAIT MERCI MONSIEUR PUIS IL ALLAIT BOIRE UN APÉRITIF AU CAFÉ LES CAPITALES..

Thérèse dit : « On t'a dit de te dépêcher. »

Le donneur lève la tête. Puis avec un retard, d'une petite voix qu'il voudrait enfantine :

« Je me dépêche autant que je peux, croyez-moi... Mais pourquoi... »

Il s'interrompt de lui-même. Il entrait rue des Saussaies. Sans attendre, jamais. L'envers de son col est sale. Jamais il n'a attendu, jamais. Ou alors on le faisait asseoir comme chez des amis. Sa chemise est sale sous son col blanc. Un donneur. Les deux gars lui arrachent son caleçon ; il trébuche et il tombe dans le coin de la pièce comme un gros paquet, avec un bruit sourd.

Roger ne lui parle presque plus depuis qu'ils se sont engueulés à propos des prisonniers allemands. Il y en a d'autres. Il n'y a pas que Roger.

Au loin les derniers tireurs des toits. C'est fini. La guerre est sortie de Paris. Partout, sous les portes cochères, dans les rues, dans les chambres d'hôtel, pleines, la joie. Partout des petites comme elle avec ces soldats qui ont débarqué. Partout, beaucoup d'autres pour qui c'est fini, la tristesse désœuvrée. Mais pour elle, ce n'est pas fini. Ni la joie ni la tristesse douce de la fin ne sont possibles. Pour elle, son rôle c'est d'être ici, seule avec ce donneur et les deux de Montluc, enfermée avec eux dans cette chambre fermée.

Maintenant il est nu. C'est la première fois de sa vie qu'elle se trouve avec un homme nu sans que ce soit pour l'amour. Il est debout, appuyé à la chaise, les yeux baissés. Il attend. Il y en a d'autres qui seraient d'accord, d'abord il y a ces deux-là, ces deux camarades, puis d'autres, c'est sûr, d'autres qui ont attendu et qui n'ont rien reçu encore et qui attendent toujours et qui ont perdu l'usage de la liberté parce qu'ils attendent toujours. Maintenant ses affaires sont sur la chaise. Il tremble. Il tremble. Il a peur. Peur de nous. De nous qui avions peur. De ceux qui avaient eu peur il avait très peur.

Maintenant il est nu.

« Tes lunettes ! », dit Albert.

Il les enlève et les pose sur ses affaires. Il a de vieux testicules flétris, à hauteur de la table. Il est gras et rose dans la lueur de la lampe tempête. Il a une odeur, celle de la chair mal lavée. Les deux gars attendent.

« C'était trois cents francs pour un prisonnier de guerre, c'est ça ? »

Le donneur geint pour la première fois.

« Et pour un juif, combien ?

— Puisque je vous dis que vous vous trompez...

— Ce qu'on veut, dit Thérèse, c'est que tu nous dises d'abord où se trouve Albert des Capitales, et ensuite ce que tu faisais avec lui, qui tu voyais avec lui. »

Il pleurniche sans larmes.

« Puisque je vous dis que je le connaissais pas plus que ça. »

La porte de la pièce s'ouvre. Tous les autres entrent en silence. Les femmes se mettent au premier plan. Les hommes derrière. On dirait que ça gêne un peu Thérèse d'être prise en flagrant délit de regarder le vieil homme nu. Pourtant elle ne peut pas leur demander de s'en aller ; il n'y a pas de raison ; tout aussi bien, eux pouvaient être à sa place. Elle se tient derrière la lampe tempête. On voit ses cheveux courts et noirs, la moitié de son front blanc. Elle s'est rassise.

« Allez-y, dit Thérèse, il faut qu'il nous dise d'abord comment on peut retrouver l'autre, Albert des Capitales. »

Sa voix est incertaine, un peu chevrotante.

Le premier coup est tombé de l'un des quatre bras. Il résonne drôlement. Le deuxième coup. Le donneur essaye de parer. Il gueule : « Aïe ! Aïe ! Vous me faites mal ! » Derrière, quelqu'un rit et dit : « Figure-toi que c'est pas par mégarde... »

On le voit bien, dans la lumière de la lampe tempête. Les gars frappent fort. C'est dans la poitrine qu'ils frappent, à coups de poing, lentement, fort. Pendant qu'ils sont en train de frapper, derrière on se tait. Ils s'arrêtent de frapper et regardent de nouveau Thérèse.

« Tu comprends mieux maintenant ?... C'est juste un commencement », dit Lucien.

Il se frotte la poitrine et il gémit doucement.

« Ensuite il faudra que tu nous dises comment tu entrais à la Gestapo. »

Elle a une voix hachée, mais raffermie. Maintenant, c'est entamé, c'est bien en train, les gars ont bien frappé. C'est sérieux, c'est vrai : on torture un homme. On peut ne pas être d'accord mais on ne peut ni se moquer, ni douter, ni en être gêné.

« Alors ? »

— Ben... comme tout le monde », dit le donneur.

Le groupe en suspens, derrière lui, se détend : « Ah... »

Il pleurniche : « Enfin... vous ne savez pas... » Il se tait. Il se frotte la poitrine de ses deux mains à plat. Il a dit : « Comme tout le monde. »

Il a dit : « Comme tout le monde », il croit qu'ils ne savent pas. Il n'a pas dit qu'il n'y entrait pas. Derrière on entend murmurer par ceux du fond : « Il y entrait. Il dit qu'il y entrait. » À LA GESTAPO. RUE DES SAUSSAIES. Sur sa poitrine, de larges taches violettes apparaissent.

« Tu dis comme tout le monde ? Tout le monde y entrait, à la Gestapo ? »

Derrière : « Salaud, salaud, salaud. » Ça court. Il a peur. Il se redresse et essaye de voir de qui ça vient. Il y a beaucoup de monde, il ne peut fixer personne. Lui aussi doit se croire au cinéma. Il hésite, puis il se ressaisit.

« Fallait montrer sa carte d'identité, on la laissait en bas, puis on la reprenait en descendant... »

Derrière ça recommence : « Fumier, salaud, ordure. »

« J'y allais pour des affaires de marché noir, je ne croyais pas mal faire. J'ai toujours été un bon patriote, comme vous. Je leur vendais de la saleté. Maintenant... j'ai peut-être eu tort, je ne sais pas... »

Son ton est toujours pleurnichard, enfantin. Le sang commence à couler. La peau de sa poitrine a craqué. Il n'a pas l'air d'y prendre garde. Il a peur.

Quand il a parlé de marché noir, dans le fond, il y a eu une nouvelle rumeur : « Salaud, cochon, fumier. » Roger est entré. Il est dans le tas derrière. Thérèse a reconnu sa voix. Lui aussi a dit : « Salaud. »

« Allez-y », dit Thérèse.

Ils ne frappent pas n'importe comment. Peut-être qu'ils ne sauraient pas interroger, mais ils savent frapper. Ils frappent intelligemment. Ils ralentissent quand on peut croire que l'autre va dire quelque chose. Ils recommencent juste quand on sent qu'il va se reprendre.

« De quelle couleur elle était la carte d'identité avec laquelle tu entrais à la Gestapo ? »

Les deux gars sourient. Derrière aussi. Même ceux qui ne savent pas la couleur trouvent que c'est une question astucieuse. Ils ont frappé fort. Son œil est abîmé, le sang coule sur sa figure. Il pleure. De la morve ensanglantée sort de son nez. Il geint : « Aïe, aïe, oh, oh », sans arrêt. Il ne répond plus. La peau de sa poitrine s'est fendue à la hauteur des côtes. Il se frotte toujours avec les mains et se barbouille de sang. De son regard vitreux de vieux myope, il fixe la lampe tempête sans la voir. Très vite c'est arrivé. C'est fait : qu'il en meure ou qu'il s'en tire, cela ne dépend plus de Thérèse. Cela n'a plus aucune importance. Il est devenu un homme qui n'a plus rien de commun avec les autres hommes. À chaque minute, la différence augmente, s'installe.

«On t'a demandé la couleur de ta carte d'identité.»

Albert s'approche tout près de son nez. On entend: «C'est peut-être suffisant comme ça...»

C'est une voix de femme qui vient de l'ombre.

Les deux gars s'arrêtent. Ils se retournent et cherchent la femme. Thérèse aussi s'est retournée.

«Suffisant? dit Lucien.

— Un donneur? dit Albert.

— C'est pas une raison», dit la femme, sa voix est mal assurée.

Ça recommence.

«Pour la dernière fois, dit Thérèse, on t'a demandé la couleur de la carte d'identité que tu montrais rue des Saussaies.»

Derrière: «Ça va recommencer... moi je m'en vais.» Encore une femme.

«Moi aussi...»

Une autre femme. Thérèse se retourne: «Les gens dégoûtés ne sont pas obligés de rester.»

On entend les femmes protester vaguement mais elles ne sortent pas.

«Assez!»

C'est un homme qui est derrière.

Elles s'arrêtent de chuchoter. On ne voit toujours de Thérèse que son front blanc, quelquefois, quand elle se penche, ses yeux.

Maintenant ce n'est plus la même chose. Le bloc des camarades s'est scindé. Quelque chose de définitif est en train de s'accomplir. De nouveau. En accord avec certains, en désaccord avec d'autres. Les uns suivent de toujours plus près. Les autres deviennent des étrangers. On n'a pas le temps de distinguer: les femmes sont avec le donneur, le donneur est avec tous ceux qui ne sont pas d'accord. L'envie de frapper grandit avec le nombre des ennemis, les étrangers.

«Allez vite, la couleur!»

Les deux gars recommencent à frapper. Ils frappent aux endroits déjà frappés. Le donneur crie. Quand ils cognent, sa plainte s'étrangle et devient une sorte de gargouillement obscène. Un bruit qui donne envie de frapper encore plus fort, que ça s'arrête. Il essaie de parer les coups, mais il ne voit rien venir. Il les encaisse tous.

«Ben... comme toutes les cartes d'identité...

— Allez-y.»

Ils frappent de plus en plus fort. Aucune importance. Ils sont infatigables. Ils frappent de mieux en mieux, avec plus de calme. Plus ils frappent, plus il saigne, plus c'est clair qu'il faut frapper, que c'est vrai, que c'est juste. Les images se lèvent sous les coups. Thérèse est transparente, enchantée d'images. Un homme contre un mur tombe. Un autre. Un autre encore. Il en tombe indéfiniment. Les cinq cents francs lui servaient à acheter des petites choses pour lui seul. Il n'était sûrement même pas anticommuniste, même pas collaborateur, même pas antisémite. Non, simplement, il « donnait » sans savoir, sans souffrir, peut-être simplement pour se payer des petits luxes de solitaire, pour arrondir ses mois, sans nécessité véritable. Il ment toujours. Il doit savoir, savoir ce qu'il ne veut pas dire, ne plus savoir que ça. S'il avouait, s'il ne se défendait plus, la différence entre lui et les autres serait moins radicale. Mais il s'accroche tant qu'il peut.

« Allez-y. »

Et ils y vont. C'est comme une machine qui marche bien. Mais d'où vient-elle donc chez les hommes cette possibilité de frapper, de s'y habituer, de le faire comme un travail, comme un devoir.

« Je vous en supplie ! Je vous en supplie ! Je ne suis pas un salaud ! », crie le donneur.

Il a peur de mourir. Pas assez. Il ment toujours. Il veut vivre. Même les poux se raccrochent à la vie. Thérèse se lève. Elle est angoissée, elle a peur que ce ne soit jamais suffisant. Qu'est-ce qu'on pourrait lui faire ? Qu'est-ce qu'on pourrait inventer ? Contre le mur l'homme qui tombe n'a pas parlé non plus, quel autre silence, et contre le mur une seconde, sa vie, réduite à ce silence écrasant. Contre le mur ce silence – il faut que celui-ci parle – ce donneur, ici. Mon Dieu ce ne sera jamais suffisant. Il y a tous ceux qui s'en foutent, les femmes qui viennent de sortir et tous les planqués qui font de l'ironie maintenant : « Vous nous faites rigoler avec votre insurrection, votre épuration. » Il faut frapper. Il n'y aura plus jamais de justice dans le monde si on n'est pas soi-même la justice en ce moment-ci. La comédie. Les juges. Les salles lambrissées. Par la justice. Ils ont chanté l'*Internationale* dans les wagons cellulaires qui passaient dans les rues et les bourgeois regardaient derrière leurs fenêtres et ils ont dit : « Ce sont des terroristes. » Il faut frapper. Écraser. Faire voler en pièces le mensonge. Ce silence ignoble. Inonder de lumière. Extraire cette vérité que ce salaud-là a dans la gorge. La vérité, la justice. Pour quoi faire ? Le tuer ? À qui ça sert ? Ce n'est pas pour lui. Ça ne le regarde pas. C'est pour savoir. Taper dessus jusqu'à ce qu'il éjacule sa vérité, sa pudeur, sa peur, le secret de ce qui le faisait hier tout-puissant, inaccessible, intouchable.

Chaque coup de poing résonne dans la pièce silencieuse. On frappe sur tous les salauds, sur les femmes qui sont sorties, sur tous les dégoûtés de derrière les volets. Le donneur crie «où, où» en de longues plaintes. Derrière l'homme, dans l'ombre, on se tait tant que les coups tombent. C'est lorsqu'ils entendent sa voix protester que les injures montent, dites les dents serrées, les poings serrés. Pas de phrases. Toujours les mêmes injures qui sortent lorsque la voix du donneur témoigne qu'il tient toujours. Car, de la puissance du donneur il reste ça, cette voix pour mentir. Il ment encore. Il en a encore la force. Il n'en est pas au point de ne plus mentir. Thérèse regarde les poings qui tombent, elle entend le gong des coups, elle sent pour la première fois que dans le corps de l'homme il y a des épaisseurs presque impossibles à crever. Des couches et des couches de vérités profondes, difficiles à atteindre. Elle se souvient qu'elle avait aperçu vaguement cela pendant les interrogatoires inlassables du couple. Mais moins fort. Maintenant c'est exténuant. C'est presque impossible. Travail de défoncement. Coup par coup. Il faut tenir, tenir. Et tout à l'heure sortira, sortira toute petite, sortira dure comme un grain la vérité. Le travail se fait loin, dans cette poitrine solitaire. Ils frappent dans l'estomac. Le donneur gueule et prend son estomac à deux mains, se tord. Albert frappe de plus près, frappe un coup aux parties. Il couvre son sexe des deux mains et gueule encore. Il saigne beaucoup de la figure. Ce n'était déjà pas un homme comme les autres. C'était un donneur d'hommes. Il ne se préoccupait pas de savoir pour quelles raisons on lui en demandait. Même ceux qui le payaient n'étaient pas ses amis. Mais maintenant on ne peut plus le comparer à rien de vivant. Même mort, il ne ressemblera pas à un homme mort. Il encombrera le hall. Peut-être que c'est du temps perdu. Il faudrait en finir. Ce n'est pas la peine de le tuer. Ce n'est pas non plus la peine de le laisser vivre. Il ne peut plus servir à rien. Il est complètement hors d'usage. Justement parce que ce n'est pas la peine de le tuer on peut y aller.

«Assez.»

Thérèse se lève et marche vers le donneur, sa voix paraît un peu frêle après le gong sourd des poings. Il faut en finir. Les hommes dans le fond la laissent faire. Ils lui font confiance, ne lui donnent aucun conseil. «Salaud, salaud.» La fraternelle litanie des injures la remplit de chaleur. Silence dans le fond. Les deux camarades regardent Thérèse, attentifs. On attend.

«Une dernière fois, dit Thérèse, on voudrait savoir la couleur de ta carte, une dernière fois.»

Le donneur la regarde. Elle est tout près de lui. Il n'est pas grand. Elle est à peu près de sa taille. Elle, mince, jeune. Elle a dit : «Une dernière fois.» Il s'arrête de geindre, net.

«Qu'est-ce que vous voulez que je vous dise?»

Elle est petite. Elle n'a envie de rien. Elle est calme, et sent une colère calme lui dicter de crier avec calme les paroles de la nécessité puissante comme un élément. Elle est la justice comme il n'y en a pas eu depuis cent cinquante ans sur ce sol.

«On veut que tu nous dises la couleur de cette carte qui te permettait d'entrer à la Gestapo.»

Il chiale de nouveau. De son corps il monte une drôle d'odeur, écœurante et douceâtre, celle de la peau grasse mal lavée mêlée à celle du sang.

«Je ne sais pas, je ne sais pas, je vous dis que je suis innocent...»

Les injures reprennent : «Salaud, fumier, ordure.» Thérèse se rassied. Moment d'arrêt. Les injures continuent. Thérèse se tait. Pour la première fois, dans le fond on dit : «Il n'y a qu'à le liquider, finissons-en.»

Le donneur lève la tête. Silence. Le donneur a peur. Il se tait lui aussi. Il ouvre la bouche. Il les regarde. Puis une plainte mince, enfantine, sort de sa gorge.

«Si je savais au moins ce que vous voulez de moi...», dit le donneur d'une voix qu'il voudrait une supplication pure et qu'il fait encore astucieuse.

Les deux gars suent. De leurs poings ensanglantés ils s'essuient le front. Ils regardent Thérèse.

«C'est pas encore assez», dit Thérèse.

Les deux gars se tournent vers le donneur, les poings en avant. Thérèse se lève et elle crie : «Faut plus s'arrêter. Il le dira.»

Avalanche de coups. C'est la fin. Dans le fond, de nouveau le silence. Thérèse crie : «Elle était peut-être rouge ta carte?»

Le sang dégouline. Il hurle de toutes ses forces.

«Rouge? Dis-le, rouge?»

Il ouvre un œil. Il s'arrête de hurler. Il va comprendre que cette fois-ci c'est la fin.

«Rouge?»

Les deux gars le sortent du coin où il se réfugie sans cesse. Ils le sortent et l'y rejettent comme ils le feraient d'une balle.

«Rouge?»

Il ne répond pas. On dirait qu'il tente de réfléchir à sa réponse.

«Allez-y les gars, plus fort, rouge, vite, rouge?»

Ils ont frappé dans le nez, un jet de sang est sorti. Cri du donneur: «Non…»

Les gars rient. Thérèse rit aussi.

«Jaune? Comme les nôtres, jaune?»

Maintenant il essaie de se réfugier dans le coin. Chaque fois les deux gars le sortent et il y revient sur les reins, avec un boum sourd.

«Jaune?»

Thérèse est debout.

«Non… pas… jaune…»

Les hommes continuent. Il suffoque. Il crie de nouveau. Ses cris sont hachés par les coups. Maintenant le rythme des questions et celui des coups est le même, vertigineux, mais égal. Il ne parle toujours pas. On dirait qu'il ne pense plus à rien. Ses yeux ensanglantés sont grands ouverts et fixent toujours la lampe tempête.

«Si elle n'était pas jaune, elle était… quoi?»

Il se tait toujours. Pourtant il a entendu, il regarde Thérèse. Il s'arrête de hurler. Ses deux mains appuient sur son ventre, il est courbé en deux. Il n'essaie plus de parer.

«Vite, dit Thérèse, quelle couleur? vite…»

Il recommence à crier. Ses cris sont plus bas, plus sourds. On va vers la fin, mais on ne sait pas laquelle. Peut-être qu'il ne parlera plus, mais de toute façon on va vers la fin.

«Elle était, elle était, vite…»

Comme à un enfant.

Ils se lancent comme une balle et frappent à coups de poing, à coups de pied. Ils sont en nage.

«Assez.»

Thérèse s'avance vers le donneur, ramassée. Le donneur la voit. Il recule. Silence de nouveau. Il ne souffre même plus. C'est seulement l'épouvante.

«Si tu le dis, on te fout la paix, si tu ne le dis pas, on va te crever là, tout de suite. Allez-y.»

Le donneur ne sait peut-être plus ce qu'on veut de lui. Pourtant il va parler. On en a l'impression. Il faut lui rappeler de quoi il s'agit. Il essaie de lever la tête comme un homme qui se noie cherche à respirer. Il va parler. C'est sûr. Ça y est. Non. Ce sont les coups qui l'empêchent de parler. Mais si les coups s'arrêtent, il ne parlera pas. Tous sont suspendus à cet accouchement, il n'y a pas que Thérèse. La fin arrivera vite maintenant. De toute façon. Il ne parle toujours pas.

Thérèse crie.

«Je vais te la dire, moi, je vais te la dire la couleur de ta carte.»

Elle l'aide. Vraiment elle a l'impression qu'il faut qu'elle l'aide, qu'il n'y arrivera plus tout seul. Elle répète: «Je vais te la dire.»

Le donneur se met à hurler. Plainte continue comme celle d'une sirène. Ils ne lui laissent pas le temps de parler. Et la plainte se brise: «Verte...», hurle le donneur.

Silence. Les gars s'arrêtent. Le donneur regarde la lampe tempête. Il ne gémit plus. Il a l'air complètement égaré. Il s'est affalé par terre. Il a pu parler. Il se demande peut-être comment il a parlé. Silence derrière. Thérèse s'assied. C'est fini.

«Oui, dit Thérèse, elle était verte.»

Comme pour constater quelque chose qu'on sait depuis des siècles. C'est fini.

D. vient près de Thérèse. Il lui offre une cigarette. Elle fume. Le donneur est toujours dans son coin, pétrifié.

«Rhabille-toi», dit Thérèse.

Mais il n'en fait rien. Les deux gars eux aussi fument une cigarette. D. a tendu une cigarette au donneur. Il ne la voit pas.

«Les cartes des agents S.D. Police Secrète Allemande étaient vertes», dit Thérèse.

Dans le fond les camarades bougent. Quelques-uns sortent.

«Et Albert des Capitales», dit quelqu'un dans le fond.

Thérèse regarde D. C'est vrai. Encore Albert des Capitales.

«On verra, dit D. On verra demain.»

Ça n'a plus l'air de l'intéresser. Il prend la main de Thérèse, il l'aide à se lever. Ils sortent. Albert et Lucien s'occupent de faire rhabiller le donneur.

Dans le bar il fait une grande lumière d'autre monde. C'est l'électricité. Toutes les femmes y sont, il y en a cinq et les deux hommes qui sont partis avec elles.

«Il a avoué», leur dit Thérèse.

Personne ne répond. Thérèse comprend. Ils s'en foutent qu'il ait avoué. Elle s'assied et elle les regarde. C'est curieux. Il y a bien une demi-heure qu'ils sont là. Qu'est-ce qu'ils faisaient dans ce bar? Qu'est-ce qu'ils attendaient? Ils sont venus se réfugier dans la lumière.

«Il a avoué», répète Thérèse.

Aucun d'entre les cinq ne la regarde. Une femme se lève et toujours sans la regarder: «Qu'est-ce que tu veux que ça nous foute? dit-elle négligemment, c'est tellement dégueulasse...»

D., qui était à côté de Thérèse s'avance vers la femme: «Tu vas lui foutre la paix, oui?»

Roger et D. enlacent Thérèse. Les femmes se taisent. Elles sortent. Les deux hommes qui sont avec elles sortent aussi en sifflotant.

«Et tu vas aller dormir, dit D.

— Oui.»

Thérèse prend un verre de vin. Elle boit une gorgée.

Elle sent le regard de D. sur elle. Le vin est amer. Elle repose le verre.

«Il faut le laisser partir, dit Thérèse. Il peut marcher.»

Roger n'est pas sûr qu'il faille le laisser partir.

«Qu'on ne le voie plus, dit Thérèse.

— Un gibier pareil, dit Roger, ils ne voudront pas le lâcher.

— Je leur expliquerai», dit D.

Thérèse se met à pleurer.

TER LE MILICIEN

Le matin D. a dit : « Il faudra mener Ter chez Beaupain. »
Thérèse n'a pas demandé pourquoi. D. s'occupe de beaucoup de choses :
des arrestations, des prisonniers, du ravitaillement des camarades, des
réquisitions de locaux, des réquisitions d'autos, des réquisitions d'essence, des interrogatoires. Au centre Richelieu, c'est archiplein. Onze
miliciens, dont Ter, dans la comptabilité. Trente collabos dans le hall, en
bas les R.N.P., une Allemande, un agent de la rue des Saussaies, une
bonne à tout faire et sa patronne, femme de lettres, un colonel russe, des
journalistes, un poète, une femme d'avoué, etc. C'est donc sans doute
pour dégager la comptabilité que D. veut mener Ter rue de la Chaussée-
d'Antin où se trouve le groupe Hernandez-Beaupain.
Thérèse a donc conduit D. et Ter chez Beaupain rue de la Chaussée-
d'Antin. C'est trois heures de l'après-midi. Dès l'entrée de l'immeuble ils
entendent crier les Espagnols comme chaque fois. La cour est encombrée de vélos et d'autos réquisitionnées ou reprises aux Allemands,
aujourd'hui, il y en a une nouvelle, une camionnette grise.
Le groupe Hernandez-Beaupain se tient au rez-de-chaussée d'un
immeuble qui donne sur deux cours, la première communique avec la
rue par le couloir de l'immeuble, l'autre très petite, donne sur d'autres
cours dont elle est séparée par une grille. Ces deux cours communiquent
entre elles par un couloir qui traverse le rez-de-chaussée. Dès qu'on
atteint la première cour on entend crier les Espagnols dans l'immense
rez-de-chaussée vide.
Beaupain se tient à l'entrée du couloir. Beaupain est un type grand, il a
de grandes jambes, de grands bras, une tête petite, des épaules de géant.
Il a un beau visage, des yeux d'enfant, bleus et doux. D. passe près de
Beaupain et lui fait signe. Beaupain a un drôle d'air. Il ne dit pas bonjour
à D. Il regarde tantôt du côté de l'entrée, tantôt vers le fond du couloir.

Maintenant il se passe quelque chose vers le fond du couloir. Des paroles criées en espagnol par envolées. Beaupain a l'air mal à l'aise. D., Ter et Thérèse s'arrêtent à l'entrée du couloir près de Beaupain. Il se passe quelque chose d'inhabituel. Sur le fond ensoleillé de la petite cour intérieure il y a un groupe d'hommes, peut-être quinze, qui gesticulent et parlent haut en espagnol. D., Ter et Thérèse ne vont pas plus loin, ils attendent et regardent, de même que Beaupain. Le groupe d'hommes se défait, les hommes s'écartent les uns des autres et alors on peut voir autour de quoi ils se sont coagulés en un bloc. La chose apparaît. Blanche. Blanche et allongée par terre. Les hommes se rangent de chaque côté d'elle le long du couloir. Deux d'entre eux s'en emparent, la soulèvent et l'emportent.

D., Thérèse et Ter laissent Beaupain et pénètrent un peu avant dans le couloir. Le cadavre passe devant eux. Le couloir est silencieux, les Espagnols se taisent. Deux chaussures de daim dépassent du drap, des chaussures presque neuves, bien lacées sur des chaussettes bleues. La chose est molle et frissonne à chacun des pas des porteurs, comme de la bouillie. Le ventre est plus haut que les pieds, à cause des mains qu'on a posées dessus. Sous le drap la forme d'une tête se dessine et la pointe d'un nez.

D. s'avance vers le groupe d'Espagnols qui est resté au fond du couloir. Thérèse et Ter suivent D. D. prend le bras d'un des Espagnols, demande qui c'est.

«Un salaud.»

Il s'en va rejoindre le groupe des Espagnols dans la cour.

D., Thérèse et Ter repartent rapidement vers l'entrée du couloir qui donne sur la grande cour, précédés par tous les Espagnols. Les porteurs ont posé le cadavre sur les marches de l'escalier. La camionnette grise qui était dans la cour fait marche arrière. Les deux portes de la camionnette sont ouvertes. Les deux hommes enfournent le cadavre à l'intérieur. Les deux pieds chaussés de daim se découvrent et on voit le bas d'un pantalon bleu marine. Les deux hommes claquent les portes de la camionnette qui démarre aussitôt, sort par le couloir et disparaît dans la rue.

Aussitôt les Espagnols recommencent à crier. Ils s'engouffrent dans le couloir et retournent dans l'appartement. D., Ter et Thérèse suivent les Espagnols. Beaupain est dans leur groupe. D. une nouvelle fois demande qui c'est. Même réponse : «Un salaud.»

La pièce des Espagnols est très grande, lambrissée. Elle est complètement nue. Pas une chaise. Pas un tableau. Seulement dans les quatre coins des armes empilées qu'un homme garde. Une magnifique cheminée de marbre blanc surmontée d'une glace de deux mètres de haut. Il n'y a rien sur la cheminée, pas le moindre objet. Les Espagnols couchent et mangent dans cette pièce. Tout ce qu'ils ont à part les armes est dans leurs poches. La pièce est donc nue et pleine d'hommes qui ne se sont pas changés depuis quinze jours, légers et souples, dépouillés à l'extrême par le combat.

D. cherche Beaupain. Thérèse et Ter le suivent dans la pièce attenante à celle des Espagnols, le bureau de Gauthier et en même temps celle des Français. À part le bureau et la chaise de Gauthier, il n'y a pas non plus de meubles dans cette pièce. Beaupain est là, il discute avec Gauthier. Une vingtaine d'hommes assis contre les murs écoutent ce qu'ils disent. De temps en temps ils gueulent et couvrent les voix de Beaupain et de Gauthier. Ils gueulent parce qu'il n'y a pas de vin et qu'ils ne bouffent que des sandwichs au thon. D. et Beaupain ont trouvé mille boîtes de thon dans un P.C. allemand le premier jour de l'insurrection. Depuis les quatre-vingts hommes du centre Richelieu et les soixante hommes du centre d'Antin ne mangent que du thon. Depuis dix-sept jours, les hommes en ont marre du thon. Beaupain engueule Gauthier. Gauthier dit qu'il a ramené une roue de gruyère qu'il a trouvée dans un camion allemand abandonné à Levallois. Il dit que cette roue de gruyère était hier soir encore dans le camion. Que le camion était hier soir encore dans la cour. Et que maintenant il ne reste que le camion. Le gruyère, envolé. Les hommes gueulent. Ils croient que Gauthier les accuse d'avoir volé le gruyère. Beaupain sort, dégoûté. D. l'arrête en lui prenant le bras, demande qui c'est.

«Un agent de la Gestapo. Du centre Campagne-Première. C'est le groupe Hernandez qui l'a descendu.

— Où? Comment?

— Trois coups de revolver dans la nuque. Ici, dans la cour.»

Beaupain s'en va. D. et Thérèse vont vers la cour. À un mètre de la porte, sur une pierre un peu creuse du sang se caille. Ça luit au soleil. Un arbre pousse auprès de la pierre. Personne aux fenêtres qui donnent sur la cour, la plupart sont fermées. La cour est vide.

«Pourquoi ce sang sur la pierre?», demande Thérèse.

D. ne répond pas. D. et Thérèse restent sur le pas de la porte et regardent le sang. C'est le premier qu'on exécute. C'est la première fois.

Beaupain repasse. Et sans que D. l'interroge:

«Il a chialé», dit Beaupain.

Il repart. Il doit chercher les voleurs de gruyère. Gauthier arrive à son tour. Lui aussi il cherche. Il cherche Beaupain.

«Tu y étais? demande D.

— Non. Où est Beaupain ?»

On ne sait pas. Pierrot arrive et demande une cigarette à D. D. donne une cigarette, en prend une, allume. C'est un jeune, Pierrot, peut-être dix-huit ans.

«Tu regardes ça ? demande Pierrot.

— Tu y étais ? demande D.

— Tu parles ! dit Pierrot, si j'y étais... il a chialé que c'était dégueulasse, il a dit que si on le laissait il ferait tout ce qu'on voulait, qu'il avait compris... tout.»

Il dit aussi que les Espagnols se sont engueulés. C'était à celui qui tirerait, qu'ils continuent d'ailleurs à s'engueuler à ce propos. Finalement c'est Hernandez et deux autres qui ont tiré ensemble avec un 8 mm dans la nuque.

Pierrot repart. D. et Thérèse rentrent dans la pièce des Espagnols. Un groupe discute âprement au milieu de la pièce. Quelques-uns se désintéressent du débat et accroupis par terre, le long du mur, ils démontent et graissent leur fusil.

Ter est adossé à la cheminée. C'est vrai, Ter. Ter le milicien. Ter est pâle. Pas de la même pâleur que celle de Beaupain tout à l'heure, c'est différent. Le nez de Ter s'est pincé et il est devenu vert, il a des lèvres comme de la craie et sous ses yeux, c'est gris. C'est vrai, on avait oublié Ter. Cela fait dix ou quinze minutes qu'on l'a oublié. Ter a vu passer la civière et par la porte qui donne sur la cour intérieure, il a vu le sang sur la pierre. Personne n'a pensé que Ter voyait ces choses. Aucun des Espagnols bien sûr. Ni même Thérèse, ni même D.

Et maintenant voilà qu'on trouve Ter adossé à la cheminée, tout seul. D. s'approche. Et dès que Ter voit D. s'approcher (il doit attendre que D. s'approche de lui depuis le début), sa figure se tend, se tord littéralement vers D., cependant qu'il ne quitte pas la cheminée. D. s'approche tout près de Ter qui veut lui parler. La voix de Ter est très basse.

«Je voudrais écrire un mot à ma famille», dit Ter.

D. et Thérèse se regardent. Ils avaient oublié Ter. Et maintenant ils savent que Ter a vu passer la civière et que de la porte il a vu le sang. D. fixe Ter, il le fixe, il le fixe. Puis D. a un sourire pour Ter.

«Non, dit D., ce n'est pas pour vous exécuter qu'on vous a amené ici.»

Ter lève les yeux vers D. Ce regard de Ter, ce mouvement des yeux de Ter vers D., la force qui a fait se soulever les paupières de Ter et regarder D...

«Ah !..., dit Ter, parce que j'aurais aimé savoir.

— Non, dit D., tranquillisez-vous...»

Les paupières et la tête de Ter retombent lourdement. Et Ter ne dit plus rien. Il ne bouge pas, il reste toujours appuyé sur ses coudes, adossé à la cheminée, le corps légèrement oblique. D. s'adosse à la cheminée, auprès de Ter. Il le fixe toujours. De même Thérèse. Des hommes et des hommes passent auprès d'eux. Ter a les yeux baissés. Maintenant les hommes s'engueulent à propos du gruyère. Gauthier court après Beaupain. Beaupain ne veut plus entendre parler de Gauthier pour le moment. Il va d'un Espagnol à l'autre et demande qui a vu la roue de gruyère. Roue de gruyère? Personne n'a vu ça ni de près ni de loin. Gauthier suit Beaupain et ricane comme s'il savait quelque chose. De temps à autre un grand éclat de rire jaillit. Toujours à partir de la roue de gruyère.

Assis dans les coins les hommes graissent leur fusil avec beaucoup d'attention. Quelques-uns mangent, les Français des sandwichs au thon, les Espagnols des sandwichs au thon avec des tomates. Les Espagnols ont toujours des tomates dans les poches, et ils en croquent toute la journée. Personne ne sait où ni comment ils les trouvent.

D. prend son paquet de cigarettes. Il le met sous le nez de Ter. La main de Ter se déplace dans un déclic, elle prend la cigarette. «Merci», dit Ter. D. offre aussi une cigarette à Thérèse. Il en prend une lui-même, puis il tend du feu à Ter. En voyant le feu Ter a levé encore une fois les yeux vers D. D. sourit. Ter sourit aussi le temps d'un éclair et il baisse la tête de nouveau toujours adossé à la cheminée. Il fume la cigarette de toutes ses forces, il aspire des bouffées énormes.

Beaupain réunit tous les hommes et leur apprend la mystérieuse disparition du gruyère. Il n'y a pas de raisons, explique Beaupain, une roue de gruyère de trente kilos ne s'en va pas par ses propres moyens. Les hommes écoutent, sourient et recommencent à discuter. Personne n'a toujours rien vu du gruyère, ni de près ni de loin. Beaupain est en nage, il gueule et il se lasse. Et il donne des ordres sur le logement des différents groupes pour le soir. Quand il a fini un Espagnol s'approche de lui et lui dit quelque chose. Aussitôt Beaupain se souvient de quelque chose et il demande à la cantonade qui a pris le F.M. qui se trouvait hier soir encore sur son bureau et de même, les deux mitraillettes qui ont disparu le matin, celle qui appartenait au groupe, l'autre à un petit F.A.I., celui qui vient de lui parler. Le petit F.A.I acquiesce, indigné. Personne n'a vu les mitraillettes ni le F.M. Le petit F.A.I. va d'un groupe à l'autre et pose toujours la même question : «Tu as vu la mitraillette?», en tendant ses mains vides. Personne n'a vu.

Ter fume toujours. D. et Thérèse ne peuvent pas s'empêcher de le regarder fumer.

Ter a vingt-trois ans. C'est un beau type. Il n'a pas de veste et on lui voit les muscles des avant-bras, longs, jeunes. Sa taille est fine, bien prise dans une ceinture de cuir. Il n'est plus pâle. Mais il fume toujours avec force, il pompe sa cigarette. Il a une barbe de neuf jours. Sa chemise bleue est en soie. Ses souliers sont en daim. Sa ceinture est en pécari grège. Ne serait-ce la soie de sa chemise, le daim, la ceinture, on pourrait le prendre pour un type du centre. Mais Ter a un sale passé. Rien à faire, il l'a. Il a poussé sur la jeune vie de Ter cet énorme passé dont il va sans doute mourir. D. et Thérèse le regardent. Il fume, les yeux baissés. La main qui tient la cigarette tremble, l'autre tient la cheminée. De temps en temps Ter lève les yeux, il voit D. et il sourit comme quelqu'un qui s'excuse.

Dans tous les coins les hommes graissent leur fusil et discutent des mitrailleuses volées, du gruyère, de l'agent de la Gestapo.

D. continue à ne s'intéresser qu'à Ter le milicien. Vingt-trois ans. Il a perdu sa vie. Il est devenu l'ami de Lafont, Lafont lui en a mis plein la vue avec son auto blindée, son bureau blindé, ses murs blindés. Ter est un drôle de type. Il n'a aucune pensée en tête mais seulement des envies, il a un corps fait pour le plaisir, la bringue, la bagarre, les filles. Il y a huit jours D. et Roger ont interrogé Ter. Thérèse a assisté à son interrogatoire.

Ceux qui ont assisté à l'interrogatoire de Ter le connaissent aussi bien que s'ils l'avaient toujours connu.

Ter avait été un ami de la bande Bony-Lafont.

«Pourquoi êtes-vous entré dans la milice? avait-on demandé à Ter.

— Parce que c'était pas possible d'avoir une arme autrement...

— Pourquoi une arme?

— C'est chic une arme.»

On l'avait emmerdé une heure pour savoir ce qu'il en faisait de son arme et combien il avait tué de résistants avec cette arme.

«J'étais le dernier des derniers dans la bande, j'aurais pas pu tuer de résistants.»

Il disait qu'il était allé chasser en Sologne avec des artistes de cinéma. Il avait été pendant un moment le secrétaire de Lafont. Il n'avait pas dit qu'il n'aurait pas tué de résistants s'il avait pu.

C'était un groupe de F.F.I. du XVe parmi lesquels il s'était faufilé qui l'avait découvert et qui l'avait refilé au groupe de Richelieu parce qu'ils n'avaient pas de place chez eux pour le garder. On lui avait demandé aussi :

«Qu'est-ce que vous foutiez chez les F.F.I.?

— Je voulais me battre...

— Avec quelle arme ?

— Avec mon arme.

— Vous pensiez que c'était la seule façon de vous planquer non ?

— Non, c'était pour me battre, ce n'était pas que je voulais du mal aux Allemands, non, c'était pour me battre.»

On l'avait trouvé avec, dans la poche, un brassard F.F.I. On lui avait demandé ce qu'il faisait de ce brassard dans sa poche. Il avait dit qu'il l'avait trouvé, il avait souri : «Non, tout de même pas, un type comme moi, porter le brassard...»

Beaupain passe, toujours à la recherche du F.M. et du gruyère.

«Quand t'auras une minute ? dit D.

— Tu peux y aller», dit Beaupain.

Ils s'éloignent et discutent. Thérèse reste avec Ter près de la cheminée. Elle pense qu'il doit s'agir de Ter entre Beaupain et D. et que Ter ne s'en doute pas. En effet, Ter commence à se distraire. Il suit des yeux le groupe des Espagnols qui nettoient leurs armes, aussi celui de D. et de Beaupain, mais surtout les Espagnols. Car Ter est ainsi. Pour conduire une auto, pour avoir dans sa poche un revolver, Ter a perdu sa vie. Il a fait la bringue avec Lafont et Bony. Il conduisait à toute pompe l'auto blindée de Lafont lorsque Lafont faisait des descentes dans les quartiers juifs. Un jour, en allant chasser, il a tiré derrière des arbres, il ne sait pas s'il a tué quelqu'un. On sait tout. Ter a tout avoué immédiatement. Pour Ter, tout est simple. Ter se dit : «J'avais une arme, j'étais de la bande à Lafont, j'ai tiré dans les arbres, je vais être exécuté.» Qui a fait le mal doit être exécuté. Il ne sert à rien de se défendre, croit Ter. Ter se plie aux exigences de la justice et de la société. Il croit à la perspicacité des juges, à la Justice, au châtiment. Et en attendant, c'est marrant de regarder démonter des armes et flic et flac. Comme une plante, aussi, Ter. Comme une espèce d'enfant.

Thérèse et D. ont pour Ter une certaine préférence. C'est forcé. C'est forcé qu'on ait des préférences pour les uns et de la répulsion pour certains autres. Il y a au centre Richelieu un homme du monde bien moins coupable que ne l'est Ter et qui savait, lui, qu'il s'en sortirait. Pas Ter, Ter est sûr d'être fusillé. L'homme du monde a demandé qu'on le mette avec des gens de «son milieu» parce qu'il «avait droit à des égards». Alors D. l'a mis dans le box commun du hall, auprès d'un champion de catch et d'une femme de chambre.

En un an, Ter a gagné six millions dans un bureau d'achat allemand.

«Combien ça vous rapportait ce boulot ?

— Six millions en 1943, deux millions cette année.»

Pas une seconde Ter n'a hésité à le dire. Ter est vraiment sans ruse aucune et sans orgueil, sans le moindre. Ce qu'il voudrait avoir par-dessus tout ce sont des cigarettes. Et aussi une femme. Pendant qu'on l'interrogeait huit jours après son arrestation Ter a regardé Thérèse avec une certaine insistance. Ter a une gueule de noceur et de baiseur et les femmes doivent lui manquer. Et il est impossible de faire monter sa maîtresse qui est en bas dans le hall, c'est interdit. Ils sont déjà onze dans la comptabilité et ça ne pourrait pas se faire, de toute façon. De même que pour les cigarettes, interdit d'en donner aux prisonniers.

D. est revenu vers Ter et Thérèse.

«On s'en va…»

Ter marche en avant. D. se penche vers Thérèse et dit tout bas: «Beaupain n'a pas de place, il faudra téléphoner au Cherche-Midi.»

En sortant, D. a fait un signe amical à Hernandez, Thérèse aussi. Hernandez, c'est un géant, un communiste, c'est lui et deux de son groupe qui ont exécuté l'agent, ils sont dix-sept dans ce groupe, considérés par tous les Français comme leurs aînés dans la bagarre. Que ce soit Hernandez qui se soit chargé de l'exécution de l'agent confirme sans doute aux yeux de D. et de Thérèse le bien-fondé de leur confiance en Hernandez. C'est à son groupe qu'était revenu ce travail, c'est régulier. L'agent était français, mais les Français n'avaient pas discuté, eux n'étaient peut-être pas très sûrs qu'il fallait exécuter l'agent, Hernandez, oui. Hernandez est en train de manger des tomates, il a un sourire d'enfant géant. Il est coiffeur de son métier, de sa raison d'être, il est républicain espagnol. Avec la même certitude, la même facilité, il se mettrait une balle dans la tête, si c'était utile pour avancer l'éclatement de la révolution espagnole. Quand ils ne se bagarrent pas, les Espagnols graissent les armes récupérées; ils connaissent les coins où en trouver, ils restent partis toute la nuit, ils dorment très peu, ils parlent et parlent sans cesse de la future bagarre en Espagne. Ils croient tous qu'ils vont partir dans les jours qui viennent. «Au tour de Franco», dit toujours Hernandez. Ça les empêche de dormir, la Libération de Paris fait rêver les Espagnols. La grande question pour eux c'est de récupérer des armes et de se regrouper. Les socialistes y mettent des conditions inacceptables pour les communistes et ceux de la F.A.I. Les derniers veulent se regrouper par leurs propres moyens à la frontière espagnole. Les socialistes veulent organiser un corps expéditionnaire formé à Paris. Toute la journée, il est question de ce départ. Tous ont abandonné leur métier pour repartir.

En croisant Hernandez, Thérèse pense que si Ter devait être exécuté dans les jours qui suivent ce serait mieux que ce soit lui, Hernandez, qui le fasse. Elle préférerait que ce soit Hernandez. Elle lui sourit. Seul Hernandez sait à quel point pourquoi c'est nécessaire de le tuér. Elle ne sait pas le détail de ce que se sont dit D. et Beaupain au sujet de Ter le milicien. Ce sont des questions d'organisation sans doute. Ter va partir du centre, peut-être sera-t-il exécuté.

Ter est content de quitter le centre d'Antin. Il marche d'un pas souple, rapide, devant D. et Thérèse. Il sait qu'il retourne dans la pièce de la comptabilité au centre Richelieu mais il n'y pense pas pour le moment. La perspective de la promenade en bagnole du centre d'Antin au centre Richelieu le lui fait oublier. Ainsi est Ter, vite oublieux.

Arrivé dans la rue, à la hauteur de l'auto, Ter s'écarte tout à coup de D. et de Thérèse, il contourne l'auto et d'un geste large, galant, il ouvre la portière à Thérèse en souriant. Certes il est content de partir du centre d'Antin, mais il n'y a pas que ça. Il y que Thérèse et D. lui sont sympathiques. Il y a que c'est Thérèse qui conduit l'auto, que lui, autrefois, conduisait des autos, et qu'il se sent avec Thérèse comme une parenté. Ter n'est pas un prisonnier ordinaire. Car il s'est passé cette chose admirable que Ter, lors de son interrogatoire, a été frappé par la loyauté de D., et il est certain que dans l'aveu total, presque déconcertant de Ter, il y a eu le désir de plaire à D. Ainsi est Ter, simple. Comme une sorte de plante, Ter.

Ter est assis auprès de Thérèse qui conduit l'auto. D. est sur la banquette arrière. Il tient dans sa main droite un petit revolver ancien, de petit calibre, la seule arme qui reste à D., son F.M. et son 8 mm ayant été volés au centre Richelieu. Ce revolver que tient D. est enrayé, il ne marche plus depuis longtemps. D. l'a trouvé dans le tiroir de son bureau à la place du 8 mm. Impossible de savoir d'où il peut bien venir. Thérèse sait aussi que ce revolver braqué sur Ter ne marche pas. Ter ne le sait pas, bien sûr. S'il a remarqué que ce revolver était ridiculement petit, D. l'impressionne à ce point qu'il ne peut pas le soupçonner de ne pas marcher. Pour Ter, D. ne peut posséder que des armes aussi parfaites que son âme. Ter se tient tranquille auprès de Thérèse.

Il fait beau, très clair. Il n'y a pas de police. La police s'est battue avec le peuple de Paris et elle n'a pas encore repris ses fonctions depuis la Libération. Depuis trois jours, les rues sont sans police. Des autos pleines de F.F.I. circulent dans tous les sens, dans les sens interdits aussi, elles roulent à une très grande vitesse et se doublent en usant largement des trottoirs. Une frénésie de désobéissance, une ivresse de liberté s'est emparée des gens.

Ter est fasciné par la vitesse des autos, le nombre des autos, les canons qui dépassent des portières et qui brillent au soleil.

«Faut en profiter, dit tout à coup D., il n'y a pas encore de police, ces choses-là arrivent une fois par siècle...»

Ter s'est retourné vers D. qui tenait le revolver braqué sur lui. Et il a ri.

«Ça c'est vrai.»

Ainsi est Ter, ça lui plaît qu'il n'y ait pas de police.

Ter n'a jamais aimé la police. S'il est aussi à l'aise avec D., c'est que D. n'est pas de la police. Ter ne réfléchit pas ; il ne pense pas que le fait qu'il n'y ait pas de police annonce des temps nouveaux, des temps que lui, il ne vivra pas. Il ne pense pas plus avant, Ter.

Ter est très attentif au maniement de l'embrayage, aux reprises, à la conduite de l'auto dans le tourbillon ensoleillé des rues. Ter aime le maniement des autos, des armes, de l'argent, des femmes. Il aime ce qui roule, ce qui claque, ce qui se dépense. Pour lui, le maniement d'une auto est une chose fascinante en soi. D'autant plus que ça le change tellement de la vie qu'il mène depuis onze jours dans la comptabilité, avec les dix autres miliciens. Et il fait vraiment très beau et toutes ces autos pleines de jeunes gens et de jeunes filles de l'âge de Ter, lancées à toute vitesse, avec des mitraillettes et des carabines braquées dans tous les sens, qui sortent des portières, font l'été plus fort, plus fascinant. De loin, tout ce désordre conquis, libre, exalté, agit sur Ter qui est heureux d'être dans une de ces autos, de participer à ce mouvement à quelque titre que ce soit. C'est sans doute la dernière des promenades de la vie de Ter.

À chaque tournant, avec ponctualité, attention, Ter allonge le bras pour faciliter la marche de l'auto. De l'auto qui le mène tout droit à sa cellule du centre Richelieu de laquelle il ne sortira probablement plus qu'en voiture cellulaire.

De temps en temps, du toit des immeubles, partent des roucoulements de mitrailleuses, fond sonore, clair soleil, vertes feuilles. Lorsque c'est trop près, les piétons s'amassent sous les porches des maisons et ils rient aux F.F.I. qui passent en automobile.

Et à un moment donné, Thérèse se retourne vers D. et cligne des yeux à propos du revolver enrayé. Et D. et Thérèse sourient. Il n'y a que Ter qui est sérieux. Avec ponctualité, il allonge le bras à chaque tournant.

Lorsque Thérèse et Albert sont allés reconduire Ter dans sa cellule, Ter a demandé à Thérèse s'il était dans les choses possibles d'avoir du pain en supplément des rations et aussi un jeu de cartes pour passer le temps. Ter a demandé ça à Thérèse, tout bas, en cachette d'Albert.

D. était allé engueuler les F.F.I. de la cuisine qui ratiboisaient sur les parts des prisonniers et Thérèse était allée chercher un jeu de cartes et du pain.

À la fin de l'après-midi, Thérèse a accompagné Albert à la comptabilité pour remettre à Ter les cartes et le pain. Ter, assis sur la table, racontait aux autres prisonniers sa promenade dans Paris. Thérèse avait remis les cartes et le pain.

Et le soir, on avait trouvé Ter assis sur la table et entouré de trois autres miliciens, ils jouaient aux cartes.

Les autres ne voulaient pas vraiment jouer, ils jouaient avec mollesse. Ter les forçait. Ter avait une sacrée envie de jouer, une envie d'un qui va vivre, pas moins. Il était assis sur la table en tailleur, il forçait les autres à choisir leurs cartes, à les jouer. Puis il jouait. Il jouait seul. Il lançait les cartes sur la table et se réjouissait de gagner. Et plaf. Et que je te joue cet as. Et que je te coupe. Et que je gagne.

À côté de Ter, sur la table, traînait un petit morceau de pain. C'était tout ce qui restait des trois pains que Thérèse avait apportés à Ter. Ils avaient tout englouti, Ter avait partagé.

Même Albert avait une préférence pour Ter, Albert qui était terrible avec tous les autres. Lorsque Ter était en bas dans le hall, D. l'avait trouvé un jour en grande conversation avec Albert. Albert était assis dans un fauteuil de cuir. Ter était à ses pieds.

«Dis-moi un peu... et les femmes? Combien que t'as eu de femmes?»
Ter réfléchissait.

«En combien de temps? demandait Ter.

— L'année dernière, combien l'année dernière?

— Trois cent quatre-vingt-quinze.»

Puis Ter et Albert de se gondoler, et aussi D. qui venait d'arriver, tous les trois ensemble.

Ter était incorrigible. Dût-il mourir le lendemain, Ter n'aurait pas perdu l'occasion de vivre. Ter était convaincu de son abjection parce que D. le lui avait dit et que D., il fallait le croire. Ter était sans orgueil, rien dans la tête, rien que de l'enfance.

Nous n'avons pas su ce qu'est devenu Ter, s'il a été fusillé, ou s'il a vécu.

Si Ter a vécu il a dû être de ce côté de la société où l'argent est facile, où l'idée est courte, où la mystique du chef tient lieu d'idéologie et justifie le crime.

L'ORTIE BRISÉE

C'est inventé. C'est de la littérature.

J'étais du P.C.F. sans doute à ce moment-là parce que c'était un texte qui avait trait à un affrontement de classes. C'était pas mal, c'était impubliable. J'ai eu la chance de faire une littérature que j'ai toujours inconsciemment préservée du voisinage nauséabond du P.C. auquel j'appartenais. Heureusement ce texte-ci est resté impublié pendant quarante ans. Je l'ai réécrit. Maintenant je ne sais plus de quoi il s'agit. Mais c'est un texte qui prend le large. C'est peut-être aussi un bon texte de cinéma.

Quelquefois, l'étranger, je crois que c'est Ter le milicien qui s'est échappé du centre Richelieu et qui cherche où se mettre pour mourir. C'est le costume clair qui me porterait à le croire, les chaussures de cuir clair, la peau blanche de l'Allemagne nazie, et l'odeur de cette camelote de luxe, la cigarette anglaise.

L'étranger s'assied sur les grandes dalles qui jonchent les bords du chemin. Elles ont dû être transportées là il y a pas mal de temps, peut-être même avant l'Occupation. Puis le projet de faire des trottoirs dans ce chemin a dû être abandonné.

De chaque côté du chemin s'alignent des baraques en planches recouvertes de tôle, entourées de clôtures gondolées sur lesquelles du linge sèche de loin en loin. Autour des dalles, dans les interstices, il y a des liserons sauvages et des orties. Il y en a aussi contre les clôtures qui bordent les baraques en planches, un envahissement. De loin en loin, aussi, dans les jardins, sur le chemin, des acacias, pas d'autres arbres.

Des baraques, arrivent des bruits de vaisselle, des éclats de voix, des piaillements d'enfants, des cris de mère, pas de paroles.

Sur le chemin deux enfants passent et repassent. L'aîné peut bien avoir une dizaine d'années. Il promène son petit frère dans une vieille poussette depuis l'endroit où se trouve l'étranger jusqu'à l'excavation où mène le chemin. De celle-ci jaillissent des emmêlements de ferrailles et d'orties.

Depuis que l'étranger est arrivé l'enfant a raccourci son parcours, il passe plus souvent devant lui. Le petit frère porte une chemise bleue trop petite. Il est pieds nus, sa tête blonde ballotte de-ci, de-là, sur le dossier de la poussette. Il dort. Ses cheveux raides sont en désordre, il y a des mèches prises entre ses paupières fermées, c'est là que se trouvent les mouches, dans l'ombre humide des cils. De temps en temps, l'aîné s'arrête et examine l'étranger à la dérobée, avec une curiosité très aiguë et vide. Il mange une herbe et il chantonne tout bas. Lui aussi est pieds nus. C'est un enfant maigre, aux lèvres renflées, aux cheveux ternes et embroussaillés, très noirs. Il porte une blouse de petite fille, également bleue, largement ouverte sur le devant. Sa tête est petite et serrée, son regard est limpide encore, profond. Parfois le visage de l'enfant se ferme, il prend peur. C'est quand il croit que l'étranger à son tour le regarde. Mais très vite il repart dans son va-et-vient devant les baraques.

Il y a dix minutes que l'étranger est là lorsque l'homme survient dans le chemin. Il s'assied lui aussi sur une dalle, pas loin de l'étranger. C'est un homme qui a l'habitude de venir. Il doit avoir près de cinquante ans. Il porte un béret verni de cambouis. Il relève ses pantalons pour s'asseoir, ses mollets sont maigres, poilus, ils sortent de gros godillots noirs. Il porte une chemise militaire et un veston gris un peu court. L'enfant s'arrête devant l'ouvrier. La figure de l'enfant s'est miraculeusement animée, il sourit. Ils se disent bonjour.

L'enfant pousse la voiture sous l'acacia, de l'autre côté du chemin, puis il revient s'asseoir auprès de l'homme. «Tu as déjà mangé? — C'est fait», dit l'enfant.

Comme l'enfant, l'homme regarde l'étranger à la dérobade, mais sans s'en émouvoir. Sa figure est tannée, sèche. Il a des yeux bleus cet homme, petits et vifs, et bons. Ses joues sont creuses, il ne doit plus avoir beaucoup de dents.

Il fait chaud, d'une chaleur lourde, poisseuse, sans traversée aucune de souffle, de mouvement. Le grésillement qu'on entend c'est celui des mouches qui vont d'ortie en ortie dans la lourdeur de l'air.

L'homme ramène sa musette devant lui. Il sort sa gamelle et une bouteille de vin. L'étranger évite, dirait-on, de le regarder. Il ne devrait pas ignorer que l'homme l'observe, qu'il se demande pourquoi il se trouve là aujourd'hui, dans ce chemin du bout du monde, un homme à ce point étranger.

L'homme sort sa gamelle, et on voit que l'index de sa main gauche est enfermé dans un gros doigt en cuir, noué autour du poignet. Il ouvre sa gamelle, le doigt levé de façon à éviter le moindre contact. L'enfant suit les gestes de l'homme. Il paraît avoir momentanément oublié l'étranger. «Tu as encore mal», demande l'enfant. «C'est plus rien. J'y fais plus attention.» Dans la gamelle il y a des haricots blancs. L'homme sort un morceau de pain de la musette. Ses gestes sont lents. L'étranger enlève son chapeau et le pose sur la pierre voisine. Il a chaud. Il est habillé d'un costume clair. Presque blanc.

L'enfant suit les gestes de l'homme. Sa figure s'est détendue. Il y a une avidité étrange dans cet enfant, il veut que l'homme parle. Ils doivent avoir l'habitude de se voir. «Et ton père?» demande l'homme. «Ça va mieux», dit l'enfant.

L'homme essuie sa cuiller contre le revers de sa veste et la plonge dans sa gamelle. Il mange. Il mâche. Il mange. Il avale. Tout se passe dans la lenteur régulière d'un spectacle, dans celle d'une lecture insidieuse et vaine.

Derrière eux, derrière l'étranger, l'homme et l'enfant, la même masse compacte de la ville, devant eux, le commencement des orties. La ville finit là où l'herbe mauvaise commence, la ferraille. La guerre l'a quittée. C'est fini. L'odeur âcre vient d'une autre excavation – celle-là, on ne la voit pas – qui doit servir de dépotoir à tous les gens des baraques. Les mouches qui boivent aux yeux du petit enfant viennent de là. Depuis qu'il est né, ce petit enfant est donc la proie des mouches de ce dépotoir, et il respire, et il est plongé dans l'odeur âcre. Par moments, celle-ci s'atténue et puis elle revient, affreuse, elle remplit l'été.

L'homme mange toujours ses haricots sous les yeux de l'enfant et de l'étranger. Il prend une bouchée de haricots, il coupe un morceau de pain avec son canif, il met le tout dans sa bouche. Il mâche. Lentement il mâche. L'aîné des enfants regarde l'homme qui mâche. Des baraques sortent toujours des cris, des pleurs d'enfants, des cliquetis de vaisselle, pas de paroles.

Au loin une sirène retentit, très triste, pareille à celle des alertes de la guerre.

L'homme pose son morceau de pain sur la pierre et tire sa montre de la poche de son gilet. Toujours lentement, il la met à l'heure. Il dit : « Midi passé d'une minute. » Il se tourne vers l'étranger : « Ça fait toujours peur, un sale bruit. »

L'étranger n'a pas répondu. On pourrait le croire sourd. L'homme se remet à manger ses haricots. Toujours avec cette lenteur excessive, ralentie, dans la chaleur puante de l'excavation qu'on ne voit pas. L'enfant ne le regarde plus. Il regarde l'étranger qui n'a pas répondu. Il n'a jamais vu d'étranger dans ce chemin, un homme très propre et très blanc. Un homme blond.

« Où est-on ici ? » demande l'étranger.

L'enfant rit et puis il baisse les yeux, confus. L'homme s'arrête de mâcher. Il regarde l'étranger, surpris lui aussi.

« Là-bas, c'est le Petit-Clamart. – Il montre la direction du tas de ferraille et d'orties –, ici c'est encore Paris. Enfin, en principe… »

L'incertitude s'est emparée de l'homme.

« Pourquoi ? Vous êtes perdu… ?

— Oui. » Le mot résonne.

L'enfant rit de nouveau, puis il cesse, baisse les yeux.

L'homme ne sourit plus.

L'homme prend une bouteille de vin, un verre. Il boit. Il ne parle plus.

L'étranger doit savoir que de lui-même l'homme ne lui parlera plus.

L'étranger parle, il ne questionne pas, il dit : « Vous vous êtes fait mal au doigt. »

L'homme lève son doigt et le considère.

« J'ai un doigt de sauté, enfin presque, la première phalange. Il a été pris sous une presse. »

Pour la première fois l'enfant parle, il rougit et il prend son élan, il dit d'une traite : « Son doigt était plat comme du papier à cigarette, il y en a une autre, à l'usine, elle a eu toute la main de prise, on a coupé sa main. »

L'étranger ne détache plus les yeux de la bouche qui mange. Les yeux de l'enfant aussi sont avides de tout voir. Lui, il ne détache plus ses yeux des deux hommes. Encore une fois l'homme parle.

« Ce sont des grosses pièces dit l'homme, deux tonnes... et il y en a de cinq tonnes dans les arsenaux... des grosses bêtes... »

Le petit enfant crie. Un seul cri. Un cauchemar. À la porte d'une baraque une jeune femme apparaît, elle appelle – « Marcel ! » – L'enfant se relève et regarde la femme – « c'est rien ». Tout le monde se tait. Le petit s'est rendormi.

L'homme a fini ses haricots et sort un morceau de fromage de sa musette. Il coupe un petit morceau de fromage et il le pose sur son pain. Il coupe l'endroit du pain qui porte son fromage. Il mange, toujours à la même lenteur ralentie, mais légère, irrésistible. L'enfant dit : « Je croyais pas, mais tu auras juste assez de pain pour le fromage. »

L'enfant est inquiet à cause du silence de l'homme qui mange du fromage. Pas à cause du silence de l'étranger. Il regarde l'homme, Lucien.

« C'est terrible », dit enfin l'étranger.

L'homme se tourne vers l'étranger. Il ne sourit plus. L'enfant comprend que l'homme, Lucien, commence à craindre quelque chose. L'étranger dit : « Vous avez repris le même travail. »

L'étranger ne pense pas à ce qu'il dit, il parle machinalement, mais à la place de se taire, à la place de mourir. Il retient enfermé en lui une chose qu'il ne sait pas dire, livrer. Cela parce qu'il ne la connaît pas. Il ne sait pas comment on parle de la mort. Il est devant lui-même comme le sont l'homme et l'enfant devant lui. L'homme et l'enfant le savent. L'homme va parler à la place de l'étranger, mais de la même façon il se tairait.

Tous ces efforts sont faits pour éloigner le silence. Une chose est certaine. Si le silence n'était pas repoussé par les deux hommes, une phase dangereuse s'ouvrirait pour tous, les enfants, l'étranger, l'homme. Le mot qui vient en premier pour le dire est le mot de folie.

«Oui, j'ai repris le même travail dit l'homme. L'année dernière j'étais au rivetage. Je préfère la presse. C'est une affaire de goût. Je trouve que le travail à la presse est moins monotone. Peut-être est-ce parce qu'il est dangereux. C'est peut-être plus dur, mais on a sa pièce à soi, sa machine à soi. Moi je préfère ça.»

L'étranger s'est remis à entendre sans écouter, à regarder sans voir.

«À la presse, continue l'homme, il arrive aussi qu'on soit plusieurs, mais c'est bien différent, on voit sa pièce se faire. À côté, le rivetage, c'est un peu... comment dire... un travail de détail, de finition. C'est moins personnel. Et puis on n'est jamais seul, toujours en groupe. On aime être seul quelquefois.»

L'homme a parlé avec un souci de précision qui enchante l'enfant. L'amabilité a quitté l'homme, la bonté aussi. Il parle maintenant pour empêcher que l'étranger parle. L'étranger ne répond pas.

L'enfant pousse un cri dans une sorte de bonheur soudain. Ce bonheur n'est pas sans rapport avec la nouvelle attitude de l'homme envers l'étranger.

L'homme sourit avec une ironie légère et son regard bleu est devenu dur.

«Vous êtes peut-être dans la métallurgie, dit l'homme, on ne sait jamais.»

L'étranger sourit comme l'homme, en se moquant, mais il ne répond pas. Il dit: «Non.»

Un petit arrêt s'est produit dans les gestes de l'homme qui mange, et le silence revient. Et la crainte devient plus proche, plus dense. L'enfant ne comprend rien à l'événement qui vient. Il se trouve abandonné.

L'homme sort un litre de sa musette et un verre. Et puis il boit une, deux, puis trois longues gorgées de vin. Quand il a fini il tend le litre à l'enfant.

«Tiens, bois une gorgée.»

L'enfant boit, il fait une grimace, il avale le vin avec difficulté. L'étranger lève la tête et il dit:

«Vous lui donnez du vin... à un enfant?

— Oui, je lui donne du vin... pourquoi? Vous y voyez un inconvénient?»

L'étranger regarde l'ouvrier. Ils se regardent. L'étranger dit: «Non.»

L'homme reprend sa montre, la regarde et la remet dans la poche de son gilet. Il prend ensuite un paquet de Gauloises. Le petit s'est encore réveillé. L'enfant va vers la poussette et recommence à le traîner tout en ne quittant pas les deux hommes des yeux.

L'étranger se retourne brusquement, comme affolé. Sans raison apparente. Puis il retourne à son silence. L'homme dit : « J'ai encore un quart d'heure, le temps de fumer une cigarette. »

L'homme tend son paquet de cigarettes à l'étranger.

« Merci, dit l'étranger, j'en ai sur moi. »

L'étranger à son tour tire un paquet de cigarettes de sa poche. L'homme lui tend un briquet fumeux, sa main tremble un peu.

Ils fument sans se parler. Puis l'ouvrier a l'air de voir quelque chose au loin, devant lui, mais non. Il fume avec une aise profonde. La peur va et vient. Et la voici. L'homme hume l'air et il dit cette phrase : « Vous fumez une cigarette anglaise. »

L'étranger ne répond pas, il ne comprend pas, il dit : « Qu'est-ce que vous voulez dire ? »

L'homme regarde l'étranger comme tout à l'heure ce dernier le regardait. Il ne répond pas.

Les deux hommes se taisent. L'enfant commence à les oublier. Il fredonne un air d'école. L'étranger parle à l'homme : « Vous êtes content ? »

L'homme le regarde : « Vous parlez de quoi ? »

L'étranger réfléchit, il cherche de quoi il parle. Il ne trouve pas.

« Je ne sais pas. »

Devant l'étranger il y a une touffe d'orties en fleurs. La plante est au milieu du chemin, ronde, en buisson, pleine de fiel et de feu. L'étranger se penche, il casse une tige de la plante et il la froisse dans sa main. Il fait une grimace, il jette l'ortie, il frotte ses mains brûlées. On entend le rire de l'enfant. L'homme s'est complètement arrêté de fumer. L'étranger devine qu'il le regarde, il reste penché sur l'ortie, puis tout à coup il se décide, il lève la tête et il parle, il dit : « Excusez-moi. »

L'enfant, encore, il rit. C'est un fou rire. L'homme lui dit de se taire. L'enfant s'arrête brusquement de rire, il a peur d'être chassé par l'homme. L'homme demande : « Vous n'avez jamais vu d'orties ? »

Maintenant l'homme est en colère. Sa peur a fondu. Il est dressé face à l'étranger.

« Ce n'est pas ça, dit l'étranger, mais je ne sais pas les reconnaître. »

L'homme jette sa cigarette, elle tombe dans une flaque de soleil. Il en reprend une. Il n'attend plus que l'étranger parle. Il a l'air d'avoir oublié de partir au travail. Il ne regarde plus l'étranger. Il pense à lui, à l'étranger, comme à un événement maintenant passé, inaccessible, et vain.

L'étranger, lui, ne parle plus. Il a repris sa pose. Il est toujours tête bais-

sée, braqué vers la mort. Et l'homme, instinctivement, dérive lentement
vers la zone de mort où se trouve l'étranger. Il dit : « Pendant l'Occupation
je suis resté ici, je n'ai pas quitté le secteur. »
L'étranger n'a pas bougé. L'homme maintenant marche autour de lui, fait
quelques pas, revient, montre la ville. Il dit : « Ça fait huit jours maintenant que c'est fini. Ce qu'on entend de temps en temps ce sont les tireurs
des toits, mais il y en a de moins en moins. »
La sirène retentit une nouvelle fois, l'enfant crie :
« Lucien, c'est l'heure.
— J'y vais », dit Lucien.
Lucien hésite. Il va, il vient, il regarde la ville, et puis il dit à l'enfant : « Tu
vas rentrer chez toi. »
L'enfant, toute sa petite figure se resserre dans l'effort de saisir quelque
chose de ce qui se passe entre l'homme et l'étranger. Mais l'enfant obéit.
Il rentre. Il va chercher la poussette et il retourne vers la baraque où sa
mère était un moment avant. L'homme attend qu'il ait disparu avant de
partir à son tour.

L'étranger n'a pas bougé.
Il est toujours assis tête baissée vers le sol, mains jointes, les bras posés
sur les genoux.
Il occupe maintenant le chemin à lui seul. À lui seul ce désert, ce chemin.

C'est quand il le regarde de loin, par la fenêtre de la baraque, qu'il vient
à l'idée de l'enfant que peut-être l'étranger est mort, mort d'une mort
miraculeuse, sans apparence d'événement, sans forme de mort.

AURÉLIA PARIS

C'est inventé. C'est de l'amour fou pour la petite fille juive abandonnée. J'avais toujours eu la tentation de transposer Aurélia Paris *à la scène. Je l'ai fait pour Gérard Desarthe. Il l'a lu merveilleusement pendant deux semaines dans la petite salle du théâtre du Rond-Point en janvier 1984.*

Aujourd'hui, derrière les vitres il y a la forêt et le vent est arrivé. Les roses étaient là-bas dans cet autre pays du Nord. La petite fille ne les connaît pas. Elle n'a jamais vu les roses maintenant mortes ni les champs ni la mer. La petite fille est à la fenêtre de la tour, elle a écarté légèrement les rideaux noirs et elle regarde la forêt. La pluie a cessé. Il fait presque nuit mais sous la vitre le ciel est encore bleu. La tour est carrée, très haute, en ciment noir. La petite fille est au dernier étage, elle voit d'autres tours de loin en loin, également noires. Elle n'est jamais descendue dans la forêt. La petite fille quitte la fenêtre et se met à chanter un chant étranger dans une langue qu'elle ne comprend pas. On voit encore clair dans la chambre. Elle se regarde dans la glace. Elle voit des cheveux noirs et la clarté des yeux. Les yeux sont d'un bleu très sombre. La petite fille ne le sait pas. Elle ne sait pas non plus de même avoir toujours connu la chanson. Ne pas se souvenir l'avoir apprise.

On pleure. C'est la dame qui garde la petite fille, qui la lave et qui la nourrit. L'appartement est grand, presque vide, presque tout a été vendu. La dame se tient dans l'entrée, assise sur une chaise, à côté d'elle il y a un revolver. La petite fille l'a toujours connue là, à attendre la police allemande. Nuit et jour, la petite fille ne sait pas depuis combien d'années, la dame attend. Ce que sait la petite fille c'est que dès qu'elle entendra le mot Polizei derrière la porte la dame ouvrira et tuera tout, d'abord eux et puis ensuite, elles deux.

La petite fille va fermer les doubles rideaux noirs puis elle va vers son lit, elle allume la petite lampe de son bureau. Sous la lampe le chat. Il se dresse sous la lumière. Autour de lui, pêle-mêle il y a les journaux sur les dernières opérations de l'armée du Reich dans lesquels la dame a appris à écrire à la petite fille. Auprès du chat, étalé et raidi il y a un papillon mort couleur de poussière.

La petite fille s'assied sur le lit face au chat. Le chat bâille, s'étire et s'assied à son tour face à elle. Ils ont les yeux à la même hauteur. Ils regardent. Voici, le chant juif, la petite fille le chante pour le chat. Le chat se couche sur la table et la petite fille le caresse, l'écoute. Puis elle prend le papillon mort, elle le montre au chat, le regarde avec une grimace pour rire, et puis chante encore le chant juif. Puis les yeux du chat et de la petite fille se regardent encore.

Du fond du ciel tout à coup, la voici. La guerre. Le bruit. Du couloir la dame crie de fermer les rideaux, de ne pas oublier. Les épaisseurs d'acier commencent à passer au-dessus de la forêt. La dame crie :

« Parle-moi.

— Encore six minutes, dit la petite fille. Ferme les yeux. »

Le toit du bruit qui se rapproche, la charge de mort, les ventres pleins de bombes, lisses, prêts à s'ouvrir.

« Ils sont là. Ferme les yeux. »

La petite fille regarde ses petites mains maigres sur le chat. Elles tremblent comme les murs, les vitres, l'air, les tours, les arbres de la forêt. La dame crie : « Viens. »

Ça passe toujours. Ils sont là un peu après qu'eut dit la petite fille. Au plus fort du bruit, brutalement, l'autre bruit. Celui des pointes acérées des canons antiaériens.

Rien ne tombe du ciel, aucune chute, aucune clameur. La masse intacte de l'escadrille glisse dans le ciel.

« Où ils vont ? crie la dame.

— Berlin, dit la petite fille.

— Viens. »

La petite fille traverse la chambre noire. La dame, la voici. Là il fait clair. Là aucune fenêtre, aucune ouverture sur le dehors, c'est le bout du couloir, la porte d'entrée, c'est par là qu'ils doivent arriver. Une ampoule accrochée au mur éclaire la guerre. La dame est là à surveiller la vie de l'enfant. Elle a posé son tricot sur ses genoux. On n'entend plus rien sauf, loin, le relais des canons. La petite fille s'assied aux pieds de la dame, elle dit : « Le chat, il a tué un papillon. »

La dame et la petite fille restent longuement enlacées à pleurer et à se taire gaiement comme chaque soir. La dame dit : « J'ai encore pleuré, tous les jours je pleure sur l'admirable erreur de la vie. »

Elles rient. La dame caresse les écheveaux de soie, les boucles noires. Le bruit s'éloigne encore. La petite fille dit : « Ils ont passé le Rhin. »

Il n'y a plus que le bruit du vent en rafales dans la forêt. La dame a oublié :

« Ils vont où ?

— Berlin, dit l'enfant.

— C'est vrai, c'est vrai… »

Elles rient. La dame demande :

« Qu'est-ce qu'on va devenir ?

— On va mourir, dit l'enfant, tu vas nous tuer.

— Oui, dit la dame – elle cesse de rire – tu as froid. » Elle touche le bras.

La petite fille ne répond pas à la dame, elle rit. Elle dit :

« Le chat, je l'appelle Aranacha.

— Aranachacha », répète la dame.

La petite fille rit très fort. La dame rit avec elle et puis elle ferme les yeux et touche le petit corps.

« Tu es maigre, dit la dame, tes petits os sous la peau. »

La petite fille rit à tout ce que dit la dame. C'est souvent le soir, la petite fille rit de tout ce qui vient.

Et puis voici elles se mettent à chanter le chant juif. Puis la dame raconte : « Sauf ce petit rectangle de coton blanc cousu à l'intérieur de ta robe, nous ne savons rien de toi. Il y avait les lettres A.S. et une date de naissance. Tu as sept ans. »

La petite fille écoute le silence. Elle dit : « Ils sont arrivés au-dessus de Berlin – elle attend – ça y est. »

Elle rejette brutalement la dame, elle la frappe, puis elle se relève et s'en va. Traverse les couloirs, ne se cogne à rien. La dame l'entend chanter.

Les canons antiaériens de nouveau contre l'acier des coques bleues. La petite fille appelle la dame : « Mission accomplie, dit la petite fille. Ils reviennent. »

Le bruit augmente, ordonné, long, un flot continu. Moins lourd qu'à l'aller.

« Pas un qui a été touché, dit la petite fille.

— Combien de morts ? demande la dame.

— Cinquante mille », dit la petite fille.

La dame applaudit.

« Quel bonheur, dit la dame.

— Ils ont dépassé la forêt, dit la petite fille, ils vont vers la mer.

— Quel bonheur, quel bonheur, dit la dame.

— Écoute, dit la petite fille, ils vont passer la mer. »

Elles attendent.

« Ça y est, dit la petite fille, ils ont passé la mer. »

La dame parle toute seule. Elle dit que tous les enfants vont être tués. La petite fille rit. Elle dit au chat : « Elle pleure. C'est pour que je vienne. Elle a peur. »

La petite fille se regarde dans la glace et se parle : « Je suis juive, dit la petite fille, juif. »

La petite fille se rapproche de la glace et se regarde : « Ma mère elle tenait un commerce rue des Rosiers à Paris. »

Elle montre vers le couloir : « C'est elle qui me l'a dit. »

La petite fille parle au chat, elle parle.

« Des fois je veux mourir, dit la petite fille – elle ajoute — Mon père, moi je crois que c'était un voyageur, il venait de la Syrie. »

Du fond de l'espace extérieur le recommencement de la rumeur. La petite fille crie : « Ils reviennent. »

La dame a entendu la deuxième charge de mort. Elles attendent.

« C'est où cette fois ? »

La petite fille ferme les yeux pour mieux entendre. Elle dit : « Vers Düsseldorf. »

La petite fille a caché sa tête dans ses mains, elle a peur. Au loin, la dame du couloir récite la liste des villes du Palatinat, elle demande à Dieu le massacre des populations allemandes.

« J'ai peur, dit la petite fille. »

La dame n'a pas entendu.

Le chat est parti, il est dans les couloirs éteints, là où le bruit est moins fort.

« J'ai peur, répète la petite fille.

— Ils sont nombreux ? demande la dame.

— Mille, dit la petite fille. Ils sont là. »

Ça y est, ils ont atteint la forêt. Ils passent. L'électricité s'éteint.

« Je voudrais qu'ils tombent, crie la petite fille, je voudrais que ce soit fini. »

La dame crie à la petite fille de se taire, que c'est honteux.

La dame prie, elle récite, à voix très haute, de folle, une prière apprise dans l'enfance. Et puis soudain l'enfant crie dans le noir : « La forêt. »

Soudain, la fin du monde, le raclement énorme qui s'écrase, le fracas, la clameur et puis l'incendie, la lumière.

Au-dessus, l'escadrille avance.

L'avion tombé est laissé.

La petite fille soulève le rideau et regarde le feu. Ce n'est pas loin de la tour.

La petite fille cherche la forme de l'aviateur anglais. La dame hurle dans le noir : « Viens, viens avec moi. »

La petite fille va.

«C'est un avion anglais, il est tombé juste là», dit la petite fille.

Elle dit que la forêt brûle, juste là, en bas de la tour, un peu après. Que tout est désert à part le feu.

La petite fille voudrait aller voir l'avion tombé. La dame dit qu'elle ne veut pas voir ça, une chose pareille. La petite fille insiste, elle dit que l'aviateur est mort, que non, c'est seulement du feu, de venir.

La dame pleure, elle dit que ce n'est pas la peine.

«Si j'avais su, enfin n'en parlons plus, d'autant que je n'ai rien contre cette petite fille... rien... j'aurais préféré que ce soit des juifs qui s'en occupent, et puis plus jeunes... mais comment?... Partis les deux, dans la nuit, un train de treize fourgons mais partis pour où? Et comment faire pour prouver que c'est elle leur enfant? Comment?... s'ils reviennent, disent que oui, pourquoi pas?... elle grandit trop vite la petite fille, on dit que c'est le manque de nourriture... sept ans d'après le petit rectangle blanc du tricot...»

La petite fille écoute la dame. Parfois elle éclate de rire et la dame se réveille. Elle demande ce qu'il y a, qui a parlé et où ils sont allés.

«Mannheim, dit la petite fille, ou bien Francfort, ou bien Munich, ou bien Leipzig, ou bien Berlin – elle s'arrête – ou bien Nimègue.»

La dame dit qu'elle aime cette petite fille, beaucoup. Puis elle se tait. Puis elle dit encore qu'elle l'aime et tant. La petite fille la secoue doucement. Elle dit :

«Alors elle est montée en courant, elle portait une petite fille?

— C'est ça.

— Qui?

— Ta mère, dit la dame.

— "Prenez la petite j'ai une course urgente à faire", dit la petite fille.

— C'est ça, "j'ai une course urgente à faire je reviens dans dix minutes".

— "Du bruit dans l'escalier?"

— Oui. La police allemande.

— Puis plus rien?

— Plus rien.

— Jamais, jamais?

— Jamais.»

La petite fille met sa tête sur les genoux de la dame pour que la dame caresse ses cheveux.

La dame caresse les cheveux de la petite fille comme elle le désire, fortement, et elle lui parle de sa propre vie. Puis sa main s'arrête. Elle demande :

«Alors, ils sont où ces gens?
— Liège, dit la petite fille, ils rentrent.»
La petite fille demande à la dame: «Celui qui est mort, qui c'était?»
La dame raconte une histoire d'aviateur anglais.
La petite fille serre la dame dans ses bras. La dame se plaint.
«Embrasse-moi embrasse-moi», dit la petite fille.
La dame fait un effort et caresse les cheveux de la petite fille puis le sommeil est plus fort. De relais en relais dans la ville les sirènes de la fin de l'alerte.
«Dis-moi son nom, dit la petite fille.
— Le nom de qui? demande la dame.
— De qui tu veux.
— Steiner, dit la dame. C'est ce que la police criait.»
Le chat. Il revient d'une chambre latérale.
«Ils sont revenus, dit la petite fille, ils vont passer la mer.»
La petite fille se met à caresser le chat, d'abord distraitement puis de plus en plus fort. Elle dit: «Il a mangé une mouche aussi.»
La dame écoute. Elle dit:
«On ne les entend pas revenir.
— Ils sont passés par le Nord», dit la petite fille.
Déjà, aux vitres, le jour. Il pénètre dans le couloir de la guerre.
Le chat se couche sur le dos, il ronronne du désir fou d'Aurélia. Aurélia se couche contre le chat. Elle dit: «Ma mère, elle s'appelait Steiner.»
Aurélia met sa tête contre le ventre du chat. Le ventre est chaud, il contient le ronronnement du chat, vaste, un continent enfoui.
«Steiner Aurélia. Comme moi.»
Toujours cette chambre où je vous écris. Aujourd'hui, derrière les vitres, il y avait la forêt et le vent était arrivé.
Les roses sont mortes dans cet autre pays du Nord, rose par rose, emportées par l'hiver.
Il fait nuit. Maintenant je ne vois plus les mots tracés. Je ne vois plus rien que ma main immobile qui a cessé de vous écrire. Mais sous la vitre de la fenêtre le ciel est encore bleu. Le bleu des yeux d'Aurélia aurait été plus sombre, vous voyez, surtout le soir, alors il aurait perdu sa couleur pour devenir obscurité limpide et sans fond.
Je m'appelle Aurélia Steiner.
J'habite Paris où mes parents sont professeurs.
J'ai dix-huit ans.
J'écris.

De ce souvenir de l'agent de la Gestapo que j'ai fréquenté pendant trois mois, la peur est tellement intense que même le souvenir ne change pas. C'était trop peut-être. C'était une peur mortelle, je mourais de peur, je maigrissais de peur. Pourtant j'ai un souvenir joyeux de la peur, plus tard, à la libération : on s'était retrouvé avec Claude Roy, à l'angle de la rue Jacob et de la rue Bonaparte, et on allait tous les deux vers la Seine... [...] La fois où Rabier m'a dit : «Il y a quinze jours aujourd'hui que j'ai arrêté votre mari» et qu'il a fait le parallèle entre l'arrestation de mon mari et celle du déserteur allemand : «Il y avait quinze jours que je le connaissais, il était devenu mon ami», reste une peur atroce jusque dans le souvenir, jamais je n'avais été aussi près de la mort, la peur de la rue Bonaparte était une peur d'enfance à côté.

«Entretien Marguerite Duras-François Mitterrand», L'Autre Journal, n°1, 26 février -4 mars 1986.

PAGE PRÉCÉDENTE :
OBJET DÉCOUVERT PAR
MARGUERITE DURAS
DEVANT SA PORTE, À
TROUVILLE, APRÈS LA
PARUTION DE
LA DOULEUR.

CI-CONTRE :
FEUILLET
DACTYLOGRAPHIÉ DU
RÉCIT «ALBERT DES
CAPITALES»,
PUBLIÉ DANS LA
DOULEUR.

_Alr)ert des quoi?? dem

_A'll)ert des Capitales,

Albert des Capitales 22 pages
la prise de la Kommanfantur
de la Place de l'opéra.

Deux jours après ~~la prise de l'hôtel de ville.~~

A cinq heures de l'après midi, le patron d'un bistrot voisin de
l'immeuble où se tenait le groupe Richelieu était arrivé en courant:
_y a chez moi un salaud, un donneur...tout le monde le sait;.. vous
devriez venir le piquer...

Maxime avait délégué trois camarades.

C'était le premier. Depuis quatre ans qu'on entendait parler, le
premier.

Les hommes avaient envahi le hall, le bar, l'entrée. Depuis deux
jours, ils ne se battaient plus, il n'y avait plus rien à faire au gr
groupe. Que dormir, manger, commencer à s'engueuler à propos des armes
et des voitures, à propos des filles.

Il était arrivé encadré par les trois camarades. wwxix

On l'avait fait rentrer dans le bar. Pendant une heure il était
resté debout au milieu du bar. Maxime regardait ses papiers. Les hommes
eux, le regardaient, s'approchaient, le reniflaient, le contemplaient
avec intensité. Salaud. Fumier. Ordure. Salaud.

Cinquante ans. Il louche. Il porte des lunettes. il a un col cas
sé, une cravate. Il est gras, court, il est mal rasé. Ses cheveux sont
gris. Il sourit. Dans ses poches, il y a une carte d'identité, une
photographie de vieille femme, la sienne, sa photographie, huit cents
francs, des tickets de pain, un carnet d'adresses, plein d'adresses
incomplètes ~~de noms,~~ de prénoms, de numéros. De loin en loin: Albert
des ~~Capitales~~, au début. Ensuite, Albert. Ensuite, Capitales. A la
fin du carnet, à chaque page: Cap. ou Al.

_Qui c'est ça, Albert des Capitales, demande Maxime

Le donneur regarde Maxime. Il a l'air de chercher. L'air de quelqu'un qui est ennuyé de ne pas trouver.

_Albert des quoi?? demande le donneur

_Albert des Capitales, dit Maxime.

CI-DESSUS :
«AURÉLIA, JE LA VOIS
TRÈS, TRÈS JEUNE, DANS
UNE FRAÎCHEUR –
COMMENT LA DIRE ? –
TERRIFIANTE ET
ADORABLE EN MÊME
TEMPS, COMME
IMMORTALISÉE
PAR SA RACE.»

CI-CONTRE :
«TEXTE À PARTIR DE
QUOI J'AI ÉCRIT AURÉLIA
(PARIS)*» : FEUILLET*
DACTYLOGRAPHIÉ D'UN
COURT RÉCIT ÉCRIT
DANS LES ANNÉES 40.

PAGES SUIVANTES :
DE MÊME QU'ELLE AVAIT
REPRIS LES TEXTES DE
SES CAHIERS DE GUERRE
POUR EN FAIRE LA
DOULEUR, *MARGUERITE*
DURAS REPRENDRA, À
LA FIN DES ANNÉES 80,
LES MANUSCRITS DE SON
ROMAN INACHEVÉ
THÉODORA *POUR LES*
RÉÉCRIRE. IL SEMBLE
AINSI QUE THÉODORA
DEVIENNE, À CE
MOMENT-LÀ, THÉODORA
KATS, *DU NOM DE LA*
JEUNE FILLE JUIVE
DÉPORTÉE DONT IL EST
QUESTION DANS LA
DOULEUR. *CERTAINES*
DE CES PAGES SERONT
REPRISES DANS YANN
ANDRÉA STEINER, *QUI*
PARAÎT EN 1992.

*L'autre jour, tu as dit :
«Nous sommes toutes
Aurélia Steiner, nous
sommes toutes
farouches, nous
sommes toutes
instruites de la dou-
leur.» Cette phrase m'a
touchée
profondément et
ensuite je me suis
demandé pourquoi tu
avais dit «toutes» et
non pas «tous».*

*Parce que je crois que
nous sommes toutes, et
pas tous. La douleur,
chez les hommes,
jusque-là, à travers le
temps, l'histoire, elle a
toujours trouvé son
exutoire, sa solution.
Elle s'est muée en
colère, en faits
extérieurs, comme la
guerre, les crimes, le
renvoi des femmes,
dans les pays
musulmans, en Chine,
l'enterrement des
femmes adultères avec
leurs amants, vivants,
vivants, ou leur
défiguration. J'avais
cinq ans, au Yunnan
on enterrait encore les
amants vivants, face
contre face dans le
cercueil. Le mari
trompé était seul juge
du châtiment. Nous
nous n'avons jamais eu
aucun autre recours
que le mutisme. Même
les femmes libérées
soi-disant, par leur
profession. On ne peut
pas comparer
l'expérience de la
douleur de la femme*

*avec celle de l'homme.
L'homme ne supporte
pas la douleur, il la
fourgue, il faut qu'il
s'en éloigne, il la rejette
hors de lui dans des
manifestations
ancestrales, consacrées
et qui sont ses reports
reconnus, la bataille,
les cris, le déploiement
de discours, la cruauté.*

«Nous sommes toutes
instruites de la
douleur»,
Cahiers du cinéma,
n⁰ˢ 312-313,
Les Yeux verts,
juin 1980.

1552

La pluie avait cessé et il faisait une nuit d'une acide fraîcheur. L'enfant
regardait la rue par la fenêtre ouverte. Ses parents étaient sortis. Et comme
lui n'était pas encore en âge de faire ce qui lui aurait plu il etait *resté* là. Dans
le fond du salon la vieille dame chargée de veiller sur lui, tricotait en silence. Tout à coup, désoeuvré, l'enfant bailla, quitta la fenêtre et alla dans
sa chambre.

" Je vais lire, se dit il.

Il alluma la lampe de son petit bureau. Le chat se dressa sous la lumière,
heureux. Il avait fait du désordre. Des feuilles de papier pendaient hors de la
table. Un crayon avait roulé par terre. ~~le chat~~ était assis sur le livre que
l'enfant avait lu dans l'après midi. Auprès du livre, sur le bureau, s'étalait
un papillon mort. ~~Le chat~~ avait dû le tuer et se rendormir après. L'enfant le
savait déja: les chats n'aiment pas manger les papillons mais ils prennent plaisir à les tuer. Celui ci etait jeune, ~~encore un enfant~~ lui aussi, et encore dans
toute la violence du jeu. L'enfant ramassa le crayon, les feuilles de papier. Le
chat qui s'était de nouveau couché ~~se mit une deuxi~~ *à son tour* ~~L'enfant absort.~~
~~resort~~ bailla, s'étira longuement et s'assit ~~lui aussi~~, face à ~~l'enfant~~ *lui*, les
yeux à hauteur de ses yeux. Son ronronnement s'éleva lourd, feutré, dans le silence de la chambre. Ils se regardèrent.

_ Tu as tué un papillon, dit l'enfant. Et pourquoi ?

L'enfant prenait plaisir, parfois, le soir, avant de se coucher, à parler
à ce chat. Au son de sa voix, le ~~xxxx~~ ronronnement du chat s'éleva plus fort . L'
enfant prit le papillon mort, le regarda, hésita, et le jeta par terre. Puis il
se mit à lire. Le chat, assis sous l'abat jour, continua à le regarder.

Soudain, dans cet abat jour, un grésillement se fit entendre. Le chat dress
sa l'oreille, *le frôlement d'une abeille.* mais sans cesser de ronronner. L'enfant cessa de lire. Le chat
oublia puis, de nouveau lorgna l'enfant. Une minute se passa ainsi. ~~pendant que~~
L'enfant avait repris sa lecture. Puis le grésillement reprit de plus belle. Cett
fois, le chat cessa de ronronner. Il se tourna vers l'abat jour, souleva la pat
te lentement et caressa l'abat jour d'un geste nerveux. Il avait deviné que le
venait précisément de là et qu'il le concernait. L'enfant n'exista plus p
un seul coup . A la lueur directe de l'abat-jour, ses yeux luisaient
dureté et une perfection minérales. L'enfant les voyait ainsi, de biai
So.

Bon   ajout à **A4** 2

les juives tuées

Elle était belle ~~à avoir peur~~   par les SS lorsque les
elle ne savait rien de sa beauté   américains allaient
elles ne savaient pas ~~rien~~ ~~son nom, ni~~   arriver, personne ne
~~de son prénom.~~ C'est moi qui l'ai nommée   emputait pour qu'ils les
~~Théodora.~~ ~~Comme moi, je m'appelle Théo~~   auraient assassinées.
~~je lui ai dit~~ Et t'appelle Théodora.

C'était à la sortie du camp. Elle se voulait
pas mourir avec les femmes en vie. Elle voulait
rester avec les mortes les femmes juives tuées. Elle les
allemands ~~elle les~~ regardait elle le les appelait, elle les ça leur
parlait dans un langage inconnu de nous. Elle
des elle ~~que j'ai inventé~~ aussi depuis toujours. Elle a dit si ils
nous étions ~~inconnu~~ les jeunes, un une plage du Nord
~~demandait~~ de la ville de ~~d'anas~~   **tout garder**

elle leur chantait
Je lui   des Lieds (?) de Schubert
~~tout de suite~~   La violoneux chansons
connue avant ce jour là, des   allemandes
années avant. Tout de suite je
l'ai aimée depuis toujours. Je   elle l'a cru, elle
lui ai fait croire qu'on s'aimait   croyait tout Théodora.
depuis toujours elle et moi. Et tout
de suite on s'est aimés ainsi, depuis le début d'un
un siècle très sombre ~~fait~~ de guerres   des forêts de
et de sang, de ~~la~~ paix ensanglantées, des juifs,   juifs, assassinés,
des juifs gazés et jetés dans les fosses.   gazés et
par milliers, milliers.   jetés dans les fosses
elle a su, elle   aussi juifs que
croit tout ce qu'on dit   la ~~terre~~.
Théodora

L'AMANT
DE LA CHINE
DU NORD

roman 1991

En 1984, Marguerite Duras publie *L'Amant* aux éditions de Minuit. Le roman naît d'un projet de livre qu'elle souhaitait réaliser en collaboration avec son fils Jean Mascolo et dans lequel elle aurait commenté ses photos de famille. Ce livre est bientôt devenu un roman qui reprend, de manière plus autobiographique, l'histoire jadis narrée dans *Un barrage contre le Pacifique* et dont la matrice, si l'on en croit un cahier très ancien conservé dans ses archives, date sans doute des toutes premières tentatives d'écriture de Marguerite Donnadieu. *L'Amant* ayant obtenu le prix Goncourt et un immense succès public, Marguerite Duras vend les droits d'adaptation cinématographique. C'est ce projet qui donne naissance à une ultime version littéraire de son histoire. Comme elle le déclare elle-même à Marianne Alphant : « J'ai fait trois scripts pour ces messieurs du cinéma. Et puis, j'ai évité le film. L'usure de *L'Amant* par le travail du script, ça a fait que j'ai eu envie de tout balancer et de faire un roman, d'entrer dans le pays du roman. Un pays libre, désintéressé. [...]

J'ai passé une année de ma vie à écrire un autre livre. *L'Amant de la Chine du Nord*, ce n'est en rien la répétition de *L'Amant*. *L'Amant* n°1, il me semble qu'il est plus brillant dans l'expression, les hardiesses. Celui-là est souterrain presque, souvent : le langage employé, la relation charnelle entre l'enfant et le Chinois. Le danger est plus grand aussi dans l'amour du couple. Quand je les vois, c'est vraiment le Chinois que j'ai connu et c'est moi, et c'est ma mère et mes frères. Ce n'est pas d'autres gens. C'est toujours ceux-là. Ils durent, inaltérables. J'ai écrit un autre livre, sans la forme épistolaire qu'il y avait dans *L'Amant*. »

Il faut que le roman s'annonce dès le départ du livre, et pas comme une voie de tout repos, comme une histoire proposée, mais vraie, réellement. Je ne peux pas arriver à le dire. Peut-être que si j'y arrivais, je n'écrirais plus. Comme si c'était donné au départ, inextricable, informulable : la petite fille dans la nuit qui cherche son petit frère. J'ai commencé le livre là, après avoir essayé des directions différentes, je me suis arrêtée à celle-là. Je suppose qu'elle est très jeune. C'était une sorte d'état passionnel qui m'a submergée. J'ai commencé à la décrire : la maigreur du corps, des jambes, la race, elle était blanche. Elle cherchait dans le parc de l'administration générale une femme qui aurait pu être Anne-Marie Stretter, elle cherchait son petit frère martyr. Et là-dessus j'ai entendu Blue Moon *et l'histoire a commencé avec la musique. À ce moment-là j'aurais pu remonter au début du livre et l'appeler « l'enfant » mais je ne l'ai pas fait et j'ai laissé « la jeune fille ». Et tout à coup, je l'ai vu à la maigreur du corps que c'était une enfant et j'ai dit : « On l'appellera l'Enfant. » Tout était là comme une sorte de brasier mais ce n'était pas encore nommé. [...] Je voulais écrire l'histoire de l'amour entre le Chinois et l'enfant. Mais je ne savais pas quel chemin prendre. Et j'ai pris le chemin du petit frère, d'un amour parallèle, du premier amour de l'enfant.*

Propos recueillis par Marianne Alphant, Libération, *13 juin 1991.*

à Thanh

Le livre aurait pu s'intituler: L'Amour dans la rue *ou* Le Roman de l'amant *ou* L'Amant recommencé. *Pour finir on a eu le choix entre deux titres plus vastes, plus vrais:* L'Amant de la Chine du Nord *ou* La Chine du Nord.

J'ai appris qu'il était mort depuis des années. C'était en mai 90, il y a donc un an maintenant. Je n'avais jamais pensé à sa mort. On m'a dit aussi qu'il était enterré à Sadec, que la maison bleue était toujours là, habitée par sa famille et des enfants. Qu'il avait été aimé à Sadec pour sa bonté, sa simplicité et qu'aussi il était devenu très religieux à la fin de sa vie.

J'ai abandonné le travail que j'étais en train de faire. J'ai écrit l'histoire de l'amant de la Chine du Nord et de l'enfant: elle n'était pas encore là dans L'Amant, *le temps manquait autour d'eux. J'ai écrit ce livre dans le bonheur fou de l'écrire. Je suis restée un an dans ce roman, enfermée dans cette année-là de l'amour entre le Chinois et l'enfant.*

Je ne suis pas allée au-delà du départ du paquebot de ligne, c'est-à-dire le départ de l'enfant.

Je n'avais pas imaginé du tout que la mort du Chinois puisse se produire, la mort de son corps, de sa peau, de son sexe, de ses mains. Pendant un an j'ai retrouvé l'âge de la traversée du Mékong dans le bac de Vinh Long.

Cette fois-ci au cours du récit est apparu tout à coup, dans la lumière éblouissante, le visage de Thanh – et celui du petit frère, l'enfant différent. Je suis restée dans l'histoire avec ces gens et seulement avec eux.

Je suis redevenue un écrivain de romans.

Marguerite Duras
(Mai 1991)

Une maison au milieu d'une cour d'école. Elle est complètement ouverte. On dirait une fête. On entend des valses de Strauss et de Franz Lehar, et aussi *Ramona* et *Nuits de Chine* qui sortent des fenêtres et des portes. L'eau ruisselle partout, dedans, dehors.

On lave la maison à grande eau. On la baigne ainsi deux ou trois fois par an. Des boys amis et des enfants de voisins sont venus voir. À grands jets d'eau ils aident, ils lavent, les carrelages, les murs, les tables. Tout en lavant ils dansent sur la musique européenne. Ils rient. Ils chantent.

C'est une fête vive, heureuse.

La musique, c'est la mère, une madame française, qui joue du piano dans la pièce attenante.

Parmi ceux qui dansent il y a un très jeune homme, français, beau, qui danse avec une très jeune fille, française elle aussi. Ils se ressemblent.

Elle, c'est celle qui n'a de nom dans le premier livre ni dans celui qui l'avait précédé ni dans celui-ci.

Lui, c'est Paulo, le petit frère adoré par cette jeune sœur, celle-là qui n'est pas nommée.

Un autre jeune homme arrive à la fête : c'est Pierre. Le frère aîné.

Il se poste à quelques mètres de la fête et il la regarde.

Longtemps il regarde la fête.

Et puis il le fait : il écarte les petits boys qui se sauvent épouvantés. Il avance. Il atteint le couple du petit frère et de la sœur.

Et puis il le fait : il prend le petit frère par les épaules, il le pousse jusqu'à la fenêtre ouverte de l'entresol. Et, comme s'il y était tenu par un devoir cruel, il le jette dehors comme il ferait d'un chien.

Le jeune frère se relève et se sauve droit devant lui, il crie sans mot aucun.

La jeune sœur le suit : elle saute de la fenêtre et elle le rejoint. Il s'est couché contre la haie de la cour, il pleure, il tremble, il dit qu'il aime mieux mourir que ça... ça quoi ?... Il ne sait plus, il a déjà oublié, il n'a pas dit que c'était le grand frère.

La mère a recommencé à jouer du piano. Mais les enfants du voisinage n'étaient pas revenus. Et les boys à leur tour avaient abandonné la maison désertée par les enfants.

La nuit est venue. C'est le même décor.
La mère est encore là où était la « fête » de l'après-midi.
Les lieux ont été remis en ordre. Les meubles sont à leur place.
La mère n'attend rien. Elle est au centre de son royaume : cette famille-là, ici entrevue.
La mère n'empêche plus rien. Elle n'empêchera plus rien.
Elle laissera se faire ce qui doit arriver.
Cela tout au long de l'histoire ici racontée.

C'est une mère découragée.

C'est le frère aîné qui regarde la mère. Il lui sourit. La mère ne le voit pas.

C'est un livre.
C'est un film.
C'est la nuit.

La voix qui parle ici est celle, écrite, du livre.
Voix aveugle. Sans visage.
Très jeune.
Silencieuse.

C'est une rue droite. Éclairée par des becs de gaz.
Cailloutée, on dirait. Ancienne.
Bordée d'arbres géants.
Ancienne.

De chaque côté de cette rue il y a des villas blanches à terrasses.
Entourées de grilles et de parcs.
C'est un poste de brousse au sud de l'Indochine française.
C'est en 1930.
C'est le quartier français.
C'est une rue du quartier français.
L'odeur de la nuit est celle du jasmin.
Mêlée à celle fade et douce du fleuve.

Devant nous quelqu'un marche. Ce n'est pas celle qui parle.

C'est une très jeune fille, ou une enfant peut-être. Ça a l'air de ça. Sa démarche est souple. Elle est pieds nus. Mince. Peut-être maigre. Les jambes... Oui... C'est ça... Une enfant. Déjà grande.
Elle marche dans la direction du fleuve.

Au bout de la rue, cette lumière jaune des lampes tempête, cette joie, ces appels, ces chants, ces rires, c'est en effet le fleuve. Le Mékong.
C'est un village de jonques.
C'est le commencement du delta. De la fin du fleuve.

Près de la route, dans le parc qui la longe, cette musique qu'on entend est celle d'un bal. Elle arrive du parc de l'administration générale. Un disque. Oublié sans doute, qui tourne dans le parc désert.
La fête du poste aurait donc été là, derrière la grille qui longe le parc. La musique du disque est celle d'une danse américaine à la mode depuis quelques mois.

La jeune fille oblique vers le parc, elle va voir le lieu de la fête derrière la grille. On la suit. On s'arrête face au parc.

Sous la lumière d'un lampadaire, une piste blanche traverse le parc. Elle est vide.
Et voici, une femme en robe longue rouge sombre avance lentement dans l'espace blanc de la piste. Elle vient du fleuve.
Elle disparaît dans la résidence.

La fête a dû finir tôt à cause de la chaleur. Reste ce disque oublié qui tourne dans un désert.

La femme en rouge n'a pas réapparu. Elle doit être à l'intérieur de la résidence.

Les terrasses du premier étage se sont éteintes et peu après son passage, au rez-de-chaussée, au cœur de la résidence, des lampes ont été allumées.

La piste reste vide.
La femme en rouge ne revient pas.

La jeune fille revient sur la route. Elle disparaît entre les arbres. Et puis la voici encore. Elle marche de nouveau vers le fleuve.

Elle est devant nous. On voit toujours mal son visage dans la lumière jaune de la rue. Il semble cependant que oui, qu'elle soit très jeune. Une enfant peut-être. De race blanche.

La piste s'est éteinte à son tour. La femme en rouge n'est pas revenue. Reste cette lumière de faible intensité au centre de la résidence.

C'est peu après que la piste s'est éteinte que de la résidence arrive, joué au piano, cet air-là, de valse morte. Celle d'un livre. On ne sait plus lequel.

La jeune fille s'arrête. Elle écoute. On la voit qui écoute.
Elle a tourné la tête dans la direction de la musique et elle a fermé les yeux. Le regard aveuglé est fixe.
On la voit mieux. Oui, très jeune, elle est. Encore une enfant. Elle pleure.

La jeune fille est immobile. La jeune fille pleure.

Dans le film, on n'appellera pas le nom de cette Valse.
Dans le livre ici, on dira : La Valse désespérée.

La jeune fille l'écoutera encore après qu'elle sera terminée.

La jeune fille, dans le film, dans ce livre ici, on l'appellera l'Enfant.

L'enfant sort de l'image. Elle quitte le champ de la caméra et celui de la fête.

La caméra balaie lentement ce qu'on vient de voir puis elle se retourne et repart dans la direction qu'a prise l'enfant.

La rue redevient vide. Le Mékong a disparu.
Il fait plus clair.

Il n'y a plus rien à voir que la disparition du Mékong, et la rue droite et sombre.

C'est un portail.
C'est une cour d'école.
C'est la même nuit. La même enfant.
C'est une école. Le sol de la cour est en terre battue.
Il est nu et luisant, lissé par les pieds nus des enfants du poste.

C'est une école française. C'était écrit sur le portail : École française de Filles de la Ville de Vinh Long.

L'enfant ouvre le portail.
Le referme.
Traverse la cour vide.
Entre dans la maison de fonction.

On la perd de vue.
On reste dans la cour vide.

Dans le vide laissé par l'enfant une troisième musique se produit, entre-coupée de rires fous, stridents, de cris. C'est la mendiante du Gange qui traverse le poste comme chaque nuit. Pour toujours essayer d'atteindre la mer, la route de Chittagong, celle des enfants morts, des mendiants de l'Asie qui, depuis mille ans, tentent de retrouver le chemin vers les eaux poissonneuses de la Sonde.

C'est la chambre à coucher de la mère et de l'enfant.

C'est une chambre à coucher coloniale. Mal éclairée. Pas de tables de chevet. Une seule ampoule au plafond. Les meubles, c'est un grand lit de fer à deux places, très haut, et une armoire à glace. Le lit est colonial, verni en noir, orné de boules de cuivre aux quatre coins du ciel de lit également noir. On dirait une cage. Le lit est enfermé jusqu'au sol dans une immense moustiquaire blanche, neigeuse. Pas d'oreiller mais des traversins durs, en crin. Pas de drap de dessus. Les pieds du lit trempent dans les récipients d'eau et de grésil qui les isolent de la calamité des colonies, les moustiques de la nuit tropicale.

La mère est couchée.

Elle ne dort pas.

Elle attend son enfant.

La voici. Elle vient du dehors. Elle traverse la chambre. Peut-être reconnaît-on sa silhouette, sa robe. Oui, c'est celle qui marchait vers le fleuve dans la rue droite le long du parc.

Elle va vers la douche. On entend le bruit de l'eau.

Elle revient.

C'est alors qu'on la voit. Oui. Clairement, c'est encore une enfant. Encore maigre, sans presque encore de seins. Les cheveux sont longs, brun-roux, bouclés, elle a des sabots indigènes en bois léger à brides de cuir. Elle a des yeux vert clair striés de brun. Ceux, on dit, du père décédé. Oui, c'était elle, l'enfant de la rue droite qui avait pleuré sur la Valse. C'était aussi celle qui savait que la femme qui avait joué cette Valse était la même que celle habillée de rouge qui était passée sur la piste blanche. Et celle de surcroît qui savait aussi qu'elle, l'enfant, elle était la seule de tout le poste à savoir ces choses-là. De tout le poste et au-delà. Ainsi était l'enfant. Elle porte la même chemise en coton blanc que celle de sa mère, à bretelles rapportées, faire par Dô.

Elle écarte les deux pans de la moustiquaire, la borde vite sous le matelas, pénètre de même dans l'ouverture de la moustiquaire, la referme. La mère ne dormait pas. Elle s'assied près de l'enfant et natte ses cheveux pour la nuit. Elle le fait machinalement, sans regarder.

Au loin, à peine, cette rumeur du village du fleuve qui ne s'éteint qu'avec le jour.

L'enfant demande :

— Tu as vu Paulo ?

— Il est venu, il a mangé à la cuisine avec Thanh. Après il est reparti.

L'enfant dit qu'elle est allée à la fête voir s'il y était, mais que la fête était finie, qu'il n'y avait plus personne.

Elle dit aussi qu'elle ira le chercher plus tard, qu'elle sait où il doit se cacher. Qu'elle est tranquille quand il est dehors, loin de la maison. Qu'elle sait, elle, qu'il l'attend toujours quand il s'est sauvé, pour ne pas rentrer seul à la maison – des fois que Pierre serait là à l'attendre pour encore le frapper. La mère dit que c'est quand il est dehors qu'elle a peur, des serpents, des fous... et aussi qu'il parte... comme ça... qu'il ne reconnaisse plus rien tout à coup, et qu'il se sauve. Elle dit que ça peut arriver avec ces enfants-là.

L'enfant, elle, c'est de Pierre qu'elle a peur. Qu'il tue Paulo. Qu'il le tue, elle dit, peut-être même sans savoir qu'il tue.

Elle dit aussi :

— Ce n'est pas vrai ce que tu racontes là. Tu n'as pas peur pour Paulo. Tu as peur que pour Pierre.

La mère ne relève pas ce que dit sa fille. Elle la regarde longuement, tendre tout à coup, au-delà des propos de l'instant. Cependant qu'elle change de conversation :

— Tu écriras sur quoi quand tu feras des livres ?

L'enfant crie :

— Sur Paulo. Sur toi. Sur Pierre aussi, mais là ce sera pour le faire mourir.

Elle se tourne brutalement vers sa mère, elle pleure blottie contre elle.

Et puis elle crie encore tout bas :

— Mais pourquoi tu l'aimes comme ça et pas nous, jamais...

La mère ment :

— Je vous aime pareil mes trois enfants.

L'enfant crie encore. À la faire se taire. À la gifler.

— C'est pas vrai, pas vrai. Tu es une menteuse... Réponds pour une fois... Pourquoi tu l'aimes comme ça et pas nous ?

Silence. Et la mère répond dans un souffle :

— Je ne sais pas pourquoi.

Temps long. Elle ajoute :

— Je n'ai jamais su...

L'enfant se couche sur le corps de la mère et l'embrasse en pleurant. Ferme sa bouche avec sa main pour qu'elle ne parle plus de cet amour. La mère se laisse insulter, maltraiter. Elle est toujours dans cette autre région de la vie, celle de cette préférence aveugle. Isolée. Perdue. Sauvée de toute colère.

L'enfant est suppliante : mais rien n'y fera.

— S'il ne part pas de la maison, un jour il tuera Paulo. Et tu le sais. C'est ça le plus terrible...

Sans voix, tout bas, la mère dit qu'elle le sait. Que d'ailleurs hier au soir elle a écrit à Saigon pour demander le rapatriement de son fils en France.

L'enfant se dresse. Elle pousse un cri sourd, de délivrance et de douleur.

— C'est vrai ?

— Oui.

— Tu es sûre ?

La mère raconte :

— Cette fois oui. Avant-hier il avait encore volé à la fumerie d'opium. J'ai payé encore une dernière fois. Et puis j'ai écrit à la Direction du rapatriement. Et cette fois j'ai posté la lettre dans la nuit même.

L'enfant a enlacé la mère. La mère ne pleure pas : une morte.

L'enfant pleure tout bas :

— Que c'est terrible d'avoir à en arriver là... que c'est terrible.

La mère dit que sans doute, oui, mais qu'elle, elle ne sait plus... Que oui, ça doit être terrible en effet, mais qu'elle, elle ne sait plus rien là-dessus. La mère et l'enfant sont toutes les deux enlacées. La mère, toujours sans pleurs aucuns. Morte de vivre.

L'enfant demande s'il le sait, lui, qu'il va partir.

La mère dit que non. Que le plus difficile c'était ça, d'avoir à lui apprendre que c'était fini.

La mère caresse les cheveux de sa fille. Elle dit :

— Il ne faut pas que tu aies de la peine pour lui. C'est terrible à dire pour une mère, mais je te le dis quand même : il n'en vaut pas la peine. Il faut que tu le saches : Pierre c'est quelqu'un qui ne vaut pas la peine qu'on souffre pour lui.

Silence de l'enfant. La mère dit encore :

— Ce que je veux dire c'est que Pierre ne vaut plus la peine qu'on le sauve. Parce que Pierre c'est fini, c'est trop tard, c'est quelqu'un qui est perdu.

L'enfant crie dans des sanglots :

— C'est pour ça que tu l'aimes.

— Je ne sais pas bien... Sans doute. Oui, c'est aussi pour ça... Toi, c'est aussi pour ça que tu pleures. C'est pareil.

La mère prend l'enfant dans ses bras. Et elle lui dit :

— Mais je vous aime aussi beaucoup, Paulo et toi...

L'enfant s'était écartée de la mère et elle l'avait regardée. Elle avait vu que la mère venait de parler dans l'innocence. L'enfant avait été pour hurler, l'insulter, la tuer. Elle lui avait seulement souri.

La mère avait encore parlé à cette « petite fille », sa dernière enfant, elle lui avait dit qu'elle avait menti sur les raisons de faire rapatrier Pierre, de s'en séparer. Que ce n'était pas seulement à cause de l'opium.

La mère raconte* :

— Il y a un mois ou deux mois, je ne sais plus, j'étais dans la chambre de Dô, vous êtes venus dîner, Paulo et toi. Je ne me suis pas montrée. Ça m'arrive quelquefois, vous vous ne le savez pas – pour pouvoir vous voir ensemble tous les trois, je me cache chez Dô. Thanh est arrivé, comme d'habitude, il a mis sur la table le thit-kho et le riz. Et il est sorti.

« Alors Paulo s'est servi. Pierre est arrivé après. Paulo avait pris le plus gros morceau du plat de thit-kho et tu l'avais laissé faire. C'est quand Pierre est arrivé que tu as eu peur. Pierre ne s'est pas assis tout de suite. Il a regardé son assiette vide et il a regardé l'assiette de Paulo. Il a ri. Son rire était fixe, effrayant. Je me suis dit que quand il serait mort il aurait ce sourire-là. Paulo a d'abord ri, il a dit :

« — C'est pour rire.

« Pierre a repris le morceau de viande dans l'assiette de Paulo et il l'a mis dans la sienne. Et il l'a mangé – un chien on aurait dit. Et il a hurlé : un chien, oui c'était ça.

« — Espèce de crétin. Tu sais bien que les gros morceaux c'est pour moi.

* En cas de cinéma on aura le choix. Ou bien on reste sur le visage de la mère qui raconte sans voir. Ou bien on voit la table et les enfants racontés par la mère. L'auteur préfère cette dernière proposition.

« C'est toi qui as crié. Tu as demandé :

« — Pourquoi pour toi ?

« Et il a dit :

« — Parce que c'est comme ça.

« Et tu as crié très fort. J'ai eu peur qu'on t'entende dans la rue. Tu as crié :

« — Je voudrais que tu meures.

« Pierre a fermé ses poings prêt à broyer la figure de Paulo. Paulo s'est mis à pleurer. Pierre a crié :

« — Dehors ! Dehors et tout de suite !

« Vous êtes partis en courant, toi et Paulo. »

L'enfant demande pardon à sa mère d'avoir crié contre elle. Elles pleurent ensemble, allongées droites dans le lit.

La mère dit :

— C'est là que j'ai commencé à comprendre qu'il fallait que je me méfie de moi-même. Que Paulo était en danger de mort, à cause de moi. Et c'est seulement hier que j'ai écrit à Saigon pour le faire rapatrier. Pierre... c'est comme s'il était encore plus mortel qu'un autre pour moi...

Silence. La mère se tourne vers sa fille – cette fois en pleurant.

— Si tu n'avais pas été là, Paulo serait mort depuis longtemps. Et je le savais. C'est ça le plus terrible : je le savais.

Long silence.

Une rage prend l'enfant. Elle crie :

— Tu ne le sais pas, j'aime Paulo plus que tout au monde. Plus que toi. Que tout. Paulo, il vit dans la peur de toi et de Pierre depuis longtemps. C'est comme mon fiancé, Paulo, mon enfant, c'est le plus grand trésor pour moi...

— Je le sais.

L'enfant crie :

— Non. Tu sais pas. Rien.

L'enfant se calme. Elle prend sa mère dans ses bras. Elle lui parle dans une douceur subite, elle lui explique :

— Tu ne sais plus rien. Il faut que tu le saches, ça. Rien. Tu crois que tu sais et tu sais rien. Tu sais que pour lui, Pierre. Pour Paulo et moi tu sais plus rien. C'est pas de ta faute. C'est comme ça. C'est rien. Rien. Il faut pas te faire du mal pour ça.

Silence.

Le visage de la mère est fixe, effrayé.

Le visage de l'enfant est de même épouvanté. Elles sont raides toutes les deux face à face. Et tout à coup elles baissent les yeux de honte.

C'est la mère qui baisse les yeux. Et se tait. Tuée, on dirait. Et puis qui se souvient de cet enfant qui est dehors et elle crie :

— Va chercher Paulo... va vite... j'ai peur tout à coup pour lui.

La mère ajoute :

— C'est demain que tu retournes au lycée, il faudrait que tu prennes l'habitude de dormir plus tôt, tu es déjà comme moi, quelqu'un de la nuit.

— C'est pareil...

— Non.

L'enfant est dans l'entrée de la maison, du côté de la salle à manger qui donne sur la grande cour de l'école. Tout est ouvert.

Elle est de dos, face à la terrasse et à la rue.

Elle cherche le petit frère. Elle regarde. Avance entre les arbres. Regarde sous les massifs.

Elle est tout à coup comme dissoute dans la lumière lunaire, puis réapparaît.

On la voit dans différents endroits de la cour. Elle est pieds nus, silencieuse, vêtue de la chemise de nuit d'enfant.

Elle disparaît dans une salle de classe vide.

Réapparaît dans la grande cour illuminée par la lune.

Et puis on la voit face à quelque chose qu'elle regarde, mais qu'on ne voit pas encore : Paulo. On la voit avancer vers lui : le petit frère du bal. Il dort dans la galerie qui longe les classes, derrière un muret, à l'ombre de la lune. Elle s'arrête. Elle se couche près de lui. Elle le regarde comme s'il était sacré.

Il dort profondément. Les yeux entrouverts comme « ces » enfants-là. Il a le visage lisse, intact de ces enfants « différents ».

Elle embrasse les cheveux, le visage, les mains posées sur la poitrine, elle appelle, elle l'appelle tout bas : Paulo.

Il dort.

Elle se relève et elle l'appelle encore plus bas : Paulo. Mon trésor. Mon petit enfant.

Il se réveille. Il la regarde. Et puis il la reconnaît.

Elle dit :

— Viens te coucher.

Il se relève. Il la suit.

Les oiseaux de nuit crient.

Le petit frère s'arrête. Il écoute les oiseaux. Il repart. Elle lui dit :

— Faut plus que tu aies peur. De personne. Ni de Pierre. Ni de rien. De rien. Jamais plus. Tu entends : jamais plus. Jamais. Jure-le.

Le petit frère jure. Et puis il oublie. Il dit :

— La lune elle réveille les oiseaux.

Ils s'éloignent. La cour redevient vide. On les perd. Ils réapparaissent. Ils continuent à marcher dans les cours de l'école. Ils ne parlent pas. Et puis l'enfant s'arrête et montre le ciel. Elle dit :

— Regarde le ciel, Paulo.

Paulo s'arrête et regarde le ciel. Il répète les mots : le ciel... les oiseaux...

Le ciel, on le voit d'un bord à l'autre de la terre, il est une laque bleue percée de brillances.

On voit les deux enfants qui regardent ensemble ce même ciel. Et puis on les voit séparément le regarder.

Et puis on voit Thanh qui arrive de la rue et va vers les deux enfants.

Puis on revoit le ciel bleu criblé de brillances.

Puis on entend la Valse sans paroles dite *désespérée* sifflée par Thanh sur un plan fixe du bleu du ciel.

Quelquefois quand ils étaient très petits, la mère les emmenait voir la nuit de la saison sèche. Elle leur disait de bien regarder ce ciel, bleu comme en plein jour, cet éclairement de la terre jusqu'à la limite de la vue. De bien écouter aussi les bruits de la nuit, les appels des gens, leurs rires, leurs chants, les plaintes des chiens aussi, hantés par la mort, tous ces appels qui disaient à la fois l'enfer de la solitude et la beauté des chants qui disaient cette solitude, il fallait aussi les écouter. Que ce qu'on cachait aux enfants d'habitude il fallait au contraire le leur dire, le travail, les guerres, les séparations, l'injustice, la solitude, la mort. Oui, ce côté-là de la vie, à la fois infernal et irrémédiable, il fallait aussi le faire savoir aux enfants, il en était comme de regarder le ciel, la beauté des nuits du monde. Les enfants de la mère lui avaient souvent demandé de leur expliquer ce qu'elle entendait par là. La mère avait toujours répondu à ses enfants qu'elle ne savait pas, que personne ne savait ça. Et que ça aussi il fallait le savoir. Savoir, avant tout, ceci : qu'on savait rien. Que même les mères qui disaient à leurs enfants qu'elles savaient tout, elles ne savaient pas.

La mère. Elle leur rappelait aussi que ce pays d'Indochine était leur patrie à eux, ces enfants-là, les siens. Que c'était là qu'ils étaient nés, que c'était là aussi qu'elle avait rencontré leur père, le seul homme qu'elle avait aimé. Cet homme qu'ils n'avaient pas connu parce qu'ils étaient trop jeunes quand il était mort et encore si jeunes après cette mort, qu'elle ne leur en avait que très peu parlé pour ne pas assombrir leur enfance. Et aussi que le temps avait passé et que l'amour pour ses enfants avait envahi sa vie. Et puis la mère pleurait. Et puis Thanh chantait dans un langage inconnu l'histoire de son enfance à la frontière du Siam lorsque la mère l'avait trouvé et qu'elle l'avait ramené au bungalow avec ses autres enfants. Pour lui apprendre le français, elle disait, et être lavé, et bien manger, et ça chaque jour.
Elle aussi, l'enfant, elle se souvenait, elle pleurait avec Thanh lorsqu'il chantait cette chanson qu'il appelait celle de « l'Enfance lointaine » qui racontait tout ça qu'on vient de dire sur l'air de la Valse désespérée.

C'est le fleuve.

C'est le bac sur le Mékong. Le bac des livres.
Du fleuve.
Dans le bac il y a le car pour indigènes, les longues Léon Bollée noires,
les amants de la Chine du Nord qui regardent.

Le bac s'en va.
Après le départ l'enfant sort du car. Elle regarde le fleuve. Elle regarde
aussi le Chinois élégant qui est à l'intérieur de la grande auto noire.
Elle, l'enfant, elle est fardée, habillée comme la jeune fille des livres : de
la robe en soie indigène d'un blanc jauni, du chapeau d'homme
d'«enfance et d'innocence», au bord plat, en feutre-souple-couleur-
bois-de-rose-avec-large-ruban-noir, de ces souliers de bal, très usés,
complètement éculés, en-lamé-noir-s'il-vous-plaît, avec motifs de
strass.
De la limousine noire est sorti un autre homme que celui du livre, un
autre Chinois de la Mandchourie. Il est un peu différent de celui du
livre : il est un peu plus robuste que lui, il a moins peur que lui, plus
d'audace. Il a plus de beauté, plus de santé. Il est plus «pour le cinéma»
que celui du livre. Et aussi il a moins de timidité que lui face à l'enfant.

Elle, elle est restée celle du livre, petite, maigre, hardie, difficile à attraper le sens, difficile à dire qui c'est, moins belle qu'il n'en paraît, pauvre,
fille de pauvres, ancêtres pauvres, fermiers, cordonniers, première en
français tout le temps partout et détestant la France, inconsolable du
pays natal et d'enfance, crachant la viande rouge des steaks occiden-
taux, amoureuse des hommes faibles, sexuelle comme pas rencontré

encore. Folle de lire, de voir, insolente, libre.

Lui, c'est un Chinois. Un Chinois grand. Il a la peau blanche des Chinois du Nord. Il est très élégant. Il porte le costume en tissu de soie grège et les chaussures anglaises couleur acajou des jeunes banquiers de Saigon.
Il la regarde.
Ils se regardent. Se sourient. Il s'approche.
Il fume une 555. Elle est très jeune. Il y a un peu de peur dans sa main qui tremble, mais à peine, quand il lui offre une cigarette.
— Vous fumez?
L'enfant fait signe: non.
— Excusez-moi... C'est tellement inattendu de vous trouver ici... Vous ne vous rendez pas compte...
L'enfant ne répond pas. Elle ne sourit pas. Elle le regarde fort. Farouche serait le mot pour dire ce regard. Insolent. Sans gêne est le mot de la mère: «on ne regarde pas les gens comme ça». On dirait qu'elle n'entend pas bien ce qu'il dit. Elle regarde les vêtements, l'automobile. Autour de lui il y a le parfum de l'eau de Cologne européenne avec, plus lointain, celui de l'opium et de la soie, du tussor de soie, de l'ambre de la soie, de l'ambre de la peau. Elle regarde tout. Le chauffeur, l'auto, et encore lui, le Chinois. L'enfance apparaît dans ces regards d'une curiosité déplacée, toujours surprenante, insatiable. Il la regarde regarder toutes ces nouveautés que le bac transporte ce jour-là.
Sa curiosité à lui commence là.
L'enfant dit:
— C'est quoi votre auto?...
— Une Morris Léon Bollée.
L'enfant fait signe qu'elle ne connaît pas. Elle rit.
Elle dit:
— Jamais entendu un nom pareil...
Il rit avec elle. Elle demande:
— Vous êtes qui?
— J'habite Sadec.
— Où ça à Sadec?
— Sur le fleuve, c'est la grande maison avec des terrasses. Juste après Sadec.
L'enfant cherche et voit ce que c'est. Elle dit:
— La maison couleur bleu clair du bleu de Chine...

— C'est ça. Bleu-de-Chine-clair.

Il sourit. Elle le regarde. Il dit :

— Je ne vous ai jamais vue à Sadec.

— Ma mère a été nommée à Sadec il y a deux ans et moi je suis en pension à Saigon. C'est pour ça.

Silence. Le Chinois dit :

— Vous avez regretté Vinh Long...

— Oui. C'est ça qu'on a trouvé le plus beau.

Ils se sourient.

Elle demande.

— Et vous ?...

— Moi, je reviens de Paris. J'ai fait mes études en France pendant trois ans. Il y a quelques mois que je suis revenu.

— Des études de quoi ?

— De pas grand-chose, ça ne vaut pas la peine d'en parler. Et vous ?

— Je prépare mon bac au collège Chasseloup-Laubat. Je suis interne à la pension Lyautey.

Elle ajoute comme si cela avait quelque chose à voir :

— Je suis née en Indochine. Mes frères aussi. Tous on est nés ici.

Elle regarde le fleuve. Il est intrigué. Sa peur s'en est allée. Il sourit. Il parle. Il dit :

— Je peux vous ramener à Saigon si vous voulez.

Elle n'hésite pas. L'auto, et lui avec son air moqueur... Elle est contente. Ça se voit dans le sourire des yeux. Elle racontera la Léon Bollée à son petit frère Paulo. Ça, lui, il comprendra.

— Je veux bien.

Le Chinois dit – en chinois – à son chauffeur de prendre la valise de l'enfant dans le car et de la mettre dans la Léon Bollée. Ce que fait le chauffeur.

Les voitures ont remonté la rampe du bac. Elles sont sur la berge. Les gens les rejoignent à pied. Ils s'arrêtent devant les marchands ambulants. L'enfant regarde les gâteaux – faits de maïs éclaté dans du lait de coco et sucrés à la mélasse et enveloppés dans de la feuille de bananier. Le Chinois lui en offre un. Elle le prend. Elle le dévore. Elle ne dit pas merci.

D'où vient-elle ?

Cette gracilité du corps la donnerait comme une métisse, mais non, les yeux sont trop clairs.

Il la regarde dévorer le gâteau. C'est à ce moment-là qu'il la tutoie :

— Tu en veux un autre ?

Elle voit qu'il rit. Elle dit que non, elle n'en veut pas.

Le deuxième bac a quitté l'autre rive. Il approche.

Tout à coup l'enfant regarde dans la fascination ce bac qui vient. L'enfant oublie le Chinois.

Sur le bac qui arrive elle vient de reconnaître la Lancia noire décapotable de la femme en robe rouge de la Valse de la nuit.

Le Chinois demande qui c'est.

L'enfant hésite à répondre. Elle ne répond pas au Chinois. Elle dit les noms « pour les dire ». Dans une sorte d'enchantement secret, elle dit :

— C'est Madame Stretter. Anne-Marie Stretter. La femme de l'administrateur général. À Vinh Long on l'appelle A.M.S...

Elle sourit, s'excuse de tellement en savoir.

Le Chinois est intrigué par ce que dit l'enfant. Il dit qu'il a dû entendre parler de cette femme à Sadec. Mais il dit qu'il ne sait rien sur elle. Et puis il se souvient cependant... tout à coup... de ce nom-là...

L'enfant dit :

— Elle a beaucoup d'amants, c'est de ça que vous vous souvenez...

— Je crois... oui... Ça doit être ça...

— Il y en a eu un, très jeune, il se serait tué pour elle... je ne sais pas bien.

— Elle est belle... je croyais qu'elle était plus jeune... on dit qu'elle serait un peu folle..., non ?

Sur la folie, l'enfant n'a pas d'avis. Elle dit :

— Je ne sais pas sur la folie.

L'auto – ils sont repartis. Ils sont sur la route de Saigon. Il la regarde fort.

Le tutoiement encore involontaire du Chinois se mélangera avec le vouvoiement :

— On t'offre souvent une place sur le bac, non ?

Elle fait signe : oui.

— Quelquefois tu refuses ?

Elle fait signe : oui, quelquefois.

— C'est quand il y a... de très petits enfants... ils pleurent tout le temps...

Ils rient tous les deux, un peu distraitement semble-t-il, un peu trop. Ils rient pareil tous les deux. Une façon de rire à eux.

Après ce rire elle regarde dehors. Lui, il regarde alors les signes de misère. Les souliers de satin noir râpé, la valise «indigène» en carton bouilli, le chapeau d'homme. Il rit. Son rire la fait rire.

— Vous allez au lycée avec ces souliers-là ?

La jeune fille regarde ses souliers. Peut-être pour la première fois, on le dirait, elle les voit. Et elle rit comme lui. Elle dit : oui...

— Et avec ce chapeau aussi ?

Oui. Aussi. Elle rit encore plus. C'est un fou rire tant ce rire est naturel. Lui rit avec elle, de même.

— Remarquez... Il vous va très bien... le chapeau, c'est magnifique à quel point il vous va... comme s'il avait été fait pour vous...

Elle demande en riant :

— Et les souliers... ?

Le Chinois rit encore plus. Il dit :

— Les souliers, j'ai pas d'avis.

Ils rient de fou rire à regarder les souliers noirs.

C'est là, ç'avait été là, après ce fou rire-là que s'était inversée l'histoire.

Ils cessent de rire. Regardent ailleurs. Dehors, à perte de vue, les rizières. Le vide du ciel. La chaleur blême. Le soleil voilé.

Et partout les petites routes pour les charrettes à buffles conduites par des enfants.

Ils sont dans la pénombre de l'auto ensemble enfermés.

C'est cet arrêt du mouvement, de parler, ces faux regards vers la monotonie extérieure, la route, la lumière, les rizières jusqu'au ras du ciel, qui font cette histoire peu à peu se taire.

Le Chinois ne parle plus à l'enfant. On dirait qu'il la laisse. Qu'il est dans la distraction du voyage. Il regarde le dehors. Elle, elle regarde sa main qui est sur l'accoudoir de la banquette. Il a oublié cette main. Du temps passe. Et puis, voici que sans le savoir tout à fait, elle la prend. Elle la regarde. Elle la tient comme un objet jamais vu encore d'aussi près : une main chinoise, d'homme chinois. C'est maigre, ça s'infléchit vers les ongles, un peu comme si c'était cassé, atteint d'adorable infirmité, ça a la grâce de l'aile d'un oiseau mort.

À l'annulaire il y a une chevalière en or avec un diamant serti dans l'épaisseur centrale de l'or.

Cette bague, elle est trop grande, trop lourde pour l'annulaire de cette main. Cette main, elle n'en est pas sûre, doit être belle, elle est plus sombre que la naissance du bras. La montre qui est près de la main, l'enfant ne la regarde pas. Ni la bague. Elle est émerveillée par la main. Elle la touche « pour voir ». La main dort. Elle ne bouge pas.

Et puis lentement elle se penche sur la main.

Elle la respire. Elle la regarde.

Regarde la main nue.

Puis brusquement cesse. Ne la regarde plus.

Elle ne sait pas s'il dort ou non. Elle lâche la main. Non, il ne dort pas il semblerait. Elle ne sait pas. Elle retourne la main, très délicatement, elle regarde l'envers de cette main, l'intérieur, nu, elle touche la peau de soie recouverte d'une moiteur fraîche. Puis elle remet la chose à l'endroit comme elle était sur l'accoudoir. Elle la range. La main, docile, laisse faire.

On ne voit rien du Chinois, rien, pas un signe de réveil. Peut-être dort-il. L'enfant se détourne vers le dehors, vers les rizières, le Chinois. L'air tremble de chaleur.

C'est un peu comme si elle avait emporté la main avec elle dans le sommeil et qu'elle l'ait gardée.

Elle laisse la main loin d'elle. Elle ne la regarde pas.

Elle s'endort.

Elle s'est endormie on dirait.

Elle, elle sait que non, elle croit ça, que non. On ne sait pas.

Le Chinois dormait-il ? Elle ne saura jamais. Elle n'a jamais su. Quand elle s'était réveillée il la regardait. Il l'avait vue qui s'endormait et c'est alors qu'elle s'était réveillée.

Ils ne parlent pas de la main. Comme si rien n'en avait jamais été. Il dit :

— Tu es en quelle classe ?

— En seconde.

— Tu as quel âge ?

Hésitation très légère de l'enfant.

— Seize ans.

Le Chinois doute.

— Tu es très petite pour seize ans.

— J'ai toujours été petite, je serai petite toute ma vie.

Il la regarde très fort. Elle ne le regarde pas. Il demande :

— Tu mens quelquefois...

— Non.

— C'est impossible. Comment tu fais pour pas mentir ?

— Je dis rien.

Il rit. Elle dit :

— Ça me fait peur aussi le mensonge. Je ne peux m'en empêcher, comme la mort, un peu pareil.

Elle ajoute, elle affirme :

— Vous, vous ne mentez pas.

Il la regarde. Il cherche. Il dit, étonné :

— C'est vrai... c'est curieux...

— Vous ne le saviez pas ?

— Non... j'avais oublié ou peut-être... j'ai jamais su.

Elle le regarde. Elle le croit. Elle dit :

— Comment vous faites pour pas mentir...

— Rien. C'est sans doute que dans ma vie je n'ai rien à mentir... je ne sais pas...

Elle a envie de l'embrasser. Il le voit, il lui sourit.

Elle dit :

— Vous l'auriez raconté à votre mère.

— Quoi ?

Elle hésite, elle dit :

— Ce qui nous est arrivé.

Ils se regardent. Il est pour dire qu'il ne comprend pas... Il dit :

— Oui. Tout de suite. On aurait parlé toute la nuit. Elle adorait les choses comme ça... inattendues, on dit, non ?

— Oui. On dit aussi autrement.

Il la regarde. Il dit :

— Et toi... à ta mère... tu le diras ?

— Rien – elle rit – rien que l'idée...
Le Chinois sourit à l'enfant. Il dit :
— Rien du tout ? Jamais ?
— Rien. Jamais. Rien.

Elle prend sa main, embrasse la main.
Il la regarde les yeux fermés.
Elle dit :
— Tu t'es trompé, tu n'aurais rien raconté à ta mère.

Elle sourit, gentille, douce. Elle le regarde.
Il dit :
— Autrement j'ai vingt-sept ans. Sans profession...
— Et Chinois en plus...
— En plus oui... – il la regarde bien – mais comme tu es charmante...
On te l'a déjà dit ?...
Elle sourit.
— Non.
— Et belle ? On te l'a dit que tu étais belle ?
Non, on ne le lui a pas dit. Qu'elle était petite, oui, mais belle, non. Elle dit :
— Non – elle sourit – pas encore on me l'a dit.
Il la regarde. Il dit :
— Ça te plaît qu'on te le dise...
— Oui.
Le Chinois rit d'une autre façon. Elle rit avec lui.
— On ne t'a jamais rien dit alors...
— Rien.
— Et qu'on te désirait... on te l'a dit ?... C'est pas possible autrement, on
te l'a dit.
L'enfant ne rit pas pareil.
— Si... des petits voyous... mais c'était rien, ils se moquaient... Des
métis surtout. Jamais des Français.
Le Chinois ne rit pas. Il demande :
— Et des Chinois ?...
L'enfant sourit. Elle dit, étonnée :
— Jamais non plus de Chinois, c'est vrai...
Silence.
Le Chinois a tout à coup le sourire d'un enfant.
— Et à toi ça te plaît les études ?

Elle réfléchit, elle dit qu'elle ne sait pas bien si ça lui plaît ou non, mais peut-être, oui, ça lui plaît. Il dit que, lui, il aurait voulu faire l'Université des lettres de Pékin. Que sa mère était d'accord. Que c'était son père qui n'avait pas voulu. Pour ces générations de Chinois c'était le français et l'anglais-américain qu'il fallait apprendre. Il oublie, il est allé aussi en Amérique justement pour ça pendant un an.

— Pour faire quoi plus tard...

— Banquier – il sourit – comme tous les hommes de ma famille depuis cent ans.

Elle dit que la maison bleue est la plus belle de tout Vinh Long et Sadec ensemble, que son père, il doit être un millionnaire.

Il rit, il dit que les enfants, en Chine, ne savent jamais le montant de la fortune du père.

Il oublie : tous les ans il fait des stages dans les grandes banques de Pékin. Il le lui dit.

Elle dit :

— Pas en Mandchourie ?...

Non. À Pékin. Il dit que pour son père, la Mandchourie, ce n'est pas assez riche étant donné le niveau de l'actuelle fortune de la famille.

Ils traversent les villages du riz, d'enfants et de chiens. Les enfants jouent sur la route entre les rangées de paillotes. Ils sont gardés par ces chiens, ceux jaunes et maigres de la campagne. Quand l'auto est passée, on voit les parents se relever des talus pour voir s'ils sont encore tous là, les enfants et les chiens.

C'est après le village qu'elle s'endort de nouveau. Toujours on dort sur les routes de Camau entre rizières et ciels quand on a un chauffeur pour se faire conduire.

Elle ouvre les yeux. Elle les referme. Ils cessent de parler. Elle le laisse faire. Il dit :

— Ferme les yeux.

Elle ferme les yeux comme il le veut.

Sa main caresse le visage de l'enfant, les lèvres, les yeux fermés. Le sommeil est parfait – il sait qu'elle ne dort pas, il préfère.

Il dit à voix basse, très lentement, une longue phrase en chinois.

Les yeux fermés elle demande ce qu'il a dit – il dit que c'est sur son corps à elle... que c'est impossible à dire... ce que c'est... c'est la première fois que ça lui arrive...

La main s'arrête brusquement. Elle ouvre les yeux et les referme. La main se reprend. La main est douce, elle n'est jamais brusque, d'une discrétion égale, d'une douceur séculaire, de la peau, de l'âme.

Lui aussi a refermé ses yeux quand il a caressé ses yeux à elle, ses lèvres. La main quitte le visage, descend le long du corps. Quelquefois elle s'arrête, effrayée. Puis elle se retire.

Il la regarde.

Il se retourne vers le dehors.

Il demande dans la même douceur que celle de sa main quel âge elle a en vrai.

Elle hésite. Elle dit en s'excusant :

— Je suis encore petite.

— Combien d'années ?

Elle répond dans la façon des Chinois :

— Seize années.

— Non – il sourit – ce n'est pas vrai.

— Quinze années... quinze et demie... ça va ?

Il rit.

— Ça va.

Le silence.

— Qu'est-ce que tu veux ?

L'enfant ne répond pas. Peut-être ne comprend-elle pas.

Le Chinois ne pose pas la question, il dit :

— L'amour, tu n'as jamais fait.

L'enfant ne répond pas. Elle cherche à répondre. Elle ne sait pas répondre à ça. Il a un mouvement vers elle. À son silence il voit qu'elle aurait quelque chose à dire. Quelque chose qu'elle ne saurait pas encore dire et dont elle ne connaît sans doute que l'interdit. Il dit :

— Je te demande pardon...

Ils regardent dehors.

Ils regardent l'océan de rizière de la Cochinchine. La plaine d'eau traversée par les petites routes droites et blanches des charrettes d'enfants. L'enfer de la chaleur immobile, monumental. À perte de vue la platitude fabuleuse et soyeuse du delta. L'enfant, elle parlera plus tard d'un pays indécis, d'enfance, des Flandres tropicales à peine délivrées de la mer.

Ils traversent l'immensité sans se parler.

Et puis c'est elle qui raconte : ce pays du sud de l'Indochine du Sud il avait le même sol que la mer et ça pendant des millions d'années avant qu'il y ait la vie sur la terre, et que les paysans, ils continuent à faire comme les premiers hommes, à prendre le sol de la mer et à l'enfermer dans des talus de terre dure et à le laisser là pendant des années et des années pour le laver du sel avec l'eau de la pluie et le faire rizière prisonnière des hommes pour le reste des temps. Elle dit :

— Je suis née ici, dans le Sud, mes frères aussi. Alors notre mère nous raconte l'histoire du pays.

L'enfant s'est assoupie. Quand elle se réveille le Chinois lui dit que A.M.S. les a dépassés. Que c'était elle qui conduisait, que le chauffeur était à côté d'elle. L'enfant dit que c'est souvent qu'elle conduit elle-même. Elle hésite et dit :

— Elle va faire l'amour avec ses chauffeurs aussi bien qu'avec les princes quand ils visitent la Cochinchine, ceux du Laos, du Cambodge.

— Et tu le crois.

Elle hésite encore et elle raconte :

— Oui. Une fois elle est allée avec mon petit frère. Elle l'avait vu au cercle, un soir, elle l'avait invité au tennis. Il y était allé. Après ils étaient allés à la piscine dans le parc. Il y a un bungalow là avec des douches, des chambres de gymnastique, c'est presque toujours désert.

Le Chinois dit :

— C'est un roi aussi ton petit frère peut-être.

L'enfant sourit. Elle ne répond pas. Elle découvre que c'est vrai, que ce petit frère est un prince pour de vrai. Prisonnier dans sa différence d'avec les autres, seul dans ce palais de sa solitude, si loin, si seul qu'il en est comme d'une naissance de chaque jour, de vivre.

Le Chinois la regarde :

— Tu pleures.

— C'est ce que tu as dit sur Paulo... c'était tellement vrai...

Il demande encore, tout bas :

— C'est lui qui te l'a dit ?

— Non. Lui, il ne dit rien, presque rien, mais je sais tout ce qu'il dirait s'il parlait.

Elle se souvient, elle rit en pleurant :

— Après il ne voulait plus aller au tennis avec A.M.S. jouer avec elle. Il avait peur...

— De quoi... ?

— Je ne sais pas... – elle découvre la chose – c'est vrai... on ne sait

jamais de quoi il a peur mon petit frère. On ne peut pas le savoir d'avance.
— Qu'est-ce qui te plaît tellement chez cette femme...
Elle cherche. Elle ne s'est jamais posé la question. Elle dit :
— Je crois, l'histoire.

Ils traversent une zone différente du voyage. Les villages sont plus nombreux, les routes, meilleures. L'auto roule plus lentement.
Il dit :
— On va arriver à Cholen. Tu aimes Saigon ou Cholen ?
Elle sourit :
— ... je ne connais rien que les postes de brousse... toi, oui... ?
— Oui. J'aime Cholen. J'aime la Chine. Cholen c'est la Chine aussi. À New York et à San Francisco, non.
Ils se taisent. Il a encore parlé avec son chauffeur. Il dit à l'enfant que le chauffeur sait où est la pension Lyautey.
Ils regardent le dehors, l'arrivée de la ville.

Ils allaient se séparer. Elle se souvient combien c'était difficile, cruel, de parler. Les mots étaient introuvables tellement le désir était fort. Ils ne s'étaient plus regardés. Ils avaient évité leurs mains, leurs yeux. C'était lui qui avait imposé ce silence. Elle avait dit que ce silence à lui seul, les mots évités par ce silence, sa ponctuation même, sa distraction, ce jeu aussi, l'enfance de ce jeu et ses pleurs, tout ça aurait pu déjà faire dire qu'il s'agissait d'un amour.

Ils roulent encore pas mal de temps. Sans plus se parler. L'enfant sait qu'il ne dira plus rien. Il le sait d'elle de la même façon.
L'histoire est déjà là, déjà inévitable,
Celle d'un amour aveuglant,
Toujours à venir,
Jamais oublié.
L'auto noire s'est arrêtée devant la pension Lyautey. Le chauffeur prend la valise de l'enfant et la porte jusqu'à la porte de la pension.
L'enfant descend de l'auto, elle va lentement, docilement vers la même porte.
Le Chinois ne la regarde pas.

Ils ne se retournent pas, ne se regardent plus. Ne se connaissent plus.

C'est la cour de la pension Lyautey.
La lumière est moins vive. C'est le soir. Le sommet des arbres est déjà dans le crépuscule. La cour est faiblement éclairée par tout un réseau de lampes en tôle vertes et blanches. Les jeux sont surveillés.
Il y a là des jeunes filles, une cinquantaine. Il y en a sur des bancs de jardin, sur les marches des couloirs circulaires, il y en a d'autres qui tournent en rond le long des bâtiments, deux par deux, à bavarder et à rire aux éclats, de tout et de n'importe quoi.
Il y a celle sur un banc, allongée, celle nommée ici et dans les autres livres de son nom véritable, celle d'une miraculeuse beauté qu'elle, elle veut laide, oui, celle de ce nom de ciel, Hélène Lagonelle dite de Dalat.
Cet autre amour d'elle, l'enfant, jamais oublié.
Elle la regarde et puis, lentement, caresse son visage.
Hélène Lagonelle se réveille. Elles se sourient.
Hélène Lagonelle dit que tout à l'heure elle va lui raconter une chose terrible qui est arrivée à la pension Lyautey. Elle dit :
— Je t'attendais pour ça, et puis je me suis endormie. Tu arrives plus tôt que d'habitude.
— Sur le bac j'ai rencontré quelqu'un qui était tout seul et qui m'a offert une place dans son auto.
— Un Blanc ?
— Non. Un Chinois.
— Quelquefois ils sont beaux les Chinois.
— Surtout ceux du Nord. C'était le cas.
Elles se regardent. L'enfant surtout.
— Tu n'es pas allée à Dalat ?
— Non. Mes parents n'ont pas pu venir me chercher. Ils n'ont pas dit pourquoi. Mais je ne me suis pas ennuyée.
L'enfant la regarde attentivement, tout à coup inquiète à cause des cernes noirs sous les yeux et de la pâleur du visage d'Hélène. Elle lui demande :
— Tu n'es pas malade un peu ?

— Non, mais je suis fatiguée tout le temps. À l'infirmerie ils m'ont donné un fortifiant.

— Qu'est-ce qu'ils t'ont dit ?

— Que c'était rien. La paresse peut-être... ou la période d'acclimatation... après Dalat, qui dure encore.

L'enfant essaye de surmonter une sorte d'inquiétude, mais elle n'y arrive pas, elle n'y arrivera jamais tout à fait. L'inquiétude subsistera jusqu'à leur séparation*.

— Tu ne devais pas me raconter quelque chose...

Hélène Lagonelle raconte tout de suite et d'une traite ce qui est arrivé à la pension Lyautey.

— Figure-toi, il y en a une, les surveillantes, elles l'ont découverte, elle fait la prostituée tous les soirs, là derrière. On s'était aperçu de rien. Tu sais qui c'est : c'est Alice... la métisse...

Silence.

— Alice... Avec qui elle va comme ça ?

— N'importe qui... des passants... des hommes en auto qui s'arrêtent, elle va aussi avec eux. Ils vont dans le fossé derrière le dortoir... toujours au même endroit.

Silence.

— Tu les as vus...

Hélène Lagonelle ment :

— Non, elles m'ont dit, les autres, que c'est pas la peine de regarder, qu'on ne voit rien du tout...

L'enfant demande ce que dit Alice de cette prostitution.

— Elle dit que ça lui plaît... même beaucoup... que ces hommes on les connaît pas, on les voit pas, presque pas... et que c'est ça qui la fait... comment on dit...

L'enfant hésite et puis elle dit le mot « à la place d'Alice ».

Elle dit : jouir.

Hélène dit que c'est ça.

Elles se regardent et rient du bonheur de se retrouver.

Hélène dit :

---

*Hélène Lagonelle est morte de tuberculose à Pau où sa famille était revenue dix ans après avoir quitté la pension Lyautey. Elle avait vingt-sept ans. Elle était revenue d'Indochine où elle s'était mariée. Elle avait deux enfants. Toujours aussi belle elle était restée. D'après des tantes à elle qui avaient téléphoné après la parution du livre – L'Amant.

— Ma mère, elle dit qu'il ne faut pas dire ce mot, même quand on le comprend. Que c'est un mot mal élevé. Ton petit frère il dit quel mot ?

— Aucun. Il dit rien mon petit frère. Il sait rien. Il sait que ça existe. Tu verras, la première fois que ça nous arrive... on a peur, on croit qu'on est en train de mourir. Mais lui, mon petit frère, il doit croire que le mot est caché. Qu'il n'y a pas de mot exprès pour dire les choses qu'on ne voit pas.

— Dis-moi encore sur ton petit frère.

— La même histoire toujours... ?

— Oui. C'est jamais la même mais toi, tu le sais pas.

— On allait chasser ensemble dans la forêt au bord de l'embouchure du rac. Toujours seuls. Et puis une fois c'est arrivé. Il est venu dans mon lit. Les frères et les sœurs, on est des inconnus entre nous. On était très petits encore, sept huit ans peut-être, il est venu et puis il est revenu toutes les nuits. Une fois mon frère aîné l'a vu. Il l'a battu. C'est là que ça a commencé, la peur qu'il le tue. C'est après ça que ma mère m'a fait dormir dans son lit à elle. Mais on a continué quand même. Quand on était à Prey Nop on allait dans la forêt ou dans les barques, le soir. À Sadec on allait dans une classe vide de l'école.

— Et après ?

— Après il a eu dix ans, puis douze puis treize ans. Et puis une fois il a joui. Alors il a tout oublié, il a eu un tel bonheur, il a pleuré. Moi aussi j'ai pleuré. C'était comme une fête, mais profonde, tu vois, sans rires, et qui faisait pleurer.

L'enfant pleure. Hélène Lagonelle pleure avec elle. Toujours elles pleuraient ensemble sans savoir pourquoi, d'émotion, d'amour, d'enfance, d'exil.

Hélène dit :

— Je savais que tu étais dingo mais pas à ce point.

— Pourquoi je suis dingo ?

— Je sais pas le dire mais tu l'es, dingo, je te jure. C'est ton petit frère peut-être, tu l'aimes tellement... ça te rend folle...

Silence. Et puis Hélène Lagonelle pose la question :

— Tu l'as raconté à quelqu'un d'autre avant moi tout ça sur ton petit frère ?

— À Thanh, une fois. C'était la nuit, dans l'auto, on allait à Prey Nop.

— Il a pleuré Thanh.

— Je ne sais pas, je me suis endormie.

L'enfant s'arrête et puis elle dit encore :

— Et puis je suis sûre, un jour Paulo il trouvera d'autres femmes à Vinh

Long, à Saigon, même des Blanches, au cinéma, dans les rues et surtout dans le bac de Sadec bien sûr.

Elles rient.

Hélène demande à l'enfant pour Thanh, s'ils ont fait l'amour ensemble ou non.

L'enfant dit :

— Il n'a jamais voulu. Je lui ai demandé beaucoup de fois mais jamais il a voulu.

Hélène se met à pleurer. Elle dit :

— Tu vas partir en France et je serai seule tout à fait. Je crois que mes parents ils ne veulent plus de moi à Dalat. Ils ne m'aiment plus.

Silence. Et puis Hélène oublie son sort. Elle recommence à parler d'Alice, celle qui fait l'amour dans les fossés. Elle parle tout bas. Elle dit :

— Je ne t'ai pas tout dit... mais elle se fait payer Alice... et très cher... Elle fait ça pour acheter une maison. Elle est orpheline Alice, elle n'a aucun parent, rien, elle dit qu'une maison, même petite, ce sera toujours ça qu'elle aura, Alice, pour savoir où se mettre – elle dit : on ne sait jamais.

L'enfant croit toujours ce que dit Hélène. Elle dit :

— Je crois ce que tu dis mais c'est peut-être pas seulement pour la maison qu'elle fait payer les hommes et qu'ils reviennent, c'est que ça leur plaît à eux aussi – elle se fait payer combien ?

— Dix piastres. Et à chaque fois le même soir.

— C'est pas mal dix piastres, non ?...

— C'est ce qui me semble... mais je ne sais rien des prix, Alice, si, même les prix des Blanches rue Catinat.

L'enfant. Des larmes lui viennent aux yeux. Hélène Lagonelle la prend dans ses bras, elle crie :

— Qu'est-ce que tu as ?... C'est ce que j'ai dit ?...

L'enfant sourit à Hélène. Elle dit que c'est rien, que c'est quand on parle d'argent, des trucs de sa vie à elle.

Elles s'embrassent et elles restent embrassées, enlacées, à s'embrasser, à se taire, à s'aimer fort.

Et puis Hélène recommence à parler à l'enfant. Elle dit :

— Il y a autre chose que je voulais te dire – c'est que moi aussi je suis comme Alice. Ça lui plaît cette vie-là. À moi aussi ça me plairait. J'en suis sûre. Remarque que moi, je préférerais aussi faire la prostituée plutôt que soigner les lépreux...

L'enfant rit :

— Qu'est-ce que tu racontes encore...

— Mais ici tout le monde le sait... sauf toi. Qu'est-ce que tu crois?... Ils nous font faire des études soi-disant pour qu'on trouve un travail quand on sortira de la pension mais c'est faux. Ils nous prennent en pension pour ensuite nous envoyer dans les lazarets, chez les lépreux, les pestiférés, les cholériques. Autrement ils trouvent personne pour faire... ça...

L'enfant rit fort :

— Mais tu crois vraiment à cette histoire?

— Dur comme fer j'y crois.

— Toujours le pire tu crois, non?

— Toujours.

Elles rient. N'empêche que Hélène Lagonelle ne met pas en doute ce que raconte Alice.

L'enfant demande à Hélène Lagonelle ce que raconte encore Alice sur cette histoire.

Hélène dit qu'Alice trouve ça très naturel. Qu'il n'y a pas deux hommes pareils, elle dit : comme partout et pour tout. Qu'il y en a des très très extraordinaires aussi. Il y en a aussi qui ont peur de faire ça. Mais ce qui plaît surtout à Alice, et il y en a beaucoup de ceux-là, c'est ceux qui lui parlent comme à d'autres femmes, qui l'appellent avec d'autres noms, qui lui disent des choses dans des langues étrangères aussi. Qui parlent de leur femme aussi, il y en a beaucoup, de ceux-là. Il y en a aussi qui l'insultent. Et des autres qui lui disent qu'ils n'ont aimé qu'elle dans leur vie.

Elles rient, les deux amies. L'enfant demande :

— Elle a peur quelquefois Alice?

— De quoi elle aurait peur?...

— D'un assassin... d'un fou... on ne sait pas, avant...

— Elle m'a pas dit mais peut-être un peu quand même... on sait jamais dans ce quartier, non?

— Peut-être. C'est les Blancs qui le disent et eux ils ne viennent jamais ici, alors...

Hélène Lagonelle regarde l'enfant, longuement, et puis elle demande :

— Toi, tu as peur du Chinois?

— Comme ça... un peu... mais de l'aimer peut-être. J'ai peur... Je veux aimer que Paulo jusqu'à ma mort.

— Je savais ça... quelque chose comme ça...

Hélène pleure. L'enfant la prend dans ses bras et lui dit des mots d'amour.

Et Hélène est heureuse et elle dit à l'enfant qu'elle est folle de lui dire des choses pareilles. Dit pas lesquelles...

L'enfant ne sait plus ce qu'elle dit à Hélène. Et Hélène a peur tout à coup, une peur terrible entre toutes, de se cacher la vérité sur la nature de cette passion qu'elles ont l'une pour l'autre, et qui de plus en plus les fait si seules ensemble, partout où elles se trouvent.

C'est la route du lycée. C'est sept heures et demie, c'est le matin. À Saigon. C'est la fraîcheur miraculeuse des rues après le passage des arroseuses municipales, l'heure du jasmin qui inonde la ville de son odeur – si violente elle est que «c'est écœurant», disent certains Blancs au début de leur séjour. Pour ensuite la regretter dès leur départ de la colonie.

L'enfant vient de la pension Lyautey. Elle va au lycée.
À cette heure-là la rue Lyautey est presque déserte.
L'enfant est la seule de la pension à être dans le secondaire au lycée de Saigon, donc à passer par là.

C'est le commencement de l'histoire.
L'enfant est encore sans le savoir.

Et puis, devant elle, tout à coup, le long de l'autre trottoir, à sa gauche, arrêtée, il y a l'histoire, l'auto du bac, très longue très noire, tellement belle, tellement et chère aussi, tellement grande. Comme la chambre d'un Grand Hôtel.

L'enfant ne la reconnaît pas tout de suite. Elle reste là, arrêtée devant elle. À la regarder. Et puis à la reconnaître. Et puis à le reconnaître. Et puis à le voir, lui, l'homme de la Mandchourie endormi ou mort. Celui de la main, celui du voyage.

Il fait comme s'il ne l'avait pas vue.
Il est là où il était, à droite sur la banquette arrière.
Elle le voit sans avoir à le regarder.

Le chauffeur lui aussi est à sa place, parfait, lui aussi la tête détournée de l'enfant qui lentement, distraite, dirait-on, est en train de traverser la rue.

Pour elle, l'enfant, ce « rendez-vous de rencontre », dans cet endroit de la ville, était toujours resté comme étant celui du commencement de leur histoire, celui par lequel ils étaient devenus les amants des livres qu'elle avait écrits.

Elle croyait, elle savait que c'était là, dans cette scène extérieure, à partir d'une sorte d'intelligence qu'ils avaient eue de leur désir, tout raisonnement banni, qu'ils ne s'étaient plus empêchés de rien, qu'ils étaient devenus des amants.

Peut-être doute-t-elle qu'il fallait le faire ou peut-être ne sait-elle pas qu'elle a déjà traversé l'espace de la rue qui les sépare.

Elle ne bouge pas tout d'abord.

Elle va lentement vers lui derrière la vitre.

Reste là.

Ils se regardent très vite, le temps de voir, de s'être vus.

La voiture est dans le sens inverse de sa marche à elle. Elle pose sa main sur la vitre. Puis elle écarte sa main et elle pose sa bouche sur la vitre, embrasse là, laisse sa bouche rester là. Ses yeux sont fermés comme dans les films.

C'est comme si l'amour avait été fait dans la rue, elle avait dit.

Aussi fort.

Le Chinois avait regardé.

À son tour il avait baissé les yeux.

Mort du désir d'une enfant.

Martyre.

L'enfant avait retraversé la rue.

Sans se retourner elle était repartie vers le lycée.

Elle avait entendu l'auto s'en aller sans faire de bruit sur une route devenue de velours, nocturne.

Jamais, dans les mois qui avaient suivi, ils n'avaient parlé de la douleur effrayante de ce désir.

Le lycée.

Il n'y a plus d'élèves dans les couloirs. Ils sont tous rentrés dans les classes.

L'enfant est en retard.

Elle entre dans sa classe. Elle dit : « Excusez-moi. »

Le professeur fait un cours sur Louise Labé.

Ils se sourient avec l'enfant.

Le professeur reprend son cours sur Louise Labé – il refuse de l'appeler par son surnom « la belle Cordière ». D'abord il donne son avis personnel sur Louise Labé. Il dit qu'il l'admire énormément, que c'est une des rares personnes du temps passé qu'il aurait aimé connaître et entendre dire la poésie.

Le professeur raconte que lorsque Louise Labé allait chez son imprimeur-libraire pour lui remettre le manuscrit de son dernier recueil, elle demandait toujours à une femme amie de l'y accompagner. Elle était restée obscure sur ce point-là de justifier le pourquoi de ce désir, cet accompagnement de celle qui avait écrit les poèmes par une autre femme. Le professeur avait dit que peut-être cet accompagnement avait valeur d'authentification, surtout de la part d'une femme. Le professeur disait que c'était laissé au gré des élèves d'y voir ce qu'ils croyaient. Un garçon avait dit que c'était la crainte de Louise Labé d'être abordée par des hommes sur les routes. Une fille avait dit que c'était la crainte d'être volée de ses poèmes. L'enfant avait dit que les deux femmes, Louise Labé et celle qui l'accompagnait, devaient se connaître si bien que jamais Louise Labé ne devait s'être posé la question de savoir si elle l'emmenait avec elle ou pas à propos des poèmes ou d'autre chose.

C'est un jeudi après-midi. Presque toutes les pensionnaires partent en promenade.

Elles traversent la cour centrale. Elles sont en rang par deux. Toutes avec la robe blanche du trousseau de la pension, les souliers de toile blanche, les ceintures blanches et les chapeaux également de toile blanche. Lavable.

La pension se vide. Dès que les pensionnaires sont sorties un gouffre de silence se produit dans la cour centrale, provoqué dirait-on par l'absence totale et soudaine des voix.

C'est un endroit couvert dans la pension vide. C'est à l'angle de deux couloirs sur lequel donnent le portail et les classes de l'école afférente à la pension. De cet endroit couvert arrivent les voix des deux jeunes filles amies et un air de danse. Il vient d'un phonographe posé par terre. L'air est un paso doble très classique, celui de la phase de la mise à mort dans les arènes d'Espagne. L'air est brutal, d'une magnifique scansion populaire.
Elles parlent peu sauf pour les conseils de danse donnés par l'enfant.
Elles sont pieds nus sur les dalles des couloirs. Elles portent les robes courtes de la mode d'alors, en coton clair imprimé de motifs fleuris également clairs.
Elles sont belles, elles ont oublié qu'elles le savent déjà.
Elles dansent. Elles sont de race blanche. Elles sont dispensées de la promenade réglementaire des métisses abandonnées – parce que Blanches, si pauvres que soient leurs familles – sur leur simple demande.
Hélène Lagonelle demande à l'enfant qui lui a appris le paso doble.
— Mon petit frère Paulo.
— Il t'a tout appris, le petit frère.
— Oui.
Le silence est total quand cessent les voix.
Hélène Lagonelle dit qu'elle commence à aimer Paulo.
Elle dit qu'elle ne comprend pas pourquoi ses parents la laissent là. Elle ne travaille pas, rien. Elle dit que ses parents le savent, qu'ils cherchent à se débarrasser d'elle. Pourquoi ? elle ne sait pas.
— Je ne peux pas supporter l'idée d'être ici pour encore trois ans. Je préfère mourir.
L'enfant rit :
— Depuis quand tu ne le supportes plus ?
— Depuis que tu as rencontré le Chinois.
Silence. L'enfant éclate de rire :
— Depuis trois jours, alors ?

— Oui... mais ça avait commencé avant, très fort. Il n'y a pas que ça. Il y a aussi que je t'ai menti. J'ai commencé à penser à ton petit frère... la nuit...

Elles sont dans l'ombre fraîche. Elles dansent. Du soleil vient d'une fenêtre haute comme dans les prisons, les pensions religieuses, pour les hommes ne pas pouvoir entrer. Dans un coin, dans le soleil, il y a leurs sandales défaites, jetées là, à elles seules troublantes.

Assis contre un pilier du couloir, il y a un jeune boy en blanc, un de ceux qui chantent la nuit du côté des cuisines les chants indochinois de l'enfance des jeunes filles. Il les regarde. Il est immobile comme cloué par ce regard sur elles, les jeunes filles blanches qui dansent pour lui seul et qui l'ignorent.

Hélène Lagonelle parle tout bas à l'enfant :
— Tu vas faire l'amour avec le Chinois ?
— Oui, je crois.
— Quand ?
— Peut-être tout à l'heure.
— Tu le désires beaucoup ?
— Beaucoup.
— Vous avez rendez-vous ?
— Non, mais c'est pareil.
— Tu es sûre qu'il viendra ?
— Oui.
— Qu'est-ce qui te plaît chez lui ?
— Je ne sais pas. Pourquoi tu pleures, tu préférais avant ?
— Oui et non. Depuis les vacances j'ai commencé à penser à ton petit frère pour l'aimer, lui. Sa peau, ses mains... Et puis tu as parlé de tes rêves sur lui. Quelquefois je l'appelais la nuit. Et puis une fois... je voulais te le dire... voilà.
L'enfant finit la phrase d'Hélène :
— ... Une fois ça t'est arrivé.
— Oui. Je t'ai menti. Je mens et tu le sais même pas... tu t'en fiches...
Silence. L'enfant dit :
— Tu as autre chose à dire, je le sais.
Hélène enlace l'enfant, cache son visage avec ses mains et dit :
— Je voudrais aller une fois avec les hommes qui vont avec Alice. Une seule fois. Je voulais t'en parler...
L'enfant crie tout bas :

— Non. Ils ont tous la syphilis.

— On meurt de ça?...

— Oui. Mon frère aîné il l'a eue, je le sais. Il a été sauvé par un docteur français.

— Alors qu'est-ce que je vais devenir...?

— Tu attendras la France. Ou tu rentres à Dalat sans prévenir. Et puis tu restes là. Tu bouges plus de là.

Silence.

— J'ai envie de tous les boys. De celui-là qui est au phono aussi. Des professeurs. Du Chinois.

— C'est vrai. C'est tout le corps qui est pris... on pense plus qu'à ça.

Silence.

Elles se regardent.

L'enfant a des larmes dans les yeux. Elle dit:

— Je voudrais te dire une chose... c'est impossible à dire, mais je voudrais que tu saches. Pour moi, le désir, le premier désir, ça a été toi. Le premier jour. Après ton arrivée. C'était le matin, tu revenais de la salle de douches, complètement nue... c'était à ne pas en croire ses yeux, à croire qu'on t'inventait...

L'enfant s'écarte d'Hélène Lagonelle et elles se regardent.

Hélène dit:

— Je savais ça, cette histoire-là...

— Est-ce que tu ne sais vraiment pas à quel point tu es belle?

— Moi, je ne sais pas... mais peut-être... que oui, je le suis... ma mère, elle est très belle. Alors ce serait normal que je le sois aussi, non? Mais c'est comme si les gens me le disaient pour dire autre chose... que je suis pas très intelligente... et je vois la méchanceté à leur air...

L'enfant rit. Elle pose sa bouche sur celle d'Hélène. Elles s'embrassent.

Hélène dit tout bas:

— C'est toi qui es belle... Pourquoi, moi, je ne peux même pas me regarder dans la glace quelquefois?

— Peut-être parce que tu es trop belle... Ça te dégoûte...

Le petit boy des cuisines regarde toujours la danse des «jeunes Françaises» qui sont en train d'encore s'embrasser.

Le disque s'est terminé. La danse est finie.

Le silence comme le sommeil dans la pension déserte.

Puis le bruit de l'auto arrive dans l'entrée. Les jeunes filles et le petit boy vont à la fenêtre et regardent. La Léon Bollée est là, arrêtée devant l'entrée de l'école. Le chauffeur de la Léon Bollée est visible. Des rideaux blancs masquent les sièges arrière comme si cette auto transportait un condamné qu'on ne saurait regarder.

L'enfant sort pieds nus, ses chaussures à la main et elle va vers la voiture. Le chauffeur lui ouvre la portière.

Ils sont assis l'un près de l'autre.
Ils ne se regardent pas. C'est un moment difficile. À fuir.
Le chauffeur a reçu des ordres. Il démarre sans attendre. Il roule lentement dans la ville pleine de piétons, de vélos, de la foule indigène de chaque jour.
Ils arrivent à La Cascade. L'auto s'arrête. L'enfant ne bouge pas. Elle dit qu'elle ne veut pas aller là. Le Chinois ne demande pas pourquoi. Il dit au chauffeur de rentrer.

L'enfant s'est mise contre l'homme chinois. Elle dit très bas :
— Je veux aller chez toi. Tu le sais. Pourquoi tu m'as amenée à La Cascade ?
Il la prend contre lui. Il dit :
— Par imbécillité.
Elle reste contre lui, le visage caché par lui. Elle dit :
— Je recommence à te désirer. Je te désire tu ne peux pas imaginer combien...
Il lui dit qu'il ne faut pas dire ça.
Elle promet. Jamais plus.
Et puis il dit qu'il la désire aussi, de la même façon.

Retraversée de la ville chinoise.
Ils ne regardent pas cette ville. Quand ils ont l'air de la regarder, ils ne regardent rien.
Ils se regardent sans le vouloir. Alors ils baissent les yeux. Puis restent ainsi à se voir les yeux fermés, sans bouger et sans se voir, comme s'ils se regardaient encore.
L'enfant dit :
— Je vous désire beaucoup.

Il dit qu'elle le sait pour elle comme elle le sait pour lui.

Ils se détournent vers le dehors.

La ville chinoise arrive vers eux dans le vacarme des vieux tramways, dans le bruit des vieilles guerres, des vieilles armées harassées, les tramways roulent sans cesse de sonner. Ça fait un bruit de crécelle, à fuir. Accrochés aux trams il y a des grappes d'enfants de Cholen. Sur les toits il y a des femmes avec des bébés ravis, sur les marchepieds, les chaînes de protection des portes, il y a des paniers d'osier pleins de volailles, de fruits. Les trams n'ont plus forme de trams, ils sont bouffis, bosselés jusqu'à ressembler à rien de connu.

Tout à coup la foule s'éclaircit sans qu'on comprenne du tout pourquoi ni comment.

Voilà. C'est calme. Le bruit reste égal mais devient lointain. La foule s'éclaircit. Les femmes ne sont plus au galop, elles sont calmes. C'est une rue à compartiments comme il y en a partout en Indochine. Il y a des fontaines. Une galerie couverte la longe. Elle est sans magasins sans trams. Sur le sol de terre battue des marchands de la campagne se reposent à l'ombre de la galerie. Le vacarme de Cholen est lointain, tellement, qu'on croirait à un village dans l'épaisseur de la ville. C'est là dans ce village. C'est sous la galerie ouverte.

Une porte.

Il ouvre cette porte.

C'est obscur.

C'est inattendu, c'est modeste. Banal. C'est rien.

Il parle. Il dit :

— Je n'ai pas choisi les meubles. Ils étaient là, je les ai gardés.

Elle rit. Elle dit :

— Il n'y a pas de meubles... Regarde...

Il regarde et il dit tout bas que c'est pourtant vrai, qu'il n'y a que le lit, le fauteuil et la table.

Il s'assied dans le fauteuil, lui. Elle, elle reste debout.

Elle le regarde encore. Elle sourit. Elle dit :

— Ça me plaît la maison comme ça...

Ils ne se regardent pas. Dès qu'il ferme la porte, tout à coup, ensemble, ils traversent une espèce de désintéressement apparent. Le désir ne se montre pas, il s'efface, puis, brutalement, il revient. Elle le regarde. Ce n'est pas lui qui la regarde. C'est elle qui le fait. Elle voit qu'il a peur.

C'est à partir de la douceur de ce regard de l'enfant que la peur est transgressée. C'est elle qui veut savoir, qui veut tout, le plus, tout, vivre et mourir dans le même temps. Celle qui est au plus près du désespoir et de l'intelligence de la passion – à cause de ce jeune frère qui a grandi dans l'ombre du frère criminel et qui veut chaque jour mourir et que chaque jour, chaque nuit, elle, l'enfant, elle sauve du désespoir.

Le Chinois dit tout bas comme s'il était tenu de le dire :

— Je me suis mis à être amoureux de toi peut-être.

Dans les yeux de l'enfant une certaine crainte. Elle se tait*.

Par diversion sans doute, lentement, sans bruit, elle marche dans la garçonnière, elle regarde l'endroit meublé comme un hôtel de gare. Et lui il ne le sait pas, il ne voit pas ces choses-là et elle l'adore pour ça. Il la regarde faire, explorer les lieux, et il ne comprend pas pourquoi. Il croit qu'elle fait se passer le temps, qu'elle occupe l'attente infernale, que c'est ça le pourquoi. Il dit :

— C'est mon père qui m'a donné ça. Ça s'appelle une garçonnière. Les jeunes Chinois riches ici, ils ont beaucoup de maîtresses, c'est dans les mœurs.

Elle répète le mot garçonnière. Elle dit qu'elle connaît ce mot-là, elle ne sait pas comment, dans les romans peut-être. Elle ne marche plus. Elle est arrêtée devant lui, elle le regarde, elle lui demande :

— Tu as beaucoup de maîtresses.

Le tutoiement de lui par elle, tout à coup, merveilleux.

— Comme ça... oui... de temps en temps.

Son regard à elle va vers lui, très vif, dans un éclair de bonheur, oui, ça lui plaît. Il demande :

— Ça te plaît que j'aie des maîtresses.

Elle dit que oui. Pourquoi, elle ne dit pas, elle ne sait pas le dire.

La réponse le frappe. Elle lui fait un peu peur. C'est un moment difficile pour lui.

Elle dit qu'elle désire les hommes quand ils aiment une femme et qu'ils ne sont pas aimés par cette femme. Elle dit que son premier désir c'était un homme comme ça, malheureux, affaibli par un désespoir d'amour.

---

* Dans le cas d'un film tiré de ce livre-ci, il ne faudrait pas que l'enfant soit d'une beauté seulement belle. Cela serait peut-être dangereux pour le film. Il s'agit d'autre chose qui joue en elle, l'enfant, de «difficile à éviter», d'une curiosité sauvage, d'un manque d'éducation, d'un manque, oui, de timidité. Une sorte de Miss France-enfant ferait s'effondrer le film tout entier. Plus encore : elle le ferait disparaître. La beauté ne fait rien. Elle ne regarde pas. Elle est regardée.

Le Chinois demande : Thanh ? Elle dit non, pas lui. Il dit :

— Écoute-moi... on va repartir... on reviendra une autre fois...

Pas de réponse de l'enfant. Le Chinois se lève, il fait quelques pas, il lui tourne le dos. Il dit :

— Tu es tellement jeune... ça me fait peur. J'ai peur de ne pas pouvoir... de ne pas arriver à dominer l'émotion... tu comprends un peu ?...

Il se tourne vers elle. Son sourire tremble. Elle hésite. Elle dit ne pas avoir compris. Mais qu'elle comprend un peu... qu'elle aussi elle a un peu peur. Il demande :

— Tu sais rien.

Elle dit qu'elle sait un peu mais qu'elle ne sait pas si c'est de ça qu'il veut parler.

Silence.

— Comment tu saurais ?

— Par mon jeune frère... on avait très peur de notre frère aîné. Alors on dormait ensemble quand on était petits... Ça a commencé comme ça...

Silence.

— Tu aimes le petit frère.

L'enfant est longue à répondre : à parler du secret de sa vie, ce petit frère « différent ».

— Oui.

— Plus que... tout au monde...

— Oui.

Le Chinois est très ému :

— C'est celui qui est un peu... différent des autres...

Elle le regarde. Ne répond pas.

Des larmes viennent au bord des yeux. Elle ne répond toujours pas. Elle demande :

— Comment vous savez ça ?

— Je ne sais plus comment...

Silence. Elle dit :

— C'est vrai que si vous habitez Sadec vous devez savoir des choses sur nous.

— Avant de te rencontrer, non, rien. C'est après le bac, le lendemain... mon chauffeur t'avait reconnue.

— Comment il t'a dit... Dis-moi les mots.

— Il m'a dit : elle est la fille de la directrice de l'école de filles. Elle a deux frères. Ils sont très pauvres. La mère a été ruinée.

Il est dans une timidité soudaine. Il ne saurait en dire la cause. Peut-être est-ce la jeunesse de l'enfant tout à coup qui apparaît, comme un fait brutal, entier, inapprochable, presque indécent. Sa violence aussi, venue de la mère sans doute. Elle, elle ne peut pas savoir ces choses-là quant à elle. Il demande :

— C'est ça ?...

— C'est ça. C'est bien nous... Il a dit comment, ça, que ma mère elle a été ruinée ?

— Il a dit que c'était une terrible histoire, qu'elle n'avait pas eu de chance.

Silence. Elle ne répond rien. Elle ne veut pas répondre à ça. Elle demande :

— On peut rester encore un peu ici. Il fait tellement chaud... au-dehors.

Il se lève, il allume le ventilateur. Il se rassied. La voit, la regarde. Elle, elle ne le quitte pas des yeux. Elle demande :

— Tu ne travailles pas.

— Non. Rien.

— Tu ne fais jamais rien, jamais... jamais tu fais quelque chose...

— Jamais.

Elle lui sourit. Elle dit :

— Tu dis « jamais » comme si tu disais « toujours ».

L'enfance qui revient : elle enlève son chapeau. Elle laisse tomber de ses pieds ses chaussures, elle ne les ramasse pas.

Il la regarde.

Silence.

Le Chinois dit tout bas :

— C'est curieux... à ce point... que tu me plaises...

Elle se met sous le ventilateur. Elle sourit à la fraîcheur. Elle est contente. Aucun des deux ne se rend compte que l'amour est là. Le désir se distrait encore.

Elle va jusqu'à une autre porte qui se trouve de l'autre côté de la porte d'entrée. Elle essaye d'ouvrir. Elle se retourne vers lui. C'est dans le regard qu'il a sur elle qu'on devinerait qu'il va l'aimer, qu'il ne se trompe pas. Il est dans une sorte d'émotion continue, qu'elle parle ou qu'elle se taise. Dans cette découverte de la maison il y a beaucoup de jeu, d'enfance. Pour lui, l'amour aurait pu commencer là. L'enfant le remplit de peur et de joie. Elle demande :

— Où elle va cette porte ?

Il rit :

— Dans une autre rue. Pour se sauver. Tu croyais quoi ?

L'enfant sourit au Chinois. Elle dit :

— Un jardin. C'est pas ça ?...

— Non. C'est une porte pour rien. Tu aurais préféré quoi...

Elle revient, elle prend un verre sur la margelle du bassin. Elle dit :

— Une porte pour se sauver.

Ils se regardent. Elle dit :

— J'ai soif.

— Il y a de l'eau filtrée dans la glacière à côté de la porte.

Silence. Puis elle dit :

— J'aime bien comment c'est ici.

Il demande comment elle voit qu'il est cet endroit.

Ils se regardent. Elle hésite puis elle dit :

— C'est abandonné – elle le regarde fort – et puis ça sent ton odeur.

Il la regarde marcher, boire, revenir.

L'oublier, lui. Et puis se souvenir.

Il se lève.

Il la regarde. Il dit :

— Je vais te prendre.

Silence. Le sourire s'est effacé du visage de l'enfant.

Elle a pâli.

— Viens.

Elle va vers lui. Elle dit rien, cesse de le regarder.

Il est assis devant elle qui est debout. Elle baisse les yeux. Il prend sa robe par le bas, la lui enlève. Puis il fait glisser le slip d'enfant en coton blanc. Il jette la robe et le slip sur le fauteuil. Il enlève les mains de son corps, le regarde. La regarde. Elle, non. Elle a les yeux baissés, elle le laisse regarder.

Il se lève. Elle reste debout devant lui. Elle attend. Il se rassied. Il caresse mais à peine le corps encore maigre. Les seins d'enfant, le ventre. Il ferme les yeux comme un aveugle. Il s'arrête. Il retire ses mains. Il ouvre les yeux. Tout bas, il dit :

— Tu n'as pas seize années. Ce n'est pas vrai.

Pas de réponse de l'enfant. Il dit : C'est un peu effrayant. Il n'attend pas de réponse. Il sourit et il pleure. Et elle, elle le regarde et elle pense – dans un sourire qui pleure – que peut-être elle va se mettre à l'aimer pour toute la durée de sa vie.

Avec une sorte de crainte, comme si elle était fragile, et aussi avec une

brutalité contenue, il l'emporte et la pose sur le lit. Une fois qu'elle est
là, posée, donnée, il la regarde encore et la peur le reprend. Il ferme les
yeux, il se tait, il ne veut plus d'elle. Et c'est alors qu'elle le fait, elle. Les
yeux fermés, elle le déshabille. Bouton après bouton, manche après
manche.
Il ne l'aide pas. Ne bouge pas. Ferme les yeux comme elle.

L'enfant. Elle est seule dans l'image, elle regarde, le nu de son corps à
lui aussi inconnu que celui d'un visage, aussi singulier, adorable, que
celui de sa main sur son corps pendant le voyage. Elle le regarde encore
et encore, et lui il laisse faire, il se laisse être regardé. Elle dit tout bas :
— C'est beau un homme chinois.
Elle embrasse. Elle n'est plus seule dans l'image. Il est là. À côté d'elle.
Les yeux fermés elle embrasse. Les mains, elle les prend, les pose
contre son visage. Ses mains, du voyage. Elle les prend et elle les pose
sur son corps à elle. Et alors il bouge, il la prend dans ses bras et il roule
doucement par-dessus le corps maigre et vierge. Et tandis que lentement il le recouvre de son corps à lui, sans encore la toucher, la caméra
quitterait le lit, elle irait vers la fenêtre, s'arrêterait là, aux persiennes
fermées. Alors le bruit de la rue arriverait assourdi, lointain dans la nuit
de la chambre. Et la voix du Chinois deviendrait aussi proche que ses
mains.
Il dit :
— Je vais te faire mal.
Elle dit qu'elle sait.
Il dit aussi que quelquefois les femmes crient. Que les Chinoises crient.
Mais que ça ne fait mal qu'une seule fois dans la vie, et pour toujours.
Il dit qu'il l'aime, qu'il ne veut pas lui mentir : que cette douleur, jamais
ensuite elle ne revient, jamais plus, que c'est vrai, qu'il lui jure.
Il lui dit de fermer les yeux.
Qu'il va le faire : la prendre.
De fermer les yeux. Ma petite fille, il dit.
Elle dit : non, pas les yeux fermés.
Elle dit que tout le reste, oui, mais pas les yeux fermés.
Il dit que si, qu'il le faut. À cause du sang.
Elle ne savait pas pour le sang.
Elle a un geste pour se sauver du lit.
Avec sa main il l'empêche de se relever.

Elle n'essaye plus.

Elle disait se souvenir de la peur. Comme elle se souvenait de la peau, de sa douceur. De celle-ci, à son tour, épouvantée.

Les yeux fermés elle touchait cette douceur, elle touchait la couleur dorée, la voix, le cœur qui avait peur, tout le corps retenu au-dessus du sien, prêt au meurtre de l'ignorance d'elle devenue son enfant. L'enfant de lui, de l'homme de la Chine qui se tait et qui pleure et qui le fait dans un amour effrayant qui lui arrache des larmes.

La douleur arrive dans le corps de l'enfant. Elle est d'abord vive. Puis terrible. Puis contradictoire. Comme rien d'autre. Rien : c'est alors en effet que cette douleur devient intenable qu'elle commence à s'éloigner. Qu'elle change, qu'elle devient bonne à en gémir, à en crier, qu'elle prend tout le corps, la tête, toute la force du corps, de la tête, et celle de la pensée, terrassée.

La souffrance quitte le corps maigre, elle quitte la tête. Le corps reste ouvert sur le dehors. Il a été franchi, il saigne, il ne souffre plus. Ça ne s'appelle plus la douleur, ça s'appelle peut-être mourir.

Et puis cette souffrance quitte le corps, quitte la tête, elle quitte insensiblement toute la surface du corps et se perd dans un bonheur encore inconnu d'aimer sans savoir.

Elle se souvient. Elle est la dernière à se souvenir encore. Elle entend encore le bruit de la mer dans la chambre. D'avoir écrit ça, elle se souvient aussi, comme le bruit de la rue chinoise. Elle se souvient même d'avoir écrit que la mer était présente ce jour-là dans la chambre des amants. Elle avait écrit les mots : la mer et deux autres mots : le mot : simplement, et le mot : incomparable.

Le lit des amants.
Ils dorment peut-être. On ne sait pas.
Le bruit de la ville est revenu. Il est continu, d'une seule coulée. Il est celui de l'immensité.
Le soleil est sur le lit, dessiné par les persiennes.
Il y a aussi des salissures de sang sur le corps et les mains des amants.
L'enfant se réveille. Elle le regarde. Il dort dans le vent frais du ventilateur.

Dans le premier livre elle avait dit que le bruit de la ville était si proche qu'on entendait son frottement contre les persiennes comme si des gens traversaient la chambre. Qu'ils étaient dans ce bruit public, exposés là, *dans ce passage du dehors dans la chambre*. Elle le dirait encore dans le cas d'un film, encore, ou d'un livre, encore, toujours elle le dirait. Et encore elle le dit ici.

On pourrait dire là aussi qu'on reste dans «l'ouvert» de la chambre aux bruits du dehors qui cognent aux volets, aux murs, au frottement des gens contre le bois des persiennes. Ceux des rires. Des courses et des cris d'enfants. Des appels des marchands de glaces, de pastèque, de thé. Puis soudain ceux de cette musique américaine mêlés aux mugissements affolants des trains du Nouveau-Mexique, à ceux de cette Valse désespérée, cette douceur triste et révolue, ce désespoir du bonheur de la chair.

Elle disait qu'elle revoyait encore le visage. Qu'elle se souvenait encore du nom des gens, ceux des postes de brousse, des airs à la mode.

Son nom à lui, elle l'avait oublié. Toi, elle disait.

On le lui avait dit encore une fois. Et de nouveau elle, elle l'avait oublié. Après, elle avait préféré taire encore ce nom dans le livre et le laisser pour toujours oublié.

Elle voyait encore clairement le lieu de détresse, naufragé, les plantes mortes, les murs blanchis à la chaux de la chambre.

Du store de toile sur la fournaise. Du sang sur les draps. Et de la ville toujours invisible, toujours extérieure, elle se souvenait.

Il se réveille sans bouger. Il dort à moitié. À le voir ainsi il a l'air d'un adolescent. Il allume une cigarette.

Silence.

Il vient près d'elle, il ne lui dit rien. Elle montre les plantes, elle parle bas, tout bas, elle sourit, et lui, il dit qu'elle ne doit plus y penser, qu'elles sont mortes depuis longtemps. Qu'il a toujours oublié de les arroser. Et qu'il les oubliera toujours. Il parle bas comme si la rue pouvait entendre.

— Tu es triste.

Elle sourit et fait un signe léger:

— Peut-être.

— C'est parce qu'on a fait l'amour pendant le jour. Ça se passera avec la nuit.

Il la regarde. Elle le voit. Elle baisse les yeux.

Elle le regarde aussi. Elle le voit. Elle se recule. Elle regarde le corps maigre et long, souple, parfait, de la même sorte de beauté miraculeuse que les mains. Elle dit :

— Tu es beau comme j'ai jamais vu.

Le Chinois la fixe comme si elle n'avait rien dit. Il la regarde, il est occupé à ça seulement, la regarder pour après retenir en lui quelque chose de ça qui est devant lui, cette enfant blanche. Il dit :

— Tu dois toujours être un peu triste, non...

Silence. Elle sourit. Elle dit :

— Toujours un petit peu triste...? Oui... peut-être... je ne sais pas...

— C'est à cause du petit frère...

— Je ne sais pas...

— ... c'est quoi ?

— C'est rien... c'est moi... je suis comme ça...

— C'est ce que dit ta mère ?

— Oui.

— Elle dit comment ?

— Elle dit : il faut la laisser tranquille. Elle est comme ça et elle le restera.

Il rit. Ils se taisent.

Il la caresse encore. Elle se rendort. Il la regarde. Il regarde celle qui est arrivée chez lui, cette visite tombée des mains de Dieu, cette enfant blanche de l'Asie. Sa sœur de sang. Son enfant. Son amour. Déjà, il le sait. Il regarde le corps, les mains, le visage, il touche. Il respire les cheveux, les mains encore tachées d'encre, les seins de petite fille.

Elle dort.

Il ferme les yeux et avec une douceur magnifique, chinoise, il met son corps contre celui de l'enfant blanche et tout bas il dit qu'il s'est mis à l'aimer.

Elle n'entend pas.

Il éteint la lumière.

La chambre est éclairée par la lumière de la rue*.

---

* En cas de cinéma à titre d'exemple.

On filme la chambre éclairée par la lumière de la rue. Sur ces images-là on retient le son, on le laisse à sa distance habituelle de même que les bruits de la rue : de même que le ragtime et la Valse. On filme les amants endormis, Le Roman Populaire du Livre.

On filme aussi la lumière pauvre, navrante, des lampadaires de la rue.

La garçonnière. C'est une autre nuit, un autre jour.

Il est assis sur le fauteuil. À côté de lui la table basse. Il porte la robe de chambre en soie noire comme dans les films, les héros de province. On voit ce qu'il regarde :

Elle, l'enfant.

Elle dort. Elle est tournée vers le mur, détournée de lui, nue, mince, maigre, ravissante, à la façon d'une enfant.

Elle se réveille.

Ils se regardent.

Et avec ce regard, la réciprocité muette de ce regard, l'amour retenu jusque-là arrive dans la chambre.

Il dit :

— Tu t'es endormie. J'ai pris une douche.

Il va lui chercher un verre d'eau. Il la regarde jusqu'aux larmes.

Il la regarde tout le temps, il regarde tout d'elle. Elle lui rend le verre, il le pose sur la table. Il se rassied. Il la regarde encore. Elle, peut-être voudrait-elle qu'il parle encore, mais elle ne le dit pas. Elle ne dit rien. Encore une fois il est difficile de savoir à quoi elle peut bien penser. Il dit :

— Tu as faim.

Elle hoche la tête : peut-être a-t-elle faim. Oui, c'est peut-être ça. Elle ne sait pas bien. Elle dit :

— C'est trop tard pour aller dîner dehors.

— Il y a des restaurants de nuit.

Elle dit :

— Comme tu veux.

Ils se regardent, puis ils détournent les yeux.

La scène est extrêmement lente.

Elle descend du lit.

Elle va se doucher.

Il vient. Il le fait pour elle, il la lave à la manière indigène, avec le plat de la main, sans savon, très lentement. Il dit :

— Tu as la peau de la pluie comme les femmes de l'Asie. Tu as aussi la finesse des poignets, et aussi des chevilles comme elles, c'est drôle quand même, comment tu expliques...

Elle dit :

— J'explique pas.

Ils se sourient. Le désir revient. Ils cessent de se sourire. Il la rhabille.

Et puis la regarde encore. La regarde. Elle, elle habite déjà le Chinois. L'enfant, elle sait ça. Elle le regarde et, pour la première fois, elle découvre qu'un ailleurs a toujours été là entre elle et lui. Depuis leur premier regard. Un ailleurs protecteur, de pure immensité, lui, inviolable. Une sorte de Chine lointaine, d'enfance, pourquoi pas ? et qui les protégerait de toute connaissance étrangère à elle. Et elle découvre ainsi qu'elle, elle le protège de même que lui, contre des événements comme l'âge adulte, la mort, la tristesse du soir, la solitude de la fortune, la solitude de la misère, celle de l'amour aussi bien que celle du désir.

Elle regarde tout, elle inspecte le lieu, cette chambre, cet homme, cet amant, cette nuit à travers les persiennes. Elle dit qu'il fait nuit. Cette absence, celle du petit frère qui ne sait rien, qui ne saura jamais rien du bonheur commun, elle la regarde longuement à travers les persiennes. Elle dit qu'il fait nuit, qu'il fait presque froid tout à coup.
Elle le regarde.
Elle est dans une détresse insurmontable, elle dit qu'elle veut voir son petit frère ce soir même parce qu'il ne sait rien de ce qu'elle devient, qu'il est seul.
L'amant est venu près d'elle, il a mis son corps contre le sien. Il dit qu'il sait ce qu'elle a en ce moment, ce désespoir, cette peine. Il dit que c'est comme ça, quelquefois, à une certaine heure de la nuit, ce désarroi, qu'il sait comme on est perdu. Mais que ce n'est rien. Que c'est comme ça pour tout le monde la nuit quand on ne dort pas. Il dit que peut-être ils vont s'aimer, qu'on ne sait pas tout de suite.
Et puis il la laisse pleurer.
Et puis elle dit que peut-être elle a faim.
Elle rit avec lui. Elle dit lentement :
— Il y a longtemps que je t'aimais. Jamais je ne t'oublierai.
Il dit qu'il a déjà entendu ça quelque part – il sourit – il ne sait plus où.
Il dit : Peut-être en France.
Et puis elle le regarde. Longtemps. Son corps endormi, ses mains, son visage. Et elle lui dit tout bas qu'il est fou. Comme elle lui dirait qu'elle l'aime.
Il ouvre les yeux. Il dit qu'il a faim lui aussi. Ils s'habillent. Ils sortent. Il a les clés de l'auto, il ne réveille pas le chauffeur.
Ils roulent dans Cholen désert.

Ils passent devant une glace en pied dans l'entrée du restaurant. Elle se regarde. Elle se voit. Elle voit le chapeau d'homme en feutre bois de rose au large ruban noir, les souliers noirs éculés avec les strass, le rouge à lèvres excessif du bac de la rencontre.

Elle se regarde elle – elle s'est approchée de son image. Elle s'approche encore. Ne se reconnaît pas bien. Elle ne comprend pas ce qui est arrivé. Elle le comprendra des années plus tard : elle a déjà le visage détruit de toute sa vie.

Le Chinois s'arrête. Il enlace l'enfant et il la regarde aussi. Il dit :

— Tu es fatiguée...

— Non... ce n'est pas ça... j'ai vieilli. Regarde-moi.

Il rit. Puis devient sérieux. Puis il prend son visage et il la regarde de très près. Il dit :

— C'est vrai... En une nuit.

Il ferme les yeux. Le bonheur peut-être.

De la profondeur du restaurant arrive le bruit de massacre des cymbales chinoises, inimaginable pour quelqu'un qui ne sait pas. Le Chinois demande qu'on les installe dans une autre salle.

On leur indique une petite salle réservée aux gens inhabitués. Là, on entend beaucoup moins la musique. Les tables ont des nappes. Il y a pas mal de clients européens, des Français, des touristes anglais. Les menus sont en français. Les garçons les crient en chinois pour ceux des cuisines.

Le Chinois commande la peau de canard grillée sauce aux haricots fermentés. L'enfant commande une soupe froide. Elle, elle parle le chinois des restaurants chinois comme une Vietnamienne de Cholen, pas plus mal.

Elle rit brusquement près de la figure du Chinois. Elle caresse son visage. Elle dit :

— C'est drôle le bonheur, ça vient d'un seul coup, comme la colère.

Ils mangent. Elle dévore. Le Chinois dit :

— C'est curieux, tu donnes envie de t'emporter...

— Où?

— En Chine.

Elle sourit et fait la grimace.

— Les Chinois... J'aime pas beaucoup les Chinois... Tu sais ça...?

— Je sais.

Elle dit qu'elle voudrait savoir comment son père est devenu tellement riche, de quelle façon. Il dit que son père ne parle jamais d'argent, ni à sa femme ni à son fils. Mais qu'il sait comment ça a commencé. Il raconte à l'enfant:

— Ça a commencé avec les compartiments. Il en a fait construire trois cents. Plusieurs rues de Cholen lui appartiennent.

— Ta garçonnière, c'est ça...

— Oui. Bien sûr.

Elle le regarde. Elle rit. Il rit aussi. Sans doute de bonheur.

— Tu es le seul enfant?

— Non. Mais je suis le seul héritier de la fortune. Parce que je suis le fils de la première femme de mon père.

Elle ne comprend pas bien. Il lui dit qu'il ne lui expliquera jamais, que ce n'est pas la peine.

— Tu viens d'où en Chine?

— De la Mandchourie, je t'ai dit déjà.

— C'est au nord, ça?

— Très au nord. Il y a de la neige là-bas.

— Le désert de Gobi, c'est pas loin de la Mandchourie.

— Je sais pas ça. Peut-être. Ça doit être un autre mot. On est partis de la Mandchourie quand Sun Yat-sen a décrété la République chinoise. On a vendu toutes les terres et tous les bijoux de ma mère. On est partis au sud. Je me souviens, j'avais cinq ans. Ma mère elle pleurait, elle criait, elle s'était couchée sur la route, elle ne voulait plus avancer, elle disait que vivre sans ses bijoux elle préférait mourir...

Le Chinois sourit à l'enfant.

— C'est un génie pour le commerce, mon père. Mais encore une fois, quand et comment il a trouvé cette idée de compartiments, je ne sais pas. C'est un génie pour les idées aussi.

L'enfant rit. Il ne demande pas pourquoi elle rit.

Elle dit:

— Ton père, après il a racheté les bijoux de ta mère?

— Oui.

— C'était quoi...

— Des jades, des diamants, de l'or. C'est à peu près toujours pareil les dots des filles riches en Chine. Je ne sais plus très bien... mais il y avait des émeraudes aussi.

Elle rit. Il dit :

— Pourquoi tu ris de ça ?

— C'est ton accent quand tu parles de la Chine.

Ils se regardent. Et, pour la première fois, ils se sourient. Le sourire dure longtemps. Il n'a plus peur.

On se connaît pas, il dit, le Chinois.

Ils se sourient encore. Il dit :

— C'est vrai... je peux pas croire tout à fait que tu es là. Qu'est-ce que je disais ?

— Tu parlais des compartiments...

— Les compartiments, ça rappelle les cases de l'Afrique, les paillotes des villages. C'est beaucoup moins cher qu'une maison. Et ça se loue au prix fixe. C'est sans surprise. C'est ce que préfèrent les populations de l'Indochine, surtout celles qui viennent de la campagne. Les gens, là, ils sont jamais abandonnés, jamais seuls. Ils vivent dans la galerie qui donne sur la rue... Il ne faut pas détruire les habitudes des pauvres. La moitié des habitants dorment dans les galeries ouvertes. Pendant la mousson il y a la fraîcheur, là, c'est merveilleux.

— C'est vrai que ça apparaît comme un rêve d'être dehors pour dormir. Et aussi d'être tous ensemble et en même temps séparés.

Elle le regarde. Elle rit. Tout le temps, ils rient. Il est redevenu complètement chinois. Il est très heureux, d'un bonheur joyeux et grave à la fois, trop fort, fragile. Ils mangent. Ils boivent du choum. Il dit :

— Je suis très content que tu apprécies les compartiments.

En cas de film la caméra est sur l'enfant quand le Chinois raconte l'histoire de la Chine. Il est peut-être un «maniaque» de cette histoire. Il y a dans cet excès une folie qui plaît à l'enfant. Il dit, il demande :

— La Chine est fermée aux étrangers pendant des siècles, tu sais ça ?

Non, elle sait pas, elle dit qu'elle sait très peu sur la Chine. Elle dit que sur le nom des fleuves et des montagnes, elle sait un peu, mais tout le reste, non, rien.

Il ne peut pas éviter de parler de la Chine.

Il raconte que la première ouverture de la frontière, elle est obtenue par les Anglais en 1842. Il demande :
— Tu sais ça ?
Elle ne sait pas. Rien, elle dit, elle sait rien. Lui, il continue :
— Ça a commencé à la fin de la guerre de l'opium. La guerre – entre les Anglais et les Japonais en 1894 – démembre la Chine, chasse les rois mandchous. Et la première République elle est décrétée en 1911. L'empereur abdique en 1912. Et il devient le premier président de la République. Avec sa mort en 1916 commence une période d'anarchie qui finit avec la prise du pouvoir par le Kouo-min-tang et la victoire de l'héritier spirituel de Sun Yat-sen, Tchang Kaï-chek, qui dirige actuellement la Chine. Tchang Kaï-chek lutte contre les communistes chinois ? Ça tu sais ?
Un peu, elle dit. Elle écoute la voix, cette autre langue française parlée par la Chine, elle est émerveillée. Il continue :
— C'est après une autre guerre, je ne sais plus laquelle, à la fin, que les Chinois ont compris qu'ils n'étaient pas seuls sur la terre. À part le Japon ils croyaient être les seuls partout sur la surface de la terre, que partout c'était la Chine. J'oublie de te dire : depuis des siècles tous les rois de la Chine étaient des Mandchous. Jusqu'au dernier. Après ça n'a plus été des rois, ça a été des chefs.
— Tu as appris tout ça où ?
— C'est mon père, il m'a appris. Et aussi à Paris j'ai lu les dictionnaires.
Elle lui sourit. Elle dit :
— J'aime beaucoup le français que tu parles quand tu parles de la Chine...
— J'oublie le français quand je parle de la Chine, je veux aller vite, j'ai peur d'ennuyer. Je peux pas parler de la Mandchourie dans ce pays parce que ici les Chinois de l'Indochine ils viennent tous du Yunnan.

L'addition arrive.
L'enfant le regarde payer. Il dit :
— Tu vas être en retard à la pension.
— Je peux rentrer comme je veux.
Étonnement du Chinois, discret. La liberté de l'enfant qui l'inquiète tout à coup. Une souffrance vive, très jeune, est arrivée dans ses yeux quand il a souri à l'enfant.
Elle le regarde en silence. Elle dit :
— Tu es désespéré. Tu ne le sais pas. Tu ne sais pas être désespéré.

C'est moi qui le sais pour toi.
— Quel désespoir ?
— Celui de l'argent. Ma famille aussi est désespérée par l'argent. C'est pareil pour ton père et ma mère.

Elle lui demande ce qu'il fait la nuit venue. Il dit qu'il va boire du choum avec le chauffeur au bord des arroyos. Ils bavardent ensemble. Parfois quand ils rentrent le soleil se lève.
De quoi ils parlent ? elle demande. – Il dit : — De la vie. – Il ajoute :
— Moi, je dis tout à mon chauffeur.
— Sur toi et moi aussi ?
— Oui même sur la fortune de mon père.

C'est la pension Lyautey la nuit.
La cour est déserte. Vers le réfectoire les jeunes boys jouent aux cartes. Il y en a un qui chante. L'enfant s'arrête, elle écoute les chants. Elle connaît les chants du Vietnam. Elle écoute un moment. Elle les reconnaît tous. Le jeune boy du paso doble traverse la cour, ils se font signe, se sourient : Bonsoir.
Toutes les fenêtres du dortoir sont ouvertes à cause de la chaleur. Les jeunes filles sont enfermées derrière dans les cages blanches des moustiquaires. On les reconnaît à peine. Les veilleuses bleues des couloirs les font très pâles, mourantes.
Hélène Lagonelle demande tout bas comment ça s'est passé, elle dit : « Avec le Chinois. » Elle demande comment il est. L'enfant dit qu'il a vingt-sept ans. Qu'il est maigre. Qu'on dirait qu'il a été un peu malade quand il était petit. Mais rien de grave. Qu'il ne fait rien. Que s'il était pauvre ce serait terrible, il ne pourrait pas gagner sa vie, qu'il mourrait de faim... Mais que lui, ça, il ne sait pas.
Hélène Lagonelle demande s'il est beau. L'enfant hésite. L'enfant dit qu'il l'est. Très, très beau ? demande Hélène. Oui. La douceur de la peau, la couleur dorée, les mains, tout. Elle dit qu'il est beau tout entier.
— Son corps, comment il est beau ?
— Comme celui de Paulo dans quelques années.

C'est ce que croit l'enfant.

Hélène dit que peut-être c'est l'opium qui lui enlève la force.

— Peut-être. Il est très riche, heureusement, il ne travaille pas, jamais. C'est aussi la richesse qui lui enlève la force. Il fait rien que l'amour, fumer l'opium, jouer aux cartes. C'est une sorte de voyou millionnaire... tu vois...

L'enfant regarde Hélène Lagonelle. Elle dit :

— C'est drôle, c'est comme ça que je le désire.

Hélène dit que lorsque l'enfant en parle, elle, Hélène, elle le désire aussi, comme elle.

— Quand tu en parles je le désire comme ça aussi.

— Beaucoup tu le désires ?

— Oui. Avec toi, ensemble avec toi.

Elles s'embrassent. Indécentes jusqu'aux pleurs, jusqu'à faire se taire les chansons des jeunes boys qui se sont approchés de l'escalier du dortoir.

Hélène dit :

— C'est lui que je désire. C'est lui. Tu le sais. Tu le voulais.

— Oui. Je le veux toujours.

— Tu as eu mal.

— Très mal.

Silence, Hélène demande :

— À ce point... on peut comparer à rien d'autre, rien ?

— Rien. Ça passe très vite.

Silence.

— Tu es déshonorée maintenant.

— Oui. Pour toujours – elle rit – c'est fait.

— Comme par un Blanc.

— Oui. Pareil.

Silence. Hélène Lagonelle pleure doucement. L'enfant ne le voit pas.

Hélène dit en pleurant :

— Tu crois, toi, que moi je supporterais un Chinois.

— Du moment que tu te poses la question, c'est que c'est non.

Alors Hélène dit à l'enfant de ne pas faire attention à ce qu'elle dit, que c'est l'émotion.

Elle demande à l'enfant comment elle a fait. L'enfant lui dit :

— D'après toi, comment ?

— D'après moi, je croyais que c'était parce que tu étais pauvre.

L'enfant dit : Peut-être. Elle rit, émue. Elle dit :

— Je voudrais beaucoup que ça t'arrive. Beaucoup. Surtout avec un Chinois.

Hélène, méfiante, ne répond pas.

Toujours les jeunes boys qui chantent au fond de la cour vers le réfectoire. Elles écoutent les chants en vietnamien. Peut-être les chantonnent-elles tout bas avec eux en vietnamien*.

Le lendemain matin.

Hélène Lagonelle dit que le raffut qu'on entend ce sont les arroseuses municipales. Hélène Lagonelle dit que le parfum que l'on sent, c'est l'odeur des rues lavées qui arrive jusque dans les dortoirs de la pension.

Elle réveille les autres qui hurlent de les laisser tranquilles.

Hélène continue. Elle dit que l'odeur est si fraîche, c'est aussi le Mékong. Que cette pension, à la fin, elle devient comme leur maison natale.

Après sa déclaration, Hélène chante. Elle est comme heureuse Hélène Lagonelle, ces jours-là, comme amoureuse du Chinois à son tour, en entendant parler par l'enfant de Sadec.

L'enfant marche rue Lyautey. Lentement. La rue est vide. Elle arrive devant le lycée. Elle s'arrête. Regarde la rue vide. Tous les lycéens sont rentrés en classe. Il n'y a plus d'enfants dehors. On entend le bruit d'autres récréations qui se passent dans une cour intérieure.

L'enfant reste dehors, derrière un pilier du couloir.

Elle n'attend pas le Chinois. Il s'agit d'autre chose : elle ne veut rentrer dans le lycée qu'à la fin de la récréation. La sonnerie tout à coup. Elle entre, rejoint lentement l'endroit du couloir où les élèves attendent l'arrivée du maître.

Le maître arrive.

Les élèves entrent.

---

* *En cas de film, ce détail se reproduirait à chaque rentrée de nuit de l'enfant. Pour marquer un quotidien de surcroît dont par ailleurs le film est dépourvu, mis à part les horaires des classes et ceux du sommeil, des douches et des repas.*

Le Maître sourit à l'enfant de la directrice de l'École indigène de Sadec.

Le couloir du lycée, vide.
Le sol du couloir est envahi par le soleil jusqu'à un certain niveau du mur.

On reprend le couloir vide au moment de la cloche du soir.
Le soleil a disparu du sol.
L'enfant vue de dos sort du couloir du lycée.
Devant elle, en retrait de la porte du lycée, la limousine chinoise. Seul le chauffeur est là. Quand il voit l'enfant il descend lui ouvrir la portière. Elle comprend. Elle ne lui pose aucune question. Elle sait. Elle est emportée par le chauffeur à son amant. Livrée à lui. Cela lui convient.
Pendant tout le trajet on reste sur elle qui ce soir regarde le dehors sans le voir.

Traversée de la ville. Deux ou trois repères dans l'inventaire : le théâtre Charner, la Cathédrale, l'Éden-Cinéma, le restaurant chinois pour les Blancs. Le Continental, le plus bel hôtel du monde. Et ce fleuve, cet enchantement, toujours, et de jour et de nuit, vide ou peuplé de jonques, d'appels, de rires, de chants et d'oiseaux de mer qui remontent jusque-là de la plaine des Joncs.

Le Chinois ouvre la porte avant qu'elle ne frappe. Il a le peignoir noir de la nuit. Ils restent là où ils sont. Il prend son cartable, il le jette sur le sol, il la déshabille, se couche le long d'elle sur le sol. Puis attend. Attend. Encore. Dit tout bas :
— Attends.
Il entre dans la nuit noire du corps de l'enfant. Reste là. Gémit de désir fou, immobile, dit tout bas :
— Encore... attends...
Elle devient objet à lui, à lui seul secrètement prostituée. Sans plus de

nom. Livrée comme chose, chose par lui seul, volée. Par lui seul prise, utilisée, pénétrée. Chose tout à coup inconnue, une enfant sans autre identité que celle de lui appartenir à lui, d'être à lui seul son bien, sans mot pour nommer ça, fondue à lui, diluée dans une généralité pareillement naissante, celle depuis le commencement des temps nommée à tort par un autre mot, celui d'indignité.

On les revoit *après*, couchés par terre au même endroit. Devenus les amants du livre.

Le lit est vide. Les amants sont toujours couchés. Au-dessus d'eux le ventilateur qui tourne. Il a les yeux fermés. Il cherche la main de l'enfant. Il la trouve, la garde dans sa main à lui. Il dit:
— Hier soir je suis allé dans un bordel pour faire l'amour encore une fois... avec toi... je ne peux pas... je suis parti.
Silence. Elle demande:
— Si la police nous trouvait... – elle rit – je suis très mineure...
— Je serais arrêté deux ou trois nuits peut-être... je ne sais pas bien. Mon père paierait, ce ne serait pas grave.

La rue de Cholen. Les lampadaires s'allument dans la lumière du crépuscule. Le ciel est déjà du bleu du soir, on peut le regarder sans se brûler les yeux.
Au bord de la terre, le soleil est au bord de mourir.
Il meurt.

Dans la garçonnière.
La nuit est venue. Le ciel est de plus en plus bleu, éclatant. L'enfant est loin du Chinois, vers la fontaine, allongée dans l'eau fraîche du bassin. Elle raconte l'histoire de sa vie. Le Chinois écoute de loin, distrait. Il est déjà ailleurs, il est entré dans la douleur d'aimer cette enfant. Il ne sait

pas bien ce qu'elle raconte. Elle est tout entière dans cette histoire qu'elle raconte. Elle lui dit qu'elle raconte souvent cette histoire, et que ça lui est égal qu'on ne l'écoute pas. Elle dit : Même lui, qu'il n'écoute pas, ça fait rien.

— Ça fait rien que tu n'écoutes pas. Tu peux même dormir. Raconter cette histoire c'est pour moi plus tard l'écrire. Je ne peux pas m'empêcher. Une fois j'écrirai ça : la vie de ma mère*. Comment elle a été assassinée. Comment elle a mis des années à croire que c'était possible qu'on puisse voler toutes les économies de quelqu'un et ensuite de ne plus jamais la recevoir, la mettre à la porte, dire qu'elle est folle, qu'on ne la connaît pas, rire d'elle, faire croire qu'elle est égarée en Indochine. Et que les gens le croient et qu'à leur tour ils aient honte de la fréquenter, je le dirai aussi. On n'a plus vu de Blancs pendant des années. Les Blancs, ils avaient honte de nous. Elle n'a plus eu que quelques amis, ma mère. D'un seul coup, ça a été le désert.

Silence.

Le Chinois :

— C'est ça, qui te donne envie d'écrire ce livre...

L'enfant :

— C'est pas ça tout à fait. C'est pas l'échec de ma mère. C'est l'idée que ces gens du cadastre ne seront pas tous morts, qu'il en restera encore en vie qui liront ce livre-là et qu'ils mourront de le lire. Ma mère, elle disait : « Je le vois encore ce jour-là, le premier jour, je croyais que c'était le plus beau jour de ma vie. J'ai apporté la totalité de mes économies dans un petit sac, je me souviens, je l'ai donné aux agents du cadastre. Et je leur ai dit merci. Merci de m'avoir vendu ce lotissement merveilleux entre la montagne et la mer. »

Après, quand l'eau est montée pour la première fois, ils ont dit qu'ils ne l'avaient jamais vue au cadastre de Kampot, jamais, qu'elle n'avait jamais fait de demande de concession, jamais. Arrivée à ce point-là de son histoire la mère pleurait et elle disait qu'elle savait qu'elle en pleurerait jusqu'à sa mort et elle s'en excusait toujours auprès de ses enfants mais qu'elle ne pouvait rien contre la crapulerie de cette engeance blanche de la colonie. Elle disait : « Et puis encore après ils ont écrit au gouverneur du Cambodge que j'étais devenue folle, qu'il fallait me renvoyer en France. » Alors, au lieu de mourir, après, elle a recommencé à espérer. Pendant trois ans elle a encore espéré. Ça, nous ses enfants, on

---

* *Le pari a été tenu :* Un barrage contre le Pacifique.

ne pouvait pas le comprendre. Et à notre tour on a cru à la folie de notre mère, mais sans lui dire jamais. Elle a recommencé à acheter des rondins de palétuviers pour consolider les barrages. Elle a emprunté de l'argent. Elle a encore acheté des pierres pour consolider les talus le long des semis.

À cet endroit-là du récit l'enfant avait toujours pleuré.

Et puis la mer est montée.

Et puis elle a abandonné.

Ça a duré quatre ans peut-être, on ne sait plus très bien. Et puis c'est arrivé : ça a été fini. Elle a abandonné. Elle a dit : c'est fini. Elle a dit qu'elle abandonnait. Et puis elle l'a fait. Elle est partie.

Les rizières ont été envahies par les marées, les barrages ont été emportés.

La rizière du haut, elle l'a donnée aux domestiques, avec le bungalow et les meubles.

L'enfant sourit. Elle s'excuse. S'empêche de pleurer mais en vain. Elle pleure.

— Je ne peux pas encore m'habituer à cette vie de ma mère. Je ne pourrai jamais.

Le Chinois s'est mis à écouter tout ce que l'enfant raconte de l'histoire. Il la laisse seule, loin. Elle, il l'a oubliée.

Il a écouté l'histoire de la mère.

Silence. L'enfant dit encore :

— On y va encore une ou deux fois par an, aux vacances, tous les quatre. Thanh, ma mère, Paulo et moi. On roule toute la nuit. On arrive au matin. On croit qu'on va pouvoir rester, on ne peut pas, on repart le soir même. Maintenant elle est calme ma mère. C'est fini. Elle est comme avant. Sauf qu'elle ne veut plus rien. Elle dit que ses enfants, ils sont héroïques d'avoir supporté ces choses-là. Sa folie, elle. Elle dit qu'elle n'attend plus rien. Que la mort.

L'enfant se tait. Elle s'empêche de pleurer. Elle pleure quand même*.

Elle disait que c'est partout pareil dans le monde entier.

Que c'était comme ça la vie.

---

* *Toute sa vie, même vieille, elle avait pleuré sur la terrible injustice dont leur mère avait été victime. Pas un sou ne lui a jamais été rendu. Pas un blâme, jamais, n'a été prononcé contre les escrocs du cadastre français.*

Le Chinois dit :

— Et toi tu le crois aussi.

— Non. Je crois seulement pour ma mère. Je le crois complètement pour les pauvres mais pas pour tout le monde.

— Pour Thanh, tu le crois.

— Non. Pour Thanh, je crois le contraire.

— Qu'est-ce que c'est le contraire ?

— Je ne sais pas encore. Il n'y a que Thanh qui le saura. Il ne sait pas encore qu'il le sait, il sait pas encore le dire, mais un jour il saura le dire et le penser.

De ça l'enfant est sûre.

Le Chinois lui demande si elle est allée voir les rizières après la tempête définitive.

Elle dit, oui, qu'ils y sont allés, Paulo, Thanh et elle. On ne reconnaissait plus rien tellement il y avait de l'écume. L'endroit c'était devenu un gouffre d'écume. Il y en avait des grappes jusque dans les palétuviers du bord de mer et sur la montagne aussi, dans la forêt, jusque sur les arbres géants il y en avait aussi.

Silence. Puis l'enfant dit :

— Je ne suis pas allée au lycée aujourd'hui. Je préfère rester avec toi. Hier non plus je n'y suis pas allée. Je préfère rester avec toi pour parler ensemble.

Le Chinois est debout.

Il s'assoit dans un fauteuil.

Il ne la regarde plus.

Tout à coup la musique américaine arrive de la galerie des compartiments : le ragtime de Duke Ellington. Après quoi il y a cette Valse désespérée venue d'ailleurs, jouée loin au piano – cette valse sera celle de la fin du film. Ainsi, encore lointain, le retour en France entre déjà dans la chambre des amants, dans le livre aussi bien.

L'enfant et le Chinois écoutent la valse. L'enfant dit :

— Il joue toujours à la même heure... quand il revient du travail sans doute...

— Sans doute. Il y a quelques semaines qu'il est arrivé dans le compartiment. Un métis je crois.

— C'est toujours le même air comme dans un film quand la musique revient... et qu'elle devient triste.

Le Chinois demande d'où vient Thanh.

Elle dit que la mère l'a trouvé en haut de la montagne à la frontière entre le Siam et le Cambodge un soir en revenant des poivrières avec ses enfants.

Ils se regardent. Ils écoutent. Elle s'assied près de lui. Le Chinois dit :

— Je vais acheter les disques pour quand tu seras partie en France.

— Oui.

Le Chinois se cache le visage et dit tout bas :

— Pour quand tu seras morte... c'est pareil.

— Oui.

Ils se taisent.

Elle va se mettre contre lui.

Elle ne demande rien.

Elle dit :

— C'est vrai qu'on va se quitter pour toujours. On l'oubliait tu crois ?

— Non. Un jour tu vas rentrer en France. – Je ne peux pas supporter. Un jour je vais me marier. Je ne peux pas et je sais que je le ferai.

L'enfant se tait. Elle est comme honteuse pour lui.

Le Chinois dit :

— Viens. Regarde-moi.

Il prend son visage dans sa main et la force à le regarder.

— Vous rentrerez quand en France ? Dis la date tout de suite.

— Avant la fin de l'année scolaire. Après les examens mais ce n'est pas encore sûr. Ma mère, elle a beaucoup de mal à partir de la colonie. À chaque congé elle croit qu'elle va partir et puis elle reste. Elle dit qu'elle est devenue une indigène à la longue, comme nous, Paulo et moi. Qu'il y a beaucoup de coloniaux comme elle.

— Et cette année elle partira... Tu le sais.

— Cette année, comme elle a demandé le rapatriement de son fils aîné elle prendra un congé pour le voir. Elle peut pas vivre sans lui, elle ne peut pas du tout...

Silence. Le Chinois dit :

— Je resterai toute ma vie à cet endroit : Sadec. Même si je fais des voyages, je reviendrai toujours ici. Parce que la fortune elle est ici. C'est impossible de partir pour moi. Sauf s'il y a la guerre.

L'enfant le regarde. Elle ne comprend pas. Il dit :

— Je suis fiancé depuis des années avec une jeune fille de la Mandchourie.

L'enfant sourit. Elle dit qu'elle le sait.

— Je savais. Thanh me l'a dit. Tout le monde sait, partout, c'est les petites servantes qui racontent les histoires de famille.

Silence. Et l'enfant dit :

— Je pourrais écouter cent fois tes histoires de la Chine...

Elle prend ses mains et les met contre son visage à elle, elle les embrasse. Lui demande de lui raconter.

Le Chinois raconte, les yeux sur elle seule, la petite Blanche, une histoire de la Chine impériale.

— Nous avons été désignés par les familles, elle comme moi, dès l'enfance. J'avais dix-sept années, elle avait sept années. C'est comme ça en Chine, pour mettre le patrimoine des familles à l'abri des revers de la fortune, les deux familles doivent avoir la même richesse... C'est tellement dans les mœurs de la Chine, on ne peut plus faire autrement.

Il la regarde :

— Je t'ennuie.

— Non.

— On a des enfants tout de suite. Des responsabilités. Des maîtresses. Très vite on ne peut plus rien changer à son existence. Les Chinois, même pas très riches, ils ont des maîtresses. Les femmes le savent. Elles sont tranquilles de cette façon : quand ils ont des femmes au-dehors ils reviennent toujours à la maison.

— Il n'y a pas qu'en Chine...

— Si, il n'y a qu'en Chine que c'est aussi établi.

— Tu vas te marier avec cette fiancée-là.

— Oui – dit dans un sanglot. – Pas avec toi. Jamais avec toi. Jamais. Même dans l'autre vie.

Elle pleure dans ses mains. De le voir pleurer, elle pleure.

— Si on ne s'était pas connus comme ça, si j'avais été une Chinoise riche, ça se serait passé comme ça. Alors c'est pareil peut-être...

Il la regarde. Il ne répond pas. Il dit :

— Peut-être c'est pareil, je ne peux pas encore savoir. Viens près de moi.

Elle vient près de lui sur le lit, elle s'allonge. Elle touche son front. Elle dit :

— Tu es chaud.

Il la regarde de toutes ses forces. Il dit :

— Je suis très ému de te raconter ces choses-là... c'est pour ça.

Avec ses mains, il dénude le visage de l'enfant pour le voir dans son entier. Elle dit :

— J'aurais aimé qu'on se marie. Qu'on soit des amants mariés.

— Pour se faire souffrir.

Elle ne sourit plus.

Elle pleure. Et en même temps elle dit ce qu'aurait été le bonheur :

— Oui, pour ça, pour se faire souffrir le plus possible. Et revenir après.

Silence. Elle dit :

— Par ces petites servantes de Sadec, ta femme saura vite notre histoire. Et elle souffrira. Peut-être qu'elle sait déjà. C'est par cette souffrance-là que je vous fais que vous allez aussi être mariés.

— Oui.

Il dit :

— Les familles attendent le premier enfant, l'héritier... dès le premier soir... De ça j'ai beaucoup peur... de ne pas pouvoir.

Elle ne répond pas. Elle dit :

— Après vous ferez un voyage autour du monde.

— Oui. C'est vrai. À ce moment-là tu seras encore sur le bateau de France.

Silence. Elle demande :

— Où sur le bateau... ?

— Dans l'océan Indien. Au large de Colombo.

— Pourquoi là... ?

— J'ai dit au hasard.

Silence. Et le Chinois dit :

— On va aller à Long Hai. J'ai loué une chambre au bungalow de France.

— Quand ?

— Quand tu veux. Ce soir. Cette nuit.

— Et le lycée ?

Le Chinois la vouvoie tout à coup :

— Ce n'est pas grave. Vous n'allez jamais au lycée tous les jours, même avant. Vous allez au jardin zoologique, et souvent. J'ai pris des renseignements.

L'enfant recule un peu. Elle a peur. Elle demande, elle crie tout bas :

— Mais pourquoi aller là, à Long Hai ?

Le Chinois la regarde très fort et ses yeux se ferment sous le coup de l'atroce pensée de perdre l'enfant. Il dit :

— J'ai commencé à souffrir de la séparation avec toi. Je deviens fou... Je ne peux pas te séparer, c'est impossible, et je vais le faire, je le sais.

Il ne la regarde plus. Les yeux fermés il caresse ses cheveux. Elle recule, encore, elle se lève, va du côté de l'autre porte. Il demande :

— Pourquoi tu n'aimes pas Long Hai ?

— On y allait avec ma famille et une fois j'ai eu peur... terrible... les tigres, ils viennent se baigner la nuit à Long Hai et une fois, le matin, avec mon petit frère, on a vu les traces toutes fraîches d'un tigre, un petit tigre mais quand même... on s'est sauvés... quelle peur. Et puis la plage est complètement déserte, il n'y a rien, pas de village, pas de... rien, personne... il n'y a que des fous, des mendiants, ils vont mendier dans les bonzeries...

L'enfant ferme les yeux. Elle est pâle. Le Chinois arrive près d'elle.

— Qu'est-ce que tu as peur le plus ? Les tigres ou les gens ?

Elle dit, elle crie :

— Des gens. De toi. De toi, le Chinois.

Silence long de lui qu'elle ne reconnaît plus tout à coup. Il demande :

— Ils viennent d'où ces gens.

— De l'Annam. Des îles de la baie d'Along. Des côtes. Beaucoup de ce pénitencier, tu sais... Poulo Condore. Il y a aussi des détraqués, des fous qui passent. Des femmes aussi, chassées des villages. Dans les bonzeries on leur donne du riz chaud et du thé, quelquefois ces gens ils tuent un chien errant et ils le font cuire sur la plage et ça sent très mauvais sur cent kilomètres de plage.

— C'est la route des invasions chinoises aussi, ces endroits-là.

— Peut-être. Ça je ne suis pas au courant. Je croyais que c'était par les montagnes du Yunnan qu'ils passaient les Chinois.

Elle dit que de tous les gens, ce sont ces femmes qui font le plus peur. Parce qu'elles rient en même temps qu'elles pleurent.

— Elles viennent d'où ?

Ça, l'enfant ne sait pas bien. Là, elle invente. Tout. Elle dit que celles-là elles viennent de l'Inde par la mer... Elles se cachent dans les jonques... Qu'elles n'ont plus aucune raison, toutes folles à force d'avoir eu peur, à force de leurs enfants morts de faim, du soleil, de la forêt, des nuages de moustiques, des chiens enragés, et puis des tigres. Le Chinois dit qu'il y en a une de ces mendiantes entre Vinh Long et Sadec, la nuit, qui crie en riant, qui fait des discours, qui chante. Qui fait peur.

L'enfant dit qu'elle connaît cette mendiante-là comme tout le monde entre Sadec et Vinh Long, qu'elle vient du Laos, que ce qu'elle chante c'est des berceuses du Laos.

Il rit, il dit :

— Tu inventes... Comment tu sais ça ?

L'enfant a peur. Ment-elle ? Elle ne sait plus comment elle sait ça, si elle ment ou non elle ne sait pas. Elle dit :

— Je crois par Anne-Marie Stretter. Elle connaît le laotien, elle vient du Laos, elle a reconnu les mots laotiens des chansons. Elle en a parlé à ma mère une fois... au cercle... voilà.

L'enfant chante tout le premier couplet que la mendiante du Gange chante dans la rue du poste, la nuit. Elle dit :

— Tu vois... je la connais cette berceuse-là...

Il dit que ça ne prouve rien. Il rit. Il demande :

— Qui te raconte tout ça sur Long Hai ?

— Ma mère et Dô et Thanh aussi. Depuis... depuis toujours.

— Pourquoi ils te racontent ça.

— Pour m'intéresser, pourquoi veux-tu...

— Ta mère ne va pas au cercle parce qu'elle a honte à cause de ton frère aîné. Et Madame Stretter, vous ne la connaissez pas, ni ta mère ni toi... Tu racontes n'importe quoi...

L'enfant crie tout à coup :

— Tout le monde peut la voir Madame Anne-Marie Stretter. Tous les soirs elle est sur ses terrasses avec ses filles... Qu'est-ce que tu crois qu'elle est Madame Stretter ?... D'abord tout le monde connaît son histoire au Laos, à Vientiane avec ce jeune homme, c'était dans les journaux...

Le Chinois l'écoute. Il l'adore. L'enfant continue l'histoire :

— Et puis moi, un jour je l'ai vue à une leçon de latin chez le curé de Vinh Long. Il apprenait le latin aux enfants français et elle, elle est arrivée avec ses filles. Elle a demandé au curé qui j'étais. Il a dit : La fille de la directrice de l'école des filles. Elle m'a souri. Elle a dit au curé que j'avais un drôle de regard. Je l'ai entendue. Je l'ai répété à ma mère. Le lendemain ma mère m'a emmenée à la consultation du docteur Sambuc pour savoir si plus tard je loucherais ou non. Elle a été rassurée, je louchais rien du tout...

— Et le latin, tu l'as appris ?

— Un peu comme ça. Et puis j'ai plaqué.

Silence.

— On ne t'a jamais demandée en mariage ? C'est la mode à Saigon...

— Si. D'abord ma mère elle dit oui tout de suite, après je pleure, alors elle dit non et ça fait des histoires... Le dernier c'était un monsieur des Messageries maritimes, il avait au moins trente-cinq, trente-huit ans... Il gagnait beaucoup d'argent. Ma mère, elle a failli céder mais moi j'ai dit non, qu'il était trop gros... trop rouge... tu vois...

Silence. Puis le Chinois demande :

— Tu as eu peur tout à l'heure.

— Oui. Toi aussi.

— Oui.

— Tu m'aurais tuée comment à Long Hai?

— Comme un Chinois. Avec la cruauté en plus de la mort.

Il vient la chercher près de la porte. Elle est comme épuisée. Il la porte sur le lit. Elle ferme les yeux pour dormir, elle ne dort pas. Il la prend dans ses bras. Il lui parle en chinois. Ça la fait rire, toujours.

— Chante-moi aussi en chinois.

Il chante en chinois. Puis il pleure. Elle pleure avec lui sans savoir pourquoi.

Ils ne se regardent pas. Puis elle le supplie. Alors il se met en elle dans une douceur qu'elle ne connaît pas encore. Puis il reste là, immobile. Le désir les fait gémir. Elle ferme les yeux. Elle dit:

— Prends-moi.

Tout bas le Chinois lui demande:

— Tu me diras quand tu sauras la date de votre départ.

— Non.

Elle le lui demande encore. Il la prend.

Elle se retourne, se blottit contre lui. Il l'enlace. Il dit qu'elle est son enfant, sa sœur, son amour. Ils ne se sourient pas. Il a éteint la lumière.

— Comment tu m'aurais tuée à Long Hai? Dis-le-moi encore.

— Comme un Chinois. Avec la cruauté en plus de la mort.

Elle récite la fin de la phrase comme elle ferait d'un poème.

Le lycée – les couloirs sont pleins d'élèves. L'enfant attend contre un pilier du couloir. Elle est tournée vers le dehors, isolée.

Le censeur passe, lui touche l'épaule. Il dit:

— J'ai à vous parler.

Elle suit le censeur dans son bureau.

— Voilà. Bien sûr les mères d'élèves ont interdit à leurs filles toute fréquentation avec vous. Vous le savez...

L'enfant sourit. Elle le sait.

— Mais il y a plus grave. Les mères d'élèves ont prévenu la directrice de Lyautey que vous ne rentriez pas tous les soirs à la pension — légère colère du censeur – comment l'ont-elles su... mystère... Vous êtes cernée par le réseau policier des mères d'élèves – il sourit – de Saigon. Elles veulent que leurs filles restent entre elles. Elles disent – tenez-vous bien – «Pourquoi court-elle après le baccalauréat cette petite grue? Le Primaire c'est fait pour ces gens-là»...

Silence. Elle demande:

— C'est à cause de ma mère que vous me prévenez.

— Oui. Vous savez l'estime que j'ai pour elle. (Temps.) Qu'est-ce qu'on peut faire d'après vous.

— On peut continuer vous et moi. Vous à me prévenir et moi à ne pas rentrer à Lyautey... Je ne sais pas... Et vous?

Silence.

— Moi, je ne sais pas.

Le censeur dit:

— La directrice de Lyautey a prévenu votre mère...

— Oui. Ma mère s'en fiche complètement de notre réputation... ma famille n'est pas comme les autres familles.

— Qu'est-ce qu'elle veut pour ses enfants, votre mère?

— Que ses enfants soient casés. Pour lui permettre de mourir. Elle, elle ne sait pas que c'est ça qu'elle veut.

Le censeur continue à jouer son rôle:

— Vous avez manqué le lycée aussi, mais là je m'en charge.

— Je le savais.

Le censeur la regarde avec amitié.

— Nous, nous sommes amis...

L'enfant sourit. Elle est moins sûre que lui de la chose.

— C'est vrai?

Le censeur confirme:

— C'est vrai.

Elle sourit.

Silence.

— C'est votre dernière année en Indochine...

— Oui... mes dernières semaines peut-être... Même si le proviseur demandait mon renvoi, ça n'aurait plus d'importance. Mais je sais qu'il ne le fera pas.

— Il ne le fera jamais.

Le censeur sourit à l'enfant.

— Je vous remercie de nous faire confiance. «Le Corps enseignant aura sauvé l'Indochine de l'imbécillité blanche.» C'est ce que m'a dit votre mère un jour. Je ne l'ai jamais oublié.

La jeune fille est comme distraite, indifférente à l'affront tout au long de l'entretien. Elle dit:

— Je crois que maintenant, à ma mère, tout ça serait égal. Elle a fait rapatrier son fils aîné. Plus rien d'autre ne compte maintenant pour elle.

Le censeur ne savait pas.

— Ah, elle a fini par le faire...

— Oui.

— C'est dommage... un si charmant garçon... Pierre. Je l'ai connu enfant, vous savez...

Elle le savait, oui. Des pleurs noient les yeux de l'enfant. Il le voit:

— Il a été terrible avec vous et votre petit frère...

La sonnerie de la rentrée des classes. Le censeur et la jeune fille sortent ensemble du bureau. Elle demande:

— Vous avez connu ma mère au Tonkin...

Il est étonné – elle n'a jamais parlé de sa famille.

— Oui. Vous n'étiez pas née.

— Comment elle était. Je ne sais pas du tout.

Il est étonné, répond avec grâce:

— Des yeux verts. Et des cheveux noirs. Belle. Très gaie, rieuse, très attachante. Parfaite.

— Trop peut-être...

— Peut-être...

— Et mon père...?

— Il était fou d'elle. Autrement, c'était un... remarquable professeur.

L'enfant connaît la vie de la mère. Elle lui en a parlé souvent. Elle dit:

— Je crois qu'elle a été heureuse quand même avec lui.

— Elle l'a été sans aucun doute. Elle passait pour une femme comblée par la vie. Mais on ne peut jamais savoir – il se tourne vers l'enfant, il répète: jamais.

— C'est vrai. Je voulais vous dire... dans la vie, continuez à faire ce que vous désirez faire, sans conseil aucun.

Elle sourit. Elle dit:

— Même de vous?...

Il sourit avec elle. Il dit:

— Même de moi.

La garçonnière.

Le Chinois dit :

— Je vais à Sadec cette nuit, je suis obligé, je reviens dans deux jours. Le chauffeur va t'apporter le repas. On te reconduira à la pension avant de partir.

Ils se douchent. Elle lui parle de la quarantaine dont elle est l'objet au lycée. Elle rit :

— On ne me parle plus au lycée à cause de toi.

— C'est une idée que tu te fais.

— Non. Il y a eu des plaintes des mères d'élèves.

Il rit avec elle. Il demande de quoi elle a peur cette société.

Elle dit :

— De la syphilis. De la peste. De la gale. Du choléra. Des Chinois.

— Pourquoi les Chinois ?

— Ils ne sont pas colonisés les Chinois, ils sont ici comme ils seraient en Amérique, ils voyagent. On peut pas les attraper pour les coloniser, on le regrette d'ailleurs.

Le Chinois rit. Elle rit avec lui, elle le regarde, éblouie par l'évidence :

— C'est vrai. C'est rien. Rien.

Silence.

— Ce soir je rentre au pensionnat... Ils ont prévenu ma mère aussi...

Le chauffeur apporte le plateau. Il le pose sur la table. Grillades et soupes. Ils mangent. Et ils parlent. Ils se parlent. Ils se regardent.

Le Chinois sourit :

— On est fatigués. C'est agréable.

— Oui. On avait faim aussi, on le savait pas.

— C'est agréable aussi de parler.

— Oui. Tu parles quelquefois avec des gens ?

Il a un sourire d'enfant. Elle le regarde. Elle se dit que jamais elle ne l'oubliera. Il dit :

— J'ai beaucoup parlé avec ma mère.

— De quoi ?

— De la vie.

Ils rient.

Elle le regarde. Elle demande :

— Tu lui ressembles ?...

— On a dit ça, moi je ne sais pas. Elle a fait l'Université en Amérique, ma mère, je ne te l'ai pas dit... Le Droit elle a étudié. Pour être avocate.

— Ton père, il n'a pas voulu...

— C'est ça... Elle aussi elle ne voulait plus, elle voulait être avec lui toute la journée. Ils ont fait le tour du monde après leur mariage.

Silence.

L'enfant est songeuse. Elle dit :

— Peut-être que je lui aurais plu à ta mère.

Le Chinois sourit.

— Peut-être. Elle était jalouse, mais peut-être...

— Tu penses à elle quelquefois.

— Je crois tous les jours.

— Elle est morte quand.

— Il y a dix ans, j'avais dix-sept ans, de la peste, en deux jours, ici, à Sadec.

Il rit et il pleure à la fois. Il dit :

— Tu vois... je ne suis pas mort de douleur.

Elle pleure avec lui. Il dit qu'elle était drôle aussi, sa mère, très gaie.

Dans la cour de Lyautey Hélène Lagonelle attend son amie. Elle est toujours allongée sur le même banc face au portail dans la partie sombre de la cour.

— Où étais-tu...

— Avec lui.

Silence. Hélène Lagonelle était inquiète. Toujours cette peur d'être abandonnée. Elle est encore effrayée. Elle défait les nattes de l'enfant.

Elle sent ses cheveux. Elle dit :

— Tu n'es pas allée au lycée non plus.

— On est restés dans la garçonnière.

Silence. Hélène Lagonelle dit avec délice :

— Un jour ça va être une catastrophe... tu seras renvoyée du lycée, de la pension... de partout.

L'enfant dit qu'elle est heureuse à l'idée qu'un jour cela soit possible.
— Et moi alors ?...
— Toi... jamais – dit l'enfant – jamais je ne t'oublierai...
Hélène Lagonelle dit qu'ils ont téléphoné. Qu'il fallait s'y attendre :
— Ils m'ont dit de te dire qu'il faut que tu ailles voir la surveillante de permanence. Que c'est urgent. C'est une métisse chinoise. Elle est gentille, aussi jeune que nous.

L'enfant était allée voir la jeune surveillante.
La surveillante est souriante, jeune. L'enfant dit :
— Vous voulez me voir.
— Oui... vous savez pourquoi je viens... par Hélène... Nous avons été obligés de prévenir votre mère... Parce que le lycée avait téléphoné... le censeur...
L'enfant n'est pas étonnée. Elle rit. Elle dit qu'elle n'y avait pas pensé.
Elle dit :
— Ce n'était pas la peine de la prévenir, ma mère, elle sait tout et ça lui est égal. Elle a dû oublier... Elle fait semblant de croire à la discipline mais c'est faux... Elle se fiche de tout ma mère... Je la vois comme une sorte de reine, vous voyez... une reine... sans patrie... de... comment dire ça... de la pauvreté... de la folie, voyez...
La jeune surveillante voit que l'enfant pleure sans le savoir. Elle dit :
— Je connais l'histoire de votre mère. C'est vous qui avez raison. C'est une grande institutrice aussi... Elle est adorée en Indochine parce qu'elle a une passion pour son métier... Elle a élevé des milliers d'enfants...
— Qu'est-ce qu'on dit sur elle ?
— On dit qu'elle n'a jamais abandonné un enfant avant qu'il sache lire et écrire. Jamais. Qu'elle faisait des cours tard le soir pour les enfants dont elle savait qu'ils seraient des ouvriers plus tard, des «manuels», elle disait : des exploités. Elle ne les lâchait que lorsqu'elle était sûre qu'ils étaient capables de lire un contrat de travail.
L'enfant dit que lorsque ces élèves-là habitaient trop loin pour rentrer chez eux le soir, elle les faisait dormir chez elle sur des nattes dans le salon, sous le préau. L'enfant dit que c'était merveilleux ces élèves partout dans la maison...
La jeune surveillante regarde longuement l'enfant. Elle dit sans gêne aucune :

— C'est vous qui avez un amant chinois...

— ... C'est moi, oui.

Elles se sourient. La jeune surveillante dit :

— Ça se sait dans toutes les écoles, les collèges. C'est la première fois que ça arrive.

— Comment ça s'explique ?...

— Je crois que ça vient des Chinois – les vieux Chinois qui ne voulaient pas des Blanches pour leurs fils, même comme maîtresses.

— Et pour vous comment ça s'est produit ?

— C'était mon père qui était blanc... un agent des douanes... Et le vôtre ?

— Enseignant. Professeur de maths.

Elles rient toutes les deux comme des élèves.

La surveillante dit :

— Il faut que votre mère vienne voir la directrice. Sans ça j'aurais des ennuis. Je suis obligée de vous le demander...

L'enfant le promet.

C'est très tôt le matin. La mère avait dû voyager de nuit avec Thanh.

La mère traverse la cour vide. Elle se dirige vers le bureau où la veille était la jeune surveillante. Elle a ses vieux bas de coton gris, ses vieux souliers noirs, ses vieux cheveux tirés sous le casque colonial, cet énorme et vieux sac à main que ses enfants lui ont toujours connu. Toujours ce deuil du père qu'elle traîne depuis treize ans – le crêpe noir sur le casque blanc.

Une vieille dame, française elle aussi, reçoit la mère. C'est la directrice de Lyautey. Elles se connaissent. Toutes les deux étaient arrivées en Indochine au début de la scolarisation des enfants indigènes, en 1905, avec les premiers contingents des enseignants qui venaient de la métropole. La mère parle de sa fille :

— C'est une enfant qui a toujours été libre, sans ça elle se sauve de partout. Moi-même, sa mère, je ne peux rien contre ça... Si je veux la garder, je dois la laisser libre.

Elles se tutoient tout à coup, elles se reconnaissent. Elles viennent du Nord, du Pas-de-Calais. La mère parle de sa vie.

— Tu ne le sais peut-être pas mais ma petite travaille bien au lycée tout en étant aussi libre. Ce qui est arrivé à mon fils aîné est si terrible, si grave, tu le sais sans doute, tout se sait ici... les études de la petite c'est le seul espoir qui me reste.

La directrice avait entendu parler de l'enfant aux réunions des professeurs du lycée Chasseloup-Laubat.

La mère avait raconté la mort du père, les ravages de la dysenterie amibienne, le désastre des familles sans père, ses torts à elle, son désarroi profond, sa solitude.

La directrice avait pleuré avec la mère. Elle avait laissé l'enfant habiter le pensionnat comme elle aurait fait d'un hôtel.

La mère est sortie de chez la directrice. Elle avait retraversé la cour. L'enfant l'avait vue. Elle l'avait regardée, elle n'était pas allée vers elle, honteuse de sa mère, elle était remontée au dortoir, elle s'était cachée et elle avait pleuré sur cette mère pas sortable dont elle avait honte. Son amour.

C'est un couloir du lycée. Il pleut. Toutes les élèves sont sous le préau dans la deuxième cour. L'enfant est seule sous le porche du couloir qui sépare les deux cours. Elle est boycottée. Elle se veut telle, être à cette place-là. Elle regarde la pluie sur la grande cour vide.

On entend le bruit de la récréation des autres au loin, à l'autre bout du couloir séparé d'elle pour toute la vie, elle le pressent. Déjà elle sait l'enfant qu'ils resteront séparés les uns des autres durant toute leur vie, comme ils le sont déjà dans le présent. Elle ne cherche pas pourquoi. Elle sait seulement que c'est ainsi.

Ce jour-là l'auto du Chinois est devant le lycée. Le chauffeur est seul. Il descend et il parle à l'enfant en français :

— Le jeune maître il est reparti encore à Sadec. Son père, il est malade.

Il dit qu'il a l'ordre de l'accompagner au lycée et au pensionnat pendant l'absence du maître.

À Lyautey les jeunes boys chantent dans les cours. Et Hélène Lagonelle dort.

Le lendemain, au même endroit de la rue du lycée le chauffeur n'est plus seul. Le jeune maître est là, dans l'auto. C'est l'heure de la sortie du lycée. L'enfant va près de lui. Sans un mot, devant les passants, les élèves, ils restent enlacés dans un baiser très long, oublieux de tout.

Le Chinois dit :
— Mon père il va vivre. Il a refusé, il dit qu'il préférerait me voir mort.
Le Chinois a bu du choum. L'enfant ne comprend rien à ce qu'il raconte. L'enfant ne le lui dit pas. Elle écoute bien. Elle ignorait tout des vraies raisons de ce voyage du Chinois, il lui parle dans le mauvais français des Chinois de la colonie quand ils ont bu du choum. Il dit :
— Je lui supplie. Je lui dis qu'il doit avoir vécu une fois un amour comme ça au cours de sa vie, que c'est impossible autrement. Je lui demande de te marier pendant un an, pour après te renvoyer en France. Parce que ce n'est pas possible encore pour moi de laisser déjà cet amour de toi.

L'enfant se tait puis elle demande où c'était cette conversation avec le père. Le Chinois dit que c'était dans la chambre du père, dans cette maison de Sadec. L'enfant demande où se trouve le père quand ils parlent. Le Chinois dit que le père est maintenant sur un lit de camp toute la journée parce qu'il est âgé, noble et riche. Mais que lui, avant, il recevait les gens dans son bureau américain. Que lui, le fils de ce père, presque tout le temps, il se prosternait en l'écoutant.
L'enfant a envie de rire, mais elle ne rit pas.

Le Chinois raconte à l'enfant, toujours dans un français récurrent. Mais ce qu'écoute l'enfant c'est l'histoire du père à travers ses paroles, ses réponses. Le Chinois raconte :

— Je lui dis c'est trop nouveau, trop fort, je lui dis c'est affreux pour moi de te séparer de moi comme ça. Que lui, mon père, il doit savoir ce que c'est un amour comme celui-là, tellement considérable, que ça se reproduit jamais plus dans la vie, jamais.

Le Chinois pleure en disant les mots : jamais plus dans la vie jamais. Il dit :

— Mais mon père, il se fiche de tout.

L'enfant demande si le père a jamais connu cette sorte d'amour qu'il dit. Le Chinois ne sait pas. Il réfléchit, cherche à se souvenir. Et à la fin, il dit que sans doute, oui. C'était quand il était très jeune, cette jeune fille de Canton, étudiante elle aussi.

L'enfant demande s'il lui en avait parlé. Le Chinois dit :

— Jamais à personne – il ajoute – sauf à ma mère, mais après la fin de cet amour. C'était elle, ma mère, qui alors en avait souffert.

Le Chinois se tait.

L'enfant ferme les yeux, elle voit le fleuve devant la Villa de céramiques bleues. Elle dit qu'il y avait un escalier avec des marches qui descendaient à l'intérieur du fleuve. Il dit que les marches sont toujours là pour les femmes et les enfants pauvres se baigner et laver leurs affaires dans les eaux du fleuve, que les marches descendaient jusqu'à disparaître. Et que le père se tenait sur un lit de camp face à cet escalier pour voir les femmes se déshabiller et rentrer dans les eaux du fleuve et rire ensemble. Et lui aussi, son fils, le petit Chinois, il les avait regardées avec lui lorsqu'il avait été en âge de voir ces choses-là.

Le Chinois dit que le père lui avait donné une lettre ouverte à destination de la mère pour qu'il la lise. Il l'avait lue et il l'avait rendue au père. Il avait dit avoir oublié ce que cette lettre disait à la mère. L'enfant ne l'avait pas cru. L'enfant dit qu'elle ne reverrait sans doute jamais les marches et les femmes qui descendaient dans le fleuve, mais que maintenant, elle s'en souviendrait pour toute sa vie.

Et le Chinois s'était souvenu à son tour de ce que disait une deuxième lettre que lui, son père, lui avait écrite à lui, son fils et que lui, ce fils, il l'avait égarée et puis retrouvée et qu'il croyait lui avoir remise après celle destinée à la mère. Le Chinois l'avait sortie pour la traduire à l'enfant :

«Je ne peux pas accepter ce que tu demandes à moi, ton père. Tu le sais.

Après cette année-là que tu me demandes, il est tout à fait impossible pour toi de la quitter. Et alors tu perds ta future femme et sa dot. Impossible pour elle de t'aimer après ça. Alors je garde les dates qui ont été fixées par les familles.»

Le Chinois continue de traduire la lettre du père:

«Je connais la situation de la mère de cette jeune fille. Il faut que tu te renseignes pour savoir combien il faut, à elle, pour régler les dettes de ses barrages contre l'océan. Je connais cette femme-là. Elle est respectable. Elle a été volée par les fonctionnaires français du cadastre au Cambodge. Et elle a un mauvais fils. La petite, je l'ai jamais vue. Je ne savais pas qu'il y avait une fille dans cette famille-là.»

L'enfant dit qu'elle ne comprend rien à la lettre du père. Elle se retient de rire, puis elle ne peut plus se retenir et elle rit de toutes ses forces. Et le Chinois rit de même tout à coup.

Le Chinois reprend la lettre du père des mains de l'enfant et termine de la lire:

«Je saurai dans quelques jours la date de leur départ. Il faut que tu ailles voir la mère aujourd'hui même pour la question de l'argent. Après ce serait trop tard. Tu dois être très poli avec elle. Très respectueux pour qu'elle ne soit pas honteuse d'accepter l'argent.»

Quand le Chinois arrive dans la maison de la mère il y a déjà deux Chinois qui attendent, assis par terre le long des murs. Ce sont les patrons de *La Fumerie du Mékong*. Les trois Chinois se reconnaissent. Le fils aîné est assis à la table de la salle à manger. Il n'a pas l'air de comprendre ce qui se passe, un peu comme s'il dormait. Il a déjà la pâleur des fumeurs d'opium; leurs lèvres affaissées, d'un rouge saignant.

Le petit frère est là aussi, Paulo. Il est allongé le long du mur de la salle à manger. C'est un adolescent beau à la façon d'un métis. Le Chinois et lui se sourient. Le sourire du petit frère rappelle celui de sa jeune sœur. À côté du petit frère il y a un autre jeune homme très beau, c'est le petit chauffeur de la mère, celui qu'on appelle Thanh. Ils se ressemblent avec le petit frère et la sœur sans qu'on puisse dire comment: la peur peut-être dans le regard, très pure, innocente.

La scène est immobile. Personne ne bouge. Personne ne parle. Personne ne dit bonjour.

Les trois Chinois disent très calmement quelques phrases.

Et puis ils se taisent.

L'amant chinois va vers le frère aîné et lui explique :

— Ils disent qu'ils vont porter plainte contre vous. Ce sont les propriétaires des *Fumeries du Mékong*. Vous ne les connaissez pas. Vous ne connaissez que les tenanciers qui sont des employés.

Pas de réponse du frère aîné.

La mère arrive, elle sort de sa douche, elle est pieds nus, dans une large robe, faite par Dô dans un sampot, elle a les cheveux mouillés, défaits. Le petit frère est toujours assis contre le mur, loin du centre de la scène, intéressé par ce qui se passe semble-t-il, ce soudain va-et-vient d'inconnus dans la maison.

Le Chinois regarde la mère avec une curiosité passionnée.

Elle lui sourit. C'est dans le sourire qu'il voit la ressemblance avec sa fille. Ce sourire est aussi celui du petit frère.

La mère n'attache aucune importance à la présence d'un troisième Chinois dans la maison, même habillé chic, à l'européenne. Pour elle, tous les Chinois sortent des fumeries. Elle demande à son fils aîné :

— Tu dois combien ?

— Demande-leur. De toute façon ce sont des crapules, ils mentiront.

La mère découvre un Chinois qu'elle n'a jamais vu :

— C'est vrai, Monsieur, ce que dit mon fils ?

Le Chinois :

— C'est vrai Madame – il ajoute en souriant — Excusez-moi, mais ils ne céderont pas... jamais... Ils vous empêcheront de monter sur le bateau... Si on veut s'en débarrasser, il vaut mieux les payer.

La mère découvre que «le troisième Chinois» n'est pas un créancier. Elle lui sourit.

Le Chinois parle à ses congénères en chinois. Ils sortent séance tenante de la maison quand ils reconnaissent le fils du Chinois de la maison bleue.

Le frère aîné demande au Chinois inconnu :

— Vous êtes ici pourquoi, vous ?

Le Chinois se tourne vers la mère. Et c'est à elle qu'il répond :

— Vous avez demandé à me voir Madame.

La mère cherche qui c'est :

— Qui êtes-vous ?... Je ne me souviens pas...

— Vous ne vous souvenez pas... C'est à propos de votre fille...

Le frère aîné rit de la blague.

La mère demande :

— Qu'est-ce qui s'est passé avec ma fille ?

Le Chinois ne baisse pas les yeux. Il sourit à la mère. Il y a chez lui ce jour-là une sorte d'insolence heureuse, d'assurance qui lui vient d'être là, dans cette maison de Blancs, si pauvres que soient ces Blancs, de l'intérêt que lui porte la mère, comme elle lui sourit, le regarde. Il répond :

— Je pensais que vous le saviez, je suis devenu son amant.

Silence. La mère est étonnée mais modérément.

— Depuis quand...

— Deux mois. Vous le saviez, non ?

Elle regarde son fils. Elle dit :

— Oui et non... voyez... au point où j'en suis...

Le frère aîné :

— Tout le monde le sait. Qu'est-ce que vous voulez ?

— Je ne veux rien. C'est vous, Madame... vous avez envoyé une lettre à mon père. Vous lui dites que vous vouliez me voir.

Elle regarde son fils, l'interroge du regard. Le frère aîné dit :

— C'est moi qui l'ai écrite. C'est une lettre très claire. Votre père ne vous a pas dit ce qu'on voulait ?

Le Chinois ignore le fils. Il s'adresse à la mère :

— Mon père ne veut pas du mariage de son fils avec votre fille, Madame. Mais il est prêt à vous donner l'argent qui est nécessaire pour liquider vos dettes et quitter l'Indochine.

Le frère aîné dit :

— C'est parce qu'elle est déshonorée que votre père ne veut pas du mariage ?

Le Chinois regarde le frère en silence et dit en souriant :

— Pas seulement. Parce qu'elle n'est pas chinoise aussi.

La mère dit :

— Et qu'elle est pauvre...

Le Chinois sourit, comme d'un jeu :

— Oui. Et jeune un peu... un peu trop jeune aussi... mais c'est le moins grave. En Chine les Chinois aiment aussi les très jeunes filles.

Silence. Puis le Chinois dit pourquoi il est venu :

— Madame, mon père me dit qu'il est prêt à payer une certaine somme d'argent pour essayer de réparer le tort que j'ai fait à votre famille.

Le frère aîné :

— Combien ?

Le Chinois fait comme s'il n'avait pas entendu.

La mère est débordée, elle gémit tout à coup. Le Chinois lui sourit. La mère dit :

— Mais Monsieur... le dire comme ça, Monsieur, comment voulez-vous que j'y arrive. Comment voulez-vous calculer une chose comme ça... le déshonneur... ?

— Il ne faut pas calculer une chose comme ça Madame. Il vous faut dire la somme qu'il vous ferait plaisir d'avoir.

La mère rit, le Chinois de même. Elle rit fort, elle dit :

— Tout Monsieur. Regardez-moi... j'ai l'air de rien... et j'ai autant de dettes qu'un chef d'État.

Ils rient ensemble dans une sympathie évidente. Le frère aîné est seul.

Le Chinois dit :

— Madame, je ne pourrais évidemment jamais vous faire tenir l'équivalent de ce que vous auriez eu si votre fille était devenue ma femme...

— Ç'aurait été combien... dites-le comme ça Monsieur... pour rien...

— Je ne sais pas bien, Madame. Ç'aurait été important.

— Je pourrais le tuer, peut-être, mais le convaincre de trahir la loi, non... Mais comptez sur moi, Madame, de toute façon je vous aiderai.

Ils se regardent. Ils se sourient. Le frère aîné paraît découragé. Le Chinois se rapproche de la mère. Il lui sourit. Il lui parle, et cela devant les autres gens qu'il ne connaît pas. Elle écoute passionnément, la mère, comme son enfant, elle regarde aussi comme elle, très fort.

Le Chinois dit :

— Je ne volerai pas mon père, Madame, je ne lui mentirai pas. Je ne le tuerai pas. Je vous ai raconté des histoires parce que j'avais envie de vous connaître... à cause d'elle, de votre fille. La vérité c'est que mon père est prévenu en votre faveur et qu'il vous fera parvenir de l'argent par mon intermédiaire. J'ai une lettre de lui qui me le promet. C'est au cas où la somme ne serait pas suffisante que j'en viendrais à ce que je vous disais... sourire de la mère... mais pour mon père, en aucun cas cette question ne sera une question d'argent, mais de temps, de banque... de morale... vous voyez...

La mère dit que de cela elle est tout à fait assurée.

Il s'arrête de parler. Ils se regardent avec émotion. Elle, elle voit derrière le sourire, enchaîné à ce sourire, le désespoir à peine marqué de l'héritier de Sadec.

— Si j'épousais votre fille, mon père me déshériterait, et alors c'est vous Madame qui ne voulez pas que votre enfant épouse un homme pauvre et chinois.

La mère rit.

— C'est pourtant vrai... Monsieur... ça aussi... c'est ça la vie... contradictoire...

Ils rient ensemble de la vie.

Dans le silence qui se fait, la mère dit très bas :

— Vous aimez cette enfant tellement...

Elle n'attend pas de réponse. Sur les lèvres, dans les yeux du Chinois elle devine le désespoir, la peur. Elle dit tout bas :

— Excusez-moi...

La mère commence à oublier l'histoire de l'argent. C'est dans cet intérêt de la mère pour tout ce qui arrive partout dans son existence à elle – et dans une autre aussi bien – que le Chinois est ramené à l'enfant. C'est plus précisément à la façon d'écouter de la mère qu'il retrouve, comme réverbérée, la curiosité de son enfant.

La mère dit gentiment :

— Vous parlez bien le français, Monsieur.

— Merci, Madame. Et vous, si je peux me permettre... vous êtes... adorable avec moi...

Le frère aîné crie :

— Il y en a assez maintenant... On vous fera savoir par ma putain de sœur combien on veut.

Le Chinois fait exactement comme si le frère aîné n'existait pas du tout. Il devient tout à coup terrible, de calme et de douceur.

La mère de même, sans l'avoir décidé, reste là, avec le Chinois. Elle lui demande :

— Elle sait tout ça ma fille ?

— Oui. Mais elle ne sait pas encore que je suis venu chez vous.

— Et... d'après vous, qu'est-ce qu'elle dirait si elle savait...

— Je ne sais pas Madame...

Le Chinois sourit. Il dit :

— D'abord elle se mettrait en colère... peut-être... et puis tout d'un coup, elle s'en ficherait... pourvu que vous, vous ayez l'argent – il sourit — Elle est royale votre fille, Madame.

La mère est illuminée, heureuse, elle dit :

— C'est pourtant vrai ce que vous dites, Monsieur.

Ils se quittent.

C'est la garçonnière.

C'est la nuit.

Le Chinois est revenu de Sadec.

L'enfant est couchée, elle ne dort pas.

Ils se regardent sans se parler. Le Chinois s'assied dans le fauteuil, il ne va pas vers l'enfant. Il dit : j'ai bu du choum, je suis soûl.

Il pleure.

Elle se lève, elle va vers lui, elle le déshabille, elle le traîne jusqu'au bassin. Il la laisse faire. Elle le douche avec l'eau de pluie. Elle le caresse, elle l'embrasse, elle lui parle. Il pleure les yeux fermés, seul.

Dans la rue le ciel s'éclaire, la nuit est déjà vers le jour. Dans la chambre elle est encore très sombre.

Il dit :

— Avant toi je ne savais rien de la souffrance... Je croyais que je savais, mais rien je savais.

Il répète : rien.

Elle tamponne légèrement son corps avec la serviette. Elle dit tout bas, pour elle-même :

— Comme ça tu auras moins chaud... ce qu'il faudrait c'est ne pas s'essuyer du tout...

Il pleure très doucement sans le vouloir. Ce faisant il injurie l'enfant avec beaucoup d'amour.

— Une petite Blanche de quatre sous trouvée dans la rue... voilà ce que c'est... j'aurais dû me méfier.

Il se tait et puis il la regarde et il recommence :

— Une petite putain, une rien du tout...

Elle se détourne pour rire. Il la voit et il rit aussi avec elle.

Elle le savonne. Elle le douche. Il se laisse faire. Les rôles se sont inversés. Ça lui plaît à elle de faire ça. Ici, elle le protège. Elle le mène vers le lit, il sait rien, il dit rien, il fait ce qu'elle veut. Ça lui plaît à elle. Elle le fait s'allonger près d'elle. Elle va sous son corps, se recouvre de son corps. Reste là, immobile, heureuse. Il dit :

— Je ne peux plus te prendre. Je croyais pouvoir encore. Je ne peux plus.

Puis il s'assoupit. Puis il recommence à parler. Il dit :

— Je suis mort. Je suis désespéré. Peut-être que je ne ferai plus jamais l'amour. Que je ne pourrai plus jamais.

Elle le regarde très près. Elle le désire très fort. Elle sourit :

— Tu voudrais ça, ne plus faire l'amour ?

— En ce moment, oui, je voudrais... pour garder tout l'amour pour toi même après ton départ et pour toujours.

Elle prend son visage. Elle le serre entre ses mains. Il pleure. Ce visage tremble quelquefois, les yeux se ferment et la bouche se crispe. Il ne la regarde pas. Elle dit dans la douceur :

— Tu m'as oubliée.

— C'est la douleur que j'aime. Je ne t'aime plus. C'est mon corps, il ne veut plus de celle qui part.

— Oui. Quand tu parles, je comprends tout.

Il ouvre les yeux. Il regarde le visage de l'enfant. Puis il regarde son corps. Il dit :

— Tu n'as même pas de seins...

Il prend la main de l'enfant et il la pose sur son sexe à elle.

— Fais-le toi. Pour moi. Pour moi voir ta pensée.

Elle le fait. Ils se regardent tandis qu'elle le fait. Il l'appelle ma petite fille, mon enfant, puis dans un flot de paroles il dit des choses en chinois, de colère et de désespoir.

Elle l'appelle. Elle a posé sa bouche sur la sienne et elle l'appelle : espèce de petit Chinois de rien du tout, de petit criminel...

Ils s'écartent l'un de l'autre. Ils se regardent. Il dit :

— C'est vrai, même mon père quelquefois j'ai envie de le tuer.

Il dit aussi :

— Rien d'autre arrivera dans ma vie que cet amour pour toi.

Ils sont immobiles dans le lit enlacés cependant que séparés l'un de l'autre par les yeux fermés de lui, son silence.

Elle descend du lit. Elle marche dans la garçonnière. Elle va loin de lui, contre la deuxième porte, celle « pour se sauver », se cache de lui. Elle a peur. Elle s'arrête. Elle ne regarde pas, elle est de nouveau dans cette sorte de peur qui a commencé depuis quelques jours et qu'elle n'arrive pas à surmonter. D'être tuée par *cet inconnu* du voyage à Long Hai.

Elle lui parle tout en marchant. Elle dit :

— Il ne faut pas que tu regrettes. Tu te souviens, tu m'avais dit que je partirais de partout, que je serais jamais fidèle à personne.

Il dit que même ça, ça lui est égal maintenant. Que tout est dépassé – il dit. Le mot plaît à l'enfant mais elle ne comprend pas bien ce qu'il veut dire avec cette expression-là. Dépassé quoi? Elle lui demande. Il dit qu'il ne sait pas non plus quoi. Qu'il le dit quand même parce que c'est le mot vrai.

Elle était restée là à le regarder, à l'appeler, à lui parler. Et puis elle s'était endormie sur la marche de la porte. Alors il avait tout oublié de l'horreur de sa vie «heureuse», il était allé la chercher à l'autre porte, il l'avait jetée dans le lit et il l'avait rejointe et il avait parlé et parlé, en chinois, et elle, elle dormait et lui à la fin il s'était endormi à son tour.

Le fleuve. Loin. Ses méandres entre les rizières. Il prend la place des amants.

Au-dessus du fleuve, la nuit relative. Le ciel blanc de l'apparition du jour.

Ils dorment.

Une fois, dans le sommeil, cette nuit-là, elle avait appelé le prénom du petit frère. Le Chinois l'avait entendue le dire. Au réveil il le lui avait dit.

Elle n'avait pas répondu. Elle était retournée sur la marche de la porte.

Elle s'était rendormie.

Ils dorment. De nouveau elle appelle le petit frère abandonné.

Le Chinois se réveille.

Assise sur la marche de l'autre porte, adossée à elle, elle le regarde. Elle est nue. Elle le reconnaît mal. Elle le regarde de toutes ses forces. Elle dit:

— Il va faire jour. Je vais partir avec ton auto à Sadec pour voir ma mère. Je m'ennuie de Paulo.

Il n'a pas entendu. Elle dit encore:

— Je suis de l'avis de ton père. Je ne veux pas rester avec toi. Je veux partir, retrouver mon petit frère.

Il a entendu. Il répond du fond du sommeil.

— Tu peux dire ce que tu veux, je m'en fiche – il ajoute – ça ne sert à rien de mentir.

Il ne bouge pas. Elle reste loin de lui. Il est réveillé.

Ils se regardent. Elle quitte la porte, elle va près de la fontaine. Elle se lève, elle va se coucher sous la douche dans le bassin.

Elle lui parle, elle lui dit qu'elle l'aime pour toujours. Elle croit qu'elle l'aimera toute sa vie. Que pour lui aussi, ce sera pareil. Qu'ils se sont perdus tous les deux pour toujours.

Il ne répond pas. Comme s'il n'avait pas entendu.

Alors elle chante en vietnamien. Et là, il rit... il rit... alors, elle aussi elle rit.

Il a pris son vieux nécessaire à opium. Il est allé se recoucher. Il fume. Il est calme. Elle est toujours couchée par terre, les yeux maintenant fermés, allongée dans le bassin. C'est lui qui, pour la première fois, parle de leur histoire.

Il dit :

— C'est vrai... c'est sur le bac... que j'ai pensé cette chose de toi. Je me suis dit que tu ne resterais jamais avec aucun homme.

— Jamais... aucun... ?

— Jamais.

Silence.

— Pourquoi tu as pensé ça...

— Parce que dès que tu m'as regardé je t'ai désirée.

Elle a les yeux fermés. Il ne sait pas si c'est vrai qu'elle dort. Il la regarde. Non, elle ne dort pas : elle a ouvert les yeux. Il fume l'opium devant elle, c'est la première fois. Elle le dit :

— C'est la première fois que tu fumes devant moi.

— C'est quand je suis malheureux. Avec l'opium je peux tout supporter. Tout le monde fume ici, même les coolies-pousse.

— Les femmes aussi, je sais ça.

— Dans les milieux riches oui... ma mère fumait. Nous savons fumer. Ça fait partie de notre civilisation. Les Blancs savent rien là-dessus, les voir comment ils fument l'opium, ça nous fait rire... et après comment ils sont abrutis...

Il rit.

Silence.

Ils rient tous les deux.

L'enfant le regarde. Elle retrouve « l'inconnu du bac ».

— C'est comme un métier que tu aurais de ne rien faire, d'avoir des femmes, de fumer l'opium. D'aller dans les clubs, à la piscine... à Paris... à New York, en Floride...

— Rien faire c'est un métier. C'est très difficile.

— Peut-être que c'est le plus difficile...

— Peut-être.

Elle vient près de lui. Il caresse ses cheveux, la regarde, il la découvre encore. Il demande :

— Tu n'as pas connu ton père.

— J'ai deux images de lui. Une à Hanoi, une à Phnom Penh. Autrement non. Le jour de sa mort, oui, je me souviens. Ma mère qui pleurait qui hurlait... Dis-moi encore... pour être riche, pour rien faire et le supporter... il faut l'argent et quoi en plus...

— Être un Chinois – il sourit – jouer aux cartes aussi. Je joue beaucoup. Quand le chauffeur dit que je suis sorti, ça veut dire que je joue, souvent avec des voyous le long des racs la nuit. Sans le jeu on ne peut pas tenir.

Elle est revenue vers lui. Elle est dans le fauteuil d'osier près du bassin.

— Le premier jour j'ai cru que tu étais... pas un richard, non, un homme riche, et aussi un homme qui faisait beaucoup l'amour et qui avait peur. De quoi, je ne savais pas. Je ne sais pas encore. Je ne sais pas bien dire ça... peur à la fois de la mort... et peur de vivre aussi, de vivre une vie qui va mourir un jour, de le savoir tout le temps... Peur aussi de ne pas aimer peut-être... de jamais oublier que... je ne sais pas dire ça...

— Tu veux pas le dire...

— C'est vrai je veux pas.

Silence.

— Personne sait le dire, ça.

— C'est vrai.

— D'après toi, que j'ai cette peur, je ne le sais pas ?

Silence. L'enfant réfléchit.

— Non. Tu ne le sais pas à quel point tu as peur...

Silence. Elle le regarde comme si elle venait de le connaître. Elle dit :

— Je veux me rappeler toi tout entier, toujours – elle ajoute — De toi qui ne sais rien sur toi... quand tu étais petit tu as été malade et tu le sais même pas...

Elle le regarde, elle prend son visage entre ses mains, le regarde, ferme ses yeux et regarde encore.

Il dit :

— Je vois tes yeux derrière mes paupières.

— Je sais un peu ce que tu dis sur moi. Comment tu sais ?

— Par mon petit frère... sur son dos on voit une longue trace pareille à la tienne... un peu courbée... c'est dans le dessin de la colonne vertébrale, sous la peau.

— Ma mère a dit : c'est le rachitisme. Elle m'a emmené voir un grand docteur à Tokyo.

Elle va vers lui, se penche, elle embrasse sa main.

— Je préférerais que tu ne m'aimes pas.

— Je ne t'aime pas. (Temps.) C'est ça que tu veux ?

Elle sourit, elle tremble tout à coup, elle joue le jeu, elle demande :

— Ce serait une idée que tu te ferais... dans ce cas...

— Peut-être.

— C'est terrible d'entendre... les mots, de reconnaître la voix qui dit ces mots-là...

Il la prend dans ses bras, l'embrasse encore et encore.

Il dit :

— Et c'est ce que tu veux.

— Oui.

Le Chinois dit :

— Cherche encore pourquoi j'ai peur...

— C'est peut-être une idée que tu te ferais... comme de m'aimer ?

— Peut-être.

— Parce que autrement... si tout est donné, c'est comme la mort ?...

Elle ne répond pas. Il continue.

— D'être comme moi tu veux dire... vivre comme moi c'est comme la mort ?...

Elle crie tout bas :

— ... Cette conversation... qu'est-ce qu'elle est embêtante à la fin...

Silence. Il insiste encore :

— Une seule question encore je voudrais te poser.

Elle ne veut pas. Elle dit qu'elle ne sait pas répondre aux gens. Elle demande :

— Tu n'as jamais couché avec une autre Blanche que moi ?

— À Paris bien sûr. Ici, non.

— C'est impossible ici d'avoir des Blanches ?

— Complètement impossible. Mais il y a les prostituées françaises.

— C'est cher ?

— Très cher.

— Combien ?

Regard du Chinois sur elle. Elle rit, à le voir, beaucoup.

Il ment tout à coup. Il dit :

— Je ne sais plus. Mille piastres ?

Il rit avec elle.

— Je voudrais que tu me dises une seule fois : « Je suis venue chez toi pour que tu me donnes de l'argent. »

Lenteur. Elle cherche pourquoi. Elle ne peut pas mentir. Elle ne peut pas le dire. Elle dit :

— Non. Ça c'est après. Mais dans le bac ce n'était pas l'argent. Du tout. Et tellement, c'était comme si ça n'existait pas.

Il « revoit » le bac. Il dit :

— Dis-le comme si c'était vrai.

Elle le dit comme il le veut :

— Dans le bac je t'ai vu comme recouvert d'or, dans une auto noire en or, dans des souliers en or. Je crois que c'est pour ça que je t'ai désiré beaucoup, et tout de suite, sur le bac, mais pas seulement pour ça, je le sais aussi. Mais peut-être c'était quand même l'or que je désirais sans que je le sache.

Le Chinois rit. Il dit :

— L'or c'était moi aussi...

— Je ne sais pas. Ne fais pas attention à ce que je dis. Je ne suis pas habituée à parler comme ça.

— Je fais attention quand même. Mais pas à ce que tu dis. À toi, à comment tu parles.

Elle prend sa main, regarde, embrasse la main. Elle dit :

— Pour moi, c'était tes mains... – elle se reprend – c'était ce que je croyais. Je les voyais qui enlevaient ma robe, qui me mettaient toute nue devant toi qui me regardais.

Silence. Il le savait. Il le sait. Il regarde ailleurs. Il sourit. Le jeu devient violent tout à coup. Il crie comme s'il la frappait :

— Tu veux la bague ?

L'enfant crie. Elle pleure. Elle crie. Elle ne prend pas la bague.

Long silence.

Alors le Chinois avait su qu'elle avait voulu la bague pour la donner à sa mère autant qu'elle avait voulu sa main sur son corps, qu'elle devait le savoir seulement maintenant avec sa question à lui sur la bague. Il dit :

— Oublie.

— J'ai oublié. Je ne voudrais jamais une chose pareille, un diamant. On n'arrive jamais à vendre un diamant quand on est pauvre. Rien qu'à nous voir ils croient qu'on l'a volé.

— Qui c'est «ils»?

— Les diamantaires chinois et d'autres races aussi. Mais surtout les Chinois. Ma mère, elle a connu une jeune femme pauvre, un homme lui avait donné un diamant, elle avait essayé pendant deux ans de le vendre, rien à faire. Alors elle a rendu le diamant à l'homme qui le lui avait donné et il lui a donné de l'argent, mais très peu. C'était pareil, l'homme croyait que le diamant qu'elle lui rendait c'était un autre diamant que celui qu'il lui avait donné, que ce diamant nouveau il ne valait rien et qu'elle l'avait volé à un autre homme. Ma mère m'a dit de ne jamais accepter un diamant mais seulement de l'argent.

Le Chinois la prend dans ses bras. Il dit:

— Alors, toi, tu as l'air d'une pauvre?

Silence. Elle demande:

— C'est cher une bague comme ça?

— Très cher.

— Très très cher ou très cher.

— Je sais pas.

Ils regardent la bague étrangère. Et puis le Chinois dit:

—— Ça vaut peut-être des dizaines de milliers de piastres... Ce que je sais c'est que le diamant était à ma mère. Il était dans sa dot de mariage. Mon père l'a fait monter pour moi après sa mort chez un grand bijoutier de Paris. Le bijoutier, il est venu chercher le diamant en Mandchourie. Et il est revenu en Mandchourie pour livrer la bague.

Elle dit:

— Tu te rends compte.

Il ne parle pas, il la laisse. Il l'aime. Elle rit tout à coup, fort. Elle dit:

— C'est vrai que ça ne peut pas être envoyé dans un très très petit colis postal, un diamant...

Elle rit. Elle éclate de rire. Elle dit qu'elle voit le diamant tout seul dans un grand camion blindé. Elle dit que c'est intransportable un diamant, que même «énorme» c'est trop petit – et elle rit – un petit pois au plus. Il est heureux toujours quand elle rit. Rieuse comme moi à son âge, dit la mère.

Il dit:

— Je sais que le diamant ce n'est pas tout de suite que tu l'as vu.

— Si, je l'avais vu, mais séparé de toi. C'est forcé. Quand même je savais ce que c'était un diamant. Je l'ai senti, je trouvais qu'il sentait bon comme toi... l'encens, le tussor, l'eau de Cologne. Pour moi je n'y ai pas pensé, pour le porter je veux dire. Je crois qu'on est pauvre de naissance. Même si je suis riche un jour je resterai avec une sale mentalité de pauvre, un corps, un visage de pauvre, toute ma vie j'aurai l'air comme ça. Comme ma mère. Elle a l'air d'une pauvre mais elle, à un point, c'est incroyable.

Il ne trouve pas. Pour lui elle a l'air d'une paysanne – elle est belle comme une belle paysanne.

Elle le regarde encore très fort. Elle dit :

— Mais toi, tu as l'air d'un riche. Ta fiancée elle a l'air de quoi ?

— De rien de spécial. D'une riche. Comme moi.

L'enfant prend la main qui porte le diamant. Elle regarde la bague, le diamant. Elle baisse les yeux. Lui la regarde, elle. Il dit :

— Répète ce que tu m'as dit tout à l'heure.

Elle répète :

— Je t'ai désiré tout de suite... très vite très fort à ce moment-là... c'est vrai.

— Autant que ton petit frère...

Elle réfléchit. Elle dit :

— Comment dire ça... mon petit frère c'est aussi mon enfant...

— Ton petit frère ne t'a jamais prise.

— Non. C'était moi qui le prenais avec mes mains.

Ils restent enlacés. Il dit tout bas qu'il aime déjà le petit frère, d'amour.

Ils allument les baguettes d'encens. Ils chantent. Ils parlent. L'enfant caresse le corps de son amant. Elle dit :

— Toi aussi tu as la peau de la pluie.

— Ton petit frère aussi.

— Oui, aussi, on est trois à avoir la peau de la pluie.

Les nuits deviennent exténuantes. La chaleur augmente toujours. Les gens vont dormir sur les berges des arroyos. On voit au loin les quais des Messageries maritimes. Eux, ils vont là aussi. Le Chinois quelquefois il conduit l'auto. Alors le chauffeur et l'enfant ont peur.

Le Chinois retient l'enfant contre lui, toujours, partout.

Il dit:

— Je t'aime aussi comme mon enfant, pareil.

La garçonnière.

L'enfant annonce au Chinois que le rapatriement du frère aîné que la mère avait demandé lui a été enfin confirmé.

— Pour quand?

— Pour bientôt. Je ne sais rien de plus précis.

— Je savais par mon père que ton frère était sur la liste des prochains départs.

— Il sait tout ton père...

— Oui. Tout ce qui vous concerne, il le sait aussi.

— Tout, vraiment?...

— Oui.

— Comment il fait?...

— Il paye. Il achète. Même quand il doit rien du tout, il sort les piastres... c'est très comique.

— C'est dégoûtant... à la fin...

— Sans doute. Je m'en fiche... Quand ce n'est pas la peine du tout, il sort les piastres... c'est dans le sang...

Elle pleure. Il prend son visage. Elle tremble. Elle dit:

— Je suis allée avec toi pour que tu me donnes de l'argent, même si je ne le sais pas.

Il la prend contre lui encore plus près. Cette peur de lui a encore augmenté. Il dit:

— J'ai quelque chose à te dire... c'est un peu difficile à dire... je vais te donner de l'argent pour ta mère. De la part de mon père. Elle est prévenue.

On dirait que l'enfant n'a pas entendu. Puis elle se dégage violemment – l'enfant ne sait rien de la visite qu'a faite le Chinois à la mère. Elle dit:

— C'est impossible, ma mère ne sait même pas que vous existez.

Le vouvoiement a repris, très brutal. Il ne répond pas.

Elle doute tout à coup, des larmes dans les yeux. Elle le regarde comme un criminel. Elle dit:

— Vous avez pris des renseignements sur ma famille.

Le Chinois tient tête à l'enfant. Il dit :

— Oui. je suis allé à Sadec pour voir ta mère sur la demande de mon père. Pour lui parler. Me renseigner sur la pauvreté de votre famille.

Il est très douloureux et plein d'amour pour elle. Il dit :

— C'est vrai que vous n'avez plus rien. La seule chose qui leur restait à vendre c'était toi. Et on ne veut pas t'acheter. Ton frère aîné avait écrit à mon père. Ta mère cherchait à me rencontrer. Mon père m'a demandé de la voir. Je l'ai vue.

L'enfant se dresse. Elle s'éloigne davantage de lui : il devient celui qui a vu la mère dans un état misérable, dans l'obscénité du malheur. Elle dit :

— Comment vous avez osé...

Le Chinois est prudent, très doux :

— Elle sait tout depuis le début de notre histoire. D'abord elle avait en horreur l'idée du mariage de sa fille avec un Chinois. Et puis ce mariage, elle l'a espéré. Nous avons parlé longtemps. Ce que je voulais c'est qu'elle n'espère plus ce mariage. Plus du tout. Qu'elle chasse cette idée pour toujours. Je lui ai rappelé la loi chinoise. Je lui ai parlé de mon père qui préférerait que je meure plutôt que trahir la loi.

L'enfant pleure. Elle dit – le tutoiement a repris – :

— J'aurais pu lui dire que c'était moi qui ne voulais pas du mariage avec toi... jamais... à aucun prix, que je m'en fichais du mariage... de tout ça... elle aurait été moins humiliée.

— Humiliée elle n'a pas été, je jure. On a même ri ensemble...

— De quoi ?

— De la loi chinoise. Et de mon père.

— Elle aime rire ma mère... c'est resté, ça...

— Oui. Je lui ai dit que je savais par mon père le départ de son fils. Je lui ai demandé de combien elle avait besoin pour ce départ-là. Elle m'a dit : deux cent cinquante piastres.

Le Chinois et l'enfant rient. Puis l'enfant pleure en souriant. Et puis le Chinois cesse de rire, il regarde l'enfant, il dit :

— Elle donne envie de t'aimer, ta mère, d'aimer son enfant.

L'enfant parle comme une grande personne tout à coup :

— Il faut lui donner beaucoup... Il y a des frais sur les bateaux pour voyager dans de bonnes conditions... Le voyage est payé mais ce n'est pas tout... rien que les vêtements pour l'hiver... la pension, l'inscription à l'école d'électricité, les cours Violet.

Il va chercher sa veste près de la douche, il prend une enveloppe dans une poche sur la table, il dit:

— Combien il faudrait pour tout de suite?... J'ai apporté que cinq cents piastres.

— Cinq cents piastres pour tout de suite... d'accord... pourquoi pas?

Il pose l'enveloppe sur la table.

Elle se déshabille. Elle enlève sa robe d'un seul geste, par le haut. Il ne peut pas encore voir ce geste sans en être ému. Il dit:

— Qu'est-ce que tu fais?

Elle dit qu'elle va prendre une autre douche. Elle ajoute que finalement elle est contente pour la mère. Elle dit qu'elle donnera l'enveloppe à Thanh pour qu'il la cache, lui, et qu'il soit le seul à savoir où. La donner directement à la mère, elle dit qu'elle ne peut pas faire ça parce que la totalité de l'argent serait volée par le frère aîné dans les heures qui suivraient. Et la mère serait malheureuse.

Le Chinois dit:

— Volé par son fils ou donné par elle à son fils.

— C'est ça, c'est pareil.

— Thanh gardera l'argent, tu me jures...

— Je te jure.

L'enfant a pris sa douche. Elle se rhabille. Elle dit qu'elle va rentrer à la pension.

— Pourquoi?

— Je veux être toute seule.

— Non. Tu restes avec moi. On va aller dans les bars au bord des arroyos, on boira du choum, on mangera des nem-nuongs. C'est là les meilleurs, les femmes elles les font elles-mêmes et le choum il vient de la campagne.

— Après je pourrais rentrer à la pension?

— Non.

Elle rit. Elle dit:

— Je rentrerai quand même. Après.

Il rit avec elle. Les petits bars au bord des arroyos, le choum et les nems de la campagne, personne ne peut y résister. Le port non plus, la nuit.

Ils vont encore vers les Messageries du port d'embarquement maritime.

Il l'a prise contre lui sur la banquette. Il essaye de l'embrasser. Elle résiste, puis elle se laisse embrasser.

Il est dans l'amour de l'enfant maigre, sans presque de seins, imprévisible, cruelle.

Ils s'arrêtent devant un paquebot en instance de départ.

Il y a un dancing ouvert sur la plate-forme avant de ce bateau.

Des femmes blanches dansent avec les officiers. Elles ne sont pas fardées. Des femmes de peine, on dirait, sages.

Les danseurs ne parlent pas entre eux – comme si un règlement l'interdisait. Les femmes surtout sont sérieuses, elles sont des professionnelles de la danse, elles sourient comme les religieuses, dans un contentement général, de principe. Elles sont en robes claires, discrètement à fleurs. L'enfant regarde ces choses dans une sorte de fascination. Quand ils atteignent ce côté-là du port, elle se détache du Chinois et regarde le bal exsangue du pont.

Le Chinois résiste à ce détour de leur promenade. Mais il finit toujours par aller où veut aller l'enfant.

L'enfant avait ignoré longtemps le pourquoi de cette fascination, autant que le Chinois l'avait ignorée. Et puis un jour elle s'en était souvenue : elle avait retrouvé l'image intacte du bal exsangue et sans paroles des couples du pont comme déjà intégrée dans un livre qu'elle n'avait pas encore abordé mais qui avait dû être en instance de l'être chaque matin, chaque jour de sa vie et ça pendant des années et des années et qui réclamait d'être écrit – jusqu'à ce moment-là de la mémoire claire une fois atteinte dans la forêt de l'écrit à venir*.

Ils traversent toute l'étendue de la ville insomniaque, accablée par la chaleur de la nuit. Il n'y a aucun vent.

Elle dort. Le Chinois écoute le chauffeur chanter un chant de la Mandchourie, sauvage et doux, hurlant et murmuré.

Il la porte sur le lit.

Il éteint la lumière.

Il fume l'opium dans la pénombre de la chambre.

De la musique arrive comme chaque nuit, des chants chinois, loin. Et puis ensuite tard dans la nuit, très bas, arrivent les trains du Duke

* *Il s'agit de* Emily L.

Ellington qui traversent la rue, les portes des chambres. Et puis ensuite encore plus tard et plus bas et plus seule, cette Valse désespérée du commencement de l'histoire d'amour.

L'Éden-Cinéma de Saigon.
Le chauffeur devant le lycée.
Il attend jusqu'à la fermeture des portes.
L'enfant ne vient pas.
Il s'en va. Il descend la rue Catinat.
Il voit l'enfant avec un jeune Blanc qui doit être son frère et un jeune indigène très beau, habillé comme le frère. Ils sortent tous les trois de l'Éden-Cinéma.
Le chauffeur repart à Cholen prévenir son maître.
Le Chinois attend dans la garçonnière.
Le chauffeur raconte l'Éden-Cinéma.
Le Chinois lui dit que l'enfant va souvent au cinéma, qu'elle le lui avait dit, que les deux jeunes gens qui sont avec elle, c'est Thanh, le chauffeur de sa mère, et son jeune frère, Paulo.

Ils vont les rejoindre.

L'enfant sort du cinéma avec Thanh et son petit frère. Elle va droit à l'auto noire, elle est très naturelle. Elle sourit au Chinois, elle dit :
— Ma famille est arrivée de Vinh Long... on est allés au cinéma avec Thanh et Paulo. Je leur ai dit que tu les invitais au restaurant de Cholen.
Elle rit. Lui se met à rire à son tour. La peur disparaît. Le petit frère et Thanh disent bonjour au Chinois. Le petit frère ne semble pas reconnaître le Chinois, mais il dit aussi bonjour. Il le regarde ce Chinois comme un enfant le ferait, il ne comprend pas pourquoi le Chinois le regarde tant. Il a oublié l'avoir déjà vu dans les rues de Sadec. Thanh, lui, l'a reconnu.
L'enfant dit qu'elle croit ne pas avoir aimé le film, *L'Ange bleu*, mais que ce n'est pas sûr, qu'elle ne sait pas encore bien.

Elle dit aussi que la mère et le frère aîné arrivent dans la B 12*.

Le frère aîné ne dit pas bonjour au Chinois. La mère, si, elle lui sourit, bonjour Monsieur. Comment ça va...?

Le Chinois est ému de revoir cette femme à côté de son enfant.

Le petit frère, le frère aîné et la mère montent dans la B 12.

Le Chinois dit en souriant :

— Quand ils sont là tu ne m'aimes pas.

Elle prend sa main, l'embrasse. Elle dit :

— Je ne peux pas savoir. J'ai voulu que tu les voies une fois dans ta vie. C'est vrai, peut-être, que leur présence m'empêche de te voir toi.

Le restaurant chinois.

Ce restaurant est celui où sont allés l'enfant et le Chinois le premier soir de leur histoire. C'est l'endroit sans musique. Le bruit de la salle centrale n'est pas assourdissant.

Le serveur arrive, il demande s'ils désirent un apéritif.

La commande est passée. Trois martell-perrier et une bouteille d'alcool de riz.

Ils n'ont rien à se dire. Personne ne parle. C'est le silence. Personne ne s'en étonne, n'en est gêné.

Les consommations arrivent. C'est le silence général. Personne n'y prend garde ni eux ni l'enfant. C'est comme ça.

Il y a tout à coup, au contraire, comme une aise de vivre, à jouer à ça : vivre.

Le frère aîné commande un deuxième martell-perrier. La mère ne touche pas au sien, elle le donne à son fils aîné. Personne ne s'étonne du manège maternel.

Commande générale des plats. Canard laqué. Soupes chinoises aux ailerons de requin, crêpes à la pâte de crevettes. Les seuls critères de la famille sont les plats « recommandés par la maison ». Les plus chers bien entendu.

---

* La B 12 n'est pas la « ruine » du Barrage contre le Pacifique. Ici, elle est esquintée, certes, mais elle ne pétarade pas, elle n'enfume pas les rues des postes de brousse, elle n'est pas un objet de curiosité.

La mère lit le menu, elle crie tout bas : «Oh là là, qu'est-ce que c'est cher.» Personne ne répond.

Et puis la mère, polie, conventionnelle, fait une tentative pour parler avec le Chinois :

— Il paraît que vous avez fait des études à Paris, Monsieur.

La mère et le Chinois se sourient, moqueurs. On pourrait croire qu'ils se connaissent bien. Le Chinois prend le ton de la mère pour répondre :

— C'est-à-dire... pour ainsi dire pas, Madame...

— Comme nous alors, dit le frère aîné.

Silence.

Le frère aîné rit. Paulo et Thanh rient aussi.

Le Chinois, au frère aîné :

— Vous ne faites rien vous non plus ?

— Si : le malheur de ma famille, c'est déjà pas mal.

Le Chinois rit naturellement. Tout le monde rit, la mère aussi, heureuse d'avoir un fils si «spirituel». Et Paulo et Thanh aussi.

Le Chinois demande :

— C'est difficile... ?

— C'est pas donné à tout le monde, disons...

Le Chinois insiste :

— Qu'est-ce qu'il faut d'abord pour ça ?

— La méchanceté. Mais très pure, voyez... un vrai diamant...

Personne ne rit, sauf le Chinois et la mère.

L'enfant, elle, regarde ceux-là, sa mère et son amant, les nouveaux venus de son histoire à elle, l'enfant.

Le frère aîné dit tout haut à la mère :

— Il n'est pas mal le type, il se défend.

Les plats arrivent, chacun se sert. Le Chinois propose à la mère de la servir.

Ils mangent tous en silence. Ils mangent «exagérément». Ils mangent «pareil» tous les quatre, même l'enfant.

Le Chinois voit le regard de l'enfant sur eux, ceux de cette famille, regard d'amour et de joie sur eux enfin au-dehors, au-dehors de la maison de Sadec, du poste, enfin lâchés dans les rues, exposés à tous les regards, en train de se régaler avec les letchis au sirop.

La mère sourit à la vie. Elle parle. Elle dit :

— Ça fait plaisir de les voir manger.

La mère parle «pour parler». Pour rien dire. Heureuse. Elle dit n'importe quoi. Elles sont bavardes toutes les deux de la même façon, à l'in-

fini. Infiniment bavardes elles sont. Extasié, le Chinois la regarde, elle, et l'enfant, elle et la ressemblance avec l'enfant. La mère dit :
— C'est un bon restaurant, ce restaurant. On devrait prendre l'adresse. Personne ne rit. Ni le Chinois. Ni Thanh. Ni le frère aîné.
Le Chinois prend un stylo, écrit l'adresse sur un menu qu'il donne à la mère. La mère dit :
— Merci Monsieur. Je trouve que c'est un restaurant très bon, vous voyez, aussi bon que ceux de la brousse qui passent pour être les meilleurs de l'Indochine parce qu'ils ne sont pas du tout «malhonnêtes» à la française.
Tous, ils dévorent. Le Chinois qui ne mangeait pas se met à dévorer lui aussi. Il a commandé lui aussi des crevettes grillées et il les dévore. Du coup les autres commandent encore des crevettes grillées et ils les dévorent de même. À la fin personne ne fait plus d'effort pour parler. Ils regardent avec passion se faire le service, ça les intéresse. Ils attendent tout le temps «la suite». L'alcool de riz aidant, ils sont contents. Ils boivent. La mère aussi, elle dit qu'elle adore ça, le choum-choum. Elle a vingt ans. Quand les desserts arrivent la mère s'est assoupie. Les enfants mangent les desserts, encore exagérément. Le frère aîné boit cette fois un whisky, les autres non. Le Chinois boit plus que le petit frère. La jeune fille boit dans le verre du Chinois. La mère ne sait plus très bien ce qu'elle boit, elle rit toute seule, heureuse ce soir-là comme les autres gens.
Au centre du monde le Chinois qui regarde l'enfant en allée dans un bonheur que lui, il ne lui a pas donné, lui, son amant.
Tout à coup le frère aîné se lève. Il a la voix d'un patron. Il s'adresse à tous. Il dit :
— Alors, c'est pas le tout... Qu'est-ce qui se passe maintenant ?
La mère se réveille en sursaut. Ce qui fait rire une dernière fois toute la tablée, même Thanh. Elle demande ce qui se passe...
Le frère aîné dit en riant qu'ils vont tous à La Cascade.
Allez vite...
La mère dit en riant de même que son fils :
— C'est la fête... alors... tant qu'on y est... c'est vrai... à nous la belle vie...
L'enfant, le Chinois et Thanh et Paulo et tout le monde est content. Ils iront tous à La Cascade.
Le Chinois, discrètement, dans un chinois «très pur» a demandé l'addition. On la lui porte dans une soucoupe. Le Chinois prend des billets

de dix piastres et en pose huit dans la soucoupe. Le silence se fait autour de la somme. La mère et le frère aîné se regardent. Tous calculent mentalement la somme qu'a dû payer le Chinois, déduction faite des piastres qui restent dans la soucoupe. L'enfant sait ce qui se passe et elle commence à rire de nouveau. La mère est au bord du fou rire devant l'énormité de la somme. Elle crie à voix basse : «Soixante-dix-sept piastres», et le rire l'étouffe, «oh là là» et lui donne le fou rire inextinguible des enfants.

Ils sortent du restaurant. Ils marchent vers les voitures.

L'enfant et le Chinois rient.

Le Chinois dit à l'enfant :

— Ce sont des enfants... même le frère aîné.

— Ce sont les enfants les plus importants de ma vie. Les plus drôles aussi pour moi. Les plus fous. Les plus terribles. Mais, de même, ceux qui me font le plus rire. Mon frère aîné quelquefois j'oublie, je ne peux pas tout à fait croire à ce qu'il est, sauf quand j'ai peur qu'il tue Paulo. Quand il est à la fumerie toute la nuit, à moi, ça m'est égal qu'il meure, ça m'est égal même si un jour il en meurt.

L'enfant demande si dans les familles, quand il n'y a pas le père, les choses sont différentes.

Le Chinois dit que c'est pareil. Il dit :

— Dans les familles avec un père aussi, même quand le père est le plus puissant, le plus terrible, il est embarqué pareil dans les méchancetés et les moqueries de ses enfants.

L'enfant tout à coup se retient de pleurer. Elle dit qu'elle avait oublié que c'était la dernière fois, peut-être de toute sa vie, que Pierre venait à Saigon. C'est le Chinois qui lui dit la date du départ du frère, l'heure, le numéro de quai.

L'enfant dit que la brutalité du frère aîné envers Paulo était de plus en plus fréquente et cela sans prétexte aucun – il le disait : dès que je le vois j'ai envie de tuer. Qu'il ne pouvait plus se retenir de le frapper, de l'insulter. Thanh l'avait dit à la mère, que s'il ne partait pas en France, le petit frère serait mort de désespoir ou il serait tué par lui, Pierre, son frère. Même lui, Thanh, il avait peur, et pour la mère aussi. Pour la petite sœur demande le Chinois. Elle dit : moi, non.

Une fois le Chinois avait demandé à Thanh ce qu'il en pensait, Thanh avait dit : Non, elle non, elle risque rien.

L'enfant s'approche du Chinois. Pour le dire elle se cache le visage avec sa main :

— Ce qui nous fait l'aimer quand même, c'est ça... C'est qu'il ne sait pas qu'il est un criminel-né. Qu'il ne le saura jamais, même si une fois il tuait Paulo.

Ils parlent de Paulo. Il le trouve très beau, Thanh aussi, il dit qu'on dirait des frères, Thanh et Paulo.

Elle n'écoute pas. Elle dit:

— Après La Cascade on ira chercher l'argent. Je rentrerai avec eux à l'hôtel Charner. Toujours quand ma mère vient à Saigon, je vais dormir là, avec elle, comme quand j'étais petite, on parle ensemble...

— De quoi?

— De la vie – elle sourit – de sa mort – elle sourit – comme toi en Mandchourie avec ta mère après la jeune fille de Canton.

— Elle doit en savoir des choses, ta mère.

Non, elle dit l'enfant, non, c'est le contraire, à force, elle sait plus rien. Elle sait tout. Et rien. C'est entre les deux qu'elle sait encore des choses, on ne sait pas quoi, ni elle ni nous, ses enfants. Dans le Nord de la France peut-être elle connaît encore les noms des villages comme Fruges, Bonnières, Doullens et aussi des villes, Dunkerque, celle de son premier poste d'institutrice et premier mariage avec un inspecteur de l'Enseignement primaire.

La Cascade se trouve au-dessus d'une petite rivière alimentée par des sources – dans un parc sauvage des environs de Saigon. Ils sont tous sur la plate-forme du dancing au-dessus des sources, dans leur fraîcheur. Il n'y a personne encore sauf deux métisses derrière le bar, des entraîneuses qui attendent les clients. Dès que des clients entrent, elles mettent les disques. Un jeune garçon vietnamien vient prendre la commande. Tout le personnel est habillé de blanc.

Le Chinois et la jeune fille dansent ensemble.

Le frère aîné les regarde. Il ricane, se moque.

La malédiction revient. Elle est là, dans son rire obscène, forcé.

Le Chinois demande à l'enfant:

— Qu'est-ce qui le fait rire?

— Que je danse avec toi.

L'enfant et le Chinois commencent à rire à leur tour. Et puis tout change.

Le rire du frère aîné devient un rire faux, cinglant. Il dit, il crie :

— Excusez-moi, c'est nerveux. Je ne peux pas m'empêcher... vous êtes tellement... mal assortis... je ne peux pas m'empêcher de rigoler.

Le Chinois lâche l'enfant. Il traverse la piste de danse. Il s'avance vers le frère aîné attablé à côté de la mère. Il s'approche très près de lui. Il le regarde trait après trait comme s'il était passionnément intéressé.

Le frère aîné prend peur.

Alors le Chinois dit très calmement, doucement, en souriant :

— Excusez-moi, je vous connais mal, mais vous m'intriguez... Pourquoi vous vous forcez à rire... Qu'est-ce que vous espérez...

Le frère aîné a peur :

— Je cherche rien mais... pour la bagarre... je suis toujours partant...

Le Chinois rit de bon cœur :

— ... J'ai fait du kung-fu. Je préviens toujours avant.

La mère elle aussi prend peur. Elle crie :

— Ne faites pas attention Monsieur, il est soûl...

Le frère aîné a de plus en plus peur.

— J'ai pas le droit de rire ou quoi ?

Le Chinois rit :

— Non.

— Qu'est-ce qu'il a ce rire pour vous déplaire, dites-le...

Le Chinois cherche le mot. Il ne le trouve pas, ce mot.

Il dit ça que ce mot n'existe peut-être pas. Puis il le trouve :

— Faux, il est faux. C'est ça le mot : faux. Vous êtes seul à croire que vous riez. Mais non.

Le petit frère se lève, il va au bar, il invite une métisse à danser. Il n'écoute pas le Chinois qui parle avec Pierre.

Le frère aîné reste debout près de sa chaise sans s'approcher du Chinois. Il se rassied et il dit tout bas :

— Pour qui il se prend ce type...

Le Chinois continue à danser avec l'enfant.

Ils dansent.

La danse se termine.

Le fils aîné va au bar. Il commande un martell-perrier.

Le frère aîné s'assied loin du Chinois. Le Chinois s'assied près de la mère qui a encore peur. Elle lui demande, tremblante :
— C'est vrai que vous avez fait de la lutte chinoise, Monsieur.
Le Chinois rit. Il dit :
— Oh non... Pas du tout... jamais Madame, jamais. Vous ne pouvez pas imaginer à quel point je n'ai pas fait ça... c'est le contraire, Madame...
La mère sourit et dit :
— Merci Monsieur, merci...
Elle ajoute :
— C'est vrai que tous les gens riches en font en Chine ?
Le Chinois ne sait pas. Il n'écoute plus la mère. Il regarde le fils aîné, fasciné. Il dit :
— C'est curieux comme votre fils donne envie de le frapper... excusez-moi...
La mère s'approche du Chinois, dit tout bas qu'elle le sait, que c'est un vrai malheur. Elle ajoute :
— Ma fille a dû vous le dire... Excusez-le, Monsieur, excusez-moi surtout, j'ai mal élevé mes enfants, c'est moi la plus punie.
La mère. Elle le regarde vers le bar, elle dit qu'elle va le ramener à l'hôtel, qu'il est ivre.
Le Chinois sourit. Il dit :
— C'est moi qui m'excuse, Madame... je n'aurais pas dû lui répondre... mais ça m'a été difficile tout à coup. Ne partez pas pour ça...
— Merci Monsieur. Ce que vous dites, je le sais, c'est un enfant qui appelle les coups.
— Méchant peut-être, non ?
La mère hésite. Et puis elle dit :
— Peut-être, oui... mais surtout cruel, vous voyez... surtout ça, cette chose-là, si terrible... la cruauté, ce plaisir qu'il prend à faire mal, c'est tellement mystérieux, et aussi comment il sait le faire, l'intelligence qu'il a de ça : le mal.
La mère devient pensive. Elle dit :
— En français on appelle ça l'intelligence du diable.
Le Chinois dit :
— En Chine on dit : intelligence des démons, des mauvais génies.
— Tout ça c'est bien pareil, Monsieur.
— Je suis d'accord, Madame.
Alors le Chinois regarde longuement la mère et elle prend peur. Elle demande ce qu'il y a. Le Chinois dit :

— Je voudrais que vous me disiez la vérité, Madame, sur votre petite fille… Est-ce que votre fils l'a frappée quelquefois… ?

La mère gémit tout bas, effrayée. Mais le fils aîné n'a pas entendu. La mère hésite, elle regarde longuement le Chinois. Elle répond :

— Non, c'est moi, Monsieur, parce que lui, j'avais peur qu'il la tue.

Le Chinois sourit à la mère.

— Sur ses ordres à lui, votre fils aîné ?

— … Si vous voulez… mais ce n'est pas si simple… pour l'amour de lui, pour lui plaire… pour de temps en temps ne pas lui donner tort… vous voyez…

La mère pleure. Au loin le fils s'est aperçu de quelque chose. Il avance vers eux. Il s'arrête quand le Chinois se met à le regarder. La mère n'y prend pas garde. Elle demande tout bas au Chinois si «la petite» lui a parlé de ça…

Le Chinois dit que non, jamais, qu'il l'a deviné là ce soir, qu'il s'en doutait déjà à cause d'une sorte de peur enfantine qui ne quittait jamais l'enfant – une sorte de crainte constante, de méfiance… de tout, des orages, du noir, des mendiants, de la mer… des Chinois – il sourit à la mère – de moi, de tout.

La mère pleure tout bas. Le Chinois s'est mis à regarder le fils avec une évidente objectivité, il regarde la beauté du visage, le soin de la toilette, l'élégance. Tout en ne le lâchant pas du regard il demande à la mère quel mot employait le fils. Elle dit que c'était le mot «dresser» comme dressage mais surtout le mot «perdue», que si ils ne faisaient rien, elle et lui, la petite serait perdue… qu'il en était sûr, qu'elle serait «allée» avec tous les hommes…

— Vous l'avez cru, Madame… ?

— Je le crois encore, Monsieur.

Elle le regarde.

— Et vous Monsieur… ?

— Madame, je le crois depuis le premier jour. Dès que je l'ai vue sur le bac et que je me suis mis à l'aimer.

Ils se sourient dans les larmes. Le Chinois dit :

— Même perdue je l'aurais aimée toute la vie.

Il demande aussi :

— Ça a duré jusqu'à quand les coups…

— Jusqu'au jour où Paulo nous a vus tous les trois mon fils et moi enfermés avec la petite dans la chambre. Il ne l'a pas supporté. Il s'est jeté sur lui.

La mère ajoute :

— Ça a été la plus grande peur de ma vie.

Le Chinois demande tout bas dans un souffle :

— Vous aviez peur pour lequel de vos fils, Madame ?

La mère regarde le Chinois, elle se lève pour partir puis elle se rassied.

Le Chinois dit :

— Je vous demande pardon.

La mère se reprend, elle dit :

— Vous devriez le savoir Monsieur, même l'amour d'un chien, c'est sacré. Et on a ce droit-là – aussi sacré que celui de vivre – de n'avoir à en rendre compte à personne.

Le Chinois baisse les yeux et il pleure. Il dit qu'il n'oubliera jamais : «même un chien»...

L'enfant danse avec Thanh. Elle lui parle tout bas :

— Tout à l'heure je vais te donner cinq cents piastres pour la mère. Tu les donneras pas à la mère. D'abord, tu les cacheras et attention à Pierre quand tu le feras.

Thanh dit qu'il sait où et comment.

— Même s'il me tue, je dirai pas pour les cinq cents piastres. Depuis qu'il fume tout le temps, moi, je suis plus fort que lui.

Tout en dansant Thanh respire les cheveux de l'enfant, il l'embrasse comme quand ils sont seuls. Personne n'y prend garde, ni la famille ni le Chinois. Le Chinois regarde l'enfant danser avec Thanh, toute jalousie bannie. Il est revenu dans le lieu illimité de la séparation d'avec l'enfant, perdu, inconsolable. La mère voit sa douleur. Elle lui dit, adorable.

— Ma fille vous fait beaucoup souffrir, Monsieur.

Le fils aîné est resté là où il était, sur le côté de la piste. Il voit que le danger s'éloigne, que le Chinois se distrait et il dit, à voix haute :

— Sale Chinetoque.

Le Chinois sourit à la mère.

— Oui, Madame, elle me fait souffrir au-delà de mes forces.

La mère, ivre, adorable, pleure pour le Chinois.

— Ça doit être terrible, Monsieur, je vous crois... mais que vous êtes aimable de me parler à moi, de mon enfant, avec cette sincérité... on parlerait des nuits entières, vous et moi, vous ne trouvez pas...

— Oui, Madame, c'est vrai. On parlerait d'elle et de vous. (Temps.) Votre fils disait donc que c'était pour son bien qu'il la battait, et il le croyait d'après vous?

— Oui, Monsieur. Je sais que c'est étrange mais c'est vrai. Et ça je peux le jurer.

Le Chinois prend la main de la mère, il l'embrasse. Il dit:

— C'est possible qu'il ait vu lui aussi qu'elle courait un danger...

La mère est émerveillée et elle pleure. Elle dit:

— La vie est terrible, Monsieur, si vous saviez...

L'enfant et Thanh se sont arrêtés de danser. L'enfant dit:

— Dans l'enveloppe il y a un deuxième paquet à part de deux cents piastres qui est pour toi.

Thanh est étonné:

— De lui?...

— De lui, oui. Ne cherche pas à comprendre.

Thanh se tait. Et puis il dit:

— Je garderai. Pour moi plus tard – repartir au Siam.

Le Chinois est allé s'asseoir à une table. Sans doute pour être seul. Il est seul dans la ville, dans la vie aussi bien. Avec, au cœur, l'amour de cette enfant qui va partir, s'éloigner à jamais de lui, de son corps. Un deuil terrible habite le Chinois. Et l'enfant blanche le sait.

Elle le regarde et, pour la première fois, elle découvre que la solitude a toujours été là, entre elle et lui, qu'elle, cette solitude-là, chinoise, elle la gardait, elle était comme son pays autour de lui. De même qu'elle était le lieu de leurs corps, de leur amour.

Déjà l'enfant pressentait que cette histoire était peut-être celle d'un amour.

Le petit frère va danser avec la jeune métisse du bar. Thanh aussi regarde Paulo danser avec une grâce miraculeuse. Paulo n'a jamais appris à danser. L'enfant le dit à Thanh qui ne le savait pas encore.

Seuls la mère et le frère aîné sont à l'écart dans l'ensemble de la scène.

Chacun seul regarde danser Paulo*.

Le petit frère revient de danser. Il invite sa sœur. Ils ont toujours dansé ensemble, c'est merveilleux à voir : le petit frère danse comme en dormant, sans même savoir qu'il danse, dirait-on. Il ne regarde pas sa sœur et sa sœur ne le regarde pas non plus. Ils dansent ensemble sans savoir comment on danse. Ils ne danseront jamais plus de cette façon-là dans leur vie. Des princes quand ils dansent ces deux-là, dit la mère. Parfois ils rient d'un rire à eux, malicieux, inimitable, personne ne peut savoir pourquoi. Ils ne disent pas un mot, de seulement se regarder les fait rire. Et autour d'eux on les regarde dans la joie. Eux, ils ne savent pas.

Le Chinois pleure à les voir. Il dit tout bas le mot : adoration.

La mère a entendu. Elle dit que oui, que c'est ça... que c'est le mot entre ces deux enfants-là.

On entend la voix du frère aîné. Il s'adresse à la mère.

— Paulo devrait éviter de se montrer comme ça en public, il danse comme un pied... Il faut arrêter ça... qu'il en prenne son parti...

Personne n'a l'air d'avoir entendu, sauf, mais ce n'est pas sûr, elle, l'enfant.

Le petit frère et sa sœur ont fini de danser. Elle va retrouver le Chinois seul à sa table. Elle veut danser avec lui. Ils dansent.

Elle dit :

— J'ai eu peur tout à l'heure.

— Que je le tue ?

— Oui.

L'enfant recommence à sourire au Chinois. Elle dit :

— C'est impossible que tu comprennes.

— Je comprends un peu.

— Peut-être que tu as raison, que je ne t'aimerai jamais. Je le dis pour maintenant. Je ne dis rien d'autre. Pour maintenant, pour ce soir, je ne t'aime pas, et je ne t'aimerai jamais.

Le Chinois ne répond rien.

En cas de film tout se passerait ainsi par le regard. L'enchaînement ce serait le regard. Ceux qui regardent sont regardés à leur tour par d'autres. La caméra annule la réciprocité : elle ne filme que les gens, c'est-à-dire la solitude de chacun (ici, on danse chacun à son tour). Les plans d'ensemble, ici, ce n'est pas la peine parce que l'ensemble, ici, n'existe pas. C'est des gens seuls, des « solitudes » de hasard. La passion est l'enchaînement du film.

L'enfant dit encore :

— J'aurais préféré que tu ne m'aimes pas. Que tu fasses comme d'habitude avec les autres femmes, pareil. C'était ça que je voulais. C'était pas la peine de m'aimer en plus.

Silence.

— On va tous partir, même Paulo. Sauf Thanh. Tu seras seul avec ta femme dans la maison bleue.

Il dit qu'il le sait aussi fort qu'il est possible de savoir.

Ils continuent de danser.

Le moment est recouvert.

Ils s'arrêtent de danser.

— Je voudrais que tu danses avec une des filles du dancing. Pour moi te voir une fois, avec une autre.

Le Chinois hésite. Puis il va inviter la plus belle des entraîneuses, celle qui a dansé avec Paulo.

C'est un tango.

L'enfant est adossée à la balustrade du dancing, face à eux : lui, cet homme du bac en tussor clair, cette élégance souple, estivale, ici de trop, déplacée. Humiliée.

Elle regarde.

Il est perdu dans la douleur. Celle de savoir qu'il n'a pas assez de force pour la voler à la loi. De savoir que rien n'y fera il le sait aussi, comme il a aussi ce savoir-là de lui-même que jamais il ne tuera le père, que jamais il ne le volera, que jamais il n'emportera l'enfant dans des bateaux, des trains pour se cacher avec elle, loin, très loin. Tout autant qu'il connaît la loi, il se connaît face à cette loi.

Le Chinois revient de danser.

L'enfant parle de l'argent, de l'horreur de ça sans quoi rien ne peut se faire, ni rester ni partir. Elle dit :

— Ce qu'il y a c'est les dettes. C'est vrai que toi, ça, tu peux pas savoir... ça rend fou. Les salaires de ma mère, ils servent à ça avant tout, à payer les intérêts des dettes. C'est ça la plus grosse dépense. Celle pour payer des rizières mortes, incultivables, volées, qu'on peut même pas donner en cadeau à des pauvres.

Le Chinois dit :

— Je veux te parler de ton frère Pierre. La semaine dernière, je l'ai vu devant la fumerie du fleuve. Il m'a demandé cent piastres. Je lui ai donné. Je crois qu'il va continuer à se droguer jusqu'à la mort et aussi qu'il fera des choses terribles. Il fera tout, le pire il le fera.

Le Chinois dit encore :

— Le pire ça sera en France quand il sera sans l'opium. Alors il prendra la cocaïne et alors il sera très dangereux. Il faut vraiment que ta mère enlève Paulo de devant lui et très vite... Toi aussi, il peut te prostituer et il le ferait sans hésiter pour acheter la drogue. Toi, il a encore peur de toi... mais pas pour longtemps. Pour moi c'est comme si vous viviez avec un assassin.

L'enfant raconte :

— Il a déjà essayé de me prostituer. C'était un médecin de Saigon qui était de passage à Sadec. Thanh l'a appris par le médecin lui-même... Thanh voulait le tuer.

L'enfant s'arrête de danser. Elle demande au Chinois :

— De lui donner cent piastres tu l'aurais fait pour n'importe qui...

— Oui.

L'enfant rit. Elle dit :

— Pourquoi ?

— Je ne sais pas bien. Peut-être pour qu'il soit plus supportable pour ta mère. Mais non. C'est parce que j'aime l'opium. C'est ça, rien d'autre. Je le comprends.

— On a tous pensé à le tuer, même ma mère. Cent piastres c'est le prix que je valais pour lui. C'était aussi le prix qu'il avait demandé au médecin de passage...

Silence. Il sourit. Il demande :

— Il te plaisait pas ?...

— Non. Avant toi c'était Thanh qui me plaisait.

Le Chinois le savait.

Il dit qu'il s'en va, qu'il va jouer aux cartes à Cholen. Que le chauffeur reviendra à La Cascade pour la chercher et aller à la garçonnière prendre l'argent. Elle dit :

— Je vais donner ce soir l'argent à Thanh. Il le donnera à ma mère à Sadec.

Fin de la danse. Le Chinois va saluer la mère. Il oublie de payer, puis s'en souvient : il va déposer cent piastres dans la soucoupe posée à cet effet sur la table qui était la leur. Le serveur prend l'argent, va faire la monnaie, revient, pose la monnaie dans la soucoupe. Le Chinois est parti, il a oublié la monnaie.

Alors, lentement le frère aîné se lève et va au bar. Puis il revient vers la soucoupe, laisse traîner sa main sur la table.

Seuls l'enfant et Thanh ont vu quand le frère aîné a pris l'argent. Ils rient. Ils n'en parlent pas. Ils rient. Quelquefois l'enfant et Thanh rient de voir le frère aîné voler de l'argent. Ça y est : il l'a mis dans sa poche.

Ce soir-là il était effrayé à cause du serveur qui était allé à la table pour ramasser le pourboire et qui criait contre les clients qui *oubliaient le service*. Dès que le frère aîné l'avait vu, il était sorti attendre les autres dans la B 12, en déclarant que lui, il s'en allait. L'enfant avait oublié : le frère aîné est peureux. Elle a peur encore. Thanh a peur aussi pour le frère aîné.

Le jeune frère continue à danser comme si de rien n'était, il n'a pas vu la scène.

Le frère aîné revient et crie : Allez, allez, partons de cette boîte lamentable. Il s'affole, ordonne au petit frère de sortir immédiatement. L'enfant s'interpose entre les deux frères. Elle dit qu'il attendra que la danse soit terminée.

Le frère aîné attend.

La mère est ivre. Elle rit de tout, du vol de l'argent par son fils, de la peur de son fils, de son affolement comme s'il s'agissait là d'une comédie très comique, très vivante, sportive, qu'elle connaît par cœur et qui la réjouit toujours – comme le ferait l'inconséquence d'un enfant.

Le frère aîné s'en va de nouveau dans la cour de La Cascade.

Quelqu'un de La Cascade vient prévenir : le dancing va fermer. La musique cesse. Le bar ferme.

L'enfant dit à Thanh :

— Nous sommes vraiment une famille de voyous.

Thanh dit que ça ne fait rien, il rit.

L'enfant dit à Thanh qu'elle va chercher l'argent avec lui dans la garçonnière, qu'il la retrouvera dans la rue Lyautey vers les fossés de la prostitution d'Alice. Il voit où c'est. Il se souvient de l'histoire que lui a racontée l'enfant, celle d'Alice et des inconnus en auto qui s'arrêtaient là où elle dit.

L'enfant parlait de tout avec Thanh, sauf de son histoire avec le Chinois de Sadec. Et elle, de Thanh, elle ne parlait seulement qu'avec ce Chinois-là de Sadec.

Tout le monde est sorti du dancing.

La limousine est allumée à l'intérieur, comme une prison.

Elle est vide. Le chauffeur attend l'enfant.

Le frère aîné s'est endormi dans la B 12.

La famille entière regarde et ne comprend pas où est passé le Chinois.

Sauf Thanh et l'enfant qui ont le fou rire.

La mère et son fils aîné montent à l'arrière de la B 12.

Le petit frère s'assied près de Thanh, comme toujours.

La portière de la Léon Bollée est ouverte par le chauffeur.

L'enfant monte à l'arrière.

La famille regarde, ahurie. Elle attend encore le Chinois, puis renonce à comprendre quand elle voit la petite sœur filer toute seule dans la Léon Bollée.

Elle rit. Le chauffeur aussi.

Le chauffeur dit en français :

— Mon maître a dit : on va à Cholen.

Le chauffeur s'arrête devant la garçonnière. Il va ouvrir la porte. La jeune fille descend, entre doucement dans la garçonnière. Elle fait comme si quelqu'un dormait, elle referme la porte pareil. Elle regarde : il n'y a personne. C'est la première fois. Elle prend son temps.

Une enveloppe de grand format est sur la table, entrouverte.

Elle ne la prend pas tout de suite. Elle s'assied dans le fauteuil près de la table. Elle reste ainsi, enfermée avec l'argent.

Dehors le chauffeur a éteint le moteur de la Léon Bollée.

Le silence est presque total, sauf les chiens qui toujours crient au loin, vers les racs. Dans la grande enveloppe, il y en a deux autres, celle pour la mère et celle pour Thanh. Les liasses portent encore les agrafes de la banque. L'enfant ne les sort pas des enveloppes, elle les repousse au contraire dans le fond de la grande enveloppe jaune qui contient le tout. Elle reste encore là. Sur le fauteuil il y a le peignoir noir de l'amant, funèbre, effrayant. Le lieu est pour toujours déjà quitté. Elle pleure. Toujours assise. Elle est seule avec l'argent, elle est émue par elle-même devant l'argent qu'elle a réussi à prendre au-dehors. Avec la mère elles ont fait ça : elles ont pris l'argent. Doucement, tout bas, elle pleure. D'intelligence. D'indicible tristesse. Pas de douleur, non rien de ça. Elle prend son cartable. Elle met l'enveloppe dans le cartable. Elle se lève.

Elle éteint la lumière. Elle sort.

On reste là où elle était.

Ça s'éteint dans la garçonnière.

On entend la clé dans la serrure. Puis le moteur de la Léon Bollée. Puis son éloignement, sa dilution dans la ville.

La pension Lyautey.

La cour est vide.

Comme chaque soir, vers les réfectoires, les jeunes boys chantent et jouent aux cartes.

L'enfant enlève ses souliers, elle monte au dortoir. Les fenêtres sont ouvertes du côté de la rue derrière la pension.

Quelques jeunes filles sont aux fenêtres pour regarder la prostitution d'Alice qui a lieu dans le fossé de cette rue-là, non éclairée. Avec les pensionnaires il y a aussi deux surveillantes qui regardent. C'est une des dernières rues de Saigon, celle du pensionnat des jeunes métisses abandonnées par leur père de race blanche*.

L'enfant s'approche et regarde la rue. La gesticulation d'un homme sur une femme. L'homme et les femmes sont habillés en blanc.

La prostitution a eu lieu. Alice et son amant se relèvent.

Hélène Lagonelle est parmi les jeunes filles qui regardent.

L'enfant va se coucher. Hélène Lagonelle et les autres jeunes filles vont de même se coucher.

Alice revient. Elle traverse le dortoir, elle éteint, se couche.

L'enfant se lève. Elle traverse le couloir, la cour, sort. Elle va jusqu'à la rue de son rendez-vous avec Thanh.

Elle appelle très doucement le nom chanté de Thanh.

L'enfant et Thanh.

De derrière la pension Thanh sort de l'ombre. Elle va vers lui. Ils s'enlacent. Sans un mot. Elle dit qu'elle a l'argent.

---

* Dans la grande rizière de Camau, la fin du marécage de la Cochinchine, les fonctionnaires blancs étaient alors obligatoirement tenus d'être sans leur femme à cause du paludisme et de la peste qui étaient à l'état endémique dans la plaine des Oiseaux fraîchement émergée de la mer.

Ils vont chercher la B 12 derrière la pension.

Elle va à l'arrière, s'allonge. Ils se regardent. Il sait.

Il ne dit rien, il va vers le jardin zoologique. Il n'y a personne. Il arrête la voiture près de la clôture, derrière la fauverie. Elle dit :

— Avant je venais ici toute seule le jeudi. Et puis après je suis venue avec toi.

Ils se regardent. Thanh dit :

— Tu es sa maîtresse.

— Oui... Tu espérais que non.

— Oui.

Le petit chauffeur gémit. Il parle en vietnamien. Il ne la regarde plus. Elle dit :

— Viens Thanh.

— Non.

— On veut ça depuis toujours toi et moi... viens... tu ne dois plus avoir peur... Viens avec moi, Thanh.

— Non. Je ne peux pas. Tu es ma sœur.

Il vient. Ils s'embrassent, se respirent. Pleurent. S'endorment sans s'être pris.

L'enfant se réveille. C'est encore la nuit noire. Elle appelle Thanh, elle lui dit qu'il faut aller à l'hôtel Charner avant le jour.

Elle retombe dans le sommeil.

Thanh la regarde dormir pendant un long moment et puis il va dans la direction de l'hôtel Charner.

Hôtel Charner. La chambre.

Le petit frère est là. Il dort.

Thanh dédouble le deuxième lit. Il se couche sur le sommier.

Ils parlent de la mère, tout bas. Il a parlé avec la mère de Pierre. Il raconte à l'enfant :

— La semaine dernière, Pierre il a encore volé les gens de la *Fumerie du Mékong*. Elle m'a dit que s'il ne remboursait pas il irait en prison. L'idée de la prison c'est terrible pour elle. Même s'il faut qu'il parte vite en France, elle, elle doit payer la fumerie. Ça finira avec le départ. Il faut qu'elle garde l'argent pour ça aussi – rembourser la fumerie. Je sais pas comment elle devient pas folle, la mère.

L'enfant dit :

— Elle devient folle. Tu le sais.

— Oui. Je sais.

L'enfant dit encore :

— Oui. Ne dis rien à la mère de cet argent. Elle le laisserait voler par Pierre le soir même.

— Je sais tout ça. J'irai payer moi-même la fumerie. après je remettrai le reste dans la cachette.

Silence. L'enfant regarde Thanh. Elle lui dit :

— Toute ma vie j'aurai envie de toi.

Elle donne la grande enveloppe de l'argent à Thanh qui l'enferme dans un petit foulard avec des nœuds, il la noue autour de sa taille, il serre les nœuds du foulard. Après ça, il dit :

— Il peut toujours essayer de le prendre.

L'enfant dit :

— Même à moi il ne faut pas dire où tu as caché l'argent.

Thanh dit que même à Paulo qui n'a pas la mémoire, il ne le dirait jamais.

L'enfant regarde Thanh qui s'endort.

Quand ils allaient au barrage dans la B 12, Thanh chantait pour endormir l'enfant. Et il disait : pour chasser la peur des démons, chasser la peur de la forêt, celle des tigres aussi, des pirates et de toutes les autres calamités des frontières asiatiques du Cambodge.

Thanh s'endort. L'enfant caresse le corps de Thanh. Elle pense à la forêt du Siam et elle pleure.

Alors Thanh se laisse faire par l'enfant, il chante encore pour elle – elle pleure, elle lui demande pourquoi il ne veut pas d'elle. Il rit. Il dit qu'il a en lui la peur de tuer les hommes et femmes à peau blanche, qu'il doit faire attention à lui.

C'est de nouveau Cholen.

Quelquefois le chauffeur arrive seul à la garçonnière. Et quelquefois le Chinois n'est pas encore là. Il arrive on ne sait d'où, le Chinois, comme un visiteur, pour visiter l'enfant.

La garçonnière n'est presque jamais fermée même la nuit. Le Chinois ne ferme pas. Il dit qu'ils se connaissent avec les voisins. Souvent, avant elle, ils faisaient des fêtes ensemble, avec les voisins de la rue et aussi avec ceux d'autres rues. Après, il l'avait connue et les fêtes avaient disparu. L'enfant avait demandé s'il regrettait ces fêtes-là. Il avait dit qu'il ne savait pas.

Un soir, un des derniers soirs, l'auto noire n'est pas dans la rue du lycée. Elle a très peur. Elle va à Cholen en «pousse-pousse». Il est là. Seul. Il dort. Il est dans une pose très jeune, recroquevillé dans son sommeil. Elle, elle sait qu'il ne dort pas. Elle le regarde longuement sans s'approcher. Il fait celui qui se réveille. Il lui sourit. Il la regarde longuement sans dire un mot. Et puis il tend les bras et elle vient et il la couche contre son corps. Et puis il la lâche. Il dit qu'il ne peut pas. C'est après ça que l'idée de la séparation entre dans la chambre et reste là, comme une puanteur, à fuir.

Il dit que son corps ne voulait plus de celle qui partait et qui laissait son corps à lui si seul et pour toujours. Toujours.

Il ne parlait pas de la douleur. Il la laissait faire. Il disait que son corps s'était mis à aimer cette douleur et qu'elle avait remplacé le corps de l'enfant.

C'était une chose qui était restée obscure pour elle. Il s'en expliquait mal. On aurait pu dire, oui, qu'il l'avait aimée comme un fou à en perdre la vie. Et que maintenant il n'aimait plus que le savoir stérile de cet amour, celui qui faisait souffrir.

Mais chaque soir le chauffeur attendait l'enfant dans la Léon Bollée.

Il la prend dans ses bras. Il demande s'il n'y a pas une heure à laquelle les portes de la pension ferment. Elle dit que oui – bien sûr – mais qu'on peut passer par la porte du gardien. Elle dit :

— Il nous connaît. Et s'il n'entend pas, on va derrière les cuisines, on appelle un boy et il ouvre la porte pareil.

Il sourit. Il dit :

— Ils vous connaissent tous, les boys.

— Oui. On rentre, on sort quand on veut. On est comme des frères et sœurs. Avec eux je parle l'annamite, ils font aucune différence.

La colère s'empare de l'enfant, elle apparaît tout à coup et à peine contenue. Elle dit :

— Si j'étais obligée de rentrer tous les soirs, ma mère le sait, je prendrais mon petit frère et Thanh et je me sauverais à Prey Nop. Au barrage.

Le Chinois demande où c'est exactement. Elle dit que ça ne fait rien qu'il ne sache pas. Il répète :

— Au barrage. Avec Paulo et Thanh. Elle dit que c'est comme le paradis. Elle dit oui, que c'est ça, le paradis*.

Il demande :

— Il t'arrive de ne pas rentrer du tout à la pension ?

— Non. Sauf quand ma mère vient, je te l'ai dit, je vais avec elle à l'hôtel Charner. Au cinéma c'est rare quand je suis seule. Mon petit frère vient souvent avec Thanh, on y va ensemble.

— Quelquefois tu allais seule avec Thanh au barrage ?

— Quelquefois souvent. Pour les semis ou pour payer les ouvriers, après les pluies.

Elle raconte qu'ils dormaient ensemble sur le même lit de camp, qu'elle était encore trop petite pour qu'il la prenne. Qu'ils jouaient à ça, à souffrir de ne pas pouvoir. À pleurer de ce désir-là – elle ajoute : après il a fait de la politique, et il m'a aimée.

Le Chinois n'intervient plus. Il la laisse parler. Il la regarde. Elle sait : Ce n'est pas elle qu'il regarde mais les premiers rangs de l'Éden-Cinéma où vont chaque soir les jeunes métisses échappées des dortoirs de Lyautey. Elle dit :

— Avec Hélène je vais rarement au cinéma, elle s'ennuie, elle comprend rien au cinéma. Ce qu'il y a, tu comprends, c'est que nous, on paye pas à l'Éden. Avant, quand ma mère était à Saigon en attendant sa nomination dans un poste, elle jouait du piano à l'Éden. Alors maintenant la direction nous fait entrer gratis... J'oublie, je vais aussi avec mon professeur de mathématiques au cinéma.

— Pourquoi lui ?

— Parce qu'il me le demande. C'est un jeune. Il s'ennuie à Saigon.

— Il te plaît...

---

* *Ce rêve a duré des années après le départ de l'enfant : revoir Prey Nop, la piste de Réam. La nuit. La route de Kampot aussi jusqu'à la mer. Et les bals de la cantine du port de Réam et les danses,* Nuits de Chine, Ramona, *avec les jeunes étrangers qui faisaient de la contrebande sur la côte.*

L'enfant, dubitative :

— Moyen...

— Et Thanh ?

Elle a l'air de réfléchir. Elle dit :

— Comment dire ça... il me plaît mille fois plus que le professeur de mathématiques. Beaucoup, beaucoup il me plaît. Tu le sais.

— Oui.

— Pourquoi tu me demandes alors...

— Pour souffrir de toi.

Elle est douce tout à coup. Elle dit qu'elle aime beaucoup parler de Thanh.

Il dit que lui aussi il aime Thanh beaucoup, que c'est impossible de ne pas l'aimer.

Elle dit aussi qu'un jour Thanh retournera dans son village de montagne de la Chaîne de l'Éléphant qui est vers le Siam. Il sera tout près des terres du barrage.

Ils sont vers l'arroyo des Messageries maritimes où ils vont chaque soir depuis la grande chaleur.

Le chauffeur s'arrête devant une sorte d'étal recouvert de branchages. Ils boivent le choum.

Le Chinois regarde l'enfant, il l'adore, il le lui dit :

— Je t'adore, il n'y a rien à faire – il sourit – même avec la souffrance.

Le chauffeur boit avec eux. Dans ces endroits-là ils boivent tous les trois le choum, ils rient ensemble sauf que jamais, de lui-même, le chauffeur ne parle à l'enfant.

Elle regarde le Chinois, elle veut lui dire quelque chose. Il le sait :

— Qu'est-ce qu'il y a ?

Elle dit que ce soir elle voudrait rentrer à la pension.

— Pour Hélène elle dit, sans ça elle m'attend, et si je ne viens pas, elle est triste. Et elle ne dort pas.

Le Chinois la regarde :

— Ce n'est pas vrai.

— Tu as raison, ce n'est pas vrai du tout.

Elle dit :

— Ce qui est vrai c'est que j'ai envie d'être toute seule, une fois. Pour penser à toi et moi. À ce qui est arrivé.

— Et aussi à rien.

— Oui – et aussi à rien.

— À ce que tu vas devenir, non, je suis sûr que tu penses jamais à ça, à ce que tu vas devenir.

— Jamais, c'est vrai.

Il dit qu'il le savait.

Elle sourit à son amant, elle le retrouve, elle se cache contre son corps. Elle dit :

— Avec notre histoire, je crois que ma vie a commencé. La première de ma vie.

Le Chinois caresse les cheveux de l'enfant. Il dit :

— Comment tu sais…

— À ça, que quelquefois j'ai envie de mourir, de souffrir, j'ai envie d'être toute seule – sans toi pour t'aimer et souffrir de toi et penser à des choses que je ferai.

Elle lève les yeux sur lui et elle dit :

— Comme toi tu as envie aussi d'être seul.

— Oui – il ajoute – moi c'est quand tu dors la nuit que je te quitte.

Elle rit. Elle dit :

— Moi c'est la nuit aussi mais toi je croyais que c'était quand tu parlais en chinois.

Elle détourne son visage. Elle raconte :

— Le mois dernier j'ai cru que j'attendais un enfant. J'avais un retard de mes règles de presque une semaine. D'abord j'ai eu peur, on a peur on ne sait pas bien pourquoi, et puis quand le sang est revenu… j'ai regretté…

Elle se tait. Il la prend contre lui. Elle tremble. Elle ne pleure pas. Elle a froid d'avoir dit ça.

— J'avais commencé à imaginer comment il serait. Je l'ai vu. C'était une espèce de Chinois comme toi. Tu étais là avec moi, tu jouais avec ses mains.

Il ne dit rien. Elle demande si son père aurait cédé dans le cas de cet enfant.

Le Chinois se tait.

Puis il répond. Il dit que non, que ç'aurait été dramatique mais qu'il n'aurait jamais cédé.

L'enfant le regarde pleurer. Elle pleure à son tour en se cachant de lui. Elle dit qu'ils se reverront, que ce n'est pas possible autrement… Il ne répond pas.

L'enfant traverse la grande cour de la pension Lyautey.

Dans le fond du couloir vers les cuisines, la lampe des boys est allumée.

Le boy qui chante est celui du paso doble. Ce soir il chante un air qu'elle, l'enfant, elle connaît par cœur, celui que Thanh chantait à l'aube au sortir de la forêt, avant Kampot.

L'enfant aimait ces traversées de la grande cour de la pension Lyautey, les préaux, les dortoirs, la peur aussi en pleine nuit, ça lui plaisait. Et le désir des jeunes boys pour les jeunes filles blanches qui rentraient tard la nuit, ça lui plaisait aussi de la même façon.

Dans le lit à côté du sien, Hélène Lagonelle dort.

L'enfant ne la réveille pas. Elle aussi l'enfant, dès qu'elle ferme les yeux, elle tombe de même dans le sommeil commun, vertigineux, des enfants.

La garçonnière.

Ils sont dans le lit, l'un contre l'autre. Ils ne se regardent pas. La douleur du Chinois est terrible. Pour l'enfant la peur de Long Hai commence à se produire presque tous les soirs dans la garçonnière. La peur d'en mourir.

Ce soir c'est d'Hélène Lagonelle qu'elle lui parle. Elle dit qu'elle voudrait l'amener là. Qu'il la prenne. Si c'est elle qui le lui demande Hélène Lagonelle viendra.

— Je voudrais beaucoup ça, que tu la prennes comme si je te la donnais... je voudrais ça avant qu'on se quitte.

Il ne comprend pas. On dirait que ses paroles le laissent indifférent. Il ne la regarde pas. Elle pleure tout en parlant. Il regarde ailleurs, la rue, la nuit.

Elle dit :

— Ce serait un peu comme si c'était ta femme… comme si elle était chinoise… et qu'elle m'appartenait et que je te la donne. Ça me plaît de t'aimer avec cette souffrance de moi. Je suis là avec vous deux. Je regarde. Je vous donne la permission de me tromper. Hélène a dix-sept ans. Mais elle ne sait rien. Elle est belle comme jamais j'ai vu. Elle est vierge. Elle est à devenir fou… Elle le sait pas. Rien, elle sait rien.

Le Chinois se tait. L'enfant crie :

— Je la désire pour toi, beaucoup… et je te la donne… tu comprends ou quoi ?…

Elle a crié. Le Chinois parle tout seul. Il ne parle pas d'Hélène mais de sa douleur.

— Je comprends plus rien, je ne comprends pas comment c'est arrivé… comment j'ai accepté ça de mon père, le laisser assassiner son fils comme il a fait.

Silence. L'enfant se couche sur le corps de son amant. Elle le frappe. Elle crie :

— Elle est très triste, elle aussi, Hélène… elle le sait même pas qu'elle est triste… Toutes les pensionnaires sont amoureuses d'elle, Hélène. Les surveillantes, la directrice, les professeurs. Tout le monde. Elle s'en fiche. Peut-être qu'elle ne le voit pas, qu'elle ne le sait pas. Mais te voir elle peut. Tu la prendrais comme moi tu me prends, avec les mêmes mots. Et puis après, une fois, tu confondrais elle et moi. Quand vous êtes en train de m'oublier, je vous regarde et je pleure. Il reste dix jours avant le départ. Je ne peux pas y penser tellement c'est fort l'image d'elle et de toi…

Le Chinois crie :

— Je ne veux pas d'Hélène Lagonelle. Je ne veux plus rien.

Elle se tait. Il s'endort. Il dort dans l'air chaud du ventilateur. Elle dit son nom tout bas : la seule fois. Elle s'endort. Il n'a pas entendu.

Dans la nuit noire tout à coup la pluie est arrivée. L'enfant dormait.
Le Chinois avait dit calmement comme du fond du temps, du désespoir :

— La mousson a commencé.

Elle s'était réveillée. Elle avait entendu.

Cette pluie versait sur la ville. Elle était une rivière entière qui recouvrait Cholen.

L'enfant s'était rendormie.

Le Chinois doucement avait dit à l'enfant de venir voir la pluie de la mousson, combien elle était belle et désirable, surtout de nuit pendant la canicule qui la précédait. Elle avait ouvert les yeux, elle ne voulait rien voir, elle les referme. Elle ne veut rien voir. Non, elle dit.

Elle s'était retournée vers le mur*.
Il est très songeur, très seul.
Ils sont très seuls. Déjà privés l'un de l'autre. Éloignés déjà.
Silence.
Et puis il pose la question rituelle. Déjà ils parlent pour parler. Ils tremblent. Leurs mains tremblent.
— Qu'est-ce que tu vas devenir en France?
— J'ai une bourse, je ferai des études.

— Qu'est-ce qu'elle veut ta mère pour toi?
— Rien. Elle voulait tout pour ses fils. Alors pour moi elle veut plus rien. Paulo... peut-être qu'elle le gardera avec elle... Moi ce que j'aurais voulu c'est qu'il reste avec Thanh, là, dans le bungalow du barrage.
Le Chinois demande des choses sur Thanh.
— Sa famille vient d'où?
— Il ne sait pas. Il était trop petit quand ma mère l'a emmené. C'est curieux, il ne se souvient pas de ses parents, de rien mais seulement des petits frères et sœurs. Et de la forêt.
— Il n'a pas cherché à savoir pour ses frères et sœurs.
— Non. Il dit que c'était impossible qu'ils aient vécu.
Silence.
Avec brutalité elle se met sur lui. Reste là, contre son corps.
Ils pleurent.
Elle dit, elle demande:
— On ne se reverra jamais. Jamais?
— Jamais.

---

* *Elle ne sait plus pour ce soir-là de la première pluie de la mousson où ils étaient. Peut-être encore au café du rac à boire du choum ou à la fauverie du jardin des plantes à écouter les panthères noires pleurer la forêt, ou là, dans cette garçonnière. Elle se souvient de la résonance de la pluie dans la galerie qui écrasait le corps sans l'atteindre, cette aise soudaine du corps libéré de la douleur.*

— À moins que...
— Non.
— On oubliera.
— Non.
— On fera l'amour avec d'autres gens.
— Oui.
Les pleurs. Ils pleurent, très bas.
— Et puis un jour on aimera d'autres gens.
— C'est vrai.
Silence. Ils pleurent.
— Puis un jour on parlera de nous, avec des nouvelles personnes, on racontera comment c'était.
— Et puis un autre jour, plus tard, beaucoup plus tard, on écrira l'histoire.
— Je ne sais pas.
Ils pleurent.
— Et un jour on mourra.
— Oui. L'amour sera dans le cercueil avec les corps.
— Oui. Il y aura les livres au-dehors du cercueil.
— Peut-être. On ne peut pas encore savoir.
Le Chinois dit :
— Si, on sait. Qu'il y aura des livres, on sait.
Ce n'est pas possible autrement.

Le bruit de la pluie de nouveau en pleine nuit.
Leurs corps sur le lit. Ils sont dans le même enlacement, cette fois endormis.
On les voit, ils sont très sombres à cause du ciel noir de la mousson – ce qui fait les reconnaître aussi c'est la petite taille de l'enfant allongée contre celle, longue, du Chinois du Nord.

Un réveil sonne dans la garçonnière éteinte.

L'enfant se lève. Regarde dehors. La lumière n'est pas encore celle du jour. Se souvient. Et pleure.

Elle se douche. Elle se presse tout en pleurant. Elle regarde le réveil. Il est très tôt, pas encore six heures. Il a dû se souvenir et dire au chauffeur de mettre le réveil.

Le ciel est encore à la nuit, sombre.

Le chauffeur ouvre la porte. Il lui donne une tasse de café et un gâteau chinois. Elle se souvient. Elle avait oublié le départ du frère aîné. Le chauffeur doit la conduire au port des Messageries maritimes.

Le chauffeur prend le chemin des arroyos. Il roule vite.
On les retrouve devant les grilles extérieures des Messageries.
Il y a là Thanh et le petit frère, face à la grande plate-forme du quai de départ.
Le soleil se lève dans un ciel indifférent, gris.
Sur le quai, il y a le bateau en partance : un paquebot à trois classes. C'est celui-là.
Derrière la grande grille, il y a l'enfant et Thanh « enfermés dehors ». L'enfant les rejoint.
Devant la grille, seule, il y a la mère avec son fils aîné. Pierre, celui qui part.
Il y a là seulement quelques autres personnes de race blanche.
On dirait un départ de bagnards.
Mêlés aux « passagers du pont », il y a des policiers indigènes en uniforme kaki, pieds nus.
Il y en a toujours près des paquebots en partance. À cause des trafiquants d'opium, des évadés des prisons, des resquilleurs, la racaille de toutes les races, de tous les trafics.
Le pont des première et deuxième classes est occupé par les Hindous qui descendront à Colombo et d'autres passagers de couleur indécise qui devraient descendre à Singapour.
C'est un départ ordinaire.
Sur le pont inférieur du bateau il y a le frère aîné. Il est descendu du pont de première classe pour être plus près de la mère.
Elle fait comme si elle ne le voyait pas. Il essaie de rire comme il le ferait d'une plaisanterie. Il ne voit pas sa sœur et son frère. Il regarde cette femme qui a honte, sa mère, et il éclate en sanglots.

C'est sa première séparation d'avec elle. Il a dix-neuf ans.
L'enfant et le petit frère pleurent l'un contre l'autre, scellés dans un désespoir qu'ils ne peuvent partager avec personne. Thanh les tient enlacés, il caresse leurs visages, leurs mains. Il pleure de leurs pleurs, il pleure aussi des pleurs de la mère. D'amour pour l'enfant.
La mère. Elle est tournée vers le bateau. On ne voit pas son visage. Elle se retourne. Elle vient vers les grilles, s'appuie à la grille à côté des enfants qui lui restent. Elle, elle pleure sans bruit, tout bas, elle n'a plus de force. Elle est déjà morte. Comme Thanh elle caresse le corps de ses deux enfants séparés de l'autre, leur frère aîné, cet enfant perdu par l'amour de sa mère, celui raté par Dieu.
La sirène du bateau a retenti.
La mère devient folle.
La mère se met à courir. Elle se sauve vers le bateau.
Thanh ouvre la grille et la rejoint. Il la prend dans ses bras. Elle ne résiste pas. Elle dit :
— Je ne pleure pas parce qu'il part... je pleure parce qu'il est perdu, c'est ça que je vois, qu'il est déjà mort... que je ne veux pas le revoir, ce n'est plus la peine.
Tandis que le bateau s'éloigne, Thanh l'empêche de voir. Le frère aîné s'éloigne, tête baissée, il quitte le pont, il ne regardera plus sa mère.
Il disparaît à l'intérieur du bateau.
Ils étaient restés longtemps là, enlacés tous les trois.
Et puis Thanh a lâché la mère. Elle n'a plus regardé. Elle sait que déjà ce n'est plus la peine. Que déjà on ne distingue plus rien, ni les corps ni les visages. Thanh est le seul à pleurer encore. Il pleure sur l'ensemble. Sur lui-même aussi, l'orphelin ramené à son seul statut d'enfant abandonné.

La porte de la garçonnière est ouverte. Elle entre. Le Chinois fume l'opium. Il est indifférent à l'enfant.
Elle vient près de lui, s'allonge là, contre lui, mais à peine, sans presque le toucher.
Elle pleure par à-coups. Il la laisse. Elle est douce, comme distraite de lui. Il le sait.

Silence. Il dit :
— C'est fini.
— Oui.
— J'ai entendu les sirènes.
Il dit aussi :
— C'est seulement triste. Il ne faut pas pleurer. Personne n'est mort.
L'enfant ne répond pas, désormais indifférente, on le dirait.
Et puis elle dit une chose qu'elle a apprise de Thanh ce matin même.
C'est que la mère, elle a mis son fils en pension chez leur ancien tuteur,
loin, en Dordogne. Qu'elle ne le reverra pas quand elle viendra en
France. Que c'était pour ça aussi qu'elle était tellement désespérée de le
quitter. Elle dit :
— Elle a des remords, beaucoup, de nous avoir abandonnés pendant
des années, Paulo et moi. Elle croit que c'est grave.
Le Chinois parle de son mariage pour que l'enfant oublie le départ du
frère aîné. Il dit :
— Ma femme, elle vient à Sadec. C'est la dernière visite avant le
mariage. Il faut que j'aille à Sadec pour la visiter.

L'enfant a entendu. Elle est là tout à coup, devant lui, prête à écouter
l'histoire, celle plus forte que la sienne, plus captivante, celle de tous les
romans, celle de sa victime à elle, l'enfant : *L'autre femme* de l'histoire,
encore invisible, celle de toutes les amours.

Le Chinois voit que l'enfant est revenue à lui, qu'elle écoute. Il continue
à raconter tout en la caressant. Il dit encore : Tu le sais, ça se passe
comme ça s'est passé il y a dix mille ans en Chine.
Elle demande de raconter quand même encore.
— Quand j'ai vu ma femme pour la première fois elle avait dix ans.
J'avais vingt ans. Nous avons été désignés par les familles quand elle avait
six ans. Je ne lui ai jamais parlé. Elle est riche, comme moi. Nos familles
nous ont désignés avant tout pour ça, l'équivalence de nos fortunes. Elle
est couverte d'or – il sourit – de jade, de diamants, comme ma mère.
L'enfant écoute comme il le désire. Elle demande :
— Et pour quoi d'autre ils l'ont désignée ?
— Pour la grande moralité de sa famille.
L'enfant sourit, un peu moqueuse. Le Chinois sourit à son tour. Il dit :

— J'oublie quelquefois comme tu es petite encore, une enfant... C'est quand tu écoutes les histoires que je me souviens...

Elle se tient toujours près de lui sur le lit de camp. Elle cache sa figure contre sa poitrine. Elle est malheureuse.

Elle ne pleure pas. Elle ne pleure plus. Le Chinois dit tout bas :

— Mon amour... ma petite fille...

L'enfant touche le front du Chinois :

— Tu es chaud comme si tu avais la fièvre.

Le Chinois la regarde à bout de bras pour mieux la voir. Il la regarde «pour toujours en une fois» avant la fin de l'histoire d'amour.

Il dit :

— Tu veux me dire quelque chose...

— Oui. Je t'ai menti. J'ai eu quinze ans il y a dix jours.

— Ça ne fait rien.

Il hésite et puis le dit :

— Mon père le savait. Il m'a dit.

L'enfant crie :

— C'est dégoûtant à la fin ton père.

Il sourit à l'enfant, il ajoute :

— Les Chinois ils aiment aussi les petites filles, ne pleure pas. Je le savais.

Elle dit :

— Je ne pleure pas.

Elle pleure.

Il dit :

— Moi aussi je voulais te dire quelque chose... j'ai fait porter de l'opium à ton frère. Il était sans aucun opium comme mort... Il pourra fumer un peu sur le bateau... Je lui ai fait donner un peu d'argent pour lui tout seul.

Elle s'éloigne de lui, farouche, tout à coup. Elle ne répond rien. Il dit :

— J'aurais voulu pouvoir te prendre. Mais je n'ai plus aucun désir de toi. Je suis mort pour toi.

Silence. Elle dit :

— C'est bien comme ça.

— Oui. Je ne souffre pas du tout. Fais-le toi pour moi te regarder.

Elle le fait. Elle le dit, dans la jouissance, son nom en chinois. Elle l'a fait. Ils se regardent, se regardent jusqu'aux larmes. Et pour la première fois de sa vie elle dit les mots convenus pour le dire – les mots des livres, du cinéma, de la vie, de tous les amants.

— Je vous aime.

Le Chinois se cache le visage, foudroyé par la souveraine banalité des mots dits par l'enfant. Il dit que oui, que c'est vrai. Il ferme les yeux. Il dit tout bas :

— Je crois que c'est ça qui nous sera arrivé.

Silence.

Il l'appelle encore.

— Ma petite fille... mon enfant...

Il embrasse sa bouche. Son visage, son corps. Ses yeux.

Un long silence est arrivé.

Il ne l'a plus regardée. Il a enlevé ses bras de son corps. Il s'est écarté d'elle. Il n'a plus bougé. Elle prend peur comme de Long Hai.

Elle se lève, enfile sa robe, prend ses souliers, son cartable et reste là au milieu de la garçonnière.

Il ouvre les yeux. Retourne son visage contre le mur pour ne plus la voir et dit dans une douceur qu'elle ne reconnaît plus :

— Ne reviens plus.

Elle ne sort pas. Elle dit :

— Comment on va faire...

— Je ne sais pas. Ne viens plus jamais.

Elle demande, elle dit :

— Plus jamais. Même si tu appelles.

Il n'avait pas répondu. Puis il l'avait fait. Il avait dit :

— Même si je t'appelle. Plus jamais.

Elle sort. Elle referme la porte.

Elle attend.

Il ne l'appelle pas.

C'est quand elle avait atteint l'auto qu'il avait crié.

C'était un cri sombre, long, d'impuissance, de colère et de dégoût comme s'il était vomi. C'était un cri parlé de la Chine ancienne.

Et puis tout à coup ce cri avait maigri, il était devenu la plainte discrète d'un amant, d'une femme. C'est à la fin, quand il n'a plus été que douceur et oubli, que l'étrangeté était revenue dans ce cri, terrible, obscène, impudique, illisible, comme la folie, la mort, la passion.

L'enfant n'avait plus rien reconnu. Aucun mot. Ni la voix. C'était un hurlement à la mort, de qui, de quoi, de quel animal, on ne savait pas bien, d'un chien, oui, peut-être, et en même temps d'un homme. Les deux confondus dans la douleur d'amour.

Un car sur une route : on reconnaît celui du bac.
L'enfant est dans ce car.
Elle va à Sadec. Elle va voir sa mère.

La porte est ouverte. On croit qu'il n'y a personne. La mère est là, dans le salon, elle dort, allongée sur son rocking-chair. Elle est dans le courant d'air de la porte. Elle a les cheveux défaits. Près d'elle, accroupi, le long du mur, il y a Thanh. L'enfant entre. La mère se réveille. Elle voit sa fille. Elle a un sourire très doux, légèrement moqueur. Elle dit :
— Je savais que tu viendrais. Tu avais peur de quoi ?
— Que tu meures.
— C'est le contraire. Je me repose. C'est comme des vacances. Je n'ai plus peur qu'ils se tuent... Je suis heureuse.
La voix se brise. Elle pleure. Silence. Elle se met à regarder sa fille. Elle rit en pleurant comme si elle la découvrait.
— Qu'est-ce que c'est ce chapeau...
La jeune fille en pleurant sourit à sa mère.
La mère sourit aussi, réfléchit, elle ne voit pas les pleurs de sa fille, elle voit le chapeau.
— Remarque... ça te va pas mal. Ça change. C'est moi qui t'ai acheté ça ?
— Qui veux-tu d'autre – elle sourit – il y a des jours où on peut te faire acheter ce qu'on veut.
— C'était où ?
— Rue Catinat, c'était des soldes soldés.
La mère a l'air d'avoir bu. Elle change de conversation brusquement. Elle demande :
— Qu'est-ce qu'il fera Paulo...

L'enfant ne répond pas, la mère insiste :

— Il y a des choses qu'il pourrait faire quand même... Maintenant qu'il n'aura plus peur.

L'enfant dit qu'il aura peur toute sa vie.

La mère pose la question à Thanh :

— D'après toi qu'est-ce qu'il pourrait faire Paulo plus tard...

Thanh répond à l'enfant :

— Il peut être comptable. Il compte bien. La mécanique aussi il peut. Il est très capable pour les automobiles... Mais c'est vrai qu'il gardera la peur toute sa vie.

La mère ne veut pas parler de cette peur. Elle dit :

— C'est souvent, ça... c'est vrai... que des enfants qui sont comme lui, en retard, soient très forts en calcul... des génies quelquefois – les larmes, de nouveau — Je l'ai pas assez aimé Paulo... tout vient de là peut-être...

Thanh dit :

— Non. Il faut pas penser comme ça. C'est dans le sang, dans la famille.

— Tu crois ?...

— Je suis sûr.

Silence. La mère dit à sa fille :

— Tu sais, j'ai abandonné. Le cadastre a fini par accepter de me racheter les terres du haut avec le bungalow. Avec cet argent, je paierai les dettes.

Thanh regarde la jeune fille et lui fait signe que non, que ce que dit la mère n'est pas vrai. La mère ne voit pas Thanh. Le verrait-elle que ça lui serait égal.

Silence. L'enfant regarde les murs nus. Elle dit :

— Ils ont pris des meubles.

— Oui. L'argenterie aussi. Les cinq cents piastres qui restent, je les garde pour la France.

L'enfant sourit. Elle crie :

— On les donnera plus aux Chinois, aux Chettys. On paiera plus rien.

À son tour la mère sourit et elle crie :

— Oui. C'est fini tout ça. Fini. – Elle parle tout à coup comme ses enfants. — Ils peuvent se fouiller... Rien.

Ils rient les trois.

Paulo a entendu le rire et il est arrivé. Il s'assied près de Thanh, comme lui, adossé au mur. Et lui aussi il rit du rire de la mère encore inégalé, immense. Un «rire du Nord» disait le frère aîné.

L'enfant dit :

— Pour moi, faut pas s'en faire non plus, il y en aura bien un, une fois, qui m'épousera.

La mère caresse la tête de l'enfant. Paulo sourit à sa sœur.

Puis Thanh et Paulo sortent. Ils vont chercher le thé froid – sans sucre – que la mère prend tous les jours sur le conseil de Thanh – pour «se rafraîchir le sang».

La mère et la fille restent seules.

La mère «rêve» à cette enfant qui est près d'elle, la sienne.

— C'est vrai... tu leur plais aux hommes. Tu dois le savoir. Et aussi que si tu leur plais c'est à cause de ce que tu es, toi. Et pas pour ta fortune parce que ta fortune c'est zéro à l'arrivée comme au départ...

Elles cessent de rire.

Et puis il y a un silence. Et la mère questionne l'enfant.

— Tu le vois encore...

— Oui. – Elle ajoute — Il m'a dit de ne plus revenir mais j'y vais quand même. On peut pas faire autrement.

— Alors... c'est pas seulement pour l'argent que tu le vois.

— Non... – l'enfant hésite — Pas seulement.

La mère étonnée, douloureuse tout à coup, dit tout bas :

— Tu te serais attachée à lui... ?

— Peut-être, oui.

— Un Chinois... c'est drôle...

— Oui.

— Tu es malheureuse alors...

— Un peu...

— Quel malheur... Mon Dieu quel malheur...

Silence. La mère demande.

— Tu es venue avec lui...

— Non. J'ai pris le car.

Silence. Puis la mère dit :

— J'aurais bien aimé le revoir cet homme-là, tu vois...

— Il n'aurait pas voulu.

— Ç'aurait pas été pour l'argent mais pour lui... L'argent – elle rit – j'en ai jamais autant gagné.

Elles rient. Leur rire est le même, jeune.

L'enfant regarde la place des meubles en bois de rose pris par les usuriers.

Elle demande si c'était bien des noisetiers et des écureuils qui étaient sculptés sur les portes du meuble du salon.

Elle dit : J'ai déjà oublié.

La mère regarde les traces du meuble sur le mur. Elle ne sait plus elle non plus ce que c'était. Elle dit :

— À mon avis c'était des nénuphars, c'est toujours pareil ici, des nénuphars et des dragons. Quel bonheur de repartir sans rien, sans meubles, rien.

L'enfant demande :

— On part quand exactement ?

— Au plus tard dans six jours à moins d'un retard imprévu – silence – au fait j'ai vendu mes lits aux Chettys. Cher. Ils étaient en très bon état. Je regretterai les lits coloniaux... en France les lits sont trop mous... je dors mal en France mais tant pis...

Silence.

La mère dit :

— Je n'emporte rien. Quel débarras... mes valises sont prêtes. Il me reste que les papiers à trier, les lettres de votre père, tes devoirs de français. Et puis il ne faut pas que j'oublie, les bons d'achat de la Samaritaine pour les affaires d'hiver. Tu ne le sais pas toi mais ça va vite être l'automne quand on sera en France.

La mère s'est endormie. L'enfant sort, visite, regarde, reconnaît des choses.

Thanh est à la cuisine, il lave le riz pour le soir. Paulo est près de lui.

On dirait un jour ordinaire d'avant toutes ces nouveautés survenues depuis les vacances dernières – il y a huit mois.

L'enfant visite la maison. Des meubles manquent. Dans la chambre de Dô, ils ont pris la vieille machine à coudre.

Les lits des chambres sont encore là, ils portent les étiquettes écrites en chinois.

L'enfant va dans la salle de bains. Elle se regarde. La glace ovale n'a pas été enlevée.

Dans la glace passe l'image du petit frère qui traverse la cour. L'enfant l'appelle tout bas : Paulo.

Paulo était venu dans la salle de bains par la petite porte du côté du fleuve. Ils s'étaient embrassés beaucoup. Et puis elle s'était mise nue et puis elle s'était étendue à côté de lui et elle lui avait montré qu'il fallait qu'il vienne sur son corps à elle. Il avait fait ce qu'elle avait dit. Elle l'avait embrassé encore et elle l'avait aidé.

Quand il avait crié elle s'était retournée vers son visage, elle avait pris sa bouche avec la sienne pour que la mère n'entende pas le cri de délivrance de son fils.

Ç'avait été là qu'ils s'étaient pris pour la seule fois de leur vie.

La jouissance avait été celle que ne connaissait pas encore le petit frère. Des larmes avaient coulé de ses yeux fermés. Et ils avaient pleuré ensemble, sans un mot, comme depuis toujours.

Ç'avait été cet après-midi-là, dans ce désarroi soudain du bonheur, dans ce sourire moqueur et doux de son frère que l'enfant avait découvert qu'elle avait vécu un seul amour entre le Chinois de Sadec et le petit frère d'éternité.

Le petit frère s'était endormi sur les dalles fraîches de la salle de bains. L'enfant l'avait laissé là.

Elle était revenue vers la mère dans le salon.

Thanh est là de nouveau.

La mère boit le thé glacé et amer. Elle sourit à Thanh, elle dit que jamais elle ne boira du thé comme le sien en France.

Elle demande où est Paulo. Thanh dit qu'il ne sait pas bien, qu'il est sans doute allé à la nouvelle piscine municipale. L'enfant et Thanh ne se regardent pas depuis qu'elle est revenue dans le salon.

La mère demande à l'enfant si elle va encore au lycée. L'enfant dit que non. Sauf aux cours de français, pour le plaisir.

— Tu attends quoi ?

— J'attends rien.

La mère réfléchit. Elle dit :

— Oui... c'est le mot... On n'attend plus rien.

L'enfant caresse la figure de sa mère, elle lui sourit.

C'est ici que la mère dit à son enfant ce qui les sépare, ce qui les a toujours séparées.

— Je ne t'ai jamais dit... mais il faut que tu saches... Je n'avais pas ta

facilité pour les études... Et puis moi, j'étais trop sérieuse, je l'ai été trop longtemps... c'est comme ça que j'ai perdu le goût de mon plaisir...
La mère dit encore à son enfant :
— Reste comme tu es. Ne m'écoute plus jamais. Promets-moi. Jamais.
L'enfant pleure. L'enfant promet :
— Je le promets.
La mère pour faire diversion, hypocrite tout à coup, parle du Chinois.
— On dit qu'il va se marier...
Pas de réponse de l'enfant. La mère dit avec douceur :
— Réponds-moi. Tu ne me réponds jamais.
— Je crois que oui. Qu'il va se marier. Ici, à Sadec... justement ces jours-ci... À moins qu'il casse tout à la dernière minute... ses fiançailles, les ordres de son père...
La mère est interdite. Elle crie :
— Tu l'en crois capable, de ça... ?
— Non.
La mère est accablée mais calme. Elle dit :
— Alors il n'y a plus aucun espoir...
— Plus aucun.
La mère, divagante, seule, mais toujours·calme :
— Non... tu as raison... Les enfants chinois sont élevés dans le respect des parents... c'est comme des dieux pour eux... c'est même dégoûtant... Mais je pourrais peut-être lui parler une dernière fois, une dernière, dernière fois... non ? Je lui expliquerai... qu'est-ce que je risque... Je lui expliquerai notre situation très clairement. Qu'au moins il ne t'abandonne pas...
— Il ne m'abandonnera pas. Jamais.
La mère ferme les yeux comme si elle allait s'endormir.
Les yeux fermés. Elle dit :
— Comment tu peux savoir ?...
— Je le sais... comme on sait qu'un jour on mourra.
La mère pleure tout bas. Elle dit dans les pleurs* :
— Mais quelle histoire... Mon Dieu... quelle histoire... Et toi... toi, tu l'oublieras ?
L'enfant répond contre son gré :
— Moi... je ne sais pas, et même, je ne pourrais pas te le dire à toi.

---

* *L'auteur tient beaucoup à ces conversations «chaotiques» mais d'un naturel* retrouvé. *On peut parler ici de* «couches» de conversation juxtaposées.

La mère a un regard vif, jeune. Elle dit, délivrée de ne plus rien espérer:
— Alors dis rien.
La mère demande à sa fille:
— Il y a des choses que tu ne me dis pas... ou il n'y en a pas...
L'enfant baisse les yeux. Elle se reprend... dit qu'il y en a mais que c'est égal. La mère dit que c'est vrai. Que c'est complètement égal.
Paulo est revenu. La mère lui demande où il était. Paulo dit: À la piscine municipale. C'est le premier mensonge du petit frère.
L'enfant et Thanh sourient. La mère ne sait rien. Le petit frère s'est assis près de Thanh.
Thanh «dénonce» naturellement la conduite de la mère avec son fils aîné. La mère écoute ça comme autre chose, elle a l'air de trouver ça intéressant, naturel. Thanh la désigne du doigt. Il dit:
— Elle lui a donné cinq cents piastres en plus. Elle a été obligée. Elle a dit que sans ça il la tuait, il tuait sa mère. Et c'était vrai, elle, elle sait.
L'enfant regarde sa mère. Celle-ci est indifférente. Hypocrite, ouvertement.

L'enfant demande à Thanh ce qu'il a fait:
— Qu'est-ce que tu as fait?
La mère écoute, intéressée. Thanh répond:
— J'ai écrit à son père que le fils aîné avait volé l'argent qui restait. Après son père me répond de venir le voir. Je suis allé. Il m'a donné encore cinq cents piastres pour elle. Elle a pris. Comme ça c'est réparé. Et Pierre il est parti, il ne peut plus la voler.
On dirait que la mère s'est endormie, lassée d'elle-même, par toutes ces histoires, la sienne comprise, auxquelles elle est mêlée sans clairement savoir comment, de quelle façon.
Paulo rit, malicieux, comme il rirait d'une farce. Il dit, il demande:
— Son père, il a tout payé.
L'enfant regarde la mère. Elle va l'embrasser. La mère éclate de rire en silence. Des petits cris sortent de son corps. Et puis tous rient. C'est un fou rire familial. Ils sont contents parce que le petit frère a parlé sans avoir été sollicité de le faire.
L'enfant demande si le père a tout payé... comme ça... sans conditions.
Thanh rit et il dit que la seule condition demandée par le père c'est qu'ils foutent le camp de la colonie.
Tous rient aux larmes, surtout Paulo. Thanh continue:
— Son père il écrit à notre mère pour lui dire que son fils il a fait des dettes

dans toutes les fumeries de Sadec et même de Vinh Long. Et comme il est mineur, dix-huit ans, la mère elle est responsable pour les dettes de son fils. Si le père du Chinois il ne paye pas, c'est notre mère qui va perdre son travail et puis elle n'a plus de solde et puis à la fin elle va en prison.

La mère a écouté attentivement. Et puis tout à coup la voilà qui recommence à rire, qui crie de rire. Elle fait peur. Elle dit :
— Et si moi je ne voulais plus revenir en France ?
Personne ne répond à la mère. Comme si elle n'avait rien dit.
Et en effet elle ne dit plus rien.
L'enfant dit à Thanh – dans le « langage Thanh » :
— Le père, il a payé toutes les dettes à condition qu'on fout le camp, c'est ça ?
— C'est ça.
Le petit frère rit. Il répète lui aussi, lentement :
— À condition qu'on fout le camp.
Thanh rit comme un enfant. Il dit :
— C'est ça... Les cinq cents piastres aussi que Pierre il a volées, le père, il les a rendues pour lui, Pierre, parce que sans ça, Pierre, il ne peut plus fumer et que le manque c'est terrible. Il est couché toute la journée. Il peut se tuer. Alors le père il lui donne les cinq cents piastres. (Temps.) Après le père il a écrit à la mère une deuxième lettre en langue française pour lui dire qu'il faut qu'elle fout le camp, qu'il y en a assez comme ça de cette histoire-là, du frère, de l'opium, et encore et encore du frère, et de l'argent encore et encore... et le reste.
Éclat de rire général de la mère et de Thanh aussi et du petit frère et de l'enfant.
— Et dans la lettre – continue Thanh – il y a encore cinq cents piastres pour elle. Dans sa lettre le père il dit de rien dire de ça à la mère. Parce que son fils, à lui, il ne sait rien. Il ne veut pas que son fils il connaisse l'histoire de l'argent qu'il donne à la mère.

L'enfant, en souriant, demande à Thanh :
— Comment tu sais tout ça ?
— Parce que. Les gens, ils me parlent. Et moi j'ai la mémoire... j'ai la mémoire pour vous tous... même Pierre... même pour le père du Chinois... Quelquefois il me raconte l'histoire de sa famille quand ils se sauvent de la Chine, moi je m'endors, lui il continue.
Et tous de rire avec Thanh.

Et puis la mère a cessé d'écouter. Tout le monde va parler plus bas. Le passé ennuie la mère.

Et puis l'enfant va dans la cour. Elle s'adosse au mur du jardin. Et Thanh la rejoint. Ils se respirent et, pour la première fois, il embrasse la bouche de l'enfant et il dit que Paulo est aussi son amour. Elle dit qu'elle sait. Elle dit son nom :

— Thanh.

Elle lui dit qu'il ira au Siam et aussi ailleurs, en Europe, en France, à Paris. Pour moi, elle dit.

— Oui. Pour toi. Oui, quand vous serez partis, moi je reviens à Prey Nop et puis au Siam.

— Oui. Je le sais. Tu l'as dit à Paulo aussi ?

— Non. J'ai dit seulement au Chinois et à toi. À personne d'autre.

— Pourquoi au Chinois... ?

L'enfant prend peur. Elle demande à Thanh s'il ne va pas essayer de retrouver ses parents, s'il ne raconte pas d'histoires... Thanh dit qu'il n'y a plus jamais pensé depuis qu'ils en ont parlé elle et lui, sauf aux petits frères et sœurs, mais qu'on ne peut pas retrouver des petits enfants, dans la forêt du Siam. Jamais.

L'enfant reprend sa question :

— Pourquoi tu as parlé au Chinois de ça ?

— Pour le revoir quand tu seras partie. Qu'on devienne amis. Pour parler de toi, de Paulo, de notre mère – il sourit – pour pleurer ensemble de l'amour pour toi.

La B 12 est sur la route. C'est Thanh qui conduit. L'enfant est à côté de lui. Il la reconduit à Saigon. Ils doivent passer à la garçonnière avant d'aller à Lyautey. L'enfant a peur. Elle le dit à Thanh. Thanh dit que lui aussi il a peur pour le Chinois.

À Cholen.

La Léon Bollée est là avec le chauffeur. Le chauffeur vient près de l'enfant, il lui sourit. Il dit que le maître est allé jouer au madjan, qu'il va revenir. Le chauffeur dit à l'enfant que la garçonnière est ouverte. Que c'est le maître qui l'a demandé pour le cas où elle serait venue plus tôt que lui.

Thanh était reparti à Sadec.

L'enfant entre dans la garçonnière. Elle regarde. Peut-être pour ne pas oublier. Puis elle se déshabille, se douche, va sur le lit à sa place à lui, le long du mur, là où elle retrouve l'odeur chinoise de thé et de miel. Elle embrasse la place du corps. Elle s'endort.

Quand le Chinois entre, le petit jour est arrivé.

Il se déshabille. Il se couche le long d'elle. Il la regarde. Puis il dit dans la douceur :

— Que tu es petite dans le lit.

Elle ne répond pas.

Les yeux fermés, elle demande :

— Tu l'as vue ?

Il dit que oui.

Elle dit :

— Elle est belle.

— Je ne sais pas encore. Mais je crois, oui. Elle est grande, robuste, beaucoup plus que toi. (Temps.) Elle doit savoir pour toi et moi.

— Comment elle saurait ?

— Par les petites servantes de Sadec peut-être, tu m'avais dit : Elles sont très jeunes, elles ont votre âge, quinze, seize ans, elles sont curieuses. Elles savent tout ce qui se passe dans toutes les maisons de tous les postes.

— Et toi comment tu le saurais...

— À rien. À tout. Je ne sais pas.

L'enfant dit que c'est le commencement du mariage de se demander des choses comme ça.

Le Chinois hésite et il dit :

— Sans doute, oui. Je n'ai pas parlé avec elle.

— C'est toujours comme ça en Chine ?

— Toujours. Depuis les siècles.

Elle dit :

— On ne peut pas comprendre du tout, nous autres... tu le sais, ça...

— Oui. Nous, on peut comprendre. Alors on ne peut pas vous comprendre en même temps quand vous dites que vous ne comprenez pas.

Le Chinois se tait et reprend :

— On est devant l'inconnu total l'un de l'autre, et ça aussi ça peut se parler, et se comprendre, la façon de se taire, de se regarder, aussi.

— Elle est repartie en Mandchourie.

— Non. La Mandchourie, elle a quitté pour toujours. Elle habite chez ma tante à Sadec. Ses parents vont arriver demain pour préparer la chambre des mariés, nuptiale vous dites.

— Oui.

L'enfant est allée s'allonger sur le fauteuil. Le Chinois fume l'opium. Il est comme indifférent.

Elle dit qu'on n'entend plus le disque américain ni la valse que le jeune homme jouait au piano. Le Chinois dit que peut-être il a quitté la rue.

Puis le Chinois dit à l'enfant de venir là, près de lui.

Elle va comme il désire, contre son corps. Elle pose sa bouche contre sa bouche. Ils restent là. Elle dit :

— Tu as fumé beaucoup.

— Je ne fais plus que ça. Je n'ai plus de désir. Je n'ai plus d'amour. C'est merveilleux, incroyable.

— Comme si on ne s'était jamais connus.

— Oui. Comme si tu étais morte depuis mille ans.

Silence.

Elle demande :

— Le mariage est quel jour ?

— Vous serez partis pour la France. Mon père, il s'est renseigné aux Messageries maritimes. Vous êtes tous les trois sur les listes de départ de la première semaine avant le mariage.

— Il a avancé la date du mariage.

— S'il avait eu lieu pendant que tu étais encore là, je n'aurais pas accepté.

L'enfant demande s'il sait par son père tous les vols d'argent du frère aîné, toutes ces complications avec la mère.

Il dit qu'il ne sait pas, que ça ne l'intéresse pas. Que c'est rien pour son père, rien du tout... des petits vols, on n'en parle même pas.

Elle dit que peut-être une fois ils se reverront. Plus tard. Dans des années. Une seule fois ou beaucoup de fois. Il demande pour quoi faire se revoir.

Elle dit :

— Pour savoir.

— Quoi?

— Tout ce qui se sera passé dans notre vie à toi et moi...

Silence.

Et puis elle lui demande encore et encore où il a vu sa fiancée pour la première fois. Il dit:

— Dans le salon de mon père. Et aussi dans la rue quand elle est arrivée chez mon père pour se faire voir à moi dans sa présence à lui.

— Tu m'as dit: Elle est belle.

— Oui, belle. Belle à voir, je crois... La peau est blanche et très fine comme la peau des femmes du Nord. Elle est plus blanche que toi. Mais elle est très robuste et toi tellement petite et mince... J'ai peur de ne pas pouvoir.

— Tu ne peux pas la soulever...

— Peut-être que oui... mais toi tu pèses comme une valise... je peux te jeter sur le lit... comme une petite valise...

L'enfant dit que le mot «robuste» ça va la faire rire désormais.

— Elle n'a pas encore le droit de me regarder. Mais elle m'a vu, on le sait ça. Elle, elle est très sérieuse avec la coutume chinoise. Les femmes chinoises elles entrent dans le rôle de l'épousée quand elles ont eu le droit de nous voir, presque à la fin des fiançailles.

Il la regarde de toutes ses forces. Avec les mains il dénude son visage pour la voir jusqu'au non-sens, jusqu'à ne plus la reconnaître. Elle dit:

— J'aurais aimé qu'on se marie. Qu'on soit des amants mariés.

— Pour se faire souffrir.

— Oui. Se faire souffrir le plus possible.

— Peut-être en mourir.

— Oui. Ta femme aussi peut-être en mourir. Comme nous.

— Peut-être.

— Par cette souffrance que moi je vous fais à elle et à toi, vous allez aussi être mariés par moi.

— Nous sommes déjà ça, mariés par toi.

Très bas, très doucement, elle pleure, elle dit qu'elle ne peut pas se retenir de pleurer, qu'elle ne peut pas...

Ils se taisent. Il y a un long silence. Ils ne se regardent plus. Et elle, elle dit:

— Et puis il y aura les enfants.

Ils pleurent. Il dit:

— Tu ne connaîtras jamais ces enfants. Tous les enfants de la terre tu les connaîtras, et ceux-là, non, jamais.

— Jamais.

Elle se pose contre lui. D'un geste léger il lui fait une place contre sa poitrine. Elle pleure contre sa peau. Il dit:

— Dans toute ma vie c'est toi que j'aurai aimée.

Elle se redresse.

Elle crie.

Elle dit qu'il va être heureux, qu'elle le veut, qu'elle le sait, qu'il aimera cette femme chinoise. Elle dit: Je te le jure.

Et puis elle dit qu'il y aura ces enfants et que les enfants, tous, c'est le bonheur, que le vrai printemps de la vie c'est ça, les enfants.

Comme s'il n'avait pas entendu, il la regarde, la regarde. Et il dit:

— Tu es l'amour de moi.

Il pleure sur ce printemps d'enfants que jamais, elle, elle ne verra.

Ils pleurent.

Elle dit que son odeur, elle n'oubliera jamais. Il dit que lui, c'est son corps d'enfant, ce viol chaque nuit du corps maigre. Encore sacré, il dit. Que jamais plus il ne connaîtra ce bonheur – il dit: Désespéré, fou, à se tuer.

Le long silence de la fin de la nuit est arrivé. Et de nouveau une pluie droite s'écrase sur la ville, noie les rues, le cœur.

Il dit:

— La mousson.

Elle demande si c'est bon pour les rizières ces pluies si fortes.

Il dit: C'est le meilleur.

Elle lève les yeux sur cet homme. Dans les larmes elle le regarde encore. Elle dit:

— Et mon amour ç'aura été toi.

— Oui. Le seul. De ta vie.

La pluie.

Son parfum arrive dans la chambre.

Un désir très fort, sans mémoire, fait les amants se prendre encore.

Ils s'endorment.

Se réveillent.

S'endorment encore.

Le Chinois dit :

— La pluie, ici, avec toi, encore une fois... ma petite fille... ma petite enfant...

Elle dit que c'est vrai, que la pluie, depuis qu'ils se connaissaient, c'était la première fois. Et deux fois dans la nuit.

Elle lui demande s'il a des rizières, lui. Non, jamais les Chinois, il dit.

Elle demande quel commerce ils font, les Chinois. Il dit : Celui de l'or, de l'opium beaucoup, et du thé aussi, beaucoup, des porcelaines aussi, de la laque, du bleu, des «bleus de Chine». Il dit qu'il y a aussi les «compartiments» et les opérations boursières. Que la Bourse chinoise, elle est présente partout dans le monde entier. Que partout aussi, dans le monde entier maintenant on mange la cuisine chinoise, même les nids des hirondelles et les œufs couvés centenaires.

Elle dit :

— Le jade, aussi.

— Oui. Aussi la soie.

Et puis ils se taisent.

Et puis ils se regardent.

Et puis elle le prend contre elle.

Il demande : Qu'est-ce qu'il y a ?

— Je te regarde.

Longtemps elle le regarde. Puis elle lui dit qu'une fois il faudra qu'il raconte à sa femme tout ce qui s'est passé, entre toi et moi elle dit, entre son mari et la petite fille de l'école de Sadec. Tout, il devra raconter, le bonheur aussi bien que la souffrance, aussi bien le désespoir que la gaieté. Elle dit : Pour que ce soit encore et encore raconté par des gens, n'importe qui, pour que le tout de l'histoire ne soit pas oublié, qu'il en reste quelque chose de très précis, même les noms des gens, des rues, les noms des collèges, des cinémas il faudrait les dire, même les chants des boys la nuit à Lyautey et même les noms d'Hélène Lagonelle et celui de Thanh, l'orphelin de la forêt du Siam.

Le Chinois avait demandé pourquoi sa femme ? Pourquoi raconter à elle plutôt qu'à d'autres ?

Elle avait dit : Parce que, elle, c'est avec sa douleur qu'elle comprendra l'histoire.

Il avait demandé encore :

— Et s'il n'y a pas de douleur ?

— Alors tout sera oublié.

Il était à l'arrière de la grande auto noire qui est stationnée le long du mur d'un entrepôt du port. Habillé comme toujours. Dans le costume de tussor grège. Dans la pose du sommeil. ·

Ils ne se regardent pas.

Se voient.

Toujours cette même foule sur les quais au départ des paquebots de ligne.

Un ordre est hurlé par les haut-parleurs des remorqueurs.

Les hélices se mettent à tourner. Elles broient, brassent les eaux du fleuve.

Le bruit est terrible.

On a peur. Toujours à ce moment-là on a peur. De tout. De ne plus revoir jamais cette terre ingrate. Et ce ciel de mousson, de l'oublier.

Il a dû bouger sur la banquette arrière, vers la gauche. Pour gagner quelques secondes et la voir encore une fois pour le reste de sa vie.

Elle ne le regarde pas. Rien.

Et puis voici l'air à la mode, cette Valse désespérée de la rue. Toujours des musiques de départ, nostalgiques et lentes pour bercer la douleur de la séparation.

Alors, même ceux qui sont seuls, qui n'accompagnent personne, partagent l'étrange tragédie de «quitter», de «laisser» pour toujours, d'avoir trahi la destinée qu'ils découvrent être la leur au moment de la perdre, et qu'ils ont trahie de même, eux seuls.

Sur les ponts de première classe, c'est ce vers quoi il doit regarder. Mais elle n'est pas là, elle est plus loin sur ce même pont, elle est vers Paulo qui est déjà heureux, déjà en allé vers le voyage. Libre mon petit frère adoré, mon trésor, sorti de l'épouvante pour la première fois de sa vie.

Le vacarme immobile des machines grandit, devient assourdissant.

Elle ne le regarde toujours pas. Rien.
Quand elle ouvre les yeux pour le voir encore, il n'est plus là. Il n'est nulle part. Il est parti.
Elle ferme les yeux.
Elle ne l'aura pas revu passer.
Dans le noir des yeux fermés elle retrouve l'odeur de la soie, du tussor de soie, de la peau, du thé, de l'opium.
L'idée de l'odeur. Celle de la chambre. Celle de ses yeux captifs qui battaient sous ses baisers d'elle, l'enfant.

Sur les quais, renouvelés, toujours les cris, les noms, la tragédie du départ sur la mer.

Il avait dû disparaître très vite après que la ligne du quai avait été franchie par le paquebot. Quand elle cherchait le petit frère sur les ponts.

La passerelle est enlevée.
L'ancre est levée dans un vacarme de fin de monde. Le bateau est prêt, majeur. Il flotte sur le fleuve.
On croit que c'est impossible, que non.
Et c'est fait. Le bateau a quitté la terre.

On crie.
Le bateau flotte sur les eaux du bassin.
Il faut encore l'aider, le mettre droit sur le chenal, dans l'angle pur de la mer et du fleuve.

Très lentement, adorable, le bateau obéit aux ordres. Il se met droit dans une certaine direction, illisible et secrète, celle de la mer.

Le ciel avec les mugissements des sirènes s'était encore rempli de fumée noire, pour jouer, on aurait pu croire, mais non. Et puis, pour toute la durée de la vie de l'enfant, à cette heure-là du jour, la direction du soleil s'était inversée.

Elle se souvient.
Devant elle, accoudée au bastingage, il y avait cette fille brune qui regardait également la mer et qui, comme elle, pleurait de tout, de rien. Elle se souvient de ça qu'elle avait oublié.
De l'arrière du bateau était venu un jeune homme habillé d'une veste sombre comme en France. Il portait un appareil-photo en bandoulière. Il photographiait les ponts. Il se penchait hors du bastingage et il photographiait aussi la proue du paquebot. Puis la mer seulement il photographiait. Puis plus rien. Il regardait la grande jeune fille brune qui ne pleurait plus. Elle s'était allongée dans une chaise longue et elle le regardait, ils se souriaient. La grande jeune fille attendait. Elle fermait les yeux, elle faisait celle qui dort. Le jeune homme n'était pas venu vers elle. Il avait repris sa promenade sur le pont. Alors la grande jeune fille s'était relevée de la chaise longue et elle s'était approchée de lui, le jeune homme. Ils s'étaient parlé. Ensuite ils avaient tous les deux regardé la mer. Et puis ils s'étaient mis à marcher ensemble sur le pont-promenade des premières classes.
L'enfant ne les avait plus vus.

Elle s'est allongée sur une chaise longue. On pourrait croire qu'elle s'est endormie. Non. Elle regarde.
Sur les planchers du pont, sur les parois du bateau, sur la mer, avec le parcours du soleil dans le ciel et celui du bateau, se dessine, se dessine et se détruit à la même lenteur, une écriture illisible et déchirante d'ombres, d'arêtes, de traits de lumière brisée reprise dans les angles, les triangles d'une géométrie fugitive qui s'écroule au gré de l'ombre des vagues de la mer. Pour ensuite, de nouveau, inlassablement, encore exister.

L'enfant se réveille avec l'arrivée de la haute mer lorsque le bateau va prendre la direction de l'ouest, celle du golfe du Siam.

Par temps clair on voit le bateau très lentement perdre de sa hauteur et très lentement de même sombrer dans la courbure de la terre.

L'enfant s'était endormie dans la chaise longue. Elle ne s'était réveillée que devant la mer libre. Elle avait pleuré.
À côté d'elle il y avait les deux passagers revenus qui regardaient la mer. Et qui, de même qu'elle, pleuraient.

La chaleur est encore grande. On n'a pas encore atteint la zone du vent froid, du vent salé et âcre de la haute mer. On l'atteindra après les premières vagues, après avoir contourné l'extrémité du delta, une fois dépassées les dernières rizières de la plaine des Joncs, et puis la pointe de Camau, l'extrême fin du continent Asie. De ce mot, Asia.
Les ponts se sont éteints. Ils sont encore pleins de gens réveillés ou encore endormis sur des chaises longues. Sauf au bar des premières où toujours, de jour et de nuit et jusque très tard dans la nuit, la plupart du temps jusqu'au matin, il y a des gens réveillés qui jouent aux cartes et aux dés et qui parlent fort, qui rient, qui se fâchent de même, et qui, tous, boivent des whiskies-soda et des martell-perrier et aussi des pernods, cela de quelque nature que soit leur voyage, qu'il soit d'affaires ou d'agrément, et de quelque nationalité que soient ces voyageurs-là, du jeu.
Ce bar des premières classes était le lieu rassurant du voyage. Le haut lieu de l'oubli enfantin.

L'enfant va voir vers le bar, elle n'entre pas bien sûr, elle va sur l'autre pont. Là il n'y a personne. Les voyageurs sont à bâbord pour guetter l'arrivée du vent de la haute mer. De ce côté-là du navire il y a seulement un très jeune homme. Il est seul. Il est accoudé au bastingage. Elle passe derrière lui. Il ne se retourne pas sur elle. Il ne l'a sans doute pas vue. C'est curieux qu'à ce point il ne l'ait pas vue.
Elle non plus n'a pas pu voir son visage, mais elle se souvient de ce manque à voir de son visage comme d'un manque à voir du voyage.
Oui, c'est bien ça, il portait une sorte de blazer. Bleu. À rayures blanches. Un pantalon du même bleu il portait aussi, mais uni.
L'enfant était allée au bastingage. Parce qu'ils étaient si seuls tous les deux de ce côté-là du bateau sur ce pont désert, elle aurait tellement voulu qu'ils se parlent. Mais non. Elle avait attendu quelques minutes. Il ne s'était pas retourné. Il désirait rester seul, plus que tout au monde il désirait ça, être seul. L'enfant était repartie.

L'enfant n'avait jamais oublié cet inconnu, sans doute parce qu'elle lui aurait raconté l'histoire de son amour avec un Chinois de Cholen. Au bout du pont, lorsqu'elle s'était retournée, il n'était plus là.

Elle descend dans les coursives. Elle cherche encore la double cabine où elles ont leurs couchettes, la mère et elle.
Et puis elle s'arrête de chercher tout à coup. Elle sait que ça ne sert à rien, la mère restera introuvable.
Elle remonte sur le pont-promenade.
Sur l'autre pont l'enfant ne trouve plus sa mère non plus.
Et puis elle la voit, elle est plus loin cette fois-ci, elle dort encore dans une autre chaise longue, légèrement tournée vers l'avant. L'enfant ne la réveille pas. Elle retourne encore dans les coursives. Elle attend encore. Puis elle repart encore. Elle cherche son petit frère Paulo. Et puis elle cesse de le chercher. Et puis elle repart vers les coursives. Et elle se couche là, devant la double cabine dont la mère a oublié de lui donner la deuxième clé et elle se souvient. Et elle pleure.
S'endort.

Un haut-parleur avait annoncé que la terre avait disparu. Qu'on a atteint la pleine mer. L'enfant hésite et puis elle remonte sur le pont. Une houle très légère est arrivée avec le vent de la mer.

Sur le bateau la nuit est arrivée. Tout est éclairé, les ponts, les salons, les coursives. Mais pas la mer, la mer est dans la nuit. Le ciel est bleu dans la nuit noire, mais le bleu du ciel ne se reflète pas dans la mer si calme soit-elle et si noire.

Les passagers sont de nouveau accoudés au bastingage. Ils regardent vers ce qu'ils ne voient plus. Ils ne veulent pas rater l'arrivée des premières vagues de la haute mer et avec elles celle de la fraîcheur du vent qui d'un seul coup s'abat sur la mer.

L'enfant cherche encore sa mère. Elle la retrouve cette fois encore endormie dans ce sommeil d'immigrée à la recherche d'une terre d'asile. Elle la laisse dormir.

La nuit est enfin arrivée. En quelques minutes elle a été là.

Un haut-parleur annonce que le service de la salle à manger va commencer dans dix minutes.

Le ciel est tellement bleu, le vent est tellement frais, les gens hésitent un moment et finalement ils vont à regret vers la salle à manger.

La mère est là, à une table. En avance comme toujours. Elle attend ses enfants. Elle a dû aller dans sa cabine, elle en revient. Elle s'est changée. Elle a mis la robe que Dô lui a faite, en soie rouge sombre à petits plis, trop grands ces plis et qui font la robe pendre un peu dans tous les sens. Elle s'est coiffée la mère, elle a mis un peu de poudre sur son visage et un peu de rouge sur ses lèvres. Pour ne pas être vue la mère a choisi une table de coin à trois couverts.

La mère avait toujours été impressionnée par ces voyages dans les paquebots de ligne. C'est là disait-elle qu'elle se rendait compte que jamais elle n'avait rattrapé l'éducation qui avait manqué à la jeune paysanne du Nord qu'elle avait été avant de courir les mers pour voir ailleurs comment c'était la vie.

L'enfant n'avait jamais oublié ce premier soir sur le bateau.

La mère s'était plainte tout bas et elle avait dit que si Paulo n'arrivait pas pour dîner il allait désorganiser tout le service. Puis la mère avait demandé au garçon de table qu'il ne les serve pas tout de suite. Le garçon avait dit que le service s'arrêtait à neuf heures mais qu'il attendrait encore un peu. La mère l'avait remercié comme s'il lui avait sauvé la vie.

Elles avaient attendu plus d'un quart d'heure, en silence.

La salle à manger s'était remplie. Et quand même, une fois, derrière la mère la porte s'était ouverte, et ç'avait été Paulo, le petit frère. Il était arrivé avec la grande jeune fille qui était avec le photographe sur le pont quand le bateau était parti. Paulo avait vu sa sœur sans la regarder. La mère avait fait celle qui s'intéressait à tous ces gens de la salle à manger et seulement à eux.

Paulo a un regard suppliant sur sa sœur. Elle comprend qu'elle ne doit pas le reconnaître. La jeune femme la regarde aussi, elle reconnaît la très jeune fille du pont si seule et qui pleurait, elle lui sourit. La mère regarde toujours vers la salle à manger qui est pleine. Elle est comme d'habitude, sans bien comprendre, ahurie, comique, toujours.

L'enfant avait regardé la mère tandis que Paulo était passé et elle lui avait souri.

Elles se taisent tandis que leur dîner est servi.

Ç'avait été à ce moment-là du soir, avec la soudaineté du malheur, que l'horreur avait surgi. Des gens avaient hurlé. Aucun mot, mais des hurlements d'horreur, des sanglots, des cris qui se brisaient dans les pleurs. Tellement le malheur était grand que personne ne pouvait l'énoncer, le dire.

Ça grandissait. On criait de partout. Ça venait des ponts, de la salle des machines, aussi bien, de la mer, de la nuit, du bateau tout entier, de partout. D'abord isolés, les cris se regroupent, deviennent une seule clameur, brutale, assourdissante, effrayante.

Des gens courent, réclament de savoir.

Et puis on pleure.

Et puis le bateau ralentit. De toutes ses forces le bateau ralentit encore. On crie de se taire.

Le silence s'étend dans tout le navire. Puis il y a le silence.

C'est dans ce silence-là qu'on entend les premiers mots, les cris reviennent, presque bas, sourds. D'épouvante. D'horreur.

Personne n'ose demander ce qui s'est passé.

On entend clairement, dans le silence :

— Le bateau s'est arrêté... écoutez... on n'entend plus les machines...

Et puis le silence revient. Le capitaine arrive. Il parle dans un haut-parleur. Il dit :

— Un terrible accident vient d'avoir lieu au bar... un jeune garçon s'est jeté à la mer.

Un couple entre dans la salle à manger. Lui en blanc, elle en robe noire du soir. Elle pleure. Elle dit à tout le monde :

— C'est quelqu'un qui s'est jeté à la mer... il est passé devant le bar en courant et il s'est jeté du bastingage... Il avait dix-sept ans.

Ils repartent sur les ponts. La salle à manger s'est vidée. Tous les passagers sont sur les ponts. Les cris font place à des pleurs très bas. L'horreur a tout envahi, plus profonde, plus terrible que les cris.

La mère et l'enfant pleurent, elles ont cessé de manger.

Tout le monde est sorti de la salle à manger. Les gens vont au hasard. Les femmes pleurent.

Quelques jeunes gens aussi. Tous les petits enfants ont été remontés des cabines. Les femmes les gardent près d'elles serrés contre leurs corps.

Ne restent dans la salle à manger que quelques personnes, toujours les mêmes, partout dans le monde entier : c'est ceux qui ont *quand même* faim, qui veulent dîner, qui appellent les garçons avec grossièreté, qui disent *qu'ils ont le droit de dîner, d'être servis, qu'ils ont payé.* C'est ceux à qui personne ne répond plus de nos jours.

Les garçons ont quitté la salle à manger.

Au loin, une voix d'homme dit qu'on descend les canots de sauvetage, de s'écarter des bastingages.

Les gens continuent à vouloir voir*.

— Dix-sept ans... le fils de l'administrateur de Bienhoa... Il y a une amie de la famille en seconde classe qui a parlé au capitaine : rien n'a été retrouvé dans la cabine de l'enfant... pas un mot pour les parents, rien... il rentrait en France. Des études brillantes. Un enfant charmant...

Silence. Puis les rumeurs recommencent :

— Ils ne le trouveront plus...

— Il est trop loin maintenant...

— Il faut plusieurs kilomètres à un paquebot pour s'arrêter...

L'enfant se cache le visage, elle dit tout bas à la mère :

— Heureusement que Paulo est venu avant. On aurait eu peur... quelle horreur...

La mère se cache aussi le visage, elle dit tout bas, elle se signe :

— Il faut remercier Dieu et s'excuser d'une telle pensée.

À nouveau les voix mêlées :

— ... On repartira à l'aube... le plus terrible c'est ça... ce moment-là... l'abandon de l'espoir...

— ... Les bateaux doivent attendre douze heures avant de repartir, ou alors le lever du soleil... je ne sais plus...

— ... La mer vide... le matin... que c'est terrible...

— ... Abominable... un enfant qui refuse de vivre. Il n'y a rien de pire.

— Rien, c'est vrai.

Un silence quasi total règne sur le bateau arrêté.

Les gens espèrent encore dans les canots de sauvetage. Ils suivent des yeux les torchères qui balaient la surface de la mer.

---

* *Les voix sont mêlées comme dans les salons vides de* India Song.

L'espoir est encore là, non encore tout à fait découragé, il est murmuré, mais le mot est prononcé :

— ... Il faut encore espérer. Il faut. La mer est chaude dans ces zones-là. Et lui, il peut nager longtemps... il est si jeune...

— ... Elle restera chaude toute la nuit, vous croyez...

— ... Oui. Et le vent n'est pas fort, ça compte ça...

— ... Et Dieu est là... il ne faut pas oublier...

— C'est vrai...

Les pleurs encore. Ils cessent.

— Le pire serait qu'il nous voie et qu'il ne veuille plus rien.

— Ni vivre. Ni mourir...

— C'est ça, oui.

— Qu'il attende encore pour essayer de savoir quoi le ferait revenir vers la forme du bateau.

Tout à coup avec la même soudaineté que l'accident, de la musique avait envahi les ponts, les salons, la mer. Ça venait du salon de musique. «Quelqu'un qui ne sait pas» dit-on.

Quelqu'un dit avoir déjà entendu ce piano avant l'accident mais très loin, comme d'un autre bateau.

Une voix crie que c'est quelqu'un qui ne sait pas... qui n'a pas entendu les cris. Qu'il faut l'avertir...

La musique est partout, elle envahit les cabines, les machines, les salons. Forte.

— Il faut aller le prévenir.

Une voix plus claire, jeune, dit que non :

— Prévenir pourquoi ?

Une autre voix. Celle-là, pleure :

— Au contraire, lui demander au contraire qu'il ne s'arrête surtout pas de jouer... surtout pas... que c'est pour un enfant... il faut lui dire ça... surtout cette musique-là... qu'il doit reconnaître... qu'on entend partout...

Cette musique de la rue, à la mode des jeunes en ce moment justement, qui dit le bonheur fou du premier amour et la peine immodérée, inconsolable de l'avoir perdu.

Le bruit se répand de laisser continuer la musique qui vient du salon.

Le bateau tout entier écoute et pleure sur le jeune inconnu.
L'enfant a quitté sa mère. Elle cherche le salon de musique.
Tout le bateau est éteint.
Le salon de musique est tout à fait à l'avant du bateau. Il est éclairé par la lumière réverbérée des torchères sur la mer. La porte est ouverte. L'enfant a tout à coup au cœur comme un espoir. Des fois qu'on se soit trompé. Des fois que ce soit vrai que jamais on ne sait, que jamais on ne peut tout à fait savoir, jamais, tout le monde le dit.

Elle va vers la porte. Elle regarde.
Celui-là a les cheveux noirs. Il porte un costume blanc de fabrication artisanale. Il est sans doute plus âgé.
Elle attend encore. Regarde encore. Non.

Ce n'est pas ça. Ce ne sera plus jamais ça, ça qui avait voulu mourir pendant les quelques secondes qui avaient précédé son geste vers le bastingage.
C'est fini.

L'enfant s'est allongée par terre sous une table contre le mur. Celui qui jouait du piano ne l'avait pas entendue, ni vue. Il jouait sans partition, de mémoire, dans le salon éteint, cette valse populaire et désespérée de la rue.

La lumière qui vient dans le salon est encore celle, réverbérée, des torchères.

La musique avait envahi le paquebot arrêté, la mer, l'enfant, aussi bien l'enfant vivant qui jouait au piano que celui qui se tenait les yeux fermés, immobile, suspendu dans les eaux lourdes des zones profondes de la mer.

Des années après la guerre, la faim, les morts, les camps, les mariages, les séparations, les divorces, les livres, la politique, le communisme, il avait téléphoné. C'est moi. Dès la voix, elle l'avait reconnu. C'est moi. Je voulais seulement entendre votre voix. Elle avait dit : Bonjour. Il avait peur comme avant, de tout. Sa voix avait tremblé, c'est alors qu'elle avait reconnu l'accent de la Chine du Nord.

Il avait dit quelque chose sur le petit frère qu'elle ne savait pas : qu'on n'avait jamais retrouvé son corps, qu'il était resté sans sépulture. Elle n'avait pas répondu. Il avait demandé si elle était encore là, elle avait dit que oui, qu'elle attendait qu'il parle. Il avait dit qu'il avait quitté Sadec à cause des études de ses fils, mais qu'il y reviendrait plus tard parce que c'était là seulement qu'il avait envie de revenir.

C'est elle qui avait demandé pour Thanh, ce qu'il était devenu. Il avait dit qu'il n'avait jamais eu de nouvelles de Thanh. Elle avait demandé : aucune jamais ? Il avait dit, jamais. Elle avait demandé ce qu'il pensait, lui, de ça. Il avait dit que d'après lui, Thanh avait voulu retrouver sa famille dans la forêt du Siam et qu'il avait dû se perdre et mourir là, dans cette forêt.

Il avait dit que pour lui, c'était curieux à ce point-là, que leur histoire était restée comme elle était avant, qu'il l'aimait encore, qu'il ne pourrait jamais de toute sa vie cesser de l'aimer. Qu'il l'aimerait jusqu'à la mort.

Il avait entendu ses pleurs au téléphone.

Et puis de plus loin, de sa chambre sans doute, elle n'avait pas raccroché, il les avait encore entendus. Et puis il avait essayé d'entendre encore. Elle n'était plus là. Elle était devenue invisible, inatteignable. Et il avait pleuré. Très fort. Du plus fort de ses forces.

Les images proposées ci-dessous pourraient servir à la ponctuation d'un film tiré de ce livre. En aucun cas ces images – dites plans de coupe – ne devraient «rendre compte» du récit, ou le prolonger ou l'illustrer. Elles seraient distribuées dans le film au gré du metteur en scène et ne décideraient en rien de l'histoire. Les images proposées pourraient être reprises à tout moment, la nuit, le jour, à la saison sèche, à la saison des pluies. Etc.

Je vois ces images comme un dehors qu'aurait le film, un «pays», celui de ces gens du livre, la contrée du film. Et seulement de lui, du film, sans aucune référence de conformité.

Exemples d'images des plans dits de coupe :

Un ciel bleu criblé de brillances.

Un fleuve vide dans son immensité dans une nuit indécise, relative.

Le jour qui se lève sur le fleuve. Sur le riz. Sur les routes droites et blanches qui traversent l'immensité soyeuse du riz.

Encore un fleuve dans toute sa largeur, immense. Seul le dessin vert de ses rives est immobile. Entre ses rives il avance vers la mer. Entier. ÉNORME.

Les routes de la Cochinchine française en 1930 :

Les longueurs droites et blanches des routes avec la procession des charrettes à buffles conduites par des enfants.

Un fleuve vu de plus haut. Qui traverse l'immensité de la plaine de Camau. La boue.

Le jour qui éteint les brillances du ciel.

Un jour d'un autre bleu qui se meurt.

Entre le ciel et le fleuve un paquebot de ligne. Il longe les rives de l'immensité verte du riz.

Le paquebot sous la pluie droite de la mousson, égaré dans les immensités inondées du riz.

La pluie droite de la mousson et seulement ça, cette pluie droite dans toute l'image. Droite comme nulle part ailleurs.

Le fleuve sombre, très près. Sa surface. Sa peau. Dans la nudité d'une nuit claire (nuit relative).

La pluie. Sur les rizières. Sur le fleuve. Sur les villages de paillotes. Sur les forêts millénaires. Sur les chaînes de montagnes qui bordent le Siam. Sur les visages levés des enfants qui la boivent.

Les golfes de l'Annam, du Tonkin, du Siam, vus de haut.

La pluie qui cesse et se retire du ciel. La transparence qui la remplace, pure comme un ciel nu.

Du ciel nu.

Des enfants et les chiens jaunes qui gardent, qui dorment en plein soleil devant des paillotes vides.

Les autos américaines des milliardaires qui ralentissent dans ces villages à cause des enfants.

Des enfants, arrêtés, qui regardent, sans comprendre.

Les villages de jonques. La nuit.

Le jour. Le matin. Sous la pluie.

Des paysans qui marchent pieds nus à la queue leu leu sur les talus. Depuis des milliers d'années.

Le jeu des enfants et des chiens jaunes. Leur mélange. La grâce adorable de leur communauté.

La grâce aussi, troublante, des petites filles de dix ans qui mendient des sapèques dans les marchés des villages.

Et les plans oraux aussi interviendraient :
Des phrases d'ordre général sans conséquence sur le film, sur l'odeur du delta, la peste endémique, la joie des enfants, des chiens, des gens de la campagne. Voir pp. 1576-1577.

Des chants vietnamiens seraient chantés (plusieurs fois chacun pour qu'on les retienne), ils ne seraient pas traduits. De même que dans India Song *le chant laotien de la mendiante n'a jamais été traduit. Pas un seul chant ne serait utilisé en tant qu'accompagnement (les boîtes de nuit seraient à la mode occidentale).*

Ce fut sur le bac qui se trouve entre Sadec et Sai
et que je rencontrai Léo pour la première fois. J'entrais
à la pension de Saigon et quelqu'un (je ne sais plus qui)
avait pris en charge
dans son auto en même temps que Léo — Léo était indigène
mais il s'habillait à la française, il parlait parfaitement le français
il revenait de Paris. Moi je n'avais pas quinze ans, je
n'avais été en France que fort jeune, je trouvais que Léo
était très élégant. Il avait un gros diamant au doigt et il
était habillé en tussor de soie grège — je n'avais jamais vu
pareil diamant que sur des gens qui jusqu'ici ne m'avaient pas
remarquée et mes frères eux s'habillaient en coton à la blanche.
Étant donné notre fortune il m'était à peu près inimaginable
qu'ils puissent un jour porter des complets de tussor.
Léo me dit que j'étais une jolie fille
— " Vous connaissez Paris ?"
Je dis que non en rougissant. Lui connaissait Paris.
Il habitait Sadec. Il y avait donc quelqu'un à Sadec qui
connaissait Paris, je ne le savais pas jusqu'alors. Léo me
fit la cour et mon émerveillement était immense.
Le Docteur me déposa à la pension de Sai et Léo
se débrouillait pour me dire qu'on se reverrait — j'avais
compris qu'il était d'une richesse extraordinaire et j'étais
éblouie — je ne répondis rien à Léo tant j'étais émue et
incertaine. Je rentrai chez Mlle C où j'étais en pension
avec trois autres femmes, deux professeurs et une fille de

*PAGE PRÉCÉDENTE :
L'HISTOIRE DE LA
RENCONTRE DE L'AMANT,
« SUR LE BAC ENTRE
SADEC ET SAIGON » EST
DÉJÀ RELATÉE
BRIÈVEMENT À LA
PREMIÈRE PAGE D'UN
CAHIER TRÈS ANCIEN.
ON PEUT LIRE
ÉGALEMENT, À LA PAGE
SUIVANTE DU MÊME
CAHIER, LA TRAME DU
RÉCIT QUI DEVIENDRA
« LE BOA ».*

*CI-DESSUS :
THUY-LÊ,
L'AMANT CHINOIS.*

*CI-CONTRE :
PHOTOGRAPHIE
LÉGENDÉE AU DOS PAR
MARGUERITE DURAS.*

*PAGES SUIVANTES :
PHOTOGRAPHIE
LÉGENDÉE AU DOS PAR
MARGUERITE DURAS :
« MON DIVAN –
QUELQUES JOURS APRÈS
L'EXAMEN. » SANS DOUTE
S'AGIT-IL DU
BACCALAURÉAT QU'ELLE
PASSE À SAIGON EN
1931.*

C'est proprement incroyable mais ce matin dans Match *il y avait la photo de mon amant chinois qui s'appelait Thuy-lê, T. H. U. Y. L. E. accent circonflexe. Je le trouve infiniment plus beau que l'amant américain, l'amant sino-américain du film d'Annaud. C'est un vrai visage, très, très proche, très effrayé aussi. Et très doux.*

Je ne veux pas vous parler de comment j'aurais fait L'Amant. *Je l'aurais fait d'une façon linéaire. À moins que je le fasse d'une façon difficile à comprendre : la petite fille c'est la fille de la dame qui a été volée par... Tout est complexe. La dame ruinée, la dame blanche qui est arrivée là, qui a trois enfants, qui est veuve, qui a été ruinée par les agents du cadastre qui lui ont vendu trois fois sa propriété, et qui pleure tous les jours et qui est tombée malade.*

Et cette petite fille qui revient à l'école de Saigon et qui rencontre le Chinois, c'est pas n'importe quelle petite fille qui sort d'une villa blanche.

Il n'y a pas de cinéma sans écriture, c'est-à-dire sans le fait que l'image est portée par l'écriture ; elle est d'abord dite dans l'écriture. Essayez de faire un film sur une rue, la fréquentation d'une rue, sans un mot, ça tu peux le faire, mais dès que tu sautes dans l'autre rue, tu ne peux plus t'en passer. Et écrire, c'est écrire de façon multiple c'est... tout mettre en jeu. Dans L'Amant de la Chine du Nord, *les rues sont pleines tout le temps. Il y a le Chinois, il y a la petite, il y a aussi d'autres Chinois, d'autres autos, d'autres, des moussons, des pluies, des danses, des chants, des... C'est ça qui fait le film... Le film que je voulais faire, enfin que je ferai jamais, que je voulais écrire, écrire voilà. Et pas du tout décrire.*

« *Paris, 26 janvier 1992* », Le Monde extérieur, *1993.*

En pleine sieste et
en plein soleil – on
dirait plutôt un commen-
-cement de crépuscule
… ne t…
Je n… jolie
mais … n'est
pas …

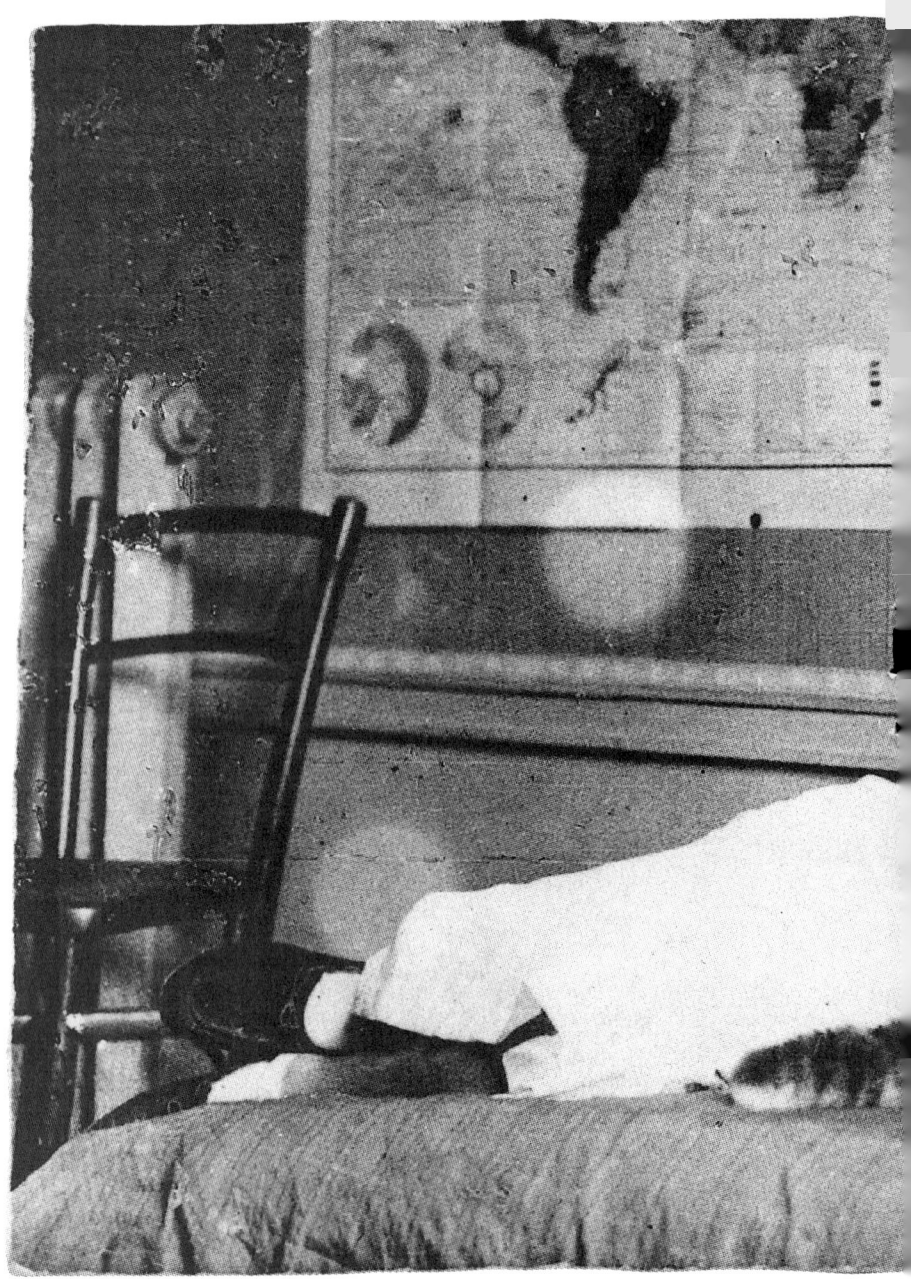

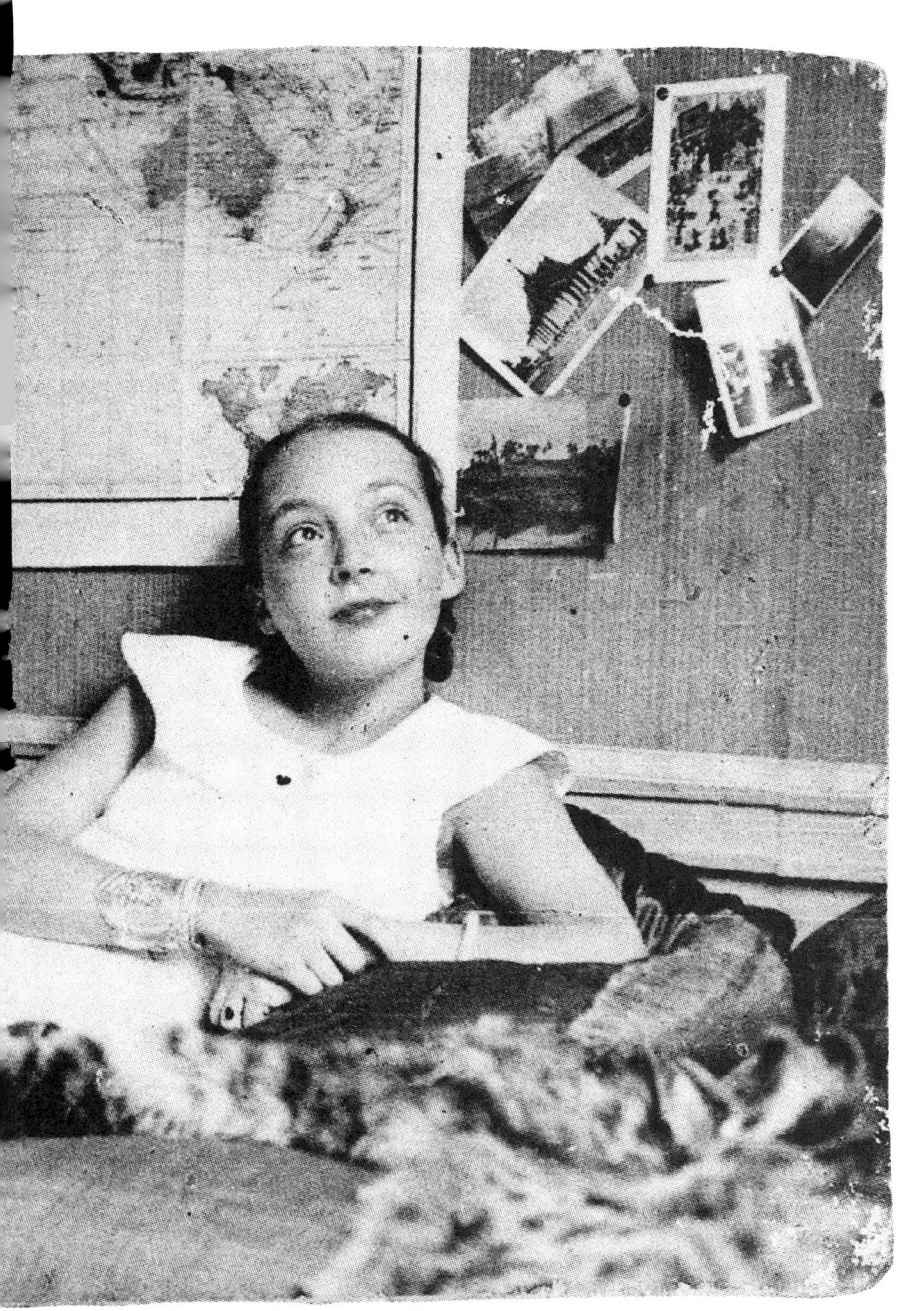

LA MÈRE DE MARGUERITE DURAS À SAIGON, EN 1933 (À GAUCHE) ET (À DROITE) L'INSTITUTION QU'ELLE DIRIGE JUSQU'EN 1949, DATE DE SON RETOUR DÉFINITIF : «NOËL 1938, LE 1/3 DES ÉLÈVES» COMME ELLE LE NOTE ELLE-MÊME.

FEUILLET DACTYLOGRAPHIÉ DE L'AMANT DE LA CHINE DU NORD.

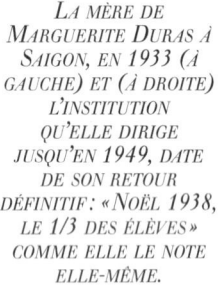

La cour es

jouent aux

te, écoute.

un moment.

à travers la cour, se font sig

Toutes les

la chaleur.

les cages

déserte. Vers le réfectoire les jeunes boys

tes. Il y en a un qui chante. L'enfant s'arrê-
ants.
le connait les chants du Vietnam. Elle écoute
les   tous
e reconnait le jeune boy du paso double

se sourient : Bonsoir.

nêtres du dortoir sont ouvertes à cause de

s jeunes filles sont enfermées derrière dans

nches des moustiquaires.

C'est pendant les déménagements que les photos se perdent. Ma mère en a fait entre vingt et vingt-cinq au cours de sa vie et c'est là que nos photos de famille se sont perdues. Les photos glissent derrière les tiroirs et elles restent là et, au mieux, on les retrouve au nouveau déménagement. Au bout de cent ans elles se cassent comme du verre. L'ai-je déjà dit ? Un jour, j'ai trouvé, c'était vers les années 50, sous le tiroir d'une armoire achetée en Indochine une carte postale datée de 1905 adressée à quelqu'un qui habitait rue Saint-Benoît cette année-là. La photo, sans laquelle on ne peut pas vivre, existait déjà dans ma jeunesse. Pour ma mère, la photo d'un enfant petit était sacrée. Pour revoir son enfant petit, on en passait par la photo. On le fait toujours. C'est mystérieux. Les seules photos de Yann que je trouve belles, ce sont celles d'il y a dix ans, quand je ne le connaissais pas. Il y a dans ces photos, ce que je recherche en lui maintenant, l'innocence de ne rien savoir encore, de ne pas savoir ce qui nous arriverait en septembre 1980, en bien ou en mal.

À la fin du XIXᵉ siècle, on allait se faire photographier chez le photographe du village comme dans L'Amant, les habitants de Vinh Long le faisaient – cela pour exister davantage. Il n'y pas de photographies de votre arrière-grand-mère. Vous pouvez chercher dans le monde entier, il n'y en a pas. Dès qu'on le pense, l'absence de photographie devient un manque essentiel et même un problème. Comment ont-ils vécu sans photos ? Il n'y a rien qui reste après la mort, du visage et du corps. Aucun document sur le sourire. Et si on avait dit aux gens que la photo viendrait, ils auraient été bouleversés, épouvantés. Je crois qu'au contraire de ce qu'auraient cru les gens et de ce qu'on croit encore, la photo aide à l'oubli. Elle a plutôt cette fonction dans le monde moderne. Le visage fixe et plat, à portée de la main, d'un mort ou d'un petit enfant ce n'est toujours qu'une image pour un million d'images dont on dispose dans la tête. Et le film du million d'images sera toujours le même film. Ça confirme la mort. Je ne sais pas à quoi a servi la photographie dans ses premiers âges, pendant la première moitié du XIXᵉ siècle, quel était son sens pour l'individu, au cœur de sa solitude, si c'est pour revoir des morts ou si c'est pour se voir lui. Se voir lui je suis sûre. On est toujours soit confondu, soit émerveillé, toujours étonné, devant sa propre photo. On a toujours plus d'irréalité que l'autre. C'est soi qu'on voit le moins, dans la vie, y compris dans cette fausse perspective du miroir, au regard de l'image composée de soi qu'on veut retenir, la meilleure, celle du visage armé que l'on tente de retrouver quand on pose pour la photo.

«Les Photographies»,
La Vie matérielle, 1987.

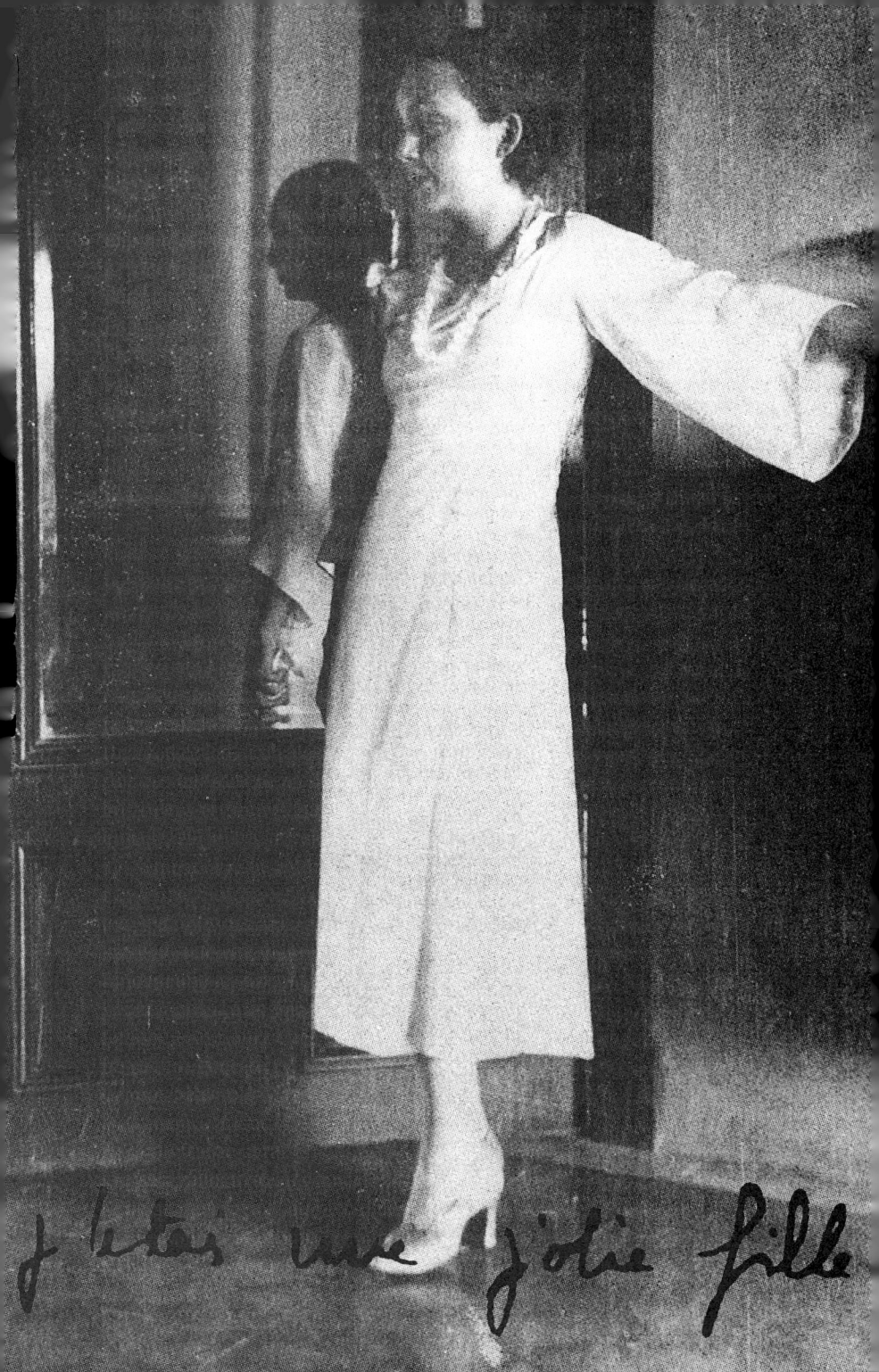

j'étais une jolie fille

Une fois, j'avais 16 ans. J'avais encore à cet âge-là une allure d'enfant. C'était au retour de Saigon, après l'amant chinois, dans un train de nuit, le train de Bordeaux, vers 1930. J'étais là avec ma famille, mes deux frères et ma mère. Il y avait, je crois, deux ou trois autres personnes dans le wagon de troisième classe à huit places et il y avait aussi un homme jeune en face de moi qui me regardait. Il devait avoir trente ans. Ça devait être l'été. J'avais toujours ces robes claires des colonies et les pieds nus dans des sandales. Je n'avais pas sommeil. Cet homme me questionnait sur ma famille, et je racontais comment on vivait aux colonies, les pluies, la chaleur, les vérandas, la différence avec la France, les randonnées dans les forêts, et le bachot que j'allais passer cette année-là, des choses comme ça, de conversation habituelle dans un train quand on déballe toute son histoire et celle de sa famille. Et puis tout à coup voilà qu'on s'est aperçus que tout le monde dormait. Ma mère et mes frères s'étaient endormis très vite après le départ de Bordeaux. Je parlais bas pour ne pas les réveiller. S'ils m'avaient entendue raconter les histoires de la famille ils m'auraient interdit de le faire à coups de cris, de menaces, de hurlements. De parler ainsi tout bas avec l'homme seul ça avait endormi les trois ou quatre autres passagers du wagon. Ce qui fait qu'on était seuls à être réveillés cet homme et moi. Et c'était de cette façon que ça avait commencé tout à coup, au même moment, exactement et brutalement dans un seul regard. À cette époque-là, on ne disait rien de ces choses-là, surtout dans ces circonstances. Tout à coup on n'a plus pu se parler. On n'a plus pu se regarder non plus, on a été sans plus de forces, foudroyés. C'est moi qui ai dit qu'il nous fallait dormir pour ne pas être trop fatigués le lendemain matin à l'arrivée à Paris. Il était près de la porte, il a éteint la lumière. Entre lui et moi il y avait une place vide. Je me suis allongée sur la banquette, j'ai replié mes jambes et j'ai fermé les yeux. J'ai entendu qu'il ouvrait la porte. Il est sorti et il est revenu avec une couverture de train qu'il a étalée sur moi. J'ai ouvert les yeux pour lui sourire et lui dire merci. Il a dit : «La nuit, dans les trains, ils éteignent le chauffage et il fait froid vers le matin.» Je me suis endormie. J'ai été réveillée par sa main douce et chaude sur mes jambes, très lentement elle les dépliait et elle essayait de remonter vers mon corps. J'ai ouvert les yeux à peine. J'ai vu qu'il regardait les gens du wagon, qu'il les surveillait, qu'il avait peur. Dans un mouvement très lent j'ai avancé mon corps vers lui. J'ai posé mes pieds contre lui. Je les lui ai donnés. Il les a pris. Les yeux fermés je suivais tous ses mouvements. Ils étaient lents d'abord, puis ils ont été de plus en plus ralentis, contenus jusqu'à la fin, l'abandon à la jouissance, aussi éprouvant que s'il avait hurlé. [...]
Il est descendu dans la nuit. À Paris quand j'ai ouvert les yeux, sa place était vide.

«Le Train de Bordeaux», La Vie matérielle, 1987.

Avec le veuvage, jeune encore – elle devait avoir quarante et un ans –, ses trois enfants, son petit emploi, la misère s'est installée dans sa vie de façon à peu près permanente. Je la vois maintenant comme une paysanne vietnamienne, une trimardeuse de rizières. Butée. Folle de ses enfants, martyre de l'amour de nous. [...] Je la vois enfin comme la chance première de notre enfance: cette femme qui détestait l'art, sous toutes ses formes, qui ne lisait rien, qui n'allait jamais au théâtre, jamais au cinéma – une sorte de terre sauvage. De cette terre nous sommes nés. Non, je n'ai pas eu une mère éprise de peinture ou d'art. Rien n'était «ravissant» pour ma mère, ni «beau», ni «intéressant». Rien que l'aventure de la vie quotidienne, le travail, le manger, et l'amour de ses trois «gnos» [enfant en vietnamien]. Sans doute n'ai-je plus rencontré après elle quelqu'un qui fasse de chaque jour une nouveauté aussi violente.

«Mothers», Le Monde extérieur, *1993.*

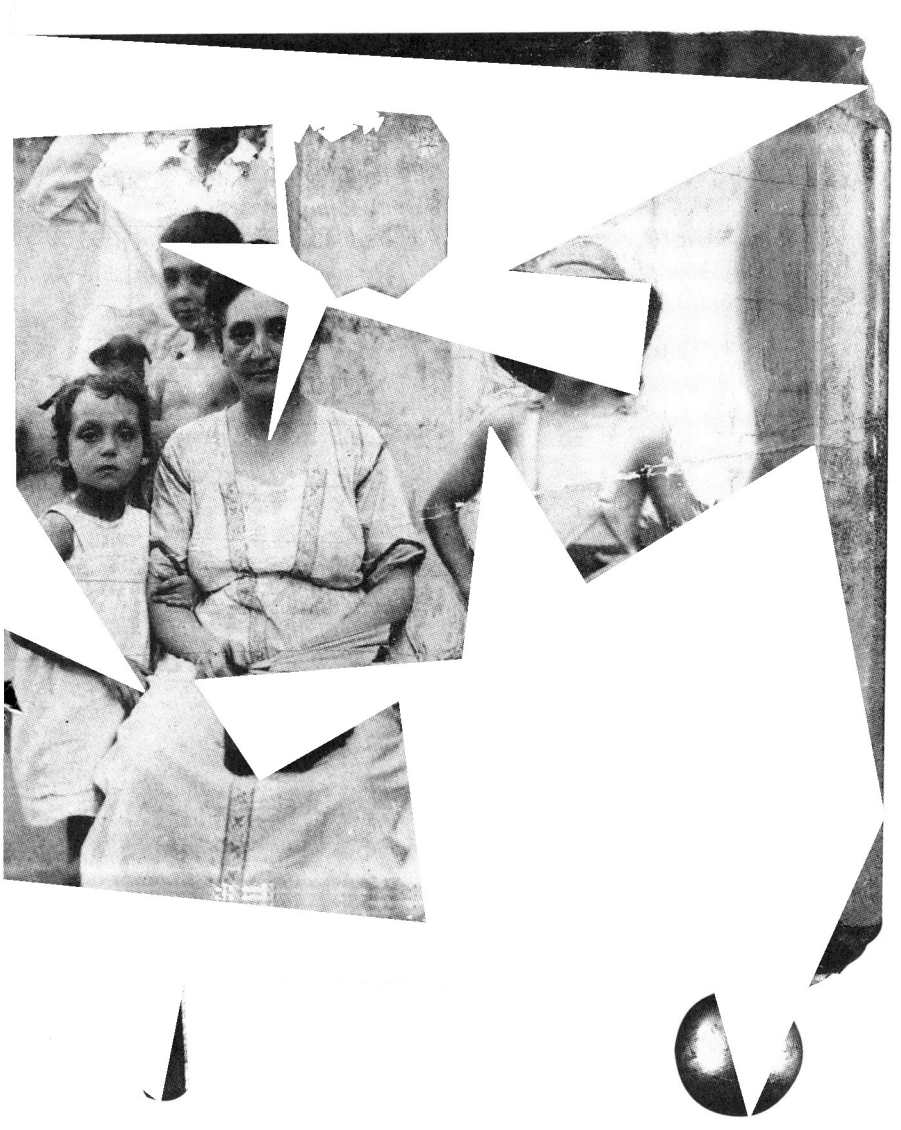

*Les éditions Gallimard remercient tout d'abord M. Jean Mascolo
pour le soutien qu'il a apporté à ce projet en nous prodiguant aide et
conseils et en nous donnant accès aux nombreux documents
de sa collection personnelle que nous reproduisons ici.*

*Par ailleurs, les éditions Gallimard remercient vivement
Mmes Christiane Blot-Labarrère, Marie-Pierre Fernandes,
Annick Lemonnier, Elizabeth Lennard, Catherine Sellers;
MM. Yann Andréa, François Barat, Marin Karmitz,
Dominique Noguez, Alain Resnais, Olivier Rollin, Jean-Marc Turine;
MM. Olivier Corpet et Albert Dichy de l'IMEC,
Les Cahiers du cinéma et l'INA qui, à des titres divers,
ont facilité l'édition de ce choix d'œuvres de Marguerite Duras
en «Quarto».*

MARGUERITE DURAS
"VIE ET ŒUVRE"

1914

Naissance le 4 avril (4 heures du matin) à Gia Dinh, dans la banlieue nord de Saigon, de Marguerite Donnadieu, fille de Marie Legrand, institutrice, née en 1877, et d'Émile Donnadieu, né en 1869, professeur de mathématiques, originaire du Lot-et-Garonne. La mère, Marie Legrand, fille de fermiers du Nord de la France, avait fait l'école normale d'instituteurs, étant boursière. Le père, fils d'un cordonnier originaire du petit village de Pardaillan, avait deux enfants d'un premier mariage. De son second mariage avec Marie Legrand étaient né Pierre en 1909 et le «petit frère» Paul, dit Paulo, en 1912.

Le père étant devenu directeur de l'enseignement de Hanoi, du Tonkin et du Cambodge, la famille connaît une certaine aisance. Il est nommé à Phnom Penh. Malade, il est rapatrié en France où il mourra trois ans plus tard, en 1921.

1921-1923

À la mort de son mari, Madame Donnadieu prend un congé et vient s'établir avec ses enfants dans la maison du Lot-et-Garonne. C'est après ce séjour en France qu'elle retourne en Indochine et s'installe à Vinh Long, dans le delta du Mékong.

1925

Marguerite passe à Saigon son certificat d'études.

1926

La mère achète avec toutes ses

économies la concession de Prey Nop au Cambodge, une terre qui se révélera bientôt incultivable, histoire que racontera Marguerite Duras dans *Un barrage contre le Pacifique*. Cette période du début de la puberté semble avoir été un moment de crise, elle dira avoir été «proche de la folie». C'est au cours de cette même année cruciale, au moment des premières lectures – Hugo, Pierre Loti, *La Petite Illustration théâtrale* – que se situe un épisode qui aura un grand retentissement sur toute l'œuvre : la mère recueille une enfant qui lui est vendue par une mendiante folle, et qui ne survivra pas. Cette année-là aussi, elle aperçoit pour la première fois la jeune femme qui lui inspirera le personnage d'Anne-Marie Stretter, cette femme de l'administrateur général pour l'amour de laquelle, racontait-on, un jeune homme s'était suicidé.

1927

Nommée à Sadec, la mère y dirige l'école de filles. Marguerite poursuit ses études à Saigon au lycée Chasseloup-Laubat.

1930

Départ pour la France – où il est censé faire l'école Violet – du grand frère, le frère «voyou» qui aura longtemps terrorisé Marguerite (elle a même craint pour la vie de son petit frère).

1931

Fin de l'aventure du barrage.

1932

Marguerite quitte définitivement Saigon pour la France.

1933

AUTOMNE

Commence, à la Faculté des sciences de l'Université de Paris, des études de mathématiques qu'elle abandonne très vite pour le droit.
Rencontre de «Freddie», l'étudiant juif qui lui fait lire la Bible – en particulier L'Ecclésiaste – et qui deviendra vice-consul à Bombay. Voyages en Italie, Suisse, Allemagne.

1934

Voyage en Angleterre.

OCTOBRE

Installation de la compagnie de Georges et Ludmilla Pitoëff au théâtre des Mathurins, que Marguerite Donnadieu fréquentera régulièrement.

1936

Voyage en Autriche.

Rencontre, sans doute cette année-là, Robert Antelme, son cadet de trois ans, à la Faculté de droit où il commence ses études.

OCTOBRE

Passe avec succès sa licence en droit. S'inscrit en économie politique.

1937

4 JUIN

Passe son DES d'économie politique.

9 JUIN

Marguerite Duras devient fonctionnaire au Service intercolonial de l'information et de la documentation.

1938

SEPTEMBRE

Toujours au ministère des Colonies, elle travaille désormais au «Comité de propagande de la banane française».

1939

23 SEPTEMBRE

Mariage à Paris, dans le XVe arrondissement, avec Robert Antelme.

1940

Publie aux éditions Gallimard, en collaboration avec Philippe Roques, un livre à la gloire de *L'Empire français*, sous son nom de Marguerite Donnadieu.

30 SEPTEMBRE

Entre comme fonctionnaire au

Cercle de la Librairie, à la Commission de contrôle du papier d'édition. Robert Antelme, après sa mobilisation, est rédacteur au ministère de l'Intérieur de 1940 à 1944.

C'est sans doute dans ces années du début de la guerre qu'elle commence véritablement à écrire.

1941

FÉVRIER

Marguerite Donnadieu soumet le manuscrit de *La Famille Taneran* à Raymond Queneau aux éditions Gallimard. Après le refus du manuscrit, c'est Robert Antelme qui ira soumettre le texte à Dominique Arban aux éditions Plon.

1942

MAI

Mort, à la naissance, de son premier enfant.

ÉTÉ

Rencontre de Dionys Mascolo, lecteur chez Gallimard.

AUTOMNE

Apprend la mort du «petit frère» à Saigon.

1943

Le couple Antelme s'installe 5, rue Saint-Benoît dans le quartier de Saint-Germain-des-Prés. Le critique littéraire Ramon Fernandez occupe l'appartement du dessus.

PRINTEMPS

Marguerite, qui a commencé d'écrire *La Vie tranquille*, présente Dionys Mascolo à Robert Antelme. Naissance entre les deux hommes d'une amitié fervente.

Publication chez Plon des *Impudents* sous le pseudonyme de Duras, nom de la petite ville près de laquelle son père avait acquis, avant sa mort, une propriété.

SEPTEMBRE

Marguerite Duras entre avec Robert Antelme et Dionys Mascolo dans la Résistance, au Mouvement National des Prisonniers de Guerre et des Déportés

(MNPGD), de François Mitterrand.

1944

FÉVRIER-MARS

Remise du manuscrit de *La Vie tranquille* qui est publié la même année chez Gallimard.

1ᴱᴿ JUIN

Arrestation d'Antelme, de sa sœur Marie-Louise et d'autres camarades 5, rue Dupin, à la suite d'une dénonciation. Robert est emprisonné à Fresnes puis déporté à Dachau.

AUTOMNE

Marguerite Duras s'occupe d'un service de recherches des prisonniers et des déportés dans le journal *Libres*, organe du MNPGD.

Inscription au PCF.

1945

AVRIL-MAI

Découvre l'horreur des camps. Commencent les journées d'attente relatées près de quarante ans plus tard dans *La Douleur*.

Le 24 avril, François Mitterand, envoyé du général de Gaulle, découvre Robert Antelme encore vivant mais très malade, à Dachau. Il va aider Dionys Mascolo et Georges Beauchamp à organiser le voyage qui permettra de sortir Antelme du camp et de le transporter à Paris.

Il faudra plusieurs mois à Antelme pour revenir à la vie. Marguerite Duras lui apprend la mort de sa sœur, Marie-Louise, et sa décision de se séparer de lui et d'avoir un enfant de Dionys Mascolo.

AOÛT

Séjourne avec Antelme en Savoie.

Ces années d'après-guerre sont celles où se constitue, de manière informelle, ce qu'on appellera plus tard le «groupe de la rue Saint-Benoît» que fréquentent Edgar Morin et Claude Roy, mais aussi, selon ce dernier : «Gilles Martinet et Jean T. Desanti, J.-F. Rolland et André Ulmann, Jorge Semprun et Merleau-Ponty, Clara Malraux et Jean Duvignaud, Francis Ponge et Atlan» (*Nous*, 1972).

1946

Séparation d'avec Robert Antelme.

Les éditions de La Cité Universelle fondées par Duras et Mascolo et dont Duras et Antelme sont les directeurs, publient *L'An zéro de l'Allemagne* d'Edgar Morin, et les *Œuvres* de Saint-Just éditées par Dionys Mascolo sous le pseudonyme de Jean Gratien.

1947

AVRIL

Divorce d'avec Robert Antelme.

Publication aux éditions de La Cité Universelle du livre de Robert Antelme : *L'Espèce humaine.*

Commence à écrire *Un barrage contre le Pacifique.* Elle y travaillera pendant deux ans.

MAI

Robert Antelme et Dionys Mascolo adhèrent au parti communiste.

27 JUIN

Publication dans *Les Lettres françaises* d'un entretien de Dionys Mascolo et Robert Antelme avec Elio Vittorini.

30 JUIN

Naissance de Jean Mascolo.

1948

Robert Antelme quitte la rue Saint-Benoît, Dionys Mascolo s'y installe.

1949

Retour de la mère de Marguerite Duras en France. Elle s'installe à Onzain dans le Loir-et-Cher, où elle achète un «faux château Louis XV».

DÉCEMBRE

Remet le manuscrit de *Un barrage contre le Pacifique.*

1950

JANVIER

Démissionne du PCF, en est exclue le 8 mars.

Vacances à Bocca di Magra, avec Ginetta et Elio Vittorini.

Publication de *Un barrage contre le Pacifique* : 5 000 exemplaires vendus la première semaine. Échec au Goncourt.

1952

Publication du *Marin de Gibraltar.*

1953

Parution à l'automne de *Les Petits Chevaux de Tarquinia.*

Dionys Mascolo publie *Le Communisme*, chez Gallimard.

1954

Après la publication de *Des journées entières dans les arbres*, qui obtient le prix Jean Cocteau, Marguerite Duras rend visite à sa mère dans la maison des bords de Loire.

1955

Le Square,

roman publié aux éditions Gallimard.

Activité journalistique, en particulier à *France-Observateur.*

Fondation du Comité des intellectuels contre la poursuite de la guerre d'Algérie, dont elle fera partie.

1956

27 JANVIER

Salle Wagram, meeting politique de soutien au peuple algérien, dont Marguerite Duras parlera encore avec enthousiasme des années plus tard.

17 SEPTEMBRE

Le Square, adapté pour la scène, joué au Studio des Champs-Élysées.

1957

Dissolution du Comité des intellectuels.

Marguerite Duras rencontre, au début de l'année, Gérard Jarlot, écrivain scénariste avec lequel elle va désormais collaborer pour de nombreuses adaptations théâtrales ou cinématographiques. Rupture avec Dionys Mascolo qui continuera à habiter rue Saint-Benoît jusqu'en 1964.

ÉTÉ

Mort de sa mère.

Publie dans *France-Observateur* un entretien avec Georges Bataille.

1958

FÉVRIER

Moderato Cantabile paraît aux éditions de Minuit.

PRINTEMPS

Sortie du film de René Clément *Barrage contre le Pacifique*.

Fin mars, la société Argos, après le succès de *Nuit et brouillard*, contacte Marguerite Duras pour écrire le scénario d'un film sur Hiroshima. Elle accepte et écrit le synopsis en neuf semaines, en collaboration avec Resnais et Gérard Jarlot.

Lauréate, pour *Moderato*, du prix de Mai.

Reprise du *Square* au théâtre de Poche.

Achat de la maison de Neauphle-le-Château (avec les droits du *Barrage*).

Important article de Gaëtan Picon sur son œuvre, dans le *Mercure de France*.

Jean Schuster et Dionys Mascolo créent le journal *Le 14 Juillet* (revue d'opposition à la prise du pouvoir par le général de Gaulle) au sommaire duquel on peut lire, entre autres noms, ceux de Robert Antelme, André Breton, Jean Duvignaud, Louis-René des Forêts, Claude Lefort, Edgar Morin, Elio Vittorini. La revue reçoit dès le deuxième numéro l'appui de Maurice Blanchot. Marguerite Duras y publiera deux textes : «Assassins de Budapest» et sa réponse à l'«enquête auprès d'intellectuels français à propos des événements du 13 mai 1958».

JUILLET-DÉCEMBRE

Tournage par Alain Resnais du film *Hiroshima mon amour.*

1959

Hiroshima mon amour.

Le film n'obtient pas l'aval de la commission de sélection officielle au festival de Cannes mais, projeté hors festival, il connaîtra un immense succès.

JUIN

Troisième et dernier numéro du *14 Juillet.*

Publication de *Les Viaducs de la Seine-et-Oise,* pièce inspirée d'un fait divers, qui sera créée à Marseille en avril de l'année suivante.

1960

JANVIER

Adaptation au théâtre du *Barrage* par Geneviève Serreau, jouée au Studio des Champs-Élysées.

Membre du jury du prix Médicis, elle le restera sept ans.

Sortie à l'écran du film de Peter Brook, *Moderato Cantabile.* Le scénario a été écrit par Duras en collaboration avec Gérard Jarlot. Pour son interprétation du personnage d'Anne Desbaresdes, Jeanne Moreau obtient un prix au festival de Cannes.

Publication du roman *Dix heures et demie du soir en été.*

Son fils Jean est envoyé comme pensionnaire au collège cévenol du Chambon-sur-Lignon.

Signe le «Manifeste des 121», pétition sur le droit à l'insoumission dans la guerre d'Algérie.

1961

Marguerite Duras écrit avec Gérard Jarlot le scénario du film d'Henri Colpi *Une aussi longue absence.*
Présenté à Cannes, l'accueil de la critique est mitigé mais le film obtient la Palme d'or.

FÉVRIER

Adapte avec Robert Antelme *Les Papiers d'Aspern* d'Henry James, mis en scène par Raymond Rouleau.

SEPTEMBRE

Adaptation de *Miracle en Alabama* de William Gibson au théâtre Hébertot.

1962

Publication du roman *L'Après-midi de monsieur Andesmas.*

SEPTEMBRE

L'adaptation de *La Bête dans la jungle* de Henry James, qu'elle cosigne avec James Lord, est jouée à l'Athénée par Loleh Bellon et Jean Leuvrais.

1963

Marguerite Duras travaille au roman qui va devenir *Le Vice-Consul.*

Première parisienne de *Les Viaducs de la Seine-et-Oise* au théâtre de Poche, mis en scène par Claude Régy. Samuel Beckett, présent à la générale de la reprise à Paris, aurait déclaré : «C'est admirable!»

MARS

Achat, dans l'ancien hôtel des «Roches noires», à Trouville, «d'un petit appartement à l'arrière, seules deux pièces donnent en oblique sur la mer».

Entre juin et octobre, à Trouville, elle écrit *Le Ravissement de Lol V. Stein.*

JUILLET

Publication dans la *Nouvelle Revue Française* d'une première version de *Les Eaux et Forêts*, dédiée à Louis-René des Forêts.

1964

14 AVRIL

Unique diffusion à la télévision de *Sans merveille* (film réalisé pour la télévision par Michel Mitrani et dont Marguerite Duras a écrit le scénario avec Gérard Jarlot).

Nuit noire, Calcutta, court métrage de Marin Karmitz.

AUTOMNE

Voyage à New York sur le *France* avec le peintre Joe Downing. Elle y est logée par son éditeur américain Barney Rosset, directeur de Grove Press.

NOVEMBRE

Parution du *Ravissement de Lol V. Stein.*

1965

La version définitive de l'adaptation théâtrale du *Square* est créée au théâtre Daniel-Sorano dans une mise en scène d'A. Astruc.

Publication du *Vice-Consul.*

La pièce *Les Eaux et Forêts* est créée au théâtre Mouffetard, avec Claire Deluca. *La Musica*, qui figure au même programme, sera reprise, en octobre, au Studio des Champs-Élysées.

Écrit le scénario des *Rideaux blancs*, dramatique de Georges Franju réalisée pour la télévision allemande.

Parution aux éditions Gallimard du premier tome du *Théâtre.*

Première de *Des journées entières dans les arbres*, à l'Odéon-Théâtre de France. Parution en décembre d'un numéro spécial des *Cahiers Renaud-Barrault* consacré à Marguerite Duras, avec notamment des contributions de Raymond Queneau et de Jacques Lacan.

1966

Tourne la version filmée de *La Musica*, assistée de Paul Seban (c'est son premier film en tant que réalisatrice), avec Robert Hossein, Delphine Seyrig et Julie Dassin.

Écrit le scénario de *La Voleuse*, pour le réalisateur Jean Chapot, dont c'est le premier film, tourné avec Romy Schneider et Michel Piccoli.

1968

Le Shaga et *Yes, peut-être* joués au théâtre Gramont.

Participe aux événements, notamment à l'appel, le 5 mai, au boycott de l'ORTF. À la mi-mai, le groupe de la rue Saint-Benoît fonde le Comité étudiants écrivains. (S'il faut en croire le *Journal* de Jean Grenier, Marguerite Duras «aurait projeté, avec Henri Thomas, d'occuper les éditions Gallimard».)

DÉCEMBRE

L'Amante anglaise jouée par Madeleine Renaud, Claude Dauphin et Michaël Lonsdale, dans une mise en scène de Claude Régy. La pièce est une nouvelle version de *Les Viaducs de la Seine-et-Oise* que Marguerite Duras désavoue désormais.

Parallèlement, *Suzanna Andler*, écrit pour Loleh Bellon, est joué au théâtre des Mathurins.

Parution, chez Gallimard, du tome II du *Théâtre*.

1969

Détruire, dit-elle, premier film qu'elle réalise seule, tourné en quatorze jours après un mois et demi de répétitions. Le livre est publié aux éditions de Minuit.

1970

10 JANVIER

Participe à l'occupation, sous la houlette de Roland Castro, du Conseil national du patronat français.

Adhère à l'Association des amis de *La Cause du peuple.*

Publication aux éditions Gallimard d'*Abahn Sabana David*, bientôt tourné en 16 mm avec Sami Frey, Catherine Sellers et Dionys Mascolo, qui sortira en 1971 sous le titre *Jaune le soleil.*

Son adaptation de *La Danse de mort*, de Strindberg, est jouée au TNP (Salle Gémier).

1971

Signe l'appel des «343» (5 avril) dans *Le Nouvel Observateur* réclamant l'abolition de la loi punissant l'avortement. Marguerite Duras sympathise avec les mouvements féministes sans y militer.

Jaune le soleil, adaptation filmée de *Abahn Sabana David.*

Publication de *L'Amour*, chez Gallimard.

1972

FÉVRIER

Son adaptation de la pièce de David Storey, *Home*, est jouée à Lausanne.

Achevé d'imprimer
par Maury-Imprimeur
45330 Malesherbes
le 30 avril 2010.
Dépôt légal : janvier 1997.
Numéro d'imprimeur : 154938.

ISBN 978-2-07-074491-4. / Imprimé en France.

75870

DIRECTION ÉDITORIALE
Françoise Cibiel

ÉDITION
• Antoine Jaccottet • Jean-Louis Panné • Brigitte de la Broise •

LABORATOIRE ARTISTIQUE
ET PHOTOGRAPHIQUE
Dominique Jochaud
© Éditions Gallimard

MAQUETTE
• Bernard Père • Guénola de Metz • Benoît de Roux •

AGATHA, 1981, Éditions de Minuit.

AGATHA OU LES LECTURES ILLIMITÉES, 1981, film, prod. Berthemont.

OUTSIDE, 1981, Albin Michel, rééd. P.O.L, 1984.

LA JEUNE FILLE ET L'ENFANT, 1981, cassette, Des femmes éd. Adaptation de L'Été 80 par Yann Andréa, lue par Marguerite Duras.

DIALOGUE DE ROME, 1982, film, prod. Coop. Longa Gittata. Rome.

L'HOMME ATLANTIQUE, 1981, film, prod. Berthemont.

L'HOMME ATLANTIQUE, 1982, récit, Éditions de Minuit.

SAVANNAH BAY, 1ʳᵉ éd., 1982, 2ᵉ éd. augmentée, 1983, Éditions de Minuit.

LA MALADIE DE LA MORT, 1982, récit, Éditions de Minuit.

THÉÂTRE III : LA BÊTE DANS LA JUNGLE, d'après Henry James, adaptation de James Lord et Marguerite Duras - LES PAPIERS D'ASPERN, d'après Henry James, adaptation de Marguerite Duras et Robert Antelme - LA DANSE DE MORT, d'après August Strindberg, adaptation de Marguerite Duras, 1984, Gallimard.

L'AMANT, 1984, Éditions de Minuit.

LA DOULEUR, 1985, P.O.L.

LA MUSICA DEUXIÈME, 1985, Gallimard.

LA MOUETTE DE TCHEKHOV, 1985, Gallimard.

LES ENFANTS, avec Jean Mascolo et Jean-Marc Turine, 1985, film.

LES YEUX BLEUS CHEVEUX NOIRS, 1986, roman, Éditions de Minuit.

LA PUTE DE LA CÔTE NORMANDE, 1986, Éditions de Minuit.

LA VIE MATÉRIELLE, 1987, P.O.L.

EMILY L. , 1987, roman, Éditions de Minuit.

LA PLUIE D'ÉTÉ, 1990, roman, P.O.L.

L'AMANT DE LA CHINE DU NORD, 1991, roman, Gallimard.

YANN ANDRÉA STEINER, 1992, roman, P.O.L.

ÉCRIRE, 1993, Gallimard.

C'EST TOUT, 1995, P.O.L.

L'AMOUR, 1971, Gallimard.

JAUNE LE SOLEIL, 1971, film, distr. Films Molière.

NATHALIE GRANGER, 1972, film, distr. Films Molière.

INDIA SONG, 1973, texte, théâtre, film, Gallimard.

LA FEMME DU GANGE, 1973, film, distr. Benoît-Jacob.

NATHALIE GRANGER, SUIVI DE LA FEMME DU GANGE, 1973, Gallimard.

LES PARLEUSES, 1974, entretiens avec Xavière Gauthier, Éditions de Minuit.

INDIA SONG, 1975, film, distr. Films Armorial.

BAXTER, VERA BAXTER, 1976, film, distr. N.E.F. Diffusion.

SON NOM DE VENISE DANS CALCUTTA DÉSERT, 1976, film, distr. Benoît-Jacob.

DES JOURNÉES ENTIÈRES DANS LES ARBRES, 1976, film, distr. Benoît-Jacob.

LE CAMION, 1977, film, distr. D.D. Prod.

LE CAMION, suivi de ENTRETIEN AVEC MICHELLE PORTE, 1977, Éditions de Minuit.

LES LIEUX DE MARGUERITE DURAS, 1977, en collaboration avec Michelle Porte, Éditions de Minuit.

L'ÉDEN-CINÉMA, 1977, théâtre, Mercure de France.

LE NAVIRE NIGHT, 1978, film, Films du Losange.

LE NAVIRE NIGHT, suivi de CÉSARÉE, LES MAINS NÉGATIVES, AURÉLIA STEINER, AURÉLIA STEINER, AURÉLIA STEINER, 1979, Mercure de France.

CÉSARÉE, 1979, film, Films du Losange.

LES MAINS NÉGATIVES, 1979, film, Films du Losange.

AURÉLIA STEINER, DIT AURÉLIA MELBOURNE, 1979, film, Film Paris-Audiovisuels.

AURÉLIA STEINER, DIT AURÉLIA VANCOUVER, 1979, film, Films du Losange.

VERA BAXTER OU LES PLAGES DE L'ATLANTIQUE, 1980, Albatros.

L'HOMME ASSIS DANS LE COULOIR, 1980, récit, Éditions de Minuit.

L'ÉTÉ 80, 1980, Éditions de Minuit.

LES YEUX VERTS, 1980, Cahiers du Cinéma.

ŒUVRES COMPLÈTES

LES IMPUDENTS, 1943, roman, Plon-réédition 1992, Gallimard.

LA VIE TRANQUILLE, 1944, roman, Gallimard.

UN BARRAGE CONTRE LE PACIFIQUE, 1950, roman, Gallimard.

LE MARIN DE GIBRALTAR, 1952, roman, Gallimard.

LES PETITS CHEVAUX DE TARQUINIA, 1953, roman, Gallimard.

DES JOURNÉES ENTIÈRES DANS LES ARBRES, suivi de : LE BOA - MADAME DODIN - LES CHANTIERS, 1954, récits, Gallimard.

LE SQUARE, 1955, roman, Gallimard.

MODERATO CANTABILE, 1958, roman, Éditions de Minuit.

LES VIADUCS DE LA SEINE-ET-OISE, 1959, théâtre, Gallimard.

DIX HEURES ET DEMIE DU SOIR EN ÉTÉ, 1960, roman, Gallimard.

HIROSHIMA MON AMOUR, 1960, scénario et dialogues, Gallimard.

UNE AUSSI LONGUE ABSENCE, 1961, scénario et dialogues, en collaboration avec Gérard Jarlot, Gallimard.

L'APRÈS-MIDI DE MONSIEUR ANDESMAS, 1962, récit, Gallimard.

LE RAVISSEMENT DE LOL V. STEIN, 1964, roman, Gallimard.

THÉÂTRE I : LES EAUX ET FORÊTS - LE SQUARE - LA MUSICA, 1965, Gallimard.

LE VICE-CONSUL, 1965, Gallimard.

LA MUSICA, 1966, film, co-réalisé par Paul Seban, distr. Artistes Associés.

L'AMANTE ANGLAISE, 1967, roman, Gallimard.

L'AMANTE ANGLAISE, 1968, théâtre, Cahiers du Théâtre national populaire.

THÉÂTRE II : SUZANNA ANDLER - DES JOURNÉES ENTIÈRES DANS LES ARBRES - YES, PEUT-ÊTRE - LE SHAGA - UN HOMME EST VENU ME VOIR, 1968, Gallimard.

DÉTRUIRE, DIT-ELLE, 1969, Éditions de Minuit.

DÉTRUIRE, DIT-ELLE, 1969, film, distr. Benoît-Jacob.

ABAHN SABANA DAVID, 1970, Gallimard.

TABLE DES MATIÈRES

Nathalie Granger, film avec Lucia Bose et Jeanne Moreau, est tourné dans la maison de Marguerite Duras, à Neauphle-le-Château.

AOÛT

Écrit *India Song*, à la demande de Peter Hall, directeur du National Theatre de Londres.

SEPTEMBRE

Écriture de *La Femme du Gange* qui est une adaptation de *L'Amour* pour le cinéma.

14-26 NOVEMBRE

Tournage à Trouville du film *La Femme du Gange*, avec Catherine Sellers, Gérard Depardieu, Dionys Mascolo.

Publication chez Gallimard de *Nathalie Granger* suivi de *La Femme du Gange*.

1973

DÉCEMBRE

Publication aux éditions Gallimard d'*India Song* (texte, théâtre, film).

Tournage d'*India Song*.

Publication aux éditions de Minuit des *Parleuses*, livre d'entretiens avec Xavière Gauthier.

1975

Sortie du film *India Song*.

Publication, aux éditions Albatros, de *Marguerite Duras*, recueil d'essais de Marguerite Duras, Jacques Lacan, Maurice Blanchot, Dionys Mascolo, Xavière Gauthier, Pierre Fédida.

1976

Abahn Sabana David est joué à Paris, au théâtre de La Potinière.

MAI

«Les Lieux de Marguerite Duras», deux émissions de télévision produites par l'INA et réalisées par Michelle Porte sont diffusées sur TF1.

1977

Tourne *Le Camion*, produit par François Barat et projeté à

Cannes, dans lequel elle raconte à Gérard Depardieu un film qui aurait été tourné par eux. Le texte est publié aux éditions de Minuit.

Les Lieux de Marguerite Duras, livre d'entretiens avec Michelle Porte qui reprend le texte des émissions de télévision diffusées l'année précédente, est publié aux éditions de Minuit, avec des photographies.

25 OCTOBRE

Première de *L'Éden-Cinéma*, joué par la compagnie Renaud-Barrault au théâtre du Rond-Point. Le texte est publié au Mercure de France.

1978

Écriture du *Navire Night*, publié dans la revue *Minuit*. Le texte est adapté ensuite pour le théâtre et mis en scène par Claude Régy.

JUILLET

Tournage du *Navire Night*, avec Bulle Ogier, Dominique Sanda, Matthieu Carrière.

1979

Réalisation de quatre courts

métrages: *Les Mains négatives, Césarée, Aurélia Steiner-Melbourne, Aurélia Steiner-Vancouver.* L'ensemble de ces textes est publié aux éditions du Mercure de France.

1980

L'Homme assis dans le couloir, reprise d'un texte court écrit à l'époque de *Hiroshima mon amour.*

JUIN

Parution de *Les Yeux verts*, n° 312 des *Cahiers du cinéma*, dont la rédaction lui a donné carte blanche.

SEPTEMBRE

Rencontre de Yann Andréa, qui sera le compagnon des dernières années.

OCTOBRE

L'Été 80 réunit aux éditions de Minuit des chroniques hebdomadaires d'abord parues dans le quotidien *Libération.*

Lecture de *L'Homme sans qualités* de Musil, livre qui sera à l'origine de l'écriture d'*Agatha.*

1981

Reprise de *La Bête dans la jungle* au théâtre Gérard-Philipe de Saint-Denis avec Delphine Seyrig et Sami Frey dans une mise en scène d'Alfredo Arias.

Elle réunit dans *Outside*, qui paraît aux éditions Albin Michel, des articles publiés, parfois depuis longtemps, dans différents périodiques. Le livre sera repris chez P. O. L. en 1984.

Agatha, dont le film est tourné à Trouville, paraît aux éditions de Minuit.

Voyage au Canada. Ce voyage donnera lieu à un recueil d'entretiens et d'articles critiques consacrés à son œuvre de cinéaste, *Marguerite Duras à Montréal*, qui paraît la même année aux éditions Spirale.

1982

Parution de *L'Homme atlantique*, texte d'un film récemment tourné.

Dialogue de Rome, film commandé par la télévision italienne, la RAI.

Parution de *Savannah Bay*.

Cure de désintoxication à l'hôpital américain de Neuilly.

Publie *La Maladie de la mort* aux éditions de Minuit.

1983

Savannah Bay joué au théâtre du Rond-Point dans une version un peu différente.

Publication aux éditions Gallimard de *Théâtre III* qui réunit un choix parmi les adaptations théâtrales de Marguerite Duras (Henry James, Strindberg).

Enregistre des entretiens avec Dominique Noguez, auxquels participent Michaël Lonsdale, Delphine Seyrig, Gérard Depardieu, Bruno Nuytten et d'autres.

1984

Publication de *L'Amant*.

24 SEPTEMBRE

Passage à l'émission d'Antenne 2 «Apostrophes».

«Le bon plaisir de Marguerite Duras», émission diffusée sur France-Culture le 20 octobre.

Le prix Goncourt lui est décerné le 12 novembre.

Réalisation par Jérôme Beaujour et Jean Mascolo pour le Bureau d'animation culturelle du ministère des Relations extérieures de l'«édition vidéographique critique» regroupant les cinq principaux films de Marguerite Duras, présentés par cinq documentaires, accompagnés d'un livret contenant le texte de ses entretiens avec Dominique Noguez.

1985

Elle met en scène au théâtre Renaud-Barrault *La Musica deuxième* (éditions Gallimard) avec Miou-Miou et Sami Frey. Parution chez Gallimard de son adaptation de *La Mouette* d'Anton Tchekhov.

«Sublime, forcément sublime», l'article sur «l'affaire Gregory» qu'elle publie dans *Libération* fait scandale.

Publication de *La Douleur* aux éditions P. O. L.

Tourne *Les Enfants* avec Jean Mascolo et Jean-Marc Turine.

La revue *L'Arc* consacre un numéro spécial (n° 98) à Marguerite Duras.

1986

Prix Ritz-Paris-Hemingway pour la traduction anglaise de *L'Amant*.

Écrit *Les Yeux bleus cheveux noirs*.

Donne de nombreuses collaborations à *L'Autre Journal*, notamment un long entretien avec François Mitterrand.

1987

Publie *Emily L.* aux éditions de Minuit. Et, aux éditions P. O. L., *La Vie matérielle*, recueil de textes «dits» à Jérôme Beaujour.

1988

Long passage à Laënnec dû à une insuffisance respiratoire. Intervention chirurgicale suivie d'un coma artificiel dont elle ne sortira qu'en février 1989.

1989

JUIN

Sort de l'hôpital. Se remet à l'écriture de *La Pluie d'été, publié en 1990 aux éditions P.O.L.*

Parution, aux éditions José Corti du *Marguerite Duras* de Jean Pierrot.

1990

Robert Antelme meurt en novembre.

1991

Publie aux éditions Gallimard *L'Amant de la Chine du Nord* et *Le Théâtre de l'amante anglaise*

Alain Vircondelet, déjà auteur de la première monographie consacrée à Marguerite Duras

aux éditions Seghers en 1972, lui consacre une biographie qui paraît chez François Bourin.

1992

Yann Andréa Steiner paraît aux éditions P. O. L.

Marguerite Duras autorise la réédition en «Folio» (Gallimard) de son premier roman *Les Impudents.*

La cinémathèque française lui consacre une rétrospective, accompagnée de la publication, en collaboration avec les éditions Mazzotta, d'un livret qui recense son œuvre cinématographique.

Parution du *Marguerite Duras* de Christiane Blot-Labarrère dans la collection «Les Contemporains», aux éditions du Seuil.

1993

Écrire (Éditions Gallimard). Ce livre réunit notamment des entretiens élaborés à partir du décryptage de deux films de Benoît Jacquot, *Écrire* et *La Mort du jeune aviateur anglais,* mais aussi «Roma», texte remanié de *Dialogue de Rome.*

Le Monde extérieur (Outside 2),
choix d'articles réunis par
Christiane Blot-Labarrère
aux éditions P. O. L.

1995

Publication de *C'est tout*
aux éditions P. O. L.

1996

3 MARS

Marguerite Duras meurt
à Paris, à son domicile,
5 rue Saint-Benoît.

1997

MARS

Parution du volume
Romans, cinéma, théâtre,
un parcours dans la collection
«Quarto» aux éditions Gallimard.

Parution de
Marguerite Duras ou le
ravissement de la parole,
extraits d'entretiens
radiophoniques choisis et réunis
par Jean-Marc Turine (quatre
disques INA Radio-France).

TABLE DES ILLUSTRATIONS

1752